廖心一 著

成化皇帝全传

忘年恋情 ①

戊戌桂秋 王之鍏题

金城出版社 GOLD WALL PRESS · 北京 BEIJING

图书在版编目（CIP）数据

成化皇帝全传：全二册 / 廖心一著 . —北京：金城出版社有限公司，2019.7
（明史纪实小说系列）
ISBN 978-7-5155-1866-4

Ⅰ. ①成… Ⅱ. ①廖… Ⅲ. ①纪实小说－中国－当代
Ⅳ. ① I247.5

中国版本图书馆 CIP 数据核字（2019）第 104400 号

成化皇帝全传（全二册）
CHENGHUA HUANGDI QUANZHUAN

作　　者　廖心一
责任编辑　王媛媛
开　　本　710 毫米 ×1000 毫米 1/16
印　　张　73.5
字　　数　1307 千字
版　　次　2019 年 7 月第 1 版
印　　次　2019 年 7 月第 1 次印刷
印　　刷　天津旭丰源印刷有限公司
书　　号　ISBN 978-7-5155-1866-4
定　　价　148.00 元（全二册）

出版发行　**金城出版社**　北京市朝阳区利泽东二路 3 号　邮编：100102
发 行 部　（010）84254364
编 辑 部　（010）64210080
总 编 室　（010）88637122
网　　址　http：//www. jccb. com. cn
电子邮箱　jinchengchuban@ 163. com
法律顾问　北京市安理律师事务所（电话）18911105819

明帝世系表

名 讳		庙 号	谥 号	陵 寝	年 号	在位公元纪年
朱元璋		太 祖	高皇帝	孝 陵	洪 武	1368—1398
朱允炆	（太祖孙）		惠皇帝		建 文	1399—1402
朱 棣	（太祖子）	太 宗（嘉靖十七年改成祖）	文皇帝	长 陵	永 乐	1403—1424
朱高炽	（太宗子）	仁 宗	昭皇帝	献 陵	洪 熙	1425
朱瞻基	（仁宗子）	宣 宗	章皇帝	景 陵	宣 德	1426—1435
朱祁镇	（宣宗子）	英 宗	睿皇帝	裕 陵	正 统	1436—1449
朱祁钰	（宣宗子）	代 宗	景皇帝	景泰陵	景 泰	1450—1456
朱祁镇		英 宗			天 顺	1457—1464
朱见深	（英宗子）	宪 宗	纯皇帝	茂 陵	成 化	1465—1487
朱祐樘	（宪宗子）	孝 宗	敬皇帝	泰 陵	弘 治	1488—1505
朱厚照	（孝宗子）	武 宗	毅皇帝	康 陵	正 德	1506—1521
朱厚熜	（宪宗孙）	世 宗	肃皇帝	永 陵	嘉 靖	1522—1566
朱载垕	（世宗子）	穆 宗	庄皇帝	昭 陵	隆 庆	1567—1572
朱翊钧	（穆宗子）	神 宗	显皇帝	定 陵	万 历	1573—1620
朱常洛	（神宗子）	光 宗	贞皇帝	庆 陵	泰 昌	1620
朱由校	（光宗子）	熹 宗	哲皇帝	德 陵	天 启	1621—1627
朱由检	（光宗子）	思 宗（后改毅宗）	烈皇帝	思 陵	崇 祯	1628—1644

明朝文职简表

衙　门	职　官	职　掌	备　注
内阁	殿阁大学士，预机务，称阁臣或辅臣，初加低品职衔，后均加尚书职衔	票拟圣旨，批答奏章	史称阁臣有相权而无相名
六部（吏户礼兵刑工）	长官尚书，佐官左、右侍郎，属官郎中、员外郎、主事等	分掌庶务	
都察院	长官左、右都御史，佐官左、右副都御史，左、右佥都御史；属官十三道监察御史等	纠劾百司，会审大狱重囚	以上衙门长官合称七卿
通政使司	长官通政使，佐官左、右通政，左、右参议等	进内外章疏	
大理寺	长官卿，佐官左、右少卿	审谳平反刑狱	与刑部、都察院合称三法司。以上衙门长官称大九卿
太常寺	长官卿，佐官少卿	掌祭祀礼乐等	以下至苑马寺，长官称小九卿
光禄寺	长官卿，佐官少卿	掌祭享宴劳等	
太仆寺	长官卿，佐官少卿	掌牧马政令	
詹事府	长官詹事，佐官少詹事	辅导太子	
翰林院	长官学士，佐官侍读学士、侍讲学士	掌文翰、备顾问	
鸿胪寺	长官卿，佐官左、右少卿	掌朝会等仪礼	
国子监	长官祭酒，佐官司业	掌国学训导	
尚宝司	长官卿，佐官少卿	掌宝玺等	
苑马寺	长官卿，佐官少卿	掌各监苑马政	

续表

衙　门	职　官	职　掌	备　注
六科（吏户礼兵刑工）	都给事中，左、右给事中，给事中	侍从、规谏，稽察六部	
中书科	中书舍人	掌殿阁书写事	
行人司	司正，左、右司副，行人	掌颁诏、册封等	
督抚	总督、总制、总理、巡抚，加佥都御史至尚书、都御史衔	总督军务，巡抚地方	俗称封疆
顺天府	府尹、府丞等	掌京府政令	
应天府	同上	同上	
承宣布政使司	左、右布政使，左、右参政，左、右参议	掌一省之政	与都指挥使司合称三司
提刑按察使司	按察使、副使、佥事	掌一省刑名	
府衙	知府、同知、通判等	掌一府之政	
州衙	知州、同知、判官等	掌一州之政	
县衙	知县、同丞、主簿等	掌一县之政	

明朝武职简表

五军都督府（中、左、右、前、后）
长官左、右都督
佐官都督同知
都督佥事

- **都指挥使司**——**卫指挥使司**——**千户所**——**百户所**

都指挥使司	卫指挥使司	千户所	百户所
长官都指挥使	**长官**指挥使	正千户	百户
佐官都指挥同知	**佐官**指挥同知	副千户	
都指挥佥事	指挥佥事	镇抚	
	属官镇抚等		

- **京卫指挥使司**　官制如卫指挥使司，南、北两京卫共计四十八，其中三十三卫隶都督府，余十五卫与亲军卫不隶都督府

- **总兵官**——**副总兵官**——**参将**
  游击将军
  守备等

亲军卫指挥使司　司宿卫，设官同京卫，其中，锦衣卫又司缉捕、刑狱，下设南、北二镇抚司，北司专治钦定重案，即所谓诏狱。

明朝宦官简表

衙门	职官	职掌	备注	
司礼监	提督、掌印、秉笔等太监	掌内外章奏，御前勘合	有内相之喻	司礼监——司苑局合称二十四衙门
内官监	掌印、总理、管理等太监	掌宫室、陵墓等营造		
御用监	掌印、把总、掌司等太监	掌御用物什		
司设监	掌印、总理、管理等太监	掌仪仗、卤簿等		
御马监	掌印、监督、提督等太监	掌御马房、象房等		
神宫监	掌印、佥书、掌司等太监	掌太庙洒扫、香灯等		
尚膳监	掌印、提督、总理等太监	掌御膳、宫内食用等		
尚宝监	掌印、佥书、掌司等太监	掌宝玺、敕符、印信等		
印绶监	掌印、佥书、掌司等太监	掌铁券、诰敕、勘合等		
直殿监	掌印、佥书、掌司等太监	掌各殿、廊庑扫除		
尚衣监	掌印、管理、佥书等太监	掌御用冠冕、袍服等		
都知监	掌印、佥书、掌司等太监	随驾前导警跸	以上十二监	
惜薪司	掌印、总理、佥书等太监	掌薪碳之事		
钟鼓司	掌印、佥书、司房等太监	掌出朝钟鼓及诸内戏		
宝钞司	掌印、佥书、管理等太监	掌造粗细草纸		
混堂司	掌印、佥书、监工等太监	掌沐浴之事	以上四司	
兵仗局	掌印、提督、管理等太监	掌制造军器、火药		
银作局	掌印、管理、佥书等太监	掌打造金银器饰		
浣衣局	掌印、佥书、监工等太监	安置老年及罢退宫女		
巾帽局	掌印、管理、佥书等太监	掌内用帽靴		

续表

衙门	职官	职掌	备注
内织染局	掌印、管理、佥书等太监	掌染造御用、内用缎匹	
针工局	掌印、管理、佥书等太监	掌造宫中衣服	
酒醋面局	掌印、管理、佥书等太监	掌造宫中食用酒醋糖酱	
司苑局	掌印、管理、佥书等太监	掌蔬菜瓜果	以上八局
东厂	掌印、掌班、领班等太监	掌刺缉刑狱之事	与锦衣卫合称厂卫
西厂	同东厂		不常设
守备	南京、天寿山守备太监嘉靖时设承天府守备太监	护卫留都及守陵	
镇守	各省各镇镇守太监		时人比之督抚
织造	提督织造太监	掌织造御用龙衣	设于南京、苏州、杭州
市泊司	提督太监	掌海外朝贡、交易	设于广东、福建、浙江

目录

忘年恋情

怪象环生

忘年恋情

（天顺八年—成化十一年）

第一章

天顺八年正月二十二日，巳时。

“娘娘！”宦者汪直一声清晰的呼唤，把万氏的心思从正在举行新天子登极大典的奉天殿，拉回到后宫。

“太子爷回宫了吗？”万氏忙问。

“娘娘，爷已然登极了！”汪直说。就像及时改变了对万氏的称呼一样，他也及时改变了对新天子的称呼。不同的是，改变对新天子的称呼，可谓时机正好；而改变对万氏的称呼，显得颇为牵强。

“是，是。”万氏胡乱应着，又问，“皇上回宫了吗？”

“没有。”汪直应道。

“要回宫了吗？”万氏问。

“不知。”汪直应道。

“不是没有，便是不知，你赶回来作甚！”万氏嗔道。

“回娘娘话，奴才见到牛叔了。”汪直说。

万氏知道他说的是司礼太监牛玉，不由也觉得奇怪：“他不在殿上伺候着，来宫里做什么？”

“奴才见他匆匆去往那里去了。”汪直说着，朝一个方向努努嘴。

万氏会意地点了点头，问：“是她找他来的？”

“或是她找他来，或是他来找她。”汪直说。

万氏不再问了，不是她不想知道更多的消息，而是唯恐听到她不愿听到的消息。但默默地想了一会儿，她还是忍不住问：“不会是来传旨吧？”

“奴才看不会。”汪直说。

“你怎看出来的？”万氏问。

“奴才见过牛叔传旨，两只眼睛恨不得长到脑瓜子顶上，前边的人不让开道，他能一头撞上去。今日的牛叔，很是收敛。”汪直说。

他的形容很传神，万氏微微一笑，旋即转为冷笑。

“再说了——”汪直又说了两三个字，戛然而止。

他们说的“她”，牛玉去见的“她”，是昔日的太子妃吴氏。除她以外，还有王氏和柏氏，是大行皇帝从十二名候选的妃子中为太子挑选的三名妃子。汪直知道，万氏也知道，新天子登极，她们当中必有一人被册封为皇后。

当然，这是以后的事了。汪直知道，万氏虽关心来日被册封为皇后的会是谁，但她更关心，昔日的皇太子，今日的新天子，在举行过登极大典之后，是来她这里，还是去有可能成为皇后的吴氏那里。她问牛玉是不是来传旨，其实就是在问，皇帝是不是要去吴氏那里。

在汪直看来，吴氏被册封为皇后的机会至少有八成。一则要劝慰万氏，一则不能对吴氏不恭，怎样说才能兼顾这两个方面，他得好好想一想。

“再说什么？”万氏不给他太多的工夫去想。

“再说了，爷对娘娘的情意，奴才看得真真切切。”汪直说。

“你是说，他今日一定来这里？”万氏问。

“奴才的意思，爷今日应该来这里。”汪直说。

“他若是不来呢？”万氏问。

汪直来自广西大山之中，经过在宫闱多年的磨砺，他骨子里几乎丧失殆尽的野性，在万氏的追问下，又激发出来。

“奴才拉也把爷拉来。”他说。

“你敢？”万氏笑着问。

“奴才不敢。”汪直坦诚地回答，又说，“奴才想把爷拉来，又不敢，只得代娘娘在爷面前哭诉。”

“算了吧，与其你代我在皇上面前哭诉，不如我自个儿在皇上面前哭诉。”万氏才不会领他这个人情。

“那，奴才还是去盯着牛叔，看他几时离开吴妃那里？”汪直请示。

“好。”万氏本来是无所谓的态度，但在汪直要离开时，她又改变了主意，“你先别走，我有事问你。”

“是。”汪直应了一声，等着万氏问话。

“咱东宫里有三个妃子，是吧？”万氏提出了一个毫无意义的问题。

“是。”但汪直不能不回应。

“三个妃子是如何排序的？”万氏第二个问题则有点儿意思了。

“王氏、吴氏、柏氏。”汪直道。

“这个次序是谁给排的？”万氏问。

“老皇爷。”汪直道。

“确实吗？”万氏追问。

“奴才没亲耳听老皇爷宣谕，不敢担保确实与否；不过，娘娘若问宫里的人，十个人里有九个会这么说。”汪直道。

“另一人会怎说？”万氏问。

“另一人非哑即聋。”汪直道。

“这不等于说确实吗！”万氏对这个结论沉思良久，颇为困惑，“大行皇帝既然将王妃排在首位，皇上登极，就应该册王妃为后呀，是不是？”

“奴才也这么想。”汪直道。

“老牛我见过，不傻也不痴，是不是？”万氏忽然把话题转到牛玉身上，这意味着要对牛玉今日去见吴妃有所议论。

“牛叔精明过人。”汪直道。

“老牛在司礼监供职，宫里的事轮不到他管；即便他要巴结来日的皇后娘娘，也该勤往王妃那里跑呀！”万氏说。

“让奴才说，巴结谁也不如巴结娘娘。”汪直的话插得恰到好处。

“你以为我稀罕他来巴结吗？他肯来巴结，还得看我有没有心情搭理他。”万氏说。

“是，是，奴才唯愿他不来巴结。”汪直道。

“这是为什么呀？”万氏问。

“他不来巴结，更显得奴才对娘娘忠心。”汪直道。

“你呀！”万氏用手指点了点他，没有说下去。

汪直以为她不相信自己的表白，忙说：“奴才心里只有娘娘，死心塌地为娘娘效力。”

“不是我信不过你，也不是我不想让你为我办事，我是想让你更有前程。”万氏说，见汪直还要表明心迹，她说，“好了，还是说你那牛叔吧！他不傻不痴，明知册立为皇后的是王妃，为何只往吴妃那里跑？”

“据奴才所知，牛叔和吴妃是同乡。”汪直说。

“因是同乡，就分不出利害？”万氏不同意这个理由，“譬如，你是广西人，我是山东人，你怎么只是围着我转呀？”想到这个话题又给了汪直表达忠心的机会，她马上警告，“别说你，说老牛！”

“牛叔或许以为吴妃会被册立为皇后。”汪直说。

“老牛以为？”万氏对这个理由比较满意，但还不十分满意。

“牛叔或许希望吴妃被册立为皇后。”汪直说。

“我看，不是或许希望，而是一定希望。”万氏对这个理由十分满意，但随即而来的是担心，“你说，他能如愿以偿吗？”

“据奴才所知，册立皇后，司礼监的作用比任何衙门都大；在司礼监，牛叔的地位最尊。”汪直说。

“也就是说，他能如愿以偿？”万氏道，自己的担心被证实，她对汪直更加推心置腹，“东宫三个妃子中，你知我最不想谁为后？”

“吴妃吧。”汪直不难猜出她的心思。

万氏点了点头，说：“三人中，吴妃最为霸道，她被册立为皇后，我和你以后的日子不好过。”

说起霸道，她比你差远了。汪直心里这么想，说的却是：“在奴才看来，册立吴妃为皇后，未必是件坏事。”

“怎么？”万氏问。

“娘娘想呀！吴妃霸道，娘娘不喜欢她，爷会喜欢她吗？再说了，明摆着册立王妃为皇后，是老皇爷的意思，现在被牛叔夺了去给吴妃，那究竟是老皇爷的意思管用呢，还是牛叔的意思管用？”汪直道。

“你是说，处得融洽，咱就和她处着；处不好，咱有法子废了她？”汪直虽是问话，但口气既干脆又坚定，万氏的顾虑打消了。

“娘娘明鉴！”汪直应道。

他二人地位都不高：万氏不是皇太子妃，在东宫也没有特别的名分；汪直记挂在她名下办事，充其量也就是长随、奉御之流。这时他们谈论着皇后的废立，却好像是后宫的主人。

皇帝有过一段坎坷的经历：景泰三年，在做了三年皇太子之后，他被改封沂王（详见《两帝三朝全传》第二部）。因此，他应该比同龄的人成熟；而且，他确实比同龄的人成熟。但十八岁的他，在三十六岁的万氏面前，似乎永远也成熟不起来。来到万氏的居处，不等万氏有行礼的反应，他一头扎进万氏的怀里，撒娇般地叫道：“动也不动地坐上大半天，累坏了，贞儿姐姐给我按摩按摩。”

贞儿是万氏的乳名。皇帝一向唤她姐姐，这时仍唤她姐姐。万氏心里一下变得踏实了。她扶着皇帝坐起来，说:“做了皇上，该称朕，再不能我、我地叫自个儿了。”

“我——”皇帝调皮地吐了吐舌头，道，“朕一天都没忘，谁知一到贞儿姐姐面前就忘了。”说着，又一头扎进万氏的怀里。

万氏知道皇帝需要什么。她让皇帝枕着自己的大腿趴好，伸出两手，从皇帝的颈部到两肩，时而轻按，时而重按，时而轻捏，时而在指尖上加些力气；到了皇帝的背部，她两手握成拳，轻轻捶打；对皇帝的腰部以下，则是名副其实地抚摩，或轻或重，随心所欲，一直抚摩到皇帝的脚底心。

“贞儿姐姐，朕这会儿才像神仙呢！”皇帝由衷地说。

“皇上舒坦了？”万氏问。

“舒坦了。”皇帝说。

“那就坐好了说会儿话吧。”万氏道。

所谓坐好了，就是皇帝和她依偎着坐在一起。皇帝和往常一样，不是捧起她的手摸一摸，就是用自己的脸颊蹭一蹭她的脸颊。

万氏叹了口气，道:“再来一次吧。”

“贞儿姐姐不累吗？”皇帝问。

“累是累，但不愿停手。”万氏说。

“这是为何？”皇帝问。

“谁知今日让皇上舒坦了，日后还有没有机会。”万氏说。

“贞儿姐姐这话怎讲！”皇帝惊道。

“登极大典早就结束了吧，皇上却这时才来。今儿个是第一天坐朝，以后谁知皇上还有没有工夫来我这儿。”万氏怨懑地说。

“不来这里，却去何处？”皇帝问。

“哪个皇上不是有三宫六院！”万氏道。

“原来贞儿姐姐埋怨朕来迟了！”皇帝最不愿意被万氏埋怨；不过，为这事埋怨，比为其他事埋怨，好开解得多了，“登极大典确是早结束了，结束之后，又有内臣们禀事，故而来迟。”

“内臣，是老牛吧？”万氏问。

“有他，也有别个。”皇帝道。

“老牛禀的何事？是册立皇后吗？”万氏问。

“有册立皇后的事，也有别的事。”皇帝道。

万氏冷笑一声，说:“司礼监真是不得了，老牛真是不得了，册立皇后这等大事，都是他说了算数！”

“也不完全是他说了算数；他说的有道理，才算数。”皇帝稍辩。

“册立皇后的事，他说的有道理吗？”万氏问。

“其他内臣多附和，想来有道理。”皇帝道。

“于是，皇上答应他了？”万氏问。

“还没有，得请过母后懿旨，才算数。”皇帝说着，忽然觉察万氏对册立皇后一事特别关切，也体会得到她关切此事的原因。他问：“贞儿姐姐是不是想做这个皇后？”

“臣妾若是想做，皇上不为难吗？”万氏道，她通情达理地说，“皇后一定选自太子妃，臣妾既然没有被大行皇帝册立为太子妃，做皇后的念头早就断了；名分不名分的，也就不再想了。”

“贞儿姐姐说的是真心话？”皇帝问。

“在皇上面前，臣妾几时说过假话！”万氏道。

“像贞儿姐姐这般体谅朕的，再没有第二个人。”皇帝又是感动又是欣慰地说，“贞儿姐姐不想做皇后，想的是什么？你说出来，朕无不准。”

“皇上说的当真？”万氏问。

“朕几时敷衍过贞儿姐姐！”皇帝道。

“那臣妾就说了。”万氏说着，表示她奏请的不止一事，“臣妾不做皇后，皇后总得有人做，皇上总得去皇后那里，臣妾是拦不住的。臣妾但愿皇上看在往日的情分上，去她那里的日子，别比来臣妾这里的日子多。”

“这话多余，没有贞儿姐姐陪伴，朕怎得入眠！”皇帝道。

“皇上一定会有众多妃嫔，臣妾也拦不住。臣妾但愿皇上看在往日的情分上，别把众妃嫔太放在心上。”万氏又说。

“好，此事朕答应贞儿姐姐。”皇帝道。

“皇后，众妃嫔，哪个不想为皇上诞一二龙胎凤胎，臣妾拦不住。臣妾但愿皇上看在往日的情分上，让臣妾最早怀上龙种。”万氏奏请第三事。

“我知道了，贞儿姐姐不想做皇后，却想做皇太后。”皇帝笑着说。

“皇上答应不答应？”万氏问。

“此亦朕最大心愿，怎会不答应！”皇帝道。

第二章

锦衣卫使门达率一队官校出了东安门，一身着民服的官校迎了上来，手指不远处的一条小巷，说："大人，就在里面。"

"回来了吗？"门达问。

"回来了。"该官校道，并不厌其烦地说，"卑职亲眼见他进了巷子，进了院子，没见他再出来。卑职还巡视周围，该院只有前面一门，没有后门，没有旁门。卑职——"

"我知你办事仔细，这也值得表功！"门达打断他的话。

"卑职不敢！"该官校知趣地退到后面。

"你二人守巷口，你二人守门口，其他人随我进去拿人。"门达分派。

坐落在巷子深处的院落是典玺丞王纶的外宅。

东宫设六局，以典玺局为首。各局设局郎一人，局丞二人。郎、丞正、从五品，在内臣中并不是最高的；但由于受知于皇帝为东宫时，一旦龙飞，得到重用的机会比其他内臣大得多。王纶深信，凭着皇帝对他的恩宠，不出正月，他就会调任司礼监；不等改元，他就会升为太监。要是在他时、他处，他是不会把门达放在眼里的。但今天，他被堵在了家里，门达又气势汹汹，自然另当别论。

"门公找我？"王纶在称呼上抬高对方，明摆着是不吃眼前亏的客气。

"老王卧榻之侧，难道还住着别人？"门达不冷不热地说。

"有公事？"王纶问。

"没有公事，我敢来府上叩门？"门达道。

"门公尊姓门，谁家的门不敢叩？"王纶想调解气氛，说了句笑话。见门达不仅没有笑意，脸色反而愈加阴沉，他忙说："门公进屋稍坐片刻，今日煨了一锅滋补的汤，愿与门公共饮。"

"进屋，可以呀！稍坐片刻，也可以呀！不过，喝汤就免了。老王该换个吃饭的地方了。"门达说。

这话的意思是下狱，王纶怎会听不出来？将自己下狱，一定是奉旨，他怎会不知？他只能希望，门达是在敲诈威胁。一碗汤打发不走，金银珠宝还打发不走吗？

把门达让到上座，王纶深作一揖，说：“咱除一身之物，家里的一切，都是爷赐，门公看中了什么，尽管取走。”

“一身之外？你这身子，难道不是皇上的？”门达问。

“自然也是。”王纶讪讪地说。

“那好，你家里的一切，都是皇上所赐，我敢取吗？你这身子，我却是要取走的。”门达说。

“门公取走不妨，但总得告知缘故吧？”王纶道。见门达东看看，西看看，没有回应，他动手从一个箱子里拿出一锭极大的银子，掂了掂，换成一锭次大的银子，又掂了掂，换成一锭再小一点的银子，这才恭恭敬敬地放在门达身旁的桌案上。

门达把他的举动看得清清楚楚，但不动声色。他问：“给我的？”

“门公笑纳！”王纶说。

“笑纳可以；不过，收人钱财，与人消灾，老王今日之灾，我却怕是消不了。”门达慢条斯理地说。

“不求消灾，只求告知缘故。”王纶道。

“这却好办了。”门达把银锭揣进怀里，煞有介事地说，“老王呀，不是我说你，你的胆子也恁大！”

“在下何事坏了门公的规矩？”王纶问。

“我从来不立规矩；就算我立过规矩，老王也可以不理会。”门达说。

“在下何事坏了朝廷规矩？”王纶又问。

“你有件蓑衣吧？”门达反问。

“不止一件，有两三件呢。”王纶说。

“有一件两肩上缀有貂皮吧？”门达问。

“是。”王纶应道，“有人送了我两小块貂皮，派不上用场，被我缝在蓑衣上。门公若不嫌弃，甘愿奉送。”

“我可不愿拿它去惹祸。”门达道，又问，“老王，你有没有穿该件蓑衣进宫？”

“有。”王纶应道，“前两日降雪，我穿着它进宫的。”

“皇上可看到了？”门达问。

“看到了。”王纶说。

“私受馈赠，奢华无度，老王，该知道为何下狱了吧？”门达道。

“门公是说，爷因我穿了件不该穿的蓑衣，要将我下狱？”王纶问。

“当然不止这一件事。”门达说。

王纶等他告知别的事；他却两眼盯着屋里装细软的木箱，不说话。王纶会意，忙过去掀起箱盖，从里面拿出方才被换掉的次大的银锭，同样是恭恭敬敬地放在桌案上。

“给我的？”门达问，“老王欲知为何下狱，我已说了，干吗还要破费？”

“门公不是没说完吗？”王纶道。

“老王想知道更多，我就再说一事。”门达把这块银子又揣进怀里后，仍是那句话，“老王，不是我说你，你的胆子也恁大！”

“在下又坏了什么规矩？”王纶问。

门达目光在屋里一扫，道：“老王，你藏有不少上等宫酿呀！”

“是。”王纶应道，“都是爷在东宫时，因我办事得力而赐。门公若是喜爱，尽管搬去享用。”

“皇上所赐，轮得到我享用吗？还是等老王躲过此劫，我来府上讨一杯吧。”门达嘲弄地说，又问，“老王府上不乏雅客吧？”

“偶尔有文士过饮。”王纶说。

“文士过饮？恐怕不是一般的文士。”门达道。

“钱学士倒是来过几次。”王纶说。钱学士即翰林院侍读学士钱溥。

“来过几次？恐怕旬日之内就来几次吧？”门达道。

王纶想辩解，又一想，来多来少，有什么可辩的。他问：“听门公的口气，在下是受了钱学士的牵累？”

“你二位谁牵累了谁，这会儿还不好说；反正我来老王府上的工夫，我的副使正准备去钱宅呢。”门达道。

“如此说来，因我二人常在一起饮酒，双双得罪？”这个结论不会把王纶吓倒，但也不会让他满意，“我与钱学士交往非一日两日，爷在东宫时即知，可从来没有怪过我。”

“只是喝喝酒，有什么好怪的？”门达道。

难道还有别的缘故？王纶想问。但想到，凭空而问，除了被门达羞辱，不会有别的结果。于是，他从箱子里拿出那锭最大的银子，在把它放下前，赔着笑说：“在下知道，自个儿恁大胆，不劳门公再动口。”

门达掂了掂银锭的分量，这次没有立刻揣进怀里。他说：“其实，穿件缀有貂皮的蓑衣，和钱学士喝喝酒，不但算不得恁大胆，连大胆都算不上。而现在我要告诉你的，不仅是恁大胆，而且大胆到天下之人都不能容忍。”说着，问道，“老王，想掌司礼监吗？”

“想！”王纶觉得，这没有什么好隐瞒的，他说，“门公为锦衣校尉时，难道就不想掌锦衣卫？”

“同样是想，藏在心里和挂在嘴边，区别可是太大了。”门达道，“你身在监外，想掌司礼监；那些身在监内的公公们，谁不想掌司礼监？你开口闭口地说，皇上已选你做司礼掌印，他等岂能容你！”

“我知道了，是老牛怕我顶替了他。”王纶说。

“岂止他怕！”门达道，“你开口闭口又说，皇上已选钱学士入阁，顶替李阁老，内阁诸公及各部堂官，岂能容你！鼎革之际，司礼监当家的一道参本，内阁当家的一道参本，你还能指望皇上护着你！”

牢狱之灾看来是免不了，王纶开始想，自己这条命能不能保住。

二月下旬，天气渐渐变暖，京师内外，有了春天的气息。

门达被锦衣卫官校押解出宣武门时，除了觉得可悲，还觉得可笑。

大约一个月前，他亲自带人去逮拿王纶；大约十天之后，锦衣卫派出官校，将王纶解往南京；又大约十天之后，他被逮拿下狱，准确地说，他是在锦衣卫衙门里接旨，自己走进牢狱的；又大约十天之后，处分下达，他被发戍广西南丹卫。一月之内，真是风云变幻。他下狱，是因为被弹劾，法司给他列出的罪状是：恃恩藐法，玩弄威权；文网苛细，大狱屡兴；内直垂帘，别舍置系；假托上旨，恣行忍贪；官校驿骚，子弟牟利。比起他的党羽有被论死者，对他的处分应该说是很轻的。

获罪官员戍边也好，还乡也好，多是出宣武门；为离京官员饯行，也多选择宣武门外。得罪的人多，交好的人几乎没有，门达以为，不会有人为他饯行。不想，走出没几里，路旁一草亭外竟聚集着一伙人。如果没有认出为首一人是袁彬，即便看到这伙人都是锦衣卫的同僚，门达也猜不出，他们为什么聚在这里。袁彬原与他同官，与他处事不同，二人一向不和；后被他设计陷害，贬往南京锦衣卫，等于是赋闲。（详见《两帝三朝全传》第三部）在他下狱后，朝廷召袁彬掌锦衣卫事。

等到走近了，袁彬迎过来，对门达抱了抱拳，说：“紧赶慢赶，总算赶上送送你老兄了。”

门达不知应该感动，还是应该畏惧。从他下狱到他定罪，不过十天；从他定罪到他离京，也不过十天。二十天之内，颁旨到南京，再从南京北上到京师，说紧赶慢赶，一点儿也不过分。而袁彬紧赶慢赶，仅是为了送送他，还是要报昔日之仇，就难说了。

袁彬好像看出他的心思，指了指亭子，又指了指身后的人，说："略备水酒，邀集同僚，来为门兄送送行。"

门达这才真的被感动。他向袁彬揖了揖，道："前事多有得罪，惭愧！"

"旧事不提了，请！"袁彬让道。

亭里有石桌一，石凳四。袁彬道："沿途可借用处，多是如此简陋。老门若愿坐着，我一个，再推二人，相陪，其他人只好站着；老门若过意不去，大家就一起站着，饮杯酒，说说话。"

"袁大人和各位都可以坐，我乃罪臣，只当叩领各位高谊。"门达说。

"这话休得再提，我等送的是昔日同僚，又非罪臣。"袁彬说。

他端起一碗酒，递给门达，自己也拿了一碗。石桌上摆着十几个碗，有的盛了酒，有的没有盛酒。地位较高的锦衣卫官，各自端起盛了酒的碗。盛了酒的碗很快都有了归宿，地位较低的锦衣卫官拎起酒坛，往没有酒的碗里倒，直到每个人手里都有了酒，才停止。

"秀才们送行，都要赋诗；我等粗人，只好用话来告别。"袁彬说。

"袁大人接掌本卫，又是赶来送行的，告别的话当由袁大人说。"锦衣卫官员们纷纷言道。

"老门，你可有话要说？"袁彬问。

"没有，唯愿聆听袁大人教诲。"门达说。

"同僚之间，说什么教诲！"袁彬道，"我说几句可以，但不是因为我接掌锦衣卫，也不是因为我赶来送行；而是因为今日为老门饯行，是我提议的。"顿了顿，他伸出三指，说，"老门获罪远戍，我于本卫倡议为他饯行，有三个原因。"

"三个原因？"有人分明是不相信有这么多原因。

"对，三个原因。"袁彬肯定地说，"其一，老门在本卫当差二十年，理镇抚司刑狱十五年，清理奸徒，追查不法，不可谓无功。你我辈，未必有谁还能在本卫当差二十年，未必有谁还能理镇抚司刑狱十五年；即便有，也未必被后人说一句不可谓无功。各位看，该不该为他送行？"

"该，该。"锦衣卫官员们纷纷应道。

"既以为该，请饮酒！"袁彬说着，自己先喝了一口。

锦衣卫官员们或多或少，都随饮一口，只有门达不饮。

“老门，为何不饮，是我所论，不抵你功？”袁彬问。

“不，袁大人所论，令罪臣汗颜。”门达说。

“好，那我就说一个不让你汗颜的。”袁彬道，“其二，老门获罪而去，我等却仍要办本卫的差使。法司论老门之罪之失，皆为我等之戒。各位看，该不该为他送行？”

“该，该。”锦衣卫官员们纷纷应道。

袁彬带头，大家又喝了一口，门达仍不饮。

“我说到老门痛处了吧？”袁彬问。

“非也！”门达摇着头说，“我早肯听逆耳之言，也不致有今日。”

“我再说第三个原因吧。”袁彬道，又特别对门达说，“我说了两个送行的原因，老门都不肯饮；这次再不肯饮，可要辜负我等一片心意了。”

“袁大人且说说看。”门达不说饮，也不说不饮。

“我在南京时听说，本卫大门去年底忽被狂风摧折，可有此事？”袁彬问的是门达，也是锦衣卫官员们。

“此事不虚，我等皆亲眼所见。”一官员说。

“其实，说不上狂风，那阵风只是太怪。”另一官员说。

“怪在哪里？”袁彬问。

“邻近院落，门户并不结实，而未摧折，本卫大门如铜墙铁壁一般，偏偏却被摧折，袁大人道怪不怪！”该官员说。

“要我说，也不怪。”袁彬道，“凡事都有个道理。其他门户不被摧折，有不被摧折的道理；本卫大门被摧折，有被摧折的道理。本卫当家的，在朝廷也算一号人物，他将要获罪，老天能不给个警示？”

“袁大人是说，本卫大门摧折，乃门达人获罪先兆？”有官员问。

“对，就是这个意思。”袁彬应了一声，对门达说，“老门获罪，老天都有先兆，我等因此而来送行。老门不领我等之情，不可不领老天之情吧？来，和我等一起饮一口。”

“别说饮一口，饮一碗都应该！”门达说着，把碗里的酒喝干。

第三章

李贤等把牛玉让进阁中，分宾主坐定。

因为牛玉不是来传旨，所以李贤问：“牛公公有何贵干？”

“特来向原德先生讨个人情。”牛玉说。

“向我讨个人情？”彼此太熟悉了，见面都会开个玩笑，但李贤拿不准，牛玉会开什么样的玩笑。

“原德先生曾呼过我一次老牛，还记得吧？”牛玉问。

“不久前的事，怎不记得。”李贤说。

“原德先生一声老牛，呼得我心里暖融融的，故而请原德先生多呼几声老牛。”牛玉说。

竟有这等人情，彭时、陈文都忍不住笑起来。

李贤也笑了，道：“一之为甚，岂可再乎？”

说笑之后，牛玉立刻变得严肃起来。他说：“我今日来，确有件大事，而且是老先生们无不关切的大事，须得计议。”

陈文脑子转得比另外两位阁臣快，一听是他等关切的大事，马上问：“可是上皇太后尊号之事？”

“安简先生怎想到的？”牛玉这么一问，显然是陈文所料不差。

“眼下大计，无过册立皇后与上皇太后尊号二事，而上皇太后尊号，应在册立皇后之前。”陈问说。

“安简先生说的极是，我来，确是为的此事。”牛玉道。

“若是为的此事——”李贤稍一沉吟，表明有自己的看法。他问，“是皇上差牛公公来的，还是牛公公自家来的？”

“老先生们关切的大事，皇上自然也关切。”牛玉没有正面回答，意思却再明白不过。

“那就请牛公公禀奏皇上，此事无须计议。”李贤说。

"无须计议？"牛玉怀疑自己听错了。

"对，无须计议。"李贤道。

"可安简先生以为，眼下大计，无过二事；而此事在彼事之前。"牛玉借用陈文的话来分辩。

"安简先生的话不错；只不过，事虽重大，却无须计议。"李贤说。

"这是为何？"牛玉边问边看彭时、陈文，像是希望他们出面来反驳，或是在观察他们听懂了没有。

他二人脸上都没有表情，牛玉只好回过头听李贤的解释。

"牛公公，他人不解，有情可原，你不该不解呀！"李贤说。

"我为何该解？"牛玉问。

"当日大行皇帝遗诏，不是你传谕内阁的吗？大行皇帝谆谆叮咛，定后、妃名分，今须奉遗诏行事，何须计议！"李贤道。

定后、妃名分，确实是大行皇帝的遗诏，但所指并不明确。有可能，大行皇帝指的是他本人的后、妃，那是说，当他在位时，皇后钱氏是皇后，他不在了，是皇太后。周氏虽是皇太子的生母，也只能是皇贵妃、皇太妃；也有可能，大行皇帝指的是新天子的后、妃，毕竟，东宫有王、吴、柏三妃，谁为后，谁为妃，要确定名分。

既然陈文说，上皇太后尊号应该在册立皇后之前；既然牛玉同意，上皇太后尊号应该在册立皇后之前，李贤也宁愿相信，大行皇帝"定后、妃名分"，指的是这件事。

牛玉又朝彭时、陈文看去。彭时、陈文看来都有话说；不过，不想主动说，在等牛玉询问。

"纯道先生之见呢？"牛玉先问彭时。

"原德先生之言是也。"彭时简而言之。

"纯道先生能不能多说一句？"牛玉道。

"朝廷所以服天下者，正纲常也；大行皇帝谆谆叮咛定后、妃名分，为正纲常也。今若不奉大行皇帝遗诏行事，有损圣德。"彭时说。

他的态度比李贤还要明朗，没什么可再问的。牛玉又问陈文："安简先生有何高见？"

"仅凭无须计议一言，恐应付不过去。"陈文也只说一句话。

"怎讲？"牛玉问。

"内阁说无须计议，皇上就以为无须计议了？就算皇上这一关过去了，皇上亦谕曰：此事无须计议，后宫那一关过得去吗？”陈文道。

“安简先生能否说得再明确些？”牛玉提出要求。

“想得明白，才能说得明确；我还没想明白。”陈文不愿再说。

牛玉也不再追问。他说：“老先生们各持所见，我会如实禀奏皇上。不过，对安简先生所议，我想订正一句：无须计议，皇上这一关也过不去。”

说罢，他对三人一揖，道：“告辞！”

内臣夏时正在周贵妃宫中回话，听说皇帝来了，要回避。

“回避什么，你这些话，我正想让皇上听听呢。”周贵妃说。

皇帝行礼请安，道：“娘娘安好！”

皇帝的名分虽定了，周贵妃的名分却没有定，称呼起来颇有些为难：径称母后，不合适；仍称母亲，也不合适。不知谁出的个主意，暂以娘娘称呼，对付过这段日子。皇帝采纳了。

“我倒是安好，我看，皇上却有些不好。”周贵妃说。

“儿无病无灾，有什么不好？”皇帝问。

“别的不能叫，只得叫娘娘；吞吞吐吐，又叫不出来。也难怪，娘娘是皇上该叫的吗？”周贵妃道。

“母亲责备的是。此事，儿已让大臣们去议了。”被周贵妃挖苦，皇帝又恢复了昔日的称呼。

“这才对了，既不敢称母后，不如仍称母亲。”周贵妃说着，又问，“大臣们怎么说？”

“议论不一，有的主张尊一皇太后、一皇太妃，有的主张尊两宫皇太后。”皇帝说。

“尊一太后一太妃，有依据吗？”周贵妃问。

“他等说，皇考遗诏中有‘定后、妃名分’。”皇帝说。

“尊两宫皇太后呢？”周贵妃问。

“他等说，母亲既为儿臣生母，理当得太后名分。”皇帝说。

“这可真是公说公有理，婆说婆有理呀！”周贵妃不置可否地评论了一句，然后问，“那么，皇上是何主张？”

“儿拿不定主意，请母亲示下。”皇帝说。

“皇上肯听我的？”周贵妃问。

“儿以母亲之取舍为取舍。”皇帝说。

“既如此，我就说说。”周贵妃道，“本朝并无两宫先例，我看呢，还是尊一皇太后为是。”

“母亲！”这番话大出皇帝所料，他呼一声后，说不出别的话来。

“不过，该尊谁为皇太后，皇上得琢磨琢磨。”周贵妃马上补充一句。

“是，请母亲慈训。”皇帝道。

“我也不能多说；我若说多了，人家会怪我娘儿俩有私。皇上不妨多听听别人是怎么说的。”周贵妃说着，喝道，“夏时！”

“奴才在。”夏时忙应。

“你禀明皇上，都听到些什么议论。”周贵妃命道。

“是。”夏时应了一声，对皇帝说，“爷，奴才听不少人议论，我大明朝从来只尊一太后，今日也当尊一太后。”

“这话朕已知道了。你只说，他等议论，当尊哪一宫的娘娘为皇太后。”皇帝命道。

“还用说吗！咱宫娘娘是圣母，自该尊她老人家为皇太后。”夏时道。

“那皇考的正宫呢？”皇帝问。

“可尊为皇太妃。”夏时说。

如果说，尊两宫皇太后，在本朝不曾有过，那是因为没有出现过皇太子非正宫所出的情形；而把先帝的皇后改尊为皇太妃，则是闻所未闻。皇帝赞成尊两宫皇太后，一方面是希望自己的母亲得到皇太后的名分；另一方面也是觉得，先帝的皇后，理所当然是今时的皇太后。

当着周贵妃的面，不便公然反驳这种议论，公然斥责夏时。他于是问：“如此处置，可有先例？”

“有。”夏时应道，“我朝既无尊两宫皇太后的先例，亦无无子而称皇后的先例。至于皇后不得为皇太后，则有宣德朝故事。”

所谓宣德朝故事，是指宣宗皇帝的第一个皇后胡氏被废。皇帝听了，觉得该故事根本不能作为把皇考的皇后尊为皇太妃的先例。胡氏被废，表面原因是无子，实际原因是宣宗皇帝宠爱贵妃孙氏；而皇考并非宠爱周贵妃，冷落钱皇后。这是其一。胡氏被废，孙氏被立，都发生于宣宗皇帝在位时，并非宣宗皇帝崩后才有的变故。这是其二。

“老夏，你对本朝典故很熟悉呀！”皇帝冷冷地说。

夏时品出皇帝不是在夸奖自己，忙说：“奴才并不熟悉本朝典故，只是听许多人在这么说。”

“皇上，我不为难你，你也别为难老夏。让他把听到的议论，说与大臣们知道，着大臣们再议，如何？”周贵妃问。

“儿谨遵慈命。”皇帝应道。

来内阁传达旨意的是夏时，而不是牛玉，李贤、彭时都觉得不是个好兆头。牛玉不管有多少毛病，在钱皇后与周贵妃之间，并不偏袒某一方；而夏时则是专为周贵妃办事的。

“原德先生，在下是来宣示贵妃娘娘旨意的。”夏时大模大样地说。

“是。”李贤应道。

“我就这么宣示吗？”夏时很少和外廷打交道，见他说了宣旨，各臣们并不跪拜，觉得奇怪。

“内阁只拜皇上圣旨，不拜后宫懿旨；况且，尊号未上，贵妃娘娘的旨意还算不得懿旨。”李贤不卑不亢地说。

一开始，局面就有点儿僵持。陈文从中调和道：“夏公公，贵妃娘娘有何旨意，就请宣示吧。”

夏时咳嗽一声，道：“子为皇帝，母当为太后，岂有无子而称太后者？宣德间有故事。”又咳嗽一声，说，“贵妃娘娘的旨意，万岁爷已知道了，命老先生们议之。”

这件事，内阁一直在议，也不时有内臣把宫里的议论、把皇帝的意思传达给他们。按照李贤最初的想法，应尊钱皇后为皇太后，尊周贵妃为皇太妃；现在退了一步，他以为，周贵妃作为皇上的生母，不是不能尊为皇太后，但不宜在大行皇帝宾天之后，立即尊为皇太后，不宜和钱皇后一起尊为皇太后。至于单独尊周贵妃为皇太后，他想都没想过。听夏时说出周贵妃的意思，他脸色大变，不由自主地看了彭时一眼。彭时和他心意相通，而陈文持议往往和他相左，他希望彭时能先开口。

“夏公公，周贵妃是说宣德间有故事吗？”彭时问。

“是啊，贵妃娘娘博采众议，听说过宣德间胡皇后的故事，以为适于今日之事。”夏时道。

他赞周贵妃博采众议，实则表白，他是周贵妃的谋主。当然，这份得意只有他自己才知道。不料，彭时当即加以批驳。

“今事与宣德间不同。胡后是上表让位、退居别宫的。故正统初年，不加胡后尊号。今钱后名分仍在，怎能以宣德间故事为例！”彭时道。

“是啊，正因差了那么一点儿，所以贵妃娘娘才让我来内阁找诸位老先生计议嘛；若是不差那么一点儿，和礼部打个招呼不就成了。”夏时说。

“不知差的是哪一点儿？”彭时问。

“一道奏表呀！”夏时道，“诸位老先生帮着钱皇后拟一道让位的奏表，今日之事和宣德间故事，不就没什么不同了吗？”

这么重大的一件事，竟如儿戏一般说出来，彭时大为反感。他说：“夏公公莫忘了，钱后乃大行皇帝之后。”

“那又怎样？”夏时仍是满不在乎的口气。

“大行皇帝之后，大行皇帝在日不曾上表让位，今日即便钱后本人欲上奏表，谁敢为她草拟！”彭时说。

“钱后欲上奏表，无人敢草拟，这不奇怪；但现在请老先生们草拟奏表的，不是她呀，是贵妃娘娘呀！”夏时道。

“贵妃欲上此奏表，我等就更不敢草拟了。”李贤说。

“原德先生这个更字用得不妥吧，让人听了，很是别扭。”夏时道。

“夏公公别扭，也无可奈何。我这么说，是有缘故的。”李贤说。

“有何缘故？”夏时问。

“钱后欲上此奏表，虽不合制度，但还可以说有谦让之德；贵妃欲上此奏表，我等身为人臣，难免要背负阿谀顺从的骂名。”李贤说。

“这我就不懂了，”夏时一拍桌子，道，“同一件事，出自钱后之意，是谦让之德；出自贵妃娘娘，则要背负骂名。老先生们眼里，还有贵妃娘娘吗？还有万岁爷吗？我看，你等是有二心吧！”

彭时拱手向天，道：“太祖、太宗神灵在上，臣等对当今天子岂敢有二心！如夏公公所言，钱后无子，我等强为她争，会得什么好处？我等不忍缄默，无非是为了个义字，无非为全主上圣德。”

“万岁爷尊生母，出于孝心，难道不是圣德？”夏时诘问。

“孝有小孝，有大孝。”彭时说。

“尊生母，是小孝吗？”夏时又诘问。

“尊生母，纵然非小孝；然贵为天子，尊先帝，乃更大之孝。钱后为大行皇帝册立之后，为天下母，亦为皇上母。尊钱后，即尊先帝，此乃孝之最大者。”彭时说。

“照纯道先生这么说，皇上只能尊钱后娘娘，不能尊贵妃娘娘了？皇上要行最大的孝，就不能行尊生母之大孝了？”夏时斥道。

他的口气仍然很严厉，谈论此事仍然不讲道理。但李贤、彭时都听出来，他在试探有没有回旋的余地。不管这仅是他自己的想法，还是从周贵妃那里得到过暗示，他们都觉得，这个机会不能放过。

“纯道先生才说了，尊生母，亦非小孝。”李贤回应道。

“既非小孝，当如何行之？”夏时问。

李贤以眼神向彭时示意，请他来说。

“以两宫并尊为宜。”彭时说。

“亦即，钱后与贵妃娘娘同时尊为皇太后？”夏时强调的是同时二字。

“是。”彭时应道。

“我怎么记得，有人曾纠缠于‘定后、妃名分’，并称无须计议呀！”夏时似在寻衅。

“定后、妃名分，乃先帝遗诏，身为臣子，奉行而已，怎说得上纠缠！”彭时严正地反驳。

“先帝以定后、妃名分为嘱，非以定太后、太妃名分为嘱，其中必有深意。大行皇帝之后，尊为皇太后，此事无须计议；而母以子贵，贵妃既为今上生母，尊为皇太后，也在情理之中。故宜两宫并尊。”李贤则婉转地解释。

双方都退一步，夏时觉得有了面子。他向三人揖了揖，道：“那好，我就照老先生们这层意思复旨吧。”

内臣覃包进到内阁，向三位阁臣拱了拱手，道：“爷特命我来，向老先生们报个喜讯。”

三人谢过恩，又向覃包道过辛苦。李贤问：“覃公公，是何喜讯？”

“老先生们两宫并尊之议，贵妃娘娘已然答应了。”覃包说。

确是极大的喜讯。要不是当着外人的面，李贤、彭时恨不得额手相庆。

覃包随即向李贤深作一揖。李贤还没来得及还礼，他又向彭时深作一揖。而对陈文，他只是敷衍地拱了拱手。三阁臣，至少是李贤、彭时，在还礼的同时都在想，到底是第一次来内阁，太客气了。而听了覃包的说明，三人无不惶惶不安。

“爷命我代他向老先生们致谢！”覃包说。

“覃公公，这话从何说起？”李贤问。

“爷但命致谢；为何致谢，并未交代。”覃包说。

“既如此，我等怎受得起覃公公这一揖？”李贤话音刚落，立刻发觉这话有毛病。覃包行礼，是代皇帝致谢，难道说明了原委，他等就受得起了吗？于是又说：

“总之，致谢云云，臣等不敢领受。”

“请覃公公将我等恳辞之意，上达圣聪。”彭时加上一句。

“好说。”覃包应承下来。

李贤忽发灵感，问：“皇上并未交代，覃公公，你不会没想过吧？”

“原德先生问我怎想的？”覃包反问一句。

“是。”李贤应道。

“我想，爷对老先生们很是敬重呀！”覃包说。

这当然不是李贤想要的答案。他尴尬地一笑，不好再问下去。

“原德先生是说，皇上虽未交代，覃公公应知圣意吧。”彭时替他说。

“纯道先生若问知与不知，我是不知的；若问想过没想过，我确实想过。”覃包说。

“可否告知？”李贤、彭时同时告求。

“说说也不妨。不过，原德先生、纯道先生只可听听而已，不可传于阁外。”覃包说着，看了陈文一眼，道，“对了，还有安简先生。”

“那是一定的。”三人应道。

“爷敬贵妃，亦敬钱后，两宫并尊，固是爷之心愿。然贵妃娘娘惑于传言，或作他想。爷碍于母子之情，难于自主。非原德先生、纯道先生力争，将误大事。爷命我向老先生们致谢，或是为此。”覃包说。

“致谢云云，我等恳辞过了，覃公公休得再说。”李贤、彭时道。

陈文方才没有附和，这会儿仍没有附和。这倒不是因为他以为受之无愧，而恰恰是因为他羞愧难当。当李贤、彭时希望暂尊一皇太后、一皇太妃时，他虽然没有明确表示，但想的是应该两宫并尊；当周贵妃明确提出只立一宫后，李贤、彭时审时度势，提出两宫并尊，在内阁同僚面前，在来内阁计议的内臣面前，他再没有发过一言。皇帝让覃包来致谢，是向李贤、彭时致谢，与他无关。

“礼也行过，话也说过，我该回宫了。”覃包说着，站了起来。

三阁臣随他起身。李贤说：“覃公公，还有一议，请代为禀奏。”

“是原德先生之议？”覃包问。

李贤才要点头，彭时说：“原德先生对我提过，我以为很是。”

“二位谁来说？”覃包问。

“原德先生倡议，自是原德先生说。”彭时绝不会争。

“那么，原德先生请说吧。”覃包道。

“两宫并尊，宜稍加区别，臣以为，可在钱太后前加二字徽号，以便称谓。”李贤说。

“加哪两个字，原德先生等议过吗？”覃包问。

“可用慈懿二字。”李贤说。

三月初一日，尊钱皇后为慈懿皇太后，尊周贵妃为皇太后。

第四章

南京几名给事中，聚在刑科值房里，合计上疏的事。王徽是刑科给事中，成为当然的主人，他把另外四名给事中看了又看，不由笑了。

“我等很好看吗，值得你哂笑！”工科给事中李钧道。

“一则，晚辈并非哂笑；二则，晚辈不由发笑，与前辈们好看不好看无关。”王徽说。他是天顺四年进士，李钧是景泰二年进士，另外三人，王渊、朱宽、李翔，都是天顺元年进士。所以，王徽以晚辈自居。

“兄台不由发笑，为的何事？”王渊问。

“我等五人，当以前辈为首。”王徽说。

“你称李先生为前辈，也就罢了，我等科第，相差不过一届，何来前辈后辈之分！”王渊说着，问道，“兄台为何说当以我为首？”

“这还不好解吗，你在吏垣呀。”朱宽道。

“如此说来，兄台位居第三了？”王渊道。

“我居第三，谁居次席？”朱宽问。

王渊看了看其他人，忍不住也笑起来。除他在吏科、王徽在刑科外，朱宽在礼科，李翔在兵科，李钧在工科，缺的是户科给事中。

“我知他为何发笑了。”王渊指着王徽说。

“他为何发笑？”朱宽问。

“我五人应了句成语：独一无二。”王渊道。

“兄台也忒自大了，我等谁不是唯一，为何单说自家独一！”朱宽道。

“改为独五无二，如何？”王渊问。

“那还不如改为五毒无二，我说的是毒如蛇蝎的毒。”李翔道。

他三个天顺元年的进士说笑不停，直到李钧咳嗽一声，才住口。

“既然无二，我等正好不议会计之事好了。”李钧也说了句笑话，免得他三人难堪。

“不议会计之事，甚合我意。”李翔说。

“不议会计之事，我想，不会有人提出异议；我担心的是，主议何事，我等会有分歧。”王渊说。

“主议之事怎讲？”朱宽问。

“如主议选官之事，或册立之事，或选营之事，或刑狱之事，或修造之事。”王渊列出各科主要审核的事务。

“我看，该着主议刑狱之事。”李钧说。

“这是为何？因我等聚在刑科吗？”朱宽问。

“那还在其次。诸位不见，主人已在草拟疏稿了吗？”李钧道。

果然，在他等谈论时，王徽已经写出半页纸了。

王渊凑过去，看了一眼，说：“李先生差矣，主人议的并非刑狱。”

“不是刑狱，却是何事？”李钧问。

“我读与诸位听听。”王渊说着，读道，“皇上嗣位，屡诏求言，忠谠日闻而言路不开者，何也？”

后边肯定还有写好的话，他没读下去。

“兄台怎不读了？”李翔问。

“我说主人议的不是刑狱，读此一句，还判断不出议的是不是刑狱吗？”王渊道。

李钧、朱宽、李翔三人均点头称是。

“客随主便，我看，今日奏事，正当以广开言路为主议。”李钧提议。

“是啊，科、道被视为言官，若不以广开言路为主议，我等联名上疏，岂不是有名义不正之嫌？”李翔道。

“首席，可以读下去了吧？”朱宽催促。

王渊笑了笑，往下读道：“臣谓有二端焉：一则庸劣之臣，阻直言也；二则奸佞之臣，惧直言也。”

“等等！”朱宽忽然喝道。

王渊一惊，难免有怨气，话里也带上刺：“怎么，兄台是不是以为仅有二端不够，还该有三端四端？”

“二端也罢，三端四端也罢，总该一一阐述。”朱宽道。

“这是应该的。”李钧附和。

“李先生还为他打气，要不是他打断，‘庸劣之臣阻直言也’一端，我就该已读完了。”王渊说着，读下去，“诸臣之言，切皇上身者，固已行之矣。其有发下所司者，多不便已，所司则妄奏阻尼；既有所行，虚文而已。如此，则言官讳无益而不言。”

“怎——”朱宽见他停顿了，又要开口，但只说出一个字，便把嘴堵住，并捅了捅身边的李翔。

“兄台有话就说，何必怂恿我！”李翔道。

“我不是怕他怪我多嘴嘛！”朱宽说。

“你怕他怪你多嘴，就不怕他怪我多嘴？”李翔道。

“他怪一人，毛病或在我；怪二人，毛病未必在你我；怪的再多，毛病一定在他。”朱宽说。

李钧、王徽二人被逗笑了。王渊本来绷着脸，以示不满，但绷不了一会儿，也笑了出来。

“要不，兄台读，我来多嘴？”他说。

“不必，不必，兄台读得很好。”朱宽推托。

“不是我读得好，是我的本家兄弟写得好。”王渊对王徽竖了竖拇指，然后说，“我所以停下来，是想请诸位说说，‘庸劣之臣阻直言也’一端，有没有要补充的。”

“此议再无其他？”李翔似乎觉得少了点儿。

“好啊，老四有话增补，老五录之。”朱宽张罗。六科中，兵科列第四，刑科列第五，他按照六科的排序，给李翔、王徽编号。

“遵命！”王徽应过，铺好一张纸，执笔等候。

李翔背着手，在屋里踱步，看来在斟酌字句。但走了一圈后，他却说：“既目为庸劣，点到即可，不必多着笔墨。”

“重点在论奸佞之臣，很是。”李钧从另一个方面议论。

“那么，我接读第二端。”王渊道。

下面其实没有多少内容。他读道：且奸佞之臣，惧直言者也。于进言之人，多方钳制。

李翔不等朱宽开口，抢先问道：“此一端不会也点到为止吧？”

“兄台说对了，还真是点到为止。”王渊说。

“不是重点在论奸佞之臣吗？”李翔问。

“那是李先生说的。”王渊道。

“重点在论奸佞之臣，我很是赞成；不过，我只写到这里，正好请前辈们议之，我来录写。”王徽说。

众人不甘落后，都集中精力考虑，该怎样增加这方面的内容，怎样遣词造句。王渊最早打开一条思路。

“兄台最厌恶被人指为何事？”他问朱宽。

“轻薄。”朱宽道。

“却是为何？”王渊问。

“谏议数载，涉及之人，动则指以轻薄。”朱宽说。

“我最厌恶被人指为狂妄，原因嘛，和兄台相同。不如‘奸佞之臣，惧直言者也’之后，续以或指为轻薄，或指为狂妄，如何？”王渊道。

没有人反对。

“两位前辈的奏章，我亦拜读过。明明是严正之论，怎成了轻薄；明明是赤诚之心，怎成了狂妄？不过，”王徽赞着赞着，口气一转，“前辈所用二字，我觉着耐人寻味。”

“哪两个字？”王渊、朱宽问。

“厌恶。”王徽道。

“兄台是说，对此等行径，当痛斥之，而不仅是厌恶？”王渊问。

“是。”王徽应道。

“兄台不知，我用这两个字是有缘故的，”王渊道，“我等非圣贤，孰能无过？我非轻薄之徒，朱兄非狂妄之士，但待人接物时，难免有一两句不合时宜的话，草拟疏稿时，难免有一两个不恰当的字词。”

“那不如‘或指为轻薄，或指为狂妄’之后，再加以：或寻其瑕衅，或幸其差失，如何？”王徽道。

“好啊，这话与其让别人写，不如自家来写。”朱宽说。

“兄台别光顾着说，快写上呀！”王渊道。

王徽书写的工夫，李翔问李钧：“李先生厌恶别人指为何事？”

“你的意思，你我也各加一句指为某事，再由主人点评两句？那不成了东施效颦！”李钧说。

“所谓重点在奸佞之臣，这就足够了？”李翔问。

“若以为不足，却须另辟蹊径。”李钧说。

“何谓蹊径，敬请指点。”李翔道。

“譬如，不如联系各科之职。”李钧说。

“先生曾言，今日奏事，正当以广开言路为主议，怎么又改为各科之职？”李翔道。

“并未改，虽涉及各科之职，仍要回到广开言路上。”李钧说。

“这怎么回得来？”李翔还是想不明白。

王徽却听懂了，他举一例说：“譬如：言及更张，则曰变乱成法。制度更张，是礼垣之职；但我等议的，却是奸佞之徒的态度。”

“前者谓，奸佞之徒惧开言路，此又谓奸佞之徒扰乱职事，确是另辟蹊径。”王渊说。

“好是好，我礼科的职事却被人抢着说了。”朱宽道。

“兄台不必抱怨，礼科的职事被人说了，你可以说吏科的职事。”王渊大度地说。

“言及荐举，则曰专擅选官。”朱宽正好想出对仗的句子。

“虽是李先生所议，我看，最难写的，怕是工科的职事。”李翔说。

“不碍事，工科的职事难说，我就说别的。”李钧随即说了一句，“言及弹劾，则曰排陷大臣。”

“这不回到了广开言路上！”李翔道。

“回到广开言路上就好，我等正好打住。”王渊说着，念出两句结尾的话，“刑罚明加，怒恨暗怀。如此，则言官惧祸害而不言，言路所以不开。”念罢，问王徽，“兄台记下否？”

“记是记下了，不过还有层意思，似宜奏言。”王徽说。

“你说。”王渊道。

“前辈言及排陷大臣，实则比岁以来，大臣犯罪系狱，裸衣受刑，曾不数日，寻复旧职。”王徽说着，向众人一揖，“这层意思，还望诸位前辈斟酌斟酌。”

“把兄台说的几句写上即可，何须斟酌！”朱宽道。

“倒是应加上一句：臣谓如此，非所以重大臣也。”王渊说。

“朝廷重大臣，须有其方。”李翔说。

“夫大臣，群僚之表也，诚重大臣，要使无轻进而已。”朱宽说了一句，问，“可使得？”

“一言以蔽之，为何使不得！”李翔道。

“诸位皆言当重大臣，难道当重的只是大臣？”李钧问。

“李先生何意，是不是还要写写当重科、道？”朱宽觉得有些好笑，“我等议当重大臣，恰因某些大臣不自重，难道我等也不自重？”

“不自重的科、道是有的；但我问当重的是否只有大臣，说的却不是此意。”李钧道。

“那是何意？”朱宽问。

“李先生大概是说，既然言及当重大臣，勋戚、武臣等也该提一提。”王徽说着，问李钧，“晚辈所言，不知对否？”

“不错，就是此意。”李钧道。

“方才不知哪位一句话，把工科的职事错过去了，我还以为，兵科的职事，也不会有人提及呢。”李翔说。

“兄台愤愤不平，想是已打好腹稿。”王渊要他说。

“平时，官总兵为尊，征伐、挂帅印为尊，我就说说二者。”李翔道，“内外总兵官，非依勋戚，则以贿赂，以致士兵内怨，夷狄外侵。国家安危，未有不系将帅；将帅得人，未有不系本兵者。”

“不是论勋戚、武臣吗，怎又说到本兵了？我还以为，前面言及当重大臣，本兵也在其中呢。”朱宽说。

“反复阐述，这不要紧。我倒是觉得，将帅得人，皆系本兵；总兵官得人，何尝不系于本兵！”王渊道。

“内外总兵官得人固难；但我看，即便得人，亦难以施展。”李钧说。

“李先生是说，有掣肘者？”李翔问。

李钧点了点头，应道：“是。”

“不是指文臣督、抚吧？”李翔又问。

李钧摇了摇头，道：“督、抚亦被掣肘。”

“我知道了，李先生是指监军内臣。”李翔说。

“内臣岂止掣肘总兵，掣肘督、抚，哪个衙门不被其掣肘！”朱宽道。

“诸位稍静，今日主人又写了一段。”王渊见王徽不停地在写，遂立于他身后，读道，“比见无耻大臣，交结内官，鬻狱卖官，擅作威福。自古宦官委以大权，卒致乱败，卒用刑戮。皇上法高皇帝而已，毋使管军管匠，置立田宅；文武官毋使交结。凡有政事，宸衷是断，馆阁大臣是议，毋使干涉。推择谨厚，奉侍左右，安其位，厚其赏，不失富贵，无复外望而已耳。”

内容议得差不多了，但次序比较乱。五人你一句我一句，列出四个题目：一曰开言路，一曰重大臣，一曰重将帅，一曰禁内臣。然后，委托王徽抄录成奏本，上之。

第五章

翰林院编修丘濬是李贤家中常客，而且，一来就讨酒喝。李贤深知此人颇为矜持，向他讨酒，无非是表示亲近。他重丘濬之才，不但每讨必予，而且会陪着他饮上几口。

丘濬饮第一盅，道："为晚生之幸，原德公饮不饮？"

"恐怕不是为仲深一人之幸吧？"李贤问。

丘濬字仲深，广东琼山人，景泰五年进士，并选庶吉士。

"亦为晚生乡梓。"丘濬道。

"仲深虽出自南海边陲，其民亦是朝廷赤子。其有幸，不得不贺。"李贤说着，也饮了一盅。

丘濬又饮一盅，道："为朝廷之忧，原德公饮不饮？"

"先忧而忧，乃哲人之训，不敢违。"李贤说。

丘濬等他饮过后，把酒盅放下。

"无所言者，我也可陪仲深再饮一回。"李贤说。

"并非无所言，而是不忍言。"丘濬道。

"何事不忍言？"李贤好奇地问。

"要说不忍言者，先得说已说者。"丘濬绕了个圈子，"为晚生之幸而饮，原德公可知为的何事？"

"不知，我饮的是糊涂酒。"李贤笑着说。

丘濬本该陪着笑一笑，但他不笑，以表明他要说的是一件很严重的事。

"叶与中仓皇而去，我为之庆幸，两广之人，无不为之庆幸。"他说的是两广巡抚叶盛去官。

"叶与中滥杀之状，仲深对我说过不少，我也听别人说过不少；朝廷召他还朝，是给他个分辩的机会。"李贤说。

他这是在示意丘濬，叶盛在两广任上的详情，不必再说了。丘濬于是问："为朝廷之忧而饮，原德公可知为的何事？”

“亦不知。”李贤说。

“叶与中还朝，朝中无宁日矣！”丘濬道。

“此话怎讲？”李贤觉得他言重了。

“遇事，无论轻重缓急，必辩；既辩，无论有无道理，必固执己见。朝中无时无刻不在争执，还能有宁日吗！”丘濬道。

“纵然他有此好，仲深还是多虑了。朝廷召他，是命他还朝议事，不是命他还朝任职。”李贤说。

“他若是还朝后不肯再出呢？”丘濬问。

“不肯再出？由不得他吧！”李贤觉得没有这种可能。

“若是有人良莠不分，设法留他于朝呢？”丘濬问。

“你是说吏部？”李贤也觉含糊了。

“吏部未必愿留他，但科、道中颂其人品赞其功德的不少。”丘濬说。

“这就却不好办了。”李贤道，“若是吏部议留叶与中，九皋先生稳健持重，还说得通；科、道举荐他，一旦驳回，难免招致壅塞言路之议。”

“所以，晚生不得不为朝廷忧之。”丘濬说。

李贤心想，这个话题，最好到此为止。丘濬与叶盛相差三科，或许算不上隔代，但也不完全是同代人。二人为何结有深怨，他没有追究过。若是同朝为官时结的怨，一个在翰苑，一个任了多年给事中，不会有直接的利害冲突；若是叶盛官两广，丘濬作为乡绅，结下的怨，叶盛主要是在平息广西的寇乱呀。只能说，二人都有才气，免不了会争强好胜。

但李贤又极欲知道，丘濬不忍说的是什么事。为朝廷忧之的话都不避讳，不忍言者，一定和他有直接的关系。

他斟满两盅酒，一盅自己拿起，一盅放在丘濬面前。

“原德公敬酒，不敢当！”丘濬说。

“不妨；仲深不饮，我饮！”李贤道。

“岂敢！”丘濬当然不会不饮。

李贤却没有饮，他端着酒盅说：“前两盅都有说词，这一盅也该有吧。”

“是。”丘濬稍一迟疑，问，“为原德公之忧，原德公饮不饮？”

“古人贺贫，仲深贺忧，其意一也。”李贤说。

看着他把酒喝了，丘濬揖揖手，道：“原德公，告辞。”

“仲深就这么走了？”李贤问。

“让原德公饮了盅糊涂酒，歉甚；但晚生实在不愿惹原德公心烦。”丘濬实在很想说，才故意推托。

“仲深放心，这盅酒我饮得不糊涂。”李贤却说。

“原德公饮得不糊涂？”丘濬露出糊涂的表情。

“仲深之幸，是叶与中去粤；朝廷之忧，是叶与中还朝。我之忧，自然也离不开叶与中，这有什么好糊涂的！”李贤道。

“那么，原德公可知，叶与中还朝为何是原德公之忧？”丘濬问。

“朝廷无宁日，李某自然也无宁日，”李贤说着，开了个玩笑，“叶与中离粤还朝，固是仲深之幸，难道就不是仲深之忧了？你也在朝中，朝廷无宁日，你哪里来的宁日！”

“同为不宁，晚生之不宁，与原德公之不宁，不可等同。”丘濬说。

“这是为何？”李贤问。

“原德公位尊，晚生位卑。”丘濬说。

“照此说来，叶与中是专门让位尊者不宁的；对仲深等翰林，则是友善之至？”李贤问。

“叶与中那一科，不曾选庶吉士，凡选为庶吉士者，他都看不顺眼，留于翰苑者尤其看不顺意，岂有友善可言！”丘濬道。

“既如此，不可等同，何意呀？”李贤问。

“原德公难道不觉得，谤于位尊者，讥于位尊者，别有一番情趣？”丘濬道。

“情趣？”李贤听到这两个字，觉得刺耳。

“原德公责怪的是，情趣者，雅致也。谤于位尊者，讥于位尊者，不当言情趣，或可言滋味。”丘濬说。

“这么说，叶与中以谤我内阁数人，讥我内阁数人为乐事？”李贤问。

“谤安简先生、纯道先生辈，讥安简先生、纯道先生辈，在叶与中看来，未必有多大乐趣。”丘濬说。

“那么，是专谤我讥我了？他是如何谤我讥我的？”李贤问。

“原德公，小人谗言恶语，休得放在心上。”丘濬不忙着回答，却忙着安慰李贤。

“话已至此，仲深不对我说，别人也不对我说吗？”李贤道。

“唉！”丘濬被逼无奈似的举一例，“譬如杨埙之死，分明是门锦衣欲借以诬陷原德公。其时，原德公可谓如履薄冰，有人却以杨埙之死造谤，谓原德公不施援手。”（详见《两帝三朝全传》第四部。）

“门达肆虐，叶与中亲历过，竟有此等见识！”李贤冷笑道。这件事是非十分明显，他反而不太在意。

“再如原德公入阁以来，特别是为首辅以来，朝廷诏敕多出笔下，哪一篇不是泱泱大观？有人自恃能文能诗，反讥原德公一不懂文，二不懂诗，文不似文，诗不似诗。”丘濬又举一例。

这里面的是非，不那么明显。你沾沾自喜的诗句，在他人，或味同嚼蜡；你爱不释手的文章，在他人，或嗤之以鼻。而李贤知道，自己的文章，还说得过去；吟诗作赋，则非己所长。因而，有他在场的宴饮，众人或以行令佐酒，而不会有人提议以诗纪之。

知道是知道，自嘲亦无不可，而被人所讥，却是无法容忍的。文臣著文吟诗，恰如武夫使刀用枪。不能使刀用枪，怎上得战场；不能著文吟诗，怎居得官场！

李贤正要以他一贯轻视吟诗作赋的立场，说几句刻薄的话，但看了丘濬一眼，忽然改变主意。

“仲深写得好文，吟得好诗，可与他较量较量。”他说。

“在叶与中眼里，晚生也是不懂文、不懂诗的，只不过，晚生位卑，他不屑讥之而已。”丘濬说。

兵科给事中王汝霖，在掌科都给事中那里告准假，从友人那里借了匹好马，出宣武门后，快马加鞭，一路向西南驰去。到了宛平，他直奔馆驿，牵马而入。差役见是位官人，忙把马牵了过去。王汝霖打听从两广来的叶大人到了没有，差役告诉他到了，并把叶大人住的房间指给他看。

两广来的叶大人，即叶盛。他早已起床，听到王汝霖在院子里说话的声音，打开房门，站在门外迎接。

二人相见，彼此一揖，然后四手互握。叶盛刚要说些思念的话，王汝霖忽然把手甩开，道：“与中兄真会捉弄人呀！”

叶盛一愣，问：“民望兄何出此言？”

王汝霖字民望，正统十三年进士。他也是昆山人，与叶盛私交甚笃。

“你反正是要进京的，有什么话，进京后再说不成吗？非得让我告了假，借了马，一大早跑出来。你主宰一方，怎知我的难处！我出京，得告假，得借马。告假，得看掌科大人的脸色；借马，欠下一个大人情，日后让我拿什么去还！”他唠叨着说。

“民望兄的难处，比起我二人的交情如何？”叶盛低声问。

“不可相提并论。”王汝霖道。

“有此言，民望兄不该责备我，我也不必自责。”叶盛说着，把屋门反带上。不等王汝霖问，他主动说，“望民兄，你我去河边走走。”

“与中兄，我才赶了两个时辰的路程。”王汝霖说。

“我才赶了一个月的路程。”叶盛道。

王汝霖无话可说，随他走出馆驿，走出宛平城，一直走到桑干河边，走到卢沟桥上。河边很冷清，桥上几乎没有行人。

“馆驿人员嘈杂，耳目众多，不如这里好说话。”叶盛这才对王汝霖说明把他带出馆驿的原因。

王汝霖骑马骑得甚累了，步行一段，浑身反而轻松。他根本不会责怪叶盛不近人情，只是又问一遍：“与中兄有什么话，不能进京再说？”

“进京再说就晚矣。”叶盛道。

“不过半日的工夫，怎就晚矣？”王汝霖一方面是不理解，另一方面也隐隐感到，叶盛要说的绝不是件小事。

叶盛深沉地看了他一会儿，问：“民望兄可知我这次回京，为的何事？”

“不是奉召还朝议事吗？”王汝霖道。

“朝廷召我，是为的议两广之事。”叶盛说。

“难道与中兄还朝，不是为的议两广之事？”王汝霖问。

“在公，自然要议两广之事。”叶盛说。

“在私呢？”王汝霖问。

“欲留于朝中，和民望兄做个伴。”叶盛道。

果然不是小事。叶盛以右佥都御史巡抚两广，若留于朝中，在都察院实任佥都御史，不仅不会是他本人的愿望，而且等于他在两广巡抚任上的治绩，被朝廷一笔抹煞；若升迁入朝，升一级，副都御史，升两级，都御史，在七卿之列，绝不是一般的升迁。

见王汝霖沉吟，叶盛问：“在民望兄看来，有无机会？”

“机会是有的，不过，放着威风八面的巡抚不做，却要回衙门坐冷板凳，这不是与中兄的性格呀！”王汝霖说。

“唉！”叶盛叹了口气，道，“此一时，彼一时。”

“与中兄能否说说实情？”王汝霖道。

“最实在一事，我天顺二年巡抚两广，至今已六年。”叶盛说。

“与中兄倦于该任，不会是为此吧？”王汝霖道。

“不仅是为此。”叶盛无论如何也要强调，这是原因之一。

“还有呢？”王汝霖问。

“两广之地，华夷杂处，盗寇频仍。我六年在其任上，未能绥靖，想起来，愧对朝廷，愧对两广父老。”叶盛说。

“这却不然，”王汝霖摆了摆手，说，“与中兄在任上作为，褒贬不一。斥与中兄玩寇者有之，斥与中兄滥杀者有之。我看，是种种无端指斥的廷议，让与中兄心灰意冷的吧？”

叶盛又叹口气，道：“知我者，民望兄也。”又问，“民望兄说，机会是有的——”

“与中兄等等，我还有件事要问。”王汝霖让他不要急，“与中兄欲留于朝中，有无目标？”

“没有，这倒是真要看机会的。”叶盛道。

王汝霖知道，他虽不明着说，但所望者一定很高。于是笑了笑，说：“其实，机会还真是不错。一则，与中兄那位贵同年，去冬下狱，虽不久以原官被释，但不再主事。朝廷以廷玉先生署都察院事。少司寇署理都察院事，总不是长久之计吧？二则，大有先生四月病逝，迄今两三个月了，朝廷仍未推选大司徒，迟早也是要推的。今朝廷之上，伯颙先生呼声甚高，他改户部，大司马的位置就空出来。一个掌院都堂，一个大司马，我说机会是有，绝非虚妄。”

他说的叶盛的贵同年，是李宾。按照他的资历，很难升至掌院都御史的高位，但他在天顺年间平息曹氏叔侄作乱时，立有大功，得以超擢。去年十一月，他因事下狱。廷玉是刑部侍郎周瑄的别字。大有是户部尚书年富的别字，伯颙则是兵部尚书马昂的别字。

“但在我看来，多少有些虚妄。”叶盛道。

“怎么？”王汝霖问。

“大七卿之位，岂是我可觊觎！”叶盛问。

“与中兄当真不觊觎？”王汝霖开玩笑地问。

“当真不觊觎；不过，民望兄若是把都察院或兵部的大印送到我手上，我也不会坚辞。”叶盛笑道。

第六章

散衙后，张宁站在离六科值房稍远的地方等人。他是礼科都给事中，因被视为第一有才学的给谏，颇为自傲。给事中们从值房出来，或是举手，或是点头，和他打招呼。他也或是举手，或是点头，予以回应。但他绝没有走过去的意思；别人知道他等的不是自己，也不会向他走来。直到看见萧斌走出了吏科值房，他才迎上去。

“德彝先生，借一步说话。”他说。

萧斌字德彝，陕西朝邑人，正统十年进士，官吏科都给事中。他问了句“靖之先生找我有事”，准备随张宁一起走。

张宁字靖之，浙江海盐人，景泰五年进士。他没想好在什么地方和萧斌说话，干脆问：“值房里还有人吗？”

萧斌知道他问的是吏科值房，说：“没了，我是最后离开的。”

“不如就在值房里坐一坐。”张宁提议。

“也好。”萧斌说着，带头返回值房。他指了指自己的座位，请张宁就座，自己坐到另一把椅子上。

“德彝先生可知，这两日值房里一片议论廷推之声？”坐下后，张宁直切主题。

“靖之先生说的是礼科值房吗？”萧斌问。

“礼科值房如此，其他值房大约无不如此。”张宁说。

“人人关切廷推，这是好事呀！”萧斌道。

“德彝先生不想过问过问？”张宁问。

“靖之先生怎会想到让我过问？”萧斌想笑，但不敢笑。他知道，自己一笑，说不定就会惹恼张宁，“用人，事权虽在吏部；荐人，却不是吏科一家的特权。”

这话即便他很留意，张宁也差点要变脸。他冷笑着说：“德彝先生以为我想请你来封各人的口？六科给谏，哪一人的口是封得住的！”

“靖之先生不会是想封住我的口吧？”萧斌只好以说笑的方式缓解他的情绪，并问，“靖之先生所谓过问，端的是何意？”

“今日有人向我提出，此次廷推，六科最好同进同退，德彝先生以为如何？”张宁道。

“六科同进同退，固然是我大愿。”萧斌道。

“那么，我找德彝先生，可谓是找对了。”张宁没想到，这次当说客，竟会如此顺利。他搓着双手，高兴地说，“就请德彝先生定以时日，将各科给谏集中到一起议议吧。”

说罢，起身欲去，却被萧斌止住。

“靖之先生既来了，何不你我先议一议。”他挽留道。

“我等先议一议，议何事？”张宁好像忘了自己方才的话。

“议廷推之事呀！”萧斌道，“靖之先生说，有人向你提出，六科最好同进同退，不知是哪一位向你提出的？”

“自是一名给谏，换作他人，我不会来找德彝先生。”张宁说。

“不便告知其人吗？”萧斌听出他不大愿说，但偏要问。

“是刑垣的王民望。”张宁不得不说，但说罢带着一股怨气质问，“德彝先生，这要紧吗？”

“或很要紧。”萧斌模棱两可地回答一句，又问，“王民望有没有对靖之先生说，此次廷推，为何六科最好同进同退？”

“说了不止一端。”张宁道。

“那就请靖之先生略述一二。”萧斌说。

“好！”张宁应着，竖起一指，“今日所推者，名副其实的大臣也，这算得一个理由吗？”

“勉强算得。”萧斌道。

“算得便算得，不必再加勉强二字。”张宁挑剔他的用词。

“歉甚，此二字恰不可少。”萧斌道。

“为何不可少？”张宁问。

“廷推，主要是推举大臣，尤以推举七卿为重。何言今日所推，才是名副其实的大臣？”萧斌道。

“但以往廷推，仅为一职，今日并推二人，这算得一个理由吗？”张宁在反驳的同时，进一步说明理由。

“这个理由倒还说得过去。”萧斌道。“说得过去”比“勉强算得”进了一步，但看得出来，这个理由他仍没有放在心上。

“德彝先生未免太苛刻了吧。”张宁不再与他争论。“这几日，各科议论廷推，多集中在二三人身上，这算得一个理由吗？”说着，做了个起身的动作。“这个理由仍不能让德彝先生满意，我立刻就走。”

“这当然是个好理由，”萧斌先安抚住他，然后问，“但不知，各科所推多集中在二三人身上，实与不实？”

“德彝先生竟然不知？”张宁似乎百思不得其解，“别的衙门且不去说，吏科议推，是几个人？”

“二三人。”萧斌道。

“礼科议推，亦二三人。”张宁说着，历数其他各科，“据我所知，兵科议推，为二三人；据王民望所言，刑部议推，是二三人，户科议推，亦是二三人。所未核实者，只有工科。”

“工科议推，我倒是有所耳闻。”萧斌说。

“是几人？”张宁问。

“二三人而已。”萧斌说。

“都是二三人，不正好同进同退！”张宁道。

“都是二三人，谁知此二三人，是否彼二三人！”萧斌说。

“德彝先生不会当真以为，此二三人不是彼二三人吧？”张宁又是一副百思不得其解的表情。

“总得说出来，才能确定。”萧斌很固执。

“说出来就说出来。”张宁用手指在空中比画了一个李字，道，“吏科议推，有此人吧？”

“曹县李？”萧斌问。

“就是他。”张宁道。见萧斌点头，他又用手在空中比画了一个王字，道，“吏科议推，也有他吧？”

“江夏王？”萧斌问。

“然也。”张宁道。

“并推此二公，吏科与礼科同。不过，礼科是先李后王，我吏科则是先王后李。”萧斌说。

“并推同，则可同进同退，不是吗？再者，不管此二公孰前孰后，所议推第三人，在礼科，在吏科，都是列在第三。”张宁说。

“还有第三人？”萧斌问。

“二三人嘛。”张宁道。

“礼科取其三，吏科却只取其二。”萧斌说。

“怎么，在德彝先生看来，昆山叶不堪大用？”张宁问。

“对此公，褒贬不一，这还在其次；要紧的是，此公恐难得重任。”萧斌说。

“是何缘故？”张宁问。

“别的且不说，今推大司马和掌院都堂，以李、王、叶三公上之，或以王、李、叶三公上之，在靖之先生看来，谁是末选？”萧斌避重就轻地说。末选的意思，就是被淘汰。

“我有言在先，无疑是叶。”张宁说。

“如何，靖之先生不是也以为他难得重任吗？”萧斌道。

“但可不推叶掌部或掌院呀！”张宁说。

“不推此二职，却推何职？”萧斌问。

“入阁办事，如何？”张宁道。

“入阁？”萧斌几乎要叫出来，“靖之先生太匪夷所思了吧！叶掌部或掌院，机会虽微，却不是绝无可能；而推他入阁，绝无可能！”

“怎就绝无可能？”张宁问。

“靖之先生何不想想，推叶入阁，皇上首先咨于谁人？”萧斌道。

“应是原德先生吧。”张宁说。

“靖之先生何不也咨于原德先生！”萧斌道。

他们提到的三人，除叶盛外，曹县李是出自山东曹县的李秉；江夏王则是祖籍江夏、后落籍在陕西河州的王竑。二人都曾任过巡抚，在任上都有很好的口碑；都曾得罪权贵罢官；今上登极后，又都被起用。

李贤在景泰五年的进士中，独看好两个人：在翰林内，是丘濬，在翰林外，是张宁。不同的是，不甚嗜酒的丘濬，到李府后，就要酒喝；具放浪形骸之风的张宁，在李贤那里从不饮酒。

“靖之，有些日子没来了，在忙何事？”李贤见张宁进来，问道。

“忙众人所忙。”张宁道。

“众人所忙何事？”李贤又问。

“原德公竟会不知？”张宁说笑，“以一杯清茶，换得下情上达，是何等便宜之事！”

“便宜是便宜，但不知靠得住靠不住。”李贤也说笑。

“若在下告知原德公，众人都在忙于廷推之事，原德公看，靠得住靠不住？”张宁问。

“不大靠得住。”李贤道。

“为何不大靠得住？”张宁问。

“一则，推大司马，推掌院都堂，固是大事，众人于其事上心，固令人欣慰；但众人都忙于其事，恐非朝廷之幸。二则，说他人忙于其事，我信；说靖之忙于其事，我不信。靖之忙于其事，应该去拜谒九皋先生，来我这里作甚！”李贤道。

“听原德公的话，是在责备我等钻营呀！”张宁的反应很机敏，“我要是说，不但我，众人，至少我六科的众人，忙于廷推之事，都是为朝廷荐贤，绝非钻营，原德公信吗？”

“他人说这话，我未必全信；靖之说这话，我焉得不信！”为表示确实相信，李贤问，“不知靖之欲推何人？”

“我为六科众人担保，原德公不该问我欲荐何人，而要问六科欲荐何人？”张宁说。

“好，六科欲荐何人？”李贤改问。

“李执中先生，原德公看，六科推他，是为朝廷荐贤，或是有钻营之嫌？”张宁先说李秉。

“昔日巡抚宣府，仅葬土木堡、鹞儿岭暴骸一事，便功德无量。”李贤忆及一件正统末年的往事，道，“我只能说，执中先生众望所归。”

“执中先生可掌兵部。”张宁又补充一句。

李贤眉头一皱，有话要说，但忍住了。他问：“还有呢？”

“王公度先生，原德公看，六科推他，是为朝廷荐贤，或是有钻营之嫌？”张宁再说王竑。

“午门之外，奋击马顺，是何等胆魄！”李贤也忆及一件往事，道，“我只能说，公度先生堪当大任。”

“公度先生可掌院。”张宁补充一句。

“这是六科共议的？”李贤问。

“是啊！”张宁应道。

“靖之这话就不实。”李贤道。

“怎的不实？”张宁问。

“吏科就不会赞成此议，至少萧德彝不会赞成此议。”李贤道。

“原德公或许不知，来前在下曾与德彝先生单独议过。”张宁说。

“那就是德彝有话没说出来；或他虽说出来，靖之没有放在心上。”李贤很有把握地说。

“原德公为何如此自信？”张宁问。

“常识而已。”李贤道，“六科荐人，称某人可用而已，岂得预拟某人为某官？靖之不懂此规矩，吏科不会不懂，德彝不会不懂。”

张宁不得不佩服李贤见识的精细，判断的准确。他说：“李、王二公，确是六科共推的。德彝先生或以为王公宜掌部，李公宜掌院，但他没有明确说过。李公掌部，王公掌院，是在下之意。”

“这就是了。”李贤点了点头，不再多说话了。

“或以为，宜多推一人。”张宁又说。

“为何要多推一人？”李贤问。

“李、王二公，若朝廷弃一人不用，则可以第三人补之。”张宁说。

“若二公朝廷皆弃而不用呢？”李贤问。

“会吗？”这个结果张宁没有想过。

“靖之说的是若，我也说的是若。”李贤道，“无论朝廷用此二公，或不用此二公，多推一人，除了显示六科对所推之人没有把握，再不起任何作用。我看，多推一人，也未必是六科共议，吏科，至少德彝先生，是不会添此蛇足的。”

张宁捉摸不透，李贤是不是料到他要推举的第三人是谁；但萧斌暗示，李贤不赞成大用叶盛，更不会让叶盛入阁，是不会错的。一番小议，他增长了不少从书本里得不到的知识，这就够了。再强行议论下去，可真是自讨没趣了。

八月初十日，朝廷颁旨，总督漕运左副都御史王竑为兵部尚书，巡抚宣府右副都御史李秉为掌院左都御史。

第七章

和往日一样，司礼太监吴熹进坤宁宫前，问了问当值的小宦者，皇后娘娘昨晚歇得好不好？小宦者含糊地回答：还好吧；他又问，皇后娘娘心情如何？小宦者低语：盛怒。两个回答相互矛盾：歇得好，不该盛怒；若是盛怒，一定没歇好。吴熹相信，小宦者不是有意欺骗自己。很有可能，娘娘歇得好不好，他并不知道；而娘娘盛怒，他却看在眼里。

吴熹自己也说不清楚，他是哪方人，但稀里糊涂和吴皇后认了同乡，并成为坤宁宫离不开的人物，吴皇后盛怒时，只有他来了，才有可能平息。

“我问你，宫里几时封了个昭德妃？”吴后劈头盖脸地问。

“是宣庙还是英庙的妃子？奴才不记得有。”吴熹说。在他印象里，宣宗皇帝以前的妃子，应该没有在世的。

“什么宣庙的妃子、英庙的妃子，是当今皇上的妃子！”吴后道。

“除了娘娘，爷并未册立妃嫔呀！”吴熹说。

“你心里有数？”吴后问。

“奴才心里有数，不会错的。”吴熹说。

“那昭德二字，你心里也有数吗？”吴后问。

“昭德殿，宫里是有的，但本朝从未以某宫某殿名妃嫔。”吴熹说。

“昭德殿里住的是谁，你心里也有数吗？”吴后问。

“是万氏——”娘娘二字几乎要脱口而出，幸亏吴熹说话慢，也幸亏他见机快，才没说出来，“娘娘不也是知道的吗？”

“你告诉过我？”吴后问。

“奴才无意中提起过。”吴熹回答。

“你无意中提起，我就该记得？”吴后道。

“是，是，别说娘娘不该记得，奴才都要忘记。”吴熹顺着说。

让他碰了个钉子后，吴后气顺了许多。她又问：“说来说去，这昭德妃究竟是怎么一回子事呀？”

“奴才们、奴婢们在下面说闲话，嫌昭德殿主子叫起来拗口，无意之中，有人叫起了昭德妃。”吴熹轻描淡写地说。

“是无意之中吗？”吴后问。

“开始是无意之中，后来有人时不时刻意地叫了。”吴熹说。

“是时不时吗？”吴后问。

“叫到现在，有人经常挂在嘴边。”吴熹说着，连忙表白，“奴才知道分寸，一次也没有叫过。”

吴后冷笑一声。吴熹叫不叫，她根本不在意。

“皇上叫过吗？”她问。

“爷没叫过。”吴熹觉得，自己没资格替皇帝担保，或没必要替皇帝担保，马上又改口，“奴才没听爷叫过。”又说，“奴才只听爷叫过侍长。”

“侍长？”吴后一时理解不了这两个字的意思。

“昭德殿侍长。”吴熹说。

“皇上还真是聪明！”吴后冷笑道，“昭德殿侍长和昭德殿妃，意思有什么不一样？但称侍长，却不会犯忌。”

“娘娘说的是。”吴熹回应一句。

“什么话，我说的就是了？”吴后纯粹是拿他开心。

吴熹当然不敢说，皇上还真是聪明这话对。他机警地说：“称昭德殿侍长不会犯忌，娘娘说的是。”

“你干吗不说，称昭德殿妃，就会犯忌？”吴后挑刺。

“奴才正要说，娘娘却先说了。”吴熹道。

“你知道昭德殿妃称不得，算你懂事。”吴后好不容易夸他一句，不等他得意，又问，“老吴，有没有人当着那人的面叫？”

“叫昭德殿侍长吗？”吴熹这么问，也有点儿故意。

“除了皇上，难道还有别人敢叫侍长？皇上叫侍长，一定是当着那人的面，这还用得着问？”吴后斥道。

“是，是，奴才糊涂了。”引得斥责，也是吴熹博取皇后欢心的手法。

“有没有人当着那人的面叫？”吴后又问。

“奴才没去过昭德殿，不曾亲耳听到。”吴熹说。

“你想呢？”吴后问。

“下人们谁不想巴结？奴才想，昭德殿里，当着她面叫皇妃娘娘的，一定不在少数。”吴熹说。

“那人可曾纠正？”吴后问。

“奴才都说了，不曾去过昭德殿。”吴熹说。

“你想呢？”吴后问。

“奴才想不出来。”吴熹说。

“是不敢想吧！”吴后道，“你不敢想，我替你想，那人骄横惯了，几个人叫她皇妃娘娘，有什么了不起的？说不定，昭德殿妃，就是她示意奴才们、奴婢们叫的。”

“娘娘想的，一定不会错。”吴熹说。

“你说，这件事我管得管不得？”吴后问。

“娘娘主后宫，后宫之事，娘娘都管得。”吴熹说。

“我该怎么管？”吴后问。

吴熹语塞，开始后悔方才回话太快。

“又不敢想了吧？”吴后道。

“奴才在想着呢。”吴熹的确在想着，而且想出了主意，“奴才想，不妨把昭德妃几个叫得最欢的人唤来，训饬一番。”

“管用吗？不会我这里训饬完了，他那里称呼依旧吗？”吴后道。

“娘娘严厉一点，不会不管用。”吴熹说。

“严厉我会，我严厉起来，昭德殿的奴才、奴婢们不敢再叫皇妃娘娘了，那人会不会心里不高兴呀？”吴后问。

“她若知道是娘娘不准叫的，不敢不高兴。”吴熹说。

“万一那人不高兴了呢？”反正都是假设，吴后坚持不改。

“她不敢对娘娘怎的，或会将火气撒在昭德殿奴才、奴婢们身上。”吴熹不得不放弃自己的假设。

“老吴啊，你也是作奴才的，怎么一点儿也不体贴同类？三尺孩童皆知，擒贼先擒王，偏偏你却不知！”吴后嗔道。

“是，是，奴才的主意不好，让娘娘见笑。”吴熹顺着说。

“那你出个好点儿的主意，让我也对你刮目相看呀！”吴后道。

“训饬奴才、奴婢们，作用不大。”吴熹咬了咬牙，说，“要不，把她找来，娘娘训斥她一番，如何？”

“也要严厉？”吴后问。

“娘娘不妨先客气一点儿，给她讲明道理。她若遵从懿旨，也就罢了；她若不知悔改，再、再严加训饬。”吴熹说。

“我看，第一步就免去吧。”吴后道。

“她违制在前，娘娘直接严加训饬，也不是不可以。”吴熹说。

“严加训饬也免去，如何？”吴后问。

“娘娘圣明！”吴熹忙奉承，“娘娘是什么身份，她是什么身份，犯不着与她怄气。”

“我的意思，”吴后顿了顿，咬着牙说，“不如直接用家法！”

“娘娘，这、这——”吴熹想劝解又不敢劝解。

“不是我主后宫吗，有何不妥？”吴后问。

“可是她有宠于爷。”这是吴熹最不愿说的话，到最后，却不得不说。

“哼！”吴后听了这话，怒气更不打一处来，“有宠于皇上，也是贱婢，我倒要看看，我今日管得管不得！”

汪直焦虑地站立在昭德殿外，远远看见銮驾停在宫门外，皇帝下轿。他迎出去，跪倒在地，高呼：“奴才代贵人接驾！”

“侍长高兴接朕，可出宫来接；不高兴接朕，可在殿上等候。汪直，今日怎么要你代她来接？”皇帝问。

“奴才斗胆，口称接驾，实欲拦驾。”汪直说。

“拦驾？”皇帝笑着说，“汪直，你的狗胆也着实够大的。”并问，“是你自作主张拦朕的驾，还是侍长命你拦驾？”

“贵人并未指示拦驾，奴才却知，贵人但愿今日见不到爷。”汪直说。

“朕与侍长约好要来的，侍长为何不愿见朕？”皇帝问。

“贵人并非不愿见爷。”汪直道。

“咦，明明你才说侍长但愿今日见不到朕，怎么又说并非不愿见朕？”皇帝听得糊涂了。

“爷恕罪，是奴才没说清楚。”汪直道，“贵人但愿今日见不到爷，不是不愿见爷，是不敢见爷？”

“侍长不敢见朕，你说的什么鬼话！”皇帝斥道。

“奴才说的不是鬼话，贵人唯恐与爷见了面，爷要震怒，故而宁愿见不到爷。”汪直解释。

“这更是鬼话！好端端的，朕见了侍长，怎会震怒！”皇帝道。

“贵人说，她给爷丢脸了。”汪直道。

皇帝喜欢问汪直一些刁钻的问题，也喜欢听汪直干脆利落而不得要领的回答。但事关万氏，他无心继续下去，于是说，“朕只问一句：昭德殿出了何事，侍长出了何事？”

“贵人惨遭杖刑。”汪直说。

皇帝的第一个念头是：谁如此大胆？第二个念头是：侍长怎样了？但他顾不上问，大叫一声“贞儿姐姐何在”，奔跑进殿。

寝殿里，万氏本来是侧身躺在榻上，听到皇帝的呼唤，身子一滚，改成卧式，让皇帝看不见她的脸。

“贞儿姐姐，贞儿姐姐！”皇帝边叫，边拍着万氏的后背。

“哎哟！”万氏呻吟。

“爷，贵人后背疼得厉害。”跟在后面的汪直说。

“这里呢？”皇帝询问的同时，拍了拍万氏的屁股。

万氏身子一哆嗦，又呻吟。

“那里被打得最重。”汪直说。

皇帝有许多话要问万氏。不过，问话前，先要看到她的脸。万氏的脸深埋在枕中，皇帝只能把腰弯得低低的，从下往上看。虽然只看得到那张圆脸的边缘，皇帝还是吓了一跳。从看到的边缘推测，那几乎是一张花脸。他坐在卧榻边，硬把万氏的头抱起，枕在自己腿上。

原来万氏在以泪洗面。

“贞儿姐姐，谁下的毒手？”皇帝问。

万氏咬紧嘴唇，不出声。

“汪直，你说！”皇帝命道。

“贵人在坤宁宫被打的。”汪直说。

在坤宁宫被打的，换言之，即被皇后打的。

“皇后为何要打贞儿姐姐？”皇帝问。

汪直才要答话，万氏喝道：“汪直，休得胡言！”

“奴才不是胡言。”汪直委屈地说，“爷问奴才，奴才敢不说吗？奴才要说，娘娘又不让奴才说，奴才真是难死了。”

“反正是我该打，多说何益？”万氏道。

“怎叫该打，她是皇后，也不能不讲道理！”汪直说。

“皇上，你就让他在这里和臣妾顶嘴吗？”万氏嗔道。

万氏既开口，汪直变得多余。皇帝挥了挥手，让他出去。

汪直人才出寝殿，还没来得及把门带上，万氏已一头扑进皇帝怀里，放声痛哭。

“贞儿姐姐不哭，朕为你做主。”皇帝说。他不知万氏身上还有哪处受过刑，不敢再拍打，改用手轻轻抚摩，有如往常万氏抚摩他一样。等万氏哭泣渐缓渐息，他说，“朕不是说过吗，贞儿姐姐用不着去坤宁宫的。”

“臣妾不是自个儿要去的，是被唤去的。”万氏抽泣着说。

“既去了，不妨说几句客气话。”皇帝道。

“臣妾一句客气话也没说。”万氏道。

“这就是贞儿姐姐的不是了。”皇帝道，“她是皇后，朕都要让她三分；贞儿姐姐说句客气话，又少不了什么。”

“不是臣妾不想说，是臣妾没机会说。”万氏道。

“没机会说？皇后的话很多吗？”皇帝不懂了。

“也不多，三句而已。”万氏道。

“她说了哪三句？”皇帝问。

“第一句：拿下；第二句：你可知罪；第三句：打！”万氏述道。

“她就没说说，为何打你？”皇帝问。

“打的时候说了。”万氏道。

“怎说的？”皇帝问。

“打第一下时，她说：这是打的万氏；打第二下时，她说：这是打的昭德殿娘娘；打第三下时，她说：这是打的昭德殿侍长。”万氏述道。

万氏该打，没有任何道理可言；不过，皇后耍一耍小性子，皇帝发一发火，也就作罢了。昭德殿娘娘该打，虽然过分，道理却很充分：还没有正式的名分呢，怎就称起娘娘了！昭德殿侍长该打，则完全是针对皇帝的；因为除了皇帝，没有第二个人称万氏为侍长。皇帝大为震怒了。

“贱人无礼，朕贵为天子，难道连个侍长都不能封？侍长消消气，看朕如何处置她！”皇帝道。

八月二十二日，废皇后吴氏。册立吴后时出了大力的司礼太监牛玉及吴后最信赖的司礼太监吴熹，谪南京孝陵。

十月十二日，册立王氏为皇后。

第八章

南京六科散衙后，李钧要去隔壁的刑科值房，正好王渊、朱宽、李翔走过。

“李先生欲去何处？”王渊问。

李钧往前指了指，告诉他们，自己要去刑科值房。

“可是寻尚文老弟？”王渊又问。尚文是王徽的字。

“是。”李钧应道。

“寻他何事？”王徽问。

“请教一事。”李钧道。

“李先生眼里，只有个王尚文呀！”朱宽说。

“什么话！只因请教之事关乎刑律，所以才来刑科。诸位若是愿意，何不一同去，容我一并请教。”李钧说。

“请教不敢当，但一起坐坐，乐意之至。”王渊说着，问朱宽、李翔，“二位兄长呢？”

“李兄是一定要进去的。”朱宽说。

“我为何一定要进去？”李翔问。

“怕李先生眼里没有你呀！”朱宽道。

“兄台呢？”李翔问。

“我也一定要进去的。”朱宽说。

“兄台为何也一定要进去？”李翔问。

“怕李先生眼里只有我呀！”朱宽道，“兄等皆随李先生去，独我不去，李先生一定对我另眼相看。”

几人说笑着，进到刑科值房。

王徽正要走，见众人进来，忙打招呼。

“不用管我等，招呼好李先生即可。他来有事，我等无事。”朱宽说。

“是，是，无事而来，尤见深情。”王徽说。

“这话恐怕要得罪人，李先生有事而来，便无情无义不成？”朱宽道。

“一样深情，一样深情！”王徽说着，向李钧一揖，“无意之中，有所得罪，李先生切莫放在心上。”

“他在说笑，当不得真。”李钧笑道，又说，“我来，确是有事请教。”

“不敢，请讲！”王徽道。

“尚文任事刑科多年了，我想问一问，司礼太监欺上瞒下，把持皇后册立，该当何罪？”李钧问的，恰是众人都关切的事。

“那还用说吗，定是死罪！”朱宽道。

“人家在请教尚文兄，兄台怎抢着说了？”王渊责怪。

“这叫先礼后刑，不信你问他，一定也是论死。”朱宽谑道。

“这话得两说着，欺上瞒下，把持皇后册立，固当死罪；然是否欺上瞒下，把持皇后册立，却须证实。”王徽说。

“今日牛某之事呢？”李钧问。

“无须再证实了。”王徽道。

不等李钧再问，王渊抢着问：“为何无须再证实？”

“李先生在请教尚文兄，兄台怎抢着问了？”朱宽责备回他。

“他问也好，我正要请教。”李钧道。

“废后、册后两道诏书，前辈们可曾读过？”王徽问。

“未曾读过。”李钧说。

“读是读过，未曾在意。”朱宽说。

“晚辈恰好记得。”王徽道，“废后诏书称，朕勉遵先帝之命，册立皇后，不意牛玉偏徇已私，将先帝时选退吴氏，于母后前奏请，立为皇后。朕观吴氏，轻浮粗率。诗云：靡不有初。初尚不谨，何以克终？册后诏书称，先帝临御之日，尝为朕简求贤淑，定王氏，育后宫待期。不意牛玉朦胧奏请，选为吴氏。册立礼成，德不称位；察其实，始知非豫定者。”背诵过有关的句子，他说，“有此二诏，牛某欺上瞒下的罪状就算坐实了。”

“那么，牛某仅谪来孝陵当差，是否处分太轻。”李钧问。

“以当死之罪，得此处分，自是太轻。”王徽说。

“有尚文这句话，我心里踏实许多了。”李钧道。

“李先生这话，怎么听起来怪怪的。”王渊道，“第一，并非尚文兄说牛某死罪，牛某就一定论死；第二，尚文兄不说这话，换言之，牛某罪不当死，李先生有什么不踏实的呢？”

“因为我草拟一疏，直斥牛某罪该万死；尚文先生若说他罪不当死，我岂不是写错了？”李钧解释。

“大疏已呈送否？”王渊问。

“尚未。”李钧说。

“何不拿出来，我等拜读！”王渊道。

“急就之章，免了吧。”李钧推托。

王渊还要恳请，朱宽想，劝将不如激将。他说：“李先生称急就之章，说不定就是急就之章。牛某当死，应该有许多条理由；他或只写了一条两条，怕被我等讥为挂一漏万。”

“在朱兄看来，应有几条理由？”李钧问。

“至少得有四条吧。”朱宽说。

“巧了，我正好写了四条理由。”李钧道。

“要想奏章有分量，牛某当死，不过是个引子。”朱宽又说。

“在朱兄看来，还应论及何事？”李钧问。

“譬如我等上一疏论及的禁内臣。”朱宽说。

“巧了，我正好论及此事。”李钧道。

“李先生也就这么一说，谁知真巧了假巧了。”朱宽说。

“疏草在此，朱兄自家看吧。”李钧被激不过，从衣袖里抽出疏稿，塞给朱宽。

朱宽哈哈大笑，展开疏稿，正要读，被李翔一把夺过去。

“朱兄说有四个理由，李先生就写了四个理由，真有这么巧？我来读！”李翔说着，读道，“臣谨上言二事。一曰明刑罚以正朝纲。贼臣牛玉，大肆奸欺，横贪贿赂，朦胧进退，其意欲固宠于内，擅权于外，包藏祸心，深不可测，必万死无疑矣。今不意牛玉得放南京，全首领。夫牛玉故违先帝之命，其罪当死，一也；谋立皇后，其罪当死，二也；欺侮陛下，其罪当死，三也；使陛下负废后之名，其罪当死，四也。”读到这里，李翔停下，问朱宽：“朱兄所拟，亦此四死罪否？”

“四死罪，不会有多大差别，但四死罪之后，我还有议论。”朱宽说。

“你怎知李先生四罪之后，没有议论？”王渊接过疏稿，接着读道，“凡此四不韪者，人臣之大恶，而牛玉兼有之。明正典刑，枭首街市，以明号令，以正纲纪，可也。今乃将牛玉轻放，臣等知陛下用心仁慈，不忍加刑也。诚恐号令自此不行，纪纲自此不振。然臣等非欲启陛下好杀之心，亦非与牛玉素有睚眦也。但为朝廷号令纪纲耳。”读到这里，问道，“朱兄所论，亦然否？”

“我想的，似比李先生为多；写出来，未必这般铿锵有力。”朱宽说。

“前辈是否以为，论此事，不当仅论牛玉之罪？”王徽问。

“有这么点儿意思了，尚文兄是怎想的？”朱宽反问。

“册后失误，如内阁诸公，为师为傅为保，就没责任了？”王徽道。

“李先生的大疏中，看来是缺了这么个环节。”朱宽对李钧说。

王渊正在往下看。他说：“不是疏稿中缺少，是我还没有念到。”说着，读道，“然奸臣之恶，固所当诛，而内阁大臣不能无罪。且册立皇后，母仪天下。岂有居内阁者如越人视秦人之肥瘠，恝然不加之意哉！牛玉事发之后，王法不可恕也，李贤等坐视成败，不出一言。其初不言者，是党牛玉也；其后不言者，是畏牛玉之后复有如牛玉者祸己也。伏望陛下刚毅明断，即将牛玉明正典刑，枭首示众；仍将李贤等明正其罪，以警方来。”

显然，明刑罚以正朝纲一事，到这里已结束了。

“李先生要论第二事了吧？”朱宽问。

“兄台莫问是否要论第二事，且说这一段论得如何？”李翔道。

“自是酣畅淋漓。”朱宽说。

“兄台不再挑剔了？”李翔问。

“我岂挑剔之辈！我一而再，再而三姑妄言之，别有用意。”朱宽说。

“是何用意？”李翔问。

“兄台先读，读完了，我再说。”朱宽道。

“好！”李翔应了一声，从王渊手里接过疏稿，读下去，“二曰鉴往事以防后患。臣窃惟人主之治天下，不贵于能处患，而贵于能防患。陛下勿谓牛玉之后再无牛玉也。正统末年，王振专权，使先帝远播，宗社几危，其祸已惨。天顺年间，曹吉祥专权，举兵焚阙，欲危宗社，其祸尤烈。今日牛玉专权，谋立皇后，欺侮陛下，其祸尤为非常。是皆贻笑四夷、取议万世者也。当时朝廷以为王振之后必再无如王振者矣，岂意曹吉祥复兴；曹吉祥之后必再无如曹吉祥者矣，岂意牛玉复作。自兹以往，若再不以牛玉为鉴而思所以预防之，则又安知后日之祸不有甚于牛玉者哉！”

“勿谓牛玉之后再无牛玉也，写得精辟！”朱宽喝彩。

“朱兄不再议论一二了？”王渊不用挑剔二字，免得朱宽又要反驳。

“鉴以往写得精辟，却不知防后患写得怎样？”朱宽道。

“我为朱兄念之。”王渊接着读道，“然预防之道，亦不过三事而已：一，不许内官预国政；二，不许外官与内官私相交结；三，不许内官弟、侄在任管事，并置立产业。然此等三事，非臣等一己之见，实太祖高皇帝成法也。陛下果能行之，非惟国家之福，亦内官之福也。”读到这里，停下，“下面写的是为何要立三个不许，我就不一一念了吧。”

“也好。”朱宽同意，“但如何煞尾，我还想听听。”

王渊点了点头，读了疏稿的最后几句：“陛下果能鉴彼三人于既往，行此三事于方今，则祸乱自然不作，灾害自然不生。倘或不然，则祸起萧墙，患生肘腋，深有不可测者矣。然臣今日之所言，乃众人之所讳。臣虽愚，亦知避祸。但受恩朝廷，无以为报，官居言路，不可苟容。若陛下能行而无疑，臣虽死而无悔。”

“王、李二兄责我挑剔，我最后还想挑剔一次。”朱宽说。

“朱兄还要作何补充？”王渊问。

“一字而已。”朱宽说着，在桌上找了一支笔，在所有的“臣”字后面加了个“等”字。

“朱兄这是何意？”王渊问。

“臣今日之所言，乃众人之所讳，王兄难道亦讳之？”朱宽道。

“兄台是想，我等共上此疏？”王渊领悟。

“兄台一再挑剔，为的是李先生不便拒绝？”李翔亦领悟。

“二兄聪明过人，怎到这会儿才明白！”朱宽道。

“但不知李先生意下如何？”王徽说。

“早有此意，不敢强邀耳，就请诸位增删修改。”李钧道。

司礼太监怀恩为皇帝读南京给事中上的奏疏，才读“伏唯皇上嗣登大宝，遵先帝遗命，册立皇后”，皇帝做了个手势，让他暂停。

“此事已处置多时了，怎的又议？”皇帝道。

“想是言官们还有话说。”怀恩道。见皇帝对自己的话没有反应，他又说，“既读了个开头，爷还是听听吧。”

皇帝没说什么，即是默许。

读到“使陛下负废后之名”时，皇帝又做了个让他停下来的手势。

“大伴听出来没有，这是在责备朕呢！”皇帝说。

“奴才没听出来。”怀恩道。

“废后一事朕处置得当，还怕负废后之名吗？他等分明责备朕此事处置不当。”皇帝说。

“无论废后之名如何，错都在牛玉，不在陛下。”怀恩说。

“是吗？”皇帝不置可否地说，“但愿他等分得清是非。”

怀恩预感到，这疏今日无法读完了，只能抱着读一句是一句的心情往下读。读到“岂有居内阁者如越人视秦人之肥瘠，恝然不加之意哉”时，被皇帝打断。

“怎么又牵扯到阁老们了！”皇帝道。“牛玉坏大婚礼，阁老无预，礼部官、刑部官皆无预，这已有定论。王徽、李钧等不知情实，上疏妄言，朕看，不是邀誉，便是图进。老怀，你说呢？”

怀恩和李贤等阁臣，私交都不错，王徽、李钧等肆无忌惮地把一部分责任推到李贤等身上，他心里也很不平，于是应道：“爷圣明！”

十一月底，王徽、李钧等均谪为判官，王徽往普安州，王渊往茂州，朱宽往潼川州，李翔往宁州，李钧往绥德州。

第九章

内阁与礼部拟定的新年号是成化。与前一年号天顺续接，表明顺天应人，臻于化治，用意是极佳的。而且，成化元年的正月初一日，正好是立春，也是极难遇到的巧合。然而，与此不协调的是，皇帝御奉天殿受群臣朝贺没两天，再次召入众大臣时，议的却是一件烦心的事。

“大藤峡可是在广西？”皇帝问。

“在广西浔州府境内。”李贤回奏。

“卿等有去过大藤峡的吗？”皇帝看了看左班文臣，看了看右班勋戚。

除吏部尚书王翱曾巡抚两广外，其他文臣都不会去过大藤峡。至于勋戚，英国公张懋袭爵十几年了，并一直掌京营，会昌侯孙继宗是孙太后的兄弟，虽近来地位不断攀升，也没有带过兵打过仗。

“臣曾巡历其外，不曾深入其内。”王翱说。

“众人均言大藤峡祸乱不断，怎会如此？”皇帝问。

“恐是地势险恶所致。”王翱说。

“王天官说与朕听听。”皇帝命道。

“去年，国子监生封登上一疏，言大藤峡形势，内阁大学士彭时曾对臣言，该疏须得留意。”李贤奏道。

“王天官还记得该疏内容吗？”皇帝问。

“臣所记，不如臣时所记。”王翱说。

“彭先生能说与朕听吗？”皇帝转问彭时。

“臣试诵之。”彭时应着，背诵道，“浔州夹江诸山，隔峡相望。峡中有大藤如斗，延互两崖，势如徙杠，蛮众蚁渡，号大藤峡，最险恶，地亦最高。登藤峡巅，数百里皆历历目前，军旅之聚散往来，可尽顾盼，诸蛮依为奥区。”

“该疏朕也有印象；不过，因是国子生所上，未曾留意。今日听彭先生背诵，方如身临其境。”皇帝说。

“下面的疏文，叙述大藤峡村寨分布及动乱之起，臣请为陛下诵之。”彭时道，“桂平大宣乡崇姜里为前庭，象州东乡、武宣北乡为后户，藤县五屯障其左，贵县龙山据其右，若两臂然。峡北岩洞以百计，仙人关、九层崖极险峻；峡以南有牛肠、嗒姑诸村，皆缘江立寨。藤峡、府江之间为力山，力山之险倍于藤峡。又南则为府江，其中多冥岩奥谷，绝壁层崖，十步九折，失足殒身。中产瑶人，兰、胡、侯、槃四姓为渠魁。力山又有僮人，善傅毒药弩矢，中人无不立毙，四姓瑶亦惮之。自景泰以来，啸聚至万人，隳城杀吏。而修仁、荔浦、平乐、力山诸瑶应之，其势益张。渠长侯大狗，尝悬赏千金购，莫能得。郁林、博白、新会、信宜、兴安、马平、来宾亦煽动，所至丘墟，为民害。乞选良将，多调官军、狼兵急灭贼。”

这一段文章，虽然只有二三百字，但除了那些怪异的形容，很少言及的地名就有十几个，准确无误地记在脑海里，不是件容易的事。彭时能够一口气背诵出来，让许多大臣佩服不已。

皇帝也觉得很难得，他以一种特殊的方式来称赞彭时：“朕本来想问问卿等，真到了不得不讨伐的地步吗？看来不必再问了。”说着，问身后一名近侍，“朕让你牢记四句民谣，你记住没有？”

“奴才记住了。”近侍应道。

“来，说与诸位爱卿听听。”皇帝命道。

“盎有一升米，莫溯藤峡水；囊有一陌钱，莫上府江船。”近侍背诵。

“我大明江山，竟有不可涉足之地，这话听起来刺耳吧？”皇帝道，“朕知道，王师曾多次出师讨伐，但迄今未能绥靖。别的朕不问了，只问一句：今次出师，真有必胜之策吗？”

“编修丘濬与臣书，献二策，臣以为可用。”李贤说。

“是哪二策？”皇帝问。

“一曰逐，一曰困。”李贤道。

“可是或逐之，或困之？”皇帝问。

“不，是一地逐之，一地困之。”李贤道。

皇帝本来觉得，逐之困之，太空泛，算不得良策，甚至算不得策；听了李贤的说明，精神不由一振。

“哪一地逐之，哪一地困之？”他问。

“丘濬言，当逐在广东，困在广西。”李贤道。

“为何逐在广东？”皇帝问。

“丘濬言——”在皇帝面前，李贤不能把丘濬的话当作自己的话来说。

“既是丘濬献策，这几个字李先生不必重复。”皇帝说。

“是。”李贤应后，复述丘濬书函，“广东故无贼，贼皆来自广西瑶、僮，而居民从之。使广西贼尽返巢穴，民无所从，所以必逐也。”

“广东民已从广西贼反，所谓逐广西贼，是仅逐广西贼，还是连从广西贼反的广东民一并逐之？”张懋插问。

“丘濬不曾言及。”李贤说。

“那这个逐字不就不好落实了吗？”张懋提出一个实际问题。

“张爱卿言之有理。”皇帝称是，并问李贤，“丘濬不曾言及，李先生能否说一说？”

“以臣理解，得区别，自当区别；不得区别，则一并逐之。”李贤道。

“爱卿以为可否？”皇帝问张懋。

“只得如此。”张懋道。

“张爵有疑惑，被李先生说服，卿等呢？”皇帝问众臣。

“广东逐之，不失为良策，但两广接壤，不下千里，我于此逐，他于彼避，如何是好？”户部尚书马昂又提出一个实际问题。

“马尚书是不是想说，逐字难行？”皇帝问。

“难行，却非不可行；如何逐之，须有计较。”马昂说。

“此事丘濬可曾言及？”皇帝问李贤。

“丘濬献策，主要便在如何逐之。”李贤道。

“他怎么说？”皇帝问。

“丘濬建言，以四路逐之。”李贤道，“一路，自广州三江口趋肇庆，历四会、封川等县，溯流而上，至藤江；一路，自肇庆之新兴，过阳江，抵高州界，历电白、信宜，出茂名、化州，至广西岑溪；一路，自藤县直溯北流江，登陆后由郁林、博白、陆川，出石城，抵雷州，复自雷州之灵山，下横州江；一路，自广州之连州，经贺县，出平乐。”

“一、二、四路尚清晰，第三路听起来有点儿乱。”王翱说。

“怎的乱了？”皇帝问。

“据臣所知，藤县在广西，隶梧州府，郁林州及北流、博白、陆川亦隶梧州；石城则在广东，隶高州府，雷州、廉州也都在广东；横州则隶广西南宁府。”王翱把牵涉到的地名一一点出，然后问，“这一路究竟是将贼由广东逐往广西，还是由广西逐往广东？”

他说三路尚清晰，其实，对皇帝和许多大臣来说，那些地名也不过是抽象的地名而已；但听他说了之后，都觉得第三路真有大问题。

“不错，我听着也像这一路不是逐，而是堵。”礼部尚书姚夔说。

“众卿多有疑惑，李先生能否解说一二？”皇帝问李贤。

“臣以为，臣夔所言堵字，切中要害。”李贤道。

“不是广东当逐吗，怎的又要堵了？”皇帝不解。

“所谓堵，不是堵在广东，而是堵在广西。”李贤道，“梧州为两广重镇，官军大营所在。兵出梧州，为的是逐广东之贼。丘濬筹划梧州官军如何进入广东，或不重要，重要的是，这一路官军最终是把广东之贼逐至广西横州。”

皇帝听得似懂非懂，问大臣们：“卿等以为如何？”

“梧州官军如何进入广东，当真不重要吗？”掌院都御史李秉问。

“丘濬或以为，取此路最为便当。”李贤的回答含糊其辞。

“此事兵部倒不妨议一议。”皇帝交代。

“臣领旨。”王竑应道。

“卿对此议怎看？”皇帝顺便问他。

“逐广东贼，不能但以广东官军，这话是不错的。”王竑说。

“大司马觉得不错，一定不会错。”皇帝说着，问李贤，“李先生，所谓逐策，是不是止于此？”

“陛下说的是。”李贤应道。

“那么，该说说广西之贼为何当困了吧？”皇帝道。

“是。”李贤应了一声，复述丘濬的话，“广西瑶、僮，在峭岭险隘之中，虽官军百万，亦不得一鼓而抵，尽歼之，所以必困也。”

“是以四路或几路困之？”皇帝问。

“丘濬没有明着说，但言，前者逐广东贼之四路官军，俱会于浔州，穷搜极追，且招且剿。”李贤道。

“朕方才在想，既曰逐，逐出广东不就可以了吗，为何还要深入广西？原来他等还要困广西之贼。”皇帝道。

“陛下圣明。如逐广东之贼，不能但以广东官军；困广西之贼，亦不能但以广西官军。”李贤说。

“岂止不能但以一省兵！”王翱道，“昔者靖远伯征麓川，不仅动用两广兵，还出动京营，还调动数省官军、狼兵。困之与剿之，虽不尽相同，但没有数十万人马，恐怕也难以奏效。”

“王天官说的是，今次征大藤峡，也要出动京营，也要调动数省官军、狼兵。”王竑说。

“数十万大军，长期困之，粮饷是件大事。”马昂说。

“是啊！”皇帝应了一声，问李贤，“丘濬的意思，要困多久呀？”

“据丘濬所言，困之一两年即可。”李贤道。

“一两年？有根据吗？”皇帝问。

“大藤峡瑶、僮，蓄积有限，必资以力耕。其田尽在山外。官军屯守，毁其青苗，使出不得掳掠，退不得耕耨，毙之不过一二年。”李贤复述丘濬的话。

“丘翰林的意思，在广西困他一二年即可？”孙继宗问。

“好似不是。”皇帝隐隐记得，丘濬有句话可回答这个问题。

“陛下明鉴。”李贤道，“丘濬说的是：穷搜极追。且招且剿。”

“这么说，也要剿了？”孙继宗显然还有下一问。

“是。”李贤应道。

“是于一二年之内进剿，或是于一二年之后进剿？”孙继宗问。

“问得好！可是待其自毙而后剿之？”皇帝也问。

“臣理解，应是且招且剿。”李贤道，“丘濬说，春夏之交，蛮地打瘴，宜退屯于浔州；待得初秋，进军剿之，方可保全我军士。”

“会昌侯，还有疑问吗？”皇帝问孙继宗。

“有。”孙继宗应罢即问，“且招且剿，为何招在前？”

“会昌侯是不是觉着，该剿在前？”皇帝反问他。

“是。”孙继宗应道。

“是何缘故？”皇帝问。

“既言困，便应剿在前，若招在前，何必以大军困之！”孙继宗道。

“言之有理。”皇帝边听边点头。复问李贤，“这一节丘濬可曾言及？”

“不曾言及。”李贤道。

“李先生怎想？”皇帝又问。

“丘濬称，两广蛮贼，自总兵颜行彪行师无律，而我威始不振；自其纵兵掳掠，而民财始大绌；自其杀平民为功，而人心始日离，贼徒始日盛。又说，夫今日贼徒所以倍于昔时，皆良民耳。寇旦夕而来，焚荡其室庐，戕杀其亲属，入城则闭而不纳，入山又与贼遇，不幸见掳，姑且顺从。贼因而劫持，虐用之。行使负担，息使樵炊，攻城则驱以当矢石，反奔则弃以委官军。民所侥幸不死，心语曰：我岂从贼，不得已耳。他日贼平，仍可复为良民，趋供赋役。忽闻大军之来，喜若更生。乃及既至，真贼遁入深山不可得，捕从贼者以充数。”李贤复述道。这一段话，丘濬写得很生动，他的印象很深。述罢，他说：“为何招在前，剿在后，臣以为原因在此。且宜于七月初秋进军剿之，而七月之前，官军集于浔州，即可招抚。以此而言，亦当招在前。”

“李先生如此解说，朕再无疑义，朕看，可将丘濬此策抄录，付与总督、巡抚，让他等参酌行事。”皇帝说。

这话是专门对李贤说的，他应了一声。

“卿等尚有何议？”皇帝又问其他大臣。

“臣请议定出征将、帅及赞理军务文臣。”王竑说。

“你是大司马，你先荐之。”皇帝命道。

“臣举文、武各一人：大帅，臣举中军都督府都督同知赵辅；参赞军务，臣举浙江布政司参政韩雍。”王竑说。

“卿等看他举荐的二人如何？”皇帝问众臣。

“赵辅是佳选，我赞成；韩雍恐怕不成。”王翱说。

“天官说说看。”皇帝命道。

“是。”王翱应过后，说道，“赵辅初为济宁卫指挥使，前吏书臣直即以将才荐之一。”

“赵辅不忙说，先说韩雍。”皇帝打断他。

“韩雍获罪谪外，难委重任。”王翱说。韩雍原官兵部右侍郎，因和钱溥有私交，受其牵连，降为浙江参政。

“是啊，韩雍之用，当慎之。”有人附和。

“皇上曾疑韩雍罪罚不当，今正是弃瑕即瑜之时。韩雍才兼文武，臣若不荐，乃不尽职；雍不胜任，臣愿连坐。”王竑神情激昂地说。

“大司马力保，朕复何疑！”皇帝一言定夺。

第十章

县学训导是九品以外的未入流官，薪俸微薄，供养自身都很难。平南县学训导陈敏把家小从东莞老家迁来，竟有十余口之多。亏得其妻王氏、其妾孙氏，勤俭持家，和衷共济。她们在县学附近，这里开片荒地，种上菜蔬，那里利用池塘，喂养鸭、鹅，竟使得一家人衣食无忧。训导课读，本不繁琐，陈敏和家人一起，其乐融融。

但近几个月，特别是成化改元以来，他总是忧心忡忡。这个变化使得全家不安。王氏在饭桌上问他出了什么事，他不说。孙氏在枕边问他出了什么事，他也不说；而且，连和孙氏亲热的兴致亦无。

终于有一天，他对家人交了底。

“准备准备，回东莞去吧。”他对王氏、孙氏说。

孙氏年纪较轻，经常想念家人，听到这话，不由心花怒放。她问：“老爷，几时动身？”

王氏多个心眼，却问：“官人一起走吗？”

“我官职在身，怎走得？”陈敏像自己做着多大的官似的说。

“官人不走，为何要我等走？”王氏问。

“世道不宁，须早做打算。”陈敏说。

孙氏的一腔欢欣刹那间化为乌有。懊恼之余，她不甘心地反驳：“老爷不是说现在是清平盛世吗？”

陈敏也发觉“世道”二字用得不妥，改言道：“我是说地方不宁。”

“哪个地方不宁？是平南吗？”王氏问。

“平南尚未乱，但早晚要乱。”陈敏说着，问王、孙二人，“有个大藤峡，你等知否？”

“城外到处是峡谷，谁知哪个是大藤峡！”王氏道。

“城外有峡谷，你等也只是耳闻吧？”陈敏问。

“我和姐姐去城外庙里进过香，峡谷是亲眼所见。”孙氏抢着说。

“即便亲眼所见，你等见到的，也是小藤峡，小小藤峡，与我说的大藤峡相比，小巫见大巫而已。”陈敏道。

“老爷说的大藤峡在何处？”孙氏问。

“虽不在平南，却在浔州。”陈敏说。

“那和我等有什么关系！”不在平南，王氏失去兴趣。

“关系是有的，老爷说过，平南隶浔州府。”孙氏道。

她能把陈敏的话记住，陈敏夸她一句：“小娘子有心。”

孙氏正要得意，王氏却说：“我又不是说大藤峡不在平南，和我等没关系。官人问大藤峡，自是乱子出在大藤峡，亦即乱子出在浔州府。乱子出在浔州府，有府上的官人去应付，和我等有什么关系？”

“大娘子有见识。”陈敏也夸她一句。

“既然没有关系，官人为何要我等走？”王氏又问回原来的问题。

“没有关系，我原来也这么想；现在看来，不会没有关系。”陈敏说。身为训导，他的长处是诲人不倦。用不着别人问，他也会把自己想法的变化过程讲个清清楚楚：“浔州府辖三县，我平南为其一。三县者，桂平与府同城，贵县在府城以西，我平南在府城以东。大藤峡在府城西北，距府城及桂平最近，距贵县稍远，距我平南最远。故我初时以为，大藤峡出了乱子，有浔州府及桂平县的大人们应付；实在应付不了，还有贵县的大人们帮着应付。因此，和我平南县没多大关系。现在看来，不是这么一回事。一来，我平南距大藤峡虽远，也不是远不可及；二来，浔州府及桂平、贵县的大人们应付的办法乃是闭门自守。因而，大藤峡的乱子随时会蔓延到我平南。与其乱子来时再避，不如早做打算。”

王氏、孙氏虽不愿和老爷分开，乱子终归是怕的。孙氏对王氏说：“老爷苦口婆心，分辩利害，姐姐，要不我等先走吧。”

“先走可以，不过，官人说要准备准备。我等待准备齐当，才能走。”王氏说。

“好，姐姐吩咐，该做何准备？”孙氏问。

“几年下来，好不容易开出恁大一块菜地，是带不走的。但该浇水的得浇，该上肥的得上，该摘取的得摘取，让官人平日有菜吃。”王氏说。

“这活计，可让陈大、陈二去做。”孙氏分派给两个仆人。

“鸭、鹅也是无法带走的。不如多杀一些，腌制好了，放在家里，官人隔三差五，有碗肉吃。”王氏说。

“这活计，我督着厨娘做吧。”孙氏分派。

“不知怎的，官人又不要走多少路，就是穿鞋费；又不要摸爬滚打，就是穿衣费。总得做出三五双鞋，缝制出一两套冬衣、夏衣，我等才可以走得踏实。”王氏说。

“姐姐女红，天下无双，这活计，姐姐带着丫鬟们做吧。”孙氏分派。

陈敏恨不得她们明天就走；但她们是为自己好，不忍过分催促。他于是问：“这些活计都做完了，须得几日？”

“总得三五日吧。”孙氏说。

“做得细一点十日八日也未必够。”王氏则说。

陈敏摇头苦笑。

菜地里的活计没有做完，杀了的鸭、鹅没有腌制好，灾难降临。一支从大藤峡下来的乱军，忽然劫掠了平南县城。

陈敏一家老小，被堵在家中，男子被关在一屋，女子被关在一屋。各有两三个强人看押，看押的强人中有一头目，在两间屋里进进出出。

王氏、孙氏开始怕得不得了，但时间稍长，发现看押她们的强人并不似想的那么可怕，胆子渐渐大起来。

“我，”等头目来时，孙氏手指自己说，“要出去。”

“这会儿不成。”头目不很凶恶但很坚决地回答。

“几时才成？”孙氏问。

“得看我等几时才走。”头目说。

“你是说，你等走时，要将我等带走？”孙氏问。

“爷儿们所至，一头牛、一匹马也不会留下，何况是人，何况是——”头目看了孙氏一眼，说，“并不很老的女子！”

“什么女子，是娘子。”孙氏纠正道。

“在城里，是娘子；到了山寨，便为奴为婢。”头目说。

“你敢！”孙氏外强中干地喊了一嗓子。她很清楚，去到了瑶人、僮人那里，自己就是俎上鱼肉，任人切割，人家有什么不敢的！她暗中下定决心，无论如何不能走出这间屋子。

孙氏无话了，王氏又开始和头目搭讪。

“大王卖一奴与人家，能得几何？”她问。

“三五升谷亦可，三五串钱亦可。”头目说。

“卖一婢呢？”王氏又问。

“三五升谷亦可，三五串钱亦可。”头目仍说。

“怎是同一个价钱？”王氏问。

“买奴，可随主人出征，又可为主人耕种；买婢，可为主人烧火做饭，又可为主人生儿育女。都有用场，价钱可不是相同！”头目道。

“我还以为，像我等女子能多卖几个钱。要是也只能卖三五升谷，三五串钱，太不合算。”王氏说。

“聊胜于无。”头目和汉人常打交道，会说几句深奥的汉话。

“反正是买卖，大王愿不愿做笔赚钱多的买卖？”王氏问。

“怎样的买卖赚钱多？”头目问。

“我等当家的是官人，官人有法子弄到银子。你将他放走，让他去筹银子；筹够了银子，再来赎回我等。这岂不比你卖得三五升谷、三五串钱，要合算得多？”王氏道。

“他能筹到多少银子？”头目问。

“那得看大王索要多少银子。”王氏说。

听起来不错，头目问守在外面的强人：“她的话你等听到否？”

“听到了。”外面的强人应道。

“你等说，该索要多少银子？”头目问。

“她说三五串钱少，那就索要三五两银子。”一强人说。

“三五两银子多吗？总不如三五十两。”另一强人说。

“三五百两岂不更多！”前一强人道。

“我等寨主常说，千金为重。”后一强人道。

“他还说过万贯家财呢。”前一强人道。

“汉人有句话，叫作‘多多益善’，你听过吗？我等就向他索要多多益善。”后一强人说。

“多多益善，你家汉子筹得到吗？”头目问王氏。

“我亦不知，要问一问他本人才知。”王氏说。

“好，我就去问他。”头目说去就要去。

“大王去问，他未必肯说实话。”王氏道。

“她去问呢？”头目指着孙氏问。

“或许会说实话。”王氏道。

孙氏知道，王氏有话要对老爷交代，忙说：“不，我去问，老爷不会说实话；须得主母去问，老爷才会说实话。”

“主意是你出的，你去问！”头目道。

关押在男屋里的人见王氏进来，以为出现了转机，都把目光投向她。她却谁也不理，把陈敏拉到一个角落里，说起悄悄话。

“官人，你有可能被释。”王氏说。

“贼人已退了？”陈敏问。

“没有。”王氏道。

“贼人突发了善心？”陈敏问。

“不是。”王氏道。

“那怎会释放我等？”陈敏问。

“谁说释放我等了？”王氏反问。

“你不才说的？”陈敏道。

“我只说你有可能被释，没说我等。”王氏否认。

“我有可能被释，你呢？”陈敏换了个问法。

“我没可能。”王氏道。

“小娘子呢？”陈敏问。

“她没可能。”王氏道。

“女儿呢？”陈敏问。

“也没可能。”王氏道。

关心的人问遍了，陈敏发起牢骚：“扣下一干女流，又有何用！”

“谁说没用！人家说了，女子带回去，可以烧火做饭，生儿育女。”王氏学起强人头目的话。

“娘子！”陈敏几乎要气晕过去。

“官人放心，我是不会丢官人的脸的。”王氏说。

“小娘子呢？”陈敏问。

“官人还不知道，她也是个有主意的人。”王氏道。

“娘子这么说，我就放心了，”陈敏好像猜到王氏来见他的用意，说，“娘子是来告诉我这些话的，说我可能被释只是个幌子，对吧？”

“不，贼人确实可能释放官人。”王氏说。

“他等为何单单释我？”陈敏想不出个所以。

“因为我对他等说了，官人被释，可以筹到银子来赎我等。”王氏说。

“娘子是想让我借此逃生，并不真想我筹到银子赎人，对吧？”陈敏好像又猜到王氏的心思。

“不，我真想官人筹到银子赎人。”王氏说。

“听娘子口吻，和小娘子都有必死之心，我即便筹到了银子，却来赎谁！”陈敏道。

“这话得反着说，官人筹到了银子，即便将我赎回，我亦无颜见人。”王氏却说。

“娘子的意思是——”陈敏问。

“女儿幼小，但愿官人将女儿赎回，带她好好过日子。”王氏说。

“我本想和两位娘子同死于此；娘子既提及此事，我就答应娘子，暂且偷生。一是将女儿赎回，二是将女儿养大成人，那时，再与娘子相会于地下。”陈敏信誓旦旦地说。

陈敏被释，想方设法筹集银两。

大藤峡强人离开平南时，命掳获的居民随行。王氏、孙氏坚执不从，双双被害。陈敏回到家中，埋葬了两位夫人，携带筹集到的银两，往大藤峡山寨赎女。

人们得知他一家人的遭遇，无不感伤。有人赋诗纪之，后半部曰：

> 嗟哉儒官陈广文，博经讲习师道尊。一家妻女十数口，同时被掳罹妖氛。厚邀金帛赎性命，杀人为戏轻鸡豚。陈君有妻王，义不受贼辱。请贼释夫养父母，语夫携金将女赎。一身自分不苟活，夫女得归甘瞑目。贼入峡，纷起营，迫王去，坚不行。贼怒杀之，妾亦殒生。二妇并贞烈，照峡冰壶清，千秋万春扬令名。安得上帝遣六丁，下铲叠嶂如砥平。贼失所恃无欺凌，夫妇相得民用宁。

广文是陈敏的别字。

第十一章

河南左布政使王恕，以右副都御史抚治河南南阳，湖广荆州、襄阳等地流民，朝廷是三月发布的。王恕闻命即行，自开封往西南而去。布政使为督、抚，是极为正常的升迁，但王恕意识到，朝廷对他的任命，非同小可。这不仅因为他要处置的是两省之事，而且，多少年来流民集于两省间，有识之士都看得出，那里已成了动乱的渊薮。

边行，边抚，边探查。进入湖广境内时，王恕了解到，有两支最不安分的流民，聚于襄阳府的房县，一支的首领叫刘通，一支的首领叫石龙。还有人说，这两支流民早晚要汇合。

在王恕打算进一步探查时，家中传来不幸的消息，他的母亲病逝。按照惯例，王恕立即奏请奔丧并守制。奔丧，朝廷恩准了；守制，则不准。朝廷只给他两个月假。离任前，王恕上疏朝廷，指出：民可抚也，而奸民好乱者，非兵不威。

河南南阳西南百余里开外的邓州，李姓之家不知有几百几千，而提起李爷，不必说名字，大家都知道指的是哪一家。李爷有的是钱财，有的是田产，在衙门里又有靠山，只有他找别人的麻烦，没人敢找他的麻烦。谁知春、夏之交，李爷也碰到了克星。

李爷家大门外，总守着三五恶仆，一般过路的都绕着走。这天清晨，有两名壮汉，一年长一年轻，不但不躲，反而迈着稳健的步子，一步一步朝大门走去。一恶仆晃着膀子迎上，想给二人点儿教训。他挥拳向年轻的壮汉击去，年轻的壮汉身子一闪，顺势一推，该恶仆立脚不稳，扑倒在地。另两个恶仆相互使个眼色，一起向年长的壮汉袭来。年长的壮汉看似笨拙，躲闪不及，被一恶仆拉住左臂，一恶仆拉住右臂。拉住他左臂的恶仆下勾拳打向他心窝，拉住他右臂的恶仆上勾拳打向他胸膛。紧接着一声惨叫，不是年长的壮汉发出的，而是二恶仆齐声发出。再看二恶仆打人的拳头，比原来都肿大一倍。

李爷家院子里，总有十个八个恶仆护院。开始，他们对两名壮汉的出现并没在意；他们绝想不到，有人能降服门外的恶仆，自己闯将进来。等看到原该守门的恶仆跟随进来，哭丧着脸，想叫又不敢叫，他们意识到事态严重，忽地围拢过来。

和在门外一样，年轻的壮汉身手敏捷，一掌推倒一个，一脚踢翻一个；年长的壮汉只挨打，不还手，而动手的恶仆则断臂，动腿的恶仆则断腿。

早有人禀于李爷知道，李爷从后院走到前院，边走边喝道："何方歹徒，敢到李爷家里撒野，没王法了吗！"

"聪儿，他直呼自己什么？"年长的壮汉问年轻的壮汉。

"李爷。"年轻的壮汉道。

"他凭什么敢直呼自个儿李爷？"年长的壮汉问。

"孩儿想，他凭的是万贯家财。"年轻的壮汉说。

"要是万贯家财只剩下五千贯了呢？"年长的壮汉问。

"那就降一辈，直呼自个儿李叔吧。"年轻的壮汉说。

"要是只剩下五百贯了呢？"年长的壮汉问。

"再降一辈，直呼自个儿李哥。"年轻的壮汉说。

"要是一文不名了呢？"年长的壮汉问。

"只好直呼自个儿李老儿了！"年轻的壮汉说。

"聪儿，你愿他直呼自个儿李叔呢，还是直呼自个儿李哥、李老儿？"年长的壮汉问。

"全凭爹爹的心意。"年轻的壮汉说。

"怎能凭我的心意，还得凭他的心意，人家现在不是还直呼李爷吗？"年长的壮汉说着，瞥李爷一眼。

他二人一问一答，旁若无人；加上守门的、护院的恶仆鸦雀无声，李爷知道来者不善。他抱了抱拳，问："二位好汉贵姓？"

"聪儿，他问咱贵姓呢，咱怎告诉他？"年长的壮汉问年轻的壮汉。

"他直呼自个儿李爷，爹爹就直呼自个儿刘爷吧。"年轻的壮汉说。

"方才咱问了人家一句，他凭什么直呼自个儿李爷；这会儿人家要问咱们，凭什么直呼自个儿刘爷呢？"年长的壮汉问。

"凭爹爹一身的功夫，不比凭万贯家财强吗？"年轻的壮汉道。

"二位好汉放心，李某不敢问。"李爷说。

"聪儿，人家又直呼自己李某了，怎么算？"年长的壮汉问。

“他直呼自个儿李某，是自愿的，不是咱逼迫的。看在他自愿的份儿上，他的万贯家财咱就少取一点儿吧！”年轻的壮汉说。

“怎的少取？”年长的壮汉问。

“他肯借一千两银子，咱即刻就走。”年轻的壮汉说。

“有万贯家财，又曾称李爷，只借一千两，少点吧？”年长的壮汉道。

“一千两，还得看人家给不给呢！”年轻的壮汉说。

“李爷。”年长的壮汉叫了一声，摇着头说，“不能再叫李爷了，叫李爷，不是这个价。为你着想，我也称一声李某吧。聪儿心肠软，你一呼李某，他宁愿少拿银子。他说的数，李某肯不肯给呀？”

“刘爷，这是要剜我心头之肉呀！”李爷哀告。

“聪儿，他在怪你狠呢！”年长的壮汉对年轻的壮汉说，“要不，咱只要他八百两银子，再从他臀上割两块肉，使得使不得？”

“爹爹说使得，就使得。”年轻的壮汉道。

“不是我说使得就使得，还得人家说使得才使得。”年长的壮汉道。

“二位还是剜去李某心头肉吧！”要是自己的两块肉能换一千两银子，李爷可以忍了；换二百两，太不值得，“银子，我这就着人去取。”

“去后院吗？我随他去。”年轻的壮汉道。

“不在后院，在院外。”李爷说。

“在院外？”年轻的壮汉问。

“李某有几处宅院，细软分藏于各院。”李爷说。

“聪儿可知，他着人去院外取，是什么意思？”年长的壮汉问。

“去衙门报案。”年轻的壮汉说。

“小兄弟若疑有诈，不妨同去。”李爷说。

“聪儿可知，他要你同去，是什么意思？”年长的壮汉问。

“到了衙门，先把我拿下，让爹爹孤立无援。”年幼的壮汉说。

“咱是孤立无援吗？”年长的壮汉问。

“不如问问他等。”年轻的壮汉说着，指了指着从门外跟进来的恶仆，以及方才已想奔出院子去报案又不得不退回来的恶仆。

他们不敢正眼看李爷，只是偷偷地指了指门外，或摇头，或摆手。看来，这两个壮汉不知带了多少人来，早已把大门封死。

李爷心想，看来此劫难逃。他应付一句：“二位信不过李某，在情理之中，我就在本院凑钱吧。”问一句，“二位可否留下大名？”

“聪儿，李某让咱留下大名，是什么意思？”年长的壮汉问。

“报与官府，以便缉拿。”年轻的壮汉说。

“咱怕不怕官府缉拿？”年长的壮汉问。

“官府不找爹爹，爹爹不是还要找官府吗？”年轻的壮汉道。

“那就把大名留下？”年长的壮汉问。

“爹爹与其留下大名，不如留下大号。”年轻的壮汉说。

“好主意！”年长的壮汉欣然应道，他问李爷，“李某可识千斤？”

“有万贯家财，还能不识千金。”李爷苦笑着说。

“不是金银之金，是斤两之斤。”年长的壮汉说。

李爷瞪大了眼睛。他这才知道，找上门来的是号称“刘千斤”的刘通和他的儿子刘聪。

被劫后，李爷往州衙跑了两三趟，纠缠着州官出兵剿匪；又往南阳府衙跑了两三趟，纠缠着府官出兵剿匪。他威胁说，若州、府不出兵，他就要告到布政司；若布政司不出兵，他就要告到朝廷。

房县城外山中，有官府开采大石的场地，俗称大石厂。天黑后，一伙人，有十几个，从东而来；一伙人，也有十几个，从西而来，两伙人会于大石厂的平台，互通姓名。

“刘聪。”从东边来的一伙人的首领道。

“冯子龙。”从西边来的一伙人的首领道。

“你是石好汉何人？”刘聪问。

“兄弟。”冯子龙道，并说，“虽非同胞胜似同胞的兄弟。”然后问，“你是刘好汉何人？”

“其子。”刘聪道，并说，“话无不说、事必同行的父子。”

“刘小哥，告诉你件秘事。”冯子龙说。

“请讲！”刘聪道。

“我大哥不愿听别人叫他好汉。”冯子龙说。

“那他喜欢别人怎样称呼？”刘聪问。

“和尚。”冯子龙道。

“和尚？他曾为僧不成？”刘聪觉得这个称呼有点儿古怪。

“不曾为僧，但他从小头发稀少，成人后干脆剃光。”冯子龙说。

“多谢告以石和尚佳话。”刘聪感叹一句，又说，“我也告诉冯、冯——”他顿住，不知该如何称呼。

“我是喜欢被别人称作好汉的。”冯子龙道。

“我也告诉冯好汉件秘事。”刘聪说。

“我与尔父应是同辈，更愿听你叫声冯叔。”冯子龙道。

刘通交代过，对会商之人要客气。刘聪顺从地说：“我也告诉冯叔件秘事。”

“好，你说。”冯子龙道。

“家父也不喜欢别人叫他好汉。”刘聪说。

“令尊喜欢别人怎样称呼？”冯子龙问。

“千斤。”刘聪道。

这个绰号也很古怪，但冯子龙却知其由来。刘通是河南西华县人，年轻时曾双手举起县衙前一个石狮。据说该石狮不下千斤，好事者给他起了个刘千斤的绰号。

“不知今日之刘千斤仍能力举千斤否？”他说。

“闯州过县，家父凡见衙门前石狮，仍常试试臂力。”刘聪说。

“都举得起来？”冯子龙问。

“有一次，石狮才离地面，又不得不放下。”刘聪说。

“这么说，刘千斤的臂力不如前了？”冯子龙似觉可惜。

“他们说那石狮有两千多斤。”刘聪道。

“我的妈呀！”冯子龙咋舌，称道，“好一个力大无穷的刘千斤！”

“好一个敢做敢当的石和尚！”刘聪称道。

二人大笑，手挽手往平台深处走了走。其他人则在原地不动。

“令尊邀我等一同起事，不知有没有名目？”冯子龙问。

“家父说了，两家起事，必有名号，名目可大可小。”刘聪说。

“何谓小？”冯子龙问。

“称寇。”刘聪道。

“何谓大？”冯子龙问。

“称王。”刘聪道。

“不用说，刘千斤是要个大的名目。”冯子龙说。

“家父说了，石和尚和冯叔等若喜欢大名目，就用大名目；石和尚和冯叔等不喜欢大名目，就用小名目。”刘聪道。

“我大哥交代了，刘千斤若有意称王，则与他合为一股；若无意称王，仍各干各的。”冯子龙说。

“原来石和尚早有称王之意，不过——”刘聪知道，这是说到关键的地方了，他顿了顿，才说，“家父说了，一山不容二虎。”

“我大哥也是这意思。”冯子龙道。

“那么，我等只奉一王。”刘聪道。

“小哥说，奉谁人为王？”冯子龙问。

“不如各自说说打算，谁胜一筹，以谁为王。”刘聪说。

“可是各自打算用什么王号？我先说，石和尚打算用楚王名号。”冯子龙说着，稍加解释，“在楚地，称楚王，顺理成章。”

“家父拟用汉王。”刘聪稍加解释，“为汉人，称汉王，名正言顺。”

“哎呀，让刘千斤赢了！”冯子龙道。

“怎讲？”刘聪问。

“小哥难道没听说，楚汉相争，汉是赢家？”冯子龙道。

“冯叔的意思是——”刘聪问。

“这个王位，当然是刘千斤来坐。”冯子龙说。

“事关重大，冯叔还是回去和石和尚合计合计吧！”所期待的事情轻而易举就实现了，刘聪反而不敢接受。

“用不着，这个主我做得。”冯子龙道。

“冯叔做得石和尚的主？”刘聪不信。

“小哥，实话告诉你吧：来之前，大哥交代，王是一定要刘千斤来做的；他越是谦让，越要让给他。我听你并未谦让，才和你开了个玩笑。回去转告令尊，石和尚、冯子龙愿奉他为王。”冯子龙说。

刘聪好不羞愧，道：“我也实话告诉冯叔：来之前，家父交代，石和尚是不会争做王的，你也不必去争；倒是不做王，你争不过石和尚；谦让一二即可，不必谦让再三。我不遵父命，自作聪明，让冯叔见笑了。”

四五月间，刘通、石龙等率数以千计的流民在大石厂起事，刘通称王，国号汉，年号德胜。石龙地位仅次于刘通，为国师、谋主，另置元帅、将军等。他们把距大石厂不远的海溪寺建成临时的王宫。

第十二章

六月下旬，韩雍到南京，与先期到达、被封为征夷将军、总兵官的赵辅及被用作游击将军的和勇等会合。

“永熙先生。”赵辅呼着韩雍的字，请示道，“大营驻于城里，或驻于城外？”

“这几日大营驻于城里，或驻于城外？”韩雍反问。

“我等皆未入城。”赵辅说。

“大帅等不入城，我为何要入城！”韩雍道。

“永熙先生要不要进城与友好酬答？”赵辅又问。

“重任在身，酬答概免。”韩雍说。

“那么，雍熙先生要不要即刻与众将相见？”赵辅问。

“这不见过了吗？”韩雍的目光扫过迎接他的众武官及监军太监等，忽问，“怎不见继远先生？”

继远是户部尚书薛远的别字，他是庐州府无为州人，和韩雍同年的进士，奉旨总督出征两广官军的粮饷。

“继远先生有公事与各衙门及应天府接洽，已进城了。”赵辅说。

“今日可回得来？”韩雍问。

“他说，午后会赶回来。”赵辅道。

“我想歇一歇，等继远先生回来，我和他说几句话，再与大帅等议事。如何？”韩雍问。

“听凭永熙先生安排。”赵辅道。

韩雍进到为他安排的屋里，并没真的躺下休息，也不像其他参赞军务的文臣那样，为表示镇静，随便拿一本书诵读。他只是静坐不动，眼睛时而闭上，时而睁开，时而仰首观天，当然看不到天空，看到的是屋顶，时而平视，直到薛远回来。

“永熙兄，终于把你盼来了！”薛远冲进屋来，激动之情溢于言表。

韩雍不像他那样激动。上上下下打量过他之后，笑着说：“我盼的却不是继远兄本人。”

“不是我本人，却是哪个薛继远？”薛远问。

“是继远兄前呼后拥的运粮大军。”韩雍道，并告诉他自己与他相见的迫切心情，“我一到，赵帅恨不得我马上与众将议战。我说，得等你回来，先与你说几句话。”

“永熙兄是想问我粮饷之事吧？”薛远当然知道他关心的是什么。

“是啊！”韩雍应道，“兵马未动，粮草先行。不知粮草继否，如何议得战事？”

“永熙兄要听实话吗？”薛远问。

“不听实话，我为何要等继远兄回来？”韩雍道。

“离京前，我做过些功夫；到了南京，又做过些功夫。一年之内的粮饷，应该不成问题。”薛远说。

“继远兄说的一年之内的粮饷是指——”韩雍问。

“十六万大军的粮饷。”薛远回答，“我计算过，京营及两广机动官军，共十六万人马；永熙兄得以调度指挥者，也是这十六万人马。”

“继远兄能保证十六万大军一年之内粮饷不缺，难得呀！”韩雍说着，又问，“继远兄为何着重于一年之内？”

“朝廷上下都在议论丘仲深与原德阁老书，永熙兄不知？”薛远反问。

“行人传旨时，有抄本交与我，我曾拜读了。”韩雍说。

“那永熙兄就该知道，按照丘仲深的设计，此征两广，绝不是一年之内可以了结的。”薛远说。

“不错，按照丘仲深的设计，一年之内无法了结；可运筹阵前的，是韩永熙，不是丘仲深。”韩雍道。

“永熙兄是说，将丘仲深所献之策弃置一旁？永熙兄大概还不知，原德阁老把此策看得很重吧？”薛远想提醒他。

“将在外，君命有所不受，况阁老乎！”韩雍道。

“可皇上——”薛远还想说。

“好了，赵帅和众将等得不耐烦了，你我快去吧！”韩雍拉起他就走。

大军在外，不能像在京师那么讲究，甚至不能像会城或大些的府城那么讲究，稍大一点的房间就可以当作议事厅。当然，等次还是要讲究的。最上首，韩雍坐左，赵辅坐右。次一等，薛远坐左，和勇坐右。和勇本来应该和其他将领一样，坐在更下面。但韩雍考虑到，上面若是只有三个人，赵辅一定要推他坐在当中。他接受也不好，不接受也不好，不如左右各坐一人，显得他和赵辅并重。

赵辅很领情，话也说得客气。

“众将集于南京，多者七八天，少者也有三五天，议论都发了不少。今永熙先生来了就好了，方略可以定下了。”他说。

“大帅此言，非出自真心吧？”韩雍道。

“怎的非出自真心？”赵辅问。

“大帅离京前，满脑子都是方略；众将离京前，满脑子都是方略。还会发什么议论，还会等我来了再定方略？”韩雍道。

赵辅才开口就被驳，有些难为情。他咳嗽两声，说：“我等满脑子都是方略，永熙先生所言不差；因为离京前，我等每人手里都有一纸，是丘翰林所献谋略的抄件，每人都把该抄件读过一遍。但我说众将发了不少议论，却是实话。”

“是针对丘翰林所献谋略的议论？”韩雍问。

“多是。”赵辅道。

“是附和，抑或反对？”韩雍问。

“永熙兄当改个问法。”薛远插话。

“怎么改？”韩雍问。

“是附和，抑或赞成。”薛远道。

“继远先生改错了吧？附和与赞成有何区别？”赵辅问。

“区别是有的。”韩雍道，“赞成者，经深思熟虑，发自内心；附和者，可能经深思熟虑，但多半是未经深思熟虑。”说着，问薛远，“继远兄是这个意思吧？”见薛远点头，他又对赵辅说，“继远先生的意思是，对丘翰林之策，附和者有之，赞成者有之，却无反对者。”

讲究字眼，武将远不如文臣，但对附和二字的贬义，是听得出来的。和勇问：“未经深思熟虑，为何附和？”

“或因敬慕，或因惧畏。”薛远说。

“我等无不久经沙场，说敬慕一翰林，或有之；说惧畏一翰林，我等也太过不堪了吧！”和勇道。

“但丘翰林应贼之策，由朝廷颁下，就不同了。”薛远说。

和勇想排除因惧畏而附和这一种可能，但没有成功。

“赞成与附和虽有区别，但哪位是赞成，哪位是附和，我看没必要询查。丘翰林之策，到底是朝廷颁下的嘛。”韩雍体谅地说了一句，然后转向赵辅，“我只想问大帅，当真无一人反对吗？”

“也不能说无一人反对。”赵辅指点着一将领说，“老石，你平日嘴不闲着，今日怎么不开口？”

“大帅说我嘴不闲着，其实多半是在喝酒吃肉。”姓石的将领说。

“那老哥可以封个酒肉将军了。”另一将领说。

“恰如其分，恰如其分。”换成别人，会把这话当作侮辱，姓石的将领却欣然接受。

众人忍不住都笑了起来。韩雍笑着问：“喝酒吃肉之后，石将军的嘴仍闭不上，那是——”

“或会议论一二。”姓石的将领说着，举一例，“譬如，丘翰林议四路逐之，末将不以为然。三路逐之，兵力可更集中；五路逐之，搜索可更细致。为何一定要四路？”

“这话有点儿不近情理，人家说分兵四路，把路线都划了出来，老兄要分兵三路或五路，也划得出路线吗？”把他封为酒肉将军的将领反驳。他显然是赞成或附和丘濬之策的。

韩雍对他二人的分歧不加评论。见另外两名将领在窃窃私语，他说：“二位在议什么，何不说出来大家听听！”

“老张说，分四路或三路、五路，无关紧要；紧要的是，兵力如何分派。”一将领代另一将领回答。

“我没听大明白，你让张将军自家说。”韩雍道。

“末将是想，分兵逐贼，是平均分派呢，抑或机动分派？若平均分派，每路四万。但某一路之贼，一万官军即可驱除；而另一路之贼或需七八万大军才应付得过来。若机动分派，谁又知哪一路一万官军即可，哪一路需得七八万大军？”姓张的将领道。

“张将军想得很细呀！”韩雍称赞一句，又问前一将领，“将军贵姓？”

“末将姓陈。”姓陈的将领问一答一，连一两个字的名字也不多说。

“张将军所议，陈将军是怎么想的？”

“末将想，分兵四路，应是不错的；至于平均分派，或机动分派，以及如何机动分派，是大帅和都堂的事。”该将领说。

韩雍点了点头，仍不加评论，却转对薛远说：“继远兄看，反对丘翰林之策的，并不在少数。”

“充其量，质疑而已。”薛远道。

“继远先生，反对与质疑，也有区别吗？”赵辅又不理解。

“有啊。”薛远道，“反对者，是从根本上不以为然；质疑者，可能是从根本上不以为然，但多半是在细节上不以为然。”说着，问韩雍，“我做此区别，永熙兄以为如何？”

“精辟！”韩雍以二字评论，并说，“继远兄此论，我本要反对，但想了想，且质疑为好。”

赵辅及众将听他一说，哄然大笑。

“永熙兄请。”薛远笑着说。

“请问继远兄，丘翰林之策，何为根本？”韩雍道。

“我以为是：广东贼逐之，广西贼困之。”薛远说。

“诸位以为呢？”韩雍问起他人。

“这两句话，满朝文武都会说，都堂不必再问。”和勇道。

“好！”韩雍点了点头，又问薛远，“广东贼逐之，广西贼困之，我以为是切要之论；又以为，今次征伐，不可拘泥其策。继远兄说，我是从根本上不以为然，抑或在细节上不以为然？”

“二者兼有吧。”薛远胡乱应了一句，不再玩弄字眼，“永熙兄究竟怎样想的，我方才问过，永熙兄不肯说；这会儿众人都在，还不肯说吗？”

“不是我故弄玄虚，实是涉及敕旨，不便重复宣示。”韩雍说着，起身问道，“朝廷与我的敕旨如何写的，诸位可知？”

自赵辅以下，知道他要宣示敕旨了，也都站起身，面向他肃立。

“我等不知。”众人应道。

“敕旨曰：阃外事宜，一听雍节制。将士得自署置；监司不用命者，以军法论。朕不中制。”韩雍宣示敕旨后，扫了众人一眼，问，“朝廷敕旨，诸位都听清否？”

“末将等愿听都堂大人节制。”众将应道。

“诸位，坐吧。”韩雍招呼着，自己先坐下。他对赵辅说：“大帅，所谓节制，并不包括你，大军行止，由大帅号令。”

“号令我可发，用兵方略却要听永熙先生的。”赵辅说。

“用兵方略，正要与诸位商议。”韩雍应道，并对众将说，“朝廷虽将丘翰林之策颁下，但并不是说，丘翰林之策即朝廷之策，即皇上之策。不然，与我的敕旨上皇上为何要写上‘阃外事宜，听雍节制’，要写上‘朕不中制’？故不论是本官不拘泥其策，或众位将军不拘泥其策，皆非违旨。这一层，诸位反对不反对，或质疑不质疑？”

众人又是一阵哄笑。

赵辅说：“永熙先生奉朝廷敕旨，我等皆不反对，皆无质疑。”

“那我再问问。”韩雍道，“诸位所议，都在广东贼分几路逐之、各路人马如何分派上；亦即我大军剿贼当从广东入手，渐入广西。现在不必担心违旨，有没有人从根本上不以为然？”

众将中无人回应，和勇道：“还是都堂说说，为何以为丘翰林之策为切要之论，又以为不可拘泥丘翰林之策吧。”

“也好。”众将不愿说，韩雍并不勉强，“广东贼源于广西，在广东难以立足，难以持久，逐之可矣，此其一也；广东四路逐贼，皆为两广通衢，四路逐贼，较之三路逐贼或五路逐贼合理，此其二也；广西春、夏之际瘴气弥漫，不宜大用兵，以困贼为宜，此其三也；困贼便于瓦解贼众，使从贼者得以自新，此其四也。有此四者，故曰广东贼逐之，广西贼困之，为切要之论。然而，广东贼逐之，广西贼困之，乃就两省而言，非就我征伐大军而言，两省官军可遵从此策，我征伐大军未必要遵从此策，此其一也；广东官军熟悉广东地势，尽可便宜行事，我征伐大军分而逐贼，反予贼可乘之机，此其二也；春、夏之际大瘴，我征伐大军直趋广西大藤峡，九、十月可至，正好捣贼巢穴，若先往广东逐贼，再会于大藤峡，或明年二、三月，或明年四、五月，恰是不宜用兵之时，岂不贻误战机？此其三也；十数万大军困贼于大藤峡，我亦被困，需得耗费多少粮饷？继远先生恐怕不会答应，此其四也。有此四者，故不可拘泥丘翰林之策。本官此论，诸位以为如何？”

不但奉有敕旨，他的分析也头头是道，众将领无不心悦诚服。

“可否大部趋桂，以偏师赴粤。”赵辅仍想兼顾。

“不可！”韩雍道，“大军出动，以合为正招，以分为奇招；大藤峡为贼薮，分兵为趋末，分兵则势弱。我全师趋大藤峡，南可以攻之，而援广东高、雷、廉各州，东可应南韶，西可取柳州、庆远，北可断阳洞诸路，势若常山之蛇，首尾互应。兹行也，必胜。”

赵辅称善。薛远称善。众将称善。

第十三章

“怀大伴拣有分量的奏疏给朕读一两本。”皇帝命道。

“奴才遵旨。”怀恩应道。其实，不用皇帝吩咐，他也会拣出有分量的奏疏，准备读给皇帝听：“奴才以为，项忠一疏，颇有分量。”

“他是——”皇帝问。

“巡抚陕西右副都御史。”怀恩说。

“他奏言的是陕西事？”皇帝问。

“也不尽然。”怀恩道，“其疏或以陕西事开篇，或以陕西事为例，皆为关乎大局之事。”

“好，你读吧。”皇帝准了。

“项忠奏陈三事，一曰求贤，二曰重将，三曰选将。”按照常规，怀恩先列出项忠奏疏的纲目。

“好，先读求贤。”皇帝道。

“是。”怀恩应了一声，读道，“为治莫要于求贤，得人莫严于考课。近者考官吏，不才既斥，而才未见旌。汉宣帝时，二千石有治理，玺书勉励，增秩赐金；唐太宗书刺史名于屏风，下注宦绩，以备黜陟。遂以致治之美，光耀史册。”

“不才既斥，是褒之；才未见旌，是贬之。看似有褒有贬，然则项忠立论是求贤，故仍以贬为主。”皇帝说。

“爷看得透彻！”怀恩应道。

“朕登极年余，难道当真才未见旌？”皇帝问。

“项忠此论，有以偏概全之嫌。王竑掌兵部，李秉掌都察院，皆一时人望，怎能说才未见旌？”怀恩一如往常，先附和皇帝的话。

“接下来怀大伴一定要说，才未见旌者亦有之，是不是？”皇帝问。

“爷圣明！”怀恩道，“项忠或以为，王竑掌兵部，李秉掌都察院，乃循序渐进，非他所言才未见旌。”

“他所言才未见旌，指哪一类人？”皇帝问。

“奴才请先读疏文。”怀恩道，见皇帝不反对，他把这一节读完，“乞敕吏部，于抚、按请旌异者，量为酌用，或给敕勉谕，庶贤否不溷。”

“朕登极以来，各抚、按有奏请旌异者吗？”皇帝问。

“奴才记得，有数省。”怀恩回奏。

“那么，项忠虽以偏概全，这一条却非无的放矢。”皇帝说。

“陛下说的是。”怀恩应道。

皇帝想了想，忽道：“旌异之事，该由礼部管着吧？”

“旌异之事是该礼部管着；量为酌用，却该吏部管。”怀恩说。

“那就交吏部、礼部合议之。”皇帝道。

“是。”怀恩应道。

“第二事是选将吗？”皇帝问。

“选将是第三事，第二事是重将，爷要先听选将，奴才就倒过来读。”怀恩道。

“唯有重将，方选得出良将，项忠的顺序大有道理。”皇帝说。

“那奴才就读重将了。”怀恩说着，读道，“至重者将也，至危者兵也。昔之遣将，分之以阃，誓莫干也；授之以钺，俾专断也。”

皇帝打断他，问：“莫干是剑吧？”

“是。”怀恩应道，“莫干即莫邪、干将，传是古时名剑。”

“朕近次用韩雍，使有阃外之制；可惜不曾赏他一柄剑，又给项忠留下话柄。”皇帝叹道。

“项忠不知爷给韩雍的敕书是怎样写的；若知，定称颂不已。”怀恩说。

“且听他下面如何写的吧。”皇帝道。

“今陕西边帅，遇敌逗留，无一肯前，虽智勇未逮，盖亦委任有不专焉。今吏卒但畏敌，不畏总兵之号令，总兵之权轻也。使畏总兵之号令甚于畏敌，进有可生，退则必死，则人心岂有不奋，而敌岂有不克者！宜敕各边总兵，军中如违令，悉军法从事，属成功可必。”怀恩读道。

“他原是为总兵请命呀！”皇帝评议一句。

“陛下说的是。”怀恩应道。

“总兵辖于哪个衙门？”皇帝问。

“政令听于兵部，但授钺赐剑，似应掌于礼部。”怀恩说。

“那就命礼部、兵部合议。”皇帝命道。

“是。”怀恩应道。等了一会儿，见皇帝再没有别的话，他读第三节。“陕西风土强劲，郭子仪、李晟辈皆由此出。而弓马娴习、臂力过人者，不可谓无，但拘于答策之难，不能进也。自昔屠狗贩缯，皆能建立大功，亦不拘答策。若专执此，恐终不能用人也。”读罢，他主动说一句，“武举之事，兵部主之，选用亦当由吏部。”

“命吏部、兵部合议之。”皇帝说着，忍不住笑出声。

“爷笑什么？”怀恩问。

“一会儿吏部、礼部合议，一会儿礼部、兵部合议，一会儿吏部、兵部合议，岂不麻烦，不如命三部堂官一并议之。”皇帝说。

“奴才遵旨。”怀恩应道。对他来说，传一道旨简单得多。

三尚书六侍郎，会于哪个衙门都不合适，于是集中在朝房议事。三尚书是：吏部尚书王翱，礼部尚书姚夔，兵部尚书王竑。六侍郎是：吏部左侍郎崔恭，右侍郎尹旻；礼部左侍郎邹干，右侍郎李绍；兵部左侍郎王复，右侍郎程信。

“所议之事，诸位已知，怎样想的，怎说吧。”王翱简短开场。

尹旻性子急，说话也尖刻。他抢先说：“不知哪位礼卿别出心裁，竟想出旌异一个怪异的词来！”

“同仁先生说说，此二字怎的怪异。”李绍回应他的指责。

“旌表异常，还不怪异？”尹旻道。

“若是旌表异能呢？”李绍改了个字。

“何谓异能？”尹旻问。

“如某地大旱，而能降以甘霖，算不算异能？”李绍举一例。

“求雨靠的是诚心，若真有以异能降雨，怎会有灾异！”尹旻用了个异字来驳，可说是以子之矛攻子之盾。

“正因异能难求，才要以诚心求之。”李绍用了诚心二字，又是以子之盾阻子之矛了。

“克述先生有这等诚心，不如径用于求雨。”尹旻讥道。

崔恭看不惯他的态度，说：“同仁先生不喜欢旌异二字，尽可以恶语批驳；但旌异非始于今日，不必把矛头对着克述先生。”

“我与克述先生就事论事，并未出恶语。”尹旻分辩。

“我看，仍用旌异是礼部的事；是否酌用，则是吏部的事。不妨以仍用旌异否，决于礼部；以可酌用否，决于吏部。”邹干说。

“这却不妥。”崔恭道，“皇上命我等合议，意即：仍用旌异否，要听听吏部的意思；可酌用否，要听听礼部的意思。”

“我已申明，异常非正，不必旌之，尤不可酌用。”尹旻说。

“我倒是觉着，旌异非始于今日，不妨仍行之。”崔恭说。

“异能者苟为朝廷所缺，为何不可酌用！”李绍道。

“即便不可酌用，旌之又有何碍！”邹干道。

“大章先生怎看？”王翱问姚夔。

“还是九皋先生先说。”姚夔道。

“好。”王翱不再推让，“同仁先生道异常非正，我却想说，不管异常，或是异能，皆非正途。贤能，主要当从甲科求。”

“九皋先生之意是不可酌用？”姚夔问。

“我倾向于不可酌用。”王翱稍留余地，并问，“大章先生说呢？”

“我以为，宗盛先生有句话说得好。”姚夔道。

“是哪句话？”王翱问。

“旌之何碍。”姚夔道。

“那是否可以旌异如前，然不可轻易酌用上之？”王翱问。

“九皋先生概括成这样两句，各种议论都兼顾到了。”姚夔说。

兵部的正卿、佐卿插不上话，只有听着。

“公度先生等有无异议？”王翱问。

“异议没有，想法却有。”王竑笑着说，“但愿议及兵部与吏、礼二部相关之事，不要各执一词。”

“我等同感。”王复、程信亦道。

“那得看同仁先生意下如何。”李绍说。

尹旻瞥他一眼，道：“听说，怀公公回复皇上询问时言道，总兵官政令听于兵部，授钺赐剑听于礼部，与我吏部无关。”他和不少内臣私交不错，总能听到些宫闱秘事。

“此乃大事，即便礼、兵二部单议，我等也要留意。”王翱说。

“我愿先听公度先生高见。”姚夔道。

“高见说不上，但我以为，议者混淆了两类总兵。”王竑说。

“公度先生说的可是镇守与征伐？”李绍问。

“不错。”王竑应道。

“混淆了两类总兵便怎的？”崔恭问。

“征伐总兵官可授钺赐剑，如官军征伐两广，不使永熙先生节制，则当使赵帅节制；而镇守总兵官则不可授钺赐剑。”王竑说。

“克述先生既料到大司马说的两类总兵官，一是镇守，一是征伐，一定也赞成一者可授，一者不可授吧？”程信问李绍。

“诚如彦实先生所料。”李绍道。

“礼、兵二部堂官所见相同，是个好兆头。”崔恭说。

“仅公度先生、克述先生所见相同，还不能说礼、兵二部所见相同。”王复不同意这个结论。

“初阳先生持议不同？”崔恭问。

“我无异议，却不知大宗伯之意如何。”王复道。

“两类总兵官当有所区别。”姚夔说。

眼看这一条要达成共识了，尹旻忽道：“我有一事不明，欲请教。”

“是请教兵部，抑或请教礼部？”李绍把重音放在请教上，是特意说给尹旻听的。

“若请教礼部，克述先生未必说得清楚，我还是直接请教公度先生吧。”尹旻不甘示弱地说。

“同仁先生无论请教礼部或兵部，都是不敢当的。”王竑道，“不是在合议其事吗，同仁先生的想法无不可言。”

“镇守总兵官与征伐总兵官，有何不同？”尹旻问。

“征伐总兵官不仅要节制六师，还须节制有司；而镇守总兵官除号令所属参将、游击等，是能节制布、按二司，还是能节制都指挥使司？故征伐总兵官不授钺赐剑，难收征伐之功，镇守总兵官则不然。”王竑说。

“公度先生此论，似是而非。”尹旻说。

“怎的似是而非？”王竑问。

“征伐总兵官专征伐，是没有问题的；但反言之，镇守总兵官难道就不须征伐？”尹旻反问。

“镇守总兵官虽有出征之日，仍不同于征伐总兵官，若朝廷真用镇守总兵官征伐，再授钺赐剑不迟。”王竑说。

王翱也看不惯尹旻的刁钻和傲慢。不过，一来要在吏部共事，二来众尚书和侍郎中，只有他二人庶吉士出身，他不能让尹旻太难堪。

“公度先生所论，不是似是而非，而是没有说透。”他说。

“没有说透？难道九皋公还有什么说法？”尹旻问。

“有。”王翱道，“镇守总兵官不是可授钺可不授钺，可赐剑可不赐剑，而是不可授钺不可赐剑。总兵如古时刺史，拥兵太重，易生祸乱，唐中叶、唐末代变故，可为殷鉴。本朝设巡抚，设总督，有掣肘之意。今若授之以钺、赐之以剑，岂不是反其道而行之？”

众人纷纷点头称是，连尹旻都在沉思默想。

“九皋先生说我没有说透，我还有点儿不服气；听九皋先生一席话，真是把此事说透了。”王竑道。

“总之，征伐总兵官宜授钺赐剑，镇守总兵官不可授钺赐剑，可以此复旨吧？”崔恭总括一句。

“同仁先生可知，选将一事，当由兵部和哪一部议？”王复问。

“和吏部。”尹旻说。

“我怎觉得，事涉武举，仍该主于礼部呀？”王复说。

“武举主于礼部及兵部，以兵部为主；授官则主于吏部。”尹旻解释。

“也是一种说法。”王复道。

“当与吏部议也罢，当与礼部议也罢，我看，既然事关武举，不如等开武举日再议。”王竑说。

没有人反对。项忠所陈三事，竟无一事议行。

尹旻字同仁，山东历城人，正统十三年进士。邹干字宗盛，浙江钱塘人，正统四年进士。李绍字克述，江西安福人，宣德八年进士。王复字初阳，北直隶固安人，程信字彦实，北直隶河间人，均正统七年进士。

第十四章

进入广西会城桂林后，韩雍邀来赵辅，密议良久。因为二人议事的房间严密防守，在众将领中造成了紧张的气氛；等到接受众将及属官参见时，二人表情肃穆，更加重了这种紧张的气氛。

众将领及属官排列的队阵前，韩雍、赵辅并排而坐。众将领及属官站成横列，或称“末将”，或称“卑职”，齐道：“参见都堂，参见大帅。”

“免礼！”韩雍、赵辅道。

等众将领及属官重新站立两旁，韩雍问：“尔等可知今日要议何事？”

众将领及属官或称“末将”，或称“卑职”，齐答“不知”。

“议罪。”韩雍道，又问，“尔等可知今日为何要议罪？”

众将领及属官或称“末将”，或称“卑职”，齐答“不知”。

“为他日议功。”韩雍道，“号令不行，赏罚不明，何以为军，何以为战？有罪不罚，谁还以军纪为事，尔等何以为鉴？今日有罪不罚，他日谁肯向前，功业何以得建？”

“都堂训饬极是！”众将领齐道，但声音已不如方才响亮。

“李英！”韩雍喝道。

李英出列，躬身应道：“卑职在。”

“你官何职？”韩雍喝问。

“奉仪卫指挥使。”李英回答。

“这么说，你驻扎奉仪州？”韩雍问。

“不，卑职驻扎平南。”李英回答。

“是平南事发后，移驻平南？”韩雍问。

“不，正统六年，奉仪卫即移驻平南。”李英回答。

“那你说说，平南失事，你有无责任？”韩雍道。

“卑职御贼不力，责无旁贷！”李英说。

“是御贼不力，还是不曾御贼？”韩雍怒问。

“卑职有罪。因贼势盛，为保存实力，卑职率部弃城而去。”李英说。

“是率部弃城而去，还是率一二亲信狼狈逃命？”韩雍怒问。

“这个——”李英语塞。不但广西驻有军卫的县份不多，普天之下也没有几处。平南轻易丢失，无论他怎么辩解也无济于事。

随后，韩雍又叫出三人，或是指挥副使，或是指挥佥事，或当御敌而不御，或当援手而不援，都是经过缜密查询的。

问话完毕，韩雍喝道：“推出去，斩！”

和勇从队列中抢出，躬身道：“都堂，刀下留人！”

“你欲为他等求情？”韩雍问。

“是。”和勇应了一声，说，“与其将他等斩首军中，不如让他等厮杀于阵前，末将愿收他等为部属，让他等立功赎罪。”

“他等之罪，哪一个是不该论死的？本堂若姑息，愧对朝廷重寄。收用他等，他等或效死命；杀了他等，全军无不效死命。孰重孰轻，你难道看不出吗？”韩雍斥道。

刽子手行刑，呈上四人首级，将士无不股栗。

一张广西全境的舆图在长案上铺开。韩雍独自一人站在桌案长的一侧，赵辅、和勇分站在短的一侧。其他将领和幕僚都站在韩雍对面，人多不能一字排开，有人在前，有人在后。

“桂林在这里，大藤峡在这里。”韩雍依次指了指舆图上的两处，问，“哪位将军来为大家排兵布阵？”

“排兵布阵是都堂的事，我等不敢僭越。”众人道。

“你等不说，可不说；但有一人，须得说一说。”韩雍道。

“永熙先生不会指我吧？”赵辅问。

“该说的，大帅和我私下里都说过，我等一起听听别个的。”韩雍说着，问道，“前次在南京时，质疑为何不能分兵三路或五路、一定要分兵四路的，是哪位将军呀？”

“是老张吧？”一将领道。

“不，我记得是老石。”另一将领说。

“没错，确是老石。”第三个将领说。

姓石的将领被挤在后边，他踮起脚让韩雍看到自己，说：“末将随口一议，并非以为当分兵三路或五路。”

“来，来，石将军到前边来。”韩雍招呼。

众人闪开，让他走到桌案边。

“我欲以五路逼近大藤峡，与石将军质疑相合。石将军看，当如何分兵而进？”韩雍道。

喜欢议论的人，遇有了机会总要议论。姓石的将军草草看了看舆图，问：“都堂，是从桂林发兵吗？”

“对，就从桂林发兵。”韩雍道。

姓石的将军这次仔细地看了看舆图，用手指在两地间比画出一条直线，道：“中路，取官道，径往大藤峡。”又用手指在两地间比画出两条较小的弧线，道，“左一路、右一路迂回行进于中路之侧。”又用手指在两地间比画出两条较大的弧线，道，“左二路、右二路迂回于左一路、右一路之侧。”

“说说理由。”韩雍道。

“都堂才示下，欲兵分五路。”姓石的将领说。

“石将军不妨想想，这样的理由，能说服大帅吗？能说服本堂吗？能说服众人吗？”韩雍问。

“各路齐头并进，可互为掩蔽，互为援手。”姓石的将领又说个理由。

“这个理由尚差强人意。”韩雍这么说，一大半是为了勉励。他问其他将领，“石将军言之未尽的，谁愿替他说说。”

“还是都堂说吧，由我等说了，也是差强人意而已。”和勇道。

韩雍笑了笑，指着舆图说：“中路及右二路，可维持不变，左一路行进路线改一改，这样走过去。”说着，把姓石的将军比画的左一路的弧线往外扩了扩。然后，又把左二路的弧线往里缩了缩，“左二路行进路线也改一改，这样走过去。”

舆图以北为上，南为下，因而左侧的两路即偏西的两路。除了这两条路线之间的距离大为缩短，众人看不出其他奥妙。

“都堂比画之图，可没有老石那张图好看。”和勇开玩笑地说。

“不好看，但有实效。”韩雍说。

“末将愚钝，看不出有何实效，请都堂明示。”和勇道。

“和将军，你来看，这是何处？”韩雍手指按在偏西的一条路线的一个点上，让和勇看。

和勇探过头去，看清楚后，道：“是修仁。”

“石将军，你来看，这是何处？”韩雍的手指又按在偏西的另一条路线的一个点上，让姓石的将领看。

姓石的将领看清楚了，道：“是荔浦。”

“二位有新的想法了吧？”韩雍问。

“据探马报，此二城皆为贼人占据。”和勇边琢磨边自语。

荔浦和修仁是两座县城，均属平乐府。和勇的自语表明，他未得要领。

“所以，我才要把这两条路线改一改。”韩雍提示。

和勇恍悟，道：“都堂是要收复二县？”

韩雍点了点头，对姓石的将领说：“五路齐头并进，互为掩蔽，此其一也。其二嘛，修仁、荔浦二县落在贼手，恰为大藤峡羽翼；收复二县，我再攻贼巢穴，可无后顾之忧。”

“都堂深思熟虑，非末将可及。”姓石的将领说。

“无论如何，你曾议过分兵五路，可愿于此二路中领一路？”韩雍问。

“末将愿往。”姓石的将领领命。

“至于另一路嘛——”韩雍的目光只在对面搜寻。

“都堂，何不看看这边。”和勇指着自己说。

“和将军，我和大帅是想让你领中路的。”韩雍说。

“无论如何，末将愿收复失城。”和勇说。

“既如此，也罢！”韩雍好像终于下定决心，道，“谁先下城，谁立下第一功，你二位谁来择一路？”

和勇性急，伸手要往舆图上指。但想了想，又把手收回去。他说：“都堂不提立功之事，谁先择谁后择均可；既言及立功之事，不如我二人抓阄，才显得公平。”

抓阄的结果，和勇取修仁，姓石的将领取荔浦。

“除本部外，我在你二人属下各拨一军，既可引路，又可助战。二军，一为凤仪卫，一为桂林右卫。”韩雍说着，问，“二位也抓阄吗？”

“凤仪卫新失主将，末将愿领之。”和勇说。

他的军阶比姓石的将领高，又明显是为姓石的将领着想，姓石的将领没有理由反对。

桂林至浔州之间的官道，虽然山路居多，两匹马并驱是没有问题的。

“永熙先生，你估摸着，老和、老石，谁个能拔得头筹？”赵辅问。

“事情明摆着，用不着估摸。”韩雍说。

“永熙先生看好老和？”赵辅换了个方式问。

韩雍笑着摇了摇头，没有答话。

“难道是看好老石？”赵辅又问。

韩雍的笑容没有收起来，仍是摇头。

“永熙先生这是何意？”赵辅实在是看不懂。

“不是我看好和勇，是他一定先声夺人。”韩雍道。

“永熙先生有把握？”赵辅问。

“大帅，我先问你，”韩雍道，“他二人治军，哪个更胜一筹？”

“老和勇略胜，老石谋略胜，综合而言，应不相上下。”赵辅说。

“有大帅这不相上下，我更有把握了。”韩雍道。

“永熙先生是不是说，取修仁比取荔浦稍易？”赵辅问。

“我看，二者应不相上下。”韩雍道。

“前一个不相上下，后一个不相上下，老和怎就先声夺人？”赵辅问。

“前一个不相上下，后一个不相上下，他二人有何不同？”韩雍反问。

“有何不同？”赵辅前思后想，怎么也想不出来。

“凤仪卫归在谁部？”韩雍给出一个提示。

“归在老和部呀，难道他因此就能拔得头筹？”赵辅仍没想通。

“然也！”韩雍道，“知耻而后勇，奉仪卫败于平南，李英诛于军前，其将士无不以为耻，无不欲洗耻，此其一也；和勇在军前为李英乞命，虽不获准，但凤仪卫将士无不对他心存感激，此其二也。有此二者，奉仪卫一归属老和，我就断定他必拔得头筹。”

“永熙先生料人料事，无不奇准。”赵辅叹道。

二人正说得投机，前面一阵骚动，前部一军士往后跑来。他在二人马前停下，禀道：“都堂，大帅，林中拥出数十人，焚香拜伏，自称良民，请叩见都堂、大帅。”

“你是说，有数十人？”韩雍问。

“是。”军士应道。

“还焚香拜伏？”韩雍问。

“是。”军士应道。

“大帅，看看去。”韩雍说着，往马屁股上抽了一鞭。他很少打自己的坐骑，这一鞭下去，马立刻疾驰而前，带得赵辅的坐骑也狂奔起来。不一会儿，二人来到军前。

数十人分成三排，跪伏在道路当中，阻止了官军前部的行进，不过，前部的队形仍很整齐。对此，韩雍很满意。他让马小心地从路旁小径超越官军队列，然后纵马跃上正道，围绕跪伏者转了几个大圈子。

“你等从何处来？”他边勒缰绳边问。

“回大人话，有桂平的，有平南的，有贵县的。”前排有人答话。

“如此说来，都是浔州人？”韩雍道。

“是。”答话的人应道。

“都做何营生？”韩雍问。

“回大人话，有里长，有乡老，有生员。”答话的人说。

“如此说来，都是有身份的人？”韩雍道。

“小民们的身份，不值得一提。”答话的人说。

“尔等缘何来此？”韩雍问。

“大军从天而降，解万民于倒悬，我等特来叩迎，一睹天师威仪。”答话的人说。

“好了，威仪已睹，诚意已达，尔等可以回去了。”韩雍道。

“小民有个不情之请，愿叩见几位大人。”答话的人说。

“第一要见的是谁？”韩雍问。

“韩都堂。”答话的人说。

“第二要见的是谁？”韩雍问。

“赵大帅。”答话的人说。

“哼，恐怕尔等第一要杀的是韩都堂，第二要杀的是赵大帅吧！”韩雍不等跪伏在地的数十人有所动作，喝道，“来呀，与本堂拿下！”

官军也没有料到有此突变，但他们的反应比跪伏在地的人快，在前部将领的指挥下，数百军士上前，将数十人制服。

果然，每个被制服的人的衣袖里，都藏有利刃。

“都堂怎料到他等是刺客？”一将领又是敬佩又是惊讶地问。

“你看他等，粗犷、彪悍，有一个像是里长、老人、生员吗？再者，浔州受贼蹂躏，人人自危，谁敢出城这么远来迎候官军？”韩雍道。

两天后得报，和勇部收复修仁，占据荔浦的山人随即撤回山中。

第十五章

广西总兵官过兴奉召还朝，走的是通常的官道。永州是广西进入湖广的第一个大去处，再往东北而行，是隶属永州府的祁阳县。

过兴一行在祁阳馆驿住下后，过得隆一脸不高兴地进了他的住房。

过兴知道，他这个儿子被娇惯坏了，稍不顺心，就会流露出来。

“房间不好吗？”他问。

“我那房间，和爹的房间一样。”过得隆说。

“不为这事，为的何事？”过兴问。

“我清点了永州府和零陵县奉送的川资，爹猜是多少？”过得隆反问。零陵也隶属永州府，府、县同城。人家送钱，他不好意思当着人家的面清点，所以到了祁阳才过秤。

“怕是少于广西各府、县送的。”过兴说。

“岂止少于，简直少的太多了！”过得隆把五指平伸出去，道，“仅五十两而已，还没有广西一县送得多。”

“零陵县送了几多？”过兴问。

“二十两。”过得隆说。

“是少了点儿。”过兴也不满足，但他想得较多，“我镇守广西数载，广西府、县和我多少总有点儿交情。再者，朝廷今日将我召回，谁知明日会不会再让我镇守广西？广西府、县总得留个后路。故而他等会巴结我，会多送些银子。而湖广，各府、县与我无此渊源，银子送得少，也在情理之中。不过，得隆，他等银子虽送得少，沿途府、县却多，不愁川资不够。”

“爹是说，就以每府五十两每县二十两为定数？”过得隆说着，忽然发觉还少一个环节，遂问，“每州呢？”

“可取其中。”过兴道。

“三十两，如何？”过得隆定了个数目，“若以府五十、州三十、县二十为定数，沿途以十府二十州四十县计，可得川资约二千金。”

得出这个数字，他不由撇了撇嘴。

“是不是嫌少？我图的不是银多银少，是各官的敬重。”过兴说。

“爹图的是各官敬重，我图的是银子多多益善。我就在这里，恭候祁阳县的二十两银子吧。”过得隆道。

等到晚上，也没人把银子送来，第二天一早，过得隆亲自去县衙讨要。

祁阳知县李翰正在审理一桩兄弟二人争田产的纠纷，过得隆带众家丁大摇大摆地闯了进来。役头想要干涉，被过得隆蛮横地推到一边。过得隆还朝役头晃了晃拳头，意思是，再不知趣，就要动手了。

李翰昨日便知，过兴一行到了祁阳；并知他们一到，便给驿丞出了不少难题。他料到擅闯衙门的一定是他们。

“这位是——”他加着小心地问。

家丁们当然不会让过得隆自报姓名，一家丁说：“我家大爷是过大帅膝下大公子。”

一连三个大字，说得李翰直想笑。他揖了揖，说：“原来是过爷！本官有公务，请过爷且回，等公务完毕，本官自当去拜访。”

“李大人的公务不就是审案吗？”过得隆道。

“是。”李翰应道。

“李大人，我虽不喜读书，却爱听审案。李大人审李大人的案子，我在一旁听着，可使得？”过得隆不肯走。

“过爷，没这规矩呀！”李翰为难地说。

“李大人非撵我走，别是心里有鬼吧？”过得隆笑道。

他语气虽轻松，但让人拒绝不得。李翰无奈地吩咐：“来人，看座。”

役头搬了把椅子，放在公案之侧。过得隆自己把椅子往后挪了挪，又往里挪了挪，才坐下。因为两把椅子离得太近，李翰不得不把自己的椅子往边上移动，过得隆趁机又往里挪了挪。看起来，恰似二太爷坐堂。

“李大人，请吧！”过得隆让道。

“你二人的田产，是先人传下来的，对吧？”李翰问。

“回老爷话，是家父留下的。”二人道。

“既是先人——”李翰又要问。

“李大人，是什么案子？”却被过得隆打断。

“兄弟二人争田产。”李翰告诉他。

“他二人是兄弟？亲兄弟吗？”过得隆问。

堂下跪的二人，张口结舌，不知该不该答。

“没听见过爷在问你等吗！”李翰没好气地说。

“不必他等说，李大人说就成了。”过得隆道。

这不成了审我？李翰心中气闷，又不得不说：“回过爷话，是亲兄弟。”

过得隆不再问。他抱了抱拳，道：“歉甚，李大人接着审。”

“既是乃父传下，他有没有遗言？”李翰问。

“家父暴卒，没来得及留下遗言。”一人说。

“没有遗言，田产自当由长子承继。”另一人显然是长子。

“乃父暴卒——”李翰又要问。

“李大人，我插句话，成不成？”又被过得隆打断。

“过爷说吧。”李翰知道，不让他说，他也要说。

“李大人问得多余，”过得隆道，“老爹才死，他二人就来打官司、争房产，成何体统！有句古训说得好，叫作兄弟、兄弟——”

“兄弟阋于墙，外御其侮，是这句吧？”李翰不得不替他说。

“就是这句，李大人该每人先打一顿板子才是！”过得隆道。

不管言者有无意，这话挺对李翰的胃口。他说：“我也想每人先打一顿板子，只是本朝没有这等规矩。”

“李大人心里有气，又怕坏了规矩，我替李大人教训教训这两个人如何？”说着，过得隆伸手要拿公案上的惊堂木。

“过爷且慢！”李翰拦住。他知道今天这个案子无法审理下去了，对兄弟二人说，“你等先回去，待本县访查明白，再做了断。”

兄弟二人躲过一顿打，抱头鼠窜。

“有什么不明白的，李大人还要访查！”过得隆不依不饶。

“没得让过爷为这等琐事烦心，请后堂去坐。”李大人说。

李翰的夫人没有随任，他身边只有儿子李钊，半是陪伴，半是读书。见父亲有客，李钊奉上茶水，转身要走。

“李公子别走，一起坐坐。”过得隆喧宾夺主。

李钊不想留下，但拒绝客人邀请，太不礼貌。他看向父亲，请他示下。

“过爷有命，你就坐一坐。”李翰吩咐过他，又问过得隆，“过爷光临敝衙，端的为了何事？”

“家父命我来看看李大人。”过得隆说。

“我还没去拜谒大帅，却承蒙过爷枉顾，怎么敢当！”李翰道。

“家父鞍马劳顿，不然他老人家会亲自来的。”过得隆说。

李翰听出他话外之音，道：“大帅有事，过爷来传命，也是一样的。”

“家父回朝述职，会有什么事，要我来传什么命！倒是贵上司，要我来李大人这里传个命。”过得隆说。

“过爷说的是——”李翰问。

“永州太守，难道不是李大人上司？”过得隆道。

“正是下官顶头上司。”李翰说，并问，“太守大人吩咐属下何事？”

“太守让我对李大人说，过大帅为朝廷守边，劳苦功高，所过之处，各官皆须尽心竭力慰劳。”过得隆信口开河地传话。

“应该，应该。”李翰边应边想，这是怪我怠慢，上门来问罪的，“下官让厨子做几样菜，请大帅和过爷来小酌两盅，可肯赏光？”

“李大人问我？这是李大人赏脸，我一定会来。”过得隆说。

“大帅呢？”李翰问。

“我可代李大人禀过家父；不过，”过得隆口气一变，反问，“我得问一句：伺候李大人的，可是从京里带来的御厨？”

李翰苦笑，道：“小小县衙，哪儿来的御厨！”

“既如此，我估计家父是不会来的。”过得隆说。

“祁阳果类甚多，适逢今秋丰产，我送几筐果品，供大帅和过爷一路上食用吧。”李翰又说。

“太守所谓尽心竭力，原来就是备几筐果品！”过得隆冷笑，并问，“李大人可知，家父镇守广西，挂的什么衔？”

“这却不知。”李翰摇头。

“左军都督府右都督。”过得隆告诉他。

“哎呀，那是官至极品了呀！”李翰惊叹。五府左右都督都是正一品。

“官至极品，仅以一顿酒、几筐果慰劳？”过得隆质问。

“过爷的意思是——”李翰问。

“我没有意思，李大人自个儿去想。”过得隆道。

李翰不知不愿想，还是想不出来，还是想出来不愿说，反正不开口。

“父亲。”李钊唤道。

“钊儿有话说？”李翰问。

李钊走到父亲身后，弯下腰去，准备贴着他耳边说。

“当着过爷的面说！”李翰命道。

李钊回到座位上，说：“这位过爷在要银子呢。”

李翰不置可否，只看着过得隆，等他确认。

“公子年纪不大，却比大人晓事得多了。”过得隆说。

“过爷休得谬赞，且问他该给不该给。”李翰道。

“是啊，小哥说说，该给不该给？”过得隆问李钊。

“该给不该给，迟些再说；我先说说，有的给没的给。”李钊说着，问道，“令尊过大帅当朝一品，过大爷可知，知县是几品？”

“好似七品。”过得隆说。

“当朝一品，年俸逾米千石，过大爷可知，知县年俸几何？”李钊问。

“不知。”过得隆不知，也不关心。

“九十石，还不是实打实的。”李钊说。

“小哥原来担心你爹拿不出银子！实话告诉你，总兵府若指着千石的年俸过日子，一府人早饿死了；知县家里若指着不足百石的年俸过日子，也只能半饥半饱，当然无盈余送人。”过得隆说。

“请过爷指一条路子。”李钊说。

“家里没有，库里有呀！”过得隆道。

“库里一锱一铢，皆属公家，监守自盗，国法不容。”李钊说。

“若是胆小，可摊之于民呀，李大人不是一县父母吗？”过得隆道。

“家父为官之道，清廉而已。百姓要交田粮，要服差役，已不胜其累。为民父母，当保民，不当殃民。”李钊说。

过得隆没话对他说了，转向李翰问：“李大人就是这般教子的？”

“犬子虽由我教，悟性实在我之上。”李翰说。

“不愿得罪小民，便要得罪权贵。”过得隆说。

“我虽芝麻大小的官，宁得罪权贵，不得罪小民。”李翰说。

“其父不怕得罪本大爷，不怕得罪大帅，你等听到了吧？其子要我指一条路子，实是戏弄于我，你等看到了吧？”过得隆问家丁。

“小的们早就耐不住了，但等大爷号令。”一家丁说。

“打！”过得隆的号令只一个字。

众家丁手里都拿着皮鞭，蜂拥而上，一顿抽打。李翰、李钊父子怎吃得消，在一阵挣扎、呼叫之后，双双毙命。

快到腊月了，京师的街头，行人很少。

两个乞儿蹲在墙角避风，一乞儿指着对面挂起白幡的宅第，问另一乞儿：“兄弟知道对面住的是谁家吗？”

“过家，谁个不知！”另一乞儿道。

“兄弟知道是哪个过吗？”前一乞儿又问。

“过人之过。”另一乞儿说。

“错，乃过失之过。”前一乞儿说，“过家大爷大发淫威，鞭死一县太爷，一书生，自个儿也被论死。”

“照你这么说，也不该是过失之过，应是罪过之过。”另一乞儿道。

“我说过失之过，又不是说的这位过大爷。”前一乞儿辩道。

“问的是过府之过，又不指这位才杀了人的过大爷，怎么说得通？”另一乞儿反驳。

“说得通说不通，兄弟一听便知。”前一乞儿说着，问道，“过大爷打杀县太爷等，和过大帅有无干系？”

“过大帅纵然不曾指使，也脱不了干系。”另一乞儿说。

“案卷呈报上来，法司有无追究过大帅？”前一乞儿问。

“似乎没有。”另一乞儿说。

“这算不算过失？”前一乞儿绕回二人争论的问题。

“若算得过失，和姓过之过却没有干系；况且，杀人者偿命，也不算大过失，这不，过府已在办丧事了。”另一乞儿说到这里，忽然皱起眉头，“不对，这两天没听说四牌楼杀人呀！”

“兄弟以为，过府在为过府大爷办丧事？错！它是在为过大帅办丧事。”前一乞儿说。

“怎么，朝廷到底还是追究过大帅了？”另一乞儿问。

“这就是我为什么说是过失之过。”前一乞儿道，“昨日夜里，无病无灾的过大帅，忽然暴死在床榻之上。兄弟看，法司的过失，到头来还是被老天爷纠正了。”

第十六章

浔州城以南、以北各有一江。以北一江，名黔江，又名北江，又名右江；以南一江，名郁江，又名南江，又名左江。

薛远解粮到浔州，韩雍早已不在城里。他问出韩雍的去向，出城往北，过黔江，在一间土屋里找到韩雍。

“继远兄来得正好！”韩雍高兴地说，并问，“继远兄是想陪我在这里坐等，还是去前面看看热闹？”

“我当然愿陪永熙兄坐等，却不知坐等何事？”薛远道。

“自是坐等报捷。”韩雍说。

“坐等报捷，太悠闲了吧！”薛远似乎不信有这等好事。

“是啊，赵帅也不信有这等好事，一定要到前面去了；因此他失去了一个悠闲坐等的机会。”韩雍说。

“永熙兄不必替他惋惜，他失去了一个悠闲坐等的机会，但至少可享早得捷报的愉悦。”薛远道。

“不错，这要看如何选择。继远兄有三个选择。”韩雍说。

“应是两个选择呀，怎又出了第三个？”薛远问。

“赵帅离我处十里。继远兄欲获坐等之悠闲，可留在这里；欲获早得捷报之愉悦，可往赵帅那里观战。赵帅那里离大藤峡边缘又十里，继远兄更厌坐等之悠闲，更欲早得捷报之愉悦，可再前行一程。”韩雍解释。

“亦即：留在永熙兄这里，全是悠闲；往赵帅处，半是悠闲半是愉悦；再往前十里，全是愉悦。”薛远概括道。

“继远兄如何选择？”韩雍问。

“三者对我而言，似无区别。”薛远道。

“若是以诗佐之呢？”韩雍问。

“以诗佐之？”薛远不解。

"若是继远兄留在这里，听我吟诗呢？"韩雍具体一点儿说。

"兄欲以诗纪征伐大藤峡之役？"薛远大致听懂了。

"是啊！"韩雍点了点头，说得更具体，"官军集于浔州，经清点，共计十五万二千人。我将其分为十五哨。以十三员大将各领一哨，五哨自大藤峡北攻之，八哨自大藤峡南攻之，另有二哨自水路攻之。我在此间坐等，每一哨捷至，即吟诗四句，直至最后一哨。"

"这恐怕不是一时间等得到的，甚或不是一日间等得到的。"薛远说。

"本图悠闲，继远兄急个什么！"韩雍道。

"大战之际，如此悠闲，着实难得。我陪永熙兄在这里坐等，永熙兄吟诗，我为你抄录。"薛远说。

二人遂手把茶盏，天南地北，无拘无束地闲聊起来。

"我誓军时道：不灭此贼，不沾滴酒！还望继远兄见谅。"韩雍说。

"正该如此。"薛远道。

首先报捷的一哨称：石门寨攻破。

"永熙兄，请吧。"薛远拿起笔，催促道。

"好！"韩雍应着，随即吟诗四句，被薛远记录下来：

人言大藤峡，险峻天下少。我视大藤峡，培塿一拳小。

"永熙兄好大的气势，唯一"视"字，用的未免不实。"薛远说。

"继远兄以为，我滞留于此，不曾再进一步？若不曾就近视察大藤峡形势，五哨攻北八哨攻南，据何而定！"韩雍道。

第二哨报捷：林峒寨攻破。

韩雍接吟四句：

蜂屯蚁聚千万家，跣足蓬头尽瑶獠。
数十年来肆猖獗，三广生民苦骚扰。

第三哨报捷：取沙田寨。

韩雍吟的是：

五征不克势益张，处处孤城未能保。
圣皇当天赫然怒，选将提兵奉天讨。

第四哨报捷：取古营寨。

韩雍吟的是：

内外群公总豪杰，百万精兵雄矫矫。
共言困守非良图，必欲长驱且深捣。

“众将当真都不以困贼为然了？”薛远问。

“我也没料到变化会如此之快，想来是和、石二将取修仁、荔浦，势如破竹，迅雷不及掩耳，使得众将惧贼之心一扫而光。”韩雍说。

“归根结蒂是永熙兄用人得当！”薛远由衷地说。

第五哨报捷，韩雍吟道：

雷霆砰訇鬼神怒，几日群山尽倾倒。
百炼钢刀破新竹，万里长风振枯槁。

第六哨报捷，韩雍吟道：

岩居穴处皆荡焚，瘴雾蛮烟都汛扫。
积尸如山血如川，诛夷只许留襁褓。

第七哨报捷，韩雍吟道：

兔窜狐奔网罗密，我军追戮如芟草。
大藤根株虽未断，五岭封疆真再造。

第八哨报捷，韩雍吟道：

振旅班师归柳营，黄童白叟迎遮道。

自言固盼雨露久，不图便见成功早。

“迎遮道，永熙兄不必再想了。”薛远边抄录边说。

“怎的就不必再想了？”韩雍问。

“黄童白叟，谁不怕被当成刺客！”薛远道。

“大战前之迎遮道，与破贼后之迎遮道，不可同日而语。”韩雍说。

“大战前之迎遮道，若都是黄童白叟，永熙兄也会当作刺客吗？”薛远提出一个纯粹是假设的问题。

“放在今日而言，我当然不会将他等当作刺客；但在前日，贼人出没无常，我亦不得不防。”韩雍说。

“大战前迎遮道的数十人为刺客，毋庸置疑。但我想，即便是刺客，杀之可矣。永熙兄命人将他等肢解，挂于树杈、树枝、树梢，未免过于残忍。”薛远批评道。

“此举为的是威慑贼众，非我本性残忍。”韩雍辩道。

将尸体肢解，将内脏掏空，一件一件挂在树上，不能不说是残忍。但薛远知道，现在不是争辩这个问题的时候，对韩雍不能过于指责。因此，他不再多说。

第九哨、第十哨几乎同时报捷，韩雍吟道：

祈愿此峡变通衢，来去行人免迂绕。

有田可耕山可樵，共享承平永安好。

“似已煞尾了，看永熙兄怎吟下去。”薛远说。

“不怕，我吟不下去了，还有继远兄。”韩雍道。

巧的是，最后三哨报捷，好像有约，一起赶到。韩雍真的可以煞尾：

圣皇睿算天助顺，群公整顿南荒了。

丰功伟绩万古传，附骥成名愧台老。

“一哨报捷是四句，两哨报捷是四句，三哨报捷仍是四句，似有敷衍之嫌。”薛远说。

“我不欲敷衍，无奈情势急迫，要去前面安排下一役，只好请继远兄一人在这里独享悠闲。”韩雍说。

“永熙兄不在，哪里有悠闲可言！我与永熙兄同去。”薛远道。

侯大狗被各寨奉为首领，不仅因为他彪悍，而且因为他颇有心计。他盘踞的九层楼，是数百山寨中最大也是最险要的一个。该寨号称九层楼，其实一层一层，层层可以设防，谁也没数过到底有多少层。侯大狗在九层楼储存了大量的矢石，囤积了大量的粮食，以备固守。

“差出去的人，有回来的吗？”侯大狗问他的两个兄弟二狗、三狗，他们是他的左膀右臂。

“没有。”侯二狗沮丧地回答。并说，“我看他等回不来了。”

“大哥问回来没有，你就告诉大哥回来没有，凭什么你要说他等回不来了！”侯三狗自己也很沮丧，但看不得他二哥沮丧。

“他等回得来，早该回来了。”侯二狗说。

“就不许他等被各寨留下喝酒？”侯三狗道。

“这等情形，谁还有心喝酒！”侯二狗觉得太荒唐，“老三也不看看，周围哪个寨子还有动静？显然，都已被官军所平。”

“那可是七八百个山寨，官军说平就能平？”侯三狗道。

“没那么多，也就三百多个。”侯二狗说。

“三百多个山寨，官军说平就能平？”侯三狗道。

“好了，莫管别人的寨子了！”侯大狗不耐烦地喝道，他问侯二狗，“咱这九层楼里的粮食，够吃多久？”

“寨里现有千余人，以千人计，够吃三年。”侯二狗说。

“有粮食，咱就不怕被困死。”侯大狗说着，又问侯三狗，“咱这九层楼里的弓矢、大石，够用多久？”

“取之不尽，用之不竭。”侯三狗说。

“有矢石，咱就不怕守不住。”侯大狗说。

侯三狗说取之不尽，用之不竭，是因为漫山遍谷都是石头；侯大狗相信取之不尽，用之不竭，也是因为漫山遍谷都是石头。可他们没想到，漫山遍谷都是石头，是一回事；将漫山遍谷的石头用作兵器，是另一回事。

官军擂起战鼓，摆出攻山的架势。山寨侯大狗等三兄弟分别指挥发射矢弩，投掷大石。鼓声停止，发射、投掷亦停。不多时，战鼓又响，山寨又开始发射、投掷。

几经反复，山寨的矢弩、大石用尽。矢弩临时制作不出，派人挖取石头，也来不及。官军这才缘木攀藤，开始正式攻山。

侯大狗等更没想到的是，山侧的秘密小径，因险恶难行，他们自己都很少使用，官军却不知从谁人嘴里探听出来，并选壮士数十人，先行攀登至山顶，架起火炮。在侯大狗等的全部精力都用来对付正面攻山的官军时，被突然响起的炮声打了个措手不及。守寨者斗志全无，或死于炮下，或坠涧溺死，侯大狗等被生擒。

传闻的大藤不知有多少种多少根藤萝纠缠在一起，远观有如雨后长虹，悬挂天际；近看有如一座拱桥，架于两座山岩间。当它呈现在韩雍、赵辅、薛远等面前时，他们无不惊叹上天的造化。

“大帅，好好看看，记住它！”韩雍对赵辅说。

“大藤峡之役，永熙先生居功至伟，才更应记住它！”赵辅说。

“继远兄，好好看看，记住它！”韩雍对薛远说。

“无须叮嘱，看它一眼，再也不会忘记。”薛远说。

“大帅、继远兄，可知我为何要二位好好看看？”韩雍问。

“这却不知。”赵辅道。

“无非是说再来也难吧？”薛远道。

“不，”韩雍摇头，“我要二位好好看看，是因天地间再无此藤。”

赵辅、薛远彼此看了看，都没听懂。

“此藤架于峡上，如连接阴阳二界。此端不宜设防，贼人出入，如履平地；彼端一夫当关，官军欲攻，难于登天。”韩雍说。

“永熙兄欲断之？”薛远问。

“正是。”韩雍应道。

“既坚且韧，如何断之？”薛远发起愁来。

“可浇上油，以火燃之。”赵辅说。

“我有个更简洁的法子。”韩雍说着，向后问道，“谁有利斧？”

“末将使斧。”一将领双手把自己的板斧送了过来，并说，“末将有几分蛮力，兵器也格外沉重。”

“你怕我拿不动吗？”韩雍道。

他一手接过，掂掂分量，然后加上一手，把板斧高高举起，砍将下去。随着噼啪的响声，缠绕的藤萝断了几株。三板斧下去，缠绕在中央巨藤以上的藤萝皆断；

又三板斧下去，巨藤断裂；最后三板斧下去，缠绕在巨藤以下的藤萝皆断。韩雍用斧端轻轻一推，断开的大藤晃了几晃，轰然一声巨响，这一端脱离地面，向峡中跌落。大藤沉重无比，那一端承受不住，又是轰然一声巨响，连根拔起，整个大藤跌入峡底。

遍布山间的官军齐声欢呼，既是为了韩雍的神力，也是为了此役大获全胜。

“大藤既无，大藤峡叫不得了，我看，改叫断藤峡吧！”韩雍道。

“还有两句诗，也得改一改。”薛远说。

“改诗？”韩雍一时没有领悟。

“我视大藤峡，培塿一山小，这是谁的诗句呀？”薛远道。

“这句自是改成我视断藤峡了。”韩雍笑道，并问，“另一句呢？”

“大藤根株虽未断，五岭封疆真再造。”薛远又念了两句，问，“永熙兄是否早就想好，要以板斧把大藤砍断？”

“继远兄且说，这句如何改？”韩雍笑道。

“虽未断，当改为悉已断。”薛远说着，两手合成个喇叭，向远处叫道，“众将士随我来吟这两句。”

“大藤根株悉已断，五岭封疆真再造。”这两句诗在山谷间回荡。

第十七章

成化二年正旦，皇帝接受廷臣朝贺后，率后、妃等向两宫皇太后贺岁。在慈懿皇太后宫里，彼此说了几句恭贺新禧的话，皇帝即率众后、妃退出。到了不加任何徽号的皇太后宫里，话就多起来。

“你等退下，我有几句关系你等极大的话，要对皇上说，却不能让你等听到。”周太后对后、妃们说。

关系极大，而且不是对某个人关系极大，是对大家都关系极大，这话谁不想听！众妃嫔你看看我，意在告诉我：皇太后让你退下呢；我看看你，意在询问：你何以不退下？结果，众妃嫔都向皇后看去，谁也不动。

周太后沉下脸道：“我的话，你等没听见吗？”

皇后率先走到周太后座榻前，说几句颂美的话，行礼，缓缓退下。众妃嫔极不情愿地亦步亦趋，跟着退下。

“母后——”皇帝也急于知道周太后要说什么。

“皇上，咱娘儿俩坐下叙话。”周太后道，等皇帝在身旁坐下，她问，“皇上，昭德殿的人没来吗？”

“儿臣正要禀明母后，万氏即将临产，行动不便，故儿臣特准她不来行礼。”皇帝说。

“七八个月身孕，离临产还早呢！”周太后道。

“是九个多月了。”皇帝说。

“是我记错了？皇上说即将临产，究竟还有多少日子？”周太后问。

“凡擅长妇科的御医，都来诊过脉了。有的说，还有二十日；有的说，至多再有半月。总之，不出正月。”皇帝说。

“那么，是男是女？”周太后又问。

“是男。”皇帝说。

“御医们说的？”周太后问。

“御医们这么说，儿臣也这么想。”皇帝说。

“御医们这么说，总有些依据；皇上这么想，有何依据？”周太后问。

“万氏说，这个婴儿顽皮得很，时不时打她一拳，转眼又踢她一脚。儿臣想，如此顽皮，多半是男孩。”皇帝说。

“这是人家向你撒娇呢，你在我肚子里时，文静得很，一点也不顽皮。”周太后道，“我看，皇上多半不是想他是个男孩，而是希望他是个男孩，谁不知母以子贵呀！”

“儿臣的心思，被母后看透了。”皇帝说。

“如若万氏果然得子，皇上会立她为后吗？”周太后问。

“不会。”皇帝说。

“为何不会？”听周太后追问，还以为她很想立万氏为皇后呢。

但皇帝知道，母后并没有这等心思。他说：“废后之事，可一而不可再。今皇后贤淑，更无理由废之。”

“我看，她是能忍，与你那昭德殿侍长相处得好。”周太后道。又问，“皇上不想册她为后，她如何母以子贵呀？”

“儿臣不想册她为后，也不想让她和别的妃子一样；她一旦得子，儿臣欲册她为贵妃。”皇帝说。

“皇上这么做，还算把握得住分寸。”周太后道。

“母后这算是答应吗？”皇帝很高兴。

“皇上有这心思，谁拦得住，又何苦把我拉扯进来！”周太后道。

“万妃若知母后这等宽容，一定心存感激；等她生下皇子，儿臣让乳母先抱过来给母后看。”皇帝说。

“怎么，我若不答应，就不让我看了？”周太后问。

“不，不，这是两件事，儿子心里一急，却放在一起说了。母后答应此事，万妃心存感激，儿臣心存感激，连皇孙也心存感激；儿臣不让母姆抱来，他蹦蹦跳跳自个儿也要来。”皇帝说。

“皇上知道拿这事来哄我了。”周太后被逗笑，“皇上得子，先抱给我看；得女，先抱给那边去看。切记！”

“儿臣谨遵懿旨。”皇帝应道，趁着周太后开心，他说，“母后若无别事吩咐，儿臣请告退。”

“我吩咐过什么了吗？”周太后问。

“母后并未吩咐，都是儿臣该做的。”皇帝说。

“不过，我倒有件事，真要吩咐吩咐皇上。”周太后紧接着说。

“是。”皇帝幸亏没急着起身。

“皇上早已成年了，又懂事。照理说，万氏有了身孕，而且多半是皇子，所以，除了向皇上道喜，我不该多别的嘴的。”周太后先预警皇帝，别因为她后边的话不中听而生气。

“此乃社稷之喜，亦母后之喜。”皇帝拣好听的说。

周太后没理会，顺着自己的思路说：“不过，有个简单的道理，我还是想给皇上讲讲。”

“是，儿臣恭聆慈训。”皇帝道。

“万氏有子，不但是皇上之喜，亦社稷之喜，这话一点儿也不错；那么，”周太后说着，口气一转，“皇上是有一子好呢，还是有多子好？”

“儿臣常听人说，多子多福。”皇帝回答。

“皇上是想多福呢，还是想寡福？”周太后问。

“儿臣想多福。”皇帝道。

“是想使社稷多福呢，还是想使社稷寡福？”周太后问。

“儿臣想使社稷多福。”皇帝道。

“皇上有这个心愿，那很好呀！”周太后说着，又问，“皇上，我印象有点儿模糊，万氏芳龄几何呀？”

这么问，明显有讽刺的味道，皇帝怎听不出来！但他并不把心中的不快流露出来，反而愈发平静地说：“三十有七。”

“有偌大年纪了吗？”周太后故作惊讶。

“比儿臣年长一十九岁，不会错。”皇帝说。

“三十七岁才怀上头胎，难为她了。”周太后说。

“儿臣也觉难得，故而格外珍惜。”皇帝道。

“三十七岁，得子不易，皇上还想让她再生第二子、第三子吗？纵然她能再生第二子、第三子，皇上还想让她生几子？”周太后问。

“这个——”皇帝答不上来。其实，万氏这一次有孕，已经让他感到了许多的不方便。

“皇上既懂得多子多福的道理，就该懂得，天子为何要广册妃嫔；既懂得天子为何要广册妃嫔，就该懂得，天子为何须广施雨露，而不可专宠一人。你父皇当初若专宠一人，今日或许没有你。”周太后说。

“母后说的这些道理，儿臣都懂得。”皇帝道。

“既懂得，为何不付诸实施？”周太后问。

“儿臣不欲万妃不快。”皇帝喃喃地说。

“这么说，是她不准你去别宫？”周太后问。

“不，不，”皇帝不能让母后抓住这个把柄，“她并未干预，是儿臣自个儿不想去。坤宁宫及其他二三宫，儿臣也曾去过。但觉索然无味，后来就很少去。”

“她不拦着皇上去别宫还罢，她若拦着皇上去别宫，那就成了祖宗的罪人。说不得，我要用家法！”周太后的话里始有威胁的意味。

皇帝应不得，驳不得，只好默然。

“皇上，有件事，我怎么也想不明白。”周太后又说。

“母后何事想不明白？”皇帝问。

“万氏绝非国色天香，皇上为何眷恋若此？”周太后概括地问了一句，然后一样一样地问，“她肤色并不皙嫩，难道皇上专喜爱糙皮肤？她腰肢并不纤细，难道皇上专喜爱粗腰身？她面容并不姣好，难道皇上专喜爱丑容貌？她语音并不委婉，难道皇上专喜爱哑嗓音？我看，她一身戎装的话，谁也辨不出是男是女。”

“在母后眼里，万妃岂不是一无是处？”皇帝替万氏委屈。

“我说的难道不对？”周太后问。

“母后说得对，后、妃中有人皮肤比万妃皙嫩。”皇帝说。

“后、妃皮肤都比她皙嫩。”周太后说得更干脆。

“是，后、妃皮肤都比万妃皙嫩，腰肢都比万妃纤细，面容都比万妃姣好，语音都比万妃委婉；但万妃有一样，她等都比不了。”皇帝说。

“哪一样她等比不了？”周太后问。

“儿臣自幼被万妃抚摩惯了，她不抚摩，儿臣不能入睡。”皇帝说。

周太后叹了口气，道：“既有此缘分，我不好再多说。只是方才说的那些道理，皇上也不可全丢在脑后。”

万氏身子不舒服，有点儿动静就烦，昭德殿的内臣和宫女生怕惹着她，连灯笼都不敢张挂。大内各宫各殿，最没有新年气氛的，就是这里。

皇帝来时，万氏正侧身躺在榻上，心里计算着时间。殿外的内臣跑进来禀报爷驾到，她没有动；殿内的内臣禀报爷驾到，她还是没有动。

“睡了？”皇帝不知在问谁。

“娘娘坐好一会儿，这会儿想是倦怠，才又躺下。”有人回奏。

“你等下去吧，我来服侍贞儿姐姐。”皇帝说。

“是。”内臣、宫女等应着，如获大赦。

“别走！”万氏忽然发话，“皇上一句话而已，我担当得起吗？”

内臣和宫女留在原处，又都跪下。

“你等该干什么干什么去吧。”皇帝对他们挥了挥手，在榻边坐下，赔着笑脸道，“原来贞儿姐姐没睡呀！”

“今儿个是什么日子，不给皇上叩头请安，臣妾敢睡吗？”万氏说着，做出要起身行礼的样子。

“别动！”皇帝只容她转过身子，便止住她，“昨晚不就说好，今日一切礼数全免吗？”

“臣妾倦怠，礼数缺失，皇上当真不怪？”万氏问。

“贞儿姐姐这是怎的，连朕的亲口允诺也不相信？”皇帝盯住万氏的眼睛，道，“贞儿姐姐有心思吧？说与朕听听。”

“除了怕皇上累着，臣妾哪还有别的心思。”万氏说。

“大朝仪，朕不能不去；但举行大朝仪，朕坐在殿上，一句话也不说；拜贺两宫，朕不能不去，但拜贺两宫，朕乘辇，不会累着。”皇帝道。

“可拜贺两宫之后呢？皇上是去和皇后叙话了，还是去和哪个妃子缠绵了，挨到这会儿才来？”万氏问。

“原来贞儿姐姐怪朕来晚了。实话告诉姐姐，朕哪里也没有去，是母后留朕说了一会儿话。”皇帝道。

“皇太后有这么多话说？”万氏不信。

“不仅有这么多话，而且句句都不离开贞儿姐姐。”皇帝告诉她。

“是责怪臣妾不去贺岁吧？”万氏自艾自怨地说，“臣妾料到了，不去朝贺，皇太后心里一定是不高兴的。可臣妾挺着这么大个肚子，根本无法跪拜，去了又怎样呢？”

“贞儿姐姐多心了，母后并无责怪之意。”皇帝安慰道。

“并无责怪之意？”万氏仍难置信。

“母后还说，贞儿姐姐偌大年纪，还能得子，实属不易。”皇帝道。

“原来是皇太后嫌臣妾年纪大了。”万氏很敏感。

“不是嫌贞儿姐姐年纪大了，是说得子不易。”皇帝强调另一面。

万氏半信半疑，又问：“皇太后还说什么？”

“母后反复解说多子多福。”皇帝道。

“她想让臣妾给皇上多生几子？”万氏根据她的理解，发起牢骚，“第一个皇孙还没见着呢，又开始惦记其他皇孙。又说人家得子不易，又要人家多生几子，岂不自相矛盾！”

“母后并不是想贞儿姐姐多生几子。”皇帝说。

“那是什么意思？”万氏问。

“只是多子多福，并无他意。”皇帝说。

“又要多子多福，又不想臣妾多生几子，仍是自相矛盾呀！”万氏念叨着，忽然醒悟，“不想臣妾多生几子，是想让其他人替皇上多生几子吧？是啊，后宫佳丽，谁得子，不是皇家血脉！”

周太后话不是这么说的，意思却比这话还要尖刻。皇帝看万氏一脸的怨气，不再重复周太后的原话。

“早知皇上是这个心思，臣妾肚里的这个孩儿也不该要，既然人人能为皇上生子，臣妾干吗要抢先受这份罪！”万氏说着，不住拍打自己的肚子，好像要把肚里的婴儿拍打出来。当然，她很注意把握力度，胳臂高高举起，手掌轻轻落下。

“贞儿姐姐这是何苦！”皇帝拉住她，“话是姐姐自家说的，又不是母后说的。就算母后有这层心思，那也是母后的心思，不是朕的心思。”

“皇上对皇太后最孝，皇太后怎么说，皇上还不怎么做！”万氏道。

“别的事，朕皆依从母后；唯独此事，朕只依从贞儿姐姐。”皇帝说。

“此话当真？”万氏问。

“朕可指天为誓。”皇帝说着，就要起誓。

“罢了，罢了，皇上贵为天子，哪有动不动就指天为誓的。”万氏得到她想要的承诺，很是满足。

皇帝见她不再横眉立目，趁机说：“姐姐往里挪挪，朕这会儿还真觉得有些乏了。”

正月十九日，万氏诞皇长子。

三月初十日，册万氏为贵妃。

第十八章

镇守荆、襄都指挥同知王信，率数十骑驰往房县。

知县盼星星盼月亮一般把王信盼了来，见只有数十军士，大失所望。

“将军所部，还得过几日来吗？”知县问。

“是。”王信应道。

“都司大约可调集几多人马守房县？”知县问。

“那得看贤令想调集几多人马。”王信说。见知县眨着两眼，一脸困惑，他又加上一句，“贤令是父母官嘛。”

“依着下官，自然是多多益善。”知县说。

“贤令以为多多益善，咱就多多益善。”王信说。

知县这才放心。虽没和王信共过事，但这位都指挥同知办事严谨，是有口碑的。他既应允多多益善，定是都司准备调大军过来。

他像迎救星一样把王信迎进了城。

第二日，王信巡视县城各门和城墙，知县陪同。

“此城附近还有个房陵城吗？”王信问。

“没有了，此城即名房陵。”知县说。并解释，“房县初为州，下隶房陵县，州、县治于同城，即此城。后废房陵县，又后房州降为县。”

“原来如此。”王信点了点头，说，“房陵之名很传神呀，贤令看，此城像不像依山陵而起一房？”

“下官哪有兴致品藻城名！”知县苦着脸说。

“我这不是品藻，而是说此城真可以固守。”王信道。

“本县城池是很坚固。正因其坚固，守城就很要紧；否则，落入贼手，官军再收复，也会吃力。”知县说。

“贤令说的是。”王信应道。

“武昌城里诸位大人也都意识到此吧？”知县问。

“诸位大人若不知此，怎会差我来守城！”王信道。

“将军来了就好，大队官军早日来更好！”知县想说又不好说、在肚子里憋了许久的话，终于说出来了。

“贤令莫急，我已差人去催。”王信说。

知县早已发现，今日跟随在王信身后的军士，比昨日进城时少了几个。

当天晚些时候，王信的一名部下，不知从哪一乡哪一村带来数十民兵。再晚些时候，他又一名部属，不知从哪一乡哪一村带来百余民兵。此后，他差出的部属或带来数十民兵，或带来百余民兵。到最后一名部属在次日凌晨归来后，王信将所有的民兵集中在县衙前空旷的场地上，并请出知县，一同阅之。

“将军，此辈非官军呀！”知县道。

“非官军，却可用做官军。不过，贤令多多益善的愿望，却无法实现了。我数了数，把我带来的数十人算在内，共计九百余人。”王信说。

“将军以他等与贼人战，无异于驱羔羊就虎狼。”知县说。

“好啊，贤令爱民如子，不愿羔羊入虎狼之口，那就为我找来可以拳打虎豹脚踢豺狼的猎手吧！”王信道。

房县本地若有这等猎手，为何还望眼欲穿地等待官军！知县心想。他也知道，自己这么说的话，王信会怎样回答：处处都有盗贼，处处都须守御，而官军有限，难以分派。

“贤令所谓驱羔羊就虎狼，一半说对了，一半没说对。”王信又说。

“下官哪一半说对了？”知县问。

“若率民兵野战，无异于驱羔羊就虎狼。”王信说。

“将军之意，但以他等守城？”知县问。

“不错，”王信道，“他等体格尚健，稍加操练，守城不在话下。”

留给王信操练民兵的时日有限，二月初，以流民为主的义军攻打房县。

朝廷发兵讨荆、襄乱民，是在去年年底：以抚宁侯朱永为主帅，挂靖虏将军印，以都督喜信、鲍政为左右参将，以工部尚书白圭提督军务。同时，命原被擢为副都御史抚治流民的王恕，会同讨贼。

官军由河南进至湖广，朱永在营中病倒。

白圭去看望他时，面带笑容。

“有何喜事？可是朝廷又发援兵了吗？”朱永问。

“朝廷发援兵，未必有此事可喜。”白圭说。

“宗玉先生快说，也给我这个病人冲冲喜。”朱永道。

白圭稳重，朱永越急，他越沉稳。

“讨贼以来，爵爷最担心何事？”他问。

“最担心病倒，偏偏就病倒。”朱永说。

“人有旦夕祸福，这不算。”白圭道。

“不算这事，我最担心房县不守。”朱永说。

“爵爷为何担心房县不守？”白圭问。

“王信以不足千人守城，遭四千恶贼围攻，换了谁不担心！”朱永道。

“以千人守城，少吗？”白圭持议不同。

“宗玉先生知道，千人并非官军。”朱永被反驳，颇为不快。

“我知是民兵，民兵守护本土，未见得不如官军。”白圭道。

“看来，宗玉先生一点儿也不担心。”朱永说。

“谁说的，我的担心并不比爵爷少。”白圭道。

“宗玉先生不担心人少，担心的却是何事？”朱永问。

“一则，如爵爷所言，贼众我寡；二则，据我所知，王信未临大战，不知他功力如何。二者比较，我尤其担心后者。”白圭说。

“原来宗玉先生最担心他不是巧妇；我也担心他不是巧妇，但我更担心，巧妇难为无米之炊。”朱永道。

“这下好了，爵爷不必担心他难为无米之炊，我也不必担心他不是巧妇，我等都可以放宽心了。”白圭说。

“怎么？”朱永没听懂他的意思；就算听懂了，也要问。

“攻城贼众已退。”白圭说。

“已退了？”朱永并没放宽心，只是担心变成疑惑。

“我今日得讯，贼众应是三日前退的。”白圭又说。

“眼看要得手，怎会退了？”朱永仍然疑惑。

“爵爷怎知眼看要得手？”白圭问。

“贼众围城三四十日了。”朱永说。

“应在四十日开外。”白圭做了个小小的订正。

“宗玉先生看啊，襄阳在武昌西北，不足七百里，而房县在襄阳西南，又五百里。湖广官军，集于武昌附近，襄阳官军，集于襄阳附近。房县一城孤立在外，被贼大兵压境，能守十日，已属不易，四十日开外，无论如何也是岌岌可危。”朱永道。

“爵爷的判断，不无道理；不过，”白圭似乎今天专门要发表和朱永相反的议论，他口气一转，说，“四十余日而城不下，贼众难免要心虚，爵爷没听过鸡肋的故事吗？”

“食之无味，弃之可惜。宗玉先生是说，贼众因此而去？”朱永问。

“此其一也。”白圭道。

“其二呢？”朱永问。

“那要归功于王信善于调度。”白圭道，“他以死士若干，潜出城外五六里，发射火炮，贼众以为援军至，惊慌溃退。”

“看来，王信堪称巧妇。”朱永赞道。

“近千民兵，间有死士，亦不可谓无米。”白圭说。

二人相视而笑。朱永一跃而起，道：“宗玉先生这个喜讯，把我的病治好一半，今日可乘马而进矣。”

“爵爷少安毋躁，”白圭不让他情绪太激动，“对将士而言，爵爷可乘马而进，固是喜讯；定下剿贼方略，却是更大喜讯。”

“制定剿贼方略，非我一人之事，正要与宗玉先生计议。”朱永道。

“爵爷听说了吗，刘通等贼分为七屯，驻于房县大山之中？”白圭问。

“已有探马报来。”朱永揣摩着白圭问这话的意思，反问道，“宗玉先生是不是说，我亦分兵七路，一一剿之？”

“此非良策，”白圭道，“贼分七屯，我以七路进剿，若贼又分十屯，我也分十路剿之吗？”

“宗玉先生之意，我大军合而不分？”朱永问。

“这又不然，”白圭道，“以数万大军，攻贼一屯，破之不难。但此处方破，彼处又起，只能剿而不灭。”

“官军不可不分，又不可随贼屯而分，宗玉先生有何高见？”朱永问。

“我观看舆图，觉得分兵四路，可对深藏于大山之中的寇贼，形成围歼之势。”白圭说。

“让我猜猜看。”朱永说着，指了指桌上的杯子。“第一路，自然是出自房县。”

“爵爷说的是。”白圭应道，并等他猜下去。

“其他三路呢？”朱永却不猜了。

“第二路，出自南漳；第三路，出自远安；第四路，出自谷城。”白圭指点着杯子附近说。

“房县一路，可称为北路；远安一路，可称为西路；南漳一路，可称为东路；谷城一路，可称为南路。四路齐进，把寇贼下山之路全部堵死。”朱永根据自己的记忆，判断着各县的位置。又问，“我记得，房县、南漳、谷城，均属襄阳府，远安却属荆州府，会不会有点儿远？”

“虽属两府，远安与房县却饮同一河水。”白圭说。

“此话怎讲？”朱永问。

“房县西南雁山，有沮水，流入远安境内。”白圭说。

“既如此，宗玉先生可奏闻于朝，我依此来调度官军。”朱永说。

二月下旬，湖广都指挥使司都指挥使田广，首先与刘通战于雁坪。刘通且战且退，有人担心他在诱敌，主张谨慎用兵。田广看出，刘通军已呈溃败之势，奋力追击。在石路口两军又战。两天下来，刘通丧其子刘聪，及首领苗虎等百余人。

官军步步紧逼，刘通等退守后岩山巢穴。

苗龙从另一屯退下来，与刘通相见，他按照这些日子的习惯，要行君臣之礼，刘通却一把拉住他问：“苗大，石和尚那边有消息了吗？”

苗龙心想：刘通原该唤他大元帅的。他和兄弟苗虎并封为元帅，为加区别，唤他大元帅，唤苗虎二元帅。而现在又唤回苗大。原该唤石龙国师的，现在又唤回石和尚，从今以后，君臣之礼恐怕再也用不上了。

“大哥再别惦记他，他不会来了。”苗龙也恢复以前的称呼。

刘通愣了愣，很快就坦然接受。他问：“你怎得知？”

“他曾对我说过，躲在山里，困也要困死。他和刘长子等往西而去了，并曾约我同行。”苗龙说。

“你为何不同他等一起去？”刘通问。

“不忍丢下大哥；再说了，远走他乡，就能跑脱？”苗龙道。

“到底是半路相逢，和多少年厮混在一起的老兄弟就是不一样呀！我当初该以你为国师的。”刘通叹道。

“大哥别想着这些了，且安排守山吧。”苗龙说。

“好。”刘通点了点头，问，“山寨的兄弟共有多少？”

“约一万五千人。”苗龙说。

“还有这多？”这是刘通没想到的。他问：“我退回山中，只带了两千人，其他一万多人都是你带回来的？”

“大哥只带回两千人，我带回的更少，只有千把人，另外的一万二千人是原来留在山寨的。”苗龙说。

“留在山寨的，多是妇孺呀！”刘通道。

“说的是，一万五千人中，能战的只有大哥带回来的两千人，与小弟带回来的千把人。”苗龙说。

“那又怎样！”能战者之少，也是刘通没想到的；不过，这反而激发起他的豪情，“听说守房县的官军也只有千把人，不，还不是吃皇粮的官军，只是乡勇而已。难道我以三千弟兄，还守不住一个山头！”

“大哥说的是，此峰险恶，无人把守，官军亦难登顶，我与大哥以逸待劳，守个一年半载，那时再谋出路。”苗龙也说。

“哈，到那时和尚兄弟落难而归，苗大，你说咱还收留不收留他？”刘通竟有心开起玩笑。

“石和尚要面子，应不会吃回头草。倒是刘长子那厮，在我面前总是趾高气扬，好像比我高了一头都不止。他要是回来了，我一定让他低头哈腰而行。”苗龙说。

二人说笑了一会儿，刘通命将山寨里积蓄的酒都搬出来，分给众弟兄痛饮一回，然后严阵以待，准备迎击攻山的官军。

行至南漳，朱永病情加重，留于城中坐镇。在前沿指挥官军的，是白圭、喜信、鲍政及湖广巡抚王俭、湖广总兵官李震等。王恕督都指挥刘清一军出谷城，进至洞庭庙拦截。

白圭等计议，李震率部攻其右翼，喜信率部攻其左翼，鲍政率部攻其中路，守房县有功的王信率房县民兵来助阵，归喜信调遣。白圭又密约王恕，着都指挥刘清从后山偷袭。

攻山之日，山上守敌凭借险要地形，将木石等如雨般掷下。白圭亲在山腰擂鼓，官军士气大振，冒死而进。这本是一场胜负难料的战事。但双方激战正酣，后山忽然火起，守军顿时一片混乱，无心恋战。

包括刘通、苗龙在内的四千余人被俘获，死者不下万人，其中相当一部分是流民的家眷。

第十九章

入居河套的蒙古部族或西部各少数族部落，被官方称为套虏。去冬，延绥总兵官房能追袭套虏，皇帝降旨慰劳，并差兵部郎中杨琚前往纪功。

三月，杨琚还朝，首先要拜谒的，是本部尚书王复。去秋，兵部尚书王竑致仕，王复接掌兵部。

“佩之来了，请上坐。”王复招呼道。

杨琚字佩之，江西泰和人，景泰五年进士。

“不敢，不敢，那是大司马的宝座，下官岂敢染指。”他说。

“咳，至多是染臀，哪里说得上染指。”王复笑着说。

杨琚也笑了，道：“初阳先生不介意，下官暂且借坐。”

二人虽颠倒位置就座，宾主的身份却没有变，先开口的一定是主人。

“佩之西行三月，甚是辛苦了！”王复说的是慰劳的话。

“延绥之行并不觉着辛苦，倒是办完差事，回到京师之后，惊出一身冷汗。”杨琚说。

“这是为何？”王复不仅奇怪，也有些吃惊。

“荆、襄刘通兵败，欲窜入陕西，有这事吧？”杨琚问。

“宗玉先生鞫讯过刘通，他等确有此意，但被官军拦截，不得不退回山中。”王复说着，问道，“佩之为此惊出一身冷汗？”

“是啊，”杨琚应道，“刘通若窜入陕西，或入商、洛山中，或入河套，都是极大的麻烦。”

“佩之尤其担心他入河套吧？”王复问。杨琚为河套之役去的延绥，所以他这么判断。

“河套沃野千里，套虏之患多年未息。若使刘通辈窜入，与套虏勾结，欲河套恢复宁静，更要难上加难。”杨琚说。

“既言及河套，我就要问一句：佩之此次往延绥公干，亲自去河套走了一遭吗？”王复问。

“若不是怕朝廷责备复命太迟，我真想去走一遭。”杨琚说。

“这么说，不曾亲自走一遭？既然不曾亲自走一遭，佩之怎么知道河套沃野千里呢？”王复问。

“下官虽不曾亲往河套走一遭，却与一位亲往河套走一遭的人闲话良久。”杨琚道。王复不嫌啰唆，他也不嫌啰唆。

延绥在河套一端，进出河套者，大有人在。王复不以为意，只是问一句：“佩之与谁闲话？”

“一百户。”杨琚道。

军官出入河套更不足为怪。王复也更不以为意。他问：“该百户可曾随房帅往河套逐虏？”

“他今年七十多岁，早已不在军中。”杨琚摇着头说。

“那是往年随官军入套？”王复又问。

“也不是，”杨琚仍摇头，“是这两年，他独自一人，遍行河套之中。”

“这两年？他不是年纪已很大了吗？”王复想象着一位七旬老汉，牵一匹老马；或者，连老马也没有，牵的是一匹瘦驴；或者连瘦驴也没有，只是拄着一根木杖，在套中行走。那情景，让人想起来就会动情，也会辛酸。王复不像方才那样掉以轻心了。

“今年七十多岁，这两年，总也在七十上下吧。”杨琚说。

“偌大年纪，他为何要行走套中？”王复问。

“他说，守边多年，却不知自家守的是一块什么样的土地。以前是随军而动，看不出究竟；现在既已空闲，可以随心所欲地看看。”杨琚重复老汉的话。

“如此有心的百户，一百个百户里面也挑不出一个。”王复感叹道。

“初阳先生赞他有心，他还真是有心！区区一名百户，走了一遭河套，竟能看出，套虏是怎样进出河套的。”杨琚说。

对兵部尚书而言，这可是件大事。

“老汉是怎么说的？”王复问。

“延安、庆阳二郡，东可达山西偏头关，西可达宁夏卫，皆辖于延绥镇。其间两千余里，而营戍甚少，套虏大多是从中出入。”杨琚说。

“营戍甚少，少到什么程度？”王复问。

“具体相隔多远才有一堡，相隔多远才有一墩，一堡驻官军若干，一墩驻官军若干，他没有说；他只是告诉我，有时走一日，不见一人，走两三日，不见一堡。”杨琚道。

“北边九镇，延绥居其一，竟会如此荒凉？”王复虽在兵部任职的日子不短，但对各边的具体情形并不很了解。

“老汉是个实在人，沿途所见，他不会夸大其辞。”杨琚说。

“佩之说的是。”王复无法反驳，便问，“套中情形又如何呢？”

“老汉质朴不文，沃野千里却是他亲口说的。”杨琚道。

“套中多海子，所谓沃，大概是指此吧？套中牧草遍布，所谓野，大概是指此吧？”王复说的是该百户的理解。

“此乃其一。”杨琚道。

“还有别的？”王复问。

“老汉说，因土地肥沃，边内居民往往进入河套，开荒耕种，有的地方，甚至已形成村落。”杨琚说。

“居民耕种套中，与套虏得以相安无事？”王复问。

“套虏就水草游牧，又不是安于某一处；他等多食牛羊肉，又不是不需要粮食。见有人烟，能不掠之！”杨琚道。

“这么说，驱逐套虏，不仅关系国家安危，也关系该地居民生存？”王复边回味他的话，边自语。

“确是如此。”杨琚应道。

“一致仕百户，以其所见，给朝廷出了个题目，诚属难得。”王复说。

“这还不是最难得的。”杨琚却说。

“还有更难得的？”王复问。

“边陲一百户，对近年来朝中关于守套复套的议论，无不了然。初阳先生说，是否更难得？”杨琚反问。

“无不了然，这话说得太大了吧？”王复道。

“是否大话，我一说便知。”杨琚说着，问道，“黄鉴其人，初阳先生有印象吗？”

王复印象是有，却不记得他曾任何官。

“老汉却记得，他曾官宁夏副总兵。”杨琚说。

“是吗？”王复还是记不起来。

“他是正统间任宁夏副总兵官的。”杨琚又说。

“难怪。”王复道。他是天顺年间改兵部侍郎的，对这以前武臣的任用，不曾留意过。

“初阳先生既然不记得黄鉴其人，当然也不记得其论了。”杨琚说。

“是关于守套之论？”王复问。正统年间，河套问题还不那么突出，有所议论，也是守套，而不会是复套。

“是。”杨琚应道。并说，“老汉却记得，黄总兵关于守套的议论。”

“他是如何议的？”王复问。

“黄鉴考察偏头关、东胜关河西岸榆沟至宁夏黑山嘴马营，东西凡七百余里，奏请于其间立城堡十七座，斥堠七十三处，使之隔黄河，与偏头关、宁夏镇相望。”杨琚述道。

“正统年间，若以正统初计，距今不过三十年，以正统末计，距今不过二十年，我不记得，曾于该一线修筑过城堡。”王复说着，不停敲打自己的前额，“佩之，难道是我记错？”

“初阳先生没记错，该一线确实不曾修筑城堡。”杨琚说。

“这又是为何？”王复问。

“其时黄总兵的奏疏下兵部议，以其地平漫，故寝之。”杨琚说。

“老汉连他奏疏里的数字都记得，一定以为此议甚是。”王复揣测。

“是，下官也以为此议甚是。”杨琚应道。

“嗯，老汉有更难得之处，这算一个例子。”王复道。

“下官还有个更近些的例子。”杨琚马上说。

“景泰间故事，抑或天顺间故事？”王复问。

“应是景泰末、天顺初的故事。”杨琚道。

“不出十年，可谓近得不能再近。”王复说着，命道，“佩之，讲！”

“石亨议调整延绥所辖营堡，共十二处。”杨琚一一数道，“府谷堡移至柴关、故城间，其一也；孤山、东村二堡移至野芦川，其二也；神木堡移至杨家城，其三也；柏林、高家二堡移至石落涧，其四也；双山堡移至真溪滩，其五也；榆木城移至桦林、白涧滩间，其六也；响水、波罗二堡移至白土窑，土门堡移至白蜡峰，其七也；大兔鸦堡移至滥柴关，其八也；龙州城移至北城，其九也；塞门堡移至古窑，其十也；清边营移至蒯河，其十一也；宁塞营移至察罕脑儿，其十二也。”

“石亨此议，后来可曾实施？”王复问。

“也不曾实施。”杨琚说。

“移十数堡，不下三十个地名，老汉都记得？”听王复的口气，是真觉得难得了。

"初阳先生别不信，他是一个地名一个地名报与我听的。"杨琚说。

"也就是说，石亨议移各堡，老汉以为然。"王复道。

"这不会错。"杨琚点头。

"佩之一个地名一个地名对我复述，可见，对石亨此议，也以为然吧？"王复问。

"这也不会错的，"杨琚头点到一半，忽然停止，把脸歪过来问，"初阳先生是不是以为，石亨乃前朝罪臣，其议不足为训？"

"我没这么想。"王复否认，"佩之，我只是不解其中的道理。譬如，府谷堡移至柴关、故城间，有什么道理，你能给我讲讲吗？"

"我怕也讲不清楚。"杨琚道。

"似乎还有一堡，也要移至两地之间。"王复说。

"榆木城移至桦林、白涧滩间。"杨琚重复议移的第六堡。

"不错，是它。"王复予以肯定，并问，"此堡之移有什么道理，佩之或讲得出来？"

"也不好讲。"杨琚道。

"其实，一堡移于两地之间，还容易理解，无非是选址要适中；我最无法理解的是，是两堡移至一地，也有一两处吧？"王复问。

"计有三处。"杨琚说，"一是孤山、东山二堡移至野芦川，一是柏林、高家二堡移至石落涧，一是响水、波罗二堡移至白土窑。"

"这又是何道理？"王复问。

"一堡移于两地间既易理解，二堡移于一地亦应不难理解。"杨琚说。

"怎么？"王复问。

"初阳先生想呀，一堡移于两地之间，为的是选址适中；二堡移于一地，肯定也是该址比原来二址都要适中。"杨琚说。

"倒也是个说法。"王复称道，并说，"移址适中，是个很好的道理呀，佩之为何要说不好讲、讲不清楚？"

"初阳先生一处一处问，除了说句移址适中，不好具体言之；若笼统而言，反倒容易说清楚。"杨琚道。

"那好，你就笼统而言，我就笼统而听。"王复说。

"延绥官军，除在镇城外，主要集中在安边、定边二城。这十几处墩、堡移址，为的是与安边、定边连为一体。"杨琚笼统而言。

"是否果有此效，须得拿来舆图，细细对照。不过，可以断定，老汉以为石亨之议很是，佩之以为石亨之议很是，乃是为此。”王复笼统而听，笼统地得出结论。

“初阳先生说的是。”杨琚应道。

“黄鉴议增建墩、堡，未曾实施，而佩之以为很是；石亨议移墩、堡，未曾实施，佩之亦以为很是。不如将此二事奏闻于朝，朝廷若下兵部，佩之，到那时我等再详加议论。”王复又说。

“是。”杨琚应了一声，然后问，“石亨的名字，在奏章里可不可以提及，或须含糊带过？”

“如何含糊带过？是含糊成致仕百户之议，还是干脆含糊成佩之自家之议？”王复自问自答，“十年前之事，想瞒恐怕瞒不过去。若有人因涉及前朝罪臣而反对，佩之可以争嘛；朝廷若因涉及前朝罪臣而寝之，那就无可奈何了。总之，瞒天过海是下下策。”

“此事初阳先生怎看？”杨琚问。

“我以为不可因人废言。”王复说。

“有初阳先生这句话，我心里踏实许多了。”杨琚道。

两个人又说了一阵闲话。王复看杨琚越来越心不在焉，问道：“佩之，你没忘了这次的本差吧？”

“初阳先生是说——”杨琚没转过弯来。

“纪功之事，办得怎样？”王复问。

“是，是。”杨琚被提醒，忙说，“考核延绥边功之事，下官正要向初阳先生禀报。斩获、俘获套虏之数目，追回被劫边民及牛、马、羊等数目，下官都一一核实过。斩获计——”

“此事我不欲过问。”王复打断他。

“初阳先生欲问何事？”杨琚问。

“房帅率官军追击，当真纵横七百里？”王复问。

“在下官看来，只多不少。”杨琚说。

“佩之，这正是我担心的，”王复道，“七百里奔袭，疲惫不堪，若遇劲敌，能胜券在握否？即便侥幸取胜，却启边衅，是划算还是不划算？我看，朝廷应戒谕边将慎重出兵才是。”

“下官只管纪功，戒谕边将之事，须得初阳先生奏请。”杨琚回应道。

第二十章

成化二年是丙戌年，即会试之年。中第者三月初已张榜公布，但除了一甲三人径取翰林院就职，其他人还没有授官。个人性情不同，有人待在借宿的地方静等消息，有人约一二友好出城郊游，有人为谋好官暗中活动，也有人忙忙乎乎，不知在忙些什么。

南直隶歙县人倪进贤信步走到翰林院，想进去又不好意思进去，只能等在外面。不多时，一名在翰林院当差的夫役从外面回来，倪进贤迎过去，道："麻烦老丈找个人出来。"

夫役年纪不小了，向来被呼来喝去，听到一声"老丈"，心里很是受用。放在平常，找人的事，他是绝不会管的，这会儿却客气地问："先生要找谁人？"

"新到史馆的罗修撰。"倪进贤说。

"新到史馆的罗修撰，不就是今科状元吗！"夫役惊道。

"正是。"倪进贤应道。

"先生何人？"夫役问。

"老丈对他说，同年倪某，特来拜访。"倪进贤道。

"原来也是位新贵。"夫役了解了对方的身份，更加殷勤，"若罗状元不在，程榜眼、陆探花倪先生要不要找？"

"不，不，我只找罗修撰，不找程、陆二位编修。"倪进贤说。

夫役边进去找人，心中边想：这位倪先生真能摆谱，只认第一，连第二、第三都不放在眼里。

本科取士三百多人，罗伦不记得有几个姓倪的，也不知人家有什么要紧的事，匆匆走了出来。见到倪进贤，他却认得，揖了揖，招呼着倪进贤的字："是敬之兄啊！"并说，"敬之兄进去就是，何必差人唤我。"

"进去说话不方便。"倪进贤道。

"有何不方便？"罗伦奇怪地问。

“克勤兄若在，不好不让他听。”倪进贤说。

“那就让他听呗。”罗伦道。

“让他听，却多有不便。”倪进贤说。

克勤是榜眼程敏政的别字。他是南直隶休宁人，休宁与歙县均属徽州府，罗伦认得倪进贤，还是因为程敏政的关系。所以，他更加奇怪，这位仁兄要说什么，必须避开程敏政？

“敬之兄，在这里说不碍事了吗？”他问。

“彝正兄，不如再往外走几步。”倪进贤好像觉得离门口太近，还是碍事。

罗伦字彝正，江西永丰人。倪进贤既然有顾虑，他带着好奇，也带着好笑，跟在后面走着。

倪进贤直走到他觉得可以放心的地方，停下来。而一停下来，他就露出迫不及待的神情，道：“彝正兄，朝中出件大事了！”

“出何大事了？”罗伦一下也紧张起来。

“李南阳要还朝了。”倪进贤说。

李南阳即首辅李贤，他是河南邓州人，而邓州属南阳府。三月上旬，距今科会试张榜不过几天，李贤因父亲病逝，奏请还家治丧及守制。皇帝准他还家治丧，却不准他守制，要他办完丧事即还朝视事。按照年限为父亲守制，称终制；不准终制，称夺情；还朝视事，称起复。李贤连上四道奏疏，乞予终制，皇帝都不准。两个多月后，李贤遵旨起复。

对这件事，朝中议论很多，有支持的，有反对的，有无所谓的。罗伦反对最激烈，所以，倪进贤要把这个消息告诉他。

“敬之兄，确实吗？”罗伦问。

“克勤兄说的，还会错！”倪进贤道。程敏政是李贤亲自选中的乘龙快婿，不会不知道李贤所做的决定。倪进贤把从他那里得到的消息转告罗伦时要避开他，也是因为他和李贤之间的不寻常关系。

“李公既不顾圣人教诲，不顾众人规劝，就休怪晚生无礼！”罗伦道。

“彝正兄打算上疏纠劾吗？”倪进贤问。

“敬之兄愿否共疏？”罗伦反问。

“我身份不同，共上一疏，没得让人说攀龙附凤。”倪进贤道。

罗伦为人忠厚，邀倪进贤一同上疏，无非因为他告诉自己这个消息；而他既然拒绝，不管他的话可信不可信，都不会再勉强。

程敏政对倪进贤并无好感，只是因为来自同郡，不能不虚与委蛇。当然，有时候能从他那里听到些别处听不到的消息，也让他感兴趣。

“克勤兄，朝中出件大事了！”倪进贤单独和程敏政在一起时说。

“出何大事了？”程敏政不像罗伦那么紧张，问的话却一样。

“彝正兄正在拟疏。”倪进贤说。

“我等才入宦途，已有人过问朝政，妙哉！”程敏政道。

“克勤兄还叫好呢，我是提醒克勤兄，须谨防。”倪进贤说。

“谨防？敬之兄怕我落后于他？多谢厚爱！”程敏政揖道。

“非也，我是说，彝正兄所拟之疏，与克勤兄关系甚大。”倪进贤说。

“与我关系甚大？”程敏政问。前朝有两名神童，一个是天顺八年中第并选庶吉士的李东阳，另一个就是他。以他的聪慧，不会听不出倪进贤话里的意思，他是不愿自己说出来。

“彝正兄欲弹劾老相公，难道与克勤兄关系不大？”倪进贤道。

“敬之兄说的是这件事呀！”程敏政一点儿也不吃惊。两个多月来，他和罗伦在同一衙门，每天都见面，不会不知道罗伦的想法。他故意问，“敬之兄担心状元公约我一同上疏吗？不会的，他知道为尊者讳的道理，不会难为我。”

“老相公冤枉至极，我很为他不平。”倪进贤说。

“此事仁者见仁，智者见智，敬之兄何言冤枉？”程敏政问。

“我是想，别人都可以说老相公坏话，唯独彝正兄不可以说。”倪进贤换了个角度说。

“这又是为何？”程敏政问。

“克勤兄当真不知？”倪进贤趁机告诉他一个不知从谁那里听到的秘闻，“殿试阅卷时，王老天官对克勤兄的一手楷书爱不释手，以为状元当属克勤兄；老相公却说，策试论文不论书，结果生生把个状元送给了彝正兄。这才过去几天，他不该以怨报德呀！”

李贤、王翱阅卷时的分歧或有之，但罗伦的策论，洋洋万言，直斥时弊，受到广泛好评，却不是李贤一己之见。

“彝正兄坚持己见，不以老相公有恩而改变，正可见其执着。”程敏政一句话把倪进贤堵了回去。

怀恩为皇帝宣读罗伦的奏疏，当读到“在礼，子有父母之丧，君命三年不过其门”时，皇帝问：“三年守制，有出处吗？”

“罗伦举了个例子。”怀恩不跟着皇帝说出处，而说例子，正是他小心谨慎的地方，“子夏问孔子：三年之丧，卒哭，金革之事无辟也者，礼与？孔子曰：鲁公伯禽有为而为之也。今以三年之丧从其例者，吾弗知也。”

“孔子的话是什么意思？”皇帝问。

“金革者，兵革也，亦即用兵。孔子说：以前鲁公伯禽曾不得已而在居丧时用兵，今既定三年之丧，不可再援伯禽之例。”怀恩说。

“亦即，朕不该让李先生起复。”皇帝延伸其意。

“是。”怀恩应道，“所以，罗伦下面问道：陛下于贤，以为金革之事起复之欤？则未之有也；以大臣起复之欤？则礼所未见也。”

“老怀，你再往下读。”皇帝命道。

怀恩咳嗽一声，读道：“夫为人君，当举先王之礼教其臣；为人臣，当守先王之礼事其君。昔宋仁宗——”

“宋朝的故事不用读了，读他如何说朕的即可。”皇帝打断他。

“是。”怀恩应了一声，找到相应的段落，“陛下必欲贤身任天下事，则贤身不可留，口实可言。宜降温旨，俾如刘珙得以言事。”

“怎又出来个刘珙？”皇帝问。

“刘珙是宋孝宗时的大臣。孝宗欲起复刘珙，刘珙辞曰：身在草土之中，国无门庭之寇，难冒金革之名，私窃利禄之实。孝宗遂从其请。”怀恩讲过这段典故，道，“此事罗伦在前面写了。”

皇帝点了点头，让他再读下去。

“使贤于天下之事知必言，言必尽；陛下于贤之言闻必行，行必力，贤虽不起复，犹起复也。苟知之而不能尽言，言之而不能力行，贤虽起复无益也。”读到这里，结束了一个段落，怀恩顿住，看皇帝有什么话说。皇帝一句话没有，他又读下去，“且陛下无谓庙堂无贤臣，庶官无贤士。君，盂也，臣，水也。水之方圆，盂实主之；臣之直佞，君实召之。众贤群策毕萃于朝，又何待违先王之礼经，损大臣之名节，然后天下可治哉！”

“他让朕无谓庙堂无贤臣，这个贤臣肯定不是指李先生；他让朕无谓庶官无贤士，这个贤士指的正是他自己。”皇帝点评。

“读他后面一段，更知贤臣指的不是李先生。”怀恩附和道。

“好，你读！”皇帝命道。

“比年以来，朝廷以夺情为常典，缙绅以起复为美名。食稻衣锦之徒，接踵庙堂；据礼守经之士，寂寥无闻。先朝自杨溥之外，未闻起复某人为某官也。今起复之官，何其多耶！以其高谋远虑足以定天下之大议耶，何未见其发也？以其折冲御侮足以定天下之大难耶，何未见其能也？以其直节劲气足以励天下之士习耶，何未见其有也？以其深仁厚泽足以浃天下之民心耶，何未见其行也？以其忠言谠论足以裨朝政之阙失耶，何未见其敢也？陛下何取于斯人而起复之哉！”怀恩一口气读了一大段。

“在罗伦眼里，李先生岂不是一无是处！”皇帝道。

“不仅一无是处，且有伪君子之嫌。”怀恩说。

“他怎么写的？”皇帝问。

“意其平昔之计，不过阿媚权势，预为己地。”怀恩读道，“及遭通丧之时，则必曲为谀说，上蒙天听。名曰夺情，实则贪位；名曰起复，实则恋禄。且妇于舅姑，丧亦三年，孙于祖父母，礼有期服。夺情于夫，初无与其妻；起复于父，初无与其子。今或舍馆如故，妻孥不动，乃号于天下曰：本欲终丧，奈何朝廷不容！虽三尺童子，臣恐其不信也。”

“不准终制的谕旨，是你去向李先生宣示的。你说，李先生听了之后，是欢然就位吗？”皇帝问。

“奴才每次复旨，都带回他新的乞予终制的奏本。”怀恩说。

“李先生还乡治丧时，真的是舍馆如故、妻孥不动吗？”皇帝又问。

“奴才不知何谓舍馆如故。”怀恩道，“若一定要把舍馆卖掉才不如故，李先生奔丧心切，确实不曾处置。至于妻孥不动，并非实情。李先生之子伴父同行，同去同归，就不必说；李夫人则病在途中。李先生这等年纪大了，奉旨还朝，若命其妻其子在家守制，不得留侍身旁，未免太不近人情。”

“不近人情，很是！罗伦此疏，一言以蔽之，就是不近人情。”皇帝说着，命道，“下文不必再读，只看他是如何结尾的。”

“臣言一出，犯者皆忤，众怒群集，将无不至。不曰狂生妄议，未谙国体，则曰腐儒迂谈，不达时宜；不曰矫激于名，希求进用，则曰道理虽是，窒碍难行。近年以来，类为此语，阻塞言路，挫折士气。臣虽愚昧，岂不自知！言忤于人，殃及于己；议出于今，祸贻于后。然夙夜皇皇，唯恐上负朝廷，下负所学，取议于天下，贻笑于后世，是以昧死为陛下言之。唯陛下矜赐优容，使谠言日进；曲加保护，士气日振。则天下幸甚，宗社幸甚。”怀恩读完最后一段。

“他也知将殃及于己，朕不惩之，何以慰李先生，何以慰众！”皇帝决定要惩罚罗伦，但没想好如何惩罚，于是说，“老怀，你去内阁，问问李先生，当如何惩之。”

“他论的是李先生，李先生恐怕不好开口。”怀恩说。

“依你之见呢？”皇帝问。

“不如问问陈先生。”怀恩道。

“也好！”皇帝同意。

尹直求见，一般都是有事，所以，李贤习惯地问：“正言，有事呀？”

“有件事，虽不大，却很急。”尹直说

“既急，正言就直接说吧。”李贤道。

“罗彝正谪福建市泊司副提举，原德公知道了吗？”尹直问。

“吏部已发布，我自然知道。”李贤说，并问，“正言说此事很急，是因为吏部既已发布，彝正即当离京吧？”

“是。”尹直点了点头，道，“罗彝正已为唐御史，原德先生愿不愿做文潞公？”

文潞公即宋朝名臣文彦博，封潞国公。他拜同中书门下平章事时，御史唐介因参劾他被贬，是他出面请将唐介召回的。

“正言和彝正一样，对宋代的典故很熟悉呀！”李贤道，“彝正在奏章里，引的是韩魏公、富郑公故事，今正言又引文潞公故事。”

韩魏公即韩琦，封魏国公。富郑公即富弼，封郑国公。二人也都是北宋时期的名相。

“原德公是不是以为，他等不足为训？”尹直问。

“并无此意。”李贤道。

“也就是说，原德公愿意效仿诸公？”尹直问。

李贤原来不想深谈，但尹直锲而不舍地逼问，他不能再含糊下去。

“彝正引韩魏公、富郑公故事，是要我学他二位守制。说实话，我并非不想学他二位，也不是没有学他二位。但不允终制，是朝廷的旨意，我不得不遵从。此事举朝皆知，毋庸我来申辩。”李贤先把罗伦的参劾搁置一边，专门来对付尹直，“至于正言引文潞公的故事，我倒是有几个疑惑的地方，想请正言开导。”

“原德公言重，晚生怎敢当！”尹直揖了揖，道，“原德公有何疑惑，说出来，晚生愿与参酌。”

“我的第一个疑惑：罗彝正贬福建市泊司副提举，可是我所为？可是我指使或我主谋？”李贤问。

“此事原德公倒不必疑惑，没人说过，罗彝正贬外，是原德公的指使，或原德公的主谋。”尹直道。

“既非我的指使、我的主谋，又是谁的指使、谁的主谋？”李贤问。

“这却不好说。”尹直道。

“正言不好说，不说也罢。”李贤说着，又问，“我的第二个疑惑：今之阁臣，是否宋时同中书门下平章事？”

“同中书门下平章事，形同丞相；阁臣为顾问，应不可同日而语。”尹直道。

“正言加个应字，听起来像是可同日而语。”李贤道，“那么，是吏部所拟，内阁可以驳回；还是九皋先生所拟，我可以驳回？”

“驳是不可以驳的；但原德公一言九鼎，若肯为罗彝正请命，皇上一定欣然纳之，吏部一定欣然从之。”尹直说。

“这就是我的第三个疑惑。”李贤道，“我请收回成命，皇上一定会欣然纳之吗？吏部一定会欣然从之吗？”

“皇上即便不纳，吏部即便不从，亦使天下之人皆知公之气度宏伟，高风亮节。”尹直说。

“多谢正言为我着想。”李贤揖罢，语气一变，慨然言道，“但正言可知，处分彝正，是皇上降旨，吏部所拟？我为彝正请命，无论皇上纳与不纳，将置皇上于何地？无论吏部从与不从，将置朝廷于何地？”

“原德公是说——”尹直问。

“潞公市恩，而使天下归怨朝廷，难道值得效仿？”李贤道。

尹直被问得哑口无言。

第二十一章

四川夔州府同知姓王名兰，通判姓王名祯。衙门里的人提到他们，都要称一声王大人，容易混淆，于是在私下里以王大、王二来区分。渐渐地，衙门里的叫法传到衙门外，夔州城里都叫了起来，以致他们的真实名字，没有多少人记得。

王祯带兵出城打了一仗，得胜回衙。

“战况如何？”王兰问。

“杀其一二人，伤其一二人，俘其一二人。”王祯说。

“好，好！”王兰赞不绝口，“老弟神勇，旗开得胜。”

“有件事，大人怕是不会叫好。”王祯道。

“何事？”王兰问。

“所俘贼人承认，他等是从襄阳过来的。”王祯说。

“这么说，是石和尚一伙？”王兰问。

“是。”王祯应道。

夔州虽不是四川境内离襄阳最近的城池，却是四川境内离襄阳最近的府城。流民在襄阳起事的消息，很快传到夔州，流民一部西掠的消息很快传到夔州，川东分守道御贼剿贼的檄命，也很快传到夔州。

王兰怯懦，是他矢口否认这一股盗贼来自襄阳的主要原因。他知道，承认他们是襄阳贼，他没有理由不亲自统兵；而他们是邻近地方出现的草寇，则由通判领兵足够。

“川中草寇的话，有几句可信！”王兰断然否认。

“他等并非川中草寇。”王祯道，“我询问过所俘者，一为河南口音，一为湖广口音。”

“老弟是江西人吧？”王兰忽然提了一个不相干的问题。

“下官是江西吉水人。”王祯说。

“那你或分辨得出河南口音与四川口音，却怎分辨得出湖广口音与四川口音？况且，襄阳最近夔州。”王兰道。

“我是分辨不出，夔人难道也分辨不出？”王祯辫道。

“或是川人为掩人耳目，学说河南、湖广话。”王兰假设。

“不会。”王祯摇头，“川人学说别地方言，能学到三分就不错；而且，一到关键时，总要露出川音。”

“或是河南人、湖广人早年入川后，成为草寇。”王兰又假设。

“不会，”王祯仍摇头，“河南人着衣，是南阳土布缝制；湖广人着衣，是襄阳土布缝制。他等浑身上下，无一件川布。”

“老弟呀，你为何一定要说他等不是川人！”王兰大为不满。

“本不是川人，下官只能据实而言；再者，大人为何一定要说他等是川人？”王祯后一句话刺中要害。

“唉！”王兰叹口气，道，“且不管他等来自何处，寇贼已退，老弟也可以吃顿安生饭，睡个安生觉了。要不，我为老弟摆庆功酒？”

“眼下还不是庆功的时候。”王祯说。

“怎么？”王兰问。

“上司之命，一是御贼，二是剿贼。”王祯道。

“老弟打算追杀贼人？”王兰问。

“下官愿在前厮杀，请大人为下官压阵。”王祯说。

这是无法拒绝的，王兰问：“贼人去往何处？”

“大昌方向。”王祯说。大昌是夔州属县，在府东。

“好吧，老弟先去，我安顿好城中防务，即刻出城。”王兰说。

王祯率兵出城，往东追去。在夔州与大昌之间，他陷入重围，苦撑待援。而声称“即刻出城”的王兰迟迟不至，王祯力竭被杀。

王祯的儿子名广。父亲头一天出战，没有消息，第二天仍无消息，他有种不好的预感。夜里，忽然响起急促的叩门声和马匹的嘶鸣。开门一看，父亲的马匹在门外，浑身湿透，半是汗水，半是血水，却不见父亲的踪影。他知道，父亲一定遇难。

天稍一放明，王广牵马出城，该马焦躁不安，或前蹄频起，或昂头嘶鸣，似在催促他上马。他上马后，该马一路向东狂奔，直至王祯战死的地方；并在路旁一处，不住以蹄刨土。王广下马观看，父亲的鞋已露出，鞋以上遗体，皆以土覆盖，显然是被过路的好心人掩埋。

用父亲的战马把父亲驮回夔州，王广筹划把父亲运回江西安葬。因家贫，他打算把马卖掉，用作路上的盘缠。但没想到，消息传出后，第一个上门的竟是王兰。

“听说侄儿要卖马？”王兰问。

“是，家父总须归葬。”王广说。

王兰从袖里拿出一锭纹银，大约有五两左右，塞到王广手里，说：“令尊死难，同仁无不心泣，都会有所表示的。这是我那一份。”

“多谢大人！”王广揖道。

“不过，这马却不能卖。”王兰说，“该马为官有。令尊在日，它供令尊驰驱；令尊不在，合当将它交还官家。”

父亲人都死了，还有人来打这马的主意，让王广激愤不已。但王兰的话冠冕堂皇，又使得他无法驳斥。

“令尊律己颇严，从不以公物充私，想来贤侄也不会让令尊蒙羞。”王兰又说。

王广一言不发，抓起王兰一只手，把纹银还给他。

“贤侄，这是两回事。”王兰说。

“在小民看来，是一回事。”王广说。

王兰甩手而去，命差役把马牵回去喂养。前几日，并无异常，它该吃时吃，该喝时喝，被人牵出去遛弯，也很驯服。

一天夜里，马圈传出马的哀鸣声，饲养的差人以为它饿了，抱来一捆马草，马连闻都不闻。差人换上精饲料，它也不吃。差人知道，老爷早就看中这匹马，只因一直是王祯乘骑，不好意思索要。现在好不容易到手，要是出了什么事，自己吃罪不起。他不敢怠慢，立即禀告王兰。

王兰半是好奇，半是不信，亲去马圈看个究竟。

马果然不吃不喝，将头左右甩动，不住鸣叫，声音凄楚。

他用手抚摸马背，想让它安静下来。说也奇怪，马当真不再嘶叫了。

“这不无事吗？”他回过头，对差人说。

话音未落，他忽然觉得后颈撕心裂肺的疼痛。等他醒悟是被马咬住后，拼命挣扎，但越挣扎，马咬得越紧，他越是疼痛。

差人不知该如何帮助老爷，只得用鞭子抽打。当鞭子落下时，马嘴会松一松，但随即咬得更紧。差人一鞭接一鞭地抽打，马一次一次地稍松后更加咬紧，直至差人再无力抽打。幸好，马也再咬不住了。但在差人要帮着老爷往后退时，马拼尽全力，低头撞向王兰胸口，只听他一声惨叫，昏死过去。

当天夜里，王祯的灵柩出了城。一天后，王兰伤重不治。

指挥张英回到本部，被几名同级的军官拦住。

“老张，你去见过宗玉先生了？”有军官问。

“是。”张英不觉得此事值得炫耀，也不觉得此事需要隐瞒。

“是宗玉先生召你去的？”又有军官问。

“在下区区一卒，宗玉先生怎会识得，是都督差我去的。”张英道。

“都督为何差你去见宗玉先生，总不会平白无故吧？”有军官说。

“那倒是，”张英道，“宗玉先生对都督说，有个差事，须得找个机警的人去办，都督于是命我去。”

“原来老张是个机警的人，你看像吗？”一军官问另一军官。

“机警否，不看面上，得看心里。”另一军官说，“别看老张一脸的憨厚，其实却有一肚子的名堂。”

这话比说张英并非机警还让他难堪，但他的确憨厚，不知该怎样还击。

“你说他一肚子名堂不错；不然，咱家都督怎会差他去见宗玉先生，宗玉先生又怎会把差事交与他办。”第三个军官不知想为张英解围，还是想让他更难堪。

“在老兄眼里，我也是个善于算计的人？”张英甚是委屈。

“你等与其议论他肚里有没有名堂，不如问问他，宗玉先生交给他的是个什么差事。”想把话题岔开的军官，显然是为张英好。

“歉甚，宗玉先生交代，此事不得告人。”张英却说。

“老兄是想分点儿他肚子里的名堂吧？无奈人家奉有上谕，不得告人！”有军官嘲笑为张英好的军官。

“算我自讨没趣，成了吧？”该军官也很沮丧。

本部主将喜信，没那么多废话。他见了张英就问：“老张，宗玉先生把你找去，交代了什么差事？”

“宗玉先生说，他奉谕旨，马上要还朝。”张英说。

“他找你去，就是对你说这话？”打死喜信，他也不会相信。

“不，还有别的话。”张英说。

“快说，我要听你说的就是那句别的话！”喜信命道。

“宗玉先生问卑职，将石和尚等贼酋围在巫山有多久了；卑职禀报，有两个多月。宗玉先生又问：贼众尚可维持乎？卑职禀报，难以持久，近日已差人下山乞降。宗玉先生让卑职转告喜帅等，此乃诈降，不可信。”张英复述白圭和他的对话，不止一句。

“找人去传这话，还说得过去。”喜信说罢，又发现了问题，“不对呀，为传这话，用得着一个有心计的人吗？”

“宗玉先生交代卑职独自去办件事。”张英说。

“着啊！我一开始就问你，宗玉先生交代你什么差事，你绕来绕去，到了这会儿才说！”喜信怪道。

“大帅，到了这会儿也不能说。”张英道。

“老张，你这话是什么意思？”喜信不悦。

“宗玉先生交代，此事不得告人。”张英道。

“也不得告我？”喜信问。

“宗玉先生交代，最好也不告喜帅；若是喜帅再三问之，不得不说，再择要告诉他。”张英道。

要再三问之，才能择要告诉。喜信听了这话，窝着一肚子的火，却不好再问。他把手一挥，道：“去，去，宗玉先生交代你办什么事，你就去办，不必告诉我！”

与大昌县毗邻的巫山县，也属夔州府。县城以东的巫山，易守难攻，石和尚、刘长子等被困山中太久，人心一日比一日涣散。这几天，山上密林中出现一个樵夫。白天里他有一斧子没一斧子地砍柴，砍下的树枝也不见他拾掇；黑夜则不知他去向。

有人报与山中营地，石和尚让刘长子去看个明白。

刘长子在一棵大树下找到樵夫，他正悠然自得地抱着酒壶喝酒，撕着烤熟的野鸡吃肉。

“哪儿来的汉子，敢偷我山中之雉？”刘长子大喝一声。

“别说野鸡了，山上还找得到一枝鸡毛吗？”樵夫冷笑道，“这野鸡是我在山下田间逮到的，不信，大王尝尝。”

说着，把烤熟的野鸡递给刘长子。刘长子哪里是尝，三口两口，就把樵夫只吃了条腿的野鸡啃个精光。肉吃光了，他又把较细的鸡骨扔进嘴里，咬得嘎嘎直响。然后，把嘴一抹，说：“尝出来了，该雉的确不产自山上。不过，”看着樵夫手里的酒壶，又说，“你的酒，定是偷自我山中。”

“别说酒了，山中水源都断了吧？”樵夫说着，把酒壶递过去，“我的酒，沽自泸州，不信，大王品品。”

刘长子喝了一大口，没品出滋味，又喝一大口，一点一点咽下，细细品尝。然后，把嘴一抹，连声叫好："好酒，好酒！不仅山上无此味，我也从来没喝过。"赞了两句，他忽然停下来，满脸狐疑地问道，"那汉子，你怎知山中饮食不支？"

"不仅我知，无人不知。"樵夫道。

"无人不知？官军也知吗？"刘长子问。

"怎的不知！我就是从军中过，听到他等议论，才知的。"樵夫说。

"既知山中无粮，官军为何不攻山？"刘长子问。

"既知山中无粮，官军何必再攻山！"樵夫道。

"你是说，官军要将我等困死山中？"刘长子问。

"不一定全部困死，但有些人注定是要困死的。"樵夫说。

"你这话什么意思？"刘长子问。

"有的人，官军准降；有些人，官军不准降。准降的人，降于官军，不会被困死；不准降的人，可不就只有困死！"樵夫道。

"官军不准降的是谁人？"刘长子问。

樵夫张嘴要说，但话到嘴边又咽回去。

"大王贵姓？"他反问一句。

"刘。"刘长子告诉他。

"还好，大王而今姓刘了。"樵夫说。

"胡说，我从娘胎里出来就姓刘！"刘长子怒道。

"我的意思是，你们的刘大王刘通，已押解京师处死，其他姓刘的，一概不在不准降之列；官军不准降的，是个姓石的。"樵夫说。

"石哥？"刘长子问。

"人称石和尚。"樵夫道。

"你是说，除他之外，其他人都准降？"刘长子问。

"不错，"樵夫应道，"不仅准降，而且，谁能擒得石和尚来降，赏千金，赐官不在本职之下。"

"你居何官？"刘长子问。他早看出，在他面前的绝非普通樵夫。

"指挥佥事。"樵夫报过官职，又报名，"我是指挥佥事张英。"

"我倒想归降，也想以石和尚请功，只是指挥佥事——"刘长子不往下说了，显然是对张英没有信心。

"我虽位卑言轻，却是奉了提督军务白大人之命，来游说好汉的。白大人特别交代，能擒住石和尚的，只有刘长子。"张英说。

“白老爷居然也知道刘长子其人？”刘长子对此半信半疑，但除了牺牲石和尚以换取官位利禄，他找不到其他的出路。

朱永病愈之后，率官军在湖广、四川等处剿灭流民军残部。听完一群军官的絮叨后，他让人把喜信请过来。

“阿喜，张英是你的属下吧？”朱永问。

“是。”喜信应道。

“刘长子绑了石和尚来降，你以为如何？”朱永问。

“除以为爵爷讨贼，功德圆满，还会以为如何！”喜信说。

“我是问，有人归功张英，你以为如何？”朱永道。

“张英即便有微劳，大功仍当归爵爷。”喜信说。

“我是问，张英自称奉宗玉先生之命，游说刘长子；又称是你差他去谒见宗玉先生的；又称，宗玉先生向他许诺，此事办成，必奏闻于朝，为他请赏。这些话你以为如何？”朱永道。

“除以为宗玉先生还朝，可以有个交代，还会以为如何！”喜信说。

“那么，是确有其事？”朱永问。

“差他谒见宗玉先生，这事是有的；宗玉先生有没有命他游说刘长子，有没有许诺为他请赏，我却不知。”喜信说。并问，“爵爷连着问了这么多，是何缘故？”

“有人说，什么宗玉先生差派，什么许以重赏，乃一派胡言；甚至游说刘长子，也是没有的。张英去见刘长子，是因为刘长子许以赂金，他是上山去取银子去了。”朱永述罢原委，问，“这事阿喜以为如何？”

“我不敢说其事必实，也不敢说其事必无。”喜信说。

“又有人说，张英不仅私受贼人贿赂，还是贼人安插在官军里的奸细；官军不能尽剿贼人，石和尚、刘长子等得以西窜，都是他为贼人通风报信。”朱永说着，问道，“这事阿喜以为如何？”

“我不敢说其事必实，也不敢说其事必无。”喜信还是那句话。

“阿喜若不肯为张英担保，我可要军法从事了。”朱永道。

“爵爷挂印出征，将士生杀予夺悉听于爵爷。”喜信说。

张英被朱永唤至大营，乱锤击死。刘长子和石和尚等一起解送京师，论死。有知内情者，为张、刘二人惜之。

第二十二章

李贤告病，歇息两天，忽被皇帝的近侍接去文华殿。

“给李先生看座。”皇帝吩咐。

要在平日，李贤一定会辞谢。但今天从家里乘轿到宫门，下轿后步行到文华殿，实在感觉疲惫。他谢过恩，坐在为他准备的圆凳上。

“朕知李先生这些日子不舒服，不该把你请来；但今日之事，又非得李先生为朕决断，故不得不烦劳。”皇帝说。

“为陛下排忧解难，是臣子的职分，病再重，亦不得辞。”李贤说。

“好！”皇帝点了点头，问，“李先生记得于冕吗？”

“陛下问的是——”骤然提到一个人的名字，李贤有点发蒙。但他很快清醒过来，反问一句，“——于谦之子？”

“是他。”皇帝应道。

“于冕官千户，于其父被杀后戍边。不久前，陛下圣恩，赦他还乡。臣记得他。”李贤说。

“他上道疏了。”皇帝道。

“可是上疏谢恩？”李贤问。

“谢恩是少不了的；但朕看，他谢恩尚在其次。”皇帝道。

“不知其疏以何事为主？”李贤问。

“讼冤。”皇帝道。

“为于谦讼冤？”李贤问罢，一句话脱口而出，“是其时矣！”

“李先生说的什么？”皇帝的确没听清楚。

“臣在想，于冕既获赦，一定会为其父讼冤；再者，于冕不为其父讼冤，也有别人会为于谦讼冤。”李贤说。

“听爱卿之言，于谦的确死得冤枉？”皇帝问。

“先帝北狩，兵败如崩。朝中惊恐万分，议南迁者有之，取观望者有之。若不是于谦慨然挑起重担，整饬防务，御虏于京门之下，后果实不敢设想。臣随先帝北征，侥幸逃归，彼时情景，犹在眼前。”李贤说。

“朕那时年幼，在宫中亦曾听内臣讲述过于少保陈兵德胜门外的英姿，亦知他于社稷之功有如再造。不然，朕也不会因臣子奏言，毅然宽赦他的后人。不过——”说到关键时，皇帝犹豫了。

“臣知陛下之担忧，臣亦为此而担忧。”李贤说。

“那么，于冕请为其父平反，仍不可从？”皇帝问。

“事关重大，须得陛下亲裁。但此事臣反复斟酌，有两句话，臣以为今日正可以说。”李贤道。

“爱卿说说，是哪两句话？”皇帝命道。

“先帝已知其枉，圣心实怜其忠。”李贤说。

“先帝已知其枉，圣心实怜其忠。”皇帝边重复，边频频点头。

先帝北狩，景泰登极，他匆匆被立为皇太子，又被匆匆改封沂王。那时，于谦是景泰帝第一个信任的大臣，改立太子一定要得到他的拥戴。按说，皇帝对于谦应该有深深的仇恨；但不知为什么，他就是恨不起来。而反过来说，于谦是父皇杀的，承认于谦冤枉，就要承认父皇杀他杀错，这个决心也不是那么好下的。李贤说先帝已知其枉，那么，为于谦平反乃秉承父皇的遗愿，才名正言顺了。

不过，皇帝还有疑虑。

“李先生称先帝已知其枉，可有凭证？”他问。

“臣请举两个事例。”李贤说。

两个事例就够了。皇帝命道：“李先生说！”

“其一，于谦被杀时，有人言，其罪当灭族，其所荐文武大臣当并诛；又有人请榜其罪，示之天下。先帝皆断然拒绝。”李贤举第一例后，论道，“由此可见，先帝杀于谦，有不得已者；但杀他之后，已知其枉。”

“李先生说得对！”皇帝支持他的推论。

“其二，主张杀于谦最力者，后封忠国公者石亨也，后为首辅者徐有贞也。二人先后获罪，石亨瘐死狱中，徐有贞远戍云南，不再录用。”李贤举第二例后，论道，“由此可见，越到后来，先帝越知于谦之冤。”

“朕欲昭告天下，平反于谦之狱。”皇帝决心已下，道，“李先生，诰敕就以‘先帝已知其枉，圣心实怜其忠’为本。不过，得改个字：圣心实怜其忠，改为朕心实怜其忠。”

“皇上英明！”李贤称颂。

“朕欲遣臣往杭州祭于谦墓，祭文也请内阁代朕拟之。”皇帝又说。

“臣遵旨！”李贤应道。

彭时赶到李府，李贤并不像他想的那样卧于床榻，而是平静地坐在书房里等他。显然，去内阁传达李贤邀请的中书一定把事情说得很严重，不然，他怎么也无法理解，李贤从文华殿出来，为什么不就近去一趟内阁，而要把他叫到家里来。

“原德先生抱病入宫，累着了吧？”彭时不管眼见如何，只按照自己的想法问候。

“累是有点累了；不过，精神大振！”李贤说。

“看得出来。”彭时道，“在下略有所闻，亦兴奋不已；更不要说原德先生与皇上促膝而谈。”

“我不去内阁，却把纯道先生请来，实有不得已之苦衷。”李贤说。

“原德先生不用解释，应该的。”彭时道。

但李贤还是要解释。他说：“纯道先生也知道，安简先生素与我不合，我言东，他必言西。足以令天下兴奋的一件事情，若在内阁惹出口舌之争，未免太让人扫兴。”

“安简先生不见得会拿这等大事来做文章；不过，原德先生尽量避免内阁纷争，用心良苦，这也是为安简先生好。”彭时两不得罪地说。

“再者，”李贤又说，“皇上已交代，祭于少保文，要内阁代拟。安简先生若心血来潮，一定要由他动笔，以我和他的关系，无法回绝。”

“也不会吧，身为内阁第一人，祭文当由原德先生亲拟。”彭时说。

“不，我是怕他要与纯道先生争。”李贤说。

“与我争？”彭时惊问。

“是。我意由纯道先生草拟祭文，他若争着要写，怎好？”李贤道。

“不，不！原德先生在皇上面前领的旨，又是这样一篇祭文，原德先生不拟，别人谁敢动笔！”彭时说。

“某质而不文，纯道先生难道不记得叶与中的品藻？”李贤笑道。

“今人品藻人物，哪有不以偏概全的？原德先生撰文，难得流传到外，我却拜读得很多了。原德先生文章的大气，我等皆难企及。”彭时说。

“纯道先生是在激我，还是在挖苦我？”李贤问。彭时欲辩，他伸出一手止住，“纯道先生，你听我说。我何尝不想自家撰写这篇祭文；而且，此事若在两个月前，我也一定会勉力而为。无奈大病如抽丝，我真的是力不从心。”

他说得极为恳切，还带着些许悲凉，彭时不能不被感染。

“原德先生觉得不好？太医才为原德先生诊过脉，怎么说？”他问。

“他对我当然只会说宽慰的话。纯道先生若有机会，倒不妨代我问问实情。”李贤说。

“好！”彭时实在，人有所托，则应之。但他也知道，眼下与其劝李贤把心放宽一点，不如把话岔开，“原德先生，在下有一事求证。”

“是景泰初年朝中的事，抑或再前的事？”李贤问。

“不知具体年份，也不是朝中的事，是原德先生府上的事。”彭时说。

“纯道先生几时对家长里短也感兴趣了？”李贤嘟囔了一句，道，“纯道先生欲求证何事，请说吧。”

“有人说，程克勤因一联而娶去相府千金，可有其事？”彭时问。

“纯道先生问的是此事呀，这可传得有点变形了。”李贤道。他面含微笑，可见彭时求证的事，虽有夸大，但也不是空穴来风。

“并无其事？”彭时故意问。

“克勤巧对的事情是有的；不过，我和彦实先生早订有儿女婚约，却不是因他的对句才把女儿许配与他。”李贤说。

一方是阁老李贤的千金，一方是兵部侍郎程信的公子，彼此联姻，在京城，特别是在廷臣之间，应属门当户对，不会特别引人关注。而程敏政的婚事，连彭时这等学究气很浓的人都加以关注，自然有不寻常的传闻。

“原德先生出的上联，可是寓意很深呀！”彭时说。

“那是见景生情，说不上有什么寓意。”李贤说着，讲起那段故事，“一日，彦实先生领着克勤来我家里做客。我等三人在花园中散步，看到池中水面上荷花方绽，水面下藕亦成形，我信口说出五个字：因荷而得藕。纯道先生也知道，我并不喜欢与人连句，更不会与晚辈连句。我更希望，彦实先生能对上下句。”

“可对上下句的是克勤。”彭时道。

“是啊！”李贤应道，“克勤的五个字几乎是脱口而出：有杏不须梅。其时，杏花正盛，而绝非梅花开放的季节。荷者，何也；藕者，偶也；杏者，幸也；梅者，媒也。如果说我上句有所寓意，也是克勤的下句衬出。”

“真可谓后生可畏。”彭时赞了一句。他引出这个话题时，只为分散李贤的注意力，并没有其他想法；但既言及程敏政的天分，他忽然想，何不借题发挥呢？“克勤幼有神童美誉，经过这多年磨砺，已成大器。祭文何不让他来草拟，有不妥之处，原德先生在旁指点？”

“不可，他还是个娃儿。”李贤断然拒绝，“朝廷平于少保之冤狱，非同小可；为其撰写祭文，非同小可。把它交给一个娃儿去办，能否胜任且不说，后人将如何看待我辈？若是纯道先生无法判定于少保是否忠良，若是纯道先生担心为于少保讼冤，会给自家带来麻烦，我绝不勉强。”

“原德先生还道我在激你，这不分明是你在激我吗！”彭时不能再推托，他说，“祭文我写，写过后，请原德先生审定。”

“不必，纯道先生拟就祭文，可直接呈进好了。”李贤说。

行人马璇奉旨去杭州，代朝廷祭奠于谦。一个月后，他回到京师，复旨后，立刻去看望李贤。

“天玉，你回来得好快呀！”李贤呼着他的字招呼。

“是，”马璇应道，“下官知道，德公放心不下此事，不敢不快。”

“在天玉，这尤其难得。”李贤说着，问道，“我记得，天玉就是杭州人吧？”

“不在杭州，可也相去不远。”马璇含糊其辞地说。他不是进士出身，自己对乡贯不太在意，料别人也不会在意。

“既往杭州，没回家乡看看？”李贤问。

“没回。”马璇答道。

“这是为何？”李贤问。

“下官奉旨祭奠于少保，祭前，只想着履行使命；祭后，只想着回朝复旨，再无他念。”马璇说。

“可见于少保精神感人至深，故天玉去祭他，也不存些许私念。”李贤感慨地说。又问，“杭城繁华，冠于东南，朝廷谕祭，天玉宣读祭文，场面一定很可观吧？”

“可能并不像德公想的那么可观。”马璇说。

“天玉这话是什么意思？”李贤问。

“譬如，据德公所想，应该万人空巷，其实没有；譬如，据德公所想，应该呼声震天，其实没有。”马璇道。

“是杭城那日天气不好，阴霾遮蔽？”李贤问。

“适逢秋雨连绵，可那日晴空万里。”马璇说。

“是官府惧怕骚乱，隐秘其事？”李贤问。

“杭州府及钱塘县都张榜示告，浙江布政司还传檄邻近各府。祭奠之日，布政司及府、县官员都到场。”马璇说。

“这就怪了，”李贤道，“朝廷谕祭于少保，京城百姓，欢呼雀跃，奔走相告；他家乡之人，反而无动于衷？”

“下官估计，杭城百姓并非无动于衷。”马璇说。

“天玉是怎估计的？”李贤问。

“下官询问过杭城百姓。有人说，不必朝廷平反，他等从来都以为，于少保是一代忠良，是挽救了国难，而死于内乱；有人说，他等从来没让于少保的坟茔长过杂草，每年都要清扫，每年都要祭拜。”马璇道。

“他们是嫌朝廷平反得太晚了，祭奠得太晚了？”李贤假设如此，但觉得不致如此，“无论如何，平反于少保冤狱，遣臣谕祭，是朝廷非常之举。天下皆知天恩浩荡，杭城百姓不该不知呀！”

“下官估计，杭城百姓并非不知天恩。”马璇说。

“天玉是怎估计的？”李贤问。

“下官是抵达杭城的第二天午时，在于少保茔前朗诵的祭文。午后，半个杭州城都在背诵朝廷的祭文；再一日，整个杭州城都在背诵朝廷的祭文。可见祭文深入人心，即朝廷恩典深入人心。”马璇说。

“对了，天玉可否将祭文背诵与我听？”李贤要求。

“德公要我背诵朝廷祭文？”马璇大为不解，但见李贤只是点头，并无解释之意，他背诵道，“卿以俊伟之略，经济之才，历事先朝，茂著劳绩。当国家之多艰，保社稷以无虞。唯公道而自持，为权奸之所害，在先帝已知其枉，而朕心独怜其忠。故复卿子官，遣人谕祭。呜呼，哀其死而表其生，亦顺乎天理；厄于前而伸于后，允惬乎人心。用昭百世之令名，式慰九泉之冥漠，灵爽如在，尚克鉴之。”

“状元手笔，果然与众不同。”李贤叹道。

马璇这才知道，李贤让他背诵祭文，不是有意考校他，而是在此之前并不知祭文的内容。

第二十三章

陕西没有军民府、宣慰使司、长官司等土官建制，却有以少数族首领担任的土官，习惯上称为土达，世袭。居住固原州境内的千户满俊，就是一名土达。土达建立军功，或因其他机遇，有可能转为非土官，满俊的侄子满璹现官平凉卫指挥，就是一个例子。固原隶于平凉。

叔侄二人的关系不好不坏，满璹出城百余里来看望叔叔，几句问候、寒暄之后，言及正事，肯定要引起一场争吵。

走进满俊的大屋，满璹问："四叔属下又添人了？"

"璹儿看出来了？"满俊不但一口承认，还大加炫耀，"那几个人身手不错，我亲自试过。你有兴致的话，找一两个来过过招。"

"不必！"满璹没兴致。

"璹儿，你在城里住得太久了，不仅胆子变小，身上的功夫也都消磨殆尽。"满俊嘲笑他。

"未必！四叔有兴致的话，我倒想和四叔过过招。"满璹向满俊挑战。

"璹儿是为与我过招而来？"满俊反而含糊。

"不是，我是为四叔新添的那几个人而来。"满璹说。

"他等有何事，要你跑一趟？"满俊不想再说那几个人，又不得不问。

"通渭县丢失若干人，四叔可曾听说？"满璹反问他。

"通渭县？咱平凉府三州七县，有个通渭县吗？"满俊不知。

"通渭不属平凉，属巩昌。"满璹说。巩昌府在平凉西北约五百里处。

"那与我不相干！"满俊满不在乎地说，"璹儿又不是不知，我只在固原牧马，平凉以外的地方我从未去过。"

"我也没说，通渭县和四叔有什么干系；我只是说，通渭县丢了几个人。"满璹道。

"是啊，通渭县丢失人，璹儿为何要告诉我？"满俊问。

"有人告发，这几个人跑来平凉。"满璹说。

“平凉地大，来了几个人，可不好找。”满俊道。

“有人举报，这几个人跑来四叔的草场。”满璹说。

“跑来草场？与马、羊争牧草场？”满俊大笑不止。

“四叔先别笑。”满璹自己不笑，也不让叔父笑，“四叔新添的那几个人，恐怕就来自通渭吧？”

“不对，不对！”满俊忙否认，“通渭在固原以西，那几个人却是从东边来的。”否认之后，又问，“通渭县不过丢失几个人，这几个人不过跑到平凉；或如有人举报，不过跑到我的草场。璹儿好歹也是平凉指挥，用得着为通渭找人吗？”

“四叔不知，这几个人是布、按二司传檄缉拿的。”满璹说。

“布、按二司为何要传檄缉拿？”满俊问。

“他等积逋数载，且殴伤追捕官员，所犯之罪，不死也得扒一层皮。故惊动上官。”满璹说。

“原来是重犯，该缉拿，该传檄！”满俊道。

“那么，四叔许我把那几个人带走？”满璹问。

“璹儿这是什么话！我只说这几个人该缉拿，该传檄，又没说我新添的几个人，就是他等！”满俊道。

“四叔既知他等是重犯，就该知道，藏匿重犯，同罪。”满璹说。

“我知，我知。”满俊满不在乎的神情更加彰显，“璹儿查出他等藏匿在我这里，与其拿他等问罪，不如直接把我拿去好了。”

满璹苦口婆心地继续劝说，满俊不为所动。当侄子的越是确信当叔叔的藏匿逃犯，当叔叔的越是否认，越是出言嘲讽，出言戏弄。满璹终于发了火，连一句辞别的话也没有，准备好的饭也不吃，起身而去。满俊则嬉笑着，把他送走。

满璹本来一句话也不想说，但看到草场上奔驰的骏马，忍不住又问：“四叔圈里又添马匹？”

“璹儿看出来了？”满俊又忍不住要炫耀，“我新添的马儿脚力不错，璹儿喜欢的话，牵几匹去。”

“四叔这话当真？”满璹问。

“我与璹儿是亲叔侄，几匹马有什么舍不得！”满俊说。

“来路若正，我还真想牵回几匹。”满璹说。

“友人送的，怎会来路不正！”满俊说。

“四叔对我说实话，是不是李来送的？”满璹问。

“孛来是谁人，为何要送我马匹？”满俊反问。

“四叔不知孛来是谁？”满璹又反问。

“不知。”满俊回答得很干脆。

“好，我就当作四叔不知；不过，等下一次问起，四叔不可再说不知。”满璹道，“瓦剌盛时，曾奉鞑靼首领脱脱不欢为可汗。后也先被鞑靼部知院阿剌所杀，阿剌又被本部另一首领所杀。这个首领就是孛来。孛来自杀阿剌后，雄视鞑靼各部。”

“这么说，也是一条好汉。”满俊回应道，并问，“鞑靼骑师，来去无踪，璹儿怎知孛来与我有交往？”

“四叔别把我当作瞎子、聋子！四叔怎以茶、以酒、以布缎送孛来，孛来怎以好马回赠，以为我一无所知吗？”满璹道。

“璹儿仍是听人告发，听人举报，那算不得数。”满俊说，“不过，璹儿是否亲见且不去说它，我只问一句：孛来既是鞑靼首领，朝廷准不准他入贡？”

“准是准的。”满璹说。

“朝廷既准他入贡，我与他交往，又有什么了不得！”满俊道。

“这个孛来，自入河套，屡屡犯边；今夏、冬之时，更两次侵入延绥大掠，令朝廷震惊。”满璹说。

“朝廷准他入贡，他却与朝廷为敌，着实不能与他交往。”满俊道。

“四叔既知利害，孛来送与的马匹，不如都缴官吧！”满璹说。

“此言差矣，我只说不能与孛来交往；又没说新添的马匹是他送，凭什么都得缴官！”满俊道。

致仕总兵官张泰纵马狂奔两三日，来到西安。他疯了般闯进巡抚衙门。门里门外的守军欲拦，被他甩得趺趺撞撞。张泰的亲从半是警告半是安慰地对他们说：“你等这是交了好运，换在张爷镇陕日，早把剑拔出来了。”

张泰熟悉衙门里的布局，直接闯进巡抚歇憩的房间。

正赶上午饭的时间。巡抚都御史项忠是浙江嘉兴人，讲究饮食，虽然衙门里的饭菜不可能太奢华，也整得有模有样。他还没动筷子，猛听得门被撞开，接着，一物掷在桌上。定睛一看，是条马鞭；再抬头一看，认出了张泰。

“好腕力，好准头！”项忠笑着说，“再加一分力，桌面必毁，汤菜必洒，我固然吃不成了；欲邀张帅一同进餐，却也邀不成了。”

“荩臣先生莫邀我一同进餐，还是治我擅闯之罪吧！”张泰板着面孔，没心思与他说笑。

项忠字荩臣，正统七年进士，自天顺初即任官陕西，先是按察使，后以右副都御史巡抚，算起来，已有十年。

“言重，言重！”他拉张泰在对面坐下，说，“我平日午间不饮酒，难得张帅来了，就加点儿酒吧。”

“若只加点儿酒，我不喝。”张泰说。

“张帅待怎的？”项忠问。

“用大碗盛酒，我才喝。”张泰说。

“就依张帅。”项忠应着，吩咐，“大碗盛酒，再加点儿肉。”

“加点儿肉，我不吃。”张泰说。

“以大盘盛肉，可以吧？”项忠道。

酒很快送了来，肉则须等一会儿。张泰给自己倒了一大碗酒，也不管项忠，大口大口地喝着。没有肉，便拿项忠的几碟小菜下酒，几筷子下去，风卷残云般吃个精光。

“可惜，可惜！”项忠连声叹道。

“荩臣先生是叹息如此精美的菜肴填了一莽汉口腹？”张泰问。

项忠的确是这么想的，但只能说：“我是可惜碟子太小。”

肉端来时，张泰已吃了个半饱，他又拣了两大块肥者居多的肉填进嘴里，才让道：“肉味不错，荩臣先生也尝尝。”

“张帅可用好了吗？”项忠问。

“酒足饭饱。”张泰道。

“张帅用好了就好，不用管我。”项忠说。

“荩臣先生要与我同行，怎可不管！”张泰道。

“我要与张帅同行？”项忠以为他奉有圣旨，不然，一名致仕的总兵官怎能对在任的巡抚都御史发号施令？

“是啊！”张泰也确实像奉有圣旨。

“去哪里？”项忠问。

“固原城。”张泰说。

“可我才从固原回来呀！”项忠道。陕西巡抚平时驻于西安，防秋则移驻固原，项忠是入冬以后才返回西安的。

“荩臣先生离固原前，孛来不曾劫掠；荩臣先生离固原后，孛来大肆劫掠。我致仕后，牧于固原，是朝廷准允的，是为朝廷牧马。今我牧放之马，被孛来掠去上百，荩臣先生要为我做主。”张泰说。

“早知张帅为的此事，我一杯水，一块馍打发走，才不糟蹋那一坛好酒、数斤好肉呢。”项忠笑道。

“怎么，荩臣先生不该为我做主？”张泰问。

“不是做不做主，而是有几个说法。”项忠道，“一则，我回西安，是有要务处置；二则，西安要务未毕，我不可能返去固原；三则，固原官军守城尚有不足，我去了，也无法保证境内无寇，张帅须得设法自保；四则，平凉虽隶陕西巡抚，固原卫却辖于宁夏巡抚，用兵之事，张帅须和维藩先生合计。”

“可维藩先生在宁夏呢。”张泰说。

“张帅既来得西安，也去得宁夏；况且，河套事务，宁夏巡抚担的责任最重，张帅跑一趟，值得！”项忠说。

宁夏巡抚陈价，字维藩，四川铜梁人，正统四年进士。他正在收集汇总今冬以来鞑靼进掠河套的具体情形，准备上奏朝廷。张泰到来了，一定有最新、最可靠的消息，对他来说，是件好事。

“老将军，你我先说会儿话，晚上，我请你喝接风酒。”陈价说。

“说什么话？”张泰生硬地问。从西安到宁夏，比起从固原到西安，路程加倍，张泰一劳累，就想发脾气。

“听说老将军牧养的马匹被劫，究竟损失几多？”陈价以为他因为被掠而恼怒，干脆把话挑明。

“我不是来报失的。”张泰却说。

“怎么，老将军不是为孛来而来？”陈价感到奇怪。

“不是。”张泰断然答道。

“不为孛来，却为的谁？”陈价问。

“固原满四，维藩先生可知其人？”张泰反问道。

“是不是名俊的土达？略有所闻。”陈价道。

“满四将为平凉患，将为全陕患，维藩先生可知？”张泰问。

“满俊胆大妄为，我略有所闻，为患全陕，不至于吧。”陈价说。

“不至于？”张泰冷笑，“维藩先生且说，略有所闻的有哪些事。”

“譬如，平、巩等处逃狱之犯，逋赋之民，投奔到他那里，他无不接纳。”陈价说。

“仅此一事，足以治他的罪。不过，我要告诉维藩先生，这还只是内患。”张泰道。

“老将军是说，还有外忧？”陈价问。

“我正是为外忧而来！”张泰道，“孛来窜平凉，掠各州、县，所得不一；而至固原，至我处，却只为一物。”

“马匹。”陈价随口说出。

“维藩先生可知，孛来今次从我处掠去几多马？”张泰问。

陈价心想，方才问你，你说不是来报失的，现在怎么又问起我来了！但他还是回答：“听说，有百匹上下。”

“只有上，没有下。”张泰道。

“那老将军的损失可不小。”陈价同情地说。

“不是我的损失，是朝廷的损失。”张泰道，又说，“但我所忧者，还不在失了马，而在所失之马又回到固原。”

“又回到固原？”陈价没听懂。

“我的牧马，都加了印记。有人数过，孛来从我那里掠去的百余匹马，有三四十匹出现在满四那厮的草场上。”张泰述罢，问道，“维藩先生，他会是从孛来手里抢回来的吗？”

“不会。”陈价道。

“会是孛来遗漏的吗？”张泰又问。

“也不会吧。”陈价道。

“那是怎来的？”张泰问。

“老将军的意思，是孛来赠与满俊？”陈价终于听懂。

“一土达不法，不足为大患；孛来偶犯，亦不足为大患。若土达与套虏联起手来，则河套再无宁日，边镇再无宁日！”张泰道。

“老将军所虑，不无道理。我一定详加查访，给老将军一个交代。”陈价说。

第二十四章

昭德殿内外，气氛凝重。宫中的内臣、女官和宫女，凡能不走进这个区域的，无不远远避开；不得不来者，离着老远，就放轻脚步，屏住呼吸，尽量不发出声响。

“今日二十几了？”万贵妃问。

她不指名道姓，答话的一定是最被信用的宫女。该宫女平日话既多且琐碎，贵妃问一句，她能答上十句。贵妃从不介意，一旦她说少了，还要逗她多说。但这会儿，该宫女半句话也不敢多说，问一句，只答一句。

“十一月二十五日。”她回答。

“李老儿说，皇子三日内必见分晓，是在哪一日？”万贵妃问。她说的李老儿是太医院的太医，因擅长儿科各种疑难病症，宫中上上下下都唤他李老儿。

“十一月二十三日。”宫女回答。

“今日岂不该见分晓？”万贵妃问。

“三日之内，李老儿或是将二十三日那天排除在外。”宫女说。

“他对你说的？”万贵妃问。

“他没说，是婢子自个儿想的。”宫女回答。皇子病情，一日重过一日，每日几拨太医轮流来诊治；每次诊治之后，都会开出方子；每次开出方子，万贵妃都要不厌其烦地询问，并命宦臣或宫女把皇子服药后的变化告诉太医院。但李老儿说了三日内必见分晓后，万贵妃不再关心太医们开的方子，不再把内臣和宫女们支使得团团转，她关心的只是日子。该宫女当然希望这种相对的宁静得以延长，哪怕延长一天也好。

“二十三日不计在内，明日也该见分晓。”万贵妃说。

“娘娘说的是。”宫女应道。

“你说，所谓三日之内必见分晓是什么意思？”万贵妃又问。

这个问题她不知问过多少遍，不知问过多少人，凡被她问及的人，无不以最好的结果答之。她明知这些话都靠不住，但还是乐此不疲地问着，乐此不疲地听着。

“那还用说，一定是小爷大好，身子更康健。”宫女说。

“身子更康健，我也不去想它；只要他三日内能进奶，我就心满意足。”万贵妃说。

“娘娘放心，小爷今日就在奶媪的奶子上嘬了嘬。”宫女道。

“当真？”万贵妃问。

“婢子禀报过娘娘呀！”宫女说。

“我怎不记得了？”万贵妃想不出所以，便吩咐道，“我近日有点心不在焉，遇有此等事，须得多禀报几次。”

“是。”宫女应道。皇子嘬奶的事，是她临时起意编造的，为的是得哄一时且哄一时。她一定要说曾经禀报过，不然，轻则要被骂几句，重则要被杖责。

次日，皇子薨。

皇帝得知噩耗，尤其是得知万贵妃哭得昏死过去，急忙赶去昭德殿。他没有想到的是，万贵妃已经恢复了常态，平静地迎候，平静地行礼，甚至平静地安慰起他来。

“皇上至尊之躯，不可太过悲伤。”她说。

“贞儿姐姐，你没事吗？”皇帝又惊又喜。

“从臣妾身上掉下来的肉，就这么离开，怎会没事！不过，臣妾想得开了。”万贵妃说。

“那就好！”皇帝道。他只在皇子诞生后看过一眼，说不上有多深的情感，他对万贵妃的关切远远超过对皇子的爱意。不过，眼看万贵妃并无大碍，他倒要表现出多一点儿的爱意。他默哀了一会儿，然后说，“贞儿姐姐怎么想开的，也开解开解朕。”

“臣妾想，上天使得皇儿降生，又使得皇儿归去，自有上天的用意。或是皇儿太富贵了，须得另有一片乐土。”万贵妃说。

“不错！”皇帝附和道，“父皇贵为天子，也曾有北狩之厄，也曾有南城之锢；朕贵为天子，也曾有过忐忑不安，也曾有过坎坷经历。此儿或不当经历这些磨难，故而骤逝。”

“臣妾还想，臣妾既然能为皇上生一个皇子，为何不能再为皇上生一个皇子？或许前一皇子虽为皇上血脉，却无储君之命；臣妾再为皇上生一个皇子，生几个皇子，总有一个会有储君之命。”万贵妃说。

“贞儿姐姐有此志向，朕真可以松一口气。”皇帝道。

“臣妾还想，皇上还有皇后，还有众嫔妃，都是女人，谁不能为皇上生一个儿子？不管臣妾几时再能为皇上生一个皇子，储君之位是不会空置太久的。一皇儿之逝，说不定能为皇上引来众多的皇儿，未尝不是件好事。”万贵妃说。

“贞儿姐姐虚怀若谷，是朕没——”皇帝本想说，万贵妃大度是她没有料到的，但只说了半句，就发觉这话是不可说的。难道万贵妃当真不会计较他在别的宫里留下龙种？当真不在乎皇后或其他嫔妃在她再诞皇子之前生下皇子？以他对万贵妃的了解，这是不可能的。

于是，他改口说：“贞儿姐姐别想那么多，此皇子诞于昭德殿，别皇子亦将诞于昭德殿。”

“皇上想好了，臣妾说的是皇二子。”万贵妃道。

“朕许诺贞儿姐姐的，也是皇二子。”皇帝说。

“皇长子诞于昭德殿，皇上是郑重对臣妾说的。”万贵妃立刻有所反应。

“朕今日也郑重地对贞儿姐姐说：皇二子必将诞于昭德殿！君无戏言，朕绝不反悔。”皇帝信誓旦旦。

按说，皇帝今次的保证比上一次的保证郑重得多，万贵妃应该放心。但她仍摇着头说：“此事恐怕由不得皇上。”

“怎由不得朕？难道她等能自个儿得子？”皇帝道。

“臣妾是说，臣妾若是一年半载没有身孕呢？”万贵妃问。

“朕等到第二年。”皇帝说。

“臣妾若三年五载没有身孕呢？”万贵妃问。

“朕等到第六年。”皇帝说。

“臣妾若——”万贵妃还要问。

“贞儿姐姐，”皇帝觉得再说下去不是吉兆，遂打断她的话，“朕与你一起努力，还怕膝下没有三儿两女？”

“皇上以为生个儿子那么容易！”万贵妃被他逗笑了。

皇帝的目的是哄得她开心。目的既然达到，他说：“贞儿姐姐自个儿歇一会儿，朕再去看一眼皇子。”

“臣妾陪皇上一起去。”万贵妃道。

一二十日后，宫里渐趋平静，而朝中又在躁动。躁动始于内阁，渐散布于各衙门，最后波及宫中，惊动皇帝。

“老怀，李先生怎样了？”皇帝问怀恩。

“听院使口气，危矣！”怀恩回奏。

“皇子不治，有个太医说，三日之内必见分晓；今次院使不会也说出几日之内的话吧？”皇帝问。

“几日之内的话他不曾说，他说的是年内；他也没说必见分晓，他说的是或见分晓。”怀恩道。

“年内，还早呢！”皇帝没太放在心上。

“爷，已是月中。”怀恩提醒他。

皇帝一想，可不是！宫里宫外都在热热闹闹地筹备过年，年内的范围虽然略大，但也会很快过去。

“怀恩，你代朕去看望看望李先生吧！”皇帝吩咐。

“奴才领旨！”怀恩应道。

李贤的病情，看上去和两三个月前完全不同。他不仅卧床不起，而且，怀恩到了床榻前，他试图抬起身子，打个招呼，都已办不到。

“原德先生别动。”怀恩忙说，坐下后又说，“皇上差我来看看原德先生，并交代了，不须谢恩。原德先生精神不好，话也少说。”

“动是不能动了，话却还是要说。怀公公，有两句话，我是真想对你说一说。”李贤道。

“哪两句话？”怀恩问。

“一曰知足，一曰自惭。”李贤说。

“原德先生知足是应该的。”怀恩道，“三杨之后，辅弼圣主，成就盛世，功业无过原德先生者，还有什么不知足的！至于自惭，恐怕是原德先生的谦辞。”

“自惭是否谦辞，迟些再说；怀公公所解的知足，与我所谓知足，大相径庭。”李贤说。

“原德先生并非为成就而知足？”怀恩感到奇怪。

“不能说与一生事业无关；但关系更大的，或是职衔。”李贤说。

“职衔？”怀恩诧问。

“是啊，怀公公不会不知我的职衔吧。”李贤说。

“当朝一品，金殿第一辅臣，谁人不知！”怀恩道。

“可怀公公记得我是哪一年的进士吗？”李贤问。

“宣德八年吧。”怀恩道。

“正是。”李贤应道，“那年我二十六岁，赴京赶考，寄寓西城一寺中。一日，我和几位举子漫步至宣武门外，被一卦者唤住。他说，要摸一摸我的运程。”

“摸一摸运程？运程是摸出来的吗！”怀恩道。

“当时我也不懂，后来才知，确有一类卦者善识骨相。”李贤说。

“原德先生有没让他摸了？”怀恩问。

“这还用说，赴考的举子有几个不想知道自己的运程！”李贤道。

“也是。”怀恩点了点头，问，“据他所摸，原德先生运程如何？”

“不堪言之。”李贤道。

“怎么？”怀恩问。

“他把我身上骨骼摸了个遍，然后说了句让人心灰意冷的话：依着骨法，公子日后将沦为乞儿。同行举子无不大笑。”李贤道。

怀恩也大笑。说：“原德先生，可见骨相信不得！”

“不过，他说这话时，有一处尚未摸到。”李贤道。

“却是哪一处？”怀恩问。

“头骨。”李贤说。

“哈！”怀恩讥道，“人之贤否，在于心胸；人之智否，在于头脑。这个卦者好不糊涂，遍摸全身骨骼，唯独不摸一摸头骨！他若摸一摸原德先生头骨，一定不敢信口雌黄。”

“还真被怀公公说中！”李贤道。

“这么说，他最后还是摸了原德先生头骨？”怀恩问。

“是。”李贤应道，“他本不想摸的，我对他说：先生不可舍却一处不摸，果是乞儿的命，我也好早做打算。于是，他双手在我头顶摩挲一气。这一摩挲，他竟长跪不起，说：公子贵格集中在此，当官居一品。同行举子复又大笑。”

怀恩这次不笑了，道：“看来，骨相之学，也不可不信。”又说：“相者谓原德先生大贵，原德先生的确大贵，可见是天意。上苍属意原德先生，天子属意原德先生，原德先生又何必自惭！”

“上苍眷顾，我不敢有负；天子眷顾，我不敢有负。我自信，主政之日，不曾违导上以正，行事以公之宗旨。不过，有三件事怕是不能见谅于当世，尤不能见谅于后人。”李贤说。

“原德先生说的是哪三件事？”怀恩问。

“其一，季方先生还朝，自谓当大用，人皆以为当大用，我却欲用为南京国子监祭酒。”李贤说。岳正天顺初年曾入阁，因石亨、曹吉祥等构陷，先贬后戍。他还朝是在今上登极之后。实际上，他也没有用为南京祭酒，而是出任福建兴化知府。

“原德先生欲以季方先生为南祭酒，可有私念？”怀恩问。

“自忖无私。”李贤道。

“那又何必在意是否见谅于人！”怀恩说着，问道，“原德先生以为不能见谅于人的第二件事，也是处置大臣吗？”

“是。”李贤应道，“廷推之日，或以与中先生名上，我不赞成。结果，他出为宣府巡抚。”

“原德先生为何不赞成他入阁？”怀恩问。

“一则，时推兵书及掌院都御史，非推阁臣；二则，自内阁设置以来，不曾有过以方伯及督、抚径入者；三则，与中先生提督两广军务时，不可谓无过失。”李贤列举了三条理由。

“原德先生的理由堂而皇之，非因一己之私，用不着自责。”怀恩说着，又问，“第三事呢？”

“那就是罗彝正被谪一事。”李贤道，“罗彝正被谪，确有人找过我，要我为他请于朝廷，但被我拒绝。”

“此事始末，我都清楚，错不在原德先生。”怀恩说。

十二月二十六日，李贤病逝于家中。

第二十五章

鞑靼大首领之一的毛里孩，率部驻于边墙之外，整装待发。这是个他很熟悉的地点，绕过边墙，十日可到达大同。对鞑靼部来说也好，对瓦剌部来说也好，大同是最重要的边镇；要想染指中原，它是必经之地。

但毛里孩还不急着绕过边墙，他在等待时机。具体而言，他要向大明朝廷表明希望入贡的愿望，然后看看朝廷的反应。

为他写奏表的，是他从孛来那里继承过来的一名汉人书生，至于孛来从什么地方找到这个人的，他全然不知。他们都叫他李先生。

看着李先生写的一行字，毛里孩问："怎开的头。"

"外臣某表陈于大明朝皇帝陛下。"李先生说。他为孛来写奏表，都是这样开头的；现在为毛里孩写奏表，他也不想改变风格。

"不对，要先写上日子。"毛里孩说。

"为何要先写日子？"李先生问。

"这是我第一次上书大明朝廷，要求入贡。这个日子，我得记住，大明朝廷也该记住。"毛里孩说。

道理并不充分，却也不是毫无道理。李先生把刚才写的一句涂掉，另外写了几个字。

"怎改的？"毛里孩问。

"维年月日。"李先生念。

"没别的？什么意思？"毛里孩不懂。

"古人写文章，日子都是这么写的。"李先生说。

"我不是要你写文章，是要你写、写——"毛里孩忘了常挂嘴边的词。

"奏表。"李先生告诉他。

"对了，写奏表。"毛里孩应道，"既是写奏表，就不能像写文章那样，写什么维年月日，要写某年某月某日。"

“好吧。”李先生不敢不听吩咐，又重新写过。

“又怎改的？”毛里孩问。

“岁在丁亥，初春之日。”李先生念。

“不好。”毛里孩仍不满意。

“依干支纪法，今年是丁亥年。”李先生辩道。

“我知你汉人有干支纪年的方法，但这不是写给大明朝皇帝看的吗，你怎的写，他君臣读着才会开心？”毛里孩问。

“须得奉大明朝廷正朔。”李先生说。

“何谓正朔？”毛里孩问。

“正即正月，朔即初一。奉其正朔，即按照大明朝廷颁发的日历，以它的正月为正月，以它的初一为初一。”李先生说。

“着哇，你奉其正朔来写，不就妥当！”毛里孩道。

李先生于是写上：大明朝成化三年正月初九日。写罢，把最早写成而被划去的一行字圈上，划条线，引到这个句子的后面。

“这是何意？”毛里孩问。

“写完日子，这句话就可以用上了。”李先生说。

“你是说，外臣某——”才重复三个字，毛里孩皱起眉头。

“两句之间，还要加些什么？”李先生问。

“加是不用加，但这三个字要改。”毛里孩说。

“外藩表奏朝廷，都是这样写的。”李先生辩道。

“大明朝让咱入贡，再写外臣也不迟。你现在写上外臣，万一大明朝皇帝不准入贡，咱的脸岂不丢大！”毛里孩说。

“依着大王，如何自称？”李先生问。

“依着李先生，如何自称？”毛里孩照葫芦画瓢地问着，忽然有了灵感，“你叫我大王，就写大王某表陈于大明朝皇帝吧。”

“这不妥吧？”李先生反对。

“有何不妥？”毛里孩问。

“只有草寇，才称大王。”李先生说。

“草寇才称大王，你为何称我大王？”毛里孩大为不满。

“我是说，在大明朝君臣看来，只有草寇，才称大王；在小民看来，大王就是大王。”李先生说。

“被大明朝君臣看作草寇，的确不妥。”毛里孩接受了这个说法，并问，“李先生看，改称什么好？”

“反正是外藩表奏，既不乐意写外臣，就写外藩吧。”李先生说。

“我眼下虽不愿写外臣，但外臣二字听起来还觉得亲切；若写外藩，显得更生分。李先生再想想别的自称。”毛里孩道。

“大王的名讳用不用得？”李先生问。

“我的部属有人也直呼我名，有什么用不得！”毛里孩道。

“外藩毛里孩表陈于大明朝皇帝陛下，是不是听起来亲切得多了？不过，改为鞑靼部长毛里孩，更加清晰。”李先生说。

“那就写鞑靼部长毛里孩。”毛里孩接受了这个说法。

日子，称谓确定，下面该写正文，李先生担心自己写的内容又被驳回，干脆先请示：“大王请贡，从哪一处写起？”

“前者都是孛来入贡，我取代他入贡，总得有个理由。”毛里孩说。

“大王杀了孛来，理当取代他。”李先生说。

“我杀孛来，总得有个理由。”毛里孩说。

“孛来犯固原等地，掠马匹无算，这个理由可使得？”李先生问。

“李先生，”毛里孩瞥他一眼，道，“你等汉人是不是有句话，叫作长他人什么，灭自己什么的？”

“长他人志气，灭自己威风。”李先生说。

“因孛来掠固原马而杀他，李先生不会是想长大明朝廷志气，灭我鞑靼威风吧？这个理由万万写不得！”毛里孩道。

“我奉大王之命找理由，怎敢灭大王威风！大王说这个理由不合用，我再想别的理由便是。”李先生被责为别有用心，不得不更加努力去想。他很快又想出一个理由，“孛来杀小王子马可古儿吉思，故大王才杀孛来，这个理由总可以吧？”

马可古儿吉思是第二代小王子。小王子本应是鞑靼各部共同的领袖，实际上各部自行其是，并不服从他。第一代小王子就是在和孛来不断的仇杀中死去的。待马可古儿吉思被奉为小王子，又和孛来部处于敌对状况，并被孛来所杀。

“孛来杀马可古儿吉思，我杀孛来，不会长朝廷志气，灭我鞑靼威风，这个理由可以写上。”毛里孩道。

“为大王杀孛来的理由更充分，还应改一个字。”李先生说。

“改哪个字？”毛里孩问。

“杀字改为弑字。”李先生说。

“也就是说，孛来弑马可古儿吉思，我弑孛来？”毛里孩问。

“大王杀孛来，仍是杀；孛来杀马可古儿吉思，方为弑。”李先生说。

“我杀孛来，与孛来杀马可古儿吉思，有何不同？”毛里孩问。

“马可古儿吉思，为鞑靼各部共推之小王子，在汉人眼里，即为君。马可古儿吉思为君，孛来为臣，以臣杀君，曰弑。而大王与孛来皆为马可古儿吉思之臣，孛来弑君，大王杀他，是为君报仇。在大明朝君臣看来，孛来弑君，为乱臣贼子；大王杀孛来，为忠臣义士。改一个字，大王即可博得美名。”李先生说。

“博得美名自然好；可博得美名之后又博得骂名，岂不是不合算？”毛里孩道，“李先生忘了，我除了杀孛来，也曾杀过一名可汗。”

“大王说的是斡罗出所立可汗吧？那是另一回事。”李先生说。

斡罗出是鞑靼另一部的首领，是各部中少数能与孛来分庭抗礼的首领之一。孛来杀马可古儿吉思后，斡罗出拥立他掌控的王族某成员为可汗。

“可汗不也是君吗？”毛里孩道。

“马可古儿吉思是各部共立的小王子，才是君；斡罗出独家拥立可汗，算不得君。而且，斡罗出独家拥立可汗，在大明朝君臣眼里，是乱臣贼子行径；某甘愿被他独家拥立为可汗，也是乱臣贼子行径。大王逐斡罗出，杀其所立可汗，逐的是乱臣贼子，杀的是乱臣贼子，在大明朝君臣眼里，同样是忠臣义士。”李先生耐心解说。

“如此说来，我就不是博得一个美名，而是博得两个、三个美名。”毛里孩道。

“大王说的是。”李先生应道。

“好，好，那就都写上，也长长咱自家的志气！”毛里孩说。

八九天过去，估计大明朝廷该有回信了，然则没有。倒是毛里孩安插在京城里的一名达官，带来了消息。

“大明朝廷对我入贡一事是准还是不准？”毛里孩与他饮酒时问。

“不曾听廷臣说起。”该达官道。

“怎么？”毛里孩觉得受了很大的侮辱，怒道，“别个请入贡，大明朝廷都要议议，我请入贡，竟连动静都没有？”

“动静是有，却不曾提及准与不准。”达官说。

“有何动静？”毛里孩问。

“是不是在调兵遣将？”陪着喝酒的李先生代该达官回答。

“李先生好似去过京城，说的一点儿也不错。”达官道。

“李先生怎知道的？”毛里孩问。

“我未离开大王半步，怎知京里情形？只是胡乱猜的。”李先生说。

“李先生既料到朝廷调兵遣将，可料得到朝廷意欲何为？”毛里孩问。

“那先得看调了多少兵。”李先生道。

“李先生问你呢。”毛里孩对该达官说。

“听说是五万。”达官道。

“可是调的外卫？”李先生问。

“不是，调动的都是京营。”达官说。

“可是欲赴边镇？”李先生问。

“不是，只是在京操练。”达官说。

“一下子集中五万人马操练，动静当真不小。”李先生自语，他好像猜到了朝廷的意图。

“李先生心里已有数了？”毛里孩问。

“还须知道遣的是哪几员将领。”李先生说。

“李先生又在问。”毛里孩对该达官说。

“这我打探得清楚。”达官道，“朝廷以右都督刘聚为主将，以都督同知张钦、都督佥事王英为副将。”

李先生点了点头，说：“调集京营五万，颇具规矩。但一则只在京城操练，并无赴边迹象；一则以都督统领，而非以爵爷统领。我料定，朝廷仅是备警，没有攻打大王之意。”

“我一没有打他，二没像孛来那样掠边；只是上了本奏表，请准入贡。他若打我，岂不输理！”毛里孩道。

“太师上奏表一事，朝廷倒是议过；听说，大明朝皇帝还亲写一篇制书，下达兵部。”达官说。蒙古各部，都把大明朝廷的最高一级官员称作太师，后来也称本部得到朝廷封赐的首领为太师，再后来把未得朝廷封赐的大首领也称为太师。孛来在时，毛里孩和他的部属称孛来太师；孛来死后，毛里孩的部属又把他称作太师。

“制书是怎生写的？”毛里孩问。

“寥寥数字，我记是记住了，却不解其意。”达官说。

“你不解有什么要紧，这里不是有人能解吗！”毛里孩说着，冲李先生那边一努嘴。

“无约而请和者，谋也。”达官背诵皇帝的制书。

果然难解得很，毛里孩肯定还要听一遍。

“大明朝皇帝怎么写的？”他问。

“无约而请和者，谋也。”达官重复。

“李先生，这话还真得你来解。”毛里孩对李先生抱了抱拳。

“这句话从字面上不难理解。”李先生道。

“难道还有字面以外的意思？”毛里孩问。

“应该是有的。”李先生应道。

“太师，先请李先生先讲讲字面吧？”达官插话。

“还用你说，直接讲字面以外的意思，你能听懂！”毛里孩道。

“事先不曾约定，贸然请和，其中必有阴谋。”李先生讲解字面。

“贸然请和，说的是李先生前些日子写的奏表吗？”毛里孩问。

“一定是的。”李先生应道。

“咱不是请贡吗，怎成了请和？”毛里孩问。

“大王想啊，我进入河套，进入边墙，与大明朝官军相遇，要不要交手？双方开战，我打不赢，又不想离开河套、要不要提出入贡？请贡可不就是请和！”李先生解释。

“这个皇帝懂得请贡就是请和，倒也不糊涂。”毛里孩道，字面的意思既懂了，他问，“李先生，字面以外的意思又是什么？”

“看看再说。”李先生答以四个字。

“看看再说？”毛里孩当然更加听不懂。

“不错。”李先生点了点头，“并无前约，贸然请和，必有阴谋；准不准入贡，先看看他有无实力，再做定夺。”

“这么说，要想入贡，先得让他看看咱家的实力？”毛里孩问。

“对了！”李先生道，“大王若是从此销声匿迹，他干吗要准贡！”

“好啊，大明朝皇帝既然要看，明日我就领着孩儿们到大同走一遭！”毛里孩跃跃欲试地说。

毛里孩部越边墙，入掠大同，让朝廷紧张了一阵。但该部浅入即退，复又上表朝廷请贡。表凡三上，朝廷方准。

第二十六章

散衙时，刘定之有事先走了。彭时对商辂使了个眼色，示意他迟些再走。商辂会意，坐在原处不动。等陈文和他们打过招呼，走出，他二人相视一笑。彭时的笑里带着称许，商辂的笑里则带着困惑。

二三月间，商辂以原官被召回，再次入阁。论资历，他不仅比彭时早一科，而且和彭时同时入阁；不仅是他那一科的状元，而且也是那一科的会试第一，也是浙江的乡试第一。一身而荣膺解元、会元、状元，本朝只有他一人。不过，首次入阁，他就排在彭时之后，且在天顺初被罢黜；所以现在内阁的排序，以陈文居首，彭时居次，他排在第三，刘定之去年十二月才入阁，排在第四。

“有个酒宴，弘载先生去不去？”彭时问。

“纯道先生去不去？”商辂反问。

“我打算去。”彭时道。

“谁人做东？”商辂这才问起首先就应该问的。

“同节先生。”彭时告诉他。

王槩字同节，江西庐陵人，正统七年进士，官大理寺卿。庐陵、安福都属吉安府，王槩和彭时不仅同省，而且同郡，王槩请彭时饮酒，是最正常的交往。彭时去年还乡省亲，前些日子才还朝，王槩这时邀他饮酒，应该也有为他接风洗尘的含义。

“同节先生这桌酒，可有特别名目？”商辂问。如果彭时说的是接风洗尘这一层意思，他就准备婉辞。他还朝的日子也不多，若是去的话，为一人接风洗尘岂不变成为两人接风洗尘？

“没有，只是聚聚，说说话。”彭时却道。

“那么，我去恐有不便。”商辂说。

“有何不便？”彭时问。

“我知同节先生甚重乡谊，多邀同乡聚饮，我一个外乡人去了，岂不有碍视听？”商辂想出另外一个婉辞的理由。

“弘载先生大错了。”彭时把头摇了两下，说，“且不论同节先生是否只邀同乡聚饮，今次同节先生吩咐，客人由我安排。”

商辂不能再以重乡谊之类的理由婉拒。他问：“纯道先生邀请几人？”

“二人而已。”彭时道。

“除我之外，不知还有哪一位？”商辂问。

“我想邀一同年，一同僚，同年邀的是缉熙先生，同僚邀的便是阁下。”彭时说罢，加上一句，“弘载先生总不能让我邀安简先生去吧。”

缉熙是陈鉴的别字。他是南直隶长洲人，官翰林院侍读学士。

为何不能邀陈文去，商辂也清楚。并非以首辅之尊，陈文不容易请动；而是许多官员，对陈文的人品和学识颇有微词，把他请去，说不定会举座不欢。商辂笑着应承：“纯道先生代邀，不敢不从。”

说是王槩做东，酒却是彭时从江西带来的村醪，味道很是醇正。众人品尝一口后，都称赞不已。

王槩把酒盅举起来，打算敬酒，但显得颇为踌躇。

“同节先生有何为难之处？”陈鉴问。

“两位状元在此，不知先敬哪一位。”王槩说。

“这好办。”陈鉴道。

“缉熙先生是不是想说，二人一起敬？”王槩问。

“非也。”陈鉴指着自己说，“二人都不敬，先来敬我。”

这没有什么不可以的，王槩笑着说：“这是敬酒，缉熙先生一定要饮。”

陈鉴饮罢酒，道：“同节先生，这盅酒我不让你白敬。”

“我知道，你要回敬我两盅。”王槩说。

“非也。”陈鉴道，“你敬我一盅，却要我敬你两盅，这等亏本的事情，我才不会做呢。”

王槩还要问他有什么别的回敬，商辂却把酒盅端了起来。

“缉熙先生，我也要敬你一盅。”他说。

“同节先生敬我酒，因他是主人；弘载先生与我同为客，为何也敬我酒？”陈鉴问。

“同节先生以纯道先生与我为状元而敬酒，这酒我是不想饮的，但不饮又对不起同节先生。缉熙先生抢着饮这盅酒，不让我为难，我自然要敬缉熙先生。”商辂说。

“得为弘载先生排忧解难，何其幸哉。这酒饮得。”陈鉴说着，饮了酒，并说，

“弘载先生，这盅酒我不让你白敬。”

“缉熙先生无论有什么好处给我，我都照收。”商辂道。

陈鉴且不答他，看了彭时一眼，问，“纯道先生独不敬我？”

“须敬，须敬！”彭时连声道。

“主人身份被同节先生占去，客人身份被弘载先生占去，纯道先生又以何等身份敬酒？”陈鉴问。

“叙同年之谊，可否？”彭时道。

“当饮，当饮！”陈鉴也连声道。

等他饮毕，王槩说：“缉熙先生欠的债多了，看他如何来还。”

“就先还与同节先生。”陈鉴道，“同节先生敬了我酒，总还要敬两位状元。你先敬同乡状元，或先敬异乡状元，先敬前一科状元，或先敬后一科状元，先敬排在较前的阁臣，或先敬排在较后的阁臣，是不是仍感到为难？我教你个法子，你敬酒时可不为难。”

“缉熙先生有什么高明的法子？”王槩问。

“在弘载先生，是失而复得；在纯道先生，是得而复得。同节先生先贺失而复得，或先贺得而复得，他二位都不会见怪。”陈鉴说。

“何谓得而复得？”王槩不理解他杜撰的词汇。

“纯道先生非致仕，非罢黜，只是省亲。内阁里的位置，仍属于他；他还朝，不过把本来已得到的重新得到。”陈鉴解释。

“一则失而复得，一则得而复得，如此区分，比其他区分确实高明得多。那么，该先贺失而复得，或先贺得而复得？”王槩问。

“我说过，任由同节先生选择。”陈鉴道。

“在我看来，失而复得比得而复得更为幸事，更值得一贺。弘载先生，我先敬你！”王槩敬商辂酒。

“谢过！”商辂揖了揖，饮酒。然后对陈鉴说，“缉熙先生指点给同节先生一个好法子，却何以指点于我？”

“指点说不上，但我可向弘载先生透露某人之宏图大志，不知弘载先生有没有兴趣听？”陈鉴问。

“缉熙先生且说，是谁人之宏图大志？”商辂道。

“纯道兄的。”陈鉴说。

“岂止弘载先生有兴趣听，我也有兴趣听。”王槩插话。

“好啊，那我就真的回敬你两盅了。”陈鉴开玩笑地说。

“缉熙兄拿我做人情，太不厚道吧？”彭时责怪他。

“纯道兄别急，这会儿我拿你做人情，待会儿我也有人情奉送与你。”陈鉴说着，问商辂，“弘载先生，可曾研读过唐史？”

既曰研读，自然不是泛泛而读。商辂不敢草率做答，反问了一句：“缉熙先生问的是《旧唐书》，抑或《新唐书》？”

“自是《新唐书》。”陈鉴道。一般而言，总是旧史毛病太多，才会修新史，况且，《旧唐书》成于五代的后晋，《新唐书》成于大宋盛时。”

“《新唐书》我倒是读得多一些。”商辂说。

“弘载先生以为，《新唐书》修得如何？”陈鉴问。

“欧阳文忠公、宋景文公乃文章泰斗，学问大家，修史亦中规中矩。”商辂笼统地说，不做任何具体评价。欧阳文忠即欧阳修，谥文忠；宋景文即宋祁，谥景文。

“在弘载先生看来，《新唐书》有无不足？”陈鉴又问。

“自古修史，不足难免。”商辂才要举几个例子，忽然发觉不对，“缉熙先生，你是要透露纯道先生之宏图大志，还是要发掘我的读史心得？”

“问得多了，歉甚！”陈鉴笑道。他承认问得多了，但仍在问下去，“弘载先生，纯道兄可曾与你谈论过《新唐书》？”

“不曾。”商辂道。

“正好，我顺便透露纯道兄研读《新唐书》的心得。”陈鉴说，“纯道兄以为，《新唐书》本纪及志书为欧阳文忠公主撰、主编，列传为宋景文公主撰、主编，二人虽然都是大家，惜风格难以统一。”

“纯道先生研读《新唐书》，的确用心了。”商辂赞道。

“纯道先生论得中肯，只这一句话，够我受用毕生。不过，”王槩却赞着赞着，语气一变，“缉熙先生的话，也够我参酌毕生的。”

“我说错了什么吗？”陈鉴问。

“见识不凡，就是见识不凡，怎扯得上宏图大志？”王槩道。

“我才说了，是顺便透露纯道兄的读书心得；纯道兄的宏图大志，我还不曾说呢。”陈鉴反驳道。

“那就请缉熙先生快说吧。”王槩揖道。

“我在回报弘载先生，他没急，同节先生反倒猴急了。”陈鉴说，“二位不是想知道纯道兄的宏图大志吗？他欲将两位学问大家成就的史书，刊为一体，二位先生说，这算不算宏图大志？”

“纯道先生确有此意？”王槩问。

“纯道先生果有此意？”商辂问。

“本来以为，史馆很快要闲下来了。故和缉熙兄闲谈时我说过，不妨把这件事做一做。弘载先生、同节先生看，史馆今日得闲吗？”彭时道。

所谓史馆，其实就是翰林院。平时，翰林院里清闲得很，等到要修史时，变成史馆，就忙得一塌糊涂。商辂、王槩都知道，史馆正在集中全力纂修先帝实录。李贤在时，总裁官以李贤为首；李贤不在了，总裁官以陈文为首。不管谁居总裁官之首，都要在实录中打上他的烙印；何况陈文对李贤又有极深的成见。到去年底，纂修《英宗实录》已接近尾声，但换成陈文后，又得忙乱一阵。

“纯道先生可曾想过，欲使两位大家的风格趋于一致，比重修一部唐书还要吃力？”商辂泼了一盆冷水。

“这我知道，所以，只是说说而已。”彭时道。

“纯道兄绝非说说而已，他是真想做这件事。”陈鉴却说。

“缉熙兄既说我真想做这件事，就权当我的真想做这件事。”彭时这话是对商辂、王槩说的。

“这是为何？”王槩问。

“同节先生没忘吧，缉熙兄方才说，也有人情奉送与我；我若坚持并不真想做这件事，人情八成就得不到。”彭时笑道。

“对了，缉熙先生打算送给纯道先生怎样一个人情？当真与纯道先生欲重修唐书有关吗？”王槩问。

“同节先生，你又性急了！”陈鉴道，“我主要是向弘载先生透露纯道兄的宏图大志，他领不领情，我还不知道呢。”

“领情，领情！”商辂揖道，并说，“我也很想知道，你要奉送给纯道先生的，是一个怎样的人情。”

“纯道兄有此宏图大志，却迄今没张罗着去做，二位可知，他顾虑的是什么吗？”陈鉴问。

“我只想听你说，没心思去猜。”王槩道。

“弘载先生也不想猜一猜吗？”陈鉴问商辂。

“或因阁中事务繁多，无暇于此。”商辂说。

“弘载先生这么说，只对一半。”陈鉴道。

“不对的一半是何事？”商辂问。

“纯道兄发起重修唐书，若总裁之，当然要耗费许多精力，难免会有无暇于此的感叹；但弘载先生想一想，修前朝史，且是重修，用得着他来总裁吗？”陈鉴道。

“怎么用不着他总裁？”在王檠看来，这根本用不着想。

“纯道先生监修即可，不必总裁之。”商辂却说，同时他也揣摩出陈鉴话里的意思，“缉熙先生是说，纯道先生顾虑无良总裁？”

“史馆之事，弘载先生比同节先生清楚得多。”陈鉴说。

“就算纯道先生顾虑无良总裁，缉熙先生，你怎的奉送他一个人情，难道送他一个良总裁？”王檠道。

陈鉴向他揖了揖，说：“知我者，同节先生也。”

“你不会是把弘载先生送他做人情吧？”王檠问。

“此言差矣！”彭时道，“缉熙兄只会拿我做人情送与弘载先生，绝不会拿弘载先生做人情送与我。”

陈鉴也向他揖了揖，说：“知我者，纯道兄也。纯道兄阁中事务繁多，弘载先生阁中事务亦繁多；修史纯道兄不宜总裁，弘载先生亦不宜总裁。”

“那么，缉熙兄打算拿谁做人情送与我？”彭时问。

“吾师元玉先生，纯道兄看如何？”陈鉴道。

彭时没想到他会推荐徐有贞，一时拿不准主意。

“朝廷放归元玉先生多年，若以学士见召，定欣然赴命。”陈鉴又说。

彭时不能再不回应。他问商辂：“弘载先生看呢？”

商辂低头不语，不是拿不准主意，而是不想公开表态。他当年被朝廷罢黜时，徐有贞可以为他申辩，却不出一语。今日让他支持召用徐有贞，太难为他；而公开反对，又会给人留下话柄。

“重修唐书，不过是空中楼阁，何必急求总裁！”彭时道。

“对，对，大家喝酒！”王檠尽主人劝酒的职责。趁彭、商二人不注意，他低声对陈鉴说：“有句话，用在尊师身上很是恰当。”

“哪句话？”陈鉴失意地问。

“失而复失呀！”王檠道。他知道，本该尽兴的一次聚会再难以尽兴。

第二十七章

国子监祭酒邢让正在从监生们的试卷中挑选优秀者作为范文，门役来报，有一位先生求见。

“从哪里来的先生？”邢让头也不抬地问。

“像是极南边的口音，小的听不太懂。”门役道。

“你可以向他讨一张名刺呀！”邢让说。

“小的向他讨了。可他说，到别的衙门，不屑投刺；入太学，不敢投刺。小的有什么法子！”门役道。

“咿，这话你怎么听懂了？”邢让发现一件怪事。

“这句话他说得慢，又说的官话，所以小的能听懂。”门役道。

不知来拜访的是谁，又不投刺，邢让本待不见，但那句不屑用投刺、不敢用投刺的话打动了他。看来，在此人心目中，国子监的地位很是崇高呀！

“请他进来吧！”邢让说。

估摸着门役出到大门外，邢让起身，在屋里踱步；估摸着他带着客人就要来到，他站在门外相迎。他也想早点看看，这位不速之客是何许人。

站在邢让面前的，是个四十岁上下的男子。只看他服饰，像个村究。但他身材魁梧，让人看后就不容易忘记；容貌端正而有神，特别是两只眼睛，天生似有光芒，让人看后更难忘记；而他的右脸颊有几块黑痣连成一片，让人看一眼，就牢记在心。

邢让确定，他和此人曾有一面之缘。但在什么时间、什么地点见的面，以及此人的姓名，他都记不起来。

客人见他苦思冥想的样子，说：“得意之人，当然记不起失意之人。”

“某得意于某事，先生失意于某事，尚望赐告。”邢让道。

“长安门外看榜之际。”客人说。

这个提醒太重要。邢让可以确定，那年会试张榜之际，他和此人确实一起看过榜。当然，用得意、失意来形容当时的心境并不恰当；因为在张榜之前，他们已经知道榜上是不是有名。所以还要来看榜，在邢让，不过是为了确定已知的消息；在客人，或是为了否定已知的消息。

“哎呀，原来是兄台！”邢让惊呼之后，有点脸红，因为他仍然没想起客人的姓名。

“新会陈献章，特来拜望逊之先生！”幸亏客人马上报出姓名。

“是公甫先生！”邢让再次惊呼。这次是实实在在的惊诧，用不着脸红。眼前之人，他见过；陈献章的大名，他无数次地听人说起。现在，把无数次听到的大名和眼前之人联系在一起，是他绝没有想到的。

“在下来得唐突，逊之先生莫怪！”客人揖道。

陈献章字公甫，广东新会人。二人都参加了正统十三年会试，结果邢让中第，陈献章落榜。

“久闻公甫先生在新会筑一草楼，名曰阳春台，可有其事？”邢让问。

“有。”陈献章应道。

“久闻公甫先生静读沉思于楼上，足不出户，可有其事？”邢让问。

“有。”陈献章应道。

“怎又忽来京师？”邢让问。

“一则游山川，二则游京师，三则游太学。”陈献章说着，脸上泛起微笑，“今日一被阻大门之外，二被阻屋门之外，方知太学门槛之高。”

邢让这才发觉，自己只顾说话，不顾礼数。他向陈献章深做一揖，道：“公甫先生，请进屋叙话。”

看着散布在桌案上的纸张，陈献章问：“逊之先生在忙何事？”

“阅卷。”邢让道。

“怎么，身为祭酒，还要亲自阅卷？”陈献章问，并说，“在府学，教授不阅卷；在州学，学正不阅卷；在县学，教谕不阅卷。阅卷的只是训导。他等真该看看，逊之先生是怎样为人师的。”

“惭愧，我也并非每卷必阅，今次是为找几篇写得好的文章，讲给诸生听，才翻了翻。”邢让说到这里，心里忽然一动，“正好公甫来了，为我选一选，如何？”

“逊之先生要我批阅国子生们的文章？”陈献章指着自己问。

“是啊！”邢让应道。

“逊之先生讲笑了。”陈献章说，“我不过一布衣耳。欲入太学，做个生员，亦恨无门，怎批阅得了国子生们的文章！”

“公甫先生这么说，未免不求实。”邢让道，“我记得，公甫先生高中正统十二年广东乡试，名次在前，怎的成了布衣？公甫先生若一定以本人为布衣，那么，国子监里连乡试亦不曾中的布衣有许多位呢。”

“那也只能他等考较我，绝没有我考较他等的道理。”陈献章说。

看来，不管怎么劝，也不可能让他评阅国子生们的文章。邢让在失望之余，又产生另外的想法。

“公甫先生当真愿意被人考较？”他问。

“陈某今次北上，就是为切磋学问；进到太学，自然是被人考较。有什么不愿意的！”陈献章道。

“公甫先生愿被人考较文章，或愿被人考较诗赋？”邢让又问。

愿被考较是句客气话，没想到邢让真要考较。陈献章不由看他一眼。

“逊之先生一直阅批文章，或正倦怠，不如换一口味。”陈献章说。

“公甫先生愿赋诗？”邢让大喜过望。他不止一次听人说过，陈献章的诗质朴直白，别有一番情趣，今日可以先读为快。他又问，“公甫先生愿自家出题，或愿他人出题？”

“请逊之先生命题。”陈献章道。

“那就多有得罪。”邢让揖道，“昔读龟山先生此日不再诗，感触良多，公甫先生可否和之？”

龟山先生是宋朝大儒杨时的别号，后人多称赞他的文章和学术，称赞他诗的不多。邢让出这么个题目，当真有点强人所难。

“此日不再是长诗。”陈献章说。

“难得侍奉公甫先生赋诗，还怕长吗？”邢让说着，动手把桌案上的试卷归拢，腾出地方，铺上纸，研好墨。

监生平日被圈在监舍里，听着枯燥的讲授，读着枯燥的课本，写着枯燥的文章，无不希望发生些意外的事情。得知有人来游国子监，并被祭酒留下赋诗，他们奔走相告，纷纷向邢让的值房走去。开始只有数人、十数人，然后有数十人，然后有数百人。

也有的监生偶然看到如此之多的监生聚在一起，过来问个究竟。

“年兄，是为厨房的事，来向逊之先生请愿吗？”一监生问另一监生。

“厨房会出何事？”被问的监生反问。

“拿腐肉给我等吃，还不算事吗！”前一监生道。

“学长想到哪里去了！”后一监生禁不住用鄙夷的目光瞥了一眼前一监生，心想：怪不得入监多年全无长进，原来心思都放在口腹之欲上，“就算厨房给我等吃腐肉，与逊之先生何干，他不和我等吃的一锅菜！”

“那众人为何聚集在此？”前一监生问。

“逊之先生有客。”后一监生说。

“何等宾客，引来这多人？”前一监生又问。

后一监生佯作没听见，因为他也不知客人是谁。

“陈白沙先生。”知道的监生告诉他们。

“陈白沙是谁？”第一个监生问。

白沙是陈献章的别号。知道这个别号的人很想责备不知道这个别号的人不学无术，可惜的是，他也仅知此别号，甚至连陈献章的名字和籍贯都说不出来。所以他只能说：“陈白沙先生绝非寻常之辈；不然，逊之先生也不会在祭酒堂上款待他。”

“拿何物款待？腐肉吗？”第一个监生虽是嘲讽，却不知在嘲讽谁。

“学长可不可不提腐肉？”第二个监生厌恶地说。

“既是款待，怎离得开酒馔？”第一个监生道。

“谈诗论道，算不算款待？”知道陈献章别号的监生问。

“逊之先生以诗款待陈白沙？这可是别具一格。”第一个监生说。

“不然，是请陈白沙先生赋诗。”知道陈献章别号的监生说。

“陈白沙赋诗，君等留在此地作甚？”第一个监生问。

“逊之先生应允，陈白沙先生的诗写到一段，便亲自抄出来，以飨我等。”知道陈献章别号的监生说。

“已读了几段？”第一个监生问。

“我等不都在翘首以待！”知道陈献章别号的监生道。

他们正在谈论，执役之人拿张纸出来，说：“大人吩咐，选个声音洪亮的，吟与众生听。”

声音洪亮的监生被选出来，他念道：

能饥谋艺稷，冒寒思植桑。少年负奇气，万丈摩青苍。

梦寐见古人，慨然悲流光。吾道有宗主，千秋朱紫阳。

邢让所谓一段，是八句。念完起首的八句，众监生议论起来。

“这也叫诗？”有监生觉得被欺骗。

“句限五字，偶句加韵，怎不叫诗！”有监生反驳。

“虽句限五字，偶句加韵；但字字句句直白，并无寓意。与其说是诗，不如说是话。”有监生又驳。

“以朱文公为宗主，他在论道呢！”有监生又说。紫阳是朱熹别号。

“且静，又有诗句送出来。”有监生嘘他们。

声音洪亮的监生念第二段：

说教不离口，示我入德方。义利分两途，析之及毫芒。
圣学信匪难，要在用心臧。善端日培养，庶免物欲戕。

“学长小心，莫被物欲戕害。”第二个监生对第一个监生说。

第一个监生才要反驳，下一节又送了出来。想是陈献章思路打开，写得比开始时要快。声音洪亮的监生念道：

道德乃膏腴，文词固秕糠。俯仰天地间，此身何昂藏。
胡能追逸驾，但欲漱余芳。持此木钻柔，其如磐石刚。

“以道德为膏腴，以文词为秕糠，比喻得恁是大胆！”有监生说。

“虽曰大胆，却把他自个儿的诗也糟蹋了。”持不同见解的监生说。

“何谓木钻柔？”有监生发问。

有人想代为解释，还没开口，诗稿又送出来：

中夜揽衣起，沉吟独彷徨。圣途万里余，发短心苦尝。
及此岁未暮，驱车适康庄。行运必自迩，育德贵含章。

“圣途仅万里余吗？”有监生提出疑义。

“那句比喻还是好的，兄看这才几月呀，他那里已成岁暮了。”另一监生说得更尖刻。

“既知是比喻，何必挑剔？难道非要改称亿万里、岁未中，兄等听起来才顺耳！”也有监生为陈献章辩。

新的一节诗稿送出来，终止了他们的争辩。

迩来十六载，灭迹声利场。闭门事探讨，蜕俗如驱羊。

隐几一室内，兀兀同坐忘。哪知颠沛中，此老竟莫强。

后面的诗稿其实也有了，但下面太嘈杂，声音洪亮的监生不得不暂停。

“十六年前，是景泰元年，还是二年？”有监生问。

“也说不定是正统十四年，或十三年。”有监生说。

“这两年难道有可资纪念之事？”又有监生问。

“怎的没有，逊之师不是正统十三年的进士吗？”有进士说。

“年兄是说，这位客人在巴结逊之先生？”有监生问。

“巴结不巴结，只有他自家晓得。”有监生说。

“蜕俗如驱羊，我看这句最可商榷。”好不容易有监生把话题岔开。

“这句怎的不好？”有监生问。

“年兄想啊，是羊凶猛，还是狼凶猛？”前一监生道。

“年兄是说，应改成蜕俗如驱狼？”后一监生不住摇头，“我倒在想，世上是狼多，还是羊多？多者，才能成俗嘛！”

“二兄所言，都有道理，我却最想知道，此老竟莫强，此老指的是谁？”有监生又把话题岔开。

“前面说的都是朱文公，此老无疑也是指朱文公。”有监生说。

“谁告诉年兄前面说的都是朱文公，迩来十六载，不是说的他本人吗？”有监生反驳。

“谁告诉年兄，迩来十六载说的是他本人？”有监生再反驳。

“不说他本人，他二位为何争论正统十三年、十四年？”前一监生道。

“朱文公就不能有十六载的颠沛了？”后一个监生道。

“年兄能说出来朱文公颠沛十六载，是从哪一年到哪一年吗？”方才问及年份的监生觉得很没有面子，反过来出题刁难。

后一监生说不出来，其他监生也说不出来。声音洪亮的监生趁机说：“多出两句，可见煞尾了，诸兄还是听我念完吧。”

最后的十句是：

譬如济巨川，中道夺我航。顾兹一身小，所系乃纲常。枢纽在方寸，择舍决存亡。胡为漫役役，斫丧良可伤。愿言齐努力，大海终回狂。

陈献章放下笔，即告辞而出，使得众监生没有工夫再争吵。不过，他们也没有马上散去，而是随邢让把陈献章送出国子监。等陈献章走远，有监生问邢让，如何评价他的诗。邢让的回答却远远超出了诗评。

“此公，龟山不如也！”他说。

第二十八章

皇帝从怀恩捧来的一大摞奏章中，偏偏挑选出国子监学录黄明善的奏章，是怀恩怎么也没想到的。学录是最低一级的职官，从九品。自他进入司礼监以来，似乎从未读过从九品职官上的奏章，更从未给皇帝读过从九品职官的奏章。当然，他不太愿意读这篇奏章，还不是因为黄明善的品秩低，而是因为黄疏中他根本不知或知之不详的东西很多。

但皇帝选出，不能不读。他向皇帝建议："黄明善议的是平四川山都掌蛮，多有奴才未知者，是否将大司马或少司马一员召入，为爷解读？"

皇帝才说了个"好"字，马上又说"不好"。

"你只管读。"皇帝道，"不知者，朕不问你；朕实在想知道的，再找兵部的人来不迟。"

"是。"怀恩不好再多说。他把黄明善的奏章翻开，然后用眼神请示，是不是这就开始读。

"怀大伴，你先给朕讲讲，为何称山都掌蛮。"皇帝说。

解读第一个问题就有难度，好在怀恩能说上一两句："山都掌蛮又作都掌蛮，其名由来奴才不知，但加一山字，是因其山居。"

"四川山居之民都称作山都掌蛮吗？"皇帝问。

"并非如此，"怀恩道，"四川南端的叙州府，东南与贵州接壤。叙州所属州、县，最近贵州的是戎县。山都掌蛮，特指戎县境内山居之蛮。"

"老怀呀，你说黄明善奏章中多有你未知者；朕看，也多有你知者嘛！"皇帝称赞一句，命道，"好了，读疏吧。"

"宋时多刚县夷叛。"怀恩才开始读，就被打断。

"不是朕要难为你，朕只想问问：多刚县即你说的戎县吗？"皇帝道。

"不是，多刚是戎县境内一山寨，宋朝时曾建县。"怀恩怕皇帝又要夸他知道得多，附加一句，"此非奴才所知，是黄明善在奏章里写的。"

“那么，大宋朝廷如何应对多刚叛夷？”皇帝问。

怀恩估计，再照原疏读下去，读不到两句，皇帝还得询问，不如干脆以最简洁的话来回答。

“用的是白艻子兵。”他说。

“白艻子兵？”皇帝果然闻所未闻，“哪个字？”

怀恩知道皇帝问的是艻字，用手指在御案接近边缘处比画出这个字。

“好怪的字，好怪的兵！”皇帝道。

“黄明善称，白艻子兵即今之民壮。”怀恩说。

“他可曾写，为何用此称号？”皇帝问。

“不曾写。”怀恩答道。

“不能说老怀无知，他亦未必知其出处。”皇帝道，他也觉得不能再读原疏，吩咐道，“怀大伴这样讲很好，就照此讲下去吧。”

“是。”怀恩应道。其实，下面反而没有那么多难懂的字词。但皇帝既然不让他照本宣科，他只好把疏文变成自己的话；并且要在前面说明，这是黄明善的意思，“黄明善以为，宜选能吏选民兵，协助官军破山都掌蛮的山寨。”

“朕想到了。”皇帝道，“不就是提议使用民壮吗，他干吗要提自家也说不清楚的白艻子兵！”说罢，问道，“除提议使用白艻子兵之外，他的奏章里还有什么要点值得留意？”

“奴才以为，有个急字值得留意。”怀恩说。

“急？何意？”皇帝问。

“黄明善说，四川水稻十月稔熟，如果稻谷上寨，围之困之，难以收效。宜亟令江安等县，取其田禾。都掌蛮断了稻谷，不须三月，受不了饥馁，非降即死。”怀恩道。

“老怀，等等！”皇帝又有不懂的，问道，“江安也属叙州吗？”

“不是，奴才查过，江安属泸州。”怀恩答道。

“都掌蛮在戎县，若江安亦属叙州，两县离得近，使江安取其田禾，还不难理解；江安却与戎县不属同一府，怎让该县取另一府另一县之田禾？”皇帝问。

“泸州在叙州以东，戎县在叙州东南，江安在泸州以西，故戎县与江安近。若都掌蛮之田在山之东坡，令江安等县取其田禾，或比令戎县取其田禾，更为便捷。”怀恩说。他能解释的只有这些。

“有道理。”皇帝点了点头。他对提到的这些府、县的位置仍没有具体概念，但被怀恩的一番比较说服。不过，他又说，“黄明善以为须急之事，恰恰急不得。”

“爷是说，今年来不及？”怀恩问。

“是啊！”皇帝道，“眼下已是七月，朝廷发文四川有司，四川有司再传檄叙州、泸州二府，二府再传檄戎县、江安等县，等江安县去取时，田禾早被都掌蛮取去。”

“朝廷若发急文，命有司急办，或来得及。”怀恩说。

“那你就代朕传谕兵部、都察院，让这两个衙门发急文。”皇帝在答应的同时也表明，他对这篇奏章再没多大兴趣。

怀恩知道皇帝感兴趣的是什么事。他说：“黄明善议，宜分三路攻寨。他提及的地方，没有一处是奴才知道的。不过，他提及两样凶险的兵器，奴才以前倒是听说过。”

“是哪两样兵器？”皇帝果然有了兴趣。

“一曰毒球，一曰药箭。”怀恩道。

“毒球有何用处？”皇帝问。

“黄明善说，都掌蛮据高崖峭壁，火器难及，可在上风头发射毒球，炸开后，烟气顺风而上，不用多时，可遍布山寨。守寨之人，或中毒身亡，或迷住双眼。官军趁机攻取，如囊中取物。”怀恩道。

“药箭呢？”皇帝问。

“黄明善说，川中蛮夷多制乌头药箭，射中虎、豹，立死。”怀恩道。

“虎、豹吃不消，人更吃不消。”皇帝说着，命道，“老怀，传谕兵部、工部，立即制造这两种兵器，送往四川军前使用。”

“奴才领旨。”怀恩应道。

“老怀，再为朕读篇奏章。”皇帝又命。选中黄明善的奏疏来读，不仅怀恩读着费力，自己听着也费力，这次他索性让怀恩去选。

怀恩懂得皇帝心意，选了篇最简单的。

“太学邢祭酒上疏举荐人才。”他说。

“老学究不是常对人言，国子监生堪造就者不多吗？怎么，近日又筛选出人才了？”皇帝问。

“他举荐的不是监生。”怀恩说。

“身为祭酒，不举荐监生，却举荐何人？”皇帝问。

“游学京师一儒者，姓陈名献章，广东人。他在正统年间乡试中第，后三次赴会试，皆无名。”怀恩把他知道的概括成几句话。

“原来是个落第的秀才！”皇帝轻蔑地说。

“中过乡试，是举人。”怀恩纠正。

“对进士而言，举人与秀才又有多大区别！”皇帝道。

这话不错，一般的进士是不会把举人或秀才放在眼里的。

“邢祭酒好端端的，为何荐举此人？”皇帝又问。

“邢祭酒称：其人，真儒也；其学，纯粹也。”怀恩把邢让的奏疏也概括成两句话。

“陈献章的学问，果真纯粹吗？”皇帝问。

“有的儒臣说是，有的儒臣说不是，奴才不敢妄评。”怀恩道。

“落第举子，礼部可荐，吏部可荐，怀大伴，你亦可荐；国学祭酒，却不可荐。”皇帝一句话，否定了这件事。

因商辂进言，罗伦被召还，复翰林院官。他的同年友好正在张罗为他接风，忽又降一旨，把他的翰林院修撰改为南京翰林院修撰。于是，接风的酒变成送别的酒。

开席前，翰林院检讨庄昶、户科给事中贺钦同时来到他面前，同时说：“彝正兄，引见一人与你相见。”说罢，又同时闭上嘴。

“二兄怎的不说了？”罗伦问。

“孔旸兄与彝正兄同在翰苑，孔旸兄先说。”贺钦道。

“克恭兄先得授官，克恭兄先说。”庄昶道。

庄昶字孔旸，南京江浦人。贺钦字克恭，浙江定海人。庄昶被选庶吉士，散馆后授翰林官，时贺钦已任给事中数月。

“二兄介绍的可是同一人？”罗伦问。

“我等亦不知。”二人同时回答。

“不如二兄彼此先打过招呼，再与我说。”罗伦提议。

“也好。”贺钦应罢，对庄昶说，“孔旸兄，我欲引见——”

“何必多此一举！”庄昶拦住他，“以人引见，不如以诗文引见。克恭兄与我各诵他一段诗文，便知欲引见的是否同一人；说不定，不需我二人引见，彝正兄亦知此人。”

“也好。”贺钦又应一声，说，“诗易记，文难记。我取其易，背诵一段诗；孔旸兄取其难，背诵一段文。”

“我恰以为，文易记，诗难记。”庄昶道。

“好啊，这才是各得其所。”罗伦觉得这个法子很有趣。他问，“哪位先背诵与我听？”

“诗文者，诗在前，克恭兄请。”庄昶道。

贺钦不再推托，背诵道：“圣学信匪难，要在用心臧。善端日培养，庶免物欲戕。”

“足矣！”罗伦和庄昶同时说。

“孔旸兄记得这四句，不足为奇；彝正兄才到京师两日，亦知此诗？”贺钦问。

“且听孔旸兄背诵文章。”罗伦说。

庄昶咳嗽一声，背诵道：“人具七尺之躯，除了此心此理，便无可贵，浑是一包脓血，裹一大堆骨头。饥能食，渴能饮，能着衣服，能行淫欲，贫贱而思富贵，富贵而贪权势。忿而争，忧而悲，穷则滥，乐则淫。凡百所为，一信气血，老死而后已。则命之曰禽兽可也。”

“足矣！”罗伦和贺钦同时说。

“克恭兄所吟，为《和龟山先生此日不再诗》；孔旸兄所诵，为《禽兽说》。”罗伦点出诗文的篇目。并问，“然否？”

“以诗文引见，煞是成功，彝正兄欲见其人否？”庄昶问。

“几时可见？”罗伦问。

“即时可见。”庄昶、罗伦同时说。

陈献章坐在一个角落里，翰林院编修章懋、黄仲昭在陪他说话。见罗伦等走过来，陈献章起身相迎。

庄昶欲做介绍，罗伦摆了摆手，表示不必。他向陈献章深作一揖，道：“白沙先生，相见恨晚。”

章懋、黄仲昭打算给陈献章介绍罗伦，陈献章也摆了摆手。他还了一礼，道：“得见彝正先生风采，何其幸哉！”

二人四目相对，四手相握，浑如多年不见的挚友。

“彝正兄识得白沙师？”贺钦问。

“虽从未谋面，但白沙先生颊上七颗黑子，被人称作圣人痣，是不会认错的。”罗伦道。

“白沙先生识得彝正兄？”黄仲昭问。

“去年就听说本科状元得人，一见果然。”陈献章道。

“克恭兄，”罗伦招呼贺钦，“我才听你呼白沙师？”

“是。”贺钦承认在他和陈献章之间已经建立了特别的关系，“我愿追从白沙师，重新学习儒学。本欲行拜师礼，无奈白沙师不准。”

“莫言追从，是切磋。”陈献章说。

“彝正兄不在的这些日子，我等听过白沙先生讲学，受益匪浅，难怪克恭兄欲拜入师门。”章懋说。

罗伦点了点头，问：“德懋兄呢？”

“仲昭兄对我说，我等悟性在克恭兄之下，白沙先生不容克恭兄拜师，更不会容我拜师。”章懋说。听得出来，他和黄仲昭虽然对陈献章也尊重，但没有到非入其门不可的程度。

章懋字德懋，浙江兰溪人。黄仲昭名潜，以字行，福建莆田人。

“我来去匆匆，无缘听白沙先生讲学，可否专门请教一事？”罗伦问。

“我多次说了，追从不可，切磋则可。”陈献章道。

“此事在白沙先生一言，无须切磋。”罗伦说。

章懋等以为，这是句客气话，他一定有极为严肃的话题要与陈献章探讨。等罗伦提出问题后，他等无不愕然。

“不知白沙先生筑阳春台，所费几何？”罗伦问。

“彝正先生问的何事？”陈献章同样愕然。

“筑台总得花费；我想知道，白沙先生筑台要多少花费。”罗伦说。

“此事确无须切磋。”陈献章道，“家有一块荒地，或官府拨与一块荒地；家有几株树木，一片竹林，或官府拨与几株树木，一片竹林；身体力行，并率家人劳作，平整荒地，砍伐竹木，则无须花费，亦可成台。”

罗伦揖了揖，道：“多谢指点。”

酒宴开始，他等几人融入众人中。

“彝正兄问此，究是何意？”贺钦低声问庄昶。

“克恭兄没听出来吗，彝正兄欲步白沙先生后尘。”庄昶说。

“他要辞官，何不就借改官南京的机会？”贺钦道。

“那不成了因改官而愤愤？我想，不出两年，彝正兄必去。”庄昶说。

贺钦心有所动，也产生辞官的念头。

第二十九章

都指挥佥事汤胤勣被荐为延绥东路参将，驻守孤山堡。他不知道孤山何以得名，但自到任以来，他感到了和孤山一样的孤独。直到深秋时节，一位被他引为诗友的姓刘的文士远道来访，才使他心情好转。

汤胤勣是开国元勋之一的汤和的曾孙。他虽出身于武臣世家，但喜欢吟诗，也喜欢和文人交往。和他交情最好的文人，是以文学被召而授以医官的刘溥。究其原委，一则，刘溥是苏州人，而他父辈已定居于苏州，他也以吴人自居；二者，刘溥为医官，而有文名，他为武官，而有文名，可谓相近。因为和刘溥交情好，爱屋及乌，他对所有姓刘的文人都有一种亲切感。

“贤弟看我这墩堡，像不像一座城池？”汤胤勣领着友人在砖石垒起的墩堡上转时间。他的习惯，对年纪与自己相仿的文友称贤弟，对年纪相差很多的文友称贤侄，对年纪大过自己很多的文友称某翁；遇到刘姓文友，则一定要问及刘溥。所以，不等友人略述对这座墩堡的感受，他又问，“草窗翁家中如何？”

草窗是刘溥的别号。友人不知该先回答汤胤勣的哪个问题，支支吾吾，说不出个所以。

“草窗翁家中有变故？”汤胤勣敏感地问。

“不，不，在下不曾去过草窗先生家。”友人说。

“贤弟来看望我，却不去草窗翁家中看看！”汤胤勣觉得不可思议。

“不是不想去，实是路程太远。”友人说，“草窗先生是吴人，我是鲁人，若在看望公让兄之前，先去问候草窗先生，差不多等于看望公让兄两次。”

“贤弟是鲁人？我还以为，所有姓刘的读书人都是吴人。”他说。

“怎么会！”友人道，“别人且不提，公让兄游京师时，难道不知朝中有几位刘溥？”

“有两三位吧。”汤胤勣随口答道。

“至少三人。”友人说，“草窗先生，一也，固为吴人；景泰五年进士刘溥，二也，则为赣人；天顺元年进士刘溥，三也，亦是鲁人。公让兄看，天下姓刘的读书人，怎会都是吴人！”

“是我说错；一会儿饮酒时，我认罚。”汤胤勣道，又说，“我想起来，贤弟是鲁人。我在吴中赋闲时，贤弟曾南下去看我，对不对？”

“是，那次江南之游，真可谓尽兴。”友人说。

“那次江南之行，所谓景泰十才子者，贤弟见到几位？”汤胤勣问。

“包括公让兄和草窗先生在内，见到四五位吧。”友人说。

景泰十才子以诗文见长，都是江、浙人，而以刘溥为盟主。

“苏氏昆仲见否？”汤胤勣问。被列为景泰十才子者，有亲兄弟二人，姓苏，兄名平，弟名正。

“草窗先生举宴，一在，一不在。”友人说。

“他二人都在的话，才有乐子呢。”汤胤勣说着，不由感慨，“我和他兄弟二人多年不见，贤弟再游江南，别忘替我问候。”

“为何要我代为问候？公让兄几时还乡，我陪着你一起去看望苏氏兄弟。”友人说。

“唉！”汤胤勣叹了口气，问，“贤弟一路过来，所见何物？”

“在下是取道开封、洛阳，沿大河走过来的。这一二古都虽与全盛时不能相比，但昔日繁华的痕迹还是有的。”友人说。

“我只问西安以来这段路程。”汤胤勣打断他的话。

“我说句沮丧的话，公让兄莫怪。”友人道，“自离西安，见的最多的是两样事物：一曰黄沙，一曰白草。”

“贤弟说的是实情，我为何见怪！”汤胤勣对友人并无责怪之意，但有良多感慨。以手先指近处，再指远处，再指更远处，他说，“这不都是黄沙吗，不都是白草吗！我已料定，余生不仅要与黄沙、白草为伴，而且，我的一腔热血也将委于黄沙、白草。”

“公让兄言之过矣！”友人道，“公让兄正当壮年，怎就想到余生！再者，以公然兄的身世，不为国家效力，固然愧对祖宗；但在此荒域，为国效力一年半载，尽可以还乡安度晚年。”

“既为朝廷所用，还不还得乡，不在话下。”汤胤勣道。

汤胤勣性情豪爽，招待友人倾其所有：酒有多少拿出多少，菜蔬有多少烹制多少；至于肉食，则是才猎得的野兔、野鸡，及从水泽里捞上的活鱼，味兼多种。

更可喜的是，酒过三巡，又来一位客人，也是儒者。汤胤勣吩咐过，凡儒者来访，一概不准阻拦，所以军士直接把他带到酒宴上。

汤胤勣看着客人眼熟，却怎么也想不起何时何地与他曾有一面之缘，不由看着他发呆。

“晚生钱端学，谒见公让将军。”客人报上姓名。

汤胤勣虽然不愿被称作将军，但将军前加上别字，却让他不那么反感；况且，客人还自称晚生。所以，他也友善地称呼客人。

“钱贤弟自何处来？”汤胤勣问。

“延安。”客人答道。

“贤弟在延安为官？”汤胤勣问。

“不，晚生是延安人，却在浙江为官。今次回乡省亲，顺便来拜望公让将军。”客人说。

“贤弟在浙江任何官？”汤胤勣问。

“松阳县学教谕。”客人说。

“松阳是属——”汤胤勣沉吟着。他说不上、也不关心松阳隶属哪一府，只是想知道，松阳是不是隶属他关心的那两个府。

“属处州。”客人说。

不隶属他关心的那两个府。景泰十才子，苏氏兄弟是海宁人，隶属杭州府；另有王淮，慈溪人，隶属宁波府。汤胤勣很看重景泰十才子的声誉，在他想来，松阳若隶属杭州或宁波，这个钱端学有可能受苏氏兄弟或王淮之托，来看望自己；松阳既属处州，和他们应该没什么关系。

“贤弟与我并无旧交，专程来看我，有所求乎？”汤胤勣问。

“先有所贺，后有所求。”客人说。

“我有什么喜事，值得贤弟来贺？”汤胤勣问。

“在下唯恐说出来，有所冒犯。”客人道。

“既有所贺，虽则冒犯，我亦不怪。”汤胤勣说。

“公让将军不怪，我才能说。”客人道。好似怕被坐在一边的汤胤勣的友人听到，他凑到汤胤勣这一边，压低了声音问，“京师盛传汤一面者，可是公让将军？”

“哎呀！”汤胤勣一方面很是意外，一方面更是欣喜。他怕的是友人听不到，声音放得极大，“连汤一面的绰号，贤弟也知道？”

“汤一面是公让兄的绰号？”友人自然要问。

“贤弟知此绰号否？”汤胤勣反问他。

“只听说京城有位汤一面，却不知指谁。”友人说。

“指的就是公让将军。”客人说，“时朝廷命荐将才，有荐公让将军者，称他才兼文武，可当一面。于是乎，汤一面的称号不胫而走。”

“原来如此！”友人笑道。他知道，京人喜谑，起这样的绰号，讥讽的成分比赞扬的成分要多得多。但他还是说：“我是不知公让兄有此雅号，不然，我早向公让兄道贺。”

“贤弟以为，他等叫我一声汤一面，我就真的可以当一面？”汤胤勣倒有自知之明。

“怎的不是！”友人辩道，“我姓刘，怎没人叫我一声刘一面？这位仁兄姓钱，怎没人叫他一声钱一面？可见，汤一面叫得起来，绝非无缘无故。”大概觉得他二人坐着，而姓钱的客人一直站着，太不合适，他又说：“这位钱兄远在浙江，却连公让兄在京城里的雅号都打听得到，可见是位有心人，亦可见对公让兄敬爱有加，何不请他同饮几盅？”

“多亏贤弟提醒，我只顾问他，竟忘请他入席。”汤胤勣说着，命军士加把椅子，加副碗筷，然后招呼道，“贤弟一路辛苦，饮口酒解解渴。”

“晚生还有一事，说完了，再陪二位小酌。”客人道。

“对了，还有所求。”汤胤勣想起他的话，开了个玩笑，“贤弟所求之事，难道不是进来讨碗酒喝？”

“君子不饮讨得之酒。”客人态度很认真地说，并补充一句，“公让将军赐酒，晚生是要喝的。”然后说，“所求者，公让将军墨宝也。”

“求我的字？”这是汤胤勣没想到的。

“晚生平生爱吟诵，凑得小诗一册，欲请公让将军斧正。”客人说。

“以诗佐酒，恰到好处，拿来我看！”汤胤勣高兴地伸出了手，恨不得一睹为快。但当客人把诗稿奉上，他的心思又变了，问道，“我一武夫耳，贤弟怎知我能作诗？”

“读过公让将军大作，敬慕之心油然而生。”客人说。

“你读过我的诗？读过哪首？”汤胤勣问。

“凡查找得到，无不精读。”客人说。

“贤弟试吟一首。”汤胤勣心里痒痒的，想知道自己的诗经素不相识的儒者吟出，是什么滋味。

“是。”客人口齿清晰地朗诵了四句诗：早随金印出边州，晚送欢声入御楼。剪取白罗飞绣幕，旂杆一丈挂胡头。

“贤弟从何处得知此诗？”汤胤勣惊喜地问，不等客人回答，他又问友人，“贤弟可曾读过这几句？”

“为草窗先生称许，我怎会没读过！”友人道。

“贤弟既读过这几句诗，可知其中故事？”汤胤勣又问客人。

“晚生不知。”客人道。

汤胤勣向友人看去，意思是要他讲。

“为草窗先生称许，公让兄自己是不好讲的。”友人笑道，他向客人讲述，“此位公让将军有咏北京八景诗，颇为自得，拿去请草窗先生品评。谁知草窗先生只读了一首，就掩卷不读，连声道：不好，不好。公让兄沉得住气，又请草窗先生品评白鹊诗。兄背诵的四句，便出自白鹊诗。读到这四句时，草窗先生大为称许。”

“多谢指教！”客人一揖到地。

“贤弟只背诵该诗几句，可有全诗背诵得出的？”汤胤勣问。

“晚生试之。”客人应着，背诵一首律诗：“唯解秦宫一粒丹，记时容易守时难。鸳鸯梦断肠堪冷，蜥蜴魂销血未干。榴子色分金钏晓，茜花光映玉鞲寒。何时试卷香罗袖，笑语东君仔细看。”

“贤弟可知诗名？”汤胤勣问。

“似是《素腕守宫》，是吟女子贞节的。”客人说。

“有人笑我，堂堂大丈夫，不吟武夫威猛，反吟女子贞节。却不知这一首不过小试牛刀，我最得意之作，乃六言香奁诗。”汤胤勣说着，问道，“贤弟有没有读过？”

“无缘拜读。”客人说。

“贤弟可愿一读？”汤胤勣问。

“求之不得。”客人道。为表明急切的心情，他又说，“晚生愿诵读过公让将军的香奁诗，再拜领赐酒。”

“钱兄，这话说得有点儿早，你可知该诗有几多首？”友人问。

“晚生不知。”客人道。见友人比画出六，他问，“莫非六十首？”

“十倍之。”友人说。

客人咋舌。就算每首四句，也是两千四百句，一时怎读得完！

“公让兄也是，”友人又责备汤胤勣，“究竟是人家有求于你，抑或你有求于人家？”

“怎了？”汤胤勣问。

“人家要你品评他的诗，你却要人家读你的诗！”友人道。

“可不是，我该拜读人家的诗，怎么却推销起自己的诗！”汤胤勣说着，对客人揖了揖，从他手里拿过诗稿，读了起来。但他只读了一页，便把诗稿合上，退还给客人。这情形，和他当年请刘溥品评他的诗作差不多；不同的是，刘溥掩诗稿，说的是不好，他退诗稿，说的是好。

客人不辞辛苦而来，自然不甘心，他双手举起诗稿再次奉上，躬身道："请公让将军多读两首。"

汤胤勣欲不接，有人已代他接下，递给他。他再读一页，又把诗稿合上，退还给客人。这次，他多说了一个字："都好。"

并未全读，却说"都好"，无疑是在应付。客人第三次把诗稿呈上，说："请公然将军留下，慢慢读。"

汤胤勣一下变了脸，怒道："怎的这般啰嗦，今日饮酒，品诗一事，留待他日不成吗！"

客人不曾见过将军发怒，更不曾见过有诗名的将军发怒，身子一软，几乎要瘫倒。幸亏友人上前架住，把他搀扶到自己的椅子坐下。

"钱兄知邹克明乎？"友人问。

"晚生知道，克明先生是长洲诗家。"客人说。邹亮，字克明，也是景泰十才子之一。

"你可知他有两句诗，是专喻公让兄的？"友人自问自答，"诗曰：文章光焰万丈高，却说杜陵无好诗。诗圣的诗都不在话下，钱兄还想他耐着性子读你的诗吗？"

"是，是，酸儒朽句，难入公让将军法眼。"客人擦着头上的汗说。

直到辞去，他再也不敢请汤胤勣评诗。不久，听说汤胤勣御敌时战死，他着实伤心一阵。

第三十章

抚顺卫有个姓王的百户，经常要巡夜，尽管他加倍小心，出门时还会把老婆吵醒。他老婆睡眠不好，被吵醒了，就再也无法入眠。久而久之，她有了经验，每当王百户巡城之夜，先陪他说话，等他出了门后再睡觉。这个变化引起王百户种种猜测。他隐隐觉得，老婆平日在期待他的夜出；他隐隐觉得，他要外出巡城的夜里，老婆就很兴奋。久而久之，由担心戴上绿帽子而怀疑已经戴上绿帽子，由怀疑已经戴上绿帽子而确信已经戴上绿帽子。

他终于按捺不住，夜里出门时，手上多了把腰刀。

“往日都是空手出，空手回，今日为何要带刀？”他老婆问。

“往日不带刀，是因为无敌；往日无敌，不见得今夜无敌。”他说。

王百户所部责任是守城，所谓巡夜，主要是看看各城门上当值的士卒在不在岗上。按照顺序巡视东、西、南门时，该在岗上的士卒一个也不缺少。在沿着阶梯登上北门时，他的心情一下沉重起来。并非预感到会有异常的情况发生，他想的是，巡视北门后，就要回家，在家里不知会发生什么情况；以及面临他不知想象过多少次的情况时，面临被堵在屋里的奸夫奸妇时，他是不是下得去手。

登上城楼，忽觉眼前一花，打断了他的思路。靠着外侧的箭垛，一个身影蹲在那里。他隐隐觉得，那人是听到他的脚步声，才蹲下去的。

“孙三吗？”他记得北门当值的两个士卒中一人的姓名。

那人缓缓地站了起来，没有搭腔。王百户眼前一闪，那人手上多了柄刀。他不敢怠慢，也抽出腰刀，紧紧握住。二人相持着，你进一步，我退一步，你盯住我手里的刀，我盯住你手里的刀。

到底是主客有别，那人先心虚了，大叫一声，举刀向王百户冲过来。王百户避开他的刀锋，顺势把刀尖插进他的胸口。那人身子晃了两晃，仰面倒下。

借着月光，王百户看到的是一张陌生的脸，但那人的一身衣甲，他却辨认得出来，那是属于建州卫军士的。

建州女真，是生活在东北广袤大地上的女真人的一部，和大明王朝建立关系最早，联系也最密切。国初，朝廷只设置建州卫和建州左卫，加以羁縻，后将建州左卫析为左、右二卫，统称建州三卫。开始，三卫分别由不同的女真部族的首领统辖；后来，势力最大的女真首领董山统领三卫。董山有异谋，侵犯和劫掠辽东各地，已不是一天两天；朝廷和官府以东虏称之，也不是一天两天。

王百户往下张望，只见城外黑压压的一片，想必只等摸上城门的这个人设法打开城门，就要攻城。

他不由出了一身冷汗。今夜巡城，若没有带刀，不但他可能被杀，全城也难逃一劫。他想，即便老婆真给自己戴了绿帽子，也是杀不得的。

塔山守御千户所总旗姓江，驻剌榆堡。剌榆堡不守，他率败卒九人，退回塔山，路上被建州卫人马追赶。他的马快，军卒的马慢，还有一二人没马，在后面跟着逃命，马奔走一段路，他就要停下来，等他的部下。

“大人先走吧，这般走走停停，皆难逃脱。”有军卒劝他。

“我只顾自家逃脱，东虏是追赶不上的，但你等怎办？你等丧命于东虏之手，我不忍也。”江总旗道。

他最后一次停下来等时，身后尘土飞扬，建州人马眼看就到。他跳下马来，招呼部下们也下马。

江总旗让军卒们把弓箭集中起来，然后问：“谁的力气大？”

“大人力气大。”军卒答道。

“谁的箭法精？”江总旗又问。

“大人箭法精。”军卒答道。

“我是问，除我之外，谁人力气大、箭法精？”江总旗道。

军卒们推举出三四人来。江总旗命军卒们相倚而立，面向四方，每一方都有个被推举出来的军卒，张弓搭箭，准备射出。

追赶他们的建州人马逾百。江总旗等不再奔逃了，他们也停下，围拢过来。等他们离得足够近了，江总旗发令射箭。随着几声呼叫，建州军士中有人中箭，伤轻的叫骂不止，伤重的倒地。

建州将领命暂停攻击，以箭弩回击。

官军奔逃时顾不上携带盾牌等笨重器械，江总旗让军卒们用手里的兵器拨打，既为保护自己，更为保护射箭的弟兄。但军卒人少，敌军发射的箭多，兵器舞动得再快，也有箭漏过。

“啊！”一军卒惨叫一声，道，“大人，我中箭了。”

“射在何处？”江总旗问。

“右臂。”该军士说。

“左臂还可动，切莫停下。”江总旗嘱咐。

“啊！”又一军士惨叫一声，道，“大人，我受伤了。”

“伤在何处？”江总旗问。

“左腿。”该军士道。

“右腿尚可立，切莫倒下。”江总旗道。

军卒们都知道，只要一人不动，众人都难免中箭；只要一人倒下，敌军便会发动攻势。因此，人人坚持。

在官军防区，建州人马亦不敢久留，见攻不下区区十人组成的这个防线，将领率部他去。

江总旗奇迹般地率领九名军卒回到塔山。

辽阳东山，有个很大的屯子。屯民们春夏耕种，秋冬狩猎。时值初冬，各家的男子成群结伙出去打猎，屯子里只剩下老人和妇孺。

建州人马忽至，屯子里乱成一团。来得及跑的，不顾一切地四散逃去；来不及跑的，只有任人宰割。

屯中有个很大的院子，本屯最大的一户人家阖家而居。姑嫂妯娌四五个年轻的女子来不及跑脱，但刚好来得及把院门紧闭，商量对策。好在辽东生活的人家，要防匪要防兵要防野兽，大门都修得很结实。大户人家的大门修得更结实，关闭上，一时很难攻破。

男子出外打猎，合手的兵器都带走了，院里只有一些多余的弓箭。

“二嫂，会不会射箭？”小姑子问。

“不会。”二嫂说。

“你家世代都是猎户，你怎不会射箭！”小姑子埋怨。

“你大哥、二哥每年都去打猎，你会射箭吗？”二嫂反问。

“贼人就在门外，你二人休要再争。”大嫂制止她们，“不会射箭怕什么，不会真射，还不会假射吗？走，进屋试试。”

她说的假射，是把一根粗绳系在房梁上，把箭的尾部插进绳子的缝隙间，两个人合力把绳子拉高，然后猛力向前一甩，绳子撞打在窗框上，箭脱绳而出，居然能飞出很远。当然，准头是没有的。

射箭是男子的事，有箭射出，建州人马不敢轻易攻入。

散落在院子里的箭很快用完，院子外面唧唧喳喳议论起来。

“他们说，院内已无箭了，稍迟便可攻入。”略懂女真语言的三嫂说。

“只好唱出空城计了。”大姑道。她的嗓门本来就粗，现在故意装作嘶哑，更似男子。她边呼叫“快取箭来”，边手指院中堆放的麻秸示意。

二嫂不会射箭，人却很聪明，爬上麻秸垛，抱起一捆麻秸，重重地扔下。停了一会儿，又抱起一捆麻秸扔下。

扔下三捆麻秸后，院子外面又响起唧唧喳喳的议论声。

三嫂叹了口气，人几乎要瘫倒。

“他等说的什么？”众女子齐问。

“他等说，箭矢如此之多，不易制服，去他处吧。”三嫂重复道。

朝廷以左都御史李秉提督军务，以武靖伯赵辅为征虏将军、总兵官，以都督同知王瑛、都督佥事封忠为副将，率京营及边军五万征讨建州女真。官军分三路：中军自抚顺经鲶鱼岭，过五岭，渡苏子河，至虎城；左军出谭河、柴河，越石门、土木河，至分水岭；右军由鸦鹘关、喜昌口，过凤凰城、黑松林、摩天岭，至泼猪江。另外，朝廷又发兵万人，阻截其东去之路。

十月底、官军接连告捷，攻破建州女真巢穴兀弥寨，斩杀董山属下重要首领李满住等三百余人，擒二十余人。身陷窘境的董山请求归顺。

李秉、赵辅等代奏于朝廷，朝廷恩准。李秉、赵辅将董山约到辽阳，宣示旨意。董山叩谢天恩。李秉、赵辅举行酒宴，一是庆功，二是祝贺董山再次归化。

第一桌排座次时，李秉、赵辅谦让不已。

“执中先生，请先入席。”赵辅欲把李秉让至首席。

“岂有此理，那是爵爷的席位。”李秉不肯。

“让我坐那里，执中先生有理由吗？”赵辅问。

“身为主帅，当占主席。”李秉说。

“这个理由难以服人。”赵辅摇头，“充其量，我是武帅，而执中先生是文帅。文帅、武帅，怎分得出伯仲？”

“爵爷不认可这个理由，我也不说别的理由；没有理由，即是理由。”李秉道。

“我请执中先生坐那里，却有理由。”赵辅说。

“请爵爷言之。”李秉说着，一揖。

“我也不说执中先生以德绥靖，也不说执中先生调度有方，执中先生有一件事，我是比不了的。”赵辅说。

“哪一件事？”李秉问。

“朝廷已召执中先生还朝。”赵辅说。

“爵爷还说我的理由难以服人，这又叫什么理由！”李秉失口而笑，“辽东事已定，我等皆将还朝。朝廷急召我，或有急事命我去办。”

“执中先生不知是何事吗？”赵辅问。

“不知。”李秉道。

“那我告知执中先生一件不幸之事，再告知执中先生一件幸事。”赵辅说，“不幸之事是：大冢宰九皋先生病逝；幸事是：执中先生还朝后，即将改掌吏部。”

“爵爷从哪里得到的消息？”李秉问。

“宣旨的公公临行前悄悄对我说的。”赵辅道。

“此事若属实，主席我更坐不得。”李秉推辞更力，“如爵爷所言，本来是一个武帅，一个文帅，谁坐主席均可。吏部尚书和文帅、武帅有何干系，敢夺爵爷主席之位？”

赵辅辩不过李秉，只得坐在首席，李秉坐在次席。王瑛不用人让，已瞄准了赵辅另一边的椅子；他不仅自己坐在第三的位置，还推了封忠一下，让他坐到李秉的另一边去。

“二位将爷且慢。”董山抢先开口。并把王瑛推到一边，自己坐在他瞄准的椅子上，让他坐到李秉的另一边去。

“这是何意？”王瑛问。

“我合该坐此。”董山道。

王瑛还没想好怎样与他争论，封忠开口：“你合该坐此，我呢？”

“堪与武靖伯、李都堂同席者，区区三人耳；三人中，必有一人在末席。”董山说。

“你是说，在末席的应该是我？”封忠说着，袖子已挽起来。

王瑛在一旁也摩拳擦掌，准备助阵。

“你二位一起上，未必占得了便宜。”董山不拿正眼看他们，“不过，在武靖伯、李都堂面前，以理不以力。”

“好啊，那你就说说你的理由。”封忠不屑从正面回答。

“大明朝宴席座次依品秩，对吧？”董山问。

“那又如何！”封忠仍不从正面回答。

“你大人官都督佥事，他大人官都督同知，朝廷敕封我右都督，我等谁该坐这个位子？”董山道。

“哼！”封忠冷笑，“你那个都督，也叫都督！”

“敕旨上写得明白，怎不叫都督！”董山道。

“在我看来，你那个都督别说和都督同知、都督佥事无法相比，就是和都指挥同知、都指挥佥事也无法相比。”封忠说。

“那你何不让朝廷把敕旨上的都督改为都指挥同知、都指挥佥事？或者，干脆改写成指挥同知，指挥佥事？”董山挑衅般地说。

“老封，是你错。”王瑛忽然插话。

封忠一愣，问：“怎是我错？”

“不管你怎样小觑他，写在敕旨上的都督就是都督。”王瑛说着，向李秉抱了抱拳，“执中先生，请起来一下。”

“何事？”李秉问。

“他要以品秩定座次，他是正一品，执中先生是正二品，这个位子该让与他。”王瑛说。

“老王，不得无理！”赵辅喝道。

“咳，王将军言之有理。”李秉不仅这么说，还站了起来，“本来看你三人争吵，如观孩提争吵，爵爷和我都不想干预。王将军既说到我头上，我就不能不有所表示。这个位子我是不能坐；不过，我不是让与董都督，而是让与你王将军。”

“让与我？我并没有以品秩定座次的意思呀！”王瑛道。

“你有此意，我便会让吗？”李秉对王瑛说罢，对赵辅说，“爵爷，我看把一张桌子换成两张桌子吧，王将军、封将军与你坐一桌，我与董都督坐一桌，如何？”

赵辅也看出来，任他们争吵下去，结果一定是大打出手。李秉平息争吵的法子很妙，他不会反对。董山和李秉坐于一桌，当然也不会再争座次。在宴席进行的过程中，三人间仍免不了口出恶语，幸亏不在一桌，不至于发生直接的冲突。

酒宴散后，众将，包括王瑛、封忠和董山，似乎都忘记了开席前的不快，彼此呼叫着，彼此搀扶着，纷纷离去，只有李秉、赵辅留在原处，默默地坐了一会儿。

“爵爷，浮想联翩吧？”李秉问。

“秀才们才会浮想联翩，我只在想一件事。”赵辅说。

“爵爷说说看。”李秉道。

“董山那厮，顽劣依旧。”赵辅说。

“岂止顽劣依旧，我看是变本加厉。”李秉道。

“执中先生浮想联翩否？”赵辅问。

“我也只在想一件事。”李秉说。

“执中先生说说看。”赵辅道。

“董山在，辽东无宁日。”李秉说。

“依执中先生，当如何处置？”赵辅问。

“爵爷说呢？”李秉反问。

“留不得，只得诛之。”赵辅道。

“如何诛之？”李秉问。

“他既来辽阳，诛他易如反掌。”赵辅道。

“恐怕没有爵爷想的那么容易。”李秉微微摇头。

“执中先生担心他身边有亲信，城外有部属？”赵辅问。

“这些我都不担心。爵爷别忘了，他请归顺，朝廷是准允的；要杀他，也要朝廷准允才成。”李秉说。

“执中先生恰好还朝，何不奏请其事？”赵辅道。

“奏请我是一定要奏请的，我只担心，等到朝廷降旨诛他，他已率部远去，又要费许多周折。”李秉说。

“执中先生是要我把他羁留在辽阳？”赵辅毫不犹豫地应承下来，“好，这件事归我。”

“爵爷有什么法子留住他吗？”李秉问。

“要留住他，又不露破绽，当真不易。”赵辅说。

“爵爷不妨在王、封二将军身上打打主意。”李秉道，“他二人和董山大闹酒宴，不亦乐乎。他人邀董山饮酒，董山都好推辞，唯独他二人轮番请董山饮酒，董山不好推辞。”

“妙！”赵辅笑道，“原来执中先生不阻止他等争吵，是埋下伏笔。”

十一月底，杀董山，虽使辽东暂时平静，但也成为日后动乱的祸根。

第三十一章

詹事府下设左、右春坊，左、右庶子是仅次于左、右春坊大学士的职官，正五品。翰林院虽号第一清要衙门，但官员的升迁极为艰难，由从六品的修撰升正六品的侍读、侍讲，再升从五品的侍读学士、侍讲学士，都得苦熬年头。因此，由修撰升为左庶子，是连升了三级。不过，詹事府为辅导太子而设，即便册立了太子，也是个闲衙门，何况现在连皇子都没有，更让该衙门的官员闲得发慌。

黎淳是天顺元年的状元，他由修撰迁左庶子，正是这样一种心情。因为闲得发慌，他时不时地往翰林院跑，找人说几句闲话。

遇到李东阳，是让他高兴的一件事。同科的庶吉士留在翰林院的还有好几个，而李东阳不仅最具才情，且为人随和。

“宾之兄，忙不忙？”黎淳问。

“翰苑忙不忙，太仆兄还用问别人！”李东阳笑道。

黎淳字太仆，湖广华容人。李东阳字宾之，湖广茶陵人。二人虽同省，但李东阳父亲为军籍，久住京师；不然，景泰年间他也不会被召入宫中，也不会得神童的美誉。

“宾之兄既不忙，我来求证一事。”黎淳说。

“请说。”李东阳道。

“听说宾之兄四岁曾入宫中，然否？”黎淳问。

“谬传，谬传！”李东阳连声道。

“不是四岁？”黎淳问。

“不是，要晚得多。”李东阳说。

“那是几岁？”黎淳问。

李东阳先伸出四指，道：“四岁。”然后平伸出两手，“又十月。”

黎淳知道这是在和自己开玩笑，并不生气。

“听说宾之兄四岁能写一尺见方的大字，然否？”他又问。

“谬传，谬传！”李东阳又连声道。

“写不了径尺大字？”黎淳问。

“写不了，要小得多。”李东阳说。

“那能写多大的字？”黎淳问。

“九寸见方的字，勉强写得出。”李东阳说。

黎淳笑了笑，问：“宾之兄那次在宫里，写的是何字？”

“弟自幼会取巧偷懒，写的是‘天子’二字。”李东阳说。

黎淳不再笑了，道：“宾之兄可知，那两个字是不该写的！”

“太仆兄责备的是，我不该取巧偷懒。”李东阳说得很真诚，虽然他明知黎淳说的不是这一层意思。

“我说不该，不在宾之兄取巧偷懒。”黎淳道。

“那在何事？”李东阳问。

“宾之兄不该写这两个字。”黎淳重复道。

“太仆兄料到这两个字我是写不好的？”李东阳问得很真诚，虽然他明知黎淳说的不是这一层意思，“实不相瞒，这两个字比画虽少，构架极难，我至今也没琢磨透。”

“我说不该，不在这两个字难写。”黎淳道。

“那在何事？”李东阳问。

“宾之兄不该在不是天子的人面前写天子二字。”黎淳道。

“太仆兄这么说，未免求全责备。弟彼时只有四岁，不，是四岁又十月，而召弟入宫者彼时确是天子。”李东阳道。

“宾之兄再雄辩，大节亦已受损。”黎淳道。

如果说这是失节，今时的阁臣彭时、商辂是在景泰时入的阁，去世没有几日的吏部尚书王翱是在景泰时掌的吏部，不是都失节？李东阳没把黎淳的话当真，但也不能不略加应付。

“太仆兄，可挽回否？”他问。

“正好有个机会，但恐宾之兄抹不开昔日曾入其怀抱的情面，又恐宾之兄今日太重乡谊。”黎淳道。

昔日曾入怀抱，指的是当今皇帝的叔父为天子时，曾把李东阳揽入怀中；至于今日太看重乡谊，李东阳却不懂。

“太仆兄，弟不慎失节，亦殃及乡人？”他问。

“可说是你殃及乡人，也可说乡人殃及你。”黎淳道。

李东阳仍不懂，揖了揖，道：“请太仆兄明示。”

“训导高某的奏疏，宾之兄记得吗？”黎淳问。

荆州府学训导高瑶前些日子上一道奏本，请追加郕王庙号。此疏曾在廷臣中引起一阵小小的波澜，李东阳不会不记得。同时，他也明了黎淳今日与他说这一番话的用意。

当然，他不会和黎淳针锋相对。

“太仆兄说的是高瑶高训导？”他问。

“不是他，却是哪个！”黎淳道。

“高训导奏疏传出后，弟曾多个心眼，去问吏部。吏部说，高训导是福建闽县人，责弟看重乡谊，不知从何说起？”李东阳问。

“可他是在我湖广为官，对不对？在旁人眼里，这也是一种乡谊。”黎淳道。

“如此说来，他与太仆兄也有乡谊？”李东阳道，顿了顿，他开玩笑地说，“不过，太仆兄不曾失节，或不妨顾及乡谊。”

“我若与高某有乡谊，岂不使自家蒙羞！”黎淳道。

“太仆兄却不怕使我蒙羞。”李东阳说。

“不是不怕，是无奈。”黎淳道。

“弟窍略开。”李东阳点了点头，“在前既有失节之耻，在后不免要蒙乡谊之羞；不知如何才得以洗雪前耻，摆脱后羞？”

“须得泾渭分明；批驳高某奏议，要比他人更加严厉。”黎淳道。

“太仆兄才说正好有个机会，是指此事吧？”李东阳又点了点头，“不过，我想问一句：太仆兄会不会对高训导严厉批驳？”

“当然会的。”黎淳道。

“太仆兄既无失节之耻，又不会因乡谊而蒙羞，为何也要对高训导严厉批驳呢？”李东阳问。

“为维系纲纪，为揭露奸徒。”黎淳道。

“若是如此，弟只得退避三舍。”李东阳说。

“这话怎讲？”黎淳问。

“太仆兄看啊，”李东阳不慌不忙地说，“我严厉批驳，为的是洗雪前耻，摆脱后羞；太仆兄严厉批驳，为的是维系纲纪，揭露奸徒。我与太仆兄同时上疏，说我和太仆兄一样，为维系纲纪，揭露奸徒，不会有人相信；说太仆兄和我一样，为洗雪前耻，摆脱后羞，反而会有不少人相信。这岂不是连累太仆兄也蒙羞蒙耻？”

李东阳不会因为郕王昔日有召见之恩，便极力附和高瑶之议；更不会因为黎淳的这一番绕来绕去的话，便起而对高瑶口诛笔伐。如果说，黎淳邀李东阳进言的方法显得愚笨；那么，李东阳拒绝黎淳之邀的巧妙，正可见其机敏。

叶盛是九月被召回朝中任礼部右侍郎的，对高瑶上疏一事全然不知。因而，他读了黎淳批驳的奏疏，也不知所云。

“大章先生，都道黎太仆有长者之风，这篇奏章怎的字字见血呀！”他对姚夔表达自己的困惑。

“或激于义愤，或激于私怨。”姚夔说。

“在大章先生看来，是激于义愤，抑或激于私怨？”叶盛问。

姚夔唯有摇头而已。他阅读过高瑶的奏章，并且认真思考过其议，所以没有叶盛的困惑；但黎淳上疏的动机，他也说不清楚。

叶盛知他为难，不再追问他对黎淳奏疏的看法，而转问起高瑶的奏疏：“大章先生，高疏是几时呈进的？”

“五六月间。”姚夔说。

“他奏请追加郕王庙号，以何事为言？”叶盛问。

“略言之，有二。”姚夔道，“一称郕王之功，曰：先帝北狩，皇上方在东宫，宗社危如一发。使非郕王继统，则祸乱何由而平，銮舆何由而返？二称小人之过，曰：迨先帝复辟，其贪天功以为己力者，遂加厚诬，使郕王不得正其终。”

“我等昔在京师，亲历其事，尚不敢妄言郕王得正其终，或不得正其终；他今远在湖广，彼时更不知远在何处，怎就敢断言其事！”叶盛回避主体，先抓住高瑶奏疏里的一个细节。

“难怪与中先生要质疑，高疏才一传开，朝廷上处处都是质疑之声。”姚夔说。

“仅是质疑之声？”叶盛问。

“与中先生是说——”姚夔不理解他的意思。

“就没有大加赞赏的，或大加指斥的？”叶盛问。

“这不，大加指斥的，今日已见。”姚夔道。

“五六月呈进，迄今已逾半年，礼部就不曾议过？”其实，这才是叶盛想要问的。

“不曾议过。”姚夔道。

“为何不议？”叶盛问。

“皇上未将该疏下礼部。”姚夔道，并补充一句，“即便皇上将该疏发下礼部，与中先生看，该如何议？”

叶盛心里清楚，不好议，才是不议的关键。

“礼部未公然议，私议是免不了的吧？”他说。

“岂止礼部私议过，许多衙门都私议过。弘载先生私下对我说，他还朝之后，内阁议的第一件大事便是此疏。”姚夔道。

“内阁诸相公有何高见？”叶盛问。他曾做过入阁的打算，而未能如愿，一提到阁臣，仍难免酸溜溜的。

“一致以为，议之过早。”姚夔道。

“也就是说，既不大加赞赏，也不大加指斥。”叶盛换个说法。

“是。”姚夔应道。他估计叶盛后边还有话要说。

果然，叶盛说：“彼时诸公还可以既不大加赞赏，也不大加指斥，今时却不可以。”

他这么说，是因为皇帝已将黎淳的奏疏下礼部议复。阁臣们，首先是礼部的正卿、佐卿，不能不有个明确的态度。

“也不尽然。”姚夔微微摇头。

“大章先生是说，礼部可以拒议？”叶盛问。

“有旨着礼部议之，怎得拒议！不过，也不一定要对高瑶的奏议或黎淳的奏议，大加赞赏，或大加指斥。”姚夔说。

“那么，大章先生想模棱两可？”叶盛道。

他说得如此绝对，姚夔很想笑一笑。但他知道，笑不得。自己不经意地一笑，叶盛或是很在意的。

“与中先生，我等再读一读黎太仆的奏章吧。”他说。

“也好。”叶盛没有理由拒绝。

黎淳的奏疏略曰：郕王即帝位，承国于何君，受命于何主？先帝明并日月，事处已久，人心已定。若误听高瑶，加郕王庙号，必祭告太庙，行祔享之礼；必迁梓宫、造山陵；必追赠皇太后、皇后之称。今高瑶有死罪二：诬先帝为不明，陷陛下于不孝。必有小人指使之；否则草茅疏贱，敢上烦天听哉！

“与中先生，你方才怎说的？”姚夔没头没脑地问一句。

“我怎说的？”叶盛反问。

“与中先生说，高瑶今时远在湖广，彼时更不知远在何处，到了黎太仆笔下，则成了草茅疏贱。”姚夔道。他无疑是指出，不管有无道理，黎淳这么写，实在是不厚道。

“并断言必有小人指使，不知他确有依据，或有他图。”叶盛说。

“在与中先生看来，黎太仆有何图？”刚才叶盛问姚夔，黎淳上此疏的动机何在；现在姚夔正好反过来问他。

“除了阿谀今上，不知还有什么别的话好说。”叶盛道。

“与中先生所论固当，但恐不宜以此议复。”姚夔说。

叶盛也知不宜以此议复。以此议复，岂不是对黎淳大加指斥？对黎淳大加指斥，岂不是对高瑶大加赞赏？

“在大章先生看来，如何议复为宜？”他把问题又提还给姚夔。

“高训导奏议，昔日不曾大加赞赏，或大加指斥；今日仍不必大加赞赏，或大加指斥。黎太仆奏议，是大加赞赏，或大加指斥，我看，只在一事。”姚夔说。

“不知哪一事？”叶盛问。

“所谓高瑶死罪二，当与不当。”姚夔说。

“高瑶是否死罪，必涉及高瑶之议。诸公彼时皆以为议之过早，想必今日亦议之过早。”叶盛说。

“结论呢？”姚夔问。

“礼部难以决之，请自上裁。”叶盛说。

“你看，是不是不必对其议大加赞赏，或大加指斥？”姚夔笑道。

皇帝批复：景泰之事，朕不介意，臣下希恩，显言献谄，俱不必行。廷臣无不以为，这几句话妙极。所谓献谄，指高瑶，指黎淳，均无不可。

第三十二章

离除夕还有一个月，汪直指挥内臣们张灯结彩，忙得不亦乐乎。他最上心的地方，除了乾清宫、昭德殿外，就是御花园的鳌山。鳌山是以灯彩装饰的石山，上元夜将在这里放焰火。

“汪叔！”在石山上张挂宫灯的一名内臣招呼。

汪直没听见，或者虽然听见，却没意识到是在唤他。两年前，他在昭德殿里当差时，几乎没人呼他汪叔；半年前，他在御马监当差，且已升为少监，很少有人呼他汪叔。直到两个月前，皇帝钦点，命他主持宫中的布置，呼他汪叔的才渐渐多起来。以前呼他汪哥的，也渐渐改变称呼。

“汪叔！”该内臣又呼。

“何事？”汪直这才听见，或者这才意识到。

“爷来了。”该内臣说。

“怎不早说！”汪直一边责怪他，一边整理衣袍，准备接驾。

“还有截子路呢，你不必急于禀报。”另一名在石山上的内臣责备禀报的内臣。

“这时禀报，汪叔已加以斥责；再迟些禀报，不是找打吗！”前一内臣说。

“你真不懂事！”后一内臣说，“再迟些禀报，汪叔一眼看到爷，连斥责都来不及，还顾得上打你？”

“什么关头了，你二人还敢啰唆！”汪直斥道，并问，“你二人看清楚，爷是往这边来的？”

“此路只通御花园，拐不到别处去。”后一内臣抢先回答。

“你敢保证，爷一定进御花园？”前一内臣和他抬杠，“爷就不兴在御花园门口转个圈，又往回走？”

“爷领着一大群人，只为到御花园前转个圈，亏你想得出来！”后一内臣驳道。

“爷是领着一群人来的？”汪直问。

前一内臣本来有许多话可以反驳伙伴，被汪直岔开，很有点儿不高兴。当然，冲汪直发火他是不敢的；他能做的，是抢着答话。

“不过十余人而已，算不上一群。”他说。

“十余人怎算不上一群？”后一内臣当然要反驳。

“数得清人数，就算不上一群。”前一内臣坚持己见。

汪直无心听他们的吵闹，更无心为他们分辨是非。他急忙问：“贵妃娘娘在不在其中？”

“小的看，贵妃娘娘不在。”这是件大事，前一内臣不敢坚持己见，说，“汪叔，我让他再看看。”

“用得着你让吗！汪叔一问，我就在看。”后一内臣认真地看了看，说，“贵妃娘娘的确不在，可有件事很怪。”

“快说！”汪直命道。

“有一名武臣侍驾。”后一内臣说。

“你怎知是武臣？”汪直见他慢条斯理，一点也不着急，料定皇帝离得还远；而离得远，应该看不出缀在官袍上的衣补。

“他一身戎装。”后一内臣说。

“戴着铠甲？”汪直惊问。

后一内臣心想，问得多余。不戴铠甲，我能说他一身戎装吗？但他还是回答：“戴着铠甲。”

“佩着宝剑？”汪直问。

“佩着宝剑。”后一内臣说。

“好似佩着双剑。”前一内臣补充。

皇帝带着一员武臣来御花园，可能性太小太小：现在的都督和勋臣中恐怕没有一人，能得到这样的荣宠；武臣一身戎装而且佩戴兵器进入深宫，就更无可能：武臣戎装，只在阙下献俘时才会出现，而且只限于午门之外。

等皇帝一行走近，汪直顾不上看别人，抢上前跪拜行礼，口称：“奴才汪直给爷叩头。”

“汪直，辛苦你了，起来吧！”皇帝道，又说，“怎么只给我一人叩头，你就不怕失礼吗？”

汪直偷瞥了跟在皇帝后面的内臣们，没见到一个比自己资深的。那么，皇帝指的一定是武臣；而与其把眼前的武臣认作是一名都督，不如把他认作是一名勋臣。其实，内臣一般也不会给勋臣叩头。但皇帝既然让他叩头，一定有皇帝的道理。

他重又跪拜行礼，口称："奴才给爵爷叩头。"

皇帝大笑，道："汪直，你且看此爵是公爵，或是伯爵！"

汪直这才正眼看去。几乎与皇帝并肩而立的，哪里是什么武臣，原来是身着戎装的万贵妃！她腰间当真佩带两柄宝剑。在身材普遍纤瘦的宫中，万贵妃显得较粗壮，较高大。她扮上男装，很难分辨出性别来。

"奴才给娘娘叩头！"汪直再次匍匐下去。

"侍长，而今让老汪叩头可不容易，谁知你还比朕赚了一个。"皇帝笑着说。

"汪直，皇上的话你听见没有？"万贵妃示意汪直再给皇帝叩头。

汪直会意，应道："是，是，奴才欠谁的，也不敢欠爷的。"

"好了，朕宁愿让你欠着。"皇帝这么说，当然不是心疼汪直，而是为了让万贵妃开心。等汪直站起来，他问："老汪，你看侍长这一身装束如何？"

"威风之极！"汪直道，"奴才远远望去，不知是哪位大将军凯旋。奴才敬慕之心油然而生，恨不得马上为她冲锋陷阵，马上为她出生入死。"

"侍长还问我这身衣装穿得穿不得，你听他怎说的！"皇帝道。

"我不用他冲锋陷阵，出生入死，皇上需要有人冲锋陷阵、出生入死时，别忘记他就是。"万贵妃说。

"奴才叩谢爷，叩谢娘娘！"汪直又要跪拜。

"且住，今日该叩的头，本宫宁愿也让你欠着。"万贵妃道，"我是陪皇上来看宫灯的，你在前边引路吧。"

"奴才谨遵懿旨！"汪直应道。

二十夫君弃妾身，诸郎痴小姑舅贫。已甘薄命同衰叶，不扫蛾眉别嫁人。化石未成犹有泪，舞鸾虽在不惊尘。锁窗独对东风树，岁岁开花他自春。

这是陈献章的七律诗，题目是：咏包节妇。

章懋、庄昶在翰林院闲着无事，议论起这首诗来。章懋读诗、作诗，兴趣都不太大，引发议论的当然是庄昶。

"德懋兄以为，此诗如何？"他问。

"彝正兄不是已有定论了吗？"章懋道。罗伦在京时，和他们论诗，称陈白沙的这首诗"可以泣鬼神矣"。

"我以为，彝正兄所论有些过。"庄昶说。

“孔旸兄是说，此诗不佳？”章懋问。

“并非不佳，只是有缺陷。”庄昶说。

“有缺陷，可不就是不佳？”章懋不见得认为两句话的意思完全一样，他只是不想再讨论下去。

“怎能一样？”庄昶却劲头十足，“譬如一幅画，极佳，画者不小心，掉了一滴墨上去，算不算有缺陷？虽有缺陷，却算不算佳品？”

“孔旸兄都说极佳，怎不算佳品！”章懋道。

“故有缺陷的画，未必不是佳品。诗作亦然。”庄昶说。

“孔旸兄何不说说，白沙先生这滴墨掉在哪里？”章懋道。

“薄命与蛾眉，风马牛不相及，是一滴墨；同衰叶与别嫁人，怎得对仗？又一滴墨；化石与舞鸾，对得蹩脚，又一滴墨。”庄昶先指出，该诗极不工整。

“孔旸兄，墨掉得太多了，再佳的画也没人要。”章懋笑着说，并问，“白沙先生此诗，意境如何？”

“再无意境，我说的就不仅是它有缺陷。”庄昶道。

黄仲昭回来，打断了他们的议论。

“二位兄长议诗，议出麻烦来了。”黄仲昭说。

“议诗是件最省心的事，怎会议出麻烦？”庄昶问。

“孔旸兄可知，我方才在外边遇见谁？”黄仲昭问。

“不用说，定与仲昭兄一样，是个恨诗之人。”庄昶道。

“错，这位前辈恰为好诗之人。”黄仲昭说。

“好诗之人，是我二人议出的麻烦吗？莫不是他来翰林院，为的是摆擂台赋诗？”庄昶取笑道。

“孔旸兄所料，虽不中，亦不远矣。”黄仲昭说。

章懋听他二人对话多句，也没点到要害，插言道：“仲昭兄先告诉我等谁来翰林院了，再告诉我等他来翰林院何事。”

“遵命！”黄仲昭揖了揖，应道，“来翰林院的是韩世安先生，他是来送揭帖的。”

韩世安名定，北直隶威县人，正统初年选入翰林院习夷字，所以黄仲昭称他前辈。他初授鸿胪寺序班，现官礼部郎中。

“世安先生出身于翰林院，来翰林院如同回娘家，有什么好奇怪的；再者，世安先生是我见过的最不喜生是非之人，他来翰林院，会有什么麻烦！”庄昶道。

“莫非揭帖有什么古怪？”章懋却问。

“德懋兄明察，一句话问到要害。不像有些人，”黄仲昭瞥了庄昶一眼，说，“论起诗来，别的就一概不知。”

“德懋兄问你揭帖有何古怪，你说揭帖有何古怪就好了，为何要把我牵涉进去！”庄昶嗔道。

“二兄可知，世安先生是替内阁来送揭帖的？”黄仲昭问。

这倒有点怪。中书房有如内阁的办事机构，阁臣有事，一般都会差中书去办；没道理先着人把礼部官员找来，除非有特别的缘故。

“看来，世安先生并非为某阁老送揭帖。”庄昶说。

“言之有理。”章懋附和道。

见黄仲昭也在点头，庄昶得意地问：“此人别的事一概不知吗？”

“孔旸兄这不也以为此事古怪！”黄仲昭道。

“为内阁送揭帖。而非为某阁老送揭帖，算不得古怪。”庄昶说。

“揭帖若是送到与俭学士手里，算不算古怪？”黄仲昭问。

初一听，也算不得古怪；但稍一琢磨，就会发现问题。与俭是吴节的别字，他以太常寺卿兼翰林院学士。挂名翰林学士的大臣很多，除陈文、彭时等仍兼学士，柯潜、万安都以少詹事兼学士，排名无不在吴节前。

“或是与俭学士一人在，揭帖自然要交与他。”庄昶假设。

“若是诸学士都在呢？”黄仲昭问。

“仲昭兄非要以为这有些古怪，亦无不可。”庄昶无心多做假设。

“我为何非要以为这有些古怪？”黄仲昭最喜欢反驳庄昶，庄昶的态度转变，他也随之转变，“其实，我想说的是：职责所在，世安先生把揭帖交与与俭学士，并无古怪。”

“职责所在？”章懋、庄昶都觉得，这两个字才有点儿古怪。

“不错，职责所在。”黄仲昭不仅重复，且是强调。

“仲昭兄，何谓职责所在？”章懋问。他知道，庄昶要问的话，一定又会蔓延出许多枝节。

“内阁揭帖，是要翰林官们各赋诗填词，这个差事，由与俭学士这位以太常卿兼署的学士来分派，岂不是职责所在？”黄仲昭道。

“仲昭兄，为何这个差事由太常卿兼署的学士分派，便是职责所在？”庄昶听得懂，也要争辩两句；何况他还没听懂。

“内阁下揭帖，着翰林官们赋诗填词，为的是呈进大内，以为上元赏玩之具，这难道不是太常卿职责所在！”黄仲昭道。

庄昶不再争辩。太常卿掌祭祀、礼乐之事。宫中贺岁，吴节的确是该过问的。但庄昶不争辩，并非为此，他在想一件更严肃的事情。

章懋沉默，也在想一件更严肃的事情。

“二位兄长不再问什么了吗？”黄仲昭似乎还没有被问够。

“诗不可赋，词不可填。”章懋说。

“诗绝不可赋，词绝不可填。”庄昶更加重语气，并说，“闻得宫里今年贺岁，格外铺张。我辈若以诗词助兴，岂不是助长此风！”

“我与德懋兄可不领旨，不赋诗，不填词，而且要进谏言；孔旸兄嗜诗如命，就不一定要错过今次机会。”黄仲昭说。

“岂有此理！”庄昶被激怒。他三人虽是同科庶吉士，散馆后，章懋、黄仲昭授编修，他授的却是检讨，“难道编修有忧国忧民之心，检讨就无忧国忧民之心！今日我不仅一定要进谏，而且谏章一定要由我执笔！”

三人上疏，请禁止各官作迎春诗词以进，其中有“张灯岂尧、舜之道，诗、词岂仁义之言”等尖锐的句子。皇帝正在兴头上，被他们一说，很是恼火，命将三人廷杖谪外。

第三十三章

成化四年正月初三日，王皇后闲着无事，在坤宁宫偏殿阅读，门外当值的内臣忽来报，皇太后的凤銮正往坤宁宫来。她忙起身迎出去，边走边问，是那位皇太后。当值的内臣说，似是母后。其实，皇帝对两位皇太后都称母后，但宫人私下里言及，只称周太后为母后。

王皇后也料到是周太后。除夕、正旦，连着两天，皇帝率皇后及众妃嫔侍宴，周太后好像都有话对王皇后说；碍于人多，没有说成。王皇后想，就在这两天，恐怕要唤她去说话；没想到，周皇后会自个儿找上门来。这应该算是不合规矩吧。

“臣媳恭迎母后。”王皇后说着，欲拜下。

“你是此处主人，不必行这么大的礼。”周太后把她拉住，并与她携手走进正殿。殿上的女官、宫女们肃然而立，听候皇后娘娘传命；王皇后脑子里飞快地转着，该怎样敬奉周太后。

“我什么也不吃，什么也不喝，你让她等都退下，咱娘儿两个单独说说话。”周太后吩咐。

“是。”王皇后知道，恭敬不如从命。她让殿上所有的人员都出去，并指使一个心腹女官守在殿外，不许他人接近。

“为何这般小心？”周太后问。

“臣媳怕母后有机密之事要说。”王皇后道。

“虽非机密，也是不让别人听见为好。”周太后说着，压低嗓音问，“除夕之夜，皇上来坤宁宫了吗？”

“来了。”王皇后应道。

“看来，皇上还听我的话。”周太后感到满意，“我对他说，除夕夜，和皇太后吃酒宴，那是小事；和皇后一起守岁，才是大事。谁知他当真就来和皇后一起守岁。”

“皇上对母后是最孝顺的。”王皇后说。

“那一晚，他和你还好吧？”周太后问。

王皇后知道她问的什么，脸一红，道：“还好。”

“当真？但愿这一次好，能够见喜。”周太后说。

王皇后脸更红了。她低下头，说：“臣媳没用，恐怕又要让母后失望。”

“怎么？”周太后问。

“皇上来过坤宁宫，却没在坤宁宫过夜。”王皇后说。

“没在坤宁宫过夜？”周太后很是意外。

“是。”王皇后应道，“皇上问侍从，到了什么时辰，就是第二日；亦即到了什么时辰，就是第二年。侍从回奏：子时。于是，皇上和臣媳面对面地坐到子时，然后离去。”

“皇上这不是在应付我吗！”周太后气恼地说。

王皇后则抱定息事宁人的态度，说：“皇上或是在此间睡不惯，回乾清宫去睡。”

“他若回乾清宫，我还有什么话好说！”周太后愈发气恼，又责怪王皇后，“皇上既来，你为何就不想想法子，把他留下！”

“臣媳想过挽留皇上，但话到嘴边，又咽回去。”王皇后说。

“为何不说？”周太后问。

“臣媳若说了，皇上或许会留下；但留得住皇上的人，却留不住皇上的心。臣媳何苦空惹皇上不快。”王皇后说。

“你呀！”周太后不知她这么说是糊涂，还是聪明，不知该称赞她，还是该继续责怪她，只有长叹一声。

作为母后，周太后对皇帝专宠万氏一直有看法。不过，皇帝登极两年，万氏即诞皇子，周太后还不必为子嗣问题担心。现在又两年过去，再没听到万氏有身孕的消息，以近四十岁的年纪，能不能再怀孕；即便怀孕，能否诞下健康的皇子，都令人担忧。在周太后看来，皇帝专宠万氏，已成了关系社稷的严重问题。

下了半夜的雪，宫里一片银白。皇帝兴致很好，踏雪去御花园。怀恩正好赶来侍驾，他命怀恩同行，并说：“司礼监中，怀大伴的文才最佳，你帮朕评定翰林们诗词的等级。”

汪直慌慌张张迎出来，边行礼边问：“爷今日怎的来此？”

“那么多好诗，让你一个识不了几个字的人守着，岂不可惜！朕是来给你当先生的，给你读读诗，讲讲诗。”皇帝说。

“使不得，使不得！”汪直连声道。

“怎么，你看朕当不了你的先生？”皇帝问。

“爷十年前就能给奴才当先生；不，二十年前就能给奴才当先生。”汪直说。

“胡说，二十年前，朕才多大！”皇帝叱道。

“爷天资聪慧，诞下便可给奴才当先生。”汪直说。

他东扯西扯，跪在面前不动，好像有意挡住皇帝去路。皇帝命道：“说吧，出了何等变故？”

“爷圣明！”汪直连连叩头，“奴才失职，这两日才张贴于宫灯及彩结上的诗词，夜里被风一吹，雪一压，一片狼藉。”

“你是说，朕看不成了？”皇帝问。

“爷还是不看为好，看了定然扫兴。”汪直说。

“不看就不看吧。”皇帝道，“老天要刮风，要降雪，关你何事！”又自语，“章懋、黄仲昭、庄昶等疏谏，以装饰鳌山为言，莫非是天意？”

“爷装饰鳌山，为的是取悦皇太后。下臣不解，妄加议论，爷不处罚他等，上天也要处罚。”汪直说。

“你休得妄言，朕问怀大伴呢。”皇帝道。

汪直碰了一鼻子灰，不敢再说。

“奴才以为，章懋等谏止赋诗填词，未必是天意；但朝廷处置他等或有不当，故上天销毁其物，以为警示。”怀恩说。

“你是说，不当廷杖，不当贬斥？”皇帝问。

“廷杖已行，无法挽回，但章懋等尚未离京，若更正处分，还来得及。”怀恩道。并趁机说，“六科给事中及多员御史上疏，奏请收回成命。”

“三翰林做的是他等该做的事情，科、道官若不为之说道说道，岂不太没心肝！”皇帝不知是褒是贬地说了一句后，唤道，“怀大伴！”

怀恩以为皇帝问他要科、道官的奏疏，说：“爷，今日奏本在文华殿。”

“走，去文华殿。”皇帝吩咐，“不过，朕不要听科、道们的奏章；章懋等的奏章，朕未仔细阅读，你找来读给朕听听。”

“奴才遵旨。”怀恩应道。

“爷，从哪处读起？”怀恩捧着奏本问。

“是不是有句‘臣等各授一帖’？”皇帝隐隐记得其中一句。

这一句之前正好是交代写疏的缘由。怀恩应道：“有。”

“就从该句读起。”皇帝命道。

“是。”怀恩应了一句，读道，“臣等各授一帖，内开烟火、花灯等项，面贴诗赞题目，仍令照依旧诗格式，拟述进呈。及观旧式，俱是玩好之物，鄙亵之词，甚非所以养圣心、崇圣德也。”

“朕最不能容的，就是此句。”皇帝打断怀恩的诵读，“赏灯，并赏诗赞，祖宗时已有之，难道都是鄙亵之词！”

“此所谓一叶障目，难怪爷生气。”怀恩先附和一句，然后说，“奴才想，章懋等的意思，无非是大喝一声，欲吸引爷关注；爷登极以来德政，他等却不敢视而不见，听而不闻。”

“好吧，你就给朕读读他等如何颂扬的吧。”皇帝很想听这一段。

“是。”怀恩应道，“臣等窃议，以为此事必非陛下所为。陛下以天纵之圣，日新之学，游心经术，迈迹尧、舜。凡所举动，必欲为法于天下，可传于后世。及观去年以来，如遣人造钱，国家旧制也，一闻大臣之言而遂寝；节令宴乐，每岁常例也，一闻廷臣之疏而随罢。顷因灾异，敕谕群臣，同加修省。凡此数事，臣等目击耳闻，以为陛下从善如流，改过不吝，自禹、汤以来，未之有也。”

“朕登极以来惠政，他等倒也说得出一二。但你别以为他等真心颂扬朕，这不过是为他等所议做个铺垫。”皇帝插言。

“爷说的是，他等颂扬之词，确实着落在‘此事必非陛下所为’上。”怀恩也加了句议论，“奴才看，他等转折得还算自然。”

“连这都转折不好，枉为翰林。”皇帝说着，命道，“老怀，你大声读读他等是如何转折的。”

“奴才遵旨。”怀恩应着，提高了嗓门，“彼者，既皆陛下所不为，则烟火之事，臣等又决知陛下之不乐于此也。今日之举，或者两宫皇太后在上，陛下欲极孝养，奉其欢心，非为一身娱乐之计。”

“他等这不是把责任推到两宫皇太后身上吗，好生可恶！”皇帝道。

“奴才看，他等不敢。下面一段，便是颂扬两宫皇太后德行。”怀恩说着，读道，“然大孝在乎养志，不可徒供耳目之玩好以为养也。臣伏睹两宫皇太后恭俭慈仁之德，著于天下坤仪真静，举天下之珍奇玩好，皆不足以动其心，岂以烟火为乐哉！”

“两宫皇太后不以烟火为乐，朕却以烟火孝养，说来说去，不还是朕的不是！”皇帝道。

“后面又一转折，说的正是爷亦无暇于烟火。”怀恩说着，读道，“况今两广弗靖，四川未宁。辽东虽云告捷，然虏情难测——”

“老怀，这一段不用再读。”皇帝打断他，“总之，他们写其灾异，比写其德政，振振有词得多。你径读他等翰林官为何不肯赋诗填词！”

“是。”怀恩应了一声，读道，“至如翰林之官，以论思代言为职，引宋祁、苏轼之教坊语以为之，皆是以三代以下之君望陛下，而不以三代以上之君望陛下也。”

“他等三人，未必有一人写得出流传后世的诗句，竟敢大言不惭地指东坡居士的诗词为教坊语！”皇帝爱读古人的诗词，对苏轼更是喜爱有加，这样的评论是他不能接受的。

“在他等心目中，或是不屑于写。”怀恩道。

“他等怎说的？”皇帝问。

“臣等遭遇圣明，叨与庶吉士之选，近又授以今职，唯恐曲学阿世，无以补报于万一，何敢为此鄙词，上渎天听，以自取侮慢不经之罪哉！”

“庶吉士选中他等，将他等养之翰林，倒成朕的不是！”皇帝说着，问道，“朕记得，他三人奏章里，曾引皇祖两句诗，是不是？”

“是。”怀恩应道，“他等引的是：启沃之言，唯义与仁；尧、舜之道，邹、孟以陈。”

“他等如何诠释皇祖这两句诗？”皇帝问。

“若今烟火之举，恐非尧、舜之道；烟火之诗，恐非仁义之言。”怀恩读道。

“就这么一句？”皇帝问。

“后面一大段都是陈敷。”怀恩说。

“那也读来听听。”皇帝命道。

“是。”怀恩应过后，读道，“臣等知陛下之心，即祖宗之心，故不敢不以是妄陈于陛下之前。古之帝王，盘盂有戒，几杖有铭，目不视非礼之色，耳不听非礼之声，所以戒谨恐惧，操存省察，以致其精一之功者，无所不用其极。诚以人主一心，攻之者众。一惑于耳，则凡侈奢之声，皆乘间而入矣；一惑于目，则凡侈奢之色，皆抵隙而进矣。若曰上元之乐，乃危微事耳，烟火之举，乃细故耳，此不足为圣明之累，是殆不然。书曰：不矜细行，终累大德；又曰：——”

皇帝做个手势，让他不要再读下去。其实，怀恩一边读疏，一边在注意皇帝的反应。皇帝这么久没打断他的诵读，已经让他感到奇怪。

“怀大伴给朕讲讲这一段里的典故。”皇帝说。

“盘盂有戒，几杖有铭，是说——”怀恩以为皇帝想知道这两句的出处。

“这两句朕懂，你讲讲精一二字。”皇帝道。

“精一二字，出自《尚书》，原句是唯精唯一，亦即专心。”怀恩说。

皇帝没有回应，不知有没有听清，也不知在想什么。皇帝没有回应，怀恩也不知该再加以引申，或再读下去。

“老怀，科、道的奏疏怎说的？”皇帝说。

“科、道的奏疏？”怀恩想了一会儿，才明白皇帝在问什么，“他等称，章懋等所进，乃忠说之言，乞爷察其心迹，留于本职。”

“章懋等是如何处分的？”皇帝问。

“章懋，临武知县；黄仲昭，湘潭知县；庄昶，桂阳判官。”怀恩说。

“如朕所说，赏灯并赏诗赞，祖宗朝已有之；一概斥为鄙亵之词，难道也是忠说之言？朕绝不能把他等再留朝中，不过，”皇帝顿了顿，甩出一句话，“似也不必谪为知县等官。”

吏部重议，章懋、黄仲昭改南京大理寺左、右评事，庄昶改南京行人司右司副。几名翰林官同时进谏，本朝尚未多见，他等三人，加上前时因进谏贬外的罗伦，时人誉为“翰林四谏”。

第三十四章

二月初，川、贵大员们聚集在永宁，会商征讨都掌蛮大计。与议者有：四川巡抚汪浩，贵州巡抚陈宜，镇守四川总兵官、都督芮成，镇守贵州总兵官、南宁伯毛荣，以及两布政司将佐：参将吴经、宰用，游击将军罗秉忠、穆义，都指挥使崔旻等。主持者，是朝廷任用的文、武二帅：兵部左侍郎程信，以兵部尚书提督军务；襄城伯李瑾，充征讨总兵官。此外还有监督军务的太监刘恒。

“二爵爷，一尚书，二都堂，将佐多员，对了，还有御马监一位提督太监。”程信向刘恒揖了揖，说，“规格浑如一次小的廷议。”

“弘初先生听出来了吗，大司马这是在抬举你我呢。”陈宜说。

“公宜先生倒是说说，大司马怎的是抬举我二人？”汪浩道。

陈宜字公宜，江西泰和人，正统七年进士。汪浩字弘初，湖广石首人，景泰二年进士。

“不是抬举我二人；你我者，众人都包括在里面。”陈宜说着，画了个圈，把参将以下众人都划进去。

“公宜先生，怎不将我也划进去？”毛荣问。

“我晓得公宜兄的意思。”程信道，“他把爵爷划在圈外，可以说我抬举他；若是把爵爷划到圈里，就变成他抬举我。”

“大司马晓得公宜先生的意思，我却听不懂大司马的解说，还是请公宜先生自个儿来分解吧。”芮成道。

“我先解说大司马的意思，如何？”陈宜问。

“大司马说的是毛爵一人，公宜先生说的是我等众人，二者有关联否？”芮成反问。

“有无关联，一听便知。”陈宜道，“大司马的意思是，爵位崇高。在外则威震一方，如南宁伯；在朝则掌京营，如襄城伯。廷议征讨等事，他等自然是主角，用不着别人抬举。”

“原来如我等欲与廷议，则是需要抬举的。”芮成果然一听便知。

“不对呀！”吴经有不同的看法，“我等参将、游击，自然没资格参与廷议，如弘初先生为佥都御史，公宜先生为副都御史，在朝时，难道也不能参与廷议？”

“一则，在院之佥都、副都，与以佥都、副都衔派的外差，不尽相同；二则，就算佥都同为佥都，副都同为副都，公宜先生和我不是远在川、贵吗，如何参与廷议？”汪浩替陈宜解释。

还有人要发议论，程信止住：“打住！没想到一句浑如廷议，招来这么多的话，还是言归正传吧。”又对李瑾说，“黄学录所言都掌蛮事，在座各位大人应无所闻，我转述一二，如何？”

“彦实先生请。”李瑾道。

“国子监学录黄明善上疏言征伐山都掌蛮事，皇上命兵部择而采用。我当时即想，当听听在川在黔各官的高论，谁知，黄学录的奏议未发至川、贵，李爵爷和我却先到。”程信先来一段开场白。

“书生论兵，朝廷也当一回事？”芮成大为不解。

“督帅别小看书生。”汪浩也是书生，当然要为书生说话，“黄学录敢将其议上于朝廷，而皇上将其疏下兵部议之，而彦实先生今日与我等谈及其疏，一定是有道理的。”

“弘初先生说得不错，老芮，耐下心听听。”毛荣道。

“黄明善疏议了三件事。”程信说，“第一件事，宜早发兵，因为十月水稻成熟，收谷上寨，攻之不易。不管这一说有多少道理，我等皆无须再议。去岁十月早过，大军既动，又不能等到今岁十月前再攻寨。第二件事，宜用火器，如发烟的毒球、猎虎豹的乌头箭等。不管这一说有多少道理，我要告诉诸位的是，今次李爵爷和我赶赴川中，手里没有一枚毒球，一枝乌头箭。我只能说，该等器械，有则用之，无则不用；有效则用之，无效则不用。”

“彦实兄打算好好议一议第三事？”陈宜问。

“不错。”程信点头。

“第三事议的是如何分兵合击吧？”陈宜问。

程信又点点头，反问：“公宜兄怎料到了？”

“大兵压境，不议攻寨时机，不议攻寨利器，除了分兵合击之事，还有什么别的好议！”陈宜道。

“那就请公宜兄仔细听听黄学录所议攻寨线路。”程信对陈宜说罢，又对其他人说，“也请诸位仔细听听，一则，看其所议是否恰当；二则，看各路人马如何分派。”

“彦实先生快说吧，我倒要看看，书生有何奇谋。”芮成对国子监的学录，仍然满怀轻蔑；至少程信说过的两件事，在他听来，算不得奇谋。

“黄氏议兵分三路。”程信说，“南路：自金鹅池，进至大坝；中路：自戎县，进至箐前；北路：自高县，进至都掌。”

“就这么多？”芮成问。

“难道我所述，不是兵分三路？”程信反问。

“彦实先生所述，是兵分三路；不过，黄氏只提到这三路，未免顾此失彼。”芮成说。

“老芮既知他是一个书生，说得出金鹅池、大坝、箐前等地名，已经很难为他。”毛荣说句公道话。

但芮成专挑黄明善的不足，自有他的道理。他说：“爵爷不必为书生鸣不平。他若不在朝廷指指点点，即便戎县、高县一无所知，我也不怪他；他既要论兵，仅知金鹅池、大坝、箐前等，就决然不够。”

“在督帅看来，还须知哪些地方？”程信问。

“如李子关、渡船铺等，不可不知。”芮成说。

“督帅是说，这两处也很紧要？”程信问。

“在我看来，这两处更紧要。”芮成说。

“烦请督帅告我，李子关、渡船铺各在何处？”程信道。

“李子关在叙州兴文县境内，渡船铺在泸州府西南部，这两处少一处，就不能称作合击。”芮成说。

“我想问问老芮，”李瑾从另一个角度提问，“李子关、渡船铺两处更紧要，黄学录提到的那几处是不是并非不紧要？”

“不错，如金鹅池、大坝等处，亦须分兵。”芮成说。

“我记得，金鹅池在此地西南吧？”李瑾问。他查询过，永宁宣抚司西南有九姓长官司，金鹅池又在九姓长官司西南。

“大坝军民府好像也隶于永宁吧？”芮成以问作答。

“大坝军民府是前元建制，已废，径隶宣抚司。”汪浩答道。

“芮将军指出，李子关、渡船铺两处更紧要，诸位看，还有没有紧要之处？”程信问，并说，“紧要即可，不一定非要比金鹅池、大坝更紧要，甚至比李子关、渡船铺更紧要。”

“还有两个大的去处，不可忽略。”汪浩说。

“弘初先生巡抚四川三四年，对川中地势一定了如指掌，请说给我等听听。”程信道。

“大坝以南百余里，即接芒部军民府界。”汪浩说。

“弘初先生一提醒，我倒想起来，黄学录奏疏里也提到芒部；还提到乌蒙。据他所言，芒部在大坝以南百余里，乌蒙在大坝西南二百里。黄学录的意思是，敕戒两处土官，切毋党恶。”程信说。

“敕戒芒部、乌蒙土官，是一层意思；另外，两处中至少有一处，须配置人马。”汪浩说。

“弘初先生看，若配置一路人马，宜于何处？”程信问。

“芒部近而乌蒙远，自是芒部。”汪浩说。

“好，就在芒部配置一路。”程信做出决断，并问，“弘初先生看，哪位将军可领芒部一路？”

“公宜先生、芮帅是主，当由他等调遣。”汪浩说。

陈宜想说句客套话，芮成却直率地说：“弘初先生不必推让。山之东南多是贵州官军，若以为芒部这一路紧要，弘初先生可与毛爵领之。”

“得与毛爵同领一路，再好不过。”汪浩说。

“我看不成。”李瑾道，“若兵分三路，弘初先生与南宁伯共领一路，尚可；今众人又多议出几路，弘初先生与南宁伯只好各领一路。”

“但由公宜兄或南宁伯领芒部一路，爵爷赞成否？”程信问。

“那倒是再好不过。”李瑾应道。

“毛爵，此一路既分派与贵州官军，由我当之吧。”陈宜说着，两眼在贵州将军中寻摸，道，“不过，爵爷得分一员大将与我。”

“末将所部距芒部近，末将愿率部跟随公宜先生。”吴经说。

“一位都堂领了一路，另一位都堂是不是也该领一路？”程信向汪浩示意，请他自己选一路。

“戎县当贼之冲，黄学录以之为中路，确有眼光。”汪浩说。

“就请弘初先生领这一路，如何？”程信道。

“这一路人马最众，须得由毛爵、芮帅领之。”汪浩说着，对李瑾揖了揖，“爵爷又要说他二位不可同领一路了吧？我的意思是，由毛爵或芮帅领这一路。”

“多谢弘初先生替我部署。”李瑾笑道。

“爵爷愿否？”芮成问毛荣。

“老芮让我领这一路，我也敢去；不过我听说，四川官军于戎县集中，还是老芮去好。”毛荣说。

“爵爷相让，再好不过，统领中路，何等威风！”芮成道。

众人都被他说笑了。程信笑着说：“毛爵把中路让与你，你也为毛爵安排一路够威风的吧。”

“毛爵，李子关如何？”芮成问。

“老芮为何替我选这一路？”毛荣问。

“这一路最紧要。”芮成说。

“书生见不到这一处紧要，你见得到；彦实先生要你替我选一路够威风的，但说来说去，不还是你老芮威风！”毛荣道。

“爵爷看不上我选的，我不如为弘初先生选这一路。”芮成说。

“不可，我只要不那么威风的一路即可。”汪浩道。

众人听他的话有趣，又都笑了。

“弘初先生放心，你我在川蜀共事，我能不想着你吗？我为你选的一路，在不知兵的人眼里，不那么威风；但弘初先生知道，那是最威风的一路。”芮成说。

“芮帅说的是渡船铺吧？”程信道。

“彦实先生怎料到的？”芮成问。

“芮帅把威风让给谁都行，但绝不会让给黄学录。”程信道。

“我也学学公宜先生，讨一员大将。”汪浩说。

“公宜先生既有一参将伴行，也不可亏待弘初先生，老宰跟随这一路，爵爷看如何？”芮成问李瑾。

“你的部将，当然由你来定。”李瑾道。

四处人马已有了主将，复议定，罗秉忠、穆义二游击，领金鹅池一路，崔旻出普市、冰脑。

“今日说再好不过的人不少，可否让我也说一次？”程信笑道。

“彦实兄打算另出一支奇兵？”陈宜问。

“不，”程信摇头，“我想问，哪一路容我同行。”

“我老芮愿奉大司马而行。”芮成说。

“不，不，戎县一路我不去。”程信说。

“这是为何？”芮成问。

“不欲分芮帅的威风。”程信说。

“此言差矣！”芮成道，“奉大司马而行，我老芮更加威风八面。不过，这么一说，我一定要彦实先生取戎县一路，倒显得有私心。不如我与爵爷另外做个计较。”

“和哪位爵爷？”程信问。

“李爵爷。”芮成手指李瑾说。

“彦实先生想督哪一军，便督哪一军，何须与我计较？”李瑾问。

“话不是这么说。”芮成道，“彦实先生想督哪一军，本来用不着和爵爷计较的；但爵爷发话，不宜二人共领一路。所以，这事就不得不与爵爷计较。”

“公宜先生与老吴，弘初先生与老宰，老罗与老穆，不是已经二人共领一路吗？”李瑾道。

“那不一样。”芮成说，“公宜先生领一路，老吴可说是协领；大司马督该路，可以说公宜先生协领吗？弘初先生领一路，老宰可说是协领；大司马督该路，可以说弘初先生协领吗？至于老罗、老穆共领一路，则因他二部人马有限，故合为一路，与前者又不同。”

李瑾辩不过他，遂道：“好吧，老芮想怎样与我计较？”

“首先，爵爷不宜二人共领一路之命，已执行完毕，不必再提；其次，彦实先生与爵爷一同居中节制，不必亲督某一路。”芮成说。

众人都认为他这一提议很好，程信也不再坚持。

“大家都不欲我同行，爵爷，我只得与你做伴。”他对李瑾说。

六路官军齐进，转战六日，破寨千余，前后斩首四五千，俘获难计。二月，攻下都掌蛮各寨中人数最集中、地势最险要的凌霄城，程信、李瑾等向朝廷报捷。

四月，程信奉召还朝，以三事奏闻：第一,九姓长官司中奉行教化者迁至泸州卫；第二，于渡船铺增置关、堡；第三，于大坝增置太平长官司。皇帝照准，并命他和兵部尚书白圭并掌部务。

第三十五章

番僧札巴坚参做完法事出宫，登上宫中特为他准备的肩舆。随他一起入宫做法事的数十人，或是他的师弟，或是他的弟子，分别乘坐大小不等的肩舆，身份最低的一些人则乘马。一声号令，几十领轿子同时上肩，上百名轿夫同时迈步，前有金吾仪仗开路，后有若干骑者压阵，成为西华门外的奇异景观。此一行人在皇城内还算收敛，出了西安门，仪仗大有横扫一切之势。前方无论是行人，无论是车轿，无论是骡马，都纷纷避让；避让不及的，不是被轿子撞倒，就是被马匹踢伤。即使坐在避让的轿子里，或乘于避让的马背上，而被撞倒踢伤的，是官员，是富豪，也徒唤奈何。

札巴坚参回到府邸，还没坐定，一名司礼太监和一名宫里太监，匆匆追了过来。

“你等的万岁爷也太性急！”札巴坚参的弟子端竹也失出来迎接二内臣，打着哈哈说，“才着我师做了几场法事，就想皇子皇孙满宫跑？”

“老端，此言差矣！”二内使齐声说。

“你说我说错了？”端竹也失问司礼太监。

“是。”司礼太监应道。

“你也说我说错了？”端竹也失问宫里太监。

“是。”宫里太监应道。

“你二人哪个先说说，我错在哪里？”端竹也失问。

“王哥位尊，王哥先说。”宫里太监让道。

“张哥贵幸，张哥先说。”司礼太监复让。

“二位都不肯说，可见我并无错。”端竹也失道。

“老端确实有错。”司礼太监不再谦让，“皇子者，天子之子也；皇孙者，天子之子之子也。当今天子尚无子，岂得祈孙？”

“你这话听似有理，却禁不住我一驳。”端竹也失说着，问道，“当今天子为先天子之子，对不对？”

“这还会错？”司礼太监说。

“当今天子之子为先天子之孙，对不对？”端竹也失问。

“也不会错。”司礼太监说。

“为当今天子祈子，即为先天子祈孙。我所言皇子皇孙，乃当今天子之子，先天子之孙，有何不妥？”端竹也失道。

“你这么说，倒没啥不妥，只是不合我们汉人的习惯。”司礼太监说。

“既如此，我也可以说你说错了。”端竹也失道，“你们汉人有你们汉人的习惯，我们乌斯藏人有我们乌斯藏人的习惯。你说我错了，是要我按照你们的习惯说；我说你错了，是要你按照我们的习惯说。按照你们的习惯说，我不习惯；按照我们的习惯说，你不习惯。不如大家都不改，各自按照原来的习惯说。”

“我们汉人有句话，叫作不强人所难，正是此意。”司礼太监知道他能言善辩，不再和他争。

“你说我错在哪里？”端竹也失问宫里太监。

“你道皇子皇孙乃当今天子之子、先天子之孙，我不反对；但你以为当今天子泛泛而祈子，却是错的。”宫里太监说，“当今天子并非泛泛祈子，而是但祈贵妃娘娘为她生子。”

“此论亦不难驳之。”端竹也失道，“其一，当今天子请我师做法事，只是泛泛地说了句‘祈子’。我师行法，使贵妃生子，当今天子欣悦；使其他宫人生子，难道当今天子就不欣悦？其二，我师但为当今天子祈子，至于究竟谁生子，在当今天子。难道当今天子不使其他宫人侍寝，其他宫人就能有孕？其三，我师但为当今天子祈子，非为贵妃娘娘祈子，若佛祖不欲贵妃娘娘生子，难道当今天子也不要其他宫人生子？”

宫里太监至少是被反驳之词的条缕分明唬住，也不再争。

“端竹也失。”札巴坚参恰到好处地在屋里呼唤。

“师尊，弟子已把贵客接进来。”端竹也失应道。

“为何还不请进来，只在外面逞如簧之舌？”札巴坚参道。

端竹也失向两名内使扮了个鬼脸，让道：“二位请。”

二内使入内，不约而同地行跪拜礼。

“法王金安！”司礼太监道。

“佛爷万安！”宫里太监道。

“我说过多次，当不得贵使如此大礼。但今日我不拒受；今日受二位贵使大礼，我安之若素。”札巴坚参不等两名内使起身，又对端竹也失说，“我也说句你说错了，让你来反驳，如何？”

“反驳不敢，弟子聆听教诲。”端竹也失道。

“二位贵使进来，你怎说的？”札巴坚参问。

“弟子说，他等天子太性急，才做几次法事，就想让皇子皇孙满宫跑。”端竹也失重复自己的话。

“这话错了！”札巴坚参说。

“二位贵使也说弟子错了。”端竹也失言外之意是，他已反驳过。

“都说‘错了’，含义不同。”札巴坚参道，“我说这话的意思是，天子差他二位来，并非为祈子法事。”

“不为此事，却为何事？”端竹也失问。

“是啊，我等究竟为何事而来？”跪着不动的二内使也问。

“报喜！”札巴坚参道。

“师尊，贵使每次来，都会有喜事。”端竹也失的反驳客气得多。

“今日喜事与往日不同。”札巴坚参道。

“有何不同？”端竹也失问。

“我想，或是朝廷颁下封号。”札巴坚参说。

“哎呀，法王简直神奇！”司礼太监道。

“岂止神奇，佛爷简直——”宫里太监本想改用一个词，但想来想去想不出来，只好重复人家用过的，“——神奇。”

“朝廷当真颁下封号？”端竹也失问，见二内使不住点头，他又问札巴坚参，“师尊怎料到的？”

“二位贵使告诉我的。”札巴坚参道。

“我告诉法王的？”司礼太监指着自己问。

“我告诉佛爷的？”宫里太监指着自己问。

然后，二人同时说：“我等并未说呀！”

“你等不说，便是说了。”札巴坚参道，“平时贵使来相见，我总是说当不得如此大礼。七个字只说三字，贵使没来得及跪拜的，不再跪拜；已经跪拜的，即刻起身。今日我把七个字说完，二位贵使还没有起身的意思，其中必有缘故。于是我想，贵使们除了拜天子，只拜诸王。而法王与诸王等。平时贵使们也呼我法王、佛爷等，那都是胡乱叫的，并非朝廷所颁封号。今日贵使诚心诚意地拜我，定是颁下封号。”

“刹那之间，法王想得如此透彻，真乃大悟法王！”司礼太监道。

“岂止大悟法王，亦真乃大智慧佛！”宫里太监这回却有的说。

“二位贵使且慢。”端竹也失止住二人的奉承，他指着司礼太监说，“你称我师大悟法王。”指着宫里太监说，“你称我师大智慧佛。”然后问，“这就是朝廷封号吗？”

“不错，此即朝廷封号。”二内使应道。

端竹也失躬身对札巴坚参说：“师尊，此封号不可受。”

“为何不可受？”札巴坚参问。

“前朝颁下法王封号，佛封号，字数甚多；今次颁下师尊法王封号，仅区区二字，佛封号，仅区区三字。这分明是敷衍。”端竹也失说。

“老端！”二内使急呼，并欲分辩。

札巴坚参向二人摆了摆手，问端竹也失：“你知前朝颁下封号字数甚多，可知法王最多几字，佛最多几字？”

“弟子记不真切，但绝不止二三字。”端竹也失说。

“你记不真切，我来告诉你。”札巴坚参道，“我乌斯藏高僧受封法王，最早是在元朝，元世祖赐封我等祖师八思巴为大宝法王，赐号共二十六字，最后二字是大宝。转至大明朝，我乌斯藏高僧受封法王，最早在永乐年间，太宗皇帝赐封我等师祖哈立麻为大宝法王，赐号共二十四个字，最后二字也是大宝。元封大宝法王虽比本朝封大宝法王多了两个字，但虚字甚多，如‘皇天之下、一人之上’；不像本朝赐号，字字都很实在。后来赐封的大乘法王，也是二十四字，最后二字是大乘。至于佛的封号，元时大宝法王是八个字，曰‘西天佛子大元帝师’，本朝大宝法王前加六字，曰‘西天大善自在佛’，大乘法王前加十一字，曰‘西天上善金刚普应大光明佛’。”

“弟子受教！”端竹也失躬身道。

“当今天子既颁下法王封号，一定不会坏祖宗规矩，赐号一定也是二十四字，而最后二字是大悟。”札巴坚参说着，问道，“二位贵使，我说的可是？”

“极是！”司礼太监应道。

“贵使记得全这二十四个字否？”札巴坚参问。

“我一路上都在记诵，唯恐忘掉一个字。我这就背与法王听听。”司礼太监调整语气，两字一节两字一节地背诵道，“万行庄严功德最胜智慧圆明能仁感应显国光教弘妙大悟法王。”

“师尊，弟子数着呢，果是二十四字。”端竹也失说。

“佛爷说佛的称号是几多字？”宫里太监早等得不耐烦。

“应在六字至十一字之间吧。”札巴坚参说。

“极是！”司礼太监应道。并告诉他，“是十一字。”

“若确实在六字至十一字之间，你答一句‘是’就可以，用不着答‘极是’。”端竹也失告诫他。

“那我岂不是比王哥少说一字？少说一字来向佛爷报喜，岂不是不如他恳切？”宫里太监道。

“十一字，贵使记得全否？”札巴坚参笑着问。

“他二十四字都记得全，我十一字岂能记不全！”宫里太监说着，背诵道，“西天至善金刚普济大智慧佛。”

“至善胜过上善，普济胜过普应，唯有大智慧与大光明，说不好哪个更胜一筹。”端竹也失对比着这个赐号与永乐时大乘法王的赐号。

“此一赐号无以复加，你还有什么好计较的！”札巴坚参责备他。

“是，弟子恭贺师尊。”端竹也失道。

“王哥，你把法王的赐号背诵全，我把佛的赐号背诵全，可谓不辱使命，是不是可以起身？”宫里太监问司礼太监。

“那得看法王让不让你我起来。”司礼太监说。

“佛最慈悲。大悟法王不让你起来，你就一直跪下去；大智慧佛是一定会让我起来的。”宫里太监说。他不管札巴坚参是不是同意，便要爬起来。但跪得太久，挣扎几次，竟起不来。他对端竹也失求助：“老端，劳驾，扶我一把。”

端竹也失站立不动，听候札巴坚参指示。

“你把两位贵使都搀扶起来，自然有你的好处。”札巴坚参说。

“是。”端竹也失把司礼太监、宫里太监分别搀起。

“老端，谢了。”宫里太监抱拳向他拱了拱，说，“令师简直神奇，不仅大悟，且大智慧。扶起我等，确有你的好处。”

“是否当今天子也颁下我的封号？”札巴坚参显示过他的未卜先知，端竹也失也想显示自己的未卜先知。

“你知道？”宫里太监吃了一惊，“不过，我不能说你神奇，只能说你稍有神奇；不能说你大悟，只能说你小悟；不能说你大智慧，只能说你小智慧。”

“朝廷但有封赐，不管我扶不扶起你，你都要说，这算不得额外的好处。”端竹也失冷冷地说。

“此言差矣，朝廷赐封的法王、佛爷，我只可跪着说，至于国师之类，非但不用跪着说，而且不站起来，我是不会说的。”宫里太监道。

“还不会说呢，这不已经把国师说出来！”司礼太监责备道。

“他既料到朝廷对他的赐封已颁下，一定也料到，朝廷是赐封他国师；但国师前的赐号是什么，有多少字，他是料不到的。我说不站起来不会说，是指这一层。”宫里太监又与司礼太监分辩。

“贵使已然站起来，可否说说朝廷给我这徒儿的赐号是什么，有多少字？”札巴坚参问。

“光我肯说不成，还得我这个王哥肯说。”宫里的太监说。

“这是为何？”札巴坚参问。

“老端的赐号，与佛爷的赐号一样，我二人各记一半。”宫里太监说。

“你看，他在点头，定是肯说。”札巴坚参道。

“他肯说也不成，我二人先得去札实巴佛子的府邸，他也得了赐号。我二人第一背诵的是佛爷的赐号，第二背诵的是札实巴佛子的赐号，第三背诵的是锁南坚参国师的赐号，第四才是老端的赐号。不按照次序，难以背出。”宫里太监说。

“你在此地按照次序把三人的赐号背诵一遍，不成吗？”札巴坚参道。

“这也是个法子，王哥，你说呢？”宫里太监问司礼太监。

“多背诵一遍，少跑一趟，有何不可。”司礼太监道。

他二人前后呼应，背诵出三人赐号：札实巴封为清修正觉妙济普慈护国衍教灌顶弘善西天佛子大国师，锁南坚参封为静修弘善国师，端竹也失封为静慈普济国师。

“我二人未携敕书来，法王料得到缘故吗？”司礼太监问。

“当今天子想问问我等，对朝廷颁下的赐号满意不满意吧？二位贵使请复上当今天子，我等都很满意。”札巴坚参自问自答。

端竹也失并不满意，但师尊发话，他不好再说什么。

第三十六章

四月末，陈文病逝。他是首辅，皇帝赐祭，文武百官吊唁，场面非常大。他曾主持天顺七年的会试，在京任官的该科进士都来吊唁。天顺七年会试，因试场失火，直到次年才举行殿试，故通常被称为甲申科，而不是癸未科，所有的进士都走过一回鬼门关，所以对生死看得比较淡，对陈文的去世没有表现出很大的悲伤。

当然，他们没有表现出很大的悲伤，还有其他的原因。

三五以门生自居的官员离开灵堂后，一御史问其他人："老师昨夜做了一个梦，诸兄可知？"

"不知。"一中书老老实实地回答。

"兄台别听他胡说，"一给事中道，"他若说老师其他日子做梦，还有几分可信；他却偏说昨夜的梦。分明我等是同进同出，我等不知老师的梦，他又缘何得知！"

中书也发觉上当，于是说："兄台拿别的事欺骗我等，尚有可原；拿老师来欺骗我等，实在不该。"

由欺友上升到欺师，不能不辩。

"老师实做一梦，怎是欺骗！"御史道。

"你说得出如何得知，才不是欺骗。"中书说。

"不是老师又托梦与兄台了吧？"给事中讥道。

"是第三者说与我听的。"御史道。

"第三者为谁？"中书问。

御史支支吾吾，说不上来。

"并无第三者，兄台还是招认了吧。"中书说。

"确有其人，只是他不欲人知。"御史说。

"兄等与其诘问不止，不如听他说说老师的梦。"户部一主事一直没有说话，忽然开口。他一开口，居然止住了喋喋不休的争论。

众人目光集中在御史身上，他这次聪明一点，先把杜撰的第三者推出。

“据闻，老师昨夜梦见二夜叉。”他说。

“老师是要升天的，怎会梦见夜叉！”中书立刻反对。

“兄台是说，老师乃文曲星下凡？”御史的挖苦，一小半针对的是他，一大半针对的却是陈文。

“我没这个意思。”中书道。

“二夜叉是来请老师的。”御史这么说，是给陈文留面子。夜叉索命，应该用绳索套上就走，他却用个请字，“老师何等人物，当然不会随夜叉去。二夜叉请不动老师，又不能动粗，好不为难。其中一夜叉对另一夜叉说：他盼着升太师、柱国呢，如何舍得去！”

“这是激将法呀，夜叉居然也会用！”给事中道。

其他人正听得有趣，都不回应他。

御史继续讲述：“另一夜叉问：他现为何衔？前边那个夜叉说：太子少保。后边那个夜叉说：太子少保之后，是太子太保或少保；太子太保或少保之后，是太保；太保之后，是太傅；太傅之后，才是太师。要受多少煎熬，才等得到！他随我等去了，立刻就做阎罗王，何乐而不为！”

“这是请君入瓮法呀，夜叉居然也会用！”给事中又打岔。

“兄台别急，且听他怎么编派老师。”中书道。

“兄台说老师是要升天的，升天定胜于做阎罗王吗？”御史调侃他一句，然后讲述，“老师有心随二夜叉去吧，又怕为其所欺，因而问：阎罗王主宰一界，我如何便得为阎罗王？后边那个夜叉叹了口气，说：公有淮盐十余万，难道还做不得盐王！”

盐是朝廷专卖，凭盐引支给。手里有盐引，就等于有白花花的纹银。陈文不知通过什么手段，为家人搞到盐引，士大夫间传言，竟有十万之多。此事颇遭非议。御史讲这个故事，是实实在在地讽刺陈文，这时却没有人站出来维护老师的尊严。

“巧取盐引之事，果然有否？”中书问户部主事。

“我不敢说必有，也不敢说必无。”主事道。

成化二年两名主考官，一是当年的太常寺少卿兼翰林院侍读学士、现已入阁的刘定之，一是翰林院学士万安。该科进士，有的和刘定之关系亲近一些，有的和万安关系亲近一些，有的和二人关系都亲近，有的和二人关系都不亲近。

贺钦属于最后一类。如果心里有话，如鲠在喉，不吐不快，一定要在两位座主中找一人说说，他宁愿找刘定之。

刘定之招呼他坐下，说："克恭，你可是稀客呀！"

"德懋兄等两番受惠于主静先生，理当比晚生多来看望，而今他等来不了，晚生过来陪老师说说话。"贺钦道。刘定之还是该科庶吉士开馆的教习之一，所以他有两番受惠之说。

"难得你有这番心意。"刘定之回应他的话，同时也有所警觉。他多少了解一点贺钦的为人，自称来陪着说说话，恐怕没那么简单。

"安简先生病逝，老师怎么想？"贺钦开口一问，还真就没那么简单。

四月下旬，陈文病逝。不管与他的关系如何，对他的评价如何，他在一年多的时间里曾为内阁首辅，是不能不承认的，所以，其他阁臣对他的去世都会适度地表达哀悼之情。其他官员，特别是科、道官，则不同，颂扬者有之，哀悼者亦有之。

"他与我同郡、同科、同僚，他病逝，我自哀悼。"刘定之说，"况且不只于此。乡试之时，他荣登榜首，胜我一筹；会试时，我侥幸被点会元，似又胜他一筹；但归根结蒂，还是他胜一筹，殿试排名，他一甲第二，我一甲第三。"

"如此比翼齐飞，恐怕只会出在吉安一府，只会出在老师一辈。"贺钦不由也赞叹一句，但随即又说，"此乃于私；于公，老师怎想？"

他问的是对陈文的评价，而刘定之最不愿说、最不能说的，就是对陈文的评价。他略一思忖，把话题拉到另一个角度。

"我在想，朝廷怎么一点补选阁臣的动静也没有。"他说。

"谁说要补选阁臣？"贺钦问。

"南阳公过世，曾补选阁臣呀，我第二日即入阁办事。"刘定之说。

"彼一时，此一时。"贺钦道，"彼时阁员三人，李南阳去世，仅存二人，太单薄，故增补阁臣须急；今时阁员四人，安简先生去世，仍存三人，故可增补可不增补，至少不急于增补。再者，老师看看今日内阁，阁员是那么好推的吗？"

话里的意思不难理解：今内阁三人，两名状元，一名会元兼探花。再补选阁臣，是不是也得出身状元，是不是也得出身一甲？

"克恭想多了吧。"刘定之道，"彼一时推用阁臣虽有所偏颇，但谁规定须得状元方可入阁，须得一甲方得入阁？"

"晚生倒是希望状元可入阁。"贺钦这么说，显然是想起他那一科的状元罗伦。当然，他今天不是来和老师谈论罗伦的，感慨一句后，又回到主题上，"晚生偶闻一诗，老师要不要听听？"

"何诗？"刘定之问。

“也算是挽诗吧。”贺钦道。

“是为安简先生写的？”刘定之问。

“是。”贺钦应道。

刘定之不相信他会对悼念陈文的挽诗感兴趣，因此更要听。

“好，你诵与我听。”他说。

贺钦念的是一首七律：学士先生早盖棺，薤歌声里路人欢。填门客散名犹在，负郭田多死亦安。盐井已非今日利，冰山不似旧时寒。九原若遇南阳李，为道罗伦已复官。

诗里写的，都是陈文的劣迹。如广纳宾客，宴饮达旦，与人争田产，为家人、族人谋盐引之利等等，在他生前就招惹非议。而最后两句，尤为尖刻。朝野无不知，罗伦是因论劾李贤不守制而被贬；却很少有人知道，贬谪罗伦一事，其实是陈文主之。朝野无不知，陈文与李贤不和；却很少有人知道，在排挤罗伦一事上，他二人曾经联手。

贺钦见刘定之脸上露出不以为然的神色，遂问：“老师可知，此诗谁人所作？”

“未闻其诗，怎知谁人所作！”刘定之道。

“作此诗者，薛纲也。”贺钦告诉他。

“薛纲？”刘定之或听过这个名字，但与他不熟，更不懂贺钦为什么要提及此人。

“薛御史纲，天顺八年进士。”贺钦说。

“原来如此！”刘定之顿悟。陈文与薛纲有师弟之谊。老师死后，弟子写这样的诗句讥刺，实属罕见。

“克恭，你是不是要告诉我，我这个阁臣若不胜任，在我百年之后，你等也会鞭尸？”他问。

“不会！”贺钦很干脆地说。

“是因为我没有安简先生那么多的是非？”刘定之问。

“是因为有晚生这等敢于直陈于师前的弟子。”贺钦说。

“那么，你有什么话要对我说？”刘定之问。

“请老师莫忘前日。”贺钦简洁地说。

“莫忘前日？”刘定之听不懂。

“景泰初，老师疏陈十事，举朝传诵，望今日之阁老，一如昔日之学士。”贺钦说。

“原来克恭是来游说我进言的。”刘定之道。他忽然想到，今天贺钦找上门来，说这说那，大有反客为主之势。既然说到进言，自己何不也来个反客为主？想到这里，他说：“克恭言及前日事，我倒想说说今日事。人人皆知，言在科、道，怎么今日因进谏而得罪者都是翰林？克恭宁无愧乎！”

“说到翰林因进谏而得罪，晚生敬佩之心是有的，愧疚之意却不曾有过。”贺钦说。

“有什么说法吗？”刘定之问。

“有。”贺钦应道，“彝正兄进谏，晚生尚未就科臣；德懋兄等进谏，是因翰林们分题赋诗，而未及科臣。”

“克恭，愧疚与否，不在于彼时是否与他等一同上疏，而在于敢不敢直言谏君，敢不敢鞭笞大臣。”刘定之说。

“老师说的是，晚生不愧疚，亦在此。”贺钦说。

“如此说来，你今日准备直言朝政？”刘定之问。

“是。”贺钦应道。

“朝廷因灾异求言，克恭直言朝政，适逢其时，亦我所望于克恭者。”刘定之称许的同时，也有些困惑，“克恭，你欲进言，完全是你自家的事，为何要来告于我，且曲折言之？”

“欲老师亦进言，无非是内外交言，上下交言，彼此呼应，以期更见功效。”贺钦说。

“内外交言，上下交言，是应该的。克恭不见，修政弭灾，即大章先生等奏请的；不见各部大臣，也在纷纷上疏！”刘定之道。

“晚生不但留意到各部大臣纷纷上言；也留意到，皇上批复之日，天即降下细雨。可惜，接下来旱势日增。晚生在想：这是因为皇上心动于前而懈怠于后，或因群臣虚文敷衍？”贺钦说。

“克恭这么说，就不怕得罪皇上，得罪群臣？”刘定之道。

“晚生既不欲得罪皇上，亦不欲得罪群臣，晚生只想实实在在地议一议朝政。”贺钦说。

“在克恭看来，怎样才算实实在在地议一议朝政？”刘定之问。

“所谓实实在在议一议朝政，在上，则不怕得罪皇上；在下，则不怕得罪群臣。”贺钦说。

“既曰不欲得罪皇上，不欲得罪群臣；又曰不怕得罪皇上，不怕得罪群臣，这可是自相矛盾呀！”刘定之道。

“不欲得罪是不欲得罪，但到了不得不得罪时，到了不得罪不足以尽职尽责时，只好得罪。”贺钦说。

“说得好！”刘定之赞道，“臣子本不该有上下之分，若一定要以内阁为上，六科为下，我愿与克恭上下交言。”

贺钦上疏，陈六事：

一曰：绝游宴之乐；

二曰：正冒滥之赏；

三曰：严君子小人之别；

四曰：通君臣上下之情；

五曰：于经筵，则延访缉熙；

六曰：于宫闱，则正名溥恩。

刘定之上疏，言四事：

一曰：求天地之心，

二曰：效祖宗仁爱；

三曰：取法圣王；

四曰：辟去异端。

贺钦所谓“正名溥恩”、刘定之所谓“求天地之心”，说的都是宫闱之事。刘定之写道：皇上，天也；中宫正后，地也。今久旱风霾，天气不和，是天地之心未畅，意者以遇中宫正后稍疏，欲上自正后及妃、嫔进见，先后悉循其序，故垂戒如此。皇上宜体天地之心，俾嗣续蕃昌，宗社永固。

第三十七章

也许因为都是土达，也许因为单名都是个俊字，满俊对李俊言听计从。前者他和孛来暗通款曲，就是李俊从中穿针引线。依着李俊，干脆拉起人马，随孛来北去。大漠、草原，想驻便驻，想去便去；想挑衅官军便挑衅官军，想劫掠边民便劫掠边民。这是何等自由自在！满俊也曾动了心。但就在他们做具体打算的时候，孛来被毛里孩所杀。毛里孩对他们不感兴趣，他们也不信任毛里孩。故叛从鞑靼之事，没有继续进行，他们仍留在自己的牧地，为所欲为。

官府对他们一忍再忍，有许多原因，其中之一是：一名姓张绰号把腰的土达，率部行劫于平凉、巩昌等境，比他们更加胆大妄为，牵扯了官府太多的精力。当然，在官军全力追剿下，张把腰的日子越来越难过，最后，不得不捎信给满俊，准备来投靠他。

这等大事，满俊一定要和李俊计议。

“李哥，张把腰来投，是凶是吉？”满俊问。

“那要看四哥怕不怕惹事。”李俊道。

“怎讲？”满俊问。

“四哥要是怕惹事呢，则凶多吉少；四哥要是不怕惹事呢，则凶少吉多。”李俊说。

“你这不是人话，是鬼话，我听不懂。”满俊道。

“四哥接纳张把腰，消息迟早要传出去；官府缉拿把腰甚急，一定要向四哥索要。四哥怕惹事呢，此即大凶。抗拒官府者藏匿四哥处，已有不少；官府来交涉要人，也不是一次两次。四哥不怕惹事。再接纳一个张把腰，官府再来一次要人，不过小凶而已。”李俊说。

“那么，李哥是要我接纳张把腰？”满俊问。

“这话我没说。”李俊不认账。

“可你知道我不怕惹事，是不是？”满俊道。

李俊点了点头，说：“我不强求四哥接纳张把腰；不过，我有个计较。张把腰骁勇无比，四哥接纳他，麻烦是多一点儿，但无异得一员上将；四哥义字当先，人多慕名而来，不接纳张把腰，麻烦是少一点，传出去，却有损英名。”

“岂止我一人英名有损，你李哥英名不一样有损！”满俊道。

“那么，四哥肯接纳他？”李俊是希望张把腰留在牧地的，这个目的可以说达到；但他的目的，不只是把张把腰留在牧地。他又说，“不过，我还有句话要提醒四哥。”

“你说！”满俊道。

“防人之心不可无。”李俊说。

“你是说，须得防备张把腰对我不利，譬如，他会来抢我的地盘？”满俊把他这句话加以引申。

“这倒不会。”李俊道，“一则，把腰也重义，四哥在他落难之际帮他，他只会以死相报，绝不会打四哥的主意。二则，把腰属下仅百余人，四哥属下千余人；而且，以四哥的威名，振臂一呼，聚集万人不在话下。他若想打四哥的主意，无异于以卵击石。我是说，官府来要人，虽是小凶，却不得不防。”

“你不才说了，官府交涉要人，不是一次两次？以前怎么应付的，这次还怎么应付就是。”满俊说。

“这次和以前各次，终归有所不同。”李俊道。

“有何不同？”满俊问。

“一则，以前藏匿在四哥这里的，匹夫而已，来交涉要人的，不过县里、州里；而把腰是惊动了三司、惊动了两都堂的人，来交涉要人的，不会是县里、州里。二则，以前藏匿在四哥这里的，三五人而已，而把腰所率，有百余人之多。三五人好藏匿，藏匿百余人，谈何容易！”李俊分析形势。

“如此看来，这次不是小凶。”满俊道。

“四哥若是担心过于凶险，不妨将张把腰拒之门外。反正答应接纳他的一番话，只有我听到。我不会去外面说，也不会有人以为四哥反复无常。”李俊说。他明里是指给满俊一条退路，实则用话挤兑，不容满俊后退。

“笑话！”满俊果然被他激怒，“担心过于凶险，不也是怕惹事？我满四岂是怕惹事、怕凶险之人！再说，只要把来投奔的人拒之门外，丢人就算丢到家了，还用人家说三道四！李哥，咱不反悔，你只说说，当如何防备官府！”

“一则，如四哥所言，以前怎样蒙混，这次还怎样蒙混；二则，蒙混不过去，打得退官军就打，打不退官军就退。”李俊说。

“退？”满俊对这个字很不理解，“李哥，你是知道的，我满家经营几世，好不容易守住这块牧地，你让我往哪里退？”

“四哥，我正要和你说此事！”李俊道，“四哥的身份，四哥的牧地，来得不容易，守得不容易。可四哥想过没有，仅凭这块牧地，仅凭这等身份，做得成什么大事？譬如，今日张把腰率百余人来投奔，四哥已经为藏匿得住藏匿不住发愁，已经为会不会被官府纠缠发愁；他日若有千余人来投奔，若有数千人来投奔，又该如何处置？所以我想，到了另谋出路，此其时矣。”

“李哥是否为我找到出路了吗？”满俊问。

“四哥听说过石城吗？”李俊反问。

“是在固原西北吧？”满俊显然听说过。

“四哥去过石城吗？”李俊问。

“不曾去过。”满俊道。

“我却去过。”李俊说，“石城乃一城堡，建于群山之中。城堡四面环山拱卫，山后城墙高数十仞，极为坚固。我问当地居民，才知这座城堡是唐朝时所建，距今六七百年，保存依然完好。”

满俊对古代的事不关心，只问：“李哥是要我退往石城？”

“对四哥来说，退即是进。”李俊道。

关西分巡道驻平凉。宁夏巡抚及陕西按察司不断地传檄，使得分巡佥事苏夔再也坐不住。他把守平凉的参将刘清、指挥使冯杰请到衙门里来议事。

“宁夏城里盛传，张把腰要打到宁夏；西安城里盛传，张把腰要打到西安。二位将军可有所闻？”苏夔问。

“张把腰打宁夏？打西安？大老爷们在做青天白日梦吧？老冯，你和那厮曾过招，你看会吗？”刘清问冯杰。

“末将看不出来，却听得出来。”冯杰说。

“怎么个听法？”刘清问。

“参帅说过，那厮充其量在平凉境内折腾折腾，出了平凉，连路也找不到。故末将知道，他打不到宁夏，更打不到西安。”冯杰说。

“苏大人不妨把老冯这番话转告西安、宁夏的大老爷们，让他等放心。”刘清对苏夔说。

“这番话我可以转告，不过，还有件事，参帅得让我有个交代。”苏夔说。

“何事？”刘清问。

“请参帅告诉我，张把腰现在何处。”苏夔说。

“问老冯，他才挫败那厮。”刘清道。

“我亦不知。”冯杰说。

“你亦不知？难道挫败那厮云云，是冒功？”刘清责问。

“末将怎敢冒功，挫败那厮是实情；挫败那厮后，他不知逃往何处，也是实情。”冯杰说。

“二位将军不知，宁夏、西安却有人查出他的去处。”苏夔说。

“又在做青天白日梦！我等追剿，不知他的去处，大老爷们在城里掐指一算，便知他的去处？”刘清冷笑不已。

冯杰不像他那么自信，问苏夔：“大人，宁夏怎说？”

“说他已与满俊会合。”苏夔道。

“西安怎说？”冯杰问。

“也说他已与满俊会合。”苏夔道。

“参帅，两城都说他去了满四那里，说不定他真去了满四那里。”冯杰对刘清说。

“去便去吧；去到满四那里，也好办。”刘清说。

“参帅有何高见？”苏夔问。

“满四口口声声称自己是朝廷的官，大人何不找去府衙，让太守差个人去满四处要人！”刘清才提出建议，又连忙改口，“其实，用不着府衙差人，大人辛苦一趟，找去州衙，让知州差个人去满四处要人。或者，州衙也不必找，大人找去县衙，让知县差个人去满四处要人。不管哪个衙门差人去要人，谅他不敢不给。”

“我谁也不找，就找二位将军。”苏夔道，“项、陈两位都堂交代过，土达中最需留意的是满俊。刘参帅、冯指挥也说过，张把腰的事好办，满老四的事难办。怎么今日一提及满俊，参帅就往外推？”

“不是我往外推，实在是府、州、县衙的公文比我等的话管用。”刘清分辩，又问冯杰，“既然苏大人一定要我等出面，你看，是你去要人，还是我去要人？”

“有个人，或比你我都合适。”冯杰说。

“老冯说的是谁？”刘清问。

“现成有个满指挥，参帅怎的忘了！”冯杰道。

满俊请满璹喝酒，李俊作陪。当烤得油汪汪的全羊端上来时，他对满璹说：“烤了三只羊，一只放在这里，两只放在那边，一样的酒，一样的肉，燾儿可以放心了吧？”

满燾一抱拳，道：“谢谢四叔。”又对李俊说，“李叔不知。四叔从来不曾对我这般好过，我真有点儿受宠若惊。”

“我却知道，你四叔没少在我面前念叨你。”李俊说。

“今日宴席是李哥张罗的，不会冷落燾儿吧？”满俊问。

“四哥放心。小燾哥想要十个菜，就有十个菜；想要二十个菜，就有二十个菜。”李俊说。

“燾儿，咱慢慢喝酒，看他弄出的花样，能不能比得上平凉城里的大厨。”满俊说着，倒酒、割肉。

三人喝着酒，吃着肉，说着闲话，其乐融融。

不多时，家仆提上来一个挺大的食盒，李俊打开盒盖，里面放着一顶头盔。满燾一眼看出，是他率领的军士戴的。

“怎么回事？”李俊问。

“回李爷话，那边的军爷有人喝多了的，把盔甲摘下。小的怕小爷不知，特地来禀报一声。”家仆说。

“多大的事，也来禀报。”满俊挥挥手，让他下去。

“四哥别看事小，也说明小燾哥的人酒喝得好。”李俊说着，问满燾，“小燾哥，你说呢？”

“李叔说的是！”满燾应答时，心里三分不踏实。

不多时，家仆又提来一个更大的食盒。

“不会又是可看不可吃的东西吧？”满俊问。

“李爷吩咐，先送上几样养眼的东西。”家仆说着，揭开盒盖。里面放着一副铠甲，满燾看了一眼，忙把目光移开。

“不用说，又有人喝多了吧？”满俊道。

“老爷说的是。”家仆应着，躬身退下。

“四叔，李叔。”满燾不安地说，“手下无知，酗酒滋事不止一次，侄儿去管束管束他等吧。”

“大家都高兴，为何要管束？来，燾儿，只管喝酒！”满俊道。

满燾心乱如麻，无心于酒、肉，只是在满俊、李俊轮番劝让时，无滋无味地喝一口酒，吃一口肉。

家仆第三次提来食盒并揭开盒盖，里面竟是一只断臂！臂断处血流不止，把铺垫在食盒下的蒲叶染红。臂上有颗黑痣，满𬞟记得，他的属下张三臂上的黑痣，和它完全相同。

“糊涂！这也拿上来，让不让我等喝酒！”李俊斥道。

“这位军爷喝得忘乎所以，一刀把自己的胳膊砍断。小的怕一会儿小爷追究，说不清楚，不敢不禀明。”家仆说。

“小𬞟哥，你的手下，喝多酒自残的人也有吗？”李俊问。

“我早说过，他死就死在暴饮上。”满𬞟苦笑道。

第四个食盒是两个家仆抬上来的，里面是一条血淋淋的断腿。腿上有块伤疤，满𬞟记得，李四在一次征战中，腿上受过一处箭伤。

“又是怎么回事？”李俊问。

“两位军爷喝多，操起兵器过招，他本事不如另一位军爷，被砍断一条腿。”家仆禀报。

“𬞟儿，看来你真得去管束管束。”满俊说。

话音未落，一名家仆冲进来，叫道：“老爷，大事不好了，军爷们抓对厮杀起来，场面好不惨烈！”

“死者有几？”满俊问。

“无一生者。”家仆道。

“四叔不肯交人，可以不交，何必下此狠手！”满𬞟由惊而忿。

“𬞟儿，你当真想和四叔在战场上生死相拼吗？”满俊道。

满𬞟长叹口气，他知道，归路已经被堵死。

第三十八章

四月二十六日，慈懿皇太后崩逝于宫中。最先动起来的，不是皇帝，不是阁臣，不是礼卿，而是皇帝的生母周太后。

“外面都有什么议论？”她问心腹太监夏时。

“回娘娘话，奴才没听到什么议论。”夏时说。

“是听到了不愿告诉我呀，还是真没听到？”周太后问。

“千真万确，奴才是没听到。”夏时说。

“也没听到皇上说什么吗？”周太后又问。

“爷有句话，奴才倒是亲耳听到的。”夏时说。

“皇上怎说？”周太后忙问。

“爷说，礼卿自会议来。”夏时道。

“礼卿自会议来，他就可以甩手不管？他就不问问，我是怎么想的吗？”周太后对皇帝的态度大为不满。

夏时知道，这时最聪明的做法是帮着皇帝解释。他说：“奴才想，爷是准备礼卿议过之后，再来请娘娘裁决。”

“那不晚了吗！”周太后道，“丧葬之事，礼卿一条一条都安排好，我再说什么，还能管用吗？夏时，你去见皇上，让他自个儿先想想，丧葬之事该怎么办。”

这话奴才是不好对皇帝开口的。夏时说：“娘娘，不如我去禀奏爷，就说娘娘有话交代。”

“不可。”周太后摇头，“我是要皇上自个儿想，他若是见过我再想，臣子们一定会说，不是他自个儿想的。”

“娘娘说的是。”夏时做出宁愿自己为难也不让太后为难的样子，“奴才这就去传娘娘懿旨。”

“你怎么对皇上说？”周太后问。

“奴才说，娘娘请爷自个儿先想想，丧葬之事怎办。”夏时学话。

“这么一句话，我用得着你去传给皇上吗！”周太后道。

“娘娘还有何懿旨？”夏时问。

“你让皇上自个儿想想，我看，你先得自个儿想想。”周太后道。

“是，奴才自个儿先想想。”夏时又做出苦思冥想的样子。

“好了，你用不着装模作样了！我若不提醒，谅你什么也想不出来。”周太后道。

“是，还是娘娘心疼奴才。”夏时嬉笑着说。

“在我这里笑几声还不碍事，在别的地方敢笑，看有没有人参你！”周太后警告道，并举例提醒他，“譬如，慈懿皇太后无子，不知皇上记得记不得。”

“是，娘娘一说，奴才想起，此事可以问问爷。”夏时说。

“再如，慈懿有疾，不知皇上想过没有。”周太后道。

“是，此事也可以问问爷。”夏时说。

“夏时，自个儿敢问呢，你就自个儿问；自个儿不敢问的话，你就说我让你问的。”周太后给他一个活话。

夏时知道，他自己对皇帝说这些话，皇帝一定会责怪他大胆；但要明言这些话是周太后让他说的，就会更让皇帝为难。皇帝一为难，最后挨骂受气的，还是自己。他有他的办法，从周太后那里接奉懿旨，他专门找了个皇帝在小憩的时间去叩见。这时谁也不敢惊扰皇帝，他顺理成章地把周太后的话原原本本转述给侍驾的怀恩。

“母后问朕记不记得慈懿皇太后无子？”皇帝听得莫名其妙。

“夏时是这么说的。”怀恩道。

“老怀，此何意也？”皇帝问。

“奴才想，太后是让爷别忘记，她老人家才是圣母。”怀恩说。

“不错，应是这个意思。”皇帝想不出还能是别的什么意思。他又问，“母后还问朕记不记得慈懿皇太后有疾？”

“这也是夏时的原话。”怀恩道。

“你是说，他在假传懿旨？”皇帝问。

“奴才料定他不敢。”怀恩道，“话一定是太后让他对爷说的；但他没有径对爷说，却对奴才说，故奴才一定要强调，这话是从夏时嘴里说出来的。”

“你也忒小心了，朕还能不知道，这话是从夏时嘴里说出来的？”皇帝说着，问道，“母后要朕记着，慈懿皇太后有疾，又是何意？”

“慈懿皇太后的确有疾，是先帝北狩时，忧伤过度，从榻上跌下，摔伤的。”怀恩说。

“朕记得此事；朕是问，母后为何要朕记着此事？”皇帝道。

“太后的意思或是，慈懿皇太后有残疾，不宜与先帝合葬，不宜祔庙。”怀恩不得不说，并且说明，“这也不是奴才胡乱猜的，是夏时传宣懿旨后，奴才问他太后何意，他这么说的。”

“你说的也罢，夏时说的也罢，朕想也是这个意思。”皇帝说着，不由发起愁来。“慈懿娘娘因哀皇考北狩而有疾，足见与皇考情笃。以这个理由说不宜合葬，让朕对大臣们怎说得出口！”

“奴才想，不仅爷难开口，连夏时也难开口。”怀恩说。

“此话怎讲？”皇帝问。

“夏时来时，爷正午歇。若好开口，他为何不等爷醒来，却坚称太后急等回复，匆匆离去？”怀恩说。

“朕说嘛，他向你传宣懿旨，让你转述与朕，实不合常理。”皇帝道。

“爷不是说难以开口吗？奴才倒有个以其人之道还治其人之身的法子，不妨试试。”怀恩说。

“你是说，朕有什么话，让你禀于母后，你也让夏时转述？”皇帝问。

“夏时敢这么做，奴才却不敢这么做。”怀恩说。

“那你是何意？”皇帝追问。

“爷对太后一向孝顺，太后要爷想想，爷不能不想。怎样才算想了呢？一定要把太后的意思告诉大臣们，才算想了。若由奴才出去传宣圣意，大臣们一定以为，这是爷本人的意思；若由夏时出去传宣圣意，大臣们就会想到，这是太后的意思。”怀恩说。

“这个主意不但方便了朕，也方便了你怀大伴呀！本来该你出面的差事，你却不用出面。”皇帝说。

“该出面，奴才还得出面。”怀恩道。

“这是为何？”皇帝问。

“传宣圣意，没个司礼监的人，恐怕说不过去。”怀恩道。

夏时喝声“有旨”，聚集在左顺门的廷臣，不知圣旨是下给某人的，还是下给某些人的，还是下给全体的，呆立原处，不知所措。夏时说：“皇上宣谕廷臣。”众人迅速移动，很快按照朝班排列好。

“慈懿皇太后崩，其丧葬仪注，已着礼部议上；合葬乎，祔庙乎，卿等各陈所见，朕呈母后裁之。”夏时宣旨。

“臣等领旨。”群臣呼道。

“怀哥，你说吧。”夏时说着，准备让到一旁。

“不，不，爷交代过，你说！”怀恩道。

夏时是虚让，心里想的是自己应该当仁不让。他说：“皇上之意，着各位老先生、各位大人，就在这里议出个结果。”

数百人的场地，鸦雀无声。丧葬仪注，有祖宗制度，有各庙事例，礼部参照拟定就是，用不着别人插嘴；而仪注中本来无须多议的两件事，即合葬和祔庙，别说其他人不知从何说起，连礼卿也不知从何说起。

“大章先生，要不你先说说。”夏时点礼部尚书姚夔的名。

“有一事，或被夏公公疏忽。”姚夔说。

“我疏忽何事？”夏时问。

“廷臣尚未到齐。”姚夔说。

“宣谕廷臣，主要大臣在，就可以，不必宣谕到每一个人。”夏时说，为证明自己的话不错，他一一点道，“大章先生看，你到了，与中先生到了，英国公爵爷到了，会昌侯爵爷到了；其他人到了没到，无关紧要，算不得疏忽。”

“没到的人，可不是无关紧要呀！”姚夔说。

夏时还要分辩，怀恩低声对他说：“老夏，咱当真疏忽。”

“怎么？”夏时仍未觉察。

“你看看，纯道先生在不在？”怀恩道。

夏时忙在人群里寻找，这才发现，不但彭时不在，商辂和刘定之也不在，亦即，内阁没一个人在场。

“哎呀，怀哥，这可如何是好？”夏时向怀恩请教。

“亦无大碍，等纯道先生等到后，你再宣一次旨意。”怀恩说。

说话间，内阁三臣齐到。慈懿皇太后崩逝，例当免朝，他们都直接去的内阁；等得知在左顺门宣旨，才匆匆赶过来，所以晚到。

听夏时再次宣旨后，彭时问：“众人议的如何？”

“在等纯道先生几位呢，尚未开议。”怀恩告诉他。

“此事本该先拿到礼部去议，但圣上既命廷臣各陈己见，大章先生，我就有僭。”彭时说着，朝姚夔一揖。

“这是何言！”姚夔道，“虽然不好说一锤定音，但纯道先生这一锤下去，分量却是极大的。”

彭时点了点头，对夏时说：“请夏公公复旨，合葬、祔庙无可议者。”

“皇上命廷臣各陈所见，纯道先生怎说无可议者？”夏时问。

“无可议者，便是臣时所见。”彭时说。

“纯道先生能否详议之？”夏时道。

“详议之，也只一句话。”彭时说，“皇后、皇太后丧葬有定制，大行皇太后梓宫当合葬裕陵，神主当祔庙。”

群臣或交头接耳，或点头称是，顿时活跃起来。

“此是正礼。”姚夔首先表明态度。

或是此事太重大，或是如彭时所说，无可议者，姚夔一说完，又静下来，并没出现夏时所期待的七嘴八舌、议论纷纷的场面。

“怀哥，你看。”他希望怀恩出面反驳。

“我不便说；老夏，你说。”怀恩道。

夏时不知他为什么不便说，反正皇帝交给自己的差事，自己又深知皇太后的心思，不能不设法扭转局面。

“纯道先生所议，恐有不妥。”他说，“慈懿娘娘无子，且有疾，岂可入山陵！”

“不入山陵，却葬于何处？”彭时问。

“可比宣庙胡后例，葬于西山。”夏时说。

慈懿皇太后不宜葬入裕陵的两个理由，反驳起来不那么容易，至少本朝在此之前的正宫，都是有子的。虽然宫中颇有传言，称先帝并非宣宗孙皇后所出，但并没有被证实过。慈懿皇太后若入葬裕陵，可以说开了皇后无子而与帝合葬的先例。所以，彭时对这两个理由没有直接反驳。至于比宣庙胡后例，反驳起来则容易得多。

“夏公公也是宫中老人，难道不知胡后故事？”彭时问。

“我怎不知！”夏时道，“纯道先生大概想说，胡后是废后；但纯道先生难道不记得，天顺年间，已复胡后尊号？胡后并未因追尊为后，而入葬宣宗皇帝景陵。”

“复胡后尊号，正可见先帝圣明纯孝。然葬废而追尊之后，与葬先帝所册皇后，可同日而语乎？”彭时反诘。

显然是不同的，特别是放在丧葬仪注里议论，是绝不可能同等对待的。夏时语塞，用眼神向怀恩求助。怀恩两眼转来转去，就是不看他。

“慈懿皇太后母仪天下近三十年，身为臣子，怎忍心议论别葬！此事关系不小，一或乖乱，何以示天下！”彭时又说。

“此是正礼。”姚夔又附和一句。

“怀哥——”眼神不管用，夏时不得不呼唤。

怀恩亦知，目前的场面，夏时没有能力控制。他说：“老夏，不如请廷臣且散，待请旨后再议。”

“是，是，待请旨后再议。”夏时如释重负。

群臣散去。内阁三臣和两名太监一起走了一段路，谁也不说话。到了岔路分手，阁臣往内阁去，太监往宫里去。

彭时长吁一口气，说：“有句话在肚子里憋了许久，终于可以说出。”

“看得出来，纯道先生快说吧。”商辂、刘定之笑道。

“眼下情势，二位看出来了吗？”彭时问。

“看出来了。”商辂、刘定之应道。

“我仍有一事不明。”刘定之又说，“不欲慈懿皇太后合葬、祔庙，究竟是皇上之意，还是皇太后之意？”

“我看无多大区别。”商辂说，“皇上纯孝，难道会违背皇太后意愿？”

“皇上之意，或皇太后之意，区别也许有，但关系不大。”彭时说，“在我等，此事当力争，不可使皇上有失德。”

商辂、刘定之知道这就是他憋在肚子里的话，也各抒己见。

“纯道先生说的是；不过，最好由他人先言之，我辈赞成。”商辂说。

“我也是此意。”刘定之道，“若我辈先言之，触怒皇上，或触怒太后，则事不可为矣。”

“有人先言固好，倘若无人先言，奈何？”彭时问。

商辂、刘定之被问住。若换了李贤，或陈文，甚者换了前辈三杨，说不定会授意他人进言；他三人皆以君子自居，不屑于此。所以，只有祈求皇帝早召入他等。

第三十九章

皇帝满腹心思地待在文华殿里，唯恐母后把他唤去，又期待着母后把他唤去。因为只有母后当面交代，他才好下决心。然而，好像有意要延长他的忐忑不安，母后就是不着人唤他。

见怀恩捧几本奏疏进来，皇帝问："外朝的议论多起来了？"

"议论不少，但上疏的不多。"怀恩说。

"我看你拿来好几本嘛。"皇帝道。

"奴才拿来的三本奏疏，都是礼部姚尚书所上。"怀恩禀奏。

"议的都是慈懿娘娘丧葬事？"皇帝吃惊地问。

"议的都是合葬、祔庙事。"怀恩更确切地说。

"二日里上三疏，有这多的话说？"皇帝嘟囔一句，命道，"老怀，你按照顺序，把姚尚书的奏疏说与朕听。"

所谓说，就是不要从头到尾读一遍。怀恩把姚夔的三本奏疏按顺序放好，拿起第一本，说："此本是廷臣会议后即上。"

"他怎说的？"皇帝问。

"先论奉梓宫祔于裕陵，奉神主祔于太庙，在先帝，全夫妇大伦，在皇上，全母子深恩；复考一帝二后并祔陵庙之典。"怀恩讲述。

"一帝二后并祔陵庙，有何典故？"皇帝问。

"奴才读疏文吧。"怀恩说了一句，读道，"窃谓有二太后，方自今始；则陵庙之制，亦当自今日考诸古、协诸义以行之。臣考之前代，一帝二后并祔陵庙者，未易悉数。只如汉文帝，尊其生母薄太后；然于其嫡母吕太后，虽得罪于宗社，尚且仍与父高帝并葬长陵，无所改易。此文帝所以号为孝文，高出汉诸帝上也。又如宋仁宗，追尊其所生母李宸妃为太后；然于其嫡母章献刘太后，虽本无子，尚且仍与父真宗同祭太庙，无所嫌忌。此仁宗所以称为贤君，高出宋诸帝之上也。"

"他倒好似颇知朕之为难，给朕找来这些典故。"皇帝道。

“该疏后面还有几句话。”怀恩说。

“读！”皇帝命道。

“臣等谨议得，大行慈懿皇太后，即今葬祭，与皇太后千秋万岁后，俱于英宗睿皇帝裕陵合葬，慈懿皇太后居左，皇太后居右，一体祔庙。”怀恩读道。

“谁左谁右，眼下还谈不上呢。”皇帝说着，手指案上的奏疏，示意怀恩赶快换一本。

“第二本，议的是守祖宗之成法。”怀恩说。

“他不是说，陵庙之制，当自今日以行之吗？”皇帝问。

“奴才想，当自今日以行之，说的是一帝二后并祔陵庙；他此处说的守祖宗之成法，乃帝后合葬、祔庙。”怀恩解释。

“朕且听他是怎说的。”皇帝命道。

“我国家祖宗成法，尽善尽美，父子夫妇，各有伦序。是以百年以来，海宇奠安，华夷一统，国无异政，家无殊俗，良由此耳。今者合葬、祔庙之礼，祖宗之成法也。臣等以为，祖宗成法，天下臣民不敢违也；而先帝与母后，系祖宗之后，尤不敢违。先帝与母后不敢违也；而皇上为先帝与母后之子，为祖宗列圣继世承祧之子孙，尤不敢违。母后与皇上之所以尽心于先皇帝者，即所以尽心于祖宗也；皇上之所以尽心于祖宗者，即所以致孝于先皇帝也，即所以尽心于母后也。使母后于祖宗有贤名，皇上之孝孰大焉；使母后于祖宗有他议，皇上之孝未至孰甚焉！如以为母后深居禁闱，偶未及此，则曰起敬起孝，曰父有争子，曰号泣随之，在皇上处之而已。如以为母后有言，坚持不从，则曰尊无二上，曰处亲以六义，在皇上处之而已。大抵母后之命，固所当重；而祖宗之命，尤当重。母后之命，固未可违；而祖宗成法，尤不可违。皇上念之处之而已。”怀恩读道。

“绕来绕去，只有最后一句朕听得真切。”皇帝道。

“爷恕罪，奴才读得不清楚，奴才再读过。”怀恩说。

“朕并非说你读得不清楚，朕是说他写得不清楚。”皇帝道。

“奴才以为。姚尚书全篇，皆围绕最后一句而述。”怀恩说。

“好吧，好吧，朕又不是真听不清楚，只是嫌他写得啰唆而已。”皇帝有点儿不耐烦。他问，“第三篇是何主题？”

“以义成恩。”怀恩道。

“何谓以义成恩？”皇帝问。

“爷让奴才讲，奴才也讲不清楚，还是读疏吧。”怀恩说着，读道，“臣窃窥皇上欲顺承母后之命，则于义有未安；欲从众人之言，则于恩有未忍。辗转宵旰，似难裁处。臣闻礼曰：父母有过，下气怡色，柔声以谏。谏若不入，起敬起孝，悦则复谏。必欲置亲于无过之地者，何也？是以义成恩也。恭惟皇太后聪明仁慈之德，闻于天下，今偶于慈懿一事，见有未尽，以理开论，易为转移耳。皇上极其诚敬，和其声气，从容解劝，至于再三，皇太后必能感动而从之。此则恩义两尽也。万一有不能从，则当断之以义，而从天下之公。皇太后脱或有怒，而陛下仁孝诚敬，和颜悦色，益加至而不敢替焉，则于恩义两无失矣。”

“老怀，你说，朕尽管极其诚敬，和其声气，从容解劝，至于再三，母后便会感动而从之吗？”皇帝问。

“未必。”怀恩道。

“他说朕辗转宵旰，似难裁处，还真说对了。朕要让他知道，不是似难裁处，而是真难裁处。”皇帝说到这里，命道，“老怀，宣内阁彭先生、商先生、刘先生。”

彭时等三人上殿，行礼后立于御座前左侧，怀恩、夏时，还有慈懿皇太后原宫中管事太监傅恭等内臣立于右侧。

“廷臣如何议慈懿娘娘丧葬事，卿等知否？”皇帝问。

“臣等不知详情，但知结果。”彭时回奏。

“他等已告知朕结果，彭先生再对朕说一遍。”皇帝道。

“廷臣先后陈言：先是少詹事柯潜、国子监祭酒邢让等三十三人言别葬不可；次则魏国公徐俌等三十五人言别葬不可；又次则礼科左给事中魏元等二十九人、御史康永韶等四十八人言别葬不可；又次则礼部尚书姚夔、吏部尚书李秉等四十四人言别葬不可。”彭时说。

“老傅，姚先生说的是吗？”皇帝问傅恭。

“奴才与议，彭先生说得不差。”傅恭道。

“老夏，你说呢？”皇帝又问夏时。

“奴才以为，彭先生说的不全对。”夏时道。

“怎的不全对？”皇帝问。

“他只数了言别葬不可者，未数持异议者。”夏时说。

“你数过吗？”皇帝问。

“奴才数过，赞成别葬者七八人，持议两端者七八人。”夏时说。

“十人中不足一二，不数也罢。”皇帝道，又说，“朕也以为彭先生不全对，但与你不同。先是彭先生于左顺门言别葬不可，然后才有其次、又次。彭先生，朕说的可是？”

“诚如圣谕，臣确以为别葬不可。”彭时说。

“商先生、刘先生呢？”皇帝问。

“臣等亦以为，别葬不可。”商辂、刘定之道。

“卿等说说，为何别葬不可？”皇帝命道。

“简而言之，葬仪，礼之大者，只合依正礼行。”彭时说。

“朕岂不知合依正礼行！但卿等想过没有，此事与母后有碍，故朕才令卿等会议，务要处置合宜？”皇帝问。

“陛下说到个宜字。臣以为，皇上孝事两宫，以全孝为宜；奉梓宫合葬裕陵，方可谓全孝。”彭时说。

“外议汹汹，若不祔庙，人心不服，且于圣德有损。”商辂说。

“孝子从义不从令，虽圣母有令，亦不可从也。”刘定之说。

彭时强调的是孝，尚辂强调的是德，刘定之强调的是义，三个字都够让人回味的。皇帝默然良久，道：“彭先生以孝为言，使慈懿娘娘合葬，固是孝；但因此而失母后心，还说得上孝吗？”

“孝有大有小，何谓大孝？以先帝之心为心也。”彭时说。

“怎叫以先帝之心为心？”皇帝问。

“先帝待慈懿皇太后，始终如一。先帝如何待慈懿皇太后，陛下亦如何待慈懿皇太后，即以先帝之心为心。”彭时说。

“说来说去，无非是要合葬。”皇帝道，“朕不是说了吗，此事与母后有碍，你等有何主意？”

“主意是有的。”彭时说，“先帝陵寝两侧设位，今慈懿娘娘居左，母后娘娘千秋万岁后，居右。”

“此事廷议时提出，圣上不允。”夏时插话。

“但唯有此法两全其美，不失先帝之意。”彭时说。

“不失先帝之意，然失娘娘之意，怎算得上两全其美？”夏时道。

“廷议时争论不休不算，怎又争到朕面前来了！”皇帝叱道。他把阁臣唤来，一是希望他们考虑到母后的心愿，有所妥协；二是希望他们在廷臣们的议论之外，有更加两全其美的提议。谁知他们所议，和廷臣们说的、写的，并无二致，而夏时对他们的反驳，也和对廷臣们的反驳完全一样，这使得他更加心烦意乱。

彭时知道不能再议。他说 ：“臣等意未尽，欲具本言之，乞陛下再三申劝圣母，以终大事。”

“卿等上本来看。”皇帝道。

礼科给事中张宾、刑科给事中毛弘结伴来到文华门外，这里已聚集了百余廷臣。见廷臣三人一群，五人一伙，纷纷议论，毛弘知道，不大喝一声，无法吸引他们的注意；更知道，虽然群情激昂，但不提出一个响亮的口号，不足以把众人凝聚在一起。

“利用兄，可知国事执论之义？”他高声问道。

“士广兄在考较我吗？”张宾猜到他的用意，也高声说，“国事者，国家大计也。事关国家大计，身为臣子，须得坚执正论。”

张宾字利用，山东德州人。毛弘字士广，浙江鄞县人。二人都是天顺元年进士。

“利用兄说说，国是执论，今日是否其时？”毛弘问。

“是。”张宾应道。

“利用兄说说，今日当如何执论？”毛弘问。

“我等身为谏臣，力谏而已。”张宾道。

“利用兄曾疏谏否？”毛弘问。

“曾疏谏。”张宾道。

“疏谏不纳，奈何？”毛弘问。

“面谏。”张宾道。

“无由面君，奈何？”毛弘问。

“请士广兄指点。”张宾揖道。

“哭谏！”毛弘道。

“是。”张宾应道，“今日正执论之时，正哭谏之时！”

二人携手并肩，当道跪拜下去。群臣响应，或与他二人并排跪拜，或跪拜在他二人后边，很快跪拜之臣超过了站立之臣。

所谓哭谏，定有说辞。最普通的说辞就是高呼“太祖高皇帝”“太宗文皇帝”。不知谁起了个头，“太祖高皇帝”“太宗文皇帝”的呼声，号啕的哭声，此起彼伏，越来越响亮。

忽有一人看到张宾爬了起来，他停止哭号。接着，有许多人看到张宾在走动，他们停止哭号。其他人感到哭声、叫声一下小了许多，也停止哭号。所有的人都看到，张宾向文华门走去；同时他们也看到，为数不少的大臣，如吏部尚书李秉、礼部尚书姚夔等，站在文华门外，正观看他们的举动，有的表现出惊诧，有的拔腿要走。

“大章先生也要走吗？”张宾问。

“我没想到走。”姚夔道。

“别人都走得，唯大章先生走不得。”张宾说。

“为何唯大章先生走不得？”户部尚书马昂问。

“争慈懿皇太后丧葬，本是礼部的事。礼部争之不胜，故我等助之。大章先生身为大宗伯，岂得置身事外！”张宾道。

“利用说我等都走得，我等当真都走得吗？”刑部尚书王复问。

“那要看诸公有无天良。”张宾道。

“此话怎讲？”王复问。

“诸公受朝廷之恩，远厚我等，此际脱身而去，天良何在！”张宾道。

“宗盛先生，与中先生，看来，我等皆不能置身事外。”姚夔对本部侍郎邹干、叶盛说着，向跪拜的人群走去。

“诸位，我是不敢不要天良的。”王复说着，向跪拜的人群走去。

由于大臣们的加入，群臣情绪更加高涨，哭号声更加响亮。

廷臣的哭谏打动了皇帝，也使皇太后警醒，慈懿皇太后合葬、祔庙，遂成定议。七月十九日，上慈懿皇太后尊谥孝庄献穆弘惠显仁恭天钦圣睿皇后。

第四十章

九月初，睿皇后遗体终于入葬裕陵，举朝上下都松一口气。朝廷恢复以往的平静，各衙门恢复可以正常办事。

随后，一颗彗星出现，直犯七公之星，闯入天市垣，又打破了平静。按照惯例，天示异常，部、院大臣当引咎乞罢，但除户部尚书马昂致仕外，皇帝慰留其他大臣，并命廷臣修省建言。

“魏景善的奏章，二位读过了吗？”姚夔问两位侍郎。

魏元字景善，山东朝城人，也是天顺元年进士。

“岂止读过，公未到时，我与与中先生已议过好一阵。”邹干说。

“二位有何想法？”姚夔问。

“其他都是泛泛而议，但与中先生有个想法很有意思。”邹干说。

“与中先生，是何想法？”姚夔问叶盛。

“我先请教大宗伯。”叶盛道，“一直以来，礼科与礼部处得如何？”

“与中先生是知道的，各科向来以纠劾各部为己任。不，不仅为己任，且为快事。礼科当然也不例外。”姚夔说。

“礼部议慈懿丧葬之事，礼科叫了声好；今日魏景善上疏，又为礼部叫了声好，殊为不易。我想，礼部也该为他叫一声好。”叶盛道。

“是公然叫好，还是私下里叫好？”姚夔问。

“当然是公然叫好。”叶盛道。

“亦即我等共上一疏，以赞附其议？”姚夔问。

他的语气听似反对。叶盛问：“有何不妥吗？”

“魏景善之疏若是没有为礼部叫好，礼部为他叫一声好，还没什么；他既在疏中指明是为礼部叫好，礼部反不便为他叫好。”姚夔说。

“但他议的第一事，关系极大，当真该再议一议呀！”叶盛道。

姚夔不回应他的话，却问邹干：“宗盛先生之意如何？”

“礼部不便叫好，是；该再议一议，亦是。”邹干说。

“宗盛先生，可否不要两不得罪？”叶盛责道。

“谁说我两不得罪？我是两下里得罪。”邹干道。

“怎的两下里得罪？”叶盛奇怪地问。

“与中先生想呀，”邹干解释道，“我说礼部不便叫好，意即礼部不便再议，这不得罪与中先生吗？我说该再议一议，意即礼部并非不可叫好，这不得罪大章先生吗？”

“错！”叶盛指出，“我说该再议一议，并非一定由礼部议。”

“错！”姚夔指出，“我说礼部不便叫好，并非礼部一定不可议。”

“并非一定由礼部议，谁可议之？”邹干问叶盛。

“欲议之臣，无不可议。”叶盛道。

“并非礼部一定不可议，如何议之？”邹干问姚夔。

“魏景善未议者，无不可议。”姚夔道。

“既如此，二位前面的话，以及本人前面的话，都是废话；我等从现在起，不再说废话，如何？”邹干问。

“难道大章先生所谓魏景善未议者，礼部无不可议，也是句无用的话吗？”叶盛驳道，“魏景善未议者，礼部议之，便非为他叫好。”

“我看，与中先生所谓欲议之臣，无不可议，才是高明。”姚夔回应道，“魏景善未议之事，难道就不可由欲议之臣议之？”

“那是否先看看魏景善之议，再定其他？”邹干问。

“不错，这才是句最有用的话。”姚夔、叶盛齐道。

三人你看看我，我看看他，大笑。

“宗盛先生提议先看看魏景善之议，就请你读吧。”姚夔说。

“好。”这没有什么好推让的，邹干读道，“传闻宫中乃有盛宠，匹耦中宫。尚书姚夔等向尝言之，陛下谓‘内事朕自裁置’。屏息倾听，将近半载，而昭德宫进膳未闻少减，中宫未闻少增。夫衽席之微，谪见玄象，不可不惧。且陛下富有春秋，而震位尚虚，岂可以宗社大计，竟付之爱专情一，而不求所以固国本、安民心哉！愿明伉俪之义，严嫡妾之防，俾尊卑较然，各安其分。百世之基，实在于此。”

八卦中，震指东方。震位，即东宫。魏元议万贵妃盛宠一事，是礼部议该事的延续。礼部再继而言之，说好听些，是上下呼应；说难听点，是沆瀣一气。所以姚夔说，礼部不便再就此事议之。

“看来，礼部欲叫好，难矣。”叶盛道。

“与中先生说说，难在何处？”邹干问。

“据大章先生所言，魏景善未曾言及者，礼部才可议。二位请看，”叶盛把魏元的奏疏抄本拿过来，指点着说，“议盛宠一事的来龙去脉，三言两语，写得很清楚；盛宠之现状，三言两语，写得很清楚；盛宠之危害，在东宫尚虚，三言两语，写得很清楚；尊卑较然，各安其分，三言两语，写得很清楚。我实在想不出来，还有什么好议的。”

“写得再清楚，也只是三言两语，难道就没有再充分阐述的余地？”邹干提出异议。

“大章先生的前提是未议者，不是有没有再充分阐述的余地；说到再阐述的余地，别说魏景善只是三言两语，即便他是千言万语，我礼部也不是作不出一篇文章的。”叶盛道。

“大章先生的前提可不可以改改？”邹干问姚夔。

“且不说能不能改，宗盛先生先说说，让你充分阐述的话，你会抓住哪一个题目？”姚夔道。

“盛宠之议的由来，没有再阐述的余地；再阐述，有自我标榜之嫌。盛宠之现状，没有再阐述的余地；再阐述，有风闻议事之嫌。盛宠之危害，没有再阐述的余地；再阐述，有诅咒宗社之嫌。我看，只有尊卑较然，各安其分，再阐述的余地最大。”邹干说。

“与中先生看呢？”姚夔问叶盛。

“宗盛先生所言，不无道理。”叶盛说。

“此题目再阐述，当从哪一处落笔？”姚夔问。

“我想，或须阐明何谓其分。”邹干说。

“宗盛先生又如何阐明何谓其分？”姚夔追问。

“从‘当夕’说起，如何？”邹干道。

“你是说，后与妃嫔如何分派日子？”姚夔问。

“是。”邹干应道。

“妙极，我正想与人议议‘当夕’之说。”叶盛说。

“那就请与中先生先议。”邹干让道。

“不，不，还是先听宗盛先生高论。”叶盛回让。

“宫闱，后一，夫人三，妃嫔九，世妇二十七，女御八十一。进御之礼，妃嫔以下，九中选一，即八十一女御，当九夕，二十七世妇，当三夕，九妃嫔，当一夕；夫人三中选一，即三夫人，当一夕；后独当一夕。合而计之，为半月。其排序，上半月，卑者先，尊者后；下半月，尊者先，卑者后。”邹干说。

“我来给宗盛先生数数啊。”叶盛掰着手指数道，“初一至初九日，女御一名当夕；十至十二日，世妇一名当夕；十三日，妃嫔一名当夕；十四日，夫人一名当夕，十五日，后当夕；十六日，又是后当夕；十七日，夫人一名当夕；十八日，妃嫔一名当夕；十九至二十一日，世妇一名当夕；二十二至三十日，女御一名当夕。”数完了，问，“可对？”

“未开蒙的童子都数得清，何劳与中先生大才！”邹干道。

“再一事，却不那么好数。”叶盛说着，数道，“十五、十六两日，后当夕，亦即每月两夜当夕；十四、十七两日，二夫人当夕，亦即各夫人一个半月一夜当夕；妃嫔以下，各人则是四个半月一夜当夕。”数完了，问，“可对？”

“怕是不全对。”邹干道，“定要依次轮回，各夫人才能一个半月里一夜当夕，妃嫔以下四个半月里一夜当夕。然终生帝不用为侍寝的女御乃至妃嫔，也是有的。”

“宗盛先生不是说进御之礼吗？八十一女御，仅御一人，二十七世妇，仅御一人，九妃嫔，仅御一人，三夫人，仅御一人，都不能称为进御以礼吧。”叶盛辩道。又说，“宗盛先生称不全对，我看也是不全对；然则不全对，不在于是否依次轮回。”

“却在于何事？”邹干问。

“前人注《礼记》者甚多。”叶盛道，“宗盛先生所言进御之礼，出自一种注疏，我也读过一种注疏。据我所读注疏称：进御，天子者十五日而遍，自下而上，象月初生，法阴道也。晦明是其所忌，故人君不以月晦及望御于内。”叶盛背诵了一段某注疏里的原文，道，“一月里，至少有两夜不进御，十五日何得而遍？况后于十五日当夕，恰是不得进御之际，明曰两夜当夕，实则一夜而已，此岂尊后之道？”

“以注疏攻注疏，与中先生煞是厉害！”邹干说着，问姚夔，“大章先生，你赞成哪一家注疏？”

“宗盛先生称与中先生数得不全对，我赞成；与中先生称宗盛先生所引注疏不全对，我亦赞成。”姚夔说。

“大章先生怎的也两不得罪！”邹干道。

“借用尊驾一句话，我这是两下里都得罪。”姚夔笑道。

“那么，两种注疏大章先生都不赞成？”叶盛问。

“都不甚赞成。”姚夔更正。

“那么，大章先生第三种注疏怎说？”邹干问。

“我欲引《诗经注疏》，不引《礼记注疏》。”姚夔说。

“好啊，文章越作越大！”邹干拍手叫好，并问，“大章先生欲为我等引哪一首诗及其注疏？”

“《小星》。”姚夔道。

“嘒彼小星，三五在东；肃肃宵征，夙夜在公，寔命不同。嘒彼小星，维参与昴；肃肃宵征，抱衾与裯，寔命不犹。”《小星》诗两段，每段五句，叶盛一口气背下来，道，“大章先生欲引的，是‘肃肃宵征，夙夜在公’两句吧？”

“不错，就是这两句。”姚夔道。

“大章先生欲引的注疏如何诠释？”邹干问。

“一则曰：凡妾御于君，不当夕；一则曰：夕谓日入星未出时，所谓当夕者，夜见星而往，夙见星而还。”姚夔说。

“两则注疏，其实是一个意思，以夕为夜，则妃嫔等不得当夕；以夕为日入而星未出时，则夫人、妃嫔、世妇、女御等，皆不得留夜。”邹干说罢，问道，“大章先生，是这个意思吧？”

“意思不错，但稍加简化，更为贴切。”姚夔道。

“怎的稍加简化？”邹干问。

“只说妃嫔不当夕就可以。”姚夔说。

“这就怪了。”邹干道，“难道夫人、世妇、女御等皆得留夜，唯独妃嫔不得留夜？”

“非也，非也！”姚夔连连摇头，“其实，按照周礼，唯九嫔，方以时御叙于王所，其他另有所职。女御，则掌御叙于王所之燕寝；夫人，则坐论妇礼，如：浆人致饮，掌客致礼等；世妇，则掌丧祭、宾客之事。”

“如此说来，夫人至女御各分派日子，是注疏有误？”邹干道。

“宗盛先生所引注疏，固是大误而特误；大章先生所引注疏，也有可以商榷之处。”叶盛说。

“与中先生又要以哪家注疏来批驳大章先生？”邹干问。

“我说的是商榷，非批驳。”叶盛道，“夫人、世妇、女御等各有所职，唯九嫔得御进，而九嫔御进，又不留夜，则帝独眠乎？”

“唯皇后得以侍寝吧。”邹干代姚夔回答。

“以今日观之，帝有免朝之日，后就不须将息调理吗？”叶盛问。

“这还真是个事。”邹干看着姚夔说。

“此事亦有说法。”叶盛道，“《礼记・内则》篇，有注疏曰，人君修令而退，王后每夕皆进于王，所以正内治。《诗经・小星》诗，有注疏曰：后五日一休，一嫔与其御进；又五日一休，一嫔与其御进。凡四十五日，而九嫔毕见。”

“在先，与中先生以注疏驳斥我所引注疏，在后，与中先生以注疏弥合大章先生所引之注疏，这可有点儿不公呀！”邹干说。

“若以为驳斥，皆是驳斥；若以为弥合，皆是弥合。无所谓不公。”叶盛对他仍少不了驳斥。

“驳斥也罢，弥合也罢，宗盛先生，又回到你出的题目了。”姚夔说。

“我出的题目？”邹干拍了拍头，想不出来。

“是啊！”姚夔道，“尊卑较然，各安其分，不是你出的题目？”

“大章先生是说，议来议去，已可作一篇大文章？”邹干问。

“大章先生的意思，议来议去，这篇文章更作不得。”叶盛说。

“这是为何？”邹干问。

“难道我等引经据典，在皇上面前相互驳斥或相互弥合？”叶盛道。

“再者，哪一家注疏，后世仍据之而行？”姚夔道。

“那么，礼部不再阐述？”邹干问。

“该阐述的，礼部其实已经阐述过了；但愿除魏景善外，有更多的廷臣能为皇上敷陈利害。”姚夔说。

继魏元之后，御史康永韶等又上疏，陈言宫闱事，略曰：太子者，天下之大本也。古人主一娶九女，以广继嗣。今前星未耀，实切忧惶。伏望均六宫之爱，协宜家之祥，庶螽斯绳绳，麟趾振振。

康永韶等议论多事。除此事外，皇帝皆嘉纳之。

第四十一章

早朝后，彭时要回内阁，被怀恩拦住。

“怀公公，有事？”彭时问。

怀恩点了点头，说：“纯道先生关切之事，已有裁决。”

“我关切之事？”彭时关切之事不是一件两件，肯定听不明白。

“就是纯道先生与彦实先生争执不下的那件事；或者，我应该说是内阁与兵部争执不下的那件事。”怀恩说。

“怀公公还是说我与彦实先生争执不下的那件事吧！”彭时道。

他和程信争执不下的，只有一件事：土达满俊作乱，朝廷命回朝协理院事的原陕西巡抚项忠和都督刘玉，率京营往西北，会陕西四镇官军征讨。但在官军集结之前，接替项忠改任陕西巡抚的陈价率部先行征讨，结果大败。消息传来，举朝震惊。朝廷一方面逮治陈价，急召正在家中守制的原南京大理寺卿马文升，接替陕西巡抚一职，一方面商讨增调京营赴援。程信主张京营大出，彭时反对增调京营，已争论了一些日子。

在内阁，商辂支持彭时，刘定之态度不明朗，二与一之比，把内阁牵扯进去不算大错；而另一位兵部尚书白圭并不支持程信，侍郎们也不明确支持程信，倒是抚宁侯朱永等，和程信相互呼应，所以，把兵部和内阁对立起来就不那么合适。

“如此说来，皇上已有决断？”彭时问。

“不然。”怀恩道。

“皇上既无决断，裁决从何说起？”彭时又不明白了。

“我是说，皇上其实早有决断。”怀恩道。

“皇上早有决断？怎不传谕？”彭时更不明白。

“皇上听了纯道先生与彦实先生的争执后交代，二卿所言，都有道理，还是听听项卿怎说，再做决断吧。”怀恩道。

“你是说，荩臣先生又有奏本呈进？”绕了一圈，彭时总算听明白。不过，明白是明白，有一点仍想不通，“皇上的意思，是以荩臣先生的见解来决断，但荩臣先生的见解不是早已表达清楚了吗？”

“是啊，我也是这么对皇上说的，我还说，内阁彭先生、商先生，都是赞成项都堂之议，才反对增调京营的。”怀恩道。

彭时听他前半句话，本来想问皇上的反应；听他后半句话，却说：“这话，也对，也不对。”

“怎么？”这下轮到怀恩不明白。

“彦实先生等提出增调京营，最早上疏反对的是荩臣先生，这话不错。”彭时说着，忽问，“怀公公还记得他的奏本是怎写的吗？”

“怎不记得！”怀恩背诵项忠奏疏的内容，“臣等调兵三万三千余人，足以灭贼。今秋深草寒，若更调他军，恐往复需时，贼得远遁；且边兵不得久留，益兵非便。”

“彦实先生等为何主张增调京营，怀公公还记得吗？”彭时又问。

“理由有二：一则，固原之贼，两三月间啸聚两万，来势汹汹，不可小觑；二则，固原之贼若北连鞑靼，贻害无穷。”怀恩说。

“荩臣先生的理由，比彦实先生的理由更充分吗？”彭时问。

“未必。”怀恩道，又说，“其实，这些都是不怕公然而言的理由，还有不便公然而言的理由。在荩臣先生，是因为京军脆弱，增调无益；在彦实先生，是因为怀疑荩臣先生能否办贼。”

“不便公然而言的理由，或是根本所在。所以，我并非赞成荩臣先生之议，才反对增调京营。”彭时说。

“纯道先生的理由是——”怀恩问。

“我相信，荩臣先生足以办贼。”彭时说。

“纯道先生这个想法当时告诉我就好了。”怀恩道。

“好在哪里？”彭时问。

“我禀明皇上，或不会有后来的周折。”怀恩道。

“我也有不便公然而言的理由呀！”彭时笑着说，“用人，权在吏部，用兵，权在兵部，我说一句不必增调京营，已经让人不高兴；再说一句荩臣先生定能办贼，岂不更让人说干预部务？”

“这话不假。”怀恩道，“纯道先生可知，京营未调，彦实先生怎说？”

“不知。”彭时摇头。

“他说：一旦项忠兵败，必斩一二人，京军方出。”怀恩道。

“彦实先生说过这话？”彭时边问边说，“怀公公早告诉我就好了。”

“这又好在哪里？”怀恩问。

“怀公公早告诉了我彦实先生有这话，我也早就告诉了怀公公我的想法。”彭时说。

怀恩笑了笑。他听出彭时的言外之意，是并不怕担责任。

“话说回来，皇上听怀公公说荩臣先生已表达了他的见解，是怎说的？”彭时问的是方才就该问的话。

“皇上说，项忠那么写时，并不知朝中的争执。”怀恩告诉他，并说，“爷真是料事如神，项都堂再上密疏，立场果然改变。”

“立场改变？”彭时与其说没听清楚，不如说难以理解。

“是啊！”怀恩应道，“前者反对增调京营，今者赞成增调京营，不是立场改变吗？”

“荩臣先生赞成增调京营？他怎说的？”彭时问。

“他奏道，请命朱永率精兵五千，沿边而西。报得贼平，则止而不前；未平，则赴援，勠力攻之。”怀恩复述道。

“仅以五千京军赴援？”彭时问。

“是。”怀恩应道，“他是这么写的。”

彭时皱起眉头，皱得让人一眼就能看出来；随即，他脸上露出一丝不易被人觉察的微笑。但怀恩也看出来。

“纯道先生为何发笑？”他问。

“我绝比不上皇上圣明，也比不上荩臣先生聪明。”彭时说，“领兵在外，是不能和兵部对着干的；荩臣先生此疏，乃是以退为进。”

“皇上也是这么说的，”怀恩道。“皇上还说，项都堂都不坚决反对增调京营了，彭先生也不要再反对吧。”

“臣遵旨！”彭时应道。又道，“我不反对永宁侯率五千军巡边，但欲奏请京营缓出，可否？”

石城外，官军大营里，项忠、马文升坐镇，刘玉率京营及陕西、宁夏镇官军，从东面发起攻击，毛忠率本镇官军及延绥镇官军，从北面发起攻击。探马不时将前方战况报到大营。

午前都是好消息。先是毛忠军攻克北峰，继而刘玉军攻克东峰，继而毛忠军攻克西峰，继而刘玉军攻克石城东门，继而刘玉军又攻克西门，大有一气呵成、攻克石城之势。

项忠甚至和马文升开起玩笑："晚间犒赏三军，无论京营、边军，无论陕西军、甘肃军，负图先生可要一视同仁呀！"

马文升字负图，陕西钧州人，景泰二年进士。他笑着说："必倾其所有，唯荩臣先生之命是从。"

午后，形势忽然逆转。先是北线急报，毛忠为流矢所中，生死不明；继而东线急报，刘玉部在城外反被逆贼围困；继而北线报，伏羌伯确已阵亡，甘肃、延绥军退却；继而东线报，他部见刘玉被围困，发生骚乱，大有溃退之势。

"负图先生，我去前面督战。"项忠说。

"我和荩臣先生同去。"马文升说。

"不，大营不可无人坐镇。"项忠道，"我与负图先生约，前方溃败，我之过；大营有失，负图先生难辞其咎。"

"谨遵台命。"马文升应道。

一到战场，能明显地感觉到，官军处于劣势。震耳欲聋的，是石城守军的呐喊声；漫山舞动的，是石城使用的旗帜。

一支官军偃旗息鼓，退下来。项忠命亲军一字排开，迎面拦截。

"你居何官？"他问带队的军官。

"禀都堂，末将是千户。"该军官说。

"千户有多大职权，就敢指挥退兵，可是得了本堂号令？"项忠问。

"不曾得都堂号令。"千户说。

"可是得了刘督帅号令？"项忠问。

"不曾得刘督帅号令。"千户说。

"既无本堂号令，又无督帅号令，为何退兵？"项忠问。

"督帅被困，我等难以支撑。"千户说。

"为将者，难以支撑，有死而已，怎敢退缩！岂不知临阵脱逃者，军法不容！"项忠说着，从腰间抽出剑来。

"大人饶——"千户"命"字没有叫出口，被一剑斩之。

"割下人头，悬挂旗杆示众。"项忠命道。

官军无敢再退者，无敢言退者。各支官军力战，护得刘玉突围而出。虽然石城各门均被守军夺回，但官军得以保持围攻的态势。

官军夜巡时，遭遇一支出城取水的乱军，擒获其头目。项忠交待过，凡擒到城里的人，他都要亲自讯问，加上被擒的头目口出狂言，官军不敢怠慢，即刻将他解往项忠处。

“你是何人？”项忠像往常一样讯问。

“看你模样，是个大人物。”被擒头目说。

项忠觉得可笑，指指他，指指自己，说：“问的是你，不是我。”

“我的身份，大人物才知，小人物是不知的。故我先要确定你是大人物，才能告诉你我的身份。”被擒的头目说。

“好吧，我自认是个大人物，你现在可说你的身份了。”项忠道。

“既是大人物，当知军中有谋主。”被擒的头目说。

“也有叫军师的。”项忠道。

“军师占了个师字，谋主占了个主字，我还是更喜欢被人称作谋主。”被擒的头目说。

“谋主也该有名有姓吧。”项忠道。

“姓杨，杨虎狸的便是。”被擒的头目说。

“杨狐狸？”项忠听岔。

“不是狐狸，是虎狸，虎豹的虎。”被擒的头目说。

“名字倒是挺威风的。”项忠道。从这个人的话语、神态，以及名字，他想好了对付的办法。“不过，我只听说过满俊——”

“那是我们招贤王，他招的第一个贤人就是我。”杨虎狸打断他的话。

“还听说过李俊。”项忠说。

“那是我们顺理王，城中的理其实都是我理顺的。”杨虎狸说。

“你还说，你喜欢那个主字呢，”项忠继续刺激他，“可人家都说，石城的城主姓满，姓李，从未有人说过姓杨。”

“那有没有人说过，一城会有几主？”杨虎狸问。

“并无定数，一主也有，二主也有，三五主也有。”项忠说。

“石城中既有招贤王，又有顺理王，不会是一主。你只可说，二主也有，三主也有。”杨虎狸道。

“三主便怎的？”项忠问。

“第一主是招贤王，第二主是顺理王，第三主便是谋主。”杨虎狸说。

“我可如此说，却不是只可如此说。”项忠道。

“这是为何？”杨虎狸问。

“来了个张三，可以称自己是第三主；又来个李四，可以称自己是第三主。我怎么好相信，只有杨虎狸才是第三主？”项忠道。

“要怎样，你才相信？”杨虎狸问。

“城里这几日任凭官军叫骂，死守不出，是你的主意吧？”项忠反问。

“招贤王对我言听计从，顺理王对我言听计从，不是我的主意，他二人哪能耐得住性子！”杨虎狸道。

“这么说，有一半像是第三主了。”项忠说。

“另一半要怎样才像？”杨虎狸名字里不愧带个狸字，一下嗅出项忠话里的味道，“你想说，我劝得招贤王、顺理王出城迎战，另一半才像是第三主，对不对？哈，我怎会上你的当！避官军锋芒，是我给二王出的主意；我怎会再出个主意，让二王试官军锋芒！”

“你自称谋主，却好不糊涂！”项忠道。

“我怎的糊涂？”杨虎狸不服气。

“官军锋芒，难道只有一种避法？蜷缩于城中不出，是避其锋芒；夜间偷袭官军营寨，难道就不是避其锋芒？”项忠给他一个提示。

“你想让我劝招贤王、顺理王夜袭官军营寨？”杨虎狸问。

“他来袭营，我不麻烦吗？我怎想让他等袭营！我只想看看，你杨虎狸的另一半究竟是不是第三主。”项忠道。又说，“不是我小觑他等，给我两日准备，他等怎样袭营，我都不怕。”

“加上我，你也不怕吗？”杨虎狸自以为能用话套住项忠。

“无非多一日准备，有什么好怕！”孰料项忠正想他这么说。

“几时放我回城？”杨虎狸马上问。

“即刻。”项忠道。

“此话当真？”杨虎狸问。

“军中无戏言。”项忠道。

杨虎狸算计项忠的话：第一，说是不想让城里出城袭营，其实是想城里出城袭营；第二，说是三日后准备妥当，不怕袭营，其实是这两日里有准备，不怕袭营。而城中人马屯聚，水井几枯，不然，他也不会夜里出城觅水。所以，他说服满俊、李俊等，在三日后的夜里出城偷袭，结果，中了官军埋伏，被一网打尽。

第四十二章

成化五年正旦日过后，在京衙门各自贺岁。吏部的官员尚未齐集，就被本衙门的两名官员搅局。两官员，一是考功司郎中张宇功，一是考功司主事刘道，二人吵吵嚷嚷，推推搡搡，闹到了堂上。

尹旻把刘道拉到一边，说："刘主事，对司官不可无礼。"

崔恭把张宇功拉到另一边，说："张郎中，有话好生说。"

崔恭、尹旻以为劝解有效，谁知才一撒手，张宇功、刘道嘴里又漫骂互讦之声不断，并又要往一起凑。

"执中先生，你来裁决吧！"崔恭、尹旻不再管。

李秉的性情，原本是特立独行，但掌吏部之后，处在两名佐卿之间，反倒不得不加些小心。初时，因为崔恭、尹旻为吏部侍郎，都比他任吏部尚书早几年，又因为尹旻和他都是山东人，曾师事于他，而崔恭与他是同年进士，所以李秉很重视他们的议论，可以说从善如流。谁知这竟招致谤言，说吏部事权皆归于侍郎。议论传到李秉耳朵里，他又走向反面，对二侍郎的议论从谨慎对待发展到拒不采纳。

崔恭任左、右侍郎多年，王翱致仕，他以为吏部尚书一职非自己莫属，不料旁落。李秉听从他的议论也好，不听从他的议论也好，他心里对李秉都会有股怨气。而尹旻明显感觉到李秉对自己疏远后，也心生不满。他们多少知道一些张宇功、刘道争吵的内容，今天撒手不管，说到底，是想让李秉难堪。

李秉不想在这个场合裁决此事，但崔恭、尹旻既撒手，他不能也撒手。

"二位闹到这里，为的何事？"他问。

有人出面裁决，张宇功、刘道却不说。

"执中先生问他。"张宇功指着刘道说。

"不该说时，偏要说；该说时，怎又不说！"刘道道。

"怎叫不该说？在考功司，你想一手遮天吗？"张宇功斥道。

"这话好没道理，我有那么大的巴掌吗？"刘道边比画自己的手掌，边说，"我不过看不惯有人一手遮天，才出来说话的。”

“好了！”李秉手往张宇功这边按一下，往刘道那边按一下，“考功司的天，别说你二位一手遮不住，这里的几名堂官，一手也遮不住。张郎中，且说明事由吧。”

他点了名，张宇功不能不说。但他对李秉也没好话。

“执中先生明知，又何必问下官！”张宇功说。

“此话怎说？”李秉问。

“某巡检求升一事，执中先生敢说不知！”张宇功虽在质问，但没有指名道姓，已经是给李秉留面子。谁都知道，他说的曹县某巡检，虽不姓李，但也不能保证和李秉不沾亲带故。

李秉脸一红，说：“略有所闻。”

“执中先生敢说，此事不是他告知的？”张宇功一指刘道，继续质问。

“确是刘主事告知。”李秉说。

“执中先生敢说，不知下官不赞成该巡检升一秩？”张宇功质问。

“刘主事确曾告我。”李秉说。

“执中先生敢说，他坚持某巡检升迁，未得你暗示？”张宇功质问。

“我只对他说过，论年头，该巡检该升一秩。”李秉说。

“那么，下官说执中先生明知，错在哪里？”张宇功道。

“原来张郎中说的是此事。”李秉点了点头，表示他没有错，然后说，“我不是对二位说过，此事不妨迟些再议，怎的今日又争起来？”

“今日不争，只怕本部即含混奏闻。”张宇功道。

“有这事？克让先生知否？”李秉问崔恭。

“似乎有了个升黜的单子要呈进。”崔恭道。

“同仁先生知否？”李秉问尹旻。

“在下知否，并不要紧；要紧的是，执中先生知否？”尹旻道。

“不该升迁之辈，我不会让他升迁。”李秉郑重表态。

“我相信，此乃执中先生由衷之言；不过，”张宇功语气一转，说，“该巡检之事，不在该不该升迁。”

“那在何事？”李秉问。

“在该不该降黜。”张宇功说。

“张郎中之意，他该降黜？”李秉道，“刘主事只对我说过，该巡检任满，当升迁，而张郎中抑其升迁；不曾说过，还有降黜该巡检之议。张郎中，此非我明知，能否说与我知？”

“当降黜者有二：一是该巡检不职，军囚有逃脱者；二是该巡检为求升秩，贿赂本部官员。”张宇功说着，瞥了刘道一眼，无疑在说，他是因为收受贿赂，才为该巡检力争。

“贿求一事，纯系子虚乌有！”刘道大叫。

“刘主事，这是你的不对！”李秉道，“张郎中分明主张该巡检当降黜，你为何只告我他不赞成该巡检升迁？他主张降黜的两个理由，你为何也缄口不言？失职尚可原宥，以赂求迁而得迁，岂非我等奇耻大辱！”

“执中先生不可听他一面之词。”刘道嘟囔。

“你又有何话说？”李秉问。

“他说该巡检失职，执中先生可知，是哪一年的事？”刘道问。

“张郎中没说，我怎知！”李秉道。

“是十年前的事。”刘道说，“十年不得升迁，以赎其过失，应该够了吧？若说仍不可逭，也该早就将其降黜，将其罢免。十年前不曾重治其罪，今日却拿出来阻其升迁，这是我吏部该行之事吗？”说完一事，又说一事，“再者，赂求一事若实，不但该治赂求者之罪，也该拿我问罪呀！怎么着，也想今日不重治我罪，十年后拿来阻我升迁吗？”

听起来，他比张宇功还能言善辩。

“刘主事，话不能这么说。”崔恭本不想管的，但实在看不过去，插话说，“该等过失，在十年前是过失，在今日仍是过失。”

“我没说不是过失；我是说，不该拿他十年前的过失，阻他今日升迁。老大人们难道都不曾失过职？该做尚书的还不是做了尚书，该做侍郎的还不是做了侍郎。”刘道辩道。

崔恭本不长于辩论，又没想到，刘道竟会如此放肆，一时语塞。

“刘主事，张郎中只说该巡检赂求升迁，并没指你收受该巡检贿赂，你何必自个儿揪住这件事不放？”尹旻问。

“不是我愿揪住这件事不放。”刘道道，“同仁先生想啊，他说该巡检赂求升迁，我则力主该巡检升迁，这收受贿赂的不是我，又是谁？我再对这件事回避，岂不是心里有鬼！”

“执中先生，你来裁决。”崔恭、尹旻又说。

李秉好不为难。他不得不沉住气，问道：“张郎中，你为何不直指刘主事收受贿赂？”

“下官没证据。”张宇功倒很率直。

“收受贿赂没证据，赂求升迁是不是也没证据？”李秉道。

“虽无直接证据，但既有传言，不得不慎。”张宇功说。

“我也是想慎重一些。”李秉说着，提出个折中方案，“失职一事确有，赂求升迁一事，却无直接证据。不升，不黜，张郎中看如何？”

“无人力主升迁，下官也不会力主降黜；但今日下官既将须得降黜的两个理由禀明各位老大人，若不力主降黜，反显得下官心虚。总之，力主降黜为公，力主升迁为私，一目了然。吏部当从公，从私，还请各位老大人做主！若轻信谗言，妄断是非，我等如何尽职！”张宇功道。

他言辞激烈，绝无回旋余地，李秉劝解不是，不劝解也不是。

“张郎中，我等都信你的话，不必再于此喧闹。”倒是崔恭劝解。

“是啊，张郎中主张不错，且回去吧。”尹旻也劝解。

二人都有明显的倾向性。李秉说：“张郎中，过问此事，我亦后悔。”

大冢宰把话说到这种程度，张宇功确实不好意思再闹下去。

李秉愁眉不展，崔恭、尹旻抿嘴而笑，吏部不可能再有喜庆的气氛。

年节之际，刑科给事中萧彦庄总要给本郡的前辈拜年。拜到大理寺卿王槩家时，翰林院侍读彭华也在，他高兴地说：“彦实先生在，极好了！”

彭华字彦实，江西安福人，景泰五年进士，以会试第一选庶吉士。

“思齐别自个儿叫好，先向主人问好。”彭华说。

萧彦庄字思齐，江西泰和人，天顺八年进士。

“同节先生，晚生特来叩安。”萧彦庄对王槩揖道。

王槩点了点头，示意他不必多礼。然后问彭华：“彦实先生可知，思齐一见你，为何叫好？”

“这还不好猜，他在这里见到我，不必再去我家里。”彭华说。

“不但彦实先生家里不用去，连纯道先生府上也不用去。”王槩道。彭华是彭时族弟，所以他这么说。说罢，又对萧彦庄说，“思齐，你今日来的，可比往年都晚。”

“遇见同僚从东城来，说吏部大堂上闹翻了天，晚生问了问详情，故而耽搁。”萧彦庄说。

“吏部出了何事？”王槩、彭华齐问。

萧彦庄知道两位前辈对此事很在意，遂原原本本把听到的故事讲给他们听。讲到崔恭、尹旻的态度，王槩、彭华会意地相互看了一眼；讲到李秉最后无奈的话语，他二人开怀大笑。

“彦实先生，你看时机到了没到？”王槩问。

“同节兄看呢？”彭华反问。

“时机已到，只欠一点儿火候。”王槩说。

“只欠一点火候，时机便到。”彭华却说。

二人拊掌而笑，几乎同时指了指萧彦庄。

“加把火的人在此。”二人齐声道，又齐声问，“思齐，敢不敢去加上一把火？”

“两位前辈做主，有何不敢！”萧彦庄应过后，却说，“不过，晚生听两位前辈的话，意思并不相同。”

“不同吗？”王槩给他做了解答，“不错，我说的是，驱李时机已到，但驱李尚欠一把火；彦实先生说的是，只欠一把火，驱李的时机才到。说不同，确有不同，但我二人都以为，还欠着一把火。”

“我二人都以为，思齐去加这把火，再合适不过。”彭华补充。

“还是请同节先生先给我讲讲，为何时机已到吧。”萧彦庄道。

“好。”王槩略一思忖，说，“思齐不妨问问彦实先生，厌其人否。”

“不必问，我知厌之甚矣！”萧彦庄说。

“为何厌之？”王槩问。

“凡所求，无一应者。”萧彦庄说。

彭华喜欢交际。内外官员，包括宦官，因他与彭时的关系，也愿与他交往。在交往中，求他办事的人多，他有求多应。事情牵涉其他衙门，三件事里他可以办成两件；牵涉吏部，他则一件事也办不成。

“同节先生鉴之，我对他一无所求！”彭华生怕别人说他为一己私利，才和李秉过意不去。

“彦实先生放心，这一层，大家心里都有数。”王槩道。

“思齐可知，举朝公卿厌其人否？”王槩有第一问，彭华复有第二问。

“晚生与同节先生往来稍频，知同节先生厌之甚矣！”萧彦庄说。

“为何厌之？”彭华问。

“同节先生曾言，天官之位，不当授予憨大。”萧彦庄说。

大理寺卿的升迁路线，一般是侍郎，以刑部侍郎为多，或副都御史；然后尚书，或都御史。应该说，距吏部尚书还较远。但王槩以为，他具备有利条件，那就是首辅彭时与他同乡，且与他交好。所以这一两年，他一直希图取李秉而代之。

“彦实先生鉴之，我在为你鸣不平。”王槩说。

“同节先生放心，没人不希望你雄图大展。”彭华道。

“彦实先生所谓公卿，并非指的我，而是各部正卿。”王槩对萧彦庄说，“去冬彗星出，皇上命廷臣进言，思齐不会忘记康御史那篇奏本吧？”

“可是请汰京官之疏？”萧彦庄问，见王槩颔首，他说，“三名尚书，一名阁老，都在被汰之列，谁能忘得了！”又半信半疑地问，“同节先生是说，康用和所言，乃大冢宰授意？”

用和是康永韶别字。他请罢去的三名尚书，一是户部尚书马昂，一是礼部尚书姚夔，一是兵部尚书程信。他请罢去的阁臣，则是商辂。

“他去李府，比你来我处，或去彦实先生处，频繁得多。”王槩说。

“一是彦实先生厌之，二是同节先生厌之，三是众公卿厌之。”萧彦庄一一言道，并问，“欲驱其人，这不足够吗？”

“还不够，还须主上厌之。”王槩说。

“主上厌之？”萧彦庄显然没看出，皇帝是怎么厌烦李秉的。

“这也多亏了另外几名御史为他捧场。”王槩说。

彭华见萧彦庄仍未听懂，解释道：“同节先生是指刘、吴、冯诸御史。”

去冬彗星出现，皇帝降谕，考察两京官员，其中有一条：四品以上两京官补缺，吏部具名以上，取自上裁。御史刘璧、吴远、冯徽等上疏，请事权仍归吏部。彭华一提这几名御史，萧彦庄顿悟。

“依同节先生所言，此事已触怒圣上？”他自语道。

“这分明是与皇上争权，皇上圣明，焉得不警觉！”王槩道。

“晚生愿加上这把火！”萧彦庄再无顾虑，说，“但如何煽风，如何点火，还请两位前辈指点。”

他和王槩、彭华共同策划，拟疏呈进。疏中罗列李秉十二项罪状，指使御史争权，赫然列在第一。

第四十三章

考察南京官员，署南京吏部事的该部右侍郎章纶，署南京都察院事的该院右佥都御史高明，负主要责任。二人都严于律己，办事认真，认真中带着古板。由于二人从一开始就有分歧，随着考察的进行，发展到分歧越来越大，又发展到无事无分歧，以致考察很难进行下去。

界定壮衰的概念应该说不难，他们却争论得不亦乐乎。

“大经先生如此解说壮衰，恐有不妥。”高明说。

“有何不妥？”章纶问。

“考察中所谓壮衰，并非单纯指身躯，尚有其他含义在内；就算指的是身躯，也不全是由年齿而定，不然，祖宗怎会造出老当益壮、未老先衰等句子来？”高明道。

“我得提醒上达先生，制订考察制度的祖宗，和造出老当益壮、未老先衰等句子的祖宗，不可等同。”章纶冷冷地说。

高明字上达，江西贵溪人，比章纶晚四科，是景泰二年进士。章纶的话很尖刻，他似乎难以反驳。

“上达先生若是不以为不妥。还是以此为标准吧。”章纶又说。

“谁说我不以为不妥！我还是以为，不能仅凭年齿。”高明说。

“那就请上达先生说出不能以年齿别壮衰的理由；当然，老当益壮、未老先衰这样的理由，不说亦可。”章纶道。

“大经先生说过定要以年齿别壮衰的理由吗？”高明反击道。

“我没说过吗？”章纶说着，问道，“考察官吏，其目有八，上达先生记得吗？”

高明整天拿这些标准考察南院御史，怎会不记得！但他觉得，章纶这么问，是在戏弄自己，于是赌气地说：“请大经先生指教！”

章纶似乎有意要激怒他，掰着手指数道：“一曰贪，二曰酷，三曰浮躁，四曰不及，五曰老，六曰病，七曰疲，八曰不谨。”数完八目，说，“八目中列有老一目，难道上达先生以为，这个老也不以年齿而定？”

“这又何须问，老与衰难道同义？”高明道。

“至少是近义吧，由老而衰嘛！”章纶说。

“八目中有老，有病，有疲，三者合起来，才可以总括为衰。要是老即为衰，又何必凭空加上病、疲二目！”高明道。

“无论如何，考察八目中有一目为老。老当以年齿而别，这总不错吧？”章纶的反驳显得没多少力度。

“不错是不错，却未必全对。”高明说。

“上达先生连这一层也反对，是不是有点儿强词夺理？”章纶道。

“我举个例子，大经先生看是不是强词夺理。”高明说，“譬如，贵部一郎中，年仅三十，却已病入膏肓；另一郎中，年已五十，仍体格健硕，思路敏捷。二人中留任一人，大经先生留哪一个？”

“我与上达先生议的是则例，上达先生举的是个案，不可等而视之。”章纶刻意回避。

“若是我请大经先生给我一个答案呢？”高明坚持要问。

“那我给上达先生另举一例。”章纶道，“譬如，贵院一御史，年已花甲，另一御史，年仅三十,二人均体格健硕，思路敏捷，要是二人中留任一人，上达先生留哪一个？”

“年届六旬，该当致仕。”高明也刻意回避。

“那就让他小上一两个月；或者，为了不再给上达先生借口，让他小上一两年，亦无不可。”章纶说。

“如此说来，并非年已花甲？”高明道。

“不错，是年近花甲。”章纶说。

“我宁愿留下年近花甲的御史。”高明道。

章纶没想到，人家竟回答的这样干脆，他眨眨眼，问：“不是赌气？”

“不是赌气。”高明道。

“既非赌气，为何不留年壮者，而留年老者？”章纶问。

“大经先生为何劝我留年壮者？”高明反问。

“居纠劾之职，不可无锐气；年壮者有锐气。”章纶说。

“居纠劾之职，不可无历练；年老者有历练。再者，暮气沉沉，指的不一定是年老者；血气方刚，也不一定是年壮者。”高明驳道。

二人没争出眉目，衙门外已聚集了十几名给事中。

号召南京各科给事中集于南京吏部衙门的，是吏科给事中王让，目的是讨个说法。他对众给事中说：“生杀予夺，掌于人手。进去后，诸位仁兄给我壮壮胆就行，不必开口；得罪人的话都由我来说，如何？”

“敢闯衙门，即是得罪，也不在开不开口。”胆子大的给事中说。

“王兄口才好，代我等面质，胜过我等开口。”胆子小的给事中说。

“谦光兄不怕大经先生，拾遗吏部过失，事事见血；但对上达先生，谦光兄也不顾忌吗？”有给事中问。

王让字谦光，江西上饶人，天顺八年进士。

“事关大计，谁还顾得乡谊！”他说。

十几个年纪相仿、衣着相同的官员闯将进来，章纶、高明都很意外。章纶作为主人，首先询问：“诸位缘何而来？”

“考察各衙门庶官，我等算计着，该轮到六科了。于是我等送上来请两位大人考察。”王让说。

“谦光，你又不是新进士，怎仍不懂考察的规矩！”高明叱道。

“晚生怎的不懂规矩？”王让问。

“考察庶官，先由本衙门长官评述，再由吏部、都察院汇总，填写考单。大经先生和我若以为本衙门长官的评语有可疑之处，自会把他找来询问，也会把本人找来询问。被考察者焉能自行找上门来！”高明道。

“那是常规的考察。”王让说。

“谦光是说，今次并非常规考察？”高明问。

“朝廷因彗星现而命考察两京庶官，自非常规考察。”王让说。

“非常规考察，就可以不要规矩？”高明问。

“非常规考察，当有非常规矩。”王让说。

“谦光说说，该是怎样的规矩？”高明道

“规矩之一：我等送上门来考察；规矩之二：我等坐等吏部、都察院填写考单。”王让说。

“我看，你等并非送上门来考察，而是要考察上达先生和我，看我二人的考察是否从公。”章纶冷冷地说。

“大经先生这么说，未尝不可。”王让道。

“非常规考察，也是考察；非常规规矩，也是规矩。但规矩当定于朝廷，由你等而定，就不是规矩。”章纶说。

“大经先生是怕被我等考察吗？”王让冷冷地问。

“我心里无鬼，怎怕被别人考察！我若考察不公，谦光尽可以言之；不过，那不叫考察，叫纠劾。”章纶说。

“承教！”王让冲他一揖，然后转过去煽动给事中们，“诸兄听清了吗，大经先生说他心里无鬼！”

众给事中有的笑，有的叫，一片喧闹。

“你等这是作甚！”高明和章纶站到一个立场上，“考察庶官是吏部的事，也是都察院的事；是大经先生的事，也是我的事。可以告诉各位的是，大经先生心里无鬼，我心里也无鬼！”

“诸兄听清了吗，上达先生也说他心里无鬼！”王让又煽动众给事中。

于是，堂上又是一片喧闹。

“大经先生看出来没有，他等断定你我心里有鬼。”高明说。

“那就让他等把你我心里的鬼揪出来。”章纶说。

“谦光，你先拿我开刀。”高明道。

“上达先生，得罪！”王让一揖，说，“我问上达先生一件最简单的事：今次考察，南院斥退几人？”

“无人斥退，心里便有鬼吗！”高明道。

“兄等说呢？”王让问众给事中。

“有鬼！”有给事中高呼。

“岂止有鬼，且有大鬼！”有给事中呼声更高。

“其他衙门，参差不齐；唯独南院，一枝独秀，人皆圣贤。上达先生想，天下可有这等道理！”王让道。

高明被问住，心想：南院一人未斥退，他等怎知？

章纶很想说一句：数十御史，无一斥退，我早知说不过去。但他深知，这话现在不能说；现在一说，给事中们更要哄闹。

“谦光，你也把我心里的鬼揪出一个来。”他说。

“大经先生心里的鬼也不比上达先生心里的鬼小。”王让说着，质问，“冒籍应试，人人皆知不对，难道唯独大经先生不知？”

“你是说玄应之事？”章纶问。玄应是他的儿子，作为乐清举子，本该参加浙江的乡试，但却以顺天士籍，报名顺天试。

“我在朝中为官多年，玄应自幼在顺天入学。与顺天试，顺理成章，算不得冒籍。”章纶辩道。

“兄等说呢？”王让问众给事中。

“强词夺理！”有给事中高呼。

“虚张声势！”有给事中呼声更高。

“应顺天试，强过应浙江试，尽人皆知。在其他士子为冒籍，在大经先生之子则为顺理成章，天下可有这等道理！”王让道。

章纶被问住，心想：玄应应浙江试，也未必落第。

高明很想说一句：冒籍就是冒籍，无法洗刷。但他深知，这话何时何地都可以说，此时此地却说不得。

南京考察庶官的考单呈送到京，怀恩陪着皇帝翻阅。

“老怀，朝廷考察的章程几时改的？”皇帝呼问。

“奴才听说，南京考察之际，确有人说过要改规矩。但那只是戏言，并没有人敢改朝廷章程。”怀恩说。

“不对，章程确实被人改过。”皇帝说着，指着其中的一份考单，道，“你看此人！”

皇帝指的是潘孟时。怀恩不解地问：“这人怎了？”

“你说，他是哪个衙门的？”皇帝反问。

“上面不是写着，是南京户部郎中？”怀恩道。

“怎不见南京户部正堂署名？”皇帝问。考单上果然只有署南京吏部事章纶的署名，没有其他人署名。

“南京户部似无正堂。”怀恩说。

“署理部事的佐卿也没有吗？”皇帝追问。

“那是有的。”怀恩答道。

“朕记得，考察两京官员，一要有吏部堂官署名，二要有该官本衙堂官署名。该单却只有南京吏部署名，与惯例不符，故朕才问你，章程是几时改的。”皇帝说。

“这事着实蹊跷。”怀恩边说，边翻其他考单。这一翻，发现了大问题，“爷看，单署的考单不止潘孟时一份！”

“数数看，有多少！”皇帝命道。

南京所上考单数百份，一百余份是奏罢其人的，而其中竟有九十六份，只有章纶一人签署！

“这九十六人，不会都是户部的吧？”皇帝自语。

“回爷的话，几乎南京各衙门的都有。”怀恩说。

“老怀，你看是何缘故？”皇帝问。

“或是章侍郎不把各衙门堂官的签署放在眼里，或是各衙门堂官不认可他拟的考单。”怀恩说。

“哪一种可能更大？”皇帝问。

“章侍郎为官三十年，不会不知考察的章程。”怀恩说。

“亦即，不是他不把各衙门堂官的签署放在眼里，而是各衙门堂官不认可他拟的考单。老怀是这个意思吧？”皇帝根本不用怀恩回答，已有了决断，“考察庶官，加以各衙门堂官附署，为的是防止偏差。今各衙门堂官均不签署，情实可疑，须得好生查一查。”皇帝说着，命道，“老怀，着吏部差一侍郎往南京复核今次考察。”

“是。”怀恩应道。

“不妥。”皇帝忽然改变主意，“吏部那里也是一大摊子事，无暇旁顾，还是让别的衙门差人去吧。”

“爷看，着哪个衙门差人？”怀恩请旨。

“毛弘改官吏科，是吧？”皇帝问。

“他已官吏科都给事中。”怀恩说。

“他算一个。”皇帝说着，脸上露出调皮的表情。他问，“老怀知道朕为何选中他吗？”

“爷说过，他奏事太频，昨日毛弘，今日又毛弘。”怀恩说。

“另一个嘛，”皇帝撇开毛弘，显然被怀恩说中，“侍郎里，礼侍叶盛最不甘寂寞，让他也去一趟南京吧。”

“二人中，当以叶盛为正，毛弘为副吧？”怀恩问。

“这还用说！”皇帝觉得怀恩问得奇怪；看他一眼，觉得他表情更奇怪，“老怀，你还有别的事要问？”

“爷方才提到，吏部那里也是一大摊子事。”怀恩道。

“你是问，如何处置李天官？”这件事，皇帝已想了好久，“科、道弹劾他，连他的左膀右臂也拆台，他这个天官还怎么当！朕原本想将他下狱究问，彭先生说不妥，那就革去太子少保衔，着其致仕。”

第四十四章

午时方过，一小道士匆匆向上清宫深处走去。遇见辈分比自已高的人，他把头一低，表示敬意；遇见平辈，他把手一举，表示自已有要事，没工夫和他们闲扯。辈分高的人，不管有没有道行，都不和他计较；平辈之徒，想法却多。有的想，办这趟差事，让他捡个大便宜，可以直接向师祖禀事；有的想，师祖这时要清修，看怎么把他骂出来吧！

上清宫位于江西广信府贵溪县西北部的龙虎山上，是一座道教名观。掌观道人姓张，自称是汉代张道陵后人，世代相传。太祖皇帝时，授以正一嗣教真人，宣宗皇帝时，进为大真人。今掌观道人名元吉，皇帝慷慨，赐以体元悟法渊默静虚阐道弘法妙应大真人。

张氏有祖传秘法，每天午时前后都要修炼。

但张元吉今日并未修炼，他在急切地等待府城的消息。前几天，一个徒弟告诉他，府城有个女子，正当妙龄，貌若天仙。他听后心里痒痒的，立即命该徒儿带一干人下山，把人接回山来。说接，其实是抢。以上清宫的势力，夺一民女，易如反掌。

徒弟下山两天，两天里的午时修炼，以及其他一切修炼，都已荒废了。

小道士懂得张元吉的心情，所以并不担心会搅了师祖的修炼。他在外面咳嗽一声，禀道："大真人，孙儿回来交差。"

"是虚儿吗？"张元吉问。

"是。"小道士应道。

"快进来！"张元吉急切地说。

小道士匀和气息，躬身走进室内，跪倒在张元吉面前。

"小娘子呢？"张元吉问。

"孙儿是师傅打发回来报信的。"小道士说。

听他的话，张元吉自然以为，徒弟看护该女子在后面慢慢行走，于是说："你师傅就是性子慢，一日的路程能走两日，两日的路程能走三日。"说罢又问，"他今日不到，明日总该到吧？”

“师傅命孙儿请大真人法旨，他是否即刻回宫。”小道士说。

“怎么，他还在府城逗留？”张元吉问。

见师祖脸沉了下来，小道士不敢开口，只点了点头。

“他为何不速回山？”张元吉问。

“回师祖话，死人了。”小道士说。

夺人家田产，夺人家女子，因而闹出人命来，不知有过多少起。张元吉并不在意，只是随意地问：“死的是谁？”

“小娘子的老爹。”小道士回答。

“因为不肯交出其女？”张元吉不难猜到。

“是。”小道士应道。

“死就死了吧，我要的是其女，又不是他。”在张元吉看来好像死的只是一只蝼蚁，而不是一个活生生的人，“虚儿，你师傅太没主意，他该先把小娘子送回来，再筹划善后之事。”

“可是——”小道士吞吞吐吐，欲言又止。

张元吉有所觉察，问：“是不是还有事？”

“是。”小道士点了点头，说，“除小娘子之父，还死了个人。”

“她是不是还有个兄长？”张元吉问。

“是。”小道士应道。

“他也不答应你等将小娘子带回？”张元吉问。

“是。”小道士应道。

“他当然也无力阻止你师徒。”张元吉说。

“是。”小道士应了一声，随即又说，“可是——”

“你不会要说，还死了第三个人吧？”张元吉问。

“孙儿要禀明大真人，死的第二个人不是小娘子的兄长。”小道士说。

“那是何人？”张元吉问。

“是小娘子本人。”小道士说。

张元吉先是惊愕，后是恼怒。早知她已死，何必说那么多没用的话！

“告诉你师傅，人既死，看看家里有没有值钱之物。将其取回，也不白白下一趟山。”他交待。

“是。”小道士应了一声，还是那两个字，“可是——”

“还有多少事，你一口气说完。”张元吉再也耐不住性子。

“孙儿还有一件事，”小道士忙说，“小娘子的兄长——”

“不可手软。”张元吉不等他说完便指示，“这等人，留不得！”

“可他跑脱。”小道士说。

“跑脱？”张元吉道，“你等这多人下山，怎让他跑脱？”

“这户人家宅前有片池塘，师傅领着孙儿等与他父子厮打时，小娘子却投进池塘。师傅领着孙儿等赶去救人，小娘子的兄长趁机逃脱。”小道士三言两语说明原委。

“你师傅没率你等搜索吗？”张元吉问。

“到处搜索了，但没搜到。”小道士说。

张元吉稍一沉吟，说：“多半是去南昌，那也无甚紧要。”

“师傅也说，他若跑去南昌，还好办。”小道士说。

“你师傅担心何事？”张元吉问。

“师傅担心，他跑去南京。”小道士说。

“广信到南京，不下两千里，他跑得到？”张元吉觉得可能性不大。

“师傅说，怕的是万一。”小道士转述师傅的话。

“就算他命大，跑到南京，又何惧哉！”张元吉道。南昌有没有人会难为自己，他心里有数；南京有没有人会难为自己，他心里也有数。

“师傅也说，就算他跑到南京，本也无事的。”小道士转述。

“怎叫本也无事？”张元吉问。

“本也无事，亦即今日可能有事。”小道士说。

“今日为何有事？”张元吉问。

“师傅说，朝廷差二人往南京公差。”小道士转述。

“那又怎样？”张元吉问。

“师傅说，二人中，一人是礼部侍郎叶大人。”小道士转述。

“你师傅的意思，释、道之事，掌于礼部；小娘子兄长若告状告到叶侍郎那里，会对我上清宫不利？”张元吉觉得已听出眉目。

“不，师傅说，叶侍郎官职虽高，未必就有麻烦。”小道士转述。

“那你何必提他！”张元吉恼火地说。

“师傅的话，孙儿不敢遗漏，”小道士一本正经地说罢，接着转述师傅的话，“师傅说，另一人是吏科都给事中毛大人，最喜欢多事；小娘子的兄长若告到他那里，才有麻烦。”

张元吉又沉吟片刻。他不但在广信、南昌有耳目，在南京有耳目，在京师也有耳目，朝中官员的情形，多少有所耳闻。他不相信一名都给事中能把自己怎样，但小心驶得万年船，凡事以预防为好。

“虚儿，你不用再去广信。”他说，“你领几个师兄弟，径往南京。你师傅那里，我另着人通知他，让他先去南昌；南昌找不到人，即去南京与你会合。若寻到那人踪迹，该如何行事，还用我交代吗？”

“此人留不得，大真人已交代过。”小道士说。

应天府馆驿最多最大最好的房间，是专门接待朝廷钦差的。叶盛、毛弘各住一间上房，中间隔着两三间房屋，也没安排别人，所以显得格外清静。午饭后，稍事休息，叶盛去敲毛弘的房门。毛弘答应后，忙乱了一阵，才开门出来。

“老毛，你我先去南部，还是先去南院？”叶盛问。

“听凭与中先生安排。”毛弘说。

“大经先生是当事之人，我看，先去南院吧。”叶盛说。

“好。”毛弘应时，反手把门带好。出门时，他又声称自己带了些细软藏在屋里，叮嘱驿丞不得让人进入。

叶盛想起敲门时的动静，开玩笑地问：“老毛不会藏了人在屋里吧？”

“藏了个绝代佳丽，忘叫出来和与中先生相见。”毛弘以玩笑对玩笑。

房间里当真藏了个人，不过，不是佳丽，而是形如乞儿的青年男子。毛弘走后，他用屋里现成的水洗把脸，擦了擦身子。虽没有现成的衣服换，但他把衣服抖了抖，翻过来穿，看上去，像是良家子弟。

如果说，毛弘离开时，对他的话相信三四分，回来后再看到他，已相信七八分。

“你说你叫什么？”毛弘问，青年男子才要回答，他又说，“算了，我也不想知道你叫什么。你只告诉我，你说的事情属实否？”

“小民在大人面前不敢有半句谎话。”青年男子说。

“我本不该相信你的一面之词，但出去办事时，我顺便询问几个衙门的人。十人里有八人，都说龙虎山欺男霸女，草菅人命，乃罪恶之薮。这就由不得我不信。不过，”毛弘语气一变，道，“你家的事，最好有个人证，我才好奏闻于朝，法司才好定罪。”

“小民家中的情形，大人到广信一看便知。”青年男子说。

“我奉旨，办的是南京的事，怎去得广信！”毛弘道。他不忍面对该青年男子失望的眼神，紧接着又说，“不过，我倒有个计较，就不知你怕不怕死。”

“只要为爹爹和妹子报得仇，小民不怕死。”青年男子说。

毛弘点了点头，道：“前者你对我说，在南昌有人追杀你，对吧？”

“小民未敢进南昌城，不然早就死于非命。”青年男子说。

“你还说，在南京，也有人要对你下毒手，对吧？”毛弘道。

“要不是大人凑巧漫步到馆驿外，小民凶多吉少。”青年男子说。

“你说的这两件事，我都相信；可你怎能断定，要对你下毒手的人，来自龙虎山？”毛弘问。

“抢小民妹子时，他等都在场，而今虽然改头换面，小民却认得出来。”青年男子很有把握地说。

“既如此，我交代你怎样去做，”毛弘道，“明日一早，你仍站在馆驿外，假作等人。衣服，你仍翻过来穿；午间，我送饭菜给你吃，晚间直至明早，你再无饭吃。这样，你看上去更像走投无路。要加害于你的人，见你这等模样，就会毫不犹豫地动手。他等杀了你，便会证实你的状词。”说罢，又问一句，“你可愿意这样去做？”

“小民一定得死吗？”青年男子稍显犹豫。

“你才说过，你不怕死。”毛弘道。

“小民不怕死，但小民愿做个指控龙虎山的证人。”青年男子说。

“你若死了，我替你做这个证人。”毛弘道。

“有大人这话，小民放心。小民愿照大人吩咐去做。”青年男子说。

次日清晨，青年男子占据馆驿外一棵大树下的有利位置行乞。所谓有利位置，无非是风来可以挡风，雨来可以挡雨，日头出来可以挡阳光；而且，来来往往的人都要从他面前经过。

比他出来更早的两个乞丐，在日头出来后，发现了这块地方的好处。

“老哥，要过几天饭？”一乞丐问。

“几天？几年吧！”另一乞丐说。

“要过几年饭，怎的连个好地方也不会挑？你看人家。”前一乞丐指着青年男子，说，“一看就出身好人家，一看就是初出道的雏儿，没要过几天饭，可人家一下就找到风水宝地。”

“兄弟，是想雏儿吧？”后一乞丐笑着说，“初进青楼的婊子才叫雏儿呢，哪有乞儿也叫雏儿的！”

“婊子卖身，乞儿卖脸，乞儿比婊子能强多少！”前一乞丐道。

二人边说，边向青年男子靠近；越是靠近，说话越是大声，越是放肆。青年男子低着头，只当没听见。

比两个乞丐更快接近青年的，是个施主。他弯下腰，把一枚铜钱轻轻放进碗里，直起身时，在青年男子耳边轻声说了几个字。

青年男子一惊，重复他说的几个字：“龙虎山？”

“跟我走！”施主道。

“我不去！”青年男子说。

“不去，当场毙命！”施主道。

“当场毙命，也不去！”青年男子态度更坚决。

说话间，两个乞丐也已走近。

“老哥，一个铜子买一条命，未免太便宜。”一乞丐说。

“人家做交易，关你什么事？”另一乞丐说。

“你别忘了咱丐子的祖训，路见不平，当拔刀相助！”前一乞丐道。

“你有刀吗？你只有打狗棍。”后一乞丐说。

“去，去！”施主怒道，“没你丐子的事，休得在此聒噪！”

“老哥看，你把大爷惹火。这雏儿的衣食父母，也是我等的衣食父母，得罪不起。”一乞丐说着，拉住另一乞丐后退。

施主料他二人不敢多事，忽出一手，按住青年男子，另一手握住一柄短剑，当胸刺过去。

他的动作快，两个看似后退的乞丐动作更快。一乞丐飞起一脚，把他手里的短剑踢落，另一乞丐飞起一脚把他踢翻。

站在不远处的三四个客官，见他没得手，迅即奔来，边跑，边亮出兵刃。同时，挑担的小贩、闲逛的市民等十余人，从各个角落奔来，边跑，边亮出兵刃。交手不几回合，施主的同伙悉数被擒。

青年男子是重要人证，毛弘不敢拿他的性命开玩笑，在安排他做诱饵前，毛弘已从应天府衙门借用为数众多的干练捕头。经南京法司询问，为上清宫掠杀者竟有四十多人，遭其残害人家不知有几。

四月上旬，张元吉下狱，先论死，后改戍边。

第四十五章

皇帝在昭德殿从来没这样烦躁不安过。万贵妃问他要不要喝汤，他摇头；问他要不要吃点心，他也摇头。万贵妃招呼他坐，他坐下只一口茶的工夫，又站起来。万贵妃招呼他躺下，他枕着万贵妃的腿躺下没一口茶的工夫，不等万贵妃抚摩，他就左右扭动起来。

万贵妃实在没办法让他安心，不得不把皇帝扶起来。她说："皇上的心不在臣妾这里，去别处收收心吧。"

"朕不是心不在昭德殿，实是母后着人传唤，要朕去见她。"皇帝说。

"母后传唤，皇上怎不即去？"万贵妃问。

"朕不是想先和贞儿姐姐说几句话嘛！"皇帝道。

"想来说话，皇上怎不开口？"万贵妃问。

"一想到母后传唤，朕不由心里发慌。"皇帝道。

"既如此，皇上先去回母后的话，再来与臣妾叙话吧。"万贵妃说。

送走皇帝，万贵妃的脸立刻阴沉下来。她人肥胖，脸也肥胖。静静地坐在那里，看不出实际的年龄；而脸一阴沉下来，立刻显出几分老态。

"有人跟去没有？"她问。

"有。"心腹宫女应道，"三秃子腿快，在后面跟着呢。婢子叮嘱他，只在远处跟随，不得惊动圣驾。"

"你早知小心，也不会出这么大的事。"万贵妃满心不高兴地说。

"娘娘，此事怪不得婢子。"心腹宫女叫屈。

"你还委屈！"万贵妃责问道，"皇上只要进入后宫，去过哪里，见过何人，做过何事，我都要知道。这话我只对你说过，是不是？"

"是。"心腹宫女应道。

"那我问你，九个多月前的那一日，皇上去的某宫？"万贵妃问。

这话万贵妃问过无数次了，每次心腹宫女都是回答："去的东六宫的某一宫。"

“某一宫，也叫哪里吗？”万贵妃也和每次一样责问。

“不叫。”心腹宫女不情愿地回答，以前她曾用别的话回答过，立刻遭到劈头盖脸的辱骂。

“为何不说出宫名？”万贵妃问。

“跟随的人，只见圣驾去的东路，具体进哪一宫，没看清。”心腹宫女说。

“是没看清，还是不愿说？”万贵妃问。

“跟随的人，的确没看清。”心腹宫女说。

“时至今日，我仍不信，你还得问。”万贵妃吩咐。

“是。”心腹宫女嘴上应着，心里却想：当初就没问清楚；即便当时看清楚了，隔上十个月，也早忘得一干二净！

“我再问你。”万贵妃道，“皇上在东六宫的某宫里，见到谁？”

“见到众多宫人中的某人。”心腹宫女说。

“某人也叫谁吗？”万贵妃问。

“不叫。”心腹宫女说。

“为何不说出姓名？”万贵妃问。

“皇上见了她，想当然耳，跟随的人并未亲眼看到。”心腹宫女说。

“而今太后已知她是谁，你等仍不知？”万贵妃问。

“而今婢子知道她姓柏，但已于事无补。”心腹宫女说。于事无补，是万贵妃第一次得知宫女姓柏时说的原话。

“我再问你。”万贵妃道，“皇上见那贱人后，做过何事？”

“做了件为所欲为的事。”心腹宫女说。这也是重复万贵妃的原话。

“为所欲为的事，也叫什么事吗？”万贵妃问。

“不叫。”心腹宫女说。

“为何不说出具体事情？”万贵妃问。

“皇上与她做了什么，更是想当然耳。”心腹宫女说。

“而今孩子都快生出来，你等仍不知？”万贵妃问。

“而今婢子知道皇上在播撒龙种，但已于事无补。”心腹宫女说。

“此事不怪你，却该怪谁！”万贵妃道。万贵妃隔些日子，就要把这三个问题问上一遍，与其说是提醒身边的人不忘此事，不如说是借以发泄心中的怨愤。

发泄之后，心腹宫女知道该想法宽她的心。

“娘娘休要烦恼，婢子以为此事尚有转机。”心腹宫女说。

“人家一两日内便要生产，还有什么转机！”万贵妃道。

“一则，生产未必顺当。”心腹宫女说。

“生产若是顺当呢？”万贵妃问。

“生下的未必是皇子。”心腹宫女说。

“生下的若是皇子呢？”万贵妃问。

“婢子不敢再往下说。”心腹宫女道。再说下去，变成单纯的诅咒，即便为了讨自家娘娘欢心，她也是断然不敢的：“总之，转机是有的，但求娘娘千万别怄气。气坏身子，不值得。”

“我才不和你等怄气呢！”万贵妃说不怄气，只是不和下人怄气；她再说下去，更让人心惊肉跳。

“但这事不值得怄气，还有什么事值得怄气？要是这回让我知道，皇上不是去回皇太后的话，而是去看那贱人，我真得和他好好怄一怄气！”万贵妃咬着牙说。

心腹宫女既不敢阻止她怄气，也不敢鼓励她怄气，只能说：“万岁爷去皇太后那里，娘娘自然不怄气；去那人那里，娘娘自然要怄气。若是先去皇太后那里，再去那人那里呢？”

“那我就和你怄气。”万贵妃说。

“婢子怎的得罪，娘娘要和婢子怄气？”心腹宫女问。

“先去皇太后那里，再去那贱人那里，是你给皇上出的主意。我不和你怄气，却和哪个怄气！”万贵妃道。

这番话虽不讲理，但万贵妃的脸色已缓和下来。心腹宫女的心情也随之放松，说起话来也随便一点儿。

“婢子别说给万岁爷出个对别人好的主意，就是给万岁爷出个对娘娘好的主意，娘娘还不得把婢子的嘴撕烂！”她说。

“你别说，早晚会有那么一天。”万贵妃道。她脸上好不容易有了一丝笑容，但旋即消失。

“皇上从昭德殿来吗？”周太后问。

“是。”皇帝应道，并解释，“儿臣先前决定，今日歇在昭德殿。母后传唤时，儿臣正在途中，距昭德殿近，而距清宁宫远。儿臣恰觉口渴，故先去昭德殿饮口茶，然后匆匆赶来。”

“皇上这些话是说给我听的？”周太后笑着问。

“儿臣到晚了，怕母后生儿臣的气，故而解释一二。”皇帝说。

“解释得多余，我把你找来，是向你道贺的；又不像有些人，专门是和你怄气的。”周太后说。

皇帝一惊，问：“母后知道有人怄气？”

周太后本来是随口一说，听着皇帝的问话，反而认真起来。

“这么说，果真有人在怄气？”她反问。

“没有。”皇帝忙掩饰，并进一步解释，“儿臣不知为何有人要和儿臣怄气，只是听母后说起，才问一句。”

“皇上当真不知？”周太后问。

“当真不知。”皇帝道。

“那我告诉皇上：为何我祝贺，有人就要怄气。”周太后说。

“母后是说，因柏姬有妊，就有人要和儿臣怄气？”皇帝边问边为万贵妃解脱，“不会吧，宗室有嗣，当普天同庆，怎会有人与朕怄气？”

“没人要和皇上怄气，最好；有人要和皇上怄气，我也不怕。说不定我还要和她怄怄气呢！”周太后说。

“母后待怎样与她怄气？”皇帝一下紧张起来。

“也没别的，只是让皇上做个有情有义的皇上。”周太后道，“柏氏不被幸御，是个宫人；幸御而无孕，是个宫人；既有身孕，亦为吾媳，皇上该给她个名分。”

“母后太性急了吧。”皇帝赔着笑说，“她若生子，自当册封。”

“太医给她诊过脉，说八成是子。”周太后说。

“太医的话，不可全信。”皇帝说。

“若是生子呢？”周太后追问。

“儿臣问过老怀，他说，本朝制度，宫人得子，必册为妃。”皇帝说。

“制度我知，”周太后道，“皇上说我性急，这件事上我还真是性急。我想问问皇上，柏氏册封为妃，皇上打算给她个什么名目。”

“这得由礼卿和翰林们拟。”皇帝说。

“我也知这是儒臣们的事，我是想问，今日咱娘儿两个替儒臣办这事，皇上看如何？”周太后道。

“儿臣听母后的。”皇帝说。

“我呢，喜欢贤字，听说永乐朝有个贤妃，是朝鲜人，太宗皇帝最为喜爱。皇上喜欢哪个字，也说出来，再做计较。”周太后说。

“母后看，淑字好不好？”皇帝道。他对这件事从来没动过心思，但又不想扫母后的兴，所以选个意思差不多的字。

“淑字较为普通，还是贤字好。”周太后说。

“母后喜欢，儿臣就交代内阁：柏氏若生子，当册为贤妃。”皇帝道，又耐心地解释，“不过，柏氏所诞若非皇子，即便儿臣仍可册封她为贤妃，阁臣及礼卿也不反对册封，饶舌的科、道官说不定却会站出来说话。”

“我晓得。”周太后道，“生女不生子，那是她没福分。”见皇帝只是点头，没有再委婉拒绝的意思，她说，“今日索性再性急一回，如何？”

“母后还要事先安排何事？”皇帝问。

“若是生女，将来册封公主就可以；若是生子，先得起个名讳，才好载入玉牒。”周太后说。

“母后想现在就把名字给他起好？”皇帝问。

“是不是匪夷所思？”周太后反问。

“匪夷所思说不上，只是母后又把儒臣们该办的事替他们办了。儿臣得想个法子，扣下他等一两个月的薪俸，孝敬母后。”皇帝说笑。

“孝敬倒不用，他等不说我多事，我就知足。”周太后说着，问道，“宗室取名的规矩，皇上懂不懂？”

“儿臣听说，规矩是我太祖皇帝定的。”皇帝说，“我太宗皇帝一辈，名讳用单名，此后均用双字。太祖皇帝还为各枝宗藩拟了二十个字，名讳中的前一字依次用之，后一字则临时随意选择，不过，要依照五行的次序作为偏旁。儿臣还记得，太祖皇帝为我太宗皇帝一枝拟的二十个字，前五个字是：高瞻祁见祐。”

“皇上也知道这一套规矩，就好办！”周太后按照自己的思路，一层一层往下说，“皇上名字的前一个字是见，下一代名字的前一个字应该是祐，是吧？”

“是。”皇帝应道。

“皇上有没有发现，太祖皇帝给你的下一代用这么一个字，实在是有先见之明？”周太后问。

“母后是说，皇祖会保佑柏氏所生皇子。”皇帝顿了顿，然后接着说，“或皇女，不会再夭折？”

“不只于此。”周太后道，“皇祖还会保佑皇上多子多福。”

这个说法很牵强，太祖皇帝应该保佑所有的子孙，而不是他一个人。但皇帝愿意接受这个没有多少道理，却令人欣慰的祝愿。

“此乃儿臣之福，亦母后之福。”他说。

“皇上既以为是福，今后不会再拒福吧？”周太后问。

“这个——”皇帝没想到母后会加以引申。

“皇上给我讲讲，当初被柏氏哪一处打动？”周太后问。

“儿臣也说不清楚，是糊里糊涂做的那事。”皇帝红着脸说。

“柏氏年轻，应该比那万贵妃更让皇上动情吧？”周太后又问。

“儿臣也说不清楚，糊里糊涂就把事情做完。”皇帝脸更红。

“为社稷计，这等糊里糊涂的事，皇上做得越多越好。”周太后道。

皇帝怕她再追问下去，忙把话题转回。

“母后不是想给柏氏所生皇子，或皇女，取名吗？”他说。

“好。”周太后点了点头，道，“皇上名字的后一个字从水，下代名字的后一个字应该从木吧？”

“是。”皇帝应道。木生火，火生土，土生金，金生水，水生木，名字依次以五行为偏旁，正是取其相生之义。

“儒臣曾为皇长子取名吗？”周太后问。

“没来得及。”皇帝说。

“既如此，今次取名没有顾忌，”周太后道，“从木之字，我喜欢一个；皇上喜欢哪一个字，也说出来，再作计较。”

“母后喜欢哪一个字？”皇帝问。

“极。”周太后道。

“可是登极之极？”皇帝问。

“不错，就是这个字。”周太后说。

“祐极者，无所不祐也，儿臣再也想不出一个从木的字，可以与极字匹配。”皇帝说。

四月二十八日，皇次子生，赐名祐极，生母柏氏，册为贤妃。

第四十六章

詹事府少詹事兼翰林院侍讲学士李泰，在同年进士中，与礼部左侍郎万安关系最为亲密。这或是因为，他自幼就养于身为太监的叔父家里，见的多是几可视为两性之人的宦者；而万安身材高大，面色红润，眉须威严，处处令他折服。

万安约请饮酒，他是一定要去的。

尝了口酒后，李泰问："也是循吉兄家酿？"

万安点点头，反问一句："滋味如何？"

"味道和前次所饮有所不同。"李泰说。

"是不是更加醇烈？"万安问。

李泰又尝一口，应道："是。"

"文通兄曾言，弟之家酿，醇确够醇，但不够烈。故弟让家中再酿酒时，使其更烈。"万安说。

"循吉兄没必要为我一句话，改变自家的口味。"李泰道，但在被感动之余，他也发现漏洞，"咿，循吉兄不是说，你家里的酒是根据东坡居士遗留的方子酿造的吗，古方也可随意改动？"

万安字循吉，四川眉州人。李泰字文通，顺天府香河人。二人都是正统十三年进士，并改庶吉士。

"文通兄也不想想，我若有东坡居士遗方，还不早将方子奉上文通兄及令叔？"万安笑道。

"如此说来，循吉兄编造这一故事，只是为让我多饮几盅？"李泰问。

"文通兄每次也着实多饮了几盅。"万安点着头说。

"循吉兄可谓煞费苦心。"李泰叹道。

每次酒至半酣，彼此都会有几句肺腑之言。让万安没想到的是，今日的肺腑之言对他至关重大。

"循吉兄已到了知天命之年吧？"李泰问。

万安没有回答，却伸出一指。

“还差一年？”李泰问。

万安摇摇头，笑而不答。

“已过一年？”李泰又猜。

“我是说，相差不过一月。”万安说。

“我觉着循吉兄比我年长两三岁，果是。”李泰道。并点着头自语，“看来，我这个决定做得适时。”

“文通兄做的什么决定？”万安问。

“来，循吉兄，且饮酒！”李泰不回答，却反客为主地劝酒。

再饮几盅，他已不胜酒力。万安还要劝酒，他说：“今日有要紧的话和循吉兄说，再喝，怕说不成。”

“文通兄说要紧，一定是要紧，我洗耳恭听。”万安道。

“朝廷要增补阁臣，循吉兄听说没有？”李泰问。

“有所耳闻，不知其详。”万安说。

“进士入翰林，翰林入阁，还有比这要紧的事吗？”李泰道。

“要紧的事，不见得就是要紧的话。”万安却说。

“这话有意思，怎讲？”李泰问。

“进士入翰林，翰林入阁，确是要紧的事；但与己无关，说不说，似乎不那么要紧。”万安道。

“何谓有关，何谓无关？”李泰问。

“当初开馆，能不能选庶吉士，关乎文通兄与我能否入翰林，是有关；散馆后如何授官，关乎文通兄与我能否入翰林，是有关。至于今日推阁臣，我等不在被推之列，却是无关。”万安说得很直白。

“若是一人在被推之列，一人不在被推之列呢？”李泰问。

万安原来对入阁一事不很在意，或者说，在李泰面前他要做出对入阁一事不很在意的样子；但听了李泰这话后，他不能再无动于衷，特别是不能再做出无动于衷的样子。

“文通兄是说，文通兄在被推之列？”他问。

“循吉兄先别问我，且说一人在被推之列，一人不在被推之列，会如何？”李泰道。

“文通兄被推，我自当欢呼雀跃；再者，我虽人微言轻，也要倾尽全力，为文通兄呼吁。”万安说。

“我只是问一人在被推之列，一人不在被推之列，当如何；并没有问我在被推之列，循吉兄不在被推之列，当如何。”李泰道。

“在我看来，一人在被推之列，一人不在被推之列，即文通兄在被推之列，我不在被推之列。”万安说。

“我若是说，循吉兄的话，有时也难免出错呢？”李泰问。

李泰才说一人在被推之列、一人不在被推之列时，虽交情不同寻常，万安心里也难免酸溜溜的。现在听李泰这么一说，他心情为之一振；但随即想到，这是完全不可能的。

“不会的，不会的。”他连声说。

“循吉兄说得不错，在今日之前，是不会的。”李泰道。

“今日之前，却是何意？”万安问。

“我今日做个决定，今日与今日之前就有所不同。”李泰说。

“文通兄是说——”万安猜到他要说什么，又生怕自己猜错。

李泰好像还要吊吊他的胃口，不马上回答，却问：“循吉兄以为我三叔是怎样一个人？”

“轻易不言，言而必信，称得上内臣中之翘楚。”万安说。

“那么，三叔称，皇上决心增补阁臣，循吉兄信不信？”李泰问。

“三叔说的，我信；何况已有所闻。”万安道。

“三叔称，必使我在被推之列，循吉兄信不信？”李泰问。

“三叔说的，我信；何况文通兄本就有资格。”万安道。

“我决心把今次机会让与循吉兄，循吉兄信不信？”李泰问。

“文通兄与我情同手足，我为何不信？”万安猜对了，本可以安心，谁知心里愈发不安，“不过——”

“循吉兄只说信不信？”李泰道。

“我信！”万安说。

“我能让三叔照我的心意办，循吉兄信不信？”李泰问。

“三叔视文通兄若亲出，我为何不信！不过——”万安回答如前。

“循吉兄只说信不信？”李泰道。

“我信！”万安说。

“我知循吉兄怎想，”李泰道，“三叔是我亲叔，不是你亲叔。他肯为我在皇上面前进言，肯为我联络诸阁老及吏部等衙门；未必肯为你落下个干政的罪名，未必肯为你疏通渠道。对不对？”

“这一层顾虑，我是有的。”万安并不否认。

“循吉兄尚有其他顾虑？”李泰问。

“是个更大的顾虑。”万安道，“前次推侍郎，就该是文通兄的，结果文通兄让与我，自家至今屈居少詹事；今次推阁臣，又要让与我，令我惶惶不安，不知何以为报。”

“循吉兄这么说，太过见外。”李泰道，“方才循吉兄说，若是我在被推之列，循吉兄不在被推之列，欢欣雀跃之外，会倾尽全力，为我呼吁。有循吉兄这句话，已足够。况且，我把今次机会让与循吉兄，是有原因的；我相信三叔会照我的意思办，也是有原因的。”

“文通兄把机会让与我，是因为文通兄年少，我年长？”万安记得，李泰先前的话里有这层意思。

“那是原因之一。”李泰说。

“原因之二呢？”万安问。

“我有三叔这一层关系，循吉兄没有三叔这一层关系。循吉兄先入阁，三叔还会为我张罗，我不愁没有机会；我先入阁，三叔未必肯再为循吉兄张罗，循吉兄的机会恐怕不多。”李泰说。

“总之，文通兄是为我着想；但文通兄怎能保证，今次把机会让与我，三叔会答应呢？”万安问。

“我与循吉兄交好，三叔是知道的，这是其一。廷推阁臣，首辅一言九鼎。纯道兄想内阁中添一名同科的进士，循吉兄入阁，我入阁，是一样的；而循吉兄自庶吉士始，排名就在我前，眼下官职更高过我，循吉兄入阁，他一百个愿意。这是其二。说到其一,三叔或者稍不情愿；说到其二,三叔反倒会省许多气力。所以，他一定答应。”李泰说。

“文通兄剖析得如此透彻，我还有什么好说！我只能说，我在内阁，和文通兄在内阁，是一个样的。”万安道。

五月中旬，万安入阁。监察御史倪进贤，拖到月底，才去他家拜贺。

“敬之，为何迟迟不来？”万安问。

“晚生不想空着手来。”倪进贤说。

万安看他一眼，微笑。他不仅两手空空，而且把两只空手甩来甩去。

“敬之手里抓的是何物？”万安问。

“并无一物。”倪进贤说。

“这么说，敬之归根结底仍空着手来？”万安问。

“不想空着手来，是晚生初时的想法；但到后来，晚生的想法改变。”倪进贤说。

“这才对嘛！”万安道，“一来，我和敬之之间，不必落于俗套；二来，今者入阁，多大的喜事，你送上何等礼物，可与之匹配？”

“晚生的想法和循吉公有所不同。”倪进贤说。

“你是怎想的？”万安问。

“晚生想，空着手来，倒也不妨，却不可空着脑子来。”倪进贤说。

“空着脑子？”万安没明白他话里的意思。

“这里，”倪进贤指着自己的头说，“总得装点对循吉公有用的东西。”

“你的意思，是要献策？”万安问。见倪进贤点头，他又微笑，“说起有用，敬之几年前赠送的方子，确管了大用。”

这是三年前的事。万安对倪进贤说，行房事，常力不从心。倪进贤马上写就几副药，告诉万安：调配好，洗阳具用。他一直不好意思询问效果如何，没想到万安今天主动言及。他趁机说：“晚生知道是个好方子，但不知对循吉公是否有效，看来，还有效？”

“岂止有效，这两年把小妾折腾得苦不堪言，以致我一用调配好的药汤泡洗那玩意，她就浑身发抖。”万安笑着说，顿了顿，又说，“不过，用过两三年，功力似不如前。”

“不要紧，我为循吉公带来新方子。”倪进贤说着，从袖里抽出药方，不是一张，而是十余张。

“这么多呀！”万安收下，道，“敬之爱我，虽说空着手来不妨，到底没空着手来。”

“更没有空着脑子来。”倪进贤应声说道。

“里面装的又是何物？”万安问。

“两个文雅的字，两个通俗的字。”倪进贤说。

“文雅的字怎说？”万安问。

“奥援。”倪进贤道。

“通俗的字怎说？”万安问。

“靠山。”倪进贤道。

意思其实差不多。万安沉吟片刻，问：“敬之是说，我该找个靠山？”

“我是问循吉公，有无奥援？”倪进贤说。

“这又何须问？”万安道。“若无奥援，怎得入阁！”

“循吉公是指文通先生的叔父吧？”倪进贤问。

“无论如何，他算得一个。”万安道，见倪进贤连连摇头，他问，“怎么，敬之看他靠不住？”

“循吉公入阁，他或能助一臂之力；循吉公要在内阁立稳，他未必能帮上多少忙。就算他仍愿为循吉公奥援，与内臣过于亲近，循吉公不担心被科、道弹劾吗？”倪进贤说着，又问，“李公公算得一个奥援，循吉公再说得出一个奥援吗？”

“纯道兄应该也算得一个吧。”万安道。见倪进贤又摇头，他问，“敬之看他也靠不住吗？”

“在循吉公眼里，纯道先生是否同类？”倪进贤反问。

“同中进士，同入翰苑，怎不是同类！”万安道。

“晚生指的是做人做事。”倪进贤说着，又问，“譬如，纯道先生喜言朝政，几乎是无日不言，无时不言，循吉公也是吗？”

“既入阁，与做翰林不同，与作侍郎不同，不管喜欢不喜欢，以后我也得多言朝政。”万安说。

“纯道先生知无不言，循吉公也要知无不言吗？纯道先生直言不讳，循吉公也要直言不讳吗？”倪进贤道。

知无不言，直言不讳，一定得罪人；上则得罪皇上，下则得罪同僚，得罪科、道。万安默然，他做不到这一点，也不愿这样做。

“所谓同气相求，做人做事不同，怎能为奥援！”倪进贤道。

“此人不成，彼人不成，敬之是否为我找到靠得住之奥援？”万安问。

“晚生确实想起一人。”倪进贤说。

“说说看。”万安命道。

“循吉公旁姓想得太多，何不往本姓上想想！”倪进贤道。

万安从没沿着这条思路想过，猛然去想，不会有结果。朝中万姓官员是有几个，但说到给阁臣做靠山，都差得太远。

“敬之再提醒提醒我。”他说。

倪进贤左手把右袖挽高，右手食指在空中比画起字来。万安认出，他写的第一个字是“贵”，第二个字是“妃”，心里不由一动。

第四十七章

大河从开封西南流过。河两岸的居民，多数一心务农；也有少数在务农之余，下河打鱼。胡老汉和他的儿子胡三，打鱼的手艺好，运气也好，经常比别的打鱼人收获多。

父子二人在齐腰的水里各据一方，把网撒向远处。

“老爹！”胡三忽然大叫。

“有大鱼？”胡老汉问。

“不是鱼。”胡三说。

“不是鱼，扔掉！”胡老汉吝于言词，话简单，干脆。

“老爹看过，再扔不迟。”胡三则很固执。

胡老汉知道，这个儿子生性安静，绝不会没有缘故地大惊小怪。于是，他拎着渔网朝胡三那边走去。

胡三手里捧着一枚卵，胡老汉见了，比胡三还要吃惊。

这枚卵，得有二十个鸡卵大。不，可能有三十个、五十个鸡卵大。得有二十个、三十个鸭卵大，得有十个、二十个鹅卵大。还有什么下卵？蛇？龟？他没见过蛇卵、龟卵，但听人说过，他自己也想象过。蛇卵、龟卵绝不会有这么大。

卵的形状，一头圆圆的，一头自中间往顶端，越来越细。他见过的卵，或听人说过的卵，或自己想象的卵，都不是这种形状。

卵的颜色，青中泛白为底，间有黑点，颜色极深暗。再仔细看，黑点之间，似有多种色彩。他见过的卵，或听人说过的卵，或自己想象的卵，都不是这种颜色。

“三儿，哪里得到的？”胡老汉问。

“网里。”回答得太简单，胡三又补充说，“一网下去，无鱼无虾无王八，只打上个这物。”

“重不重？”胡老汉问。

胡三摇头。打记事起，他就干力气活，已分不出轻重。

“你摇摇看。”胡老汉说。

胡三手里捧着这卵，正不知怎么办，听爹爹一说，就要摇。谁知气力集中到胳臂，卵却一动也不动。原来他的胳臂已经僵硬。

“我不敢。”他说。

“没用！”胡老汉斥道，“拿来，我试试。”

胡三要迈步，离爹爹再近一点，腿也僵硬。

“老爹要试，只管来取。”他说。

胡老汉自己取卵在手，发现他也说不出卵是轻是重，也不敢用手摇晃。他忙把卵又送回儿子手里。

“老爹看，这是何物？”胡三问。

“这也要问，看不出是卵吗！”胡老汉道。

“确是卵？”胡三追问。

“我让你摇摇看，便是看看里面摇得动摇不动。摇得动，是卵；摇不动，是石。你凡事鲁莽，今日这事却格外小心，不敢摇？”胡老汉说。

“老爹不是也不敢摇吗？”胡三道。

“是你撞到的，我怎好摇！”胡老汉说。

“要不我扔掉它，老爹再拾一回？”胡三道。

“胡说！扔进河里，你保险还能拾得回来？它若是个宝，岂不可惜！”胡老汉说着，从胡三手里又拿过卵来。这次，他咬着牙，闭上眼，两手微微抖动。卵里似乎很空荡，有少许水，汩汩作响。

“是卵。”胡老汉说。

“是卵。”胡三也说，又说，“回家弄根葱炒炒，给老爹下酒。”

“胡说！”胡老汉呵斥，“你知它是什么卵，就敢炒炒吃！”

“丢不能丢，吃不能吃，我就一直捧着吗？”胡三道。

“别急，看能不能拿它做个交易。”胡老汉说。

“老爹想把它卖给谁？”胡三问。

“你该问谁会买它？”胡老汉纠正他的问法，并解答，“会买它的人，是识货的人。”

胡老汉说的识货的人，姓张，是名巡检。张巡检的职责是巡河，常在河边走，出在河里的东西，应该无所不知。

“是龙卵！”张巡检毫不犹豫地说。

“河里也有龙卵吗？”胡三问。

“怎么没有！”张巡检道，“龙王无处不在，海里有海龙王，江里有江龙王，咱河里有河龙王。此卵出自大河中段，必是龙婆所产。”

“龙王不是住在龙宫吗，河龙王没有龙宫？”胡三问。

“河龙王也有龙宫，此卵漂浮在龙宫之外，必有缘故。”张巡检说。

“是何缘故？”胡三问。

“这有什么好奇怪的，人间有弃婴，水里就没有弃卵？”胡老汉说。

“对呀，人间有妒妇，水里就没有妒龙？”张巡检道。

“张爷说的妒龙是龙婆吗？此卵为龙妾所产，被龙婆弃置于外，张爷想得周到，我等小民是想不出来的。”胡老汉奉承一句。

“张爷这么一说，弃卵他日成弃龙，也很可怜！”胡三说。

“虽是弃龙，仍是龙种。”张巡检说。

“那是不是很值钱？”胡三问。

“碰到识货之人，它才值钱。”张巡检说。

“张爷肯买吗？”胡三问。

“你怎说话呢！”不等张巡检回答，胡老汉给了儿子一巴掌，“既是宝物，你不送给张爷，怎的开口就是个买字！张爷要是动了心，掏出银子给你，你好意思接吗？”

“为何不好意思？”胡三捂着脸说，“打捞上这枚龙卵，好比打上一条大鱼。打上大鱼，送给张爷尝鲜，老爹就没接过张爷的银子吗？今日把龙卵售与张爷，道理是一样的。”

胡老汉还要打，张巡检忙拦住。听了胡三这话，他心里有点儿臊得慌。胡家父子的鱼，他吃过不少。但十次里，有七八次是白吃；两三次没有白吃，也是以物交换，从来没用钱买过。

“老胡头，这是你亲生儿子，你也下得去手！”他责备道，“龙卵为宝物，是我说的；碰到识货之人，它才值钱，也是我说的。老三要把它卖给我，有什么错！难道你已有别的买主？”

“我压根就没想过找买主；再者，方圆百里，除了张爷，谁还敢称识货！”胡老汉拿话堵张巡检的嘴。

“买我是愿买的，不过得问问，你爷儿俩谁拾到此物？”张巡检道。

“是老三。”胡老汉说。

“谁都没拾到，”胡三却说，“是我一网打上来的。”

“龙卵非凡物，你从河里把它捞上来，定有大福气，这一层你小子得想清楚。”张巡检的用意，是让他打消交易的念头。

“张爷可知，在我心里，什么是大福气？”胡三问。

“你说说看。”张巡检道。

“张爷看我这一身破衣烂衫，几时换成一套新的，对我来说，就是大福气。”胡三说。

“老三是不是想拿这龙卵换一块土布？”张巡检问。他心里想：这桩买卖做得，花费不多，换来一个说不出有多值钱但谁也不能说不值钱的东西，而且能把以前欠的人情也还上。

“那块布得大点，不能只够做短裤短褂的。”胡三说。

“一匹，够不够？”张巡检问。

“够了。”胡三说。

“好，龙卵留下，你与我去取布。”张巡检说。

“张爷的意思，是拿一匹布交易这枚龙卵？”胡三问。

“怎么是我的意思，分明是你的意思！”张巡检说。

“我是说，换身新衣服就是大福气；但我并没有说，肯用一匹布交换此龙卵的人是识货的人呀！”胡三道。

“老三还有别的意思？”张巡检问。

“张爷看啊，”胡三朝着胡老汉撇了撇嘴，说，“我一身破衣烂衫，和老爹一身破衣烂衫，站在一起，还挺般配；一旦我换成新衣，老爹仍是破衣烂衫，我怎和他往一起站？”

“老三直说，是不是你爹也要做一套新衣？”张巡检道。

“张爷不会连多拿一匹布都舍不得吧？”胡三激道。

“只要物有所值，别说多一匹，再多也无所谓。”张巡检说。

“小民正要与张爷合计。”胡三顺势说。

“还有多少人要做新衣，你一起说吧。”张巡检变得很敏感。

胡三掰着手指数出老娘，两个兄长，两个嫂子，最后还有两个侄儿。

“我见过你两个侄儿，只有这么高。”张巡检比画着说，“做一套衣服，不会也用一匹布吧？”

“男孩淘气，满地打滚，做一套衣服用不了一匹布，补衣服一匹布却未必够。”胡三说。

“老大、老二都叫你老爹，他两个的孩儿如同你亲孙儿一般。”谈交易时，胡老汉只在关键的时刻插话，“要不别的布都不必给，张爷只给两个孙儿做套新衣。”

“如何使得！”张巡检拒绝，一半是赌气，一半是为维护面子。他答应先给胡家父子五匹布，另外五匹以后再给。

分手后，胡老汉连连向胡三竖起大拇指，称赞他这笔交易做得好。张巡检则在琢磨，自己怎样才能不亏本。

开封府的后堂，是知府约人谈事的地方，别说一名小小的巡检进不去，就是本府的大小官员及府辖的州、县官，不得准允，也进不去。

一衙头从外面进衙，见张巡检在衙门外踱来踱去，招呼道：“老哥，怎不进去？”

“老爷传话出来，让我在外面候着。”张巡检说。

“几时传的话？”衙头问。

“差不多一个时辰前。”张巡检说。

“老哥也忒实诚，一个时辰前传的话，谁知大老爷还记不记得！”衙头说。

“有烦哥哥帮我问一声。”张巡检抱拳道。

“好说！”衙头也冲他一抱拳，走进去了。

不多时，一书吏往衙门里走，张巡检和他熟，主动上前招呼。

“老张在等我？”书吏问。

“不，等着回老爷的话。”张巡检说。

“进去吧。”书吏邀道，“在我那里等，也是一样的。”

“不妥，传话的人找不到我，说不定误事。”张巡检说，并央告，“先生若向老爷禀事，可不可帮我问一句？”

“好说！”书吏冲他一点头，走进去了。

又等半个时辰，衙头若无其事地出来。一见张巡检，他不由发愣。

“哥哥把我的事忘到脑后吧？”张巡检赔着笑问。

“老哥轻易不请托，好不容易请托一回，我怎会忘！”衙头矢口否认，“我去见过大人了，大人只一句话：着他再等等！我本想为你说句好话，但大人身边还有位大人，不便说。”

“哪位大人和老爷在一起？”张巡检问。

“通判大人，正是管我的，我怎敢多嘴！”衙头道。

“多谢，多谢！”张巡检嘴上道谢，心里好不懊恼。衙头是不是真见过知府，且不必说；反正忙没帮上，又欠下一个人情。不过，既已请托，就不能轻易放过。他问，“在老爷处，哥哥有没有见到异物？”

“老哥说的是一枚卵子吧？”衙头问。

“那是枚龙卵。”张巡检说。

“不错，我听大人也叫它是龙卵。”衙头道。

“老爷们没说什么吗？”张巡检顿时觉得有希望。

“我听知府大人问道：兄台看，它是不是龙卵？通判大人答道：大人看不出，下官更看不出。此外，再没别的话，两位大人只是盯着那卵子看。”衙头说。见张巡检再没别的问题，他一抱拳，离衙而去。

又等半个时辰，书吏出衙，直奔他走过来。

“老兄是不是送一枚卵子来？”书吏问。

“那是枚龙卵。”张巡检说。

“不错，大人们也叫它龙卵。”书吏说着，捂住自己的胸口，好像受到惊吓，“老哥快回去吧，这里不会再有你的事。”

“老爷可发话了？”张巡检问。

“不用大人们发话，我替大人们发话。”书吏说。

“老爷们没命——”张巡检本想问，老爷们没命给赏，但不好意思问，于是改问：“——我把龙卵取走？”

“龙卵已无，还怎的取走！”书吏道。

“好好一枚龙卵，怎会没有？”张巡检惊问。

“两位大人正盯着那枚卵子发呆，见我进去，命我把它拿给他们。我捧起卵子，递给知府大人，知府大人示意我交给通判大人；我把卵子递给通判大人，通判大人又示意我把卵子交给知府大人。我要把卵子放回去，两位大人又一起伸手来接；我一松手，两位大人又一起把手缩回去。结果，卵子坠地破裂，里面一汪水而已。”书吏叙述经过。

“老爷们再没一句话吗？”张巡检苦着脸问。

“知府大人交代通判大人：该巡检似妖，得好好盘问。”书吏说。

张巡检赏没求到，反被疑为妖孽，心里更加懊恼。

第四十八章

周彧是周太后二弟，顶着锦衣卫指挥的头衔，什么正经的差事也没有。他最喜欢做的事情，是与别人攀比，尤其是与大哥周寿攀比。

他差出分赴真定府冀州、晋州的家仆，同时赶回来，他把他们一起叫去，仔细盘问。

“自京城到冀州，几多路程？”他先问去冀州的家仆。

“不到五百里。”去冀州的家仆回答。

“自京城到晋州，几多路程？”他又问去晋州的家仆。

“不到六百里。”去晋州的家仆回答。

“你的路程比他少一百里，往返少二百里，为何与他一同回来？”周彧问去冀州的家仆。

“小的和他约好，在保定取齐，同返京城。”去冀州的家仆说。

“你比他的路程少二百里，岂不可以在保定做许多坏事！”周彧道。

“老爷说差了。小的比他还晚半天到保定；若有人在保定做坏事，也是他。”去冀州的家仆说。

“这么说，你在冀州干更多的坏事？”周彧问。

“小的比他晚到保定只有一个原因。”去冀州的家仆说。

“说，是何原因！”周彧喝道。

“小的在冀州划得的地，比他在晋州划得的地，多了一倍还多。除非老爷说这是做坏事，小的并未做别的坏事。”去冀州的家仆说。

“他这个理由还说得过去吧？”周彧问心腹管家。

“很说得过去。”管家说。

“他说你在保定做坏事，你没的辩解吗？”周彧问去晋州的家仆。

“除非他说等他是做坏事，小的并未做坏事。”去晋州的家仆道。

“他这个理由还巧妙吧？”周彧问管家。

“很是巧妙。”管家说。

“好，接下来我要问正事。”周彧道，“两年前，老大向皇上要过一次地，你等知是多少吧？”

“小的记得是六十顷。”去晋州的家仆说。

“不对，是六十五顷。”去冀州的家仆说。

“告诉他二人，是多少顷？”周彧命管家。

“我对你二人说过好几次，怎么就没一人记得住！”管家埋怨道，“这次记住，是六十二顷！”

“你二人可知，老爷我为什么要你等记住这个数目？”周彧问。

“老爷发过誓，向皇上要地，一定要比大老爷多。”去晋州的家仆说。

“老爷一再说，别的都不要紧，比大老爷要的地多是最要紧的。所以，其他事情小的没用心记。”去冀州的家仆说。

“你倒得着理似的。”周彧道，见桌上有把折扇，他顺手操起，敲了敲去冀州的家仆的头，“记住地要比老大的多，是一回事；实际上地比老大的多，又是一回事。你二人这次划得的地确实比老大多吗？”

老爷敲打，是溺爱的表示，去冀州的家仆原来就得意，这下更得意。

“老爷先问他丈量的地有几多，便知是不是比大老爷多。”他说。

“他让你先说，你不反驳他？”周彧问去晋州的家仆。

“小的心惭，就先说吧。”去晋州的家仆说，“小人在晋州所辖武强县，共划得二十三顷地。”

“二十三顷，六十二顷，还差得远呢！”周彧对去冀州的家仆说。

“小的不是说，划得的地是他一倍还多？”去冀州的家仆道。

“他的二十三顷，是在一个县里划得的。”周彧说。

“老爷放心，小的在其他事情上不曾输与他，在这件事情上也不会输与他。”去冀州的家仆说。

“你划得的地，究是几多？”周彧这才问。

“小的在冀州所属武邑县，共划得五十一顷地。”去冀州的家仆道。

周彧懒得计算，吩咐管家：“算一算，共是几多？”

“回老爷说，共是七十四顷。”管家说。

“比老大多了十二顷，是个吉利的数字，值得向皇上开一次口。”周彧说着，问管家，“你说呢？”

“老爷说的是。”管家先应，又说，“但有个事，小的得提醒老爷。”

“何事？”周彧问。

“大老爷向皇上开口时，业已封爵。”管家说。

“你是说，我得等到封爵，才能向皇上开口？”周彧一直在为这件事不痛快，管家提及，他更要发作，“他占了老大的便宜，当然会先封爵。难道一件事让他占便宜，事事都得让他占便宜！”

“便宜是皇上让大老爷占的，是老太后让大老爷占的，老爷犯不上为此和他怄气。”管家劝道。

“我和他怄不得气，和自个儿怄一回气，总成吧？”周彧决心要办的事，谁也劝不住。他命道，“去找个先生来，替我拟奏疏！”

秋禾收割完毕，农家的青壮年该服役的去服役，该交粮的去交粮，田里只有老人和半大不小的孩子，在捡拾遗落的庄稼。这不是正经的农活，他们干一阵，歇一阵，调皮的孩子干着干着，就会打闹起来。

一老丈弯着腰，在紧靠田埂的几垄田里，几乎是一粒一粒地捡拾掉落的颗粒。田埂上有一把盛水的壶，和一个吃饭、喝水两用的碗。他的位置感极强，到了放壶、放碗的地方，他头也不抬，一手去提壶，一手去拿碗，谁知两只手都落空。

抬头一看，原来放壶放碗的地方站着两个文士，一人提着壶，一人捧着碗。二人都在三四十岁之间，头戴方巾，身着秀才的衣衫，看不出有什么区别。捧碗的文士向提壶的文士示意，提壶的文士往碗里倒满水，捧碗的文士把碗递过来，并问道：“老丈口渴吧？”

一开口，老丈听出是异地的口音，而且应是极南方的口音。

“不敢，不敢，先生放下，我自己拿。”老丈说。

“先生，你我换换。”提壶的文士说着，把壶交给拿碗的文士，并从他手里把碗拿过来，然后对老丈说，“他递给你，你不敢接；我递给你，你该没顾虑吧？”

“先生是北边的人？”老丈惊喜地问。他说的北边，不是保定府，就是顺天府。

“我生在京城，长在京城。”该文士说。

老丈接过碗，一口气喝半碗。然后问：“两位先生要不要喝水？”

“水不喝，问老丈几句话，可否？”南方口音的文士说。

“是你问我话，还是他问我话？”老丈问。

“有何不同？”南方口音的文士问。

“前不久，有两位大人来问我话，一位的口音和他差不多，一位的口音和你差不多。和他口音差不多的大人问我话，我听得清楚；我答话，他也听得清楚。和你口音差不多的大人问我话，我听不清楚；我答话，他也听不清楚。我听不清楚，他得重复两三次，有时还得请另一位大人帮忙；他听不清楚，我得重复两三次，有时也得请另一位大人帮忙。我听你的乡音，比和你口音差不多的大人还要重；与其麻烦别人，不如由别人去问。”老丈啰里啰唆地说了一大通。

“前次两位大人问话时，老丈何不也这么说？”南方口音的文士问。

“人家是大人，是县太爷陪同来的，说不定还有州里、府里的老爷陪着来，而你二位——”老丈点到为止，不往下说。

“人家嫌你我不是大人，你就别难为人家。”北方口音的文士对南方口音的文士说。

“我且问一事，老丈的确听不清楚，我就不问。如何？”南方口音的文士回应他，也向老丈询问。

“你慢些说，我还听得真清楚。”老丈道。

“这一片田，有几多亩？”南方口音的文士尽量放慢语速。

“前次和你口音差不多的大人，第一句也是这么问的。”老丈说着，答道，“十二亩多一点，十三亩不到。”

“是老丈家的？”南方口音的文士又问。

“不是我家的，人家会让我来拾禾！”老丈道。

“怎见得是老丈家的？”北方口音的文士问。

老丈听得不入耳，恼道：“我视你为乡人，才要你来问话，岂知你不怀好意！你那顺天府，若有一老者在田里干活，说那田是他家的，你也问，怎见得是他家的吗？”

“老丈息怒！”反而是他不喜欢的南方口音的文士在劝解，“他是想问，若有人来争这片田，老丈有无凭证。”

“先生看我像不像个凭证？”老丈指着自己的鼻子问。

“老人家怎做凭证？”南方口音的文士问。

“我今年六十五岁，打五岁起，就在这田里厮混，还不足以证明是我家的田吗？”老丈道。

“只有这个凭证，还不足够。”北方口音的文士说。

“你这个先生最好不要多嘴。”老丈不想听他说。

“老丈，不是他以为凭证不够。”南方口音的文士说。

“不是他以为，难道是你以为？”老丈因为北方口音的文士问话不恰当，才对南方口音的文士略有好感；一听他的话，不再有好感。

“也不是我以为不够，是要和老丈争这片田的人以为不够。”南方口音的文士说，“你说这片田是你的，你就是凭证；他说这片田是他的，他就是凭证。你说，官家如何裁定？”

“若是这么说，我还真得拿出些实打实的凭证来。”老丈说着，指了指田的另一头，问，“那一头，先生看到什么？”

南方口音的文士手搭凉棚，向远处张望一会儿。放下手后，他说：“那边是收割后的残景，和这边一样。”

“再远呢？”老丈问。

“与邻田之间，似有一片荒草。”南方口音的文士说。

“荒草中呢？”老问。

“看不清。”南方口音的文士说。

“是先生自家过去看，还是我说与先生听？”老丈问。

“请老丈告知。”南方口音的文士说。

“说与你听可以，我却不愿说与他听。”老丈说着，招招手，让他靠近，然后压低声音，伏在他耳边说几句话。

“老丈不让我听，我也知道。”北方口音的文士说。

“你知道何事？”老丈问。

“荒草之中，有老丈家的祖坟。”北方口音的文士说。

老丈色变，道：“你有顺风耳不成，怎听到的？”

“我太祖皇帝定天下，真定府是大战场；我太宗皇帝定天下，真定府仍是大战场。故洪武年间，永乐年间，真定田许民垦种，即为恒产。其民迁徙至此，并无祖宗坟茔，家里人死，多葬于开垦之田亩间。你称实打实的凭证，必是祖坟无疑。”北方口音的文士说。

“先生知道本朝典故？”老丈颇感意外。

“略知一二。”北方口音的文士说。

“那我用不着瞒你。”老丈道，“我祖上正是洪武年间自山东迁徙来此，那片草丛里，已埋葬我四代先人。我在这片田里劳作四十余年，外带厮混十余年，你说凭证仍不够；我家几代人在这片田里劳作八九十年，难道凭证还不够！”

“若叫我说，还是不够。”北方口音的文士说。

“你！”老丈愤怒地说，“我看，你就是来与争我这片田的！”

“老丈大错了，他不是来争这片田的。”南方口音的文士说。

“他不是，你是？”老丈问。

“我也不是。”南方口音的文士道，“然而，前时两位大人来询问此田的情形，老丈看不出，的确有人要争此田？”

“当然看得出；但我听说，前时两位大人是非分明，已把想要争田的人驳回。”老丈说。

“驳是驳回，但此事并未了结。”南方口音的文士说着，指了指北方口音的文士，“他说凭证不够，是因为前时两位大人已将祖坟等事据实而奏；朝廷仍觉凭证不够，仍要查实。”

“朝廷的事，先生也知？”老丈惊问。

“略知一二。”南方口音的文士说。

“先生教我，却去哪里再找凭证？”老丈道。

“坟茔是私人之物，老丈还须有公家的凭证。”北方口音的文士说。

“公家的凭证？”老丈瞪他一眼，没好气地问，“何谓公家的凭证？”

“譬如，鱼鳞图册。”北方口音的文士说。

“那有啊，府里，州里，县里，都有存档，我见过的。”老丈道。

“老丈切记，若有人争田，你和他打官司，这是最要紧的凭证。”北方口音的文士叮嘱道。

两个文士其实是微服私访的官员。南方口音的文士，姓彭名韶，福建莆田人，官刑部郎中。北方口音的文士，姓李名琮，京师人，官监察御史。老丈提到的两位大人，操北方口音者，姓戴名玉，顺天府人，官户部主事。操南方口音者，姓黎名福，江西人，为直隶巡按御史。

周彧奏乞武强、武邑两县田地，朝廷差戴玉往真定，会同黎福查勘。他二人查实，周彧所谓七十四顷闲田，都是民田，没一亩撂荒。周彧申辩，朝廷又差彭韶、李琮往查。他们的结论和戴玉、黎福的结论相同。皇帝降诏，田仍归民。但以彭韶、李琮等沽名钓誉，下诏狱。科、道官争相论救，得释。

第四十九章

深秋时节，皇帝兴之所至，漫步到内宫深处收藏宝物的宫室。在内宫，用不着仪仗开路，没有众多的随从，和皇帝同行的，只有两名近侍。

内藏之所，所有的门户都是紧闭的，只有一间屋子的窗户被推开。从窗户看进去，屋里空空荡荡，只在临窗放张桌子。桌前坐着个宫人，上身端正，手执宫毫，看来是在练字。宫人身后站立一年老的内臣，埋头观看，不时说些什么，应该是在指点笔法。

二人都很专注，以至皇帝等三人进到院里，也没发现。

一名近侍想喊一声，让他们迎接圣驾，皇帝朝他摆摆手。

“老家伙是谁？”他低声问。

“回爷话，是覃叔。”一近侍说。

“被你等呼作叔的，一定是太监吧？”皇帝问。

“是。”该近侍应道。

“此处归他管辖？”皇帝问。

“这个奴才不知。”该近侍说。

“内藏向来由女史看守；不过，宫里资深的太监，大概都可以过问此间的事。”另一近侍说。

皇帝根本不在意这个太监有没有资格过问内藏的事，他被那个一丝不苟写字的宫人深深吸引。

“这个女娃就是看守内藏的吗？”他问。

“想必是的。”一近侍道，“除非守内藏，或奉旨、奉懿旨来内藏取物，宫人是进不到这里来的。”

“奴才听说，新挑选守内藏的女史，极是聪慧。”另一近侍说。

“你听说？怎未告诉朕？”皇帝问。

“奴才——”该近侍连不告诉皇帝的原因也不敢说，只有在心里责怪自己：爷又没问你，多的什么嘴！

皇帝理解他的难处，不再问。他轻手轻脚，走近打开的窗户。姓覃的太监先发现皇帝的到来，惊得就要跪下。皇帝把手指放在唇边，示意他不要声张。在近处，他不仅看清宫人的容貌，也看清她写的字。

“好一手漂亮的柳体！”皇帝赞道。

宫人一怔，手里的笔掉落在地。不管有没有听到过别人的称赞，她肯定没有听到过一个男人的称赞；不管有没有见过皇帝，她看一眼就能猜出，站在她面前的这个男人是皇帝。

她身子往下一滑，跪伏在地。姓覃的太监也随她跪倒。

“婢子叩见万岁！”宫人道。

“奴才不知爷驾临，未曾远迎，爷赎罪！”姓覃的说。

“都起来吧！”皇帝说着，一转身，进到屋里。

宫人、老太监没有马上起身，而是跪着转过身去，面对皇帝。

“你姓秦？可是三秦之秦？”皇帝问老太监。

“奴才的覃，是上西下早的覃，单名一个吉字。”老太监说。

“你是南人？”皇帝问。

“是。”老太监应道，“奴才只记得原籍广西，府、州、县未考。”

“你呢？”皇帝问宫人。

“婢子姓纪，是广西贺县人。”宫人道。

“原来你二人是同乡，老覃，你教她书法，是为此吧？”皇帝问。

“司礼监选若干年少宫人读书习字，欲擢为女史，纪氏在其中。奴才粗知文义，为她等教习之一。纪氏各门功课俱佳，率先被任为女史，守内藏。其好学，尤喜书法，奴才时或指点一二。”覃吉说。

“严师出高徒，她的字有如此水准，你施教之功不可没。朕看，皇子稍长，你可去做个伴当。”皇帝说。

“奴才叩谢圣恩！”覃吉叩道。

“你且去，朕与她再说会儿话。”皇帝命道。

“是。”覃吉应着，爬起来，退下。

“你还不起来吗？”皇帝问纪氏。

“婢子还是跪着回话吧！”纪氏道，“婢子跪着，两腿仍止不住颤抖；一旦站起，恐支撑不住。”

皇帝觉出了她的聪慧。一般宫人回话，往往只有一两个字；她却能说出整句的话，而且饶有趣味，很是难得。

“你看他等，”皇帝指着二近侍说，“论地位，不及老覃，可他等在朕面前就不下跪。你大可仿效他等。”

“他等日日侍奉万岁，于万岁是亲近之人，可以不跪；婢子一生，或只见得到万岁一次，怎敢与他等相比。”纪氏说。

“那我唤他二人中的一人来，替你跪着，你起来与朕说话，如何？”皇帝说着，就要招呼二人。

“陛下且慢，”纪氏道，“婢子再不起身，既违背万岁旨意，又得罪万岁亲近之人。婢子还是起身吧。”

她双手撑地，准备一腿先起，再起另一腿。没想到，皇帝一伸手，正好扶在她的腰间，她竟是借助皇帝这一扶站起来的。

透过罗衫，皇帝觉出她的肌肤极其细腻，心中不由一荡。

“你说他等日日侍奉于朕，这不假。但日日侍奉，未必就是亲近之人；偶得一见，未必就不亲近。你说是不是？”皇帝拿话挑逗。

“是不是，万岁说了算，婢子说了不算。”纪氏道。

“朕自然说是。”皇帝为了证实自己的话不错，便举一例，“譬如，他等日日站立在朕身边，但从不得与朕同坐；你与朕只今次见一面，朕却要你坐在朕的身边。”

“婢子不敢！”纪氏说。

“有何不敢？”皇帝问。

“尊卑有别，皇后娘娘可以和万岁同坐，贵妃娘娘可以和万岁同坐，婢子是万万不可与万岁同坐的。”纪氏说。

“朕说的是亲近与否，你却偏要说尊卑有别。”皇帝道，“尊卑有别，不用说，朕为尊，你为卑。朕的话，你却不遵，还说什么尊卑有别！”

“万岁这一旨意，婢子实不敢遵，乞万岁莫让婢子为难。”纪氏恳求。

“朕说的不是让你坐下，你不肯坐；朕说的是让你做事，你不肯做。”皇帝道。

“万岁让婢子做什么事，婢子不肯做？”纪氏问。

“朕让你——”皇帝现想，脑子一转，想出一个托词，“让你写字，你为何不肯写？你不坐下，难道站着也能把字写好？你原本写得一手好字，故意站着把字写得不好，岂不是欺君！”

他一口气问下来，分明是不给纪氏申辩的机会。纪氏善解人意，当然也不会强行分辩。

“婢子告罪坐下，等写完字，婢子仍然站着回话。”她说。

“等你写完，看看合不合朕的意，再说。”皇帝道。

桌前只有一把椅子，纪氏又从别的地方搬过一把椅子，和原来的那把椅子并排放在一起。

“你写字，须坐着，朕看你写字，不须坐着。”皇帝说。

“万岁圣谕，要婢子坐在万岁身边。”纪氏说。

“好，只要你不怕朕妨碍你写字，朕就坐。”皇帝说着，一屁股坐下。对纪氏的灵巧，他又增多几分怜爱。

纪氏在另一把椅子坐下，拿起笔，问：“万岁要婢子写什么字？”

“朕说，你写。”皇帝略一思忖，吟道，“关关雎鸠，在河之洲。”吟诵两句后，他停顿下来，估计着纪氏的写字速度，准备等她写完这两句，再接着吟诵。可是他侧过脸去一看，纪氏连下面“窈窕淑女，君子好逑”两句也写完。

“朕只说了两句，你怎写了四句？”皇帝问。

“这诗婢子学过。”纪氏说。

“是老覃教的？”皇帝问。

“不，是女官教的。”纪氏道，又说，“万岁不让婢子写后面两句，婢子把它涂去吧。”

“为何要涂？”皇帝不准，“朕是那个君子，你就是那个淑女。你写出朕的心里话，留在此处，作个见证。”

“万岁是君，婢子是婢。”纪氏声音小得几乎连自己也听不见。

皇帝却听见，并说：“谁说婢子不能是淑女！”说罢，问道，“纪姬这里，可有安歇的地方？”

“婢子吃、睡都不离此院。”纪氏说。

“走，带朕去你寝处。”皇帝说着，拉起她就走。

门监张敏不知被万贵妃叫去问过多少次话。万贵妃传唤，他不敢不去；但熟能生巧，他渐渐掌握了应付万贵妃的办法。

“张公公！”万贵妃如此正式地称呼，绝没有好事。

“娘娘直呼奴才的名字就可以。”张敏小心地回答。

“我唤你一声公公，不成吗？”万贵妃仍是冷言冷语。

“别人唤奴才公公，奴才还受得住；唯独娘娘唤奴才公公，奴才无福消受，听后心里发颤。”张敏说。

“这么说，你愧对本侍长？”万贵妃只有想把对方彻底压垮时，才抬出这个头衔。

“奴才不敢做对不起娘娘的事。”张敏说。

“不敢吗？皇上的行迹，为何不告诉我？”万贵妃责问。

“自打娘娘吩咐下来，爷去何处，奴才总是如实禀报。”张敏说。

“那皇上去内藏，我怎不知？”万贵妃道。

“皇上去内藏？”张敏充满自信地回复，“肯定是误传，这些日子天冷，爷除去乾清宫、昭德宫，偶尔去一次坤宁宫，哪儿也没去过。”

“我问的不是这些日子。”万贵妃道。

“不是这些日子，却是几时？”张敏问。

“两个月前，或是九月末某一天，或是十月初某一天。”万贵妃道。

张敏不敢再断然否认，也不敢说自己全然不知。他喃喃言道：“奴才想起来，确曾听人说过这么一回事。”

“你不总是如实禀报吗，此事为何不禀报？”万贵妃又责问。

“那次皇上去内藏，”张敏才开了个头，立刻纠正，“不，那次据说皇上去内藏，适逢奴才不在，奴才是后来听人说的。人言之事，奴才不知实不实，故而不敢禀报娘娘。”

“如此说来，你还真是个尽职尽责的公公！”万贵妃冷笑道。

“奴才哀恳，娘娘别再唤奴才公公。”张敏说着，夸张地颤抖起来。

“好，我不叫你公公，我叫你张敏。”万贵妃道，“张敏，你不是说，不知此事实不实吗？我这就告诉，此事千真万确。”

“娘娘怎知？”章敏问。

“你别管我怎知的，你只说说，内藏女史里，有没有一个姓纪的。”万贵妃道。

“凡奴才知道的，绝不敢瞒着娘娘，是有个姓纪的女史。”张敏说。

“你可知这个姓纪的女史近日有无异常？”万贵妃问。

“奴才前日见过她，并无异常。”张敏说。

“那我告诉你，她已有身孕。”万贵妃道。

“已有身孕？”张敏听了这话，想不颤抖都不成。皇帝去内藏，他是知道的；皇帝与纪女史曾成其好事，他也是知道的。但纪氏受一次雨露之恩，就有身孕，他的确不知道。如果说，得知皇帝与某宫人有染，贵妃娘娘只是气恼；那么，得知皇帝使某宫人怀有身孕，贵妃娘娘杀人的心思都有。张敏勉强让自己镇定下来，试探地问，“娘娘是说，纪女史有身孕，是因、是因——”

“不因皇上，难道因你？”万贵妃道。

“娘娘行行好，这话传出去，奴才要被砍头的。”张敏说。

“这话传出去要被砍头，别的话传出去就不会被砍头？”万贵妃道。

“娘娘是说——”张敏问。

“纪氏怀有身孕，眼下仅有四人知道。”万贵妃数道，“第一个是她本人，第二个是本宫心腹，第三个是我，第四个是你。有孕之事，纪氏本人绝不敢说，本宫心腹绝不会说，会说也敢说的只有我，但我对你说过之后，绝不对别人再说，所以，若有第五个人知道此事，一定是你说的。此事只准四人知道，我意已决。若有第五个人知道，不是他的头要被砍下来，就是你的头要被砍下来。”

“奴才知道厉害，一个字也不敢透露。”张敏说。

“这是我要吩咐你的第一件事。”万贵妃道。

“奴才牢记，”张敏应过后，问道，“娘娘还有何事吩咐？”

“我在想，让人怀有身孕的本事，你肯定没有；但不知消去人身孕的本事，你有没有？”万贵妃用比平时柔和得多的语气说。

而在张敏听来，每个字都似利刃，刺在心上。他连气都不敢喘，更不要说有所回应。

“我的意思，你懂不懂？”万贵妃问。

“奴才不太懂。”张敏说。

“不太懂，就找人问问。”万贵妃道。

“是，奴才找人去问。”张敏应道。

“你问人家，人家就会教你法子，你就得照着做。”万贵妃道。

“是，奴才照着做。”张敏应道。

“你惹的麻烦，自个儿想法子解决，这叫戴罪立功。麻烦解决，自有你的好处。不过，你不去问，不照着做，也没关系。你不去问，有人会去问；你不照着做，有人会照着做。那时，你就只有罪，没有功。”万贵妃威胁道。

第五十章

王府长史司长史，正五品。比起同品秩的官员，在朝，如各部郎中，在外，如按察司佥事，获得长史之职，要容易得多。但几乎所有的文职官员，都不希望被授以这个官职。究其原因，大约有二：其一,一旦进了长史司，哪怕是任长史，再获升迁的机会比起同品秩的官员，要小得多。宣德年间，曾有一名长史，径升侍郎，督粮江南，成为一代名臣。他就是周忱。而这样的机遇不可能再有。其二，长史没有实际的职权，王府外的事不该他管，王府内的事他管不了。别的官职再低，如知县只有正七品，也主管一县之事，全县百姓视之如父母，长史敢说是亲王的父母官吗？敢说是郡王乃至奉国中尉的父母官吗？同时，其他官员之间，有着各种各样职事上的联系，即便布政使和知县有霄壤之别，彼此间也有职事上的联系。所谓相互提携，便是由此而产生的。但长史和其他衙门、其他职官，没有任何职事上的联系。依职守，礼部对王府的事管得多一点儿，但就连礼部也不会理会长史。其寂寞，其孤独，是置身于外的人难以想象的。

赵府左长史雷霖自打人到彰德，自打进入赵府，一直想着调任。每到前一年的腊月和后一年的正月，他的情绪波动最大。因为他觉得，年底年初，被调动的可能性最大。在其他月份，他是一月一月数着过的；而在腊月和正月，他是一天一天数着过的。

成化六年的正月里，他的心情愈发沮丧，愈发无人可诉，他只好一个人喝酒。他是陕西人，又身在河南，不讲究下酒的菜，一壶酒，一碟葱蒜，一碟辣子，可混过一晚。

边喝酒，他边想自己不得调任的原因。

吏部无人，肯定是个重要的原因。他任长史以来，吏部先后换过三个尚书。王翱是北人，但太古板；他想下些工夫，没起作用。李秉是北人，一样的古板；他想下些工夫，也没起作用。好不容易盼来一个崔恭，也是北人，似乎不像王翱、李秉那么古板，似乎好下工夫一点儿；但掌部不到四个月，便忧去。而今的吏部尚书换成姚夔，南人，想从他那里找机会，估计希望不大。

北人也罢，南人也罢，吏部尚书尊贵，是惹不起的。

礼部无人，也是个原因。姚尚书原本掌的礼部，达五六年之久，几乎和他任赵府长史的年头差不多。听说他不喜欢北士，雷霖不敢打他的主意。好不容易把他盼走，他去的却是吏部；新掌礼部的邹干又是南人，又不喜欢北士。

礼部尚书，同样是惹不起的。

由京城往下想，想到河南。

朝廷已多年没遣派河南巡抚，如果说，地方上没有人帮他说话，也怪不到巡抚的头上。

布、按二司对本省官员的考评，是吏部拟该官员升黜首先要考虑的，但所谓本省官员并不包括长史。这多年下来未得升调，他不能怪布政使、按察使等给他的评语不好。

甚至连巡按御史，雷霖也想到。御史的职责是找官员们的毛病；巡按御史的职责，是找所按地区官员们的毛病，其中也包括所按地区王府官员的毛病。应该说，他先后遭遇的两任巡按御史，虽没说过他好话，但也没说过他坏话。这已经很难得，他还能希求什么呢？

最后只剩下府、州、县官。赵府建藩于彰德府，彰德府所属的安阳县与府同城，因而，赵府与彰德府、与安阳县打交道的机会较多。彰德知府、安阳知县会不会屡屡上疏议论赵府的事呢？

老实说，除非过于倔强，过于古板，府、州、县官对王府的事都睁一只眼闭一只眼。那么，彰德知府、安阳知县会不会是过于倔强、过于古板呢？雷霖没有任何觉察。不错，他应该想、也只需要想赵府的事。要知道，藩王有过失，朝廷不见得会处分，往往是王府长史等官员代藩王受过。如果有人疏论赵府的过失，首先受到牵连的，一定是他雷霖。

时至今日，朝廷并没有降旨训饬赵王，或对他加以指责。看来，彰德知府也好，安阳知县也好，并没和他过不去。

但是，且慢，他们真的没和他过不去吗？雷霖的思绪忍不住在现任的彰德知府身上打几个转。

现任彰德知府姓邢名表，和他同是天顺元年的进士。雷霖任赵府长史时，他还在某科任给事中。雷霖是眼看着他外放从五品的知州，和自己只差半级；又迅速地升任正四品的知府，比自己高了一级。二人官品的转换，正好说明王府长史司是个陷阱，掉进去，则难以自拔。

当然，在正常情况下，雷霖不能把自己的不幸归咎于邢表。但酒一喝多，头脑一迷糊，思维肯定会不正常。

为什么同是一科的进士，雷霖甚至还记得，同是三甲的进士，只不过邢表的排名比他稍靠前，一人可以青云直上，一人却看不到前程！

为什么同是一科进士，而且同是北人，雷霖还依稀记得，邢表是顺天府人，一人就不能为另一人美言几句！

不美言也就罢了，为什么同是一科进士，青云直上的一人见了看不到前程的一人，要把头扭过去？那不是躲避吗，不是鄙视吗？

当然，不可能每次都及时把头扭开。当四目对视时，看不到前程的一人，从青云直上的一人眼里，看到的是嘲笑，是幸灾乐祸。

莫须有的仇恨在雷霖心里滋长。你想躲避我，我让你躲避不开；你在嘲笑我，我让你为此而后悔！

雷霖知道，凭他一个长史，奈何不得邢表。不错，巡抚衙门，布、按二司，都可以辖制知府；巡按御史，则可以纠劾知府。但巡抚都御史、布政使、按察使、巡按御史，对一名长史的话，多半是不屑一听。朝廷的六部及都察院，都可以决定知府的命运；但各部及都察院的堂官，对一名长史的弹章，多半是不屑一顾。

不过，邢老兄，你别得意得太早。长史虽无用，但有一柄可以置你于死地的宝剑，那就是亲王。朝廷之上，长史的话没人听，亲王的话，不会也没人听吧！

带着九分的醉意，雷霖决心要采取行动。

“雷先生，有好几天没来吧？”赵王见滃问。他不是特别想见到雷霖，但几天不见，总得问一句。

“臣五天没来谒见殿下。”雷霖说。

“五天不来，是患病了吗？”见滃又问。

“身体无病，病于心。”雷霖道。

“据本王所知，百官之中，长史最不必用心，雷先生怎会病于心？”见滃半是关心半是嘲讽地问。

“殿下言之差矣，臣别的事可以不必用心，殿下的事却不可以不用心。”雷霖渐渐把话题纳入他设计的轨道。

“本王有何事，须得雷先生用心？”见滃问。

“有一件事，殿下恐怕从没想过。”雷霖说。

“何事本王从没想过？”见潚问。

“今者藩国数十，谁为天下第一王，殿下想过吗？”雷霖问。

“此事不仅我没想过，数十亲王，恐怕没一人想过。”见潚道，又说，“本朝立国以来，没听说封过天下第一王呀！”

“天下第一王不是册封的，是众藩王及文武百官公认的。”雷霖说。

“那你说说，哪一王可称天下第一王？”见潚打心眼里愿意听。

“我先问问殿下，太祖皇帝所封之王，与太宗皇帝所封之王，谁与当今皇帝最亲？”雷霖道。太宗皇帝所封二王，汉王早已除藩，余下的只有赵王这一支，所以，他问的也就是：赵王与秦、晋等太祖皇帝所封之王，谁与当今皇帝最亲近。

“就我太宗皇帝而言，赵王为其子，他王为其兄弟，应是父子亲于兄弟吧！”见潚说。

“此为人伦之大者，毋庸置疑！”雷霖说。

“可就我仁宗皇帝而言，却不同，赵王为其兄弟，太祖皇帝所封各王为其伯、叔，兄弟之间未必亲于叔侄之间吧？”见潚又说。

“兄弟之间，亦当亲于叔侄之间；就算兄弟之间与叔侄之间分不出亲疏，那也是第一代赵王与第一代太祖皇帝所封各王。而到了第一代赵王与第二代太祖皇帝所封各王，关系又不同。”雷霖说。

“你是说，第一代赵王与仁宗皇帝是亲兄弟，而第二代太祖皇帝所封各王与仁宗皇帝是堂兄弟？”见潚边问边琢磨，“亲兄弟与堂兄弟有亲疏之别，是不错的，但到了第二代赵王与宣宗皇帝，不也成了堂兄弟，而第二代太祖皇帝所封各王，与宣宗皇帝是堂叔侄，又无多大区别。”

“宣宗皇帝与第三代太祖皇帝所封各王是同辈，第三代太祖皇帝所封各王，乃宣宗皇帝堂伯叔所出，第二代赵王则宣宗皇帝亲叔所出，怎会没有区别！以此类推，赵王之后于天子，总是亲于太祖皇帝所封各王之后。”雷霖说着，问道，“殿下想，是不是这个道理？”

“道理是这个道理，但雷先生与本王议的是天下第一王，这个道理似乎没多大用处。”见潚道。

“怎的没用！太祖皇帝所封各王之后，今存十六七位，占了天下藩王的半数，他们是不能争天下第一王的称号的。”雷霖说。

“雷先生是不是想说，可以争天下第一王称号的亲藩越少，本王的机会越大？”

见濬问。

“不然，”雷霖摇头，“我想说，天下第一王的称号，非殿下莫属。”

“但雷先生想过没有，依照雷先生的推断，赵王之后于至尊，固亲于太祖皇帝所封各王之后；而仁宗皇帝、宣宗皇帝、英宗皇帝所封各王，岂不更亲于赵王之后！”见濬意识到这一点，可见并非糊涂虫。

“前者所析，太祖皇帝所封各王；接下来当析，仁宗皇帝等所封各王。”雷霖说着，问道，“仁宗皇帝所封，共八王。其中，越、滕、梁、卫四藩，无嗣藩除；其余四藩，殿下知是第几代？”

“本王不曾考较。”见濬说。

“臣考较过。”雷霖道，“郑王是第二代，襄王是第一代，荆王是第三代，淮王是第二代。亦即：郑藩、淮藩是祁字辈，襄藩是瞻字辈，唯独荆藩是见字辈，与当今至尊为同一代。”

“雷先生考较此事，又有何用？”见濬问。

“于当今至尊，祁字辈为堂叔，瞻字辈为堂叔祖，而殿下为堂弟，臣仍以为，堂兄弟亲于堂叔侄。”雷霖说。

“不还有荆藩是当今天子的堂兄弟吗？他那个堂兄弟，比本王这个堂兄弟，是要近一层的。”见濬道。

“不错，他是有资格与殿下争天下第一王的称号的。但据臣所知，荆王兄弟不和，日后必生祸端，此所谓兄弟阋于墙者也。”雷霖说。

“就算本王可以不把荆王放在心上，还有宣宗皇帝、英宗皇帝所封各王呢，他等多是见字辈的。”见濬道。

“宣宗皇帝并未封王。”雷霖提醒道。宣宗皇帝二子，一为英宗皇帝，一为做了七年皇帝的郕王，故无亲藩存。

“英宗皇帝呢，有十数子吧？”见濬道。

“九子，封王者七子。”雷霖说。

“此七王，不仅是见字辈，而且与当今天子是亲兄弟，雷先生还有什么说的吗？”见濬准备放弃与他们争天下第一王的称号。

“有。”雷霖应道。并问，“殿下可知，此七王现在何处？”

“不知。”见濬道。

“除德王就藩济南，其他各王年幼，均未就藩。天子卵翼之下的藩王，也没有资格争天下第一王。”雷霖说。

“有一个德王，已经足够。”见潚道。

“德王成化三年就藩，在藩国不足三年，就算有资格，亦未成气候。”雷霖说着，做一总结，“总之，数十藩王，或是没有资格，或是未成气候。故我说，天下第一王的称号，非殿下莫属。”

“此乃雷先生所以为，非天下所公认。”见潚仍没有失去理智，他接着说，“就算天下公认本王为天下第一王，于本王有何好处？”

“臣为殿下用心，不是为的争好处，为的是争名。”雷霖说，“赵府没有机会争天下第一王的称号，不必说它；既有机会争，而殿下不争，殿下未免愧对祖先。后世当如何看待殿下？”

“让你一说，这个天下第一王，本王非争不可？”欲使见潚失去理智，也不是那么困难。一句不愧对祖先，一句留名后世，足以让他动心：“雷先生既提到个争字，想必也为本王设计好如何争法。”

“千里之行，始于足下。”雷霖说。

“足下，是王府吗？”见潚问。

“赵府在彰德城里。”雷霖说。

“你是说，先在彰德争？”见潚有所领悟。

“对，先在彰德争。彰德一府皆知殿下为天下第一王，再争于河南。河南皆知殿下为天下第一王，再争于天下。”雷霖说。

“彰德不下十数万人，却与谁争？”见潚问。

“人数虽多，主事一人。”雷霖道。

“雷先生是说，太守？”见潚问。

“是。”雷霖应道，“彰德知府以殿下为天下第一王，则彰德之人无不以殿下为天下第一王。”雷霖说。

“道理是这个道理，但怎样使他以本王为天下第一王？”见潚问。

“我五天没来谒见殿下，殿下以为我在办理何事！”雷霖道。

“难道雷先生在活动彰德知府？”这可大大出乎见潚意料。

雷霖只点头，不回答。

“他怎么说？”他这一点头，把见潚的情绪调动起来。

雷霖只叹口气，仍不作答。

“他不肯？”见潚非问不可。

“岂止不肯，他还说了许多劝臣的话。”雷霖道。

“他怎样劝你？”见濳问。

“话很难听，不说也罢！”雷霖道。

“是羞辱雷先生吗？”见濳问。

“仅羞辱臣，倒没什么。”雷霖道。

“这么说，是羞辱本王？”见濳问。

雷霖不答，等于默认。

“他如何羞辱本王的？”见濳问。

“殿下一定要臣说？”雷霖似乎被逼无奈。

“你不肯说，本王径往府衙去问。”见濳道。

“臣说可以，殿下切莫动怒。”雷霖顿了顿，说，“他哂道：赵府怎争得天下第一王！争天下最后一王，或可入选。”

见濳大怒，一拳击在桌上，杯子里的水震洒一桌。

雷霖边用衣袖擦桌子，边说：“我知殿下会动怒，故不欲说。看，殿下果动怒了吧？气伤身子，臣如何担当得起！”

“本王不气。”见濳道，“只是本王原不想争什么天下第一王，有人说本王只可争天下最后一王，本王倒要去争争这个天下第一王！”说着，问雷霖，“雷先生，欲使彰德之人都以本王为天下第一王，一定要彰德知府先以本王为天下第一王吧？”

“是。”雷霖应道。

“知府既不以本王为天下第一王，一定要逐之吧？”见濳又问。

“是。”雷霖应道。

“雷先生愿助我否？”见濳问。

“以殿下为天下第一王，是臣用心想的第一件事；使彰德知府以殿下为天下第一王，是臣用心想的第二件事；彰德知府持异议必逐之，是臣用心想的第三件事。虽该臣与臣同年，亦在所不惜。”雷霖说。

“不错，本王记得你说过，彰德知府与你是同年进士；还记得你说过，你为本王的事相求，他从未应允。”见濳说着，走到雷霖身边，拍了拍他，以示赞许，“唯其如此，更可见雷先生的确在为本王用心。”

因为赵府和彰德知府的这场官司，雷霖调任的目的达到。因为他明目张胆地帮着赵王讦告邢表，吏部觉得他不宜再任王府官，因而改任金华同知。府同知也是正五品，属于平调。邢表等被讦官员先下诏狱，查明实情后，邢表改卫辉知府。

第五十一章

兵部堂官的排序，第一是掌部务尚书白圭，其次是同掌部务尚书程信，再次是左侍郎李震，最后是右侍郎陈宜。在数次议事不合之后，兵部堂官再议事时，程信宁愿坐到李震和陈宜之间。白圭心里很别扭；不仅他心里别扭，李震、陈宜心里也别扭。但他们知道程信是倔脾气，而且他这是自降身份，并非自高身份，只得随他。

“北虏扰我河套，屡入屡逐，屡逐屡入。皇上命我等议以方略，诸位有何高见，都请说说。”白圭开宗明义地说。

屡入屡逐，屡逐屡入，可以说把鞑靼部进入河套以来的形势概括无遗；而且，似乎除了屡入屡逐之外，也很难有彻底解决的办法。所以，谁也不抢先开口。

“彦实兄，听说你责怪兵部此事议得太迟？”白圭只好先点程信。

“谁那么嘴快！”程信虽不高兴，但无疑表明，他的确说过这话。白圭不问，他也许自己会当着同僚们说；白圭一问，他却不想说。

白圭见他瞥了李震一眼，告诉说：“不是用初先生说的。”

李震字用初，顺天府宛平人，正统元年进士。

程信不理会，又拿眼瞥了瞥陈宜。

“也不是公宜兄告诉我的。”白圭说。

“彦实兄这话如此尖刻，可惜我听到得比宗玉兄还晚；不然，我肯定会告诉他的。”陈宜说。

“我又没怪兄等。”程信道，“话既出口，就不怕别人奔走相告。”

“那就请彦实兄说说，为何兵部议得太迟。当真是我贻误时机，造成今日的局面，我定向圣上请罪。”白圭说。

“宗玉兄恐怕误解彦实兄的意思。兵部议得太迟，我等都有责任。彦实兄也绝不是逃避责任的人。”陈宜说。

“公宜兄何必抢着替我分辩！”程信冷冷地说，“我说兵部议得太迟，还真和我本人无关。”

“既与彦实先生无关，就得从两年前说起吧。”李震道。另外三人是同科进士，人家彼此有意见，李震不便插话。但程信只说和他本人无关，那就是和其他三人都有关系，他不能再保持沉默。李震所以把时间定在两年前，是因为程信是在成化四年四月之后还部的，而成化三年，他以兵部右侍郎改左侍郎，同时，陈宜为右侍郎。

“诚如用初先生所言。”程信道，“经用初先生提醒，宗玉兄、公宜兄仍说不出我为何说兵部议得太迟，可见我并非妄议。”

“彦实先生不必把我排除在外，我也不知彦实先生指的是两年前的哪一件事。”李震不领他的情。

“彦实兄，无责任者不能对有责任者宽容些吗？”陈宜尖刻地问。

“何谓宽容？”程信问。

“彦实兄尽快指出我等责任，即可谓宽容。”陈宜道。

“我是要说的；不过，不是为的宽容，而是为的尽责。”程信说着，冲白圭、李震点了点头，表示下面的话是对大家说的，“两年前，程给谏万里上疏，议河套事，诸位还记得吧？”

“是言毛里孩有可败者三的那本奏疏吗？”白圭问。

“正是该疏。”程信道，“宗玉兄既然记得该疏言毛里孩可败者三，不知记不记得是哪三条？”

“别说宗玉兄记得，我也记得。”陈宜抢着说，“其近我边地才二三日路程，彼客我主，可败者一也；其兼并诸部，既骄且疲，可败者二也；其比来散逐水草，部落四分，兵力不一，可败者三也。”

“还有后文，公宜兄怎不继续？”程信道。

“彦实兄问的是毛里孩可败者三，我只述三事；彦实兄问到后文，我再述后文。”陈宜说。

“都是请教，不可偏劳公宜先生一人，后文我为彦实先生言之。”李震说着，转述道，“宜选京营万骑，宣、大军万骑，每三千人为一军，统以骁将，严其赏罚。使探毛里孩所在，潜师捣之，破之必矣。”

“闻得皇上亦壮其言，然否？”程信问。

“听司礼监的公公说，皇上的确称赏过程给谏的奏章。”白圭道。

“宗玉先生等又如何看待他的奏章？”程信问。

“颇有可取之处。”白圭怎么简洁怎么说。

“仅此而已？”程信问。

“宗玉兄称一句‘颇有可取之处’，已是很看重他。”陈宜道。

“也罢，我等只当其疏颇有可取之处。”程信不再追究字词，而提出实质性的问题，“程给谏的奏章颇有可取之处，皇上又颇为赞赏，兄等何不趁势运筹，将程给谏所议之事付诸实施？”

白圭、李震还在回想这件事的脉络时，陈宜首先说：“彦实兄若以此责怪我等议得太迟，我第一个不服。”

“河套之事，延至今日才议，我说太迟，难道不对？”程信道。

“皇上虽壮其言，但并未将其疏下兵部议。”陈宜说。

“这个理由说不过去。”程信道。

“此乃其一，”陈宜说，“其二，我等并非没议过。”

“兄等如何议的？”程信问。

“我等以为，程给谏奏疏里用的一个败字，一个破字，都没有点到要害。”陈宜道。

“兄等以为要害是哪个字？”程信问。

“逐。”陈宜道，“鞑靼入河套，仅败之，没有用；仅破之，没有用；须得彻底逐之。而欲彻底逐之，仅选京营万骑，宣大军万骑，远远不够。”

“逐是第一个字，第二个字是守。”李震接着说，“逐虏出套后，再守住门户，才能永绝虏患。而要守住门户，仅选京营万骑，宣大军万骑，更是远远不够。”

“二位其实都以为程给谏之议不可取，是不是？”程信道。

“宗玉兄以为其议颇有可取之处，我怎会以为其议不可取！我只以为，其议颇有缺陷而已。”陈宜说。

“程给谏居吏垣，议兵颇有缺陷，在所难免；兄等为大司马、少司马，无论其议有无缺陷，都不应置之不理。”程信不以为然地说。

“谁说我等置之不理！”陈宜道，“不过，是否置之不理，不属于其二，而属于其三。”

“那就请公宜兄说说其三吧。”程信说着，一揖。

“其三，彦实兄是知道的呀！”陈宜说。

“公宜兄不说，我怎的知道？”程信想都不想就否认。

“彼时，正在平息石城满俊之乱，彦实兄会不知道？”陈宜道，“我等以为，不宜两面用兵，平满俊便一心平满俊，且把毛里孩放在一边。彦实兄主张京营大出，会合陕西各镇边军剿之，我等也都是赞成的呀。结果是，内阁不赞成。内阁不赞成，皇上亦不准。二事比较，平满俊比逐毛里孩更为急迫，平满俊，没有大出京营；逐毛里孩，又怎能指望大出京营？结果是，京营未大出，项都堂也平定了石城之乱。可见纯道先生等持议是对的。时至今日，彦实兄怎么把前事都忘却，反而责怪我等对程给谏之议置之不理？”

在程信心目中，程万里的奏疏，征讨满俊，是并不相干的两件事。没想到，陈宜在说到其三时，竟然把这两件事紧紧扣在一起，而在议平石城时，他已还朝多日。既然不能说出京营剿灭满俊之议和自己无关，也就不能说兵部议得太迟和自己无关。

“兵部的难处我岂得不知！但无论如何，处置套虏一事，兵部不能置之不理。”他有点儿强词夺理地说。

“此乃其四。”陈宜道，“去春、去冬，乃至今春，兵部屡屡告诫陕西各边御虏，不能说是置之不理吧？兵部使宣、大军驰援延绥，不能说置之不理吧？话还得说回来。我边军败虏，虏窜；我边军还，虏进。更可见程给谏用的败字、破字不足恃。”

“我看，套虏窜而复返，皆因宣、大军擅还。”程信说。程万里的奏疏显见已做不出什么文章，他主动改换话题。

“彦实兄不再——”陈宜本打算讽刺一句，但见白圭频频对自己使眼色，知道他是不欲再僵持下去。的确，再僵持下去也没多大意思。他于是改口说：“彦实兄以为宣大军不当擅还，我亦有同感。”

“宣大军撤还，并非兵部传檄。”虽然人所周知，这样解释一句似无必要，白圭还是想解释。

“宗玉兄多此一言，别的事彦实兄不清楚，这件事他该清楚的。”陈宜终于得到机会讥刺程信一下。

“宣府军还，确是王都堂自作主张。”李震说。他说的王都堂，是大同巡抚王越。王越以前还兼抚宣府。

“王都堂失误，兵部就该劾之。”程信毫不迟疑地说。

白圭觉得不妨就此先达成共识。他说：“宣府军擅还，致使套虏复猖獗，这个责任该王都堂承担。用初先生，公宜兄，你二位看呢？”

“兵部的事，两位大司马做主。”李震、陈宜说。

“还有，既调用宣府军，朝廷当遣大将。”程信又加上一句。

抚宁侯朱永两年前就请缨西征，这次终于如愿。他被任为总兵官，挂平虏将军印，与副总兵官刘聚等，率京兵万人，往延绥备虏。

他赶到延绥时，率五千宣、大兵重来的王越，已屯驻延绥附近一个月。两军合为一军，朱永见了王越就说：“世昌先生太不仗义了吧！”

王越字世昌，北直隶浚县人，景泰二年进士。

“我怎的得罪爵爷？”王越惊问。

“本爵前次出兵河套，世昌先生参赞军务；因毛里孩那厮奏请入贡，廷议息兵，无功而返。去冬，世昌先生率军西征，却不知会我一声；结果，到了榆林，捷报频传，一人抢去头功。这还不该被责怪！”朱永道。他和王越曾有过一次合作，那是在成化三年，他奉旨征套虏，以王越参赞军务。此次出兵，王越又参赞军务。

“爵爷原来说的此事。”王越笑道，“我为爵爷，不惜得罪朝廷，爵爷怎的还责怪我？”

“世昌先生为我得罪了朝廷？”朱永比王越更加吃惊。

“爵爷别把眼睛瞪得那么大！”王越说，“爵爷称我抢去头功，但朝廷之上，有人要加罪于我，爵爷不会不知吧？”

“有所耳闻。”朱永应了一句，说，“世昌先生不过被参劾而已，身为臣子，有几个是不被参劾的！”

“我不问有无人不被参劾，只问我是否被参劾？”王越道。

“世昌先生确被参劾。”朱永说。

“参我者非他人，而是大司马、少司马，爵爷不会不知吧？”王越问。

“有所耳闻。”朱永应了一句，说，“兵部参劾，不过为的推卸责任，朝廷不是并未加罪世昌先生吗？”

“我不问朝廷有无加罪，只问是否大司马、少司马参劾？”王越道。

“确是大司马、少司马参劾。”朱永说。

“兵部参劾，说我擅自撤还，爵爷不会不知吧？”王越问。

“有所耳闻。”朱永应了一句，说，“擅自撤还，不过是一家之言，不以为然者大有人在。”

“我不问有无人不以为然，只问兵部是否以擅自撤还参劾？”王越道。

“兵部确是以擅自撤还参劾。”朱永说。

“爵爷怎看此事？”王越问。

“我自然大不以为然。”朱永说。

“爵爷不以为然，我岂能不知！”王越道，“我问的是，我为何要擅自撤还，爵爷是怎看的？”

“等等！”朱永不是对这句话本身不懂，而是听出话里有漏洞，“兵部以擅自撤还参劾，世昌先生就自认擅自撤还？”

“该不该擅自撤还且不论；朝廷无旨，兵部无檄，而我率兵回宣、大，不说是擅自撤还，还能怎说！”王越道。

“自认擅自撤还，即自认其罪！”朱永警告他。

“我不是说了，该不该擅自撤还且不论？况且，这是在爵爷面前自认；换作他人，我是不会自认的。”王越说。

“世昌先生为何在我面前自认擅自撤还？”朱永对这一点仍想不通。

“爵爷记不记得，在我不断追问并不让爵爷插话之前，我是怎么说的？”王越给了个提示。

“世昌先生怎么说的？”朱永本不曾留意，但在一问之下，忽然想了起来，“世昌先生是不是说，为了本爵，不惜得罪朝廷？”

王越没白费心思绕这么一个大圈子，他微笑着点了点头。

“亦即：世昌先生是为我，才擅自撤还的？”朱永又问。

“爵爷想啊，我不撤还，套虏不再入，朝廷会命爵爷率京营西来吗？”王越说罢，放声大笑。

朱永知道他是开玩笑，也陪着笑几声。笑罢，他说：“世昌先生不是不仗义，我也自认。不过，我有句话，几次要说，都被世昌先生堵回去，这会儿是不是可以说？”

“请！”王越让道。

“大司马、少司以擅自撤还参劾，朝廷并不加罪，更可见朝廷对世昌先生的器重。”朱永道。

“爵爷要说的就是这句话？”王越问。

“这是前半句。”朱永道。

“后半句怎么说？”王越问。

“本爵颇为意外。”朱永道。

“看来，爵爷欲朝廷治我罪方后快呀！”王越说。

“我说世昌先生只顾自家抢头功，是句笑话；但本爵两度与世昌先生同舟共济，朝廷治世昌先生罪，于我有什么好处？”朱永道，“实是大司马、少司马参劾，来头不谓不大；以擅自撤还参劾，过失不谓不重。而朝廷只是命世昌先生再度西征，并无怪罪之词，故我颇为意外。”

“有两个原因。”王越说着，伸出一指，“第一个原因，爵爷听罢，一定气恼。”又伸出一指，“第二个原因，爵爷听罢，非但不气恼，说不定还有同感。不如我径说第二个原因吧。”

“别！”朱永不答应，“世昌先生还是按顺序说。”

“爵爷不怕气恼，我为何要避讳！”王越道，“去冬御虏连捷，为近年之最。皇上圣明，就算有人想一笔抹煞，也是抹煞不掉的。”

“皇上圣明，我为何要气恼！”朱永从一个角度理解他的话。

“我不是没知会爵爷，抢去头功吗！”王越从另一角度解释自己的话。又说，“其实，我也不是想维护己功。去冬之役，虽是我调度，却是将领们在卖命。他等之功，我不得不维护。”

“所谓卖命的将领，都是随世昌先生西征的宣、大将士吧？”朱永问。

“我没那么偏狭。”王越说，“如游击将军许宁，虽曾隶宣府，但已调任延绥；参将神英，则一直为延绥守将；只有游击将军范瑾，是随我自大同而西的。三人战功，我以许宁为首，以范瑾殿后。”

“以世昌先生胸怀，信是如此。”朱永说着，揖请，“世昌先生能不能给我说说，是怎样使众将卖命的？”

“无他，指挥得当而已。”王越道，“我使许宁出西路龙州、镇靖等堡，使范瑾出东路神木、镇羌等堡，而使神英中路策应。许宁于黎家涧遇敌，范瑾于崖窑川遇敌，都是以逸待劳，至于神英于镇羌堡收拾残敌，更是以逸待劳，故斩获独多。”

“就这么简单？”朱永问。

“就这么简单。”王越说。

“那我告诉世昌先生，第一个原因我非但不气恼，反而颇受教益。”朱永说着，又揖请，“世昌先生再说第二原因。”

“第二个原因更简单。”王越道，“京军驰援延绥也罢，宣、大军驰援延绥也罢，都须奉旨既行，战毕既还。不然，奏表呈上朝廷，朝廷命还再还，一来一往，少则一月，多则两月。再碰上兵部议复，模棱两可，又不知要耽搁几久，岂不是把京军、宣大军都变成延绥军！”

“所以世昌先生说，本爵说不定会有同感？”朱永问。

“难道不是？”王越反问。

“第一，须御虏有功效，第二，才敢擅自撤还。世昌先生前次取功轻而易举，今次征战，还要靠世昌先生调度。”朱永说。

“好说！”王越应道。

第五十二章

郑王原封于陕西凤翔，后移藩河南怀庆。

祁锳是第二代郑王，成化四年袭封。其长子见滋，是祁锳为世子时的妃子韩氏所生。祁锳不喜韩氏，没承袭王位前，已废她。对母寡恩，对子也好不到哪里去。所以，见滋至今没有册立为世子。祁锳对见滋动辄辱骂，见滋参谒父王之后，经常是两眼通红、面如土灰般离开。

郑府长史张铎眼神不好，只看到见滋从殿里出来，看不到见滋两眼通红，面如土灰。他上前行礼，问："小殿下，殿下可在？"

见滋不愿他听到自己带哭腔的声音，只点点头，没有回答。

张铎看不清他究竟点头还是摇头，遂向前一步，把脸贴近看。

见滋更不愿他看到自己的泪水，把头扭向一边。

扭头的动作比点头的动作大，被张铎看清楚。不过，见滋把脸扭向大殿相反的方向，他误以为这表示王爷不在殿里，于是说："原来殿下不在，我陪小殿下说会儿话吧。"

见滋哪里有心思说话，急得直跺脚。

这个动作表示急迫的心情，张铎能理解。他说："小殿下急着找殿下吗？我陪你一起去找。"

见滋不能再不说话。他往殿里一指，说："父王在里边，张先生速去。"

张铎这才发现，见滋情绪不对；并且知道，他又在父王那里受了委屈。

"小殿下，为的何事？"张铎既是问见滋为什么要哭，也是问祁锳为什么训斥他。

"还不是为的先生。"见滋抹着眼睛说。

"为的我？"张铎以为他不过随口一说，"殿下对我不满意，就该训斥我呀，没来由让你替我受训。"

"先生总是小殿下、小殿下地叫着，我算哪家的小殿下呀！我应也不是，不应也不是，父王可不是要骂我！"见滋说。

张铎确信，祁镁训斥见滋，不会是为这件事。但他首先要把这件事说清楚：“不称小殿下，又如何称呼？无论如何，小殿下是郑府长子，载入玉牒，我等做臣子的，总不能直呼其名吧？本来称小王子是可以的，但鞑靼部僭用了这个称号，我大明朝各藩府反而不能使用。我不仅称你小殿下，也称其他王子小殿下；不仅我郑府如此称呼，其他王府也如此称呼。要改，由朝廷传旨，大家都改。”

“先生称他人小殿下可以，称我却不可以。”见滋说。

“为何不可以？”张铎问。

这是个难于回答的问题，见滋决定不回答。不回答可以，但既然开了口，就不能再沉默。见滋的第二个决定是以进为退。

“张先生任官郑府有多少年？”他问。

对张铎来说，这可能也是个不好意思回答的问题。他决定回答，但不是开口回答。他把两只手掌平伸出去。

“十年！”见滋当然不会想到，他的惊呼，更让张铎不好意思，“先生在郑府做了十年长史？”

“没那么长，我是从长史府庶官升至长史的。”张铎说。

“不管怎么说，既在郑府十年，府里的事情，先生都该清楚吧？”见滋问。

“那得看什么事。”张铎道，“有些事情，王府人人皆知；有些事情，长史或知道，庶官却不知；更有些事情，长史亦不知。”

“我想问件事情，应是人人皆知，但不知先生会不会告我。”见滋说。

“小殿下问吧，能说的，我一定说。”张铎道。

“韩妃是个怎样的人？”见滋问。他设想过许多询问的方式，觉得都不如直截了当的好；设想过询问许多人，觉得都不如直接询问长史的好。

“小殿下是见过自家生母的呀！”张铎道。对殿下有心遗弃的长子，他敢以小殿下称呼；对殿下已经遗弃的前妃子，他就不能以韩妃称呼。

“彼时年幼，印象已然模糊。”见滋说。

而彼时张铎不是长史，即使有机会见到世子妃，也是远远看去，不但印象模糊，而且看上去就很模糊。然而，看到见滋眼睛红红的，满脸期待的神情，他又不忍心用“模糊”二字应付过去。好在他任官王府的年头多，王府的事该怎么说，他掌握一定之规。

“听本府承奉讲，小殿下的相貌，三分似父，七分似母。”他说。

“先生之意，我只要一照镜子，便如见吾母？”见滋问。

“大致不差。”张铎说。

“可我问的不是相貌。”见滋说。

“小殿下不问相貌，却问何事？”张铎奇怪地问。

“韩妃品格如何，德行如何？”见滋问。

“这个嘛——”张铎显然不好说。

“先生说不出细则，还说不出大致吗？”见滋问。

“除了相貌，我从未想过，其他的大致该怎样说。”张铎道。

“直说吧，韩妃是否——”见滋迟疑良久，说出两个字，“龌龊。”

“龌龊？”张铎怎么也想不到，他嘴里会蹦出这么一个词，不由说道，“小殿下，她可是你生母呀！”

“正因是生母，我才要知道。”见滋说。

“可小殿下怎会想到这两个字呢？”张铎问。

“我不会想到这两个字，更不敢凭空说出这两个字。”见滋说。

“不是凭空，却是凭谁人之言？”张铎问。

“张先生想呢？我从未出过王府，会凭谁人之言！”见滋道。

“王府里人说的？那又是谁？”张铎问。

“张先生想呢？王府里谁会说王妃龌龊，谁敢说王妃龌龊！”见滋道。

他不说，张铎也能料到，这两个字是郑王说的。因为除了郑王本人，王府里没有第二个人如此厌恶前世子妃。

“他怎说的？”他问。

“其母龌龊，其子亦龌龊。”见滋重复后，几乎要哭出声来，他强自按捺心里的悲痛，说，“所以我一定要知道，韩妃是否龌龊！”

“本朝有制度，岂有龌龊之人被选入王府的！”张铎道，又安慰见滋，“小殿下放心，我会让殿下收回这句话的。”

“长史和小畜生在外面嘀嘀咕咕地说些什么？”祁镁不高兴地问。

小畜生三字，放在其他的父亲说儿子，可以被理解为溺爱；放在祁镁说见滋，让人绝不会往这方面想。张铎想的是，见滋听父王说个龌龊，便伤心不已；和小畜生的辱骂比起来，龌龊又算什么！

“王府有小宫女、小承奉，此外只有小王子。”他说。

“本王说的，正是见滋那厮！”祁镁道。

“殿下，他可是郑府的长子。”张铎说。

“长子又怎的！”祁镁道。

“他可是郑府的嫡长子。”张铎想说得更明确些。

更明确些，也更刺耳些。祁镁瞪他一眼，道：“嫡长子又怎的！”

“嫡长子是要承袭王位的，殿下不可随意辱骂他！”张铎说。

祁镁又瞪他一眼，问：“老张，你不是甲科出身吧？”

“不是。”张铎回答。

“我说嘛！”祁镁意味深长地拖个长腔。

“殿下有话，请直言。”张铎说。

“甲科出身的话，怎会连人之初都不懂！”祁镁道。

“臣怎的连人之初都不懂？”张铎问。

“本王问你何为嫡子，是不是和人之初一样简单的道理？”祁镁道。

“殿下是说，臣不懂何为嫡子？”张铎不由赌起气来，“在皇家，正宫所出为嫡；在宗室，正妃所出为嫡；在庶民，大妇所出为嫡。我怎不懂！”

“长史既懂，为何以见滋那厮为嫡长子？”祁镁质问。

“殿下既以臣愚昧，就请告臣，见滋为何不是嫡长子！”张铎道。

“你才说了，在宗室，正妃所出为嫡。见滋是正妃所出吗？”祁镁问。

“不可说不是。”张铎道，“见滋生时，殿下还是世子；韩氏诞见滋时，确是世子妃。”

“那又怎的！”祁镁又摆出蛮横不讲理的架势，“恶妇生见滋时，是为世子妃；那也仅表明，见滋曾为世子嫡长子。本王为世子时，已废恶妇；她一日王妃也不曾做过，见滋不能算本王的嫡长子。”

“然见滋之名载于玉牒，韩氏世子妃的身份可废，甚至王妃的身份亦可废，而见滋王子的身份不可废。”张铎辩道。

“那又怎的！”祁镁没话说时，便拿这句话搪塞。

“他还是殿下长子。”张铎说。

“那又怎的！”祁镁道。

“他即便算不得嫡子，无嫡立长，他也应被立为世子。”张铎说。

“立不立他为世子，你说的不算！”祁镁道。

“我说的不算，殿下说的也不算。”张铎针锋相对地说，“册立世子，是王府第一等大事。朝廷命我掌王府政令，这件事我虽做不了主，也要向朝廷进言。”

祁镁愣了愣神，问道：“你要表奏见滋那厮为世子？”

“殿下为何不愿册立见滋为世子？”张铎反问。

“你不知姓韩的恶妇龌龊！”祁镁道，“这等龌龊恶妇，百年之后我绝不和她同陵同庙。见滋为龌龊恶妇所生，同样龌龊！他若被册立为世子，一定要让她与本王同陵同庙。所以，我不能让他承袭王位。你若表奏龌龊子为世子，你就是个龌龊的长史！”

见祁镁深恶痛绝的样子，张铎不好再坚持表奏见滋为世子。

“是否表奏见滋为世子，不妨等等再说；但殿下待他刻薄，全无父子之情，我一定要奏闻于朝。”他说。

只要不是表奏见滋为世子，祁镁的言辞就不会那么激烈。

听怀恩读罢张铎的奏章，皇帝的第一个反应是同情。

“老怀呀，我以为只在宫里有选后不当之事发生，谁知王府也有选妃不当之事发生！”皇帝感慨地说。

“臣以为，郑王废妃，与宣宗皇帝废胡后，与爷废吴后，不可同日而语。”怀恩小心地说。

“有何不同？”皇帝问。

“宣宗皇帝废胡后，是胡后上表请辞；宣宗皇帝从其请，无损宣宗皇帝圣德。爷废吴后，是选后之际太监牛玉曾做了手脚；爷处分牛玉，并进而废后，无损爷圣德。郑王废韩氏，既无这等之事，又不闻韩氏失德，是不当废而废之。”怀恩说。

“这只是老怀要说的第一个理由吧？”皇帝听出他言犹未尽。

“是。”怀恩应道。

“老怀的第二个理由是什么？”皇帝问。

“宣宗皇帝废胡后，胡后无子；爷废吴后，吴后无子。而郑王废韩氏，韩氏已生王长子见滋。”怀恩说。

皇帝想，幸亏废吴后时，她没有生子；如果她已生子，怀恩该怎样说？他说郑王废妃与自己废后不可同日而语，显然是指自己废后有理，郑王废妃无理。吴后当日若已生子，自己废她，不也无理了吗？可她没有生子，就敢责打贞儿姐姐；要是生子，更不知会怎样飞扬跋扈！想到这里，他不愿对怀恩的这个理由表示赞同。可怀恩把自己和郑王区别开来，又不能说不对。皇帝略一思忖，出了个题目为难他一下。

“皇后若诞子，却有失德，也不能废之吗？”皇帝问。

“本朝无此先例，奴才不好说。”怀恩道。

“据理而言呢？”皇帝一定要问。

“据理而言，皇后既有子，无论册立与否，都被视为皇储。有嫡立嫡，无嫡立长，是太祖高皇帝定的制度。皇后有失，皇后可废；然储君无失，储君废不废？废皇后，亦废储君，不合祖制；废皇后，不废储君。必伤储君之心。故此事须得慎之又慎。即便不得已而废皇后，也须善待储君。”怀恩说。

“你是不是说，即便废了皇后，也不可废嫡？”皇帝问。

“奴才是这么理解的。”怀恩说。

“要是再立新后，她又有子呢？”皇帝问。

“这个，奴才说不好。”怀恩道。

“是说不好，还是不好说？”皇帝问。

“奴才的确是说不好，”怀恩道。又说，“爷如此关切，不如将内阁诸臣或礼卿召入垂询；要不，奴才去请教他等，再来回话。”

“关乎储君，他等每人都有一车的话要说，朕才不去惹这个麻烦呢！”皇帝断然回绝，他说，“方才是以宫里的事比喻王府的事，现在直接说王府的事。老怀的意思，郑府是不是当册立见滋为世子？”

“郑王袭位才两年，册立世子不急于一时；但郑王任意羞辱其子，父不慈，难求子孝，不可不虑。”怀恩说。

“那就让阁臣替朕拟书，戒饬郑王。”皇帝道。怀恩才要领旨而退，皇帝忽又说道：“不好，此事交代给内阁，难免啧有烦言，朕还不如自家动一动笔呢。”

奉敕书往怀庆的，是英国公张懋、太监王允忠，可见朝廷对此事的关注。祁镁上表谢罪。见滋是第二年册封郑府世子的，但他死在祁镁前面，祁镁用不着担心会和他深恶痛绝的女人合葬。

这是后话。

第五十三章

废后吴氏离开坤宁宫后，一直住在西宫边缘一座无名的小宫室里，和安乐堂邻近。安乐堂是专门为年老或有病的宫女们而设的，所谓安乐，不过是让她们在更加寂寞无聊之中，走完她们寂寞无聊一生中的最后一段日子。

住在无名小宫室里的吴氏，和住在安乐堂里的宫女，一样寂寞无聊。有时她甚至觉得，她比那些宫女还要寂寞无聊。当人们提起那些宫女时，可能会说，不知她在安乐堂里过得怎样；而提起她的时候，连个具体的地方都说不出来。

七月初三日清晨，她忽然听见从安乐堂那边传来一声婴儿的啼哭。开始，她以为自己听错，但随即又传来几声啼哭。

由于天气冷暖的变化，她可能说得出月份，让她说出日子，则太难。七月初三日这个日子，是一个老宫女告诉她的。老宫女在坤宁宫就服侍她，后来又跟到这座无名的宫室。按照年纪，老宫女本该也住进安乐堂；吴氏舍不得，让她一直陪伴自己。

“你有没有听见那边的动静？”吴氏问。

“婢子听见。”老宫女说。

“怎会有婴儿啼哭？”吴氏问。

“不知，婢子这就过去看看吧。”老宫女的好奇心似乎更重。

不多时，她从安乐堂返回，喘着粗气说：“娘娘，出了大事！”

“什么大事？”吴氏问。

“那边有人临产，生下一子。”老宫女说。

一定有婴儿，才有婴儿啼哭。安乐堂里出现婴儿，无非是两种可能：一是有人产子，一是有人把婴儿抱进安乐堂。两种可能都很怪异，而比较起来，婴儿被抱进安乐堂更为怪异。所以，有人产子，吴氏想也想得出来。当然，这肯定是件大事。宫里有人产子，只有一种可能：生下的一定是龙子龙女。至于龙子龙女怎会出生在安乐堂，会引起许多猜想。

既然老宫女打听过，吴氏不想胡乱猜想。她问：“怎么一回事？”

“那边有个宫女临产，生下一子。”老宫女说。

虽然只把有人改成宫人，有件事对吴氏来说却是明确的。宫人，并非妃嫔。宫人有孕生子，并非妃嫔有孕后被贬至安乐堂，然后生子。不过，是否如此，她还要问得更实在。

“宫人？”吴氏问。

“有人说，是个女史，曾掌内藏。”老宫女说。

的确不是妃嫔，换言之，的确不是吴氏以前认得的人。

“是不是——”吴氏想问，是不是因侍寝而有孕。但这个问题，老宫女多半说不上来；就算她说得上来，因侍寝而有孕，或因皇帝偶尔一幸而有孕，又有什么区别？所以，还不如不问。

“婢子不信，当真会有天孕。”老宫女想的却是另一回事。

“不管怎说，都是大事，带我去看看。”吴氏道。

张敏一走进昭德宫，就听到婴儿的哭声。他不由一惊。随后听到万贵妃喝问“祐极又怎了”，心里才踏实一点儿。万贵妃不知采纳了谁的建议，向皇帝要求，把祐极接到昭德宫养育，皇帝不会不答应。祐极进昭德宫后，经常啼哭不止，倒给这里增添不少生气。

张敏上殿，给万贵妃行礼，万贵妃不理睬。她在等着宫女的禀报。

宫女从后边回来，禀道：“娘娘，殿下的头有点儿热。”

“去太医院找个人来，给他把把脉。”万贵妃命道。该宫女走后，她才转向张敏，好似不经意地呼叫一声：“张敏！”

“奴才在。”张敏应道。越是不经意的呼唤，越让人感到恐惧。他回答的声音，自己几乎也听不见。

“我许久没找你来问话了吧？”万贵妃问得更不经意。

“是许久了。”张敏应道。

“有多久？”万贵妃问。

“三五个月吧？”张敏含含糊糊地回答。

“胡说！”万贵妃猛然喝一声，没把张敏吓着，却把后面的小皇子吓着，他的哭声更大。万贵妃不耐烦地对后面喝道，“谁在看护祐极，把他看好！”

后边的人不知用什么法子，让祐极不哭。

“张敏，我已有七八个月没唤你来问话。”万贵妃对张敏说。

“是、是有七八个月。”张敏应道。

“知道我今日为何唤你来吗？”万贵妃问。

“奴才不知。”张敏说。

“当真不知？”万贵妃逼问。

“奴才想，或是唤奴才来回话。”张敏答道。

“算你聪明。”万贵妃讥道。又问，“既知我唤你来回话，可知我要问什么话？”

“奴才不知。”张敏说。

“当真不知？”万贵妃逼问。

“乞娘娘提示一二。”张敏几乎是哀告。

“是你自个儿冥顽，别怪我不给你机会！”万贵妃与其说答应给张敏提示，不如说在警告他。

“娘娘稍等。”张敏又哀告，他问，“娘娘可是垂询安乐堂的事？”

万贵妃只是瞪大眼睛盯着他，不置可否。

“娘娘，此事怪不得奴才呀！”张敏道。

“不怪你！”说起正事，万贵妃气不打一处来，“张敏，你还记不记得，当初你怎样应承我的？”

“奴才记得！”张敏再糊涂，这事也不敢不记得。

“你说，你是怎样应承的！”万贵妃命道。

“娘娘问奴才，有没有消人身孕的本事，还问奴才懂不懂娘娘的意思；奴才说，不太懂。”张敏仔细叙述那一次的经过。

万贵妃反而有点发蒙。她只记得，张敏应承她做那件事，却没想到，他的应承并不直接了当。但既然已问了，就不得不问下去。

“我又怎说？”她问。

“娘娘说，不太懂，就找人问问。”张敏道。

“你怎应承的？”万贵妃又问。

“奴才应承，去找人问。”张敏说。

“我还说什么？”万贵妃问。

“娘娘还说，人家告诉你，就得照着做。”张敏道。

“你怎应承的？”万贵妃又问。

“奴才应承，照着做。”张敏说。

“那你告诉我，你有没有找人问？”万贵妃问。

“奴才有找人问了。”张敏应道。

“人家怎说的？”万贵妃问。

“人家说，跑跑蹦蹦，可以消胎；跑跑蹦蹦若不见效，开一副打胎的药，可把胎儿打掉。”张敏说。

“你有没有照着做？”万贵妃问。

“奴才有照着做了。”张敏道，“不过，跑也让她跑了，蹦也让她蹦了，方子也开给她了，药汤也让她喝了，谁知都没见效。对了，”他还有更坚固的挡箭牌，“奴才做这些事的时候，娘娘不是都差人跟着吗？后来还是娘娘宫里的人说，纪女史得了痨病，朝不保夕。娘娘点了头，奴才才什么也不做的。”

听说安乐堂里出事，万贵妃当时心里就有数：不是自己差去监督张敏的人做了手脚，欺骗自己；就是差去监督张敏的人，和张敏合起伙来做了手脚，欺骗自己。不管是哪一种情形，她都得让张敏知道，自己不是那么好欺骗的。

“对她，本宫已处置。”万贵妃说着，问道，“张敏，你可知本宫是如何处置她的？”

“奴才不知。”张敏说。

“她已在安乐堂住下。”万贵妃道，“她不是不愿要一个人的命吗？本宫就让她天天看人死去，天天陪伴死人。”

张敏心里一阵发冷。他早知道这个女人的冷酷，现在更加体会到这个女人的冷酷。一个健康的人，置身于即将死去的人群之中，今天还和你面对面吃饭的人，还和你背靠背睡觉的人，明天一早，你翻身起来，却发现她已经咽气。谁能经得起这样的折磨！

“张敏，你可知我要怎样处置你？”万贵妃问。

“奴才宁愿一刀被砍头，也不愿被罚住安乐堂。”张敏说。

“一刀砍头，太便宜你，你满可以千刀万剐的。”万贵妃道，又说，“不过，你要是应承我点儿什么，我也许会改变主意。”

“娘娘要我应承什么？”张敏问。

万贵妃当然早想好要他做什么，却故意做出才开始想的样子。想了一会儿，她问：“张敏，你是哪里人？”

“奴才是直隶人。”张敏说。

“可惜你不是山东人；不然，你就会知道，山东的大河小溪里，常漂着弃婴。”万贵妃道。

“直隶的大河小溪里也有。”张敏回应道。

“是吗？”万贵妃忽问，“你说，京畿的大河小溪里会不会也有？”

张敏隐约体会到她的用意，但前面既然回应，现在就不能不回答。

“奴才想，各地都是一样的。”他说。

“金水河里也一样吗？”万贵妃问。

“金水河？”张敏只觉心里咯噔一下。

“明日听说金水河里捞起一具弃婴，算你走运；若是没有，你就等着人来捞你吧！”万贵妃说罢，不容张敏开口，喝道，“还不速去！”

张敏循婴儿的哭声而去，到的不是安乐堂，而是到了吴废后居住的宫室。纪氏躺在临时搭起的床铺上，目光焦虑而绝望；老宫女抱着婴儿，不停地摇晃，嘴里还念念有词，全是只有她自己懂得的语言；吴氏围着她转来转去，不知能帮上什么忙。三个女人没能让婴儿停止哭嚎，而张敏一到，他的哭声立刻停止。

吴氏认得张敏，奇怪地问：“你怎来这里？”

“奉旨而来。”张敏说。

“皇上让你来的？”吴氏问。

张敏摇着头说：“奴才是从昭德宫来的。”

“她已知道？”吴氏问。

“安乐堂的事，也不知怎么传到昭德宫去的。”张敏说。

“她待怎的？”吴氏问。

“命奴才把他抱去。”张敏说着，朝老宫女怀里努了努嘴。

“柏妃生的皇子被她抱去，此儿又要抱去？难道皇上只要有了子女，都须抱到昭德宫去！”老宫女借着这话，把对万贵妃的怨愤发泄出来。

“把他抱去昭德宫，未必是坏事。”吴氏却说。

“怎不是坏事？”老宫女问话里带着责备。

“其母奶水少，放在这里，拿什么把他养大？不如让他去昭德宫，找个乳媪喂乳，或是条生路。”吴氏说。

张敏心想，那才是条必死无疑之路呢。他担心吴氏真让他把婴儿抱走，决定给她个提示：“命奴才把他抱去，却不是抱去昭德宫。”

“不抱去昭德宫，却抱去哪里？难道抱去坤宁宫？她替皇上养着一个儿子，也想让皇后替皇上养着一个儿子？”吴氏道。时隔多年，提起坤宁宫，她仍觉得辛酸。

她心里有皇后才怪呢，张敏心想。

“张敏，你还没说呢，她要把他抱去哪里？”吴氏追问。

“奴才不说，娘娘也会知道的。”张敏说。

“我怎会知道？”吴氏问。

“奴才今日把他抱走，娘娘明日就会知道。”张敏说。

“张公公的话，娘娘听懂没？”老宫女问。

“他绕来绕去地说，我怎听得懂！”吴氏道。

“娘娘听不懂，婢子却听得懂。”老宫女说，“不是抱去昭德宫，他已承认；娘娘问他是不是抱去坤宁宫，他又没应，显见不是抱去坤宁宫。不抱去昭德宫，不抱去坤宁宫，娘娘想，还能抱去哪里？别的宫里诞下皇子，昭德宫都要夺去，她会把此儿送去别的宫里吗？”

“你是说，她是让张敏把此儿抱出宫去？”吴氏似乎也听懂。

“抱出宫去，还是好的。”老宫女说着，盯住张敏，看他的反应。

吴氏发觉后，也盯住张敏看。张敏微微颔首，然后低下头。

“张敏，你说，昭德宫里还有什么图谋？”吴氏问。

“奴才没的说。”张敏不会说，也不敢说。

“娘娘不必问他，斩草须得除根的道理，难道还不懂！”老宫女道。

“你是说，她要——”后面的话，吴氏没法说下去，“不管怎么说，也是皇上的骨肉，她竟忍心——”换个说法，还是没办法说完，她只有在内心恨恨地说：这贱人，好歹毒！

“娘娘还能说，将他抱去，不是坏事吗？”老宫女问。

吴氏不回答，转问张敏：“你是不是一定要把他抱去？”

“娘娘让奴才抱去，奴才方能抱得去；娘娘不让奴才抱去，奴才没法子抱去。”张敏圆滑地说。

“你想让我庇护他？但你回昭德宫一说，我也无法庇护。”吴氏说。

“娘娘不说，奴才也绝不提一个字。”张敏道。

吴氏一愣，问：“此话当真？”

“娘娘才说，他是爷的骨肉，奴才难道不知！”张敏道，又说，“娘娘肯援手，奴才愿冒死抗命。”

“娘娘，婢子看他是真心。”老宫女说。

“他真心又怎样？他能领一乳媪进宫吗？”吴氏道。

“奴才领不来乳媪。”张敏主动回答。

“领不来乳媪，尽管我三人都真心，也不见得保得住此儿。”吴氏说。

好像听懂他们在议论自己的饮食，婴儿又哭起来。他在老宫女怀里无力地挣扎着，两臂外伸，好像要另外找个人抱。

“张公公，他别是找你吧？”老宫女开玩笑地说。

张敏伸手把婴儿接过来。奇怪的是，婴儿咂吧着嘴，却不再哭。他两只小眼睁开一条缝，目光好像忽然有神。

一种夹杂着怜爱、欣慰的复杂情感，在张敏心里油然而生。他不是这时才想到冒死抗命的。从医者那里讨来两个方子，一个是打胎的，一个是保胎的，他没有按照打胎的方子抓药，而是按照保胎的方子抓药，已经是冒死抗命；说服昭德宫的人和他一起编造纪氏患有痨病，因而把她送进安乐堂，而使万贵妃放松警觉，已经是冒死抗命。只不过那时他拿不准为这个还没有出世的生命，违拂万贵妃的意愿，是不是值得。而当婴儿的目光和他的目光相遇时，终于有结论：太值得了！

“他是肚子饿了。”张敏说。

“从早晨到现在，才吮出两口奶，能不饿吗！”老宫女说。

“你老这大年纪，就不知道还能喂他米汤、面汤？”张敏道。

“能吗？”老宫女一阵迷茫。她自幼入宫。在宫里，从来不为缺少奶水发愁，从来没听人说过婴儿缺奶，可以用米汤、面汤喂养。张敏的话，一下子把她拉回恍若隔世的在老家的日子。村里哪家生了孩子，母亲奶水不够，有钱人家可以雇个奶妈，没钱人家怎么办？可不就用米汤、面汤充当奶水吗！想到这里，她欣喜地说，“娘娘，我这就去熬米汤！”

“张敏，你爬得上树吗？”吴氏忽问。

“奴才身手还算敏捷。”张敏说。

“院外大树上有个鸟窝，聒噪不已。大人还好说，此儿怎睡得成觉！你去树上把窝儿捣碎吧。”吴氏说。

“奴才这就去。”张敏道。他爬上院外的大树，意外地发现，鸟窝里居然有几枚没有孵出小鸟的卵。他小心地把鸟卵揣进怀里，下来后交给老宫女，交待她捣碎，和着米汤一起煮。

躺在床铺上的纪氏看着这一切，闭上眼睛，泪水从眼角涌出。

张敏连夜出城，凭着他的关系，寻到一个才出世就死去的男婴；又赶在一大早进城，把死婴抛在金水河里。此后，万贵妃不再传唤他。

第五十四章

巡按直隶御史杨守随回院述职，有一件事一定要做，那就是和堂兄、翰林院侍讲学士杨守陈共进一餐，进餐时必有酒。其实，吃饭、饮酒都在其次，主要的是说一会儿话。

他二人是浙江鄞县人。杨守陈字维新，景泰二年进士；杨守随字维贞，成化二年进士。杨守陈比杨守随年长十岁，而中进士则早了十五年，也就是说，他中进士比杨守随中进士年轻五岁。这是杨守随要自愧不如的。另外，杨守陈选过庶吉士，而杨守随没有，这也是他自愧不如的。

当然，自愧不如，杨守随只是偶尔挂在嘴边，在他内心深处，并不以为御史就比不上翰林。所以，他才会问："维新哥，这两年众人提起成化丙戌科，辄称'翰林四谏'，这是好事，抑或坏事？"

他不像一般家人那样，称杨守陈兄长；也不像一般士大夫那样，称杨守陈维新先生或维新兄。

"概括一事而已，无所谓好事或坏事。"杨守陈说。

"那对我辈而言，是荣是辱？"杨守随又问。

"因人而异吧。"杨守陈说。

"怎叫因人而异？"杨守随问。

"罗彝正、章德懋等出在丙戌科，人称翰林四谏，对丙戌科的进士来说，是荣；罗彝正、章德懋等以建言得罪，对出自丙戌科的言官来说，是辱。"杨守陈说。

"维新哥是说，对我来说是辱？"杨守随道。

"随意而言，并无特指。"杨守陈否认。

"我是出自丙戌科的御史，且一授官即御史。丙戌翰林言事被黜，丙戌言官引以为耻，我自然首当其冲。"杨守随说。

"我知维贞不是滥竽充数的御史；况且，又一直外差。"杨守陈说着，问道，"维贞，巡按直隶，是第三个外差吧？"

“第四个。”杨守随答道。

“第一次，巡视漕运；第二次，核实大同军饷；第三次，”杨守陈数到这里，卡住了，“难道不是巡按直隶？”

“是巡按江西。”杨守随说。

“不错，维贞还曾远赴江西。”杨守陈回应一句，继续数道，“第三次，巡按江西；第四次，巡按直隶。”数罢，说，“三四年间，四次外差，每一次外差都有盛誉，着实难得。既然远离京师，朝廷里的事由得翰林们去议，大可心安理得。”

“维新哥此言，有违先贤‘处江湖之远，则忧其君’的箴言，我不能引以自慰；再者，江西可谓处江湖之远，巡视漕粮、核实军饷，只能说虽处江湖，不远矣。今巡按直隶，不过在京门之外，事朝出朝中，夕便得闻，外差当不得借口。”杨守随道。

“维贞欲郑重建言，是件大好事。”杨守陈说。

“建言在我，本分而已，维新哥为何要用郑重二字？”杨守随问。

“用得不妥吗？”杨守陈反问。

“甚妥，甚妥！”杨守随连声道，“建言是御史的本分。我这几年差事屡更，每当一差，多有陈奏，然皆就本差而进言。今者我的确想郑重地言一回事。”随即又问，“可维新哥怎料到的？”

“你以‘翰林四谏’为言，肯定不同于昔日所上章奏。”杨守陈道，“罗彝正以原德先生守制为言，章德懋等以鳌山烟火进谏，都是举朝关注的大事；维贞想以何事为言、进谏，可以让众人在丙戌科中不只记得‘翰林四谏’？”

“举朝关注，彼时有彼时关注的事，今时有今时关注的事。”杨守随虽然没有明确回答，但已表明，他要陈奏的，不是随随随便便的小事。

“可否略述一二？”杨守陈也关注起来。

“譬如，郕戾王一事，举朝当不当关注？”杨守随道。郕王谥戾，乃极恶之谥。臣子们在言事时，都会尽量不提郕王；不得已提到他，也只称郕王，而不会把戾字也加上。杨守随刻意这么称呼，有他的用意。

“自成化改元以来，此事一直被关注。”杨守陈说。

“我欲议此事，算不算郑重建言。”杨守随问。

“无疑算得！”杨守陈应过后，紧接着说，“不过，成化三年岁尾，礼部曾议过此事，维贞还记得吧？”

“记得。”杨守随应道。

“维贞可知，大宗伯大章先生怎说？”杨守陈进一步问。

“这却不知。”杨守随说。

“他引内阁诸公的话说，议之过早。”杨守陈道。

“维新哥是不是想说，我今日议此事也过早？”杨守随问。

“维贞不以为过早吗？”杨守陈反问。

“成化三年岁尾，礼部议的是复郕王庙号，今日若议，可能也是太早；我欲议者，非复庙号也。”杨守随说。

“那是何事？”杨守陈问。

“方才我呼郕戾王，维新哥不觉得刺耳吗？”杨守随虽不直言所议之事，但让人听了，很容易领悟。

“的确刺耳。”杨守陈应后，问，“维贞欲议郕王谥号？”

“维新哥是从景泰年间走过来的人，觉着郕王谥以戾，是否公正？”杨守随以问作答。

“维贞不曾经历景泰年间事，还是听你说。”杨守陈回避这个问题。

“郕王有二事，不当以戾谥之。”杨守随道。

“是哪二事？”杨守陈问。

“一曰功甚大也，一曰情甚厚也。”杨守随道。

“何谓功甚大？”杨守陈问。

“先帝北狩，郕王奉命监国于前，后为宗社计即位。此所谓受命危难之际也。景泰数载，捍北虏，平南寇。这算不算功甚大？”杨守随反问。

“何谓情甚厚？”杨守陈又问。

“迎上皇大驾，尊奉于南宫；虽有奸佞之臣挑唆，而不为所动。这算不算情甚厚？”杨守随反问。

“但不复上皇之位，改立太子，如何言之？”杨守陈提出疑问。

“此小愆也，小愆不掩大功。”杨守陈道。

“郕王于社稷有大功，我赞成；愆不掩功，我亦赞成。然是否小愆，恐怕见仁见智。”杨守陈说。

“既然愆不掩功，自然是小愆，难道还有疑问？”杨守随问。

“这却未必。”杨守陈道，“小愆不掩功，随时可议之改之；大愆不掩功，才有议之过早之论，须得待机而议。”

“这么说，郕王谥号，维新哥也以为议之过早？”杨守随问。

“是，”杨守陈应道。又说，“既曰见仁见智，我还要对维贞说：小愆大愆，固然见仁见智；议之过早，议之适当，同样见仁见智。”

“多谢维新哥提醒，此一事我已决心议之。”杨守随道。

“除了此事，维贞，还有什么举朝关注之事？”杨守陈把话题引开。

“重大臣，算不算一个？”杨守随问。

“那要看大臣者何所指。”杨守陈道。

“如李公执中呢？”杨守随以李秉为例。

“以执中先生为言，不如以公度先生为言。”杨守陈说。

“这是为何？”杨守随问，“维新兄不会也有南人、北人的偏见吧？”

“与南人、北人无关。”杨守陈道，“执中先生，公度先生，并负重望，但比较起来，公度先生致仕后尤有风范，故我有此言。”

“公度先生致仕后怎的尤有风范？”杨守随问。

“公度先生在京宅第有一雅号，维贞知否？”杨守陈反问。

“可是憨庵？”杨守随不仅知道，还叫得出来。

“对。”杨守陈点点头，又问，“公度先生返乡后，其宅第又得一雅号，维贞知否？”

“这却不知。”杨守随道。

“号休庵。”杨守陈告诉他，并说，“闻得公度先生致仕后，杜门谢客，乡人难得一见。其自爱如此，岂不更有风范？”

提及此事，杨守随也有所耳闻。他问：“听说二公还为这一节相互辨析，不知确有其事否？”

“确有其事。”杨守陈道，“执中先生致仕还乡后，不时出入乡里，携亲友故旧宴游，谈笑之声轰动。公度先生得知后，使人捎去一言，说的是：大臣何可不养重自爱！话捎到执中先生处，他使来人捎回一言，说的是：所谓大臣，岂以立异乡曲，尚矫激为贤哉！”

“公度先生致仕之后，仍不忘曾为大臣，可谓自重；执中先生致仕之后，能忘却曾为大臣，可谓洒脱。世当两贤之。”杨守随评论一番，道，“维新哥更看重的，无疑是自重。”

“维贞更看重的，难道是洒脱？”杨守陈问。

“我其实也更看重自重；不过，”杨守随语气一转，说，“公度先生、执中先生中以一人为言，我仍要选执中先生。”

“却是为何？”杨守陈问。

“维新哥莫忘，此一事的题目，我定为重大臣。”杨守随道，“虽致仕之后的风范，我更看重公度先生的自重；若以大臣风范荐举，我或会选公度先生。至于说到重大臣，我一定要以执中先生为言。因为公度先生是以原官致仕的，而执中先生致仕，则革去太子少保衔。执中先生秉公守法，而遭人诬陷，为还其清白，宜以原官召还；哪怕只让他以太子少保掌一天吏部，再致仕。”

“维贞的想法和别人就是不同！谁能想到，召还大臣之议，除其人品，还要虑及是否曾被革衔。”杨守陈叹道。

“以人品而举荐，自当公度先生、执中先生并列；我今请召还执中先生一人，也算是独树一帜吧！”杨守随说。

“维贞就没有从众之议？”杨守陈问。

“我另想到几件事，皆从众之议。”杨守随说。

“何不略举一二？”杨守陈道。

“我三四年间四易外差，经历的地方不少。有一件事，如维新哥这等翰苑清贵，未必知道。”杨守随说。

“我不知道之事甚多，不知维贞指的是哪一件？”杨守陈问。

“维新哥在京的薪俸，几久发给？”杨守随反问。

“大致上一月一发给。”杨守陈说。

“若三月不发给，维新哥当如何？”杨守随问。

“尚可维持。”杨守陈道。

“若半年不发给呢？”杨守随问。

“我倒没什么，你嫂子恐怕会叫苦。”杨守陈道。

“若一年不发给呢？”杨守随问。

“我也要叫苦。”杨守陈道。

“维新哥可知，在外官员之薪俸，以及官军之粮饷，有超过一年不发给的？”杨守随问。

“此事曾听朝觐官言及，一直以为他等夸大其词。”杨守陈说。

“维新哥是听得少，故而在疑信之间；我却见得多。”陈守随说着，历数道，“巡视漕运时，沿运河府、州、县、卫、所，官员薪俸有拖欠一年者，漕卒粮饷有拖欠一年者；核实军饷，大同所辖州、县、卫、所，官员薪俸有拖欠一年者，边卒粮饷有拖欠一年者；巡按江西，知南地府、州、县、卫、所，官员薪俸有拖欠一年者，士卒粮饷有拖欠一年者；巡按直隶，知北地官员薪俸有拖欠一年者，士卒粮饷有拖欠一年者。”

“拖欠既多，维贞为他等请命，也是做件好事。”杨守陈说。

“请朝廷补发官员、军卫拖欠，按月支给，只是句空话；虽说了，等于没说。”杨守随道。

“维贞还待怎的？”杨守陈问。

“须得点出此等弊端之源。”杨守随说。

“在维贞看来，何为弊端之源？”杨守陈问。

“郡、县蓄积过少。”杨守随说。

“增多郡、县蓄积，不也是句空话？”杨守陈道。

“明令郡、县于起运之外，量加存留，就不是句空话。”杨守随说。

“各地征收田粮，一则起运，一则存留，你要增加存留，岂不是要减少起运？”杨守陈质疑。

“漕粮有定额，起运当然不能减少。”杨守随说。

“那又如何量加存留？”杨守陈问。

“维新哥但知田粮分为起运与存留两部分，却不知存留也分为存留于郡、县与存留于粮仓两部分，田粮一旦入仓，郡、县再无权支用。所谓量加存留，是指量加存留于郡、县的部分，以解匮乏。”杨守随说。

“你这么一解释，我大致懂得。”杨守陈道。

“维新哥看，这算不算从众之议？”杨守随问。

“为众官呼吁，当然是从众之议，不过——”杨守陈沉吟着，话没说完。

“维新哥有话，但请直言。”杨守随道。

“我想，单独说这件事，恐怕会好一些。”杨守陈道。

“这是为何？”杨守随问。

“郕王谥号更改一事，言之过早；执中先生召还一事，言之过偏。量加存留一事，若和这两件事合在一起说，不会有结果。”杨守陈说。

“既想到，不能不议；有无结果，可不计也。”杨守随道。

八月初十日，杨守随上疏，陈六事，除了他和杨守陈议过的三事外，还有：官员定罪，以律令从事；罢西征之役，以边臣慎守；军官有罪，遇赦不得管军。果如杨守陈所料，朝廷均未采纳。

第五十五章

射阳湖是江北数得上的大湖。湖的北部在淮安府盐城县境内，南端则插入扬州府宝应县。在盐城境内，射阳河把射阳湖和小一些的大踪湖连接起来。射阳湖也好，大踪湖也好，和江南一样，滨湖的居民，多以打鱼捕虾为生。

十月的一天，一个姓黄的渔夫，驾着他的小船，下了大踪湖。运气不好，从清晨到午时，他不知撒了多少次网，每一网都落空。

船的尾部，用几块石头搭了个小灶。正午时分，他该点起火来，把带的冷饭冷菜热一热。但一无所获，心中懊恼，没心思吃饭，他蹲在船头，看着湖水发呆。

一对鸳鸯正在戏水，时而双双飞起，此呼彼应，时而落到水面，你啄啄我，我啄啄你，甚是缠绵。

渔夫心想，怪不得打不上鱼来，原来是二鸟作祟。他随手取了片碎石，向这对鸳鸯丢过去。其实他很明白，打不上鱼和它们并无关系，所以，他的目的只是把鸳鸯撵走。谁知他这一丢，大有准头，一只鸳鸯惊飞，另一只鸳鸯被击中，挣扎两下，漂在湖面不动。

渔夫把船划过去，发现被打死的是只公鸳鸯。他吃惯了水里游的，很少有机会吃天上飞的，心想：这是老天爷的赏赐，不可不享用。于是，他将死鸳鸯拔去羽毛，掏去内脏，用湖水洗净，然后点起灶火，把鸳鸯放进锅里炖汤。

在渔夫收拾死鸳鸯的时候，活的那只雌鸳鸯多次从天上俯冲下来，像是要啄他的手、他的脸，又像是要亲吻死去的同伴。当然，这只是象征性的，小小的鸳鸯在强壮的人面前，不可能有什么作为。

在渔夫把死去的鸳鸯放进锅里的时候，活的那只雌鸳鸯围绕着船尾飞了几圈，哀鸣数声，然后冲天飞去。

这一切，渔夫都没放在心上，他只惦记那一锅鸳鸯汤，只期待那一只鸳鸯肉质鲜嫩，那一锅汤味道鲜美。

在香味越来越浓厚地飘散在空气中的时候，他准备熄灭灶火。

就在这时，一声无比凄厉的鸣叫划破长空，一物从空中直冲下来，掉进锅里，滚烫的水溅了渔夫一脸，疼得他嚎叫不已。

他与其说看清，不如说意识到，掉进锅里的，是另一只鸳鸯。不，它不是掉进锅里的，是飞进锅里的。

于是，肉不能吃，汤也不能喝。

与其说，另一只鸳鸯的飞进，弄脏了一锅汤，把它变得不能吃、不能喝；不如说那只雌鸳鸯临死前的凄厉鸣叫，那只雌鸳鸯的壮烈殉死，感染着渔夫，让他不忍心吃肉，喝汤。

渔夫把船停靠在岸边，端着锅上岸，走了很长一段路。

一个致仕的官员从官道往湖边走去。他来这里，一半是为访友，一半是为采风。江北湖泊另有一种风韵，让他很是向往。

他和姓黄的渔夫不期而遇时，渔夫蹲在路旁，双手捂面。锅放在他身边，锅里的汤还冒着热气。

致仕官员闻到汤的香气，停下来，贪婪地吸了两口。他问："老弟，可否分一杯羹？"

"此羹吃不得。"渔夫有气无力地说。

"是因为有羹无酒吗？我有啊！"致仕官员笑呵呵地说，他的手里的确提着一个酒葫芦。

"有酒也吃不得。"渔夫说。

"羹吃不得，酒总饮得吧？"致仕官员并不勉强。他晃晃酒葫芦，听得出酒液在里面晃荡。

"你恶声命我，我不陪你；你诚心邀我，我便陪你。"渔夫说。

"不吃嗟来之食，对吧？"致仕官员打开葫芦，自已喝一口，然后递给渔夫，说，"老弟，我诚心相邀，你尝尝这酒。"

渔夫也喝一口。只是普通的村醪，没什么特别的。

"老弟，贵姓？"致仕官员问。

"姓黄。"渔夫说。

"哈，没想到，还碰到个同姓。"致仕官员说。

"先生也姓黄？"渔夫问。

"是啊！"致仕官员应道。并说，"不过，我这个姓黄的，不如你这个姓黄的有福气。”

有人奉承，渔夫心里高兴，但还是要问：“这话怎讲？”

“那边有个黄家坞，对吧？”致仕官员问。

“有。”渔夫应道。

“黄家坞的住户，八成姓黄，对吧？”致仕官员问。

“九成。”渔夫更正道。

“可我家在曾家坳，住户八九成姓曾，姓黄的，加上其他各姓，总共不到两成。”致仕官员说。

“先生也是大踪湖人？”渔夫分明记得，周围并没有什么曾家坳，但还是要问。

“不是。”致仕官员摇头。

“那么，是淮安人？”渔夫分明听出他口音不像，但还是要问。

“不是。”致仕官员仍摇头。

再远的地方，或者再大的地方，渔夫想不出来。

“曾家坳姓黄的请人饮酒，只一口吗？”他问。

致仕官员这才想起，又轮到对方喝，他赶紧把酒壶递过去。渔夫喝一口，递还给他。他不接，让渔夫再喝，以示歉意。

渔夫喝酒的时候，他没有忘记锅里的肉和汤。锅里不再冒热气，肉和汤显然已凉，香味也越来越淡。他暗道可惜。

等渔夫不好意思独饮，他接过酒葫芦，指着锅问：“老弟，好端端的一锅羹，为何食不得？”

“先生为何要知道？”渔夫反问。

“本以为老弟无伴不食，现在有伴，老弟仍不食；又以为老弟无酒不食，现在有酒，老弟仍不食。我故而欲知。”致仕官员说。

“那好，”渔夫指着自己的脚下，道，“先生先帮我把坑挖好，我再说与你听。”

致仕官员没有理由拒绝。二人动手，很快挖好一个坑。渔夫把一对鸳鸯放进坑里，并排摆好。二人又把挖出的土捣松，掩埋在上。最后，渔夫在掩埋鸳鸯的坑前鞠躬，致意，致仕官员这次没有随他。

“禽鸟有灵性，也不可随意祭之。如老弟这般杀而烹之，烹而瘗之，瘗而祭之，不合常规。”致仕官员说。

“唉！”渔夫叹道，“先生听我叙述始末，再说此鸟当不当祭。”

于是，他把如何误杀鸳鸯之一，如何烹而欲食，另一鸳鸯如何投锅自尽的经过，原原本本讲述一遍。

致仕官员听后，心情很是激动。他说：“此乃烈鸳，堪与贞燕媲美！”

“先生把此鸳鸯称作什么？”渔夫不是没听清，而是没听懂。

“烈鸳，烈妇之烈。”致仕官员说。

“先生把此鸳鸯比作什么？”渔夫又问。

“贞燕，贞节之贞。”致仕官员说。

“贞燕也有故事？”渔夫问。

“老弟稍等，我也给烈鸳行个礼。”致仕官员说着，在掩埋鸳鸯的坑前躬立，默哀良久。

“我看先生比我还要敬它。”渔夫说。

“人如其贞烈者，能有几个，焉得不敬！”致仕官员道。

“行礼已毕，先生可以讲故事了。”渔夫说。

“好！”致仕官员应了一声，忽问，“老弟，懂不懂诗？”

“不懂。”渔夫说。

“可我须得吟其诗后，才有情致讲贞燕故事，奈何？”致仕官员道。

“那你就先吟诗，再讲故事，有何不可？我听不懂，先生只当是吟给自个儿听的。”渔夫说。

这话合情合理，致仕官员吟道：

贞燕贞燕影，皇皇尾涎涎。去年雄共栖，今年雄不见。深沉帘幙花随风，空梁独宿思故雄。何人并卧氍毹月，罗袂鸾篦花影中。

吟罢，他多余地问：“要不要为老弟略解一二？”

“不用。求先生还是直接讲故事吧。”渔夫说。

致仕官员笑了笑，提个问题开始了他的讲述：“我大明京师，老弟知在何处？”

“应天府。”渔夫随口回答。

“南京曾为京师，今只为南京，早已不是京师。今日京师在顺天府。”致仕官员道，“我大明京师，在元朝时为大都。元大都有个姓柳的人家，当家的叫柳汤佐。有两只燕子在柳家屋檐下筑巢，住下来。大都人以为燕子筑巢于自己家中是喜庆的事，不会把它们撵走。闲话少说，人、燕相处安然，雌燕在巢中产卵，孵雏，雄燕出外觅食，喂养。一晚，何当有事，柳汤佐的娘子在屋里见到一只蝎子，失声惊叫。柳汤佐知她胆小，不把蝎子找到弄死，她一夜都无法入睡，她不入睡，自己也睡不了。于是，他点起烛火寻找。暴露的地方找过，床下找；床下找过，墙角找。屋里找了个遍，没有找到，他又找到屋外。”

“蝎子钻了燕巢不成？”渔夫插话。

“钻进了燕巢倒好，一窝燕子可以饱餐一顿。”致仕官员说，“且说柳汤佐手举烛火，顺着外墙由下往上照去。火光距燕巢越来越近，雄燕受惊，从巢中跌出，摔落在地。柳家养的猫晚间放出，为的是让它逮鼠。有这个便宜，它怎肯放过！只见它叼起雄燕，躲到角落里，一顿大嚼之后，地上只残留几根羽毛。”

“这个猫儿，不如我有天良。”渔夫评论道。

“一物食一物，也怪不得它。”致仕官员对猫倒没有苛求，“雄燕既死，苦了雌燕。呵护雏燕原是它的事，它仍要呵护；觅食喂养原是雄燕的事，它也不得不去做。它每次飞出巢穴，雏燕便叽喳叫个不停。雌燕去而复返，返而复去，最后狠心而去；觅到食后，便匆匆飞回。此等情景，让人看着好不辛酸。”

“做娘的，可不都是如此。”渔夫评论道。

“一日复一日。”致仕官员继续讲述，“雏燕渐渐长成，体型变大，翅膀变硬。先是一只雏燕离巢，试着飞了飞，接着其他雏燕离巢，试着飞了飞。待确认可以自立，雏燕们纷纷远飞，去寻找它们的天地，雌燕也展翅而去。”

渔夫以为故事讲完，评论道：“先生说，烈鸳堪與贞燕媲美；我看，该燕不堪与烈鸳媲美。该燕独自将雏燕哺大，可用勤字，不当用贞字。”

“老弟，还有下文呢。”致仕官员说、“第二年春天，雌燕独自飞回柳汤佐家，并在旧巢里又产二卵。柳家的人都以为它新结良缘，来此孵雏，并没在意。谁知一日过去，雏燕没有孵出；十日过去，雏燕没有孵出；一月过去，雏燕没有孵出。直至秋日雌燕去而不返，雏燕仍没有孵出。柳家的人登高去看，才发现，雌燕今次产卵，并未受孕。”

“也就是说，这一年里，雌燕在守寡。”渔夫换了个形象的说法。

“岂止一年！”致仕官员道，“雄燕死后，雌燕连续六年，春来秋去，每次都在旧巢中产卵，所产均为抱独之壳。”

“难得，难得！”渔夫连声称赞。

“这么说，该燕当得个贞字？”致仕官员问。

“当之无愧。”渔夫道，并说，“可惜人世间不会旌表燕儿，不然，旌表它贞燕，有何不可！”

“你只可说朝廷不会旌表燕儿，不能说人世间不会旌表，我不就称它贞燕？”致仕官员道，“老弟，京师在北，我要遥祭贞燕。”

“我与先生同祭。”渔夫说。

二人煞有介事地面向北方，稍偏西，鞠躬，默哀。

然后，致仕官员说：“老弟，我要为烈鸳吟诗。”

“吟谁人的诗？”渔夫问。

“烈鸳之事，你知我知，不是你的诗，就是我的诗。”致仕官员说。

“那肯定是先生的诗。”渔夫道。并解释，“我不知先生能诗，所以才问。先生既能诗，吟贞燕之诗，一定也是先生的绝唱。”

“绝唱二字用得虽不恰当，却别有洞天。”致仕官员笑着说，他也故意使用了个不恰当的词句，“实不相瞒，贞燕诗是我少年时所吟。”

“此二诗掉过来写更好。”渔夫说。

“老弟为何这么说？”致仕官员不解地问。

“少年时追崇壮烈，到得年长，讲究的是贞节。先生少年时吟烈鸳，老来吟贞燕，岂不各逢其时？”渔夫道。

“老弟虽称不懂诗，这两句话说的，可是有板有眼。”致仕官员吃惊之下，又使用了个不恰当的词句。

“见笑，见笑，先生快吟吧！”渔夫道。

致仕官员吟道：

烈鸳可悲，雄已死，雌依依。宁同镬中烹，不向湖上飞。生来相随不相舍，如今奋翅同所归。何事楚宫娇不语，露桃脉脉东风里。

何事楚宫娇不语，说的是古代一名叫息妫的女子，在夫君死后，被娶入楚宫为妾。

姓黄的致仕官员，广东香山人也，肄业于国子监，在京师做了八年下吏，出任福建某知县。致仕后，他本想游历各地，但有感于烈鸳的事迹，遂归居广州，著述自娱。

第五十六章

户部尚书杨鼎，与左右侍郎原杰、陈俊，对照一份名帖分派差事。京畿及北直隶地区今年受灾，朝廷决定差官前往，赈济灾民。各衙门列出本衙门可当差的人员，由户部最后定夺。

“共计十四人。”原杰数过名帖后说。

“还能再增加吗？”陈俊问。

“看来不能。”原杰说。

“应该够用吧？”杨鼎问。

“宗器先生要是想一州一县差一官，肯定不够。”原杰说。

“子英先生说笑呢吧？”陈俊道，“朝廷赈灾，府差一官还说得过去，但从未有过一州一县差一官的先例。”

“可是因为抽调不出那么多人？”原杰问。

“子英先生不会不知‘那么多人’有多少吧？”陈俊说着，为他计算，“京师及北直隶共三十七州，一百三十六县，若一州一县差一官，赈一次灾，朝廷得差官一百七十三人。”

“时英先生这笔账算得不对。”原杰说。

杨鼎字宗器，陕西咸宁人，正统四年的榜眼。原杰字子英，山东阳城人，正统十年进士。陈俊字时英，福建莆田人，正统十三年进士。

“怎的不对？”陈俊问。

“并非每州每县都赈济，故不需每州每县都差官。”原杰说。

“但今次须赈济的地方不少。”陈俊说。

“时英先生不妨算算，不少，恐怕也不到一半。”原杰说。

陈俊真要数，杨鼎忙拦住：“还是先分派差事吧，差事分派完，州、县的数目自然出来。”

“宗器先生莫误会我的意思。”原杰说，“我数清需要赈济的州、县，并非为的反驳时英先生，而是为的商定如何分派。”

“子英这么说，倒有必要数一数。”杨鼎道。

户部根据顺天等府所报州、县开列的单子在陈俊手里，他说：“顺天府报二十州、县，河间府报十六州、县，保定府报十二州、县，真定府报十八州、县，共计六十六州、县。如子英先生所言，还真不到一百七十三州、县的半数；不过，朝廷一下差出六十六名官员，各衙门可能也要叫苦不迭。”

“此事无须再议，且听子英先生说说如何分派。”杨鼎道。

“十四名官员，六十六州、县，均言之，每人约合五州、县。这是一种分派法；但我以为，这等分派，最不可取。”原杰说。

“为何不可取？”杨鼎问。

“其一，远近不同。”原杰说。

“子英先生是说，路程近的，多分一二州、县，路程远的，少分一二州、县？”陈俊插话问。

“我的意思正相反，路程近的，少分一二州、县，路程远的，多分一二州县，甚至多分更多州、县。”原杰说。

“这有些不合常理呀！”陈俊表示不理解。

“不合常理，却非无理。”原杰道，“如顺天府的州、县，距京师近，赈济中出毛病，其民一抬腿，即可进京告御状。故往顺天各州、县赈济的官员，须把差事办得更精细。都是精兵强将，怎样才可把差事办得更精细？那只有一个办法，少分派些州、县。”

“这是个理由，但未免似是而非。”陈俊不以为然地说，“都是赈灾的差事，哪一处办得不精细，都会出大乱子。”

“子英先生不是还有其二吗？”杨鼎道。

“其二，灾情有轻重。”原杰说，“今秋之灾，顺天府各州、县灾情最重，其次河间府，再次保定府，再次真定府。灾情重的州、县，赈济尤须精细，尤须多下功夫。都是精兵强将，怎样才可把差事办得更精细呢？那只有一个办法，少分派些州、县。”

“这倒是个实实在在的理由。”陈俊不再反驳。

“总而言之，路程近的、灾情重的州、县少分派，路程远的、灾情稍轻的州、县多分派，对吧？”杨鼎概括之后，问，“具体而言呢？”

“十四名官员，半数赈于顺天府，半数赈于别府。”原杰说。

“即顺天府二十州、县，用七人，他府四十六州、县，也用七人。”杨鼎沉吟着，

“虽有灾轻灾重之分，赈济州、县相差一倍之多，未免差得太多吧？”

“谁说相差一倍？”原杰道。

“没有一倍？难道我计算得不对？”杨鼎问。

“宗器先生是理解得不对。”原杰道，“顺天府与他府有灾轻灾重之分，其他各府间也有灾轻灾重之分；顺天府与他府赈灾官员有州、县多寡之分，他府之间赈灾官员也有州、县多寡之分，故相差会好几倍。”

“既如此，赈于顺天府的官员须稍减。”杨鼎不容分辩地说。

“稍减可以，但赈于顺天府者不得少于六人。”原杰只同意减一人。

“先分派，然后再斟酌，如何？”这回，是陈俊做和事佬。

“顺天府六人，其他三府八人，想均分，亦无可能。”杨鼎道。

“河间灾情仅次于顺天，我意，可用四人。”原杰说。

“幸亏我从顺天府卡下一人，不然，河间府只得三人。”杨鼎道。

“不，即便顺天府用了七人，我也想在河间安排四人。”原杰说。

“子英先生只给保定、真定留下三人？”杨鼎大摇其头，“须知，该二府可有三十州县待赈呢！”

“保定府二人，真定府一人，即可。”原杰道。

“真定府十八州、县，只用一人？”杨鼎觉得不可思议。

“有赖宗器先生，眼下有二人。”原杰道。

“顺天府二十州、县，用六人，每人约合三至四州、县；河间府十六州、县，用四人，每人正好四州、县；保定府十二州、县，用二人，每人正好六州、县；真定府十八州县，用二人，每人正好九州县。”陈俊计算毕，问，“二位看，是不是如此分派？”

“各府之内，也不可均分，还得看县之大小、灾之轻重，及是否在同一方向。”原杰又提出几个细则。

“此等还容易分别，倒是各衙门官员如何分派，须得定一定。”杨鼎则提出另一个大的方面的问题。

“我看，官员分派，也容易。”陈俊说。

“时英先生说说看。”杨鼎道。

“子英先生一再说都是精兵强将，宗器先生无异议吧？”陈俊问。

“无异议。”杨鼎应道。

“那么，掣签就是。”陈俊的办法果然简单。

杨鼎、原杰都不觉得有什么不可以。掣签的结果：户部郎中桂茂之、刑部郎中袁洁、工部员外郎秦民悦、大理寺右寺正薛璘、监察御史梁昉、周源赈于顺天府；户部郎中谢瑀、兵部署员外郎张谨、礼部员外郎曹隆、大理寺左寺正刘翰赈于河间府；刑部郎中谢廉、户部主事李雄赈于保定府、吏部员外郎王玺、刑部主事邢谨赈于真定府。

几经斟酌，各官分派如下：

桂茂之往霸州、文安、大城、保定。这里的保定是隶属于霸州的保定县，而非保定府。

袁洁往香河、三河、宝坻。

秦民悦往永清、固安、东安。

薛璘往通州、武清、漷县。

梁昉往涿州、良乡、房山。

周源往大兴、宛平、顺义、昌平。

谢瑀往静海、兴济、青县。

张谨往沧州、南皮、庆云、盐山、宁津。

曹隆往景州、吴桥、东光、阜城、交河。

刘翰往河间、任丘、肃宁、献县。这里的河间是隶属于河间府的河间县，而非河间府。

谢廉往安州、高阳、新安、容城、新城、雄县。

李雄往定兴、安肃、博野、庆都、清苑、蠡县。

王玺往冀州、深州、晋州、南宫、新河、武邑、衡水、饶阳、武强、安平。

邢谨往赵州、定州、真定、滦城、宁晋、柏乡、隆平、新乐。这里的真定是隶属真定府的真定县，而非真定府。

户科给事中丘弘很想做些具体的事，尽管今次赈灾没有让他去，不是他本人的原因，而是根本没让六科差员，他仍然感到失落。散朝后，他把周源拉到一旁说话。

丘弘字宽叔，福建上杭人，周源字本清，南京上元人，二人都是天顺八年进士。

“本清兄，是否有些心虚？”丘弘问。

“我为何要心虚？”周源反问。

“据我所知，本清兄任御史六年，只有过一次外差。”丘弘说。

“今日不就有第二次？”周源道。

“今次是赈灾。”丘弘说。

“赈灾又怎的？”周源仍不明白自己为什么要心虚。

“受灾州、县，百姓在嗷嗷待哺。”丘弘说。

“朝廷分发赈灾银，赈灾粮，不正是要送入待哺之口？”周源道。

“我说的就是赈灾银、赈灾粮。”丘弘强调地说。

“那我肯定不会心虚。”周源道，“其一，我不会将赈灾银收入私囊；其二，我不会将赈灾粮囤积居奇。故我心里踏实得很。”

“一手抓着银子，一手抓着口粮，心里本该踏实的。”丘弘附和之后，忽问，“但本清兄心里果真踏实吗？”

周源觉出他话里有别的含义，问道：“宽叔兄究竟要说什么？”

“我是问你，赈灾的粮食足够否？”丘弘道。

“分发的粮食当然不够，所以还要分发银子购买。”周源说。

“那我再问，分发及购买的粮食足够否？”丘弘道。

“宽叔兄知道，赈济灾民，向来只能是量力而行。”周源发觉，心里已经不那么踏实。

“本清兄也知道，多一升粮，多一分银，就能多救活一人。”丘弘说。

“可朝廷分发的赈灾银、赈灾粮是定数；或者说，朝廷可分发的赈灾银、赈灾粮是定数，奈何？”周源道。

“本清兄想不想多一升粮，多一分银？”丘弘问。

“怎么，宽叔兄欲毁家助赈？”周源开玩笑地问，并说，“这可是件大好事！我当奏闻于朝，使朝廷褒奖吾兄。”

“我不过一穷给事，连周济亲戚的能力都没有，连请友人饮酒都得掂量再三，更别说助赈。”丘弘道。

“那多的一升粮、一分银，从何而来？”周源问。

“我无力助赈，可我有办法劝赈呀！”丘弘说。

“劝赈？”周源在琢磨，他会不会劝到自己头上。

“本清兄放心，你比我宽裕不到哪儿去，我不会打你的主意。”丘弘好像看出他的心思。

“那么，宽叔兄打的是某勋戚的主意，还是某公卿的主意？”周源问。

“都不是。”丘弘道，“虽然，他等并非不该助赈；但劝他等助赈，朝廷或不忍心。我有个更好的主意。”

“宽叔兄试言之。”周源揖道。

“近来以奢侈为时尚，本清兄看出来了吗？”丘弘问。

“所谓奢侈，有无特指？”周源反问一句。

“士大夫服饰，非缀以金银，便镶以宝石，本清兄难道看不出来！”丘弘道。

“这事是有的。”周源点头。

“本清兄可知，金银饰物、珠宝玉器等，怎么来的？”丘弘问。

“祖上传下，或宫里赏赐。”周源道。

“本清兄就没想过，可能是民人进献？”丘弘问。

“民人进献？民人金银饰物，珠宝玉器，又是怎么来的？”周源反问。

“怪我没说清楚，一则，所谓民人，也是有特指的，非指百姓，乃是专贩珠宝的人家；二则，所谓进献，并非奉送，乃以进献为名，或邀官爵，或求暴利。”丘弘说。

“那么，宽叔兄的意思是，士大夫间奢侈之风，由这等专贩珠宝的人家兴起？”周源问。

“这原本是不难懂的。”丘弘道。

“但宽叔兄有无的证？”周源问。

“京城有一家店铺，柜台上面的货物，并不起眼，而柜台下面的货物，每一件皆价值连城。店主姓屠，叫屠宗顺，不是广东人，就是福建人。据说，他的珠宝等物，多从海外购得，走私到广东或福建码头，由屠宗顺亲自携来京师。”丘弘举了个实际的例子后，说，“如屠家这样的店铺，在京师有好几家。”

“宽叔兄有法子劝屠宗顺等助赈？”周源问。

“我没法子，但朝廷有法子。”丘弘道。

周源上疏，指出京师专贩宝石人家蠹国病民之害，请严加禁止，以正风俗；并请没收该等人家所牟暴利入官，以助赈。

皇帝很有些动心，但在勋戚大臣及身边内侍的劝说下，终置屠宗顺等不问。倒是周源提出的赈粮不足得到解决，朝廷决定增发京粮三十万石以平粜。

第五十七章

成化七年正旦节后，南京发生一件不大不小的事情：驸马都尉赵辉的母亲病故。说事小，因为死的不过是驸马都尉的母亲而已；驸马都尉的母亲和皇帝是儿女亲家，但和皇后的父母、皇太后的兄弟等相比，不是同一等级的皇亲国戚。说事大，因为赵辉担负着皇家一桩特殊的差事，他母亲的去世，可能会影响到他的使命。

而当怀恩言及赵府的丧事时，皇帝首先想到的是岁数。

“天哪，她得有一百岁吧！”皇帝道。

怀恩有更重要的话说，但皇帝对岁数感兴趣，他不能不回应。

“没有吧。”他说。

“怎的没有？赵驸马不是娶的宝庆公主吗，那是朕的姑奶奶的姑奶奶！”皇帝道。

宝庆公主是太祖皇帝最小的女儿，算起来，和太宗皇帝同辈，比当今皇上长四辈。

“太祖皇帝宾天时，宝庆公主尚幼，只有七八岁。宫中传，太宗皇帝与仁孝皇后育之如女，太宗皇帝并亲自选驸马。”怀恩说。

“即便如此，公主今日也应该有七十七八。”皇帝道。

怀恩在心里算了算，说：“可不是将近八十。宝庆公主薨于宣德年间，迄今不下四十年。”

“赵辉总比公主年长几岁吧？”皇帝问。

“据奴才所知，公主成婚时十九岁，赵驸马大约二十六七。”怀恩说。

“公主快八十岁，他呢，不得八十好几！就算其母生他时不到二十岁，也该有一百岁。”皇帝道。

“这么算起来，奴才估计她只有九十几岁，估计有误。”怀恩说。

“总之是高寿，”皇帝道，并交代，“老怀，你告诉赵辉，让他把老太太的丧礼办得风风光光的；再告诉宗人府和礼部，该遣官则遣重臣，该赐祭则赐厚祭。”

“奴才遵旨。”怀恩应一声，却没有动。

皇帝觉得奇怪，问：“老怀，为何还不去传旨？”

“奴才还有一事，尚未请旨。”怀恩说。

“若是别的事，迟些再奏，先办赵府的事。”皇帝道。

“正是关系赵驸马的事。”怀恩说。

“赵辉又有别的何事？”皇帝问。

“是否免除赵驸马的差事，乞爷降旨。”怀恩说。

“怎么，赵辉有回朝的心思？”皇帝问。

“他有没有动回朝的心思，奴才不知；但南京的差事，他能不能再办下去，廷臣与南京官员议论不一。”怀恩说。

“他在南京哪个衙门办事？”皇帝问。

“南京宗人府，向来由他署理。”怀恩说。

“南京宗人府不管什么实际的事务，朕看，他再办下去也成，不再办下去也成，没什么好争执的。”皇帝道。

“爷说的是。”怀恩应道，又说，“廷臣与南京官员争执的，不是南京宗人府的差事，而是他的另一桩差事。”

“另一桩差事？”皇帝才要问是什么差事，猛然醒悟，“老怀，你说的可是奉祀孝陵？”

“是。”怀恩应道。奉祀北京天寿山各陵，差遣在朝的勋戚大臣或阁、部大臣即可，奉祀孝陵，每年从京师差遣大臣比较麻烦，不如在南京固定一员大臣，每年按时奉祀。当然，该大臣须得地位崇高。赵辉曾掌南京都督府，年纪太大，又改掌南京宗人府。近几十年，一直由他奉祀孝陵，从未改变。

“老夫人过世之日，赵辉不就奏请免除该差事，并举荐成国公朱仪代已吗？”就是这一两天的事，皇帝不会不记得。

“廷臣与南京官员争执的，正是此事。”怀恩说。

“是不是一方以为，赵辉可继续奉祀；一方以为，赵辉不可再奉祀？”皇帝有充分的理由这样推测。

“爷说的是。”怀恩应道。

“是廷臣以为可继续奉祀，南京官员以为不可再奉祀；还是南京官员以为可继续奉祀，廷臣以为不可再奉祀？”皇帝问得很仔细。

“是廷臣以为可继续奉祀，南京官员以为不可再奉祀。”怀恩说。

“不会是所有廷臣都以为可继续奉祀，所有南京官员都以为不可再奉祀吧？”皇帝进一步问。

“爷说的是。”怀恩先应一句，然后说，“廷臣主要是太常寺官，南京官员主要是南京礼部官。”

“太常寺和南京礼部，不对等呀！”皇帝笑道。

“太常寺官是少卿潘荣、刘宣，南京礼部官是郎中吕晟、主事林梦和，说起来，还算对等。”怀恩说。

“吕晟、林梦和怎说？”皇帝问。

“爷，奴才还是先禀奏潘荣、刘宣怎说吧。”怀恩道。

“这是为何？”皇帝问。

“赵老太太去世后，赵驸马请辞奉祀，并举荐成国公朱仪代己。然后，潘荣、刘宣先奏奉祀不必易人，吕晟、林梦和才加以反驳，称赵驸马不宜再奉祀。先禀奏潘荣、刘宣怎说，再禀奏吕晟、林梦和怎说，容易说清楚。”怀恩道。

“若为说清楚，怎都说得清楚，朕看你是图方便。”皇帝说。

“爷谕极是，奴才就是图个方便。”怀恩顺着皇帝说。

“你既承认，朕就给你这个方便。”皇帝示意他可以开始。

“潘、刘二位话说许多，道理却极简单：赵驸马主孝陵奉祀四十载，无须易人，也不宜易人。”怀恩道。

“道理太简单，难以服人。”皇帝似乎不准备采纳潘荣、刘宣之议，但紧接着又说，“不过朕看，吕晟、林梦和反对赵辉继续奉祀，理由也一样极为简单吧？”

“爷圣明。”怀恩应道。

“他等怎说？”皇帝问。

“无非有丧在身，宜守制，不宜再主山陵之事。”怀恩说。皇帝既推测吕晟、林梦和的理由简单，他就用最简单的话来说。

“老怀，你怎看？”皇帝问。

“廷臣有廷臣的道理，南京官员有南京官员的道理。”怀恩说。

“你的道理比他等更为简单。”皇帝调侃道，又说，“好不容易说出具体官员，怎的又以廷臣、南京官员为言？”

“奴才说顺口，爷恕罪。”怀恩忙认错，“是潘荣、刘宣有潘荣、刘宣的道理，吕晟、林梦和有吕晟、林梦和的道理。”

“其实，说廷臣有廷臣的道理，南京官员有南京官员的道理，原本也不错。老怀，你知我为何不让你这么说吗？”皇帝问。

“这么说，大而不当。”怀恩道。

皇帝点了点头，说："如若争执的双方真是廷臣和南京官员，只得由朕来裁决，朕岂不为难？今争执者，一方是太常寺少卿，一方是南京礼部的属官，朕不妨推给某衙门。"

某衙门，礼部也。

邹干已由礼部侍郎而升南京礼部尚书，姚夔改掌吏部后，他被召回接任。同一年，国子监祭酒邢让升礼部右侍郎。他二人谈论赵辉奉祀孝陵事，也有分歧。不过，他们还是先说几句闲话。

"我真不懂，克让先生也是有见解的人，为何自家不疏陈此事，却着司官等议论？"邢让道。他指的是南京礼部右侍郎倪谦。南京礼部现无尚书，无左侍郎，由倪谦署理部务。

"逊之先生以为，吕司官、林主事，是奉本部堂官之命议论的？"邹干虽然是问话口吻，但绝对不以为然。

"即便不是奉命，克让先生一定也是赞成的。"邢让说。

"怎见得？"邹干仍不以为然。

"文臣当守制，武臣亦当守制；既曰守制，就不应再奉行差事。克让先生出翰苑，即进礼部，这个道理还能不懂？"邢让很自然地把话引到谈论的主题上。

他本人的经历也差不多，只不过中间在国子监祭酒的任上过渡一下。邹干却不是，他没被选庶吉士，也没入过翰林院。所以，听了这番话，心里有点儿不痛快。

"我不是出翰苑，即进礼部；不过，我与克让兄同年。他的心思，我多少懂得一些。奉祀孝陵易人，他未必赞成。"邹干说。

"克让先生赞成与否，我不与宗盛先生争；我只问，宗盛先生意下如何？"邢让道。

"我也不赞成易人。"邹干说。

"宗盛先生是说，也不赞成奉祀孝陵易人？"邢让不相信自己听到的；或者怀疑，邹干和他说的不是同一件事。

"我等又不曾议别的事。"邹干道。

"那么，宗盛先生以为，武臣可以不用守制？"邢让问。

"人以孝为本，守制是人之本分。我朝以孝治天下，岂有文臣、武臣之分！"邹干道。

"你我于此事并无歧见，宗盛先生为何不赞成顺理成章地免除赵驸马奉祀孝陵的差事？"邢让问。

“所谓不该有文臣、武臣之分，指的是文臣亦有不守制者。”邹干道。

“宗盛先生是指李阁老吗？”邢让问。

“包括原德先生，还有别人。”邹干说。

“宗盛先生不该忘记，原德先生夺情，引起一场轩然大波。”邢让道。

“且不说原德先生留任，于朝廷有无益处；只说罗状元指斥原德先生的那些话，逊之先生就全赞成？”邹干问。

邢让很难从正面回答。李贤去世四年多，时间过去越久，大家越能感觉到，入阁以来，为首辅以来，成化改元以来，他的确起过很大的作用，很好的作用。和这些相比，没有守制即便是个瑕疵，也是瑕不掩辉。况且，身为大臣，不应该随意评论先大臣。

“赵驸马与原德先生，难以相提并论。”他退一步说。

“二人当然不可相提并论，不过，是否守制若可以酌情而定，我以为，赵驸马更有理由不必守制。”邹干道。

“难道于朝廷，他比原德先生分量还重？”邢让更加不解。

“不是分量轻重，而是——”邹干觉得，与其被动地回答，不如把谈论拉到自己的思路上去，“吕晟、林梦和等请免除赵驸马此差，逊之先生也议免除赵驸马此差，我倒要问一句，是暂且免除呀，还是永远免除？”

“酌情而定吧，”邢让没想那么具体，只能含糊回答，他问，“暂且免除，永久免除，有什么要紧吗？”

“有。”邹干应道，“议免除赵驸马奉祀孝陵差事者，皆以居丧守制为言。理由是成立的。但这只是暂且免除的理由，不是永久免除的理由。欲永久免除，还须拿出其他理由。逊之先生以为如何？”

“道理是这个道理。”邢让说。

“逊之先生拿不拿得出其他理由？”邹干问。

“一时拿不出。”邢让说。

“那么，权当是暂且免除。”邹干道，“原德先生丁忧之际，内阁有三人，原德先生还乡守制，即暂且免除他的差事，内阁仍有二人办事。在他守制期间，可补充阁员，也可不补充阁员；待他守制毕，他仍可入阁办事，仍可为首辅。而赵驸马是独当一面的差事，他回家守制，须得委以他人。在他守制期间，该臣代他奉祀孝陵；待他守制期满，该臣又得把奉祀孝陵的差事交还与他。”

他说来说去，邢让总结成一句：“宗盛先生是不是说，赵驸马守制，比原德先生守制，更多一些麻烦？”

“不是多一些麻烦，而是多许多麻烦。”邹干说。

“不就是择人暂且代替他的差事，多得出多少麻烦？况且，暂且代替他的人选都已确定。”邢让说。

“怎么，逊之先生也以为成国公是暂且代替赵驸马？”邹干问。

“赵驸马的差事是暂且免除，成国公也只好暂且代之。”邢让说。

“逊之先生可记得，自宣德年间以来，奉祀孝陵祝文，用的都是宣宗皇帝亲撰的那一篇？”邹干问。

“不仅记得祝文是宣宗皇帝所撰，我还记得，抬头写的是：孝曾孙嗣皇帝，谨遣臣、驸马都尉赵辉——”邢让背诵到这里，终于明白邹干的意思，“原来朱仪暂代，祝文须得改写。”

“等到赵驸马再主祀事，祝文又得改回来。”邹干说，“一篇祝文，改来改去的，不太庄重吧？”

“这个麻烦，确实没必要惹。”邢让应道。在这一点上，他和邹干的看法一致，不过，他的顾虑并没有消除：“可居丧之日不宜奉祀孝陵，宗盛先生打算怎样反驳？”

“家中举丧，私也；奉祀孝陵，君命也。赵驸马仍主祭，此正所谓重君命而不顾其私也。”邹干说。

邢让以为这个理由也过于牵强，但他自己想不出更好的理由，于是表态：“这个理由，倒可以堂而皇之地说出去。”

皇帝需要的正是一个堂而皇之的理由，因此，命赵辉仍主孝陵祭祀。吕晟、林梦和不服，还要争执，下狱。

第五十八章

李泰邀万安来自己家里饮酒，万安欣然前往。李泰斟上一盅酒递过去，道：“小弟敬一盅酒，循吉兄敢不敢饮？”

“莫说敬酒，便是罚酒，莫说一盅，便是十盅，我也是要饮的。”万安道，他接过酒一饮而尽，然后说，“你我约定尽兴就好，彼此不敬酒的，怎么这次又敬起酒来？”

“有所求，故须敬酒。”李泰说。

万安暗道惭愧。他入阁以后，应该办的第一件事，或者说应该惦记的第一件事，就是李泰的升迁。可是，将近两年过去，他对这件事渐渐淡忘，李泰仍是詹事府少詹事兼翰林院侍讲学士。

“文通兄千万别说求字，我该做的。”万安道。

“别说，此事真是循吉兄该做的。”李泰也不客气。

万安一怔，心里有些不快。李泰虽有恩于他，但从来是施惠不图报的态度，今天怎么这样说话！当然，有恩就是有恩，他不能恩将仇报，反过来指责李泰。

“文通兄放心，此事我已在运筹。”他说。

“循吉兄估摸着，此事几时可以办成？”李泰问。

“一两年吧。”万安道。

“太迟！”李泰不容分辩地说。

“一年之内呢？”万安问。

“弟也等不及。”李泰说。

万安不敢打半年、三月的保票，那是一眨眼就会过去的。

“文通兄，此事恐怕不能太性急。”他说。

“我原本也不性急；循吉兄入了阁，我想，办此事应不在话下，这才有点而儿性急。”李泰道。

“阁臣虽尊崇，但官员升迁黜陟之权在吏部。”万安说着，历数道，“姚大章先生不是个与人方便的人，且不必说。又来个叶与中先生，一直觊觎内阁席位；谁入阁，在他眼里，都和宿仇似的——”

“我亦知之。”李泰打断他的话，“求吏部来办这件事，未免舍近求远、舍易求难。须得找一条捷径。”

捷径有啊！万安心想，请你三叔帮忙，不就是现成的捷径吗？他既能帮着把我推入内阁，也就能帮着把你推上去。

“三叔他老人家——”他试探地开个头。

“此事三叔不宜出面。”李泰断然地说。

“也是。”万安附和道。他想，一个太监都懂得在这件事上要避讳，自己更不能不谨慎：“科、道言人言事，无所顾忌，文通兄看，请一二御史出面呼吁如何？”

在他心目中，至少有个倪进贤，只要打个招呼，就会行动。

“御史出面，我都怕动静大而收效微。”李泰却说。

吏部不能找，内臣不宜出面，御史也不便用，万安大有计穷之感。他问：“文通兄是不是看到其他机缘？”

“循吉兄已料到？”李泰点头应道。

“机缘在哪个衙门？”万安问。

“国子监。”李泰说。

“国子监？”这大大出乎万安的意料。严格地说，国子监不能算作一个衙门，所以，人们常把它称作国子学，或太学。不错，国子监也管人管事，那是一千多名国子生的学业。除此之外，别的人，别的事，它都管不了，更不要说官员的升迁。他这才恍然大悟，他们两个人说的，可能不是一回事，“文通兄所命者，何事？”

“循吉兄说的，是何事？”李泰也发觉，他们可能说岔。

“我欲为文通兄谋侍郎，最好是礼侍。”万安说。

“咳！”李泰手一挥，道，“此事我从未放在心上。”

“不是此事，却是何事？”万安问。

“欲除去一人。”李泰说罢，又补充，“欲除去结宿怨者一人。”

“文通兄说的是——”万安问。

“礼部侍郎邢逊之。”李泰道。

“难怪。”万安边点头，边应道。

他指的是李泰说的那句“此事真是循吉兄该做的”。

邢让与他二人是同科进士，从来就看不起他二人。看不起万安，是因为他阴柔善媚；看不起李泰，是因他过继与内臣。邢让的性格，看不起，则溢于言表。一是因为他侮辱自己的话比侮辱万安的话更难听，二是自己不像万安那样能忍，所以，李泰对邢让的怨恨，比万安更深。

当然，除去邢让，万安也极力赞成；而且，他看得更远：罢免邢让，空出礼部侍郎的位子，他更容易为李泰活动。

李泰称机缘在国子监，也给他一线灵感。

“邢逊之任礼部侍郎差不多两年，还有把柄留在国子监？”他先问。

“忽闻一事，正可以扳倒他。”李泰说。

“文通兄说说看。”万安道。

“邢逊之对监生喜引无名氏古诗，循吉兄与我都是知道的；但近来有一种说法，不知循吉兄听过没有？”李泰问。

“文通兄说说看。”万安道。

“他引无名氏诗作，为的是针砭时政。”李泰说。

“文通兄欲以此事纠劾邢逊之？”万安问。

“循吉兄以为如何？”李泰问。

“以此事纠劾，不难激怒朝廷。”万安道。

“那就请循吉兄在国子监里物色人物。”李泰迫不及待地说。

“文通兄少安毋躁，且听我说。”万安道，他重复方才的话，并把它说完，“以此事纠劾，不难激怒朝廷；然以此事纠劾，他也不难脱身。”

“循吉兄是说，他不承认针砭时政？”李泰问。

“不，以邢逊之的性情，不见得会否认；但他可以大事化小。”万安道，“譬如，你说他含沙射影，攻讦皇上，他可以承认含沙射影，却说并非攻讦皇上，而是攻讦某臣；你说他含沙射影，攻讦官府，他可以承认含沙射影，却说并非攻讦官府，而是攻讦陋俗。攻讦皇上是何等之罪！变成攻讦某臣，他可以溜之乎也；攻讦官府是何等之罪！变成攻讦陋俗，他可以溜之乎也。总而言之，名流诗作也好，无名氏诗作也好，各人有各人的诠释，以此纠劾，后果难料。”

李泰一直以为，万安的见解远胜过自己。因此，万安对喜引无名氏古诗的分析，让他很是沮丧。

“那么，这个口实用不得？”他喃喃地说。

“不是用不得，但不能作为主要的口实，更不能作为唯一的口实。”万安说这话时，一派胸有成竹的神态。

“循吉兄还有别的机缘？”李泰惊喜地问。

“有。”万安应道，“经文通兄提醒，我发现另一个机缘。”

“在哪个衙门？”李泰问。

“也在国子监。”万安道。

“也在国子监？”李泰听到这个回答，和万安方才听到这个回答时一样，感到意外。不管怎么说，以无名氏古诗针砭时政，可以理解为以古讽今，借学术批评今人今事。作为国学祭酒，难道除了学术，还有别的把柄可以抓住？“循吉兄所言者，何事？”

“文通兄所言之事，其实是邢逊之长处；我所言之事，恰是邢逊之之短处。”万安道。他料到李泰要追问，所以不等李泰追问，先问一句：“文通兄可知，邢逊之的短处何在？”

“不善与人交往？”李泰试言一事。

“那是他短处，却不是他最短处。”万安道。

“言事憨直？”李泰又试言一事。

“在许多人看来，这恰是他长处。”万安道。

李泰没心思再猜，揖了揖，说：“请循吉兄告之。”

“他不知数字的厉害。”万安说。

“不知数字的厉害？这算——”李泰要说这算什么短处，但那会伤及万安的自尊，所以没说出来。

“文通兄，我等来议议数字的厉害。”万安道，“国子监有一笔椒油钱，文通兄知否？”

李泰懒得回答，只点了点头。他在京师长大，就读于顺天府学时，和国子监不少生员过从甚密，怎会不知！

“椒油钱是发给监生的吗？”万安问。

“据我所知，椒油钱由户部拨给国子监，作为师生会馔时所用，而不是发给监生的。”李泰说。

“椒油钱按月、按季、按年，都用个干净吗？”万安问。

“这却不然。”李泰道，“掌监者，宁有盈余，不可有亏。而椒油钱拨给国子监后，并不考究其盈亏，有盈余则留在国子监。集腋成裘，多年下来，这笔钱积攒不少。国子监有所造作，大者，申报朝廷；小者，从这笔钱里支出。”

“可是随意支出？”万安问。

“具体程序，我亦不知。”李泰道。

“我却知道。”万安说，“邢逊之的前任是司马解元。直至司马解元卸任之前，每用一笔赢费，无不立案。而邢逊之接任后，任典簿等取用，把椒油钱的赢费变成一笔糊涂账。”

“循吉兄是说，这笔数字很厉害？”李泰问。

“文通兄不觉得，这笔数字很厉害？”万安反问。

“厉害感觉得出；但具体厉害到什么程度，却不知道。”李泰说。

“邢逊之任祭酒，大约三载，糊涂账亦持续三载；他离开国子监后，继任者因袭习俗，也不立案，又有两年。一共五年的工夫，共计支出，钞三十三万六千余贯，钱一百四十九万余文。”万安说出两个具体数字，道，“文通兄不妨想想，这笔数字有多厉害！”

“我的娘！”李泰不由咋舌，“数十万贯钞，上百万文钱，十个祭酒的头，也不够砍的！”

“砍头的罪，还不至于。”万安的想法不同。

“我大明律，赃满百贯者，当绞斩；后虽提高贯数，但也到不了数十万贯呀！”李泰说。

“文通兄说的是犯赃罪。”万安道。

“怎么，循吉兄看在同年的份儿上，不想以赃罪纠劾？”李泰问。

“不是不想，是不能。”万安说。

“既曰糊涂账，正好定其赃罪，有何不能？”李泰道。

“以赃罪劾邢逊之，文通兄想想，有几人会相信？届时，不仅不能治以重罪，恐怕欲逐之亦不能。”万安说。

“道理不错，但此事不以赃议，恐怕亦是欲逐之而不能。”李泰道。

“赃罪肯定要议，但不是加在邢逊之头上。”万安说。

“不加在他头上，也能治他的罪？”李泰问。

“这正是此一机缘的妙处。”万安道，“国子监赃案追究起来，有始作俑者，有同罪者。始作俑者虽不犯赃罪，但犯赃者罪过有多大，他的罪过就有多大。”

“我看，他的罪过应该更大。”李泰似乎嫌万安的话还不解气。

“到那时，想让他的罪过有多大，就可以让他的罪过有多大。文通兄若是愿意，不妨敲敲边鼓。”万安说。

“循吉兄把此事安排得天衣无缝，现在只有一件事须议定。”李泰道，“赃罪不加在邢逊之头上，却加在谁个头上？”

“那要看出面纠劾的人想加在谁个头上。”万安道。

“你我不加干涉？”李泰问。

“不加干涉。”万安对这一点已想得很透彻，他强调说，“只要他把国子监某人犯赃罪和该监造作不立案联系起来，足矣！”

“此一机缘的脉络，我已摸到。”李泰道，“某官纠劾某官，以造作为名，支取椒油钱。本用十贯，他支取二十贯；本用百贯，他支取二百贯；本用千贯，因数目过大，他不敢倍之，譬如，支取一千五百贯。朝廷对被纠劾某官必然要处置；同时，朝廷必然要追究国子监造作不立案之事，必然由现任祭酒追究到前任祭酒，必然得出根子在前任祭酒的结论，必然处置前任祭酒。”

“文通兄的判断很清晰，也很形象。”万安笑着说。他在称赞李泰的同时，也在自赞。

“我在国子监熟人多，某官由我去找吧。”李泰自告奋勇。

“不，文通兄不宜出面。”万安摆手。

“那么，循吉兄去找？”李泰问。

“我更不宜出面。”万安说。

“你我都不宜出面，岂不空有一个好机缘！”李泰道。

“由宜出面者出面，可矣！”万安说。

宜出面者，倪进贤也。

倪进贤不费气力、不动声色地找到一个姓叶名时的国子监助教。叶时痛恨现任典簿王允，大张旗鼓、大造声势地上疏参劾。朝廷最初让都察院查处，随着事态的扩大，继命三法司共讯。法司讯问王允，确有贪赃之嫌，遂调国子监账目查对，却发现根本没有这笔账目。祭酒陈鉴、司业张业下狱，与王允对质。邢让又下狱，与陈鉴、张业等对质。

事情的原委查清楚，法司将数十万贯钞、上百万文钱全部作为赃项处理，邢让等论死。太学生多人申诉于阙下，愿代先生服刑。最后，邢让等交足罚款，罢官为民。

第五十九章

南阳西南方向的山上，下来二十余人。他们的装束和当地百姓一样，上上下下都是土布，而他们的腰间，或前或后，或左或右，无不鼓出一块，明显地藏有短兵刃。

为首一人，五短三粗，浓眉大眼，显得很彪悍。他叫王彪，是息而复起的流民首领之一。他问身边一员部属："这座看上去不起眼的山，听说有个不得了的名字？"

该部属读过两年私塾，颇知一些古代的故事。他说："此山名卧龙岗，当年诸葛孔明躬耕于南阳，就是在这卧龙岗上。"

"诸葛孔明称卧龙先生，也是因此山？"王彪问。

"是。"该部属应道，"他未出茅庐，便知三分天下，也是在此。"

"都说诸葛孔明用兵如神，那是真的？"王彪问。

"据属下看，半是实情，半是演绎。"该部属说。

"半是实情，也不得了。"王彪道，又说，"后世稍会用兵者，则以孔明自居。我看，他们有孔明实情的一半，就不错。譬如姓项的这位都堂，都说他会用兵。他若真会用兵，为何算不准我今日会路过此处，为何不在此处撒下罗网？"

"大王神出鬼没，他怎算得出！"身后一部属说。

"就算孔明再生，也未必算得出。"另一部属说。

"我看，大王能算出他不在此处布兵，倒是真的。"第三个部属说。

"大王不如算出某日他会去某处，事先布下人马，把他拿住，也让朝廷知道咱坐山虎爷爷的厉害！"第四个部属说。

听了他们的奉承，王彪忍不住一阵大笑。但他有自知之明，笑罢，说："别说拿一员都堂，你等拿一员知县，给我看看！"

话音才落，呐喊声四起。几路官军从四面八方围过来。王彪观察形势，官军不下千余。相差实在太悬殊，他于是放弃抵抗。

去冬，因为河南、湖广等地旱灾严重，秋粮减收，有的地方甚至无收，流民潮又起，原流民首领刘通的部下李原，绰号李胡子，在刘通兵败后，藏匿于深山。见时机成熟，他与同伙王彪、王洪等起事，流民纷纷响应，很快聚集百万之众，横行于荆州、襄阳、南阳等地。

朝廷命右都御史项忠总督军务，会湖广总兵官李震讨之。

一来流民人数众多，二是未出动京营，仅以湖广、河南官军，兵力不足。项忠采取以招抚为主的方针，一方面将官军陈列于各要害，多树旗帜，多擂战鼓，以张大其势，并奏请朝廷，征调永顺、保靖等处土兵进剿；一方面差员入各山中，招抚流民。

各山流民陆续有出山就抚者，李原等深感不安。王彪出山，就是想探探官军虚实，没想到中了官军的埋伏。

擒获王彪，是个意外的收获。但项忠心里很清醒，对这个收获不能估计过高；说不定，它还会给官军带来麻烦。

李震对参将王信的抱怨，正是他所担心的。

“老王，你说姓吴的已上书本兵？”李震问。

“是。”王信应道。

“老王啊老王，你就不会拦一拦他！”李震道。

“他要上书，我拦得住吗！”王信道。

“你是参将，他是百户，怎拦不住！”李震道。

“他可是锦衣百户，非寻常百户！”王信道。

“锦衣百户，你也不能让他为所欲为呀！”李震道。

“镇帅休得埋怨。当初我就说，别把姓吴的安插在我军中。镇帅不听呀，镇帅非要我容纳他呀，镇帅非要我礼敬他呀，这会儿后悔了吧？”王信甚是委屈。

“他携本兵书信而来，指明要去你军中，我怎拦得住！”李震道。

“他要来我军中，你拦不住；他上书本兵，我就拦得住？”王信道。

“二位有话慢慢说，莫要再争。”项忠不得不出面阻止。

“我为荩臣先生当日一句话，才火冒三丈的；荩臣先生倒沉得住气！”李震没好气地说。

项忠笑了笑，没和他计较。

“都堂大人当日一句话？怎说的？”王信问。

“他不在这儿吗，你问他！”李震道。

“都堂大人可赐告否？”王信边问，边揖手。

“我说，若是一锦衣百户与本兵径通书信，则此役难办。”项忠重复过自己昔日的话，问道，“王将军说，镇帅会为这句话火冒三丈吗？”

“末将看，三丈没有，两丈五是有的。”王信说。

“不，不，镇帅称火冒三丈，三丈肯定是有的。”项忠说。

“那都堂大人为何还要问末将？”王信好不奇怪。

“我的问题，王将军没听清楚。我是问：镇帅会不会为这句话火冒三丈？”项忠把重音落在“这句话”三个字上。

“都堂大人是说，镇帅不会为这句话火冒三丈？”王信听懂了项忠的话，但还是不懂项忠的意思，“镇帅不会为这句话火冒三丈，却是为何事火冒三丈？”

“为一锦衣百户与本兵径通书信这件事呀！”项忠道，并问，“王将军，你难道就不为此事火冒三丈？”

“我原本也是火冒三丈，但为镇帅，不得不压下去一丈；为了都堂大人，又不得不压下去一丈。”王信说。

“怎么还有我的事？”项忠问。

“姓吴的去我军中时，镇帅对末将说，都堂大人也以为，坚拒不得。你二位不肯坚拒，我何必冒那么大的火！”王信道。

“王将军抱怨得对，此事责任在我。”项忠说。他这么说，王信感觉难为情，想改口说些什么。项忠不给他机会，道：“自此刻起，我等都不再抱怨，如何？”

“谨遵都堂大人之命！”王信道。

“荩臣先生，说正事吧。”李震说着，朝项忠一揖。

项忠确有正事要说。他问王信：“吴百户上书本兵，所言何事？”

“荩臣先生问得多余，人家上书何事，会对他说吗？”李震道。

“镇帅别不信，姓吴的还真告诉了我。”王信说。

“以实相告？”李震难以相信。

“我看是以实相告。”王信说。

“他怎说的？”李震问。

“他告诉我，要将擒获王彪的经过报与兵部。”王信说。

“还以实相告呢，他分明是在敷衍你。”李震道，又对项忠说，“我看，擒获王彪这件功劳，已被他据为己有。”

项忠一笑，指指王信，意思是，他没说完呢。

“姓吴的上书本兵，第二件事写的是，土兵之出，人心惶惶，流言四起。”王信说，并问，“镇帅，这也是敷衍吗？”

“这不是敷衍，是危乎其言。”李震道，“流言是有，但绝没有到四起的程度。再者，哪一次用兵没有流言？不用土兵，京营之出就没有流言吗？不用京营，当地官军之出就没有流言吗？”批驳几句之后，他问项忠，“姓吴的在土兵流言上做文章，是何用意？”

“无非使朝廷知土兵之害，止土兵勿调。”项忠说。

“荩臣先生所定讨贼方略，土兵不可或缺。他欲止土兵勿调，岂不是公然与荩臣先生做对！”李震说。

“镇帅说他与我做对，未免抬高他。”项忠道，“他不但不会公然与我做对，也不会公然与镇帅做对，公然与王将军做对。他不欲土兵之出，无非有点儿私心而已。”

“私心？”李震、王信都不理解。

“二位可知，京师寄衔于锦衣卫者几多？”项忠问。

“难以数计。”李震说。

“多不胜数。”王信说。

“我也不曾计算过，但不妨这么说：锦衣指挥以十计，锦衣千户以百计，锦衣百户以千计。”项忠道，“百户欲升千户，千户欲升指挥，此亦人之常情。勋戚之后，不用忙，总升得上去。非勋戚之后，就要自个儿想法子。无非有的以钱求升，有的以功求升。这个吴百户，我看是属于以功求升的。”

“以功求升，强于以钱求升，更强于坐以待升。都堂大人这是在夸奖他呢！”王信说。

“他欲立功，有什么好责怪的？他立功心切，有什么好责怪的？但他欲立功、立功心切，却坏我大计，我不能等闲视之。”项忠说。

“荩臣先生要和他争？”李震问。

“堂堂总督军务都御史，与一百户争，镇帅未免把我看低。”项忠道，“他欲止土兵之调，我不睬他；本兵欲止土兵之调，我必与本兵争之；举朝欲止土兵之调，我必以去留争之。”

“另有一事，都堂大人能不能与本兵争之？”王信问。

“可是召还吴百户？”项忠问。

“拜托！”王信深作一揖。

“吴百户将上书本兵的内容都告诉你，可见你与他厮混得不错。我看，你还是继续与他厮混吧！”项忠道。

吴百户名绶。皇帝读罢项忠的奏本，问怀恩："项卿说，吴绶是兵部差至王信军中的，可有其事？"

"奴才问过兵部白尚书，确有其事。"怀恩说。

"好端端的，他怎想到差员前往？"皇帝道。

"爷是说，兵部不该差员往军中？"怀恩问。

"差就差个像模像样的。去个百户，算怎么一回事！"皇帝道。

"这一层，白尚书倒是向奴才解释过。"怀恩说。

"他怎说的？"皇帝问。

"他说，差官往军中，不过为的了解实情；兵部只有了解实情，禀奏于皇上，才不至有偏差。但锦衣官多骄横，差千户以上官前往，恐指手画脚，干扰军事。故选个百户前往。"怀恩道。

"如此说来，差百户前往，居心是好的？"皇帝说着，指了指项忠的奏疏，"可项卿怎责备本兵偏信吴绶？"

"在外征战大臣，与兵部议事不合，是常有的事。"怀恩说。

"那么，此事曲在哪一方？"皇帝问。

"这个，奴才难以判定。"怀恩不敢轻易下结论。

"朕以为，曲在本兵。"皇帝却不在乎是不是轻易下的结论。见怀恩全无反应，既不赞成，也不反对，他问："老怀，愿不愿听听朕的理由？"

"奴才恭聆圣谕！"坏恩忙应道。

"白尚书称，差员百户前往，为的是不指手画脚，干扰军事，对吧？"皇帝很有耐心地从头说起。

"他是这么说的。"怀恩道。

"但项卿请调土兵，白尚书阻止调土兵，这算不算指手画脚，干扰军事？"皇帝问。

"他或是担心土兵扰境扰民。"怀恩说。

"不管所为何事，朕只问算不算指手画脚，干扰军事？"皇帝道。

"应该算是。"怀恩回答。

"古人云：用人不疑。朝廷既命项卿总督军务，兵部复遣一百户前往探视军情，已然过分。古人又云：将在外，君命有所不受。君命有所不受，何况兵部之命！兵部又以所遣百户之言，干扰项卿等部署，岂不是更过分！"皇帝道。

"据爷所析，他是一错再错。"怀恩说。

“还不只于此。”皇帝道，“去冬荆、襄再乱，廷议其事，不拟调用京营，是谁人的主意？”

“户部、兵部、都察院，都是这个主意。”怀恩说。

“这几个衙门中，议得最多的呢？”皇帝问。

“奴才记得，是兵部。”怀恩说。

“兵部堂官中，侃侃而谈的呢？”皇帝又问。

“奴才记得，是白尚书。”怀恩说。

“前者力主不调京营，今者又力主不调土兵，究竟何意？”皇帝问。

“他或是以为，凭着河南、湖广腹里官军，可扫荡流贼。”这是怀恩唯一可以得出的结论。

“那好啊！”皇帝道，“朕就把项都堂召回，让白尚书去讨贼。”

“地位调换过来，白尚书的想法可能会变。”怀恩说。

“那朕说，这次曲在白尚书，有错吗？”皇帝问。

“爷圣明，一眼看出曲在白尚书。”怀恩说。

“你该知道如何宣旨了吧？”皇帝问。

“奴才替爷宣谕兵部，仍调土兵讨贼。”怀恩说。

“不然。”皇帝摇着头说。

“爷是说，虽曲在白尚书，但土兵却不用调？”怀恩大惑。

“你这么说，不是把自个儿绕糊涂了吗！”皇帝道，“朕的意思，项都堂请调土兵，朕是准过的；白尚书请止调土兵，朕并没准。你不去兵部宣谕，项都堂也知道，白尚书也该知道，土兵是要调的。”

“此事不必宣谕，爷不会要奴才宣谕白尚书，向项都堂致歉吧？”怀恩忽然萌生一个很怪的想法。

“议事不合，何至于就要大司马致歉！”皇帝道，“你去对白尚书说，吴绶在彼处，已不起作用，不如着他回京。”

第六十章

四月下旬，阁臣彭时、商辂、万安，会同部、院大臣，最后确定朝廷旌表官员的人选。一旦选定，将颁予诰敕。无论对他本人，还是对他的家人，这都是极大的荣耀。

因为第一个被提到的官员是一名知府；而且，这个官员不是由职掌官员考察的吏部、都察院堂官提出的，而是由与官员考察关系不那么大的礼部尚书邹干提出的；而且，邹干不是主动开口的，而是在彭时的督促下开口的，使得众人把注意力一下子都集中到知府或同知。

"宗盛先生，你日前在内阁的一番议论，很有见地，今日何不就给众人引引路？"彭时道。

"管见而已，在礼部议议可以，与纯道先生等随便说说可以，拿来对大冢宰、掌院都堂说，要让人家笑话。"邹干不想说。

"大章先生听这话，心里有没有不舒服？"林聪问姚夔。

"看来，季聪先生心里不舒服？"姚夔反问。

林聪字季聪，福建宁德人，正统四年进士。成化三年，李秉出巡大同，他升任都御史，从那以后一直掌院。

"是啊！"他应道，"可以对纯道先生等说，却不可与你我说，是以为你我高于纯道先生等呢，抑或以为你我大不如纯道先生等？"

"高于纯道先生等，则是普通的高；不如纯道先生等，则是大不如。季聪兄，我看你有点儿自卑呀！"杨鼎和他开玩笑。

"这叫据实，不叫自卑。"林聪辩道，"高于纯道先生等，一定是普通高于；不如纯道先生等，一定是大不如。不仅我如是，宗器兄亦如是。"

杨鼎又要反辩，姚夔冲他一揖，然后对邹干说："我看宗盛先生还是说吧；不然，是否普通高于，是否大不如，辩上一日，也辩不出结果。"

"说可以，但只当抛砖引玉，诸公休要当真。"邹干说着，在桌案上划了个"阮"

字，道，“我提议旌表此君。”

“台州知府阮必成？”叶盛第一个反应过来。

“是他。”邹干点头。浙江台州知府阮勤，字必成。

“宗盛先生可是当真？”姚夔问。

“在我，自是当真。”邹干说。

“宗盛先生当真，我等也不可不当真。”姚夔摆出主持者的架势，说，“宗盛先生既举阮太守，就请说说阮太守的事迹吧。”

“一则勤勉，一则清廉。”邹干说。

“我记得，宗盛先生提及的两条都写在阮必成的考单上。”林聪道。

“我等品评地方官员优劣，当然要看考单；看布、按二司考单，看吏部、都察院考单。”邹干觉得这再自然不过，“别说我一个礼部官，没有考察官员之责；就是吏部、都察院官，如季聪兄等，品评某官优劣，也不会都是亲见亲知吧？”

“怎会都是亲见亲知，说都不是亲见亲知还差不多！不过，”林聪语气一转，说，“品评官员，仅凭考单，也是不够的。”

“也不是仅凭考单。”邹干道，“浙人，包括台州人，及我之乡人，说起阮君事迹，常是滔滔不绝。”

他是余杭人，属杭州府，距台州其实很远。他的乡人应该不会有多少了解台州知府，议论台州知府的。这或许正应了一句话：不胫而走。阮勤的事迹在浙江境内广为传播。

到目前为止，还没有体现出彭时说的“很有见地”，姚夔不由要问：“纯道先生属意阮太守，不会仅因勤勉，或清廉吧？”

“不但不是仅因，而且主要不是因勤勉，或清廉。他让我动心，主要是因宗盛先生的一句话。”彭时说。

“宗盛先生怎说的？”姚夔问。

“他说，莫忘阮君身世。”彭时道。

阮勤是交阯人，其父迁入内地，曾为山西长子县典史，后落籍山西。邹干这句话不但让彭氏一听动心，其他人听罢一样动心。

“化外之人，亦成良吏，可见教化之功。大宗伯看待事物，果然不同寻常。”姚夔叹道，又问，“诸公看，阮太守之事还要再议吗？”

众人有的摇头，有的摆手，都表示不必。

“我可否举一人？”刑部尚书陆瑜问。

“众人皆可举，廷玉先生怎不可举！”姚夔道。

陆瑜字廷玉，浙江鄞县人，宣德八年进士。

“先礼后兵，也该——”林聪话没说完，发觉不对，改口道，“先礼后刑，也该轮到廷玉先生。”

“季聪兄确有主人的样子，每逢人言，必有说法。”杨鼎又开起玩笑。

“这不叫说法，叫做法。”林聪辩道，“知府主政一方，吏治、会计、刑名、学校，无所不管；旌表其翘楚，吏治、会计、刑名、学校，必无所不佳，且必有一事极为突出。宗盛兄所举，出于礼教；廷玉先生所举，或出于刑名。故先礼后刑，并非虚妄。”

“季聪兄怎知廷玉先生所举亦太守？怎知廷玉先生所举，出于刑名？”杨鼎问。

“宗器先生与其问季聪先生，不如径问廷玉先生。”姚夔说。

“那倒不必，廷玉先生反正是要说的。”杨鼎不再与林聪争辩。

“宗器先生不见怪，我才好说。”陆瑜道。

“怎么，果是知府？”杨鼎问。

“果是知府。”陆瑜应道。

“果是出于刑名？”杨鼎问。

“果是出于刑名。”陆瑜应道。

“果是——”杨鼎还要问。

“不必问，已问这多；必要问时，不知要问几多！”林聪讥道。

众人都笑起来，陆瑜边笑，边在桌案上划出个“熊”字。

“广平知府熊性安？”叶盛又是第一个反应过来。

“是他。”陆瑜应道。北直隶广平知府熊怀，字性安。

“若请廷玉先生为熊太守写评语，廷玉先生会写几句话？”姚夔问。

“宗盛先生评阮太守是两句话，我评熊太守也两句话吧。”陆瑜说。

“廷玉先生欲写哪两句？”姚夔问。

“虚怀若谷，爱民若子。”陆瑜道。

“有趣！”商辂忍不住插话。

“弘载先生若以为其评语不当，可直言评语不当；怎的用‘有趣’二字来否定？”林聪道。

“绝无否定之意，而是确实有趣。”商辂道，“阮太守名讳是个勤字，宗盛先生评他，则有‘勤勉’；熊太后名讳是个怀字，廷玉先生评他，则有‘虚怀’。寄聪先生不觉得有趣？”

“有趣”二字用得随意，但正说明商辂听得专心。

“季聪先生以为‘有趣’二字不够庄重，我倒想起另外二字；不过，确有否定之意。”彭时说。

“纯道先生想的是哪两个字？”林聪问。

“模糊。”彭时道。

“廷玉先生的评语，说空泛还可以，却并不模糊呀！”林聪说。

“季聪先生已忘自家方才怎么问的他？”彭时道。

“不错，不错，我问他果是出于刑名，他答曰果是出于刑名。”林聪连连点头，并对陆瑜说，“廷玉先生评语，似不切题呀！”

“熊性安于刑名，必居天下知府之冠，这是毋庸置言的。”陆瑜道。

“廷玉先生为何有这等把握？”林聪问。

“季聪兄问得荒唐。说起刑名，大司寇没把握，谁有把握！”杨鼎道。

“荒唐吗？我只是觉得，大司寇于刑名，也不能毋庸置言。”陆瑜说。

“季聪先生大概不记得，熊性安曾任刑部主事。”陆瑜道，“在刑部时，凡他经手的狱案，无一人屈打，无一人屈死。刑部官做到这一点的，能有几人？故我敢言，其于广平太守任上，刑名一事必为天下冠。”

“天下狱案，集于刑部，廷玉先生所评不谬。”众人纷纷说。

“大章先生，诸公都说我记性大坏。”林聪显得很委屈。

“言多有失，我的话和季聪先生一样多，我的记性比季聪先生还要坏。”姚夔笑着说。

“可我真记不清，已议定几人？”林聪问。

“熊太守算不算？”姚夔反问。

“无人反对，只有纯道先生说句‘模糊’；而纯道先生所谓‘模糊’者，恰恰是最明显的。熊太守自然要算。”林聪的话仍不少。

“一个阮太守，一个熊太守，共议定二人。”姚夔说。

“他部已举二人，吏部还不举一人吗？难道要等天下良太守都举遍，大章先生才开口？”林聪道。

“我倒是有一人选，所以迟迟不开口，是怕我一开口，季聪先生再举不出人。”姚夔说。

“大章先生是不是说，此人一出，宗盛先生、廷玉先生所举都将被比下去？”林聪把矛头转移。

“这不好比。”姚夔道，“但我可以说，此人不被旌表，天下太守中就无人可以旌表。”

“那岂不是天下第一太守？”林聪的语气里，多少有些嘲讽。

“我正是此意。”姚夔却说。

“大章先生，此人是谁呀？”连彭时都急于知道。

“我别坏了规矩。”姚夔说着，在桌案上划了个“杨”字。

众人的目光都扫向叶盛，看得他直往后退。

“别人所举，与中先生都可一语道出；大章先生所举，与中先生却退避三舍。是不是吏部尚书所藏玄机，比其他尚书深邃？”林聪问。

“与别事无关，只与姓氏有关。”叶盛忙分辩，“阮、熊皆少有之姓，季聪先生想想，中进士者有几人，为太守者有几人？杨姓却不同，天下太守中，没有数十，七八位、三五位总是有的，除非大章先生划出地域，让我从何猜起？”

“若划出府分，我也能说个七七八八。”林聪道。

“不必划得那么具体。”叶盛说。

“大江以南。”姚夔说。划分地域，这可说是最大的界限。

“我已料中一二，大章先生能不能再说细一点儿。”叶盛揖道。

“也在浙江。”姚夔说。

“嘉兴知府杨承芳？”叶盛问。

“是他。”姚夔应道。浙江嘉兴知府杨继宗，字承芳。

“别人举荐，大章先生怎要求？”林聪不知在问谁，反正不问姚夔。

“说事迹。”邹干道。

“写评语。”陆瑜道。

“我不说事迹，不写评语，说几段杨君故事，如何？”姚夔问。

“再好不过！”众人纷纷称道。

“宗盛先生以教化为言，我也说说杨君之教化。”姚夔道，“教化根本，在兴学。杨君主政嘉兴后，定下一条死规则：民间子弟八岁不就学者，罚其父、兄。诸公以为这条规则如何？”

“太严厉！”杨鼎作为户部尚书，考虑事情总是比较具体，“就学须得有学校，府、县之学才能容纳几个学生？”

“所以，杨太守才要大兴社学。嘉兴社学之设，在浙江，乃至在天下，大概都是最多的。”姚夔说。

“大兴社学，命民间子弟就学，于教化果有成效否？”邹干问。

“这又连带出另一个故事。”姚夔道，“嘉兴有一民，横行乡里，杨太守到任之后，捕而治罪。该民被释后，尽改前非，数年间杜门不出。后进城办事，在府衙前与杨太守相遇。杨太守说：闻你已改恶从善，当嘉勉。遂馈粟一斛。”

“此不仅为教化之功，亦刑名之功。”陆瑜说。

“偌大一个嘉兴，不会没有怙恶不悛之徒吧？”林聪问。

“对怙恶不悛之徒，杨太守则穷追不舍。”姚夔道，“郡城一势家子，谋为书吏，窃取公帑，无人敢管。杨太守将其收入狱中，追还库金。巡按御史与势家子善，欲出之狱，杨太守不肯。御史诘道：既曰追盗，当有失主，今失主为谁？杨太守回答：府库皆朝廷所有，朝廷即为失主。”

“有此一言，就该旌表！”杨鼎附和一句。

“大章先生讲的是杨太守与巡按御史之冲突，听说他与清军御史也有冲突，大章先生可有所闻？”白圭问。

“有所闻。”姚夔道，“清军御史性急，按户稽查逃军，稍不如意，便以杖责，有年老体弱被杖死者。杨太守听说以后，贴出一张告示，曰：御史杖人致死者，来府报名。清军御史大怒，伺机报复。差事办完，即将离去，他忽然闯入府衙，搜检杨太守家私。结果，仅两套旧衣而已。他这才羞惭而去。”

“逃军日众，身在兵部，本来应该站在清军御史一边；但杨太守与该清军御史之冲突，我站在杨太守一边。”白圭说。

“季聪兄，有何感触？”杨鼎忽问林聪。

“宗器兄为何问我？”林聪瞥他一眼，反问道。

“巡按御史，清军御史，皆出于贵衙门呀！”杨鼎说。

“我的感触就是：良太守有之，良御史亦有之。良御史与太守冲突，曲在太守；良太守与御史冲突，曲在御史。”林聪说罢，马上把话岔开，“我看，太守碰到御史，还不难应付。”

“还有比御史更难纠缠的？”杨鼎问。

“宫里差往江、浙的内臣最多，宗器兄和他等打交道看看！”林聪说着，问姚夔，“杨太守是如何应付内臣的？”

“和其他太守一样，少不了馈赠一二。”姚夔说。

“馈赠何物？”林聪问。

“有时物，馈赠时物。如嘉兴盛产菱角，收获时，则馈赠菱角。没有时物，则馈赠一本历书。”姚夔说。

“这就能把内臣打发？”林聪听得好笑。

“有时能打发，有时不能打发。”姚夔说。

“不能打发时，杨太守怎办？”林聪问。

姚夔说起杨继宗如何应付内臣，又是一段故事：“一内臣到嘉兴，杨太守以菱角馈赠，内臣不收。杨太守又以历书馈赠，内臣仍不收；并明确地说，他要的是钱。”

“这才是内臣本色。”林聪插话。

“那一次，杨太守也露出他的本色。”姚夔道，“听了内臣的话，他立即写下公文，命库吏将库金取来，放在公案上。然后对内臣说：库金在此，你只要写张字据，想取走多少，就取走多少。内臣瞠目结舌，告罪而退。”

“听似简单，天下敢如此行事的太守，杨承芳一人而已！难怪大章先生说，他不旌表，无人可旌表。”商辂赞道。

“大章先生是说，天下太守中无人可以旌表。”林聪纠正道。

“季聪兄竟对状元公抠起文字，必有用意吧？”杨鼎问。

“实不相瞒，听大章先生讲述几段故事，不得不承认，以杨承芳为天下第一太守，绝非浪得虚名。胜过杨承芳之太守，既难寻觅；不如杨承芳之太守，我又不欲举之。所以，我只得在太守之外举荐。”林聪说。

他推举的是，北直隶真定府同知曾达。

在他之后，众人的目光集中在同知以下官员上，先后提出南直隶淮安府同知安钝、山东东昌府同知臣侨、浙江杭州府同知陈祥、江西九江府同知相迪、陕西阶州知州杨冕、山东临清知县薛芳、江西乐平知县金泽。

“阮、熊、杨三太守，以哪一位领衔呢？”万安忽问。

“循吉先生以为，当以哪一位领衔？”林聪反问。

“旌表地方官员，以哪一位太守领衔，恐怕都不合适。”万安说。

“循吉先生的意思，当有布、按二司官？”姚夔问。

“旌表地方官员，当以布、按二司官领衔。”万安说。

“循吉先生有无人选？”姚夔问。

“我若写个姓氏，与中先生更无从猜起。”万安解释一句，道，“我举四川按察司佥事李瓛。”

随后，又有人举荐江西按察司佥事史瓘。

朝廷今次共旌表李瓛、史瓘以下十三名地方官员。

第六十一章

如果让朝廷大臣们评论，江西吉安府知府许聪绝不能算是良太守。他性情暴躁，动辄加刑，视民若宿仇。

同样，吉安府同知黄景隆也不能算是良贰守。他的性情更为暴躁，用刑更加残酷。但有一点，他绝对不会附和许聪：在许聪要对某人用刑时，不论他对被打的人有多大的仇恨，不论他对被打的人的行为有多大的反感，他都会提出和许聪不同的处置；简单地说，就是不要用刑。

许聪因本郡某寺院一僧人违禁，要责打他，黄景隆又出面劝阻。

“许大人，明日再打，如何？”他说。

“为何明日再打？”许聪问。

“大人今日火气太盛，挨到明日，大人的火气一消，也许会免刑。在该僧，可免受皮肉之苦；在我，也算与人为善。”黄景隆说。

“在本守呢？”许聪问。

“至少是知错而改吧。”黄景隆说。

凭什么你与人为善，我却知错而改！许聪原来不见得有多大的火气，听黄景隆一句话，陡然火起。他板着面孔问：“黄大人，让你审理此事，你待如何处置？”

“我审理此事，说不定也会打他一顿板子；但以许大人为鉴，我或许也会免刑。”黄景隆阴阳怪气地说。

“好个以我为鉴！”许聪不再理他，掉过头问役头，“怎还不动手？”

役头看出，他的火气马上要转到自己身上，忙应道：“听老爷吩咐。”

“哪个老爷，他黄老爷，还是我许老爷？”许聪有个发火的机会，绝不轻易放过。

“今日是许老爷主审。”役头两不得罪地说。见许聪没别的话，他亲自动手，把僧人按倒在地，并操起家伙，准备亲自行刑。

“等等！”许聪忽道。

“老爷有何吩咐？”役头问。

“我命打他多少板子？”许聪问。

“老爷方才吩咐，先打他二十大板再说。”役头回答。

“不必再说，再加十板，一并行刑！”许聪命道。

僧人被打后，艰难地爬起来，面对许聪，双手合十，低下头去。

“和尚，你这是做什么？”许聪问。

“为施主祈福。”僧人说。

“你想说，你有德行，以德报怨？”许聪问。

“不，我想说，大人滥刑，早晚会有报应的。”僧人说着，转向黄景隆，同样双手合十，低下头去。

“那和尚，我不是打人的，是劝人的。”黄景隆道。

“不是大人解劝，我何至于多挨十板？既拜大人之赐，也当为大人祈福。大人煽风点火，早晚也会有报应的。”僧人说。

江西按察司提学副使夏寅，考察府、州、县学后，回到南昌。按察使牟俸备几样菜，请他小酌。牟俸待人严厉，衙门上下没有不怕他的；广而言之，江西一省官员没有不怕他的。但夏寅和他相处得还不错。

酒过三巡，夏寅问：“尚材先生，怎能让人惧之？”

“正夫先生有君子三惜的名言，还怕人不惧之吗！”牟俸道。

牟俸字尚材，四川巴县人，景泰二年进士。夏寅字正夫，南直隶华亭人，正统十三年进士。所谓君子有三惜，是夏寅为自己写的座右铭，包括：此生不学，一可惜；此日闲过，二可惜；此身一败，三可惜。

“尚材先生是故意打岔吧？我问的是，如何能像尚材先生那样，令人惧之。”夏寅道。敢在牟俸面前把话说得如此直白，在本衙门，恐怕只有他一人。

“正夫先生向来主张以理服人，怎么也想让人惧之？”牟俸问。

夏寅不答，又喝起酒来。

“正夫先生且说，感慨是否由巡视学校而生？”牟俸换种问法。

“是。”夏寅边喝酒，边应道。

“是否由巡视县学而生？”牟俸问。

“江西凡七十七县，县学太多。”夏寅否定。

“是否由巡视州学而生？”牟俸问。

“江西仅一州，州学太少。”夏寅又否认。

“那么，是由巡视府学而生。”牟俸道。不用夏寅开口，一看他的眼神，就知道这个结论是不错的。牟俸又问：“江西十三府，正夫先生巡视几所府学？”

“八府。”夏寅回答。

“你若巡视两三所府学，我不妨一所一所问下去；你却巡视八所，还是你自家说吧。”牟俸道。

“我的感慨，由巡视吉安府学而生。”夏寅说。

“是由府学教授而生？”牟俸又开始发问。

“教授为人很正派。”夏寅否定。

“是由通判而生？”牟俸问。

“我并未见到通判。”夏寅又否定。

“是由同知而生？”牟俸问。

“同知恰去远处县份。”夏寅仍是否定。

“不用说，是由知府许某而生。”牟俸最后说。

“尚材先生怎知？”夏寅惊问。

“不是这个，不是那个，除他还会是谁！许某倨傲，除他还有谁会慢待正夫先生！”牟俸道。

“慢待尚在其次，此人简直不可理喻！”夏寅愤愤地说。

“正夫先生与他说的什么理？”牟俸问。

“还不是为处罚生员的事！”夏寅道。

“正夫先生欲惩罚某生员，而许某袒护之？”牟俸揣测。

“他若懂得生员需要袒护，我要向他鞠躬礼敬。”夏寅道，“简直难以设想，吉安府学四十生员，被他辱骂过的，竟有半数；被他责打过的，竟有十余人！我对他说，生员来日是国家栋梁，须待之以礼。你知他怎答的？他竟问我，是礼仪之礼，还是道理之礼？我说，自是礼仪之礼。他说，那就错了，应是道理之礼。对生员，须得待之以理；他的道理，就是棍棒。吉安生员摊上这样一位父母官，不幸之至！”

“可有责打致死的？”牟俸问。

“这却不曾听说。”夏寅道。

“那他对生员，实在是客气得多！”牟俸说。

“尚材先生这话怎讲？”夏寅问。

“死在他棍棒下的民人，绝不止一个两个。吉安民人摊上这样一个父母官，才真是不幸之至！”牟俸说。

“就没人管管他？”夏寅问。

“是该有人管。”牟俸道。

“该宪使管，还是该方伯官？”夏寅问。

“都可以管，但正夫先生管，更适宜。”牟俸说。

“我来管，怎的更适宜？”夏寅不解地问。

“正夫先生提学呀！”牟俸道，“我劾他责打民人，甚至责打民人致死，他可以辩曰，审理顽民之狱，不得不加刑；衙役手重，或顽民体弱，遂出人命。而责打、辱骂生员，乃至多人，则不同。生员不同于顽民；就算有资质低下者，也是经你知府挑选的。不该责打而责打，不该辱骂而辱骂，他难辞其咎；该责打，该辱骂，他亦难辞其咎。”

夏寅频频点头，道：“这个公道，该我为生员去讨。”

又一个多月后，司礼太监黄高在北安门外的私宅，来了一和尚。他敲开门，管理私宅的长随告诉他，黄公公在衙门。他可以去衙门找，也可以迟些再来。和尚没地方可去，坐在门外，从午前等到正午，从正午等到午后，从午后等到黄昏，终于把黄高等回来。

和尚迎上去，合十行礼，道：“阿弥陀佛，贫僧有礼。”

黄高见门外坐着一名僧人，本来就感觉奇怪；等和尚迎上来，更觉奇怪。听和尚说话，似乎有些熟悉；定睛朝和尚看去，不由又惊又喜，拉起他的手说：“大师，怎的来到京城！”

“欲向朝廷讨个公道。”和尚说。

“来，来，请进去说。”黄高让道。

进到院里，他少不得把长随训斥一顿，说他有眼无珠，怠慢贵宾。进到屋里，又是吩咐上茶，又是吩咐厨房准备斋饭。

和尚等他忙活完，才问候：“公公一向可好？”

“别管我好不好，且说大师受的什么委屈？”黄高道。

“无端被暴打一通，至今臀、背还疼。”和尚说。

“大师得道高僧，与世无争，谁会打你，谁又敢打你？”黄高问。

“说的是。贫僧若惹是生非，用不上无端二字。”和尚道。

“谁打的大师，告诉我，我给大师出气。”黄高说。

“本府知府。”和尚说。

"吉安知府，吉安知府。"黄高念叨着，忽然一击掌，"对了吉安知府叫许聪，对吧？"

"是他。"和尚颔首。

"真巧！"黄高道，"换是别人，要给大师出气，说不定费些周折；既是此人，就好办。大师放心，此事包在我身上。"

"公公说巧，究是何意？是不是他还惹上别的事？"和尚问。

"也是动刑的事。"黄高说，"他滥用刑罚，草菅人命，前有江西按察副使夏先生上疏弹劾，朝廷命南京大理寺卿夏先生复核。夏大理所言，除证实夏宪副所言外，又增加许多实例。朝廷正要处分此事。"

他说的夏大理，即南京大理寺卿夏时正。

"朝廷会怎样处分？"和尚问。

"多半是免其官职。"黄高说。

"此事恐怕不会以免其官职而结束。"和尚道。

"大师难道必欲其死？"黄高问。

"不是贫僧必欲其死，是他一定要走上一条死路。"和尚说，"其人性情，从不反省；夏大理、夏宪副劾他，他必反讦。届时，朝廷怎处置？"

"多半会将他下狱。"黄高说。

"他自家把事情闹大，却怨不得别人。"和尚道。

很快到秋决的日子。

皇帝把黄高唤来，问道："老黄，听说你曾去了刑部衙门，又曾去了大理寺，力主许聪该杀？"

"奴才确实去过。"黄高不敢否认。

"你为何对此案如此上心？"皇帝问。

"奴才去吉安办差时，识得一位高僧。"黄高说。

"仅是识得？"皇帝问。

"奴才对他极是崇敬。"黄高说。

"这才合理。"皇帝道，并问，"你说的那个高僧，与许聪有过节？"

"也被他杖打过。"黄高不敢隐瞒。

"所以，你要为他雪耻？"皇帝问。

"奴才对许聪一案上心，并非全为私情。"黄高说。

“难道还有别的理由？”皇帝问。

“有。”黄高应道，“许聪在职，任意责罚。江西副使夏大人劾他责罚府学生员；南大理夏大人劾他用刑过度，死者不下五十余人。其中间或有顽劣之徒，但绝大多数都是朝廷赤子，都是好老百姓。爷的赤子，爷的百姓，岂容随意杀害！一想到此，奴才不禁怒愤填膺，心想，不杀此人，天理不容！”

“可他并不承认滥杀无辜，反称夏寅、夏时正至亲至近，合谋陷害他，你又怎说？”皇帝问。

“两位夏大人是否合谋，奴才没有证据，不敢妄言；但两位夏大人是否至亲近，奴才却去吏部查证过。”黄高说。

“结果如何？”皇帝问。

“江西按察司的夏大人，是松江人，南京大理寺的夏大人，是杭州人，同姓而非同宗，说不上至亲；松江夏大人，是正统十三年进士，杭州夏大人，是正统十年进士，并非同科，说不上至近。”黄高说。

“朕说你上心，一点儿也不假。”皇帝道。又说，“老高，实话对你说，朕也以为，不杀许聪，天理不容。不过，有名叫白昂的刑科给事中，提出人命案能不能成立，还须重审；若命法司再审，结局如何，朕也说不好。老高，你有什么法子？”

“爷以为不杀此人，天理不容，就好办。”黄高说。

“怎的好办？”皇帝问。

“爷降一旨，命毋得复奏。”黄高的办法再简单不过。

“但其他秋决死囚皆经复奏，唯独许聪未经复奏，恐监斩官有赘言，别生枝节。”皇帝却不无担心。

“不如将许聪夜斩于市，与其他死囚分开行刑，监斩官想别生枝节，也没机会。”黄高说。

皇帝想了想，道：“好，就依你！”

十月初的一个夜晚，许聪被斩于西四牌楼下。黄高陪同吉安来的和尚全程观看行刑的经过，然后把他送出城去。

第六十二章

工部右侍郎乔毅找到本部尚书王复，说：“初阳先生，有件事与你议。”

王复曾以兵部尚书巡视陕西边备，颇多建言。回朝后，有人说治兵非其所长，因而将他调任工部。

“志弘先生欲言何事？”王复问。

乔毅字志弘，山西乐平人，正统十三年进士。

“工程事。”他说。

“京里的工程？”王复担心地问。

“不是京里的工程。”乔毅应道。

“是哪一项旧工程出了岔子？”王复又问。

“不是旧工程，欲议一桩新工程。”乔毅说。

“可是皇上交代下来的工程？”王复又问。

“不是。”乔毅摇头。

“可是宫里传出的话？”王复又问。

“也不是。”乔毅又摇头。

“可是王府奏请的？”王复问。

“不是。”乔毅道。

“可是某布政司议及的？”王复又问。

“也不是。”乔毅说。

“是志弘先生想到的？”把所有的可能都排除，王复得出这样一个结论，“志弘先生，可否迟些再议？”

“为何此时不能议？”乔毅问。

“皇上命修皇城西北一段回廊，志弘先生是知道的呀！”王复说。

“我要议的工程，与内臣欲兴的工程，彼此并不相碍。”乔毅说。修复皇城回廊，是内臣提出，并有所图，这是人所共知的。

“志弘先生没明白我的意思。”王复道，“工部若赞成皇城回廊的工程，当然是各议各的，彼此不相碍；工部若不赞成皇城回廊的工程，于志弘先生欲议的工程，却有碍。”

“初阳先生的意思，是不赞成皇城回廊的工程？”至少这一点，乔毅总算听明白。

“难道志弘先生赞成该工程？”王复反问。

“我亦不赞成；不过，并非完全不赞成，而是鉴于朝廷之费入不敷出，希望该工程缓兴。”乔毅说。

“我也是这个意思。”王复道，“但欲其缓兴，没有别的理由，只能说：此为新议工程，朝廷用度，不曾预计其费。既然暂寝此一新工程，我工部当然不便自个儿再议一新工程。”

这层意思乔毅也听明白，但不完全赞同，他说：“初阳先生，我要议的新工程和内臣欲兴之新工程，不可同日而语；我要议的新工程，确乎关系国计民生。”

听他说得郑重，王复不能不问：“志弘先生欲议哪一桩工程？”

“疏浚通惠河。”乔毅说。

“通惠河即——”王复明明知道它指京城外的哪一段河，但手指东方，就是说不出地名来。

“张家湾。”乔毅提醒他。

“对。”王复边应边问，“即京城内至通州张家湾的那段旧河吧？”

“确切地说，是张家湾至京城内的那段旧河。”乔毅纠正道。

“好吧，就算是张家湾至京城内的那段旧河。”王复没心情与他争辩，却问，“恍惚之间，志弘先生怎想到兴此工程？”

“初阳先生言之差矣！我不是恍惚之间想到的，而是在漕运杨帅奏议之后，就一直惦记这件事。”乔毅说。并问，“初阳先生对杨帅之议，就没有动过心？”

他提到的杨帅，是漕运总兵官杨茂。

“不能说没动过心，只是——”王复叹口气，说不下去了。但他的意思很明确，仍是碍于新开工程，一定会牵扯费用。

“虽有用度，但那是一劳永逸的呀！”乔毅试图说服他。

“我知道。”王复说，“漕运至张家湾，舍舟装车，运送京城。京畿民力疲惫，都不必说；这一卸一装之间，漕粮耗费，不知有几。我何尝不愿漕舟直达京城！只是，”他语气一转，说，“既抱定不兴新工程的主张，此事我不宜倡议，还望志弘先生见谅。”

“这么一来，一桩利国利民之事，岂不掩息！”乔毅的失望之情，表露无遗。

“那也未必。”王复却说。

乔毅一愣，问：“初阳先生有何见教？”

“会计在户部，户部肯支这笔钱，不就有望？”王复道。

“初阳先生是说，我可与户部计议此事？”乔毅问。

“而且，最好直接与大司徒计议。”王复说得更明确。

“好是好，不过——”乔毅踌躇不决。和户部尚书计议，看起来便捷，但就算杨鼎被自己说服，又怎样？一户部尚书、一工部侍郎联署上疏，岂不成一件咄咄怪事？

“志弘先生既认定这是一件利国利民的好事，又何必在乎以怎样的方式说服朝廷？”王复虽不肯自己出面议之，倒好像很支持乔毅出面议之。

“是。”乔毅揖道，“多谢初阳先生指点。”

杨鼎把乔毅邀去，漕运参将袁佑已先行来到。桌案上研好墨，架好笔，铺好纸，一看便知，已经可以开始写文章。

“志弘先生，请拿起笔来。”杨鼎说。

“不可，不可！”乔毅连连作揖，“在户部衙门，自当宗器先生执笔。”

“怎推到我身上！”杨鼎道，“以行船喻之，我是被志弘先生拉上船的，岂有志弘先生不掌舵反让我掌舵的道理！”

“请宗器先生上船，就是为的掌舵。”乔毅说，“以行船喻之，我工部的船上，难道还缺少划桨的不成！”

二人不约而同地看向袁佑。袁佑慌道：“二位不会要我执笔吧？大司徒是被少司空拉上船的；我呢，是被二位拉上船的。”

“你可不是我二人拉来的，是朝廷点的将。”乔毅说。他和杨鼎上疏，奏请疏浚通惠河，皇帝采纳。按照惯例，须得一名武臣协同督工，朝廷把这桩差事交给袁佑。

“朝廷点我，为的督工，非为执笔。”袁佑说。

“工程不议定，袁将军却去哪里督工！”杨鼎道。

“如此道来，非我执笔不可？”袁佑问。

“非袁将军不可。”杨鼎、乔毅齐道。

“愿为两位大人效力；不过，丑话得说在前面，”袁佑边拿笔，边说，“一则，我字写得慢，两位大人也须说得慢，以免丢三落四；二则，我有写不出来的字，须烦两位大人教授。”

“好说。”杨鼎、乔毅齐道。

袁佑坐得很端正，笔举得很高，就是不落下去。

“袁将军，按照习惯，执笔者要先写一段起篇。”乔毅说。

“哪一处的习惯？”袁佑问。

“工部衙门。”乔毅说。

“我等不是在户部衙门吗？”袁佑道。

“户部衙门也是这习惯。”杨鼎说。

“执笔的不是我吗？”袁佑道，并说，“我漕运衙门的习惯，执笔者只管抄录；人家怎说，他怎抄录。”

“对，是袁将军执笔，得依着人家衙门的习惯。”杨鼎说着，转向乔毅，“志弘先生是倡议者，开篇的文章，理当你作。”

“宗器先生怎忘，你是被请来掌舵的！”乔毅道。

“原来掌舵即斟酌开篇，这好办。”杨鼎说着，稍加思忖，把开篇的文字组织好，一口气念出一句很长的话，“看得通州至京城四十余里，古有通惠河故道，石闸尚存，永乐间曾于此河搬运大木。以此度之，船亦可行。”念罢，问乔毅，“志弘先生看，可使得？”

“只怕使不得。”乔毅说。

“有何不妥？”杨鼎忙问。

乔毅不回答，冲桌案那边努了努嘴。袁佑执笔的那只手，仍没有放下。

“袁将军，为何不写？”杨鼎问。

“宗器先生忘记我的丑话不成？”袁佑道。

“我说得快吗？”杨鼎问。

“有点儿快。”乔毅替袁佑回答，“不然，我怎说使不得！”

“那我就说慢一点儿。”杨鼎道。其实，他的速度很难放慢，慢一点儿，就是在说七八个字后，停顿一下。

“宗器先生，须得再慢。”袁佑说。

杨鼎改为说五六个字后，停顿一下。

“仍须再慢。”袁佑说。

杨鼎每说两个字一顿，才被袁佑认可。起篇的那句话没念到一半，他自己难以忍受，叹口气，道：“袁将军，还是我来执笔吧。”

“再好不过。”袁佑欣欣然，把笔交给他。

乔毅则在一旁掩口而笑。杨鼎看在眼里，心想：原以为他和自己一起，捉弄袁佑；谁知他是和袁佑一起，捉弄自己。

“规矩呢，不变，仍是漕运衙门的规矩。”杨鼎说。

“好。”乔毅也不推辞，念道，“看得通州至京城四十余里，古有通惠河故道，石闸尚存，永乐间曾于此河搬运大木。以此度之，船亦可行。”

“志弘先生不是说使不得吗？”杨鼎问。

“宗器先生执笔，就使得。”乔毅道。

三人说笑一阵，开始绘制疏浚通惠河的蓝图。

怀恩为皇帝朗读杨鼎等人的奏疏。疏中牵涉到京城的不少地名，皇帝都熟悉，因而听起来兴致较高，有时还会提出问题。

怀恩读道：“今蒙命，臣等同参将袁佑等亲诣昌平县元人引水去处，及宛平、大兴、通州地方三里河各河道，将行船故迹逐一踏勘，及据元史并各闸见树碑文所载事疏，稽考回奏。看得闸河原有旧闸二十四座——”

“老怀，”皇帝让他停下，问道，“通惠河不是通州至京城的河段吗，他等怎么又说到山东，是不是把通惠河当成会通河？”

怀恩理解皇帝为什么会产生误会。永乐年间，疏浚运河故道，于会通河，即山东济宁至临清段三四百里长的运河，多置闸门，引入汶河、泗水等河水，以通漕船。他解释说：“今日以会通河为闸河，一是因为该段闸多，二是漕船过闸时须以人夫牵引。而元时，通惠河闸亦多，亦须人夫牵引，元人或以通惠河为闸河。”

“你可断定，他等所言闸河即通惠河？”皇帝问。

“是。”怀恩应道，“疏浚通惠河，并不涉及会通河，他等不会说到会通河上去。再者，他等所言河闸乃旧闸，非本朝所修新闸。”

“你读与朕听听。”皇帝命道。

“看得闸河原有旧闸二十四座，以通水道。但元时水在宫墙外，船得进入城内海子湾泊，今水从皇城中金水河流出，难循故道行船，须从宜改图。”怀恩知道应该从哪里读起，也知道应该读到哪里结束。

“果然与会通河毫不相干。”皇帝自己也能做出判断，“他等言，须从宜改图，是如何改的？”

“疏浚通惠河，要在以水济之，杨尚书等稽查京城外各水，以为北面之水不可用，南面之水不可用，宜用西面之水。”怀恩叙述。

“通州在京城以东，张家湾稍偏南，不用北面之水、南面之水，而用西面之水，岂不是舍近求远！”皇帝道。

“虽则舍近求远，却有道理。”怀恩依照杨鼎等所上奏疏叙述，“该疏称，京城北面之水有二：一为昌平东南白浮泉水，一为一亩泉水。京城地势，西北高而东南低，各水或由西向东流，或由北向南流。白浮泉水反其道而行，却是由东向西流，引之济通惠河，须经祖宗山陵。故前元时可用其水，今时不可用其水。至于一亩泉水，经过白羊口山沟，不时为雨水冲截，难以外引。”

“不无道理。但朕更想知道，南面之水为何不可用？”皇帝道。

“他等这一部分着墨最多，奴才一层一层述说吧？”怀恩请旨。

“当然要一层一层述说，囫囵言之，怎说得清楚！”皇帝道。

“第一层意思：城南有三里河，至张家湾运河口，绵延六十余里。旧时，其处并无河源。正统年间，因修城壕，作坝蓄水；恐雨多水溢，于正阳桥东南低洼处，开通壕口以泄之。这才有了三里河。”怀恩述道。

“开壕泄水，亦算不得河源。”皇帝评论。

“爷说得是。”怀恩应道，“开壕泄水，算不得河源，故有第二层意思。自壕口三里至八里，始与浑河旧渠相接。”

“与浑河旧渠相接，三里河的水应该有保障吧？”皇帝问。

“也很难说。”怀恩道，“杨尚书等只提及，三里至八里这一段，两岸多人家庐舍、坟墓。”

“他等这是何意？”皇帝问。

“大概想说，若要疏浚，庐舍须拆，坟墓须迁。”怀恩说。

“亦即，此一河段不宜疏浚？”皇帝把话说得更明白。

“爷圣明，一语中的。”怀恩奉承道。

“不过，六十里水程，他等才说八里，其余水程呢？”皇帝问。

“三里河向东南流淌十里，得与浑河旧河相接，然后流入张家湾白河，这是第三层意思。”怀恩说。

“这应该算是主河段吧？”皇帝问。

“是。”怀恩应道。

“该段情势如何？”皇帝问。

“杨尚书等称，该段水深处只有二三尺，浅处尺余；阔处仅丈余，窄处不及一丈。”怀恩说到这里，概括道，“总而言之，若借南面之水行船，窄狭淤浅处，须得浚深开阔，遇人家房垣、坟所，须得拆毁挪移。”

“须浚深者浚深，须开阔者开阔，须拆毁者拆毁，须挪移者挪移，如何？”皇帝问。

“杨尚书等举一例，表明麻烦不仅在工程。”怀恩说，“如行船之河，须阔五丈。今之水阔一丈，深二尺，流入阔五丈之河，则仅四寸。且春夏天旱，泉脉易干，流水更少。粮船、驳运，俱难行驶。”

“南面难道无他水可济之？”皇帝问。

“这一层，杨尚书等也稽查过。”怀恩说，“可济者有二,一是以西之西湖水，二是以南之草桥水。引西湖水的难处，在于修筑须多；引草桥水的难处，在于须经大祀坛边，一路开凿沟渠。另外，草桥水出自彰义门外玉匠局等处马跑等泉，亦不深远。”

西湖即西海子，在西直门外高梁桥西北约十里处。大祀坛即圜丘，是皇帝祭天之所。

“大祀坛边凿一河渠，成何体统！”皇帝道。

“杨尚书等亦恐有碍。”怀恩应道。

“老怀，你再说西面之水吧。”南面之水不可用，皇帝显见已认可了。

“宜用西面之水，首先是泉多，如玉泉、龙泉、月儿、柳沙等，其源皆出于西北一带山麓，汇于西湖。”怀恩述道。

“照他等说法，西湖的水是充沛的。”皇帝说。

“爷说的是，”怀恩应道，“然诸泉汇于西湖后，大半自青龙闸，流入清河。杨尚书等议，不如将青龙闸关闭，将玉泉诸水皆引入高梁河。”

“金水桥下的水，不就是从高梁河流入的吗？玉泉等水皆引入高梁河，高粱河的水就要涨高；高粱河的水涨高，京城内各海子及金水河的水也要涨高。他等是不是要将高粱河及金水河一并拓宽？”皇帝问。

“不。他等之意，诸泉之水，经高粱河，酌量流入金水河，其余从都城外壕，流转通会；流于正阳门以东城壕，再将其泄入三里河，与三里河水一并流入大通桥闸河。三里河、大通河皆设闸，随时开闭。天旱水小，则闭闸蓄水，短运驳船；雨势水大，则可开闸泄水，放行大船。他等这一设计，还有一个最便利的地方，须设水闸之处，原本就有旧闸，不必另行设置。”怀恩说。

“既曰便利，着他等择日开工吧！”皇帝命道。

“奴才领旨！”怀恩应道。

第六十三章

彭时、商辂各看各的文稿，商辂忽然问："纯道先生记不记得，皇上有多久没召入阁臣面议？"

彭时知道他为什么要问。十一月下旬，彗星出现，廷臣进言。其中最有分量的一句话，是君臣悬隔。何谓君臣悬隔？早朝会时而举行，常朝会时而举行，大朝会如期举行，君臣悬隔并不表现在这方面；经筵会时而举行，日讲会时而举行，君臣悬隔也不表现在这方面。近年来废止的，是面议。其实，上朝是一种形式，就算皇帝准许廷臣奏事，就算有廷臣在上朝时奏事，也是单方面的，而经筵、日讲等，讲官照本宣科，就算皇帝偶尔会提一些问题，讲官也是在讲章的范围里做些简单的回答。这些都不能算作君臣之间真正的交流。如果说君臣之间有真正的交流，那只有在面议时才会出现。君主宣召大臣进宫，面对面地商讨各项政事，为臣者侃侃进言，为君者虚心听纳。政治清明与否，世道好坏之分，这是一个重要的标志。因此，君臣悬隔指的不是免了某些早朝，免了某次常朝，不是经筵、日讲是否定期举行，而是面议这种形式被废止。

而宣召大臣，主要又是宣召阁臣。阁臣是辅弼之臣，顾问之臣，侍从之臣。如果皇帝连阁臣都不宣召，更不能指望宣召其他大臣。不管廷臣在说君臣悬隔时，是不是指皇帝与阁臣悬隔，要改变君臣悬隔的局面，一定是从宣召阁臣始。

君臣悬隔这四个字，对商辂不可能没有触动，对彭时不可能没有触动。

"我记得，自面议孝庄皇后葬仪之后，我等未曾再蒙宣召。"彭时说。

"不必说我等，只说纯道先生。"商辂道。

"弘载先生这是何意？"彭时不解地问。

"闻得天顺年间，英宗皇帝常宣召南阳先生一人。我想，今日不必频频宣召我等，能不时宣召纯道先生入宫面圣，也是好的。"商辂说。

商辂经历了整个景泰朝，而彭时在景泰朝的大部分年份，回乡守制。反之，彭时经历了整个天顺朝，而商辂在英宗皇帝复位之初就被罢免。因此，在彭时听来，商辂这两句话好像在求证。他先点了点头，应道："弘载先生听到的不错。"然后说，"不过，原德先生的际遇，在三杨先生之后，仅一人而已。今日议君臣悬隔，廷臣奏请，可言不时召入内阁大臣，却不可言不时召入彭某；我内阁奏请，更不可言不时召入彭某，甚至不可言不时召入内阁大臣，只可言君臣面议如先帝时。"

"我以为纯道先生全然不急，谁知纯道先生连内阁奏章的文字已设计好。"商辂道。

"设计过不假，但恐怕用不得。"彭时说。

"君臣面议如先帝时，很有分寸呀，怎会用不得？"商辂问。

"弘载先生不推诿，我不推诿，未必人人皆不推诿。"彭时道。

内阁除了他和商辂，只有万安。他说的有人会推诿，无疑指的万安。万安自入阁以来，每当彭时或商辂欲以内阁名义陈奏某事，他都会推诿、拖延，迟迟不肯签署。请皇帝不时召入大臣面议，包含着对皇帝的批评，他一定也不会轻易签署。

"那么，只好我二人各自上疏？"商辂有点无奈，又有点不满。

"只得如此。"彭时也无奈。

早朝后，彭时挨到最后才走。他或是期待自己及商辂所上的奏疏生效，皇帝忽然传宣他等入宫议事。但是，没有内臣出来宣旨。在他走出奉天门时，司礼太监黄高迎面而来。

"纯道先生。"黄高招呼一声，侧身站立，好像在送他。

彭时点了点头，算是回应。他本来没想说什么，但在一条腿从黄高身边迈过时，又改变主意。他把那条腿收回来，转过身，说："黄公公，近来很忙呀？"

"还好，"黄高应道，并问，"纯道先生可有吩咐？"

"吩咐不敢；只是想到，近来不仅皇上不得见，连司礼监诸位主事者，亦难得一见。"彭时说。

"纯道先生不会真心想见我等吧？"黄高笑着问。

"为何不会真心想见？"彭时道，"不得见皇上，我等有事，无法面奏；若得见各位公公，有人代陈，也是好的。"

他想说明，自己真心想见司礼监的主事太监们，但他为人太直率，太实在，一经解释，他的话完全成了别的意思。

黄高当然听得出来，他问："其实，纯道先生想见的，仍是皇上，对吧？纯道先生面驾，可有事奏？"

"内阁每日遇到的事不少。"彭时含糊地回答。

“近日朝中并无——”黄高话说到一半，猛然想到，不能说这些日子朝中没有大事。他问，“纯道先生要与皇上议的，不会是选宫僚一事吧？”

半个月前，即十一月十六日，皇帝降旨，册立皇子祐极为皇太子。自祐极诞生以后的两年多来，这一直是廷臣盼望的，也是彭时盼望的；自七月下旬廷臣凡三上疏，奏请册立祐极为皇太子以来，这更一直是廷臣盼望的，也更是彭时盼望的。

册立皇太子以后，就要选择东宫辅导之臣，即所谓宫僚。不过，今皇太子年幼，选择宫僚并不急迫。所以，彭时说：“廷臣争取四月余，终于有结果，有人确实在谋划选宫僚事；但我以为，此事还可放一放。”

“那我想不出还有什么不可放一放的事。”黄高道。

“有没有不可放一放的事——”彭时斟酌着词句，准确地说，是在斟酌着内容。他可以对黄高说，有没有不可放一放的事，一名阁臣和一名内臣，标准可能是不一样的；也可以对黄高说，一名阁臣有了不可放一放的事，不一定能对一名内臣说。不论他采用哪一种说法，黄高都可能和他揖手作别，而这是他尽量要避免的。

好在，黄高没让他为难太久。

“纯道先生欲见皇上，总有欲见皇上的道理。我把纯道先生欲见皇上的心情如实禀奏，如何？”黄高道。

“黄公公肯代为禀奏，感激不尽！”彭时揖道。

十五日的常朝，是在奉天殿举行的，因为前一日黄昏，彗星闯入紫微垣，按照钦天监的奏言，主上不宜进入正殿。

散朝后，彭时急着离开，返回内阁。前几次，商辂、万安走在前面，怎么等也等不到他；这一次，他们却没办法赶上他。

“弘载先生，阁中可有急事？”万安问。

“你是问，纯道先生可有急事？”商辂用一句玩笑回答他，“除了内急，应该不会有别的急事吧。”

黄高出奉天门，边东张西望，边朝他二人走过来。

“黄公公找弘载先生吧？”万安把商辂推在前面。

“先得找到纯道先生。”黄高说。

“这么说，也要找弘载先生？”万安道。

商辂不急于知道黄高找自己有什么事，他却急于知道，“黄公公先对弘载先生说，再对纯道先生说，还不是一样！”

“不，我与纯道先生有约，先要对他说。”黄高不肯。

“黄公公看，纯道先生走在前面。”商辂指着去内阁的路说。

“弘载先生别离开。我追上纯道先生，对他说过，再回来对你说。”黄高说着，拔腿就走。走出几步，好像忽然想起这事和万安也有关系，回过头又说：“还有循吉先生，请一同等等。”

不多时，彭时随黄高返回。他的神情和散朝时大为不同：散朝时，他一脸的迷茫；这会儿，他是一脸的兴奋。

“弘载先生，循吉先生，皇上宣我等去文华殿。”他说。

商辂、万安记起黄高方才的话，都在想：所谓有约，一定是他答应彭时，为他等奏请宣召。

“好极了！”商辂搓着手道，“纯道先生说，岁尾之际，皇上或会宣召我等；我还以为是句慰藉的话，谁知皇上真的会宣召。”

“是黄公公的功劳吧？”万安问。

“诚然，黄公公功不可没！”彭时说。

“黄公公，容某聊表谢忱！”万安说着，对黄高深作一揖。

黄高体会到，他说的感谢，并不是为今日之事，而是另有所求，于是说：“万阁老有事，但请吩咐。”

二人互揖之间，四目相交，彼此会意。

“弘载先生，你我稍候。”万安把话岔开。

“为何要稍候？”商辂不明就里。

“纯道先生内急，须得找地方方便。”万安道。

“谁说我内急？”彭时问。

“不是内急，纯道先生为何急着往回走？”万安问。

“今日腊月十五，我是怕二位问我，皇上怎的还不宣召，这才匆匆而去。”彭时说着，一挥手，“走，走，今日倒要看看，谁人内急！”

“谁人内急，都不打紧。不过，今日三位老先生不要太急，在下有句话奉送。”黄高拦在他们前面说。

“黄公公有话快说，我真有点急不可耐。”商辂道。

“今日不宜多言。”黄高说。

“不宜多言，这是何意？”商辂问。

“皇上几年不曾召入老先生们面议，难免生分；既生分，老先生们的话就听不进去，说得再多，也没有用。”黄高解释，并说，“今日之事与我无关，我不会劝老先生们；皇上因我进言，决意宣召老先生们，若听过老先生们的话，心中不快，连我也要一起落埋怨。”

“我等盼望皇上宣召，是因为有事面奏、面议。今皇上宣召，却不能尽言，我等何必盼望宣召？黄公公为使皇上宣召我等而下的一番功夫，岂不也辜负！”商辂道。

“弘载先生误解了黄公公之意。”万安插话，“他说的是今日不宜多言，等皇上宣召我等的次数加多，相处融洽，那时不妨尽言。”

“我正是此意。”黄高不无感激地说。

“黄公公既然嘱咐，我等不让黄公公为难就是。”彭时给予承诺。

彭时、商辂、万安行过礼后，皇帝说：“卿等有事，可面陈。”

“上月，彗星现，廷臣无不言天变可畏，恳望陛下留意。”彭时说。

“此事朕已知之，”皇帝道，顿了顿，忽问，“卿等要朕留意天变，卿等就不须留意吗？”

“臣等亦当留意，故急于面圣陈言。”彭时说。

“该朕留意的，朕留意；卿等亦须尽心办事。”皇帝道。

“臣等谨遵圣谕。”彭时等应道。

“彭先生且说说，近日留意何事？”皇帝命道。

“昨日御史建言，量减京官皂隶及俸禄，臣仔细阅读过该疏，并与臣辂、臣安于内阁议过。”彭时奏道。

“卿等以为如何？”皇帝问。

“臣等以为不可。”彭时奏道。

“户部屡屡抱怨，天下会计，入不敷出。量减京官皂隶及俸禄，以略补不足，有何不可？”皇帝问。

“京官使用皂隶宽裕，支给俸禄丰厚，量减不妨。今之各官、各衙门皂隶不多，俸禄不厚，骤然减之，徒增怨言。昨日御史之议一出，文职尚平稳，武官多生怨望，即为明鉴。”彭时说。

“既不可，当如何处置？”皇帝问。

“宜传旨，皂隶、薪俸仍旧，以慰安百官。”彭时道。

“依卿所言，卿即传旨户部知道。”皇帝说着，目光转向商辂，好像示意，彭时留意的事情说完，下面该轮到他说。

商辂自以为理解皇帝的示意，正要跨前一步奏事，却感觉站在他身后的万安抢先移至御座正面，接着听到万安呼道："吾皇万岁！"

臣子高呼"万岁"，是在下殿之前。

商辂不由暗道"糟糕"。在得知皇帝宣召他等入殿，他就一直在琢磨，哪些事可面陈，哪些事不必面陈；哪些事应先陈，哪些事可后陈；如果只有机会面陈一事，该说哪件事；如果有机会面陈二事，该加上哪件事。好不容易理出头绪，却被万安一句"万岁"搅黄。

彭时也暗道"糟糕"。和商辂一样，得知皇帝宣召他等入殿，他也把需要面陈的事务排好次序。不同的是，他把比较缓和的事情排在前面，比较激烈的事情排在后面，免得一开始就惹得皇帝不高兴。早知道再没机会面陈，不如把急需陈奏的事情排在最前面。

不过，万安已经高呼"万岁"，他二人也不能不随呼"万岁"。

连皇帝都一怔。他准备好听内阁几位先生唠叨半天的，谁知才议一件事，而且，绝非重大之事，阁臣们就要告退。

"卿等且退，着光禄寺赐以酒、饭。"皇帝说。

彭时等谢恩，躬身退出殿外。

商辂原本憋一肚子的火，待看到殿外的内臣交头接耳，掩口而笑，更觉窝囊。他抱怨："循吉先生，你也恁急！"

"不是说好，今日不宜多言，待君臣相处融洽，再尽言吗？今日纯道先生面奏一事，皇上圣明，当即恩准。此时不退，更待何时！"万安并不觉得自己做错什么。

"好歹也要多议一两件事，才不枉面圣一次。今次有机会，不曾奏事，谁知几时再有机会！"商辂道。

不幸被他言中，这一次宣召之后，阁臣们再也没有机会和皇帝面对面地商讨朝政。阁臣们在文华殿中的表现，从内廷传到外廷，内臣、廷臣无不以"万岁内阁"讥之。

第六十四章

出生两年又九个月之后，册立为皇太子。两个月又十天之后，祐极于成化八年正月二十六日薨于宫中，准确地说，是薨于昭德宫中。

最早知道这件事的万贵妃，几分哀痛，几分惊惧。随着岁月的流逝，自己再怀身孕，尤其是再生男儿，希望越来越渺茫。她奏请将祐极养于昭德宫，为的是今日做不到皇后，以后也能做到皇太后；皇帝准将祐极养于昭德宫，而且，后来又准立祐极为皇太子，想法和她一样。公正地说，她对祐极比对自己的亲生儿子还要上心。上苍为什么仍要夺去她这个机会呢，难道是在向她表明什么吗？

皇帝闻讯，几分哀痛，几分迷茫。祖宗朝，夭折的皇子或有之，夭折的皇长子却是没有的，夭折的皇太子更是没有的。洪武朝懿文太子逝于太祖皇帝之前，但绝不是夭折。怎么到他这里，生皇长子，不一年而薨；册立皇太子，二月而薨。难道上苍在向他表明什么吗？

廷臣闻讯，几分哀痛，几分忧心。他们先为皇帝独宠万氏而争，继为册立皇太子而争。独宠万氏的局面，一直没有明显的改变；册立祐极，却终于获准。当日，廷臣们表现出难得的兴奋，谁知，仅两个月后，储位又虚；而且，宫中再无其他皇子，也没听说哪一宫里有喜。真是造物弄人，难道上苍在向他们表明什么吗？

好在宫里的气氛不久恢复正常，外廷的情绪不久恢复正常。

宫里三个要好的太监聚在一起喝酒。酒喝多后，语言难免有失。所以他们自斟自酌，不让小宦者们伺候。

“年前，我就对两位哥哥说过，宫里将有变故，我说过没有？”王敬向另外二人炫耀他的先见之明。

“是你王哥看出来的？”韦眷嘲弄地问。

“虽不是我看出来的，却是我门客看出来的。”王敬说。

“那个叫王臣的小子？”韦眷说着，撇了撇嘴，然后对梁芳说，“梁哥听到没有，王哥已豢养门客！”

“这是他的长处，韦哥，你家里也得养一两个有用的人。”梁芳说。

“这么说，梁哥家里也有养了？”韦眷问。

“不瞒你说，也有养了。”梁芳道。

“比王臣那小子如何？”韦眷问。

“在我看来，略胜一筹。”梁芳说。

“在我看来，胜过王仙师的不多。”王敬争道。

“梁哥，你家里养的有用之人，姓什名谁？”韦眷问。

“你问他作甚？”梁芳不想说。

“梁哥说梁哥家里养的人强，王哥说王哥家里养的人强，不如让他二人比试比试，看看到底哪个强？”韦眷说。

“梁哥别上当，他想坐山观虎斗。”王敬说。

“好啊，你我联手。等韦哥家里养人，我两家养的人去和他家养的人斗一斗。”梁芳说。

“那可斗不成，我只养女子，不养男子。”韦眷说。

三人有说有笑，不觉把一壶酒喝干。在等着上一壶新酒时，韦眷问：“两位哥哥说，太子爷宾天，是好事，还是坏事？”

“梁哥，冲他这话，够砍头的吧？”王敬对梁芳说。

“岂止砍头，凌迟也够。”梁芳说。

“梁哥，你说王哥坏不坏！这话是昨日他对我说的，还让我问梁哥，今日他却要砍我的头。”韦眷说。

“韦哥，你够痴的！”梁芳道。

“我怎的痴？”韦眷问。

“王哥问你是好事还是坏事，心里其实早知道是好事还是坏事；你只要反问他一句，他保管会说。那样的话，就不是他抓住你的把柄，而是你抓住他的把柄。”梁芳说。

“梁哥说我诳韦哥，这可是冤枉我。”王敬道，“太子爷宾天是好事是坏事，我当真拿不准。”

“你昨日是诚心诚意问韦哥？”梁芳问。

“没一点儿假。”王敬说。

“你方才也是诚心诚意问我？”梁芳又问韦眷。

“没半点儿假。”韦眷说。

“既如此，”梁芳竖起耳朵听听，吩咐王敬，“酒送过来了，你出去接酒，别让小厮进来。”

王敬从命，出外接过酒壶，把热酒的小宦者撵走。

“王哥恁粗心，门也不关。”梁芳责怪。

王敬又去把门关好。在关门前，还探头往外张望一下。

“斟酒。”梁芳吩咐韦眷。

“梁哥，自个儿喝，还是大家一起喝？”韦眷问。

“是听一人说呀，还是听大家一起说？”梁芳反问。

“我二人听梁哥说。”韦眷道。

“那你说，是一人喝，还是大家一起喝？”梁芳问回他。

韦眷斟一盅酒，道：“梁哥一人说，梁哥一人喝。”

“你二人所问之事，说是好事也可，说是坏事也可。”梁芳说着，伸手去拿酒盅。

韦眷抢先一把抓住了酒盅，说：“梁哥，你在耍我呀！”

王敬也把酒壶抓在手里，说：“梁哥把我当成小厮，支使得好苦！”

“你二位太性急，单凭这句话，我敢支使韦哥斟酒，敢支使王哥屋里屋外的跑？”梁芳道。

“王哥还有后话？”王敬、韦眷齐问。

“愿听则有，不听则无。”梁芳说。

“我二人愿听。”王敬、韦眷齐道。

“当真愿听？”梁芳问时，瞥一眼韦眷手里的酒盅。

“当真愿听。”韦眷说罢，双手把酒盅奉上。

梁芳抿一小口，有滋有味地品着，然后咽下。

“王哥呢？”他看着王敬手里的酒壶问。

“当真愿听！”王敬说着，给梁芳斟酒。

梁芳心满意足，开恩般地说：“你二位也喝吧。”

王敬、韦眷为表示说者与听者的区别，只喝半盅。

“好事坏事，那是因人而异的。”梁芳又冒出一句话，不肯多说。

王敬、韦眷不敢再造次，王敬道：“梁哥的意思，对某些人是好事，对某些人是坏事？”

“王哥这话大可不必说，若非对某些人是好事，对某些人是坏事，怎说因人而异！”韦眷说着，问梁芳，“对吧？”

“不对！”梁芳道。

“不对？”韦眷眨眼。

“不对？”王敬也眨眼。虽然韦眷把他的话说得一无是处，但他觉得，韦眷的理解是对的。

“不对！”梁芳更加坚定地说，“对所有的人来说，它既是好事，又是坏事，所谓因人而异，是对不同的人来说，好事坏事的内容不同。”

“对所有的人来说，它既是好事，又是坏事？”韦眷当即反驳，“你说，外朝那些大臣们如丧考妣，对他等怎是好事？”

“韦哥还记不记得，从内阁，到部、院，到科、道，有多少人曾上疏，对爷独宠万娘娘大发议论？”梁芳问。

“多少人我不记得，只知从内阁，到部、院，到科、道，都有人大发议论；而且，人很多。”韦眷说。

“自太子爷诞世呢？”梁芳问。

“似乎大为减少。”韦眷道。

“自太子爷册立呢？”梁芳问。

“梁哥，太子爷册立至太子爷宾天，不到三个月。”韦眷道。

“我问的就是这不到三个月的情形。”梁芳说。

“似乎再无。”韦眷道。

“册立太子与独宠万娘娘，有关联，却是两件事。大臣们议论独宠万娘娘，每以广嗣为言。实则撇开嗣君，他等对独宠万娘娘也不无忌惮。只是册立太子，他等失去借口而已。而今太子爷宾天，他等岂不是又可以广嗣为言，大发议论！”梁芳说。

韦眷不知听懂没有，但见王敬直点头，他总不能显得悟性不如王敬，于是说：“梁哥说得透彻，我怎就没想到！”

他不再问，王敬接着问：“梁哥，对爷来说，又怎的是好事？”

“这多年，王哥没发觉吗，爷何时最开心？”梁芳开始分析皇帝。

“自是到昭德宫，爷最开心。”王敬说。

“每到昭德宫，爷都开心吗？”梁芳又问。

“不见得。”王敬道。

“到昭德宫，爷何时开心？”梁芳问。

“万娘娘开心时，爷最开心。”王敬道。

“万娘娘若烦躁呢？”梁芳问。

“爷自也烦躁。”王敬道。

“你看，对爷来说是好事，和对外朝大臣们来说是好事，不同吧？对外朝大臣们来说是好事，因他等可以大发议论；对爷来说是好事，因万娘娘开心。”梁芳说。

这次是韦眷听得直点头。王敬不像他那么没有主见，仍要问下去。

“梁哥是说，太子爷宾天，万娘娘开心？”他问。

“别说开心，仍说好事吧。”梁芳道。

“好。”王敬应道，“梁哥是说，太子爷宾天，对万娘娘来说是好事？”

“王哥是不是觉着，万娘娘对太子爷很疼爱呀？”梁芳反问。

“这是人人都看得出来的。”王敬说。

“那是被逼无奈。”梁芳道，“柏娘娘诞下太子爷，万娘娘开心吗？不开心，但无奈。把太子爷要到昭德宫来养育，对太子爷疼爱有加，都是无奈之举。养别个的小爷再好，终不如自家生一个好。”

“王哥在说昏话吧！”王敬觉得他在痴人说梦，“这些年来，爷没少来，万娘娘肚里毫无动静；今太子爷宾天，就会有动静？”

“总有一线希望吧，四五十岁妇人生子，又不是没有过！”梁芳道。

“抱一线希望，说是好事，未尝不可。”韦眷不想纠缠这些玄乎其玄的事情，问回到自身，“梁哥，对我等来说，怎是好事？”

王敬不满意他打岔，斥道：“韦哥，你傻呀！我等在宫中当差，前程究竟系于谁人身上！对万娘娘是好事，对我等会不是好事？”

“梁哥说，对万娘娘是好事，因她有一线希望；王哥不会说，对我等是好事，因我等也可有一线希望吧？”韦眷问得很尖刻。

“王哥说我等前程系于万娘娘，说得好！韦哥问我等是不是也有一线希望，问得好！”梁芳对二人各赞一句。

“梁哥别光说问得好呀，也说说是否有一线希望。”韦眷道。

“那得看韦哥是什么样的希望。”梁芳说，“譬如，韦哥若希望入司礼监，而且最好掌印，那恐怕渺茫得很。”

“王哥呢？”韦眷最想知道的，是王敬的前程会不会高于自己。

“我不识几个字，才不做那白日梦呢！”王敬道。

“那么，放个外差，又如何？”梁芳问。

“如一方王侯，敢情好！”王敬、韦眷齐道，又齐声说，“不过，也得看差往何处。”

“譬如，江南。”梁芳先举一处。

“鱼米之乡，我去！”王敬道。

韦眷落后，不禁埋怨：“凡有好处，王哥总要占先。”

“韦哥莫恼，天下又不止江南一个好地方。”王敬好像已得到便宜，卖起乖来。

“再譬如，广东。”梁芳再举一处。

“聚财之所，我去！”王敬又抢着说。他认定，差往广东，是任市舶司太监，那真是个财源滚滚的差事。

“王哥并无分身之术，只去一处吧。”韦眷讥道，复问梁芳，“譬如，王哥要去江南，我要去广东，要去就能去吗？”

“王哥说我等前程系于万娘娘，韦哥不是没异议吗？”梁芳道。

“万一万娘娘不肯扶持呢？”韦眷问。

“万一万娘娘说离不开我等呢？”王敬问。

“那就要看二位会不会投其所好。”梁芳道。

“怎的投其所好？”王敬、韦眷齐声问。

“譬如我是王哥，想去江南。我就会想，最让万娘娘开心的是哪一件事？无疑是有法子怀上龙种。于是，我会到处放风说，闻得江南有偏方，专治不孕之症。王哥想，万娘娘会怎样？”梁芳道。

“这等好主意，梁哥替王哥想出，我却怎办？”韦眷问。

“譬如我是韦哥，想去广东。我就会想，万娘娘最喜爱的是何物？无疑是珠宝。于是，我会到处放风说，南洋、西洋来我大明朝的船只，一船一船载的都是珠宝。韦哥想，万娘娘会怎样？”梁芳道。

“好主意梁哥都出给我等，梁哥怎办？”王敬问。

“我和两位哥哥不同。”梁芳道，“两位哥哥都愿意到外面去施展一番拳脚，我却另有所图。”

“梁哥图的是什么？”王敬、韦眷齐声问。

“眼下尚在盘算，还不能对两位哥哥说。”梁芳道。

第六十五章

二月初，江南阴雨绵绵，难得遇到个晴天，长洲人王錡陪同老师徐有贞，在苏州城里闲逛。

师、弟二人的经历和心态完全不同。简单地说，王錡是个老书生，一辈子读书，一辈子以处士自居，从未寻求功名。

徐有贞则是个过气的老官僚。从宣德八年考中进士，到天顺元年下狱、发戍，然后释还为民，二十多年的时间里，他沉浮于宦海；从天顺元年下狱、发戍，然后释还，在十多年的时间里，他仍企盼着被朝廷召还，恢复官爵。他既入阁，又封爵，前无古人，恐怕也要后无来者，这是他可以引以为豪的。自内阁设置以来，计有三名阁臣论死：一是解缙，二是王文，三是徐有贞。解缙论死，而被太宗皇帝所杀；王文论死，而被英宗皇帝所杀；徐有贞论死，却由论死而改为发戍，而释还为民，这是他可以引以为异的。但他最引为得意的，是善观天象。他一生的得意缘于此，失意缘于此；王錡对他的敬佩，也缘于此。（徐有贞事迹，详见《两帝三朝全传》）。

令王錡不解的是，老师看他事他物都极精极准，怎么看到自己身上，就不精不准呢？明明他的宦途早就终止，他发起呆时，仍痴痴地遥望京师的方向，似在等候为他而来的钦使和为他而发的诏书。这是何苦！

直到韩雍征讨两广，大功告成，他才彻底放弃东山再起的念头。韩雍也是长洲人，将星耀于姑苏，他一直以为应在自己身上。现在看来，是另有其人。从那时起，随身携带、不时起舞的铁鞭被弃置一边；夜里也懒得再观天象。也是从那时起，他游于山林，游于城里，才可用一个闲字。

闲逛到府学左近一家酒肆，徐有贞说："元禹，在这里小酌两盅吧。"

王錡应一声，在席棚下选了个面对府学的位置，要来老师喜欢的酒、茶，然后和徐有贞分上首、下首坐定。

酒才喝半壶，菜没吃两口，徐有贞忽觉一道青光，在眼前腾空而起。大惊之下，他一手碰翻酒盅，另一只手握不住筷子，掉落在地。

王錡坐在相反的方向，看不到那道青光。他起先看到的，是老师脸上异样的表情，说不出是愕然，还是木然。在弯下腰，帮老师拾筷子的功夫，他回头望去，看到了那道青光的尾巴。

“老师，出自府学之内。”王錡说。

“出自府学东侧。”徐有贞揣度着方位说，并问，“元禹不曾入过府学，但府学东侧为何处，不会不知吧？”

“是大成殿。”王錡说。

各等学校都有祭祀孔子的处所，被本地的士人笼统地称为大成殿。实际上，国子监祭祀孔子的殿宇，才是真正的大成殿。

“走，看看去。”徐有贞说着，起身而去。

二人在府学门外，被门役拦住。门役年事已高，但一如既往地尽职。

“二位拜访何人，等我通报一声再进。”他说。

王錡看徐有贞一眼，见他微微摇头，便说：“并非拜访，只是进去看看学舍，也要通报吗？”

“那倒不必。”门役说。

“老师，他说不必通报。”王錡躬身肃让，请徐有贞先往里走。

“元禹，他说的是不必通报，并非我二人可入。”徐有贞道。

王錡还没反应过来，门役却大感奇怪。

“你怎知我不让你二人入内？”他问。

“咱这学校，虽没有京师国子监和南京国子监名头响亮，但师为名师，徒为名徒；不访名师，不访名徒，进去作甚！”徐有贞道。

门役看他一眼，更加奇怪。

“此乃我常挂在嘴边的话，你怎晓得？”他问。

徐有贞不回答他的问题，却反问：“老哥，你看我像是名师，抑或像是名徒？”

门役老眼昏花，根本看不清徐有贞的模样；但徐有贞记得他常挂在嘴边的话，起到先入为主的作用。他说：“先生似是本学校出去的人，是名徒，不是名师。本学校名师，少有没和我喝过酒的。”

“好眼力！”徐有贞调侃道，又问，“本学校名徒，不知有没有与老哥喝过酒的？”

“有那么一两个，不多。”门役说。

“老哥记不记得，初来府学当差时，有个小子夜里要出去喝酒，被你拦住，他就把你拉去一同喝酒？”徐有贞问。

“怎不记得！”门役道，“不过，他可不是什么寻常的小子，他是本郡唯一一个封了爵位的读书人，天下也数不出几个来。”

“老哥，你再看看我。”徐有贞把脸凑上去，让他辨认。

“你是徐先生？”门役与其说是看出来的，不如说是听出来的。

“哈，今夜我再拉老哥去喝酒，如何？”徐有贞道。

“怪不得他说，”门役指了指王錡，说，“只看学舍，并非拜访。本学校再多名师，再多名徒，也没有值得徐先生拜访的。”他把路让开，把徐有贞请进去。在王錡跟着往里走时，他说，“这次你是沾徐先生的光。看你年纪不小，本学校名徒或许没有你要拜访的；但值得你拜访的名师，却有不少。”

“老丈的话不错，我这次得进，一是沾徐先生的光，二是沾老丈的光。”王錡笑着说。

进入府学，二人东行，绕着大成殿走--圈。

“元禹，看得出该气从哪一处冲出？”徐有贞问。

“据弟子看，似是东吻间。”王錡说。

徐有贞点头，表示认可。

“老师，此象会不会应在——”王錡想问是不是应在徐有贞身上，但拿不准此象是凶是吉，没敢问出来。

“此乃文明之象。”徐有贞好像看出他的心思。

“它会不会应在老师身上？”王錡这才无所顾忌。

“不会，”徐有贞道，“此气出在午前，不会应在一老朽之身。”

“老师虽近七旬，但精力充沛，绝非老朽。”王錡说。

“无论如何，也是迟暮之人。”徐有贞好不容易才把功名看淡，当然不会以他略带奉承的话语为喜。

王錡理解老师的心情，又问：“韩永熙先生也出自本学，功业如日中天，此象会不会应在他身上？”

“平定边陲小寇，也称得功业如日中天；再造社稷之功，又当如何？”徐有贞这是自誉。因为英宗皇帝南宫复辟，他为谋主。

“弟子言误！”王錡知道他对此事的自负，改口说，“平定边陲小寇，称不得功业如日中天，但坐镇两广，堪称权势如日中天。”

“我才说，此乃文明之象。”徐有贞手指青气腾起的方向说。

“弟子又言误。”王錡道，“永熙先生以文职总督两广，不宜用‘坐镇’二字，与武臣混淆。”

“韩永熙虽文职出身，却因武功而显赫，‘坐镇’二字用得并不错。但说他功业如日中天，固然言过其实；说他权势如日中天，亦言过其实。元禹，我和你赌一赌，韩永熙的功业止于两广总督，别说入阁为相，他连掌兵部或都察院的命都没有。”徐有贞说。

“老师说他命止于此，一定是命止于此。”王錡不管是否赞成徐有贞的结论，都不会争辩，“不过，我姑苏人才，在前以老师为第一，在今以永熙先生为第一。此象既不应在老师身上，也不应在永熙先生身上，莫非又会有新的人才腾空出世？”

“江山辈有人才出，何况江南乃人才巨薮。”徐有贞道。

“老师可否明示一二？”王錡揖道。

“有两句话，元禹记好。”徐有贞道，“其一，此等气象出在府学，出在大成殿东吻；其二，今年是会试之年。”

“老师是说，关乎今年会试？”王錡还想问得详细些，“是不是今科会试，我姑苏会多几名进士？”

徐有贞仰望青气腾起的方向，注目良久，好像看出什么，又好像看不清楚。就在王錡以为他不会再多说时，他喃喃言道：“不止多几名进士。”

“莫非有一甲者出？”王錡又问。

“不止有一甲者出。”徐有贞说。

“莫非今科状元，出在姑苏？”王錡最后问。

“元禹自个儿说，我姑苏还不该出个状元吗？”徐有贞说着，收回目光，倒背双手，踱着慢步，离开大成殿，离开府学。

李东阳住在城北，同年好友陈音住在城东。李东阳要和陈音一起赴朝，须走一大段弯路，所以他早早地起床动身。

陈音住的小院，门虚掩着。李东阳不是个拘于礼节的人，来陈音家又极频，所以，并不敲响门环，等主人相邀，而是推门径入。

小童一见，忙说：“是李先生呀，我去叫起我家老爷。”

“不用你叫，我去叫他。”李东阳说，他站在院子当中，清了清喉咙，吟道，“甫中有懒人，踵门求懒诗。君但懒于事，我乃懒于辞。君来索诗日数次，我欲挥毫俄又废。看来我更懒于君，所以深知懒中味。懒中滋味人知少，第一是闲次是睡。”

“好诗，好诗！”屋里有人喝彩。

“李先生真有办法，我叫老爷，可没那么容易。”小童谢过李东阳，进屋伺候陈音穿衣、洗漱。

陈音岂能让李东阳等在院子里，左脚穿上袜子，右脚没穿袜子，右臂套进袖里，左臂还留在袖外，人便迎出来。

“宾之兄即兴之作，好不有味道！”他说。

“此诗我昨日就为师召兄吟过，不是即兴之作。”李东阳说。

陈音字师召，福建莆田人。

“宾之兄昨日一早也来找过我？”陈音问。他隐约觉得并非如此，但也不能十分肯定。

“昨日我没来找过师召兄，此诗是在翰林院里吟与师召兄听的；诗也不是我作，是本院仲深先生作的。”李东阳说。他知道这位仁兄，品行好，学问好，诗写得好，文章作得好，唯有一样，记性不好；昨天的事，睡一晚上，可能忘得一干二净。略加说明之后，他说：“不过，有极巧之处：仲深先生题曰‘懒诗为莆田许氏作’，把许字改成陈字，吟与师召兄听，再恰当不过。”

“恰当，恰当！”陈音连声道，经李东阳提醒，他记起这件事，也记起后面的几句，“古人何人最好闲，陶令弃官江上还。闲中却作闲情赋，胡为屑屑不惮繁！古人何人最好睡，老博翻身驴下坠。睡余却咏好睡歌，无乃劳老爱多事。”吟罢，说，“我等既无陶令闲情，又无老博仙气，宾之兄，你我上朝去也。”

小童在后面追着，帮陈音穿戴整齐，送二人出门。

走在路上，李东阳问：“仲深先生此诗，师召兄以为如何？”

“宾之兄昨日问过吗？”陈音担心昨天自己评论过。

“在翰林院，不便问。”李东阳说。

“质而不文，大巧似拙。”陈音以八字品评。

“师召兄论诗，总是恰如其分。”李东阳称赞一句，然后说，“不过，师召兄对这首懒人诗情有独钟，恐怕别有缘故。”

“宾之兄的意思，我本人就是个懒人？”陈音问。

“若以师召兄为懒人，也是大勤似懒。”李东阳道，他解释，“我是说，质而不文，大巧似拙，正是师召兄的风格。”

“仲深先生乃前辈，把我与他并列，不敢当！”陈音说。

“我倒以为，诗之风格与前辈后辈无关。”李东阳道，“只不过，翰林院中似仲深先生与师召兄这等求质而不求文的诗人太少。若是再为你二人引进一人，以成鼎足之势，如何？”

“何谓引进？”陈音觉得这两个字用得有些怪。

“此人若在翰苑，则无须引进。”李东阳说。

“不在翰苑，却在哪个衙门？”陈音问。

“无论他在哪个衙门，我欲引进翰苑，便可引进吗？”李东阳道，“此人不在任何衙门，是今科应试的一名举子。”

“一名举子？”陈音不觉大惑，“若是我想得不差，所谓引进翰苑，首先得引进贡院，引上黄榜。若选庶吉士，得使他选入；若不选庶吉士，得让他高中一甲。”

“师召兄想得不差！”李东阳道。

“何等举子，值得宾之兄为他下这大工夫？”陈音问。

“我下再大的工夫，能办成此事吗？我是说，以此人之力道，今科必定高中；抡魁天下，也不是不可能！”李东阳道。

“此人为谁？”陈音问。

“二吴。”李东阳道。

“二吴？”这绝对不是个名字，陈音不得不问。

“吴地，吴宽。”李东阳分开说，并问，“师召兄可知此人？”

“吴原博？”陈音记性再不好，该记住的人还是能记住。吴宽字原博，是苏州府长洲人，“此子颇有名望，姑苏籍士大夫说起他，无不称赏。”

“师召兄既有所闻，才好说。”李东阳道，“吴原博名重一时，然运程不济，接连几次赴京与试，不第。今次进京，他将旧日诗作整理，寄送与我。其诗质朴，绝无半点纨绔之气、奢华之风。”

“所以，宾之兄要为他呼吁？”陈音问。

“人微言轻，但愿我的呼吁能起点儿作用。”李东阳道。

三月殿试，吴宽被钦点为状元。

第六十六章

白圭差人请兵科给事中梁璟来兵部衙门一叙，等的工夫越久，越担心人家不肯来。兵科的责任是审核兵部所议之事，和其他各部与相应各科的关系一样，很难说融洽。但今日之事，不和梁璟当面一叙，又难下决心。不得已而相邀，梁璟如果不来，不但决心没办法下，而且太丢面子。

等的工夫虽久，梁璟还是应邀而来。

“来，来，廷美，请坐！”白圭热情地招呼，并命衙役，“快，给梁大人送一杯好茶来。”

梁璟字廷美，山西崞县人，天顺八年进士。

“宗玉先生不必客气。”梁璟既没有受宠若惊，也不是拒人千里，“宗玉先生找我来，是不是有事要问？请问吧，我有问必答。”

白圭想先客气几句，把气氛搞得融洽一些，见他这种态度，不便再客气。他招呼时没起身，这会儿不能不站起来。

“廷美习惯站着说话，我陪你。”他说。

“就几句话吗？”梁璟仍没坐下的意思。

“可长可短。”白圭说。

“宗玉先生先说说，要问何事？”梁璟道。

“廷美日前疏论荆、襄流民之事——”白圭起个头。

“说起此事，可长不可短。”梁璟马上回应，他做个手势，示意白圭坐回原处，自己也坐下，“话题长，在下也习惯坐着说话。”

“廷美不见外就好。”白圭道。梁璟既愿说此事，就好办。等衙役送上茶水后，他说：“廷美疏称，荩臣先生于荆、襄驱使流民复业，纵兵逼迫，较贼更惨，不知实与不实？”

“宗玉先生为何要问？”梁璟并不马上回答。

“讨贼之事，兵部关注；讨贼善后之事，兵部亦关注。”白圭说。

“宗玉先生打算纠劾当事之臣否？”梁璟进一步问。

“廷美所言若实，自当纠劾。”白圭说。

“宗玉先生既有此意，不妨照在下所疏纠劾好。在下所疏不实，朝廷追究起来，自有在下担当。”梁璟道。

“话不能这么说，”白圭摇头，“本朝制度，准允言路风闻奏事；其他官员，却没有这等待遇。”

“宗玉先生是不是说，我等科道官依仗这等待遇，就可以不加核实，胡言乱语？”梁璟说罢，不由冷笑。

“绝无此意！”白圭忙分辩，“我不过想予以坐实，皇上追问起来，也好回复。廷美若以为被冒犯，我不会再问。”

“宗玉先生不问，我倒要多说两句。”梁璟道，“项都堂下驱逐令，有司执行，急如星火，但有不肯行者，格杀勿论。即便洪武年间占籍于荆、襄山中者，亦遭遣送。驱流民还籍，本为复业，如此一来，岂不是失业之民更多？又遣送之人，以舟押行，仅容二三十人之舟，硬是塞上五六十人，无食无水，多日漂流，疫死者众多。其惨状，确实超过贼人劫掠。在下所奏，十不一二。”

白圭本该追问，他是从谁人那里听到这些的；本该追问，哪座山里有洪武年间的居民被驱逐；本该追问，载人的舟船是在哪条河里行驶的。但他知道，只要他追问，梁璟就会看作是对他的不信任，就会流露出更强烈的抵触情绪。本来嘛，一般流民也罢，占籍山林的民人也罢，都是朝廷赤子，身为官员，谁能容忍朝廷赤子惨遭涂炭！但是，情绪太强烈，难免会让人对他叙述的事情真实与否，打个问号。

司礼太监黄赐为皇帝读项忠的奏疏前，先解释一句：“项忠上此疏，为的是驳斥兵部对他的纠劾。”

皇帝在听完该疏后，马上发现问题。

“老黄，前者兵部纠劾项忠的奏疏，是不是你给朕读的？”皇帝问。

“不是，奴才记得，是老怀为爷读的。”黄赐回奏。

“这就难怪，”皇帝说着，纠正道，“把兵部纠劾项忠的奏疏，与此疏相比较，你就知道，项忠此疏，并非为驳斥兵部。”

黄赐不明白，皇帝今天为什么要较真。但皇帝既然这么说，他就不能不照办。当近侍把兵部纠劾项忠的奏疏取来，他当着皇帝的面翻阅起来。

“老黄，别光顾自家看，也说与朕听听。”皇帝命道。

“是。”黄赐应道。虽只看个大概，但该疏的主要内容，他已经掌握：“爷说的是，白尚书这篇奏疏，不仅是纠劾项都堂的，也是纠劾了杨都堂的。此疏主要劾项都堂等报功册，名数抵牾，项都堂疏中，涉及这一层的内容不多。”

疏中所说的都御史杨璿，为河南巡抚。

“是涉及不多吗？”皇帝问。

听这话的口气，在皇帝的印象里，应该是不曾涉及。黄赐于是改口说：“似无涉及。”

“看来你还不能断定。那就把两篇奏疏的内容说一说，朕与你一起断定。”皇帝当真较起真来。

“是。”黄赐应道，并请旨，“奴才先说白尚书的奏疏，还是先说项都堂的奏疏？”

“白尚书奏疏在前，先说白尚书奏疏。”皇帝命道。

“白尚书称，报功册名数抵牾，实则不仅抵牾，且出入极大。”黄赐说。这是他粗读白圭奏疏的总的感觉。为皇帝讲述大臣奏疏，说自己的感觉是个大忌，因为很可能表现出倾向性。但按照白圭疏中所言，出入实在太大，他不由自主就说出来。

“有十倍之多吧？”皇帝问。

“奴才算了算，当真有十倍之多。”黄赐道，“如先上之疏云：擒贼五万九千四百一十七人，其中，编户随住五万九千零三十五人，拘禁三百八十二人；今之报功册称，擒贼五千二百一十六人。若以擒贼总数计之，五万九千四百一十七与五千二百一十六相比较，十倍有余；若编户随住不计为贼，五千二百一十六与三百八十二相比较，差不多是十三倍。”

“你计算得很细致嘛！”皇帝不知是夸奖还是奚落地说道。

黄赐当然以为是夸奖，更有兴致算下去。

“斩首之数，也是笔糊涂账。”他说，“先上之疏称，斩首一千三百九十级；今之报功册称，斩首一百九十级；复上奏捷疏，又增斩首一千四百四十一级。不计增报之数，一千三百九十级与一百九十级相比较，相差了一千二百级。算上增报之数，为一千六百三十一级。一千六百三十一级与一千三百九十级相比较，相差了二百四十一级。”

“名数抵牾，这是一项。老黄，你再说说，南阳、潼关那笔账，白尚书是怎么算的。”皇帝命道。

“荆、襄流民败落至南阳、潼关等处，已不成气候，故杨都堂奏报，与项都堂报功册，差别并不显著。”黄赐说。

“差别并不显著？未必吧。”皇帝道。

黄赐再阅白圭所上奏疏，发现自己说错。正因为南阳、潼关等处斩首数目不大，前后相差的倍数更多。

“爷圣明，是奴才看走眼。”他说。

“老黄算算，能差几多倍？”皇帝命道。

“杨都堂奏报，有名有姓，计擒斩贼魁王彪、杨俊、王洪等九十余人；项都堂报功册载，内乡县民兵马云生擒一人，百户孙广生擒三人，而所擒之人为张海、王海等，与杨都堂所报姓名皆不相符。”黄赐说。

“朕记得，白尚书还算过一笔账，是吧？”皇帝问。

“爷说的是，白尚书还算过笔官军在南阳、潼关伤亡的账。”黄赐说。

“他怎样写的？”皇帝问。

“他说，该两处作战，官军阵亡十八人，创伤十五人。”黄赐道。

“这笔账似乎没什么好算的呀！”皇帝说。

“阵亡十八人，创伤十五人，看似没什么好算的，但白尚书说：贼若于南阳、潼关等处聚斗，官军伤亡应不止此数，而阵亡之数超过创伤之数，更加不合常规。”黄赐道。

“由此可见——”皇帝要黄赐说出白圭奏疏的结论，或他自己做出结论。

“可见，报功册名数抵牾。”这是黄赐为白圭奏疏所做的结论，接下来则是白圭的奏议，“故白尚书请将项都堂所上报功册下巡按河南、陕西、湖广等御史，核实功赏。”

“本疏还有没有别的纠劾？”皇帝问。

“没有。”黄赐应道。

“亦即，白尚书纠劾三事。其一，报功册与前疏不符；其二，报功册与南阳、潼关等处报捷疏不符；其三，官军死伤之数有疑。”皇帝概括之后，问道，“老黄，你怎的看？”

“奴才除了觉得报功册名数有出入，别无定见。”黄赐说。

“对，这是一面之词。老黄，你再说说项都堂的奏疏。”皇帝命道。

黄赐方才已读过一遍项忠的奏疏，内容很熟悉，他随口说道：“项都堂主要是驳兵科给谏梁璟滥杀、迫遣之劾，最后才坐落在白尚书头上。”

“此言差矣！”皇帝不以为然，“项都堂驳梁璟，即驳白尚书；白尚书虽未明言项都堂滥杀，却已暗示项都堂滥杀。”

“奴才怎没看出来？”黄赐道。

“你想啊，前者疏云斩首一千三百九十人，后者报捷疏云斩首一千四百四十一人，前者、后者，与报功册所载斩首仅一百九十人，都相差一千余人。这不是滥杀，却是什么！”皇帝说。

“哎呀，奴才真是糊涂，怎没想到这一层！”黄赐在说自己糊涂的同时，也在颂扬皇帝的圣明。

“你说说，项都堂是怎驳的？”皇帝命道。

“驳滥杀，主要有二：一则，招抚者多，俘获者少；二则，多报杀贼，以张声势。驳迫遣，亦有二说：一则，不忍滥诛，故而遣还；二则，占籍之民，多为祸根。”黄赐理出几个头绪。

“何谓招抚者多？”皇帝一条一条地问。

“据项都堂称，先后招抚流民复业者，九十三万余人，贼党遁入深山，又解散自归者五十万人。”黄赐念着奏疏里的数字。

“何谓俘获者少？”皇帝问。

“据项都堂称，俘获者百人，皆为首恶。”黄赐说。

“这岂不怪？”皇帝不难发现问题，“先称擒五万余人，后称擒五千余人，擒难道不是俘获？”

“奴才也在纳闷呢！”黄赐附会。

“项都堂报擒五万余人时称，编户若干，俘拘三百余人。他今次所言俘获，或即前者所言俘拘？”皇帝做着假设，同时又否认，“那也不对呀，三百余人，也不能大而划之地写作百人呀！”

“或是审理三百余人后，二百余人亦遣还，定为首恶而诛者，仅有百人？”黄赐顺着皇帝的思路进一步假设。

“果真如此，所谓滥杀便是诬指。流民之乱涉及百万，而首恶被诛者仅百人，无论如何不能说滥杀。”皇帝道。

“爷说的是。”黄赐应道，“项都堂写道：俘获百人，皆首恶耳，今言皆良家子，则前者屡奏猖獗难御者，其谁也！”

“问得在理！若说项都堂前后所奏名数抵牾，那么，前者称贼猖獗难御，今者称所诛者皆良民子，难道就不抵牾？”皇帝说着，又往下问，“项都堂辩不曾滥杀，第二个理由是什么？”

“前者张榜称已杀数千人，是给贼人看的，为的是虚张声势，惊破其胆，并非实事。”黄赐说。

“虚张声势以骗贼，是可以的；结果把朝廷也瞒住，招致科臣、部臣纠劾，这却是他咎由自取。”皇帝评论。

“爷此论再公正不过。”黄赐奉承道。

“辩迫遣，一则不忍滥诛，故而遣还，这不必说；另则占籍之民为祸根，他又怎说的？”皇帝问。

“项都堂称，有久附籍该地者，动辄占山四十余里，招聚无赖上千人。若不将其一并遣还，流民今日被遣，明日复聚，终难根绝。”黄赐说。

“这话不错，”皇帝道，“荆、襄流民昔日作乱，白尚书平之。还没几年，流民又起，看来就是祸根未除。”

“项都堂也写到这一层。”黄赐说。

“他怎写的？”皇帝问。

该段文字不长，而且已到了结尾处，黄赐读道：“先时，中外议者谓荆、襄之患何日得宁；今幸平靖，而流言沸腾，以臣为口实。昔马援薏苡蒙谤，邓艾槛车被征，功不见录，身更不保。臣幸际圣明，愿赐骸骨，勿使臣为马、邓之续。”

马援是东汉人，封伏波将军，率军征交阯。当地产薏苡，食之，可抵御瘴气。马援欲移植北方，回国时，携带一船薏苡籽。他死后，诽谤者称，他满船载回的都是在交阯搜刮的珠宝，并传下“薏苡明珠”的成语。邓艾是三国时魏国大将，带兵伐蜀。魏臣多讦其悖逆，遂降诏书，以槛车征艾。实际上，说邓艾悖逆、并代邓艾伐蜀的锺会，先于邓艾而作乱。

不管皇帝和黄赐是否熟悉这两个典故，都不难体会，项忠是借两个古人，说明自己的处置，并鸣冤屈。

“即便科臣、部臣所言不虚，项都堂功过也不可等量齐观。以各地巡按御史核实功赏，没有必要。老黄，你传朕旨意，按项都堂所上报功册论之即可。”皇帝果断地做出处置。

“奴才遵旨。”黄赐应道。

“对了你再传谕吏部，着项忠进左都御史。”皇帝又补充一句。

第六十七章

文思院副使兼尚宝司少卿任道逊善楷书，该司司丞程洛善雕刻，赐建隆善寺即将竣工，皇帝亲撰碑文，命任道逊书写，程洛刻碑。他二人来到现场，名义上是为此事，其实还有别的目的。

役夫除留下少数人打扫寺内外，都已撤出。土木工匠也只留少数几人，看看有没有需要补齐的地方。泥塑的佛像、墙壁及廊庑的绘画尚未完工，所以，画工留下的多一些。

任道逊、程洛在寺外寺内走一遭，数下来，留下的各类工匠共有三十人。他二人躲到一个没人的地方商量起来。

“老程，多不多？”任道逊问。

“大人说了算。”程洛道，“大人说不多，咱就全叫来；大人说多，咱就不全叫来。”

任道逊对他不负责任的态度有些不满，说：“不是我说了算，也不是你说了算，得宫里那位说了算。这些日子，不是你在和他联络吗，他有事不也是对你说吗？所以我才问你。”

“大人息怒！”程洛赔不是，“人数方面，宫里那位绝对没有限制。我听他的口气，人多不怕，反而是人少的话，筹集的数目也少，这事做起来没多大意思。”

“我也这么想，”任道逊道，“譬如三十个人，凑够千金，一人三四十两就够；三人的话，凑够千金，每人得拿出三四百两。你看这些人，拿出三四十两不难；能够拿出三四百两的，有几人？”

“那就一起叫来？”程洛请任道逊下决心。

“可反过来说，人多有人多的麻烦。”任道逊又有顾虑，“譬如，三四人授官，不显眼，三四十人一齐授官，却往哪个衙门里塞？”

“大人用不着操心。”程洛道，“别的衙门不晓得，就拿咱尚宝司来说，以恩荫寄禄，早成藏污纳垢之地，早不受定额限制。”

“朝廷好好一个衙门，怎可用藏污纳垢来形容，难道你我亦是污是垢！”任道逊责备道。

“在下慌不择言，大人勿怪！”程洛抱了抱拳，说，“我的意思，三四十人，一齐在尚宝司授以官职，也不在话下。”

任道逊听藏污纳垢一词，心里别扭；但正是这句话，使得他下定决心。如果说，已寄禄于各衙门的官人非污非垢，眼前这些操作的夫役、工匠、画匠，怎就是污是垢！如果说，已寄禄于各衙门的官人是污是垢，再增加些污增加些垢，又有什么了不起！

程洛清点集中到天王殿的人，整三十个。任道逊又清点一遍，也是三十个。可见，方才他们边走边数，并没数错。

“来，大家围拢过来。”程洛让众人围成一圈，把他和任道逊围在中央，然后对任道逊说，“大人，给众人讲讲吧。”

任道逊朝他点点头，但没马上讲，而是问：“寺门关好没有？”

“大人放心，寺门不仅关好，而且已上闩。”程洛答道。

“寺内还有别人吗？”任道逊问。

“除此处众人，再无别人。”程洛答道。

任道逊准备开讲，却被糊里糊涂被集中过来的众人打断。

“大人从工部来吗？”一工匠问他。

“任大人是尚宝司少卿。”程洛代他回答。

“任大人不是工部官，大人你是工部官吗？”该工匠又问程洛。

“我也在尚宝司任官，职位却低过任大人。”程洛说。

“以往工程之后，都是工部官验收，今次怎么改为尚宝司官验收？”该工匠质疑。

“任大人和我并非来验收，而是有话对尔等说。”程洛道。

“是奉工部差遣，来与我等说话？”该工匠问。

“不是。”程洛道，被该工匠连问好几句，他很恼火，想用官位威胁对方，“你开口工部，闭口工部，眼里只有工部。工部差人验收，不过来个主事，至多来个员外！须知，员外才和我尚宝司少卿同品；且员外是属官，少卿乃堂官，又有高下之分。”

“大人用不着拿职位吓人。”一画匠撇着嘴说，“工程事掌于工部，我等眼里当然只有工部官。有一位参将大人督工，我等眼里还有参将。有两位公公监工，我等眼里还有公公。等哪一日，尚宝司的大人被差来督工监工，我等眼里也会有尚宝司的大人。”

“工部官也罢，参将也罢，公公也罢，只管监督你等做工，不会给你等任何好处；任大人却是要给你等带来好处的。”程洛说。

“又不监工，又不督工，能给我等带来什么好处？”该画匠问。

“任大人带来的好处，或超过你等期待，你等听听便知。”程洛说。

该画匠还要讥讽，一役夫说：“老哥且听尚宝司的大人讲吧，不然，督工的参将爷一来，监工的公公一来，见我等不做事，又有一顿好骂。”

“若是为此，你等尽管放心，督工的参将爷和监工的公公都被人请去喝茶，一时半会儿回不来。”程洛说。

这句话起了大作用。督工的参将，监工的太监，在众人眼里，如同祖宗一般。这两位尚宝司的大人，居然知道参将和太监被人请去喝茶，一定和他们有着非同寻常的关系。他们有没有资格在这里讲话，谁也不再怀疑。

“大人，他等愿听你老说话。”程洛道。

“我先就着这位兄弟所问，反问他一句。”任道逊说着，指了指方才说话的画匠，该画匠被他称声兄弟，受宠若惊，竖起耳朵来听，“你问我能给你等带来什么好处；那么，请你告诉我，你希望得到什么好处？”

“我别无所好，唯独嗜酒，每日有钱沽酒，我就满足。”该画匠说着，问道，“大人给得了我钱吗？”

“我给不了，但朝廷给得了。”任道逊说。

“大人是说竣工后朝廷给的赏钱吗？那可不是大人带来的；再者，那点儿赏钱，只够喝上一两次酒。”该画匠说。

“比那要多。”任道逊道，“你说的朝廷赏钱，用你一次，给你一次；我说的朝廷给的钱，却如小溪之水，长流不息。”

“怎会？”该画匠无法相信。

“我待会儿告诉你。”任道逊把他安抚好，又手指方才说话的工匠，问道，“兄弟，你希望得到什么好处？”

“小人家里，上有父母，下有子女，人口甚多，常闹饥荒。每日有米下锅，我便满足。”该工匠说着，问道，“大人给得了我米吗？”

“我给不了米，但朝廷给得了。”任道逊说。

“大人是说朝廷支给的口粮吗？那可不是大人带来的；再者，那点儿口粮，不足以让全家人吃饱。”该工匠说。

“比那要多。”任道逊道，“你说的口粮，时而有，时而没有；我说的朝廷给的米，却如深井之水，用之不涸。”

“怎会？”该工匠无法相信。

“我待会儿告诉你。”任道逊把他也安抚好，又手指方才说话的夫役，问，“兄弟，你希望得到什么好处？”

“小人家在郊外，抽来当差，家中再无丁壮，眼看田将荒芜。不再抽我当差，我就满足。”该夫役说着，问，“大人给得了我空闲吗？”

“我给不了，朝廷给得了。”任道逊说。

“大人是说朝廷不会日日分派我差事吧？那可不是大人带来的；再者，经常是农家闲时，朝廷也闲，农家忙时，朝廷也忙，怎侍弄得好庄稼！”该夫役说。

“比那要多。”任道逊道，“你说的闲日子，是朝廷不用夫役时放你的假；我说的闲日子，是朝廷永不让你服役。”

“怎会？”该夫役无法相信。

三类人物，各有各的向往，而提出向往的方式和对任道逊许诺的怀疑，几乎一模一样。任道逊对三类人物的许诺各不相同，但许诺的方式也是一模一样。问完了，许诺完，接下来该讲述如何实现这些许诺。

任道逊把次序颠倒过来，先和该夫役对话。

“兄弟，你看官人家里需不需服役？”他问。

“从来是民人服役，哪有官人服役的！”该夫役道。

“你家祖辈，可曾有人当过官？”任道逊问。

“小人姓王，听说宋朝有个丞相叫王安石，不知是不是小人祖宗。”该夫役的调侃，引得众人轰然而笑。

任道逊也笑。笑罢，又问：“你想不想到你这一辈，有人做官？”

“做梦都想。”该夫役道。并问，“大人能让我做官？”

不但他急切地想得到答案，其他人无不急切地想得到答案。虽然他们都知道这是个荒诞的问题，得以实现的机会微乎其微；但这个问题不是他们自己提出的，这个心愿不是他们自己产生的，那么，何不让提出这个问题的人，何不让激发他们这个心愿的人，给出答案呢？

这使得任道逊完全主动。他置该夫役的问题于不顾，转向前面那个工匠。

“兄弟，你看官人家会不会无米下锅？”他问。

“吃皇粮的，无柴米之忧。”该工匠说。

“你家祖辈，可曾有人当过官？”任道逊问。

“小人姓鲁，不知鲁班爷是不是小人祖宗。”该工匠说。

“你想不想到你这一辈，有人做官？”任道逊问。

“吃饭都想。”该工匠道。并问，“大人能让我做官？”

任道逊仍不答，转问前面那个画匠：“兄弟，你看官人会不会缺酒？”

“官人酬答，哪次没有酒！”该画匠道。

“你家祖辈，可曾有人当过官？”任道逊问。

“小人姓吴，画圣吴道子，不知是不是小人祖宗。”该画匠说。

“你想不想到你这一代，有人做官？”任道逊问。

“解手都想。”该画匠道，并问，“大人能让我做官？”

任道逊不厌其烦，把该夫役、该工匠、该画匠一一指点：“一旦做官，你就不必发愁被抽中服役，对吧？一旦做官，你就不必发愁家中无米下锅，对吧？一旦做官，你就不必发愁没有酒喝，对吧？而且，你等都是愿意做官的，对吧？”

“对呀！”该夫役、该工匠、该画匠齐声应道。方才他等不时调侃，引得众人不时哄笑。这一次，他三人却是规规矩矩地回答，其他人则频频点头，没有人敢放肆地笑。

“你等一定要问，如何才能做官呢，对吧？”任道逊道。

“对呀！”三人又齐声应道。其他人又频频点头。

“拿来银子，就有官做。”任道逊说。在众人愕然之际，他伸出手去，好像马上要收银子。

“大人是要我等买官呀！”画匠首先醒悟过来，“我若有银子，自会买酒喝，何必拿来买官！”

“几时买官不可，何必今日买官！”工匠醒悟过来，“我若有银子，自会买米下锅，何必拿来买官！”

“向谁人买官不可，何必向大人买官！”夫役醒悟过来，“我若有银子，自会雇人种田，何必拿来买官！”

众人哗然，对他们的说法纷纷表示赞同。

“你等再听我一句。”任道逊道，“有银子，可以自家买酒，可以自家买米，可以自家雇人种田，都不错。可有银子买酒的人，有银子买米的人，有银子雇人种田的人，为何还要做官呢？拿我来说，我原有银子买酒，原有银子买米，原有银子雇人种田，可我还是想方设法做官。拿程大人来说，他原有银子买酒，原有银子买米，原有银子雇人种田，可他还是想方设法做官。这是为何，你等想过没有？用一句话来说，做官有做官的好处，绝不仅是买酒、买米、雇人种田那么简单。”

“大人说得好！”程洛喝彩，“我前时若没有想方设法做官，今时也会想方设法去做官！”

画匠、工匠、夫役听得频频点头，众人听得频频点头。

“再有一层，为何要向我买官呢？”任道逊继续说，“我得说明一句，你等并不是向我买官，也不是向程大人买官；张罗这件事，另有其人。何许人呢？便是今日把督工的参将、监工的公公邀去喝茶的人。他来张罗，你等放心不放心？”

能把被众人视为祖宗的参将、太监邀去喝茶，谁不放心！众人点头。

“为何要今日买官呢？”任道逊说明最后一点，也是最重要的一点，“平日买官，三五千两银子买得来一个县太爷吗？一两万两银子买得来一个知府老爷吗？今日买官，是因本寺竣工，朝廷恩典，就不需要那么多银子。你等凑得上多少银子，拿得出多少银子，都可以买到官。”

“大人说的多少，究竟是多少？”有人问。

“三五十两也可，七八十两也可，百十两也可。但有一层，授官如何，与银子的多少是连在一起的。”任道逊说。

话音一落，众人三五成群地议论起来。

“老哥家境不错，拿得出这多银子吧？”有人问。

“三五十两尚可，七八十两得去凑。”被问的人说。

“兄弟家有两处房屋，何不卖掉一处？”有人问。

“我也在想这事。”被问的人说。

“你我想多凑些银子，只有卖田。”有人说。

“只要当真授官，卖田也值得。”对方说。

听到这话，有人高声问道：“大人，我等凑够银子，不会泥牛沉海，再无消息吧？”

“你不放心，可以看看凑上银子的人是否授官，再去凑银子，等下一次机会。”任道逊说。

没人愿等下一次机会，众人的心思全都放在拼凑银子上。

第六十八章

王复信步走进吏部衙门，堂上只坐着叶盛一人，姚夔不在，尹旻也不在，他一高兴，把心里的话说出来："大章兄不在，甚好！"

叶盛怎么听怎么别扭。他说："我知初阳先生为何不欲遭遇大章先生。"

"与中先生知道？说说看。"王复对叶盛的见识很敬佩，但不相信他有未卜先知的本事。

"初阳先生上门来问罪。大章先生若在，碍于同年之谊，不得不留情面；大章先生不在，则可以尽兴。"叶盛说。

"与中先生说，我是来吏部问罪的？"王复问。

"难道不是？"叶盛道。

王复的确不是来问罪的，但看叶盛那么有把握的样子，不由把自己来吏部的初衷且放在一边，和他谈论起这个话题。

"吏部有什么过错，令得要我来问罪？"他问。

"虽非吏部过错，却人人以为是吏部过错，人人以为可向吏部问罪。"叶盛带着很大的牢骚说。

"与中先生说的是——"王复猜到了是什么事，不过，不想自己说出来。

"工匠授官，以及少卿升正卿，司丞升少卿等等。"叶盛说。

"原来为的这事，我怎不知有人向吏部问罪？"王复道。

"王文振新近所上之疏，不是向吏部问罪吗？"叶盛问。王文振名诏，官工科给事中。所以，叶盛又说："以往工科有奏章，初阳先生得知，心里会怦怦乱跳；今次读王文振的奏章，一定是别样心情。"

"就因为他是向吏部问罪？"王复问。

"就因为他是向吏部问罪。"叶盛认准的事情，难得改变。

"与中先生说说，王文振奏章里的哪句话，是向吏部问罪？"王复道。

"寺工授官如此之滥，彼西征北伐捐躯殒命者，将何以劝酬之？"叶盛背诵出该疏里的一句话。

“与中先生确定？”王复问。

“确定。”叶盛说。

“我怎觉得，这话并非向吏部问罪，仍是向工部问罪？”王复道。

“向工部问罪？怎会！”叶盛想不通。

“与中先生看啊，他说的是寺工授官如此之滥，不是吏部授官如此之滥。工匠掌于工部，寺院之工掌于工部。既曰寺工授官，工部不为之奏请，又怎得授官？这不是在向工部问罪吗？”王复强词夺理地解释一番。

“但工部并未奏请。”叶盛说。

“对呀，工部并未奏请，所以，王给谏不会向工部问罪。”王复道，并按照这个思路说，“授官之事掌于吏部，不经吏部议定，又怎得授官？这不是在向吏部问罪吗？但此事不曾经吏部议定，所以，王给谏也不会向吏部问罪。”

强词夺理中及强词夺理后的逻辑，都让叶盛觉得有趣。他笑着说：“如此说来，工部不曾奏请，吏部不曾奏请，实属万幸。”

“与中先生万幸二字用得不好，是曲解我的意思。”王复说。

“怎的是曲解？”叶盛问。

“三十工匠授官，以及少卿升正卿，司丞升少卿，若是工部奏请，尽管追究工部的责任，追究工部堂官的责任；若是吏部奏请，尽管追究吏部的责任就是，追究吏部堂官的责任。今三十工匠授官，以及少卿升正卿，司丞升少卿，非工部奏请，追究不到工部的责任，追究不到工部堂官的责任；非吏部奏请，追究不到吏部的责任，追究不到吏部堂官的责任。那么，却去追究谁人责任？有人承担责任，容易纠错；无人承担责任，怎的纠错？”王复侃侃而谈，最后得出他的结论，“所以，工部不曾奏请，吏部不曾议定，却使三十名工匠授官，以及少卿升正卿，司丞升少卿，一一成实，不是我等之万幸，而是朝廷之不幸。”

“初阳先生说的是，万幸二字着实用不得！”叶盛心服口服，并说，“初阳先生说不是来问罪的，我已信服。初阳先生不是来向吏部问罪的，是来点拨我等的。”

“与中先生又错！”王复道。

“怎的又错？”叶盛问。

“说句不自量力的话，我是来点拨的，我为何要说‘大章兄不在，甚好’呢？难道我只可点拨吏部佐卿，不可点拨吏部正卿？”王复问。

叶盛被问住。他若承认王复的话，那就意味着吏部比其他部高出一头；他若不承认王复的话，那又怎么解释呢？

最好的办法是不再做任何解释。他边揖边说：“失礼失礼。与君一席话，受益颇多，却还没请教初阳先生来意。”

“说来简单，特来向与中先生请教！”王复道。

“不敢当，请教二字从何说起？”叶盛问。

“有件工程上的事，没想太明白，特来向与中先生请教。”王复把话说得具体一点儿。

“工程上的事？不会吧！”叶盛道。王复说得具体一点儿，反而使他更困惑：“常听人说，在工部，最忌讳的是说工程；说起工程，初阳先生恨不得把耳朵捂起来。今日初阳先生怎么跑到吏部来说工程。”

“真是恶名传千里，”王复无奈地笑笑，“我惧谈工程，是有的；那是因为有的工程大可不兴，有的工程可兴可不兴，故而以不谈为好。但遇到必兴的工程，我也是要和人谈的。”

“必兴的工程，应是治水吧？”叶盛道，“即便有必兴之工，工部几位佐卿，有的总理过漕河之工，有的治理过北方水患，有的督修过南方水利，初阳先生怎会想到来问我？”

他的话不错。工部右侍郎李颙，曾治武清白河、卫河等水患，又在浙江修过海塘；工部右侍郎乔毅，曾治理漕河，今又忙于开浚通惠河。若为河工之事，王复大可和他们一起商量，而不应来吏部向叶盛请教。

但王复听罢，只是摇头。

“莫非不是治水？”叶盛问。

“治水是治水，但不是治理河患，而是治理海患。”王复说。

“治理海患？”叶盛一点即通，“原来初阳先生指的是上个月肆于浙、直的狂风大雨及江海暴溢。”

“与中先生说，这是不是必兴之工？”王复边点头边问。

“是必兴之工，是必兴之工！”叶盛连声应道。

“与中先生对此事的关切，应不亚于我工部任何一人吧？”叶盛的家乡也在受灾的地区，所以王复这样问。

“初阳先生不会说，我之关切出于私心吧？”叶盛反问。

“与中先生之乡，难道不是王土；与中先生乡民，难道不是王臣？与中先生关切此事，亦忧国忧民。”王复说。

“有初阳先生这话，我才可以放心地说。”叶盛道，“我对灾情之关切，对治理海患之关切，实超过工部任何一人。”

“既如此，我为何不会来向与中先生请教，为何不该来向与中先生请教？”王复设个圈套，让叶盛钻进去，很有些得意。

“无甚不会，无甚不该。”叶盛不得不回应，回应之后，他问，“但不知初阳先生有什么想不明白的？”

“一则，”王复问，“浙、直官奏报，都称江海暴溢。今所议者，只在修海塘，是否有所偏颇？”

“初阳先生是担心，海塘修好，江水会不会仍然暴溢？”叶盛听懂他的意思，也理解他为什么会有这样的疑虑。

“是啊！”王复坦诚地说，“我是北方人，除了在朝为官，就是督巡北方边镇，不了解南方的情形，望与中先生告我。”

“修好海塘，江堤未必就不会被冲决。”叶盛先肯定他的疑虑有道理，然后说，“不过，据我亲历过的海患，八成在海塘未备，或海塘被冲决，海水返潮。只要海塘坚固，海水被阻在塘外，风雨再大，江水也能奔流到海。而江堤再坚固，若不能阻止海水返潮，海患总是难免。故而就海患而言，第一位要考虑的，是修筑海塘。”

“与中先生话虽简单，但道理说得很清楚。”王复表示这一点他已听懂，又接着问，“二则，这两年一直在修筑海塘，为何收效甚微？”

“所谓一直在修筑海塘，始于成化六年吧？”叶盛反问一句。

“是啊。”王复应道。

“成化六年修筑的海塘，是独山海塘吧？”叶盛又问。

“还有周家泾海塘。”王复说。

周家泾、独山，都在浙江嘉兴府境内。独山属海盐，周家泾属平湖。

“我特别想说说独山海塘。”叶盛说着，问道，“初阳先生可知，独山在海盐哪个方位？”

“东北。”王复未亲临其地，但这么重要的地方，不会不知道方位。

叶盛边点头，边说：“海盐东临海，正东有海防塘，修筑于国初，很坚固。又有东、西、南三个海口，其中，以东北方向的西海口最为要冲。”

“所以，才要修筑独山海塘嘛。”王复道。

他以为，叶盛既然特别要说说独山海塘，一定还有许多议论。但叶盛很快把话题引开。

“成化六年只在海盐独山、平湖周家泾修海塘；到了成化七年，修海塘的地方增加许多。”他说。

“可不是！”王复虽不情愿，但也不得不随着他转换思路，“去年，海潮冲决钱塘江堤岸及山阴、会稽、萧山、上虞等县，乍浦、沥海等千户所，还有钱清诸矿场。故而议决，于该等地方修筑海塘。”

钱塘江又称浙江，流经杭州以南，至会稽三江口入海。山阴等县均属绍兴府；钱塘江又称钱清江，钱清诸矿指分布在会稽的矿洞，如银山、锡山等矿。钱塘海潮造成灾害，集中在绍兴境内，是毫无疑问的。另外，沥海守御千户所在会稽，而乍浦守御千户所则在嘉兴府海盐县。

“所谓收效甚微，初阳先生是不是指浙江前年修筑海塘，去年又有海患？”叶盛问。

“与中先生是不是想说，前年修海塘在嘉兴、去年的海患在绍兴？”按照叶盛叙述的次序，王复很容易得出这个结论。

“不完全是，”叶盛道，“不能因为成化六年在浙江修海塘，成化七年又有海患，就说成化六年修海塘收效甚微；也不能因为成化六年在嘉兴修海塘，成化七年海患主要在绍兴，就说成化六年修海塘收效甚伟。”

“与中先生却是何意？”王复听不明白。

“前一个意思，和初阳先生说得差不多。”叶盛道，“一处修筑海塘，不能保证别处没有海患；凡容易生海患的地方，一段一段都要修海塘。正如成化六年在嘉兴修海塘，成化七年议决在绍兴修海塘；到今年，又要议决在某处修海塘。须修海塘的地方都修海塘，才能根绝海患。”

“这个意思容易懂，后一个意思呢？”王复问。

“我特别想说说乍浦千户所海塘。”叶盛说着，问道，“初阳先生可知，乍浦千户所位于何处？”

“海盐县。”王复说。

“具体方位呢？”叶盛又问。

“也在县城东北。”王复说。

“独山在海盐县城东北，乍浦也在海盐县城东北，两地相距应不甚远。成化六年独山修海塘，成化七年乍浦即遭海患，初阳先生，你该怎样解释此事？”叶盛问。

“我只能说，海塘没修到乍浦，乍浦即遭海患。”王复说。

“独山海塘连乍浦都没保住，成化六年浙江修海塘，说得上收效甚伟吗？”叶盛以此论证他方才的后一句话。

“我懂了！”王复道，“与中先生两句话说的是一个意思的两面：前一句话说的是，易生海患之处，皆须修海塘，才能防止海患；后一句话说的是，须修海塘之处，有遗漏，就不能杜绝海患。”说罢，问道，“与中先生，是也不是？”

“略有不同。”叶盛说。

“有何不同？”王复问。

“初阳先生比我说得更透彻。”叶盛道。

王复知道这是句客气话，笑了笑，没当回事。

“成化七年修海塘，也不能轻率而言收效甚微，或收效甚伟。”叶盛又说，“成化七年，无论海患主要在嘉兴，或主要在绍兴，都看不出其成效；因为成化七年兴修，工程只开个头，还远没完成。”

“理会得！”王复道，“经与中先生点拨，我不会再轻言收效甚微，或轻言收效甚伟。听人言收效甚微，我也不会妄自菲薄；听人言收效甚伟，我也不会志得意满。总之，要紧的是下功夫修好海塘。”

“初阳先生存此一念，真乃朝廷之福，天下百姓之福！”叶盛揖道。

“三则——”王复还有问题。

“初阳先生还有其三？我再难招架！”叶盛打断他的话头。

“如果只有一则二则，诚如与中先生所言，我和本部堂官议议就是。他等或不如与中先生想得深，子丑寅卯却还说得出来。只有三则，我是一定要请教与中先生的。”说到这里，王复一顿，然后换一种语气说，“再者，点拨过一则二则，与中先生的关切之情就表述已尽吗？我看，与中先生也是意犹未尽吧？”

“初阳先生要考较，就说考较，不必以言语相激。”叶盛道。

“苏、松等地海塘，怎样去修？”王复问。第三则不是他的疑虑或困惑，而是单纯的问题。

“患在浙、直，初阳先生为何单问苏、松？”叶盛说。

“其一，今秋海患，南直灾情不亚于浙江，如共溺两万八千四百七十余人，半数以上为南直人，南直海患甚至殃及南京；其二，前年、去年，浙江已于嘉兴、绍兴等海患严重地方修筑海塘，故今次修筑海塘，重点在南直，在苏、松；其三，我虽然问的是苏、松海塘怎样修，却不一定局限在苏、松。”王复共说出三个理由，并开句玩笑，“与中先生，我是据实情而问，并非有意取悦你。”

“看来，初阳先生出的这个题目，我非说不可？”叶盛问。

“当然非说不可！”王复道。

“既然非说不可，我只有一句话：今次修筑海塘，当以成化六年、七年浙江修筑海塘为鉴。”叶盛说。

“与中先生能不能再多说一句？”王复要求道。

“独山、乍浦，都在海盐东北，独山修海塘，却不能保得乍浦无恙；今次修筑海塘，当以此为鉴。”叶盛遵命多说一句。

“也就是说，易生海患处，一定要修，不得有遗漏？”王复问。

“不错。”叶盛点头。

“这正是我要问的。”王复道，“在与中先生看来，今次修筑海塘，哪一处到哪一处绝不能有遗漏？”

“哪一处到哪一处？”叶盛也在琢磨这个问题。灵光一现，他忽然有了个成熟的想法，“初阳先生，成化七年浙江修海塘，北端在海盐吧？”

“在海盐乍浦。”王复说。

“那就从海盐说起。”叶盛道。

“从海盐说起？”王复提醒道，“与中先生，我问的是苏、松海塘！”

“初阳先生不是说，不一定局限在苏、松吗！”叶盛反过来提醒道，“海盐在浙江北端，松江在南直隶南端，二地濒海而毗邻。从海盐至松江上海县算一段，与浙江已修或正修的海塘，可浑然一体。”

“道理是有的，不过，”王复仍有顾虑，“到底不在同一府，也不在同一布政司，海塘贯穿两地，会不会太长？”

“长是长一点。”叶盛说。

“与中先生知不知道，大约有多长？”王复问。

“不必大约，我记得准确数字，计三万两千七百六十九丈。”叶盛道。

“准确到九丈，与中先生丈量过？”王复半信半疑地问。

“我不曾丈量过，志书上有记载。”叶盛道，又说，“从松江上海到苏州嘉定，又为一段，据志书记载，计一万七千七百四十八丈。两段合而计之，约五万丈。这五万丈海塘修成，不但南直隶海患可息，浙江北部亦可免除海患侵扰。初阳先生说，能否称得上百年大计！”

“至少与前两年浙江此一段、彼一段地修海塘有所不同。”王复说。

“初阳先生不再嫌其长？”叶盛问。

“长而得当，有何不好！今日谈论必有启迪，我是有把握的；但连海塘长度都有数，却非始料所及。”王复说着，深作一揖，“多谢！”

“彼此彼此。”叶盛还礼。

第六十九章

延绥巡抚余子俊带领几名幕僚，巡视正在扩建的榆林卫城。

延绥巡抚衙门由延安府迁至榆林，并非余子俊首先想到的，但他对这一迁移抱着最坚定的态度；而且，为这一迁移开始做实质性的准备，也在他到任之后。

延绥巡抚衙门由延安迁至榆林，整整向北推进三百里。榆林几乎建在边墙，边墙以外就是河套。延绥巡抚衙门北迁，对控制河套地区，对防止进入河套地区的鞑靼各部侵扰内地，应该起到很大作用。

卫城扩建工程的进度令人满意，估计明年就可以竣工。到那时，榆林城就可以成为更加名副其实的边镇；请准朝廷之后，延绥巡抚衙门就可以长驻于此。

返回延安，本来应该一路往南。余子俊却率部属沿边墙往东走一段。途中，每见边墙残缺，便指指点点，并和幕僚们合计，某处残缺有若干里，某处残缺有若干丈。

“士英先生留意于此，有所图吧？”一名姓孙的幕僚问。

余子俊字士英，四川青神人，景泰二年进士。成化初年，他由户部员外郎出为西安知府，以治行得到朝廷旌表。除曾调任浙江布政使半年外，他一直在西北任职。

“孙先生说说，我所图者为何？”余子俊问。

“欲修复之。”姓孙的幕僚说。

“你看，当不当修复？”余子俊问。

“当修复。”姓孙的幕僚说。

“为何当修复？”余子俊问。

“都堂大人留意，故而当修复。”姓孙的幕僚说。

其他幕僚听了他的话，轰然而笑。

“诸位为何要笑，难道孙先生的话不对？”余子俊问。

“对固然对；但我以为，以前所未闻之二字，更知边墙当不当修复。”一名姓吴的幕僚说。

“是哪二字？”余子俊问。

“套虏。”姓吴的幕僚说。

所谓套虏，指进入河套地区的鞑靼等部，不知哪一位边臣奏事时，最先使用这个词；廷臣、边臣现在言及河套事，无不用之。

“前者，河套为内地，边墙非边，修复不修复，都不要紧；而今套虏一拨一拨进入河套，一旦兵强马壮，则侵入我腹地，边墙真正成为边墙。若不修复，岂不成不设防！”姓吴的幕僚又说。

“边墙真正成为边墙，这话说得好！”余子俊赞道。

“那么，都堂大人当真欲修复边墙？”众幕僚问。

“我的确想修复边墙；而且相信，一定修得成边墙。但谁能告诉我，眼下修复得成修复不成边墙？”余子俊问。

“都堂大人所谓眼下，指的是多久？”一名姓余的幕僚问。

“譬如，一年之内。”余子俊说。

“是从眼下起，一年之内吗？”姓余的幕僚问。

“这就不好说。”余子俊道。

“是便是，不是便不是，怎的不好说？”姓吴的幕僚比别人都好奇。

“我说眼下，余先生也说眼下，叫我怎么说！”余子俊道。

“此眼下非彼眼下，犹如此余非彼余。”姓余的幕僚笑着说。

“好吧，那就定为从眼下起的一年之内。”余子俊说着，以诙谐对诙谐地加上一句，“此为余先生之眼下，非余都堂之眼下。”

众幕僚都笑，连前后簇拥的军士们也在偷偷地笑。

“若以今年为限，恐怕修复不成。”姓余的幕僚说。

“为何修复不成？”余子俊问。

“学生也以套虏二字做个引子，”姓余的幕僚道，“套虏据河套，边墙真为边墙；边墙真为边墙，则残缺者须得修复。若河套无虏呢？河套无虏，边墙还真为边墙吗？边墙不真为边墙，残缺者还用修复吗？”

“河套明明有虏，兄台怎敢说河套无虏？”姓吴的幕僚问道。

“我几时说过河套无虏？”姓余的幕僚不认账。

“明明才说河套无虏，转眼就不承认；在都堂大人面前议事，怎可如此反复！”姓吴的幕僚不满地说。

“余先生并非真指河套无虏。”余子俊却为姓余的幕僚辩解。

“我知都堂大人偏爱他，也用不着这般袒护。”姓吴的幕僚说。

“是否袒护，等议过再说。”余子俊道，“余先生问过我，眼下是多久，对吧？又说，以今年为限，恐怕边墙修复不成，对吧？他若真指河套无虏的话，难道今年无虏，明年又会有虏？”

姓吴的幕僚哑口无言，只能怪自己忽略这一节。

“士英先生，余兄这一追问一断言，该如何理解？”姓孙的幕僚问。

“我先问你几件事吧。”余子俊说着，提出第一个问题，“孙先生可知，延绥辖地今集中多少官军？”

“不少于八万。”姓孙的幕僚回答。

“八万官军，都归我这个延绥巡抚辖制吗？”余子俊提出第二个问题。

“士英先生可辖制不了。”姓孙的幕僚回答。

“却归何人辖制？”余子俊问。

“文有文督，武有武督。”姓孙的幕僚说。

他说的文督，即以右都御史总督西北军务的王越。他说的武督，即挂平虏将军印的武靖侯赵辅。赵辅是辅宁侯朱永被朝廷召还后，第二名与王越合作的勋臣。

“孙先生可知，朝廷留世昌先生、赵爵爷在延绥，意欲何为？”余子俊提出第三个问题。

“搜套虏而逐之。”姓孙的幕僚回答。

“孙先生可知，搜套虏而逐之，是谁人主张？”余子俊问。

“士英先生说过，是兵部的主张，是大司马的主张。”姓孙的幕僚说。

“兵部为何如是主张，大司马为何如是主张？”余子俊问。

“大司马及兵部想必以为，套虏可搜可逐。”姓孙的幕僚说。

“世昌先生和赵爵爷呢？”余子俊问。

“这却不知。”姓孙的幕僚说。

“余先生为何先要确定眼下是多久呢？”余子俊提了几个问题后，才回到主题上，“他是想说，朝廷在延绥屯兵八万，为的是搜索河套，驱除套虏。兵部相信，大司马相信，此举定可成功；也可以说，朝廷相信，此举定可成功。而世昌先生，赵爵爷，不管相不相信此举定可成功，须得遵旨行事，须得率八万大军搜索河套。那么，今年我若奏请修复边墙，朝廷不可能理会。明年会有什么不同呢？今秋、今冬，最多再加上明春，搜套若不成功，套虏若未驱除，世昌先生、赵爵爷，须得给朝廷一个交代；朝廷也会重新审视搜套之举。那时再奏请修复边墙，结果可能不一样。”说罢，问姓余的幕僚，“余先生，可是此意？”

“知学生者，士英先生也。”姓余的幕僚满怀感激地说。

“余都堂知余先生，余先生何不给余都堂出出主意？”姓吴的幕僚道。同样用“套虏”二字，余子俊的重视程度却大不相同，他的心里酸溜溜的，所以话里也带着刺。

“兄台要我出何主意？”姓余的幕僚问。

“都堂大人欲修复边墙，我等都看得出来；而朝廷一心搜套，一心逐虏。都堂大人该奏请呢，还是不该奏请？”姓吴的幕僚道。

“奏请如何？”姓余的幕僚问。

“无非被朝廷束之高阁。”姓吴的幕僚说。

“不奏请又如何？”姓余的幕僚问。

“当为之而不为之，抱憾于心。”姓吴的幕僚说。

“进亦难，退亦难，吴兄不是让余兄为难吗？”姓孙的幕僚说。

“若非他自诩最懂得都堂大人，我才懒得让他为难！”姓吴的幕僚道。

“这话我也听过，余兄今后莫再自诩。”姓孙的幕僚又劝姓余的幕僚。

“兄台等以为我是自诩吗？我真懂得士英先生。”姓余的幕僚说。

“那你说说，士英先生意欲何为？”姓孙的幕僚道。

“我看，士英先生是想和朝廷算算账。”姓余的幕僚说。

“和朝廷算账？”姓孙的幕僚觉得这话太不着边际。

“或者说，和大司马、和兵部算算账。”姓余的幕僚说。

“士英先生，然否？”姓孙的幕僚问余子俊。

余子俊笑了笑，马鞭往前一指：“前面就到镇羌堡，我等去讨碗水喝！”

·

镇羌堡驻扎一小支官军，由一名千户指挥。千户与巡抚都御史之别，比普通百姓与千户之别还要大。当驻扎镇羌堡的千户得知，突如其来的官军中有本镇巡抚都御史时，不禁手足无措，言语无章。

“禀都堂，堡中无肉可奉。”他说的第一句话，惹得都堂的随员们大笑不止，他还不知道他们在笑什么。

“将士无肉食，你等笑甚！”余子俊忍住笑，斥道。众人不笑，他又问千户：“堡中无肉，可有粮？”

“每人一份口粮，卑职这就让人生火做饭，供奉都堂及各位大人。”千户说。

“我等吃你等今日口粮，你等今日不就要饿肚子？吃你等明日口粮，你等明日不就要饿肚子？饭不吃，有水讨一口。”余子俊说。

“水有，邻近堡里有口井，水甚清澈，卑职等每日去挑水。”千户说。

“好啊，我等有口福。”余子俊说着，让随行军士拿出两个酒囊，“荒原之上，清水弥足珍贵，我等不能白白享用，就拿酒换吧。”

都堂大人一行百余人，比守堡士卒多好几倍，招待一顿饭，士卒们绝不止饿一天两天肚子。余子俊发话，不吃他们的口粮，千户顿觉轻松。这会儿又见到了酒，余子俊说是用来换水，实际上是赏给他们的，千户不由一喜。心里一轻松，一高兴，不由话多。

“都堂大人几时听卑职禀报？”他问。

“禀报何事？”余子俊问。

“譬如，本堡该有军士若干，实有军士若干；该有卒伍若干，实有卒伍若干；本堡管辖之区，南北所至何处；士卒巡逻之地，东西各有几许；每日巡逻几次，每次分派几人。”千户一口气说出好几件事。

“不听！”余子俊摆了摆手，道，“我路经此堡，又不是来巡察的，这些你不用说。来，坐下说说闲话。”

“都堂大人面前，卑职不敢坐。”千户说。

“有什么不敢坐的！”余子俊指了指众幕僚，说，“他等是我请来谋事的，都没做过官，至多是个举人。他等坐得，你堂堂千户为何坐不得！”

“卑职怎比得了各位先生。”千户嘴上这么说，但还是遵命坐下。

“你守边有多少年？”余子俊问。

“二十多年。”千户答道。

“一直未获升迁？”余子俊问。

“由卒伍而小旗，而总旗，而镇抚，而百户，而千户。怎的未获升迁！”千户对自己的经历并无不满，也不愿别人为他叫屈。

“不易呀！”余子俊叹道，又问，“你一直戍守延绥？”

“是。”千户应道。

“一直戍守镇羌堡？”余子俊问。

“这却不是。”千户道，“卑职在七八个墩堡当过差；不过，在镇羌堡年头最久，差不多有十年。”

“我问你个事，”余子俊说，“我方才说我等吃你等今日口粮，你等今日要饿肚子；吃你等明日口粮，你等明日要饿肚子。你听我这话，似在哂笑，是不是？”

“都堂大人体恤下情，卑职怎敢哂笑。”千户否认。

“那么，是苦笑？”余子俊问。

千户不答话，嘴又撇到一边，真说不好是哂笑，还是苦笑。幕僚们看在眼里，也觉得好笑。

“为何苦笑？”余子俊问。

“军士们支领的口粮，不拿来供奉都堂大人，也常是半饥半饱。”千户鼓足了勇气说。

“吃不饱肚子，你等不抱怨吗？”余子俊问。

“军士们都知道，粮饷由内地运来不易。”千户说。

“你怎知运来不易？”余子俊问。

“卑职见过，运粮到边的夫役，人人疲惫不堪，连骡马似乎都没有还家的气力。”千户说。

“你既知粮饷运来不易，可知一路上耗费有几？”余子俊又问。

“这却不知。”千户道。

“是啊，为朝廷出力戍边，知道粮饷运来不易，已然足够；又何必知道运粮到此的费用有多少呢！”余子俊说。

“军士都知道粮饷运来不易，这笔账还真得算一算。”余子俊骑在马上，不无感慨地说。他等一行离开镇羌堡后，往前没走多远，便转而南行，这是要回延安府或绥德州。

“都堂大人快说吧，孙兄早已等得不耐烦。”姓吴的幕僚说。

“你怎知我等得不耐烦？”姓孙的幕僚问。

“你自个儿说说，都堂大人和人家千户说闲话时，你去过几趟茅厕？大家喝的一样的水，难道就在你肚子里流得快！”姓吴的幕僚道。

别人没注意的细节，被他注意到，正好用来解除赶路的困乏。余子俊和众幕僚果然都开心而笑。

“这笔账怎样算，孙先生应该清楚呀！”余子俊说着，转向姓孙的幕僚。

“你还记得，我曾让你计算过京营及陕西、甘肃、宁夏各镇官军在延绥的费用吗？”

“晚生记得。”姓孙的幕僚应道。

“你给众人说说。”余子俊道。

“八万士马屯于延绥，已两三年。以今年之数计之，所费米豆需银九十四万，所费草料需银六十万，合计一百五十四万。”姓孙的幕僚说。

“孙先生，等等！”余子俊道。他希望其他幕僚对这个数字理解得多一点儿，因而问：“你等看，要不要这多饷银？”

“以一石米豆一两银子折算，九十四万两银子，即九十四万石米豆，以八万军士计之，每人合十九石多，恐怕用不了吧。”姓吴的幕僚说。

“吴兄不能这么计算。”姓余的幕僚反驳他，“从九品官，月俸五石，年俸六十石，对吧？出征官军，总兵、参将等不计，还有指挥、千户、百户等，均而计之，摊到每人头上，不足二十石，亦即，不到从九品官的一半，这还算多吗？”

“好吧，就算需要这个数目。”姓吴的幕僚辩不过，换个说法，“朝廷每年征收田赋，以千万两计，百余万两银子，总拿得出来。”

“如果只是百余万两银子，这笔账可算可不算。”余子俊说。

“难道都堂大人还有别的账目？”姓吴的幕僚问。

“我没有，但孙先生有。”余子俊说。

“将折合九十四万两银子的米豆、折合六十万两银子的草料运到边，所费更多。”姓孙的幕僚道。

“还能翻番不成？”姓吴的幕僚问。

“岂止翻番！”姓孙的幕僚道，“以每人运米豆六斗或草料四束计之——”

“孙兄是以花账计之吧！”姓吴的幕僚只听半句，就忍不住要批驳。

“我怎的是以花账计之？”姓孙的幕僚问。

“不论以车载马驮，或以船舟运送，一人怎会只运六斗米豆，或四束草料！”姓吴的幕僚道。

“吴兄，我没有以花账计之，是你在以糊涂账计之。”姓孙的幕僚说。

“我怎的是以糊涂账账计之？”姓吴的幕僚问。

“诚然，船舟运送，以百石计，车载马驮，以十石计，但吴兄想过没有，一舟百石、甚至数百石米豆，一人运送得了吗？船上有掌舵的，有划桨或撑篙的，还有解粮的官军；一车十石、一马数石米豆，又岂是一人之力！车拉到半途，要换车换人，马驮到半途，要换马换人，同样，也要有解粮的官军。以此而言之，摊到每人头上，运米豆六斗或草料四束，我已是往多了算。”

姓吴的幕僚没具体算过，不知六斗和四束这两个数字准确不准确，只得暂且接受。他问：“按照孙兄所计，所费是多少？”

“将折合九十四万两银子的米豆、折合六十万两银子的草束运至延绥，须得四百又七万人次；以每人次二两行资计之，须得八百一十四万银两。”姓孙的幕僚每个数目都说得很慢，好让大家听清楚。

“孙兄，你再说一遍！”姓吴的幕僚首先感到震惊。

“四百又七万人次，八百一十四万银两。”姓孙的幕僚简要重复。

“依孙兄方才所言，延绥官军所需米豆及草束折合银两，是——”姓吴的幕僚并非记不住该数字，而是要听姓孙的幕僚自己说。

“一百五十四万。”姓孙的幕僚说。

“也就是说，耗费在路上五两银子，本镇官兵才得一两银子？”姓吴的幕僚粗算之后说。

“耗费在路上的，差不多是五两六钱。”姓余的幕僚算得更精确，他说，“此数士英先生和孙兄一再核算，应该不会有错。我想，士英先生要和朝廷算的，换言之，要和大司马算的，不止这一笔账。”

“知我者，余先生也！”余子俊回敬他一句。

“都堂大人还有账要算？”姓吴的幕僚似乎被第一笔账算怕，问姓孙的幕僚，“孙兄，又是一笔什么账？”

“我怎知！”姓孙的幕僚道。

“都堂大人没有交代你算？”姓吴的幕僚问。

“没有。”姓孙的幕僚道。

“余兄或知？”姓吴的幕僚又问姓余的幕僚。

“我不识数，士英先生从不命我算账。我想，这笔账士英先生也不放心别人算。”姓余的幕僚说。

“都堂大人——”姓吴的幕僚只得求问余子俊。

“八万将士搜套一年，须得耗费一百五十四万，为运送一百五十四万，路途耗费八百一十四万，合计九百六十八万。吴先生，你不是说朝廷每年田赋以千万计吗？搜套一年，几乎就要用去千万！”余子俊先把第一笔账算得更清晰，然后说，“另一笔账呢？余先生，我也要驳一驳你。你说，套中无虏，边墙不是真的边墙，不用修复。但你想过没有，边墙若得修复，套中即便有虏，又有什么可怕？所以，我另一笔账算的，是修复边墙所费几何。如果修复边墙所费，与搜套一年所费，相差无几，我赞成搜套。而实际上，修复边墙之费，与搜套之费，绝不可同日而语。只要起用陕西运粮民夫五万人，每人免除运送边粮二石，给以口粮一石，再以相同数量的边军配合，我保证，三月之内，便可竣工。诸位给我算算，这两项费用相差几多！”

“一则以十万二十万计，一则以百万乃至千万计。诚如士英先生所言，不可同日而语。”众幕僚都说。

“快走，快走！赶回衙门，才好拟疏。”余子俊催促道。

第七十章

十一月十七日，詹事府詹事李泰病逝。万安闻讯，即刻赶往李泰家里，希望自己是第一个吊唁老友的人。可他到李泰居所的胡同口时，一身素衣的梁芳迎面而来，显然也是来吊唁的。

梁芳向万安揖了揖，道："循吉先生来得早啊！"

万安忙还礼，道："梁公公来得更早。"

"李叔是我前辈，文通与我情同手足，自幼与我一起玩耍，一直叫我梁哥。"梁芳说。

"如此说来，我也该叫一声梁哥。"万安道。

"不敢，不敢！"梁芳连声称道，"在我眼里，循吉先生也是前辈，怎当得起循吉先生反称'梁哥'？这话是怎么说的！"

"论交只论辈分，不论年纪。梁哥和文通兄有兄弟之交，我也和文通兄有兄弟之交。悼念故人，该叫梁哥的。"万安说。

万安是阁老。被阁老叫一声梁哥，和被詹事叫一声梁哥，感觉太不一样。梁芳喜不胜收，对他来说，真可谓喜从天降。

"循吉先生按照我和文通的习惯，叫我梁哥，按照循吉先生和文通的习惯，我是不是也该叫循吉先生循吉兄？"他笑呵呵地说，又连连摇头，"不行，你们文人的叫法，我难以适应。"

"按照梁哥的习惯，称呼万哥，有何不可！"万安道。

"叫万哥，亲切得多。既然循吉先生不介意，在下僭越。"梁芳说着，试着叫一声，并表达愿与万安深交的心愿，"万哥，日后有事要我代劳，吩咐一声就是。"

"好说！"万安应道。对他来说，这样相互称呼也不是一下就能适应的，况且还有别的顾虑。他不好意思地说："梁哥，有件事——"

"我知道。"梁芳的确知道他想说什么，"有人在场，你我还是规矩一点儿；无人在场，怎么叫都成。"

“梁哥真是善解人意。”万安由衷地说。

因为遇到梁芳，万安站在李泰的灵堂里，总有点儿心不在焉。或者应该说，他在以另一种方式追念自己的挚友。

他记不起来，李泰是先说的奥援，还是先说的靠山，但这两个词句，他都用过，而且，李泰明确地告诉他，他的奥援，他的靠山，应该是昭德宫里的万贵妃。

他记不起来，李泰是几时和他谈论的这件事。在他的印象里，不过几天而已；不然，他怎么到现在还没有采取行动？实际上，已过半年，一年，甚至更久。那时，李泰至多是少詹事，而不是詹事。

他不是不重视李泰的这个提议，不是不想采取行动。但把如此重大的事情托付给谁，他实在没把握。应该说，最靠得住的，是李泰的叔叔。但听李泰的口气，老人家似乎和昭德宫关系一般。况且，让他帮这个忙，说不定反而适得其反：你怎么升的侍郎，怎么入的阁，这会儿却要找别的靠山，别的奥援！至于其他内臣，或是在昭德宫说得上话的，他不熟悉；或是他熟悉的，在昭德宫说不上话。

在特定的时间、特定的地点见到梁芳，在特定的环境里说的特定的话，让他看到一线光明。

梁芳进到殿里，给贵妃娘娘连叩了几个响头。

万贵妃这几天有些烦闷。眼看就要过年。过了年，又要长一岁。不对，长一岁，应该是对在眼前晃来晃去的那些宫女们来说的；对她来说，是老一岁。她为皇帝再生一子的心愿越来越渺茫。

“梁芳，还没过年呢，怎么就行起大礼？”她问。

“奴才赶在年前给娘娘贺喜。”梁芳说。

“不就是过年吗，有什么好道贺的！你不道贺，皇上那里一份赏赐，我这里一份赏赐，是少不了的；你道贺，我倒要琢磨琢磨，那份赏赐还给不给你。”万贵妃说。

“奴才给娘娘道贺，不是为的过年。”梁芳忙分辩。

“不为过年，却为何事？”万贵妃问。

“恭贺娘娘光宗耀祖。”梁芳说。

“你贺得太晚。”万贵妃道，“若言光宗耀祖，我侍皇上于东宫，不是光宗耀祖？我侍皇上于昭德宫，不是光宗耀祖？我被册封贵妃，不是光宗耀祖？还等得到你今日来贺！”

“娘娘本人光宗耀祖，自不必说；奴才贺的是，娘娘的族人中，又有可以光宗耀祖之人。”梁芳说。

“你是说我父、我兄、我弟？”这又撞到万贵妃不高兴的事，“后、妃父兄封侯封伯者，比比皆是，我父，我兄，我弟，哪个封侯封伯？再者，他等是我家人，你从哪里学的规矩，把他等当作我的族人！”

“娘娘莫急，国丈，国舅，早晚是要封爵的，早晚是要光宗耀祖的。奴才今日说的光宗耀祖者，并非国丈、国舅。”梁芳说。

“不是他等，又是何人？”万贵妃想不出家里还有别人能光耀门庭。

“是个娘娘的晚辈。”梁芳说。

“我的晚辈？”万贵妃寻思，自己生的儿子健在的话，一定是太子，光宗耀祖，无过于此。但这件事是想也不能想的。至于外甥、外甥女，就算以后能光宗耀祖，现在道贺，也太早。她半是斥责半是嘲讽地问，“梁芳，你是预为喜哥道贺呀，还是预为达弟道贺？”

万喜是万家长子，万贵妃兄长；万达则是万贵妃最小的弟弟。

“奴才目光短浅，大国舅、小国舅之后如何显赫，奴才看不出来；奴才说的是已经显赫之人。”梁芳说。

“已经显赫之人？”万贵妃实在无从猜起，遂道，“究竟有没有这么个人，梁芳，你直说吧！”

“有，有！”梁芳忙道，“奴才说的，是内阁万先生。”

“内阁有个万先生？”万贵妃问。

“是。”梁芳应道。

“是内阁学士呀，还是内阁中书？”万贵妃问。

“是内阁学士。”梁芳道，在万贵妃面前，他不怕略显狂妄，“奴才虽然卑微，一个中书官在奴才眼里，算不上显赫。”

“内阁学士，亦即阁臣。”万贵妃道。

“娘娘说的是。”梁芳应道。

“内阁大学士，的确算得显赫，的确可以光宗耀祖。不过，”万贵妃瞪了梁芳一眼，道，“你若只因他姓万，便把他说成是我同宗，我是不会认可的；不但不认可，我还要罚你！”

“哄骗娘娘的事，即便打死奴才，奴才也是不敢做的。”梁芳不怕在万贵妃面前略显狂妄，更愿在万贵妃面前作委屈状。显示过委屈后，他又略显得意地说：“奴才有根据。”

“你有什么根据？我是山东人，难道内阁万先生也是山东人！”万贵妃道。她其实真希望万先生是山东人，那么，认作同宗，可能性更大些。但她断定，万先生不会是山东人，更不会是诸城人；否则，她应该知道这个人，这个虽不一定使她光宗耀祖但会让乡人引以为豪的人。

“他不是山东人。”梁芳证实她的判断。

“你看！”万贵妃道，“他即便是山东人，也不一定是诸城人；即便是诸城人，也不一定和我同宗。何况他连山东人都不是！”

“他虽不是山东人，不是诸城人，但的确和娘娘同宗。”梁芳却说。

“是吗？”万贵妃问。

“万先生手里有族谱。”梁芳说。

“万先生家的族谱？”万贵妃问。

“或许也是娘娘的族谱。”梁芳说。

万贵妃一愣，问：“怎讲？”

“奴才问过国丈，国丈从未见过本家族谱。”梁芳说。

“这我知道。”万贵妃有点儿不耐烦。

“可国丈记得祖父的名讳。”梁芳仍不慌不忙、一层一层地说。

“我的祖父吗？我也记得。”万贵妃道。

“不是娘娘的祖父，是国丈的祖父。”梁芳说。

“即是我的曾祖。”确定了这一点，并没有让万贵妃多明白点儿什么，她问，“那又怎样？”

“在万先生的族谱上，出现国丈祖父的名讳。”梁芳说。

“我曾祖的名讳，出现在万先生的族谱上？”万贵妃不怕重复。

“是，娘娘曾祖父的名讳出现在万先生的族谱上。”梁芳也不怕重复。

“我曾祖叫什么名字？”万贵妃问。

“奴才写吧。”梁芳用手比画着，表示自己不敢直呼娘娘曾祖名讳。

“不要紧，说吧，谁知他是不是我的曾祖！”万贵妃道。

“单名一个齐字。”梁芳说。

“国丈倒是对我说过，我家男子多少代都以单名相传。”万贵妃想到一个细节。

“要不奴才也不会轻易相信；万先生的先人，也是多少代都以单名相传。”梁芳说。

“万先生的曾祖又叫什么名字？”万贵妃问。

“奴才说了，另一个能为娘娘光宗耀祖者，是娘娘的晚辈。”梁芳说。

“你是说，和我曾祖同辈的，是万先生高祖？”万贵妃问。

“娘娘说的是，万先生托奴才给娘娘请安，说的就是臣侄给贵妃娘娘请安。”梁芳说。

“那么，他高祖叫什么名字？”万贵妃问。

“单名一个蜀字。”梁芳说。

万贵妃从这两兄弟的名字中似乎有所悟，她忽然说：“你还没告诉我，万先生是哪里人？”

“四川，眉州。”梁芳说。

“我是山东诸城人，我曾祖单名一个齐字，万先生是四川眉州人，他高祖单名一个蜀字，真是很巧！”万贵妃说着，问道，“我的祖籍不会也在四川眉州吧？”

“不在。”梁芳道。

“那么，万先生的祖籍在山东诸城？”万贵妃又问。

“也不在。”梁芳道。

“那么，山东、四川相隔万里，怎会成同宗？”万贵妃似乎越来越相信梁芳的话，但问到这里，又生出怀疑。

“娘娘的曾祖和万先生的高祖，既非出生在山东诸城，亦非出生在四川眉州，至于出生在何处，奴才没仔细翻阅万先生族谱，说不出来。只知道娘娘曾祖和万先生高祖这一辈，人丁兴旺，遂外迁他省。娘娘曾祖迁至山东，万先生高祖迁至四川。在万先生族谱里，娘娘曾祖这一支，到他而止；万先生还希望把后面几代人续到族谱里，但不知娘娘及国丈、国舅等肯不肯。”梁芳煞有介事地说。

“此事你有没对国丈说？”万贵妃问。

“奴才没敢细说。”梁芳道。

“怕被国丈批驳吧？”万贵妃讥道。

“那倒不是，”梁芳道，“奴才怕国丈听说结了门可以光宗耀祖的亲戚，一高兴，出点儿什么差错，奴才担当不起。”

“不错！”万贵妃对他的这份小心很称赞，“一来，得看准机会，慢慢地说，别让老爹高兴得过火；二来，得把这件事查实，再告诉老爹，别让老爹空欢喜一场。”

“按说，一边出身四川世家，一边出身山东平民之家，万先生自认与娘娘同宗，不会有假吧？”梁芳道。

“平民之家而今却骤贵。”万贵妃说。

“娘娘虑的是。”梁芳不得不应付一句。

“梁芳，你看让谁去查实为好？”万贵妃问。

“娘娘若信得过奴才——”梁芳知道这话不能说完。

“我不是信不过你；但看过万先生族谱的是你，告知我此事的是你，若让你去查实，我不如干脆信你所说的。”万贵妃道。

“奴才去不合适，请二国舅去如何？”梁芳提个人选。

“你为何不选喜大哥，不选达三弟，偏选通二弟？”万贵妃问。梁芳说的二国舅，即万贵妃的二弟万通。

“大国舅办事太精细；奴才担心太精细，本来不成问题，也成问题。三国舅办事太粗莽；奴才担心太粗莽，本来有的问题，也不成问题。二国舅不温不火，办事最牢靠。”梁芳说。

“看来，几位国舅的性情，你都了然在胸。”万贵妃道。

“国丈的事，国舅的事，娘娘都交代奴才去办，奴才不敢不用心。”梁芳说。

“既然你看好通二弟，就让他去查查吧。”万贵妃道。

梁芳应一声，看万贵妃再没别的话，他叩头，告退。当他就要走出殿门时，万贵妃叫住他，说：“不管怎么说，你今日告诉我此事，算是孝敬我一件过年的大礼。”

梁芳精心编造这样一段故事，不完全是为万安的托付。准确地说，他首先不是为万安的托付。万贵妃多次流露出，由于无门阀之贵而自惭；他想，为万贵妃找一位地位尊崇的族人，一定会讨得万贵妃的欢心。如果说，在整个叙述的过程里，他心里都没有底的话，万贵妃最后一句话，让他心里有了底。

接下来，要考虑如何让万通帮忙。梁芳选中万通，并非因为他不像万喜那么精细，不像万达那么粗莽，而是因为他比万喜、万达更喜爱珠宝。他相信，越是喜爱珠宝的人，越容易打通关系。

但他没想到，正旦节一过，他马上就有了机会。

第七十一章

成化九年，才过正月十五之后，万通妻王氏的母亲，从山东老家来到京城。万通不在家，王氏把母亲安置在上房，等丫鬟服侍老太太梳洗更衣毕，她过来陪着说话。

“姑爷呢？”王母问。

“喝酒去了。”王氏说。

“上元节都过完，酒还没喝完？”王母不满意地说。

“他挂个闲职，一干狐朋狗友，从年头到年尾，唯一要做的事，就是相约喝酒。娘不用管他。”王氏说。

“不成！我得说说他，谁让他是我姑爷呢！”王母道。

“娘说说他也好；不过，别说得太狠。他犯起浑来，六亲不认；再有，娘也别再唤他姑爷。现在阖府上下，都唤他二国舅。”王氏不等母亲劝夫婿，自己先劝起母亲。

“一年不来，你家里规矩怎的越来越多！万家老爷子可没这么多规矩！”王母说。

“娘在他面前，也别提老爷子。”王氏又说条规矩，“他每做一件事，都要被老爷子训斥，让他不厌其烦。”

“这也说不得，那也说不得，你不如干脆说他说不得！”王母道。

“不惹他，最好！”王氏说。

王母赌气，沉下脸，不说话。王氏知道母亲生不得闷气，不得不想方设法，找个不涉及万家的话题，引母亲开口。

“娘告诉我，旧年家贫，一连生我和妹妹两个女娃，难以养活，不得不把妹妹送人。不知后来有没有妹妹的消息？”她问。

“这件事一直是我和你爹的心病，所幸送的是个好人家，和你爹还沾点儿亲故。这家人在博兴做点儿买卖，无子无女，对你妹妹也还不错，有时我还偷偷去看过她。后来，这家人跑到京城做买卖，我就再没见过你妹妹。”王母说。

博兴和诸城，都是山东青州府的属县。王氏是博兴人，嫁到诸城万家。

“也没妹妹消息？”王氏问。

“听说她在京城嫁人，是个官宦人家。”王母说，“我和你爹都想，从小没让她过上好日子，而今她自个儿熬出来，咱也别去沾她的光吧。所以，我没仔细打听。”

“对这家官宦，娘和爹一无所知吗？”王氏问。

“只听说是万编修，别的一概不知。”王母说。

“这好办呀！”王氏道，“姓万的官宦人家不多；再者，编修是翰林官，除非犯大过错，翰林官不会外放。这位万编修不难打听到，别说我姐妹相见有望，娘也能与妹妹再相认。”

梁芳约万通喝酒，万通爽快赴约。没一干狐朋狗友，只他二人，你一口我一口地喝着，你一句我一句地说着。

梁芳请万通喝酒，是有话对他说。但没等主人说，客人先开口。万通说：“梁哥，昨日饮酒，大家提到你。”

“骂我？”梁芳问。

“赞你。”万通说。

“通二爷不骂我，就是我的福气，怎敢望通二爷赞我。”梁芳说。

“我本不想赞你，怕你得意忘形；但见众人赞你赞得起劲，不由也跟着赞起你来。”万通说。

“赞我何事？”梁芳问。

“有人赞梁哥豪爽，有大丈夫气。”万通说。

“这不是骂我！谁说的？”梁芳问。

“捣鼓珠宝的马三说的。人家有凭证呀！”万通道，“他说，梁哥隔两三天，就去他那里转转，见好的珠宝就买。不管多贵的货，只要买，下次去准保带足银两。故而他有上品，都愿留给梁哥。”

“通二哥知道，我这人不以物喜。”梁芳居然说得出半句古人文章里的名句，“寻摸来的珠宝，在我手里从不过夜，立刻送进昭德宫。”

“我姐也立刻赏下银两？”万通问。

“娘娘哪儿来的那么多银子！就算有，我也不能要。”梁芳说。

“梁哥又哪儿来的那么多银子？”万通问。

“取之于宫，用之于宫，我自有拿银子的去处。”梁芳说。他酒喝在兴头上，不然，不会把这话也说出来。

“可否透露一二？”万通想趁机追问。

“通二爷还是不知的好。”梁芳却不肯深说，“反正通二爷不是外人，看上什么好东西，而又囊中羞涩，我帮你付银。”

“梁哥此话当真？”万通问。

“大丈夫——”梁芳奇怪，平日最忌讳这个词，怎么今日听万通说一遍，自己也说起来。他改口说：“君子一言，驷马难追。”说罢，觉得许诺得太快，又问，“通二爷不会真要我帮忙吧？”

“我真要你帮忙。”万通说。

“通二爷不会真看上价值连城的宝物吧？”梁芳又问。

“不是买东西，是买个消息。”万通说。

“通二爷向我买消息？”梁芳知道，万通不是个关心消息的人。

“不是我要买消息，是我家娘子要买消息。”万通说。

“夫人买消息，这买卖得做。我给个好价钱，说不定，还能买一送一。”梁芳用买卖人的行话说。

“梁哥，和万阁老交情不错吧？”万通问。

“夫人要买的，就是这个消息？”梁芳愣了愣神，反问。万通今天似乎事事要占先，梁芳正要和他说说万安，他倒先问起来。

“这是个由头，”万通说，“梁哥和他交情不错，我再问；梁哥和他没交情，或者交情平平，我就不问。”

“可以说，交情不错。”梁芳道。

“交情不错，可知万阁老的夫人贵姓？”万通问。

“通二爷怎关注起他夫人，那可是阁老夫人呀，说不定哪一天，就成一品夫人，诰命夫人。”几句闲话之后，梁芳说，“对了，不是通二爷关注阁老夫人，是通二爷夫人关注阁老夫人，可通二爷夫人为何会关注阁老夫人呢？”

“梁哥别问为何关注，只告诉我，万阁老夫人是不是姓王？”万通道。

“万阁老夫人姓什么都有可能，就是不会姓王。”梁芳说。

“梁哥这么有把握？”万通问。

梁芳点点头，说：“在万阁老宅中，凡称王夫人，即指其小妾。”

“万阁老小妾姓王？”万通往实处问。

“对，万阁老一妻二妾，唯小妾姓王。”梁芳说。

万通又愣了愣神，然后大呼一声：“苦也！”

梁芳吓一跳，忙问：“通二爷怎的？”

“我夫人近日得知，有个同胞妹妹，幼年失散，听说二十年前嫁给万编修。梁哥想啊，二十年来，姓万的编修能有几人！”万通道。

“再久远，我不敢说，近二十年，姓万的编修仅一人而已。”梁芳说。

“我娘子要我打探的，便是此事。”万通道。

“夫人做何打算？”梁芳问。

“若打探得实，我娘子欲赴万阁老府上，与妹子相认。”万通说。

“这是天大的好事呀！我看，认妹一事，不但夫人可去，通二爷亦可去。”梁芳极力赞成。

“认妹是不妨，我去万阁老府上也不妨，只有一事不好办。”万通说。

“通二爷是不是怕万阁老推三阻四？”梁芳问。

“这也是个顾虑。”万通道。

“通二爷放心，别说万阁老小夫人与通二爷夫人为同胞姐妹，再无可疑；即便其间有所误会，万阁老也断不会推三阻四。”梁芳说。

“此事梁哥打保票，我大可放心。不过，我说不好办的，还不是这件事。”万通道。

“那是何事？”梁芳问。

“不管我是否陪同娘子去万府，她既去，既与妹子相认，她妹子总要来我家中回访吧，日后总要相互往来吧？”万通道。

“此乃常情。”梁芳说。

“我家是大娘子去万阁老家，万阁老家却是小娘子来我家，这个——”万通话没说完，但心思已表露无遗。

“不会，不会。”梁芳连声道。

“你是说，我通二爷不会被人小觑？”万通问。

“我是说，去通二爷家的，不仅有万阁老家的小娘子，还有万阁老家的大娘子。”梁芳道。

“梁哥又打保票？好，我回去就告诉娘子，此事已经查实，让她择日而行。”万通说。他又喝一大口酒，打算告辞。

“通二爷，且慢！”梁芳按他坐下，道，“还有件事，须得合计合计。”

“仍是我家与万阁老家大娘子、小娘子的事？”万通问。

“和通二爷与万阁老家的事相关，但不仅涉及通二爷家与万阁老家；和大娘子、小娘子的事相关，但又不是大娘子、小娘子的事。”梁芳说。

“什么又是又不是的，把我说糊涂了！”万通道。

“简单地说，万阁老称通二爷二叔，通二爷愿意不愿意？”梁芳问。

“万阁老叫我二叔？”这是万通从来没有想过也绝不以为可能的事情，“姐姐嫁给我，妹子嫁给万阁老，以此而论，我和万阁老充其量是兄弟而已。”

“通二爷可以这样论，但还有另一种论法。”梁芳说着，问道，“若有人以娘娘为姑，以己为侄，他该怎样称呼通二爷？”

“贞儿姐是我亲姐，以她为姑，自当以我为叔。”万通道。

“万阁老若以娘娘为姑，通二爷以为如何？”梁芳问。

“好事是好事，但平白无故称侄称姑的，怕是不成。”万通说。

“若不是平白无故，而是有凭有据，通二爷以为如何？”梁芳问。

“那当然是天大的好事！”万通道。

“可能不能成其好事，全在通二爷。”梁芳说。

“怎的在我？”万通不理解。

“实不相瞒，万阁老欲与你诸城万家认宗，凭据是有的；但娘娘有点儿信不过，要通二爷查查。通二爷若以为万阁老的凭据可信，娘娘不就成万阁老之姑，通二爷不就成万阁老之叔！”梁芳道。

“哈，原来是万阁老想攀附我皇亲国戚。”万通总算想通。

“娘娘打心眼里也想认下他这个侄儿。”梁芳说。

“两全其美的事，我何乐而不为！这话我会对贞儿姐说。”万通应诺后，觉得有点儿好笑，“想都想不到，天上会给我掉下个大侄儿！”

“我正要嘱咐通二爷一句。”梁芳道，“在娘娘面前，通二爷不妨以万阁老二叔自居；在万阁老面前，通二爷千万别摆长辈的架子，仍以兄弟相待为好。”

“这是为何？”万通问。

“人家终归是阁老。”梁芳道。

昭德殿里摆上一桌精致的酒馔，皇帝与万贵妃对酌。万贵妃为皇帝斟上酒，道：“这杯酒，皇上一定要饮。”

皇帝接过酒盅，在手里把玩一会儿，说：“贞儿姐姐劝酒，朕几时不饮过？但今日贞儿姐姐说句一定要饮，朕倒要问问缘故。”

“今日是正月二十三日。”万贵妃说。

“那又怎的？”皇帝一时记不起来，这是个什么重大的日子。

“皇上贵为至尊，进入第十个年头。”万贵妃说。

皇帝这才想起，他是在正月二十二日登极的。

“我说呢！”皇帝道，“小年，大年，还有上元节，贞儿姐姐都马马虎虎地过，今日却用心张罗，原来为的此事。”

“这杯酒，皇上饮不饮？”万贵妃问。

“如贞儿姐姐所言，一定要饮！”皇帝饮了酒后，要为万贵妃斟酒。

“皇上说就是，臣妾自个儿斟。”万贵妃道。

“那怎么成，劝酒全在心诚，酒都不动手斟，怎见朕心诚？”皇帝给万贵妃斟满酒，同时给自己的酒盅也斟满酒，然后一起推到万贵妃面前。他说：“这两杯酒，贞儿姐姐一定要饮。”

“皇上命酒，臣妾几时不饮过？但今日皇上说句一定要饮，臣妾倒要叩问叩问其中缘故。”除了把劝字改成命字，把问问改成叩问，万贵妃完全在学皇帝。

“朕登极进入第十个年头，贞儿姐姐服侍朕超过十五个年头。进入十个年头，该饮酒；超过十五个年头，岂能不饮！”皇帝道。

“那也只饮一杯已够。”万贵妃说。

“贞儿姐姐四方求药，心思朕是懂的。常言道‘良药苦口’，为贞儿姐姐这些年喝的苦药，朕也该敬你一杯。”皇帝说。

“臣妾遵旨。”万贵妃把两盅酒都饮尽，并喝道，“来呀！”

服侍的内臣上前一步，躬身应道：“奴才在。”

“再取一个来。”万贵妃指着酒盅命道。

“贞儿姐姐何意？”皇帝问。

“取来再说。”万贵妃道。内臣取来的不是一个酒盅，而是两个酒盅。万贵妃问：“我让你取一个，你为何取两个？”

“奴才想，娘娘命奴才取一个，爷说不定也要命奴才取一个。不如多取一个，备在这里。”内臣说。

“朕会不会命你取一个，要看娘娘命你取一个来做何用途。”皇帝道。

万贵妃把三个酒盅一字排开，都斟满酒。她拿起其中一个，呈与皇帝，说：“这三杯酒，皇上一定要饮。”

“贞儿姐姐劝——”皇帝话说半句，忽停下来。这话他说过，且被万贵妃重复一遍，再说就太没有意思。他改口说，“连饮三杯，不是小事，贞儿姐姐有何说辞？”

“臣妾昔为一民女，今为贵妃，该当谢恩！”万贵妃说。

“贞儿姐姐册为贵妃，已有好几年；贞儿姐姐好几年前，已谢过恩，今日怎么又谢恩？”皇帝问。

“皇恩浩荡，臣妾永不能忘！”万贵妃说。

“贞儿姐姐这么说，朕若不饮，倒是辜负贞儿姐姐的虔诚。”皇帝饮一盅酒，道，“不过，贞儿姐姐谢恩，朕饮一杯已够。”

“臣妾父、兄、弟皆蒙赐官，臣妾当为他等谢恩！”万贵妃说。

“这也可饮一盅。”皇帝道。

“臣妾还要为族人谢恩！”万贵妃说。

“这也说得过去。”皇帝要饮最后一盅时，忽觉不对，“贞儿姐姐族人也有授官的吗，是谁？赐授官职太低，朕消受不起贞儿姐姐一谢。”

“内阁万先生，是高官。”万贵妃道。

“万先生是贞儿姐姐族人？”皇帝惊道。

“还是臣妾子侄辈呢。”万贵妃说。

“他是贞儿姐姐子侄辈！”皇帝听了直摇头，上朝之际，万安离得近，他可以看清楚。此人样貌不俗，但不管怎么说，额头上有那么清晰的皱纹，年纪不会小，“我看，他比贞儿姐姐年纪还要大呢！”

“论亲只以辈分，不以年纪。”万贵妃忘记从谁那里听过类似的话。

“有道理，这杯酒，朕也辞不掉。”皇帝喝完最后一杯，又后悔，“唉，这酒朕是不该饮的！”

“为何不该饮？”万贵妃问。

“他升职，他入阁，朕都不曾特别关照。”皇帝说。

“皇上今后关照他，也不为晚。”万贵妃不是随便一说，而是有所考虑，“臣妾听说，内阁之臣有首辅和其他辅臣之分。”

“这不好，”皇帝没答应，“阁臣依在阁资历递进，朕若破例把他提到前面，对他并无好处。”

“臣妾听说，阁臣多加尚书衔。”万贵妃又说。

“他还没加尚书衔吗？朕着人去问问，”皇帝道，“果真未加尚书衔，朕应允贞儿姐姐，今年之内，给他个尚书衔。”

说着，他让内臣把额外取来的酒盅呈上，把四个酒盅排好。

“皇上饶命，臣妾认输！”万贵妃道。

皇帝在酒力上取胜，开怀大笑。

第七十二章

姚夔病重的消息传到内阁，彭时放下手里的事情，去他家里探视。姚府家人把他直接引到内室。

“纯道先生来了！”姚夔虽然没卧倒在床，但招呼时有气无力，他试着起身相迎，试两次，都没能站起来。

“大章先生别动！”彭时忙说，“弘载先生本来约好我一起来的，但他夫人忽然昏厥，我只好一人先来。”

“纯道先生一人来，在我已是幸甚。纯道先生今日不来，我还真想着人去相请，或将弘载先生也请来。”姚夔说。

“大章先生有事？”彭时问。

“也没特别的事，只是想请二公斟酌斟酌：同仁先生和同节先生，哪位更适宜掌铨政。”姚夔说。

彭时一时难以回复，不仅因为姚夔这么问，无疑有交待后事之意；而且，他问的不是尹旻和叶盛，谁更适宜接掌吏部，却是尹旻和王槩，谁更适宜掌吏部。当然，吏部尚书更替，不一定以本部侍郎，况且，去年叶盛受命评估搜套之役，人们宁信他会接掌兵部，也不信他会接掌吏部。但是，把尹旻、王槩二人放在一起问，是有前因的，是让姚夔感到别扭的。这两年，姚夔和刑部尚书陆瑜被科道弹劾较频，据说皇帝曾有意更易二部尚书，至于以尹旻或王槩接替姚夔，也是有出处的。

“当然是大章先生更适宜掌铨政。”彭时想说句笑话岔开。

“纯道先生一定要斟酌斟酌，一定要和弘载先生议议：同仁先生和同节先生，哪位更适宜掌吏部？”姚夔固执地说。

“我不愿说同仁先生更适宜，也不便说同节先生更适宜。”彭时说。

他的态度其实够明确，姚夔还想让他说得更明确。

“纯道先生为何不愿说同仁先生更适宜？”他问。

“同衙数年，大章先生应该比我更清楚。”彭时说。

“纯道先生为何不便说同节先生更适宜？”姚夔问。

“同节先生与我同乡，且私谊甚厚。”这一层，彭时说得较为具体。

“纯道先生可知，你不便说其更适宜者，已公然表白无意染指吏部；即便被推，也一定力辞？”姚夔问。

“他曾对我言及。”彭时道。

“纯道先生可知，他为何有此表白？”姚夔又问。

“据我所知，是迫于压力。”彭时道。

“压力来自何人？”姚夔问。

“他不肯说，我也不好问。”彭时道。

“便来自你那位贵同年。”姚夔说。

“这我也曾想到。”彭时并不很惊讶。

“可知详情？”姚夔问。

“不知。”彭时道。

“纯道先生想不想听听？”姚夔问。

“看来，大章先生对此事知之甚详？”彭时反问一句。并说，“想听是想听，只怕大章先生太过劳神。”

“不妨，纯道先生该知道其中详情。”姚夔身子往后仰了仰，在调整姿势的同时，也在考虑，该从哪里讲起，“有个说法，不知确实不确实，纯道先生姑妄听之吧。七年下半载，或八年上半载，有以同仁先生或同节先生取我而代之的传言，据说，是司礼监有人向皇上举荐的。”

“是他吗？”彭时边问，边用手指在空中比画着“覃”字。上面的西字比画完，姚夔点一下头，中间的日子比画完，姚夔连连点头，下面的一横一竖根本不用再比画。彭时说，“这一传言，我亦有所闻。”

姚夔后面的叙述，很具体。

据说，对尹旻和王槩两个接任者，皇上是点过头的。

该公公把此事透露给王槩、尹旻。他先去的王槩家，尹旻估计，不是他，就是皇帝，更倾向于王槩。

第二日上朝，尹旻拦住王槩，问：昨晚可有人去府上？

王槩答：没有。

尹旻道：去同节先生家的人亲口说的，还会有错！

王槩问：他亲口对同仁先生说的？

尹旻说：若不是他亲口对我说的，我不会来问同节先生。

王槩问：他怎对同仁先生说的？

尹旻说：他怎对同节先生说的，便是怎对我说的。

王槩问：同仁先生信其事乎？

尹旻说：信不信，尚在两可；不过，闻得同节先生曾向人家道谢。

王槩大窘，矢口否认，并说：我正要向同仁先生道贺，其事我何敢望！

讲述之后，姚夔道："纯道先生说，同衙数载，我该知道得更清楚；但他与我冲突之际，我是当事者，愈发不便评议。倒是这一件事，两三句话，便说得同节先生知难而退，我不能不佩服他的心计！"

"这等事，此公做得出来。"彭时的评论更简单。

"同仁先生和同节先生，哪位更适宜掌铨政？"姚夔这是第三次问。

彭时无奈地笑了笑，重复："在我看来，还是大章先生更适宜掌铨政。"

二月初九日，姚夔病逝于家中。

尹旻进灵堂行过礼后，问在灵堂外忙活的家人，司礼监覃公公来没来？家人告诉他，覃公公没来。他于是在姚府外不远处等候。他知道，吏部尚书病故，司礼监诸位公公都要来吊唁，覃公公也要来吊唁。

他很幸运，司礼太监覃勤是独自一人来的，他可以不假思索地迎上去，坦诚地说他想说的话。

"同仁先生在等我一同进去吗？"覃勤问。

"等公公不假，但我已经拜祭过。"尹旻说。

"是有话要说？你看，是先说，还是等我出来再说？"覃勤问。

"听公公的。"尹旻道。

"先说呢，同仁先生说得匆忙，我听得匆忙；后说呢，同仁先生等得发慌，我祭得发慌。匆忙好过发慌，眼下又没什么人，不如先说吧。"覃勤分析利弊。

"那我就抓紧说，"尹旻道，"前者，公公在皇上面前力荐同节先生和在下；举荐之恩，我是不会忘的。"

"好说。"覃勤应道。

"公公力荐，同节先生力辞，不知公公怎想？"尹旻问。

"他不过放出点儿风声，也不算力辞。"覃勤说。

"放出点儿风声，已很让公公为难吧？"尹旻问。

“也没什么为难的；既然同节先生自称不能胜任吏书一职，我可只荐同仁先生一人。”覃勤说。

“公公厚爱，在下铭记于心！”尹旻道。

“好说！”覃勤又应一声。

“公公，上次的事，皇上分明颔首，怎又半途而废？”尹旻问。

“我也纳闷。”覃勤道，“后来想明白：一来，皇上颔首，是认可我举荐的两个人，却没下决心免去大章先生官职，毕竟是多年的尚书；二来，朝廷大臣里，维护大章先生的人多；三来——”

本来说得很顺畅，到这里却卡住。

“三来，是有人不欲我掌铨吧？”尹旻替他说。

“谁个掌铨，能人人赞成呢？”覃勤含糊地说。

“我看，公公举的三事，应倒转过来说。”尹旻道。

“怎么个倒转法？”覃勤问。

“有人不欲我掌铨，在第一位。”尹旻说，“若不是有人不欲我掌铨，且不欲我掌铨的人势力很大，皇上是会下决心免去大章先生官职的；维护大章先生的大臣也不一定会仍维护大章先生。”

“同仁先生这番剖析，不无道理。”覃勤附和一句，然后问，“同仁先生亦知，有人不欲你掌铨？”

“哪个对我好，哪个对我不好，我心如明镜。”尹旻说。

“同仁先生说说看，谁不欲你掌铨？”覃勤道。

尹旻见覃勤两眼往姚夔宅第看，摇了摇头，说：“不是他。他想自个儿掌铨，当然不愿意把位置让与我。不过，他是当事之人；他意向如何，不会影响其他大臣，更不会影响皇上。”

“比大冢宰更能影响皇上的，只有阁老。”覃勤道。

尹旻没说话；但他眼神里流露出来的，除了认可，还有怨恨。

“是纯道先生吗？”覃勤问。

“他不会，”尹旻道，“如果皇上以同节先生和我咨于此公，他不会公然属意于同节先生。”

“为何不会？”覃勤问。

“好名节而已，岂有他哉。”尹旻道。

“同仁先生是说，同节先生与他同乡？可同仁先生也与他同年呀！”覃勤试图反驳。

“他与同节先生有私谊，与我却是君子之交。”尹旻冷笑。他所谓的君子之交，只蕴含平淡，而没其他的含义。

“不是纯道先生，则是弘载先生。”覃勤道。

尹旻的眼神里，流露出更多的怨恨。

“他与同仁先生并非同年，与同节先生并非同乡，倒是不怕在你二人中有所偏爱。”覃勤说。

“岂止不怕！”尹旻道，“公公举荐同节先生和我，此公说过两句话，公公可知？”

“不知。”覃勤摇头。

“第一句话，他说：同节先生虽不曾任职吏部，二人中，我宁推同节先生。”尹旻向他转达商辂的第一句话。

“同节先生若不放出风声，自称无意吏书一职，你二人谁接任吏书均可。这话并未得罪我。”覃勤说。

“第二句话，他说：吏书关系重大，须得慎择；同节先生即便力辞，我仍以为他较为适当。”尹旻向他转达商辂的第二句话。

“亦即：同节先生力辞，也不让同仁先生就其职？”覃勤引申道。

“正是此意。”尹旻应道。

“这可有点儿欺负人。”覃勤发泄对阁臣的不满，也只能到这个程度。他问：“同仁先生可有对付他的法子？”

“不让此公插手推举吏书，眼下是个极好时机。”尹旻说。

“什么好时机？”覃勤问。

“商夫人病逝，他请了几天假，在家中料理后事。朝廷若早定人选，他想插手，也来不及。”尹旻说。

“此事在我。”覃勤应承道，“弘载先生属意何人，我无法可想；速其事成，我还是有法子的。”

两天后，覃勤拉着怀恩、黄赐，来到内阁。

“纯道先生，旨拟否，皇上在催呢。”覃勤说。

命内阁拟旨，是昨天的事。今天就来好几名司礼太监催促，显得太急。彭时看怀恩一眼，他不被人注意地点一下头。彭时于是知道，皇帝催促，确有其事，覃勤并非假传圣旨。

“推大冢宰一事，皇上命内阁诸臣议之，因弘载先生尚未销假，我与循吉先生议了议，欲待弘载先生赴阁再定。”他说。

“昨日皇上交代，看看内阁诸先生有何议；今日皇上只问，阁臣拟旨否？”覃勤述道。

彭时又看怀恩一眼，他没再点头，可也没摇头。

“昨日皇上垂询臣等有何议，臣等尚未奏复。”彭时说。

“纯道先生且说，我等可代为转奏。”怀恩说。

“昔日曾议过，以同仁先生、同节先生二人中之一人，取代大章先生；我想问一问，今日接掌吏部，是否定要从二人中择之？”彭时问。

“皇上若有此意，就不会让阁老们再议。”怀恩道。

“皇上也没有说，前所议二人不可用。”覃勤道。

“纯道先生是否有别的人选？”黄赐问。

“我想起一人，或可再任。”彭时说。

“再任？纯道先生的意思，此人曾任吏书？”黄赐问。

“是。”彭时应道。

“是执中先生吗？他是免官的，不可再任。”覃勤说。

“不是执中先生。”彭时说。

任过吏部尚书而又在世者，除了李秉，只有崔恭。

“那就是克让先生？”覃勤问罢，说道，“他不在南京任尚书吗？皇上的意思，今次补吏书，只在朝廷大臣中推。”

彭时希望从怀恩的脸上看出，皇帝并没这个意思。但怀恩的表情告诉他，皇帝确曾说过这话。

“若只在朝廷大臣中推，则无如臣旻。”彭时说。

他知道，这样说有点儿对不住姚夔，因为姚夔曾抱病和他谈论尹旻的为人。他曾希望搬出崔恭，可以阻止尹旻被推，因为论资历、论人望，崔恭都远在尹旻之上。另一方面，他也不愿因为这件事，和司礼监，尤其是和覃勤，形成僵持的局面。从某种意义上说，覃勤力荐王槩，有讨好他的意思。当年李秉被免，他就准备推举王槩；因更多的人倾向于姚夔，特别因商辂倾向于姚夔，他才没坚持。

“循吉先生之意呢？”覃勤问万安。

“我并无已见。”万安说。

“那就请先生们拟旨吧！”覃勤道。尹旻升本部尚书，遂成定局。

第七十三章

新会人刘铭、梁苟，贩运一船谷米到雷州去卖。谷米卖完，二人又买些雷州半岛上的土特产，准备带回新会。新会是县城，所需有限。但它离广州很近。广州是个大都会，东西再多，也销得出去。

雷州没有正式的码头，来往的船只凭着船主的经验，随意停靠在海岸；又凭着船主的经验，驶入海里。由雷州到新会，先往北，再转向东，反正是沿着海岸行驶，船不用很大，人手也不用很多。

刘铭、梁苟站在岸边高岗，指挥雇佣的几名水手兼搬工，把买来的土特产装上船。才装一半，忽听到背后响起杂乱的脚步声。回头一看，一对男女跌跌撞撞往海边跑，女子戴的头巾遮住了大半个脸，胳膊上挎着个包袱，男子则背着个女娃。

“好人救命，好人救命！”男子边跑边呼。

不用他喊，刘铭、梁苟也知道，在这荒郊海边，唯一可能遇到的灾难，就是强贼。

贩海的船只遇到强贼，一定要以最快的速度把船划离海岸。水手们丢下手里的货物，争着往船上跑。刘铭、梁苟跳下高岗，往船上跑。他们只求自己逃命，哪里还顾得上大喊救命的这一家人。

也是这家人命不该绝，刘铭在往船上跑时，回头瞥一眼，恰巧一阵海风把女子的头巾掀起，整个面孔露出来，竟是个绝世佳人！

刘铭心里一动，停了下来，招呼道：“那汉子，快跑两步！”

同时，他迎上去，搀扶那女子。那女子已是精疲力竭，也顾不上男女授受不亲，在他的帮助下，跑完最后一段路。

一伙强人追到海岸时，这只贩谷的船只离开仅十余丈。陆地的强人，不敢轻易下海。其中力气大的，拾起拳头大小的石块投掷，企图把桅杆打断。全船人无不吃惊，水手们更加用力地划桨。船只离海岸越来越远，直到岸上强人的面孔都不清晰，大家才松一口气。

“好险！”刘铭大叫一声。

“本来没这么险的，都是刘大哥要做好人，才使得众兄弟陷入险境。”梁苟嘟囔着。

“你别怪我，看看这一家人，你忍心不救吗？”刘铭让他看这一家人，自己的眼神却只盯着女子。

梁苟注意到他的眼神，但女子的脸又被头巾遮住，看不出什么。

“刘大哥说该救，就算该救吧；但刘大哥有没有问过，他等是哪里人，姓什么，叫什么，要到哪里去？”梁苟道。

“方才只顾逃命，哪里有工夫询问！阿苟想知道，这会儿问也不迟。”刘铭说。

那男子知趣，不等梁苟问，便一一回答他提的那些问题：“小子姓吴，名金童。她是小子的娘子，姓庄。这娃儿是我二人之女。今日我夫妻带小女去郊外寺里上香还愿，不幸遭遇强人。我等是海康人，自然想回海康。但我一家三口，现处大爷们的船上；大爷们的船到哪里，我等也只好先到哪里，日后再设法还乡。”

海康是雷州属县，与雷州府同城。梁苟点着头说：“懂了你是海康人，还要回海康。刘大哥和我正好做的是新会到海康的生意，下次来时，带上你一家三口，也不是难事。”

“多谢大爷！”吴金童抱拳称谢。

“你别谢得太早，”梁苟把手一扬，道，“刘大哥和我是生意人，不是救苦救难的菩萨。新会、海康之间往返一次，无论走海路也好，走陆路也好，需要付多少银子，你是知道的。这次从海康去新会，算你搭个便船，只收你一半银子。从新会到海康，再没有便船，再不会只收一半银子。”说罢，问刘铭，“大哥，我说得对吧？”

“对不对的，可以商量嘛。”刘铭说。

梁苟一脸凶相，吴金童原来也没想从他嘴里听到什么好话，但从开始就表现得乐于帮人的刘铭并不对梁苟加以反驳，让他感到失望。

“落难之人，身上只有几个散钱，哪儿来的银子。”他喃喃地说着，从庄氏手里取过包袱打开，里面除了普通家什，只有几枚铜钱。

“这几个钱，只够喝一天米汤的。”梁苟冷笑道。他看了吴金童女儿一眼，说：“你这女娃倒是长得伶俐可人。”

吴金童听懂了他的意思，道：“我不卖女。”

梁苟又把目光转向庄氏，说：“你老婆总遮住脸，大概不堪入目，到了人家里，只好做些粗活。”

"我也不卖妻。"吴金童道。

"能想到的出路，我都为你想到；你不听，我也没法子。"梁苟说。

"我有法子。"吴金童道。

"你有什么法子？"梁苟问。

"我卖自身，"吴金童道，"我给大爷做佣工，待赚够路费，再还乡。"

梁苟被噎回去，刘铭则大喜，"吴家兄弟，我看你也是条汉子！"

"一言既出，绝无反悔！"吴金童道。

按照约定，吴金童一天在刘铭家帮工，一天在梁苟家帮工；庄氏和他们的女儿则住在刘铭家里，吴金童在梁家帮完了工，也回到刘家住。梁苟知道刘铭很会算计，不知这一次为什么舍得家里多两个吃饭的人，但吃亏的既然不是自己，他也不会多问。

吴金童去梁家帮工，刘铭趁人不备，溜进下房。那个屋子本来是放杂物的，现在收拾出来，给吴金童一家居住。

庄氏盘腿坐在床上，缝补几件旧衣物，看来是做长住的打算。

"娘子。"刘铭招呼。

"大爷。"庄氏也招呼。

"娘子人长得如花似玉，女红也做得如花似玉。"刘铭以言语挑逗。

"大爷取笑，"庄氏道，"缀个补丁，哪儿来的花，哪儿来的玉！"

"娘子缀个补丁，也一丝不苟，缝件新衣，定然精致。明日烦劳娘子为我制作件新衣。"刘铭说。

"应该的，大爷家里有什么活计，交代就是。"庄氏道。

"娘子做活，缺不缺用具？"刘铭问。

"我有个习惯，出门时总随身携带针线，够用了。不过，有件东西，却是向大爷借用的。"庄氏说。

"娘子借用的是何物？"刘铭问。

庄氏眼帘垂下，看着自己两腿之间。刘铭顺着她的眼神看去，顿觉一股寒气从脊梁间升起。原来，在针线边上，放着一把柴刀。

"海康人也怪，做女红时，还用柴刀？"他说。

"海康多强人，不得不防身。"庄氏道。

"我新会却无强人。"刘铭说。

"听说有豺狼。"庄氏道。

“纯是谬传，娘子莫信！”刘铭说着，溜出门去。

从那天开始，只要吴金童去梁家，庄氏就把门反锁，把窗关严，刘铭只能隔窗与她说话。

刘铭、梁苟凑足一船谷米，又要贩去雷州。刘铭心事重重，对这趟生意一点儿也不上心，以致梁苟说：“大哥这会儿不愿出门的话，咱就迟些日子再去。”

“迟到几时？”刘铭问。

“迟到大哥觉得不吃亏。”梁苟说。

“怎叫我不吃亏？”刘铭问。

“姓吴的小子干活肯出力，在我家帮工这些日子，可以偿清应该给我的那一半路费。但大哥除供给他居屋，还替他养着两个闲人，他肯定偿还不清。所以，现在把他放走，大哥吃亏。”梁苟解释说。

“你我弟兄，分得清彼此吗？我吃亏，还不就是你吃亏！”刘铭道。

梁苟自觉占了便宜，顺着他说：“可不！大哥吃亏，兄弟心里也不安。”

“你说，你我兄弟怎样才能不吃亏？”刘铭问。

“我还是觉得，把一妻一女卖掉，大哥和我就不吃亏。”梁苟说。

“要是一妻一女归了你我呢？”刘铭问。

“那还有赚头。不过，我要那女儿。”梁苟说。

“好说，当哥哥的不会和你争。”刘铭道。

“可卖女卖妻，姓吴的小子不肯；女儿、妻子归你我，他会肯？”梁苟高兴没一会儿，就发现难题。

“姓吴的小子若在，他当然不肯。”刘铭说。

“大哥是说，姓吴的小子不在，他就肯？”这话不合情理，梁苟纠正说，“他若不在，肯与不肯，由不得他。”又问，“刘大哥，怎样才能让他不在？”

“让他不在的法子很多，兄弟想一个。”刘铭引而不发。

“把他撵出大哥家？”梁苟的法子是最容易想到的。

“别说撵出我家，就是撵出村子，撵到外县，他也会回来。交往这些日子，姓吴的小子有恒心，你看不出来？”刘铭道。

“撵走不成，大哥有什么法子？”梁苟问。

“让他永远无法开口！”刘铭阴沉地说，并问，“兄弟懂我的意思吗？”

“我懂，大哥绝不是说给他吃哑药。”梁苟道。

“兄弟既懂，这事须我二人合力来办。”刘铭说。

“好，找一天他从我那里往回走时，大哥埋伏在半途，我在后面尾随，前后夹击，不难置他于死地。大哥看好不好？”梁苟很快设计一个方案。

“不好，”刘铭道，“他死在半途，你我掩埋不掩埋？掩埋的话，容易被人见到；不掩埋的话，有人报官，官府一定要查。”

“大哥的意思呢？”梁苟问。

“死在陆上，不如死在水里。”刘铭说，“兄弟带他去西江打鱼，我找到江边，和兄弟合力杀他后，抛尸江中。尸首顺流而下，不知漂到哪里，即便被报官，官府也无从查起。”

西江在新会城东北，是新会渔夫打鱼的主要地方。

“好，我听大哥安排。”梁苟应道。

刘铭在窗框上敲两下，叫道：“娘子！”

“大爷有事吗？”庄氏在屋里问。

“娘子能不能把门打开，有大事相告。”刘铭说。

“大爷就在外面说吧，我听得真。”庄氏道。

“我在外面说可以；不过，娘子要沉住气。”刘铭停顿足够时间，才说他要说的大事，“吴家兄弟没了。”

屋里本来有声响，不知庄氏在做活计，还是在找那把防身的柴刀。听了这话，一下子静了下来。刘铭以为，她马上就会号啕大哭；她并没有。

过了比刘铭停顿的时间还要长的时间，庄氏才说话，声音很沉静。

“大爷说的没了，是什么意思？”她问。

“没了，就是不在了，很可能已死。”刘铭说。

“他说，今日要帮梁大爷去打鱼，怎的会没了，会不在了，会死？”庄氏的质问不是出于哀伤，而是出于愤慨。

“吴家兄弟随梁家兄弟驾船打鱼，船被浪打翻，梁家兄弟被救上岸，吴家兄弟却寻找不到。西江水急，水性再好的人，也有溺毙者，何况吴家兄弟不识水性。”刘铭说。

又静一阵，庄氏问：“出事时，刘大爷在吗？”

“不在，”刘铭道，“梁家人来报信，我才得知。”

“刘大爷能帮我个忙吗？”庄氏问。

“娘子尽管说。”刘铭先答应下来。

“带我去翻船的地方看一看。”庄氏说。

“我正想问，娘子愿不愿随我去翻船的地方看一看呢。”刘铭道。

屋里又有响动，想来是庄氏在换衣服。不一会儿，她拉开门闩，出现在门口。她穿的是一身淡素的衣服，一手牵着女儿。

“从这里到西江，路不近呢。”刘铭不想让她带女儿去。

“不怕，孩儿能走。”庄氏道，又说，“她爹爹既没，既不在，既死，总得让她看一眼爹爹死难的地方。”

一路上，两个大人有一句没一句地说着话。孩子不知忧愁，被外面的景致吸引，她掰开妈妈的手，一会儿在前一会儿在后地跑着；等到跑累，又回来倚着妈妈的身子。这一依，好像立刻又有了力气。

“吴家兄弟没了，娘子有何打算？”走过一半的路，刘铭忽问。

“夫在，听夫；夫不在，一切由大爷做主。”庄氏说。

刘铭没想到这么快就得到庄氏的许诺，欣喜异常地问：“当真？”

庄氏庄重地点点头，然后说：“不过，有件事求大爷帮扶。”

“娘子尽管说。”刘铭道。

“求大爷找回孩儿她爹爹尸首。”庄氏说。

“他在我家住着，如同我的客人。客人骤然之间不见，主人理当把他找回来。”刘铭说。

“求大爷就地把他埋葬。”庄氏又提出一个请求。

“不在话下。”刘铭道，过了一会儿，他问，“娘子还有何事吩咐？”

“再无别事。”庄氏说。

“那么，娘子说一切由我做主，究是何意？”刘铭问。

“大爷中意，小女子愿嫁入大爷家为妾；大爷不中意，小女子愿在大爷家做个使女；大爷把小女子卖与人家，小女子毫无怨言。”庄氏说。

“娘子说的哪里话，我对娘子已垂涎多日！”刘铭道。他虽没读过书，却知垂涎两个字意思不好，用在这里不妥，所以，马上改口：“一切还是等找回吴家兄弟，把他埋葬后再说。”

“多谢大爷！”庄氏福道。

江边聚着许多人，一条渔船歪倒在江心，显然就是出事的那条船。

庄氏拉着女儿，快走两步，拨开人群，往前面挤。有人低声告诉别人，她是刘铭刘大爷家的客人；也有人低声告诉别人，坠于江中、不知去向的，是她的丈夫。庄氏好像没听到这些议论，只是呆呆地望着江心。那里其实什么也看不出来。船为什么会翻看不出来，坠江者激起的波纹看不出来，不见被救起的人，也不见没被救起的人。

过一会儿，她拉着女儿挤出人群，一言不发，顺着江边往下游走去。

刘铭追上来，问道："娘子，去哪里？"

"大爷请回吧。"庄氏道，"大爷别忘对我的承诺，我也不会忘对大爷的承诺。两天后，我必回刘家。"

她的话果断、干脆，不容刘铭再问任何问题，提出任何异议。他只能嘱咐一句：娘子早些回家，便任她往前走去。

从天明走到黄昏，从黄昏走到深夜，又从深夜走到天亮。女儿早就走不动，是在被她拖着走；拖也拖不动，被她背起来走。为什么而走，她不知道；走向何处，她不知道；走到几时，她不知道。她只有一个念头：走到自己也走不动的时候，她就不走，然后把寻找丈夫尸体和掩埋丈夫这两件事，交给刘铭去办。刘铭把这两件事办好，她就给他做妾。为了年幼的女儿，她要活下去。

就在她完全走不动时，发生一件怪异的事：顺流而下的江水在她面前打个漩涡，并把一件东西推到她脚下。她低头看去，不是东西，而是个人，准确地说，是具趴在水中的尸体。她的第一个念头是：和自己丈夫一样遭遇不幸的这个人是谁呢？她的第二个念头是：这个遭遇不幸的人会不会就是自己的丈夫！

她弯下腰，把尸体翻过来。在看清死者面孔的刹那，她感到一阵眩晕。天哪，不是她的丈夫，还会是谁！丈夫的双手被捆绑着，双脚被捆绑着，脖子上、肩上，都有刀砍的痕迹。

一切都变得清晰，吴金童不是死于意外，而是死于谋杀。杀害他的人，不会是梁苟一人，不会是刘铭一人，一定是他二人。庄氏再没有选择的余地：她可以为女儿屈辱地活着，但不能和杀害丈夫的仇人生活在一起；她希望女儿活下去，但不能让她和杀害爹爹的仇人生活在一起。她把丈夫的尸体推进水里，然后抱起女儿投入江中。

两天后，发生一件更加怪异的事情：吴金童、庄氏和他们女儿的三具尸体，被水冲到刘铭家门外。刘铭找人把三具尸体投入江中，但第二天，三具尸体又被水冲到刘铭家门外。有人把这件怪异的事报与官府，官府循着这一线索，很快查明案情。

第七十四章

宁晋伯刘聚，是在朝廷搜套、守边两种不同方略的激烈争论中，前往西北接替武靖侯赵辅的。他满肚子的困惑，只能希望王越为他解惑。这不仅因为他虽有节制的名义，也要被王越所节制；更因为朝廷先后差遣三名勋臣往西北，都是以王越总督军务。对于西北的局势，他总比朝中那些空谈家要了解得多吧？

但王越来往于各边镇间，两个人见次面都难，更不要说推心置腹地长谈。六月初，二人在军中相会，刘聚想，这次无论如何也要从他嘴里掏出点儿实话来。

二人坐在一起时，你看看我，张了张嘴，没说出话来；我看看你，张了张嘴，也没说出来话来，二人不由都笑出声。

“爵爷，听说你有话要问我？”王越问。

“世昌先生会不会拂袖而去？”刘聚反问。

“在爵爷面前拂袖而去，谁有这么大的胆子！”王越道。

“世昌先生不会拂袖而去，我就问。”刘聚道，“朝廷力主搜套驱虏，世昌先生看，行得通行不通？”

“爵爷问的是这事呀！”王越的口气让刘聚觉得，这个问题并不难回答；不料，他说的却是，“爵爷不久前才离开朝廷，我正想问问，爵爷对此事有何高见？”

“此公所言，有理；彼公所言，亦有理。听来听去，听得我不知所云，所以才来请教世昌先生。”刘聚道。

“爵爷说没听明白，恕我直言，爵爷还真没听明白。”王越说。

“那好啊，就请世昌先生从我没听明白的地方说起。”刘聚道。

“爵爷称，朝廷力主搜套，我看，此说就不实。”王越指出。

“世昌先生的意思是——”刘聚仍没听明白。

“去春，少冢宰与中先生奉旨西来，与武靖伯、陕西马都堂、延绥余都堂、宁夏徐都堂及在下，计议西北用兵事，那次的计议，可以说异常详尽，与中先生还朝后，可是力主搜套？”王越问。

“不然，与中先生以为守方长策。”刘聚道。

“爵爷可知，与中先生为谏官日喜出豪言？”王越问。

“亦有所闻。”刘聚道。

“前者喜出豪言，以为虏寇不足以驱之；今则以为守方长策，爵爷不觉得怪吗？”王越问。

“是有些怪。”刘聚道。

“爵爷可知，他为何有此变化？”王越问。

“我和与中先生并无深交，不知他怎想。”刘聚说。

“只因西北之行。”王越道。

“因西北之行？”刘聚问道，“是因套虏强盛而畏惧？”

“非也。”王越道。

“是因河套辽阔而退缩？”刘聚问。

“非也。”王越道。

“是因兵员不足而无奈？”刘聚问。

“这或是个缘故，却不是主要缘故。”王越说。

“主要缘故呢？”刘聚问。

“边无良将。”王越说。

“因边无良将，而不赞成搜套，而改以守为长策？”在刘聚看来，这个结论不能成立。

“对！”王越的答复却很肯定。

“世昌先生怎知？”刘聚问。

“与中先生在边时，与我详谈过。”王越说。

“那么，世昌先生也不赞成搜套？”刘聚由此得出结论。

“那却未必。”王越的回答不肯定。

“边无良将，世昌先生怎看？”刘聚问。

“一来，边防有无良将，推广而言之，天下有无良将，不可一言以蔽之；二来，良将是要以慧眼挑选的。”王越说。

“世昌先生总督军务有日，可曾挑选出良将？”刘聚问。

“这正是今日要与爵爷计议的。”王越道。

“这么说，世昌先生已挑选出良将？有几位？”刘聚问。

“先为爵爷说一位，如何？”王越道。

“你说！”刘聚当然很想听他说。叶盛对边无良将的感叹，他到西北以后，也能感受得到。

“王将军玺，爵爷知道这个人吗？”王越问。

“可是来自山西的游击将军王玺？”刘聚估计是他。

“不错。”王越说的果然是他。

“抚宁、武靖二爵都对他称赏有加。”刘聚说着，问道，“听说他已选充宁夏副总兵？”

“这是年初的事。”王越道。

“游击将军而升任副总兵，已是难得的机遇，世昌先生是不是仍以为不足以当其才？”刘聚问。

“那倒不是，”王越道，“宁夏副总兵，不过是个虚名而已。我想，不如假以总兵官名衔，调其来延绥。”

“世昌先生既看好他，加总兵官之衔亦无不可；调他来延绥，亦无不可！”在刘聚，这本来无可无不可；但他似乎又悟出点儿什么，“宁夏近河套，延绥远河套，世昌先生将得力战将由宁夏调至固原，也是以守为长策吧！”

“这话爵爷今日说还可以，过几日却不能再说。”王越道。

“这是为何？”刘聚问。

“延绥巡抚衙门治绥德，显见是延绥镇距河套远，宁夏镇距河套近，但延绥镇一旦迁治榆林，还有远近之分吗？”王越道。

“哎呀，只顾套世昌先生的话，却忘了这一层。”刘聚笑着说。

“爵爷欲套何话？”王越问。

“还不是世昌先生主张搜套，抑或主张守边！”刘聚说。

“你我最好就事论事，不涉及搜套、守边之争。”王越道。

刘聚有点儿失望。本来以为，王越被问得不得不对这个有争议的问题发表议论，哪怕只议论一两句也好，谁知却被率先拦腰斩截。其实，他也很清楚，将在外，该做什么做什么，最好不去管朝中的争论。要是把朝中的争论都放在心上，那就什么也别想做。

“世昌先生欲论何事，是延绥的防务吗？”他情绪不高地问。

“主要是延绥的防务，但也不全是延绥的防务；毕竟爵爷不是延绥的镇将，我也不是延绥的抚臣。”王越说。

“但不知世昌先生欲从何论起？”刘聚问。

“从陕抚马都堂、总兵白都督的奏议论起，如何？”王越道。

“他等备开的御贼三方略吗？”刘聚的兴致又高涨起来，这也是他想和王越谈论的一个大题目，“世昌先生巡视各边镇，备贼三方略是世昌先生与负图先生、白帅一起合计出来的吧？”

“他二位合计出来的，不干我事；而且，他二位合计出来的备贼三方略，我实在不敢恭维。”王越说。

这倒像是刘聚所了解的狂傲自负的王越。他问：“备贼三方略有上、中、下之分，世昌先生不敢恭维的是哪一策？”

“虽有上、中、下之分，然三方略浑为一体；既曰不敢恭维，就是一概不敢恭维。”王越说。

“这倒要听世昌先生好生议论议论。”刘聚道。

“爵爷是说，只听我的议论？”王越问。

“是啊，不敢恭维的是世昌先生，我又没说其策不可取。难道不听世昌先生议论，反而听我的议论？”刘聚道。

“我是说，负图先生和白帅的三方略，就不用我重复吧？”王越问。

“完全可以不必重复。”刘聚道。

“但我并不知，爵爷对备贼三方略是否心里有数呀？”王越说。

“好个世昌先生，是在考量我呀！我不怕考量，我来重复。”刘聚道。

“有劳！”王越说着，一揖。

他并不是故意刁难刘聚，而是相信，只有这样，刘聚才能摆脱毫无意义的争议，把精力集中到具体的防务上来。

马文升和陕西总兵官白玉的奏议，以一句话简明扼要地开篇：虏贼潜往河套，犯我边方，将及四载，军民日益疲敝。备开御贼方略有三。刘聚则把这个简单的开场白也省去，直接重复三策：“屯兵花马池一带，若彼惧不敢入，固为得策；若彼拥众而来，其锋甚锐，胜负诚不可必。此为失策。”他说完一策，顿了顿，看王越会不会议论。

“他等亦知胜负诚不可必，无须多议。”王越说。

“其二，欲截其归路，则必须纵彼深入，速调各路军马，会于萌城、盐池一带。待彼得利而归，我则奋勇一击，纵无大捷，亦无大失。此策之中也。”刘聚说完第二策，又顿了顿。

“这和开门揖盗有无不同？”王越道。

“同为朝廷办事，世昌先生不会真说得这么难听吧？”刘聚问。

“爵爷嫌难听，别给我机会说呀！”王越道。

刘聚忙说第三策：“其三，趁今贼马瘦弱，将客兵暂撤腹里，以隐其形。彼以为无备，必将入寇。一闻近边声息，我将军马挪往平凉、固原、静宁一带。若贼到巩昌地方，路有千里之遥，必然疲乏。待其分掠，相机邀击。宁夏军马，于萌城一带截杀；榆林等处军马，于花马池、定边营一带截杀。此策之上也。”说罢，他自己也忍不住议论，“此上策与彼中策，似无多大差别。”

“差别还是不小的。”王越不同意。

“世昌先生说说看。”刘聚揖道。

“上策的确胜于中策。”王越道，“中策，我军临地调动，是以劳待劳；上策，各处截杀，乃以逸待劳。”

“照世昌先生所言，其上策并非一无是处？”刘聚问。

“我是按他等字面说的，行之，与前二策一样，无不窒碍。”王越说。

“世昌先生，彼所议备贼三方略，我已说完。”刘聚这话的意思，是该轮到王越议论了。

“我也已议论完。”王越却说。

刘聚一愣，问：“世昌先生，我说得够准确吧？”

“够准确。”王越道。

“够详尽吧？”刘聚问。

“够详尽。”王越道。

“然则世昌先生每事唯以一言应付之？”刘聚大有责备之意。

“一句话，已囊括无余。不过，爵爷想听得详尽些，我也可多说几句。”王越道。他一气呵成地把对三策的批评说完，不给刘聚插话的机会：“其一，彼议，如遇贼近边，将军马俱集花马池。殊不知客兵分布防守，动经一二千里，路途险阻。猝然调集，虽鸟逝云飞，亦不能到。且花马池又缺水草，官军纵然赶到，又岂能驻扎？其二，彼议，纵贼深入，速调军马，会于萌城、盐池。然贼深入得利，纵然一举取胜，民已遭其荼毒。或如上年结阵而回，我军路远未合，岂不坐失事机？其三，彼议，将客兵撤回腹里，待贼分掠，相机邀击。倘若此虏谲诈，不至巩昌，止于平凉以北地方摽掠，官军却于腹里隐形高坐，岂非纵贼为患？至于分调榆林人马，并次边防守之策，延绥镇、巡等官，又皆以为不便。”

他们提到的花马池、萌城、定边营等地，皆为榆林所辖。平凉、巩昌二府为西北重镇，巩昌在西安以西，平凉在西安西北，静宁、固原二州，皆属平凉府。

“世昌先生说得不错，议论负图先生、白帅三方略，各有一句话足够。”刘聚说着，问道，“那么，世昌先生的方略又是什么？”

“我的方略只一句话：以近就近。”王越说。

“何谓以近就近？”刘聚问。

王越取一张白纸，在近乎中央的地方一点，“此为绥德。”在它左下角一点，“此乃固原。”在它右上角一点，“此乃榆林。”在它左上角一点，“此乃宁夏。”然后说，“延绥地势险阻，入套之虏，欲内侵，皆须经这一带。”

“所以世昌先生才把王玺调来延绥。”刘聚插话。

“不错！”王越应道。

“这也算是以近就近吗？”刘聚问。

“当然，”王越应道。他在纸上代表绥德那个点的右边画一条线，说，“这是大河。”然后说，“王玺当驻于河东灰沟等营，以联军守河为务；河西有警，就便渡河截杀。”

“然后呢？”刘聚问。

“缑谦、许宁，亦是将才。”王越答非所问。

“世昌先生如何差遣他等？”刘聚问。

“延绥地方，距离大同不远，尤近朔州。可着缑谦领原官军五千人，于朔州等处，就便操守；延绥有警，即同王玺过河，会合河西许宁等军，并力夹击。若须分兵，则许宁西路，王玺中路，缑谦东路，挨次而进，俱不甚劳。偏头关另有精兵数千，只隔一河，可用以策应。贼情解除，各部回驻地休息。大同有警，缑谦部亦便于截杀。”

“世昌先生是不是特别热衷兵分三路？听抚宁侯说，世昌先生前次就以分兵三路而大有斩获。”刘聚提起往事。

“兵分几路，并无一定之规，大致而言，兵分三路即可相互策应。”王越没有否认自己喜欢兵分三路，但同时又说，“爵爷大概尚未体会到，前者兵分三路，与今之兵分三路，有所区别。”

“我当真没看出来。有何区别？”刘聚问。

“前者兵分三路，我还没有把以近就近的道理琢磨透。”王越说。

“今次则琢磨透？”刘聚问。

“爵爷以为呢？”王越反问。

"俱不甚劳，似可诠释。"刘聚说着，指指纸上代表宁夏的那个点，"延绥一线的防务，再无可言吧？世昌先生说说宁夏的防务。"

"宁夏有黄河之险，贺兰山之固，看似易守；但与延绥有一不同之处，丝毫马虎不得。"王越说。

"世昌先生所言不同，是不是地广人稀？"刘聚问。

"爵爷也看出来？"王越说着，在纸上代表宁夏和代表榆林的两个点之间一点，说，"这是花马池。"在偏近宁夏那个点的地方一点，然后说，"这是灵州城。河东灵州至花马池，地方平漫，远离腹里，中间无人居住。"又在更偏近宁夏那个点的地方点几下，说，"这是萌城，这是大河井，这是小盐池。这些是有居民的去处。"

"无居民去处，与有居民去处，布防当有不同吧？"刘聚问。

"范瑾、陈辉、祝雄等皆可用。"王越举出几个将领的名字，说，"我前已着他等分守灵州至花马池间重要城堡，今可仍以各部步队守城，马队官军则分布于萌城、大河井、小盐池等有居民去处，严加操守，以备不测。"

"原地驻守，更可以说是以近就近。"刘聚道。

"最要说一说以近就近的，其实是这里，"王越说着，指指纸上代表固原的点，"往者，皆调甘州卫、凉州卫等处官军来此防守，而本处官军，却往甘州、凉州等地备御，实劳民伤财。"

"世昌先生之意，各处官军皆不必调动，各守本处？"刘聚问。

"也不是皆不调动，而是要调度得宜。"王越说，"可将黄河以东甘州、凉州等处官军，备御兰州；而以洮州、秦州、河州、岷州、临洮、平凉、巩昌及西安三卫两班官军，选马步一万人，分布平凉、固原等处预备。"

"如此调度，确是就近得多。"刘聚道，顿了顿，他说，"不过，世昌先生，你猜怎的？听这一大篇宏论，我更可以断定，世昌先生持的是守边的主张。"

"爵爷还在套我的话？"王越问。

"呃？"刘聚先是一愣，然后大笑。

王越也笑。接下来，两个人讨论一同上疏的事。

第七十五章

司礼太监黄赐丧母，廷臣多往其家中凭吊，翰林院里也有人提议同去吊唁，陈音怒道："天子侍从之臣，相率拜于内宦之室，好看吗？其于清议何！"

不但提议前去吊唁的翰林官感到羞愧，那些虽没说出口但内心赞成去吊唁的翰林官，也感到羞愧。李东阳担心他再说出更难听的话，连哄带劝，把他拉出来。他太了解这位年兄了，由着性子，什么话都敢说，但真的争辩起来，他可能谁也辩不过，他属于那类秀于心而讷于言的人。

迎面撞上编修谢铎。谢铎向李东阳揖手致意，李东阳还礼。谢铎向陈音揖手致意，陈音视而不见。

"师召兄，为何恼怒？"谢铎问。

"鸣治兄说我恼怒？"陈音问李东阳，"宾之兄，我可曾恼怒？"

谢铎字鸣治，浙江太平人，和他二人同是天顺八年进士。换成别人，一定会被陈音的态度惹恼。但谢铎知道，他就是这么一种漫不经心的性情，只是笑笑而已。

"鸣治兄看走眼，师召兄并非恼怒，而是惊叹。"李东阳说。

谢铎同样不在意李东阳的指鹿为马。因为在同年中，此君最年少，因而最调皮，最爱开玩笑。

"师召兄为何事惊叹？"谢铎问。

"并非为事，而是为人。"李东阳说。

"为的何人？"谢铎又问。

"不为别人，只为鸣治兄。"李东阳问。

"怎会为我？"谢铎明知其言不可信，也不由得要问。

"因鸣治兄写就一篇精彩的文章，师召兄惊叹不已。"李东阳说。

"师召兄，宾之兄拿你取笑还是拿我取笑？"谢铎干脆问陈音。

"鸣治兄的精彩文章，岂止一篇，以此而言，是拿你取笑；我既不知自家在惊叹，也不知自家在为鸣治兄的一篇精彩文章惊叹，以此而言，是拿我取笑。"陈音忘性虽大，分析起事来，却条理清晰。

“宾之兄，还有什么好说？”谢铎问李东阳。

“鸣治兄是要我承认拿二位贤兄取笑？”李东阳反问。

“驳回取笑二字，亦可。”谢铎知道，李东阳是一定要分辨的。

“我才不驳回呢。”李东阳道，“不过，我不是拿二兄取笑，而是拿自家取笑。”

“宾之兄怎又变成拿自家取笑？”谢铎问陈音。

“宾之兄善辩，且听他怎说。”陈音道。

“我本该说，明治兄写过许多精彩文章，近日又写篇精彩文章；我本该说，师召兄喜爱鸣治兄文章，每读鸣治兄一篇精彩文章，便惊叹不已，今读鸣治兄一篇精彩文章，又惊叹不已。但我偷个懒，只说师召兄因鸣治兄写就一篇精彩文章，惊叹不已。这不是拿我自家取笑，又是什么！”李东阳想啰嗦时，比谁个都啰嗦。

他的话没说完，陈音、谢铎二人已笑弯腰。

等笑够，谢铎朝陈音一揖，说：“弟哪篇文章写得不当，还请师召兄指点。”

“好说！”陈音还揖后，一指李东阳，“鸣治兄问他。”

谢铎要问李东阳，李东阳道：“鸣治兄若问，我一定不说。”

“那我就不问。”谢铎说。

“鸣治兄不问，我更不说。”李东阳道。

“宾之兄怎样才肯说？”谢铎问。

李东阳一指陈音，道：“让他问。”

“我问就我问。”陈音说，“鸣治兄哪篇文章写得不当，要我指点？”

话音刚落，李东阳、谢铎二人笑得弯下腰。他却一会儿看看李东阳，一会儿看看谢铎，不知二人在笑什么。

“宾之兄的诙谐，我也染上些许吗？”他问。

“鸣治兄，我还是说吧。”李东阳边笑边说，他转向陈音，问道，“鸣治兄昨日为校勘《资治通鉴纲目》一事上疏，师召兄记得吗？”

陈音需要想一想，才说：“记得。”

“师召兄读毕，即对我曰‘好篇佳作’，还记得吗？”李东阳问。

陈音又想了想，说：“记得。”

“师召兄还说：‘今天下有太平之形，无太平之实’一句尤佳，还记得吗？”李东阳反问。

陈音想了想，说：“我不记得鸣治兄奏章里有无此句；若有，果是警世之句。”

“如何，我没拿二兄取笑吧？”李东阳对谢铎说。

“师召兄以为此句好，宾之兄或也以为此句好；但不知皇上是不是以为此句好。”谢铎道。他显然不敢抱太大的期望。

“老怀，这一句有谤世之嫌吧？”皇帝评论的正是这句话。

怀恩其实是很欣赏这句话的，但皇帝以“谤世”措辞，他不便称赞。

“翰林们作文章，都有股语不惊人死不休的劲头，爷但看谢翰林的立意好不好，不用计较他的词句。”他说。

“《通鉴纲目》是朕让他校勘的吗？”皇帝问。

“也是，也不是。”怀恩道。

“是就是，不是就不是，为何模棱两可？”皇帝不满。

“爷恕罪！”怀恩道，他自有一番解释，“爷若问是不是爷让校勘的，奴才会说是，或不是；爷问是不是爷让他校勘的，奴才只好说也是，也不是。”

“你是说，是朕让校勘的，却不曾指名让他校勘？”皇帝问。

“爷圣明！”怀恩道，“有臣奏请校勘该书，爷准允。所以，奴才说也是。奏请校勘该书的，不是谢翰林，爷也没有让谢翰林校勘，而是下内阁、翰林院处置；想必是阁老或翰林学士把这个差事交代给谢翰林。所以，奴才说也不是。”

“即便如此，仍是模棱两可。朕若是说，该疏可读，可不读，老怀，你如何应对？”皇帝出个难题。

怀恩愣了愣神，反问：“爷是说奴才自个儿读，还是读与爷听？”

“自是读与朕听，你自个儿读不读，朕才懒得管。”皇帝说。

“那奴才还是想劝爷听一听。”怀恩说。

“为何要劝？”皇帝问。

“谢翰林奏章里，有些话很耐人寻味。”怀恩说。

“今天下有太平之形，无太平之实。”皇帝把他印象深刻的这句话重复一遍，然后问，“老怀，你不会是从中嗅出什么味道吧？”

“奴才说的不是这句，是另外两句。”怀恩道。

“哪两句，你读与朕听听。”皇帝命道。

“是。”怀恩应过后，读道，“窃谓宋神宗集是书而不能讲，理宗讲是书而不能用，百世而下，未免追叹。”

“朕记得，《通鉴纲目》是朱熹所撰，怎成宋神宗所集？”皇帝问。

“奴才想，他所谓集，是指资料备集，不是指集成此书。”怀恩说，“司马光的《资治通鉴》，成于宋神宗时，书名也是神宗所命，寓意是：鉴于往事，有资于治道。司马光又撰《资治通鉴目录》，提纲挈领，集《通鉴》精要，与《通鉴纲目》异曲同工。朱熹是南宋初人，他所撰书，怎么也安不到北宋皇帝的头上。”

“太过牵强，但我也不能说你不对。”皇帝评论一句后，问道，“宋神宗集是书而不能讲，又是何意？”

“司马光崇尚儒学，宋神宗重用王安石等变法，求的是实用。所以，《通鉴》一书虽成于神宗时，神宗虽命其名，赞其意，但书中精义，司马光并无机会阐明，宋神宗也无暇听取。”怀恩说。

“下一句呢？理宗讲是书，是朱熹为他讲吗？”皇帝问。

“朱熹卒于南宋宁宗庆元六年，二十五年后，理宗方即位。故所谓理宗讲是书，并非朱熹为他讲是书。”怀恩说。

“那又当怎解？”皇帝问。

“理宗崇尚理学，弘扬四书。理宗讲是书，应指此。”怀恩说。

“你是说，理宗崇尚理学，而朱熹为理学大师，《通鉴纲目》为朱熹所撰，故理宗愿读该书，或听人讲该书？”皇帝问。

“爷圣明！”怀恩也没有更好的解释。

“既崇尚理学，为何讲而不能用？”皇帝问。

“理宗之时，奸臣当道，史弥远在前，贾似道在后。大儒所言大道，又岂能行之！”怀恩说。

“让你这么一说，神宗集是书而不能讲，理宗讲是书而不能用，朕也当追叹。”皇帝道。

“谢翰林所望于爷者，正是不仅能集是书，且能讲是书；不仅能讲是书，且能用是书。”怀恩趁机说。

“他怎写的，你读与朕听。”皇帝不再说可读可不读。

“谢翰林引用三个典故。”怀恩说。

“也好，你先给朕讲讲典故。”皇帝道。

“第一个典故，是汉昭帝时事，”怀恩说，“昭帝立，霍光为大将军，上官桀为左将军，皆受先帝遗诏辅少主。上官桀子娶霍光女，二人又有一层亲家的关系。昭帝的皇后，是上官桀孙女，霍光外孙女。上官桀欲另立昭帝兄燕王，谋于霍光，霍光坚执不从。上官桀遂在昭帝前诬陷霍光，昭帝却愈亲霍光而疏上官桀。后谋立燕王事泄，上官桀被灭族。而皇后不与谋，且为霍光外孙女，得不废。”

“朕只知霍光安邦立国，却不知他还有这么段经历。”皇帝说。

“第二个典故，是汉文帝时事。”怀恩接着讲述，“申屠嘉为汉高祖时老臣，文帝以申屠嘉为丞相，而宠信中大夫邓通。邓通恃宠，待申屠嘉傲慢。申屠嘉传檄邓通至相府，邓通不来，申屠嘉扬言要杀他。邓通惊恐，禀于文帝。文帝说，丞相召唤，不可不去。你且去应付一二，朕再召你进宫。邓通到丞相府，叩头谢罪，至头破血流。申屠嘉毫不留情，斥以大不敬之罪，直到文帝宣召邓通。”

“他到底杀了邓通没有？”皇帝问。

“没有。”怀恩道。

“看来，可以不留情于邓通，却不可不给文帝面子。”皇帝说。

“爷说的是。”怀恩应道。谢铎用此典故的意思，是赞扬文帝的大度，并不因申屠嘉处罚他的宠臣而加罪。怀恩能理解这一层用意，但不敢说得那么明确。

“第三个典故也是汉朝的吗？”皇帝问。

“不，第三个典故是唐宪宗时事。”怀恩道，“宪宗时，淄清、淮西二镇做大。裴度敢于任事，力主挫败淮西各藩镇，因此遭群小忌妒，在朝者请罢其官，二镇节度使遣刺客行刺。宪宗说：罢裴度官，是奸计得行；用度一人，足破二贼。果然，裴度荐李愬，擒淮西节度使吴元济，屡败淄清军，节度使李师道惊惧成疾，被部将所杀。”

“三个典故老怀讲得精彩，谢铎却是怎写的？”皇帝听够故事，想知道谢铎是怎样用这三个典故说事的。

“是书所载，必若汉昭帝辨上官桀之诈，以伸霍光，庶可谓智，而苛察非也；必若汉文帝割邓通之私，以从申屠嘉，庶可谓仁，而姑息非也；必若唐宪宗不沮群议，足任裴度，庶可谓勇，而亢暴非也。”怀恩读道。

“下边是不是该教朕怎么做？”皇帝问。

“他请爷按照这三方面来读是书。”怀恩道。

“他怎么写的？”皇帝问。

“今日陛下要务，莫先于讲学。孔子曰：智、仁、勇，天下之大德。陛下汲汲于是书，力求天下之贤而用之，增益此智，扩充此仁，坚忍此勇，以长享太平之业。”怀恩读道。

“他又提及太平？”皇帝对这两个字似乎很敏感，“他让朕常享太平之业，却有没有解释何谓‘今天下有太平之形，无太平之实’？”

“有解释。”怀恩道。

“他怎解释的？”皇帝问。

“疏中所指，凡十事。”怀恩不知皇帝愿不愿听，所以先报个数目。

“竟有如此之多？”皇帝瞥一眼他手里的奏疏，说，“朕看他的奏章，不像有那么长呀！”

“每事仅一句，故疏文不长。”怀恩说。

“既不长，你读读。”皇帝表示，还是想听的。

“曰振纲纪，而小人无畏忌；曰励风俗，而缙绅弃廉耻；饬有司，而汙暴益甚；恤军民，而罢敝益极；减省有制，而兴作每疲于奔命；蠲免有诏，而征敛每迫于追呼；考察非不举，而倖门日开；简练非不行，而私挠日重；赏竭府库之财，而有功者不劝；罚穷谳覆之案，而有罪者不惩。”怀恩读道。

“事情太多，老怀，你再给朕读一遍。”皇帝命道。

怀恩又读了一遍，而且比第一遍读得慢。

“照他的说法，振纲纪，励风俗，饬有司，恤军民，减省有制，蠲免有诏，考察非不举，简练非不行，赏竭府库之财，罚穷谳覆之案，都该有助于求得太平，对吧？”皇帝问。

“爷说的是。”怀恩道。

“他承认这些事情朕都做过，对吧？”皇帝问。

“奴才以为，他是这个意思。”怀恩道。

“那为何只有太平之形，而无太平之实？”皇帝问。

怀恩答不出来，皇帝自以为抓住奏疏里的矛盾，也不愿再深想。

第七十六章

大臣集议开始之前，尹旻最活跃，一会儿和左右的人说两句，一会儿和对面的人说两句，好像不这样，就体现不出第一尚书的身份。

“同节先生，新会那两个人怎样？”他先问王槩。刑部尚书陆瑜致仕，王槩接掌刑部，还不到一个月。

“新会名人我只知一个陈白沙，还有一个却不知是谁。”王槩道。听得出来，他是在和尹旻开玩笑。

“我问的是那两个杀人的人。”尹旻说。

“那两个人，一个叫刘铭，一个叫梁苟。同仁先生直接问我刘铭、梁苟怎样，我会告诉同仁先生，已处决。”王槩说。

“已处决，京师怎的一点动静也没有？”尹旻很是奇怪。

“斩立决，根本没解来京师。”王槩说。

“法司处置得好！二人罪恶滔天，人神共愤，该当就地处决。”尹旻说着，转问邹干，“宗盛先生，新会那女子怎样？”

“新会女子？是礼部处分的吗？”邹干问。

“旌表一事，不该礼部处分，却该哪部处分！”尹旻道。

“新会女子，这几个月里，不，这半年里，并没有提请朝廷旌表的呀！”邹干说。

“丈夫被人杀死，投江以殉，旌以节妇，或旌以烈妇，我看，均无不可吧！”尹旻道。

“同仁先生说的是其夫吴金童被刘铭、梁苟杀害，愤而抱女投江的那个女子？她姓庄，是雷州海康人。同仁先生直接问我海康庄氏怎样，我会告诉同仁先生，礼部已为她奏请旌表。”邹干说。

“尚未批复？”尹旻问。

“尚未批复。”邹干说。

“礼部该当再催。”尹旻道。

“礼部会再催，同仁先生也可帮着催一催。”邹干说。

“与中先生，你看呢？”尹旻问本部左侍郎叶盛。

叶盛是在尹旻升尚书后改左的。他说：“我看，礼部催催就可以，吏部却不必催。若有麻烦，内阁倒是该帮着催。”

“对呀！”尹旻听风就是雨，又想对彭时说什么。

“同仁先生恐怕来不及说了。”彭时说着，冲朝房门口一指。

黄赐在两名长随陪伴下走进来。两名长随一人捧一摞纸，黄赐点了点头，一长随把纸发给左列的大臣，一长随把纸发给右列的大臣。

每份纸有好几张，上面都写满字，每行字少的四五个，多的十余个。只要看两行就知道，不是辞赋，应该是书名。

“黄公公，这是——”彭时问。

“近来，东厂查获妖书甚多。皇上命大臣集议，看有没有误定；如果没有，即备录名目，榜示天下。”黄赐回答了他的疑问，同时也说明今日集议的内容。

“为这事，找几位翰林来就可以，何必兴师动众？”王槩首先把自己置于事外。

“别位大人来不来，可以商量，同节先生是一定要来的。”黄赐说。

“同节先生为何一定要来？”尹旻抢着问，好像黄赐说一定要来的是王槩，而不是他，很让他不平。

“皇上谕曰，以礼部、刑部二衙门出文，他怎可不来！”黄赐道。

“宗盛先生，同节先生，可要用心呀！”尹旻对二人说。

“大臣集议，哪个敢不用心！”邹干道。

彭时担心二人争吵起来，对黄赐说：“黄公公，开始吧。”

“好。”黄赐拿起纸，但没马上读，他还有一件事要征询众大臣的意见，“诸位手里都有书目，是自个儿看，发现不妥，提出来大家议；还是一人念，众人听，发现不妥，随时而议？”

“各人看各人的不似集议，不如有人念。”项忠说。他是去年五月被召回掌院的。查禁妖书，在都察院也是义不容辞，虽然事情是东厂做的，他同样很上心。

没有人反对，这又产生一个新问题。黄赐问：“书目甚多，是念一个书目一议，还是一并念完，再回过头议？”

“一并念完，和自个儿读一遍，有何不同？”有人说。

“书目既多，念一书目一议，恐怕拖得太久。”又有人说。

“念四五个书目，然后议一议，宗盛先生，你看如何？”项忠不知是无意之中问的邹干，还是真把复审看成礼部和刑部的事。

“念三四书目一议为好。”邹干酌减。

黄赐取其中，每次念四个书目。他第一次念的是:《番天揭地》《搜神记经》《金龙八宝混天机神经》《安天定世》。

众大臣听着，发现关键不是自个儿读，还是一人念，众人听；也不是一次念四五个书目，还是三四个书目。而是关于这些书，能说些什么。

“与中先生书无不读，可读过这几本书？”有人问叶盛。

“当年徐元玉才是书无不读，我差得太远；即便徐元玉，这几本书也未必读过。”叶盛拿徐有贞搪塞。

“《搜神记》我倒翻阅过，故事而已，却不知从中能提炼出什么经文，或经典来。”有人说。

“别的且不论，混天二字合用，显是妖言。”有人说。

“诸公看，有没有并非妖书者？”黄赐问。

没人把任何一书摘出，这四本书首先确定下来。黄赐接着又念四个书目:《绣莹关》《九龙战江神图》《天空智贤变愚神图经》《镇天降妖铁板打通天混海图》。

“大人说混天二字不可合用，混海又如何？”有人问。

“混海还在其次；我大明天子也只是奉天行事，他却要镇天！凭此二字，就可以定为大逆。”被问的大臣说。

“这等书目，长则长得荒诞，短则短得离奇，绣莹关三字，哪位能帮我解解？”又有人问。

“若追究词句，大人的话也有语病。”有人在他话里挑刺，“长则长得荒诞，难道就不离奇；短则短得离奇，难道就不荒诞？”

“三个字无非二意，不是绣哪座叫莹的关，就是关于绣莹的那座关。”有人帮他解说。

“大人是知道绣莹呀，还是知道莹关？”有人问。

“我等皆不知，才可见其荒诞嘛！”解说的人回答。

“智贤变愚，那是有的；其贤在天，也可这么说。不过，难道真有神图可循？”有人问。

“大人解错，它并非着落在神图上，而是着落在图经上。其意为，天空有智贤变愚之神，他手里有一本智贤变愚的图经。”有人辩道。

“智贤变愚神的图不可循，图经就可循？”又有人诘问。

“要不，怎说是妖书呢！”有人得出结论。

“黄公公，我看不会有人称他等是好书。”彭时说。

黄赐点点头，又念四个书目：《定天定国水晶珠经》《金锁洪阳大册》《金锋都天玉镜》《六甲明天了地金神飞同黑玩书》。

“定天比起混天、镇天，似稍正。”有人说。

“然则将定天、定国混谈，亦为荒诞。”又有人说。

“把定天、定国归于一水晶珠，尤为荒诞。”又有人说。

“金锁、玉镜，恐怕也不是什么好东西。”有人议论另外两个书目。

“最后一书，一十二字，又是六甲，又是金神，又是明天了地，又是飞同黑玩，真不知该定为荒诞，还是该定为离奇！”有人说。

“尤奇是飞同黑玩，怎解得通！”又有人说。

“既曰荒诞，何必求解！”又有人说。

后面的四个书目是：《通天彻地照仙炉经》《三天九关夜海禁船经》《九关亡返纂天经》《八宝擎天白玉柱》。

“从来有九天、九州之说，今又有九关之说，却不知九关指的是哪九座关？”有人说。

“不仅九关不知所指，三天、夜海、禁船，难道知所指？”又有人说，“亡返，应是往返之误吧？”有人竟有心思挑错字。

“或是亡灵返回之意呢？”有人说。

“亡灵不仅返回人间，还要一步登天，岂不荒唐！”有人反驳。

“谁也没说它不荒唐。”被反驳的人说。

等无人再争辩，无人再议论，黄赐接着念：《夫子金地历》《刘太保泄露天机伍公经》《夺天册》《收门纂经》。

“这回说到我等祖宗头上。”有人说。

“此等名目，与我等祖宗何干？”有人问。

“我等读书人，谁不以夫子为祖宗！”被问的人说。

“我等是夫子孝子贤孙，却有谁知道，夫子曾往金地一游？”有人问。

“大人看错，是历书的历，并非游历的历。”有人说。

“那么，有个叫金地的地方？”被驳的人问。

“他若谓夫子金，岂不更荒诞。”又有人说。

“若谓夫子金，应为《论语》，绝非《地历》。”又有人说。

“诸位可知，刘太保为谁个，伍公为谁个？”有人问。

“与其大家来猜，不如读读该书。”有人说。

“妖书是要禁的，我等身为大臣，岂得犯禁！”有人不同意。

“连所指之人也分辨不清，怎得议论？”有人说。

“刘太保泄露天机，却成伍公经，有甚可议！”又有人说。

于是，另外两本没有议过的书，也无人议论。

后面的四个书目是：《佛手记》《三煞截鬼经》《金锁拦天记》《紧关周天烈火图》。

“金锁又出来。前者金锁洪阳，这次又金锁拦天，金锁是个人名吧？”有人说出他的疑惑。

“恐怕是妖，不是人。”又有人说。

“三煞截鬼，听起来像个故事。”有人说。

“刘太保泄露天机，不更像是个故事？但变成经文，一定是要害人的。”又有人说。

“绘制成图，一样害人。”又有人说。

接下来的四个书目都很短：《玉盆经》《环填土》《飞天历》《神功九转》。

“书目短，不如多读几个。”有人提议。

没有人反对，黄赐继续念：《玉瓮锦登记》《天形图》《天髓灵经》《定世混海神珠》《通玄济世》《鸳鸯经》《锦珊瑚》《通天立世》《滚云裘》《银成论》。一口气，他又念了十个书目。

“可矣！再念下去，不知该说什么。”有人叫停。

“鸳鸯经，是否说夫妻之间？”有人问。

“果如此，不是妖书，也是淫书。”又有人说。

“妖书当禁，淫书亦当禁。”又有人说。

“天形图，与我等见过的星象图，不知是否相同？”有人问。

“星象可形之，天也可形之吗？”有人质问。

“人有髓，天亦有髓乎？”有人问。

“不仅有髓，且有灵，然髓灵是何意！”有人质问。

“锦珊瑚、滚云裘，说的若是衣物，看看倒不妨。”有人说。

“滚云裘还可说是衣物，锦珊瑚更似玩物。”又有人说。

“阁下是想说玩物丧志吗？”又有人说。

“玩物丧志倒不要紧，只怕更为荒诞不经。”又有人说。

有了前面的例子，黄赐再念，仍十个书目：《显明历》《金章紫绶经》《王贤镜》

《四门记》《收燕破国经》《通天无价锦包袱》《三圣争功贤宝经》《夺天策》《海底金经》《九曜飞光历》。

“王贤，史有其人乎？”有人问。

“不必问史，我敢说，今世亦有王贤。”有人说。

“王贤未必为人名，或是将贤王二字调转。”又有人说。

“是该镜一照，便知王贤否；或一照，便将王变为贤王？”又有人问。

“若说史，收燕破国，像是说战国史。”有人说。

“此燕非彼燕，不是说秦国灭六国，而是说收燕子而灭人之国。史上可有这等荒诞事！”又有人说。

“三圣争功，可是说的尧、舜、禹？”有人问。

“三圣争功，若说的尧、舜、禹，史籍须改写。”有人说。

“怎的改写？”有人问。

“我等皆知，尧、舜、禹得天下为禅让，用一争字，岂不变成争来的！”该大臣说。

“尧、舜、禹可谓建功，可谓成功，却不可谓争功！”又有人说。

“我看，《夺天策》为妖书之尤。”有人说。

“大人为何看重该书？”有人问。

“无论天地之天，天下之天，教人夺之，岂非大逆！”被问的人说。

接下来的十个书目是：《土伞金华盖》《水鉴书》《照贤金灵镜书》《硃书符式》《坐坛记》《普济定天经》《周天烈火图》《六甲天书》《三灾救苦金轮经》《智索天关书》。

“所谓天书者，无不是用来迷惑愚氓。”有人说。

“普济众生，本是佛家之语，是做人世间的善事；他却欲定天，其心叵测！”有人说。

“土伞却欲加于帝王之车，才是其心叵测呢！”有人说。

“《水鉴书》似是普通相书。”好不容易有人对某书是否妖书质疑。

“那本书在良乡某妖人家里搜到，我翻过几页，不是普通相书。”黄赐却用无法辩驳的事实证明它是妖书。

“很多书目听起来似相书，这一本既不是普通相书，其他那些肯定也不是普通相书。”有人给一些不曾被议论、或虽被议论但没被当作普通相书议论的书目定性。

后面有：《惑天迷化经》《变化经》《镇国定世三阳历》《玄元宝镜》《玉伞锦华盖》

《换海关》《转天图》《推背图》《九曜飞天历》《弥勒颂》。

“这本《推背图》，黄公公翻阅过没有？”有人问黄赐。

“大人想问我，是不是李氏、袁氏《推背图》吧？”黄赐道。李氏即李淳风，袁氏即袁天罡，都是唐贞观年间人，相传预测未来的《推背图》是他二人所作，“不会的，此书最早不过是宋代的书，说不定就是本朝编纂、刊印的，文字俗不可耐。”

“即便是李氏、袁氏《推背图》，我看也该归于妖书。”又有人说。

对此，有人心里不以为然。但现在议论的是作为妖书的《推背图》，它和李氏、袁氏《推背图》有何渊源，有何异同，谁也说不清楚。所以，还是不要轻易辩护为好。

“《转天图》和《推背图》不知有无相似之处？”有人问。

“《推背图》总是推算的，《转天图》多半是凭空捏造。”有人说。

“前者有本《土伞金华盖》，这里又有本《玉伞锦华盖》，我怀疑是同一本书。”有人说。

“应该不会。”有人辩道，“土伞金华盖看来是由贫贱求富贵，玉伞锦华盖则是由富贵求富贵。”

“《弥勒颂》肯定是弥勒教人所作，朝廷对弥勒邪教屡加禁止，难道还有余孽？”有人惊呼。

“何谓死灰复燃？大意不得。”有人说。

黄赐再念：《通天玩海珠》《照天经》《玄天宝镜经》《上天梯等经》《龙女引道经》《穿珠偈》《天形图》《应劫经天图》《形首妙经》《玉贤镜》。

“前面就《王贤镜》发过议论，原来是《玉贤镜》。”有人说。

“《王贤镜》和《玉贤镜》，不管怎么说也少一笔，后《天形图》与前《天形图》，则一笔都不少。”又有人说。

“一笔都不少，未必就是同一本书。”又有人说。

“大人高见。”黄赐道，“《王贤镜》《玉贤镜》，同书不同名；两本《天形图》，同名不同书。”

“《穿珠偈》不会是记录某高僧偈语吧？”有人问。

“它即便是佛家偈语，也不会出自高僧。一生耗于穿珠，我不信他能成高僧！”有人说。

“兄台也别把高僧的偈语看得太高。”又有人说，“如果把高僧偈语当作佛家经典，那比起我儒家经典差得实在太远。”

“岂止差得太远，不可同日而语。”又有人说。

“诸位，黄公公还有许多书目要念呢。”有人提醒他们。

“不多，一次念不完，两次不够念。”黄赐说。

“不如一起念完。”商辂显然听得不耐烦。

最后十几个书目是：《透天关》《尽天历》《玄娘圣母亲书》《太上玄元宝镜》《降妖断怪五家经》《金光妙品》《夺目金灯》《红尘三路》《照天镜》《九关番天揭》《天神图》《金锋都天玉镜》《玉树金蝉经》《玄娘圣母经》《七返无价紫金船》《银城图样》《龙凤堪合》。

“又是《玄娘圣母亲书》，又是《玄娘圣母经》，不知同名，还是同书？”有人说。

“书与经，既不同字，也不同义，恐怕二书既不同名，也不同书。”又有人说。

“谁是谁非，得问黄公公。”又有人说。

“我也没翻阅过，权作二书吧。”黄赐道。

“疑似同书的，不止这两本，如前之《换天关》与此之《透天关》，前之《飞天历》与此之《尽天历》，前之《天形图》与今之《天神图》，前之《鸳鸯经》与此之《龙凤堪合》，不都似同一书？”

“别的都可以疑似一书，《鸳鸯经》《龙凤堪合》不可。”有人说。

“为何不可？”有人问。

“鸳鸯可喻为普通夫妇，龙凤难道也可喻为普通夫妇？”又有人说。

“然则，换与透，飞与尽，形与神，就是同义吗？”被反驳的人说。

“不同义，但不如鸳鸯与龙凤，有霄壤之别。”反驳的人说。

如此争论下去，永无止尽。彭时说：“各位还是议议，哪本书当定为妖书，哪本书不当定为妖书吧。”

这是大家力求回避的问题。他想把大家的议论集中在这个问题上，结果是大家都把嘴闭上。

“我看，多列上几个书目，不要紧；让一两本妖书漏网，祸害则大。”万安提出一个唯一能说得过去的原则。

“共计八十七个书目，同节先生，你也数一遍。”邹干不但自己数，还让王槩数。他也把榜示妖书看成礼部和刑部的事。

王槩看尹旻嘴一动一动，手在纸上一点一点，知道他在数，便说：“有人在数，不用我数。”

“八十七书，数目不差。”尹旻不甘寂寞地说。

第七十七章

时过境迁，称雄并能号令于鞑靼部的，早已不是毛里孩，也不是后来兴起的孛鲁乃、斡罗出等，而是满都鲁。满都鲁入居河套后，自称可汗，以乩加思兰为太师。乩加思兰既是他的岳丈，又是他的军师，该部采取重大的军事行动前，总是他二人在一起计议。

“太师算计好没有，今秋当于何处掠食？”满都鲁问。

“自是腹里。”乩加思兰说。

“不去腹里，难道还去大漠？”满都鲁对他的这个答案不满意，“我是问，如何进得腹里。”

“向南，向东，向西，都可进入腹里。我原想向南，从榆林越过边墙，最为近便，但看来有难处。”乩加思兰说。

“有何难处？”满都鲁问。

“南朝才将延绥巡抚迁至榆林。”乩加思兰说。

“不就设一巡抚吗，难道走不得？”满都鲁道。

“汗王有所不知，南朝设巡抚，多于该地置重兵。延绥巡抚又是不久前才迁至榆林，一定防范甚严。”乩加思兰说。

“向南这条路不能走，向东，向西，太师为我选一路。”满都鲁道。

“向西。”乩加思兰手指西边说。

“为何不能向东？”满都鲁问。

“向东渡河后不远，是大同，南朝以为重镇；想要越过大同，我部实力不够。”乩加思兰说。

“向西，不也有宁夏吗？”满都鲁道。

“西边大山，南朝人称为贺兰山。绕过贺兰山而南，不经宁夏，也可深入腹里。”乩加思兰说。

“可到何处？”满都鲁问。

“远不可测。”乩加思兰道。

“太师想到何处？”满都鲁改问。

“走到哪里，便是哪里。”乩加思兰说。

“今次南下，以多少人力？”满都鲁问。

“倾尽全力。”乩加思兰说。

“此处营地弃之吗？”满都鲁问。

“倾尽全力，说的是军力，老弱妇孺则留守营地。”乩加思兰说。

“太师不怕南军来袭？”满都鲁问。

“南朝一直想将我等逐出河套；今年以来，又有搜套之议。汗王却见几个人几匹马到过红盐池！”乩加思兰道。

“有句汉话怎么说的？此不足虑，是不是？”满都鲁问。

“对，此不足虑。”乩加思兰道。

许宁是王越从山西带去西北的将领，见到王越，总比别的将领要亲。行过礼后，他笑嘻嘻地说：“都堂唤我来，是要请我饮酒吧？”

“你部若安顿好，我就请你饮酒，”王越道。

“放心，一切都按照都堂的吩咐安顿。”许宁说。

“从行人马几多？”王越问。

“三千。”许宁说。

“距此营几远。”王越问。

“在都堂大营西侧八十里。”许宁说。

“好，这顿酒你定可饮。”王越道。

“都堂既应允，就快布上酒、菜吧；我疾行八十里，连水都不曾喝一口。”许宁催道。

“别急，还要等个人。”王越说。

不多时，亲军禀告，游击将军周玉到。

“不是告诉你等，周将军到，直接进帐即可，不用禀告！”王越责备。

“卑职已告与他知。”亲军道，“周将军本来要直接进来的，但听说许帅先到，一定要卑职进来禀告一声。”

“怪事，这是都堂大营，禀告不禀告，关我何事！”许宁道。

“你有虎威嘛！”王越开句玩笑。

“我至多有点狼威、犬威；虎威，那是都堂才有的。”许宁说着，忽然想起王越的一句话。他问，“都堂说还要等个人，就是老周？”

“是他。”王越点头。

“我去把他请进来。”许宁道。他赶在亲军前头，几乎是把周玉扯进来。直到王越面前，他才松手，说：“人已到，都堂可以赏酒了吧。”

“许帅等等，容我问周将军一件事。”王越说着，转问周玉，“听得许帅在此，周将军为何不肯径入？”

“末将以为，都堂大人会对我二人单独面授机宜。”周玉说。

“那么，周将军为何以为我会对二位单独面授机宜？”王越问。

“都堂说的，只问一件事。”许宁插话。

“顺着问下来，并未涉及第二件事。”王越说。

“满都鲁部所向，有二报，一则犯韦州，一则犯秦州。应对之策，无非是分兵击之。”周玉说。

韦州为古城，在榆林城东南；秦州属巩昌府，在榆林城西南。从榆林去这两个地方，确需分兵。

“虏犯韦州，是虚；犯秦州，是实。这等声东击西的伎俩，瞒得过别人，却瞒不过都堂。况且，老周分兵击之，也说得不对。我等原本各守一处，是分兵；都堂将我等召来，不是分兵，而是合兵。”许宁又插话，并问王越，“都堂，对吧？”

“我与周将军没几句话，许帅插进来，一时却说不完。”王越道。

“都堂与老周说话，总不能让我充耳不闻吧；听后有想法，总不能让我缄口不言吧！”许宁说。

“既言及分兵、合兵，许帅看，合兵当往何处？”王越问。

“秦州。”许宁说。

“周将军看呢？”王越问罢，发觉问得多余，“对了，周将军仍以为当分兵吧？”

“不，许帅以为今次乃合兵，更有道理。”周玉说。

“合兵而往秦州，也更有道理吗？”王越问。

“分兵击之，可顾及韦州；合兵而往，自是巩昌。”周玉说。

见王越摇头，许宁问：“难道都堂要我二人往虚有贼情的韦州？”

“往秦州不对，往韦州更不对。”王越说。

“那么，都堂欲何往？”许宁问。

“往北。”王越手指北方说。

“往北？”许宁、周玉齐问，并齐道，“北方无贼呀！”

“北方无贼，红盐池却有贼巢。”王越说。

“都堂大人之意，趁虏出掠之际，捣其巢穴？”许宁、周玉都很赞成，齐道，“避实就虚，好！”

“避实就虚，也是无奈之举。”王越道，“一则，虏部随意而往，官军尾追在后，未必追得上；二则，虏部精锐皆在南，官军即便追上，与之对阵，并无必胜的把握。不如趁虏老巢空虚，一举捣之，既得其所积财富，又动摇其长居河套之心。”

“都堂大计已定，可饮杯壮行酒吧？”许宁仍没忘和王越的约定。

“既答应许帅，决不食言；不过，有件事我已问过许帅，还没问过周将军呢！”王越说。

“我来。”许宁模仿王越的语气，问周玉，“周将军部是否已安顿好？”

“一切按照都堂大人吩咐安顿。”周玉说。

“从行人马几多？”许宁问。

“三千。”周玉说。

“距此营几远？”许宁问。

“在都堂大人大营东侧八十里。”周玉说。

“都堂还有什么不放心的吗？”许宁转问王越。

“无有，”王越说着，命亲军，“抱两坛酒来！”

“都堂恁是小气，三个人饮，只拿两坛酒。”许宁说。

“谁说三人饮！”王越道，“许帅来了，就要酒饮；周将军来了，一句饮酒的话都没有，故只你我饮。”

“老周，我怎嘱咐你的？你不捧我的场，我不会怪你；但这下整得你自个儿没得酒喝吧？”许宁颇有点儿幸灾乐祸。

周玉笑了笑，没表现出后悔，也没表现出不满。

“周将军虽然没得酒喝，但也不会一无所获。”王越说。

“都堂给他什么好处？”许宁问。

“周将军已有三千人马，我再拨与他两千人马。”王越说。

“只拨与他，不拨与我？”许宁问。

“只拨与他，不拨与你。”王越应道。

“这是为何？”许宁问。

“你喝去我一坛酒。”王越说。

“一坛酒，两千人马，除非疯狂，哪个会做这等交易！都堂的酒，也别给我饮！”许宁道。

“当真不饮？”王越问。

“当真不饮！”许宁态度很坚决。

“许帅既然不饮，两千人马我也拨与你。”王越不再说笑，开始具体部署，“你二人从我这里各领两千人马，与本营人马会合，各计五千。我这里，留有五千人马。有人说我热衷分兵三路，这次许帅西路，周将军东路，我居中路，仍是三路并进。明日三更天，三路一起开拔，八百里路程，限两日夜赶到。至红盐池，不必等我号令，分袭贼营就是。”

交待完毕，又对许宁说，“许帅，我不是舍不得酒，但兵贵神速，我没工夫留你二人畅饮。这顿酒，待庆功时再饮。”

“谨领都堂大人军令！”许宁、周玉应道。

黄昏时刻，狂风大作，走石飞少。别说人迈不开步子，马匹也嘶鸣不已，随着风打转。人困马乏，行进速度自然放慢。

王越仍骑在马背上，有人为他牵马，他可以省却一分体力；但别人只要对付风沙，他却必须盘算整个战局。三路官军明日同时抵达红盐池，同时向虏部营地发起攻击，应该是胜算最大的。如果明天到不了红盐池，甚至后日也到不了红盐池，那么，推迟一天，胜算就会少一分；如果三路官军有一路到不了红盐池，甚至有两路到不了红盐池，那么，少到一路官军，胜算也会少一分。至于风沙把官军完全阻挡在红盐池咫尺之外，而满都鲁部主力回撤，整个计划成为泡影，那只能说是天不灭曹。

他不得不考虑要不要修改原定计划，甚至要不要取消原定计划。

直到亲军禀告，有人求见，他也没有理出头绪。

官兵在风沙中艰难跋涉，却有人要见他，当然是件很奇特的事情。

“何人求见？”王越问。

“一老卒。”亲军说。

王越估计，老卒是来请求停止行进的。在这等气候下许多人都会产生畏难情绪。但军阶高者，不好意思来向他请求；身体强壮者，不好意思来向他请求。来向他请求的，只能是老卒。

“你说是个老卒，有多大年纪？”王越问。

“五六十岁。”亲军说。

“你告诉他，他年纪已大，走不动可以不走；但全军行止，我自会酌定。”王越说。

“回大人话，老卒称，他见大人，不为歇人歇马。”亲军道。

“那为何事？”王越问。

“他特来向大人道喜。”全军道。

“向我道喜？”王越不由得苦笑。面对恶劣气候，畏惧者有之，抱怨者有之；为恶劣气候而道喜，谁想得出来！这等老卒，倒不可以不见。他一个手势，让亲军把老卒带过来。老卒看来见过世面，到王越面前，该行礼则行礼，该回话则回话，一点儿也不慌张。

“老丈，有没有被大风刮昏头？”王越问。

“没有。”老卒道。

“是不是调戏本堂？”王越问。

“不是。”老卒道。

“既非昏然于风，又非调戏于我，那你说说，喜从何来？”王越命道。

“为此风。”老卒手指空中说。

“此风阻我军行进，有何喜可言！”王越道。

“大人只看到此风阻我行进，怎就不想一想，此风正好掩饰我军行迹？我军如从天而降，趁虏不备，焉得不胜！再者，获胜还镇时，若与虏部遭遇，我处于上风，虏处于下风，乘风击之，焉得不胜！故无论就奔袭而言，就遭遇而言，天生此风，都是成全大人功业。”老卒说。

听罢这番话，王越心中的迟疑彷徨一扫而光。他不由对老卒刮目相看，跳下马来，对老卒深作一揖，道：“老人家，受我一拜！”

老卒忙避向一边，说：“大人行此大礼，折杀老儿！”

“老人家现居何职？”王越问。

“一卒而已，无任何职衔。”老卒说。

“从这一刻起，你是千户。”王越说，并吩咐左右，“找一匹马与他，让他跟随在我左右。”

深秋时节，官军于红盐池一带捣毁满都鲁营地，斩首三百五十级，俘获其家眷、牲畜、器械等均以万计。在回师途中，与满都鲁等遭遇，复大败之。满都鲁部失去在河套的大营，举部北徙两千余里。

第七十八章

皇帝定于十一月初十日，往西苑阅视武臣骑射。

“爷乘舆，还是骑马？”宫中太监请旨。

“马牵来没？”皇帝问。

“已牵来。”宫中太监应道。

“谁人牵来？”皇帝问。

“御马监的汪直。”宫中太监说。

“哈，有些日子没见他，让他来服侍朕骑马！”皇帝命道。

月华门外，若干小宦者排列成行，每人牵着一匹精选出来的良驹。汪直在前面踱来踱去，一会儿摸摸这匹马的头，一会儿拍拍那匹马的背。皇帝在大小宦官们的簇拥下出门，他忙迎上去叩拜。

“奴才给爷叩安！”他说。

“汪直，你整日只顾喂马，心里还有朕吗！”皇帝说。

“爷冤枉奴才，奴才无时无刻不惦念爷。”汪直道。

“侍长也在问，你为何一直不进宫看她？”皇帝又说。

“奴才无时无刻不惦念娘娘，但爷和娘娘把奴才安置在御马监，奴才便一心一意当差，唯恐有负爷和娘娘。”汪直道。

“侍长问你能否胜任御马监的差事，朕说不上来；今日骑一骑你选的马，朕就有的可说了。”皇帝说着，命道，“汪直，把马牵来！”

汪直把一匹浑身雪白、无一根杂毛的马牵到皇帝面前，皇帝一见就爱。

“它调皮不调皮？”皇帝问。

“回爷的话，它有点儿小性子，但不会大闹。”汪直说。

“正合朕意。”皇帝道。他在汪直服侍下骑上马，问道，“汪直，你骑哪一匹？”

“奴才在宫里不敢骑马。”汪直说。

“朕知道，朕是问你，一会儿出西华门，你骑哪一匹？”皇帝道。

“出西华门，奴才仍给爷牵马。”汪直说。

“不，今日朕要你与朕一起骑马。”皇帝说着，勒住缰绳，让马先就地转两圈；然后放开缰绳，让马顺着宫道西行。马蹄抬得很高，落下却很轻，确是一匹好马。

汪直和牵马的小宦者，还有皇帝的近侍，小跑着跟在后面。

出西华门，皇帝把马勒住，招呼道：“汪直，上马！”

“爷——”汪直还想推托。

“出宫之后，你怎的胆子小起来！”皇帝叱道。

“奴才是因为规矩懂得渐多。”汪直说。

“规矩懂得多，胆子却小，这等规矩，朕宁愿你不懂！”皇帝道，并说，“朕是要和你说会儿话，你在后面走着，怎说？”

汪直告罪，小心翼翼地上马，小心翼翼地控制着马的速度。他不能在皇帝后面太远，离得太远，皇帝仍不方便和他说话；他更不能和皇帝并驾齐驱，或超越皇帝，那可是死罪。

皇帝见他驾驭自如，不由称赞一句：“汪直，驭马有术呀！”

“奴才是爷和娘娘差去御马监的，连马都骑不好，岂不丢爷和娘娘的脸！”汪直道，“奴才自到御马监后，每日里观察马的习性，总算分辨得出好坏；每日里与马做伴，总算懂得些骑马的要领。不过，奴才的雕虫小技，不及爷万一。爷看，奴才在爷身后，爷快，奴才也快，爷慢，奴才也慢，全由爷调度。”

皇帝听出他在卖弄，笑了笑，说：“朕快，你也快，朕慢，你也慢，那是你懂规矩。”顿了顿，又问，“骑与射分不开，你说每日里与马做伴，可曾练一练射？”

“奴才喜欢射箭。”汪直道，“御马监草场有现成的箭靶，奴才每日除骑马，就是练习射箭。”

“那也该小有准头吧？”皇帝问。

“奴才不敢夸口，爷找个日子，看奴才射靶。”汪直说。

“今日就是阅射的日子，干吗还要另找日子！”皇帝道。

“奴才进宫，没敢带弓箭。”汪直说。

“不用你的弓箭，”皇帝说着，揪住挂在龙袍外的玉坠的锦带，用力一扯，把锦带扯断。他把玉坠往后一扔，叫道：“汪直，接住了！”

汪直反应敏捷，伸手接。

进西苑门后，道旁树木颇多。皇帝左看右看，审视着树的高度和距离的远近。选中一棵后，指给汪直看，说：“朕先试试你手上的准头。”

“爷要奴才拿玉坠投掷那株树？”汪直问。

“朕不要你掷到树干中央，只要碰到树干，朕就算你掷中。”皇帝说。

“爷的玉坠太珍贵，奴才担心它有损。”汪直说。

“朕的玉坠，朕不心疼，你为何要心疼！再者，玉坠珍贵，还是人才珍贵？朕为考较人才，而损一玉坠，难道不值得！”皇帝道。

“爷这么说——”汪直也左看右看，但他只审视树的高度，不理会树的远近。他选中一棵，指给皇帝看：“奴才不投掷爷指定的那一棵，投掷这一棵吧。”

皇帝比较一下远近，说：“你这是舍远求近呀！”

“奴才不是掷向树干，是掷向树上的鸟巢。”汪直说。

“你能打下它来？”皇帝问。树很高，鸟巢筑在接近树的顶端；要投掷一物击中它，已属不易；要以一物将它击落，就更难。

“奴才没把握，但爷把珍贵之物交给奴才用，奴才愿意一试。”汪直直言不讳地说，既让皇帝看到他的诚恳，又给自己留个后路。

皇帝勒住马，他也勒住马。等皇帝调转马头，他向那棵树的树梢瞄了瞄，奋力将玉坠掷出。他的手够有准头，玉坠正好击中鸟巢；他的手够有力度，鸟巢在树杈上摇晃两下，掉落下来。

玉坠比鸟巢先掉落，汪直从马上跃下，一个箭步抢上，接住它。他把玉坠高举过头，跪倒在皇帝的马前。

“爷的宝物，幸无损伤。”他说。

皇帝大悦，道：“赐予你！”

阅示过武将骑射后，皇帝不像开始那么高兴了。他坐在阅台中央，下面一边站立兵部左侍郎李震，他在八月白圭忧去后，暂摄兵部事；一边站立抚宁侯朱永，他总领今日阅射之事。

“今日出乖露丑者，共计几人？”皇帝问。

朱永、李震不知如何回答，亦羞于启齿，都低头不语。

“朕问话呢！”皇帝道。

朱永希望李震出面禀奏，因为皇帝对文臣总会客气一点；况且今日出乖露丑的是武臣，皇帝更不会对文臣大加斥责。但李震禀奏也有麻烦，他是监射官，具体有多少人表演骑射，未必说得出来。与其他答不出来，皇帝再追问自己，还不如主动一点儿呢。

想到此，朱永硬着头皮奏道：“启禀陛下，今日与射者二百余人。”

“有准确的数目吗？”皇帝果然追问。

“有，二百二十一人。”朱永说。

“每人三矢，是吧？”皇帝问。

“是。”朱永应道。

“三矢皆中者，有几人？”皇帝问。

“四人。”朱永回答的声音很低。

“李卿，”皇帝转向李震，“朕没听见抚宁侯的话，你告诉朕。”

“臣永说的是四人。”李震道。

“据你所知，是不是四人？”皇帝问。

“是四人。”李震说。

“朕只知有百里挑一，原来还有百里挑二！”皇帝调侃二臣。

朱永、李震像两个被先生抓住短处的童子，先生训斥也好，挖苦也好，只有听着，不敢回嘴。

“三矢皆中，为优，中二矢，为良，是吧？”皇帝又问朱永。

“是。”朱永应道。

“优者不能多求，良者又如何？”皇帝问。

“二十三人。”朱永话音略高，好让皇帝听清。

“真应了人多势众那句话，中的人多，抚宁侯的底气都见长。”皇帝继续挖苦，又问，“优者、良者二十七人，余下近二百人，是中一矢者为多，还是一矢不中者为多？”

“中一矢者略多，为九十九人。”朱永说。

“朕不善计算，李卿，你给朕算算，一矢未中者几人。”皇帝命李震。

“九十五人。”李震说。

“中一矢者比一矢未中者多四人，朝廷当为之贺！”皇帝道。

这句话可以说是挖苦得最厉害，朱永、李震都觉得，皇帝的怒气该消去。皇帝这次停顿的时间较长，看起来怒气的确消去。

“在京团营中，及各亲军卫，称得上武将者，不止此数吧？”皇帝忽问。所谓称得上武将，是指一定品级以上的武官，如指挥使以上；而指挥使以下的千户、百户等，只能被视为武弁。

“陛下说的是，远不止此数。”朱永说。

“如此说来，这二百二十一人还是从远不止此数的武臣中选拔出来的，是不是？”皇帝问。

朱永不敢说未加选拔；但说确经选拔，一定会更惹皇帝生气。他含糊地说：“臣曾约各府都督，看过他等骑射。”

“那不是选拔吗？”皇帝不给他推诿的机会。

“那是选拔。”朱永不得不说。

“李卿，那次骑射，你可去看了吗？”皇帝又问李震。

“臣也去看了。”李震应道。

“那次看他等骑射时，也如此不堪入目吗？”皇帝问。

“成绩比今日好。”朱永说。

“为何你等看时，成绩就好；朕看时，成绩就不好？”皇帝问。

“或是那日无风沙，今日有风沙。”朱永说。

李震一听，心想要坏。别说今天的风沙不大，就算今天的风再大一倍，沙尘漫天飞舞，考阅骑射，成绩也不该这样糟糕呀！

皇帝冷笑一声，问：“朱永，你去过西北，那里无风沙吗？”

“西北入冬后，风沙比京师更大。”朱永说。

“官军遇有风沙，难道就不征战？”皇帝道，“难怪你主持西北战局，并无显著战绩，原来是因为怕风沙。后虽易人，仍无显著战绩，不知接替你的大将是否也怕风沙。”

这两句话，虽非责骂，但比责骂更刺人心胸。朱永觉得，自己不仅脸发热，脖颈发热，而且全身都发热。

“朱永，朕记得，你当年是自请巡边的吧？”皇帝又问。

“是。”朱永应道。

“若使你率这等将士出征，你还有勇气吗？”皇帝问。

朱永没办法回答。皇帝也不需要他回答。

“朕不该这样问你。”皇帝似乎想解除他的难堪，实际上，后面的话更让他难堪，“朕忘记，你原本也没勇气。”

“皇上知臣。”朱永懊丧地说。

“李卿，朕知你没到过边镇，但朕也要问问你。”皇帝对李震说。

“是。”李震应道。

“你不会也以为，今日骑射不堪，是因风沙吧？”皇帝问。

“臣确有别的想法。”李震说。

“说与朕听听。”皇帝命道。

“臣想，或因陛下亲阅，令武臣局促。”李震说。

这显然是在勉强应付。谁不知道，武臣骑不好马，射不好箭，根源在于操练。但他不便直接说出根源。因为白圭以兵部尚书兼督十二团营，京营操练不好，他有推托不掉的责任。李震宁愿被皇帝斥责，被皇帝讥讽，也不愿被人说成落井下石。

还好，皇帝对他说的话，不像对朱永说的话那么难听。

“照你这么说，朕若御驾亲征，将士们岂不连兵刃都不会使？朕还以为，他等会人人奋勇、个个争先呢！”皇帝说。

话里有讥讽之意，也是针对武臣的，李震不想申辩；但紧接着，皇帝提的问题就针对文臣。

“李卿，左班文臣见朕，会不会局促？”皇帝问。

“也会。”李震说。

“那在朕面前，文臣就不议事吗？”皇帝问。

“文臣在陛下面前议事，与武臣在陛下面前骑射，不尽相同；但在陛下面前，因局促而不能议事的文臣，亦不少。”李震说。

“你说，因局促而不能议事，该不该责备？”皇帝问。

“该责备。”李震说。

“那么，因局促而不能骑射，也该责备。”皇帝道。

“陛下说的是。”李震应道。

“抚宁侯，”皇帝招呼朱永，“朕才问你，率这等将士出征，还会不会有勇气。实则，就算你有勇气，朕也不会选你为帅。”

朱永连一句“是”或“不是”都无法回应，只能看皇帝怎么说李震。

“李卿，”皇帝招呼李震，“你说因局促而不能议事的文臣不少，朕还怎能召集你等议事！”

“陛下圣明！”朱永、李震好像约好，齐声应道。

第七十九章

新春之际，梧州城里的热闹景象，和往年没什么不同；官民人等的欢快心情，和往年没什么不同。也许，只有韩雍一人意识到，这个年节和往年不一样。他是成化元年到两广任上的，现在是成化十年，也就是说，这是他在广西过的第十个年节。两广总督是成化四年在梧州开府的，也就是说，这是他在梧州过的第七个年节。

也许他记得不对。他似乎是成化元年秋冬之际到的广西，那么，他在广西过的是九个年节，不是十个年节。两广总督似乎是成化四年季春时开府梧州的，那么，他在梧州过的是六个年节，不是七个年节。但有件事他不会记错：现今的两广总督衙门是成化六年开始兴建的，成化七年落成。他亲笔撰写的《总府开设记》，不仅记有年份，还记有月、日，前者是四月二十六日，后者是五月十八日，可为凭证。也就是说，这一次是他在现今的衙门里过的第三个年节。

今次过年和以往不一样，是因为从京师赶来两名官员，一是礼科给事中张谦，一是刑部郎中蔡麟。和韩雍比起来，他们的品级太低；因为韩雍早在确定开府梧州时，已升右都御史。但重要的不是张谦、蔡麟的品级，而是他们来的目的。他们来两广，来梧州，目的只有一个，那就是对韩雍进行调查。所以要对韩雍进行调查，是因为有人弹劾他。弹劾他的人，在广西，有镇守太监，有布政使，有按察副使，在朝中，有附和他们的科、道官，及兵部官员。

想起朝廷差遣的这两个官员，韩雍私下里有时会觉得好笑。平广西叛蛮，分明是兵部的职事，为什么偏要从毫不相干的礼科差人？地方官员也好，廷臣也好，对他只是纠劾，应该到不了给他定罪的程度，为什么偏要从刑部差一名郎中？试想，从都察院差一员御史，从兵部差一员郎中，不是更恰如其分吗？

当然，他也清楚，他的前程不在于朝廷从哪个衙门差人，而在于差遣来的人回朝后会说些什么。所以，他有时觉得好笑的事，其实并不好笑。

韩雍几乎可以断定，张谦、蔡麟回朝后会说什么。

梧州在广西会城桂林以南。他二人在桂林没有停留，直接到的梧州。从表面上看，这很公正。广西有人说，韩雍这些年在任，玩寇不剿；兵部有人说，韩雍这些年剿灭浔州、柳州贼，奏报不实。于是，张谦、蔡麟先来梧州查实。但他们到梧州之后，不给韩雍申辩的机会，甚至韩雍历次奏报所涉及的有功将领，他们也不召见，也不询问。他们查访的对象，都是韩雍所忽略的人，而且是韩雍自以为有理由对其忽略的人，他们在梧州的调查中会得出什么样的结论，可想而知。

他现在想，或许不该忽略他们；但想到这一点，为时已晚。

"更衣，随我出去走走。"韩雍吩咐服侍他的童儿。

"老爷早该去走走；这会儿才想着去走走，晚了！"童儿边帮他换衣服，边唠叨。

韩雍心思缜密，童儿少说一个字，他听得出来。他说的是出去走走，童儿说的是去走走，意思肯定大不一样。

"你让我去哪儿走走呀？"他问。

"该去哪儿走走，老爷心里清楚，何必问我！"童儿道。

"那你为何又说晚了？"韩雍问。

"人家今日就离开梧州，老爷这一去，算是晤见呀，算是送行呀？"童儿道。

"谁人要走？"韩雍问。

"京里来的蔡大人、张大人呗，还会是谁！"童儿道。

"谁说我要去蔡大人、张大人那里走走？"韩雍问。

"原来老爷不是去他二人处？那好，只当我什么话也没说。"童儿道。他真的闭起嘴，不说话。

桂山从北方而来，逶迤数百里，到梧州城里，渐息渐平。相距不远，又有一峰突起。总府就建于桂山的尽头与该峰之间。出总府，走几步平地，然后拾阶而上，登上峰顶，可揽全城景貌，并及城外山水。

韩雍所谓出去走走，是走出总府，登上峰顶。

"唯兹梧州，介乎——"韩雍想背诵《总府开设记》里关于梧州的描述，但才开头，就被童儿打断。

"老爷，这段文字我也背诵得下来。"童儿说。

"你会如此用心？"韩雍不信。

"老爷每年登高几次？哪次登高不背诵这段文字？小的再愚笨，也该听熟。"童儿道。

"好，你背诵得下来，有赏！"韩雍说。

“唯兹梧州，介乎两广之中，水陆相通，道里适均，群山环拱，三江汇流。岭南形胜，无可比拟。”童儿背诵完之后，把手一伸，“老爷，给赏！”

“背诵得出，可讲解得出？”韩雍提出更高的要求。

“讲解得出给赏，与背诵得出给赏，不可相同。”童儿也提出要求。

“好，我答应你。”韩雍说。

“老爷问，”童儿像老成人一样自负地说，“老爷有问，我必有答。”

“你先指与我看，哪里是三江口？”韩雍说。

“在哪里！”童儿往西边城外某处一指。

“我只见到两江相汇，缘何而名三江口？”韩雍问。

“老爷说的两江，一是自西而来的浔江，一是自北而来的桂江，对吧？”童儿不仅说得出两条江的名称，而且说得出两条江的流向。

“对是对，但也仅是两江。”韩雍说。

“浔江虽为一江，却是黔、郁二江汇于浔州而成。”童儿说。

“那么，所谓三江口，是桂、黔、郁三江汇合之处？”韩雍问。

“是啊！”童儿应道。

“可黔、郁二江并非在该处汇合呀！”韩雍说。

“反正三条江都流经，叫作三江口，有什么不对！”童儿道。

“你知否，桂江在临桂还曾与阳江汇合？照你的说法，岂不是应该把它叫作四江口？”韩雍又出个难题。

他以为童儿找不出更多理由了，把手一背，打算抬脚走开，去看别的景致。不料，童儿的伶牙俐齿远超过他的估计；或者说，童儿对讨赏的热情远超过他的估计。

“它叫不得四江口。”童儿说。

“为何叫不得四江口？”韩雍问。

“三江口已叫多久？几百年，或上千年？给它起名字的人，或是从浔州来，见有黔、郁二江汇合成浔江，又见浔江与桂江汇合于此，故名曰三江口；或是从桂林来，见有桂、阳二江汇合成桂江，又见桂江与浔江汇合于此，故名曰三江口。”童儿说，似乎觉察出有破绽，他马上又补充，“那时行走艰难，很少有人去过桂林，又去过浔州，然后再到梧州。即便三地都去过的人，去的次序也不一定对。他若先去桂林，再到梧州，最后去的浔州，或先去浔州，再到梧州，最后去的桂林，都不成。因为他到梧州后，三江口的名字已经脱口而出，后来看到还多一江，也懒得再改。”

这一番强词夺理，韩雍听了，好不可笑。他说：“当名之曰三江口，抑或四江口，有个更简单的理由。”

“是何理由？”童儿当然不信，有比他的理由更好的理由。

“浔江是黔江、郁江汇合而成，可视为两江；阳江则是汇入桂江，只可视为一江。”韩雍说。

“这个理由简单固然简单，未必能服人。”童儿道，言外之意，他是不服，“黔江、郁江汇合而成浔江，难道就不能黔江汇入郁江，或郁江汇入黔江？只不过多个爱取名字的人，称之曰浔江，于是成为二江汇合而成另一江。阳江汇入桂江，只不过少个爱取名字的人，于是就无法成为二江汇合成另一江。”

“你对，你对！”韩雍笑着叫停，“世上之事，名实是否相符，实难穷究。你能追究到这一步，诚属不易，我给赏就是。”

他目光久久注视着三江口以北的一段，溯江而上，三四天即可抵达桂林；若沿江而行，车马一天多就可抵达桂林。

在桂林，张谦、蔡麟将要见到的，有广西镇守太监黄沁，有广西布政使何宜，有广西按察副使张敩。

想到这几个人，他再没心思和童儿斗嘴。

韩雍现在想起来，自己对待黄太监与两广镇守陈太监，是不一样的。对黄太监，他更多的是抑制；对陈太监，他更多的是谦让。

不错，黄太监这个人太贪婪、太暴戾。广西的文臣武将们，没有不被他盘剥的，没有不被他欺侮的。韩雍曾当面警告过他，不要索求太多，欺人太甚；并警告文臣武将们，不要主动或被迫去巴结黄沁。抑制黄太监，或是因为自己疾恶如仇？

但细想一下，也许并不是。说黄太监盘剥，陈太监难道就那么清廉；说黄太监侮人太甚，陈太监难道就那么惜才？所以，对黄太监抑制，对陈太监谦让，或许还有其他的原因。

《总府开设记》提到这两个太监，对黄沁只有一句话：又以少监黄公沁，及署都督佥事夏正充副总兵，镇守广西；后面还加半句：皆宸断也。说它是半句，因为出自宸断的，不止这一件事。

而关于陈太监，有两处提及。其一，文中说：上可之，以太监陈公总镇两广，起复臣雍进今官，总督两广军务，兼理巡抚。未几，复以平江伯陈公锐，挂征蛮将军印，充总兵官，镇守两广。其二，在文章最后说：太监字德新，镇静有谋，屡立战功。

很明显，在他的心目中，陈太监和他，和平江伯，是一个层次；黄太监和副总兵官，是一个层次。他把陈太监当作同僚看待，把黄太监当作属僚看待，这就难怪黄太监对他怀有满腔的怨恨。

应该说，抑制黄沁，韩雍还有些分寸。到底是内臣，到底是来自宫里，你根本不知道，他在内臣衙门里会有多少靠山，不知道皇帝对他会有多么信赖。而抑制布、按二司官，他更加随意。

抑制何宜，你可以说，他太不争气，太唯唯诺诺，对黄沁太一味迁就。但他毕竟是正统十三年的进士，比你仅仅晚两科，和你应该算是同一代的官僚。但平心而论，你几时把他当作同一代官僚看待？在你眼里，他作为属僚，也是不合格的属僚。你不以礼待他，难怪他对你怀有满腔的怨恨。

抑制张敩，你可以说，他太不知耻，太贪得无厌，和黄沁太沆瀣一气。但他毕竟是一省主管学政的副使，在全省数以千计的学子面前是需要威严的。你几时把他当作一省主持学政的最高长官看待？在你眼里，他作为属僚，也是应该被除名的属僚。你不以礼待他，难怪他对你怀有满腔的怨恨。

正所谓种瓜得瓜，种豆得豆，种下怨恨，只能收获报复。

他现在想稍待他等以礼，为时已晚。

童儿深知，老爷想心事时，不能打扰，说不定那就是运筹帷幄。不过，老爷整个过年期间，似乎都在想心思，今天想心事又想得太久，他真担心老爷会想得走火入魔。

“老爷！”他试着叫一声。

“怎的，你还要与我分辩三江口、四江口的正误？”韩雍问。

还好，没走火入魔。童儿乖巧地说：“不再分辩，终归是老爷的话对。我只想问老爷一件事。”

“何事？”韩雍让他问。

“老爷想虎丘吧？”童儿问。

虎丘在苏州。苏州所属的吴县、长洲二县，与苏州同城，而地域划分，虎丘属长洲。韩雍是长洲人，听童儿提起虎丘，心不由一动。

这个童儿，太善解人意！韩雍真的在想家乡。

封疆大吏被镇守太监讦告，或被布政使讦告，或被按察使、按察副使讦告，皆属寻常；但同时被这些人讦告，则不那么寻常。

封疆大吏被镇守太监讦告，或被布政使讦告，或被按察使、按察副使讦告，朝廷未必当回事；但同时被这些人讦告，朝廷就不会不当回事。

朝廷对镇守太监，对布政使，对按察使、按察副使的讦告当回事，未必就处置；但从朝廷差遣礼科给事中、差遣刑部郎中查访来看，从礼科给事中、刑部郎中的态度来看，朝廷这次定要处置。

朝廷处置封疆大吏，未必就罢免，此外还有戒饬、降职、降品、罚俸等。当然，也有比罢免更严重的，如下狱、戍边直至处死等。但韩雍能想到的最严重的处置，是罢免。

那就回乡吧。

他只有五十三岁，就此结束官宦生涯，有点儿可惜。他至少还有十年的大臣好做，他可能被召回朝廷掌院掌部，可能加三公、三孤的荣衔。不过，他从来没向贪暴如黄沁、懦弱如何宜、卑劣如张敩之辈低过头，要他为前途难料的十年官宦生涯向他们低头，他宁愿现在被罢免。

他总督两广军务八九年，开府梧州五六年，指责他过失的人多，赞扬他业绩的人少，对他来说，这难免有点儿遗憾。不过，他相信公道自在人心。他处置两广事务以来，各少数族部落仍时或作乱，但毕竟平静的日子比动荡的日子多，平静的日子比以前多，平静的区域比以前广。他自信可以向朝廷交待，可以向岭南的军民交待。

三月初，韩雍被罢免。

第八十章

两个小宦官在宫苑之间的甬道走着。因为才拌两句嘴，他们一前一后地行走，而不愿并排行走。幸亏如此，在遭遇意外时，才没一起遭殃。走在前面的小宦官听到走在后面的小宦官一声尖叫，随即“扑通”一声，估计是跌倒；同时，似有一阵飓风，要把他也刮倒。他站定脚跟，回过头看。头扭到一半，一匹马从他身边疾驰而过；头扭到身后，只见走在后面的小宦官趴在地上，直揉屁股。看来，他是仰面跌倒的，摔得最重的是屁股，所以翻了个身揉起来。

他退回去，把趴在地上的小宦官搀扶起来。一次突发事件，让他们忘记刚才的拌嘴，重又开口说话。

“是爷吗？”跌倒的小宦官问。

“怎会是爷！你我都看到，爷在昭德宫养神呢。”搀扶他的小宦官说。

“那你看清是谁了吗？”跌倒的小宦官问。

“老马。”搀扶他的小宦官说。

“拿我开心呢？御马监好马再多，也没见过跑得风驰电掣般的老马。”跌倒的小宦官道。

“你问的是马呀，还是马上的人？”搀扶他的小宦官问。

“我正要跟你说呢，我问的是马上的人。”跌倒的小宦官道。

“我说的正是马上的人。”搀扶他的小宦官道。

“老马骑马？”跌倒的小宦官把这句话的意思重新排列一说，自己也想笑。他问，“兄弟，哪个老马呀？”

“马大人。”搀扶他的小宦官说。

“还不如叫老马呢。”跌倒的小宦官道，“被你叫作老马的，只有三五人，被你叫作马大人的，三五十人都不止。”

“在爷面前最有宠的马大人。”搀扶他的小宦官坚持叫马大人。

“都指挥马良？”跌倒的小宦官不会再猜错。他觉得屁股还隐隐作疼，于是恨恨地说：“他不要命吗，敢在大内跑马！”

“少见多怪，他大内跑马，我遇到不下四五次。”搀扶他的小宦官说。

“不曾被撞倒？”跌倒的小宦官问。

“只有呆头呆脑的人，才会被撞倒；我不会。”搀扶他的小宦官说。

“你说我呆头呆脑吗？”跌倒的小宦官一生气，甩开他的手，一瘸一拐地走到前面去。

宫里一名老太监，在两名长随陪同下，穿行于宫室间，办他分内的事。

“叔，小心前面。”一长随提醒他。

他以为说的是脚底下，放慢脚步，低下头，看一块砖，走一步。

“小的说的是前面，不是脚下。”该长随说。

老太监抬头往前看，见一匹快马从对面驰来。他转过身子，甩甩袖子，站到道路旁。由于年纪太大，他所有的动作都显得很慢。幸亏他的动作慢，长随才来得及阻拦。

“叔要干吗？”另一长随问。

“你二人快随我迎驾。”老太监说。

“叔看走眼，骑马的不是爷。”该长随说。

“不是爷？”老太监老眼昏花，把两名长随当成自己的一双眼睛；可是对他们看到的又不相信。他双腿弯曲，做好准备，一旦看清骑在马上的是皇帝，好马上跪倒。

马奔驰而过，卷起一阵风，他身子晃了几晃，被长随们扶住。老太监根本看不清是不是皇帝，更来不及跪倒。马驰过后，他只来得及说一句：“不是爷，谁敢在大内骑马！”

他曾在御马监当过差，记得，就算御马监太监送御用马匹进大内，骑到宫门外，也得下马，牵着入内。

“听说，近来都指挥使马大人常在大内驰马。”一长随说。

“为何不禀奏爷知道？”老太监问。

“听说，是爷特准的。”另一长随说。

皇帝特准，一定有理由。老太监不知道是什么理由，又不愿问长随是什么理由，只好杜撰起来。

“这位马大人在锦衣卫供职？”他问。只要长随们应一声“是”，他就会说“难怪”。锦衣卫所禀奏，都是大事、急事，特旨允许他在大内骑马，为的是不误事。

长随说的却是：“不知他在哪个衙门当差，小的只听说，他是个闲职。”

“闲职？”一个好好的理由被推翻，老太监心中有一股无名之火要发泄。不过，他的火不能对皇帝发，甚至不能对骑在马上的马都指挥使发，只能对身边的长随发，“闲职而驰马大内，查一查，此人是不是个疯子！”

二长随应着，心里却想：不是他疯，是你老糊涂。即便他是个疯子，不得皇上特准就在大内驰马，还不早被揪下马来，还不早被解入大狱，还不早被送上黄泉路！他在大内驰马，要查他是不是个疯子；皇上特准他在大内驰马，是不是也要查一查皇上！

黄赐从文华殿出来，准备回司礼监，在门外当值的内臣低声对他说：“覃叔在此等候黄叔多时。”

黄赐顺着他手指的方向看去，覃勤果然站在墙角，并在向他招手。于是，他走过去。

“黄哥，真让人沮丧！”覃勤等他走近时说。

“覃哥为何事沮丧？”黄赐问。

“此事不仅我为之沮丧，黄哥也要为之沮丧，我辈都要为之沮丧。”覃勤说。

“究竟何事？”黄赐问。

“马良那厮，任意在大内骑马。”覃勤说。

“我当什么事呢。”黄赐连连摇头，“覃哥自个儿沮丧着吧，别拉上我沮丧，拉上我辈沮丧！他骑他的马，碍着覃哥什么事！”

“话不是这么说，”覃勤道，“这么大个宫城，我等整日跑进跑出，谁人骑过半步马？他闲着没事，今日跑马南宫，明日跑马西宫，黄哥见到，就不觉着沮丧？”

“覃哥说的，也有道理。”黄赐道。又说，“覃哥既沮丧，和爷说一声，不让他再跑马就是，何必拉着我等一同沮丧！”

“我早和爷说过。”覃勤道。

“覃哥说过，爷不听，对吧？”黄赐看看覃勤的脸色，听听覃勤的话音，猜到是这个结果。他问，“覃哥怎说的？”

“我说，内、外臣于大内不得骑马，是祖宗制度。”覃勤道。

“那岂不等于说，爷有违祖制？爷自然不会听。”黄赐说。

“那我该怎说？总不能说，他在宫里跑马，我为之沮丧吧！”覃勤道。

“你可以说，他在宫里跑马，宫里宫外，颇遭物议。”黄赐教他。

“我先说的，就是这话。”覃勤道。

“爷也不理会？”黄赐问。

“理会倒是理会，”覃勤道，“爷吩咐，以后再听到议论就说，好马都要压一压，朕让他来替朕压马的。”

“你可以对爷说，驯马乃御马监之责。压马也是驯马，当交与御马监去办。”黄赐又教他。

“这话我也对爷说过。”覃勤道。

“爷怎说？”黄赐问。

“爷说，御马监压过的马，都不如马良压过的马骑起来舒服。”覃勤道。他接着说的一句话，似乎是要表明，黄赐比他高明不了多少，很让他失望：“所以我才来找黄哥商量，谁知——”

“你是说，我也奈何不了马良？”黄赐不服气地问。

“怎会！”覃勤道，“别人的话，爷未必听；黄哥的话，爷总是会听的。我不过想请黄哥去对爷说说这事。”

无论怎么听，他的话里都有讽刺的味道。黄赐半是和他赌气半是显示自己地答应下来：“好，我去！”

“多谢黄哥！”覃勤一拱手，道，“黄哥这一去，自个儿不再沮丧，我不再沮丧，我辈都不再沮丧，都会欢喜鼓舞。”奉承两句之后，他问，“黄哥这就去吗？”

“今日不去。”黄赐道。

“哪日去？”覃勤问。

“有适当的题目再去。”黄赐道。

“何谓适当的题目？”覃勤问。

“覃哥采用的题目之外，都可能是适当的题目。”黄赐道。

这样一个空泛的回答，使得他去和皇帝说这件事，变得遥遥无期。

黄赐没掰着手指数已过多少天，覃勤也没掰着手指数已过多少天，一个适当的题目不期而至：马良妻死，黄赐奉旨去马良家探望。

“老黄，你回来了？”皇帝问。

“爷，奴才回来了。”黄赐应道。

皇帝等他禀奏这趟差事办得如何，可他一句话也不说。皇帝只得问：“可劝慰过马卿？”

“奴才劝慰过。”黄赐应道。

“是按照朕的吩咐说的吗？”皇帝问。

“是按照爷的吩咐说的，一个字不差。”黄赐道。

“那就好。”皇帝不想问下去。再问，无非是丧事办得如何，马良是不是还在伤心。皇帝觉得，黄赐不说，他也想像得出来。丧妻的哀痛之情，不是几天就可以消失的；像马良这等品级的官员，又有恩宠，一定会把丧事办得风风光光。

“奴才觉得，觉得不太好。”黄赐却吞吞吐吐地说。

“怎的不太好？”皇帝以为，所谓不太好，是指马良哀痛过度。早知如此，该多教黄赐几句劝慰的话。

“奴才觉得，奴才的话多余。”黄赐却说。他好像忘记，他去马良家说的话，都是皇帝让他说的。

皇帝一怔，问：“怎的多余？”

黄赐不答，又说：“奴才先是以为，走错人家。”

“胡说！”皇帝叱道，“马卿的宅子，是朕赐的，是让你帮着挑选的，怎会走错！”

“是啊！”黄赐说，“所以奴才后来想，爷是不是交代错。”

皇帝又一怔，问：“朕交代错？”

“爷告诉奴才，马家在办丧事。”黄赐说。

“其妻病故，他告假办丧事，好几天没来见朕，这还有错！”皇帝道。

“可奴才进马家却见，里面在办喜事。”黄赐说。

“办喜事？”皇帝看黄赐一眼，道，“老黄，朕也开始怀疑，你是不是走错人家。”

“爷用不着怀疑，迎出来的正是马大人。”黄赐说。

“那么，是他把宅子借给人家办喜事？”很快，皇帝自己把这个猜想否定，“朕想不出来，谁在他那里有这么大的面子！”

“爷说的是，谁在他那里也没这么大面子。”黄赐回应道。

“那么，是他在为子侄辈操办喜事？”皇帝觉得这个猜想也有问题，“其妻为其子侄长辈，其妻丧期，其子侄也不该婚娶呀！”

“爷说的是，他不是为子侄辈操办喜事。”黄赐回应道。

“那么，是谁人喜事？”皇帝问。

“他自个儿的。”黄赐说。

“他自个儿的？”皇帝诧道。

“是。”黄赐应一声后，说，“今日，恰逢他迎娶新妇，奴才一去，险些被他逼得喝一杯喜酒。”

“他又娶妻？这也太快！朕记得，他原配之亡，不过数日。”皇帝道。

“不，已有十日。”黄赐明里是在驳皇帝，为马良开脱，实则在给皇帝火上浇油。

“哼！”皇帝冷笑一声，问，“那他的喜酒，你究竟喝没喝？”

“奴才奉遣，为其妻之丧，没敢喝他迎娶新人的喜酒。”黄赐说。

“那你有没搅他的喜筵？”皇帝又问。

“奴才想搅来着，没敢。”黄赐说。

“为何没敢？”皇帝问。

“新妇乃名门之后。”黄赐说。

“是谁人之女？”皇帝问。

“宁阳侯之女。”黄赐说。

如果说，前面说来说去，皇帝还有点儿疑惑，现在黄赐把女家都说出来，再无可疑。皇帝咬牙切齿地说：“这个马良，夫妇之情如此之薄，朕怎能信他忠于国事！”

“奴才在马宅外，听到不少人在说这话。”黄赐立刻附和。

“老黄，你再去一趟。”皇帝命道。

“是。”黄赐先应后问，“爷要奴才这会儿去搅他的喜筵吗？”

“他定然已经喝得半酣，还等你去搅吗！”皇帝道，“你带两个人去，挑身体强壮的。记住，让他们拿好刑杖，进到马家，先放倒马良那厮，痛打一顿再说。”

“是。”黄赐应过后，问，“爷，是真打，还是吓一吓他？”

“朕让你打上门去，你说是真打。还是吓一吓他！”皇帝道。

黄赐把皇帝的旨意坐实得死死的，才退出宫去，挑选行刑之人。马良不仅免不了要受皮肉之苦，而且从此失宠。

第八十一章

锦衣卫千户马俊计算着他的行程。从京城到陕西布政司，也就是到西安，计两千六百里，他是知道的，因为不论到哪个衙门，都能查到这个数字；从西安到陕西行都指挥使司，也就是到甘州，又两千六百里，这个数字在别的衙门查不到，只有在兵部或都察院才能查到；从甘州到肃州，也就是到嘉峪关，五百里，他是边走边算出来的，在兵部或都察院可能也有这个数字，但他没想到问；最后，从嘉峪关到哈密，一千六百里，是人家告诉他的，他本来也想边走边算，但路程太长，算着算着就出错。把这几个数字加在一起，他从京城到哈密，行程是七千三百里，这还不算每一段里都有的几十里的零头。

如果现在就往回走，再走上七千三百里，和来程加在一起，是一万四千六百里，把零头算上，或许超过一万五千里。即便什么事情也不做，这也足以让他在同僚面前夸一夸口。

不过，他注定不能什么事情也不做。

成化八年，摄哈密国事的右都督把塔木儿死，其子罕慎嗣职而不能主国事，政令出自多门。土鲁番速檀，即该国国主阿力趁机攻破哈密城，据有其地。朝廷闻讯，决定过问，因为哈密王是受朝廷敕封的，被阿力侵据，是朝廷的耻辱。过问的步骤有二：一是差都督同知李文、右通政刘文往甘肃经略，即陈兵甘、肃二州，做出不惜以武力解决的姿态；二是差马俊往哈密城，向阿力传宣朝廷旨意。

马俊到达哈密时，阿里刚刚离开。他带走哈密王金印，还带走罕慎的母亲，即哈密王母，而留自己的妹婿牙兰守城。不知这是阿力原来的计划，还是听说朝廷钦使要来，故意躲开。不管怎么说，他都表现出一种傲慢的态度。

本来，马俊可以不理会阿力在不在，他传宣过朝廷的敕旨，有人接过朝廷的敕旨，他的使命就算完成。但牙兰借口要把朝廷的敕旨驰送阿力，如何答复朝廷须待阿力决断，把他强留下来。他可以随意出馆驿，但不可以出哈密；他可以出哈密，但须由土鲁番军士伴随。换言之，他被羁留在哈密。

这一羁留，就是一个月。所以，他才有精力计算一路的行程。当然，他也可以静下心来，考虑考虑怎样更好地完成使命。

关键是要见到阿力本人。要想见到阿力，必须通过牙兰。要想牙兰安排自己与阿力相见，必须让他意识到，阿力有必要亲见朝廷钦使。马俊的思路渐渐清晰，与牙兰交涉的办法随之设计出来。

牙兰和往常一样，隔两三日，过来看望马俊；和往常一样，和马俊相见之后，首先问他食宿。

“将军昨日吃得好不好？”牙兰问。

“好。”马俊点头应道。

“吃得惯敝邑烤肉否？”牙兰问。

“开始不习惯，而今已食之若饴。”马俊说。

“什么是饴？”牙兰问。

“饴即美食。”马俊的解释未必恰当，但容易听懂。

“多谢称赏。”牙兰显得很高兴，又问，“喝得惯敝邑乳茶否？”

“开始不习惯，而今饮之若醪。”马俊说。

“什么是醪？”牙兰问。

“醪即美酒。”马俊说。

“多谢称赏。”牙兰高兴是高兴，但没忘乎所以，“食之若饴，到底不是饴，饮之若醪，到底不是醪。敝邑饮食，比不得上邦美食、美酒。”

“好说。”马俊道。

“好说是什么意思？”牙兰问。

“即各有特色，差不到哪里去。”马俊似是而非地解释。

“马将军好说，在下放心一半。”牙兰说。

“另一半是我休息得如何吧？”马俊问。

“是。”牙兰承认，并问，“将军昨夜睡得好不好？”

“好。”马俊点头应道。

“躺得惯敝邑床木否？”牙兰问。

“开始不习惯，而今如卧牙床。”马俊说。

“什么是牙床？”牙兰问。

“阁下叫牙兰，我说的牙，绝非你的牙，而是大象的牙。以象牙雕刻作为饰品，置于床头，在我中原最为贵重。”马俊说。他随口说出很难用一句话解释清楚的牙床，不得不多解释几句。

“多谢称赏。”牙兰更加高兴。又问，“枕得惯敝邑枕木否？”

“开始枕不惯，而今如枕游仙。”马俊说。

“什么是游仙？”牙兰问。

“有方枕者，头枕其上，即入梦乡。但见陈列者，锦衣玉食，服侍者，绝色佳丽，如游仙境一般。”马俊说。

“多谢称赏。”牙兰照例谢过，然后说，“如卧牙床，到底卧的不是牙床；如枕游仙，到底枕的不是游仙。敝主久未传讯，累马将军留此，招待不周，还望勿罪。”

“客气！”马俊道。

“什么是客气？”牙兰问。

“即招待得很好，我没什么好怪罪的。”马俊道。

“马将军真不怪罪？”牙兰问。

“真不怪罪。”马俊道。

“马将军既不怪罪，我就告辞。”牙兰说罢要走。

“牙兰大人请便。”马俊无所谓地说，但在牙兰真要走时，他忽然又说，“牙兰大人能否稍候？”

“将军还有事？”牙兰问。

“大人问我许多话，我也想问大人几句话，不知可否？”马俊道。

“好说。”牙兰用才学的话回答。

“此处若言客气，更为恰当。”马俊更正道。

“客气，马将军请问。”牙兰道。

“牙兰大人可知，何谓虎将？”马俊问。

“不知。”牙兰不知的，其实是马俊为何要问。

“虎将即骁勇善战之将。”马俊说。

“多谢指教！”牙兰道。

“牙兰大人可知，何谓谋士？”马俊问。

“不知。”牙兰道。

“谋士即精通谋略之士。”马俊说。

“多谢指教！”牙兰道。

“牙兰大人可知，何谓王师？”马俊问。

“不知。”牙兰道。

“王师即天子治国平天下之师。”马俊说。

“多谢指教！”牙兰道。

“最后一事。”看来，这是马俊最后一问，“牙兰大人可知，我为何要问此三者？”

“不知。”牙兰道。

“因为牙兰大人就要见识到，”马俊说，“李大都督为我大明朝当今虎将，眼下在肃州集结官军；刘大通政为我大明朝当今谋士，眼下在甘州调动人马；二位大人与我约定，自我到哈密之日起，每日自甘州调动若干人马到肃州。”

“若干是多少？”牙兰又开始问了。

“不少于一千。”马俊说。

“马将军已到哈密几日？”牙兰问。

“不少于三十日。”马俊说。

“那么，有三万官军集结于肃州？”牙兰计算清楚，又问，“李大虎将、刘大谋士以及数万王师，不在肃州，即在甘州，我如何见识？”

“约定之日，我不能返回，二位大人即挥师而西。”马俊说。

“马将军等约定的是多少日？”牙兰问。

“四十日。”马俊说。

“再有十日，官军将攻哈密？”牙兰问。

“如果我不能返回的话。”马俊提醒他，这是有前提的。

“再有十日，马将军不能返回，官军将攻哈密？”牙兰又问一遍。

“是。”马俊应道。

“马将军为何告我？”牙兰问。

“在哈密之日，蒙牙兰大人盛情接待，不敢不以实告。”马俊说。

土鲁番在哈密以西，不止千里。牙兰与马俊谈话之后，命备快马，率数骑驰往土鲁番。进城后，他立即闯入宫里，让护卫唤醒阿力。

马俊啰里啰唆和他说上一个时辰都不止，他只挑一句有用的话说：马俊不能如期返回，大明朝官军即伐哈密。

阿力是躺着听的，听过以后，马上跳下地。

“大明朝要发兵打哈密？”他问。

“其使臣是这么说的。”牙兰道。

“就因为姓马的没有返回？”阿力问。

“也是其使臣说的。”牙兰道。

“你不是说他不过一千户吗？大明朝廷会为一千户发兵？”阿力当然希望，这是个虚假的消息。

“宁信其有。”牙兰道，“姓马的不是普通千户，是锦衣卫千户。听说内地不管多大官员，最怕的是两种钦差，一是来自锦衣卫，一是来自内府衙门。边关将领因他不归而发兵，完全可能。”

“你对汉人的事，倒是知道得挺多。”阿力嘟囔一句，又说，“千里之遥，小股人马怕不顶什么用。”

“速檀说的是，汉人三五千人马不敢出嘉峪关。”牙兰附和道。

“这一次呢，有七八千人马？”阿力问。

“听说肃州已集结三万大军。”牙兰说。

“三万？”阿力体会到局势的严峻，“三万人马攻哈密，我即便将土鲁番的人马都用上，恐怕也守不住。”

“速檀说的是，”牙兰又附和，“一万人马攻城，以我哈密城中军力，勉强可守；两万人马攻城，非从土鲁番增兵不可；三万人马攻城，我只有弃城而去。”

“既如此，你何不放走姓马的？”看来消息不会虚假，阿力又希望用最简便的方法处置。

“见不到速檀，他未必肯走；再者，见不到速檀，即便他走，汉人边将未必不发兵。”牙兰说。

“你的意思，我该见一见姓马的？”阿力问。

“速檀想保住哈密，就一定要见他。”牙兰说。

“见他容易，可牙兰，你想过没有，大明朝廷差他来哈密，就是要我把哈密归还其主！他提起此事，我如何应付？”阿力道。

“速檀该这么想：应付一使臣和应付三万大军，哪个更难？”牙兰自有他的道理，“使臣提起归还哈密，速檀不明着说不还，又不公然说还，他便无可奈何。他把速檀的答复禀奏于朝，大明天子和朝廷大臣就得议来议去。议出的结果，可能撒手不管，可能还要管。再差使臣来与速檀交涉，一来一往，至少半年时光，可能更久。而三万大军发自肃州，至多十天，就可兵临城下。”

“你的话不是没道理，但不明着说不还，又不明着说还，也得拿得出些道理吧？”阿力道。

“道理是有的，”牙兰早就想好，“前者，哈密国人请立把塔木儿，先王之母不肯，致使国中八年无王。”

“你的意思，王母既不肯立把塔木儿为王，也就不肯立罕慎为王？”阿力以为这个主意不错；但仔细一想，却有漏洞，“牙兰休要忘记，前者，王母不肯的，是立把塔木儿为王，故把塔木儿只是以右都督摄行国事；今者罕慎所请，是嗣其父之职，并非嗣王。”

“速檀用不着说得那么清楚；反正王母在速檀手里，速檀想让她怎么说，她就得怎么说。”牙兰道。

“那我何不说她请我来主国政？”阿力想得更进一步。

“亦无不可。”牙兰道，“不过，须慢慢说。”

想好应付的办法，阿力不再担心和朝廷使臣相见的尴尬局面。他对牙兰说：“你在本土住几日，我与你一同去哈密。”

“住几日却不可，恐怕明日一早就得动身。”牙兰说。

“为何如此急迫？”阿力问。

“使臣说，自到哈密起，四十日不归，官军即发。”牙兰告诉他原因。

“四十日？他到哈密有二十日吗？”阿力问。

“我离开时，他到哈密整三十日，我路上又走三天。”牙兰说。

“这还来得及吗！”阿力道，“牙兰，你只知让我与姓马的相见，怎不想一想，今日是第三十三天！就算明日动身，第三十六天时赶得到哈密，为表示对大明朝廷的敬意，总得请其使臣喝酒吧？这又去一天；总得和其使臣交涉吧？这又去一两天。姓马的就算骑的是千里马，也不可能在一天之内返回肃州，我见他又有何用！”

“此事我想过。”牙兰说。

“你怎想的？”阿力问。

“我想，只要其使臣在第四十天前离开哈密，走上回归路，无论他在什么地方与大明朝官军相遇，都可以劝他们回师。”牙兰说。

马俊把见到阿力看成是巨大的成功，把当面向阿力宣读朝廷敕旨看成是巨大的成功，把和阿力谈及哈密复国一事看成是巨大的成功；尽管阿力既没给他任何承诺，也没让他见到哈密王母。

他没想到，自己的一番虚张声势，作用竟如此之大，大到阿力、牙兰请他明天一定要离开哈密，甚至逼他明天一定要离开哈密，而不给他继续交涉的机会。想起来真有点儿好笑！他急着离开时，人家不让走；等他不急着离开时，人家反而不留。

不过，再怎么好笑也不可扭转，他不能说他和他们开了个不大不小的玩笑，不能说官军绝不会在他抵达哈密的第四十天发来哈密。他很快摆脱取得巨大成功的兴奋，打算在哈密的最后一晚睡个好觉。

他没能如愿。夜半时分，他觉得有人在他肩上拍一下，被惊醒。但因在熟睡中惊醒，眼睛没能马上睁开；等睁开时，只见窗外有个影子在移动，很快又消失。

他没叫喊。他知道，叫喊也没用。哈密城里的馆驿，和腹里的馆驿不一样，更不能拿它和京城的馆驿相提并论。它没有守门的和当差的役夫，外面也没有打更的逻卒，它只是一间临时接待上使的房间。

继续睡觉，已不可能。他翻身起床，想点亮桌上的油灯。

就在这时，他看见在油灯下，压着一张纸。他清楚记得，那里本来是没有纸的。不仅那里没有纸，整张桌上都没有纸；不仅昨晚没有纸，他在这里住的几十天里都没有纸。

他没敢点燃灯火，虽然周围没有逻卒，但也不敢保证，深夜里点起灯火不会引人注意。他拿起那张纸，走到窗下，借着透过窗户的月光读起来。幸运的是，这夜月光很亮。

纸上写着一行汉字：为我奏天子，速发兵救哈密。

左下方写着某氏。他记得，某氏即哈密前王的母亲。

他想到，阿力在酒宴上把王母请出，与他见面，王母只说句慰劳的话，便离席而去。看来，王母不是没有想法，不是不想和他说自己的想法，而是惧怕阿力，不敢说。阿力攻占哈密后，强娶前王孙女，从辈分上来说，王母比他长好几辈；但实际上，王母是被他控制的一名俘虏。

是谁把这张字柬送到他屋里来的，又是怎样得以送到他屋里来的，都不必费心去琢磨。可以确定，这张字柬是王母设法让人送来的。现今摄国事的右都督罕慎和他的属员早已外逃，除随阿力回城的王母，以及她的亲族，谁还会关心哈密的复国！

马俊忽然觉得，他一直被迫住在哈密也好，安心住在哈密也好，其实等的不是与阿力相见，而是这张字柬。

第八十二章

余子俊巡视东起清水营、西至花马池的边墙，陪伴他的，仍是姓余的、姓吴的、姓孙的三名幕僚。清水营是榆林镇辖区的最东端，再往东，与山西的偏头关相接。

沿途每隔两三里，依据地形，或筑一崖砦，或筑一墩台。崖砦、墩台之下，挖掘壕堑；之间，修筑城墙；之上，修筑短墙。崖砦、墩台与壕堑、城墙，形成一个完整的防卫体系。

余子俊一行每经过一个崖砦或墩台，都会驻足观望。

“都堂，要不要上去看看？”不是这个就是那个幕僚会问一句。

“你不是明知故问吗？”别的幕僚就会指责他，“都堂定的章程，凡夫役集中处，不去打扰，免得阻其劳作，你又不是不知道。”

“多少人算集中？”被指责的幕僚不承认明知故问。

“老兄读一辈子的书，怎连集中二字都不懂？”另一幕僚讥道，“你看，二三百人集于一处，还不算集中吗？”

“你可记得，都堂合计过，筑一墩一砦，须几人？”被指责的幕僚问。

“五百夫役。”另一幕僚说。

“那么，仅二三百人集于此，也算集中？”被指责的幕僚问。

另一幕僚被问住。他看着崖砦或墩台上施工的场面，只见抬土的抬土，搬石的搬石，打桩的打桩，砌砖的砌砖。他辩道：“二三百人集于一处，各司其事，你一去，他等不得都停下来！”

二人没有争出结果，发现别人已走远，忙策马赶上。

到另一崖砦或墩台，已空无一人，显然已竣工。

“都堂，要不要上去看看？”不是这个就是那个幕僚又会问一句。

“你不是明知故问吗？”又会有别的幕僚指责他，“都堂定的章程，凡竣工者，一概不看，你又不是不知道。”

“别的章程我都理解，唯独这一款我思之不解。”被指责的幕僚说。

“这有什么难解的！”另一幕僚道，“已竣工者，前者已差员验查，不必重复验查，这叫用人不疑。”

“上去看看，并非验查，也不成吗？”被指责的幕僚问。

“若不验查，我等停下来作甚！”另一幕僚道。

“多上几个墩、砦看看，总好过一路走马看花。”被指责的幕僚说。

“若不验查，也是看花。就近观花，或走马看花，得视都堂大人的日程而定。”另一幕僚道。

他们吸取前二人的教训，没有停在原处争论。即便如此，争论到最后，也落后于他人，于是各加一鞭，追赶上去。

将近前一个崖砦或墩台时，余子俊不等别人开口，自己会问：“方才哪一位先生提到走马看花？”

“是他。”他们都会指着对方说，又会说，“晚生也提到过。”

“不能总走马看花，甚是。到前面，我等就近观一次花吧。”余子俊说着，举鞭指向前面的崖砦或墩台说。

该崖砦或墩台上，稀稀拉拉的几个人，正给他们的工程收尾。

余子俊等登上崖砦或墩台，散开观看。

“此处谁人管工？”余子俊会问。

会有一役夫站出来应道：“是小民。”

“看得懂图式吗？”余子俊问。

“粗略的图式看得懂。”管工的役夫回答。

“你知不知道，墩台底部四面，阔几丈几尺？”余子俊具体问道。

“各三丈。”管工的役夫回答。

“由底部到顶部，高几丈几尺？”余子俊问。

“也是三丈。”管工的役夫回答。

“你等可是如式修筑？”余子俊问。

“小民等比量着图式施工，不敢敷衍。”管工的役夫回答。

“本官可是要验查的。”余子俊说。

“大人尽管验查，如有差错，拿小民是问。”管工的役夫拍着胸脯说。

“好！”余子俊点点头，会对幕僚们说，“哪位不愿走马看花的先生，亲去比量比量？”

“我去。”最后争论的两个幕僚会争着去，又会把矛头对准另一个幕僚。他们又说，“满足于走马看花者，更该亲去比量比量。”

结果，包括余子俊在内，四个人都下到底部，各自把住一边。现成有一把木尺，有幕僚提出，与其等一人用过一人再用，不如改以步测。其他人都赞成。丈量之后，四个人会于一处。

“都堂比量得如何？”三名幕僚同时问。

“如式。”余子俊简单地回答。

“都堂迈一步看看。”不是这个就是那个幕僚说。

余子俊按照正常的步幅迈一步。

“约是二尺一。”一阁幕僚会说。

“我看只有一尺九。”另一幕僚说。

“谁说的，我看不下二尺三。”第三个幕僚说。

“你等无须再争，我每踱一步，是两尺。”余子俊说。

三名幕僚不再争。有幕僚再问：“都堂计走多少步？”

“都堂说如式，应是十五步。”另一幕僚说。

“实则，十四正步，又一个半步。”余子俊说。

“差半步，即差一尺，都堂为何称如式？”第三个幕僚问。

“每步若长寸许，即可补足一尺。”余子俊说。

“每步若短寸许，岂不又差一尺？”一幕僚说。

“是长是短，自家心里总有数。”余子俊不让幕僚们再问自己，而问起他们，“别只顾我这一边，你等各边又如何？”

幕僚们各自报出步测结果，有的说自己那边是三丈二尺，有的说自己那边是两丈八尺。于是各自演示自己的步幅，及步数，有的说别人的步幅估计不对，有人说别人计算错误，争吵得更加激烈。

余子俊把他们制止住，问：“是哪位仁兄提议步测的？”

幕僚们你推与我，我推与他，已经无法追究。

“可见，以各自步伐为准，是靠不住的。”余子俊说。

“四个人，只有一尺，轮流使用，不是太慢吗？”有幕僚辩道。

“腿长在个人身上，步测快是快，却是欲速则不达。”另一幕僚说。

“彼此等待木尺，自然显得慢；我等一边一边一起丈量过去，又有何慢可言！”第三个幕僚说。

用木尺测量的结果，四边的长度都在三丈，或接近三丈，误差不超过一尺。按照余子俊定的章程，都可以算作如式。

“其阔，可以尺量；其高，却如何以尺量？”有人忽问。

这倒是个难题。崖砦或墩台高三丈，人在下面，把身子站直，把胳臂伸出，把木尺举起，至多高一丈左右；而人在上面，把身子探出，把胳臂放下，把木尺伸出，恐怕只能测出五六尺。大家都是斯文人，总不能一人驮起一人丈量。

“看来，只好目测。”有幕僚说。

“目测比之步测，更不准确。”另一幕僚说。

“即便丈量准确，又如何？”第三个幕僚却说。

“兄台此言何意？”另外两个幕僚奇怪地问。

“左右内外若不平整，一味求其高度准确，此砦、此墩岂不成斜砦、斜墩！”第一个幕僚说。

“如兄台所言，岂不是无须规范其高？”另一幕僚道。

“规范尚须规范。”第一个幕僚说，“平整之处，四面同高，崖砦、墩台自然平整；不平整之处，当以一面为准，其他各面量予增减，以求砦、墩平整。”

“以一面为准，不也得丈量其是否如式？”第三个幕僚道。

“我意，其高目测可矣，并非不要丈量。”第一个幕僚说。

目测的结果，各面的高度亦如式。

“墩下壕堑图式，阔一丈五尺，深一丈；墩上短墙图式，下阔上窄，下阔与斜长，一与二之比，大人要不要比量？”管工的夫役问。

“你等做工，中规中矩，不用再比量。”余子俊对他予以肯定。

的确，他们只需要看个大略，并不需要进行具体的丈量。

回到榆林，余子俊请幕僚们饮酒。说阵闲话后，他出个题目。

“此番巡视，先生们说何事受益最大？”他问。

幕僚们都想争着说，又都相互推诿。如果余子俊问何事受益，那很容易说出来；他问的是何事受益最大，就要斟酌。他们不愿自己所受的最大的教益，在余子俊看来不值得一提。

“士英先生，何事受益最大，恐怕因人而异。”姓余的幕僚说。这也是另外两名幕僚想说的话。

“余先生指点得对，是我问得太草率。”余子俊道，“拿我来说，受益最大的，莫过于懂得丈量之用。”

“都堂说的是丈量城堡、墩台、崖砦是否如式？”姓孙的幕僚问。

“此固为一则。”余子俊道。

“可据晚生观察，都堂对此事并不很在意呀！”姓孙的幕僚说。

“都堂不是说，此为一则。”姓吴的幕僚道。

“另一则，或另数则，又是何事？”姓孙的幕僚问。

姓吴的幕僚肯定答不出来，他只能说：“这是都堂的最大受益，又不是我的最大受益。”

“丈量城堡、墩台、崖砦等是否如式，为一则，为小者；另一则却是大者，”余子俊说着，把话岔开，“我巡抚延绥三年有余，你等有的在巡抚衙门做事比我还早，有的与我同来，有的比我略晚，但无论如何，也有两三年吧？”

幕僚们有的点头，有的应“是”。

“哪位说得出清水营至花马池的里程？”余子俊道。

“问及各人，多是言绵延千里。”姓孙的幕僚说。

“也有说千余里的。”姓吴的幕僚道。

“具体里程，我等答不上来。”姓余的幕僚说。

“今次巡视，我使人沿边墙丈量，总计一千七百七十里，从此再不用笼统地说千余里。你等说，这一受益大不大！”余子俊道。

众幕僚都同意这是个最大的收益。

“以此而言，我最大的受益和都堂差不多。”姓吴的幕僚说。

“也是懂得丈量之用吗？”姓孙的幕僚问。

“不是懂得丈量之用，是懂得计数之用。”姓吴的幕僚道。

“丈量之用，计数之用，并非一事。”姓余的幕僚说。

“但丈量离不开计数，对不对？不然，你只丈出此程若干里，彼程若干里，怎知总计若干里？”姓吴的幕僚道。

“吴兄不会说，清水营至花马池的里数是你一程一程计出来的吧？”姓孙的幕僚问。

“该里程都堂是差别人计的，我不知，兄等亦不知。我计的，是其他的事。”姓吴的幕僚说。

“可是崖砦的数目？”姓余的幕僚问。

“咿，余兄怎知，莫非你也计过。”姓吴的幕僚好不奇怪。

“计是计过，但我计的不全。”姓余的幕僚说。

“余兄计的是几多座？”姓吴的幕僚问。

“只计到五百座。”姓余的幕僚说。见姓吴的幕僚有话，他又抢先说道：“孙兄所计似乎比我多。”

“孙兄计的是几多座？”姓吴的幕僚问。

“八百座，也不全。”姓孙的幕僚说，并问，“吴兄以计数为得意之作，想必比我等所计多出许多吧？”

姓吴的幕僚确曾十分得意，但听了另两名幕僚的话，只剩下七八分。

“并没多出多少，是八百一十九座。”他说。

“可是全部？”姓余的幕僚问。

“我从第一个崖砦起，便有意记之；直记到最后一个，这应该是全部崖砦的数目。”姓吴的幕僚说。

“吴兄怎能记得清楚？”姓余的幕僚问。

“我以初字记之，每过一崖砦，划一笔。初字七划，我写了一百一十七个初字，一笔不多，一笔不少，共计八百一十九划。”姓吴的幕僚说。

“吴兄实在高明！”姓余的幕僚竖起大拇指称赞，又对姓孙的幕僚说，“八百一十九座，孙兄已数到八百座，为何不咬一咬牙，把它数全？好不可惜！”

“余兄是说我恒心不如吴兄吧？我自叹不如。”姓孙的幕僚道，并问姓吴的幕僚，“吴兄既计崖砦数目，也当计墩台数目吧？”

“孙兄问我，是不是自个儿也计过？”姓吴的幕僚反问。

“我是将大墩、小墩和而计之。”姓孙的幕僚说。

“孙兄计的是几多座？”姓吴的幕僚问。

“仅计到五十座，不如余兄所计多。”姓孙的幕僚说。

“余兄计的是几多座？”姓吴的幕僚又问姓余的幕僚。

“我是分开计的，大墩十三座，小墩七十座。”姓余的幕僚说。

“相去不远。”姓吴的幕僚道。

“实则几多座？”姓余的幕僚问。

“大墩十五座，小墩七十八座，合计九十三座。”姓吴的幕僚说。他心中的得意又减少一两分。

“吴兄这次以何字记之？”姓孙的幕僚问。

“大墩以大之记之，小墩以小之记之。”姓吴的幕僚说，“之字三笔，我大之写了五个，小之写了二十六个，都是一笔不多，一笔不少。”

“余兄，你看吴兄挑的字！每每严丝合缝，一笔不多，一笔不少。”姓孙的幕僚说。

“还有城堡计数，若也严丝合缝，才叫功德圆满呢！”姓余的幕僚道，又说，“不过，城堡的数目少，我看这个字不易挑选。”

“数目少，为何反不易挑选？”姓孙的幕僚问。

“孙兄还是先说说，你所记城堡有几座？”姓余的幕僚道。

“七座。”姓孙的幕僚说。

“我所记多你两座。”姓余的幕僚说着，问姓吴的幕僚，“吴兄呢？”

“又多两座。”姓吴的幕僚说。

“那是十一座。”姓余的幕僚道，“孙兄，你说除选一笔的字，或十一笔的字，怎能做到一笔不多，一笔不少？”

“选一笔的字，或十一笔的字，有何不可？”姓孙的幕僚问。

“他早知城堡十一座，选一笔的字，或十一笔的字，自无不可；但早知城堡十一座，又何必记其数呢？况且，吴兄用于此处的字早已选定，无可更改。”姓余的幕僚说。

“他用的是哪个字？”姓孙的幕僚问。

“孙兄没忘我等开蒙的句子吧，是个人字呀！”姓余的幕僚道。

第一个字是初，第二个字是之，第三个字可不就是人！

“吴兄当真能想人之不能想，佩服！”姓孙的幕僚讥道。

余子俊明知姓孙、姓余两个幕僚一唱一和，拿姓吴的幕僚逗乐。所以未加干预，是因为他也想借此轻松一下。现在看玩笑开得有点过火，他问：“吴先生道他最大的收益是懂得计数之用，你二位呢？”

“我和吴兄一样，也是略懂得计数之用。”姓孙的幕僚说。

“可有讲法？”余子俊问。

“一千七百七十里中，有城堡十一座，约一百五十里一座；大墩十五座，约一百二十里一座；小墩七十八座，约二十里一座；崖砦八百一十座，约二里一座。”姓孙的幕僚说。

“余先生呢？”余子俊问。

“也在计数。”姓余的幕僚说。

“余先生的计数又怎讲？”余子俊问。

“我等计数，皆不如士英先生精到。”姓余的幕僚说。

“怎还有我的事？”余子俊问。

“士英先生计曰：清水营至花马池边墙，以四万夫役，三月可成。今以四万夫役，近三月，而近乎竣工，岂不是计数精到！”姓余的幕僚说。

“诚然！”姓吴的、姓孙的幕僚附和道，“我等计数者，易为耳；都堂才真正懂得计数。”

朝廷以修筑边墙功，升余子俊右都御史衔。

第八十三章

“时雍兄已官郎中，可贺可贺！”道贺的是翰林院侍读倪岳。

被贺的是兵部职方郎中刘大夏。他边揖边说：“惭愧，惭愧！闻得舜咨兄升侍读，在我辈中是第一人。”

倪岳字舜咨，南京上元人，和刘大夏都是天顺八年进士，都选庶吉士。本来他们可以朝夕相伴的，但在散馆时，刘大夏自请试吏，乃授官兵部。因此，像升职这样的大喜之事，也挨到事后才能互贺。

好在十年之间，升侍读，升郎中，均属于正常的升迁，贺与不贺不那么要紧。而倪岳今日主动提起这件事，是因为有别的事要谈。

“宗玉先生是否欠安？”倪岳忽问。

“舜咨兄竟也听说！”刘大夏没有正面回答，但答案无疑是肯定的。

“病得很重？”倪岳又问。

“有几位太医给他诊过，说法不一。”刘大夏仍不正面回答。

“可惜！”倪岳叹口气。

“舜咨兄怎么关心起大司马？”刘大夏是实在人，想不明白则问。

“我没资格关心大司马，我关心的是大司马之议。”倪岳说。

“兵部事，大司马都要议，舜咨兄关心的是哪一议？”刘大夏问。

“搜套之议。”倪岳说。

“如此说来，舜咨兄也是要和大司马理论？”刘大夏道。

“咦？”倪岳感到奇怪，“时雍兄怎知我要和他理论？”

“不在兵部者，关心大司马之议，尤其是关心其搜套之议，多半都是要和他理论的。”刘大夏说到这里，又加上一句，“况且，舜咨兄还关心他是否生病，关心他是否病重。”

“关心搜套之议与关心大司马身体，有何关系？”倪岳问。

“舜咨兄慕君子之名，能不担心胜之不武？”刘大夏道。

“时雍兄终于说出我的心思。”倪岳并不否认这一点，“我拟了道奏章，本要呈递的，忽闻宗玉先生病重，不由得犹豫。”并请教，“时雍兄，你看此疏上好，还是不上好？”

“事关朝廷大政，舜咨兄不必当作和大司马一人争辩；有所见，自当上之。”刘大夏态度很明确。

“你说，倪岳也是天顺八年的进士？”皇帝问。

“是。”怀恩应道。

“这两年，似乎出自天顺八年那一科的臣子，奏章很多。”皇帝这么说的时候，想起去年谢铎上的奏表。

“天顺八年进士，是爷登极之后选的第一批士人，而今他等正该有所作为。”怀恩说。

“言之有理，朕今日听听这位倪翰林有何高见。”皇帝道。

“奴才这就读吗？”怀恩请旨，待皇帝应允，他说，“倪翰林言河套事，包括五层意思。第一层意思，鞑靼部入驻河套之始。”

“这不是近年的事吗，何以言始！”皇帝道。

“所谓近年，已有十余年。”怀恩道。

“十余年？”皇帝一直以为，鞑靼入驻河套是成化以来的事，他问，“你是说，朕改元之前，就有鞑靼入驻？”

“是。”怀恩应道，“奴才查历年文牍，早在天顺四年，就有个叫阿罗出的鞑靼首领进入河套。”

“是与毛里孩仇杀的斡罗出吧？”皇帝记得另一个名字。

“当年文牍所记，是阿罗出。”怀恩说，“鞑靼人姓名古怪，阿罗出与斡罗出为一人，为二人，奴才无法确定。”

皇帝点了点头，问：“倪翰林怎写的？”

“他写的是阿罗忽。”怀恩又说出第三个名字。

“朕是问入驻之始，不是问此人。”皇帝道。

“近岁阿罗忽、毛里孩、孛罗出、乩加思兰大为边患。概缘河套之中，水草甘肥，易于屯牧，故贼频据彼地，拥众入掠，进获重利，退无后忧。命将出征，四年三举，绝无寸功。或高卧而归，或安行以返。且军旅一动，辄报捷音，赐予滥施，官秩轻授。甚至妄杀平民，谬称首功。而什伍之卒，转饷之民，则委骨荒城，膏血野草。天怒人怨，祸几日深，非细故也。”怀恩念道。在念的过程里，他看到皇帝有话要说，但皇帝没叫停，他坚持把这一段念完。

“老怀，朕看你拿错章奏。”皇帝问。

“爷恕罪，奴才没听懂。”怀恩说。

“朕问，你是不是把旧日的章奏拿来。”皇帝道。

怀恩把奏本里里外外看一遍，说：“这是倪翰林新上的奏疏呀！”

“既是新上的奏疏，去岁王越驱乩加思兰部出套，他为何不提？或是他以为，此役亦是妄报捷音？”皇帝问。

怀恩无法揣摩倪岳的心思；即使可以揣摩得出来，也不能为倪岳分辩。到底，王越袭击乩加思兰部巢穴实实在在发生在去年，倪岳的奏疏实实在在写于乩加思兰部退出河套之后。

“奴才不知倪翰林为何不提王都堂捷报。”他说。

“总得有一二理由，不然，此疏全然不足取。”皇帝道。

这话的意思很明确：要不说出一两个理由来，要不就不用读这篇奏疏，二者择一。读不读这篇奏疏，对怀恩来说并非至关重要；但他选择读这篇奏疏，是因为觉得该疏有可取之处，所以无论如何也想读下去。

“或是王都堂捷疏下兵部，倪翰林不曾听说。”怀恩道。

“三五天前的事，他可以不曾听说；一两月前的事，他可以不曾听说；事发近一年，仍不曾听人说，他是从不与人来往，还是耳聋眼瞎！”皇帝道。

“或是虽听说过，他却未曾留意。”怀恩又说。

“不留意报捷，即不留意边事；不留意边事，为何议之！”皇帝道。

“或这一层议的是河套一事由来，故不涉及王都堂报捷。”怀恩想出第三个理由；并且决定，皇帝再不接受的话，他就放弃。

皇帝没有不接受，而是略带好奇地问：“你是说，他在后面会言及我官军边方大捷？”

“他后面议的是处置河套事宜，奴才不记得他指责王都堂妄报捷音。”怀恩含糊其辞地说。

“听听他给朝廷出些什么主意，也好！”在皇帝，则无可无不可。

“倪翰林写的第二层意思，是不宜剜肉补疮。”怀恩说。

“此四字是倪岳写的？”皇帝问。

“不，是奴才妄加概括的。”怀恩说。

“疮肯定是河套，肉却从何处剜去？”皇帝问。

“一块肉剜自京营，一块肉剜自宣、大。”怀恩说着，读道，“京营素号冗怯。其临阵辄奔，反堕边军之功，为敌人所侮。且延绥，边也，去京师远；宣府、大同，亦边也，去京师近。彼有门庭之喻，此无陛楯之严，可乎？夫声东击西者，贼寇之奸态也；捣虚批亢者，兵家之长策也。精锐既尽乎西，老弱乃留于北，其可为得计哉！”

“老怀，陛楯是哪两个字？”皇帝问。

怀恩把奏本呈于皇帝面前，把这两个字指给皇帝看。

“朕记得，楯与盾可通用呀。”皇帝说。

“爷说的是，”怀恩应道，“楯有二义，一则与盾通用，一则音顺，意谓栏杆。”

“你这么一说，朕就懂了。”皇帝道，“朕本以为，门庭之喻，是指宣、大，实则指的是延绥，而陛楯，方是喻宣、大。他的意思是，即便重延绥，也不能不重宣、大。这一层，朕倒是赞成的。”

“爷圣明！”怀恩由衷地称颂。

一方面，怀恩的称颂让皇帝得到某种满足；更重要的是，倪岳把延绥比作门庭，把宣、大比作陛楯，对皇帝是个启发，对皇帝做出抉择是个启发，他变得有兴趣听下去。

“老怀，快读第三层意思！”他命道。

“是。”怀恩应一声，读道，“至于延绥士马屯集——”

“等等！”皇帝只听个开头，就叫停，“前两层意思，老怀都有句概括语，第三层意思没有吗？”

“这一层所述多且杂，奴才不知如何概括为好；如果一定要概括，可说成转输粮饷之苦。”怀恩说。

“好，且听他如何诉苦。”皇帝说。

“至于延绥士马屯集，”怀恩仍从这一句读起，“粮糗不赀，乃以山西、河南之民任飞刍转粟之役。幸而得至，束刍百钱，斗粟倍值；不幸遇贼，身且毙矣，他尚何云！输将不足，又有预征。夫水旱不可先知，丰歉未能逆卜，征如何其可预也！至若输粟给盐，则豪右请托，率占虚名鬻之，而商贾费且倍蓰。官爵日轻，盐法日沮，而边储之不充如故也。”

“你说多且杂，朕看只有三件事，一是小民转输之苦，二是官府预征之苦，三是商贾输粟支盐之苦。”皇帝说着，问，“老怀，你说是不是？”

“爷高屋建瓴，奴才不及万一。”怀恩说。

“你看，哪一苦可以免除？”皇帝又问。

“奴才不知。”怀恩道。

“朕看，你是知道的，但一定要朕说出来。”皇帝道，“此等苦楚，皆延绥士马屯集所致；若延绥士马各散回，自可不苦。”

“爷一语道破玄机，奴才恍然醒悟。”怀恩拣好听的说。

“你用不着奉承朕！延绥士马屯集，虽说是兵部计议的结果，却也是朕准允的。”皇帝边说，边示意怀恩往下读，并提醒，“老怀记住，给第四层意思加个概括语。”

“第四层意思，朝廷边银之累。”怀恩道，“又朝廷出帑藏给边，岁为银数十万。银日积而多，则银日贱；粟日散而少，则粟日贵。而不知者，遂于养兵之中，寓养狙之术，朝廷有糜廪之虞，军士无果腹之乐。至兵马所经，例须应付。而典守者巧为窃攘之谋，凡所经历，悉有开支，罔上行私，莫此为甚！”

“于养兵之中，寓养狙之术，这两句话有点儿意思。”皇帝说。

“监守自盗，损公肥私，此辈自古有之。”怀恩道。

“不过，因有此辈，而非议士马屯集延绥，听起来有点因噎废食的意思。”皇帝又说。

“爷说的是。”怀恩先附和，再说自己的看法，“奴才倒以为，银日贱而粟日贵，实堪忧虑。”

“那是户部的事，让户部去议吧。”皇帝结束这个话题。

“第五层意思，御敌之策。”怀恩概括一句，读道，“及访御敌之策，则又议论纷纭。有谓复受降之故险，守东胜之旧城，使声援交接，犄角易制。又有谓统十万之众，裹半月之粮，奋扬武威，扫荡窟穴，使河套一空。其最无策者，又欲弃延绥勿守，使兵民息肩，不知一民尺土皆受之祖宗，不可忽也。向失东胜，故今日之害萃于延绥，而关、陕震动；今弃延绥，则他日之害踵于关、陕，而京师震动。贼愈近而祸愈大矣。”

东胜、守降原本都是可以控制河套的边镇，将其放弃，河套等于敞开大门，鞑靼部可随意进出。恢复二镇的守卫，等于把河套重新变成内地。有人以为，这才是解决河套问题的根本。

“老怀，你这次倒没有说所述多且杂。”皇帝道。

“爷说的是，”怀恩附和道，“一层意思里说了三件事，可谓多；每件事里又有事，可谓杂。”

“三种议论，一则曰塞外屯兵，一则曰扫荡窟穴，一则曰放弃延绥，倪岳都以为不可取，他自个儿有什么高论？”皇帝问。

“下面，他献有九策。”怀恩说。

“是哪九策？”皇帝问。

“其一，重将权；其二，增城堡；其三，广斥堠；其四，募民兵；其五，去客兵；其六，明赏罚；其七，严间谍；其八，实屯田；其九，复边漕。”怀恩述其目。

“此等事务，似都有人议过，你把他的奏本放在这里，朕有空时慢慢读吧。”皇帝不想再听。

第八十四章

四川夔州大宁县驿丞萧彦庄，六年前介入弹劾吏部尚书李秉的事件中，可以说是员急先锋。李秉因此被罢免，而萧彦庄也因劾事不实，被谪为外吏。对东山再起，他不抱什么希望；以驿丞署理县事，也绝不意味着，他已翻过身来。他唯一可以做的，是在署县事时捞点儿实惠。

查出乡民张保明是个逃民，这个机会他是绝不会放过的。

一方面，了解到张保明胆小本分；另一方面，要办的事，不宜让衙门里其他人知道。于是，萧彦庄一个人去的张家。

张保明似乎预感到灾难临头，见到他，一声不吭。

“你是主人呀，怎的招呼也不打！”萧彦庄责道。

张保明张开嘴，似乎要叫老爷；但嘴随即闭上，没叫出来。

“不打招呼也罢，总得报个姓名吧。”萧彦庄道。

张保明抱定不开口的宗旨，姓名也不报。

“不报姓名也罢，我替你报吧。”萧彦庄说，“你姓张，叫张保明，对吧？”

张保明点点头，算是回答。

“是本县人？”萧彦庄问。

张保明又点点头。

“是本乡人？”萧彦庄问。

张保明又点点头。

“是不是怕一开口，会泄露天机呀？实话对你说，你不开口，你那点儿机密也保不住。”萧彦庄说到这里，问道，“你说，或我替你说？”

张保民眼睑下垂，看着地面，不做任何表示。

“好，好，我替你说。”萧彦庄道，“你的名字叫保明，或许不错，但你不姓张，你是到了本乡后，见本乡人多数姓张，才改过来的。”说罢，问，“是这么回子事吧？”

张保明连着把头摇几下，表示没这回事。

“你摇头，是说你的确不姓张？”萧彦庄戏弄地问。

张保民把头摇得更厉害。

“那就是说，我的话不对？”萧彦庄问。

张保民眼睑又垂下，好像在告诉他，他的确说错。

“实话对你说吧，你原来的名字是不是叫保明，我不知道；你原来是不是姓张，我也不知道。我只知道，你不是本乡人，也不是本县人。”萧彦庄顿了顿，问道，“你一定想知道，我怎知道你不是本乡人，对吧？”

张保明很难再沉住气，他抬起眼睑，与萧彦庄对视。其实，他已经相信，萧彦庄不是在诈他，他想听听答案是什么。

“有黄册呀，”萧彦庄道，“你的名字出现在成化初年的黄册里，而十年前的黄册里却没有你的名字。你因入赘这户人家而补入册籍，至于你来自何处，为何流落至此，却一个字也没写。你看，为查你的事，我下了不少功夫吧？你是不是也该开开尊口！”

张保明似乎变得听话，嘴巴又张几下；但仅是张几下。他想看看，萧彦庄还有没有杀手锏。

萧彦庄有。他说：“我记得，你来的那年，河南、湖广正闹盗贼，并且闹到四川，闹到夔州，你别就是豫贼、湖贼的残渣余孽吧！”

“我不是！”张保明否认的话脱口而出。

“不是哑巴呀？”萧彦庄得意地笑道，“你说不是，我说是，你想想，衙门信你的，还是信我的？”

既已开口，张保明只得有问必答。

“那还用说，老爷就是衙门。”他说。

“知道就好，”萧彦庄道，“你是自个儿去衙门自首呢，还是我差人来把你抓去衙门？”

“唯求老爷高抬贵手。”张保明说。

“你已不是当年的光景。”萧彦庄不说他当年是什么光景，只说他现在是什么光景，“房屋也有，田产也有，妻儿也有。对了，是一儿一女吧？你小子造化不小呀，能耐不小呀！我堂堂正正，进士出身，明媒正娶，一妻二妾，也没有传宗的儿子；你偷天换柱，改姓换名，或干脆隐姓埋名，居然连儿子都有。告诉你吧，一旦你的事东窗事发，你的房屋、田产就得充公，你的妻儿就得为奴！”

张保明不明白什么叫东窗事发，他家的房屋根本就没开东窗。可他听得出来，萧彦庄的这些威胁都不是空话。他也知道石和尚、刘千斤等人，不管他有没有参与当年的动乱，萧彦庄给他安上一个漏网乱党的名目，简直易如反掌。

“唯求大老爷开恩！”他说。

“是啊，安安生生的日子，弃于一旦，的确可惜。”萧彦庄环顾四周，悲天悯人地说，“张保明啊，你是见过世面的人，不像那些终生龟缩在自家小窝里的乡人，该怎样做，你心里有数吧？”

“求大老爷指点！”张保明道。

“要我指点，只一个字：钱！”萧彦庄说。

“钱我可以拿，但不知要多少？”张保明问。

“你躲在此乡，有八年吧？”萧彦庄说着，伸出一根手指，在张保明面前摇晃着，“那好，我给你说个公道数。”

“一两银子？”张保明问。

“公道吧？”萧彦庄笑着问。

“我愿再多出些。”张保明说。

“既愿多出，就凑个整数吧。”萧彦庄道。

“大人说的整数是五两，还是十两？”张保明坦然地问。以他现今的家境，五两、十两纹银拿得出来。

“一百两。”萧彦庄说的却是个惊人的数目。

“大人说的是一两，凑个整数，怎就成一百两！”张保明既为这个数目惊慌失措，又对这个变化大惑不解。

“一两是我说的吗？”萧彦庄反问。

张保明一想，可不是！人家只伸了个手指，一两是自己猜想的。

“虽是小民说的，却经老爷认可呀！”他还抱着一线希望。

“我是认可，可我认可的是总数吗？你也不想想，别说我，衙门里随便哪个吏员，肯为一两银子跑一趟！”萧彦庄道。

“老爷的意思是——”张保明问。

“一月折合一两，一年合十二两。”萧彦庄为他计算，“你躲到这里，掐头去尾，共计八年，该合九十六两。你愿多出点，可凑成百两。”

“早知老爷是这么个算法，我唯求老爷开恩，少拿一点；怎敢向老爷夸口，愿再多出！”张保明道。

“你以为我的算法不公道？”萧彦庄问。

“小民不敢说不公道，实在是小民拿不出这多。”张保明道。

“你拿不出这多，我向你要这多，就是我不公道。可我知道你拿得出这多。”萧彦庄又为他计算，“你的田产，你的房屋，连同你的家当，可折合一百二十两银子，我向你要百两，你不仅负担得起，还略有剩余。”

“可没房屋，小民一家人住到哪里去；没田亩，小民一家人何以为生？还望大人明察。”张保明道。

“依你的意思，田产不能卖，房屋不能卖？”萧彦庄问。

“是，田产、房屋是万万卖不得的，除此之外，小民愿将一切家当变卖，奉与老爷。”张保明说。

“你算过没有，就你那些家当，可变卖几个钱！”萧彦庄道。

“一百两卖不到，十两八两总卖得到；十两卖不到，三五两总卖得到。而且，小民还欠下老爷一个天大的人情，日后做牛做马也要报答。”张保明说得极其恳切。

萧彦庄却不为所动。他说：“张保明，我给你改个名字吧。”

“老爷给小民改个何名？”张保明问。

“保明，用意很好，要保我大明朝。但我大明朝，用得着你来保吗？你不如改叫张保命吧。”萧彦庄说这几句话时，还和颜悦色；说完之后，脸色立刻大变，“你听好，眼下你的情势，不是欠我一个人情，而是犯我大明律例；你拿一百两银子，不是为还人情的，而是为保命的！不是为保你一人之命，还为保你一家人性命。不然，定你为乱党余孽，你的妻儿也将送官为奴。你算一算吧，拿一百两银子，换一家人平安，究竟合算不合算！”

“老爷是说，或倾家荡产，或究拿下狱，只有这两条路可走，对吧？”张保明说的时候，两手背在身后，不知手里拿件什么东西。

“你比我有智慧，或能想出第三条路来。”萧彦庄道。

“我没有老爷的智慧，也想得出第三条路。”张保明却说。

“说说看。”萧彦庄道。

“我不能变卖房屋、田产，因为一家人要赖以生存；也不能入狱，我不怕下狱，但不能让妻儿沦为奴。所以，我只有一个办法，拿我这条命，换老爷的命！”张保明说着，猛地把放在背后的手举起。

他手里拿的是一把割肉的尖刀。他双手紧握刀柄，奋力向萧彦庄刺去，一刀刺在要害处。刀虽不锋利，也足以使萧彦庄毙命。

项忠走进都察院衙门，所有见到他的人，都觉得奇怪，佐掌院事的左副都御史原杰也觉得奇怪。朝廷昨天才颁旨，由他接任因王槩去世而空出来的刑部尚书一职，他是因忘记走错衙门，还是念念不忘掌院都御史的位置。

“荩臣先生，怎的——”原杰后面的话不好问出来。

“你是问我，为何不去刑部上任吧？”项忠替他问出来。

“荩臣先生别误会，我并非以为你不该来都察院。”原杰解释。

“你说我不该来都察院，也没什么不对。”项忠道，并说明来意，“我是想，都察院有件事还没办，等办完，再去刑部上任不迟。”

“荩臣先生说的是何事？”原杰问。

“川民张保明刺杀署县事驿丞萧彦庄一案。”项忠说。

原杰听这话，更加奇怪。的确，有些事情是以都察院为主来管的，别的衙门不好插手。而张保明杀萧彦庄，乃命案，命案该以刑部为主来管的；他掌刑部，正好主管此事，怎么反要来都察院办理？况且，此案已移送大理寺，由大理寺最终审核，更没都察院什么事。

“该案卷宗在大理寺，荩臣先生是否欲追回？”原杰问。

“不必。”项忠道，“我欲和子英先生议的，和卷宗无关。”

原杰心想，此案本来就没什么可议的，岂止卷宗！但这话若说出口，未免失礼。

项忠好似看出他的心思，道：“说起来，此案似无可议之处。萧彦庄为张保明所杀，再无可疑。杀人者偿命，且是以民杀官，遇赦不赦。”

“也并非全无可疑之处。”原杰反而说。张保明杀萧彦庄，确无可疑；但此案疑点尚多：“譬如，萧彦庄为何要去张家？”

“张保明不是说，萧入他家，为的讨口水喝。”项忠道。

“荩臣先生信吗？”原杰问。

“我也不信。”项忠笑着说，并提出另一种可能，“萧入张家，会不会为追捕。”

“据县里出具的文牍，张保明从未拖欠过田赋。”原杰说。

“若是只有萧彦庄才知道的拖欠呢？”项忠问。

“那不成私债！”原杰大不以为然。

“此事只有张保明才说得清楚，但他一口咬定，萧彦庄入内讨水喝，二人发生口角，他失手杀死萧彦庄。他认罪，你有什么法子！”项忠道。

“是啊，他已决心以死抵罪，谁也没有法子。”原杰附和道，并说，“看来，荩臣先生回都察院要办的，并非为张保明翻案。”

“断然不是。”项忠道。

“那是何事？”原杰问。

“我先问一句，有人称萧某死不足惜，子英先生怎看？”项忠反问。

“这要看怎说。”原杰道，“当年他或为一己私利，或受人唆使，乱参执中先生。说他人品不端，可矣。但他该当何罪，是由朝廷定的；朝廷将他贬谪于外，并未论死，可见他罪不当诛。说他死不足惜，未免有点儿意气用事。”

“如此说来，子英先生反对死不足惜之说？”项忠问。

“也不是完全反对。”原杰说。

“这话怎讲？”项忠问。

“观其昨日行事，便知其今日行事；知其今日行事，便知张保明杀他，必有缘故。”原杰道。

“好一个观其昨日行事，便知其今日行事！子英先生念及此，你我的想法就不会相去太远。”项忠道。

“但话又说回来，究竟是何缘故，张保明不说，无人可以猜断。莫非荩臣先生打算把他解回都察院，再加鞫讯？”原杰问。

“我倒是以为，张保明宁死不言，必有难言之隐。反正问出其中缘故，问不出其中缘故，死罪都是改不了的，不问也罢。”项忠说。

“那么，荩臣先生回都察院要办的，究竟是何事？”原杰问。

“我在想，萧彦庄既因其所为而死于非命，朝廷不可不重其事；天下官吏，尤其是亲民之官，不可不引以为戒。”项忠说。

“朝廷如何重之，天下官吏如何引以为戒？”原杰问

“由都察院奏请朝廷，榜示天下，禁亲民之官残民苛罚。子英先生意下如何？”项忠道。

朝廷同意的话，此榜当然应该出自都察院，而不是刑部或大理寺。原杰没有理由不赞成项忠的这个提议。

第八十五章

在嘉峪关与哈密之间，有一个叫卜隆吉儿川的地方。它虽称之为川，但既不能说是山川，又不能说是平川，因为它既没有叫得出名的河流，又不是极为开阔的原野。它太不起眼，到过这里的人就很少，更不要说考证过它名字的由来。而在成化十年将要结束的时候，由于几路人马的汇集，使这里一下子热闹起来。

傍晚时分，李文和刘文在官军大营外漫步。大营里燃起一处处篝火，其他几处营地也燃起一处处篝火，看上去煞是壮观。李文、刘文二人却无心观赏这等景致，他们在为面临的处境忧心。他们到边地一年，亲眼所见，再加上在朝中所闻，深知边军的作战能力是很差的；在条件恶劣、气候恶劣的边关之外，作战能力更差。况且，收复哈密，靠的不仅是边军，还有罕慎的人马、赤斤的人马、罕东的人马、乜克力的人马、畏兀儿的人马。罕慎是土鲁番人的手下败将，在边军的庇护下入居苦峪，对他不可能有什么指望；赤斤、罕东等卫，远在化外，虽然受朝廷敕封，只是羁縻而已，从来也没认真地为朝廷出过力。至于乜克力的人马、畏兀儿的人马，更是临时凑集的。率领这样一支拼凑起来的队伍，对土鲁番人能战而胜之吗？即便战而胜之，把土鲁番人逐出哈密，又如何？哈密非官军久驻之地，一定要交还给罕慎；得益的，以及得意的，只有他一人。而再面临土鲁番人寻衅时，他能不能取胜，只有天知道。

“宗华先生听说过吗，老马回朝，即升指挥佥事？”李文问。此次集结几路人马，收复哈密，是奉朝廷旨意；而朝廷所以颁这样一道旨意，是因为马俊带回一张据说是哈密王母亲写的字柬，以致朝廷萌动收复哈密之心。所以，想到他们目前的处境，自然会想到马俊。

刘文字宗华，山西大同人，正统元年进士。他很理解李文的心情，说：“好歹与土鲁番速檀见上一面，也算是不辱使命。换成你我，得到那样一张字柬，也要呈上朝廷的。”

“我没抱怨他的意思；我是说，集罕慎及罕东、赤斤诸军，进讨土鲁番，胜算有几，朝廷不知估算过没有？”李文道。

“督帅，你估算过没有？”刘文问。

“不能说没有获胜的机会，但机会不大。”李文说。

“不大是几？”刘文要他说个比例。

“三成吧。”李文随口一说。

“果真有三成胜算，是托圣君的福，托上苍的福！”刘文说。

“宗华先生以为呢？”李文问。

“十成里至多有一成胜算。”刘文说。

“宗华先生把前景未免看得太黯淡。”李文道。

“我若是督帅，宁愿把前景看得黯淡一些。”刘文说。

“请教宗华先生，这是为何？”李文揖问。

“我在宦海挣扎四十年，才混上个通政，眼看到致仕的年限。此番陪同督帅处置西域事，可能是最后一桩差事。胜一役，负一役，对我来说，无所谓。督帅则不同，年富力强，前程似锦。此役若胜，无疑是锦上添花；万一不幸而负，英名大损，岂不可惜！”刘文道。

“宗华先生是说，把前景看得黯淡一些，就能保住前程？”李文问过以后，觉得这么问太自私，又补充一句，“宗华先生别只说我的前程，就算宗华先生是最后一桩差事，不也要保住晚节吗？”

刘文微微一笑，表示他确实在意晚节。

“宗华先生，我还是不太懂，为何要把前景看得黯淡一些？”李文道。

“其实，要紧的不是把前景看得黯淡一些，还是光明一些；而是把前景看得黯淡一些，或光明一些，哪个更实在。”刘文说。

“宗华先生以为，把前景看得黯淡一些，更实在？”李文问。

刘文点点头，说：“前景是否黯淡，要从敌我两个方面来分析。”说罢，问道，“督帅看，双方对阵，我边军会尽全力否？”

“不会。”李文毫不迟疑地回答。

“为何不会？”刘文问。

“收复哈密，对我边军而言，没有一点儿看得见的好处。”李文说。

“东罕、赤斤等军呢？”刘文又问。

“更不会尽全力。”李文说。

“为何更不会？”刘文问。

“哈密为哈密人所据，或为土鲁番人所据，对他等而言，有何区别？且同设卫，哈密主封王，他等只封指挥使、都指挥使等。他等多有怨恨不平之意，怎肯为哈密人出力！”李文道。

“督帅说得很透彻呀！”刘文称赞一句，问，“那么，罕慎军呢？”

“也不会尽全力。”李文说。

“朝廷是为哈密复国；他为哈密人，为何也不肯尽全力？”刘文问。

“求救哈密的字柬是哈密王母写的，收复哈密，不是交到罕慎手里，而是交到王母手里；而王母是不乐意把哈密交给罕慎治理的。他尽全力，不也是为他人作嫁衣裳吗？”李文道。

“督帅说得更透彻！”刘文又称赞一句。

“宗华先生是说，我军各部都不会尽全力，故前景黯淡？”李文问过之后，自己也笑，“各自盘算，各怀鬼胎，还能取胜不成！”

“敌方若不堪一击，即便各自盘算，各怀鬼胎，未必就不能取胜。所以，还得说说，土鲁番人是否不堪一击。”刘文道。

“一战而定哈密，怎会不堪一击。”李文说。

“那么，我做个估算：我军各部若尽全力，与土鲁番人一战，胜负各半，督帅以为如何？”刘文问。

“这是平心之论。”李文同意。

“我军主要有四部，其中一部不尽全力，我之胜算要减一分，敌之胜算要增一分。如此估算，督帅以为如何？”刘文问。

“并不为过。”李文也同意。

“四部皆不尽全力，我之胜算应减四分。我说我军十成里至多有一成胜算，是由此得出来的。”刘文道。

“宗华先生的算计不错；不过，我还有另一种算计。”李文说。

“督帅的算计，我亦知之。”刘文道。

“宗华先生亦知？说来听听。”李文似信非信，以非信居多。

“胜负各半，我须尽全力，土鲁番人也须尽全力，对不对？”刘文问。

“着哇！”李文应道，“若我尽全力，土鲁番人只尽半力，双方却打个平手，岂不成我不堪一击！”

“土鲁番人要守本土，又要守哈密。即以半力守哈密言之，与我刚好打个平手。若土鲁番人守哈密减一分力，我之胜算要增一分，敌之胜算要减一分，对不对？”

刘文问。

“着哇！”李文应道，“土鲁番人本土在土鲁番，不在哈密；阿力不见得会以半力守哈密。”

“土鲁番人守哈密减四分，我的胜算应增至九分，敌之胜算应减至一分，对不对？”刘文问。

“着哇！”李文应道，“土鲁番人守哈密果真减四分力，前景不就变得一片光明！难道宗华先生不期望出现这种情势？”

“不是不期望，是不敢奢望。”刘文回应一句，又接着说，“我等若有九成胜算，自当奋进；若只有一成胜算，自当还兵。今以我军各部不尽全力而土鲁番人用五分力计之，胜负各得其半。进不宜进，退不宜退，督帅看，当如何行事？”

“暂驻于此，观望其变。”李文道。

“好，就依督帅。”刘文立刻接上一句。

“咦，明明是宗华先生的主张，怎成我的主张！”李文道。

二人相顾一笑，把方略确定下来。

哈密王的官室成为牙兰的官邸。他正指挥下人挑选贵重的物品装车，门外守卒来报，阿力速檀的车马马上要到。

牙兰愣一会儿神，忽然冒出一句：“来得正好！”

话音才落，身后有人问：“谁来得正好呀？”

原来在他愣神的工夫，阿力已经进来。

“速檀来得正好！”牙兰说。

“我来得怎好？”阿力问。

“速檀既来，可以告诉我一个日子。”牙兰说。

“你牙兰什么日子不知，却要我告诉你！”阿力道。

“哪一日弃哈密，须得速檀定。”牙兰说。

“弃哈密？”阿力大吃一惊，问，“谁说要弃哈密？”

“大明官军直向哈密而来，速檀难道不曾闻讯？”牙兰反问。

“已闻讯数日。”阿力说。

“速檀难道打算抗拒官军？”牙兰不是在问，而是断定阿力不会下抗拒官军的决心。但他判断有误，阿力问：“抗拒怎的，不抗拒怎的？”

“抗拒有抗拒的盘算，不抗拒有不抗拒的盘算。”牙兰说。

“你先说说不抗拒的盘算。”阿力道。

“若不抗拒，先把哈密城搬空。我今日搬运此间之物，是第一步；然后还要搬运城里之物，最后还要搬运城外之物。能搬运几多，搬运几多，直至官军临城、我弃哈密。要是官军临城之前，能把一切搬运去土鲁番，当然更好。”牙兰说。

“抗拒的话，又如何盘算？”阿力问。

“若要抗拒，速檀须调兵来援。仅凭现今哈密城里的兵力，难以阻止官军破城。”牙兰说。

“要调几多援兵？”阿力问。

“多多益善。”牙兰说。

“我土鲁番呢，难道不要人驻守？”阿力质问。

“所以我以为，弃哈密为上策；所以我才没有待速檀发令，就开始往土鲁番搬运贵重之物。”牙兰说。

“少调援兵，尚可；倾力而守哈密，则不可。不过，弃哈密绝非上策。”阿力把他的上下二策全盘否定。

“速檀是怎盘算的？”牙兰问。

“不弃哈密，也不全力援守。”阿力说。

“不全力援守，守住哈密的胜算不高。”牙兰颇觉为难。

“那要看你怎样盘算，”阿力道，“我先纠正你的一个说法：你张口就说大明官军直向哈密而来，这话不对！”

“怎不对？”牙兰问。

“你说的大明官军，有一大半并非大明官军，而是哈密罕慎的人马、赤斤的人马、罕东的人马，故而不能笼统地称作大明官军。”阿力说罢，伸出一指，“这是你的第一个不对。”

“罕慎的人马、赤斤的人马、罕东的人马，虽不能笼统地称作大明官军，但他等是听从大明朝廷号令的。”牙兰说。

“大明朝廷在万里之外，怎的号令他等？”阿力问。

“边镇有文、武督帅，听文、武督帅号令，即听朝廷号令。”牙兰说。

“文、武督帅，就是你说的大明朝当今虎将、当今谋士吧？”阿力道，“他等是否虎将、是否谋士且不论；你竟以为，罕东、赤斤等部会听他二人号令，好不可笑！”

“可大军集结，确是他二人传檄呀！”牙兰说。

“集结是一回事，打起仗来是另一回事。我敢说，当真交锋的话，他等没一人会听大明文、武督帅号令的。”阿力道。

“这要等交锋之际，才看得出来，我不与速檀争辩。”牙兰说着，转问，“速檀说这是我的第一个不对，我的第二个不对呢？”

“你说大明官军直向哈密而来；但据我所知，大明官军，还有赤斤、罕东等部人马，在卜隆吉儿川已停顿数日。”阿力道。

“速檀不知，正是官军停顿不前，使得我心惊。”牙兰说。

“你为何心惊？”阿力问。

“我以为，官军停顿不前，为的是蓄势待发。有一天它忽然迸发，必然势不可挡。”牙兰说。

“我听汉人说过一句话：长他人志气，灭自家威风。这就是说的你呀！”阿力边说，边连连摇头。

“速檀以为，他等不是为蓄势待发？”牙兰问。

“绝对不是！”阿力道。

“那是为何？”牙兰问。

“犹豫不决，坐观变化。”阿力说。

“两军对垒，还有什么变化可以观望？”牙兰问。

“有啊，”阿力道，“你不也说，若不调援兵，哈密守不住吗？你说的那虎将，那谋士，正在看我会不会调来援兵。我调援兵，他便不攻哈密；我不调援兵，他才攻哈密。”

“观望的结果，速檀并不发援兵，或只发极少援兵，官军仍向哈密而来，哈密仍守不住。”牙兰说。

“牙兰呀，你只会与汉人合起伙来骗我，为何不能与我合起伙来，骗骗汉人！”阿力半是埋怨半是启发地说。

“我从来不曾与汉人合起伙来骗速檀。”牙兰当然不会承认。

“对，你也是上汉人的当，为何不能让汉人上你的当！”阿力道。

“速檀是说——”牙兰脑筋没转过来。

“汉人骗你每日向肃州发兵三千，肃州已集结三万人马，你为何不散布出去，我每日向哈密发兵两千，哈密已集结五万大军！”阿力道。

对峙数日，李文、刘文率官军退回肃州，罕慎退居苦峪，各部亦退还。

第八十六章

项忠由刑部尚书改兵部尚书仅五天，即进入新的一年。

各部尚书和都察院掌院都御史除排列次序的不同，其他各方面，如品秩，如地位，都是相同的，被统称为大七卿。但既然有排列次序的不同，从掌排列在后的衙门，改掌排列在前的衙门，总给人一种升迁的感觉。项忠在一个月里，由掌院都御史改任刑部尚书，又改任兵部尚书，就好似升一步，又升一步，不但别人羡慕，他自己也有点儿沾沾自喜。以致除夕之夜，他睡到半夜就醒过来。

正旦日大朝，是一年里最重要的仪式，他担心再睡会睡过头，干脆起床，坐在椅子上假寐。这样，等时辰一到，即可出门。

他和夫人早就分屋而睡。他以为，自己的动作很轻，不会惊动夫人。谁知他这边一有动静，夫人那屋里也有动静；而且，灯也点亮。不多时，项夫人咳嗽一声，走进他的卧室。

"我上我的朝，自有童儿伺候，你何不多睡一会儿！"项忠说。

"我怕老爷睡得太实，童儿又把握不住时辰，压根就没睡着。看来，只有等你走了再睡。"项夫人说着，点亮桌上的灯。

项忠借着光线，看清楚项夫人的脸。他说："你并非因我上朝而睡不着，你是有话要对我说。"

"老爷既然看出来，我就不瞒你。"项夫人道。

"非得正旦日要说的事吗？"项忠问。

"昨晚本也可以对老爷说的；但我担心昨晚说的话，老爷睡一觉会忘，所以等到这会儿才说。"项夫人解释。

项忠指了指茶几另一边的椅子，说："好，请夫人坐下说吧。"

"昨日女儿回来。"项夫人说的是件无关紧要的事。

"她今日回不来，昨日回来看看当娘的，还不应该吗？"项忠道。当然，他体会得出，夫人和他说这件事，为说这件事，居然一夜不睡，必然有原因。所以，他又问：“女儿嫁出去有些年，除夕之日，难道她从来也没回来过？”

“有时回来，有时不回来。”项夫人说。

“她以前回来，我不记得夫人和我念叨过。”项忠道。

项夫人不理会他的疑问，按照自己的思路说：“她本来是要等老爷回来，和老爷见个面的。”

“她今日回不来，昨日回来看看当爹的，也是应该的。”项忠说句差不多同样的话，又问，“以前除夕之日她回来，难道从来没等过我？”

“以前她要等老爷回来，就等老爷回来；要急着回去，就回去。我从来不加干涉。”项夫人说。

“这么说，她昨日没等我回来，是因为你干涉？”项忠问。

“是。”项夫人应道。

“你为何不让她与我相见？”项忠问。

“她有话要对你说。”项夫人又是答非所问。

“夫人真是怪得很！”项忠道，“她没话对我说时，让她与我相见；她有话对我时，反而不让她与我想见。天下哪有这般道理！”

“她会对老爷哭的。”项夫人说。

“你怎知她会对我哭？”项忠问。

“她对我说时，已哭个不止。”项夫人道。

“女儿为何要哭？”项忠关切地问。对这个女儿，他是很溺爱的。

“老爷想呢？”到了关键的地方，项夫人不愿自己说。

“可是在那边受了委屈？”项忠问。

“女儿很懂事，没受极大的委屈，她不会哭个不止。”项夫人道。

“谁让她受的委屈？”项忠一个一个人问，“姑爷，亲家，亲家母？总不至于是小叔子、小姑子吧？”

“亲家母为人慈祥，小两口恩爱无比，他家兄弟姐妹，除了姑爷，没有旁人在京城。”项夫人说。

她把其他人都排除，让他们女儿受委屈的，只有亲家老爷。

“亲家对咱家女儿从来都是赞不绝口，怎会让她受委屈？”项忠问。

“别说亲家老爷怎会让咱家女儿受委屈；老爷且说说，他这几日对老爷怎样吧？”项夫人换个话题。

“对我？”项忠原来没有注意亲家老爷对自己的态度有什么变化，夫人一问，他有所觉察，“不错，这几日他对我似乎变得冷淡。”

“老爷知道缘故吗？”项夫人问。

“我不曾留意，所以也不曾问他。”项忠说着，问道，“亲家老爷让咱家女儿受委屈，难道和对我冷淡，是一个缘故？”

“老爷想呢？”项夫人又给他一句。

项忠顾不上自己想。他问：“夫人有没有问女儿，亲家老爷让她受委屈，究竟为的何事？”

“我是他亲娘，能不问吗！”项夫人道。

“女儿怎说？”项忠问。

“女儿原来也不知原委，还是姑爷偷偷告诉她，她才恍然大悟。原来是沾老爷的光。”项夫人挖苦一句。

“沾我的光，这从何说起？”项忠不得不问。

“老爷不是才改任大司马吗？老爷不是因为改官甚是得意吗？可惜老爷忽略一句话，向来都是有人欢喜有人愁。”项夫人说。

“难道我改兵书，惹得亲家老爷不高兴？亲家老爷不高兴，于是迁怒于咱家女儿？”项忠不愿意得出这样一个结论，又不能不得出这样一个结论。

其实，细想起来，这是件很自然的事情。项忠的姻亲李震，官兵部左侍郎。他是成化二年升兵部右侍郎的，算起来，在兵部为佐卿达八九年之久。白圭病亡，有些人散布，他该升正卿，他自己也以为总算熬出头；孰料，廷推的结果，是项忠改部，而他仍做他的左侍郎。

自这一任命公布之日起，李震对项忠的态度就发生变化，对此，项忠能够理解；而因此对儿媳的态度也发生变化，却未免太过分。

“你说，女儿有话要对我说，就是说此事吗？”项忠问。

“光说此事，我说不定会让她等你。”项夫人说。

“还有别的话？”项忠问。

“是。”项夫人应道，“我想，她难得回来一趟，没得让她再惹老爷生气；别的话，还是由我来说吧。”

“你说！”项忠已做好生气的准备。

“老爷辞去兵部尚书一职吧！”项夫人说。

“这话她说不得，你就说得！”项忠与其说生气，不如说好笑，“我为亲家老爷，请辞兵书，不仅我将成为天下笑柄，他也将成为天下笑柄。再者，朝廷即便准我所请，难道就一定推他为兵书吗！”

兵部七八员属僚凑在一起喝酒，一郎中对另一郎中说：“你不是断定，大司马甫就任，一定会来凑这个热闹吗？”

“他原本是要来的，可遇到点儿麻烦，故而未来。”另一郎中说。

“朝廷遇到麻烦？皇上把他召去？”前一郎中问。

“不是。”后一郎中摇头。

“他家里遇到麻烦？夫人不舒服？”前一郎中又问。

“也不是。”后一郎中仍摇头。

“大人不必问，是难以宣于口的麻烦。”一员外郎说。

“老兄，你好像很了解荩臣先生的隐私嘛！”另一员外郎说。

“不是隐私，是公案。”后一员外郎说。

听说是公案，所有官员的注意力都被吸引过去。

“老兄是说，荩臣先生的麻烦是公案？”前一员外郎问。

“是啊！”后一员外郎应道。

“老兄是说，荩臣先生是因公案不来？”后一员外郎又问。

“是啊！”后一员外郎应道。

“那么，是何公案？”前一员外郎问。

“荩臣先生担心用初先生也会来，故而不来。”后一员外郎说。

“你是说，荩臣先生不愿在这种场合与用初先生相见？”有的官员想让他说得更清楚一些。

“一位是兵部正卿，一位是兵部佐卿，不至于冰火不容吧？”相信这是桩公案的官员说。

“他二位是亲家呀！”不相信这是桩公案的官员说，“即便不和，也应该是隐私，而不是公案。”

“廷推大司马，是隐私，还是公案？”被众人追问的员外郎，和后一名质疑的官员理论。

“那当然是公案。不过，依我之见，若是用初先生今晚会来，荩臣先生更应该来。与众人一起，推杯换盏，说几句知心的话，有什么芥蒂不能冰释！”该官员说。

“老兄又不是不知，他二位个性都很强。正月里因一句话而争吵起来，不但他二位颜面扫尽，我众人也会扫兴，还真不如不来的好。”被追问的员外郎说。见该官员不说话，他又对前一名质疑的官员说，“冰火不容，或不至于；怒目而视，却是有的。”

“你老兄怎知？”该官员问。

“我听到他二位的一次谈话。”被追问的员外郎担心别人怀疑他的人品，解释说，“不是偷听，是无意中听到的。”

“这何须说，老兄只是耳朵特长，绝无偷听的毛病。”该官员一句话，把众人都逗笑，他又催道，“老兄快说，那次谈话，先开口的是荩臣先生，还是用初先生。”

“是用初先生。”被追问的员外郎说。

“他怎说的？”该官员问。

“他说：亲家既得刑部掌，怎不知足，又钻营来此！”被追问的员外郎重复李震的话。

“荩臣先生怎回复他？”该官员又问。

“他说：亲家何不钻营之。”被追问的员外郎重复项忠的话。

“即以钻营二字来说，哪似出自公卿之口！”该官员感慨地说。

“用初先生以为荩臣先生钻营此职，大错特错！”一郎中说。

“大人莫非知道其中内幕？”一员外郎问。

“荩臣先生为何得推其职，我知之不详；用初先生为何不得推其职，我却略知一二。”该郎中说。

“可告知众人乎？”该员外郎问。

“众人皆知之事，有何不可！”该郎中道，“用初先生有喉疾，奏事时声哑，故皇上不肯用他为兵书。”

李震声音沙哑，众人都知道；他有喉疾，就不是众人都知道的。至于皇帝为此而不升他尚书，绝不是众人都知道的。

“用初先生就算声音洪亮，功业上也比不上荩臣先生。用荩臣先生为大司马在情理之中，无须他钻营。”敬仰项忠的官员说。

“荩臣先生在陕西、在湖广主军事，也不见得不被非议。”比较同情李震的官员则说。

眼看持两种议论的官员会争执起来，一主事说：“其实，大人们大可不必为钻营二字争辩。”

“莫非吾兄还听到别的话？”另一主事问。

“我不是耳朵长，是偷听来的。”前一主事坦然承认。

“倒要请教，二者有何不同。”后一主事说。

“不想听而无意中听到，可以说耳朵长；不该听而刻意要听，就只能说是偷听。”前一主事说。

“吾兄为何刻意要听？”后一主事问。

“因其有趣。”前一主事说。

“不知偷听来的话，再传入我等之耳，算不算偷听？”后一主事问。

有的官员说算，有的官员说不算，最后，说不算的官员占上风。

“吾兄让我等也刻意听一回吧！”后一主事揖道。

“兄台记得用初先生是哪一科的进士吗？”前一主事问。

“正统丙辰科吧。”后一主事试猜。

“不错！”竟让他猜对。正统丙辰年，即正统元年。前一主事问，“兄台可知，朝中该科进士还多不多？”

“用初先生不会是硕果仅存吧？”后一主事道。

“虽不是硕果仅存，也不过只有那么三四位，”前一主事确定这一点后，开始讲他的故事，“前两日，该等几位老前辈聚在一酒家饮酒，我正好陪一友人，坐得离他等的酒桌不远。开始，我也没刻意去听，但后来一位老先生说：不可饮闷酒，我出个上句助兴，诸公来对个下句吧。我立刻把非礼勿听的圣训丢到脑后，刻意去听。”

“他的上句怎出的？”后一主事问。

“脑后生疮因转项。”前一主事述其句。

“这是在讥讽用初先生呀！”后一主事道。他知道，李震在年前脑后生疮，正旦日的大朝都是挣扎着去的。他问，“可有人对下句？”

“是用初先生自个儿对的。”前一主事道，“他对的是：心中谋事不知亲。”

“他这是在表明为公的心迹呀！”有官员叹道。

“再有第三句，便把我兵部的事说全。”又有官员说。

“老兄打算加上哪一句？”前一官员问。

“胸中有病不知疼。”后一官员道。

众人不由一笑。兵部右侍郎滕自明丧母，夺情留任。该官员讥讽其事，胸为凶之谐音，疼为滕之谐音。一月后，李震病卒。

第八十七章

在会试之年的三月初，彭时、彭华两个堂兄弟，本来是没有可能坐在屋里聊闲天的。今年初，彭华以翰林院侍讲学士，和另一名侍讲学士徐溥，奉旨为会试主考官，这时，会试的试卷才刚阅毕，或尚未阅毕，他应该正在东阁忙碌着。但他坚辞这份差事，表面的理由是有病，真正的理由是有近亲参加今年的会试，他要回避。而彭时，在正进行或准备进行的殿试中，作为首辅，对决定中第举子的名次，起着至关重要的作用，理当和谁也不单独会面。但自年初以来，他就病倒；是真的病倒，几乎到卧床不起的地步。殿试一事，他根本没有可能参与。

当然，春闱终归是朝廷大事，彭时不可能漠不关心。

"彦实，听说名次已排出来？"他问。

"是会试的名次排出来。"彭华说。

"会元定的是谁？"彭时问。

"吴人王鏊。"彭华告诉他。

"我知此生。"彭时道。

"朝中一大半人都知此生，我亦知此生，阁老哥知他，不值得炫耀。"彭华开玩笑地说。他应该按照族人的排序叫彭时三哥，或简单地称一声兄长，但他却愿意戏谑地叫他阁老哥。

"彦实知他何事？"彭时问。

"他是去年应天试的第一名。"彭华说。

"还有呢？"彭时又问。

"还有？"彭华眼睛一眨，说，"都说他今年会试的策论极佳。"

"你读否？"彭时问。

"尚未读到。"彭华说。他觉得，彭时明知他辞去今次主考，还这么问，是有意气他，于是反问道："阁老哥又知此生何事？"

"他是去年应天试的第一名。"彭时答的一样。

“还有呢？”彭华问的也一样。

“他今年会试的策论极佳。”彭时把“都说”二字省去，听起来好像是读过他的试卷。

“阁老哥在病榻，反而读过他的策论？”彭华问。

“也未读过。”彭时说。

“既未读过，还不是听说！”彭华道。

“彦实是听说，我却不是听说。”彭时并不承认。

“既未读卷，又非听说，阁老哥从何而知？”彭华问。

“据料。”彭时道。

“阁老哥严谨，品藻人物从来不是据料。”彭华指出。

“今次据料，当然也不会毫无根据。”彭时道。

“妙极！正可借此机会领教阁老哥品藻人物的法门，快请讲吧！”彭华连连揖道。

“我哪里有什么法门，所谓据料，不过是据昨日所知之王生，料其今日会试的成绩。”彭时说。

“昨日王生，阁老哥都知道些什么？”彭华问。

“他再早的学业，我无从得知，只知他十年前随父就读于光化时，所作文章流传到京师，国子监诸生争相传诵。”彭时说罢，问道，“此事彦实不知吧？”

“是隶于襄阳的光化？”彭华不愿明着说不知，才以问作答。

“不错！”彭时应道，“其时，王生之父为光化令。”

“这算是阁老哥比我多知道的一件事，还有吗？”彭华问。

“督学南直隶的陈御史士贤先生，彦实熟不熟？”彭时反问一句。

陈选字士贤，浙江临海人，天顺四年的会试第一名。所以，彭华说：“他与我一样，对，与今之王生也一样，是个会元。”

彭时看他一眼，好像有话要说，但没说出来。他说的是：“大约七八年前，士贤先生曾赞王生为天下士，此事彦实大概也不知吧。”

“会不会是谬赞？”彭华问。

“彦实为何以为是谬赞？”彭时反问。

“至少，我没听他赞过同为会元的在下。对了，对大名鼎鼎的彭状元，对其乡人商状元，他似乎也无溢美之词。”彭华说。

“由此可见，天下士出自他口，分量不轻。”彭时道。

“应甚重！”彭华随口应道。

“第三件事，”彭时接着说，“大约四五年前，少宰与中先生也以相同的话赞王生，此事彦实肯定不知。”

“我为何肯定不知？”彭华的确不知，但仍要问一问。

“因为我从未听彦实说过与中先生什么好话，故而即便听人说过，也是听而不闻。”彭时说。

“我可不是自个儿对他有什么成见，”彭华分辩道，“当年他欲入阁，而不得入阁，把各臣视若仇敌。阁老哥让我怎么说他的好话！”

“人已不在，彦实不用再加褒贬；朝廷以文庄谥之，也算是定论。”彭时说，顿了顿，又说，“与中先生读书之勤、之博，是有口皆碑的。得他一句称赏，特别是被他称作天下士，殊为不易。”

“阁老哥所谓据料，果然大有讲究；不过，”彭华改用较为轻浮的口吻说，“阁老哥方才看我一眼，我看也大有讲究。”

“有何讲究？”彭时问。

“我一个，士贤先生一个，王生一个，我说同样是个会元。实则，我和士贤先生的会元，是盖棺论定的，而王生是否仅是个会元，尚未可知。”彭华说明之后，问道，“阁老哥是这个意思吧？”

对这位堂弟的机敏，彭时一向自愧不如。但对于这种机敏，他不全是羡慕；准确地说，主要的不是羡慕，而是担心。一个人如果不把他的机敏用在正道上，是很危险的。

等不到彭时的回应，彭华接着说：“王生和我一样，和士贤先生一样，仅是个会元，差不多也是定论。”

“彦实从何而知？”彭时问。

“阁老哥在床上连躺几天，不仅春闱事一无所知，连内阁事也一无所知。”彭华一旦有奚落位高权重的堂兄机会，绝不放过。

“阁臣不肯把状元给王生？”彭时不难得出这个结论，也不难料到是哪位阁臣的主张，“是弘载先生？”

彭华点点头，说：“弘载先生另有所瞩。”

“是哪处的举子？不会来自我赣省，来自我吉安吧？”彭时虽然这么问，但知道没有可能；如果是的话，彭华一进屋就会嚷出来。

“共事多年，对弘载先生，阁老哥是该知道的。”彭华冷笑道。这不但表明商辂瞩目的举子不是江西人，而且表明商辂瞩目的举子是哪里人，而且表明对商辂看重乡人的不满。

彭时不想把这个他关心的话题继续下去。彭华说别的都可以，甚至说商辂偏重乡人都可以，但他不希望彭华借此机会攻击商辂。因为他不仅和商辂共事多年，而且，同样的状元身份也使得他们彼此敬重。

再说，他也真的感觉很累。

“为弘载先生瞩目的浙人，一定不会是寻常的浙人。”说罢这一句，他闭上眼睛。

在东阁，阁臣，部、院大臣，翰林院学士，以及本科两名主考官徐溥、丘濬，聚在一起，商量进士们的名次。从程序上来说，他们会把选中的前几名，比如前六名、前八名或者前十名的试卷呈进，由皇帝圈点。不过，皇帝一般会尊重大臣们的选择。大臣们选定的前三名，一般会名列一甲；大臣们选定的第一名，一般会成为状元。

“会试名次是由时用先生、仲深先生排的，不如由他二位先说说。”尹旻道。虽然在廷试中，起作用最大的，一是阁臣，二是礼部尚书，他仍忘不了自己第一尚书的身份。

徐溥字时用，南直隶江阴人，景泰五年的榜眼。他不赞成尹旻的提议，委婉地说：“我二人是会试的主考，非殿试的主考；排列殿试的名次，还须各位老先生们主张。”

“殿试名次虽不同于会试名次，但也不是全不相干，除非会试中排名在前的举子，在殿试时惊慌失措，作不好文章，或者——”尹旻说到这里，忽然止住。“或者”后面的话，显然很难听。

徐溥知道他要说什么；也知道，此公想说什么就说什么，常常让人很难堪，很不舒服，他自己在说了之后也常常后悔。所以，对尹旻说出来的话和没有说出来的话，他都没太在意。

心高气傲的丘濬，却没有他那么好的性子。

“同仁先生是说，除非我等太没眼光？”他质问道。

“二位学问之精，眼光之高，那是没得说的，”尹旻忙加解释，“我的意思是，他等或会乱方寸。”

“那大可省去‘除非’二字。乱了方寸，当然写不好文章。”丘濬说。

“那么，仲深先生以为——”尹旻问到一半，又止住。

“不是我以为，是时用兄和我都以为。”丘濬也只说半句话。

提及徐溥，在尹旻是求之不得。所以，他改变询问的对象。

“时用先生和仲深先生都怎的以为？”他问徐溥。

徐溥笑而不答。丘濬说开头的话，他干吗要去接？何况，这话由他说出来，也有所顾虑。

“我等以为，会试中排名在前的举子，殿试时并未惊慌失措，并未乱了方寸。”丘濬说。

“亦即，文章作得依然很好？”尹旻问。

“是，文章依然作得很好。”丘濬应道。

“好到依然可以排名在前？”尹旻问。

“是，排名依然可以在前。”丘濬应道。

“会试第一名叫王鏊吧？仲深先生是不是以为，他在殿试中依然可以排名第一？”尹旻进一步问。

“以王鏊在会试时的文章而论，他应是今科状元；以他在殿试时的文章而论，他依然应是今科状元。”丘濬说。

尹旻觉得自己没什么再要问的，这才转向今日的几位主角：“我要问的都问完，弘载先生、循吉先生、宗盛先生还有什么要问的吗？”

“听同仁先生的口气，我等像是在会审主考官呀！”商辂说句笑话。

众大臣哄然而笑。商辂的话涉及三个人，对徐溥、丘濬，他们的笑是善意的；对尹旻，他们的笑则包含着讽刺。

丘濬却不笑，他喃喃地说：“考试者，本来就是既考应试者，也考主试者。我不怕会审。”

听他这话，没人好意思再笑。

“弘载先生以为，何人当置于第一？”尹旻又正儿八经地审起商辂。

“我以为，同仁先生称赞时用先生学问之精，眼光之高，这话是不错的；仲深先生称赞会试时排名在前的举子，殿试时并未惊慌失措，并未乱了方寸，这话是不错的；仲深先生称赞王生在会试时的文章作得好，称赞他殿试时文章作得依然好，应为本科状元，这话是不错的。”商辂不厌其烦地把前面的谈论概括成三句话。

虽然是一连串赞成的话，但细心的人不难听出来，他并不赞成以王鏊为今科状元。礼部左侍郎刘吉问：“弘载先生是不是以为，王生今科抡魁，仍有所不足？”

“平心而论，殿试中有篇文章，更在王生之上。”商辂道。

这句话说得恰到好处，只论殿试中的文章，而不论会试中的文章，和主考官的眼光没有关系。尽管丘濬方才说，王鏊以殿试的文章，也应为今科状元，那只是他本人的看法。究竟王鏊为状元合适，或是商辂说到的举子合适，或是其他举子合适，不过是看法之争。如果说有举子比王鏊更宜为会元，那就是已铸成大错。

“弘载先生说的是哪名举子的文章？”尹旻问。

“谢生。”商辂道。

会试中排名在前的举子，只有一个姓谢的，是浙江余姚人谢迁。这一情形，徐溥、丘濬最清楚。徐溥问：“弘载先生说的，可是余姚谢生？”

“是他。”商辂应道。

“谢生文章在王生之上，弘载先生是怎论的？”丘濬问。

“王生文章虽然老成，但少些灵气。”商辂说。

丘濬本想和商辂辩一辩的，一听这话，不再辩了。说起作文章，他比商辂更看重灵气；而且，他在和徐溥议论时也提到，王鏊的文章中缺少点儿什么。看来，老成而少灵气，是公允之论。

对他的沉默，商辂还没什么感觉，尹旻却松口气。他问邹干：“宗盛先生有何高论？”

“二生文章在伯仲之间，都可列名一甲。”邹干说得比较含糊。

他其实是赞成商辂之议的；不过，他不仅是浙江人，而且是余姚人。如果说，商辂举贤不避亲，需要勇气的话；他直接推举谢迁，就需要更大的勇气。

“弘载先生之意，若以谢生为第一，可以王生为第二？”尹旻又问。

“不，我看刘生更宜为榜眼。”商辂说。

他说得刘生，名戬，江西安福人。

会议的结果，前三名的排列顺序是：第一名谢迁，第二名刘戬，第三名王鏊。经皇帝圈定后，谢迁为本科状元，刘戬为本科榜眼，王鏊为本科探花。

有人私下里议，商辂把刘戬排在第二，是为取悦彭时，免得把谢迁排在第一，引起彭时的不满。实则张榜后不久，彭时就病逝于家中。推补阁臣二人，一是吏部左侍郎刘珝，一是礼部左侍郎刘吉。

第八十八章

五月，京师天气炎热。皇帝在午膳之后犯困，会睡一小觉。睡醒之后，他发觉头发有点儿乱，要找人梳头。

“外面谁在当值？”他在寝殿内问。

“张叔。”近侍回奏。

“你的哪个张叔？”皇帝分不清他说的是谁。

“张敏，张叔。”近侍道。

“正好，让他进来给朕梳梳头。”皇帝吩咐。张敏细心，让他梳头，皇帝再放心不过。

张敏手持玉质的梳子，一下一下，慢慢地梳理着皇帝的长发。这个差事，要轻，要慢，不能让皇帝觉得疼，也不能把皇帝的头发梳掉。

当然，不可能一根头发也不梳掉。梳子上卷着一根发丝，张敏眼疾手快，另一只手轻轻一抹，把发丝握在手心。

他没想到，这个细微的动作，被皇帝从镜子里看到。

“张敏，你也对朕藏着掖着！”皇帝道。

“奴才不敢。”张敏应着，把手伸到皇帝面前。

皇帝一愣，张敏更是一愣。他手里握着的，竟是一根白发！

皇帝两只手在头上一阵乱抓，把刚刚梳理整齐的头发弄乱。他从镜子里检视着自己的头发，除了张敏手上的这根，头上还有两三根白发。

“奴才把它剪掉吧？”张敏请旨。

皇帝摇了摇头。他手指镜子里的自己，道：“你整日浑浑噩噩，却不知老之将至！”

“爷说哪里的话！”张敏劝慰道，“圣寿只有三十岁，按照孔圣人的说法，正是而立之年。”

“而立之年，而立之年？”皇帝念叨两遍，似感慨似忧伤地问，“你在宫里不少年了吧？”

“是，奴才打小就在宫里。”张敏说。

“那你说说，咱大明朝，有哪朝天子，到三十岁仍无子！”皇帝道。

张敏哪里敢说！皇帝的话不错，包括打天下的太祖皇帝在内，没有哪朝皇帝到三十岁时还没有皇子，宣宗皇帝可能是最晚得子的，可他到三十岁时，英宗皇帝也诞生。

“三十而立，身为天子，最重要的，是立皇储。朕连皇子都没有，却立谁人！”皇帝道。

皇帝感慨也好，忧伤也好，都是发自内心的。感慨之后，忧伤之后，他很希望有人回应。张敏没回应，皇帝向镜子里望去，身后空无一人，张敏已经不站在原处。

“张敏！”他大声唤道。

“奴才在。”张敏答话的声音很低，而且是在呜咽。他并没离开，而是跪伏在皇帝坐的凳子后面两三步的地方。

“张敏，你不给朕梳栉，这是作甚？”皇帝问。

“奴才有罪，乞爷宽恕。”张敏道。

皇帝以为他说的是梳下头发的事，说：“掉根头发，又不是大不了的事，你起来，朕不怪罪你。”

张敏仍跪伏不起，道：“乞爷恕罪。”

“你没听见吗，朕不怪罪你。”皇帝又说一遍。

“爷恕罪！”张敏叩头不止。

皇帝这才想到，张敏请罪，可能不是为梳掉头发的事。他说：“有话你说吧，无论你做何事，朕不加罪就是。”

“谢爷不罪之恩！”张敏这才抬起头来，说，“爷已有皇子。”

“你怎说？”皇帝似乎没听清。

“爷已有皇子。”张敏又说一遍。

皇帝猛地站起来，猛地转过身，问：“你怎说？”

“爷已有皇子。”张敏第三遍说。

皇帝为这话所震撼，竟然想不到应该让张敏站起来回话。他弯下腰，蹲在张敏跟前，道：“快对朕说，朕怎的已有皇子！”

“爷曾驾临内藏之所，幸御某女史，爷还记得此事吧？”张敏问。

“朕记得，该女史姓——”皇帝以为说得出她的姓氏，其实说不出。

“回爷话，她姓纪。”张敏道。

“对，对！”皇帝连连点头，似乎回忆起当时的情形，“朕记得，那一刻，朕真的很快活。”

“爷那一刻的快活，播下龙种。”张敏说。

“你是说，纪女史遂有了身孕？”皇帝边问，边回想，“朕怎不记得，有人对朕说过此事？”

“因女史得一场大病，眼见活不成，故被送去安乐堂。宫里并不知她有孕一事。”张敏说。

“但她没死，并生下一子？”皇帝揣测道。

“爷说的是。”张敏应道。

“她是六年前有的身孕，那孩儿该有五岁吧？”皇帝推算道。

“实足年龄不到五岁，虚岁已是六龄。”张敏说。

“他现在何处？”皇帝问。

“他母子仍在安乐堂。”张敏说。

“张敏，你不是今日才知此事吧？”皇帝开始有责备之意。

“奴才不是。”张敏不敢欺君。

“知道此事也不止一年吧？”皇帝话里责备的味道更浓。

“皇子诞下，奴才即知。”张敏应道。

“为何这多年，一直不告与朕知？”皇帝问。

“初时，奴才骤然得知此事，心神不定，又想女史于病重之中诞子，不知能否得寿，所以未敢禀奏；后来女史与皇子挺过大难，奴才又不知该如何禀奏。”张敏说。

“是不是还有别的缘故？”皇帝问。

“爷答应，无论奴才做什么事，都不加罪。”张敏答非所问，是希望皇帝不要再追问下去。

当然，这也可以理解为，宽恕他不禀奏之罪。皇帝很少答应内臣什么，既答应，就不能反悔。他正琢磨该怎样再问，往张敏身边一看，不知什么时候又跪下一人，掩面而泣，原来是怀恩。

“怀大伴，你也知此事？”皇帝问。

“奴才只知，爷确有一子，匿于西内。”怀恩说。

只这一个“匿”字，比张敏那些遮遮掩掩的解释管用得多。皇帝一下明白过来，这么大的一件事，这么多年，为什么居然没有人禀奏。既然明白，无须再问。

“张敏！”他叫了一声。

“奴才在。”张敏应道。

“你还有什么要说的吗？”皇帝问。

“奴才还有一句话，”张敏道，“爷虽宽恕，奴才自知死罪难逃，唯望爷为皇子做主。”

“朕既知皇儿之事，自会维护，你放心吧！”皇帝不无感动地说，又命道，“你速将皇儿接来，朕要见他。”

张敏赶到安乐堂，废后吴氏带着老宫女正好也在。这些年纪氏和皇子能熬过来，多亏吴氏和她身边这个老宫女。她们不仅帮着带孩子，食物不够，还提供食物；需要药品时，又提供药品。吴氏虽是废后，但比起一般的宫人，总多一些办法。

所以，关于皇子的事，张敏先要找吴氏。

“娘娘，奴才有句话说。”张敏道。

“对我说吗？”吴氏问。

“是，恭请娘娘移步。”张敏道。

他一路跑着来的，说了两句话后气息仍不平稳。吴氏料到是大事，边随他往一旁走去，边问：“你要说何事？”

“奴才今日舍出命去做件事，不知是福是祸。”他说。

“宫里有什么事，要你舍出命做？”吴氏问。

“还不是小爷的事。”张敏道。

吴氏一听，不再往前走。她说：“他亲娘在此，他的事别对我一人说。”

说罢，她退回原处，张敏也只好走过去。

“孩子越来越大，总住在这里不是个事。张公公，你说吧，你舍出命去为他做了件什么事？”吴氏道。

“小爷的事，奴才禀与爷知。”张敏说。

“皇上已知道了？”吴氏、纪氏，还有老宫女一齐惊呼。不过，三人的心情不尽相同。吴氏和老宫女想的是，说出来也好，是福不是祸，是祸躲不过，这事早晚得告诉皇帝；纪氏则一把将儿子拉过去，紧紧搂在怀里。

“皇上怎说？”吴氏问。

“爷要见小爷，命奴才带过去。”张敏说。

“张公公，皇上认不认这个儿子呀？”老宫女问的正是大家最关心的。

“我不是说，不知是福是祸吗！”张敏道。

“娘娘，怎的是好？”纪氏完全没有主意。

“既然皇上已知道，既然皇上要见他，我看，未必是坏事。让他去吧。”吴氏道，又说，“孩儿这一去，未必再回来；妹子，有什么话要对他说，趁着他没走，快说吧。”

“儿啊！”纪氏抽泣着说，“你这一去，娘断然活不成。到地方后，你会见到一个身穿黄袍、长着长须的人，那是你父皇。娘只有指望，你父皇会善待你。”

小皇子不懂母亲为什么伤心，吓得泪水在眼眶里打转。

“孩子，你不能哭，哭肿眼睛，你爹爹就认不出你。”吴氏说，并叮嘱道，“见到你爹爹，你也别怕，他让你怎做，你就怎做。”

“娘娘看，小爷见到爷时，要不要呼叫？”张敏提醒她们一个细节。

“当然要呼叫。”吴氏道。

“娘娘说，小爷怎的呼叫好？”张敏问。

“这也要问，当然称呼父皇！”老宫女说。

“不，先称呼爹爹，再称呼父皇。”吴氏却说。

“娘娘没有别事叮嘱，奴才这就带小爷走。”张敏说着，伸出手去，小皇子自然而然地牵住他的手。他到安乐堂来的次数较多，小皇子把他看成亲人一般。

“张公公，你等等。”老宫女叫住他。

“你老还有事？”张敏问。

“你就这么拉着小爷的手走吗？”老宫女道。

“我知道牵着小爷的手，不合规矩；我是想，有我牵着，小爷不会害怕。”张敏解释说。

“我不是怪你牵小爷的手；我是说，路不近呢，小爷若走累，你得背他一段。”老宫女原来是心疼小皇子。

“你老放心，我带领小轿来。”张敏说。

“还有，小爷身上穿的衣物，是我与娘娘们缝纫的。我等女红都很粗糙，你就让他穿得似丐儿一样，去见皇上吗？”老宫女道。

“你老放心，我带了件袍子，放在轿里。”张敏说。

老宫女想到的，张敏都有备，她这才放心。

张敏牵着小皇子的手往外走，吴氏、老宫女把他们送出安乐堂，纪氏则留在原处，她已经走不动路。外面果然停着一领小轿。抬轿的宦者见他们出来，忙去掀轿帘。张敏摆摆手，示意他们别急。他从轿里取出一件短小的袍子，红色的，不知何时为何事而制作。他把小红袍披在小皇子身上，显得过肥过长。但在吴氏和老宫女的眼里，小皇子这才有点儿皇子的气派。

张敏把小皇子抱入轿内，指挥抬轿子的宦者抬起小轿，跑步而去。

小皇子看着坐在上面的男人，身着黄袍，长着长须，和母亲所说的一样。无论是爹爹的含义，还是父皇的含义，他都不能理解，但不知由于父子天性，或是由于母亲哭着说的那两句话在起作用，他感觉到这个男人和他很亲。

张敏和吴氏他们并没教给他，应该在什么地方站下来，但他走到和坐在上面的男人适当距离时，自然而然地站下来。

他瞥了张敏一眼，好像在问：是这个人吗？张敏微微点头。

“爹爹！”他怯生生地叫一声。

“他叫我什么？”皇帝问。

“小爷再叫一声，爷没听清。”张敏低声对小皇子说。

“父皇！”小皇子按照吴氏的嘱咐，改叫道。

皇帝显然不是没听清他的第一声呼叫。爹爹的称呼，对皇帝来说太陌生，也充满太多喜悦。从他懂事起，人们就告诉他，在皇帝面前要保持礼节，要叫父皇；在他懂事之前，有没有叫过爹爹，连他自己也记不清楚。而面前的这个孩子，却叫他一声爹爹！皇帝还想再听他叫一声，他却改变称呼，这让皇帝有点儿失望。

“张敏，他先前是这么叫的吗？”皇帝问。

“回爷的话，不是。”张敏道。

“是你让他改叫父皇的？”皇帝问。

“爷，这是宫里的规矩。”张敏说。

“他第一次来见朕，你给他讲那么多规矩作甚！”皇帝嗔道。

“是奴才的错。”张敏虽被错怪，心里却高兴至极，他低声对小皇子说，“小爷，再叫一次。”

小皇子眨了眨眼，叫不出来。没人告诉他，第三次该叫什么。

“叫爹爹，大点儿声。”张敏低声说。

“爹爹！”小皇子叫道，声音大了不少。

皇帝在心里叫声“好儿子”，招手让小皇子过去。小皇子又瞥张敏一眼，没马上走动。张敏微微点头，示意他过去。

小皇子向皇帝的御座走过去，走得太慢，太小心，快到皇帝跟前事，脚下一滑，打个趔趄，扑向皇帝。皇帝伸开双臂，把他搂在怀里。

相隔较远时，小皇子受周围气氛的影响，心情还不免紧张，现在被皇帝抱在怀里，反而不紧张，他两眼瞪得大大的，紧盯着皇帝着。

皇帝把他放在膝上，也盯着看，越看，越兴奋。

“你看他长得像朕吗？”皇帝问张敏。

“像，比悼恭太子还要像。”张敏道。

“怀大伴，你说呢？”皇帝又问怀恩。

“奴才看小皇子这脸庞，这鼻子，这嘴巴，这耳朵，尤其是这双眼睛，无一处不似爷。”怀恩说。

小皇子动动身子，好像也有话说。

“咦，皇儿看着不像吗？”皇帝问他。

“皇儿没爹爹的长须。”小皇子说。

他充满稚气的话，惹得皇帝哈哈大笑。皇帝告诉他：“我是你爹爹，是你父皇，可以叫你皇儿，你自己叫自己时，不能称皇儿，要称儿臣。”

“儿臣没爹爹的长须。”小皇子说。

“你称儿臣时，就不能叫我爹爹，要叫我父皇；若是叫我爹爹，就不要称儿臣，称孩儿就可以。”皇帝说罢，问道，“懂吗？”

“懂！”小皇子应道。

“还是那句没长须的话，你该怎么说？”皇帝问。

“儿臣没父皇的长须。”小皇子说。

“还能怎的说？”皇帝问。

“孩儿没爹爹的长须。”小皇子说。

“小皇子天资聪慧，奴才为爷贺，为社稷贺！”怀恩满怀欣喜地说。

皇帝命怀恩往内阁，告以得子、失子、失而复得之故。一直在为储位没着落而忧心忡忡的阁臣们，先是惊愕，继而欢欣鼓舞，继而迅速把消息散布出去，让普天之下的臣民一同分享这个天大的喜讯。

在安静下来之后，他们需要认真考虑，怎样安顿小皇子及其母亲，才可以安心。

第八十九章

在宫里一片庆幸之声中，不论谁见到昭德宫主管太监段英，马上会流露出怜悯的眼神，会说一两句同情的话。他们深知，这一天，乃至此后的许多天，他的日子肯定难过。

“段叔，遇到难处了吧？要不拿小的出出气？”平日被他责骂得比较多的小宦者会幸灾乐祸。

“娘娘肯定暴怒，要不小的替段叔去挨顿骂？”平日他比较疼爱的小宦者做出挺身而出的样子。

“去，去，该干啥事，去干啥事！”段英和他们一概不纠缠。

和他同辈的太监，善戏谑的会说：“段哥躲到这儿来有什么用，没听人说，跑得了和尚跑不了庙？况且，段哥的庙建在人家那里。”

关系好的会劝道：“躲得过初一，还躲得过十五吗？段哥还是快回去，领那主子一顿臭骂再说。”

段英既不想跑，也不在躲。万贵妃的暴怒，他已然领教过。万贵妃要把张敏碎尸万段的吼叫，痛斥群小误我的哀鸣，仍在他耳边回响；万贵妃每说一句话便瞪一次眼、眼珠子几乎要从眼眶脱出的恐怖情形，仍在他眼前出现。不过，他已经不再惊吓，因为他不仅探到准确的消息，而且想好如何应对。

所以，对所有太监们的话，他一概置之不理。

“娘娘，奴才回来了。”段英平静地说。

万贵妃不相信他的平静是发自内心的，问：“本宫的话，你没忘吧？”

“娘娘吩咐，不打探到确切消息，不得回宫，奴才不敢忘。”段英说。

“这么说，你打探到确切消息？”万贵妃问。

“是。”段英应道。

“说！”万贵妃命道。

“原女史纪氏生下一子，养于安乐堂，此事属实。”段英说。

“这我料到，往下说！”万贵妃命道。

“爷见过小皇子，此事属实。”段英说。

“你叫他什么？”万贵妃不高兴地问。

“奴才只是随着众人叫。”段英说。

“回到昭德宫来，你该随着我叫，我是怎叫的！”万贵妃道。

“娘娘！”段英呼叫一声，是在哀恳。万贵妃提到小皇子时用过的叫法，都太难听，他一个也不敢重复。

“好，你再往下说，此事果是张敏告诉皇上的吗？”万贵妃问。

“果是。”段英应道。

“无耻小人，你怎不拉他来见我！”万贵妃道。

“奴才知他没胆量来见娘娘；而且，他眼下有个借口不随奴才来见娘娘。”段英说。

“有什么理由？”万贵妃问。

“皇上命他打理永寿宫的事。”段英说。

“那又怎了！打理永寿宫，就不能来昭德宫应个差！”万贵妃道。

“小皇子住进永寿宫，还有——”段英挠挠头，不敢说下说。

“那贱人也和孽子一起，住进永寿宫？”万贵妃猜到。

段英不答话，算是默认。“贱人”“孽子”等，他不敢说出口；贵妃娘娘要说，他是管不了的。

“从安乐堂到永寿殿，那贱人岂不是一步登天！”万贵妃道。

这话虽说得咬牙切齿，但和说到张敏时一口一个杀字比起来，要好应付得多。段英说：“永寿宫不过是废弃的宫院。”

“宫院就是宫院，皇上去不得安乐堂，却去得永寿宫！”万贵妃道。

“奴才打探得清楚，爷不曾去永寿宫。”段英说。

如果说，他前面说的每一件事只能激起万贵妃的怨愤，这个消息多少让她感到宽慰：皇帝到底寄恋于她，没把这个有一刻之情的贱人当一回事。不过，她远没达到心平气和，而段英下面的话却激怒了她。

“皇上也没宣召那贱人？”万贵妃问。

“眼下还没有。”段英说。

“眼下还没有宣召，日后或会宣召？”万贵妃敏感地问。

“奴才听说，爷有这个意思。”段英说。

“他敢！”这两个字脱口而出后，万贵妃的怨愤达到顶点。她知道，皇帝宣召纪氏，没什么不敢的，而她也只能徒唤奈何，“段英，你听好，皇上若宣召那贱人，我会活活被气死的！”

“娘娘息怒！”段英劝慰道，“奴才倒是以为，娘娘无须在意此事。”

“皇上念起旧情，你想让我不闻不问！”万贵妃恼道。

“奴才不是这个意思。”段英说。

“那是何意，说！”万贵妃命道。

“奴才听说，纪女史病得不轻。”段英说。

“你是说，可以找人——”万贵妃动起杀机。

“不，不！”段英忙打消她这个念头，“病得不轻，定找太医诊治，太医可能救得活她，也可能救不活她。与其找人做，不如顺其自然。”

“段英，你再说透彻些。”万贵妃道。对段英这番话，她不是完全听不懂，也没完全听懂。

“爷得小皇子，娘娘先向爷道喜，再向爷奏请，为纪女史治病，爷会不把这件事交给娘娘去办吗？娘娘示意太医，治纪女史的病须缓，用药须慎，太医敢急着去治，敢用好药去治吗？缓诊治，慎用药，纪女史出意外，谁敢怀疑到娘娘头上？”段英用几层提问把脉络梳理清楚，然后总结一句，“此即顺其自然。”

“段英呀，纪女史遇到你，那是她命中该绝！”万贵妃因采纳段英的计谋，竟把纪氏也叫作“纪女史”。

商辂等奏言：皇子聪明岐嶷，国本攸关。重以贵妃保护，恩谕已出。但外议谓皇子母因病别居，久不得见。宜移就近前，俾母子朝夕相接，而皇子仍借抚于贵妃，宗社幸甚。

皇帝准奏。于是，纪氏移居永寿宫。

第一个来给纪氏看病的太医姓刘。张敏送他出去时，说：“刘先生只开这一味药，是不是少点儿？”

“怎么，张公公也懂药？”姓刘的太医问。

“不懂。”张敏说。

“张公公既不懂药，怎说这一味药少点儿？”姓刘的太医问。

“我看这味药是治普通病的。”张敏说。

“张公公懂医？”姓刘的太医又问。

“不懂。”张敏说。

“张公公知道女史患的是疑难杂症？”姓刘的太医问。

“不知。”张敏说。

“张公公既不懂医，既不知女史患的是不是疑难杂症，为何以为不该给她用治普通病的药？”姓刘的太医问。

张敏心里还有许多话，但一句也说不出来。他和姓刘的太医不是太熟，没办法再深入地谈论下去。于是，他换个话题。

“刘先生几时再来？”他问。

“再说吧。”姓刘的太医含糊其辞。

“怎能再说！”张敏道，“照方服药后，几日能见效果，还须刘先生说得明确一些。”

“或三日五日，或十日八日。”姓刘的太医用另一种不明确的答复来代替前一种不明确的答复。

“需要时，我让人去请刘先生，还望刘先生即来。”张敏客气地请求。

“再说吧。”姓刘的太医说。

“人命关天，怎能再说！”张敏道。

“若得空，我会即来；若不得空，我也没法子。”姓刘的太医说。

“刘先生大约还不知吧，我是奉皇上的旨意请你来的。”张敏想，或许该搬出皇帝来压一压对方。

“张公公要想快，可以再请旨呀！”姓刘的太医却说。

张敏三番五次让人去太医院请人，自己还亲自去一趟，但太医院使一再搪塞，十几天后才差个姓曹的太医来永寿宫。

张敏和曹太医熟悉，埋怨道：“老曹，怎拖这久才来！”

“咦，你不是点名要刘先生来吗？他去坤宁宫、昭德宫的日子早就排定，要不是你说句让我来，还有的等呢！”曹太医说。

“前次来的是刘先生，故我让人去找他，我只是找人来给女史看一看，又不是一定要找他！你太医院百般推诿，也太不把永寿宫当回事吧！”张敏因纪氏病情一日重过一日，肝火很旺。

“张哥，我可没不把永寿宫当回事。”曹太医说，并一本正经地嘱咐，“张哥记住，再让人去太医院时，别点名要老刘来，也别点名要我来。各宫的娘娘和各局的女官，在我那里排日子的也不少。没的久等，张哥又要埋怨太医院不把永寿宫当回事。”

等姓曹的太医给纪女史诊过脉，开过方子，张敏送他出来，二人间的对话，几乎和上次他与姓刘的太医的对话一样，唯一的区别是，一味药改成两味药。

“老曹只开这两味药，是不是少点儿？”张敏道。

“怎么，张哥也懂药？”曹太医问。

“不懂。”张敏说。

“张哥既不懂药，怎说这两味药少点儿？”曹太医问。

“我看这两味药都是治普通病的。”张敏说。

“张哥懂医？”曹太医又问。

“不懂。”张敏说。

“张哥知道女史患的是疑难杂症？”曹太医问。

“不知。”张敏说。

“张哥既不懂医，既不知女史患的是不是疑难杂症，为何以为不该给她用治普通病的药？”曹太医问。

张敏心里还有许多话，不是说不出来，而是想最后再说。

“老曹几时再来？”他问。

“再说吧。”曹太医含糊其辞。

“刘先生不给我明确答复，老曹，你也不给我明确答复！”张敏责道。

“或三四日，或七八日。”曹太医比姓刘的太医少说几天。

“女史病不见好，我可要拉着你来的。”张敏道。

“再说吧。”曹太医说。

“你老曹也敢见死不救！”张敏怒道。

“若得空，我会即来；若不得空，我也没法子。”曹太医说。

“去太医院请人，我是奉旨的，要想让你等及早来，是不是还要再请旨呀？”张敏把上次他的话和刘太医的话合在一起说。在这之后，二人的对话是前次没有的。

“张哥再请旨也未必管用。”曹太医说。

“笑话，太医院难道敢抗旨！”张敏道。

“太医院抗旨？方老儿还要命不要，吴老儿还要命不要，我等还要命不要！”曹太医说的方老儿，是太医院使方贤；吴老儿，是太医院判吴衡。在大声说了这两句话后，他又压低声音说，“张哥，实不相瞒，而今来永寿宫出诊，是由昭德宫的娘娘管着。”

"由万娘娘管着！"张敏惊呼的同时，心想：怪不得老曹和自己这么熟，说的话竟和姓刘的太医如出一辙。说到这一层，对方若是姓刘的太医，他就会知趣地不再说什么；因是老曹，他一定还要问下去，"你说，刘先生只开一味药，是奉昭德宫的旨意吧？"

"应该不是。"曹太医说。

"你今日只开两味药，是奉昭德宫的旨意吧？"张敏又问。

"肯定不是。"曹太医说。

"那我实在不懂，二位为何都不肯多开几味药？"张敏问。

"昭德宫并未限定刘先生只可开一味药，并未限定我只可开两味药；但昭德宫交代，用药须慎。三味药之内出事故，不追究我等；超过三味药出事故，定要严查。张哥想啊，谁敢惹这麻烦！"曹太医道。

"唉，哪有如此给人治病的！"张敏只有叹息。

曹太医难为情地笑笑，说："张哥，你若想多开几味药，我倒可以给你出个主意。"

"你有什么主意？"张敏问。

"你可去太医院另找一位姓孙的老先生。"姓曹的太医说，"他资格老，一向我行我素，才不管限定不限定。"

"好，下次我去找他。"张敏应道。曹太医走后，他越想越不对劲：先是刘太医，然后是曹太医，最后孙太医。这老曹，在给我演三国戏呢！

"张公公。"纪氏身体虚弱，招呼的声音很小。

张敏还是听见。他不论在做什么事情，都会留心纪氏这边的动静。

"奴才在。"他应道。

"不是和你说过，在我面前别这样叫自己，我又不是娘娘。"纪氏道。

"娘娘早晚要册妃，奴才早叫一声，也没什么大不了的。"张敏说。

纪氏精力不济，当然，也很因他的话感到欣慰，所以不再理会张敏对自己的称谓和对她的称谓。

"祐樘呢，走了吗？"纪氏问。祐樘是皇帝见过小皇子后，亲笔写下的两个字，他以此名载入玉牒。

"已被领去昭德宫。"张敏说。

"也不知他在昭德宫过得惯不惯？"纪氏担心地说。

"娘娘放心，爷专门命司礼监差人，往昭德宫侍奉小爷，不会出差错的。"张敏说。

“但愿吧！”纪氏说过两句话，有些累。但她只闭一会儿眼睛，又想说话：“张公公，我搬到这里来，有一个多月吧？”

“差不多。”张敏回答。

“唉，住在这里，有什么好！”纪氏叹道，“在安乐堂住的日子里，吴姐姐，还有跟着她的老人家，不时会去看我，我也可以和她们唠唠家常。自打搬进这里，再没见过她们。”

张敏心想：你恐怕再没机会见到她们。当然，这话不能说。他开导道：“有一失，便有一得。娘娘仍在安乐堂，爷怎会三五日地召见？”

他说的是实情，一个多月来，皇帝宣召纪氏四五次，有时宣召她一人，有时命她带领祐樘一起去。她仍在安乐堂里，是不可能见到皇帝的。

纪氏不再抱怨见不到废后，又开始抱怨自己的身体。

“张公公，你是不知道呀，皇上每宣召一回，我这心里就堵一回。一则我无力侍奉皇上；二则见这一次，谁知还有没有下一次。”她说。

“娘娘别这么想，”张敏安慰道，“常听人说，大难不死，必有后福。娘娘多大的一场灾难都经过，还怕一点儿小病治不好吗？再者，爷安顿娘娘住进永寿宫，也是要让娘娘长寿呀！”

“荒芜至此，还叫永寿宫，真是可笑！”纪氏可不相信，该宫的名称会带给她好运。

六月二十八日，纪氏病逝于永寿宫。

张敏比别人更加悲哀，他不仅对纪氏所受的苦难比别人都知道得多，而且想到纪氏的死对自己意味着什么。

万贵妃是不会放过他的。当纪氏在世时，他奉旨打理永寿宫的事，万贵妃投鼠忌器，虽得知当年命他处置的孩子并没死，但在一个多月里都不碰他。现在纪氏不在，万贵妃怎会放过他！

他把纪氏的丧葬之事处理好，段英随即来找他。

“我早在恭候，段哥怎才来！”他平静地说。

“既知我要来，就随我去吧。”段英道。

“段哥稍等，我换身衣服，就随段哥去。”张敏说。

张敏穿的是丧服，段英也觉得这么去见娘娘不合适，因而答应。他没想到，张敏进入供他使用的那间小屋，左等也不出来，右等也不出来。段英等得不耐烦，带人闯进去，张敏已吞金而亡。

第九十章

军户出身的李淳，早就不在卫、所当差。一方面的原因，是因为他年纪大；另一方面的原因，是在翰林院任官的儿子，使他得以免役。

但在李淳心目中，儿子是否任官，自己是否当差，都不重要；重要的是，也可以说他生活的唯一目的，是照顾好他的儿子。尽管儿子已经结婚成家。

他在厨房里生着两个炉子，一个炉子上煮的是粥，一个炉子上熬的是药。煮粥的砂锅大，上面放了把勺，熬药的砂锅小，上面放了只筷子，他一会儿用勺搅搅粥，一会儿用筷子搅搅药，以防它们煮糊熬干。

院门被打开，是儿子回来了，他忙把煮粥的砂锅端下来。想了想，觉得不对，他把煮粥的砂锅放回炉子上，把熬药的砂锅端下来。再一想，仍觉得不对，他干脆把两个砂锅都端下来。再一想，还是觉得不对，他干脆把两个砂锅都放回炉子上。

父亲在厨房里忙活，李东阳都看在眼里，他十分感动。进屋之前，他先进厨房，恭恭敬敬地叫一声“父亲”。

“东阳，我才煮好的粥，吃一碗吧。”李淳说着，动动粥锅。

“我肚里不饿，不想吃。”李东阳说。

“那先喝药？”李淳又动动药锅。

“张太医不是说，这药得饭后再服。”李东阳说。

李淳叹口气，说：“好吧，你去躺一会儿，等肚子饿了再吃。”

“是。”李东阳应一声，走进屋里。

他有好几个月不思茶饭。开始时，每当不想吃饭时，他就对自己说，不想吃也得吃，少吃一口吧。结果，今日少吃一口，明日少吃一口，现在连一口也不想吃。开始时，李淳请一位住在邻近的医者来给他看病，后来又请一位住在银锭桥畔名气稍大的医者来给他看病，最近，他自己又找太医院的一位太医把过脉。几位医者的结论不同，开出的方子不同，但李东阳喝了他们开出的药，都不见好。他回到家里，最感动的是看到父亲在为他忙碌，最害怕的是父亲招呼他吃饭、吃药。

只有躺在床上，父亲才不开口。

在床上躺一会儿，他又翻身爬起来。是啊，他不想吃饭，可以不吃，至少他白天在翰林院里是吃过些食物的。父亲呢？父亲是一定要等他回来，才吃晚饭的，说不定他一个人在家里，连午饭也没吃。

他走出房间，天色已黑。厨房里没有点灯，看不出里面有没有人。他走进厨房，摸索一阵，摸到并擦着火石。借着火光，他看见父亲呆呆地站在炉子前，两个砂锅都在炉子上。不过，炉子已经被盖上。

“父亲，怎的还不吃饭？”李东阳问。

“兆先去他姥姥家，你又不饿，我一个人哪儿有心思吃！”李淳道。兆先是李东阳的长子，他的长孙。

“我这会儿觉着饿，与父亲一同吃饭吧。”李东阳说。

“好！”李淳顿时有了精神，端起粥锅回屋。

李东阳拿一大一小两个碗，跟在父亲后面。李淳把粥锅放在桌子当中，他把碗分放在两边。

“东阳，你仍用小碗？”李淳的问话包含着担心，也包含着无奈。

“父亲是知道的，孩儿入府学时幼小，只能用小碗吃饭；如今虽成年，但用小碗的习性未改。反正在家里吃饭，一碗不够，可以盛第二碗；两碗不够，可以盛第三碗。父亲不必担心孩儿吃不饱肚子。”李东阳说。

“我只怕你——”李淳留半句话，拿起勺来盛粥。

“父亲，我来。”李东阳说着，从李淳手里拿过饭勺。他把父亲的大碗盛得满满的，给自己的小碗盛时，只盛了半碗。

“东阳，你不能掌勺；你一掌勺，太亏待自己。”李淳说。

“父亲是知道的，孩儿吃得慢，又习惯吃热食。一次盛得太多，吃到后面已凉；不如只盛半碗。反正在家里吃饭。一个半碗不够，可以盛第二个半碗；第二个半碗不够，可以盛第三个半碗。或许吃到最后，我半碗半碗加起来，比父亲一大碗还要多。”李东阳说。

李淳被他逗乐，道：“你呀，就会哄我开心。”

李东阳说得很轻松，真正吃起来，一小口一小口，比吃药还要难受。李淳看在眼里，不忍心让他再盛第二碗。

几天后，李东阳回家时，见父亲等在大门口，既没有煮粥，也没有熬药，不禁大为奇怪。

“父亲今日也不饿吗？”他问。

“来位客人，正在等你。”李淳告诉他。

李东阳进门，见院子里坐着个老者，相貌很寻常，甚至有些猥琐。他低声问李淳：“父亲，是老家来的亲戚？”

“不是。”李淳摇摇头，反问道，“东阳，你还记得，当年你与会试之前，我熬过许多鱼汤给你喝？”

“怎不记得，时至今日，我一见鱼汤，则掩鼻而过。”李东阳说。

“可你脾胃不调的毛病却好了许多。”李淳道。

“那倒是。”李东阳承认。

“当年的偏方，就是这位老先生传授的。”李淳说。

“原来是于孩儿有恩之人，待孩儿去见过。”李东阳说着，走到老者面前，深作一揖，道，“晚辈李东阳，谢过老先生。”

“相公对令尊大人说的话，错！”老者道。

“晚辈哪句话说错？”李东阳问。

“你说，老朽于你有恩，实则你于老朽有恩。”老者道。

“老先生这话从何说起？”李东阳问。

“我那偏方，用于他人，无一见效；唯用于相公，却收大效。这岂不是相公于老朽有恩。”老者说。

李东阳恃才而不傲物，和各色人物都谈得来；善谑而不刁钻，老者的话有趣，他的话就会更有趣。

“老先生所言甚是，不过，却是张冠李戴。”他说。

“怎的是张冠李戴？”老者问。

“于老先生有恩的不是我，是家父。”李东阳说。

“相公这话又从何说起？”老者问。

“老先生的偏方是高明的。用于他人不见效，是因为鱼不好；用于晚辈见效，是因为鱼好。这还不是功在家父？”李东阳道。

“有理，有理；承教，承教！”老者笑道，并说，“令尊称，相公病得让他揪心，我看，相公的病没他说的那么严重。”

“老先生欲以偏方治晚生的病吗？这可是——”李东阳心里想的是“痴心妄想”四个字，但这样的说法太伤人，他是不会说出口的。他说的是另外四个字，“——知难而进。”

“知难而进还不是痴心妄想吧？”老者好像看透他的心思，自己把这四个字说出来，“相公作文章、谋仕进，不也是知难而进吗？知难而进总比知难而退好，对吧？”

“那好！”李东阳在他对面坐下，挽起袖子，伸出胳臂，说，“请老先生给晚辈切脉。”

“不必！”老者道。

“闻得医家有四字要诀，老先生弃切字不用，是望诊，是闻诊，还是问诊？”李东阳问。

“亦都不必。”老者道。

“不切脉，老先生如何诊断晚辈的病？”李东阳很是奇怪。

“我想看一眼他等开的药，可否？”老者问。

“有何不可！”李东阳道。第一个医者开的药没吃完，他就去看第二个医者；第二个医者开的药没吃完，他又去看太医。所以，三种药都有，他每样拿来一包。

“哪种药先吃的，哪种药后吃的，请相公按顺序放好。”老者说。

李东阳把第一次吃的药放在他面前，后面依次放上后两次吃的药。

老者打开第一包药，看一眼，说：“第一位是个庸医。”

“老先生怎得出的结论？”李东阳问。

“他以为你消化不良，给你开的是帮助消化的药。他的诊断固然不对，方子也开得不好。”老者说。

“果如老先生所言。”李东阳道。因是近邻，他本该为第一个医者分辩两句；但老者一语道破，他知道分辩无用。

老者打开第二包药，看一眼，说：“第二位懂药不懂医。”

“可否请老先生为晚辈讲解一二？”李东阳说着，一揖。

“好说，”老者道，“以他开的方子来看，他诊断相公患的是肠胃失调。以肠胃失调而言，此方开得可谓十全十美，故我称他懂药；但将相公诊断为肠胃失调，可谓贻笑大方，故我称他不懂医。”

“亦即，他与前一位医者比，仅药开得略胜一筹。”李东阳换一说法。

“相公可教。”老者笑着说。然后他打开最后一包药，看一眼，说，“第三位懂医不懂药。”

“可否劳先生再为晚辈讲解一二？”李东阳说着，又是一揖。

“好说，”老者道，“以他的方子来看，他诊断相公患的是脾疾。这一诊断最接近相公的实际病情，故我称他懂医；但他开的方子，补药太众，药力过猛，非患脾疾者宜用，故我称他不懂药。”

“亦即，三位医者中他的功力最深。”李东阳又换一说法。

“功力最深，害人亦最烈。”老者道。

“老先生故作惊人之语乎？”李东阳问。

“此语若惊人，亦非故作。”老者道。不等李东阳接话，他又说，“相公一定是要我讲解一二。讲解之前，我要问一问相公：发病之初的情形，尚能记否？”

“记得一清二楚。”李东阳道。

“我若以相公初发时的病为三分，相公以为如何？”老者道。

“与今时比，只有三分。”李东阳道。

“我若以相公服用第一位医者开的药后，病情加重一分，即病至四分，相公以为如何？”老者问。

“合乎实情，正是加重一分。”李东阳说。

“我若以相公服用第二位医者开的药后，病情加重两分，即病至六分，相公以为如何？”老者问。

“恰如其分，正是加重两分。”李东阳说。

“我若以相公服用第三位医者开的药后，病情加重三分，即病至九分，相公以为如何？”老者问。

“不多不少，正是加重三分。”李东阳说。

“你看，我说功力最深，害人亦最烈，不错吧？”老者道。

“请教老先生，何以至此？”李东阳问。

“第一位医者以你为消化不良，与你的实际病情相去十万八千里。而他用药，不过欲助你消化，治不了你的病，也不会使你的病急遽加重。第二位医者与第一位医者的诊断相仿佛，而用的药较前一方稍杂，故害处也稍大。至于第三位医者，知相公之病而不知病源，一味用补，却忘了脾虚不受补的道理，徒加重相公病情。”

“在老先生看来，何为晚辈病源？”李东阳问。

“在一个伤字。”老者说着，问，“相公近年以来可遇伤心之事？”

“接踵而来，”李东阳道，“先则丧妻，继则丧弟；每遭一丧，则悲怆不已。”

“相公病脾，是其表也；其源，乃忧郁所致。老朽前者所言，第一位医者使相公之病加重一分，第二位医者使相公病情加重两分，第三位医者使相公病情加重三分，不仅在其误诊误药，更在其不懂医，不懂药，不知相公病情，益加重相公忧郁也。”

老者说。

"依老先生所言，忧郁少一分，晚辈的病情便可减一分？"李东阳问。

老者张了张嘴，要称赞李东阳一句。但他称赞人的话少得可怜，无非是"可教"之类，想起这话已经说过，他只笑笑。

"老先生点拨，晚辈有所悟。每日多笑一笑，多读些轻松的书，多与人说些轻松的话，是否可速愈？"李东阳又问。

"相公病愈，在本人调理，亦在天时。"老者说。

"此话怎讲？"李东阳问。

"相公的病，及春而解。"老者说。

"老先生是说，及春，万物复苏，晚辈的脾病也会好？"李东阳把老者的话加以引申后，忽然想起件事，"不对呀！日前，第三位给晚辈看病的太医说，开春，木旺，晚辈的脾病若一冬不见缓和，来春必重。"

"我说过，他不知相公病源。"老者道，"一般脾病，木旺而重，这是不错的。所以，老朽说的是相公的病及春而解，并未说脾病及春而解。相公的脾病与一般脾病不同，是病在心火，心火得木而解。所以，我敢断言，相公的病及春而解。"

"老先生是说，其一，我注意调理心情，其二，我静候春季到来，病即可愈？"李东阳问。

"还有其三，要适量服药。"老者说。

"照老先生开的方子服药吗？"李东阳对老者的医术再无可疑，他起身，欲去屋内取纸笔。

"不必。"老者摆摆手。他把三包药合在一起，随手从里面抓出四五种药材，放在纸上。"相公可照此分量，配几副来吃，记住，三日一服，服过今冬，即可。"

李东阳照方抓药，服过两三副后，精神果然见好，食量果然见增。冬天过没一半，他按捺不住，写了篇文章为老者传名。文章的题目是《医戒》，文章的结尾写道：医人未能识病，而欲拯人之危，难矣哉！

第九十一章

皇帝来到仁寿宫，给周太后请安。周太后说：“皇上，你有许久没陪我在院子里走一走了。”

“母后精神好，儿臣今日便陪母后走走。”皇帝说。他知道母后有话要单独对自己说。他们可以摈去仁寿宫的侍从，在殿上说话；但总不如在院子里边散步边说话，来得自然。

由于宫室及墙垣的遮挡，小半个院子有阳光，大半个院子没阳光。皇帝陪着周太后在有阳光的地方散步，侍从的女官、宫女及宦官，都懂事地侍立在没阳光的地方，以备差使。

“祐樘在昭德宫里可好？”周太后问。

“好。”皇帝应道。

“听说臣子们又在上奏表？”周太后问的是廷臣上疏，请册立祐樘为皇太子一事。

“是。”皇帝应道。

“这是第几次上奏表？”周太后问。

“自九月上奏表以来，这是第三次。”皇帝说。

“皇上还要再等等吗？”周太后问。

“乞母后示下。”皇帝拿不定主意，正好请周太后做一决断。

“后、妃不与政事，是祖宗定的规矩，不过，册立太子也是宫闱之事，我说一两句话，谅也无妨。”周太后先表示这件事自己要管，然后说，“廷臣前两次奏请，皇上不答应，是对的，因为不知道祐樘有没有为储君的福分；至今，皇上与祐樘相见已经半年，祐樘有没有为储君的福分，皇上心里也该有底了。再说，凡事该有个度，可一可再不可三。皇上若第三次拒绝，难免让臣子们心冷，让天下焦虑。”

“既奉懿旨，儿臣今次即准。”皇帝道。

“皇上既答应，有件事，我要与你合计合计。”周太后说。

“是。”皇帝应道。

“祐樘尚幼，皇上把他送来仁寿宫，交给我养育吧。”周太后说。

“此事——”皇帝虽然猜想母后与他合计的，是关于祐樘的事，但没想到是要祐樘离开昭德宫，所以显得踌躇。悼恭太子祐极被立为皇太子后，养育在昭德宫，并薨于昭德宫。母后不愿把祐樘留在昭德宫，而要亲自养育，或是为此。说实话，把祐樘交付与母后，皇帝心里也可以踏实一点儿，毕竟有两名皇子死在昭德宫。不过，一旦让祐樘离开昭德宫，其他人会怎么想，贞儿姐姐会怎么想?

“皇上信不过我吗？”周太后不给他婉言拒绝的机会。

“母后是祐樘亲祖母，儿臣怎会信不过！儿臣只是不欲以琐事劳累母后。”皇帝既踌躇，总得说出个理由。

“养育皇子，绝非琐事，何况祐樘即将册为储君，这是其一；其二，昭德宫的娘娘又比我小不了几岁，皇上怕劳累我，就不怕劳累她？”周太后也早想好皇帝有哪些反对的理由，想好如何应付这些理由。

皇帝无话可说。在他的概念里，周太后是母亲，万贵妃是贞儿姐姐，根本不是一代人，她们的年纪不可比。然后，细细一想会发现，贞儿姐姐的年纪并不比母后的年纪小多少，说她们年纪相当，或许也不为过。

即便是万贵妃的亲子，周太后要养育在仁寿宫，也不是那么好回绝的。

十一月初八日，册立祐樘为皇太子。

“爷，仁寿宫发话，要为太子选个伴当。”怀恩禀道。

“祐樘在昭德宫时，司礼监不是差个人去陪他吗？”皇帝问。

“太后懿旨，该伴当不称职，换个去试试。”怀恩道。

“怎不称职？”皇帝问。

“书读得少，字也写得不好。”怀恩说。

“既如此，司礼监为何选中他去？”皇帝不无责怪地问。

“是奴才等选人不当。”怀恩认错，并解释，“当初选人去昭德宫，奴才等只想着选个乖巧的，免得——”

“免得被侍长撵出去？”皇帝说罢，自己忍不住想笑。司礼监差去的人，稍不如意，万贵妃一定会把他赶走的。看来，怀恩等选中眼下这个人，没少动心思。看来，身为亲祖母的周太后和非为亲母的万贵妃就是不一样：万贵妃只要差去服侍祐樘的人合自己的心意；周太后想的却是，差去服侍祐樘的人适合不适合陪伴幼主。看来，遵从母后之意，让祐樘入居仁寿宫，这件事做得对。想到这里，皇帝说，“母后既有懿旨，就从司礼监换个人去吧。”

“奴才领旨。”怀恩应道。

皇帝才要挥手，让他去办这件事，忽然心里一动。

“老怀，你才说的什么？”皇帝问。

“奴才说，当日只想着选个乖巧的。”怀恩重复方才的话。

“不，朕问怎的不称职，你说的什么？”皇帝道。

“奴才说，他书读得少，字也写得不好。”怀恩重复另一句话。

让皇帝心动的，正是字也写得不好这句话。

“老怀，你说，太子的伴当，是否必由司礼监中挑选？”皇帝问。

“历朝多由司礼监中挑选。”怀恩说。

“朕问你，是否必由司礼监挑选。”皇帝强调“必由”二字。

“并无定则。”怀恩道。

“这就好办。”皇帝说着，问道，“老怀可知覃吉其人？”

“奴才知道，他在宫里当差，忠厚老诚。”怀恩说。

“你可知道，他与淑妃同乡？”皇帝问。纪氏卒，谥恭恪庄僖淑妃。

“当真？奴才不知。”怀恩道。

“你可知道，淑妃的一手好字，都是习自覃吉？”皇帝问。

“奴才只知覃吉曾教习女官，不知他善书。”怀恩说。

“你看，着他服侍祐樘，如何？”皇帝问。

“他人又老成，字又写得好，太后定然中意。”怀恩说。

“朕昔日曾对他说过，皇子稍长，他可做个伴当，后来却忘却此事。”皇帝觉得，对这话须稍加说明，“朕当时说的皇子，是祐极；不想，却应在祐樘身上。”

段英被女官引进谒见周太后时，抱定两个主意：一是只拣好听的话说，二是尽量把皇帝推出来说事。

虽然他是昭德宫的主管太监，或者说，正因为他是昭德宫的主管太监，周太后让他磕足三个头后，才让他起身回话。

“他们说，你来接太子去昭德宫？”周太后问。

“是。”段英应道。

“皇上也在吗？”周太后问。

“回娘娘话，皇上不在。”段英说。

“你成日里在昭德宫回你家娘娘的话，今日换个地方，称呼起来别怕麻烦。”周太后挑剔地说。

“是。”段英不动声色地应道，“回太后娘娘的话，皇上不在昭德宫。”

“皇上不在，接太子去作甚？”周太后说。

“贵妃娘娘命厨下整治一些好吃的，请太子爷去尝尝。”段英说。

“她是不是以为我仁寿宫里做不出好吃的呀！”周太后道。

“不敢。”段英躬身应道。

“是她不敢以为，还是你不敢说？”周太后冷笑着问。

“贵妃娘娘不敢以为，奴才更不敢说。”段英道，“万岁爷以天下奉养太后娘娘，昭德宫里的好吃的，怎敢与仁寿宫比！”

“既如此，怎的做个好吃的，也要接太子去尝尝？”周太后问。

“一来，爷交代过，昭德宫里做什么好吃的，要给太子爷留一份；二来，有些日子不见，贵妃娘娘对太子爷甚是惦念。”段英说。

他把皇帝的交代放在前面，周太后不好再为难他。

“你出去候着，我叮嘱太子一句，让他随你去。”她命道。

段英应声而出，周太后命人把祐樘和覃吉一同唤来。她与其说要叮嘱祐樘，不如说在和覃吉商量行事。

“老覃，昭德宫那边差人来接祐樘，你说让不让他去？”周太后问。

“太子在昭德宫曾住数月，不让他去，不合人情。”覃吉说。

“若准祐樘去，到了昭德宫，该如何行礼？”周太后又问。

“太子爷养于太后宫中，须得太后主张。”覃吉应付一句。

“我不是没经历过这等事，才与你计议吗！”周太后道。

“奴才听说，太子爷居于昭德宫时，每见贵妃娘娘，须行叩拜礼。那不算错。皇子与贵妃，不仅有辈分之别，亦有尊卑之别，以皇子见贵妃，须得有此礼数。今则不同，皇太子与贵妃，仅有辈分之别，并无尊卑之别，进而言之，皇太子身份还略尊于贵妃，以皇太子见贵妃，行晚辈见长辈之礼即可。”覃吉说。

“若是贵妃定要祐樘行跪拜之礼呢？”周太后问。

“奴才想不会。”覃吉说。

“为何不会？”周太后问。

“太子爷到昭德宫，若自个儿行跪拜礼，贵妃娘娘是不会阻拦的；太子爷不行跪拜之礼，贵妃娘娘强使之行，官司打到爷那里，打到太后这里，都占不到上风，这不等于在和自个儿怄气？”覃吉道。

听他这番话，周太后赞赏地点点头，然后转过去问祐樘：“覃大伴的话，你听懂没有？”

“孙儿听懂了。”祐樘应道。

“他说的是什么？”周太后生怕他不懂，追问一句。

“孙儿去昭德宫，行晚辈见长辈礼即可。”祐樘说。

“晚辈见长辈礼怎么个行法？”周太后问。

“鞠躬。”祐樘说着，鞠个躬。

“好，有覃大伴陪你去昭德宫，我大可放心。不过，我还有句话得叮嘱你：到了昭德宫，什么东西也不要吃。”周太后说着，问道，“祐樘，记得住吗？”

“皇祖母慈训，孙儿记字字记得住。”祐樘用覃吉教他的话回答。

果如覃吉所言，祐樘不行跪拜之礼，万贵妃奈何他不得，只能把气撒在覃吉身上。她让他连磕三个响头，才让他起来。

“你是怕我把太子扣住不放，才跟进来救驾的吧？”万贵妃嘲弄地问。

“奴才不敢。”覃吉道。

“不敢救驾？那可是不忠呀！”万贵妃继续嘲弄。

“奴才说的不敢，不是不敢救驾；是贵妃娘娘说的扣住，奴才不敢当真。”覃吉道。

“不是怕我扣住太子，你跟进来作甚？”万贵妃问。

“奴才既到昭德宫，不敢不进来给贵妃娘娘叩头。”覃吉说。

“好，头既磕过，你可以出去。”万贵妃道，见覃吉不动，她嘲弄道，“是不是不敢当真，也不敢离去，处于两难呀？”

“奴才不是不敢走，是有句话要禀于贵妃娘娘。”覃吉说。

“你说！”万贵妃命道。

“太子爷幼小，俗话说童言无忌，他若是说出一两句惹贵妃娘娘恼怒的话，还望贵妃娘娘切勿当真。”覃吉说。

“这还用你说吗，我会和一个孩提计较！”万贵妃道。

等覃吉离殿，她才和祐樘说话。

“太子走后，怎不来见我？”她问。

“我不认得路。”祐樘说。

“听说你去见过皇上，皇上所在之处，比昭德宫更远，你怎认得？”万贵妃说是不会计较，但听她这话，还真在计较。

“不是我认得，是父皇差去宣我觐见的人带的路；今日贵妃差人唤我，我不也来了！”祐樘说。

万贵妃被噎得说不出话来。她顺了顺气，说：“以后，我会常让人去接你。你和今日一样，只要我差人去接，你就随他过来，好不好？”

“皇祖母说，我到该读书的年纪。一读书，不知还有没有工夫来。”这是覃吉教祐樘说的一句话，他用得恰到好处。

“你到该读书的年纪，也不会让你一天到晚地读书。不来的话，吃亏的是你。”万贵妃说。

“我怎吃亏？”祐樘问。

“我这里美味之食很多。”万贵妃诱道。

“皇祖母那里美味之食也很多。”祐樘说。

“那你要不要比比，哪一处食物更美味？”万贵妃问。

“怎的比？”祐樘问。

“先吃过我昭德宫的美味之食，再去吃仁寿宫的美味之食，就可以比出来。”万贵妃说。

“不，我要先吃仁寿宫的美味之食。”祐樘说。

“亦无不可。”万贵妃道，又说，“你今日已吃过仁寿宫之食吧？我让人拿几味美食来，你尝一尝，比一比。”

“可我肚子已吃饱，再吃不进食物。”祐樘说。

“我这里有肉羹，吃不进他物，吃一杯羹总是可以的。”万贵妃说。

“羹里可有毒？”祐樘问。

“你说什么！”万贵妃无法相信自己听到的话。

“我疑羹里有毒。”祐樘说。

万贵妃只觉一腔怒火要从胸中迸发，不，更准确地说，是一股寒气从后脊梁升起，漫及周身。她想，真该把覃吉留下，或许祐樘不会说出这样的话；即使照说，她的怒气也好发泄。对祐樘，她一点儿法子也没有。

第九十二章

商辂和邹干虽然都是浙江人，但并不特别亲近。一来，他们同布政司而不同府，沿海的士人和内陆的士人，性情有所差别；二来，商辂以状元入翰林，以翰林入阁，邹干非翰林起家，经历大不一样。当然，更重要的是，二人都洁身自好，不愿给人留下乡党的印象。

因此，在散朝后，商辂主动把邹干叫住，并陪着他一起往外走，让他感到奇怪。

“弘载先生不回内阁吗？”他问。

“想和宗盛先生说说话。”商辂道。

“不是同一条路，不如站下来说。”邹干提议。

“不好吧！”商辂不同意，“一个礼部尚书，一个阁臣，站在路旁说话，让别人看见，会以为我等在私议何事。”

“一个阁臣，一个礼部尚书，走着路说话，人家就不以为在私议？”邹干道，“弘载先生要说说话，本来就有私议之嫌；人家以为或不以为私议，又有何妨！”

“也是。”商辂没理由不同意他的说法，但仍不愿站在路旁说话，“还是走着说吧，边走边说，思路较为开阔。”

“那就慢一点儿走，走快的话，心思全在走路上，思路反而封闭。”邹干道。

两个人默默地走了一会儿，更让邹干感觉到，商辂找他，绝非说说话那么简单；而商辂终于开口，说的第一句，又似乎只是说说话。

“有人说，你我从未成同僚，其实不然。”商辂说。

“岂止不然，而且大谬；同为廷臣，即为同僚。”邹干道。

“他等所谓同僚，是指同衙。”商辂说。

“那我就不知有何不然，我与弘载先生的确不曾同衙。”邹干道。

“怎的不曾同衙！宗盛先生是不是任过兵侍？”商辂问。

“是。”邹干应道。

“你看！”商辂不解释让邹干看什么，又问，“在哪一年？”

“景泰初吧。”邹干说。

“你看！”商辂又来一句。

“弘载先生这是何意？”邹干不得不问。

“景泰三年，我在内阁，加兵侍之衔。同在景泰年间，同加兵侍之衔，还不能算作同衙吗？”商辂道。

“话可以这么说。”邹干想强调的是：也可以不这么说。实任的兵侍和加衔的兵侍，绝不是一回事，“但弘载先生如此牵强寻证，听起来似乎很无聊。”

“等我再问几件事，宗盛先生看看是否无聊。”商辂道。“其一，宗盛先生以兵部郎中超擢本部侍郎，或以为得大司马于公器重所致，宗盛先生以为然否？”

“我超擢兵侍，不见得和于公有牵连；但我任兵侍之后，于公凡事多与我计议，却毋庸讳言。”邹干说。他觉得并没有把商辂提的问题回答清楚，所以问，“弘载先生是不是以为我避重就轻？”

“不，不，我问的正是器重二字。”商辂回答后，继续问道，“其二，宗盛先生后来改礼侍，对吧？”

“我任礼侍，前后两次。”邹干道，“第一次，由兵侍改礼侍，在天顺元年；第二次，几经沉浮，复礼侍，在成化二年。”

“比我早一年。”商辂自语。

“怎叫比弘载先生早一年？”邹干不解地问。

“弘载先生复礼侍，在成化二年，我复入阁，在成化三年。”商辂说。

“这和是否同僚，是否同衙，更不搭边。”邹干道。

“亦属无聊，不说也罢。”商辂摆着手说。

“但弘载先生为何在意这一年？”邹干当然要问一句。

“因为这一年里发生一件事。”商辂说。

看来，他马上要引出正题。邹干问：“弘载先生说的是何事？”

“于少保复官并赐祭。”商辂说。

“不管哪一年，都不会只发生一件事，弘载先生为何只记得成化二年这一件事？”邹干问。

“朝廷举措，深得民心者，无过此事。我当时休闲在乡，游历杭州时，与父老交谈，对此深有体会。”商辂说。

“弘载先生是不是以为，于少保是钱塘人，故浙江父老对他格外崇敬？其实不然，我当时在朝，与京师之人交谈，对朝廷此一举措深得民心，亦深有体会。”邹干说罢，又觉得并没理解商辂说这番话的真实含义，“弘载先生为何提及此事？”

“不过想与宗盛先生说说话，并无他意。”商辂道。

“不对！”他不肯说，邹干自己整理一番头绪，“其一，问我超擢兵侍，是否为于少保器重；其二，问我哪年改的礼侍，并称于少保在我复升礼侍后得以复官及赐祭。言此二事，怎会没他意！”

“在宗盛先生想来，我会是何意？”商辂问。

“于少保复官及赐祭，是经礼部奏请的，弘载先生不会以为，我是以此报于少保私恩吧？”邹干整理头绪的结果，是这样一个结论。

“于少保倚重宗盛先生，是私恩吗？就算礼部奏请复于少保官及赐祭，是宗盛先生所为，宗盛先生是报私恩吗？”不管邹干多么急切得到一个答案，商辂就是不轻易言之。

“就算奏请复于少保官及赐祭，是礼部所为，其时礼书乃姚大章先生。”邹干顿了顿，加上一句，“不错，大章先生亦我浙人。”

“我也正想说这句话。”商辂笑道。

“弘载先生不会以为，大章先生此举为的是私情吧？”邹干问。

“宗盛先生这么问可不对！”商辂道，“宗盛先生所为，我不以为是报私恩；大章先生所为，我怎会以为是出于私情！”

“那么，弘载先生究竟是何意？”邹干问。

“如我所言，想和宗盛先生说说话，并无他意。”商辂还是那句话。

“接下来，弘载先生想说什么？”邹干问不出所以，只得让他再说。

“宗盛先生没兴致，我也不想再说什么。”商辂听似没有谈兴，实则才说到兴头上，“我问宗盛先生任兵侍在哪一年，宗盛先生说在景泰年间；我说，我也在景泰年间加兵侍衔。我又说到于少保复官及赐祭一事。于少保是景泰年间的兵书，其功过荣辱都与景泰年间分不开。接下来我想说什么，宗盛先生会想不到？”

他句句话都把重音放在景泰二字上，邹干恍然大悟。

“原来弘载先生想和我说说景泰年间的事！”邹干道。

“是第一等的大事！”商辂说。

“于少保复官及赐祭，难道不是第一等的大事？”邹干问。

“在已办过的事务中，复于少保官及赐祭，是第一等的大事；在事关景泰年间的事务中，复于少保官及赐祭，却不是第一等的大事。”为强调自己的意思，商辂说得有点儿啰唆。

“景泰年间，于少保可谓一人之下，万人之上，比复于少保官及赐祭更重大的事，就只有那个‘一人’。”邹干说得也有点儿啰唆。他不是回避，只是在回应商辂。恢复郕王帝号，朝廷议论过，早就不是不可涉及的话题。

“朝廷赐祭的祭文里有句话，宗盛先生还记得吗？”商辂问。

“可是‘在先帝已知其枉，而朕心实怜其忠’？那是纯道先生的手笔。”邹干告诉他。

“我知道。”商辂应道，“宗盛先生，你说说，先帝已知于少保之枉，难道就不知景泰之枉？今上怜于少保之忠，难道就不怜景泰再造乾坤之功？”

“于少保之枉，先帝知之，天下无不知之；景泰之功，今上怜之，天下无不怜之。”邹干说。

“那为何于少保可复官，可赐祭，而复景泰帝号、议景泰谥号一事，却至今无人问津？”商辂问。

“并非无人问津，礼部就曾会议过。”邹干道，并说，“对了，那是在成化三年末，弘载先生已回到内阁办事。”

“议是议过，但没结果。”商辂说。

“为何没结果，弘载先生是知道的呀！”邹干道，“大章先生告诉我等，他曾与内阁诸公议过此事。内阁诸公一致以为，处置此事为时过早。他不会是捏造吧？”

“他不是捏造。”商辂说。

“一致以为，也包括弘载先生？”邹干问。

“也包括我。”商辂说。

“既如此，此事没结果，责任不在礼部。”邹干道。

“我并无责怪礼部的意思。”商辂说。

“弘载先生与我说这多话，若无责怪之意，却是何意？”邹干问。

“我只想请宗盛先生琢磨琢磨，议复景泰帝号、谥号，彼时过早，今时是否仍早？”商辂道。

“弘载先生对此事一向不急迫，今日为何急迫？”邹干问。

“我说件事，宗盛先生也会觉得急迫。”商辂道，“前者，纯道先生为首辅，大章先生为礼书，我等聚在一起，不时会议一议景泰之事。今者纯道先生已故，大章先生已故，我为首辅，宗盛先生为礼书，我等聚在一起，不时仍会议一议复景泰帝号、谥号之事。我等于景泰之时皆为臣子，对此事不能忘怀，不敢忘怀。但不知宗盛先生为礼书，我为首辅，还能有几年？设若我等亦成古人，宗盛先生说，后来者对此事是不是也不能忘怀，不敢忘怀？”

“弘载先生说的是。”邹干猛醒，“议处此事，今其时矣！”

皇帝听怀恩读过礼部的奏疏后，有点不耐烦。

“老怀，怎么过上几年，就有人提出此事！”他发着牢骚。

“奴才想，今次所议，与前几次有所不同。”怀恩说。

“有什么不同？”皇帝问。

“譬如，成化三年，詹事府黎淳奏疏下礼部议之，礼卿不敢议决，请爷亲裁；成化六年，巡按御史杨守随请更定郕王谥号，爷未下礼部，礼部也不曾进议；今次，则是礼部上疏，请议景泰事。”怀恩说。

“你是说，礼部的态度发生变化？”皇帝问。

“奴才在想，礼部的态度为何发生变化？”怀恩说。

“那你说说，礼部的态度为何发生变化？”皇帝命道。

“成化三年时，礼部尚书是姚先生；今时，礼部尚书是邹先生。不知这是不是一个原因。”怀恩说。

“你为何以为这是个原因？”皇帝问。

“邹先生骤显于景泰时，姚先生并非骤显于景泰时；二人对景泰之事，看法或有不同。”怀恩说。

“那你说说，这是不是一个原因呢？”皇帝追问。

“若说不是，为何姚先生不促成其事，邹先生欲促成其事？若说是，邹先生成化五年已长礼部，杨守随上疏言郕王事时，他为何不抓住那个机会？”怀恩从两方面分析。

“你说他为何不抓住那个机会？”皇帝问。

“或是以为，为时尚早。”怀恩说。

“那你说说，他是不是以为为时尚早？”皇帝追问。

“若说不是，为何成化六年时不奏请，却到今年才奏请？若说是，今年与成化六年时不知有何区别？”怀恩还是从两个方面分析。

二人你一句，我一句，有问有答，都是围绕着礼部的奏请，随意地谈论着。谈论到后来，皇帝忍不住想笑。

“老怀，你今日怎么没一句明确的话？”皇帝问。

“大臣们的心思，奴才怎揣摩得透？再者，无论大臣们怎议，郕王之事不决于他等。”怀恩这句话比较明确。

“你是说，决于朕？”皇帝当然能听明白。

“是，于情于理，都当决于爷。”怀恩说。

“何谓于理？”皇帝问。

“郕王帝号得不得复，谥号得不得议，乃大政；大政当由天子一言以定。”怀恩说，他又联系自己刚才的话加以补充，“姚先生未促成此事，其实并非由于他非骤显于景泰年间，而是由于此为大政，礼部一个衙门难以议决。”

“何谓于情？”皇帝问。

“爷于景泰时受的委屈，比任何人都大。”怀恩说，他仍联系自己刚才的话加以补充，“大臣们骤显于景泰时也罢，非骤显于景泰时也罢，都曾为其臣，都曾受其恩。唯陛下，以太子而降为王，受的是莫大的委屈。他人以为可，爷以为不可，他人对爷无可厚非；他人以为不可，爷以为可，他人无不感铭爷胸怀之广大。”

“要是他人以为可，朕也以为可呢？”皇帝问。

“更是君臣和谐的盛世之举！”怀恩说。

“那好！”皇帝下定决心，“对皇叔，朕要做三件事：复帝号，议谥号，修陵寝。你去让内阁拟旨吧；别忘了提醒他等，要维护皇考。”

怀恩往内阁宣示皇帝的口谕后，万安最留意的是最后一句。

“既要表明此举正当，又要维护先帝，不易两全。”他说。

“我看，要做到两全，也不难。”刘珝不以为然。

“那倒要请教叔温兄。”万安说着，向他一揖。

刘珝字叔温，山东寿光人，正统十三年进士。他为人轻狂，以为自己的每一句话，都可以切中要害：“去郕王帝号，若是先帝本意，今日我等就不会议论此事，对吧？”

“请叔温兄多议两句。”万安却不会被他一句话说服。

“去郕王帝号若是先帝之意，复其帝号，便有违先帝意志；去郕王帝号不是先帝本意，复其帝号，即复先帝之志。”刘珝又说了两句。

“怎知去郕王帝号不是先帝本意？”万安嫌他说的还不够。

“循吉先生想想去郕王最力者，是哪几个大臣，便不难知之。”刘珝道，“以文臣而言，主张去郕王帝号最力者，为原阁臣徐某；不过一年，其以奸臣被罢被黜。以勋臣而言，主张去郕王帝号最力者，为原忠国公石某；不过四年，其叔侄或死于狱，或死于市。以内臣而言，主张去郕王帝号最力者，为原司礼太监曹某；不过五年，其叔侄作乱，其族被灭。凡主张最力者，无一不去之，还不能表明去郕王帝号非先帝本意？”

徐有贞远戍，石亨瘐死，曹吉祥族灭，其实和去郕王帝号都没有直接的关系。万安想要指出这一点。不想，商辂先开口。

“叔温先生所议很有力呀，循吉先生，你说呢？”他问。

“弘载先生说的是。”商辂态度如此明确，万安无法持异议。

“去郕王帝号虽非先帝本意，然郕王帝号确去于先帝时。”刘吉说。

“祐之先生亦以为，此事不可两全？”商辂问。

刘吉字祐之，北直隶博野人，和万安、刘珝是同年进士。

“不然。”刘吉道，“我意，维护先帝，仅以除却奸臣一事议之，尚有不足。”

“祐之先生复有何议？”商辂问。

“不以寻常之例复其帝号，议其谥号，即可。”刘吉说。

“祐之兄，何谓不以寻常之例？”刘珝问。

“譬如，本朝天子以几字谥？”刘吉举例。

“高皇帝为二十字谥，文皇帝以降为十六字谥。”刘珝道。

“我意，郕王复帝号，不可用二十字谥，或十六字谥；而宜用四字谥，或六字谥。”刘吉说。

“我看，以四字为好。”万安择其一。

“此事可着礼部会廷臣议之。”商辂没异议。

内阁所拟敕旨称：朕叔践祚，勘难保邦，奠安宗社，亦既有年。乃于寝疾弥留之际，奸臣贪功生事，妄兴谗构，请去帝号。先帝寻知诬枉，深怀悔恨，以此抵奸臣于法。不幸上宾，未及举正。朕承嗣大统，一纪于兹，敦念亲亲，用成先志。其复帝号，议谥，修陵寝。

大臣议定，追谥郕王为恭仁康定景皇帝。

廖心一 著

成化皇帝全传

怪象环生②

戊戌桂秋王之鍏题

金城出版社
GOLD WALL PRESS
·北京
BEIJING

怪象环生

（成化十二年—成化二十三年）

第九十三章

襄王府枣阳王祁钲，向来大大咧咧，想说什么说什么，想做什么做什么。成化十二年的正旦这一天，他找到大哥、世子祁镛，不管屋里有没有人，不管人家在做什么，扬言道："大哥，我有要紧的话对你说，最好不让别人听到！"

世子夫人无奈，带领儿子去别的屋子。

大年初一的日子，又碍于手足之情，任谁也不好发作。

"祁钲，是否可说？"祁镛道。

"大哥，你说老家伙怎么如此得寿！"祁钲说。

他说的老家伙，肯定是父王。从永乐二十二年册封算起，至今已超过五十年。他这话和诅咒几乎没什么两样，确实不能让别人听到。但祁钲几乎是喊出来的，也不怕隔墙有耳。祁镛差点儿要上去捂住他的嘴。

"祁钲，你偌大年纪，怎么还如此张狂！"祁镛道。

"我说得不对？"祁钲满不在乎，"别的王府咱不说它，就拿郑府来说，堂兄袭封少说已有七八年。"

"老郑王是我等二伯，比父王年长。"祁镛说。

"那就拿荆府来说，老荆王是我等六叔吧？"祁钲道，"天哪，我等侄孙辈袭王已十余年，大哥不知吗？"

他说得不错，同出仁宗皇帝一系的各王府，只有襄王仍是第一代。

"祁钲，你想说什么？"不好批驳，祁镛转而问他。

"我替大哥着急呀。"祁钲说。

"父王健在，是我等之福，我等唯有庆幸，岂容作他想！"祁镛道。

"大哥真不急？"祁钲问。

"不急！"祁镛道。

"可不是！袭位的是大哥，又不是我；大哥不急，我却着的哪门子急！"祁钲自嘲。

"等会儿还要陪父王饮酒，你切不可再口无遮拦。"祁镛叮嘱他。

“我又不傻，还不知什么话能说，什么话不能说！”祁钲道。

“你说，什么话能说？”祁镛问。

“父王健在，是我等之福，这话不但能说，而且该说。”祁钲道。

“不错，这才是年节该说的话。”祁镛点头。

“不过，父王得真为我等谋福，才不枉我等叫他父王。”祁钲还有话。

“祁钲，你又要说什么！”祁镛再次想捂住他的嘴。

“我等该请父王为我等谋福。”祁钲说。

“既然父王健在便是我等之福，还要父王为我等谋什么福！”祁镛道。

“父王健在，可为我等谋福，故曰父王健在，便是我等之福；父王健在，不为我等谋福，又怎是我等之福！”祁钲却有他的逻辑。

“祁钲所谓谋福，到底是何事？”祁镛不放心地问。

“请父王谋福，又不要大哥开口，大哥问那么多作甚！只要大哥到时帮个腔，管保大家都有好处。”祁钲说。

祁镛堵不住祁钲的嘴，但求祁钲别在把自己抹黑时，把他也抹黑。

还好，祁钲到父王面前，懂得分寸。祁镛敬过酒，祝过父王千岁千岁千千岁；他也敬酒，祝父王千岁千岁千千岁。

襄王瞻墡有三子，除祁镛、祁钲外，还有二子祁鐄，封宁乡王。祁鐄死去好几年，在年节之际，瞻墡得祁镛、祁钲二子，一左一右，陪着饮酒，自以为是莫大的乐事。

“年节里，吾儿有何心愿？”他问祁镛。

“孩儿愿父王今年如去年，无病无灾。”祁镛说的和祝寿词差不多。

“老三，你呢？”瞻墡又问祁钲。

“孩儿愿父王今年如去年，无灾无病。”祁钲说。

“你从小爱学你大哥，而今儿子都在读书，你说个过年的心愿，还是学你大哥。”瞻墡取笑他。

“孩儿说的和大哥说的不一样。”祁钲道。

“怎的不一样？”瞻墡问。

“大哥说的是无病无灾，孩儿说的是无灾无病，”祁钲道。

“颠倒顺序，意思有什么不一样的？”瞻墡问。

“有点儿小小的区别。”祁钲道，“王府里有的是药材，不怕有病，怕的是有灾，故而孩儿把无灾放在前面。”

“我原以为钰儿最无心计，谁知他的鬼心眼比别人都多。”瞻墡笑道。

“为孩儿的鬼心眼，父王还得再饮一杯吧？”祁钰说着，为瞻墡斟酒。

“哄我饮这杯酒，你是有所求吧？”瞻墡端起酒杯，没有立即喝。

“父王怕上孩儿的当，这杯酒不饮也罢。”祁钰说。

“我问你等心愿，就是问你等何所求，有什么上当不上当的！这杯酒我饮。”瞻墡道。

祁钰等他喝罢，对祁镛说：“大哥，我说了啊！”

祁镛心里一紧：怕你胡说八道，把我牵扯进去，看来还是躲不过。

祁钰一问，祁镛脸色一变，瞻墡心生狐疑。他问：“钰儿，你有所求，何不自个儿说，还要问你大哥？”

“俗话说，长幼有序呀。本该大哥先有所求的；大哥不开口，变成我先有所求，故而我得向大哥道个歉。”祁钰说。

“你等谁先有所求，我倒不在乎，只要别合伙算计我就好。”瞻墡并不完全信他的话。

“实不相瞒，我和大哥就是合伙算计父王。”祁钰说。

祁镛一惊，手里的酒杯险些掉地。他气急败坏地叫道：“祁钰，你胡说些什么！”

“你我方才难道不是在算计父王？”祁钰却愈发沉着，“大哥若不认账，待会儿得到好处，可没你的份儿。”

“我只要父王无病无灾，才不要其他好处！”祁镛道。

“镛儿，别说得那么早，祁钰求于我的，说不定也是你所求的。”瞻墡冷冷地说，然后命道，“钰儿，说来听听！”

“大哥和我皆知，父王在英宗朝恩宠无比，都想听父王对我等说道说道，但父王总借故推托。今日正旦，父王不好再推托吧？”祁钰道。

“此即你二人所求？”瞻墡看看这个，看看那个，不相信一向肆无忌惮的祁钰求的年礼是这么一件事，不相信一向斯文的祁镛会为这么一件事而发火。

“父王以为孩儿所求过分？怪不得大哥不敢承认。”祁钰道。

“看来，镛儿也以为不该有此求。为什么？”瞻墡问。

“这个——”祁镛不再紧张，脑子也转得快，“孩儿是想，父王一直不肯讲述，总有不肯讲述的道理。”

“还是镛儿知我心呀！”瞻墡道。

“父王能不能给孩儿等讲讲不肯讲述的道理？”祁钲问。

“为父在英宗朝恩宠无比，是实情。我以此恩宠，固可炫耀于世，固可炫耀于诸藩，固可传之子孙；但你等以此恩宠，目无法纪，胆大妄为，则只能惹来杀身之祸。”瞻墡说。

“父王的这个道理，还说得过去。”祁钲说着，问祁镛，“大哥，你说呢？”

“怎叫说得过去，父王是虑之深远。”祁镛道。

“对，对，虑之深远！”祁钲边附和，边想着如何引出父王的话，“父王说，我等若知道父王在英宗朝的恩宠，会惹来杀身之祸；大哥说，父王虑之深远。这些道理呢，我也懂。既然恩宠说不得，孩儿只得再敬父王一杯酒。”说着，为瞻墡斟上酒。

瞻墡拿起酒杯，问：“钲儿别有所求吧？”

“是。”祁钲应道。

“复求何事？”瞻墡问。

“不听父王说恩宠，愿听父王说说风光。”祁钲道。

“谁之风光？”瞻墡问。

“孩儿自是要听父王之风光。”祁钲道。

“风光，恩宠。”瞻墡念叨着这两个字，问，“又有何不同？”

“大有不同。”祁钲道，“恩宠，乃天子施与父王的；风光，则是父王自身所有的。孩儿等总想着天子的恩宠，难免会目无法纪，胆大妄为；孩儿等想的若是父王的风光，就会遵纪守法，自爱自重。”

瞻墡没想到，祁钲拿文字和祁镛开个玩笑后，又拿文字和自己开玩笑。他喝口酒，决定也和儿子们开开玩笑。

“钲儿，你不是要听我说风光吗？我做五十年襄王，自我大明建立藩国以来，怕是从未有过的，这算不算风光？”他问。

“前无古人，后无来者，当然算。”祁钲说。

“听父王一说，孩儿等都觉着风光，孩儿再敬父王一杯酒。”祁镛说。

“不对呀！”瞻墡道，“你等有所求，敬我酒；你等所求之事，我应了，我办了。该轮到你等饮酒。”

“是，此酒孩儿当饮。”祁镛、祁钲齐应道。祁镛喝的是一杯，祁钲却只喝半杯。

“钲儿为何不饮完？”瞻墡问。

“父王说的风光有限，故而孩儿只饮半杯。”祁钲说。

“怎的有限？”瞻墡问。

“父王作五十年襄王，再风光，也只在王府，岂不有限？”祁墡道，并说，“父王的风光不受王府的限制，孩儿自会饮一满杯。”

“这有何难！”瞻墡虽说不难，但真要说出一件和王府无关的风光事，却发现并不容易，“我有三子，这算不算风光？”

“仁宗皇帝十子，八子封王，其中四子无后；父王有三子，各又有子，当然算。”祁钲说。

“孩儿愿饮此酒！”祁镛喝酒。

瞻墡知道他不会有异议，所以只看祁钲。如他所料，祁钲又喝半杯。

“我以诸儿为风光，祁钲不会不把自个儿当回事吧？”瞻墡问。

“孩儿生在襄府，真当引以为荣。不过，据孩儿所知，七叔也有三子，二伯甚至有四子。父王以三子为风光，此事不仅仍受王府限制，且并非独一无二。”祁钲说。

他说的七叔，是第一代的淮王，他说的二伯，是第一代的郑王。

“为父技穷，你能否说一件不受王府限制的风光事？”瞻墡无奈。

“父王就藩后，蒙英宗皇帝召入京师，在父王一代亲藩中再无第二人；不仅出王府之外，且绝无仅有。”祁钲说。

“此事应在无比恩宠之列。”瞻墡说。

“孩儿若问，父王到京师，天子如何接待；若问，父王在京师时，天子有何赏赐；若问，父亲离京师时，天子如何相送，问的是恩宠。但是这些，孩儿都不欲问。”祁钲说。（详见《两帝三朝全传》第四部）

“那你要问何事？”瞻墡问。

“孩儿只问，父王有无奉召入朝之事？”祁钲说。

“有，便怎的？”瞻墡道。

“有，便是风光呀！”祁钲说着，又问，“父王曾两次奉召入朝？”

“其实是三次，但第三次被我推辞。”瞻墡说。

“父王说三次，是天子三次宣召；我说两次，是父王两次入朝。父王说三次，说的是天子的恩宠；我说两次，说的是父王的风光。”祁钲道。

“我一直不肯说天子的恩宠，怎么到最后，反是我在说天子的恩宠！”瞻墡简直有点哭笑不得，“好吧，我曾两次奉召入朝，一次在天顺二年，一次在天顺六年，可谓足够风光。钲儿还有什么要问的吗？”

“没的要问。”祁钲说。

“那就饮个满杯吧。”瞻墡道。

“抱歉，孩儿仍只能喝半杯。”祁钰说着，拿起酒杯。

“等等！若是半杯，你不必饮！”瞻墡拦住他，“钰儿，奉召入朝这件风光事是你说的，不是我说的。”

“是孩儿说的。”祁钰道。

“为何仍饮半杯？”瞻墡问。

“父王足够风光，竟然两次奉召入朝。”祁钰说。

“你这话何意，是不是也想风光风光？”瞻墡问，并说，“钰儿，你别存此妄想。别说你只是郡王，就算你大哥是世子，就算你大哥承袭王位，也不会再有这等风光。”

“孩儿心里有数。”祁钰应道。

“你心里有什么数？说说看！”瞻墡命道。

“父王与宣宗皇帝都是诚孝皇后所诞，此其一也；传闻仁宗皇帝宾天，诚孝皇后曾有传位与父王之意，此其二也；景泰之日，父王曾上疏，请景皇帝旦夕省膳问安于太上皇帝，及率群臣朔望朝见太上皇帝，此其三也。有此三者，英宗皇帝对父王由亲而忌，由忌而愈亲。而此三者，孩儿等一件也不可能遇到。”祁钰说。

“钰儿心里既有数，为何仍渴望我当年的风光？”瞻墡问。

“孩儿不敢奢望父王大风光，唯愿父王为我等谋些小风光。”祁钰说。

“何谓小风光，你举一例。”瞻墡命道。

“譬如，父王当年奉召入朝，是大风光；我等若得出襄阳城一游，是小风光。”祁钰说。

“钰儿哄我半天，原来只为此事！”瞻墡总算听明白。

“孩儿和大哥算计父王的，只是此事。”祁钰看祁镛一眼，又说，“但大哥不认账，只好我一人算计父王。父王若答应奏请于朝，朝廷若答应恢复旧制，好处也是孩儿一人的，与大哥无关。”

瞻墡上奏表，称：英庙时，许世子、郡王出游，岁至四五次。今禁之，乞从旧。皇帝批复，准世子、郡王春、秋各出游一次，但不得宿于外。

第九十四章

皇帝对万贵妃，早已不像在东宫时，或在即位之初，那么依恋。万贵妃对皇帝，也不像早些年，那么易生妒心。不过，皇帝对万贵妃仍然关切。万贵妃高兴，他也会高兴；万贵妃心情不好，他也会心情不好。

梁芳被皇帝唤去时，就见皇帝沉着个脸。

“朕有没有交代过，你最重要的差事是什么？”皇帝问。

“爷交代过。”梁芳道。

“你是不是不再把朕的交代当回事？”皇帝问。

“爷交代的，奴才怎敢不当回事！”梁芳道。

“朕既交代，你又当回事，怎仍惹侍长心烦？”皇帝问。

“回爷话，奴才没惹娘娘心烦，是娘娘原本有点儿心烦。”梁芳道。

皇帝的三条责问，犹如三关，不但闯关的人提心吊胆，设关的人也心情沉重。等三关一过，两个人的心里好像都卸下一块石头。

“侍长原本有点儿心烦，你就该哄得她不烦。”皇帝说。

“奴才哄过。”梁芳道。位卑者说位尊者，本来不该用“哄”这个字的；但皇帝不忌讳，梁芳也不忌讳。

“你怎哄的？”皇帝问。

“奴才才得一块这么大——”梁芳用手比画一下，然后又放大一点，“不，有这么大的一块玉。今日见娘娘心烦，忙把它奉上。”

“嗯，这是个法子。”皇帝知道，万贵妃对所有的金银饰品、珠宝玉器都很喜爱。他问：“娘娘得玉，高兴没有？”

“娘娘把玉拿在手里，问奴才玉来自何处。奴才说是滇玉，娘娘把它扔到一旁。”梁芳述道。

“侍长不喜欢滇玉？”皇帝问。

“奴才也不明白呀！”梁芳道，“娘娘以前挺喜欢滇玉的，所以奴才千方百计地寻摸滇玉。今日娘娘怎的不喜欢呢？”

“你没问问侍长身边的人？”皇帝问。

“奴才问过管理娘娘宝物的一个女官。”梁芳道。

“她怎说？”皇帝问。

“她说，娘娘非得到远方的宝物，才会开心。”梁芳道。

“远方？”皇帝琢磨着，问道，“梁芳，你说多远才叫远方呀？譬如云南在万里之外，还算不得远方？”

“比起密云，算得远方。”梁芳说。

“近日从广东送来的宝物不少，广东也算不得远方？”皇帝问。

“比起东安，算得远方。”梁芳说。

“江南贡物最多，江南可算得远方？”皇帝问。

“比起北通州，南通州算得远方。”梁芳说。

皇帝问的三个地方，梁芳拿顺天府的三个地方来比较，无非是说，在万贵妃眼里，这些地方都不算远方。

“江南、广东、云南都算不得远方，究竟是你的意思，还是侍长的意思？”皇帝问。

“是奴才揣摩出来的娘娘的意思。”梁芳的回话滴水不漏。

皇帝拿他没办法，实际上是拿万贵妃没办法，只能赌气地说：“你再揣摩揣摩侍长的意思，哪一处才算远方。”

“这倒不用奴才揣摩，娘娘向奴才透露过。”梁芳说。

“是哪一处？”皇帝忙问。

“娘娘曾提到一个叫西洋的地方，说那里宝物甚多。”梁芳道。

“你太孤陋寡闻，西洋不是一个地方，是许多地方。永乐年间，我太宗文皇帝手下，有个三保太监，叫郑和，率一支庞大的船队，多次下过西洋。”皇帝说。

“奴才愿做爷和娘娘的多宝太监。”梁芳得着机会，便表忠心。

“你？朕看你步不了郑和的后尘。”皇帝说。

“奴才差点儿什么，乞爷点拨。”梁芳道。

“第一，”皇帝伸出一指说，“三保太监，是保护的保，不是宝物的宝，你连他的绰号都没搞清楚，怎学得他？”

“奴才急于为娘娘求宝，才弄错的。”梁芳说。

“那好，此事可不追究。但下西洋，须得有大船，你去哪里寻得许多大船？”皇帝问。

“奴才听说，三保太监当年乘坐的大船，多存放龙江船厂。”梁芳说。

“你听谁说的？”皇帝问。

“老王。”梁芳道。

“去过江南的王敬？”皇帝问。

“对，是他。”梁芳应道，“老王从江南回来，告诉奴才，龙江船厂里的大船仍可以下海。”

“他出使江南，是为寻江南的宝物，又不是为寻江南以外的宝物，怎懂得航海，怎知船可不可用！”皇帝说。

“爷说的是，他并不懂，也是听当地的人说的；当地的人还说，其实，龙江船厂至今仍造得出三保太监用过的大船。”梁芳道。

“就算造得出大船，还有个难处：当年随三保太监下西洋的向导、水手，恐怕已无生存者。”皇帝说。

“不是有三保太监所制海程图吗？”梁芳道。

“现存何处？”皇帝问。

“奴才听说，海程图存放于兵部。”梁芳说。

皇帝对重整船队，再下西洋，并不是很热衷。但寻求西洋宝物是万贵妃的心愿，梁芳又有很高的热忱，他不能不有所表示。

“好吧，你先去兵部，看能不能找来海程图；朕再考虑，让不让你变成一个多宝太监。”皇帝说。

兵部尚书项忠、左侍郎滕昭、右侍郎马文升，以及车驾郎中刘大夏，正在议事。梁芳一到，众人住口。

“各位大人该怎么议，还怎么议，别停下来。”梁芳装腔作势地说。

“公公来兵部，定有大事，先听公公吩咐。”项忠说。虽然梁芳手里没捧圣旨，口中没称“接旨”，也是不能怠慢的。

“梁公公若与大司马一人说事，我等暂回避。”滕昭说。

“我可不敢喧宾夺主。”梁芳说着，一指项忠，“定有大事，是大司马捉弄我，自明先生也信以为真！我在宫里打打杂而已，能有什么大事？我来兵部，不过借用一物，取到就走。”

滕昭字自明，河南汝州人，举人出身。这些年来，举人出身的官员升至部、院佐卿者，越来越少。

“公公借用何物？”项忠问。

“一张图。”梁芳答道。

“一张图？”项忠不解，其他各官也都不解。

“一张海程图。”梁芳说得稍微具体一点儿。

“海程图？”项忠当然不会不知道，海程图为何物；他在问，梁芳要取哪一张海程图。

“当年三保太监下西洋时绘制的海程图。”梁芳说得更具体一点儿。

“三保太监的海程图？”项忠当然不会不知道其人、其事、其图；他在问，梁芳，或者宫里，要它做什么用。

“荩臣先生大概要问，我老梁，或者宫里，要三保太监的海程图有何用？”梁芳看透他的心思，“荩臣先生看啊，我来兵部衙门，你等正在议事，我并没问你等议的何事，对吧？那么，我老梁要此图何用，或宫里要此图何用，荩臣先生也不必问。”

项忠碰一鼻子灰，颇不开心。但碍于大司马的身份，又不好公然与并非宫里总管太监的梁芳计较。

“荩臣先生所问，梁公公不答也罢。”马文升说。

梁芳以为他在帮助自己，随口说道：“还是负图先生爽快。”

项忠心想：你若以为我这位副手好说话，可是大错。

“荩臣先生所问，梁公公不答也罢。”果然，马文升重复之后，紧接着说，“我有一问，梁公公却不可不答。”

“负图先生欲问何事？”梁芳既奉承过他，不得不应付。

“梁公公借三保太监海程图何用？”马文升问。

和他猜想项忠的问题竟一模一样！梁芳又想怒，又想笑。

“少司马和大司马所问相同，为何大司马所问，我可以不答；少司马所问，我不可不答？”他问。

“荩臣先生所问，是梁公公猜想的，可以不答；我所问，是我亲口问出的，梁公公既来兵部借物，不答，说不过去吧？”马文升道。

梁芳发觉自己被戏弄，一定要还以颜色。

“看来，借用二字用得不妥，改两个字吧。”他说，“我来兵部，为的是取回三保太监海程图。这下，负图先生满意了吧？”

“这两个字不是可以随便改动的。”马文升道。

“我有理由呀！”梁芳说，“海程图是谁绘制的？三保太监。即便不是三保太监亲手绘制，也是他命人绘制。故而，该图本就不属于兵部，而属于内府衙门，是内府衙门寄存在兵部的。”

“一张海图，内府衙门要它何用！”马文升道。

“负图先生这话不对！”梁芳说，“有用无用是一回事，究竟属谁是另一回事。该图既属内府衙门，内府衙门便随时可取回。再者，内府衙门要它无用，你兵部要它就有用？”

马文升还要争辩，被滕昭劝阻。他性情较温和，眼看局面僵持不下，站出来打个圆场。他说：“大家都少说一句，还是按照梁公公先前说的，借用该图，如何？”

“我无所谓，主人家少问一句，我少说十句都成。”梁芳道。

“我也无所谓，我来兵部上任仅月余，既不知兵部有无该图，也不知该图存放何处。”马文升说。

“荩臣先生，着人去取图吧。”滕昭对项忠说。

“虽说我来兵部上任比负图先生早，亦仅岁余，三保太监海程图是否存放兵部，我也不很了然。”项忠道。

“以上任年头而言，自当——”滕昭是成化八年任兵部右侍郎的，他本想说，自当他去办这件事；拿眼一瞥，忽然看见刘大夏，他又改变主意，“——自当时雍去办这件事。”

“下官去办这件事可以，但自明先生的理由不恰当。”刘大夏笑着说，“好比一个店里，有三个掌柜的，只有一个伙计，店里有杂事，自当这个伙计去办。”

“如此，有劳刘大人。”梁芳希望快些拿到该图，对他分外客气。

“好说。”刘大夏应道。

答应的虽然痛快，但还是去了多时，他才回堂上回复，没找到该图。

“你用心找过？”梁芳问他。

“寻找这久，梁公公忍心说我不用心吗？”刘大夏道。

“荩臣先生，这却如何是好？”梁芳发觉，还得让项忠亲自督办。

“如何是好，着管图的司务再去找呗。”项忠说。

“人人都知道三保太监海程图存放在兵部；照理说，这等海程图也只该存放兵部。若是丢失，荩臣先生，责任不轻呀！”梁芳留下一句近似威胁的话，快快而去。

赌气归赌气，宫里来索要东西，项忠不敢掉以轻心。一连两天，他催着管图的司务，在存放文档的库房里翻箱倒柜地找。到第三天，他沉不住气，决定在自己被朝廷责罚之前，先重责司务。

司务已被按倒，衙役已把棍棒抓在手里，眼看就要举起来，项忠忽然看到刘大夏站在堂外冷笑。他心一动，把衙役和司务都撵出去，招手让刘大夏进来。

“时雍，为何发笑？”他问。

“我笑荩臣先生有三事不明。”刘大夏说。

“我从不以为自家事事皆明，可也从不以为自家事事皆不明；你一下要列数我三事不明，岂不是事事不明！”项忠道。

“下官从不以为荩臣先生事事不明，只是以为智者千虑，难免一失。我所谓三事不明，皆环绕三保太监海程图之事。于此事，荩臣先生可谓失察。”刘大夏说。

“那好，时雍说说，我有哪三事不明？”项忠道。

“第一件事，借用也罢，取回也罢，梁公公要该图何用？”刘大夏问。

“我有疑虑，负图先生有疑虑，梁公公却无论如何不肯说。当时的情形，时雍亲眼所见呀！”项忠道。

“那么，时雍先生有没猜想，梁公公要该图何用？”刘大夏又问。

“宫中之事，不好胡乱猜想。”项忠道。

“据常理揣度，并非胡乱猜想。”刘大夏说。

“如此说来，你猜想过？”项忠问。

“是。”刘大夏应道，“下官当时就在猜想。”

“据你猜想，宫里要该图何用？”刘大夏问。

“步三保太监后尘。”刘大夏说。

“时雍怎会想到这一层？”项忠问。

“荩臣先生不知吗，他曾戏言自家是多宝太监。”刘大夏道。

“可就算有一支船队，就算皇上命他远航，他未必能吃大苦，更未必指挥得动船队。”项忠说。

“下官倒是以为，他吃不吃得大苦，指挥不指挥得动船队，尚在其次。”刘大夏道。

“时雍以为，首当其冲的是何事？”项忠问。

“荩臣先生的第一个不明，下官只能讲到这里。”刘大夏说。

言外之意，首当其冲的是何事，他不是没想好，而是要在第二件或第三件不明的事里才说。

“也好，时雍且说我第二件不明之事。”项忠道。

“第二件事，上天也罢，入地也罢，该图怎无？”刘大夏问。

“库房确实存放过三保太监海程图，库房的钥匙确实是掌于该司务之手；所以，我要追究他的责任。”项忠好像得着理。

“那么，荩臣先生有没猜想，该司务怎样丢的该图？”刘大夏又问。

“属下的事，我从不妄加猜想。”项忠道。

“若知实情，倒是不需要妄加猜想。”刘大夏说。

“如此说来，你知实情？”项忠问。

“是。”刘大夏应道，“下官当时就知实情。”

“据你所知，该司务怎丢的该图？”项忠问。

“有人把图藏匿起来。”刘大夏说。

“时雍，你怎知道的？”项忠吃惊地问。

“因为把该图藏匿起来的，就是下官。”刘大夏说。

“这我就不明白！自明先生要你去取图，你也答应去取图，怎么自个儿反而把图藏起来？”项忠问。

“荩臣先生的第二个不明，下官只能讲到这里。”刘大夏说。

“对，我的第三个不明，大约就是你为何要藏图吧？”项忠道。

“荩臣先生大约要说，不愿胡乱猜想、妄加猜想吧？”刘大夏笑道。

“所谓首当其冲之事，大约也要借我第三个不明来说明吧？”项忠道。

“荩臣先生将此二者联系起来，就不用我再加说明。”刘大夏说。

“不，不，还是请时雍把这三件事联系起来，加以说明。”项忠道。

“是。”刘大夏应一声，侃侃言道，“三保太监下西洋，所费钱粮数十万，军民死者亦以万计。纵有所得，纵扬国威，纵得西洋珍宝，于国有何益处？此食国禄者当切谏也，荩臣先生怎的反而追究该图有无，反而追究司务责任！”

“还有你的责任。”项忠加上一句。

“下官知事体重大，不敢不向荩臣先生禀明。”刘大夏说。

“时雍，此事若非你去办理，我将为朝廷罪人，我要向你致谢！”项忠说着起身，向刘大夏深作一揖。

“荩臣先生言重！”刘大夏忙还礼。

“藏图之事到此为止，你不对人说，我不对人说，不会有第三个人知道。”项忠决心和刘大夏一起保守这个秘密。他手指自己的座椅，感慨地说：“时雍此举，阴德不小，此位不久当属时雍。”

因科、道进谏，皇帝不再追查海程图的下落。

第九十五章

都察院掌院左都御史李宾两次拜会国子监祭酒周洪谟，都没见到。第一次他去的国子监，门役报进，周洪谟婉言回绝，说自己在给国子生们讲习；第二次他去的是周洪谟家，家人报进，周洪谟又婉言回绝，声称身体不适。第三次，李宾想个让周洪谟无法回绝的法子，在国子监门外等候。周洪谟出门后见到他，大感意外，果然不好回绝。

"廷用兄怎缠上我！我又不是要和你打官司！"周洪谟说。

"尧弼兄不是身体不适吗？我来为尧弼兄松动松动筋骨。"李宾笑道。

李宾字廷用，顺天府顺义人。周洪谟字尧弼，四川长宁人。二人都是正统十年进士，而周洪谟是该科榜眼。因而，凡正统十年进士、官位在他之上者，他见了都有点儿别扭。

"廷用兄怎样为我松动筋骨？"周洪谟问。他明知李宾不懂医药，不懂健身，想一句话把他问倒，好分手。

"尧弼兄要和谁人打官司？"李宾也问。他明知周洪谟回避他，不是身体不适，也不是要打官司，但装作深信不疑。

"廷用兄说不说？不说，我走。"周洪谟威胁道。

"我说，我说！"李宾连声道，"尧弼兄身体不适，皆因整日坐监——"

"你等皆是坐衙，怎到我这里，就成坐监！"周洪谟不高兴地说。

"此监非彼监，我说尧弼兄整日坐衙，尧弼兄听着会舒服？"李宾道。

当然也不高兴。在国子监，整日和诸生打交道，把这说成坐衙，岂不混同一般办事的官员？

"随你怎说，无非是要说我活动太少。"周洪谟道。

"所以，我要让尧弼兄活动活动，我陪你走回家去。"李宾说。

"走路我不怕，无非是动动腿。"周洪谟道。

"不然，还得动动嘴。"李宾指指自己的嘴，又指指对方的嘴。

“你干脆说，要和我说话，不好吗！”周洪谟道。

“说话是说话，尧弼兄得答应我两件事。”李宾知道周洪谟这么说，是同意和他同行，是同意和他说话，他趁机提出条件。

“答应哪两件事？”周洪谟问。

“其一，不得缄口不言。”李宾说。

“我若缄口，你一人说得下去？”周洪谟道。

“其二，不得拂袖而去。”李宾又说。

“低能儿才会无言以对，无言以对才会拂袖而去。”周洪谟道。

“尧弼兄既已应允——”李宾说着，做了个恭让的手势，同时，挥手让他们的两顶轿子远远跟在后面。

周洪谟抬腿要走，发觉上当。他叫道：“廷用兄，稍等！”

“尧弼兄也要我答应你两件事吧？”李宾似有所备。

“我只问一件事，”周洪谟道，“今日是廷用先生要和我说话，还是我要和廷用先生说话？”

“我来找尧弼兄，自是我要和尧弼兄说话。”李宾道。

“还有呢？”周洪谟问。

“我愿陪尧弼兄走路，自是我要和尧弼兄说话。”李宾道。

“还有呢？”周洪谟问。

“尧弼兄答应我陪着走路，并答应我两件事，这就变成尧弼兄要和我说话。”李宾道。

“我就知道你有这个变成，看，果不其然！”周洪谟不无得意。

李宾就是想让周洪谟得意。因为只有得意，周洪谟才会和他走下去，才会和他谈论他想谈论的话题。

“尧弼兄，是我失言！”李宾道歉，并问，“走不走？”

“已然变成我要和你说话，干吗不走！”周洪谟不依不饶地说。

李宾微微一笑，再次做个恭让的手势。等周洪谟先迈步，他再跟上去。默默地走几步，李宾东拉西扯地说着闲话。又走几步，他知道，周洪马上就会耐不住性子。

果然，周洪谟催促他：“廷用兄，有句唐诗形容你，恰如其分。”

“是‘犹抱琵琶半遮面’吗？”李宾说。

“廷用兄知道就好。”周洪谟道。

“尧弼兄把我比作风尘女子；我倒希望尧弼兄似白乐天，有点怜爱之心。”李宾说着，向周洪谟一揖。

“廷用兄别自作可怜状，说正事吧！”周洪谟道。

“尧弼兄近日是不是曾上一疏？”李宾问。

“是啊！”周洪谟应道。

“是不是议的安抚荆、襄流民事？”李宾又问。

“是啊！”周洪谟应道。

李宾又向他一揖，说：“弟特就此事来求教。”

“为此事一而再，再而三地找我？”周洪谟哑然失笑，“廷用兄如此精明的一个人，难道不知道，此疏早晚要下户部、兵部或都察院议处？”

“多半是下都察院议处。”李宾说。

“我想也是。”周洪谟道，“廷用兄高高坐在都察院大堂，等我的奏章发下，拿在手里，对拙论不就一目了然？何必不辞辛苦地等在国子监外，还要听我许多奚落！”

“尧弼兄于安抚荆、襄流民，有许多真知灼见，当面领教，不比拜读奏章收益更多？再说，此事早晚要发下都察院议处，我早一刻聆听高见，不也好考虑得细致一些？总之，”李宾说到这里，向周洪谟揖了揖，道，“还望赐教。”

“又是真知灼见，又是高见，恐怕真要让廷用兄失望了。”周洪谟说着，还了一揖，“不过，廷用兄三次造访，我也不忍心一言不发。我对廷用兄说一件事，如何？”

“请讲，弟洗耳恭听！”终于撬开周洪谟的嘴，李宾很高兴。

“廷用兄可知松滋县？”这是周洪谟第一问。叙事前，他先提一系列的问题。

“在湖广，在荆州？”李宾其实很有把握，所以用问话的口吻，是为让周洪谟接着说下去。

“对。”周洪谟点点头，又问，“廷用兄可知松滋建县于何时？”

“似于魏、晋时。”对这个问题，李宾没太大的把握。

“是东晋时。”周洪谟给他一个准确的答案，然后问，“襄阳建于何时，廷用兄不会不知吧？”

“尧弼兄问的是县，或郡？”李宾很有把握，才会反问。

“既知有区别，不妨都说说。”周洪谟道。

“襄阳县建于西汉；襄阳郡，即今之府，建于东汉。”李宾说。

“不错！”周洪谟点头表示称许，又问，“也在东晋时，襄阳之地曾建雍州，廷用兄知否？”

“尧弼兄说的是南雍州吧？”对这个问题，李宾有点印象，不很清楚。不过，古九州中，雍州在西方，建在湖广的，肯定是南雍州。

“不错！”周洪谟应一声，开始正式议论，“松滋、南雍，都是侨置。东晋时，庐州松滋之民，流聚荆州，遂侨置松滋县于荆江之南；陕西雍州之民，流聚襄阳，遂侨置南雍州于襄水之侧。后来，松滋隶属于荆州，南雍归并于襄阳，迄今千年矣。”

“尧弼兄是说，今日安抚荆、襄流民，亦可侨置郡、县？”李宾听懂他所议论的这个话题的实质。

“不一定要侨置。”周洪谟道，“譬如，南阳民流聚湖广，不一定要建南南阳；荆、襄民流聚四川，不一定要建西荆、襄。我之意，荆、襄山谷旷远，他处之民遭受水旱之灾，几经辗转，流聚于此，不如就地抚定，远胜于解押还籍。而就地抚定，莫重于建郡县、设官吏、编里甲。我举侨置松滋、南雍之例，意在就地抚定而已。”

“真是听君一席话，胜读十年书；尧弼兄一席话，令我茅塞顿开！”李宾说。他深感三次造访，太值得。

左副都御史原杰奉旨安抚荆、襄流民，临行前，与李宾话别。

“尧弼兄奏议，子英兄读过吧？”李宾问他。

“已细心读过。”原杰说。

“前者，行解押流民还籍之策，不唯途中死者甚众，且还籍后亦无生路，故流民还乡复出，散而复聚。就地安抚，或为妥善之策。”李宾说。

“廷用兄说的是。”原杰回应后，笑着说，“廷用兄大概不会想到，数日前有人给我献策，竟也是在荆、襄流民密集处设置郡、县。”

“是读尧弼兄奏议有感？”李宾问。

“未必。”原杰道，“按照日子算，应在尧弼兄上疏的同时，甚或在尧弼兄上疏之前。那时我没想到这桩差事会派到我头上，并未特别留意。”

“如此有主见，何许人也？”李宾问。

“无名氏，北城兵马司的一员吏目。”原杰告诉他。

“一吏目都知道，就地抚定胜于解押还籍，可见此乃人心所向。我看，子英兄往抚荆、襄流民，若能建置若干郡、县，今次的差事才算办得成功。”李宾说。

“廷用兄所言极是，我也在想，今次往荆、襄之地，当以建置郡、县为首要之务。”原杰首先表示赞同，然后说，“不过，我想到两件事，未得其解，尚望廷用兄开导。”

“子英兄请讲。”李宾道。

“其一，所谓建置郡、县，是说说而已，还是落到实处？”原杰问。

“怎么，子英兄担心，在该地忙乱一气，对百姓有所承诺，而朝廷不准？”李宾是在告诉他，不必有此顾虑。

“我并不担心这一点。”原杰说。

“那子英兄担心何事？”李宾问。

“古之县与今之县，并无区别；古之郡，今之府也。我想问廷用兄，新建置者，以县为限，或府亦可建。”原杰说。

经他一解释，李宾才明白他在问什么，但又不明白他为何要问。

“二者有很大不同吗？”李宾问。

“未必有很大不同，但应该有所不同。”原杰说。

“愿闻其详。”李宾道。

“若仅于荆、襄二府下增置几县，变动不大，若另外建府，则原有各县的归属会改变，需要设计新的格局。”原杰说。

“如此说来，二者差别还是很大的。”李宾道。他当然不会不知道，增建一府，比增建数县，影响要大得多。

“所以，要请廷用兄示下。”原杰说。

李宾频频摇头，表示这个问题，他无法解答。

“此事朝廷未议过，我亦无定见。我想，子英兄亲临其地，是需要建府，或是仅在原府下增县即可，比朝中各人看得清楚。子英兄所议，朝廷都会准的；我当然也会力主子英兄之议。”他给了原杰一个承诺后，问道，“子英兄想到的另一件事是什么？”

“我之委任，乃往荆、襄等处抚治流民，换言之，于荆、襄等处建置郡、县，可乎？”原杰问。

“为抚治流民，须得建置郡、县，则建置郡、县；不建置郡、县，亦可抚治流民，则无须建置郡、县。其中，主与从显而易见，子英兄何必多此一举，换言之呢？”李宾又听不明白。

“我并非要把委任换个称谓。”原杰道。

“那是何意？”李宾问。

“今言流民，辄曰荆、襄流民，实则河南、陕西等布政司，流民亦众。我今次往荆、襄，是以抚、治荆、襄流民为限，即仅于荆、襄建置郡、县，或于河南、陕西、湖广三地统筹措置？”原杰问。

“这又是个大题目呀！”李宾挠着额头说，“此事亦无定论。我只能说，得统筹措置，便统筹措置；暂时无力统筹措置，便先行措置荆、襄之地。不过我想，即便抚定荆、襄流民，即便于荆、襄建置郡县，恐怕也不会不涉及陕西、河南。”

“廷用兄说亦无定论？”原杰好似只听到这句话。

“是。”李宾应道。

“既无定论，反而好办。”原杰说。

“子英兄不是担心朝廷没有定论，而是担心朝廷若有定论，反而掣肘，然否？”李宾这次和他的想法一样。

“廷用兄，此事你知我知即可，且莫言于他人。”原杰笑着说。

“子英兄行前便想到此等细节，必有大成。朝廷选子英兄去办这件事，总算选对人。”李宾啧啧赞叹。

“关乎百万民众，不敢掉以轻心，无论能否有成，无论大成小成，总是要尽心竭力去办。”原杰三言两语，表明他的态度。

“子英兄，我再为你献一策，如何？”李宾道。

“再好不过。”原杰说着，一揖。

“给自家找个好帮手。”李宾只一句话。

“廷用兄怎说？”原杰当然要问。

“给自家找个好帮手，会轻松许多。”李宾又加半句话。

道理是绝不会错的，但他为什么要以此叮嘱，原杰却想不透。

“建置抚民，少不了要和各地巡抚都御史商量的。”原杰边琢磨边说。

“子英兄和各巡抚只能会商而已，具体事务，指望不上他等；故而子英兄须在布、按二司，或府、州等衙，找个好帮手。”李宾说。

“原来是此意。”原杰点点头，问，“廷用兄有无可荐之才？”

“无。”李宾道，又说，“即便有，我也不向子英兄举荐。是子英兄要和他一起办事，当然要子英兄中意才好。”

“承蒙赐教，不胜感激！”原杰揖道。

第九十六章

七月初九日夜晚，国子监几名监生，一个一个偷偷溜出来，聚在一个小酒店里喝酒。尽兴之后，在小酒店外分手。最先离开的一人，径直望北走；后一个人，往东走一段路，再往北拐；再后一个人，往西走一段路，再往北拐；最后一个人，直到看不到其他人的影子，才径往北走。他们算计，一人一个偷偷溜回监舍，不会被发觉；路上即便遇到逻卒，也容易应付过去。

最后那个监生看不到其他人的影子，不一定因为他们走出去很远，而是因为天色太黑。路上早无行人，路两旁，不管是住户，还是店铺，也早紧闭门户，没一点儿声息。

该监生胆子本来就小，没走多久，觉得后面有个东西在跟着自己。他走一步，那东西也走一步；他走两步，那东西也走两步；他停下，那东西也停下，步调完全一致。他鼓足勇气，猛一回头，只见一件黑乎乎的东西往旁边一闪，躲到一棵树后。

他两腿哆嗦，声音发颤。

“王哥，是你吗？”他问。在他之前离开的监生姓王，如果有个同伴想和他开玩笑，最有可能的就是姓王的监生。

树后没有动静，被他认为有可能是王哥的黑东西没有闪身而出。

“我知你胆小，想和我结个伴。那有什么！你出来，我不告诉别人，权当是你我之间的秘密。”他说。

树后有细微的讪笑声，但也可能是他的幻觉。

“你不出来，我可要走了。”他威胁地说。

就在转身的一刹那，他感到树后黑乎乎的东西窜出来。他顾不了那么多，既然说要走，就一定要走。他勉强管好两条腿，一步大过一步、一步快过一步地走着。而身后那个黑东西，也一步大过一步、一步快过一步地走着，和他保持着相同的距离。

他断定不是姓王的监生，因为姓王的监生虽然也喜欢恶作剧，但没有耐性，不可能长时间地跟着他。

喜欢恶作剧又有耐性的，是姓赵的监生，也就是先向东走的那个监生。而向东的那条路歪歪扭扭，最容易躲闪，姓赵的监生稍走几步，马上折回来，他也不会注意到。

想到这里，他又猛地回头。身后的黑东西随即躲到树后。

“赵兄，难道准备跟我跟到底吗？”他问。

树后没有动静，他改认为是赵哥的黑东西不理会他的责问。

“咱不闹，你我一起走，好不好？你欠我的几两纹银，就算壮胆费，我不和你要，好不好？”他说。

树后似有细微的讪笑声，他无法断定是不是真有。

他一咬牙，说：“罢，罢，我才不出壮胆费。你欠我的银两，我不但要你悉数还清，还要收取高息！”

或许，被收取高息的想法壮胆，他又继续向前走去。

距离国子监不远，黑乎乎的东西还在后面跟着。他忽然确定，恶作剧的是最先离开的姓李的监生。一方面，姓李的监生不仅喜欢恶作剧，不仅有耐性，而且和他有过节；另一方面，姓李的监生是径直往北走的，在某个地方隐蔽起来，等他走过后跟上，再方便不过。

锲而不舍地跟随，引而不发地恫吓，这已不是一般的恶作剧。他由惧而怒，放慢脚步，黑乎乎的东西也放慢脚步；他走到一处没有树木的地方停下来，黑乎乎的东西也停下来；他回转身去，黑乎乎的东西没地方躲闪，也转过身去。

他边往回走，边斥道：“李兄，未免欺人太甚吧！”

走到黑乎乎的东西跟前，他一头撞过去。他无法形容撞到什么上面，只觉得头很疼。那黑乎乎的东西掉过头来，一巴掌打碎他的天灵盖，一口咬断他的喉咙。

京城里有个家境殷实的商人，新包个娼儿，安顿在宣武门内一条小巷的一个小院落里，隔一两天，他就会在晚上过去，与她共度良宵。

一想到娼儿绵软的身子，他心情荡漾，步伐不由加快。

院门留道缝，这是他们约好的，只要他来，院门就不从里面闩上，免得他叫门，惊动左邻右舍。

房门留道缝，这也是他们约好的，只要他来，房门就不从里面闩上，免得他叫门，娼儿脱得光光的还得起身给他开门。

唯一让他有点意外的是，屋里黑着。按照他们的约定，屋里应该点着灯，免得他在黑暗中摸索。再说，在摇曳的灯光下，娼儿摊开四肢，慵懒地躺在床上，也是他进屋就想看到的。

但也只是有点儿意外，他没想太多。

“心肝儿，宝贝儿，我来了，点上灯吧。”他站在门口说。

娼儿没回应，他只觉得有些异样的声息。

“睡死过去？”他把那声息当作娼儿的鼾声，唠叨一句。

他不喜欢在黑暗中摸索，但还是进屋。既然已来，已进院门，已进屋门，总不能因为屋里没点灯就舍弃一夜的快活吧！

他记得放火石的地方，摸索一阵，没摸到。他记得放灯的地方，摸索一阵，也没摸到。他只得摸索到床边。

他首先感觉到，异样的声息不是娼儿的鼾声。娼儿睡熟时，确实会打鼾，但绝不是这样的声息。他听到的声息，是比娼儿高出一个头、宽出一个肩膀、皮肤粗糙多少倍的男人都打不出来的。

然后，他确定，躺在床上的不是娼儿。娼儿的皮肤是白皙的，即便在黑暗中，也能看出，或感觉出。而他看到的，或感觉到的，却是黝黑的皮肤，他给她买的深色的皮裘都没有这么黑。

进一步，他确定，躺在床上的不是娼儿一个人；他虽然不能确定，但能感觉出，那个皮肤黝黑的人把娼儿压在下面。一个人把娼儿压在身下，会做什么？当然是苟且之事。他之所以不能确定，是因为娼儿和他做同样的事时，嘴里总会发出各种各样的声音，而这会儿，她一声不吭。

想到这里，他勃然大怒，喝道：“好个贱人，我给你吃的，给你穿的，给你住的，你却背着我偷人！”

一想，不对。院子的门是开着的，房屋的门是开着的，怎么能说是背着他偷人？于是，他改口怒斥：“好个贱人，我给你吃的，给你穿的，给你住的，你竟敢公然偷人！”

娼儿全不理会。床上一个人也好，两个人也好，仍在一下一下地动着，仍能听到异样的声息。

“你竟敢当着我面偷人！”他怒不可遏，向床上扑去。

压在娼儿上面长着黝黑皮肤的人，或其他什么东西，回手一掌，打碎他的天灵盖，回头一口，咬断他的喉咙。

皇帝銮舆经过奉天门时，前列卫士忽然喧嚣起来，队形大乱。

怀恩从銮驾后面赶到銮驾前面，看看发生了什么事情。不多时，他回到皇帝面前。

“怀大伴，朕听到有人惊叫。”皇帝道。这是他从来没有经历过的，因而受到惊吓。看怀恩走近，他心里才平静下来。

“是，前面有数名卫士惊叫。”怀恩回话。

“怎有这般不懂事的卫士，在仪仗中也敢惊叫！”皇帝道。

“他等说，见一灵物，从他等面前迅忽而过。”怀恩说。

“灵物？”皇帝听到这两个字，顿生好奇之心。

“奴才想，他等所言灵物，一活物而已。”怀恩说。

“是何颜色？”皇帝问

“浑身黝黑。”怀恩说。

“多大个头？”皇帝问。

“幼熊大小。”怀恩说。

皇帝没亲眼见过幼熊，对其个头很难有具体概念。但既曰幼熊，想来以一人之力，应该是可以制服的。

“为何不抓住它？”皇帝问。

“有一卫士伸手去抓，没抓住。”怀恩说。

“其他卫士呢，怎不相帮？”皇帝道。

“又有一卫士伸手去抓。”怀恩说。

“仍没抓住？”皇帝问。

“抓是抓住，却被它甩脱。”怀恩说。

“朕养的武士，竟连一幼熊也擒不住？”皇帝说着说着，把该活物真当成幼熊。

“该物状似幼熊，却比幼熊灵活得多，凶猛得多。”怀恩说，“第三名卫士抓住它，虽没被它甩脱，却被它一口咬断臂膀。”

“一口便咬断臂膀？”皇帝惊问。

“是，”怀恩应道，“该卫士血流如注，被抬去医治。”

“何方凶猛之物，敢到宫中撒野，朕倒要看个究竟！”皇帝说着，起身就要步下銮舆。

皇帝动作太快，出言劝阻已来不及，怀恩情急之下，顾不得有冒犯之嫌，伸手把皇帝按回去。

“爷，去不得！”他说。

“怎去不得？”皇帝问。

“连日来，京师有物伤人性命，今又见此物伤一卫士；连日伤人之物，想来就是它。”怀恩说。

“怎么，京师连日有人被伤？”皇帝问。

“是。”怀恩应道。

“朕怎不知？”皇帝显然在怪他不禀奏。

“奴才也是方才听内臣和军士议论，才得知的。”怀恩说。

听有这等怪事，皇帝放弃亲去察看的念头。

回到宫里，皇帝仍然惦记在宫门一现即逝的活物。

“老怀，你说那活物会不会就在宫里？”他问。

“爷放心，不会的。”怀恩说。

“你怎知不会？”皇帝问。

“仪仗卫士多人，眼见它往宫外去的；再者，内臣与禁军在宫里仔细搜寻几遍，均未见其踪迹。”怀恩说。

“你说，”皇帝稍停顿，又问，“它会不会仍在城里？”

“奴才无从断定。”怀恩道。并说，“爷若担心它仍在城里伤人，可传旨，命东厂及五城兵马司，于城里严加搜寻。”

“搜寻是要搜寻的，不过——”皇帝思忖着，忽问，“老怀，你说该物连日来在京城伤人？”

“奴才听他等是这么说的。”怀恩道。

“连日来伤人，东厂却不曾言及，五城兵马司却不曾奏闻，今者命他等搜寻，未必会有收获。”皇帝说。

“爷复有何旨？”怀恩等着皇帝进一步的决断。

“算了，朕还得再想想。”皇帝却不说。

“爷，奴才有个想法。”怀恩说。

“你说。”皇帝道。

“奴才想，驱除该物，或不必靠东厂和五城兵马司。”怀恩说。

皇帝以为，怀恩不会猜到自己的想法；没想到，他的想法竟和自己的想法有共同之处！

“不靠东厂和五城兵马司，靠谁？”皇帝问。

“靠宫里。”怀恩说。

想法又接近一步。皇帝道：“你不是说，该物绝不在宫里吗？”

“该物不在宫里，驱除此物却可在宫里。”怀恩说。

“不在宫里，又在宫里，朕没听懂。”皇帝道。

“奴才闻得，不明之物现身，亦为灾异。”怀恩说。

“那又如何？”皇帝道。

“奴才闻得，灾异之现，乃上苍警示人君。”怀恩说。

“那又如何？”皇帝道。

“奴才闻得，人君祷之，可祛灾避祸。”怀恩说。

“那又如何？”皇帝一想，怀恩其实已经说得很明白，于是改问，“怀大伴之意，朕当祷于宫中？”

“其物现身京城，祷于他处亦可；其物现身宫门，奴才以为，宜于宫中祭天地而祷之。”怀恩说。

皇帝想，他的想法和自己的想法到底是不一样的。不过，把该物的出现，视为灾异之象，应该是不错的；通过祷祀祛灾避祸，也是祖宗一贯的做法。既如此，何不先走这一步，看灵验不灵验？

“老怀，朕于宫中祭告天地，也算是修省吧？”皇帝问。

“爷说的是。”怀恩应道。

“朕修省，大臣们也不可不修省。”和任何灾异出现之后一样，皇帝不愿意自己一个人把责任承担下来。

“爷传谕大臣们议朝政得失，命其进言，既是爷在修省，也是大臣们在修省。”怀恩说。

“他等修省，又是说许多朝廷的坏话；朕修省，却要听他等说朝廷的坏话。这甚是不公。”皇帝发句牢骚。不过，这也是祖宗一贯的做法，他没理由不照办。他的思路，又回到自己的想法上：“朕在宫里祭告天地，大臣们议朝政得失，是一回事；东厂和五城兵马司在城里搜寻该物，是另一回事。你传谕他等抓紧，若仍无所获，朕不得不想别的法子。”

“是。”怀恩应道。

第九十七章

商辂一天之内，连作两篇文章，一短一长。

短文是奉旨草拟的祭告天地表文。商辂写道：

臣以菲薄之资，抚盈成之运，顾政事之多缺，致灾异之荐臻。兹者京城内外，有物夜出，残害军民，惊动闾巷。夫变不虚生，必有所自。意者或用度不节，致伤民财欤？或土木繁兴，过劳民力欤？或忠言不闻，下情无由上达欤？或仁政不施，实惠未能下究欤？夙夜兢惕，罔知攸措。伏唯大造垂慈，曲赐矜悯；赦过宥罪，转祸为祥。俾妖物潜消，居人安妥。臣当祗谨天戒，循省愆尤，期维新于政令，以图报于大恩，不胜惓惓恳祷之至。

表文是以皇帝的口吻写的，文中的“臣”，是皇帝面对上天时的自称。

长文是奉旨进言朝政得失。他开篇与短文相呼应，指出灾变之生，是上天对皇帝的爱护。

他所条陈者，计八事。第一事，节财用。商辂写道：近年以来，朝廷货财，多为下人侵耗。如哈密等处番人来京，俱带玉石，先将次等者进贡，存留一等者在后，多估价值卖官，规取库藏银两。又番僧授职，在彼土管事者，例该给与印信，使约束抚化乡人。近来近京闲住者，一概给与金印信图书。前任所给者，悉自收留。及后承袭，又求造给，侵耗货财。乞敕甘肃等处巡抚等官，今后哈密诸番来京，带有玉石，一等者计数封号，装盛送京，次等者许其量卖盘费，其余悉令在彼货卖，不许一概带来。番僧升官职印信，只许留现任者，其前任及病故遗下印信，令各该部查收。

商辂知道，这一条一定会刺痛某些内臣，某些亲贵。当然，不便把他们称作“下人”，但正是由于他们的存在，“下人”们才有生路。“下人”们从番邦贡使那里买到玉石，转手交易给这些内臣、这些亲贵，得到的是数倍、十数倍乃至数十倍的银两。这些内臣，这些亲贵，特别是这些内臣，猖狂到盗取国库里的银两，买到玉石，奉献给地位更显赫的人。据说，上好的玉石，多流入宫中。

交易是获取宝物的一种方式，贡献是获取宝物的另一种方式。所以，第二事是“却贡献”。商辂写道：皇上即位之初，不急之务，一切停止；玩好之物，一切罢去。近年广西、云南等处，有贡奇花异卉、珍禽奇兽、珍珠宝石、金银器物。一物之进，必十倍其值，然后方可。暴横生灵，激变地方，见今安南小国，敢肆抗拒，渐有内侵之患，良由自我有以召之也。臣等伏望陛下明颁诏旨，今后除常例岁贡，其内外之臣，敢有以玩好之物上进者，治罪不宥。

第三事，开言路。商辂写道：臣等尝闻宋臣苏轼有曰：天下治乱出于下。臣等不敢远引前代明王遇灾求言之典，伏惟太祖高皇帝临御之时，自文武群臣，以及军民、匠役诸色人等，应有可言之事，许直至御前陈说。故当时虽闾阎之间，细微之事，无不周知。太平之治，良有以也。臣等仰望圣明，廓宇宙之量，容涓滴之微，明诏在廷文武群臣，凡致灾之由，弥灾之策，悉陈以闻，则言路开而下情达，万事何忧不理，灾害何忧不息哉！

第四事，慎刑罚。商辂写道：刑者用之，贵在得中。一失其中，则邪气积蓄，阴阳缪盭，妖孽滋兴，可不慎欤！皇上嗣位以来，慎刑之心，盖与虞舜好生之德，同一揆也。然自成化八年，遣官详审，迄今将五年矣。彼天下之广，万姓之众，冒罹刑宪者，不知有几，其偏州僻县、隔离上司遥远者，岂无经年含冤、死于刑狱者乎！在此圣明之世，不能不为之恻然也。合敕法司遴选谙练刑名详审，即详审天下疑狱，在前朝就提出并实行过，但旋行旋止。成化八年，朝廷遣刑部郎中等官十四人往各地，会同巡按御史及三司官审录狱囚。各被遣官员行前得朝廷敕书，重视程度超过以前。可惜的是，该年详审后又停止。商辂希望差官详审能形成制度。

第五事，省工役。商辂写道：古者力役，惟取于冬。此有周先王营宫室而施鼛鼓缓工之仁，建灵台而布庶民勿亟之令，良以此耳。兹者朝廷修建东直门城楼，并各处城垣，非以佚道使人，孰能然欤！伏望仰体先王，轸念赤子，审今日兴作缓急，除城楼、城垣当建外，其余不急之处，即颁德音，悉令停止。庶军士得以休息，怨讟不生，和气渐臻矣。

他在另一张纸上写下鼛鼓、灵台。这是周朝的两个典故。

鼛，商辂记得，这个字音“高”。鼛鼓，传说是周天子设置的一面大鼓，在需要国人为国家服力役时，才把它敲响。敲响鼛鼓，不仅是让民众闻鼓声而聚集，也是让天子闻鼓声而思考：这件役事，是不是一定要民众去从事。

当然，这是后人的诠释，也是商辂的理解，《礼记》只写一句话：以鼛鼓鼓役事。

灵台是周文王以民力修筑的台，目的是与民同乐。和灵台同时，还挖灵沼。《孟子》对此的解释，最为通俗易懂：文王以民力为台为沼，而民欢乐之，谓其台为灵台，谓其沼曰灵沼。后世兴役，和圣天子兴役，大不一样。有些兴建，譬如城楼、城垣，不仅为保护君，也为保护民，亦即不仅为君所用，也为民所用。即便这样的修建，往往也使民不聊生，怨声载道，更不要说那些只为帝室、只为亲贵的兴建。

如果在读鼛鼓、灵台典故的同时，再读一遍唐人杜牧的《阿房宫赋》，体会可能会更深刻。那真是一篇警世的好文章！秦人不暇自哀，而后人哀之；后人哀之而不鉴之，亦使后人而复哀后人也。我等皆为后人，不可不引以为鉴呀！

这个道理，在日讲时，在经筵时，应该反复为皇帝讲解。

第六事，足军饷。商辂写道：往年西北用兵，榆林一带，粮草最难供给。若输纳本色，上下山坡，不胜劳苦。合敕户部仍查算彼处各堡粮草实数，每处可够几时之用；苟有兵动，可赡多少人马。如果不敷，做何措置？或比较屯田拖欠子粒，或开中盐引招商，或将腹里积蓄粮草赴边收贮，或将官银及赃罚银两趁时收籴粮草上仓。其辽东、宣府、大同，虽未经用兵，亦查蓄积之数。务令边鄙充实，庶不临期误事。

商辂自我评价这段文字，用四个字：虚张声势。

怎叫虚张声势？他提出，足边的各项长策，务要一一举行，毋得视为泛常。但他列举的那些办法，有哪一项是无人提及的，有哪一项是不曾举行过的，又有哪一项是可以行之持久的？这些办法都无法行之持久，那些现在很难具体说出来的办法就可以行之持久吗，就可称作长策吗？所以，他说这段话是虚张声势。

但虚张声势，也不得不说。谋事既然在人，就要谋，就要说。说得实实在在也罢，说得虚张声势也罢，总胜于举朝沉默，举国沉默。

第七件事，饬边备。商辂写道：臣等见得辽东并山海关、喜峰口、古北口一带边方，去京师密迩。朵颜三卫既被满都鲁等服属，以彼之强，从此向导，来犯我边，则京师不得安枕。居庸关迤南，至紫荆等关口，尤系京城切近屏蔽。合敕吏部奏遣历练大臣，或历练老臣，并遣给事中二员，请敕分投前去，会同各总兵、巡抚、守备等官，将各边墙垣、口子，逐一看视。其有城垣坍塌，兵器损坏，人马瘦弱，不堪备用去处，俱要即时修补。紧要之处，合添人马，亦须斟酌多寡，奏请选集，听候有警应用。

不许虚应故事，和毋得视为泛常，是同样的意思，甚至在程度上都没有区别，但商辂并不觉得虚张声势。看视和修筑墙垣、口子，这件事是可以做到的，是可以起作用的。余子俊在榆林不就做到了吗，不就起作用了吗？榆林可以做到，可以起作用，辽东以及山海关等地方，为什么就不可以做到，不可以起作用！

第八事，重地方。商辂写道：今两广、四川、贵州、云南，俱系边远之地，设若任用非人，一旦有警，军旅荐兴，粮运不继，欲天下无事，不可得已。其云南地方，与安南尤为切近，而蛮夷土官衙门，易以生事，可为深忧。今两广、四川、贵州，俱有巡抚官，而云南岂宜独无？合敕吏部推选刚直有为、智识超卓大臣一员，请敕前去，巡抚其地。

自天顺二年云南巡抚调离，整整二十年没有再差官巡抚其地。云南地处边远，土官土衙又多，和现今未设巡抚的浙江、江西、福建等处不一样，是最需要设置巡抚的。

皇帝嘉勉、采纳商辂所议。七月二十四日，皇帝祭告天地于禁中。

第九十八章

“日前，两名国子监官员在我前面走，我听他等一口一个鸱鸮公，说的是谁呀？”邹干问本部侍郎俞钦。

听似问的闲话，但俞钦知道，背后一定有正式的议题；而且，他也知道正式的议题是什么。所以，他宁愿闲话能维持得长一些。因为邹干要谈论的话题是很烦人的。

“宗盛先生竟不知？”他问。

“确不知。”邹干道。

“国子监官，称其人为公，宗盛先生还想不出其人为谁？”俞钦提示。

“他等称公者，第一个应是祭酒。”邹干说着，问道，“当真是尧弼先生？”

“当真是。”俞钦应道。

“他怎得个这么古怪的绰号？”邹干问。

“是他的弟子们起的。”俞钦说。

“难怪，太学生素来顽劣。”邹干道。

太学当然是指京师国子监。俞钦更正：“不是北监生，是南监生。”

“尧弼先生在南京国子监时即得这个雅号？”邹干好像有所醒悟，“此绰号传播近十年，我却一无所知，难怪振恭先生诧异。”

俞钦字振恭，浙江新昌人，景泰二年进士。

“此言差矣！”俞钦连连摇头。

“差在哪里？”邹干问。

“尧弼先生近乎十年前在南京得此雅号，而宗盛先生一无所知，这好理解，因为南京得的雅号未必会传到京师；倘若他两三年来在京师国子监得此雅号，宗盛先生一无所知，我倒要诧异。”俞钦说。

“为何倒要诧异？”邹干问。

“若此号得之于京师国子监，一声声鸱鸮公的呼叫，还不早传到宗盛先生耳朵里！”俞钦道。

“振恭先生这叫什么歪理！”邹干笑道。又问，“南京国子监监生为何给尧弼先生起这么个雅号，是因他待监生严厉，犹如鸱鸮待鼠、兔？”

“若因待监生严厉，那倒是个好祭酒。”俞钦道。

“振恭先生的意思，得此号，因不是好祭酒？”邹干问。

“那倒不是。”俞钦道，“他得此号，与他是不是好祭酒，全不相干。”不等邹干再问，他讲述起绰号的由来，“据说，南京国子监后有小林，林中多鸱鸮，到夜间则嚣叫。尧弼先生原本就厌恶鸱鸮；因鸱鸮嚣叫，夜不能寐，更加不能容忍。于是，他贴出告示：能捕得鸱鸮者，每只许给三日假期。鸱鸮公之号，由此而得。”

“原来是这么一段故事。”邹干点点头，问，“有人响应乎？”

“宗盛先生道北监国子生顽劣，其实，哪处没有顽劣的生员！哪处没有愿意捕得一鸱鸮换取三日假期的跅驰之士？于是，跃跃欲试者有之，捕得鸱鸮者有之，鸱鸮公的大号也因而叫响。”俞钦说。

“得此号非为酷似鸱鸮，或喜爱鸱鸮；而为厌恶鸱鸮，或厌恶鸱鸮之声。无论如何，有讽刺意味呀！”邹干道。

“我有同感。”俞钦说。

“尧弼先生厌恶鸱鸮之声，无可非议；怎就不想想，而今他每议事，亦有如鸱鸮之声！”邹干又道。

马上要转到正式的议题上，俞钦想。他故意问：“宗盛先生不会是指他议事时，好拖个长音吧？”

“他真有这个习惯？”邹干好像不曾留意，“好拖长音，更似。”

“既非指此，则别有指，宗盛先生是不是嫌他越俎代庖呀？”俞钦问。

“越俎代庖四字，振恭先生用得不妥！”邹干道。

“宗盛先生是说，礼部职掌之事，人人得而议之，并非只有礼部官员才得以议之？”俞钦揣摩他话里的意思。

“这是一层意思，但并不是我想说的。”邹干道。

“宗盛先生想说的是——”俞钦问。

“他越的，并非礼部之俎。”邹干道。

“宗盛先生是说，他所议之事，看似为礼部职掌，实则非礼部一个衙门定得下来的？”俞钦又揣摩这句话里的意思。

“振恭先生也有同感吗？”邹干借用他自己的话问。

“宗盛先生说的好像是朝廷大政，我不敢随意异同，还请宗盛先生举一事例。”

俞钦说。

“譬如，孔子之祭，请备天子之制。”邹干说。

“宗盛先生今日欲以鸱鸮引出的，是此事吧？”俞钦笑着问。

“振恭先生看，此事礼部该不该议一议？”邹干笑着反问。

“照宗盛先生的说法，非礼部之俎，可议可不议也。”俞钦说。

“但在众人眼里，此事该礼部议处，对不对？连振恭先生都在说越俎代庖，对不对？”邹干道。

“故而，礼部不得不议？”俞钦问。

“此时不议，待皇上批下，还是要议；即便皇上命廷议，也是以礼部为主而议。故而，我愿与振恭先生先行一议。”邹干说。

“孔子非天子，而备天子之制，不知出于何典？”俞钦道。

“那么，振恭先生以为不可从其请？”邹干问。

“虽不知出于何典，但尧弼先生所议，也不是没有道理。”俞钦又说，“譬如，大成殿上供奉的先师圣像，用十二冕旒，分明是天子之制；而豆笾舞佾之数，又绝非天子之制。二者不合。”

冕旒，即皇冠前后饰带，以玉串成。本朝制度，冕冠十二旒。豆、笾为祭祀时的器具，舞佾为祭祀时使用的舞者和乐器的数目，哪一等人用多少人，多少件，也是有规定的。

“如果连这个不合也没有，请备天子之制，更说不过去。”邹干道。

“不合终归是不合，宗盛先生对此怎看？”俞钦与其说与他计议，不如说向他请教。

“其一，”邹干恢复正式议事的神态，“如振恭先生所言，尧弼先生此议，不知出于何典。非为天子，而备天子之制，不仅我等礼卿以为不合规矩，恐怕夫子本人也不会赞成。”

“这是我说的理由，宗盛先生不必问我赞成不赞成，”俞钦说着，问道，“其二呢？”

“冕旒之数与豆笾之数不合，可增加豆笾之数以相合，为何不可减少冕旒之数以相合？”邹干道。

“宗盛先生之意，先师圣像可用八冕旒？”俞钦觉得不可思议，“宗盛先生，你在说气话吧？”

“用八冕旒，确实不伦不类。”邹干也承认这一点，他解释道，“我是说，先师圣像用十二冕旒，而豆笾用八佾，由来已久，都无须改动。一定要改，即便去圣像冠冕，也不宜增加豆笾之数。”

“还是都不改动为好。”俞钦表态。

“其三尤其紧要，”邹干接着说，“至圣先师，是我太祖高皇帝沿用先朝之制，为孔子钦定谥号，若备天子之制，首先这个谥号就得改变。”

“不错，宗盛先生说此事非礼部之俎，这一条应是主要的。”俞钦道。

“还有其四，”邹干说，“汉朝以降，天下士人无不尊崇孔子。难道非得增加器物件数，才会更尊崇；不增加器物件数，就不尊崇？”

“有这四条理由，宗盛先生大可驳回鸱鸮公。”俞钦道。

当日，周洪谟说不是要和李宾打官司，并非一句空泛的戏言。他的确在准备打官司，只不过和他打官司的不是李宾，而是邹干。

官司还没正式打起来，也就是说，他和邹干都只是在非正式场合阐述过各自的观点，他并没有正式上疏，邹干也没有正式议复，他就断定，这场官司他赢定了。

从四川跟随他入京的老仆，知道他的脾气，想劝他适可而止。

“何苦呢，为这么一件和你沾不上边的事，得罪大宗伯。”老仆说。

“有理走遍天下，我才不管他是大宗伯，抑或阁老！”这话透着周洪谟的狂傲，接下来的话又透着他的耐心，“再说，怎么和我无关？朝廷在何处祀孔子？在太学。祀者为谁？丞相初献，翰林学士亚献，国子祭酒终献，这是太祖高皇帝所定。你一句话，就能让我和此事无关！”

“老爷总说自个儿有理。可你是进士出身，人家也是进士出身；你是国子祭酒，人家是大宗伯。老爷更是总有理！”老仆道。

“我在一甲，他也在一甲吗？”周洪谟未必很在意这一点，但老仆既然强调二人的相同，他总得说出个不同来。邹干中第，不仅不是一甲，连二甲都不是，绝对无法和他相比。

“得，老爷是榜眼，仅次于状元，凡事自然老爷有理。老爷自个儿得意吧，我去办我的事。”老仆说着，想要离开书房。

“你一走，我怎尽兴？”周洪谟不让他走。

“我在老爷面前，只会使老爷扫兴，怎会让老爷尽兴！”老仆道。

“你是无法让我尽兴；不过，你若冒充别个人，就会让我尽兴。”周洪谟童心大发地说。

“老爷让我冒充谁个？”老仆问。

“你极为崇敬的大宗伯呀！”周洪谟道。

“老爷别拿我开心！”老仆做个要把耳朵捂住的动作，好像这话听都不能听。当然，不是真的捂住，他还要和老爷对话呢。“老爷都没做到大宗伯，也不知做得到做不到大宗伯，却要我做大宗伯！”

“让你冒充而已，谁让你真做！”周洪谟道。

“让我冒充大宗伯做什么？”老仆问。

“批驳我呀。”周洪谟说。

“批驳老爷？那不是惹火上身吗！再者，老爷说的事，我听都听不懂，怎的批驳！”老仆道。

“你以为大宗伯就懂吗？”周洪谟借机讥刺邹干等一句，然后给老仆出主意，“惹火上身，也是文火，烤不焦你的；至于批驳，凡是我说是的，你都说个不字，就大功告成。”

“这倒容易！”老仆卸去压力，也觉得很好玩。这两天他常听老爷念叨，祭祀孔子，当备天子之制，于是说，“老爷要说以天子礼仪祭祀孔子吧？我告诉老爷，此事不可，豆笾之数不可增，舞佾之制不可逾。”

“对，你这么说十分像大宗伯。不过，”周洪谟口气一转，道，“我今日并不要说天子之制。”

“不说此事，老爷却说何事？”老仆问。

“给你说说乐舞。”周洪谟道。

“是不是比天子之制更难懂？”老仆问。

“你只要记住说个不字就好，难懂不难懂，又有何妨！”周洪谟道。

“既如此，老爷想说什么，就说什么吧！”老仆无可无不可。

“古制，鸣球琴瑟为堂上之乐，笙镛柷敔为堂下之乐——”周洪谟才说两句，见老仆又是挤眉弄眼，又是做着手势，便问，“怎么，我话还没说完，你就要批驳？”

“老爷把琴瑟之前二字，笙镛之后二字，再说一遍。”老仆道。

周洪谟这才发觉，说到古制，不知不觉地使用古乐器之名，老仆肯定听不懂。但既然已使用，又不能不继续使用。

“琴瑟之前二字，为鸣球，笙镛之后二字，为柷敔。”他说。

“鸣球、柷敔，也是乐器吗？”老仆问。

“是。”周洪谟点头，“球者，美玉也，鸣球者，可以发出悦耳之音的美玉也。柷、敔都是击打乐器，柷用于乐始之时，敔用于乐终之时。”

“老爷方才怎说的，鸣球琴瑟为堂上之乐，笙镛柷敔为堂下之乐？”老仆生怕自己记错，见老爷点头称是，他才放心，“老爷说得不对，鸣球琴瑟非为堂上之乐，笙镛柷敔非为堂下之乐。”说罢，还问，“老爷，我这两句学得可像大宗伯？”

周洪谟哭笑不得。他说：“这两句是不用批驳的。依照古制，哪种乐器置于堂上，哪种乐器置于堂下，我懂得，大宗伯自然也懂得。”

“原来大宗伯懂得的不用批驳，老爷再说。”老仆道。

“古制，鸣球琴瑟为堂上之乐，笙镛柷敔为堂下之乐，而干羽则舞于两阶。”周洪谟见老仆又在挤眉弄眼，做着手势，解释说，“干者，盾也，引申为武舞，羽者，毛也，引申为文舞。”

“文舞、武舞，与我何干？我问的不是此事。”老仆道。

“那是何事？”周洪谟问。

“这也是大宗伯懂得的，不用批驳吧？”老仆道。

“对，这也是不用批驳的。听好，下面一句是你要批驳的。”周洪谟说着，加重语气，“今舞羽居上，乐器居下，非古制，当改。”

老仆张张嘴，没说出话。

“该批驳时，怎么反倒不批驳？”周洪谟问。

“可不是，该批驳时，我却不知该怎样批驳。”老仆说。

“怎的不知，不就说个不字吗！”周洪谟道。

“那我该对舞羽居上、乐器居下说个不字，还是该对舞羽居上、乐器居下非古制说个不字？还是该对当改说个不字？”老仆问。

周洪谟顿觉这个游戏索然无味。舞羽居上、乐器居下是实情，不用批驳；古制有堂上之乐，有堂下之乐，干羽舞于两阶，大宗伯懂得，不用批驳；需要批驳的，只有当改二字。如果针对当改说句不当改，也要他来教的话，还有什么兴致可言！

“你去吧，我已尽兴！”他说。

谁也没料到，连周洪谟自己也没料到，这场官司居然被他打赢。皇帝命祭祀孔子，豆、笾各增至十二，舞乐增至八佾。

第九十九章

万岁山上，毓秀亭中，一年轻男子酣然而睡。守在一旁的大内少监韦含，看着他安详的面容，一方面感到无比幸福，恨不得他就这样一直睡下去；另一方面又提心吊胆，希望他打个盹赶快起来，赶快离开这里。这里是禁苑，引入外人，他担着天大的干系。

不是他差去办事的宦者回来，他只好怀着忐忑不安的心情等下去。

“师傅，师傅。”他在年轻男子的耳边轻轻呼道。要他拍一拍年轻男子，摇一摇年轻男子，他是绝不敢的。

“好端端一个梦，只做一半，就被吵醒，实在可惜！”年轻男子唠叨着，坐起来。他问，“含儿，为何要坏我好梦？”

“徒儿怕误师傅大事，实出无奈。”韦含道，“师傅不是交代过，去真定的人一回来，即刻要见的吗？”

“他已回来了？”年轻男子眼睛一扫，发现去真定的宦者弯着腰，站在韦含身后。他招呼道，“来，上前回话。”

该宦者绕过韦含，跪倒在年轻男子面前。

“你真的去过真定？”年轻男子问。

“孙儿不敢蒙骗师祖。”宦者叩着头说。

“那你说说，去程走几日，回程走几日。”年轻男子命道。

“孙儿去程走三日，回程走两日。”宦者说。

“说得不对！”年轻男子道，“你离开时，我施法力于你，你正该精力旺盛，怎的反要三日？”

“一则，徒孙是骑马去的，师祖降法力于徒孙，却不曾降法力于徒孙的马；二则，徒孙连到真定及办师祖交代之事，共用三日，赶路的日子并不比回程多；三则，师祖法力无边，略施予孙儿，孙儿去真定一个来回都精力旺盛。”宦者说。

最后一句明显是阿谀之词，但年轻男子听了很高兴。

“你善行，我早看出来。以后在外面跑的事，都交与你办。”他说着，问道，“真定那边的事，筹办得怎样？”

“那边的师哥们说，按照佛爷交代，都已办好。”宦者道。

“八月二十九日是个好日子，可不可以呀？”年轻男子问。

“可以，师哥们都翘首以盼呢！”宦者道。

“你今晚在京里好好睡一觉，明日一早动身，再去真定，告诉他等，就定在本月二十九日。”年轻男子交代。

“孙儿谨领法旨。”宦者应道。

“他两日可到真定，咱们不用像他那么赶路，定在二十五日出城，含儿，你看如何？”年轻男子和韦含商量。

“就依师傅所言。”韦含应道。

“走吧，”年轻男子起身，拍了拍屁股，“含儿，你对我讲实话：方才我睡在这里，你是不是心神不定呀？”

“徒儿是有点儿心神不定。”韦含不想说谎。

“在这里睡一觉，有什么大不了的；从真定回来，我还要去那里睡呢！”年轻男子说着，伸手往前一指，正是宫墙之内。

黄赐从东厂千挑万选出来的番子果然有他的长处，只用两三天，住在韦含家里的僧人，就被他查得原形毕露。

“你说此人不姓李？”黄赐问。

“不姓李，也不叫子龙。”番子说。

“不姓李，却姓什么？不叫子龙，却叫什么？”黄赐问。

“姓侯，名得权。”番子说。

“看来，也不会是陕西人吧？”黄赐问。

“不是陕西人，是山西人。”番子说。

“行年也没有六十岁？”黄赐问。

“没有六十岁，只有二十余岁。”番子说。

“他有多大？”黄赐怀疑听错。

“二十余岁。”番子又说一遍。

“荒唐！”黄赐不由大喝一声。

“小的查实，方敢禀告，并非乱说一气。”番子以为他在斥责自己。

“我不是说你。”黄赐道，“你看宫里那些人，二三十岁者有之，四五十岁者有之，围着一个二十余岁和尚叫师傅、师祖，你道荒唐不荒唐！”

“该男子无须，面孔白净，实际岁数是看不出来的。”番子不知想为宫里的宦者辩解，还是想称赞该年轻男子气度不凡。

“荒唐！”黄赐这回是斥责他，“我辈没一个长胡须，难道你会把我也看成二十余岁！”

“是，小的在乱说一气。”番子惶恐不安地应道。

“原姓名侯得权，更改为李子龙，是他唯独喜欢这个名字，还是其中有别的缘故？”黄赐又问。

“据小的打探，其中有段故事。”番子说。

黄赐等一会儿，不见他说故事，问道：“为何不说？”

“小的是说有段故事，”番子回答，“既是故事，可能编造，可能属实，小的不知公公要不要听。若故事是编造出来的，公公却信以为真，小的罪过不小。”

“你讲！”黄赐喝道，“是真是假，我还辨不出吗！”

“是。”番子应一声，讲述道，“这个李子龙，不，这个侯得权，本在山西各寺间挂单，是个云游僧，后来才蓄发还俗。”

“他原本为云游僧，也是故事吗？”黄赐插问。

“这倒不是，他确曾为僧。”番子说。

“你又怎知的？难道他让你在发间翻看烫痕不成？”黄赐问。

“小的不是怕惊动他，倒真想在他发间翻看。”番子道，“不过，小的虽没翻看他的发间，却翻看过他的包裹，里面果有一纸度牒。”

“这个证据足够！”黄赐点点头，道，“你接着讲，他为何蓄发！”

“他在路上遇一道士，应是那种看上去就得道的道士。”番子讲述道，“他看道士一眼，油然而生敬意。道士却把他上上下下看个遍，然后对他说：陕西有个长安县，长安县有个曲沃村，曲沃村有个姓李的人家。姓李的人家，新得一子，于其母腹中孕育十四个月，出生之时红光满屋。其父求我取名，我用的是子龙二字。说罢，这个道士飘然而去。”

“他不是在京城遇见这个道士的吧？”黄赐又插问。

“小的忘说，他这次云游到陕西。”番子道。

“这个道士是起祸之人，他若在京城，先要把他抓起来。”黄赐说，下面的过程，他已经能猜测出来，“侯得权被道士蛊惑，遂更名李子龙，蓄发还俗，游至京城。是不是这样？”

“公公好似早就听过这个故事一般。”番子奉承道，又说，“不过，说他一下子游至京城，却有些快。”

“他还去何处？”黄赐问。

“他在真定住了些日子，收了些徒子徒孙。小的打探到，他还要去真定办一件大事。”番子说。

“办什么大事？”黄赐问。

“具体何事，言及之人语焉不详。小的只听说，他在京城缝制一件黄绢袍，一顶翼善冠，是要带去真定办事用的；小的还听说，他曾狂言，从真定回来，要到紫禁城里住上一住。”番子说。

“他这是要造反呀！我当奏闻万岁，即刻捕之。”黄赐道。

锦衣卫在东城西城各有一狱。一名锦衣卫官校来到东城的狱门外，停住脚步，前后左右地张望。确定没被尾随，他一头钻进。

他问明关押侯得权的地方，寻过去。狱吏要给他带路，被他骂回。

侯得权在木栅里面，盘腿而坐，低垂着头，手在地下划来划去。听到木栅外有人咳嗽一声，他抬起头来。

“京城好好的日子不过，去的哪门子真定！”锦衣卫官校道。

“没有真定的日子，便没有京城的日子，我不后悔。”侯得权说。

“你不后悔，有人却要后悔。”锦衣卫官校道。

“你说的是我那徒儿韦含吗？”侯得权问。他入京后一直住在韦含的外宅。不用说，他的事犯，第一个被牵连的，就是韦含。

“他命好，不用后悔。”锦衣卫官校道。

“这话何意？”侯得权预感到了什么。

“他已死。”锦衣卫官校说。

想到韦含对自己发自肺腑的景仰，尽心尽力的服侍，侯得权很是伤感。

“他死在宫里，还是死在宅里？”他问。

“都不是，他死在锦衣卫的刑讯室里。”锦衣卫官校说。

“死于酷刑？”侯得权问。

“我和他兄弟一场，你看，我会对他动刑吗？”锦衣卫官校道，“实话对你说，他是死于悸怖。”

“死于悸怖？”侯得权不相信，人会被吓死。但他死盯着锦衣卫官校看一会儿，不得不相信，“好啊，他死是件好事。”

“对谁是件好事？”锦衣卫官校问。

“至少，对你来说，是件好事。”侯得权道。

“未必！”锦衣卫官校冷冷地说，“对我来说，他不过是兄弟而已；有人却是他师傅。我不会为兄弟连坐，却可能会为师傅连坐。”

“原来你说的有人会后悔，说的是你自个儿。”侯得权道。

“懂得就好。”锦衣卫官校更加冷漠。

“你可以让师傅也悸怖而死呀！”侯得权道。

“他自个儿若真的悸怖而死，对许多人来说，可能是件好事；可惜，我看他不会。他是元凶，和我兄弟是个从犯不同。他自个儿不会悸怖而死，别人也无法让他悸怖而死。”锦衣卫官校说。

“看来，含儿自个儿不会悸怖而死，是别人让他悸怖而死的。”侯得权道，“可惜，他有你这么个兄弟，你师傅有你这么个徒儿！”

“你想得太多！”锦衣卫官校说。

“你才想得太多！”侯得权道，“你大可放心，你师傅绝不会牵连你。其实含儿不死，也不会牵连他。人间的富贵，你师傅都享受到，享受够。他会自个儿把一切都承担下来，甘心就死。”

“我师傅当真不会牵连他人？”锦衣卫官校问。

“他当面对你保证的，你还不信！”侯得权道。

“可他知不知道，怎样才能不牵连他人？”锦衣卫官校问。

“你说说看。”侯得权道。

“首先，我师傅得知道，他会被送到哪个衙门鞫讯。”锦衣卫官校说。

“不是你锦衣卫鞫讯吗？”侯得权问。

“若由锦衣卫鞫讯，我何必偷偷跑到这里来！”锦衣卫官校道。

“那要把他送去哪个衙门？”侯得权问。

“都察院。”锦衣卫官校道。

“他现在知道要被送去哪个衙门。然后呢？”侯得权问。

“我师傅在锦衣卫，自个儿把一切都承担下来，讯问者会信；在都察院，自个儿把一切都承担下来，讯问者未必信。”锦衣卫官校说。

“怎样才能让他等信？”侯得权问。

“他等问不下去，才不得不信。”锦衣卫官校说。

“他等怎样才问不下去？”侯得权问。

“举个例子，宫墙里面的事，放在东厂或锦衣卫里，越审越带劲儿；放到都察院里，问上两句，准保不敢再问下去。”锦衣卫官校说。

“你是让我在都察院官面前多说宫闱之事？”侯得权问。

“我知道老韦带你进过宫，你说点儿在乾清宫见到的事，在坤宁宫见到的事，在昭德宫见到的事，在仁寿宫见到的事，不难吧？即便没见到，总听过吧？没听过，总想得出吧？”锦衣卫官校一层一层启发他。

“好说！”侯得权应承下来，“为使你不后悔，我会见到些事，会听到些事，会想到些事。”

皇帝见汪直走来，打趣地招呼：“马倌来了，马喂得怎样？”

“回爷的话，每匹马都在长膘。”汪直说。

“只顾长膘，马还能跑吗？”皇帝问。

“爷误把长膘当作长肉。”说起喂马，汪直的话多起来，“长膘是长膘，长肉是长肉。长肉的马，是跑不动；长膘的马，该怎么跑，还怎么跑。原来日行千里的，仍日行千里；原来日行八百的，也能日行千里；原来日行六百的，可以日行八百。爷若不信，哪天奴才选两匹马来，跑给爷看看。”

“不用哪天，即日你就选匹马来，跑跑看。”皇帝说。

“爷在什么地方看，西苑，还是草厂？”汪直劲头十足地请旨。

“你跑就是，朕不去看。”皇帝说。

“爷不看，怎知马跑得好不好？”汪直一下泄气。

“朕不去看，但要给你出个题目。”皇帝道，“你不是有日行千里的马、日行八百里的马、日行六百里的马吗？日行千里的马太快，日行六百里的马太慢，你选一匹日行八百里的马吧。真定距京师六百里稍多，朕要你两天之内跑个来回。”

“六百里稍多，奴才选匹日行六百里的马足矣！”汪直说。

“朕还要你办事呢，两天之内，你得把办事的功夫挤出来。”皇帝说。

汪直忽然意识到，他一直在等待的机会，终于被他等来。要知道，宫里内臣数以千计，皇帝看上他，让他去御马监办事，那是他的第一个机会。当然，他得到那个机会，在很大程度上是托贵妃娘娘的福。而得到现在这个机会，贵妃娘娘就帮不上多少忙。要知道，二十四衙门，再加上小一些的衙门，内臣也是数以千计。但拿司礼监来说，人人的地位都在他之上；御马监里，一半人的地位在他之上；其他衙门的掌印太监、提督太监，地位无不在他之上。这么多太监，彼此倾轧，互为敌手，没有一个是可以做为靠山的。而皇上居然在这么多的太监里亲自挑选他来办事，那是多难得的机会，是多大的福分！

“爷要奴才去办理何事？”唯恐机会稍纵即逝，他的声音显得急促。

皇帝不像他那么急，反而问起一个多月前的事：“前者，京师有怪物伤人，廷臣称之为黑眚，你还记得吗？”

“奴才记得。”汪直说。

“你可知，该怪物险些在奉天门前冲撞朕的銮舆？”皇帝问。

“奴才不知。”汪直道，并表明忠心，“奴才若知，早赶来护驾。”

“护驾朕有的是人手；但眼下这件事，想来想去，只有交给你办，朕才放心。”皇帝说。

“爷要奴才办的是——”汪直问。

皇帝不急，仍说那个怪物：“黑眚现于奉天门后，朕命东厂、锦衣卫、五城兵马司于城中严查，却连黑眚的毛也没找回一根。”

“爷要奴才去追查黑眚？”汪直猜测。

“快两个月，去哪里查！”皇帝道，“朕只是由黑眚之事想到，今次之事，五城兵马司固然办不了，锦衣卫和东厂也未必办得了，得找个朕更信得过的人去办。”说到这里，皇帝顿了顿，让汪直好好体会一下“更信得过”这几个字的含义。然后他说，“侯得权一案，闹得满城风雨，你不会没听到风声吧？”

“奴才有所耳闻。”汪直应道。

“朕听说，这个侯得权原在山西为僧，四处云游，曾在真定住过一阵子，然后进的京师。”皇帝说。

“爷要奴才去查查他的根底？”汪直猜个八九不离十。

“对！”皇帝点头，“朕先让锦衣卫审他的案子，结果他的同党不明不白地死在狱里。真定的事让锦衣卫去查，朕不放心；让锦衣卫去查不放心，让东厂去查也就不放心，谁不知道厂、卫是一家呀！朕又让都察院审他的案子，结果审到一半，都察院说牵涉宫闱，不能再审，论死而已。真定的事让都察院去查，让巡按御史去查，朕更加不放心。汪直，朕这才想到你！”

“爷委以重任，奴才拼死拼活，也要为爷查明此事。”汪直说，“奴才明日一早离京，后日天黑前赶回来，请爷静候佳音。”

“两日跑个来回，朕是和你说笑，”皇帝道，“马由你选，日子由你定，办好差事，你再回宫。”

“奴才遵旨！”汪直应道。

第一百章

原杰在隶属于襄阳府的郧县迎接何乔新。何乔新现官河南按察使。李宾提醒原杰，处置荆、襄流民乃至三省流民事，一定要找个好助手，原杰看中他，并奏请于朝。

二人见面，相互揖礼，问候。

“廷秀先生怎的脸色不好？”原杰问。

“昨夜没睡好吧。”何乔新道。

“赶路赶的吗？晚一日到，也不要紧，廷秀先生不必太急。”原杰说。

“是做一夜噩梦，非为赶路。”何乔新说。

“梦能连续做上一夜？我没尝试过。廷秀先生梦到些什么？”原杰问。

“梦到在山间绕来绕去，一洞赫然出现。洞有匾，上面题写四个大字：紫云洞府。”何乔新述道。

“廷秀先生去到神仙洞府，应是美梦呀！”原杰说。

“是美梦，抑或噩梦，等我讲完，子英先生便知。”何乔新说着，继续讲述，“该洞深邃，走不多久，豁然开朗，一殿宇如横空而出。子英先生知道，我赣省道观甚多，我一眼看出，该殿宇为三清殿。”

“廷秀先生是思乡吧？”原杰从他的话里推测。

“三清殿上，本应分设三尊神像，”何乔新好似没听见他的话，接着说，“此三清殿却怪得很，中座、左座皆虚位以待，独右座有一塑像，青帽、白衣、金带。更可怪者，一活生生之人端坐于塑像下，以衣袖掩面，好似假寐。衣袖掩面，至多遮住半张脸。我从远处缔视良久，惊呼：大升，大升！游兄，游兄！”

游大升这个名字，原杰记得一二。他问：“是和廷秀先生同出一科、曾任福建宪副的游大升？”

“是他！”何乔新道。

“廷秀先生是思友吧？”原杰又推测。

“游兄闻我呼叫，下阶揖见。”何乔新讲述道。

“思友而得见于梦中，亦一大乐事。”原杰插话。

“可我分明记得，两年前游兄即逝于福建任上。”何乔新道。

“原来是——”原杰本想说“见鬼”，但这话对死者太不尊重，不能说出来。他问，“廷秀先生与贵同年交谈否？”

“我说了许多的话，他则寡言，”何乔新道，“我首先述说别后思念之情，他点头而已，未应一声。我又问他，前程如何？他指指我，又指指他自己，大概在问，我问的是他，还是我自己。我指指自己，告诉他，问的是我自己。他嘴张两下，但没出声。我从他嘴型揣测，他说的是：好，好。我又问他，此间为何处？他摆摆手，表示不能说。我问他，在此任何职？我看得出来，他很想告诉我。但就在他要说时，不知从何处忽然走出一老翁，目光甚是严厉，紧盯游兄，大概是在警告他：说不得！我问的话，都得不到回答，无心再问，与他告别。他送我出洞，忽闻洞里鼓声响三下，大概是三更天。再看游兄站立之处，人已不在，荒原之中，唯我形影相吊，不由挥泪久之。”

“廷秀先生应是疲惫。”原杰作出最后一个也是最中肯的判断，“廷秀先生既到郧县，今晚好好睡上一觉，明日精神焕发，我还有许多事情要与你计议呢。”

郧县是个较为偏僻的县份，县衙不大。原杰一行来后，后衙腾出，供他本人住宿和议事之用，他的随员在县衙之外临时安置，只有何乔新，被他留在县衙后堂。

“子英先生估计在郧县还要停留几日？”何乔新问。

“是否鹊巢鸠占，廷秀先生于心不安呀？”原杰笑道。

“子英先生还说得过去；我任的是河南的官，跑到湖广郧县，住进县衙，把知县一家老小都挤出去，当然心里不安。”何乔新说。

“廷秀先生无须多虑。本县知县早晚是要搬出去的，早搬出些日子，权当作预演习吧。”原杰道。

“此言何意？”何乔新问，并说，“我听着不像是该县知县要调任，子英先生话里似有别的含义。”

“确有别的含义；不过，不急着说。”原杰把这个话题应付过去，然后问，“廷秀先生，我才交与的那些数目，你计算停当否？”

“已计算停当，正要报与子英先生。”何乔新道。

“该等数字是一县一县，甚而一乡一乡报上来的，繁琐之极。只因要上奏朝廷，不敢马虎，不得不烦请廷秀先生再计算一遍。”原杰说。

“应该的。”何乔新说着，取出一摞纸来，手指某几处，让原杰看，“计算的结果在这里，请过目。”

“不。”原杰手里也有一摞纸，他指着自己手里的纸说，“还是廷秀先生读出来，以便我拿先前的计算核对。”

“也好，”何乔新读道，“今于荆、襄及与之交接之陕西、河南等府、州、县勘得，流民共计一十一万三千三百一十七户，男妇共计四十三万八千六百四十四丁口。”

“两个数字与我所计算一般无二，看来不会有差错。”原杰说。

“但下面一段文字，我看有点毛病。”何乔新拿的，其实是原杰草拟的一段疏稿，所以除数字，还有文字。

“你说。”原杰道。

“以上民户及丁口，审系山东、山西、陕西、江西、四川，并本省军民等籍。”何乔新念一段文字后，问，“各布政司都有，为何独无河南？”

“后面不是有‘并本省军民等籍’吗？”原杰道。

“子英先生不是奉旨抚治荆、襄等处流民吗？这个‘本省’指的应该是湖广呀！”何乔新说。

“廷秀先生有所不知，一则流民确实集中在荆、襄，二则图个方便，我辈动辄曰荆、襄等处流民；实则，朝廷给我的敕谕是：近闻湖广荆、襄，河南南阳等处流民。故‘本省’不仅指湖广，亦指河南。”原杰说。

“如此，则无毛病。”何乔新边说，边做个手势表示歉意。

“此处没毛病，廷秀先生帮我看看，下一处有没有毛病。”原杰说着，随手在纸上一指。

“为照陕西汉中等府，”何乔新读个开头，问，“是此处吗？”

“不，廷秀先生接着方才那句话往下读就好。”原杰说。

“户数若干，丁口若干，系某某军民等籍。”何乔新简单重复前边那句话后，接读道，“随同镇守等官议得，前项流民，先因原籍粮、差浩繁，及畏罪弃家偷生，置有田土，盖有房屋，贩有土产货物，亦不过养赡家口而已，别无为事端。”因为前一处他读一句，所以，这一处他也只读一句。但原杰并没有让他停下来的意思，所以，他又一气读下去：“若依前例，一概逐遣，尚恐去而复来；或各处顽民，闻知地土空闲，纠集占住，不数年必有甚于今日之众，执难尽遣。今拟将近年逃来、不曾置有产业、原籍田产尚存流民，并平昔凶恶者，断发原籍，其本分营生流民仰遵圣谕编附。”

直到读不下去，他才停住。读不下去，是因为下面又是大量的数字。

“这哪里是一处文字，分明是一篇文章！”何乔新抱怨。

“有劳，有劳！”原杰笑着一揖，“此若为一篇文章，我正想请廷秀先生帮我斟酌斟酌。”

“我以为，文章作得很好，无须再斟酌。”何乔新说，“流民滋生有二：一是原籍粮、差浩繁，一是畏罪逃生；流民复出有二：一是被遣返者复来，一是顽民纠集占住；处置有二：一是将近者流民并前者凶恶流民遣返，一是将本分流民就地编附。议无所遗，言简意赅，特别是开垦土地与其让顽民纠集占住，不如仍着流民耕种，甚合天理人情。”

“廷秀先生当真以为无须再斟酌？”原杰问。

“我一贯求实，子英先生是知道的。”何乔新道。

“那好，请廷秀先生帮我把下面的数目再计算一下。”原杰说。

下面的数字杂乱，但计算出来只有两个结果，一个是遣回原籍的户数和丁口，一个是就地编附的户数和丁口。

“子英先生要核对一下吗？”何乔新读道，“当遣返户数为一万六千六百六十三，丁口为四万五千八百九十二；当编附户数为九万六千六百五十四，丁口为三十九万二千七百五十二。”

“你我的计算相同，但不知廷秀先生留意到没有？当遣返的人户，丁口均之不足三人；而当编附的人户，丁口均之为四人？”原杰问。

何乔新没留意。但他稍稍一想，不难想出原因。

“这没什么不好理解的，”他说，“当编附人户，在本地生存多年，丁口当然要繁衍；而当遣返人户，多是近年流落至此，还没来得及生根。均之每户只差一人，并不算多。”

两天后，原杰邀何乔新出城散步，一走走到汉水边。

“廷秀先生可知，我为何要请你来郧县？”原杰问。

“都堂大人这才想起告诉我呀！”何乔新道。他心里很清楚，原杰让他来郧县，一定有特别的理由：“据子英先生所言，朝廷敕谕，是将湖广荆、襄，河南南阳并列的。不过，流民聚散，仍当以荆、襄为主。子英先生命我到荆、襄任何一州，任何一县，都是理所应当的。”

“虽则我请廷秀先生到荆、襄任何一州、任何一县，乃至我去南阳任何一州，任何一县，都是理所应当的；但把廷秀先生请来郧县，和把廷秀先生请去荆、襄任何一州、任何一县，或我去南阳任何一州、任何一县，仍大为不同。”原杰不怕啰唆，尽量说得精确。

“不会仅为汉水甘甜吧？”何乔新随便说个理由。

“汉水甘甜吗，我怎不觉？”原杰明确告诉他，这个理由不成立。

“请子英先生赐教！”何乔新道。

“我考察许久，以为可在此处建府，廷秀先生意下如何？”原杰在告诉他理由的同时，也在征询他的意见。

“子英先生之意，是将郧县改为府，抑或以新建之府治于郧县？”何乔新必须得到更明确的答案。

“郧县仍为郧县，同时，为新建之府治所。”原杰道。

何乔新看着眼前的水流，看着远处的耕田，看着更远处的山峦，好像在考虑，这里有没有建府的条件。

“敢问子英先生，欲建府于此地，出于什么考虑？”他问。

“首先，襄阳于湖广布政司，僻在一隅；襄阳所属州、县于襄阳，又僻在一隅。襄阳、武昌间，取水路，动须十几二十日，甚或月余；襄阳所属州、县与襄阳间，路程远的，须走上十日，路程近的，也要走上四五日。一旦有事，报呈襄阳，再报呈湖广三司，相应处置，多不济事。就近添置一府，便于处置各项事变。若再仿效他省行都司之设，于此处添置湖广行都指挥使司，更佳。”原杰说。

“怪不得子英先生先前说，郧县衙门早晚是要迁出，原来早就有设府的念头。”何乔新道，他提议，“万山之中，添置一府，无疑为久远之计，但为何要治于郧县，子英先生尚须论证，才可服人。”

“我非欲说服廷秀先生，而欲廷秀先生与我一同说服朝廷。”原杰说着，先举一事，“廷秀先生方才提到汉水。新建之府虽不一定要建于汉水之滨，但新建之府须得滨水而置，不然，如何扩增？”

“我这几日在城外走走，发觉其地甚是广阔。”何乔新亦举一事。

“不知廷秀先生是否留意，出郧县县城有多条道路，可通竹山、房县、上津、枣阳、淅川等县？”原杰又举一事。

“淅川已属河南。”何乔新指出。

“故可谓四通八达。”原杰道。

“虽不曾留意郧县城外道路，我却留意到。”何乔新亦又举一事，“郧县之境，乃递年盗贼出没之所。”

“一则滨水，一则广阔，一则四通八达，一则易为盗贼渊薮，有此四者，足不足以说服朝廷？”原杰总结道。

“我看足矣！”何乔新说。

“既要建府，隶于府者，须有州、县，此事亦须廷秀先生帮着筹划。”原杰提出一个新的议题。

“子英先生的设计，是新置县份，抑或改属旧的县份？”何乔新问。

“二者都在考虑之列。”原杰说。

“何者为主？”何乔新进一步问。

“我想，当以改属旧的县份为主。”原杰说。

“那么，子英先生方才所举竹山、房县、上津、枣阳，当然，还有作为府治的郧县，皆可改属新府。”何乔新说。

“竹山、房县、上津，皆位于郧县以西或西北，可改属新府，枣阳县却在郧县东北，且在襄阳东北，不宜改属。”原杰道。

“既如此，枣阳仍旧，一府四县，不算太单薄。”何乔新说。

“廷秀先生嫌少的话，还可以增置二县。”原杰道。

“子英先生欲于何处增置？”何乔新问。

“一则竹山之尹店，一则郧县之南门堡。”原杰道，“二处人口较为稠密，而又距县治甚远，治理不便。”

“增置二县，该属四县，可谓初具规模。”何乔新说。

“那么，河南、陕西等省，要不要增置县份？”原杰又问。

“子英先生欲一日议就，操之过急吧？”何乔新道。

十二月，朝廷议决，于郧县设郧阳府，并设湖广行都指挥使司；于竹山尹店设竹溪县，于郧县南门堡设郧西县，与郧县等四县并属郧阳府。同时，于河南南阳唐县桐柏镇设桐柏县，于南阳县南召堡设南召县，于汝州伊阙设伊阳县；而于陕西西安商州丰阳设山阳县。次年，又陆续设置若干州、县。

第一百零一章

两名逻卒在东长安街上巡逻。年长的逻卒看到什么，眼睛一亮。他问年轻的逻卒：“兄弟，想不想发点儿财？”

“大过年的，家里连点荤腥都没有，谁不想发财！”年轻的逻卒道。

“你看前面那人。”年长的逻卒说着，往前一指。

“是那两手揣在袖里、埋头走路的男子吗？”年轻的逻卒问。

“两手揣在袖里、埋头走路者自个儿还不知去哪里发财呢，有财给你发！我说的是骑驴的。”年长的逻卒说。

“是那骑在驴背上、身子随驴一扭一扭的女子吗？”年轻的逻卒又问。

“你是心疼她的腚吧？”年长的逻卒取笑他，“过年时想发财，往男子身上想，别往女子身上想。”

年轻的逻卒刚要说并无骑驴的男子，就见一男子侧身骑着驴，优哉游哉，眼看就要从棋盘街拐到长安街上。

“是那身穿灰布衣物的男子吗？”他问。

“是他。”年长的逻卒应道。

“是那头上戴顶皂色小帽的男子？”年轻的逻卒又问。

年长的逻卒懒得再回答，只点了点头。

“是那骑着毛驴却作骑马状、不停挥着鞭儿的男子？”年轻的逻卒问。

“我都说了是他！”年长的逻卒不耐烦地说。

“问清楚，才好动手嘛！”年轻的逻卒道。

“你动手做什么？”年长的逻卒问。

“老哥不是想在他身上发财吗，得把他拦下呀！”年轻的逻卒说。

“拦下他不急，且看他转向哪边。”年长的逻卒道。

“拦下就是，干吗还要管它转向哪边？”年轻的逻卒问。

“这你不懂。”年长的逻卒有个显示自己深谋远虑的机会，一定要好生利用，“他若右转，多半住在东城，若左转，多半住在西城，若顺着皇城往北，多半住在北城，对不对？”

“对便怎样，不对便怎样？”年轻的逻卒问。

“你说对，我接着给你讲；你说不对，你给我讲。”年长的逻卒道。

“那我只得说对。”年轻的逻卒显然不愿自己讲。

“东城住的多半是亲贵，他若住在东城，难免是亲贵家里的人，你我须得小心，不可贸然行事；西城住的多半是大臣，他若住在西城，难免是大臣家的人，你我也须得小心，不可贸然行事；北城住的既少大臣，亦少亲贵，他若住在北城，你我可放心大胆地行事。”年长的逻卒说。

“老哥是不是说，他住在东城、西城，你我就不将他拦下；非得他住在北城，你我才讲他拦下？”年轻的逻卒问。

“那也不一定，”年长的逻卒道，“他住在东城、西城，你我就多尾随他一段，看他是不是去亲贵之家、大臣之家；如若不是，一样可以将其拦下。他住在北城，你我可早些把他拦下。”

“老哥不知吗，北安门外，有许多公公的外宅。”年轻的逻卒说。

“当真撞上公公宅里的人，只有两个字好说。”年长的逻卒说。

“哪两个字？”年轻的逻卒问。

“晦气。”年长的逻卒道。

说话间，骑驴的男子到长安街上，他没有向右转，也没有向左转，而是沿着皇城往北去。

“兄弟，今日我二人运气不错。”年长的逻卒高兴地说。

他一挥手，二人跟上去。这条街上，人本来就少，年节之际，团圆在家，更少人走动。快到东安门时，年轻的逻卒按捺不住。

“老哥，可以上前拦截吗？”他问。

“你好糊涂，此处还是中城，你知他往哪里去！”年长的逻卒斥道。

“你只说北城可早些拦下，东城、西城须迟些拦下；又没说中城可早些拦下，或须迟些拦下。”年轻的逻卒嘟囔着。

年长的逻卒关注的是骑驴的男子下一步会往哪里走，根本无心搭理他。骑驴的男子若到东安门向右转，仍有可能住在东城，那就要小心；他若仍往前走，那就再好不过。但仍要小心，因为前面不远就是灯市，乱哄哄的，一不小心有可能把人跟丢。

到东安门，骑驴的男子不知用的什么技法，引得那头驴就地转两圈，看得两名逻卒眼花缭乱。然后，它没右转，这让人鼓舞；也没前行，这让人扫兴；却往左转去，这让人摸不着头脑。东安门和东华门之间，就那么大的地方，除朝廷的衙门，住有几户人家数都数得出来。

两名逻卒转进东安门时，骑驴的男子已经快到东华门。年轻的逻卒想加快脚步，跟将上去，被年长的逻卒拉一把，二人一步慢似一步地往东华门方向挪动着。

从东华门里跑出来两个内臣，一个在前面把驴拉住站稳，一个在后想去搀扶骑驴的男子下驴。骑驴的男子不需要他帮忙，把他推开，自己跳下来。他对两个内臣说着什么，问着什么，两个内臣点头哈腰地应对。

然后，骑驴的男子抬头挺胸，傲然地走进东华门。两个内臣则留在外面，四处张望，好像在观察骑驴的男子有没有引起别人的注意。

“老哥，他在往宫里去。”年轻的逻卒沮丧地说。

“我看得见！”年长的逻卒更为沮丧。

“咱还尾随吗？”年轻的逻卒问。

“我倒想继续尾随，可进得去吗！”年长的逻卒道。

“我是问，要不要等在外面。”年轻的逻卒委屈地说。

“等他出来？等他出来，你敢拦住他问话吗？”年长的逻卒道。

“那只好无功而返。”年轻的逻卒懊丧之余，只有自己安慰自己，“反正是要走的，走这一段，倒不寂寞。”

皇帝看汪直一身装束，忍不住想笑。

“你在向朕哭穷吗？穿布衣不说，还穿粗布衣！”皇帝道。

“奴才这次去的穷乡僻壤，那里的男人有这一身行头，可在三亲六戚面前夸富。”汪直说。

“进京城呢，你也夸富？”皇帝问。

“进京城，奴才夹起尾巴做人。”汪直道。

“到宫门呢，见你这副模样，他等让你进来？”皇帝问。

“是啊，他等让奴才进来。”汪直说。

“他等都认得你不成？”皇帝问。

“他等或不认得奴才，却都认得奴才那匹驴。”汪直说。

“有趣，朕的马倌，居然骑驴去办差。”皇帝笑道。

“穷乡僻壤，有匹驴，也足以夸富。”汪直说。

“你开口穷乡僻壤，闭口穷乡僻壤，朕听着，你倒不夸富，似在夸穷；换言之，你是在叫苦呀！”皇帝一语道破。

“奴才不敢！”汪直道，“穷乡僻壤是奴才选的，苦是苦点儿，但奴才乐在其中，其乐无穷。”

“你先告诉朕，你今次去的是哪里的穷乡僻壤？”皇帝命道。

“涿州的房山。”汪直道。

“房山有何怪异之事，要你去查？”皇帝问。

“奴才听说，大房山山腰间，有个尼姑庵。”汪直说。

“京畿多寺庙，亦多尼姑庵，朕是知道的。房山那处尼姑庵，有何特别之处？”皇帝问。

“奴才听说，庵里有三个尼姑，都在三四十岁年纪，”汪直说。

“三四十岁，既算不上老尼姑，也算不上小尼姑。”皇帝说。

“爷圣明，奴才只说一句，爷便知要害所在。”汪直道。

“你别忙着奉承，朕并不知要害所在。”皇帝不领情。

“要害就是爷说的，既非老尼姑，又非小尼姑。”汪直道。

“那又怎的？”皇帝问。

“奴才听说，该尼姑庵正在上山下山的道路旁。有行路男子入内讨水喝，凡相貌俊俏者，尼姑们便在水里放些蒙汗药，把他放倒，抬进黑屋。等他醒过来，轮流与他淫乱；不从者，则被杀害。”汪直说。

“朕只听说庙里和尚有做此勾当的，没想到庵里尼姑也有做此勾当的，想想着实吓人，也着实诱人。汪直啊，怪不得你说其乐无穷呢。不过，你这模样也够俊俏的，不怕被灌蒙汗药吗？”皇帝道。

“奴才要是被放倒，可就露了馅，”汪直说，“奴才既没敢靠近该尼姑庵，更没敢喝庵里的水，只躲在一簇乱树丛里观望。爷，当真功夫不负有心人，一男子进入尼姑庵，被我看到。”

“进去后没再出来？”皇帝问。

“奴才等两个时辰，没见他出来。”汪直说。

“如此说来，是着了尼姑们的道。”皇帝判断。

“或者是着了尼姑们的道，或者是尼姑们的相好。”汪直说。

“怎又跑出个尼姑们的相好？”皇帝问。

“奴才见那男子鬼鬼祟祟进庵里，不像是进去讨水喝，倒更像是来与相好的幽会。”汪直说。

“言之有理！”皇帝道，“一则有相好的，可能还不止一人；一则逼行路之人行奸，不知害人有几。这等尼姑，称得上妖尼！”

“爷说的是。”汪直应道。

“三个妖尼，你带回京城几个？”皇帝又问。

“奴才一个也没带回。”汪直说。

“这是为何？”皇帝问。

“奴才仅一人，不老不小的妖尼却有三人，三妖尼不老不小的相好又不知有几人，奴才不敢莽撞。”汪直说。

“朕的心腹，倒单枪匹马地办事，是朕之过。”皇帝说着，问道，“汪直，朕交给你几多人，你心里才踏实？”

“爷说几多，就是几多。”汪直道。

“不宜过多，也不能太少。”皇帝思忖着，“前者朕只命你侦伺，你一人去办朕最放心；这会儿要拿人，而且不是拿一人，朕又不欲你用东厂的人，不欲你用锦衣卫的人。这样吧，朕给你百名校尉，或是侦伺，或是拿人，或是鞫讯，只听你一人调度。”

“奴才只听爷一人调度。”汪直紧接一句。

“就是这个意思。”皇帝道，“人你即去挑选，随意挑选。挑选好，即往房山去缉拿那几个妖尼。”

“奴才领旨。”汪直应着，却没有挪动。

“你为何不去？”皇帝问。

“奴才还有一事须请旨。”汪直说。

“你说。”皇帝命道。

“奴才将妖尼解来京城后，是将她等交锦衣卫讯问，还是将她等交东厂讯问？”汪直问。

“朕说过，拿人不欲你用东厂人，或锦衣卫人，讯问怎反交给锦衣卫，或东厂？朕谁都不用，就由你讯问！”皇帝道。并嘲弄地说，“怎么，妖尼你敢拿来，却不敢讯问？”

“奴才并非不敢，只是有难处。”汪直说。

“有何难处？”皇帝问。

“奴才不知，该借东厂之地讯问，或借锦衣卫之地讯问？”汪直说。

“你问得好没道理！既由你讯问，自当避开东厂及锦衣卫！”皇帝忽然发现，汪直问得不是没有道理。别说讯问得有个地方；就算拨给他的百名校尉，也得有个落脚的地方。总不能让他等像野鬼散魂，随处飘荡吧！“汪直，你要个落脚之处，又不是见不得人，何不直接对朕说！”

“奴才的小心思，爷一眼看透。”汪直笑着应道。

“你看好什么地方没有？”皇帝问。

“爷说在哪里，奴才就去哪里。”汪直道。

“人员由你选，地方也由你选。除了不得在宫城之内，你选中其他地方，朕都准你就是。”皇帝说。

“爷发话，奴才姑妄言之。”汪直道。他还真看中一块地方，所以才引出这个话题：“皇城以西显灵宫前，地方开阔，有几株古树参天而立，又有几间现成的房屋可用；如若不足，加盖几间房屋也很方便。”

灵济宫建于永乐年间，和它附近更靠近宫城的显灵宫，是城里两所最大的道观。

“如何？”皇帝不无得意地说，“朕料你已看中地方，若随便把你支应到一处，还不得落你埋怨！”

“奴才不敢！”汪直笑嘻嘻地说。他知道，皇帝已答应他的要求。

“汪直，你可知，你选中灵济宫前办事，正合朕意？”皇帝问。

“爷是说，奴才选对地方？”汪直的欣喜，有一半是装出来的。

“那你知为何选对地方吗？”皇帝问。

“奴才不知。”汪直应道。

“你不妨想想，东厂在何处。”皇帝提示。

“爷是说，东厂外厂设在东城，奴才在西城办事，可以避开它？”汪直似懂非懂地说。

“此其一也，”皇帝道，“百名校尉，人不多也不少；灵济宫前一片，地方不大也不小。你从此算有个办事衙门。你选别的地方，衙门的名字不好取；你选灵济宫前，名字却是现成的。”

“爷给奴才的衙门取个什么名字？”汪直问。

“西厂。”皇帝道，“你的衙门叫西厂，你就是提督西厂太监。”

“谢爷抬举！”汪直叩过头，似乎仍觉得难以置信，他问，“爷是说，奴才的西厂，和祖宗设的东厂，可以并列？”

“你办事得力，连东厂一起提督，亦无不可。”皇帝说。

“谢爷抬举！”汪直又诚心诚意地磕几个头。

第一百零二章

韦瑛随王越西征，并随王越还京。王越当上掌院都御史，他却费尽九牛二虎之力，才在锦衣卫里挂个百户的名衔。这是虚衔，除能支份薪俸，什么事也管不了，什么事也做不了，无聊之极。

直到住在邻近的中书官董玙来向他求教，他才忽见洞天。

“董先生说什么，你家里来个人？”韦瑛问。

“是逃来个人。”董玙说。

“来个人，逃来个人，没多大区别嘛！”韦瑛没太放在心上。

“不对，区别可大，可不大。”董玙道。

“董先生有学问，说说看。”韦瑛漫不经心地说。

“因得罪邻里逃出来，区别没多大；因官府追查逃出来，区别却甚大。因州、县追查逃出来，区别仍没多大；因刑部、锦衣卫追查逃出来，区别则极大。”董玙说。

“你家里来的人，是怎样的情形？”韦瑛问。

“是刑部、锦衣卫追查的。”董玙说。

“刑部、锦衣卫为何追查他？”韦瑛问。

“是人命官司。”董玙说。

“人命官司，也是可大可小的。”韦瑛好似自语，又好似引申董玙方才的话。

“所以，我才来与高邻合计嘛！”董玙道。

“只是合计吗？”韦瑛想的是：合计下来，自己得不到什么好处。

“更来请高邻帮忙。”董玙会意地说。

“董先生，帮忙可以，但得看这个忙帮得值不值。”韦瑛道。

“高邻放心，好处绝不会少你的。”董玙忙说。

“董先生误会，我是说，你值不值。”韦瑛体贴地说。

“唉！”董玙叹口气，“值不值，此事我都要管。”

“不值的忙，谁能强制你帮？”韦瑛问。

“出事的是我舅哥，我怎好坐视！”董玙道。

“原来是至亲，这个忙该帮。”韦瑛毫不犹豫地说，又说，“只不过，在董先生，是帮至亲的忙；在我，是帮好朋友至亲的忙。这中间可差着好大一截呢！”

“我说过，好处绝不会少你的。”董玙道。

“如此应允，董先生知道叫什么吗？”韦瑛问。

“叫什么？”董玙反问。

“慷他人之慨。”韦瑛道。

“我可不是慷他人之慨，而今我舅哥在逃，我岳丈在狱中，出多少资财，免此祸灾，我都是愿意的。”董玙说。

“原来已有一个在狱里，事体更大。”韦瑛道，“董先生，不好意思，做近两年邻居，我还不知道夫人姓氏。”

“姓杨。”董玙说。

“我记得，董先生是闽人，夫人也是吗？”韦瑛问。

“也是。”董玙告诉他。

“不知方便不方便告知，她是哪府哪县人氏？”韦瑛问。

“有何不方便告知，她是建宁府建安县人。”董玙说。

“哎呀！”韦瑛惊呼，“我记得，当年的东杨先生就是建安人！”

“高邻说得对，拙荆是东杨先生之后。”董玙道。

韦瑛往灵济宫一带寻找汪直，终于在一个小院落里找到。汪直随便坐在偏房的一把椅子上，韦瑛被人引进来，一声不吭，先磕三个响头。

“你是来投奔我的？”汪直问。

“是。”韦瑛应道。

“为何要投奔我？”汪直问。

“欲谋前程。”韦瑛说。

“在锦衣卫，有锦绣般的前程，你怎舍得放弃？”汪直问。

“在锦衣卫，十个人里，只有一个具有锦绣前程，卑职不可能成为具有锦绣前程的那个人；在公公处，十个人里，九个都具有锦绣前程，卑职不可能成为没有锦绣前程的那个人。”韦瑛说。

汪直听得心花怒放。他问：“你怎知在我这里，九个都有锦绣前程？”

“卑职的主人告诉卑职的。”韦瑛说。

“你主人又是谁？”汪直问。

“王都堂。”韦瑛道。

“可是掌都察院的王世昌先生？”汪直问。

“是他。”韦瑛应道。

“他可是个人物，你为何不仍跟随他？”汪直问。

“王都堂主持西北军务时，卑职一直在帐前服侍；他还朝后，把卑职带回来；因在衙门里实在无法安置，他在锦衣卫为卑职谋个职位。但他再三告诫卑职，欲求发展，须离开锦衣卫。”韦瑛说。

“再三告诫？他建议你来找我？”汪直问。

“是。”韦瑛应道，“王都堂对卑职说，遍观朝野，京师堪称英雄者，唯汪公公而已。”

“哈，你今日来投奔我，才拿这话来搪塞我！”汪直说。

“卑职在公公面前，不敢有半句假话。”韦瑛道。

“既然如此，为何王都堂再三告诫，你今日才来？”汪直问。

“卑职早就想来，无奈没找到进身之阶。”韦瑛道。

“看来，你今日已找到进身之阶？”汪直问。

“卑职打探到一名逃犯，特来禀告。”韦瑛说。

“一名逃犯，任何一个衙门里的任何一个捕头都打探得到；你锦衣卫一名百户，以此为进身之阶，未免自降身份。”汪直道。

“公公不知，此逃犯非一般逃犯，”韦瑛说。

“非一般逃犯，难道是钦犯不成？”汪直讥道。

“真是钦犯，倒没多大意思。”韦瑛却说。

“这话有点儿耐人寻味。”汪直不由点头，“你倒是说说看，为何打探到钦犯反而没多大意思？”

“公公想啊，朝廷的钦犯，公公在打探，别人也在打探；公公想抓，别人也想抓。就算被公公抓到，还不得送交朝廷？朝廷让哪个衙门鞫讯，就由哪个衙门鞫讯，公公能得多大好处？”韦瑛道。

“你的那个逃犯又能让我得多大好处？”汪直问。

“那要看公公想要多大好处。”韦瑛说。

“你的意思，我想要多大好处，就能得多大好处？”汪直问。

“卑职正是此意。”韦瑛说。

“他是谁呀，有这么大的神通？”汪直问。

“建宁卫指挥，姓杨名晔。”韦瑛说。

汪直本来有点儿相信他的话，一听此人职位，又不相信。

“打探并缉拿指挥，在你锦衣卫，可能算个事；到东厂，就不算个事。到东厂，不算个事；到我西厂，更不算个事。”汪直说。

“公公不知，此指挥非一般指挥。”韦瑛说。

“他有何特别之处？”汪直问。

“他姓杨。”韦瑛说。

“那又怎的？”汪直不觉得这有什么特别的。

“公公可知，建宁府有个建安县？”韦瑛问。

“那又怎的？”汪直也不觉得这有什么特别的。

“杨晔，建安人也。”韦瑛说。

“那又怎的？”汪直仍不觉得这有什么特别的；而且决定，韦瑛再围绕着杨晔问来问去，就把他撵走。

还好，接下来。韦瑛稍微绕开一点儿。

“建安杨家，公公没听说出过什么人物吗？”他问。

“没听说过。”汪直的确想不起什么人物。

“杨荣其人，公公也没听说过？”韦瑛问。

“杨荣其人，我敢说京城不下十个，天下不计其数。谁知你说的是哪个杨荣！”汪直道。

“籍贯建安、扬名于京城、扬名于天下的，却只有一人，即被称为东杨先生的阁臣杨勉仁先生。”韦瑛说。

东杨先生，汪直不会没听说过。而且，把韦瑛前后的问题联系起来，他也不难分析出，韦瑛要说的是什么：“你是说，此杨即彼杨？”

“杨晔，东杨先生曾孙辈也。”韦瑛道。

让汪直了解这一层关系，只是个引子，关键是要把下面的想法灌输给他。韦瑛接着说：“公公想啊，当了近四十年阁臣，皇家赐予，同僚馈赠，门生奉送，再加上自家经营，他得积攒下多大的家业呀！”

杨晔被拖上来时，已脱人形。

上面三人，正中坐的是汪直，左边坐的是锦衣卫带俸千户吴绶，在汪直挑选的百名校尉中，他排在第一位，右边坐的是韦瑛。

汪直举手示意，行刑的校尉将一桶冷水泼向杨晔。杨晔身子一颤，然后哼一声。他再一次苏醒过来。

“老韦，你来问。”汪直命道。

“杨晔，你该知身在何处吧？”韦瑛问。

“知道，不在锦衣卫狱。”杨晔虚弱地回答。

“你上回说在锦衣卫狱，这回怎又说不在？”韦瑛问。

“我闻得锦衣卫狱里琶刑最厉害，上回领受过，果然厉害，所以我说在锦衣卫狱；我又听说，因该刑厉害，行之骨节寸解，故而锦衣卫狱用一次即止，而我已三次受刑，所以，我又说不在锦衣卫狱。”杨晔断断续续地说，每说几个字，就要停下来喘息。

“既然知道厉害，就如实招供吧！”韦瑛道。

“是，罪官一定据实招供。”杨晔说。

“那么，你殴人致死，这事有没有？”韦瑛问。

“有。”杨晔应道。并说，“第一次用刑后，罪官就供认此事，不知大人为何又第二次用刑。”

“你不知吗？好，我来告诉你。”韦瑛说着，问道，“第一次用刑后，你供认的是殴人致死之事；可问你为何逃来京师，你怎说的？”

“罪官说，为躲避仇家追杀。”杨晔道。

“可是实情？”韦瑛问。

“不是。”杨晔应道。

“实情如何？”韦瑛问道。

“实情是，为躲避官府追拿。”杨晔道，又说，“第二次用刑后，罪官就如实供认，不知大人为何又第三次用刑。”

“杨晔，你记性好坏！”韦瑛斥责归斥责，但还是提醒他，“第二次用刑后，你供认的是躲避官府追拿；可问你是否携巨资来京，你怎说的？”

“罪官说，离家匆忙，只身来京。”杨晔道。

“可是实情？”韦瑛问。

“不是。”杨晔应道。

“实情如何？”韦瑛问。

“罪官携巨资入京，以便上下活动。”杨晔说。

“这事你今日承认？”韦瑛追问一句。

“罪臣承认。”杨晔说。

“那好，我再接着问下去：你究竟带若干银两入京？”韦瑛道。

“三五千两。”杨晔心知说少过不了关，尽量往多说。

“堂堂杨府，三五千银两，也算得巨资！”韦瑛冷笑道。

“三五千两，是罪臣携带入京的；为救罪臣一条性命，及罪臣父亲一条性命，家人又曾送银两入京。”杨晔说。

“送来多少？”韦瑛问。

“三五万两。”杨晔说。

“看来，不第四次对你用琶刑，你还要隐瞒呀！”韦瑛道。

“大人别用刑，罪臣照实说就是，罪臣家里分几次，往京师输银，共计十万之多。”杨晔自己也说不清楚，供出十万两银子，怎么比供出三五千两银子还要坦然。他想好，如果十万两银子他们还嫌少，就说二十万两，五十万两，一百万两，反正不能再受刑。

“银子呢？”韦瑛似乎知足。

“什么银子？”杨晔问。

“十万两银子，总得藏在个地方吧？”韦瑛道。

“罪臣不记得。”杨晔说。

“当真不记得？”韦瑛问。

“有个模模糊糊的印象，似在亲眷家里。”杨晔又说。

“哪个亲眷？”韦瑛问。

“罪臣记不起来。”杨晔说。

“记不起来没关系，一用刑，就记起来。”韦瑛道。

“罪臣在京城，有两个至亲，一个是罪臣亲妹，一个是罪臣亲叔。罪臣想，那么多银两，不在亲妹家，就在亲叔家。”杨晔说。

“究竟在亲妹家，还是在亲叔家？”韦瑛追问。

“罪臣寄居在亲妹家，想来不会把银子放在那里；应该是在亲叔家。”杨晔说。听得出，他已经在胡言乱语。

韦瑛却不当作胡言乱语，他告诉汪直：“卑职禀报公公，杨晔叔父名士伟，现官兵部主事。”

“你问得很好。现在可以告诉他，他究竟身在何处。”汪直道。

第一百零三章

三月十八日，翰林院散衙后，李东阳、谢铎做伴，一同去陈音家。

“二兄来了。”陈音边揖，边把二人迎进去。

“鸣治兄，你听出来没有？”李东阳问。

“听出来什么？”谢铎问。

“师召兄怎招呼你我的？”李东阳问。

“他招呼曰，二兄来了。”谢铎重复道。

“鸣治兄没听出来，他这声招呼与平日不同吗？”李东阳问。

“有不同吗？”谢铎不像他那么机敏，想不出这句招呼与平日有什么不同。况且，不这么招呼，又怎么招呼？他不是反过来问李东阳，而是反问陈音：“师召兄，你平日如何招呼？”

“也是这般招呼呀！”陈音道。

“宾之兄，并无不同呀！”谢铎这才对李东阳说。

“怎无不同，分明少一字。”李东阳道。

如果他说少几个字，还容易猜；少一字，实在无从猜起。

“若是少个加重语气的字，譬如，师兄招呼：二兄来了啊，或：二兄来了呀，其实也没什么不同。”谢铎说。

“不然，多此字，少此字，意思全然不同。”李东阳道。

“那么，究竟少的何字？”谢铎问。

“怎。”李东阳道。

怎？一经提醒，谢铎记起，平日来访，敲开门来，总是看见陈音露出奇怪的神情，然后会问：兄怎来了？开始，你会以为，这是不欢迎你来的表示；但很快你会发现，他不过是没想到你会来。

“不错，平日师召兄招呼的是，二兄怎来了。”谢铎说。

“意思是否不同？”李东阳问。

“当然不同。”谢铎道，“招呼‘二兄来了’，是在意料之中；招呼‘二兄怎来了’，是在意料之外。”并说，“今日是师召兄邀我等聚于此，怎会招呼‘二兄怎来了’？”

“鸣治兄以为，我等不期而至，在师召兄是意料之外；我等应邀而来，在师召兄是意料之中吗？”李东阳问。

“理当如此。”谢铎说。

“理当如此，却非必然如此。”李东阳道，“我就不止一次应他之邀而来，来后他却问：宾之兄怎来了？”

“这也是有的。”谢铎看来也碰到过这种情形，但他为陈音分辩道，“师召兄是贵人嘛，常会忘他的约请。”

“故而，师召兄今日招呼‘二兄来了’，而非招呼‘二兄怎来了’，可见未忘自家的约请；他未忘自家的约请，一定是有非同寻常的消息要告诉我等。”李东阳说。

陈音一直笑眯眯地听他二人对话，对李东阳的结论不置可否。

谢铎看他一眼，对李东阳说：“宾之兄如此判断，似有些武断。”

“那好，我再给鸣治兄找一佐证。”李东阳道，“鸣治兄没看出来，你我喋喋不休，师召兄神色与平日有所不同吗？”

“平日我等言谈时，师召兄就是眯着眼倾听；今日宾之兄与我言谈，他仍是眯着眼倾听。”谢铎说。

“鸣治兄少说个字。”李东阳道。

“我又少说哪个字？”谢铎问。

“平日我等言谈，师召兄是眯着眼倾听；今日鸣治兄与我言谈，师召兄是笑眯着眼倾听。”李东阳道。

“你是说，我少说个笑字？”谢铎边说，边向陈音看过去。他不得不佩服，李东阳观察得真仔细，陈音的笑容到这会儿也没收起。他问，“师召兄，你有时眯着眼倾听，有时笑眯着眼倾听，究竟有何区别？”

“这话是宾之兄说的，你问他呀！”陈音毫不含糊地说。要在平时，他根本分不清这话是谁说的。

“师召兄居然让你问我，又是一佐证。”李东阳抓住这一点说。

“宾之兄不必再证之。”谢铎知道，论缜密，论机敏，他根本无法和李东阳相比，不如干脆问陈音，“师召兄，宾之兄断定你有非同寻常的消息告诉我等，是耶，非耶？”

“不知。”陈音道。

“是师召兄有没有非同寻常的消息相告，又不是别人有没有非同寻常的消息相告，师召兄怎会不知？”谢铎好不奇怪。

“消息是有一个，我也十分想告诉兄等。”陈音说。

“鸣治兄，如何？”李东阳颇为得意。

“不过，是不是非同寻常的消息，我却不知。”陈音又说。

“宾之兄，如何？”这下轮到谢铎占上风。

“我赌师召兄要告诉我等的，一定是非同寻常的消息。”李东阳说。

“我只好赌师召兄告诉我等的，一定不是非同寻常的消息。”谢铎说。

二人说罢，一齐向陈音望过去。

“二兄赌什么，是否要我裁决？”陈音若无其事地问。

李东阳、谢铎一齐苦笑，一齐说：“师召兄，我等赌你的消息。”

“怎么个赌法？”陈音问。

“师召兄把消息说出来，若非同寻常，则我赢。”李东阳道。

“师召兄把消息说出来，若不是非同寻常，则我赢。”谢铎道。

“如此，绝赌不出输赢。”陈音说。

“为何赌不出输赢？”李东阳、谢铎齐问。

“我说一消息，宾之兄必称非同寻常，鸣知兄必称不是非同寻常。彼此争执不下，怎会有结论？”陈音道。

李东阳、谢铎彼此看一眼，心里都在想：此兄平时懵懵懂懂，这件事却看得明白。二人齐道：“最后，自须师召兄裁决。”

“我问要不要我裁决，二兄哂之；看，不还得由我裁决！”陈音言辞间，颇有几分自得。

“师召兄快说吧！”李东阳、谢铎催促。

“家中来信。”陈音打算把他的消息分成三句话，这是第一句。

“宾之兄，如何？”谢铎迫不及待地问。

“师召兄说的什么，鸣治兄就以为自家赢！”李东阳道。

“师召兄家中每半个月就有信来，这怎算得非同寻常的消息？可不是我赢！”谢铎说。

“我亦知，师召兄每半月就接家书；更频者，十日即得家书。但鸣治兄想想，哪次得家书，师召兄会邀众多好友来聚？”李东阳问。

谢铎被问住。家书固然弥足珍贵，但现在不是“家书抵万金”的年代，谁会为一封家书而大张旗鼓地庆祝？

“况且，师召兄还没报完消息呢。”李东阳又说。

“家书是大儿写的。”陈音说第二句话。

“师召兄收到十封家书，总有七八封来自大儿。宾之兄，你总不能说这个消息非同寻常吧？”谢铎道。

“师召兄的消息到此为止，我承认你赢；可我敢说，师召兄的消息才说一半。”李东阳道。

“另一半会是什么？”谢铎问。

“家书非报平安，必是报大喜之事。”李东阳说。

“师召兄，是耶，非耶？”谢铎问陈音。

“不知。”陈音道。

“怎又不知？”谢铎不用他回答，自己替他说，“报喜是报喜，但不知是否大喜，对吧？师召兄，你只要告诉我等大公子报的是何喜事，是否大喜，我等自会判定。”

“大儿得大儿，吾得长孙矣！”陈音道。

“鸣治兄，如何？”李东阳要谢铎自己说。

“大喜固为大喜，却不是非同寻常。”谢铎道。

“是何说法？”李东阳问。

“生儿育女，乃人之常情。”谢铎说。

“鸣治兄所言，不无道理；不过，师召兄方才的话，鸣治兄显然不曾留意。”李东阳说。

“师召兄怎说的？”谢铎问。

“他说，大儿得大儿，吾得长孙矣！”李东阳重复陈音的话后，道，“得长房长孙，你能说师召兄是得孙儿、孙女的寻常喜悦之情吗？”

“确有不同！”谢铎承认。

“我等同年友好，皆无孙辈，师召兄之长孙，亦是我辈中第一个孙儿，你能说我等是同年友好得孙儿、孙女的寻常喜悦之情吗？”李东阳道。

“我认输，听任宾之兄处罚。”谢铎说。

“你认输，我也没赢，赢的是师召兄，你我都听他处罚。”李东阳说。

“饮酒，联句，吟诗。”陈音的处罚是三件事，“鸣治兄，宾之兄，饮酒，须你二人率先；联句，须你二人起首；吟诗，须你二人居多。”

宾客辞别而去，陈音洗漱之后，准备就寝。但一来人逢喜事，二来酒饮得多，躺在床上，怎么也睡不着。他干脆起身，手举蜡烛，在书房里观赏书写在墙壁上的诗。诗是众同年好友联成的，按照他的要求，由谢铎起句，然后是李东阳，然后是其他人。书写者是李东阳，他的小楷在同年好友中是最好的，在整个朝堂之上可能也是最好的。也许是酒喝到兴头上，有人提议，把联句书于壁，李东阳欣然执笔。

陈音开始反对，觉得太张扬。而现在夜深人静，一个人来欣赏诗句，欣赏书法，倒觉得真是一景。

忽然，邻居的院子里一阵骚乱。陈音一惊，忙呼叫小童。他最怕嘈杂的声音，一听到嘈杂的声音，就不知所措。

小童也听到邻院的骚乱，只是懒得起来，老爷呼叫，他不能不起来。

“哪儿的声响？”陈音问。

“好像是隔壁杨老爷的院子里。”小童说。

“定是今晚饮酒，闹得有点儿凶，惹得杨老爷不高兴，要闹回与我。你去代我赔个罪，就说改日我请他饮酒。”陈音吩咐。

“老爷就爱往自个儿身上揽事！人家院子里闹，和你有什么相关，你就说是在闹回你？”小童不愿去。

“我说他闹回我，没有根据；你说他不是闹回我，不也没根据吗？你权当他是闹回我，过去说两句好话，又有何妨！”陈音道。

小童百般不乐意地穿好衣服，打开院门，往隔壁的院子走去。去时，他走得磨磨蹭蹭；回来时，他走得很急。

“见着杨老爷没有？”陈音问他。

“没见着。”小童说。

“你就是会偷懒！”陈音责备道，“既然赔罪，就该当着杨老爷的面说；你对杨老爷的家仆说，再让他转达，人家知道你心诚不心诚呀！”

“老爷别错怪我，我并没见到杨老爷家仆。”小童说。

“连家仆都没见到，你却向谁赔罪！”陈音道。

“既没见到杨老爷，又没见到杨老爷家仆，老爷说我向谁赔罪？”小童不客气地问。

“既没赔罪，你怎就回来？”陈音责备。

“杨老爷的院子被一群官校围得严严实实，我不回来，难道让他等把我也抓走不成？”小童道。

“你又不曾犯罪，他等抓你作甚！”陈音说着，好像这才听懂小童的话，“你是说，该等官校是来抓杨老爷的？”

“是啊！”小童应道，“我壮着胆子问一名官校，来这里做什么；他说，这家主人犯事，他等奉命逮拿。”

“奉谁之命？”陈音问。

“我也这么问他，他却不说。”小童道。

“岂有此理，奉命抓人，却连奉哪个衙门之命都不敢说！”陈音大怒，要往外冲，“我去问他，是奉谁人之命！”

“老爷，不可莽撞！”小童拉住他，“人家都说，秀才遇到兵，有理说不清。何况老爷这样的秀才，和他等说得清吗？”

“杨老爷好歹也是廷臣，岂容说逮拿就逮拿？是可忍，孰不可忍！”陈音挣扎着，不肯罢休。

“老爷定要理论，我倒有个法子。”小童知道老爷的脾气，想劝他不要出面，肯定是劝不住的。

“你说。”陈音不再挣扎。

“老爷可攀上墙头，质问他等。”小童说。

“这有什么好处？”陈音问。

“不是秀才遇到兵，有理说不清吗？老爷与他等隔着墙，就不算秀才遇到兵。”小童说。

“也罢，你去搬梯子。”陈音不管是不是好主意，决定采纳。

小童搬来梯子，并帮助陈音登上墙头。他正好看到，两员校尉推搡着兵部主事杨士伟往院外走去。

“尔等何许人也，竟敢擅辱廷臣！”陈音喝问。

他虽是典型的文士，但怒喝起来也很有气势。两员校尉，以及站立院内、院外吵吵嚷嚷的校尉，一下都静下来。

“尔何许人也，竟敢过问我西厂的事，不怕死吗！”一员推搡杨士伟的校尉回过神来，冲着墙头叫骂。

“我乃翰林侍读陈音，你也敢报上姓名吗！”陈音道。

该校尉吐了吐舌头，没敢报上姓名。

“师召先生，多谢美意！”杨士伟朝他一揖。

第一百零四章

皇帝见怀恩抱摞奏本过来，抢先问道：“老怀，今日有没有弹劾西厂的奏章？”

“有。”怀恩应道。

“抱回去吧，朕不想读，不想听。”皇帝摆着手说，“对弹劾西厂的奏章，朕有四字箴言：置之不理。”

“爷，是阁老的奏章。”怀恩说。

皇帝可以说：阁老的奏章，朕也置之不理。但他没这么说。对阁老，不能太过分，得给朝廷留点儿体面，亦即给皇帝自己留点儿体面。

“哪位阁老的奏章？”皇帝问。

“四位阁老并署。”怀恩道。

皇帝本来想，如果是商辂上言，一定要读完，首辅嘛，又在内阁多年，他的奏疏不可和其他阁臣的奏疏相提并论。如果是刘珝上言，好歹也得读完，他虽是新阁臣，但皇帝即位之前，他已侍讲于东宫，是皇帝的启蒙先生，皇帝即位后，他又是日讲官，皇帝最喜欢听他进讲；另一名讲官刘定之，称他为讲官第一。如果是万安、刘吉上言，皇帝可以见机行事：想读就读，不想读就不读；读得高兴就读下去，读得不高兴就弃置一旁。还可以训饬两句，或挖苦两句。

怀恩说四位阁臣一齐上言，皇帝没有选择的余地。不过，他没让怀恩读，而是要过该疏，自己读。

商辂等奏疏略曰：近日伺察太繁，法令太急，刑网太密，人心汹汹，各怀疑惧，诚非承平之世气象，宜皆缓之。今陛下听断于汪直，汪直又寄耳目于群小，如韦瑛等辈。曹钦之变，由逯杲刺事激成，可为惩鉴。自汪直用事，士大夫不安于职，商贾不安于途，庶民不安于业，若不亟去，天下安危未可知也。

后面列数汪直十一大罪状。

对皇帝来说，耐着性子读完前言，已经不容易；后面的具体罪状，读都不要读。他一拍御案，喝道：“老怀，你去内阁问问，此疏是谁人所拟；你再问问，朕欲伺察京师内外之事，怎就使不得；你再问问，朕着一内竖办事，怎就危及天下！”

“奴才遵旨！”怀恩应道。

皇帝听出他的不情愿，也理解他的心思，所以又说：“朕知你日常要和阁老们来往，抹不开面子，朕不难为你。着一两名有头有脸的太监和你一起去，你不好说的话，让他等说！”

内阁里，四名阁臣谈论着他们奏疏之外的话题，但仍不离西厂所为。

“前者，西厂在京畿胡乱抓人，祐之兄发牢骚；今者，西厂又跑去山东胡乱抓人，该轮到叔温兄发牢骚了吧？”万安说。

如果说，他用的是激将法，刘珝可不会上当。

“循吉兄是不是想说，非得西厂去四川抓人，你才会激愤？那你即便不是朝廷之上最后一个激愤者，也是最后几个激愤者之一。”他说。

“此论有失公允吧？今次上疏，我也是满怀激愤签署的。”万安说。

“那么，我呢？难道因西厂去山东胡乱抓人才激愤？”刘珝道。

“二兄都没错，是我错。”刘吉在一旁劝和。

“我二人争辩是非，与祐之兄何干？”刘珝问。

“我以为西厂只会在京畿胡乱抓人，所以弘载先生倡议上言，我就极力赞同。早知西厂也会去山东胡乱抓人，不如等今日上言，把山东之事也列举在内。”刘吉说。

“祐之先生哪里是说错在他这个赞同者，分明是说错在我这个倡议者嘛！”商辂也插话，“其实，在京畿抓人，抑或在山东抓人，或者去四川抓人，去浙江抓人，都不是关键，关键在于是否胡乱抓人。”

“弘载先生所言极是！”万安迎合道，并说，“我方才对叔温兄说那番话，正是想问问他，临清抓人一事，是否属于胡乱抓人。”

“循吉兄想问，直接问我不好吗，何必说些不伦不类的话！”刘珝道，“我可以断言，西厂在临清，纯属胡乱抓人。”

“叔温兄是说，临清于某并无谋逆事？”万安问。

于某名源，在家中被逮，罪名是谋逆。

“他有无谋逆事，非我所知。”刘珝道。

“那叔温兄怎能断言？”万安问。

“因为在临清被逮的，还有他人。”刘珝说。

“是丘县薛知县吗？叔温兄是说，薛知县并无谋逆之事？”万安问。

丘县隶于临清州，薛知县名方，在县衙被逮，罪名是参与于源谋逆。

“薛知县有无谋逆事，亦非我所知。”刘珝道。

“连薛知县有无谋逆，叔温兄都说不准，又怎敢断言？”万安问。

“薛知县在丘县被逮，我说的是在临清被逮的，还有他人。”刘珝道。

“叔温兄是说，在临清被逮的两个宁晋人，并无谋逆事？”万安问。

宁晋在北直隶，属真定府。两个宁晋人，一是习武并以武术谋生的王凤，一是瞽者康文秀。二人均在临清被逮。

“王凤、康瞎子有无谋逆事，更非我所知。”刘珝道。

“怪哉，叔温兄既然一无所知，怎就断言胡乱抓人？”万安问。

“并非一无所知，有件我知道的事，循吉兄或不知。”刘珝说。

“何事？”万安问。

“在临清逮拿的四个人，两个和临清相关，两个和宁晋相关，因而必将牵扯出一个既与临清相关、又与宁晋相关的人来。”刘珝说。

“叔温兄说的是谁？”万安问。

“东昌府致仕通判、宁晋人曹鼎。”刘珝道。他说曹鼎与临清相关，是因为临清乃东昌府属州。

“叔温兄估计，曹通判亦将被逮？”万安说。

“我不是估计，是闻得，西厂已差员去宁晋逮人。”刘珝说。

“此事当真？”不仅万安，商辂、刘吉也很吃惊。

“我是说闻得；不过我相信，绝非空穴来风。”刘珝道。

“那么，叔温兄是说，曹通判并无谋逆之事？”万安又回到他的问题。

“其实，曹通判有无谋逆之事，我亦不知。”刘珝道。

“叔温兄，你是在拿我等开心吧！”万安一次一次提问，一次一次被否定，终于面子上有点儿挂不住。

“我不知曹通判谋逆与否，但我愿担保他并无谋逆之事。”商辂插话。

“循吉兄总在向叔温兄提问，轮到向弘载先生提问，他恐怕难以启齿。不如我代他问吧。”刘吉说着，问道，“弘载先生怎敢担保？”

“祐之兄难道不知，曹通判是万锺先生之弟？”商辂道。

前辅臣曹鼐，也是宁晋人，而鼐与鼎，只缺少了上头的一个乃字，因此，不难联想到他二人的关系。如果说，万安、刘吉不知道曹鼎是曹鼐之弟，也只是因为他们没有往这方面去想，商辂一提醒，他们当然不会有丝毫的怀疑。

“弘载先生因他是万锺先生之弟，而愿为之担保？”刘吉问。

商辂点点头，说：“万锺先生不仅是前阁臣，且殉国难。身为其弟，有什么理由谋逆？此其一也。”

“其二呢？”刘吉问。

“我对曹通判略有所知。他为官，乃忠于职事的好官；为民，乃安守本分的良民。说他谋逆，我无法相信。”商辂说。

“弘载先生既敢为曹通判担保，我就敢为宁晋人王凤、康文秀担保。”刘吉道，“弘载先生称曹通判忠于职事，其何职？通判也。通判职何事？捕盗安民也。既忠于职事，眼前有谋逆之徒，且为故乡来的谋逆之徒，焉得不治之！有人因王凤、康文秀谋逆而称曹通判谋逆，我则因曹通判忠于职事而称王凤、康文秀并无谋逆之事。”

“祐之兄好一个大胆的推论。”万安赞罢，问刘珝，“叔温兄想来也是如此推论的吧？”

“有所不同。”刘珝道。

“叔温兄是怎么推论的？”万安问。

“其一，捉拿临清民于源及知县薛方，为的是引出宁晋民王凤、康文秀；其二，捉拿宁晋民王凤、康文秀，为的是引出宁晋籍东昌府通判曹鼎；其三，引出宁晋籍东昌府通判曹鼎，无非因为他是前阁臣曹鼐之弟。”刘珝一口气说三条推论，顿了顿，接着说，“还有其四，西厂前者在京城捉拿兵部主事杨士伟，也是前阁臣的家人。”

“照叔温兄的推论，西厂专门挑选前大臣的家人捉拿，倒也不是胡乱抓人。”刘吉说。

“无罪而捉拿，便是胡乱抓人；无罪而专门挑选前大臣的家人捉拿，其心叵测，更是胡乱抓人。”刘珝道。

“其心叵测，倒也不是不可推测。”商辂插话。

“弘载先生既曰不是不可推测，何不试推测之？”刘吉揖道。

“譬如，前大臣之家或饶有资财。”商辂说。

“譬如，前大臣之后或有为官者。”万安也推测。

“我看最根本的，是为震慑今大臣。”刘珝道。

商辂等闻言，频频点头，因为他们本人也都感到威胁。

“我方才戏言，内阁疏上得有点儿早；现在看来，不仅不早，还有些迟！”刘吉大有感触地说。

怀恩及另外两名司礼太监覃昌、黄高进到内阁，四名阁臣刚好说到一个段落。听怀恩喝声“有旨”，四人躬身聆听。

“皇帝陛下谕曰：朝廷用汪直缉访奸弊，有何坏事？尔等遽如此说，是谁先拿的主意？”怀恩道。

“臣请奏言。”商辂照例该先回奏，他准备跪倒再说。

“弘载先生，皇上谕曰，有话陈上，不必拘于礼数。”怀恩止住他。

“臣谢恩！”商辂道，“皇上垂询，朝廷用汪直缉访奸弊，有何坏事，臣略举数事言之。廷臣不论大小，有罪皆请旨，方得逮问，今汪直则擅自抄没三品以上京官。大同、宣府，乃边城要害，守备之臣，须臾不可缺少，汪直则一日械数人入京。南京，祖宗根本之地，汪直则擅自收捕留守大臣。近侍之臣，日在皇上左右，汪直动辄撤换。汪直不去，天下安得不危！”

“弘载先生，你这是会奏，不得有虚妄之言！”覃昌威胁道。

“一言不实，臣甘愿领罪！”商辂道。

“那么，三品以上京官，擅自抄没，说的是谁？”覃昌问。

“哼！”刘珝冷笑一声，反问，“覃公公不知吗？”

“不知。”覃昌道。

“人现拘禁在所谓西厂衙门，覃公公一去，自会见到。倒是覃公公不知此事，岂不更可见，汪直是擅自抄没，并不曾取旨！”刘珝道。

覃昌不是无法争辩，而是根本张不开嘴。因为他的气势很盛，而刘珝比他气势更盛。他瞪刘珝一言，不说话。

“守备之臣，一日械数人入京，很了不得吗？”黄高怪腔怪调地问，“我记得，总兵、副总兵，一日械数人入京，也是有的。”

“那是边镇出事，经廷议论罪，才差官逮拿的。”商辂说。

“弘载先生可以说，械入京城的众守备不知犯有何罪；却不可以说，他等并未犯罪。”黄高说。

“黄公公，你可说汪直给他等论过罪；却不可说，汪直给他等所论之罪，即朝廷给他等所论之罪。”刘珝抢在前面，针锋相对地说。

“东刘先生，我在问弘载先生呢！”黄高恭敬地说。东刘先生，是皇帝加于刘珝的尊称。皇帝礼敬如此，内臣肯定加倍礼敬。

“弘载先生是我内阁首辅，司礼掌印太监若来，与弘载先生会商，我等不好插嘴；你等来，我等皆可言之。”刘珝却一点儿也不客气。

黄高想要讨好，没讨成好，也闭上嘴。

“你等或要问，擅自收捕南京留守大臣是怎么回事吧？并不曾听说南京守备勋臣、南京协同守备、南京守备太监，以及南京部、院大臣被西厂逮拿呀？我要告诉你等，凡南京各衙门堂上官，皆为留守大臣，他等有一人被逮拿来京，便是擅自收捕南京留守大臣。你等或要问，汪直一言而撤换近侍之臣，弘载先生怎知的吧？这是宫闱之事，不该传至宫外呀！我要告诉你等，是我对弘载先生说的，如若不实，该由我领罪。可这一定是实情，我可以把近日撤换的近侍之臣一个一个数给你等听。我不敢说，他们所有的人都因得罪汪直而被撤换；但敢说，他们绝大部分是因得罪汪直而被撤换。黄公公，覃公公，还有怀公公，如若有一天你等中有人被撤换，一定也是因为得罪汪直！”刘珝滔滔不绝地说道。

覃昌首先质问商辂时，黄高接着质问商辂时，的确想过，要在商辂提出的几个例证上，一一加以刁难，没想到，刘珝一番话堵住他们的嘴。

“叔温先生，我等没那么多问题要问。”怀恩笑着说。

“怀公公是说，打算这样去复旨？”刘珝问。

“还不可以。”怀恩道，“皇上命我等问各位先生，朝廷使汪直缉访奸弊，有何坏事，弘载先生已代各位先生回奏；可皇上命我等问各位先生，尔等遽如此说，是谁先拿的主意，各位先生并未说呀？”

“还是我先说吧。”商辂道，“汪直违祖宗法，坏朝廷事，臣辂与同僚齐心协力，为朝廷除害，并无先后之分。”

“你等怎说？”怀恩问其他阁臣。

“汪直挟势害人，人人欲劾之，但不敢耳。我等同受朝廷厚恩，同一主意，分不出先后。”万安说。

“我等奉侍皇上于青宫，迄今已二十年，幸而朝廷清明，四方无事。今日忽然出个汪直，使远近不安，怎忍坐视！我等誓不与彼共戴一天！”刘珝说得更加慷慨激昂。

“汪直之罪，纵使某等不言，不日必有言之者。今我等既奏入，贬黜谪罚，亦无所规避，从命而已。”刘吉说。

“祐之先生言重！”怀恩道，“皇上怀疑四位先生并非同心，故着我等来问话，怎就说到贬黜谪罚上去！”说着，招呼另两名太监，“老覃，老黄，咱们走吧。”

“这就回去，如何缴旨？”覃吉、黄高担心地问。

“皇上命我等来问两件事，一是使用汪直有何坏事，二是内阁谁先拿的主意。我等问过，阁臣们说过，你二位还和他等争辩过，我等据实回奏就是，怎会缴不了旨！”怀恩道，又转对商辂等说，“弘载先生，我担心的不是回去缴不了旨，而是老先生们。”

“我等有何事，要怀公公担心？”商辂问。

“你等方才所言，我等将据实而奏。但皇上若再问，老先生们的话有所改变，就不知该治你等欺君之罪，还是该治我欺君之罪？”怀恩说。

“怀公公放心！”商辂应承道，“贬黜谪罚，祐之先生都想到，我等绝不会改变前说。”

“怀公公放心，我等都不会改变前说！”另外三名阁臣与他呼应。

三名司礼太监走后，商辂对万安等一揖，说：“众先生肯为国事如此担当，令商某感动，令商某安心。”

“彼此，彼此！”万安等还揖道。

“但不知我等能否感动皇上？”万安又说。

“且听怀公公的回音吧。”商辂道。

当天，怀恩没再来内阁。让阁臣们宽心的是，贬黜谪罚的处分应该不会有，若要贬黜谪罚，皇帝不会等到第二天；让阁臣们揪心的是，他们拿出最大的勇气争一事，难道就这样无声无息？

第二天，由兵部尚书项忠倡议，众大臣共疏，请罢西厂。

晚些时，怀恩一人来到内阁。他不像平常那样，对众阁臣环作一揖，而是分别向每位阁臣揖手。众阁臣也分别向他还礼。

“奉皇上口谕：卿等所言良是，汪直坏事，朕实不知。今便革此西厂，遣散官校。卿等各安心办事！”怀恩传旨。

商辂等心情激动，叩首谢恩。

第一百零五章

汪直自备酒、馔，找到东厂太监尚铭的外宅。

尚铭没在宫里当过差，也没在御马监当过差，和汪直并不很熟。但汪直似乎对他很了解：他嗜酒，汪直带来上等的宫酿；他嗜肉，汪直带来美味的烧猪肉和肥嫩的煮羊肉。

“无功不受禄，这是怎么说的！”尚铭的话不冷不热。

“想立功？这好办呀！”汪直反客为主，拉着尚铭坐下，道，“来，尚哥，你我先喝酒。”

“汪哥还是先说找我何事吧；不然，这酒喝得不踏实。”尚铭道。

“但饮酒而已，别无他事。”汪直说。

“可汪哥不是说立功不难吗？”尚铭道。

“是尚哥先说的无功不受禄，我才接句话；若无尚哥前言，怎会有我的后语！”汪直分辩。

尚铭一想，可不是自己先说句功不功的，才引出汪直一句让他产生顾虑的话。汪直既没有别的来意，那就喝酒吧。

二人一边喝酒，一边有一句没一句地说着，果然都是闲话。

酒至半酣，汪直忽问：“尚哥，想不想听我说说立功？”

“汪哥到底是有事！”尚铭正要喝一大口，听到这话，把酒杯放下。

“尚哥误会，是我想表功，不是说你立功。”汪直道。

“汪哥的功绩，谁人不知，不表也罢！”尚铭说。

“尚哥说的是我在西厂被革前的功绩吧？”汪直问。

“怎么，这两日汪哥又建新功？”尚铭显得很吃惊。

“不是新功，有什么可说的！”汪直说着，问道，“司礼监忽然少两员大将，尚哥可知？”

“黄哥、陈哥吗？我前些时听说了。”尚铭应道。

他说的黄哥是黄赐，陈哥是陈祖生。东厂和司礼监的关系，比和御马监的关系，要密切得多，所以尚铭和这两个人比较熟。

“尚哥可知，此二人被贬去何处？”汪直问。

“听说是南京。”尚铭道。

“尚哥可知，爷为何贬谪他二人？”汪直问。

“说三说四的都有，我不知该信哪一个？”尚铭道。

“因我一句话。”汪直指着自己的鼻子说。

“汪哥是说，西厂虽革，汪哥宠眷未衰？”尚铭听出他话里的意思。

“这话不该我说，尚哥不妨问问爷身边的人。”汪直说着，又问，“尚哥可知，我对爷说句什么话，使得黄、陈二人被贬谪？”

“不知他二人因汪哥一句话被贬谪，更不知汪哥怎说的？”尚铭道。

“我告诉爷，内阁之疏，实出黄赐、陈祖生意。”汪直说。

“汪哥是说，爷得内阁诸阁老疏，不得已而革去西厂；但谁让爷革去西厂，谁一定会受到惩罚？”尚铭问。

“这得尚哥自个儿去体会；我想对尚哥说的是，要立功，其实是很容易的。”汪直道。

项经端着一杯茶水，走进父亲的书房。见项忠在专心地写字，他把杯子放在书案上，悄无声息地打算退出。

“经儿，知道我在写什么吗？”项忠忽问。

“不知。”项经应道，“孩儿见父亲专心在写，未敢打扰。”

“来，此事我正要嘱咐你。”项忠招呼他，等项经走近后，项忠说，“经儿，我在写以病请辞的奏本，如果外边有人问起为父的病情，你就说已病入膏肓。”

项经大惊失色，道：“这等诅咒父亲的话，孩儿不能说！”

“你这不是咒我，是救我！”项忠说。

“父亲有危难？我怎不知！”项经更加惊慌。

“你不知，也没感觉到吗？”项忠问。

“孩儿略有觉察，”项经道，“不过——”

项忠知道儿子要说，并不觉得事态严重，他不想听这些话。

“你先说已觉察到的。”他命道。

“孩儿打听到，东厂有人在查江西都司的事。”项经说。

“你不知道，江西都司的事和我有牵连吗？”项忠问。

“孩儿知道。”项经回答。

“你不觉得，此事关系重大吗？”项忠问。

“孩儿以为，都指挥佥事升都指挥使，指挥佥事升指挥使，对大司马而言，算不得大事。”项经说。

“你呀，还是经历得太少！”项忠摇着头说，“若无人盯住你，升一两个都督、都督同知，确不算大事；若被人盯上，比升一两个都指挥使、指挥使更小的事，也会要大司马的命。”

“这么说，有人盯住父亲？”项经问。

“没人盯住我，怎会有人查江西都司的事！”项忠道。

“这么说，父亲被东厂盯住？”项经问。

“仅被东厂盯住，我还不太担心。”项忠说。

“父亲担心被谁盯住？”项经问。

“西厂。”项忠道。

“西厂？”项经以为父亲在说胡话，“西厂不是已被革去！”

“衙门被革，人却还在。”项忠说。

“父亲是说那姓汪的小子？”项经问。

“你叫他小子，未免抬举他！”项忠冷笑道。

“父亲是说姓汪的阉竖？”项经换个叫法。

“可不是他！”项忠道。

“父亲是说，东厂盯住父亲，是他在背后操纵？”项经问。

“一定是的！”项忠对此十分肯定。

“他为何要盯住父亲？”项经问。

“还不是因为那本劾罢西厂的奏疏。”项忠道。

“那两天，纠劾西厂及汪直其人的奏疏，不止那一本。”项经说。

“可皇上是在我等上疏之后，命革去西厂的。”项忠说。

“那本奏疏，各部尚书，都察院掌院都御史，都曾签署呀！”项经说。

“可倡拟此疏的，却是我；逐个衙门鼓动签署的，却是我！”项忠道。

项经本想安慰父亲，事情或不至于那么严重。但用来安慰父亲的两个理由被父亲反驳之后，再找不出其他的理由。他不由得抱怨起来。

“涉及内臣，父亲从来谨言慎行，这次怎的愿意出头！”他说。

“边镇将佐，他想逮谁就逮谁，想治谁罪就治谁罪；而且，每次逮人回京，每次治人罪后，都要责兵部失察。身为兵部尚书，谁能咽得下这口气！倡拟此疏，我并不后悔！”项忠说。

“父亲既不后悔，为何要辞官？”项经问。

“我是想和在朝群贤合力为朝廷除此奸害！但看来，除奸不成，反要受其害。与其遭他毒手，不如避之。”项忠说。

南京监察御史戴缙是成化二年进士，任御史已九年。赴京考察，他本来想和在朝中任职的几位同年好友见见面，谋划出路。结果，鬼使神差，让他遇到锦衣卫千户吴绶；或者说，是吴绶找到他。

吴绶相貌丑陋，戴缙打心眼里不想与之交往，但吴绶的第一句话就深深打动他。

“在冷衙门坐九年，老兄官场上不甚得意呀！”吴绶说。身任御史，绝不能说坐的是冷衙门；但在朝的御史，和南京的御史，还是有区别的。

“做二十年御史，也是有的。”戴缙有意混淆这个区别。

“不思进取者哪里没有，老兄也不思进取吗？”吴绶道。

戴缙上下打量着他，问：“兄台有何见教？”

“老兄请我喝壶酒，我给老兄出个主意，如何？”吴绶道。

要是他提出请戴缙喝酒，闹不好，戴缙会疑心这酒喝不得；他让戴缙请他喝酒，戴缙就少了层顾虑。就算他不出主意，就算他出不了好主意，一壶酒在京城交个朋友，也合算呀！况且，人虽不中看，话却中听。

一壶酒，几碟小菜，二人你斟我酌，喝起来。吴绶好似忘干净自己的承诺，只顾喝酒。而他不说他的主意，戴缙也不追问，一个劲儿地劝酒。一壶酒喝尽，又要一壶。

“戴兄不怕我喝了你的酒，不给你出主意？”到底还是吴绶沉不住气，或者，他故意装出沉不住气的样子。

“那有什么！”戴缙满不在乎地说，“酒逢知己，人生一大快事也。只要酒饮得痛快，谁在乎彼此有何承诺！”

“戴兄如此洒脱，这个主意我还非出不可！”吴绶道，“主意好呢，戴兄笑纳；主意不好呢，戴兄只当我赖顿酒喝。”

“兄台的主意，一定是好的！”戴缙边说，边小口地抿酒。他既不让吴绶觉得，自己根本没把他的主意当一回事；也不让吴绶觉得，自己从内心很在乎他的主意。

吴绶看出他的心思，知道不能急。他轻描淡写地说：“其实，我的主意，戴兄也能料到一二。御史嘛，要想出头，只有一条路。”

“兄台说说看，”戴缙道。

“建言。”吴绶只吐出两个字。

戴缙微微一笑，又抿起酒来。

“如何，戴兄果然料到！”吴绶说。

“御史出头只有建言一条路，我料得到；兄台出这么一个主意，我却万万没料到。”戴缙说。

“戴兄是不是想说，我既大言不惭地要给戴兄出主意，理应出个更好的主意？”吴绶问。

戴缙又是微微一笑，道：“不错，御史的出路在建言。但自古以来，御史建言，都是吃亏的多，得便宜的少；身败名裂的多，出人头地的少。本朝更是吃亏的多，得便宜的少；身败名裂的多，出人头地的少。”

“戴兄有此感慨，可见对这个主意的精妙之处，尚未领略。”吴绶说。

“还望兄台赐教！”戴缙揖道。

“建言的精妙之处有二。”吴绶说着，伸出一指，“其一，建言，须得抓住一个极好的时机。时机未到，纵有千言万语，都憋在肚子里；时机一到，抢在别人前面把话说出来。”

“眼下有无极好的时机？”戴缙问。

“有啊！”吴绶道，“近来灾异频见，皇上命两京大臣，同加修省。戴兄是南京官，却到京师，一个人把两头占住，岂不是极好时机！”

“兄台如此诠释极好时机，未免牵强！”戴缙说。

“戴兄再想深一层，或不觉得牵强。”吴绶道，“而今朝廷大臣该进言的，都进过言；南京大臣的进言，则多未呈送到京，正好是个空档。故而对朝廷大臣或南京大臣，今时未必是极好时机；而对戴兄来说，却是个极好时机。”

戴缙心一动，觉得这话不无道理；听着有道理，便有兴趣再听下去。

“请教兄台，第二个精妙之处为何事？”他问。

“其二更为要紧。”吴绶朝戴缙招招手，让他把耳朵贴过来，表示这是真正的秘诀，“进言，一定要非议朝政，一定不可非议皇上。”

前半句容易理解，若颂扬朝政，那不是进言，而是颂言；可非议朝政，怎能和非议皇上分开呢，戴缙没想明白。

“非议朝政，怎可不非议皇上呢？”吴绶知道他想不明白，“有人为御史，为给谏，不进一言，不是不愿意非议朝政，而是不愿意非议皇上。他等就看不到，非议朝政，是可以不非议皇上的。我给戴兄举一例：革西厂，算不算朝政？应该算吧。对革西厂一事加以非议，算不算非议朝政？应该算吧。可对革西厂一事加以非议，算不算非议皇上呢？绝对不算。有人会说，革西厂，是朝政，须得皇上钦准。他等却不知，皇上准革西厂，并非自愿，实是经不起朝中大臣们的絮鸹。故非议革西厂一事，非但不是非议皇上，反而使皇上扬眉吐气。”

“首先是使原西厂之人扬眉吐气。”戴缙插进一句。

“皇上倚重西厂，西厂之人扬眉吐气，即皇上扬眉吐气。”吴绶说。

“兄台尊姓大名？”戴缙问。

“锦衣卫千户吴绶。”吴绶道。他相信，戴缙不问他名姓，那就意味着无意与他相交，喝酒之后各奔东西；而戴缙问他名姓，则意味着要交他这个朋友。

“可是汪公公倚为左膀右臂的吴大人？”戴缙问。

“好说，好说！”吴绶应道。

“失敬，失敬！”戴缙一揖，道，“进言之事，还望兄台详加指点。”

御史郭镗、给事中冯贯应邀而来，吴绶不用再下细致的功夫。

“戴兄告诉我，二位先生皆爽快之人，我就直入主题。”他说。

“是，是，兄台直接吩咐，才不见外。”郭镗、冯贯齐道。

“弹劾大臣的奏本，二位写过没有？”吴绶问。

“写过。”郭镗、冯贯应道。

“我弹劾过某方伯。”郭镗又说。

“我弹劾过某侍郎。”冯贯又说。

“二位有没胆量写弹劾兵部尚书的奏本？”吴绶问。

“弹劾兵部尚书？”看得出，郭镗、冯贯都有些迟疑。但随即他们又满不在乎地说，“科、道以纠劾大臣为事，方伯、侍郎是大臣，尚书也是大臣，有何不敢！”

“不过，从何落笔，是个难题。”郭镗又说。

“是啊！”冯贯附和，“说轻了，怕没用；说重了，怕被朝廷追究。”

“我这儿有个不怕追究的题目，不知二位可愿听听？”吴绶道。

“兄台请讲！”郭镗、冯贯不但愿听，而且竖起耳朵听。

“司礼监黄赐、陈祖生出事，贬谪南京，这事不怕追究吧？”吴绶问。

“朝野皆知，不怕！”郭镗、冯贯应道。

“黄赐有个弟弟，叫黄宾，这事不怕追究吧？”吴绶忽然想起，黄赐有没有这么个弟弟，一般人不见得知道，“顺便说说，黄赐之弟黄宾，在江西都司任官，是东厂查实的，不知二位信得过信不过？”

“信得过，信得过！”郭镗、冯贯应道。

“信得过就好办。”吴绶说，“黄宾潜入京城谋官，也为他的上司谋官。他找过两个人，一是其兄黄赐，一是兵部郎中姚璧。都指挥佥事升都指挥使，指挥佥事升指挥使，要过兵部这一关。黄赐和项忠打个招呼，再方便不过；姚璧不敢直接求项忠，是通过项忠之子项经求到他的。”

“也就是说，黄宾和他的上司本来不该升职的，因为通过两个渠道找到大司马才升的职。”郭镗道。

“而且，其中一个渠道是犯事内臣。”冯贯补充说。

吴绶点点头，问：“二位看，现在有可以落笔的地方吗？”

“有，有！”郭镗、冯贯应道。

“轻重可以把握吗？”吴绶问。

“可以把握，可以把握！”郭镗、冯贯应道。

“那么——”吴绶准备送客。

郭镗、冯贯却没准备走。二人扭捏一会儿，由郭镗出面询问。

“兄台，在下有一事，不知当问不当问？”他说。

“你问。”吴绶道。

“闻得欲治大司马罪者，是西厂，不是东厂，不知确否？”郭镗问。

“是又怎样？”吴绶问。

“时下朝中并无西厂呀！”郭镗说。

“冯兄，这也是你的疑惑吧？”吴绶问冯贯。

“说不上是疑惑，只想略知一二。”冯贯道。

“那我告诉二位，复设西厂，是早晚的事。”吴绶说，“江西都司之事，东厂是受汪公公委托查实的，查实后即禀与汪公公知道。汪公公又委托我找两个愿意帮忙的人处置此事。要是时下西厂已经恢复，找上门来愿做这件事的人，大概已经把西厂的门槛都踏破。”

六月，朝廷相继出三件事：

第一件事，初九日，项忠被削籍为民；

第二件事，十五日，复开西厂；

第三件事，二十五日，商辂加少保，致仕。

第一百零六章

云南镇守太监钱能怀抱极大的期待，等着指挥使郭景带回的消息；但郭景带回的消息，让他大失所望。

“你怎说，安南贡使没来？”钱能问。

“是。”郭景应道。

“这么说，你上次是在哄骗我，你并未去到安南，并未见到安南王？”钱能愤怒地质问，“我让你带给安南王的玉带、彩缎、犬马等，你照单全收，据为己有！”

“卑职怎敢哄骗公公，公公冤枉卑职！”郭景说。

“那么，是安南王哄骗你。他答应过你，却背信弃义？”钱能问。

“他也没哄骗卑职。”郭景说。

“你既没哄骗我，安南王也没哄骗你，其贡使为何不来？”钱能问。

“其贡使不是不来，是但被边臣阻隔，未能从云南入境。”郭景说。

“怎会！你没告诉他，朝廷诏准安南贡使改道云南了吗？”钱能道。

“卑职见人就说，可边臣道，口说无凭，须得我大明朝廷颁发诏书，方可放行贡使。”郭景说。

“怎如此啰唆！”钱能不是不知道，这是必要的程序。他只是觉得，事情出在自己身上，应该可以通融。他不耐烦地对郭景挥着手，道，“你去吧，此事我再想办法。”

郭景走后，他对两个亲信的长随说：“这笔买卖，被我做赔。”

安南贡使原是取道广西入境，钱能想让他们改道云南，为的是贡使入境后，有什么奇珍异宝，他可以先行得到。得到后，或是自己留下，或是差人送去昭德宫，取悦贵妃娘娘，均无不可。所以，他才不惜花大本钱，买通安南王。谁知，自家这边却出岔子。

两个长随不能否认这笔买卖做赔了，跟着他叹息一阵，抱怨一阵。然后，姓覃的长随说：“叔，这笔买卖做赔了，咱再做别的买卖。”

“你有什么好的买卖做？”钱能问。

“有个无本的买卖，不妨一试。”姓覃的长随说。

“你从我这里诓去的本钱不少，竟也懂得做无本的买卖！”钱能道。

“叔别管，我带个人来见叔。”姓覃的长随说。

不到一顿饭的工夫，他带回一个年轻人来见钱能。一眼看去，这个年轻人穿金带玉，像是纨绔子弟。

“叔要见的人，我给叔带来。”姓覃的长随说。

“小覃，你这不是胡闹吗？我几时要见他！”钱能道。

“那是他要见叔。”姓覃的长随应付一句，转对年轻人说，“钱叔在这儿，你亲口对他说说，为何要见他吧？”

年轻人活动着脸上的肌肉，挤出一丝笑来。他赔着小心地说：“晚生来得唐突，是想和钱公公做笔买卖。”

“原来是来谈买卖的，那可是贵客。”钱能说，并吩咐姓韦的长随，“看坐，看茶！”

“小覃带来的人，让他招呼吧！”姓韦的长随不愿去。

“本公公最公平。”钱能说，“他请来谈买卖的客人，那是他有功于本公公，他请的客人由你招呼；改日你请来谈买卖的客人，那是你有功于本公公，你请的客人由他招呼。”

姓韦的长随不情愿地搬把椅子到钱能近处，请年轻人坐，然后去备茶。

“如何？公子一说谈买卖，我家公公态度就不一样吧？”姓覃的长随颇有几分卖弄地对年轻人说。

“是，是，多亏小公公点拨。”年轻人连声道谢。

“公子说吧，有什么买卖要和我家公公做？”姓覃的长随催道。

“晚生想买一条人命，这位小公公说，这笔买卖须得和钱公公才做得成。”年轻人说。

“人命买卖嘛——”钱能看了姓覃的长随一眼，好像在鼓励他：这笔买卖揽得好。然后，他故作矜持地说：“价钱不菲呀！”

“是，晚生准备出高价。”年轻人说。

“我还得告诉你，杀一人与救一人，价钱是不一样的。”钱能说。

“晚生打算救一人。”年轻人说。

“救一人，要出三倍的价钱。”钱能说。

“晚生请教，为何相差如此之多？”年轻人问。

“你想啊，杀一人，随便派个人去，一条绳子，一把刀，顿时即可了结；救一人，你先得弄清楚，谁想要他的命吧？若是普通仇家想要他的命，三倍价钱是有点儿多，若是官府想要他的命呢？知州、知县想要他的命，比杀一人得多一倍的价钱吧？知府想要他的命，比杀一人得多两倍的价钱吧？三司或巡抚想要他的命，比杀一人得多三倍的价钱吧？朝廷想要他的命，比杀一人得多四五倍、七八倍的价钱吧？我是嫌麻烦，故而一律定为三倍的价钱。”钱能说着，睃年轻人一眼，道，“怎么，我定的这个价钱不合理？不公道？”

“合理之至，公道之至！”年轻人应道，并说，“朝廷想要他死的人，钱公公都救得，怪不得小公公说这笔生意只能和钱公公做；这笔生意做下来，晚生倒占了便宜。”

“怎么，你救的，是朝廷要他死的人？”钱能好不懊悔，早知他要救的是朝廷的命犯，就该不嫌麻烦，把价钱再提高几倍。他恼怒地瞪姓覃的长随一眼，怪他没事先打个招呼。

姓覃的长随懂得他这一瞪的含义，抿嘴一乐，说：“叔，大买卖，吃点儿亏也无所谓。”

“钱公公说救人的价钱是杀人的三倍，不知实数几何？”年轻人问。

钱能没想好数目，本能地把手掌平伸出去。

“五百两？”年轻人果然是富豪出身，没往五两、五十两去想。

钱能觉得不算少，但在点头之前，瞥姓覃的长随一眼。见他在微微摇头，于是，钱能心里有底。

“五百两救得回一条腿，救不回一条命。”他说。

“那是五千两？”年轻人道。

这次不管姓覃的长随点头还是摇头，钱能用力点头。

“钱公公，这笔账不好算呀！”年轻人说。

“怎的不好算？”钱能问。

“救一人是杀一人三倍的价钱，救一人五千两，杀一人却是多少？若是一千六百两，三倍之，比五千两少二百两；若是一千七百两，三倍之，比五千两多一百两。”年轻人出身富商世家，账算得很快。

钱能无心算账，对姓覃的长随说：“小覃，咱的账如何算，你告诉他。”

“是。”姓覃的长随应一声，对年轻人说，“我家公公最守规矩，要救某人，先看杀他的话要多少银子。杀他要一千六百两银子，则救他要四千八百两；杀他要一千七百两银子，则救他要五千一百两。我家公公怕麻烦，所以笼统地说成五千两。

公子不怕麻烦，就说说杀这个人须得几多银两，我家公公绝不让你吃亏。”

年轻人没有马上回应，他要看钱能对这番说法是肯定，还是否定。

“就是这般算法，公子哥儿，你说个数吧。”听钱能的语气，并不在乎多得一百两，或少得二百两。

“说不得！”年轻人道。

“为何说不得？”钱能问。

“此人杀不得！”年轻人说。

“人人都杀得，他为何杀不得？”钱能问。

“他是家父。”年轻人说。

“怪不得杀他的数你不肯说。”钱能似乎很能理解年轻人的心情。同时，根据年轻人的身份，他想到另一件事：富豪人家，地方官府一般都不会招惹，闹不好，年轻人的父亲真被解去朝廷。想到这里，他说：“从诏狱救人，是要加收银子的。”

“家父不在诏狱。”年轻人道。

“从刑部狱或都察院狱救人，也要加银子。”钱能说。

“家父不在刑部狱、都察院狱。”年轻人道。

没有加收银子的机会，钱能懒洋洋地问：“那在何处？”

“在家里。”年轻人说。

“在家里？犯有死罪，却在家里，究竟怎么回事？”钱能问。

“我解释不清，你问小公公吧。”年轻人说。

“叔，是这么回事。”姓覃的长随慢悠悠地说，“公子之父有病。”

“怪事，要病死的人，咱也救得！”钱能斥道。

“其父之病，死不了人，是癞病！”姓覃的长随说。

“那又如何？”钱能没明白他的意思。

“癞病是要传染的。”姓覃的长随说。

“那又如何？”钱能仍问。

“他家临近军营。”姓覃的长随说。

“是吗？”钱能有点儿懂得。

“而且是两处军营，两处军营的兵士都会染及。”姓覃的长随说。

“那可是麻烦得很！”钱能道。他料到，姓覃的长随一定在吓唬面前这位公子哥儿。自己要是说，在这种情形下定要处死其父，生意没得谈；自己要是轻易允诺救命，价钱就很难再抬上去。与其自己为难，不如采取主动。他问姓覃的长随，“小覃，你已告诉公子哥儿如何处置癞病？没把人家吓住吧？”

“公子好似受点儿惊吓。”姓覃的长随说。

“你怎说的？”钱能问。

“小的告诉他，军营附近有癞病者，一概沉于滇池。”姓覃的长随说。

钱能想，这小子够坏的，一开口就要把人家沉池！你既然拿人家开心，我也拿你开开心。他对年轻人说：“你别信他的，并无此事。”

“钱公公是说，不会沉于滇池？”年轻人喜出望外。

姓覃的长随叫苦：我是为你老人家骗钱，你可不能把我卖了呀！他豁出去，说：“叔，这可是你对我说的！”

“我怎对你说的？”钱能问。

“叔说有癞病者，沉于滇池。”姓覃的长随道。

“我是说的沉于滇池吗？”钱能追问。

“小的记得，是啊！”姓覃的长随已无法改口。

“你糊涂啊！”钱能道，“天下皆有军营，昆明军营附近有癞病者，沉于滇池，说得过去。广西、贵州，乃至广东、四川，军营附近有癞病者，多费些气力，搬运至滇池沉之，也还说得过去。可陕西、山西呢？河南、山东呢？还有辽东，难道癞病者皆运至滇池沉之？你不怕沿途传播癞病吗？你不怕滇池不用几年就被填满吗？一概沉于滇池，那是我大明朝之法呀，还是云南之法！”

“是，是！”姓覃的长随虽被责问，却很开心。钱叔并没卖他，也就是说，并没放弃这笔买卖：“小的记错，叔说的是，凡有癞病者，一概沉于水，不是一概沉于滇池。”

“但你家的情形，”钱能转向年轻人，“他没说错。你父有癞病，你家附近有军营，须得沉于滇池，不必运往他处。”

“钱公公说的是。”年轻人应一句后，心想：这么说不等于同意把父亲沉于滇池吗？他马上又说：“不，钱公公说的不是。”

“公子，小而言之，在昆明，大而言之，在云南，还没人敢说我家公公的话不是呢！”姓覃的长随警告他。

“晚生的意思，晚生没和钱公公谈这笔买卖，钱公公的话是；晚生既和钱公公谈这笔买卖，钱公公的话就不是。”年轻人说。

“公子哥儿说的是。”钱能学着年轻人的口气，顿了顿，又说，“不，公子哥儿说的不是。”

“晚生怎又是又不是？”年轻人问。

“公子哥儿和本公公谈的是救父性命的买卖，你父不再有性命之虞，你说的是；公子哥儿和本公公只是在谈这笔买卖，定金没拿到，不能算成交，你说的不是。”钱能道。

“钱公公处事，滴水不漏，做起买卖，定是好手。”年轻人不由竖起大拇指，“钱公公说吧，要收几多定金？”

“我不多收你的，两成。”钱能道。

“那是一千两。”年轻人说，“钱公公放心，天黑前，一定收到。”

“你送过来，还是我差人去取？”钱能问。

“我送过来，亲自交到钱公公手上，彼此放心。”年轻人道。

“以后每过旬日，再收两成。”钱能说。

“都是如此交接。”年轻人道。

该谈的都谈过后，钱能喝道：“送客！”

姓覃的长随兴高采烈地出外送客，姓韦的长随把给年轻人坐的椅子搬开，把给年轻人喝的茶水泼掉，每做一件事，都弄出很大的动静。

“小韦，眼红吧？”钱能问。

“一桩买卖而已，有什么好眼红的！”姓韦的长随不承认。

“我总说做买卖你不如小覃，你不服气。这回服气不服气？”钱能道。

“哼！”姓韦的长随冷笑一声，道，“从富家子弟身上榨出点儿油水来，也算得本事？”

“依着你，怎样才算本事？”钱能问。

“从小户人家身上榨得出油水，才算本事！”姓韦的长随说。

“你有这本事吗？”钱能问。

“我没这本事，干吗要说！叔等着，这一两天我就带个小户人家的小子，来给叔送钱。”姓韦的长随说。

“好，不管钱多少，你能带做买卖的人来，我给你记一功！”钱能道。

第一百零七章

云南巡抚王恕接获朝廷敕书，面有喜色，拿在手里看了好几遍。这情景被步入巡抚衙门的巡按御史甄希贤看个正着。而王恕看到甄希贤时，首先看到的是他一脸怒气。

“宗贯先生，缘何而笑？”甄希贤问。

王恕曾协助白圭平息荆、襄流民乱，以功升河南巡抚，并历任南京刑部侍郎、户部侍郎等，去年八月，以商辂等推举，出抚云南。

他为之开心的事，本来就该告诉甄希贤；不过，出于礼貌，他说：“士勉是客，先说说缘何而怒。”

甄希贤字士勉，陕西麟游人，成化二年进士。他不如王恕沉得住气，王恕让他说，他张口就说。

“宗贯先生说，世上怎有这般荒唐的人！这般荒唐的事！”他说。

“士勉不说谁人荒唐，何事荒唐，让我怎说？”王恕笑道。

“只怕听我说过其人其事，宗贯先生再也笑不出来！”甄希贤说着，讲述他才听到的故事，“岭南之地，喜嚼槟榔，卖槟榔的人家甚众。昆明的习惯，在槟榔后面冠以姓氏而呼之。如姓赵，则呼槟榔赵，姓李，则呼槟榔李，如此等等。却说昆明城里，有个姓王的，以卖槟榔为生计，人呼为槟榔王。”

“槟榔王，槟榔王。”王恕反复念叨这三个字，说，“听起来和别的称呼不一样，是有些别扭啊！”

“岂止别扭而已，他为这个称呼，险些丧命！”甄希贤道。

“怎会如此？”王恕惊问。

“他被带去衙门，人家说他身为庶民，却僭号惑众。”甄希贤道。

“怎的僭号惑众？”王恕问。

“槟榔王，那是二字王，即郡王呀！”甄希贤道。

“槟榔王即二字王？”王恕不由得联系自己，“我也姓王，幸亏没人呼我巡抚王、侍郎王、副都王，不然，我也有僭称二字王之嫌。”

“宗贯先生说，其事荒唐不荒唐？”甄希贤问。

“荒唐之极！”王恕应罢，问道，“不知他被带去哪个衙门？”

“宗贯先生想呢？”甄希贤觉得，这根本用不着说。

王恕点点头，说：“也只会带去那里。”

“这个姓王的花一二百两银子，才被放出。”甄希贤道。

“一个卖槟榔的，能有几多家业，一二百两银子，岂不要倾家荡产！”王恕不由感慨起来，“这件事我虽没听人说过，但该衙门鱼肉人民之事，我却听说过不少。”

“宗贯先生还笑得出来吗？”甄希贤问。

“笑嘛，”王恕顿住，好像在思考，然后说，“还是该笑的。”

“宗贯先生未免太不体恤下情吧，未免太不以民生为意吧！”甄希贤难以抑制对他这位同省学长失望的情绪。

“我体恤不体恤下情，以不以民生为意，士勉最清楚。”王恕道。

甄希贤的确很清楚。因为王恕弹劾钱能鱼肉百姓的奏疏上过不止一篇。但王恕这时说该笑，他不但无法理解，而且很反感。

“我不清楚，鱼肉人民有何好笑！”他说。

“我笑的不是该衙鱼肉人民，是它！”王恕边说，边摇动手里的敕旨。

“敕旨？”甄希贤转怒为喜，恨不得把敕旨拿过来自己读。但他知道这不合规矩，于是问，“是朝廷对宗贯先生奏章的回音？”

“只能说，是部分回音。”王恕道。

“哪一部分？”甄希贤问。

“或许不是士勉最期待的那一部分。”王恕说。

“朝廷也该体恤下情呀，朝廷也该以民生为意呀！”甄希贤道。

“士勉还须体谅朝廷。”王恕给他讲道理，“巡抚都御史是朝廷差派，镇守内臣亦朝廷差派。巡抚都御史劾镇守内臣也好，镇守内臣劾巡抚都御史也好，朝廷都不能偏听偏信。”

“那就差员来访察呀！”甄希贤道。

“敕旨称，随即差员前来。”王恕告诉他。

“为此一笑，倒也在情理之中。是我性急，错怪宗贯先生！”甄希贤意识到错，马上坦然认错。

“我说该笑，还不是为此。”王恕却说。

“难道还有更该笑之事？”甄希贤问。

“是，”王恕应道。并说，“戕残无辜，鱼肉人民，固然可恶；而另有一事，危害也不在它之下。”

“宗贯先生说的何事？”甄希贤问。

“我曾对士勉说过，郭景所为，有几事绝对够得上死罪，士勉还记得吧？”王恕反问。

“不但宗贯先生这话我记得，郭景够得上死罪之事，我也记得。”甄希贤说。

作为钱能的亲信之一，指挥使郭景做的事，至少有三件够得上死罪：其一，安南军队搜捕盗贼，入我边境，请遣指挥使郭景前往谕之。经朝廷准允，郭景赴安南，以重礼馈赠其王，且诳其贡使改道云南。其二，与指挥卢安往干崖、孟密等土司，诈封宣抚等官职，索取宝物。其三，奸淫土司女孙。

“奉朝廷敕旨，今日可捕郭景治罪。”王恕说。

“哈，哈！”甄希贤不由也笑两声，然后问，“此事当真？”

“朝廷敕旨，我敢假冒吗？”王恕道。

“宗贯先生安坐，我去捕人。”甄希贤不等王恕回答，急匆匆往外就走。一边走，一边喃喃自语：“谁不知郭景所为都是有人指使的？今捕郭景，离捕指使之人不远矣！”

他虽走得急，还是晚一步。郭景不知怎的得到消息，在他赶去之前，投井自溺。

刑部郎中潘蕃九月初六日到的昆明，十二日，王恕才去看他。

“原告避而不见，这样打官司的，可不多见。”潘蕃笑着说。

“正因是原告，不得不避嫌。”王恕笑道。

“宗贯先生避嫌，人家可不避嫌。”潘蕃说。

“廷芳说的是被告？”王恕已有耳闻。就算没人对他说，他也能料到。

潘蕃字廷芳，浙江崇德人，成化二年进士。他点着头说：“是啊，不仅见过面，连礼品都送过来。”

“礼品很珍贵吧？”王恕问。

“一只黄鹦鹉，我也不知珍贵不珍贵。”潘蕃说。

“云南鹦鹉称得上鹦鹉中之极品，黄鹦鹉又称得上云南鹦鹉之极品，”王恕说着，问道，“廷芳有没有喂养珍禽的嗜好？”

“不曾喂养，也不会喂养。”潘蕃说。

“可惜，一只价值连城的鹦鹉，到廷芳手里，一钱不值。”王恕道。

“不会的。”潘蕃摇着头说，“人家告诉我，鹦鹉不是送给我的，是让我过一下手，转献于人的。他说，只要过这一下手，必将受益无穷。”

“转献何人，他有没说？”王恕问。

“这还用他说吗？”潘蕃道，“他不说，我心里有数；正如我不说，宗贯先生心里也是有数的。”

“不错。”王恕点头赞同，并感慨地说，“他可谓煞费苦心！”

“宗贯先生也可谓煞费苦心！”潘蕃说。

“我怎的煞费苦心？”王恕不解地问。

“为避嫌，宗贯先生是不该见我的；但听说被告送礼，唯恐我上他的当，不得不一改初衷，与我见上一面。”潘蕃说。

“廷芳不说，我怎知他送礼，怎知他送的是黄鹦鹉，怎知他假廷芳之手将黄鹦鹉献与他人？我来见廷芳，绝非为的此事。”王恕否认。

和王恕交往过的人，一致认为他是正人君子，潘蕃没理由不信他的话。

“那是为的何事？”潘蕃问。

“廷芳，借你件东西看看。”王恕说。

“宗贯先生欲观何物？”潘蕃问。

“驾帖。”王恕说。

“何物？”潘蕃不是没听清楚，而是无法理解。

“廷芳手里的驾帖，欲借得一观。”王恕说。

驾帖是东厂、锦衣卫捕人时，或从狱中提取死囚赴刑时，所持之公文。因东厂、锦衣卫所捕者，都是钦犯，处决死囚，须出自皇帝圣裁，所以该文书称为驾帖。刑部只审讯犯人，是不会有驾帖的。

“宗贯先生是否迷糊，我手里怎有驾帖！”潘蕃道。

“廷芳手里是不该有驾帖的，但我听说，云南中卫百户汪清，交与廷芳一张驾帖。”王恕说。

“他来自京师，捧有驾帖不假；不过，那是送给和我同行的锦衣卫宋百户的，不是送给我的。”潘蕃说。

“这位宋百户好说话吗？廷芳与他处得如何？”王恕问。

“宗贯先生打的什么主意？”潘蕃反问。

“可否从他手里借来看看？”王恕道。

潘蕃看他一眼，心想：对东厂、锦衣卫出外捕人，许多人是有看法的，因而对驾帖也是有看法的；宗贯先生今日犯的什么病，一定要看？

“我试试看；借不来，宗贯先生莫怪。”他说。

宋百户还好说话；或者，潘蕃与他处得不错。驾帖真被拿来。

王恕只看一眼，即连连摇头，把它交还给潘蕃。

“驾帖是假的。”他说。

“宗贯先生怎知？”潘蕃问。

“刑部官成日要和驾帖打交道。我虽没在刑部任过职，却在大理寺任过职。这上面缺少什么，我都看得出来，廷芳会看不出来！”王恕道。

“我看看。”潘蕃不是看不出来，而是根本没仔细看，这会儿一看，看出问题，“驾帖发下各衙门，为防伪造，须用司礼监印信，这上面没有；又为防伪造，须有刑科印记，这上面没有；又为防伪造，各官携驾帖出皇城各门，须用该门关防印鉴，这上面也没有。”

“你看，我说此驾帖是假的，不是没根据吧？”王恕道。

“根据是有。”潘蕃也有话要说，“可是——”

王恕举手止住他，道：“这是第一个根据，我还有第二个根据。”

“宗贯先生请讲。”潘蕃只有耐心听他说。

“廷芳来昆明，是奉圣旨吧？”王恕问。

“不奉圣旨，我怎敢私出京师！”潘蕃道。

“廷芳还记得圣旨怎写的吗？”王恕问。

“近该臣等题为外夷脱回中华军丁事，都察院覆本奏，奉圣旨：是。各差的官去，务要勘问明白；干碍钱能者，奏来处置。”潘蕃不管有用的内容，没用的内容，统统背诵一遍。

“廷芳奉旨而来昆明办差，不过数日，而汪清即送来驾帖，廷芳不觉得此事甚为可疑吗？”王恕道。

“宗贯先生原来为此事而来，有点儿不值得呀！”潘蕃说。

“此话怎讲？”王恕问。

“朝廷降旨，着某衙门某官察访某事，又差东厂、锦衣卫逮拿某涉事之人，这不是很平常的事吗？东厂、锦衣卫官校，为图方便，放一些空白驾帖在手上，不也是很平常的事吗？”潘蕃道。

“廷芳以为这是很平常的事？”王恕问。

“宗贯先生以为这不是很平常的事？”潘蕃反问。

“当然不是。”王恕道。

“愿闻宗贯先生高见。”潘蕃说着，一揖。

“我先举个具体事例。”王恕道，“廷芳是来访察的，宋百户是随廷芳一同来访察的。若驾帖内有某人赐死情节，而廷芳以为其人不当死；或驾帖内有开释某人，而廷芳以为其人不当释，廷芳先生如何处置？”

“朝廷旨意写的有啊：干碍钱能者，奏来处置。”潘蕃的回答让人一听就能感觉到，他有所回避。

“若无碍钱能者呢？”王恕把自己的问题说得更明白，“我是泛泛举例，并非专指廷芳的差事。”

“宗贯先生可以泛泛举例，我却不好泛泛答之。”潘蕃说。

“廷芳有何顾虑？”王恕问。

“赐死某人，果出圣意而不得死，是违君命；非出圣意而死之，岂不使之含冤九泉？开释某人，果出圣意而不得释，是违君命；非出圣意而释之，岂不使之愈发猖狂？”潘蕃道。

“故驾帖是否出自圣意，绝非很平常的事；亦即，驾帖真伪，绝非很平常的事。如何分辨驾帖真伪呢？至少该加的印信，绝不能不加。”王恕说着，问潘蕃，“廷芳看，是不是这个道理？”

“诚是。”潘蕃应道。

“再者，朝廷处置，最怕事体不一。”王恕又说，“事体一，则人皆尊信而无疑；事体不一，非唯启人之疑，且使投闲抵隙者得行其诈。既降旨访察，旋发驾帖拿人，此事体不一也。廷芳看，这是小事吗？”

“诚是，宗贯先生虑得深远，非下官所及。”潘蕃应道，并问，“宗贯先生看，此事当如何处置？”

“我将奏闻于朝；廷芳能约束宋百户等，不以假驾帖行事，即可造福一方。”王恕说。

王恕议论伪造驾帖事的奏疏还在半途，召王恕往南京掌南院事、并参赞南京机务的圣旨抵达昆明。过不多久，钱能也被召还南京。对云南百姓来说，幸与不幸参半。

第一百零八章

山西汾州府永宁州城里，有个姓岳的员外，把独生女儿当作宝贝一般。女儿快到说人家的年纪，他让人找个心灵手巧、善做女红的女子，一是陪伴女儿，二是教她做点儿女红，免得出嫁之后，被人说三道四。只要有钱，什么样的女子找不到！不多日，他托的人带个娘子来，年纪比女儿大不了许多，一张脸很是俊俏，身子也很匀称。正好有个相面的在，偷偷对岳员外说，此女有宜子相。岳员外不由心动，管她女红好不好，先留下再说。等慢慢把她勾搭上，她若真的宜子，便纳为妾。偌大的家业，总得有个儿子来承继。

事先说好，该女子和女儿做伴，晚上睡在一起。

岳小姐睡到半夜，惊醒过来，觉得有只手在自己身上乱摸。她想叫喊，又一想，一家人都睡熟，被她吵醒，岂不要埋怨？再说，和她同炕而睡的也是个女子，或许睡觉不老实，爱动，把手搭在自己身上。躲开就行，最多明晚不让她和自己同睡。

想到这里，她把身子往后缩缩。没想到，过不多会儿，那只手又在她身上乱摸。她再往后缩，那只手再往前伸。直至后背已贴到墙上，无处可缩，岳小姐不由恼怒起来。

“你身上也有奶子，为何只到我身上来摸？”她斥道。

“我的奶子没小姐的奶子绵软。”请来的女子说。

“你没睡着？”岳小姐想到自己方才的话极为粗俗，脸有点儿发红。

“本已睡着，可一摸到小姐奶子，又醒过来。”请来的女子说。

“你不习惯同睡一炕，换间屋子吧。”岳小姐说。

“凑合一夜，明日再换。”请来的女子说。

“你手总摸过来，我怎能睡！”岳小姐道。

“小姐不喜欢奶子被人摸，我不摸就是。”请来的女子保证。

她果然言而有信，不再把手伸到岳小姐胸前。岳小姐的情绪也逐渐平稳。可就在她将要入睡时，一只手却摸到了她小腹，且顺着小腹往下移动。她抓住那只手，要把它推开，可她越用力，那只手越迅速地向下移动，并伸进了她的内裤，摸到了她的私处。

她从未有过这样的经历，浑身燥热，气也喘不匀。她想叫，又一想，把人叫来，怎么说得出口？说那个地方被一个陌生女子摸过？传出去，还不要笑死人！

“你、你要做甚？”她羞怯地问。

“小姐那处，和我长得不一样。”请来的女子说。

“你胡说，一样用处，怎会长得不一样！”岳小姐道。

“小姐不信，自个儿来摸摸。”请来的女子说。也不管人家同意不同意，她抓起岳小姐的手，拉到自己裤裆里。

岳小姐触摸到一物，顿时魂飞魄散，昏死过去。二人那部分，岂止长得不一样，简直是有天壤之别，阴阳之分！她触摸到的，是一根涨得粗大无比的阳具。岳小姐再没醒过来。

闹出人命，官府自然要勘查。结果查出，被岳员外请到家里去的，根本不是女子，而是乔装成女子的青年男子。他以教授女红为名，在城里及各乡骗财骗色，无不得手，这次终于败露。

时为十一月中旬。

十二月初的一天，掌院都御史王越，往西厂谒见汪直。

吴绶正给几名校尉讲述发生在永宁州的奇案，校尉们听得不过瘾，向他问这问那。一眼看见王越，吴绶立刻设法脱身。他说：“都堂大人亲审过该案，你等想听细节，何不去问他！”

“老吴，你让他等问我什么？”王越知道这伙人难缠，先得问明白。

“永宁姓桑的那个案子。”吴绶说。

“你是说桑冲？他以妖人论罪，早已押解西市问斩，还有什么好问的！”王越道。

“吴大哥说，姓桑的五指纤细，穿针引线，比女子还要精致。我可不信，男人的手会比女人的手巧。”一校尉说。

“这有什么好奇怪的，我家的裁缝就是男人，裁剪起衣物，比女子娴熟得多。”王越说着，忍不住和该校尉开个玩笑，“当日都察院审这个桑冲时，真该让你老弟去旁观，你说不定会我见犹怜。”

“可我就是不明白，他穿梭于各闺房，成其好事，怎么会没一名女子出来指控他！”另一校尉说。

“其一，得说乡人愚昧；其二，女子顾及女子的面子，家人顾及家人的面子，故隐忍不发；其三，也有那等浪荡女子，尝到甜头，以为占个大便宜，哪儿还顾得上指控！”王越说。

“都堂大人，有件事，吴大人怎么也说不清楚：最后那个女娃被他吓死，他有没有奸尸呀？”第三名校尉馋涎欲滴地问。

“最后那个女娃被吓死，倒保住清白；这个桑冲也被吓得半死，哪儿还顾得做其他事。”王越道。他担心有人再提出一些更龌龊的问题，边拿“桑冲的案子，改日再讲”来应付众校尉，边对吴绶说：“老吴，我要见汪公公说个事。”

吴绶应着，进去打个转，把王越请进去。

“世昌先生，怎的许久不来坐坐？”汪直高兴地招呼他。

“这不到年尾，衙门里的事情多嘛！”王越说。

“衙门里的事情，可以让别人去做，不必世昌先生亲力亲为，你腾出工夫，帮我拿个大主意。”汪直道。

“是，汪公吩咐！”王越应道。

“老陈主张征讨建州三卫，世昌先生以为如何？”汪直问。

他说的老陈，名钺，字廷威，北直隶献县人，天顺元年进士，以右副都御史巡抚辽东。他说的建州三卫，即建州卫、建州左卫、建州右卫，均为辽东的羁縻卫。国初，朝廷在辽东主要是处置朵颜三卫；延至今日，朵颜三卫的威胁仍存在，而建州三卫的麻烦又日益突出。

陈钺奏请讨建州三卫，皇帝还没做出决定，汪直却急于做出决定。

“似乎急点儿。”王越说。

“世昌先生是说，我急点儿？”汪直不高兴地问。

“不，我是说，廷威先生似乎急点儿。”王越说。

“老陈是成化十二年抚辽的，马上就要三个年头，也可谓三年不鸣，一鸣惊人吧。”汪直说。

“他已鸣过一次。”王越提醒道。

三个多月前，陈钺曾奏言，夷人私市禁物成风，不如朝廷遣行人，会同分巡佥事，于开原、抚顺等关验放。这个提议，朝廷已准行。

“世昌先生的意思，老陈才议开关，又议出兵，太急。是不是？不过，有一事，世昌先生有所不知：他请出兵，是秉承我的意愿。”汪直说。

“若是公之意愿，那无所谓急不急。”王越即改腔调。

“我想也是。”汪直道，“立足于朝，立功于边，如人有两条腿，方能立得持久。这话不是世昌先生对我说的吗？世昌先生所言，我正在身体力行呀！”

“而且，在辽东立功，比在西北立功，要容易得多。”王越补充一句。

“当真？”汪直问。

“当真！”王越应道。他至少有两条说得出来的理由，“一则，辽东近，西北远。辽东立功，朝廷更看重。二则，建州初起，势弱；西北虏寇经营多年，势强。辽东用兵，胜算更大。”

“那么，讨建州三卫，当准？”汪直问。

“为公计，当准。”王越应道。

“但第一步，我还是想让老陈先在辽东为我探探路子；第二步，再定是否亲往。”汪直说明他的计划。

“兵者，危道也，理当慎重。”王越表示赞成。

“有世昌先生掌舵，此事可以安安稳稳去做。”汪直道。尽管陈钺更善于附会，但汪直要王越意识到，更被看重的是他，而不是陈钺。

“此言差矣，掌舵的是公，我至多是个使桨的。”王越说。

汪直一笑，接受了他的这句奉承。自己要谈的事情谈完，可以转而谈王越要谈的事。他问：“老吴说世昌先生要和我说个事，何事？”

“新年将至。”王越没头没脑地说一句。

汪直一愣，随即回应道：“是啊，还有二十几天。”

“我想，有些事情，放在年前办，较好。”王越说。

“譬如——”汪直要他具体说来。

“韦瑛为人忠诚，在我手下办事忠诚，在吾公手下办事也忠诚，却不幸被调去边卫。今西厂革而复设，可将他调回。”王越说。

“这事我想过，”汪直道，“我不想被人说只会用人，不会疼人；况且，老韦也是有用之才。不过，调他去边卫，是皇上亲口交代。我担心操之过急，反而适得其反。”

“此事的确不宜急办；而且，只将他一人召回，也太显眼。我提起这件事，并非要公为难。”王越说。

“这么说，世昌先生有更好的法子？”汪直问。

“是。”王越应了一声。

“世昌先生说来听听。”汪直道。

“官军捣毁红盐池虏穴，乃西北第一功，然朝廷赏赐，多有不及，我愿上疏，把该役之后朝廷加于我之官捐出，以酬众将；韦瑛姓名，亦列入其中。”王越说。

“世昌先生如此重情重义，难怪麾下将士肯出死力。”汪直叹道。又说，“说到功不酬劳，第一个就是对世昌先生赏赐太薄。世昌先生欲有何求，可告与我，我为世昌先生谋之。”

“我本人并无所欲，不过，方才吾公言及讨建州三卫之事，我倒是有个想法。”王越说。

“不是说该事已定吗？世昌先生怎又有想法？”汪直问。

“不是讨与不讨，而是便与不便。”王越说。

“便与不便？”汪直更听糊涂了。

“是。”王越点点头，说，“出兵征讨，皆由兵部议决。兵部遵从吾公，则事事便利；兵部不遵从吾公，则事事不便。”

“言之有理。”汪直应道。他当然懂得王越的心思。兵部尚书与掌院都御史虽然同级，但做到掌院都御史的，没人不想改任兵部尚书。王越被召还朝，是冲着兵部尚书的位置来的，未能如愿；项忠被罢免，他又盯住兵部尚书的位置，结果又没如愿，廷推，以巡抚陕西都御史余子俊掌兵部。如果说，王越在自己被召还时就有怨气，朝廷决定召还余子俊，他就有更大的怨气。汪直安抚道：“世昌先生此愿，年前必能成真。”

“世昌兄欲约你我在年前聚一聚，负图兄意下如何？”余子俊问本部左侍郎马文升。马文升是成化十一年召任兵部右侍郎的，今年改左。

对余子俊的询问，他没有马上回答。余子俊以为他在想一个说得过去的理由拒绝，并不催他。谁知，马文升越想，皱纹越深，一开口，不是自己说出什么拒绝的理由，而是要余子俊说个接受的理由。

“士英兄看，坐在一起，能说些什么？”他问。

“都任过西北边镇的巡抚，负图兄又曾接替世昌兄总制陕西三边军务，还怕没话说？”余子俊道。

“此兄若把心思放在国事上，当然不会没话说；我怕的是，他约你我，另有所图。”马文升说。

“他欲图何事？”余子俊问。

“譬如，士英兄的职位。”马文升直言不讳，“士英兄还朝迟，或有所不知，我却很清楚，此兄一直在盯着此位。”

“负图兄不说此位，我也不便多说；负图兄既言及此位，我想说句心里话：被推任大司马，我甚是愧疚。”余子俊道。

“士英兄为何这么说？”马文升问。

“我等三人，都在西北边陲任过事，都知道在西北任事之艰；而论功，我却远不如世昌兄。”余子俊说。

“士英兄欲以此位拱手相让？”马文升问。

“非我私物，怎能说让就让！”余子俊道。

“士英兄想到此位非私物就好。”马文升说，“此兄用兵多年，又身为掌院都御史，推改兵书，本来是顺理成章。士英兄可知，朝廷为何宁召还吾兄，不肯用他吗？”

“不知。”余子俊摇头。

“世昌兄急功近利，或是许多人不喜欢他的原因；但我以为，这还不是主要的。”马文升说。

“急功近利，事体不小，还不是主要的？”余子俊道。

“由急功近利而引出的另一个毛病，关系更大。”马文升说。

“那是什么？”余子俊问。

“不择手段。”马文升后用的四个字更为尖锐。

余子俊知道，所谓不择手段，是指王越和汪直之间不正常的关系。这已引起许多廷臣的非议，而马文升率直，肯定更为不满。余子俊不想他们私下里对王越的议论太具体，太尖刻，于是把这个话题打住。

“无论如何，世昌兄捣毁红盐池虏巢，功在当代，利在后世；而朝廷赏不酬功，也有许多议论。”他说。

“士英兄可奏请朝廷加其职衔呀！”马文升道。

“加兵部尚书衔，亦不为过。”余子俊说。

“士英兄可奏请朝廷加其兵部尚书衔。”马文升接着说道，“加衔而已，别来兵部衙门署事。”

年前，王越为兵部尚书兼左都御史，仍掌院。

第一百零九章

成化十四年正旦前后，天下举子陆陆续续赶往京师。成化十四年是戊戌年，又将举行会试。

苏州举子刘缨，性子慢，他前一年十二月中即离家北上，一路上慢慢悠悠，一月底才到通州。天色已晚，他不得不在通州过夜。

傍晚时分，他在旅舍旁边的小酒店里吃饭，要了两碟菜，一壶酒。北方的酿酒性烈，他尝一口，辣得直吐舌头。

就在这时，一位文士模样的人，从酒店前过，他往里探探头，招呼店小二："照老样子来一份，我先去找住店。"

"先生去吧，酒、馔都是现成的，先生随意。"店小二说。

刘缨看该人，总有五十岁出头，以为是个游学之士。游学之士与赴试之士，心情是不一样的，他本不想搭理；但店小二一句话，引起他的注意。店小二说的是："每隔三年，便来照顾小店一次生意，倒不得不谢他。"隔三年来一次，又赶上这个月份，除赴试之士，怎会这么巧？虽说来京赴试的年长者有之，但竟有年过半百者，刘缨却不曾想到。对人家的这份执着，他心生敬意。当老者走进小酒店时，他主动招呼。

"兄台，一起坐吧。"他邀道。

老者扫他一眼，看出是同道之人，应一声，坐将过来。

刘缨见老者两眼死死盯住酒壶，估计他是渴的，而店小二还没把他的酒和菜送上来，于是说："兄台先饮这壶吧。"

"好说。"老者也不客套，拿个碗，把壶里的酒倒出一半。然后，端起碗来，喝一大口，碗里的酒顿时去一半。他抹了抹嘴，不好意思地说："实是渴得厉害，兄台莫见笑。"

他前面一句"好说"，字数太少，分辨不出是什么地方的口音，后面的话，字数增多，刘缨听出是南方口音，至少比苏州还要往南。

“皆行路之人，谁敢笑谁。”刘缨说着，自我介绍道，“弟姓刘，名缨，请缨之缨，字与清，从苏州过来。”

“与清兄，容我再饮一口。”老者一口把碗里剩下的酒也倒进嘴里，然后说，“弟姓曾，名彦，字士美，家大人虽为我取名彦，但我年轻时称不上俊美，今日更是一弯腰驼背的老丈。”

“兄台不可言过其实，我看士美兄饮起酒来，比我这个才过而立之年的壮年之人，勇猛得多。”刘缨笑着说。

“只此一事，还敢与年轻人比量。”曾彦说着，想起自己还有一事没介绍，又说，“我是从吉安过来。”

“士美兄是赣人？”刘缨惊问。

“是啊。”曾彦应道。

“真想不到有此巧合之事。”刘缨惊诧之后满心喜悦。

“一南直，一江西，何巧之有？”曾彦问。

“士美兄有所不知，我先人虽落籍苏州卫，祖籍却在新淦。”刘缨说。

新淦属江西临江府，与吉安相距不远。曾彦道：“哎呀，那我二人不仅同省，而且是邻郡！”正好店小二把他的酒和菜送上来，他邀道，“与清兄，为同省，为邻郡，干一杯？”

“喝一口可以，干一杯嘛——”刘缨端起碗来苦笑。

曾彦不管他，自己先干，然后告诉他：“与清兄别以为京畿都是好酒。即便进到京师，除非你有源源不绝的宫酿，也只能以此酒润口。”

“看来，士美兄对京师很熟？”刘缨问过后，即后悔。他这么大年纪，不知参加过几次会试，对京师可不很熟！好在曾彦没留意他的问题，使他有机会换个题目问：“士美兄的郡望是吉安，却不知哪一县？”

“泰和。”曾彦道。

“哎呀，那可是个既出状元，又出阁老的地方！”刘缨拣句好听的说。

“看来，与清兄很了解泰和的故事？我倒想听你说说，泰和出过几位状元、几位阁老？”曾彦道。

“二状元，二阁老。”刘缨说着，数道，“二状元：陈德遵先生循，永乐乙未科状元；士美兄本家，曾延年先生鹤龄，永乐辛未科状元。二阁老：西杨先生士奇，陈状元循。”

“不对，少一位。”曾彦说。

“状元少一位，抑或阁老少一位？”刘缨问。

“都少一位。”曾彦说。

不过几十年间的事，如果状元少说一个，或阁老少说一个，刘缨还会考虑，自己是不是真的有所忽略；但状元、阁老都少说一个，他怎么也难以相信。

“状元少说哪一位，阁老少说哪一位？”他问。

“其实是同一人：曹万锺先生鼐。”曾彦道，见刘缨意欲反驳，他说，“我知道与清兄要说，万锺先生是真定人。但与清兄莫忘，他是从泰和典史任上与会试，并抡魁的。”

“听士美兄这么一说，泰和人引万锺先生而自豪，亦不无道理。”刘缨不想扫他的兴。

“我多数一位状元，一位阁老，可不是让泰和人自豪。”曾彦却说。

“那是何意？”刘缨问。

“我想告诉与清兄，泰和除出状元，出阁老，也出落魄的文士。”曾彦说着，手指自己。

“士美兄别泄气嘛！”刘缨安慰他，“今日给自家加以‘落魄’二字，便如今日自称‘老丈’一样，为时过早。”

“我自家都数不清，已五次或六次赴京。”曾彦道。

“可士美兄还是第六次或第七次又来，可见仍怀期望。”刘缨说。

“来虽来，更多的似乎是习惯，而不是怀有期望。”曾彦道，“实不相瞒，今次离家前，我曾找过善相者为我看相，其言曰：时机未到。五次或六次赴京，有两次我曾找他看相。他说的都是‘时机未到’，说的都极准。我想，第三次他不会看不准。”

“士美兄提到看相，我亲历一事，士美兄要不要听听？”刘缨问。

曾彦知道他意在安慰自己，听不听两可；但不忍拂他美意，遂道：“与清兄说来听听。”

“是去年往南京赴应天试的故事，到京师后，说不定能见到其中一二人，士美兄可向他等求证其事。”刘缨先向他说明，其事并非杜撰，然后讲述，“南京以南有山，名聚宝。山中有僧，名道清。我等素闻道清和尚善风鉴，同郡数举子相约，前去参谒。说明来意后，道清大师才要谛视我等，一位姓黄的举子，匆匆赶到。道清大师惊呼一声，起身相迎，对黄兄说：今年应天解首，必属君矣。众友纷纷向黄兄道贺，黄兄揖手称谢，好似解首已在其囊中。”

“连句谦辞都没有吗？”曾彦插问。

“他若作谦辞，大师面子上岂不难看！”刘缨道。

“也是。”曾彦同意。

“道清大师又看好一位姓顾的举子。”刘缨接着讲述，“说：名次与解首相近者，唯君一人；而君他日官居方伯，又非彼君可及。众友又纷纷向顾兄道贺，顾兄倒不狂妄，说：数十年后之事，不敢企望。”

“他姓顾，却不顾及大师面子。”曾彦插话。

“可不是。”刘缨笑道，“另有一位姓黄的举子，喜欢开玩笑，对道清大师说，他姓黄，我也姓黄，师傅会不会看错人？道清大师说：彼黄解首，此黄落第。说得这位爱开玩笑的黄兄喏喏而退。大师拿手指点着一位姓朱的举子，又指点着一位姓王的举子，又指点着另一位姓朱的举子，说：你等可待下科。接着，指点我说：君得金形，而面白须赤，乃火克金相也，当弃科举而从他业。”

“哈，他人姑且不论，在与清兄身上，他可谓大出其丑。”曾彦说。

“可不是，我也没想到应天试会中式；我更没想到的是，被大师看成解首的黄兄，竟然落第。”刘缨说。

“另一位姓黄的仁兄呢？”曾彦问。

“他反而高中。两位朱兄，一位王兄，也都榜上有名。”刘缨说。

“幸亏他等没听从大师之言，等待下科。”曾彦道，“看相看不准者，我见过，也听人说过；但无一人看得准，倒也可列入奇谭。”忽想到一事，他又说，“不对，并非无一人看得准，至少那位姓顾的仁兄，日后能否官至方伯，尚在未知。”

“恰是顾兄，他说得最不准。”刘缨说。

“怎么？”曾彦问。

“他不仅落第，而且回家后就病倒，一日重过一日。我出门前，询问医者；他告诉我，恐无回天之力。”刘缨说。

“与清兄是要告诉我，相者之言不可信吧？”曾彦道，“其实，我也不信，不然，为何偏要与命抗争！”

张榜之日，曾彦高中一甲第一，为大明状元谱又增加一位泰和人。刘缨则取在三甲。

张榜之后，取中的进士们欢天喜地，三五相约，拜谒考官，拜谒礼部尚书，拜谒阁臣。而曾彦最想去看望的，是国子监祭酒。他每次会试失利，都会作为旁听的生员，在国子监听课，向国子监的先生们求教，把这里当作磨砺学问之所。

丘濬是去年任国学祭酒的。他和曾彦曾见过几面，曾彦来访，他以半师半友的身份接待。

“士美兄以五旬以上年纪抡魁，在本朝称得上第一人，真乃可喜可贺。”丘濬向曾彦道喜。

“仲深师还是把晚生当作国学一生员吧。”曾彦说。

“今日不论师耶友耶，只说些闲话，如何？”丘濬道。

“谨遵师命！”曾彦应是应，但仍坚持二人师弟的身份。

“近日我读东里先生诗集，有一首贺陈状元循的诗曰：龙洲过县千年识，黄甲初等第一名。从此累累题榜首，东城迎喜过西城。结尾一句和起首一句，我都不甚了然。”丘濬说。

“东城、西城，是就德遵先生居第而言。”丘濬先提的是最后一句，曾彦就先解说最后一句，“德遵先生居于泰和东城，所以，西杨先生说，东城迎喜过西城。”

“这一层我倒也想过。”丘濬道，“但不知曾状元住在东城，还是住在西城？若住在西城，这一句须得改过来。”

“还好，晚生住在城外。”曾彦说。

“那位曾状元呢？”丘濬问。

“据晚生所知，延年先生也住在城外。”曾彦说。

“看来，东里先生被奉为文坛领袖，连老天都眷顾他，普普通通一句诗竟改动不得。”丘濬说着，笑起来。

曾彦也陪着他笑几声。

“龙洲的洲字，我记得带水，不知何意？”丘濬问起另一不了然之处。

“龙洲，是条街名。”曾彦说。

“龙洲过县，看来是条穿越县城的长街。”丘濬揣测。

“仲深师说得不对。”曾彦道。

“难道其街不长？”丘濬问。

“长与不长，还在其次；要在龙洲过县，指的是过县衙之前，而不是穿越县城。”曾彦说。

丘濬是个极较真的人，不会因为曾彦的一句话就改变自己的理解。他问：“龙洲过县乃过县衙，非过县城，怎得证实？”

“不便言之。”曾彦不是没证据，而是不想说。

“有何不便言？”丘濬问。

“说出来，好似自吹自擂，怕仲深先生嘲笑。”曾彦道。

“你放心地说，我绝不嘲笑。”丘濬保证。

“泰和有句流传很久的谚语，道是：龙洲过县前，泰和出状元。若谓龙洲穿越县城，则‘县前’二字用得牵强。”曾彦说。

“这可不算自吹自擂，”丘濬反驳他的说法，“此句称赞前人这条街修得好，大有‘前人栽树，后人乘凉’之余意。前人积德行善之事，后人都不应该忘记。”

“仲深师教诲的是。”曾彦应道。

“你言之有理。”丘濬这才认可他的证实，“如果龙洲为穿越县城的长街，县前二字，就说不通。”

“仲深师方才提及西杨先生的诗句，晚生欲求一事，不知仲深师可否应允。”曾彦觉得闲话说得差不多，这才说明来意。

“你且说，以何事相求？”丘濬道。

“请仲深师为晚生写几个字。”曾彦说。

“仲深师从不为人写字。”丘濬开个玩笑，也是出个难题。

“那就请祭酒公为弟子写几个字。”曾彦说。

“祭酒公自知字不好，拿不出手。”丘濬说。

“请丘先生为故人写几个字。”曾彦把自己抬高到差不多可以和丘濬平起平坐。

“丘先生为故人写字，须得是已故之人。”丘濬还不松口。

曾彦一跺脚，道：“请仲深兄为我写几个字，以资鼓励。”

丘濬一笑，说：“想和士美兄为友，怎的这般难。”

他略一思忖，提笔为曾彦书写一联。

上句是：江右贤科，十回虎榜魁天下；

下句是：西昌文运，三应龙洲过县城。

西昌是泰和的古称。江左即江东，是古人对江南地区的称呼。江右则是江西的别称。

第一百一十章

散朝后，兵部右侍郎张鹏正往衙门里走，后面有人招呼“腾霄先生”，回头一看，是吏部尚书尹旻。他停了下来，心里好不奇怪，尹旻平日即便和他对面走过，也未必会主动招呼，今日怎么从后面招呼着追过来？

张鹏字腾霄，北直隶涞水人，景泰二年进士。

尹旻赶上后问：“廷杰先生的奏本，腾霄先生读没读？”

贾俊字廷杰，北直隶束鹿人，国子生出身，现以右佥都御史巡抚宁夏。

“有所闻，尚未读到。”张鹏说。

“但该疏所言之事，腾霄先生是清楚的吧？”尹旻又问。

“那是清楚的，我等在衙门里曾议过。”张鹏应道。

“腾霄先生等怎议的？”尹旻问。

“我等以为，边储匮乏，确是件大事，该事当以户部为主议处；吏员等可否纳粟免考，则当由吏部议处。”张鹏说。

“士英先生之见如此？”尹旻问。

“是啊！”张鹏应道。

“负图先生之见亦如此？”尹旻问。

“是啊！”张鹏应道。

“你等如此议之，不妥吧！”尹旻说。

“有何不妥？”张鹏问。

“本朝督、抚，被视为封疆，不错吧？”尹旻以问作答。

“不错。”张鹏应道。

“既曰封疆，则须管土、管民、管财、管吏，亦须管军，不错吧？”尹旻问，

“不错。”张鹏应道，并补充一句，“督、抚管军，或比管土、管民、管财、管吏，都要在前。”

“既须管土、管民、管财、管吏、管军，”尹旻一顿，改口道，“对了，按照腾霄

先生的次序，既须管军、管土、管民、管财、管吏，奏章应离不开议军、议土、议民、议财、议吏，不错吧？”

“不错。”张鹏应道。

“可兵部一则将廷杰先生之议推与户部，一则将廷杰先生之议推与吏部，自己毫无担当，妥否？”尹旻问。

张鹏发现自己掉进尹旻设计的陷阱。他辩道：“督、抚奏章离不开议军、议土、议民、议财、议吏，这话不错，但不见得每一奏章都会把各项事务议遍。如廷杰先生此疏所议之事，一则掌于户部，一则掌于吏部，并非兵部不负责任地推与户部、吏部。”

“兵部这么一推，在科、道眼里，变成户部、吏部不尽职守，是不是以邻为壑呀？”尹旻还想责怪。

张鹏觉得他有点儿胡搅蛮缠，正色道：“同仁先生这话说得未免过头。朝廷设置衙门，使之各司其职，同仁先生不欲吏部失职，就该处置好吏部该议处的事，怎能怪别的衙门没有处置该由吏部议处之事？”大概又觉得自己的话太生硬，下面一句话变得比较缓和，“况且，同仁先生欲理论，也该和士英先生，和负图先生理论，而不该和我理论。”

“我找腾霄先生理论，还真有些道理。”尹旻说。

“是何道理？”张鹏问。

“腾霄先生不是从宁夏巡抚任上召还的吗？”尹旻道。

“是啊。”张鹏应道。

“你是前任，他是继任，他有所奏议，我不找你理论，却找谁人！”一句全无逻辑的话，在尹旻嘴里，却说得理直气壮。

张鹏想笑，笑不出来；想发火，发不出来。他不停地摆动双手，表示不想再和尹旻争辩他前边说的事。

“好，好，同仁先生该和我理论。”他言不由衷地说，并道，“廷杰先生的奏议，同仁先生是赞同呢，还是不赞成？”

“官吏升迁黜陟，不以考察，纳粟而已，设置吏部作甚！”尹旻道。

“那么，同仁先生不赞成？”张鹏问。

“不管怎的，纳粟免考，可以筹到边储；我不赞成，却有什么别的法子去筹集边储！”尹旻道。

张鹏总算明白，尹旻是难以决断，才来和自己理论。说得好听，他是想让兵部也承担点儿责任；说得难听，他是想为吏部推卸责任。

当然，不过是私下里的谈话，不必太认真。

“同仁先生欲兵部与议，我倒有个法子。”张鹏说。

“不是我欲兵部与议，而是兵部本当与议。”尹旻还想矫情。

“同仁先生若这么说，我只有告辞。”张鹏假装要走。

“好，好，算我欲兵部与议。”有人肯出主意，尹旻退让一步，“腾霄先生想到的，是什么法子？”

“同仁先生但言事体重大，奏清廷议，只要皇上批复个‘可’字，兵部想躲，也躲不开。”张鹏说。

尹旻沉思起来，虽然是个简单通俗的法子，但不是不可一试。不过，没等皇帝对吏部的奏请批复，科、道已开始议论其事。

怀恩是来给皇帝读奏疏的，可皇帝和平常不同，拉着他闲聊起来。

“老怀，你道这会儿谁最快活？”皇帝问。

“应该是奴才吧。”怀恩道。

“为何是你？”皇帝问。

“因为奴才距爷最近。”怀恩说。

皇帝笑了笑，道：“老怀呀，想不到你也会说阿谀奉承的话。”

“爷猛然一问，把奴才问蒙。”怀恩说，“奴才想，大概每个人都有他快活的事，也有他不快活的事。想到他快活的事，他会觉得自个儿最快活；想到他不快活的事，他会觉得别人都比他快活。”

“老怀这话，还真有几分贤哲的味道。”皇帝称赞他一句，又顺着自己的思路说，“不过朕想，这会儿真有一人，以为他最快活。”

“不知爷说的是谁？”怀恩问。

“贾俊呀！”皇帝问。

“爷说的是巡抚宁夏都御史贾俊？”贾不是大姓，也不是很偏的姓，俊则是很普通的名字，所以怀恩先要坐实。然后才问：“爷为何说他以为自个儿最快活？”

“天下督、抚不下二十处，一大半在北边，而今经他奏请，边储得有着落，他能不快活！”皇帝道。

“爷是说贾都堂前者奏请之事？”怀恩问。

“是啊。”皇帝应道，“朕还在想，都是一样的巡抚都御史，怎的只有他走出这一步棋，使自个儿摆脱困境？”

“爷，他远未摆脱困境。”怀恩说。

“怎么？”皇帝问。

“即使今日依他的奏请行事，边储也不会很快就有着落；况且，他奏请之事，尚未拟旨。”怀恩说。

“户部议复赞成，朕亦准奏，为何仍不拟旨？”皇帝问。

“爷当日是命吏、户二部各议之。今户部已议复，吏部尚未议复，不宜仓促拟旨。”怀恩说。

“这是你的意思？”皇帝问。

“是内阁诸先生的意思，奴才也赞同。”怀恩说。

“那就催催吏部呀！”皇帝这么说，不知是因为他已准奏，还是想让宁夏的边储早日有着落。

“奴才听说，吏部欲奏请廷议。”怀恩说。

“吏部是不是想拖延时日？此事由户部、吏部分议之，已是很看重，还用得着廷议？”皇帝不高兴地说。

“奴才也觉着，此事用不着再廷议，不过——”怀恩欲言又止。

“老怀，你想说什么？”皇帝问。

“奴才想说，即便吏部赞成贾都堂之议，朝廷仍宜慎重。”怀恩道。

“老怀，我看出你是不赞成的，有何理由吗？”皇帝问。

“并非奴才不赞成，是各道御史上疏，批驳其议。”怀恩说。

“你拿在手里的就是批驳的奏疏？”皇帝问。

“是。”怀恩应着，把奏本捧起。

“朕要是说不读，岂不是太不给你面子？好，你读吧。”皇帝和他开个玩笑。

“窃见巡抚宁夏都御史奏称边储匮乏。”怀恩读道，“欲将河南、陕西、山西、北畿两考吏典，及在京各衙门办事满者，俱令纳银免考，即与冠带。民间子弟纳银，给与差事。郡、县等官三年、六年考满纳银，免其赴部考绩。户部准拟，诏许通行。”

简短几句话，把贾俊的奏议交待清楚。怀恩读到这里，停下来。他估计皇帝会有话说。

“朕记得，贾俊的奏本挺长，概括起来，就这么几项？”皇帝果然问。

“是。”怀恩应道，“奴才查对，御史们概括得并无遗漏。”

“朕听得，他等概括为三事。”皇帝说。

“诚如圣谕，是三事。”怀恩应道。

“可朕记得，贾俊所奏，为四事。”皇帝说。

“贾都堂所奏，是四事。”怀恩应道，并解释，“其中，北地各省两考吏典为一事，在京各衙门办事满者为一事，御史们大约是觉得此二事有相同之处，可合为一事。”

“此二者，合得不无道理。”皇帝不反对把这两事合为一事，他命道，“老怀，你再概括地把三事说给朕听。”

“是。”怀恩应一声，概括道，“其一，北地各省两考吏典，纳银免考，在京各衙门办事满者，纳银免考，均给与冠带；其二，民间子弟纳银，给与差事；其三，郡、县等官考满纳银，免赴部考绩。”

“老怀，你听出来没有？”皇帝问。

“爷问的何事？”怀恩不理解皇帝的问话。

“两考吏典，纳银免考，指的是河南、陕西、山西、北畿等地，亦即你所说的北地各省，对吧？”皇帝问。

“是啊。”怀恩应道。皇帝对这一段的理解不会错，他对这一段的理解也不会错。

“那么，民间子弟纳银给差，是指此等北地各省，或者，再加以京师，还是指的天下？”皇帝问。

怀恩没想到皇帝听得如此仔细，答不出来。

“再者，郡、县等官考满纳银，免赴部考绩，指的是北地各省及京师，还是指的天下？”皇帝问。

“回爷话，贾都堂奏章，写得较为清楚。”怀恩说。

“朕不问你贾俊的奏章，只问你御史们的奏章。”皇帝道。

“诚如圣谕，御史们概括得非无遗漏。”怀恩说。

“老怀呀，你没懂朕的意思。”皇帝道，“贾俊的奏章，分开几项，每一项写许多话，朕听下来，并没觉得什么；御史们把这几项概括成两句话，朕听下来，却有所思：北地各省吏员，纳银免考，京师各衙门吏员，纳银免考，还可以说是就近，图个方便。民间子弟纳银给差，郡、县官纳银免赴部考绩，若限于北地各省及京师，对南地各省，包括山东、四川等省之民间子弟、郡县官员，岂不太不公平！”

“爷所虑甚是。”怀恩道。

“各道御史也是这般议论的吗？”皇帝问。

“他等不如爷虑之深远，仅论卖官鬻爵之非。”怀恩说。

“你择其要，说与朕听听。”皇帝命道。

“是。”怀恩应一声，读道，“堂堂天朝，富有四海，量入为出，用一省百，边储胡患不充，军需胡患不足，而为此卖官鬻爵之事？”

“没了？”皇帝问。

“没了。”怀恩说。

“贾俊所议，被御史们概括成短短几句话；御史们所议，又被老怀你概括成短短两句话。”皇帝笑着说。

“爷嫌短，奴才为爷诵读其全篇？”怀恩道。

“该疏有没有写上御史们长策？”皇帝问。

“该疏只是批驳，并无建树。”怀恩说。

“那就不必读。”皇帝道，“民间有句话：不当家，不知柴米贵。御史们不当家，也不知筹饷之难。”

“爷的意思，仍是催催吏部？”怀恩问。

“那倒不是。和你说几句话，又听御史们的奏疏，朕的想法有所改变。”皇帝说着，问道，“老怀还记不记得，当初议及纳草纳马，你曾对朕说过，纳粟受爵之议的始作俑者为谁？”

“西汉人晁错。”怀恩说。

“你记得还对朕说些什么话吗？”皇帝问。

“奴才说，汉文帝本是圣明之君，只因信用晁错，以纳粟受爵之策备边，及募人集于塞下，而为后人非议。”怀恩重复自己的话后，说，“奴才非精通经史，读史偶有所得，妄陈于圣驾前，望爷恕罪。”

“你读书或没有状元、秀才们多，但你偶有所得，却非状元、秀才们可比；朕多有受用。”皇帝对他的这一赞赏，可谓空前。

“奴才偶有所得，如黯淡烛光；爷一经阐释，方如日中天。”怀恩道。

“如日中天，朕也达不到。”皇帝说，“汉文帝因晁错之累，为后人非议；朕不会步他后尘，以纳银足边用。贾俊所议，作罢！”

第一百一十一章

汪直回到私宅，已经很晚。走过门廊时，见一人坐在廊下打盹。他问司门役的长随："此人是谁？"

"从辽东来的，声称见不到叔，绝不离开。我怕让他在外面等，反而惹人注意，所以让他进来。"司门役的长随说。

"此事你处置甚妥，唤醒他，着他进来。"汪直吩咐。

司门役的长随等他进屋，才把来人叫醒，带着进去。

"是陈老爷着你来的？"汪直问。

"公公，是我。"来者说。

"你是——"汪直多看他两眼，还是没认出来。

"小人王英，是四夷馆通事，去年由公公差点，往辽东陈都堂处效力。奉公公钧旨：回到京城，先要来公公私邸禀事。故小人家也没敢回，一直在此恭候公公回府。"来者说明由来。

汪直记得有这么回事，对王英这个名字有印象，对来者的容貌也渐渐地有些印象。

"一年多不见，你样子改变不少呀！"汪直道，又问，"老陈一两个月里连报四五捷，究竟谎报，还是确有其事？"

"小人不敢瞒公公，杀人之事是有的。"王英说。

"你话里有话，我听得出来。"汪直道。

"小人是说，陈都堂所为，公公当作捷报，即是捷报；公公不当作捷报，即不是捷报。"王英说。

"你这话里还是有话呀！"汪直说着，命道，"老陈捷报当不当得真，你直言之，不得有所隐瞒！"

"小人给公公讲讲，陈都堂杀的是何许人吧。"王英说。

"好。"汪直点头。

"公公知道，关外散布众多女直遗族，其中，近我边塞者，有十八个部族，统称为十八族，陈都堂屠之殆尽。”王英说。

“你等等，老陈说是讨建州三卫，怎又变成女直遗族？”汪直问。

“建州三卫为女直后人，这不假；但并非女直后人都隶属于建州三卫。”王英说。

“譬如你说的十八族。”汪直既理解，可举一反三。

“公公说的是，”王英应一声，接着说，“十八族不隶属建州三卫，故单独遣贡使入贡。陈都堂奏请讨建州三卫时，十八族正纷纷遣贡使入关，尚未返回。其头目也僧格担心本部贡使被殃及，往抚顺见陈都堂，陈言：犯大明边镜者，海西人也，与我等十八族不相干。我部贡使出关之日，望都堂大人勿留难。”

“你等等，”汪直问，“他说的海西人，也是女直人吗？”

“是。”王英应道。

“海西女直也不隶属建州三卫？”汪直问。

“是。”王英应道，“海西女直亦独自向我大明入贡。”

“十八族首领叫什么？”名字特别，汪直没记住。

“也僧格。”王英再告诉他一遍。

“什么鬼名字！”汪直哼道，然后问，“那个叫什么也僧格的头目，说海西女直犯我边境，也确有其事？”

“犯边之事，和海西女直有关，和建州三卫也有关。”王英说。

“你给我具体讲讲。”汪直命道。

“是。”王英应一声，讲述道，“海西兀者前卫都指挥使，名叫散赤哈，入贡物品中有珍珠、豹皮，被我边将私扣。散赤哈告到朝廷，兵部着陈都堂查勘。边将惧事体败露，恰散赤哈的侄儿产察亦入贡，边将遂贿赂产察，让他禀报陈都堂，散赤哈贡品中并无珍珠、豹皮。这样一来，散赤哈败讼。他气愤之下，扬言犯边。陈都堂当然不愿把事情闹大，邀散赤哈去广宁，当面与产察对质。散赤哈答应去广宁对质，但一定要经抚顺关前往。边将正想不出法子阻止散赤哈面诉，现在有这么好的借口，怎肯错过！他等对陈都堂说：海西夷素不从抚顺关进，今日若准，恐启他日之衅。于是，陈都堂又阻止散赤哈前往广宁。散赤哈已过抚顺关，闻之大怒，发誓要报复。”

他讲述得比较啰唆；而且，涉及的人物多，海西女直人的名字也很难记。不过，汪直还是把脉络理清。

“说来说去，无非一二边将从中作梗。”汪直说。

“公公所言极是。”王英应道。

“其都指挥使叫什么？”汪直问。

“散赤哈。”王英道。

“散赤哈是海西某卫指挥使。他要报复，只是海西女直要报复；他要犯边，只是海西女直要犯边。怎的又和建州三卫有关？”汪直问。

“散赤哈返回海西本卫，途经建州辖地。建州三卫正因董山之死，怀恨在心，遂留他在辖地驻扎，给他提供种种方便。这样，他骤然间聚集数千人马，并侵扰我凤集等堡。”王英说。

“那么，建州三卫只是暗地里助他，并未公然与我闹翻？”汪直道。

“公公所言极是。”王英应道。

“不管暗地里助海西，或公然与我闹翻，总是危及于我。奏请讨建州三卫，也没什么不对。”汪直为陈钺辩护一句。

“道理，是这么个道理。”王英不赞成这一说法，但也不敢反对。

“可犯边的是海西呀，最多再加上建州呀，并不干十八族的事。老陈为何要对十八族下狠手？”汪直问。

“公公问到要害！”王英为他的这个问题叫好，“小人以为，陈都堂揪住十八族不放，只为一个字。”

“哪一个字？”汪直问。

“易。”王英道。

“哪一个字？”汪直还是要问。

“周易的易，贸易的易，容易的易。”王英一口气举三个词为例。

“我看，你要说的只是容易的易。”汪直道。

“公公英明！”王英奉承道，“讨十八族有二易：也僧格在十八族里是个发号施令的人物，他亲自去找陈都堂，等于自投罗网，陈都堂只要掌控他，十八族就成一盘散沙，此一易也；十八族不能和海西女直比，更不能和建州三卫比，各族皆弱，又互不为援，此二易也。果然，一动手，即杖杀也僧格；再动手，即屠十八族各部。”

“辽东的事，你看得很透呀！”从开始说到现在，王英的话一直条理分明，汪直不能不对他另眼相看，“照你的说法，老陈在辽东是无事生非，他奏请讨建州三卫，不宜准？”

“话也不能这么说。”王英不以为然。

“那该怎么说？”汪直问。

“建州三卫勾结散赤哈，扰我边境，这事是有的。”王英首先说。

“不错。”汪直心想，自己怎忘此事！又问，“还有呢？”

“陈都堂杖杀也僧格，屠十八族，贪功启衅、失远人心的非议难以摆脱；但对公公来说，却不是坏事。”王英说。

“怎讲？”汪直问。

“因有妄杀，因有非议，公公正好奏请于上，亲往彼处抚谕。安定一方，岂不是大功一件！”王英道。

“此言正合我意。不过，老王，有件事我想不明白。”汪直说。

“公公何事想不明白？”王英问。

“我原以为，你对老陈在辽东所为很憎恶；可你又说，他在辽东所为，对我来说不是坏事。你究竟在帮老陈呢，还是在毁老陈？”汪直道。

“他于我无恩，我为何要帮他？我于他无仇，我为何要毁他？我只为公公计，其他都不在话下。”王英说。

“老王真乃可用之人！你再去辽东，不用跟着老陈，跟着我吧！”汪直立刻做出决定。

皇帝命怀恩和阁臣、兵部堂官会议辽东事。怀恩率六名内臣同来内阁，内阁三臣、兵部三堂官已等候多时。见到从未有过的这么大的阵势，他们无不瞪大眼睛。

“诸位放心，不是来打架的。”怀恩笑着说，等大家各就其位，他手指几位内臣说，“皇上问我，今日有几人议事，我禀曰：内阁三人，兵部三人。皇上嫌人少。我请旨，要不再召其他部、院大臣？皇上谕曰：不必。尔多带几名内臣去，壮壮声势。所以，他等是来壮声势的。诸位大人别有顾虑，该怎么说，还怎么说。”

大臣们不清楚，为何要派他等来壮声势；也不清楚，他等能壮什么声势。反正身边多这些应该不起什么作用的人，他们心里都有点儿不自在；心里不自在，自然不知怎么开口。

“士英先生。”万安希望余子俊先开口。

“你说，你说。”余子俊推还他。

“怀公公，皇上还有什么旨意吗？”万安问怀恩。

“没有。”怀恩回答。为启发众人，他又说，“今日议的是陈都堂的奏请，我想，无非二事：其一，朝廷当不当出兵讨建州三卫？其二，差派谁人前往为宜？”

“怀公公是不是说，朝廷不出兵讨建州三卫，就不必差人前往，二事也就变成一事？”刘珝问。

“那却未必。”怀恩道，“不讨建州三卫，辽东究竟出的怎么一回事，总得差大臣去勘查吧？建州三卫果有异志，总得差大臣去安抚吧？”

“那不如把两件事的次序换一换，先议差谁人前往为宜，再议朝廷当不当出兵。”刘珝说。

把两件事的次序颠倒，代表一种思路，颇难人寻味。

“书温先生要先议差派谁人，是否对辽东的奏议存疑呀？”怀恩问。

“是。”刘珝应一声，说道，“不过，说到存疑，首先不是我存疑，而是大司马、少司马们存疑。”

“士英先生，可否说说？”怀恩问。

“我等在兵部曾议过，以为辽东所奏有二可疑：一则，建州三卫，臣属我大明已久，怎会说叛即叛？二则，捷报频传，至言已捣其巢穴。据我等所知，官军只在近边处与彼交手，怎说得上捣彼巢穴？”余子俊道。

“大司马是不是说，建州三卫若不叛，则无须讨之；我辽东官军若捣彼巢穴，亦无须讨之？”刘吉问。

“不错，我听来，亦有此意。”万安附和道。

“那么，二事亦成一事。”刘吉说。

“祐之先生称二事成一事亦可；不过，我倒以为，既有存疑，不如说朝廷当不当讨建州三卫，已议一半。”马文升道。

“尚未议呢，怎就议一半？”一内臣也想参与议论。

怀恩瞪他一眼，他又缩回去。

“所议二事，叔温先生说，先议此事，二事就简化成一事，祐之先生说，先议彼事，二事就简化成一事，负图先生更好，直接把议事的过程简化。”怀恩说着，问道，“负图先生，可否解说一二？”

“好。”马文升应道，“兵部议此事，以为辽东所奏不实；即兵部以为，叛事不实，何言讨之？我等方才与内阁诸公议及此事，叔温先生以为兵部提出的存疑很是，循吉先生、祐之先生虽不表赞成，但也未表反对；即内阁以为，叛事不实，何言讨之？”

“还有怀公公与诸位公公呢。”刘吉提醒他。

“负图先生不是说，此事已议一半吗？”刘珝道。

“不，我说的另一半并非指怀公公持议如何。”马文升忙加否认，“怀公公持议如何，直接禀明皇上就是，无须和我等议之。”

这话也可以理解为：内臣与会，只负责把大臣们的奏议如实禀与皇上，没资格参与廷议。怀恩知道马文升耿直，不与他计较。

“负图先生说的另一半是什么？”他问。

“即便辽东所奏是实，即便建州三卫实有叛意，朝廷也当以招抚为计，不可草率用兵。”马文升说。

“那么，负图先生完整的意思是：建州三卫叛朝不实；即实，亦当先行招抚？”怀恩概括道。

“是。”马文升应道。

“如何？诸公若赞同，我就把负图先生所议禀与皇上。”怀恩说，见没人表示反对，他对刘珝说，“先议论的还是朝廷当不当讨建州三卫。皆负图先生插一句话所致，叔温先生怪不得我。”

“负图先生所议，即我所欲议，我怎会怪怀公公！”刘珝道，“我只是没想到，朝廷当不当讨建州三卫之事，这么容易便议出结果，所以想把较为容易议出结果的事放在前面。”

“叔温先生以为差派谁人容易议出结果？”怀恩似乎觉得他的这个想法很好笑，“叔温先生，恐怕未必。”

“怎么？”刘珝问。

其他大臣，包括马文升，都不觉得刘珝的想法有什么不对。

怀恩看清众人的表情，不再问刘珝一人。

“诸公可知，他等在来内阁的路上，对我怎说？”他指的是众内臣。

“非他等衙门之事，即宫闱之事，我等外人怎知。”万安道。

“循吉先生言之差矣，他等和我念叨的可不是宫闱之事。”怀恩说着，问坐在最前边的内臣，“告诉诸位大人，你是怎说的？”

“我自幼体格健壮。”该内臣道。

“你呢？”怀恩问挨着前一内臣坐的内臣。

“老爹说，老娘怀我时，恰猎到一只虎，她每日吃一块虎肉，故我在娘胎里，体格就健壮。”该内臣道。

“你呢？”怀恩问第三个内臣。

“我自幼在少林寺习武。”该内臣道。

“你呢？”怀恩问第四个内臣。

“家母怀我时，习武不辍，我在娘胎里便熟悉各家武功。”该内臣道。

“你呢？”怀恩问第五个内臣。

“我自幼听先生讲兵法。”该内臣道。

“你呢？”怀恩问第六个内臣。

“我家中败落，仅存一书，乃《孙子兵法》，我在娘肚子里时，爹爹每日对着娘的肚子诵读该书。”该内臣道。

“叔温先生，可听清？”怀恩问刘珝。

“听是听清，却不知何意。”刘珝说。

“他等愿为朝廷效力呀！”怀恩道，“闻得辽东要开战，他等人人热血沸腾，争欲前往。”

“可是——”刘珝挠着头，不知该怎么说。

“叔温先生是要问，领兵征伐，他等够不够资格吧？”怀恩自问自答，“我可以告诉叔温先生，六人里，四人为提督太监、总理太监，其他二人也都是太监衔，叔温先生说，够不够资格？”

“够资格，够资格。”刘珝连声应道。

“人人都想去，我难以决定。”怀恩说着，招呼道，“循吉先生、士英先生，我想请诸位帮我选择。”

“内臣之遣，我等却怎选择！”万安、余子俊齐声道。

“我还要告诉诸公，”怀恩不理会二人的话，接着说，“我的话，他等还肯听。我说，莫争了，你等去不得，他等肯定不会再争。可在有些人那里，我的话就不管用；我越不让他争，他越是要争。除非皇上发话，他才肯罢休。”说罢，又强调一遍，“除非皇上发话！”

万安懂得，余子俊懂得，其他大臣也懂得。怀恩带这几名内臣来，不仅是奉旨，为壮声势，也有他自己的用意。

“叔温先生，你看此事容易议出个结果吗？”怀恩问刘珝。

“的确不易。”刘珝应道。

“我看不太难。”马文升却说。

“负图先生有何高见？”怀恩问。

“何谓皇上发话？我等推一大臣前往处置辽东事务，皇上准允，不就是发话？既差大臣，不必再差内臣。”马文升说。

“负图先生，你肯去吗？”怀恩问。

“朝廷若差遣，不敢辞！”马文升道。

“诸公以为如何？”怀恩问其他大臣。

无人反对，遂成定议。

第一百一十二章

汪直眼看王英从堂前走过，一股无名火又从心头升起。

廷推马文升往辽东招抚建州三卫夷人，后来查明，是怀恩在背后做的小动作。对此，他毫无办法。怀恩是他的前辈，是皇上信赖的人，是皇上离不开的人，想搬动，不是那么容易。

让汪直恼怒的是，朝廷既推马文升往辽东办事，他把王英推荐给马文升，竟然遭到拒绝。他知道，马文升和陈钺不是同一类人，不能指望马文升会把王英当成菩萨一样地供奉起来。让王英同行，如同差派校尉出外缉事，不过是想更直接地获得辽东的消息。难道这也不可以！

“老王！”他叫一声。声音不高，但足以让侍立在外的校尉听见，校尉又大声呼唤，把王英叫回来。

“老王，你在马某那里碰了壁，我看你并不急。”汪直说。

“急有何用？他离京快两个月，我再急，也追不上他。”王英偷换概念，把汪直说的愤怒的“急”变成匆忙的“急”。

“我是说，你就不生气？”汪直纠正道。

“我正高兴呢，为何要生气！”王英道。

“高兴？此事值得高兴？”汪直不解地问。

“值得呀！”王英道，“这位马大人快要倒霉。人人都知道，他因和公公争赴辽东，才倒霉的，从此再没人敢得罪公公。公公说，这事是不是值得高兴？”

“可他还没倒霉呢。”汪直说。想到此，他没高兴，反而有点懊丧。若人人都知道，本来是他想赴辽东，结果皇上点的是马文升，不管怎么说，也是件很丢人的事。

“所以，小人也还没高兴呀！”王英说。

“那你在作甚？”汪直问。

“小人在等着这位马大人倒霉。”王英说。

“只是等着吗？”汪直问。

“抽空，小人也在琢磨一件小事。”王英说。

“有没琢磨透？”汪直问。

“尚未。”王英道。

“你说与我听听，我帮你琢磨琢磨。”汪直命道。

“公公说，本朝文臣、武臣，地位是不是有点儿不一样？”王英问。

“你抽空琢磨的，就是这件事呀！”汪直哂道，并说，“是大不一样，怎是有点儿不一样！”

“小人在琢磨，一般为臣，为何会大不一样。”王英说。

“皇上看重哪个，哪个分量便重，这不足为怪。譬如，一般为太监，我和别的太监一样吗？”汪直举例说。

“公公说的不一样，是人和人的不一样，和文臣、武臣的不一样，不是一回事。”王英道。

“文臣、武臣难道不是人，怎不是一回事？”汪直反驳之后，自己也觉得，他们说的不是一回事。按照他的说法，只能说明某个文臣和某个武臣的不一样，而不是整个文臣和整个武臣的不一样。他问：“你说，文臣、武臣为何会大不一样？”

“小人不是尚未琢磨透嘛！”王英卖个关子。

“那么，你琢磨到哪一层？”汪直逼他回答。

“小人想，本朝重文臣，轻武臣，或是因为文臣从考场上考出来，故命贵；武臣从战场上拼杀出来，故命贱。”王英说。

汪直一只手在自己光滑无须的脸颊上摩挲着，这是他关注某一个问题时的习惯动作。显然，王英的话深深吸引了他。

“小人胡乱琢磨，也不知对不对。”王英说。

“管它对不对，你再说深一层！”汪直命道。

“小人想，公公若使得武臣也从考场上考出来，日后天下的武臣都会对公公感恩戴德。”王英说。说深一层，对他来说，并非难事。

使天下武臣都感恩戴德，是自己从来都没有琢磨过的大事，怎能说是小事！汪直想。他和王英琢磨起开武举科的细节。

皇帝听说汪直刺探到重大情事，立即把他叫来。

“汪直呀，你西厂的架子越来越大了！刺探到重大隐情，不立即来告诉朕，还要朕差人去请你。”皇帝嗔道。

“爷冤枉奴才，西厂近日并未刺探到重大隐情。”汪直忙分辩。

“当真没有？”皇帝问。

“当真没有。”汪直似乎觉得不该把话说死，又说，“或西厂刺探到的事，确属重大隐情；但奴才愚钝，没觉出来。”

“你且说说，西厂刺探到何事？”皇帝命道。

“巡抚都御史等或被召还朝，或回朝述职，多抱怨手下无可用的将才。”汪直说。

“就这事？”皇帝大感失望。

“就这事。司侦刺的校尉不止从一人嘴里听到过抱怨。”汪直道。

“他们不仅私下里抱怨，在朝房也公然抱怨，甚至在朕的面前也公然抱怨。这的确算不上重大隐情。”皇帝说。

“故而奴才没用这等事扰爷清听。”汪直道。

“你去吧。”皇帝对他挥挥手。

“是。”汪直往后退了两部，又停下来，“爷，西厂司侦刺的校尉还听到一些私下里的抱怨，不知算不算重大隐情。”

“你说。”皇帝命道。

“京师各卫有不少军士抱怨无出头之日。奴才想，京师各卫军士若无出头之日，腹里及边镇军士更无出头之日；还有那些身怀武功、身怀绝技之士，又去哪里寻找出路？”汪直道。

“你所谓出头之日，指的什么？”皇帝问。

“为将，为帅。”汪直说。

“军士千员，未必有一人得升为将；军士万员，未必有一人得升为帅。不得升者皆抱怨，抱怨者肯定不少。这也算不上重大隐情。”皇帝心平气和地说着，忽有所思，“等等，老汪，你才说的什么？”

“奴才说的为将、为帅呀！”汪直道。

“不是这句，你前面怎说的？”皇帝问。

“奴才说的出头之日呀！”汪直道。

“再往前。”皇帝说。

“再往前，奴才说巡抚都御史抱怨无可用将才吧？”汪直道。

“一边是巡抚都御史抱怨无可用将才；一边是军士及身怀武功、身怀绝技的非军士抱怨无出头之日。二者都是寻常的抱怨，可联系在一起，则大有意思。”皇帝说。

汪直希望得到的就是这句话，他忙称颂：“爷圣明！”

“朕怎圣明？”皇帝调侃似的问道。

“爷在想，从军士及身怀武功、身怀绝技的非军士里挑选可用之才，岂不是两边都不再抱怨！”汪直道。

“被你听出来了？”皇帝问罢，进一步阐述，“巡抚都御史抱怨无可用将才，急的是朝廷无可用将才；军士及身怀武功、身怀绝技之人抱怨无出头之日，是无为朝廷效力之日。巡抚都御史不再抱怨无可用将才，军士及身怀武功、身怀绝技之人不再抱怨无出头之日，最终得到好处的，是朝廷。”说着，问道，“你说说看，有没有什么好法子，让两边都不再抱怨？”

“奴才不懂朝政，想不出什么好法子。不过奴才想，自从本朝立科考选取文臣之制，朝廷再不愁人才缺失，天下读书人也不抱怨无出头之日。选取武臣，似可仿效。”汪直说。

“其一，科举之制始于隋、唐，并非始于本朝；其二，朝廷仍愁无可用人才，但愁的时候少些；天下读书人仍抱怨无出头之日，但抱怨的人少些。”皇帝纠正了他的两个错误，然后说，“当然，有两个少些，就很不容易，就值得尝试。”

“爷圣明！”汪直又称颂。

“文举有旧制可循，武举有没有？”皇帝问。

“奴才不知。”汪直如实回答。

“那如何行之？”皇帝问。

“奴才以为，可着兵部议上武举条例。”汪直说。

“你自个儿呢，就没点儿想法？”皇帝问。

“譬如，科举有乡试、会试、殿试，武举亦可分为乡试、会试、殿试。”仓促中，汪直举个仿照科举的例子。

“对！你哪怕拿出一项则例，朕也好让兵部去议。”皇帝道。

武举条例不是兵部一个衙门议的，而是集各衙门堂上官会议的。因为余子俊觉得事体重大，非一个衙门定得下来。

“圣谕说得明白，参照科举拟之。宗盛先生，今日集议，该你来当主角。”余子俊半开玩笑半认真地对邹干说。

“参照科举，拟的仍是武举条例。”邹干不肯接他抛过来的烫山芋。

“别管谁人主角，有件事先得议定。”尹旻说。没人把他当作主角，让他感到不快。

“同仁先生指的何事？”邹干、余子俊问。

“武举科当不当开设。”尹旻说。

“依同仁先生之见呢？”余子俊忙问。

“我只以为此事须先议定，对此并无定见。”尹旻说。

“我看，此事无须议。”英国公张辅说，“皇上命拟武举条例，即谓圣意已定，我等还有何好议？”

“若以为武举科不当开设呢？”万安问。

“可以上疏谏之，却不当集议时辩之。”张辅说。

他的话听起来粗暴，道理却是不错的。皇帝若泛泛地命议武举之事，当然什么话都可以说，皇帝命的是拟武举条例，再议武举不当开设，实在没有太大的意义。所以，万安被堵回去，邹干、余子俊也被堵回去。

“若是当不当开设武举科不必议，有一事也不必议。”张鹏说。

“腾霄先生指的是何事？”余子俊问。

“亦用乡试、会试、殿试。”张鹏道，“科举分乡试、会试、殿试，皇上命参照科举，可不也该分乡试、会试、殿试？”

“分乡试、会试、殿试，可谓隆重其事。”俞钦说。

“开设武举科，振恭先生以为可以不隆重其事关吗？”张鹏道。

“可开设科举，以圣人之道为准；开设武举科，以何为准？”俞钦问。

张鹏答不出来，其他与会者也答不出来。

“以何为准，不妨慢慢再议；有一相关之事，是不是可以先议一议，定下来？”刘珝道。

“叔温先生说的何事？”余子俊问。

“科举考的是文章，考的是策论；武举考文章，考策论，还是考马上的功夫、考弓箭的功夫、考刀枪的功夫？”刘珝道。

“既曰武举，须考马上的功夫、弓箭的功夫、刀枪的功夫。”张辅说。

“爵爷没听清叔温先生的问题。”张鹏说，“叔温先生大概是说，武举考马上的功夫、弓箭的功夫、刀枪的功夫，犹如科举考文字的功夫；武举是仅考马上的功夫、弓箭的功夫、刀枪的功夫呢，还是在此之外，也要考一考文章，考一考策论。”

“马上的功夫、弓箭的功夫、刀枪的功夫，到底不是文字的功夫。武举考出来，是要带兵打仗的；让他等作文章，岂不是刁难！”张辅道。

“马上的功夫，弓箭的功夫，刀枪的功夫，不是一直在考核？京师举行时，皇上还会亲阅。若仅考核该等功夫，不考一考文章，考一考策论，一则似无必要，二则难以隆重其事。”张鹏说。

张辅辩不过他，干脆不辩。

“腾霄先生一味主张考策论，然不知何以为准，怎的出题？”俞钦道。

“其实，也不是全无准则。”刘珝说，“既曰武举，自当出兵家的题目，自古论兵，并非无准则可参照。再者，虽则习武，孔、孟的书总是要读一些的吧？仁、义、礼、智、信，总也要讲的吧？”

众臣三言两语，又议定几款。如选武臣嫡子入儒学就读；如乡试于九月举行，会试于三月举行，殿试于四月初一日举行；如乡、会试初场试射，二场试论，三场试策；如武举中式者，赐予及第、出身等名目。

不知由于疏忽，还是有意回避，有两件重要的内容却没议定：一是武举相隔几年举行，二是从哪一年开始举行。

万安和怀恩坐着不动，等众人都走出后，才最后离开。

“英国公有句话说得好呀。”怀恩好似无意地说。

“怀公公指的是哪句话？”万安问。

“以为武举不当举行，可上疏谏之，而不当于集议时辩之。”怀恩道，并说，“自英国公说过后，循吉先生即一言不发。看来，循吉先生是以为武举不当举行。”

万安嘿嘿一笑，不予回答。

“循吉先生不答，权作默认，却不知循吉先生疏谏否？”怀恩问。

“在怀公公看来，此事还有没有转圜余地？”万安反问。

“循吉先生有何顾虑？”怀恩又反问。

“此事来龙去脉，怀公公是清楚的。”万安说。

“循吉先生是不是说，今次廷议原可不举行？”怀恩问。

万安点点头，说：“拟武举条例和科举条例、问刑条例等一样，该哪个衙门主管，则由哪个衙门拟定。而且，皇上原本只是让兵部拟定，而士英先生却奏请廷议。怀公公说，这是为何？”

“循吉先生是不是想说，大司马多此一举？”怀恩问。

“我知他出于无奈。”万安道。

“循吉先生是不是想说，大司马太不肯担当？”怀恩说。

“与其说他不肯担当，不如说他想借众人之力。”万安道。

“但以众人之力，也未能阻止其事。”怀恩说。

“所以，我才问怀公公，此事还有没有转圜的余地。”万安道，“大司马不是个没有担当的人，不是个畏缩怕事的人；他却以为，以他一人之力，无法阻止其事。与会众臣不说全部，至少也是大部分，知道其事不可为；他等却一款一款，一丝不苟地拟定条例。怀公公说，以我一人之力，能阻止其事吗？”

“他人问我这话，我不会答他；循吉先生问我，我须答之。”怀恩说。

“多谢！”万安揖道。

“他人进谏，未必转圜；循吉先生进谏，或可阻止。”怀恩说。

“这是为何？”万安问。

“循吉先生前为东宫讲师，今为朝上第一臣；皇上礼敬循吉先生，非他臣可比。”怀恩说。

“仅是为此？”万安不会信服这类空洞的话。

“其事本身，亦有转圜余地。”怀恩说。

“愿闻其详。”万安又是一揖。

“这话说来可能要长一些。”怀恩道，“循吉先生说，大司马担心以他一人之力，无法阻止其事，却不说为何以他一人之力，无法阻止其事；说与会众臣知其事不可，却仍一丝不苟地拟定条例，却不说为何知其事不可，仍一丝不苟地拟之。循吉先生不愿说的，我替循吉先生说：无非因为开设武举，乃汪直之议。那么，大司马为何因是汪直之议，便担心以他一人之力，无法阻止其事；与会众臣为何因是汪直之议，便明知不可，仍一丝不苟地议之？答案也很简单：无非因为众人皆以为，汪直所欲，即皇上所欲；汪直之志，即皇上之志。”

“难道不是如此？”万安问。

“至少不完全如此。”怀恩道，“譬如开设武举，皇上亲口问过汪直：科举有旧制可循，武举有没有？若是抓住皇上这个顾虑，循循善诱，皇上未必不悟，此事未必不止。”

万安受到启发，连夜草拟一密奏，称：武举重事，未宜即时举行。宜令兵部移文天下，教养数年，俟有成效，再着巡按、提学等官具奏起送，定期举行。

皇帝将他的密奏批出，开设武举之议遂止。

万安以阿媚取宠而遭非议，但调停此事，最为得体。

第一百一十三章

崇王府一员姓刘的承奉，带一个叫杨福的仆人，到京师办事。事情办得不顺，姓刘的承奉从宗人府出来，一脸晦气，只想快些见到杨福，好把一肚子的怒气都撒到他身上。

杨福没在东华门外等他，反而要他东张西望地寻找，又饥又渴地等待。好似有人不断地往火上浇油，让他心中的愤懑又增添一分。

人找不到，马匹也不找不到。他只得独自一人，磨磨蹭蹭，一步一停地摸回馆驿，愤懑又增添一分。

杨福是江西人，善于煮茶。他不在，姓刘的承奉茶喝得不合口，愤懑又增添一分。

杨福善于烫酒。他不在，酒温不对，愤懑又增添一分。

总之，姓刘的承奉见到杨福时，愤懑已是十分。而杨福那副垂头丧气的模样，让他心中的愤懑更增添不止一分。

“你怎了？”他问。

“小的被京城里的人欺负。”杨福说。

“谁欺负你？”姓刘的承奉问。

“先是一个王八，后是两个婊子。”杨福说。

“你怎知是王八和婊子？”姓刘的承奉问。

“他等过来主动向小的招揽生意。”杨福说。

“王八和婊子招揽生意？你去的正阳门外，还是去的宣武门外？”姓刘的承奉问。

“小的哪儿也没去，就蹲在东华门外等叔。”杨福说。

“东华门也有王八和婊子？”姓刘的承奉不相信。

“叔还说呢！”杨福一直自觉没理，听他这话，不由气壮许多，“进京城前，叔嘱咐过，正阳门外、宣武门外王八和婊子最多，绝不可以去闲逛。所以，小的记住这两处。再也想不到，东华门外也有王八和婊子，这才着他们的道。”

“他们怎么给你设的套？”姓刘的承奉问。

“他们说，两个婊子随便挑一个，搂一下，一文钱，亲一下，两文钱，摸一下奶子，三文钱，摸一次下面，五文钱。实打实地干一次那事，也只要十文钱。”杨福说。

“竟便宜至此？”这是姓刘的承奉绝对想不到的价钱。

“是啊，小的也不信。”杨福道，“但架不住他们让你试呀！那王八说，你给我一文钱，搂一个试试。小的想，一文钱也算钱吗？于是拿出一文钱给王八。不料，两个婊子都凑了上来让我搂。我搂住其中一个，她竟要往我怀里钻，还直向另一个婊子挤眉弄眼，好像占得先机，甚是得意。另一个婊子不乐意，说我搂那一个，一定得亲她，才能扯平。小的想，两文钱也算钱吗？于是拿两文钱给王八，结结实实亲第二个婊子一口。她也向第一个婊子挤眉弄眼。”

“不用说，第一个婊子缠着你，要你拿三文钱，摸一摸她的奶子。”姓刘的承奉忍不住插话。

“叔怎知的？”杨福瞪大眼睛问。

“这还猜不到？定是如此。”姓刘的承奉说。

“小的丢给王八三文钱，她听凭小的把手伸进她的怀里摸一下。接下来，叔一定也猜到，第二个婊子非让小的摸她下面。摸过她，第一个婊子缠住小的，非让小的去和她干那事。小的说，大白天的，闹市之上，不合适吧？”

“你嘴上这么说，下面那玩意不这么想吧？”姓刘的承奉嘲笑道。

“叔好像亲眼所见，小的下面那玩意早就不听小的话。所以，第一个婊子说她等住处离得不远，小的想也没想，就跟着她去。可一掏怀里，坏了！只有五文钱，不够干一次的。”杨福说。

“何不拿你最后的五文钱，摸她一次！”姓刘的承奉道。

“小的也这么想。”杨福道，“可那王八这回改变章程，大方地说，先干事，再提钱。”

“他一大方，怕是又给你设套。”姓刘的承奉说。

“小的哪儿有叔的深谋远虑呀！他让先干事，小的就干。等干完事一说钱，小的傻了。”杨福道。

“他怎么说？”姓刘的承奉问。

“他说，不就差五文钱吗，你拿那匹瘦马抵吧。”杨福道。

“他怎说？”姓刘不但脸色变，连声调都变。

“他让小的拿那匹瘦马抵债。”杨福说。

“欠五文钱，拿匹马抵，他是疯子吧！”姓刘的承奉道。

“小的倒觉得，他的话不无道理。”杨福却说。

“他怎说的？”姓刘的承奉问。

“他说，一个妙龄女子，十文钱就陪你一回，一匹瘦马作价五文钱，还少吗？”杨福道。

“反正卖的是你的马，你不心疼，我为何心疼！”姓刘的承奉嘟囔。

“我原本也想，我没马，给叔牵马，走回河南就是。可是，”杨福犹豫一下，说，“叔，对不住，你那匹肥马，也被作价。”

“做多少价？”姓刘的承奉忙问。

“十文。”杨福道。

“我那匹日行八百里的良驹，你十文钱就卖掉！”姓刘的承奉高呼。

“叔息怒，我不也是没法子嘛！”杨福道。

“不用说，是另一个婊子赚去你的十文钱。”姓刘的承奉说。

“可不就是那么回事！”杨福道，“叔想，被一个婊子缠住，怎脱得开身？王八还安慰我，用那匹马换一次温存，物有所值。”

“好一个物有所值！没有脚力，你让我也走回河南呀，还是你准备把我背回河南！”姓刘的公公开始只把杨福的经历当作故事听。虽然人残，或者正因为人残，听这一类故事才更津津有味；但听说把他的马也快活没了，却是他不能容忍的。

“小的背叔，也是理所应当的，不过，小的脚力不行，走上十步，就得歇上半晌，再走上十步，又得歇上半天。这样走下去，哪年哪月才挨得到河南。反正叔身上有银子，再买一匹马吧。”杨福说。

“我不仅可以再买一匹马，还可以再买两匹马呢！”姓刘的承奉说。

“叔准备给小的也买一匹？小的知道叔对小的好，小的做牛做马，也要报答。”杨福感恩戴德地说。

“马呢，我可以给你买一匹，不过，买马之前，我得好好管教一下你，好好管教一下你下面那玩意。”姓刘的承奉说着，问道，“杨福，你可知京城里做什么勾当的最多？”

“不是婊子和王八吗？”杨福道。

“婊子和王八固多；但阉人者，比婊子和王八更多。”姓刘的承奉说。

“叔干吗要告诉小的这事？”杨福开始担心。

“不把你那玩意割去，今日买马，明日你又要拿去玩婊子。”姓刘的承奉阴笑着说，“对，明日一早，我就去找人！”

当夜，杨福从馆驿跑走。

杨福不知在哪里躲了一夜，第二天一早出来乱走乱撞。他不熟悉京城，糊里糊涂地走出德胜门外。

德胜门外关厢住着姓刘的两个兄弟。哥哥生下时一张脸像在笑，取名刘乐；弟弟生下时咧嘴大哭，取名刘泣。兄弟二人无正当职业，成日东游西逛，吵嘴打架，骗吃骗喝，是人见人怕的混混。

“哥，你看他！”刘泣拉住哥哥，让他看迎面走来的人。

“他有何好看？他身上讹得出钱来？”刘乐问。

“我看讹不出来。”刘泣说。

“讹得出酒来？”刘乐问。

“怕是也讹不出来。”刘泣说。

“兄弟想和他打一架？”刘乐问。

“不敢。”刘泣说。

“出道几年，还没听兄弟说过这两个字。”刘乐道。

“那是因为哥哥不知他是谁。”刘泣说。

“你说他是谁？”刘乐问。

刘泣伏在哥哥耳边说出一个人的名字。刘乐脸色立刻大变。

“怎会是他！”惊讶之后，他开始怀疑。

“哥哥不信，看看他的脸。”刘泣说。

“他脸埋得那么深，怎看得到！”刘乐道。

“哥哥说得对！”刘泣道，“我留意他很久。每与人离近，他就会把脸埋得很低，或把脸扭开；没有人时，他就会把头抬起。恰在他抬起头时，我看清他那张脸。”

“兄弟的意思是——”刘乐问。

“他定是来这一带微服私访的。”刘泣说。

“可别是冲着我二人来的，还是避开吧。”刘乐心虚。

“避开？千载难逢的机会，哥哥却要避开！”刘泣道。

“我不懂你的话，”刘乐说，“即便他不是冲着我二人来的，他微服私访他的，怎就成我等的机会？”

“哥哥想呀，他的衙门深似海，哥哥敢闯吗，我敢闯吗？他一出门，前呼后拥，哥哥敢冲撞吗，我敢冲撞吗？他一人出外，微服私访，与我兄弟对面走过，不是机会，又是什么！”刘泣道。

“他若是冲着你我来的呢？”刘乐问。

“那就赌一把呗！”刘泣道。

说话间，他们说的那个人已到面前。他的脸埋得更深，步子迈得更快。他想闪过迎面而来的刘乐、刘泣兄弟，可他往左闪，刘家兄弟往左迎，他往右闪，刘家兄弟往右迎。眼见闪不过，他只得停下。

“二位让个路，我有急事。”他说。

“公公恕罪，草民刘泣参见公公。”刘泣说着，跪拜下去。

“公公恕罪，草民刘乐参见公公。”刘乐跟着说，跟着跪拜。

那人正是杨福。听了刘氏兄弟的话，他情不自禁地打个冷战。他们怎么知道自己差点儿成宦官？差点儿成宦官，最终没有成呀，他们怎么就公公、公公地叫起来？又一想，他们也姓刘，莫非是姓刘承奉的人，专门在这里等候，先叫自己公公，然后把自己按倒阉割？

“二位姓刘？”他问。

“是，草民姓刘，是亲兄弟。”刘泣说。

“二位认得崇府的刘公公？”杨福问。

原来在查崇府的案子，刘乐、刘泣都想。

“草民只认得公公，不认得别的什么公公。”刘泣说。

“可我并非公公呀，二位不可硬把我变成公公。”杨福说。

“公公说不是公公，就不是公公吧。”刘乐说。

刘泣比哥哥乖巧，换个称呼：“尊驾说不是公公，就不是公公吧。”

称呼换了，但杨福看得出来，二人一脸怪笑，显然并不信。

“二位想想，公公能长出一脸的胡须吗？”杨福道。

刘乐、刘泣都想：谁不知道，这胡须是粘上的呀。

“尊驾说的是，没有长一脸胡须的公公。”刘泣却一脸怪笑地说。

杨福发急，说：“二位再不信，我脱下裤子让二位看！”

刘乐、刘泣不敢再笑。脱了裤子，他就不怕露馅吗？

“尊驾不是姓汪？”刘泣壮着胆子问。

“我姓杨，怎会姓汪！”杨福也壮着胆子回答。

“尊驾不是提督西厂的汪公公？”刘泣问。

“什么西厂，什么汪公公，我是才怪呢！”杨福道。

“兄弟，如何，我说他不是吧！”刘乐得理。

“别急，容我想想。”刘泣抱头寻思片刻。他问杨福，“我哥哥要带尊驾去个地方，尊驾可肯移步？”

“移步不碍，可我从昨晚至今，一口饭都没吃。”杨福说。

“这好办，到地方会有吃的。”刘泣说。

他和刘乐带领杨福，从德胜门进城，穿街过巷，一路往南，到灵济宫前。殿宇高大，古树参天，幽静而庄重。杨福肃然起敬。

“哪家的王府，比崇府还要华贵。”他赞道。

“别看那处，看这处。”刘泣指着旁边的一个小院落说。

“那是什么地方？”杨福问。

“先去吃饱肚子，再告诉尊驾。”刘泣说。

酒足饭饱后，三人回到灵济宫前。杨福的目光首先又被灵济宫吸引过去，刘泣又得把他的目光拉回来。

“尊驾别小看那个院落，那是西厂，天下第一侦缉衙门。”刘泣说。

“我等来这里做什么？”杨福问。

“欲尊驾见个人。”刘泣说。

“那就进去吧。”杨福不想白吃人家酒饭，拿出勇气说。

“西厂也是可以随便进的吗？在外面等着。”刘泣说。

等了几乎两个时辰，一彪人马呼啸而出。在前后校尉簇拥下，当中一人，神情十分傲慢，穿戴十分讲究。杨福像丢了魂，呆呆地盯着他远去。

“尊驾看他，是不是似曾相识呀？”刘泣问。

岂止似曾相识，简直如同一人！直到那彪人马不见踪影，杨福才如梦初醒地说：“他姓汪吗？他提督西厂吗？怪不得二位以为我姓汪，怪不得二位以为我是提督西厂的公公！”

“尊驾愿不愿真的姓汪，愿不愿真的提督西厂？只要尊驾愿意，那可是享不尽的荣华富贵呀！”刘泣道。

杨福连想都没想，就不住点头。

第一百一十四章

八月十八日，南京孝陵卫两名军士，一个姓赵，一个姓周，正在钟山南麓巡查，忽起大风，刮得路旁的草木摇摆不定，刮得林间的鸟兽乱突狂奔。两名军士把身子转过去，以避风头。即便如此，姓周的军士还是把眼睛闭紧。

“风吹的是你屁股，你闭上眼睛做什么？”姓赵的军士取笑道。

“这风怪得很，你以为避开脸，说不定什么时候风向就转过来，吹你的眼睛。”姓周的军士说。

“早知你胆小，没想到你连风也怕！”姓赵的军士道，“照你这么说，风长眼睛，知道你拿屁股对着它，不乐意，于是转个方向？”

话音刚落，风真的转个方向。姓周的军士闭着眼睛，没受什么伤害，姓赵的军士被沙土刮入眼里，疼得直叫。

二人又转个方向，姓周的军士把姓赵的军士的眼皮拨开，帮他吹拂，直到他眼睛不觉得那么疼痛。

“老兄，好惨！”姓赵的军士叫苦。

“怎的好惨？”姓周的军士问。

“原以为你闭上眼，成瞎子，我可以给你引路；这会儿你我都成瞎子，却由谁来引路！”姓赵的军士说。

“这会儿风转小，可以睁开眼。”姓周的军士说。

“当真风转小？”姓赵的军士问。

“不信，你听呀！”姓周的军士说。

姓赵的军士竖起耳朵听了听，风声果然没有方才那么响。他睁开一只眼试试，随即闭上；又睁开一只眼试试，随即闭上。然后他才把两只眼睛都睁开。

“都知老兄胆大，怎的如此小心？”姓周的军士回敬一句。

“厉害，厉害！”姓赵的军士连声道。

“你是说风？”姓周的军士问。

“我是说你！”姓赵的军士道。

“我不过胆小而已，有什么厉害，”姓周的军士说，“实不相瞒，我的胆子就是被风刮小的。”

“这不奇怪，我被风一刮，不也变得胆小！”姓赵的军士道。

“今日的风，还不算什么，有次我见到的风，比它厉害得多，”姓周的军士说着，问道，“两年多以前，老兄在哪里？”

“我一直在南京，在孝陵卫呀。”姓赵的军士说。

“我那时在京师，在亲军卫。”姓周的军士道。

“这我知道。”姓赵的军士说，“我就想不通，好好的亲军卫，粮饷也足，面子也大，你为何偏要转到南京来？”

“两年多以前，我在京师亲军卫。”姓周的军士重复一遍后，具体地说，“两年多以前，准确地说，是成化十二年正月十二日。”

“准确地说，是两年又七个月之前。”姓赵的军士道。

“准确地说，是两年又七个月又八天之前。”姓周的军士道。

“两年多以前的日子，你怎记得一天不差？”姓赵的军士问。

“因为第二天，万岁爷将祀于南郊。”姓周的军士说。

“次日万岁爷祀于南郊，和当天有何关系？”姓赵的军士问。

“万岁爷次日祀于南郊，当晚宿于圜坛斋宫。”姓周的军士说。

“万岁爷当晚宿于圜坛斋宫，和你有何关系？”姓赵的军士问。

“我当晚在斋宫当值。”姓周的军士说。

“原来当晚你在圜坛斋宫当值，狂风大作，让你吃过不少苦头，从此落下惧风的毛病？”姓赵的军士顺理成章地推测。

“老兄只说对皮毛。”姓周的军士说。

“你若说我说对一半，我不和你争；你说我只说对皮毛，我得和你争一争。狂风大作为皮毛，囊中还有什么？”姓赵的军士问。

“老兄先说，何谓狂风大作？”姓周的军士道。

“如方才一阵大风，刮得你我立足不稳，可算得？”姓赵的军士举例。

“算是算得，但和那一晚的狂风无法相比。”姓周的军士说。

“那一晚的风能把人刮得飞起来不成？”姓赵的军士问。

“我等有藏身之处，那一晚的风能不能把人刮得飞起来，不得而知；但我可以给你讲讲那一晚的风势。”姓周的军士说着，问道，“斋宫内外布满灯烛，老兄可知？”

“想也想得出，万岁爷即便酣睡，灯烛也照如白日。”姓赵的军士说。

“斋宫外的宫灯，都是很能防风的。可一阵风过来，一盏宫灯里的烛火被吹灭。又一阵风过来，两盏宫灯里的烛火被吹灭。又一阵风过来，三盏宫灯里的烛火被吹灭。”姓周的军士边说，边比画。

“你就说，斋宫外的烛火都被吹灭，岂不好！”姓赵的军士道。

“仅是斋宫外的烛火熄灭，并不可怕。”姓周的军士却说。

“你这话是什么意思？”姓赵的军士问。

“老兄想，斋宫寝殿是为万岁爷准备的，门窗、墙壁封闭得该有多严实！一阵阵的贼风，谁知是怎么钻进去的。一阵风过来，挂在墙上的一只烛火被吹灭。又一阵风过来，挂在墙上的两只烛火被吹灭。又一阵风过来，挂在墙上的三只烛火被吹灭。”

“你就说，斋宫里的烛火都被刮灭，岂不好！”姓赵的军士道。

“风吹灯灭，说起来也不算太怪，更可怪骇的是，万岁爷命重新掌灯，侍卫们纷纷拿起火石摩擦。可一处火石擦着，一处来风把它吹灭；两处火石擦着，两处来风把它吹灭；三处火石擦着，三处来风把它吹灭。”

“你就说，没一处烛火能重新点亮，岂不好！”姓赵的军士道，又说，“一片漆黑，只听得到风声呼啸，却什么都见不到，的确可怕。”

“其实，什么都见不到，并不可怕。”姓周的军士却说。

“怎么，难道还有更可怕的？”姓赵的军士问。

“第二天一早风停，掌事的公公和太常寺官员往偏院招呼仪仗人员及奏乐的伶工出外排演，却见他等一个个僵立在那里。推推第一个，不动；摸摸第二个的皮肤，僵硬；探探第三个的鼻孔，没有气息；想把第四个搬正，他却轰然倒下。”姓周的军士说。

“你就说，他等都死了，岂不好？”姓赵的军士说罢，浑身一哆嗦。他问，“他等都是冻死的？”

“是冻死的，抑或因别的缘故而死，只有天知道。”姓周的军士说。

大风又起，好似专为等姓周的军士把故事讲完，又好似不满意姓周的军士贬低今天风的威力，只见大风怒吼着，把大腿般粗细的树木、腰围般粗细的树木、水缸般粗细的树木连根拔起。它们有的怦然倒地，有的被卷到空中，然后落地，倒地、落地的树木在山腰间乱滚。

两名军士抱头逃窜。

十九日早朝，丹墀之上，文臣排列于左班，即在东侧，武臣排列于右班，即在西侧。右班早就排列整齐，左班却怎么也不能成形，不是吏部郎中和礼部郎中站错位置，就是这道御史和那道御史挤成一团。要是在衙门里，尚书和侍郎，都御史和副都御史，不管谁大喝一声，都能起作用；可是在圣驾之前，谁敢出声！

忽然，丹墀上、丹陛下的卫士，神情都紧张起来。佩剑的，露出寸许剑刃；挂刀的，露出寸许刀锋；持钺的，由单手改用双手；持锤的，由胸前举过头顶。他们的目光，全部集中在左班官员身上；更确切地说，集中在左班靠后的那一部分官员身上。好像他们身上长着什么不该长的东西，或者，他们会有什么不该有的举动。

早朝勉强举行完毕，皇帝命列于左班文臣后半部分的百余名官员，罚跪于午门之外。

怀恩奉召入宫，皇帝的怒气还没消。

“这班文臣，平日不是说这个不懂规矩，就是说那个有违朝仪，今日他等可好，把个早朝搅成后市！”皇帝道。

后市又名内市，每月初四日开在玄武门外，听任内臣与行商贸易。

“奴才去午门外问过，似乎事出有因。”怀恩说。

“缘于何故？”皇帝问。

“一御史说，他听到身后有刀枪碰撞之声，心里一惊，不由得往前跨一步。”怀恩道。

“于是和前排御史撞上？”皇帝问。

“两排间距一步余，如果只是后排御史往前跨一步，与前排御史不会撞在一起。”怀恩说。

“那么，是前排御史也向后退了一步？”皇帝道。

“爷说的是。”怀恩应道。

“他为何要后退？”皇帝问。

“据他说，他听到身前有刀枪碰撞之声，故惊而后退。”怀恩道。

“这可怪！”皇帝忍不住冷笑，“身后有刀枪碰撞之声，来不及回头看，还遮掩得过去；身前有刀枪碰撞之声，难道也看不见！”

“奴才也这般问过，他坚持说，只闻其声，未见其形。”怀恩道。

“朕好像听说，不只是前后相撞？”皇帝问。

“也有左右相撞的。”怀恩应道。

“不用你说，”皇帝道，“一定是站左的御史，闻得左方有刀枪碰撞之声，于是向右跨一步；站右的御史，闻得右方有刀枪碰撞之声，于是向左跨一步。他们或是顾不上转过脸看，或是转过脸去看，却只闻其声，未见其形，大家这才挤作一团。”

“爷说的，和奴才问出来的，一模一样。”怀恩说。

“老怀呀，你没问过刑，你的问法不对头。”皇帝道。

“奴才问的怎不对头？”怀恩问。

“御史们一个挨着一个地跪在那里，你问站后排的御史，他说听到刀枪碰撞之声；再问站前排的御史，他想这个理由不错，也说听到刀枪碰撞之声。你问站左的御史，他说听到刀枪碰撞之声；再问站右的御史，他想这个理由不错，也说听到刀枪碰撞之声。问来问去，人人都是听到刀枪碰撞之声。朕想，这个借口不仅御史们可以用，那些司官、员外们也都可以用。”皇帝道。

“爷圣明！”怀恩称颂一句，然后说，“奴才没爷想得深刻，只是觉着，不便当着众人的面询问，所以每一人都是奴才拉到一边去问的。至于司官、员外们，说的却不是这个理由；而且，他们之间，说的理由也不尽相同。”

“理由不同，听着才有滋味。都是些什么理由？”皇帝问。

“奴才问吏部一郎中，他说，有许多郡、县官员，手持考单，要他重新写过。”怀恩道。

“这是听到的，还是见到的？”皇帝问。

“既未听到，亦未见到，似是幻觉。”怀恩说。

“闻其声无法辨别真伪，幻其景更无法辨别真伪。”皇帝说。

“爷说的是。所以奴才马上问另一郎中。”怀恩道。

“这次是哪部司官？”皇帝问。

“兵部。”怀恩道。

“在吏部司官，是考单；在兵部司官，是战事吧？”皇帝问。

“被爷说个正着。他说，有将士呼叫，战马嘶鸣。”怀恩道。

“他也是幻觉出来的？”皇帝问。

“不，他是闻得其声。”怀恩道。

“总之，是难见其形。”皇帝说。

“臣问的第三名郎中，终于得见其形。”怀恩道。

“又是哪部的？”皇帝问。

“刑部。”怀恩道。

“见到打官司的人？”皇帝问。

“是。”怀恩应道，“他见到一张案前跪着两个人，一个着白衣，一个着黑衣，你一句我一句地争辩不已。”

“二人争的何事？”皇帝问。

“他一句也没听见。”怀恩说。

“原来见得其形的，又不闻其声。”皇帝说着，忽然想到一个问题，“对了吏部司官幻得手持考单的官员；兵部司官闻得将士呼叫，战马嘶鸣；刑部司官见得当堂对质。你就没问问各部堂官？”

“奴才亦曾问过。”怀恩应道。

“他等怎说？”皇帝问。

“一无所见，一无所闻。”怀恩说。

“怪哉！”皇帝道，“考察之事，诉于大冢宰，岂不更好；军马之事，诉于大司马，岂不更好；官司之事，诉于大司寇，岂不更好！为何他等只诉于各部司官，而不诉于各部堂官？”

“奴才想，他等资格，只可诉于各部司官，不可诉于各部堂官；再者，侍卫严阵以待，他等不敢犯上。”怀恩说。

“你是说，侍卫们拔剑的拔剑，举枪的举枪，也是为他等？”皇帝问。

“奴才胡乱想的，不足为据。”怀恩说。

“胡乱想的，未必没有道理。”皇帝说这话，不能不想到跪在午门外的官员们。他问：“那班文臣，跪有多久？”

“一个多时辰。”怀恩回答。

“既然不是妄言故事，罚也罚过，让他等且各回衙，听候处分吧！”皇帝说。

“爷慈悲！”怀恩颂道。又说，“不过，朝班中惊喧不已，终是有碍观瞻。奴才以为，宜着礼部再度申明朝仪。”

“依你，着人去礼部传谕。”皇帝道。

礼部拟上申明朝仪八事，皇帝准奏，其事渐平息。

第一百一十五章

陕西按察司按察佥事左地去平凉府办案，本来可以在府衙或县衙借间房屋，人家不会不乐意；而且，就算不乐意，他办的是公事，也不能拒绝。但他既不去府衙，也不去县衙，而是让人在平凉狱里给自己收拾出一个房间，吃在里面，住在里面，办差在里面。

他不仅自己住进狱里，还从府衙、县衙借调几员检校、典史等，来狱里听候差遣。检校、典史等老大不高兴，可上官差遣，知府老爷、知县老爷都不得违抗，他等有什么法子！

“大人，卑职来回话。”一检校道。

“你管的是钟家的牢室吧？”左地问。

“是。”该检校应道。

“钟氏兄弟三人，仍关押在两间牢室吗？”左地问。

“遵照大人吩咐，仍关押在相邻的两间牢室。钟准、钟濂亲兄弟关押在一室，堂兄弟钟瀚关押在另一室。”该检校说。

“他等相互知道邻室关押何人吗？”左地问。

“卑职担心他等相互串供，没让他等知道。”该检校说。

“你真是自作聪明！”左地道，“一是出首原告，一是被告，会串什么供！不知邻室关押何人，他等怎么交谈！”

“原来大人是要他等交谈。”该检校又似明白又似糊涂地说。

“对，彼此话越多越好。”左地道。

“是，卑职这就去告诉他等。”该检校说着，就要走。

“回来。”左地叫住他，问，“你怎的告诉他等？”

“怎的告诉他等？”该检校不明白这里还有什么奥秘，“卑职对钟准、钟濂说，钟瀚关押在邻室，再对钟瀚说，钟准、钟濂关押在邻室。或者先对钟瀚说，再对钟准、钟濂说，亦无不可。”

“你若这般告诉他等，他等就会想，你为何要告诉他等？我要你告诉他等，却不让他等多想，你知道该怎样告诉他等吗？”左地问。

“卑职不知。”该检校道。

“你在钟准、钟濂牢室外叫一声二人的名字，钟瀚不就知道？你在钟瀚牢室外叫一声他的名字，钟准、钟濂不就知道？而且，他等问你邻室关押的是谁，你不可告诉他等，他等问你邻室关押的是不是某某人时，你还要训斥他等几句。”左地授以机宜。

该检校退下，依言行事。

接着来回话的是看管周家人的典史。

“今日有何动静？”左地问。

“周恂除唉声叹气，什么话也没说。”该典史回答。

“连梦话也没说一句？”左地问。

“昨晚恰好是卑职守在牢室外，卑职自个儿不知有没有说梦话，他的确一句梦话也没说。”该典史道。

左地没有泄气，继续问：“周家呢，可有动静？”

“除一件事，并无其他动静。”该典史说。

“是哪一件事？”左地问。

“周恂的娘子求见周恂一面。”该典史说。

“此事我为何不知？”左地问。

“我当即把她挡回去，故而未向大人禀报。”该典史说。

“你把她挡回去？你怎能把她挡回去！”左地气不打一处来。

“卑职不该把她挡回去？”该典史怯生生地问。

“我住在狱里，就是为等这一刻；让你等来狱里听候调遣，就是为等这一刻。你倒好，把她挡回去，而且当即把她挡回去！”左地道。

“卑职怎知，大人精心安排，是想他二人见面。不碍事，卑职明日把周恂的娘子招呼来。”该典史说。

“你怎的招呼？”左地问。

“卑职就说，将该事禀明大人，大人立准。”该典史说。

“你这么一说，我岂不是成颇通人情的大人。”左地道。

“卑职就是想让她知道大人甚通人情，对大人心存感激。”该典史说。

“知道我让你把她招呼来，恐怕她，还有周恂，不是心存感激，而是心存戒备。”左地道。

“那卑职该怎说？”该典史请教。

“你就说，本官不通人情，不许她和周恂相见，但经不住你这个颇通人情的典史软磨硬泡，不得不准他夫妇相见。”左地道。

“恶人大人做，好人卑职做，卑职占大便宜。”该典史嘟囔着。

钟淮、钟濂是平凉卫指挥钟綵的儿子、韩府汉阴王妃的哥哥，是有身份的人。他们虽被下狱，但提审时，左地对他们很客气，又是命看坐，又是命上茶，把狱吏指使得团团转。

“老二，看来还是有人把咱当作皇亲国戚看待。”钟淮没多少心机，有人对他客气，马上得意。

“大哥，有在狱里的皇亲国戚吗？”钟濂对他们的处境倒比较清楚。

“怎的没有！”钟淮道，“你不记得老王爷讲过，太祖高皇帝在凤阳修筑高墙大院，就是为把有过失的皇亲国戚关在里面。”

“那是关宗室之处，你我兄弟可没资格进去。”钟濂说。

“二位想进去吗？若想进去，我来想想办法。”左地调侃道。

“不想。”钟濂道。

“谁想去那里！”钟淮道。

“如此说来，二位宁愿住在这里？”左地问。

“不宁愿。”钟濂道。

“谁宁愿住在这里！”钟淮道。

“那么，二位愿意回家？”左地问。

“愿意。”钟濂道。

“谁不愿回家！”钟淮道。

“二位愿回家，很好，我也愿二位回家。”左地道。

“大人这话当真？老二，大人已发话，走啊！”钟淮说着，对钟濂招了招手。

“大人还有别的话吧？”钟濂问。

“我没别的话，倒是二位恐怕有别的话。”左地说。

“老二，大人说我二位有别的话，你有吗？”钟淮问钟濂。

“我没有。”钟濂道。

“那就是我有？大人要我说什么？”钟淮问。

“说说张通。”左地道。

“张通？”钟淮面露惧色，对钟濂说，“老二，大人让我等说说张通。”

“我听得清楚。”钟濂很镇定，“好似个人名，大人听谁说过？”

“钟瀚。”左地说。

“他是个无赖。他的话，大人也当真！”钟濂道。

“我知他是无赖，所以，这个名字说过一些日子，说过许多次，我并没当真。但二位就不一样，二位是皇亲国戚呀，二位的话不能也不当真吧？”左地道。

“大人说我兄弟曾提到过张通？不可能呀，打我记事以来，就不曾听说过这样一个名字。”钟淮说。

“大哥这话，连我都不信。”钟濂不等左地开口，自己先驳斥大哥。

“我的话，你居然不信？”钟淮大感意外。

“张氏是极普通的姓氏，张通是极普通的名字，我曾听人提起过好几次，大哥怎么会没听说过？”钟濂道。

“老二的话也对。”钟淮改口，“我或该说，从不曾认得一个张通。”

“听人说过，却不认得，大哥会不会说他？”钟濂问。

“别人若对我说，有个张通把自个儿吊死，我或会转告老二；若对我说，有个张通踩一脚狗屎，我告诉你有意思吗？”钟淮道。

“但大哥不曾听说，有个张通把自个儿吊死吧？”钟濂问。

“从不曾听说。”钟淮道。

左地微笑着听他兄弟二人的对话，在钟淮绕着圈子表明他们不会说到张通后，他说：“二位不曾听说有个张通把自个儿吊死，也不曾听说有个张通踩一脚狗屎，不过，有句话，却不知二位听过没有。”

“大人说的是哪句话？”钟淮问。

“为一个张通，你从我家讹去不下数百金。”左地重复一句话，然后问，“这话二位听过吗？”

“没听过，没听过！”钟淮使劲摇头，恨不得把耳朵堵起来。

“也没说过？”左地问。

“听都没听过，怎会说过！”钟淮道。

钟濂不像钟淮那样急着否认，他问左地：“大人还有别的话吗？”

“还有句话：你还要几多银子，才可以从此闭口不谈这个张通？”左地又重复一句话，然后问，“这话二位听过吗？”

“没听过，没听过！”钟淮依然摇头。

“也没说过？”左地问。

“听都没听过，怎会说过！”钟淮道。

“大哥别再抵赖吧，你我隔墙和钟瀚说的话，都被听去，且已记录在案。”钟濂懊丧地说，稍一振作，又说，“小王爷虽说是假的，好在咱外甥女的王妃是真的，朝廷不会太难为我等！”

“钟淮、钟濂兄弟已供认，新袭的汉阴王实为卫卒张通之子，你还有什么话说？”左地开始讯问周恂。

周恂愣了愣神，说：“实非晚生始料所及。”

“也就是说，当初你并不知情？”左地问。

“绝不知情！”周恂信誓旦旦，“晚生曾为府学诸生，读的是圣贤书，怎会参与这等下作勾当！”

“你这话或有几分道理，”左地道，“钟綵为平凉卫指挥使，钟淮、钟濂兄弟在平凉卫有如太子爷。卫卒得子，他要抱去，谁也拦不住。不过，有件事，我一直想不通。”

“老大人何事想不通？”周恂问。

“老汉阴王告于韩王，婢子刘莲有身孕三月，杜小梅有身孕一月，是怎么一回事？”左地道。

“晚生以为，此事易懂。”周恂说。

“你说说看。”左地道。

“汉阴王不可能忽然间得子，张通妻有孕，假报府里婢子有孕，待张通妻生子，即可冒充婢子之子。”周恂说。

“说得过去，但为何要谎称两名婢子有孕？”左地问。

“两名婢子有孕，未必是谎称。”周恂说。

“这话怎解？”左地问。

“晚生以为，刘、杜二婢子，其中一人当真是有身孕，但难料生男生女，故而以另一人为陪伴。婢子所生为男，自当承袭王爵，其他事情都好办；婢子所生为女，而张通妻所生为男，则女封县主，男袭爵位。总之，二人有孕，得子机会多一倍。”周恂说。

“说得过去。可惜二婢子皆已病故，不然，提她二人一问，便知哪个是真怀身孕，哪个是假怀身孕。”左地问。

“大人觉着可惜，晚生也觉着可惜。”周恂附和道。

“不过，她二人虽不在，另有二人或许知情。”左地说。

“大人说的哪二人？”周恂问。

“平姬、范姬。”左地道。

“平姬、范姬？”周恂顿时惊呆。

“汉阴王妃是你女，对吧？”左地问。

“是。”周恂木讷地答道。

“她二人与王妃亲如姐妹，你不会不知此二人吧？”左地问。

“听王妃提起过，却不曾见过面。”周恂说。

“也不曾在一起密谋？”左地问。

“面都不曾见过，如何密谋！”周恂道。

“那么，与平、范二姬密谋之事，忍死不言，是谁说的？”左地问。

周恂张几下嘴，说不出话来。

“小女潜送婴儿入府之事，忍死不言，又是谁说的？”左地又问。

周恂长叹口气，问：“密室之言，大人怎知？”

“岂不闻隔墙有耳！”左地道。

第三代、第四位韩王有二子，长子袭爵，次子封汉阴王。

汉阴王多病无子，至天顺八年年底，病重。汉阴王妃及汉阴王二姬平氏、范氏把周恂请来商量后事。所以和他商量，有两个原因：其一，周恂之父周礼，久任韩府长史，容易打通韩府关节；其二，周恂娶平凉卫指挥钟綵之女为妻，生汉阴王妃，亦即，他是汉阴王岳丈。

他们商定一套狸猫换太子的计划。

首先，在平凉城寻找有身孕、且宜男的女子。选中卫卒张通妻后，他们又让钟淮、钟濂兄弟加入密谋。钟氏兄弟和汉阴王也是至亲。

其次，使汉阴王禀明韩王，婢子刘莲、杜小梅已有身孕，一约产于明年六月，一约产于明年九月。

于六月生产的是汉阴王妃本人，她生下一女。于今年九月生产的是张通妻，她生下一子。经韩王奏请，女封县主，男袭爵。

钟淮、钟濂族人钟瀚探得其情，在王府及周、钟两家大肆敲诈，未能得逞，乃四处散布。布、按二司闻讯，不敢怠慢，差按察佥事左地来平凉勘查，终使真相大白，涉案各犯均依律处分。

第一百一十六章

杨福、刘乐、刘泣今日往南，明日往东，半年之内也不知经过多少府、州、县，这天来到福建延平府。

延平知府、同知等候见，刘乐出来传话，公公劳累，谁也不见。

知府、同知等问，有什么可为公公效力的？刘乐说，现在就有一件可效力的事：公公喜欢清静，把住在馆驿中的闲杂人员都撵走吧。

知府、同知等一看，是得把馆驿腾空。公公的随行人员，除两名校尉，护卫的军士不知有几，赶车的、喂马的、挑担的杂役不知有几。

外面折腾外面的，杨福由刘乐、刘泣服侍着，在最先收拾完毕的、也是最好的那间房里，梳洗，更衣，品茶。

“今日没露出破绽吧？”杨福问。

“叔放心，当初都没露出破绽，而今驾轻就熟，还会有什么破绽！”刘泣说。跟随太监的校尉，和太监门下的宦者一样，称太监为叔，刘乐、刘泣在京城就熟悉这一套，现在更不会叫错。

“晚饭吃什么？”杨福问。

“我问驿丞这里的吃食有什么特色，驿丞说，野味很有特色。卑职命他准备一桌野味，让叔尝尝鲜。”刘泣说。

“泣兄，又没外人，你别卑职、卑职地自称。”杨福说。

“那可不成，”刘泣道，“小心驶得万年船，私下里一放松，当着人难免会说漏嘴。叔别乐兄、泣兄地呼唤，倒是真的。”

“好，好，我叫你刘泣、叫他刘乐就是。”杨福咳嗽一声，一本正经地招呼，“刘乐，刘泣！”

“卑职在。”刘乐、刘泣应道。

“有件事与你二人合计。”杨福说。

“叔吩咐即可，说什么合计！”刘乐、刘泣道。

“吃过今晚的野味，咱就散吧。”杨福说。

刘氏兄弟听到这话，吓一跳，你看看我，我看看你。

“叔说散吧，究竟何意？”刘乐问。

“散吧，就是把咱所有的一切分分，你走你的，我走我的，从此各奔东西，谁也不认得谁。”杨福道，并说，“当然，你兄弟总是一路的，用不着散。”

“叔，是一路的美酒喝迷糊了吧？”刘乐道。

“没喝迷糊，还想接着喝呢。”杨福说。

“是一路的美馔吃撑着了吧？”刘乐道。

“没吃撑着，还想接着吃呢。”杨福说。

“是我兄弟二人服侍得不好？”刘乐问。

“你二位尽心尽力，诚属难得。”杨福说。

“叔不嫌我兄弟服侍得不好，我等服侍叔也正在兴头上，叔怎的就想到个散字？”刘乐问。

“你兄弟服侍得再好，我也想要别人服侍呀。譬如先在苏州，后在杭州，哪一处不是美女如云？你兄弟一人搂着好几个，去快活；我呢？只能和那干粗鲁的汉子喝老酒。”杨福说。

刘乐、刘泣这才知道，一路上都配合得很好，为什么今天他有怨气。

“我们不是怕把人送进叔的房间，叔就要来真格的吗！要说破绽，这事一传出去，可是最大的破绽。”刘乐说。

“所以我说不如散吧。”杨福道，“而今钱也有，我等各得一份儿，各找自个儿的快活，不好吗？”

“可我等走下去，还可以捞到更多的好处呀！”刘乐说着，胳膊肘撞撞刘泣，想让他帮着自己劝说。刘泣摇头，不肯开口。刘乐不高兴地问：“兄弟，你这是何意？”

“叔说得对！”刘泣道。

“你也赞成散吧？”刘乐问。

“不，我是说，你我去快活，却让叔一人忍耐寂寞，不公平。哥莫忘，叔为何与你我聚在一起！他下得决心，拿公公的好马，换来与女人快活一阵，如此多情之人，手里有钱，却让他远离女人，这是你我的不是！”刘泣说。

“兄弟，怕叔一碰女人露出破绽，不也是你说的吗？”刘乐道。

“此一时，彼一时。”刘泣说，“那时不知叔耐不住寂寞，不知叔为快活，宁愿散伙，所以帮他管起自己；这会儿既然知道，再帮他管住自己，有什么意思！”

“兄弟的意思，由得他快活？”刘乐问。

“咱得想法子，由得他快活，而又不露破绽。”刘泣说。

福建三司得知汪直一行进入福建境内后，不约而同地差官往北迎来，并在延平府馆驿迎到杨福一行。杨福不能不和他们打个照面。

布政司差来的是名参议，按察司差来的是名按察佥事，都指挥使司差来的是名都指挥同知。杨福出现时，三人跪迎。

“谁个是布政司官？”杨福问。

“下官是。”参议应道。

“你衙门准备多少银子送我呀？”杨福直言问道。

“五千两。”参议回答。

“回去告诉方伯，布政司的银子我一两也不拿。”杨福说。

“这个——”参议不知他的话是真是假，不敢贸然应对。

“布政司的银子皆民脂民膏，我会饮民脂、吮民膏吗？”杨福道。

“公公高风亮节，令人景仰。”该参议道。

“还有句话你带回去，本省钱粮，我要一一查盘。”杨福又说。

“下官谨领台命。”该参议应道。

“你是按察司官吧？”杨福问另一个文职官。

“下官是。”佥事应道。

“你衙门准备多少银子送我？”杨福问。

“三千两。”佥事回答。

“回去告诉宪使，按察司的银子我一两也不拿。”杨福说。

“公公嫌按察司的钱少吧？公公是知道的，按察司无法和布政司相比。布政司一张嘴就来钱，按察司一出手就用钱。”该佥事说。

“我知按察司的钱都用在缉盗、审狱上，此乃天下安定的大事，我能只顾敛银，不顾天下安定吗？”杨福道。

“公公为国分忧，令人景仰。”该佥事道。

“还有句话你带回去，本省诉讼，我要一一受理。”杨福又说。

“下官谨领台命。”该佥事应道。

“你在都司任何官职？”杨福问武官模样的人。

“回公公话，末将官同知。”都指挥同知说。

“都司送我的银子比按察司又少吧？”杨福问。

“略少，两千两。”同知回答。

“回去告诉正职，都司的银子我一两也不拿。”杨福说。

“上官得知，定然惊慌。”该同知说。

“他只要把银子都用在卒伍身上，就是朝廷大幸。”杨福说。

“公公爱兵如子，令人景仰。”该同知道。

“还有句话你带回去，将士操练，我是一定要阅视的。”杨福又说。

“末将谨领台命。”同知应道。

“好，你等去吧！”杨福说着，伸了个女人般的懒腰。这个动作，他已经做得很自如。

刘乐、刘泣代主人送客，到馆驿外，布政司参议、按察司佥事揖手道：“请回吧，我等告辞。”

刘乐、刘泣还一揖，就要回去。都指挥同知说：“这才走几步呀，两位大人就把我等救星放回？两位刘兄，千万再陪我等走几步。”

“大人是何品秩，我等是何品秩，当不起大人这么叫！”刘泣道。

“这会儿谁还顾得品秩，只要帮得上忙，我连爷都愿叫。”同知说。

他的话提醒了参议和佥事。他们是奉命来送礼的，却被收礼的人当面拒绝。应该说，他们已陷入困境；而能使他们摆脱困境的，说不定就是身边这两个人！

“可不是，本就该叫爷的。”佥事说。

“二位刘爷，公公是什么意思？”参议问。

“你是说，我家公公为何不收礼金？这事大爷比我清楚，让他说。”刘泣把刘乐推出。

刘乐本想说，这事谁都清楚，凭什么你让我说，我就得说？又一想，这是有面子的事，说就说吧。

“我家公公有宠于皇上，各位想必都知道。”他说。

“都知道，都知道。”三司官员应道。

“在皇上面前，我家公公要银山，皇上就给银山，要金山，皇上就给金山，三五千两银子，他会看得上吗？”刘乐道。

“我等在衙门里议时，众人都担心银子凑得少。结果还真是少，这可如何是好！”三司官员叫苦。

“大人们都不知如何是好？”刘乐问。

“请大爷给我等拿个主意。”三司官员道。

“二爷，你说咋办？”刘乐又推出刘泣。

“大爷说咋办，就咋办。”刘泣道。

“不瞒诸位大人，我等一路上都遇到这等事。我家公公要清廉，却没想到，人家送他礼品，也是出于一片真心；他不肯收，岂不辜负人家！故而我等只好代他收下，以告慰这些有心之人。”刘乐说。

“二位爷肯代为收下，再好不过。”三司官员道。

“事情既已说开，还有件事，我得告诉各位大人。”刘泣接着说。

“二爷请说。”三司官员道。

“我家公公对诸位大人说，他要盘查钱粮，要受理诉讼，要操练军士，对吧？其实，皇上给我家公公的差事，并非盘查钱粮，并非受理诉讼，并非操练军士。”刘泣说。

“那是何事？”三司官员问。

“遍阅天下女子。”刘泣道。

“遍阅天下女子？要选秀吗？”三司官员问。

“诸位大人是懂得规矩的，此事我敢问吗！”刘泣嗔道。

“是，是，二爷不敢问，我等更不敢问。”三司官员说。

“我要告诉诸位的是，我等到福州时，诸位大人多送些女子去馆驿，我家公公自会领你等之情。”刘泣道。

镇守福建太监卢胜，自打听说汪直奉旨巡视，快到福州，心里一直很紧张。他原来也是御马监太监，和汪直同衙，他的资历比汪直深，所以没把汪直放在眼里。不知汪直怎么就得宠，怎么就得权势！原来一个在京师，一个在福建，相隔万里，彼此相安无事，卢胜不用多想；现在，忽然要在福州见面，该如何见面，该仍保持傲慢的态度，还是该对汪直低首下心，他不得不想。

因为没有想好，他没差属下出迎，不过，散出去打探消息的人不少。

听属下讲述汪直在延平馆驿对三司官员说过的话，以及随从校尉在馆驿外对三司官员说过的话后，他感慨一番：“自家一副道貌岸然的样子，却让属下伸手要钱，老汪还真是了得！你等学着点儿，在外人面前，把我也装扮成正人君子！”

“叔是没想当正人君子；要想的话，比他更似正人君子。”一长随说。

“怎叫更似正人君子，应说更是正人君子。”另一长随纠正。

“好了，好了，我不是没想当正人君子吗，争辩更似、更是有何用处！”卢胜说着，把话题转到他最关心的事情上，“老汪有没问起我来？”

“不曾问。”打探消息的人道。

“有没说要见我？”卢胜又问。

“不曾说。”打探消息的人道。

“这事有点儿怪，他会这么轻易地放过我？”卢胜再思不得其解。

“听说汪叔所到之处，都避开镇守内臣。”一长随说。

“这就更怪。”卢胜道，“他不想见我，还可以说没交情。但在苏州、杭州办差的几位，和他交情甚笃，他为何也不见？”

“莫非爷交代他的差事，不便和叔等说，所以干脆不见？”一长随提出一种假设。

“内使的差事，有什么不便和内使说的？”一长随提出疑问。

“或者不是不便说，而是不敢说。”一长随提出另一种假设。

“有何不敢说？”一长随提出疑问。

“让我在不便说和不敢说中选一的话，我宁选不敢说。”卢胜道。

“叔是何意？”属下们问。

“我就不懂，为何所有的官员都见，就是不见内使？会不会是外臣识他者少，内使识他者多？会不会是在不识者面前，他可以信口雌黄；在识者面前，他不知该怎么说话？”卢胜提出好几个疑问。

“叔是说，其中有诈？”聪明的属下不难听出来。

“胡说，我怎没听出叔的话里有这层意思！”愚笨的属下说。

“他不敢见叔，不如叔主动去见他！”胆大的属下说。

“叔，这可不能乱猜！”胆小的属下说。

“我又没说一定有诈。你等给我盯紧，若是有诈，绝不能让他跑出福州！”卢胜道。

因为杨福一行在福州招妓，因为被招的妓女发誓说，所有和她们纠缠的人都是真正的男人，没有一个是阉宦，事情很快水落石出。杨福等被解押京师，问罪如律。

第一百一十七章

成化十五年正月初二日，尹旻和王越相约，一同往西厂衙门谒见汪直。他早早来到灵济宫前，冒着寒风等候王越。他一会儿在心里埋怨王越：你再怎的，也只是掌院都御史，和吏部尚书差着好几个档次呢！既已约好，怎不早来等我，却害得我等你！一会儿又后悔把轿子打发走，留下轿子的话，至少可以在里面避避风呀！当然，他也知道，灵济宫前停着吏部尚书的轿子，太扎眼。人家一看就知道，这不是来灵济宫进香的，而是来拜谒提督西厂太监的。

等来王越，他的一颗心才平静下来。

“得罪，得罪，让同仁先生久等了！”王越连连揖道。

“好说，和世昌先生前后脚。”尹旻谎称。

“不过，”王越后面还有话，“同仁先生心里也别埋怨我。我这会儿来，也是早的，公在宫里与皇上说话，还没回来呢。”

“是我约的世昌先生，怎敢埋怨！”尹旻道，又关切地问，“今天这样的日子，公也要进宫禀事？”

“今天有什么特别，不就是大年初二吗？我就知道，有一年的正旦日，他曾三度进宫。同仁先生，皇上对公之倚重，非你我想象得出来呀！”王越说。他因比尹旻接近汪直，而颇为得意。

“那是，那是。”尹旻应道。

二人说一会儿闲话，不时向宫里来的路上张望。路上静悄悄的，没有马蹄声传过来，看来他们还有的等。

“世昌先生，有一事欲请教。”尹旻说。

“请教不敢当，同仁先生想知道什么，问就是。”王越道。

“这个嘛，听说，听说——”尹旻支吾着，听说什么说不出口。

“同仁先生听说何事？”他越说不出口，王越越想知道。

“问得冒昧，世昌先生不会见怪吧？”尹旻问。

“我既应允同仁先生一同拜谒汪公，同仁先生还这么问，岂不是太见外！”王越道。

“那是，那是。”尹旻又支吾一会儿，才问，“听说世昌先生每次见汪公，均行跪拜礼，不知有无其事？”

“这有什么不便问的！同仁先生早问，我早就告诉同仁先生。”王越忽然想到，尹旻这是第一次单独谒见汪直，故而探问如何行礼；直接告诉的话，岂不太便宜他？他不露声色地说，“这话同仁先生信吗？”

“我忽而觉得，行礼之事在情理之中；忽而觉得，以世昌先生性情，似乎不会。”尹旻说。

“我的性情？我是怎样的性情？”王越问。

“恃才傲物。”尹旻说的是士人都喜欢听的四个字。

“难得同仁先生如此看重我。”王越揖了揖，说，“掌院都御史，也在公卿之列，对吧？”

“当然，大七卿嘛！”尹旻说。

“身为公卿，而向内使行跪拜之礼，同仁先生听说过吗？”王越问。

“确是有些惊人。”尹旻说。

“同仁先生既以为惊人，不行此礼就是。”王越道。

“可不行此礼，又似乎不足以表达敬意。”尹旻说。

“该行此礼，不该行此礼，都被同仁先生说了，我还有什么好说的！”王越笑道。

两个人说来说去，尹旻想套出王越的话，而王越就是不给一个正面的回答。尹旻知道，斗起心眼，他不是王越的对手，只好作罢。

又说一会儿闲话，又向宫里来的路上张望。路上的行人多了一些。骑马的人有，赶车的人有，只是还没有许多人马驰驱的动静。

“同仁先生忽然约我一同谒见汪公，只是礼节上的来往，还是心有所求？”王越问。

“礼节上的来往，礼节上的来往。”好像怕王越不信，尹旻连说两遍。

“当真？”王越问。

“世昌先生难道不信？”尹旻有点儿不高兴。

“不是不信，”王越道，“我既答应和同仁先生一同谒见汪公，心里就有为同仁先生进言的打算；同仁先生无所求，我倒省心。”

“世昌先生有心，感激不尽。”尹旻感谢的同时，心里痒痒的。他本有所求，不然为何大过年的要来谒见？本希望王越帮他说话，不然为何相约而来？但前面说是礼节上的来往，马上改口的话，未免丢人。所以扭捏多时，他才问：“年节之际，本当贺岁，若向汪公倾诉自家苦恼，世昌先生，你说是不是不妥？”

“那得看是怎样的苦恼。”王越说。

“不过是人之常情，不说也罢。”尹旻道。

“同仁先生当真不愿说？”王越问。

“我若不说，世昌先生会不会以为我见外？”尹旻生怕又把机会失去，话说得比较含糊。

“说不定。”王越给他个台阶下。

“那我只好说，”尹旻马上接下他的话茬，“我自为吏部官，就听人说，吏部虽与他部同品，吏部尚书虽与他部尚书同品，但身份是不一样的。世昌先生以为如何？”

“我以为如何无关紧要，要紧的是同仁先生以为如何？”王越道。

“就我所见，也是如此。”尹旻说，“如王九皋先生掌吏部，九皋先生加太子太保衔；他部尚书，包括掌院都御史，至多加太子少保衔。再如姚大章先生掌吏部，大章先生加太子少保衔；他部尚书，包括掌院都御史，均无加衔。”

“我懂了。”王越道，“同仁先生的意思，吏部尚书的加衔和他部尚书应该有所差别，对吧？”

“世昌先生说，我的想法不对吗？”尹旻问。

“不能算错，至于算不算对，恐怕得两说着。”王越道。

“世昌先生何意？”尹旻问。

“我先想想啊，”王越掰着手指数道，“同仁先生成化九年掌吏部，迄今将近六年；宗器先生成化四年掌户部，迄今将近十一年，并无加衔；宗盛先生成化五年掌礼部，迄今将近十年，并无加衔；士英先生成化十三年掌兵部，加太子少保；季聪先生成化十三年掌刑部，加太子少保；初阳先生成化三年掌工部，迄今将近十二年，并无加衔；再有一个就是不才某，成化十一年掌院，加太子太保衔。”数过一遭后，他问，“同仁先生，是这样吧？”

“是，”尹旻应道，“年头都对，世昌先生真是有心。”

“说起来，三位久任。年头均比同仁先生掌部还要长，却未得加衔；若论差别，这个差别应该不小。”王越说。

“我从未与宗器先生、宗盛先生、初阳先生计较。”尹旻道。

“若论计较，同仁先生最该计较的，应该是我。掌院都御史加衔，高于大冢宰加衔，于情理不合。”王越说。

“不提世昌先生。”尹旻道。

“为何不提我？”王越问。

“世昌先生率军捣河套虏巢，功高盖世，怎加衔都不为过。”尹旻说。

“同仁先生这么说可是出自真心？”王越问。

“绝对出自真心！”尹旻说。

“那么，同仁先生的苦恼，是因另两位掌部尚书而生？”王越问。

“不仅加衔同，且他二人掌部之日都比我短得多；我三人同加太子少保衔，我深以为耻。”尹旻说。

“同仁先生欲求于汪公的，可是此事？”王越问。

“是。”反正说开，尹旻不用再难为情。

“同仁先生欲我帮着说说的，可是此事？”王越问。

“是。”尹旻应道。

“同仁先生算是求对事，也求对人。”王越说。

“求对人，不难理解，世昌先生说的是自个儿愿意帮着进言，汪公多半也会帮这个忙。”尹旻说着，问道，“但何谓求对事？”

“同仁先生求的是太子太保，对吧？同仁先生若求太师、太傅之类，汪公肯不肯进言且不说，我也只好退避三舍。”王越说罢，大笑。

尹旻也讪笑两声，道：“世昌先生莫要取笑。”

尹旻、王越被校尉请进去时，汪直没有起身相迎。尹旻正在琢磨，躬身行揖礼，腰要弯到什么程度，开口致贺词，话要说到什么程度，王越已双膝跪倒。尹旻见状，忙也跪下去。尹旻偷瞥王越一眼，看他是不是叩首。王越上身挺直，没有匍匐下去，他也没有叩首。跪而不叩，谓之跽。二人长跽不起。

汪直感到意外，但没有显示出来。他随意抬抬手，道：“二位礼重，请起来说话。”等二人起身，他说，“世昌先生行此大礼，是为贺新年；同仁先生行此大礼——”

他拖个长音，是要尹旻自己来说。

“也是为贺新年。”尹旻说。

“没有别个缘故？”汪直问。

他主动问起，对尹旻是个机会，但同样也是个难题：直言加衔之事，他心里仍有些障碍；若言无其他缘故，又怕汪直把话岔开。

“方才和世昌先生恭候吾公时，我二人小议一番。”他说着，向王越投去一个讨好的眼神。

“议的是那别个缘故？”汪直问。

“是，是。”尹旻只应，不说。

“世昌先生，我看同仁先生不好意思说，得你替他说。”汪直道。

“在下也不好意思说。”王越故意说给尹旻听。

“何等之事，令得你也不好意思说？”汪直问。

“同仁先生官吏书，我官都御史，我之加衔却在他之上，吾公想，这岂不是很难说出口！”王越问。

“原来是世昌先生加衔高过同仁先生，同仁先生有想法。”汪直说。

“没有想法；我说过，不会与世昌先生计较。”尹旻忙分辩。

“不与世昌先生计较就好。”汪直道，“我记得，同仁先生初掌吏部，尚未加衔，掌院都御史李宾已加太子太保。”

“确有其事。”尹旻一脸苦相地应道。他以为，汪直既说这话，就表明不会答应自己；而王越说那话，也不像诚心诚意地帮他。他开始后悔今日之举得不偿失。

但汪直马上又改变腔调：“不过，与其他人不妨计较计较。”

“在下也是这么想的。”尹旻大喜过望地说。

“他部尚书有加衔在同仁先生之上的吗？”汪直问。

“没有。”王越代尹旻回答，“同仁先生的意思，他部几位尚书与他加衔相同，他深以为辱。”

“同仁先生很知自重呀！”汪直不知是称赞还是讽刺地说一句，又问，“世昌先生加太子太保衔，同仁先生略低，加的是太子少保衔吧？”

“是。”尹旻应道。

“是低些。”汪直道，又坦率地说，“同仁先生若想一步登天，这个忙我可帮不上；就算帮得上，还有世昌先生呢。他加衔高你一级，他自觉不好意思；你要是压过他，就好意思吗？”

“诚如吾公所言，在下得升一级，已是分外之喜。”尹旻说。

“加太子太保衔，我可为同仁先生求之；不过——”汪直沉吟着。

“公有所命乎？”尹旻问。

“无所命，只想和同仁先生相约。”汪直问。

“公欲约何事？”听尹旻的口气，似乎不管约什么都会答应，但他心里却有点儿发毛，生怕汪直给他出个太难的题目。

“想和同仁先生约定个日子。”汪直道。

“约定个日子？”尹旻更加听不懂。

“这么说吧，同仁先生期待何时晋一级？”汪直问。

“公将在下之事放在心里，在下就感激不尽，怎还敢约定日子！”尹旻有求于人，当然没办法说。

“同仁先生想岔了，非你要约定日子，是我要你约定日子。”汪直说。

“一年之内，如何？”尹旻不得不定个期限。

汪直听后，连连摇头。

“一年太短，超过一年亦无妨。”尹旻说。

“同仁先生既欲超越他人，怎又这等不思进取！”汪直道。

尹旻这才明白，他不是嫌一年太短，而是嫌一年太长。

“半年之内，如何？”他把时间缩短一半。

“半年之内，同仁先生求他人，或许也办得到。”汪直说。

“吾公莫非欲以三月为期？”尹旻又惊又喜。

“同仁先生仍小觑吾公，吾公欲在一月之内办成此事。”王越插话。他明白得很，汪直要和尹旻做这个看似毫无意义的约定，只有一个目的，那就是炫耀他的能力。

汪直笑笑，说：“我本想应允同仁先生一个月的。但一个月的期限被世昌先生说出来，我再应允，是我和同仁先生的约定，还是世昌先生和同仁先生的约定？我与同仁先生约，若是正月十五之前，同仁先生未晋一衔，日后无论再加几级，都与我无关。”

“公提携之恩，在下感激不尽！”尹旻叩谢道。

初四日，皇四子诞生。同一日，皇帝亲写敕书，进尹旻太子太保。

第一百一十八章

刑部尚书林聪把本部右侍郎张蓥请来后，摇着手里的纸说：“廷器先生，吉安查勘之事，有了结果。”

张蓥字廷器，南直隶华亭人，正统十三年进士。

听林聪说是来自吉安的消息，他忙问：“可有不实？”

“有。”林聪点头称。

“我说嘛！”张蓥松一口气，“朗朗乾坤，怎有这等骇人听闻之事！”

“廷器先生是不是说，巡按御史所奏吉安知府杖杀百姓之数，有所不实？”林聪问。

“是啊，难道还有别的不实！”张蓥道。

“不错，当真还有别的不实。”林聪说。

“还有何不实？”张蓥问。

“巡按御史所奏之数，有所不实。”林聪说。

“我说的也是此数不实呀！”张蓥道。

“可廷器先生的意思，是巡按御史奏闻吉安知府杖杀若干人，实际上吉安知府并未杖杀这多人，对吧？”林聪问。

“是啊，难道还有别的意思！”张蓥道。

“我说的意思是，不仅巡按御史所奏之事件件属实，且更有巡按御史不曾勘到之事。”林聪告诉他。

“也就是说，被杖杀之民不止巡按御史所奏之数？”张蓥所以要引申一层问，是因为他简直没办法相信这个结果。

“正是如此。”林聪应着，把手里的纸交给张蓥，让他自己看。

江西巡按御史沃頖，参奏吉安知府黄景隆杖杀百姓三百五十余人，因数目过于巨大，朝廷差刑部、都察院、大理寺等差员核实。所差官员的核实的情况近日有结果：死于黄景隆杖下的百姓，竟达三百八十人，而不是沃頖原奏的三百五十余人。

“廷器先生，你看还要议吗？”林聪问。

“这还有什么好议的！”张蓥道。开始怀疑沃頖奏上的数目，容易被人误解为想替黄景隆开脱，他不得不解释：“其实，就算巡按御史所奏，十成里有九成不实，只要有一成可以坐实，该太守也难逃死罪。我疑巡按御史所奏不实，实在是悲悯吉安之民！”

“是啊，成化七年，吉安就出名屠伯太守，时隔七八年，又出名屠伯太守，其民何其不幸！”林聪道。

二人叹息片刻，张蓥忽问：“季聪先生，闻得前太守许聪与今太守黄景隆沆瀣一气，不知确否？”

“廷器先生怎的问我？”林聪反问。

“季聪先生不是曾掌南院嘛。”张蓥说。

“我掌南院在成化十年，怎知数年之前，他二人是否沆瀣一气！”林聪道，又说，“廷器先生应知其事呀！”

“我怎应知其事？”张蓥问。

“我记得，廷器先生任过江西按察副使呀！”林聪说。

“我任江西副宪，在天顺末、成化初，怎知数年之后，有个吉安知府，叫许聪，有个吉安同知，叫黄景隆，会沆瀣一气！”张蓥道。

说到这里，两个人你指指我，我指指你，都忍不住笑起来。

“不是沆瀣一气，也是重蹈覆辙！”林聪得出结论。

“今见廷臣奏章中出现一个称呼，曰屠伯，老怀，这是取其字义，抑或另有典故？”皇帝问。

“另有典故。”怀恩说。

“哪一朝的典故？”皇帝问。

“最早源于汉朝，后来许多朝代都曾有过。”怀恩说。

“朕记得儒臣讲史时曾说，张汤是用法最严厉的廷尉，屠伯是不是指的他？”皇帝问。

“不是，”怀恩道，“张汤只是立法严，执法严；和唐朝的周兴、来俊臣等专习酷刑、滥刑滥杀，还有所不同。所以，他没有被列入《酷吏传》或《奸臣传》。屠伯之说，另有他人。”

“是谁？”皇帝问。

“有个叫严延年的人，官至河南太守，屠伯是指他。”怀恩说。

“怀大伴给朕讲讲严延年的故事。”皇帝命道。

“是。”怀恩应道，“严延年之父曾为丞相掾，故严延年少时有机会入相府学习法律。”

“何谓掾？”皇帝问。

“掾即随从，丞相掾即丞相之随从。”怀恩说。

“怎叫有机会学习法律？是专门被选出来学习法律，还是因父为丞相掾，才可能进入丞相府私自学习法律？”皇帝问得很细。

“奴才说不好，只记得《汉书》本传里说，延年少学法律丞相府。”怀恩回答说。

“但无疑是知法律的。”皇帝道。

“爷说的是。”怀恩应道。

“既知法律，反而滥杀，诚属知法犯法。”皇帝下了结论。

“是。”怀恩应道。

“汉朝的官吏世袭，父为丞相掾，他也以丞相掾起家吧？”皇帝第一件事问清楚，又接着往下问，也就是让怀恩接着往下讲。

“他是以掾起身，但不是丞相掾，而是御史掾。”怀恩说，“严延年的确是个敢言之臣，曾劾大将军霍光擅废立之事，无人臣礼；又劾大司农田延年犯天子銮舆，无人臣礼。事下御史中丞，反论严延年之罪。”

“老怀，这个御史中丞是怎么审的案？”皇帝问。

“御史中丞有他的道理：既以为大司农犯禁，不移书宫殿门卫，禁止其出入，而使得其出入，是私纳罪人，犯律。”怀恩说。

“那么，当如何处分？”皇帝问。

“法至死。”怀恩道。

“死罪？”皇帝惊呼。又一想，也没什么好惊讶，今之宫殿禁卫别说私纳罪人，就是私纳普通人，也是死罪。况且可以断定，严延年并没有死，他屠伯的故事还没引出来呢。皇帝说：“他被论死，然不曾死。”

“是。”怀恩应道，“严延年闻讯，亡命而出，后获赦。他先后被征为御史掾、丞相掾，先后被擢为县令、太守，先任涿郡太守，后迁河南。”

“御史掾也罢，丞相掾也罢，是没机会做屠伯的。”皇帝说。

“爷的话，一针见血。”怀恩颂道。

“他为屠伯，是在县令任上，还是在郡守任上？”皇帝问。

“他任平陵令时，曾因杀戮无辜而免职；但被视为屠伯，是在郡守任上，尤其是在河南太守任上。”怀恩说。

“你先给朕讲讲他在涿郡太守任上的故事。”皇帝命道。

“是。”怀恩应道，“史称，严延年赴任前，涿郡太守长期不得人，政令由涿郡东高氏和西高氏两户大姓把持。严延年晋升太守，不再是掾，而且，他自己也有掾。到涿州郡，严延年让一个叫赵绣的掾，按察大姓高氏不法事，得其死罪。赵绣一方面不敢违主家命，一方面不愿得罪当地大姓。两难之下。他想出一个两全的法子：准备两份纠劾的章奏，一份陈列高氏鸡毛蒜皮的小事，一份陈列高氏重罪。他打算先把前一份奏章给严延年看，严延年采纳则罢，如不采纳，面有怒色，再把后一份奏章拿出来。不料，严延年太机警，动作太快，前一份奏章只读一半，已摸透赵绣的心思，不等他动手，自己伸手到他怀里，取出后一份奏章。赵绣等夜入狱，晨将至，解市杀之，郡吏无不股栗；严延年又杀两户高家各数十人，郡民皆股栗。”

“有因，有果，就此事而言，严延年更似能吏呀！”皇帝评论道。

“爷说的是。”怀恩应道。

“那为何将他列为酷吏，并称作屠伯？”皇帝问。

“以严延年为酷吏，为屠伯，其于涿郡任上事迹尚在其次，而以河南任上事迹为主，此其一也；赵绣使小伎俩，或以为罪不当死，此其二也；东高氏、西高氏各诛数十人，或以为过多，此其三也。”怀恩说。

“你读《汉书》，倒真有心得。”皇帝称赏一句，道，“好吧，说说屠伯在河南太守任上的事迹吧。”

“概括而言，八个字：贫富有别，生死诡异。”怀恩说。

“贫富有别，一定是助富虐贫。”皇帝猜测。

“不然，严延年治郡，遵循的恰是摧折豪强，扶助贫弱。贫弱虽陷法，或曲文以出之；豪势侵小民，则重治其罪。”怀恩说。

“若是如此，小民岂不爱之如父母？”皇帝道。

“小民与其说爱之，不如说畏之。”怀恩说。

“不是扶助贫弱吗，小民为何畏之？”皇帝问。

“那就要看后四个字：生死诡异。”怀恩道。

“何谓生死诡异？”皇帝问。

“如某作奸犯科，人人以为当死，却一朝出之；如某小有过失，人人以为当生，却诡言杀之。”怀恩说。

"治狱不按常理，他这为的是什么？"皇帝不懂。

"使郡民无所适从。"怀恩道。

"朕也这么想。"皇帝点了点头，忽问，"老怀，你说，天下罪囚，当死者多，当生者多？"

"应是当生者多。"怀恩道。

"能多多少？"皇帝进一步问。

"这很难说。"怀恩看似很随便其实是很慎重地说个比例，"譬如，十名罪囚之中，有一二人当杀。"

"当死者少，而严延年生之；当生者众，而严延年杀之。这比按常理审狱，要多杀好几倍人，怪不得他得屠伯之称。"皇帝说。

"爷说的是。"怀恩应道，"冬十月，严延年传檄各属县，将罪囚押解到郡，聚而杀之，血流数里。"

据《汉书》本传，严延年执法诡异和杀人如麻，是分成两件事来写的，但怀恩以为，把这两件事联系起来，也不能说没道理。

"血流数里，那得杀几多罪囚？"皇帝问。

"这个，史籍没记载，奴才不敢臆度。"怀恩道。

"不会是数人、十数人吧？"皇帝自己加以排除。

"断然不会。"怀恩应道。

"也不止数十人吧？"皇帝道。

"可能不止。"怀恩应道。

"古人以官为牧，谓民如羔羊，赖官者牧养。一次屠民上百，甚至更多，此牧者耶，豺狼耶！"皇帝感慨地说。

"豺狼只在肚子饿时才吃羔羊，屠伯却以屠民为乐事。"怀恩说。

"今之屠伯呢？是否亦然？"皇帝问。

"爷说的是吉安知府黄景隆吧？"怀恩反问。

"朕开始就说，今廷臣章奏里有屠伯称呼，说的可不是他！"皇帝道。

"奴才也在想，要是他杖死的是三个五个人，十个八个人，还可以说他衙门里用的刑具，比别的衙门要厚要重，他手下的衙役，比别处的衙役气力要大。但他任知府至多七八年，杖杀之民竟多达三百八十人，比之汉朝及后代屠伯，有过之而无不及。除了以屠人为乐事，奴才实在想不出别的理由。"怀恩说。

"他只顾娱己，难道不知国家有法度！"皇帝愤道。

“他身为牧民者、执法者，怎会不知国家有法度！况且，他的前任知府许聪就是因虐民而被诛，他应看在眼里。”怀恩说。

“且住！”皇帝听出问题，“老怀，你这话说得有点儿怪。”

“奴才的话怎怪？”怀恩问。

“其前任因虐民被诛，一般而言，不过说他当引以为鉴；你却说他应看在眼里。”皇帝道。

“他的确是看在眼里。”怀恩说，“许聪为吉安知府时，黄景隆为该府同知。许聪如何暴虐，动辄杖人致死，他是看在眼里的；许聪如何被科、道弹劾，如何被朝廷论死，他也是看在眼里的。”

“廷臣称他步前任后尘，朕以为是指前任知府草菅人命，后任知府也草菅人命；没想到，二人竟有正贰守之渊源。看来，黄景隆喜杖杀民人，是得许聪亲传。”皇帝说。

“此为一说。”怀恩道。

“难道还有别说？”皇帝问。

“是。”怀恩应道，“或以为，许聪杖人致死，固因其暴虐，又因黄景隆怂恿。黄景隆觊觎正守之位，恨不得许聪天天杖人致死，朝廷追究其事，他才有机会。”

“当年许聪杖杀民人有几？”皇帝忽问。

“奴才记得，是五十人。”怀恩说。

“许聪杖杀五十人，黄景隆杖杀三百八十人，说许聪杖杀民人为黄景隆怂恿，朕以为可信。”皇帝说。

“爷圣明！”怀恩称颂后，又说，“还有人称，许聪觉着死得冤枉，故施报复于黄景隆，令其不得好死。”

“冥冥之中的事，谁说得清！但黄景隆杖杀数百人于阳世，朕要为这数百人讨还血债！”皇帝道。

“爷圣明！”怀恩颂道。

黄景隆解押京师，磔于市。其尸骸陈列一日，无人收之；陈列两日，无人收之；陈列多日，无人收之。直至皮肉腐败，蛆蚁遍布，恶臭冲天，才被人弃于荒郊野外。

第一百一十九章

南昌人李孜省到京城后，与梁芳的关系最密切。他写的符箓，一次一次，都是由梁芳送进宫里的；皇帝的赏赐，一次一次，都是由梁芳带出宫来的；遇到的麻烦，一次一次，都是由梁芳出面替他摆平的；甚至一次一次搬迁，都是由梁芳出面找的房子。

当然，他付出的也很多。他当初为江西布政司吏员，待选京职，因贪赃事发，被斥退。贪赃之事，是有的，所得赃银，他都带进京来，一次一次地送给梁芳及另一个要好的太监钱义。

结交如此，当然什么话都是可以说的。

一天，李孜省忽然对梁芳说："梁哥，我打算离开京师。"

"老哥要去哪里？"梁芳问。

"回得南昌，则回南昌；回不得南昌，则去他处。"李孜省说。

"老哥为何要离开京师？"梁芳问。

"我来京师的日子不短，再住下去，没多大意思。"李孜省说。

"老哥说这话，让人心寒呀！"梁芳道，"别的不说，你在京师这些日子，你我之间的交情如何？"

"情同手足。"李孜省说。

"京师有与你情同手足之人，再住下去，怎的就没多大意思！"梁芳责备道，又问，"你我之间交情不说，皇上待你如何？"

"待我不薄。"李孜省说。

"京师有待你不薄的皇上，再住下去，怎的就没多大意思！"梁芳责备道，又问，"老哥是不是在京师过得不宽裕？"

"有梁哥，不愁不宽裕。"李孜省说。

"人家是愁京师居之不易，你既过得宽裕，再住下去，怎的就没多大意思！"梁芳责备道，又问，"老哥是不是在京师过得不舒心？"

“有梁哥，怎会不舒心。”李孜省说。

“人家是愁京师居之压抑，你既过得舒心，再住下去，怎的就没多大意思！”梁芳这回责备之后，没什么好再责备的。

“梁哥不再质问？”李孜省笑道，“京师有情同手足的梁哥，有待我不薄的皇上，我不愁在京师过得不宽裕、不舒心，这些都是实情。但有一事：我来京师，为的是选上一官半职；至今却仍是待选之吏，故而我说，再住下去没多大意思。”

“原来为的选官之事呀！老哥若是早说，我就不会有那么多文不对题的质问。”梁芳道。

“梁哥是说，若为此事，我有理由离开京师？”李孜省问。

“不，我是说，若为选官之事，老哥更没理由离开京师。”梁芳道。

“怎会更没理由？”李孜省问。

“老哥不妨想想，当初即便没有被斥退一事，能选上何官？”梁芳问。

“当初不曾打算，以为能选上一官，已是幸事。”李孜省说。

“若得选在六部、都察院，当为上选吧？”梁芳问。

“肯定是上选。”李孜省说。

“户部如何？”梁芳问。

“户部是有油水的差事，比他部更佳。”李孜省说。

“户部尚书、侍郎如何？”梁芳问。

“堂上官想都不曾想过。”李孜省说。

“郎中、员外、主事如何？”梁芳问。

“别说各司之职，八品以上官都不曾指望。”李孜省说。

“那就在九品官里选。”梁芳道，他对各衙门官员都很熟悉，一一数道，“户部的正九品官有照磨所检校、宝钞提举司副提举、宝钞广惠库和广积库大使、赃罚库大使、甲字至戊字等库大使、外承运库大使、承运库大使等，从九品官有宝钞提举司副使、宝钞广惠库和广积库副使、甲字至戊字库副使、广赢库大使、外承运库副使、承运库副使等。老哥欲选哪一官呀？”

“当初，任得一官均可。”李孜省说。

“而今呢？”梁芳问。

“任得一官，我可能还会离京而去。”李孜省说。

“这是为何？”梁芳问。

“志不在此呀！”李孜省说。

“你看！”梁芳抓住要害，道，“老哥说，在京师再住下去没多大意思，是因为仍是待选之吏；但不是待选之吏，既授了官，而且是上选的六部之职，是更佳的户部之职，老哥还是要走。可见，想不想留在京师，并不在选不选官，还要看选的是何官。”

“梁哥的意思，我不该挑剔？”李孜省问。挑剔，即出难题。他担心梁芳因此而甩手不管，所以要问。

“不，不，老哥不挑剔，我都得替老哥挑剔。”梁芳道，“我是说，司务、大使、检校等官，咱不屑于做，咱要谋个像模像样的官。老哥得多给我点儿日子，容我运作呀，别以为我不把老哥的事放在心上。”

“梁哥这是错怪我，我对梁哥只有感激，从无抱怨。”李孜省忙表白。

“感激也罢，抱怨也罢，还有件事，我得嘱咐嘱咐。”梁芳说。

“梁哥吩咐吧。”李孜省道。

“老哥不是在和显灵宫、白云观的道长们切磋吗？这得抓紧点儿，皇上对这一套是很信服的。”梁芳说。

“梁哥放心，五雷法的要诀我已揣摸透，用不多久，即可运用自如。宫里几时要行法，梁哥在皇上面前美言几句。”李孜省道。

“这不在话下。”梁芳一口答应下来。

御史、给事中均属言官。但六科衙门在午门，都察院衙门在西城，和刑部、大理寺等衙门相邻。除上朝之前、散朝之后，他们难得有机会凑在一起。因此，吏科给事中李俊在散朝后和御史杨守随打招呼，二人随即走到一旁说话，并没引起太多人注意。

“维贞先生是江西人吧？”李俊问。

“非也，我是浙江人。”杨守随回答。

“不错，你和杨学士一族，均出自浙江鄞县，我怎会误以为你是江西人呢！”李俊道。

“误会必有误会的缘故。”杨守随不甚在意地说。籍贯被人弄错，是件普通的事，不需要人家解释。

李俊似乎不以为这是件普通的事，一定要解释。他说：“缘故就是，我以为维贞先生和江西有着渊源。”

“渊源是有，不过并非我是江西籍，而是我曾巡按江西。”杨守随说。

“那就更好。”李俊道。

这句话别有含义，杨守随不会听不出来。

“子英先生是说，我巡按江西，比我为江西人更好？”他问。

李俊字子英，陕西岐山人，成化五年进士。对杨守随提的问题，他毫不讳言地说，“我就是这个意思。”

“这也有缘故吗？”杨守随问。

“有啊！”李俊道，“我想打听个江西人，维贞先生要是江西人，我还得琢磨，会不会因乡人之情，而有所隐讳；维贞先生不是江西人，我则不必担心。而且，维贞先生又曾巡按江西，对此人不会一无所知。”

“子英先生是指李孜省吗？”杨守随问。

“维贞先生怎会一下子想到他？”李俊反问。

“近来廷臣纷纷议论此事，子英先生在吏垣，能不关切？”杨守随道。

“维贞先生既知我关切，就说与我听听吧。”李俊道。

“子英先生要我说何事？”杨守随问。

“李孜省是否赃吏。”李俊说。

“我巡按江西是早年的事，并不知李孜省其人；他是否赃吏，我亦无从说起。”杨守随道。

“那么，考单发自布、按二司，维贞先生信其事否？”李俊问。

“仅凭考单，难辨真伪。”杨守随说。

“总而言之，维贞先生宁信其无？”李俊对杨守随的回答很不满意。

“这却未必，”杨守随道，“我虽不识李孜省其人，虽不知他在江西布政司为吏如何，虽不知布、按二司对其考核是否确凿，但看他在京师的情形，看他在京师与谁人交往，不难断定他确为赃吏。”

“维贞先生虽未必信其无，却未免让我失望。”李俊坦率地说。

“子英先生为何失望？”杨守随问。

“某欲坐实其事，以便上疏言之。今求证于维贞先生，却并未坐实，我怎能不失望！”李俊道。

“子英先生以为，如此类事，须得坐实，方可言之？”杨守随问。

“我知道科、道准风闻奏事，但风闻奏事，总不如坐实奏事，更为有力，更宜收效。”李俊说。

“那得看是何等之事。”杨守随道。

“我没听懂，请维贞先生赐教。”李俊揖道。好像担心杨守随举别人的例子，他又强调说，“维贞先生别扯远，你我说的是李孜省。”

“好，就拿李孜省来说。”杨守随道，“李孜省来京师待选，以贪赃事发，被斥退，是很久以前的事吧？”

“不如维贞先生巡按江西那么久远。”李俊说。

“对，对，是在我巡按江西之后的事。”杨守随微微一笑，接着说，“贪赃之事若实，是要究治的呀！”

“但李孜省留居京师，未被究治。”李俊说。

“子英先生说，他为何逃过这一劫？”杨守随问。

“或如维贞先生所言，未得实证；再者，他不过布政司一吏员，御史、给谏，都不会把精力耗费在他身上。”李俊说。

“布、按二司述其事，为何也不究治？”杨守随问。

“布、按二司或看重的是他待选京职，对贪赃一事本身，也并没特别看重。”李俊说。

“子英先生这不是听得懂吗！”杨守随道。

“我怎就听懂？”李俊对这一系列提问，答是答出来；但杨守随提出这些问题的用意，他并不理解。

“子英先生看啊！”杨守随不慌不忙地说，“李孜省赴京待选，这是第一件事；李孜省贪赃事发，这是第二件事；李孜省因贪赃事发而被斥退，这是第三件事；李孜省贪赃事发而未被究治，这是第四件事。”

“此四事都已说过，维贞先生用不着再重复。”李俊有点儿不耐烦。

“还有第五件事，特旨授李孜省为太常寺丞。”杨守随道。

李俊若有所思。他找杨守随说的，就是李孜省授官一事。如果单独提这件事，对他不会有任何启发；而杨守随把这件事和前面几件事联系在一起，对他则有所启发。不过，他似乎理出的头绪并不清晰。他希望杨守随给他讲解得更清晰一些。

“维贞先生，请再说一句。”他揖道。

“只说一句吗？”杨守随开玩笑地问。

“是，再说一句。”李俊相信，只要再说一句，他就能理解。

“究治李孜省赃罪，在前实证不足，科、道重视不够；在今仍实证不足，科、道重视不够。”杨守随说到这里顿住，看李俊有什么反应。

“这是半句。”李俊道。

杨守随笑着补充下半句："实证不足，然贪赃之嫌是有的。李孜省以贪赃之嫌，而授清要之职，身为科、道，总可以谏止吧？"

太常寺丞品秩不高，为正六品。但太常寺是正三品衙门，掌祭祀礼乐之事；寺丞为堂上官，而非属官。称之为清要之职，一点儿也不过分。

"着哇！"李俊一旦完全听懂，就会变得十分兴奋，"我看，不仅是可以谏止，而且是须得谏止！李孜省贪赃之事，科、道未予究治，还可以说慎之；李孜省以贪赃之嫌，授以清要之职，科、道若不谏止，那就是有失职守！"

"言之已尽，告辞！"杨守随揖揖手，准备辞别。

"维贞先生为何急于离去？"李俊问。

"临渊羡鱼，不若退而织网，我回去写奏本。"杨守随说。

"你我共上一疏，如何？"李俊邀道。

"共上一疏？有必要吗？"杨守随有些犹豫。

"有啊！"李俊点头。

"子英先生说来听听。"杨守随道。

"维贞先生为监察御史，我为吏科给事中。"李俊说。

"这算什么理由？"杨守随忍不住想笑。

"科、道联袂，怎的不算理由！"李俊认真地说，不容杨守随反驳，他又说，"再者，维贞先生为南人，我为北人。"

"此谓南北联袂吧？"杨守随问。

"维贞先生聪慧，一点即透！"李俊道，又说，"最后一条，维贞先生是成化二年进士，我为成化五年进士。"

"子英先生，这又叫什么联袂？"杨守随又糊涂。

"犬牛联袂呀！"李俊道。

杨守随一愣，随即悟出。成化二年为丙戌年，以生肖纪之，为狗年。成化五年为己丑年，以生肖纪之，为牛年。难得的是，李俊随机造出一个"犬牛联袂"的词来。

"风马牛不相及，犬牛如何联袂！子英先生，我等还是各写各的奏本吧。"杨守随回应道。

杨守随奏议李孜省授官事，略曰：我祖宗立法定制，官人必由资格，核士必考素行。李孜省，故胥也，受赂逃匿，薮于京师。其资格则刀笔也，其情罪则胥靡也。小人投合，无级忽升。命下之日，士论腾沸。奈何用此奸罪秽人，渎事天地宗庙之骏奔也。

怀恩读罢，皇帝摇着头说："这个杨守随，言辞太刻薄。"

"爷指的是'奸罪秽人'这几个字吧？"怀恩问。

"是啊！"皇帝应道，"说他奸罪秽人，不就两件事吗？一曰受赂，一曰逃匿。说他受赂，为何不见有人究治其罪？说他逃匿，为何不见有人将他提拿归案？这都是莫须有的罪名嘛！"

"奴才想，杨守随追究的要点，不在受赂逃匿四字。"怀恩说。

"那在哪几个字？"皇帝问。

"小人投合，无级忽升。"怀恩说，"杨守随一则曰'官人必由资格，核士必考素行'，一则曰祭祀之礼诸禁，一则曰'命下之日，士论腾沸'，都着落在李孜省授官一事上。"

"朕有两句话可以驳他。"皇帝道，"一则曰：李孜省本是代选之身；一则曰：李孜省有功于社稷。"

"有功于社稷，爷言重，他担当不起。"怀恩说。

"怎重？"皇帝为一无名之辈，与怀恩分辩，是不多见的，"外人不知道，老怀，你是知道的呀。近年宫廷不宁，时有妖氛，多亏李孜省辈作法祛之。有功于朕躬，难道不是有功于社稷？"

"宫室澄清，玉宇澄清，首先赖的是爷之圣德，其次赖的是廷臣修省献言；论功，术士作法，只能列在第三。而作法事的，不仅李孜省一人，还有显灵宫的道长，还有白云观的道长；论法事，李孜省恐怕也只能列在第三。"怀恩说。

"可李孜省有俗职，其他道长没有。论功行赏，论功升官，只好着落在他的身上。"皇帝道。

"奴才想，杨守随说'小人投合，无级忽升'，并非言李孜省绝不可以授官；其要点在，不可授清要之职。"怀恩换个角度说。

"亦即，不可授太常寺官。"皇帝道。

"爷说的是。"怀恩应道。并说，"其他言官，如给事中李俊等上疏，也都说的此事，也都以为李孜省不宜授太常寺丞。要不，奴才再给爷读一两本？"

"算了吧，"皇帝不想再听，"朕也不是非授他太常寺丞不可，老怀，你看有没有品级相当的官职？"

"上林苑监副，也是正六品。"怀恩说。

于是，李孜省改授上林苑监副。上林苑监是正五品衙门，掌苑囿、园池、牧畜、树木等事，和太常寺官是不能相提并论的。

第一百二十章

深夜，辽阳巡抚衙门的后堂，仍亮着灯烛。

汪直跨进时，回头对陈钺说："老陈啊，今晚你已设过送行酒宴，怎么这会儿又约我来饮酒？"

"方才是送公公等三位，这会儿是专门恭送公公。"陈钺说。

去年，朝廷先差马文升，复差汪直，处置辽东事务。在马文升坚持下，以安抚为主，局面渐趋平和，马文升和汪直回朝复旨。但今春以来，以建州三卫为主的各部纷纷扰边，边将纷纷失利，事态又变得严重。朝廷差定西侯蒋琬、刑部尚书林聪和汪直三人来辽东按查。一处有变，同时差三名大臣按查，而且是规格极高的三名大臣，在本朝也是前所未有的。

按查出结果，三人商定，明日启程回朝。

"可有特别的肴馔？"汪直问。

"也没有太特别的，只是从方才的肴馔中留下点儿东西。"陈钺说。

"原来是残羹剩饭呀！"汪直笑道。

"公公别小觑这一桌残羹剩饭，在别处是不会有的。"陈钺说。

"举几样说说。"汪直吩咐。

"公公方才尝过炖的熊肉，味道如何？"陈钺问。

"味道醇厚，但似乎少些什么。"汪直评论。

"公公明察秋毫，确实少一物。"陈钺说。

"少了何物？"汪直问。

"熊掌。"陈钺道。

"炖的熊肉，怎会忘放熊掌？"汪直责道。

"不是忘放，是另外炖的，举宴时忘拿出来。"陈钺笑着说。

"当真是忘拿吗？"汪直明白他话里的意思，随之一笑，然后问："还有呢？"

"公公方才尝过蒸的鱼肉，味道如何？"陈钺反问。

“味道鲜嫩，但也好似少些什么。”汪直评论。

“又被公公尝出来。”陈钺道，“公公或许不知，炖熊肉时少一物，蒸鱼时却少二物。”

“是哪二物？”汪直问。

“一是鱼肚，一是鱼唇。”陈钺说。

“蒸的是全鱼，为何取下此二物？”汪直问。

“是要另作一菜，举宴时忘着人烹饪。”陈钺说。

“又忘，你这个主人心不在焉呀！”汪直又笑。

“所幸下官恭请公公夜饮时一并想起来。”陈钺也笑着说。

“有此两味极品，今夜不睡，也值得。”汪直道，又说，“为此两味极品，老陈，今夜我将答应你两件事。”

“侍奉公公，是下官分内的事，怎敢另有所求！”陈钺道。

“若是我想你求呢？”汪直问。

“下官只好从命。”陈钺说着，做出为难的样子，想了一会儿，他说，“公公答应赴下官夜宴，算第一件事吧。”

“此事不算，再说！”汪直道。

“下官先陪公公品尝美味，等想起来，再求于公公，可否？”陈钺问。

“不可！”汪直拒绝，“你先说一事，我答应你，咱们品美味，喝美酒；喝到兴头上，你再说另一事。”

“下官谨遵公公之命！”陈钺说着，问道，“公公能不能告知下官，今次按查，欲纠劾官员几人？”

“这倒是件正经事。”汪直说，“不过，我不打算告知你几人，我要告知你将纠劾的是谁人。你有兴趣，自个儿数吧。”说着，竖起一指，“镇守辽东太监叶达，难脱罪责，我把他列为第一人。”

“公公列的是。”陈钺应道。

“第二人，都督同知欧信，第三人，都指挥韩斌。”汪直本想说出一人，竖起一指，但说到韩斌，他又改主意，“都指挥者，尚有崔胜、陈雄、叶广、罗雄、文宁、常凯、白祥、李宗。你道好笑不好笑，都指挥的名字里有二雄，却都是败军之将！”

“败军之将，理当纠劾。”陈钺说。

“第四人，定辽等卫指挥夏时。”汪直说的第四人，是指第四个等级的人，他数道，“尚有王鉴、张宏、田俊、刘晦、石俊、肖凯、傅斌。你道好笑不好笑，指挥的名字里有二俊，却都粗俗不堪！”

“粗俗不堪，重治其罪，不足为惜。”陈钺说。

“至傅斌而止，共有几人？”汪直问。

“下官记得，共十八人。”陈钺道。

“老陈，这十八人里，若有你私人，或与你交好之人，你尽管说，我为你保下来。”汪直说着，特别强调，“你要保谁个，仍算是你求的第一件事，不算你求的第二件事。”

“下官若请增治一人之罪，是否也算是求的第一件事？”陈钺问。

“你这话何意？”汪直警觉起来。

“今春以来，辽事频仍，皆为一人，下官请治其罪。”陈钺道。

“你说的是谁？”汪直问。

“在辽东事务中总和公公做对的那个人。”陈钺说。

“总和我做对？竟有这么一个人！”汪直不悦。

“有。”陈钺则很沉着，“下官遵照公公所定大计，征讨辽东叛贼，大功几成；他却坚持抚治，致使前功付之东流。”

汪直听出他说的是马文升，而且早该猜出他说的是马文升。不错，他是主张在辽东用兵的；只有在辽东用兵，他才有建立不世之功的机会。马文升先他一步赴辽东，在他到来之前，制造出安抚的局面；等他到辽东，想扭转安抚的局面已不可能。这当然使他恼火。但马文升似乎在安抚夷人的同时，也想好如何安抚他：把安抚辽东的功劳悉数推与他。他不可能不接受，但内心难免有愧，对马文升的不满消除许多。

这件事本来已经过去，现在陈钺又提起。

“老马虽倔强，但也不是少不更事。”汪直说。

陈钺当然知道他指的是什么，回应道：“下官恰以为，他推功于公公，乃有所图也。”

“所图何事？”汪直问。

“其一，阻止公公在辽东用兵，以建奇功；其二，他料定抚局难以持久，推功于公公，是想让公公代他受过。”陈钺说。

“其人看似忠厚，竟阴险至此！”汪直半信半疑。

“公公不信，不妨再看看。但下官担心，让他占得先机，于公公大为不利。”陈钺说。

“他能占得什么先机？”汪直问。

“兵部上疏，追究辽东事故，把责任全推在下官身上。此乃他走出的第一步棋。”陈钺说。

“兵部的奏疏我知道，是大司马拟的。”汪直道。

“大司马拟的，也是少司马唆使。”陈钺断言。

这种可能是有的，因为奉旨到过辽东的，是马文升，而不是余子俊；对辽东事务的判断，应该是余子俊听从马文升，而不是相反。

但汪直关心的，不是大司马、少司马谁听从谁，而是他们这么做的目的。他问：“把责任推在老陈身上，是第一步棋，第二步棋呢？”

“公公想呢？”陈钺反问。

“把责任推在我身上？”汪直自能理会。

陈钺点点头，说：“下官所忧者在此，所愤者在此。”

“哼，他以为把责任推在老陈身上，便占得先机？螳螂捕蝉，黄雀在后。他把老陈当作蝉，把自个儿当作螳螂；却没想到，我这只黄雀既能放过他，也能咬住他。”汪直自语道。他并非完全相信陈钺的话，并非看不出陈钺想借他的手，除去马文升。但在辽东用兵，借辽东用兵以建功，他二人的想法是一致的；就算除去马文升是被陈钺利用，但在更重要的方面，仍是陈钺为他所用。他问道：“老陈，治叶达、欧信等罪，皆可以战事不利；治少司马罪，却以何等名目？”

“辽东边衅由他而起，其罪更重于战事不利。”陈钺说。

“说辽东边衅由他而起，你拿得出证据吗？”汪直问。

“下官这里刚好有条证据。”陈钺道，“少司马到边办的第一件事，乃禁铁器出关。关外之人，欲务农，须铁犁、铁铲；欲行猎，须铁矛、铁箭。一应铁器俱无，何以谋生？各部纷纷作乱，乃是为此。”

“这个证据不仅说得过去，而且足以服人。”汪直自己先信，所以认为别人也都会信，他招呼道，“好，老陈，话说不少，接下来该饮酒，该品尝美味！”

在陈钺的侍奉下，汪直尝一口熊掌上厚重的膏脂，喝一口酒；尝一口烹调精致的鱼唇，喝一口酒；尝一口烧得烂烂的鱼肚，喝一口酒。然后，他根据自己的爱好，自己取用。陈钺酒喝得少，肴馔吃得少，只是专心地为汪直斟酒。

酒过十盅之后，汪直不再让陈钺斟酒。

“吃得恰到好处，饮得恰到好处，说第二件相求之事！”他命道。

“公公当真不再吃一口？”陈钺问。

“不吃。”汪直道。

“公公当真不再饮一盅？”陈钺问。

“不饮。”汪直这次留句活话，“听到一句让我愉悦的话，或许还会吃一口，还会饮一盅。”

为他这句话，难煞陈钺。汪直如果态度很坚决地不吃，不饮，他用不着再费心；汪直留句活话，则要看陈钺劝吃劝饮的本事。

“下官求于公公的第二件事嘛——”他原想把每个字都拖得很长，其实却是一气呵成地说完这句话，而且说完之后，已有主意，“是希望去年未能实现之宏愿，今年能够实现。”

“老陈，你指的是用兵辽东吗？”汪直问。

“公公一猜即中，可见也有心于此。下官愿佐公公，挥兵关外，横扫女真各夷部。”陈钺说。

“第一件事我答应你，第二件事我也答应你：挥兵关外，就约定在今年。”汪直说着，忽然从陈钺的话里品出些什么，他问，“老陈，众人皆呼辽东夷部为女直，你怎呼为女真？”

陈钺正担心汪直没在意他改变称呼，汪直一问，他马上说：“是下官疏忽，忘给公公解释。今之女直，即古之女真。”

“何时改呼女直的？”汪直问。

“下官查过史书，改呼女直应在辽兴宗时。”陈钺说。他这回很沉得住气，汪直问一句，他回答一句。

“为何要改变称呼？”汪直问。

“辽兴宗名讳是耶律宗真。”陈钺说。

“你是说，女真改女直，是为避辽兴宗名讳？”汪直问。

“史书记载如此，下官以为不会错。”陈钺说。

“那你今日改回女真是何意，为复古名吗？”汪直问。

“复古名有何必要，下官想的是为尊者讳。当初为避辽兴宗名讳而改为女直，今亦当避公公名讳，改回女真。”陈钺说。

汪直瞪大眼睛看着陈钺。他情绪有些激动，也可以说有点儿感动。自己的名讳要避，在他是从来没想过的；为避自己名讳而改变一个族名，在他更是没想过的。他对陈钺不由得刮目相看。

“老陈，我还想饮一盅酒。”他说。

“公公请！”陈钺为他斟上酒。

“不，你与我一起饮。”汪直邀道。

陈钺恭恭敬敬捧起酒盅，与汪直同饮。

“老陈，我还想吃一块鱼肚。”汪直说。

“公公请！”陈钺为他选一块大的鱼肚。

“你也吃。”汪直让道。

陈钺给自己选一块小的鱼肚。

“提议惩治少司马，算是为我着想；老陈自个儿有没有冤家对头想惩治惩治？”汪直问。

“下官以公公之仇家为仇家，本人并无仇家。”陈钺看起来不想说。

“你这么说，是想让我欠你情吗？”汪直逼迫他说。

“下官为山东方伯之日，与巡抚都堂不和。”陈钺轻描淡写地说。

“与老陈不和，曲在彼。”汪直断言，并问，“巡抚都堂是谁？”

“牟俸。”陈钺道。

“现官何职？”汪直问。

“仍巡抚山东。”陈钺道。

“老陈静候佳音！”汪直说着，打个呵欠，“天将放明，老陈呀，上马之前，该让我睡一小觉吧？”

“公公请！”陈钺起身，送出汪直。

“有意思。”汪直边走边说，“女直各部原来是女真各部，老陈呀，你说把女直改为女真，能不能说顺口？”

“下官心里琢磨许久，改称许久，早已说顺口。”陈钺道。

“你呢，想改叫女真，尽管改；想让别人改叫女真，尽管说说古。不过，为何改叫，却须三缄其口。”汪直嘱咐。

“公公的意思是——”陈钺问。

“避我名讳一事，只可心里有数，不可宣扬。”汪直说。他再高兴，也不会昏了头，知道避辽兴宗名讳和避他名讳两件事，绝不能扯在一起。

“是，下官懂得利害。”陈钺应道。

五月上旬，汪直还朝，把打击马文升当作他的第一步棋。

第一百二十一章

牟俸昔日的威风全无，像只丧家之犬，站在掌狱镇抚吴绶面前。

“牟都堂既到此处，你我算是有缘。咱是坐着说话呀，是站着说话呀，还是跪着说话？”吴绶戏弄地问。

牟俸本是奉旨赴京议事的，但到京后，还不知该去哪个衙门，因汪直劾他贪暴，先被送进诏狱拷问。吴绶算计好，先让别人把他折腾个够，自己再出面收拾。

牟俸进屋本要跪下，听了吴绶这话，反而站稳。

“听大人吩咐！”他说。

“都堂别客气，我不是在让你选吗！”吴绶道。

“不知怎的才可站着说话，怎的便可坐着说话，怎的只得跪着说话？”牟俸知道由不得自己选。

“都堂是个人物，不贸然决定。”吴绶讥讽道。当然，也有真心的称赞，不完全是讥讽。因为牟俸这么一问，双方都容易说下去：“就我本人而言，当然不愿难为都堂。不过，各家有各家的规矩，这里的规矩呢，又不是我定的，我不好破。”说到这里，他忽问，“都堂想不想知道，诏狱今日的规矩是哪一尊神定的？”

“罪臣知是尊神定的，足矣，不敢再多问。”牟俸道。

“都堂真是个聪明人，这事不知道比知道好。”吴绶说着，有目的地啰嗦一通，“都堂问怎的才可站着说话，怎的便可坐着说话，怎的只得跪着说话，我就该告诉都堂怎的才可站着说话，怎的便可坐着说话，怎的只得跪着说话。但我直接告诉都堂怎的才可站着说话，怎的便可坐着说话，怎的只得跪着说话，怕都堂选择不当，日后要埋怨我。不如我先告诉都堂跪着说话便怎的，站着说话便怎的，坐着说话便怎的，如何？”

“有劳大人。”牟俸道。

“兵部马大人，都堂熟不熟？”吴绶问。

“负图先生吗？他和罪臣同年。”牟俸道。

“他也称罪臣，都堂知道吗？”吴绶问。

“略有所闻。”牟俸道。

“但他的事如何处置的，都堂一定不知。”吴绶说。

“罪臣的确不知。”牟俸道。

“他被谪戍重庆卫。”吴绶告诉他后，又有意刺激他，“我孤陋寡闻得很，也不知重庆卫远不远？”

“不是最远，也已很远。”牟俸道。

“都堂罪过，肯定没兵部马大人重；都堂谪戍，可能也不如兵部马大人远。可你二位都是下的诏狱，近也近不到哪儿去。”吴绶说。

“大人已知罪臣将要谪戍？”牟俸心慌意乱地问。

“不，”吴绶摇头，“我是说，都堂若跪着说话，结局即谪戍。”

“承教！”牟俸揖手示谢。又问，“大人，站着说话又如何？”

“同是站着说话，差别也很大。”吴绶道，“最好的结局，可能是罚俸；其次，可能是降品降官；最坏的结局，可能是免官，或提前让都堂致仕。总之，都好过谪戍边卫。”

“怎的才得以罚俸，怎的才得以降品降官，怎的只得免官？”牟俸问。

“都堂别急，咱不在说站着说话便怎的吗！”吴绶道。

“是，请大人接着说。”牟俸虽急于知道各项细节，但不敢再催问。

“若能坐着说话，结局就再好不过。”吴绶说罢，补充道，“我说的再好不过，可不是都堂还能加官晋级。谁劾的都堂，都堂应该心里有数。被他老人家论劾，既不被谪戍，也不丢官，只是被皇上斥责几句，都堂自个儿说，是不是喜出望外？”

“喜出望外，一定是喜出望外。”牟俸道。

“跪着说话便怎的，站着说话便怎的，坐着说话便怎的，都堂听清楚了吧？”吴绶问。

“是大人说得清楚。”牟俸道。

“我再给都堂说说怎的才可站着说话，怎的更可坐着说话，怎的只得跪着说话，可好？”吴绶问。

“大人赐教，罪臣恭聆。”牟俸道。

“我还是先说兵部马大人吧。”吴绶又以马文升为例，“这位马大人倔强得很，一句认罪的话也没有，一点儿认罚的表示也没有，他只能跪着说话；他的结局，都堂也知道。”吴绶说。

“罪臣愿认罪。”牟俸忙说。

“认罪者不一定认罚，认罚者一定是认罪；二者比较，诚心认罚，才是根本之事。”吴绶露出底牌。

“怎样才叫诚心认罚？”牟俸问。

“都堂要我先讲何谓认罚，再讲诚心认罚，还是但讲诚心认罚即可？”吴绶愈发显示出他的耐心。

“大人但讲诚心认罚即可。”牟俸说。

“说到诚心认罚，都堂若以为谁个认罚的数额最高，谁个最有诚心，那就大错而特错。”吴绶道，“譬如有人该罚一个铜钱，他虽一文不名，但想方设法，拿出一个铜钱，此即诚心；有人该罚一百两纹银，其家富有，拿出一千两纹银也只是九牛一毛，他却只肯拿出九十九两纹银，这就是不诚心。总之，并非谁个有钱谁个诚心，谁个没钱谁个不诚心，咱这里最是公正。”

“罪臣看一眼，便知大人是公正之人。”牟俸讨好地说。

“咱这里还有一桩公正之事。”吴绶道，“该罚几多，当然不能让都堂之辈制定；不过，都堂却可以自个儿选定。譬如，拿出一两银子，可站着说话；拿出十两银子，可坐着说话。都堂拿一两银子，便站着说话；拿十两银子，便坐着说话，绝无异议。这也叫诚心认罚。都堂说，如此规则，公正不公正？”

“公正之至！”牟俸应道，并问，“如罪臣这等，须拿出多少银两，才可站着说说话？

“这是有定数的。”吴绶说着，忽问，“都堂下诏狱，是被追赃的吧？”

“是。”牟俸颓丧地应道。

“追赃若干？”吴绶问。

“万金。”牟俸更加颓丧。

“问句不该问的话：一万两纹银，都堂拿得出来吗？”吴绶问。

“罪臣即使变卖老家的房屋、田产，也凑不够此数。”牟俸说。

“我不管都堂说的是真是假，只当都堂拿不出来；不仅都堂拿不出来，一般追赃之数，没有几人拿得出来。”吴绶说。

“那如何是好？”牟俸问。

“都堂还是没太懂，罚数并非赃数，罚数一定低于赃数。”吴绶道，“赃数是朝廷定的，是朝廷在追；罚数则是本衙定的，是本衙在收。”

“大人这里收的罚数，可抵赃数？”牟俸问。

"当然。"吴绶应道，"本衙收过罚数，朝廷若仍追赃，本衙岂不失信于天下？失信天下的事，是绝不可做的。"

"那么，如罪臣这等，罚数是多少？"牟俸问。

"我说过，是有定数的。"吴绶重复一遍这句话后，问道，"一万两纹银，都堂拿不出来，一千两呢？"

"罪臣任上的细软，或值一千两纹银。"牟俸说。

"都堂认罚一千两纹银，即可站着说话。"吴绶道。

"当真认罚千两，即可站着说话？"牟俸问。数目减少到十分之一，他不可能一下就相信。

"我一言既出，绝不失信！不过，认罚一千两纹银，结局却不见得使都堂满意。"吴绶说。

"是免官？"牟俸料到。

"不错。"吴绶应道。

"欲降官降品，须认罚几多？"牟俸果然不满足前一种结局。

"倍之。"吴绶道。

"欲罚俸呢？"牟俸问。

"再倍之。"吴绶道。

"亦即，四千两？"牟俸问。

"没那么多，是一千两再倍之，三千两。"吴绶道。

"罪臣斗胆问一句：欲在大人这里坐着说话，须认罚几多？"牟俸问。

"半之。"吴绶道。

"罚数少，反而可坐着说话？"牟俸不解。

"我是说，赃数半之，亦即五千两纹银。"吴绶道，"我敢说，都堂变卖老家的房屋、田产，一定凑得起此数。"

牟俸不说凑得起，也不说凑不起。他默想良久，才终于下定决心："大人，我认罚，认的是坐着说话的罚数。"

"我让你追赃万金，他出一半的银子，你就打算复其官职？老吴，你也忒好说话！"汪直显然不情愿。

"公公，卑职是为你打算的呀！"吴绶说。

汪直发达之前，从未听人说，我是为你着想，我是为你打算；现在则怕听人说这话。人家这么说，他很难驳回。

“你倒说说看，怎的是为我打算。”他最多只能提出这个要求。

“公公想啊，追赃万金，是明里的事。追回一两银子，要缴入国库；追回十万两银子，也要缴入国库。公公得着什么？”吴绶道。

“至少能得个好名声吧。”汪直说。

“先得银子，再得好名声，岂不两全！”吴绶道。

“你把银子揣进腰包，还有法子博得好名声？”汪直哂道。

“有法子呀！”吴绶态度认真，绝无说笑之意。

“那我倒要听听，你说！”汪直命道。

“公公，卑职先问一句，可否？”吴绶先请示。

“有何不可，你问！”汪直道。

“牟都堂贪暴，是公公纠劾的吧？”吴绶问。

“是啊。”汪直觉得这一问正好可以反驳他，“我纠劾他贪暴，皇上命我追赃；结果一两银子的赃款没追回，这不是打自己的嘴巴吗！”

“公公怎么知道牟都堂贪暴的？还不是其属下举报！公公没追回赃银，打的并非自个儿的嘴巴，而是举报人的嘴巴。牟都堂的案子，举朝上下没有敢埋怨公公追赃的；但痛恨告发之人者，比比皆是。公公打他一两个嘴巴，举朝上下都会叫好。这是个好名声吧？再者，公公纠劾牟都堂贪暴，结果是：粗暴之事有之，贪赃之事无据。公公一是一,二是二，有则说有，无则说无。举朝上下谁不称赞公公办事认真，绝不苟阿，不仅公公脸上有光，连皇上脸上都有光。这也是个好名声吧？”吴绶举两个例子，说得头头是道。

“老吴啊，怎么让你一说，极坏之事也成极好之事？”汪直不得不佩服他狡辩的功夫。

“公公这话，卑职不敢苟同。”吴绶继续施展他狡辩的功夫，“五千两银子到手，怎的成极坏之事？我知公公要办大事，没把银子放在心上。可要办大事，须得有人帮衬呀。为公公办事的人，不可能都不把银子放在心上。如卑职，下面养着一干办事的人，拿什么养着，不得用银子吗？这且不说，就是养家糊口，也得用银子呀。在卑职看来，五千两银子到手，虽不是极好之事，也绝不是极坏之事。”

“老吴，你布下圈套，想让我钻进去吧？”就事论事，汪直辩不过他，于是另辟蹊径，“我要是认可不把银子放在心上，这五千两银子你是不是准备都放进自个儿的私囊？”

“若有圈套，也不是卑职布的，是公公自家布的。”吴绶说。

“我给自家布圈套，有谁会信！”汪直道。

“卑职受公公厚恩，要是还打着公公的旗号，为自个儿敛财，那是卑职没良心，也是公公无识人之明。传出去，人家笑话不笑话？反过来说，人家不知道公公厚爱属下，看卑职一个劲儿地中饱私囊，岂不要说公公亏待属下？”每件事，吴绶都可以举出不止一个理由。

“罢了，我还是告诉你实情吧。”汪直不让他再信口开河地辩解，“我不是不把银子放在心上，也不是和姓牟的都堂有什么深仇大恨。惩治他，我是答应过人家；轻易把他放过，不好交代。”

“公公答应的谁人？”吴绶问。

“老陈。”汪直道。

“原来是陈都堂。”吴绶其实早料到是陈钺，却做出恍然大悟的样子，“要是答应别人，譬如，答应王都堂，而没有照办，是有些不好交代；答应陈都堂，则很好交代。”

“这是为何？”汪直问。

“王都堂不会随便请于公公，陈都堂所请未见得都很郑重。这是其一。钱财入公公之门，王都堂未见得高兴，陈都堂却一定高兴。这是其二。王都堂不会随便与人结仇，既结仇，就不易消除；陈都堂却容易与人结仇，也容易与人消仇。这是其三。”吴绶一口气说出三个理由，而且对第三个理由特别加以说明，“陈都堂与牟都堂间仇恨，一定是在同官山东时结下的。公公优待牟都堂，只要对他说一句是受陈都堂嘱托，牟都堂一定会说些感谢公公、感谢陈都堂的话。这些话传到陈都堂耳朵里，他心中的仇恨一定冰释。公公想，还用向他交代别的吗？”

“好啊，为他二人做个和事佬，我还是愿意的。”汪直终于应允吴绶。想了想，他又说，“难得你把五千两纹银到手的好处说得如此动人，你悉数拿去，养你手下士吧。”

“谢公公！”吴绶感激地说。

第一百二十二章

礼科给事中王坦，字彦平，山东平原人，成化五年进士。平原和历城均属济南府，按说，他应该和尹旻的关系更近一些；而且，他近来想得更多的是官职的升迁，按说，他应该直接去找尹旻。但是，在他的内心，仍觉得和刘珝更亲近。所以，他先找的是刘珝。

刘珝听家仆禀报后，吩咐："去问问他有事无事。"

不多时，家仆禀报："王大人说并无他事，专门来听叔温先生教诲。"

"不是有事而来？"刘珝问。

"据他所说，不是。"家仆肯定地说。

"不是有事而来，让他走吧。"刘珝下逐客令。

王坦听家仆传话，先是一愣，随即哈哈大笑。他推开刘府仆人，进了院门。家仆一转身，又拦在他面前。

"我家老爷既发话，王大人别难为小人。"家仆说。

"这不是难为你；我若甩手而去，才是难为你呢。"王坦说。

"天下哪儿有这等道理！"家仆道。

"你说没有这等道理？好，我问你，我有句话，你敢不敢当着你家老爷的面说？"王坦问。

"一句什么话？"家仆反问。

"叔温先生今日好不奇怪也！"王坦道。

"这有什么不敢说的，我替王大人说这句话就是。"家仆道。

"你怎的说？"王坦说。

"我向老爷禀白，王大人说老爷今日好不奇怪也。"家仆道。

"不对，不对！"王坦连连摆手。

"王大人不是这么说的？"家仆问。

"当然不是，我是说，叔温先生今日好不奇怪也。"王坦道。

“这有什么不对，我说的老爷，王大人说的先生，难道不是同一个人？”家仆道。

“叔温先生。”王坦强调。

“老爷的字号，怎可出于我口！”家仆为难地说。

“所以，这句话须得我亲口对你家老爷说。”王坦说着，再次推开刘府仆人，往院子深处走去。

家仆这次没来得及转身去拦，他被王坦说糊涂。

刘珝听到王坦和家仆的对话，差点和王坦一样哈哈大笑，但忍住。王坦正要推门而进，他已推门而出，板着脸问：“我不见客，有何可怪？”

“主人不欲见客，不足为怪；以叔温先生这般主人，不欲见王彦平这般来客，直呼其去，也不足为怪。不过，”王坦口气一转，说，“以叔温先生这般主人，怕的是来客找麻烦。晚生若有事而来，叔温先生似乎并无逐客之意；晚生无事而来，叔温先生却传令逐客，难道不奇怪？”

“彦平难道不知，刘叔温正是不怕麻烦的主人！”刘珝道。

“可谓棋逢对手，王彦平是个被逐也不肯走的来客。”王坦说。

两个人你看着我，我看着你，都笑起来。

笑罢，刘珝说：“客虽见，但我不欲留客。”

“叔温先生，今日出了何事？”王坦不解地问。

“无事。”刘珝的回答和方才王坦的回答一样，但他马上又说，“不过，有人在惦记你呢。”

“有谁会惦记晚生？”王坦问。

“你的同乡前辈。”刘珝说。

“叔温先生就是晚生的同乡前辈呀！”王坦道。

“那我改一个字吧。”刘珝说，“是你的同郡前辈。”

“同仁先生？”这是王坦不曾料到的。

“不错，是他。”刘珝点头道。

“叔温先生怎知他在惦记晚生？”王坦问。

“他亲口说的呀！”刘珝道。

“他亲口说的，他在惦记晚生？”王坦明知尹旻不会这么说，还是问。

“他当然不会这么说，他说的是：彦平任给谏有十年吧？”刘珝道。

王坦知道问的人是尹旻，不是刘珝，但这正是他今日想谈的事，他可不愿放过这个难得的机会。

“任给谏没十年，入仕途恰好十年。”他说。

“我也是这么对同仁先生说的。”王坦道。

“同仁先生怎会问起这事？”王坦对此既兴奋，又困惑。

“那还用问，他定是觉着，彦平给谏任得太久，该挪动挪动。”刘珝道。又说，“彦平知道吧，我先是不见客，后是不留客，实为客好。”

王坦已急不可耐，但还没忘拜托一句：“同仁先生及少冢宰面前，还望叔温先生为我美言。”

“这倒无须彦平惦记，该我说话时，我会说的。”刘珝道。

王坦拜谒尹旻，备足礼品。

“彦平，何必如此破费！”尹旻道。

“在同仁先生是件小事，在晚生不是件小事。晚生无论怎样敬奉同仁先生，都是应该的。”王坦说。

“又是小事，又非小事，究竟何事？”尹旻问。

王坦以为可以彼此心照不宣，没想到尹旻非要他说出来不可。

“就是同仁先生惦记晚生的那件事。”王坦说。

“让人惦记可不是什么好事呀，彦平得当心。”尹旻开起玩笑。

“让别人惦记不见得是好事，让同仁先生惦记未必不是好事；别人让同仁先生惦记不见得是好事，晚生让同仁先生惦记一定是好事。”王坦笑着回应。

“彦平说得很好，可我仍不知道，我惦记彦平何事？”尹旻道。

“同仁先生不是想知道，晚生任给谏有没有十年吗？”王坦说。

“不错，我记得有十年，可叔温先生告诉我还没有。”尹旻道。

“的确没有，只有八年。”王坦告诉他准确的时间。

“给谏一任八年，也不算短。”尹旻自语，又对王坦说，“我惦记彦平，一定是好事，还真说对。彦平，你先告诉我，你自家有何打算？”

王坦不愿先说。他问：“同仁先生说的打算是——”

“给谏升迁，主要有两个途径：一是放外，一是在六科内迁转。如果两个机会都有，彦平选择哪一个？”尹旻问。

“据晚生所知，科垣外放居多，但不知晚生可外放何职？”王坦问。

“资深给谏，可外放知府，或布政司参议、按察司佥事等。”尹旻说。

“晚生可列为资深给谏吗？”王坦问。

“资深给谏多在十年以上，故而我问你够不够十年。”尹旻说。

“不够资深，可外放何职？”王坦问。

“为彦平谋个知州或府同知，应不在话下。”尹旻说。

“那我宁愿在六科内迁转，熬过十年后，再外放。”王坦说。

“六科内迁转，可是左、右给谏，也可是都给谏。”尹旻道。

“左、右给谏，是例升吧？”王坦问。

“可以这么说。”尹旻道。

“都给谏，是不是该用觊觎二字？”王坦问。

“也可以这么说。”尹旻道。

“晚生确有觊觎之心。”王坦说。

“谁无觊觎之心！不过，”尹旻口气一转，说，“那得看机会。”

“晚生有无机会？”王坦问。

“机会不大，”尹旻道，“各科只设都谏一人，六科共设都给谏六人。如果恰好有一都给谏空缺，而你又是资深给谏，以你补缺可说是例升。若恰好有一都给谏空缺，你虽不够资深，略加关照，以你补缺可说是超擢。你既不够资深，又无都给谏空缺，哪儿来的机会！”

“晚生资格摆在那里，想改是改不成的；现在可做的，只有制造出一个空缺来。同仁先生，是不是？”王坦边想边说。

“彦平这么想，并无大错。”尹旻道。

“那为何不制造出一个空缺？”王坦问。

“说得容易，做起来却难。”尹旻道，“譬如，年纪太大，可以安排他致仕；但彦平想想，今日六科都给谏，有没有年纪大到该着致仕的？再譬如，年头够，可以安排他外放；但彦平想想，今日六科都给谏，有没有年头熬到可以外放布政司参政、按察司副使的？总不能为彦平超擢，先让人拣个大便宜吧？”

“不让人拣大便宜，倒也有个法子。”王坦说。

“彦平说说看。”尹旻道。

“左迁一都给谏，或干脆罢免一都给谏，不就没便宜拣！”王坦说。

“说得轻巧！”尹旻哂道，“彦平又不是不知道，你等给谏、都给谏不找各部的麻烦，各部都要烧高香，谁敢去找都给谏的麻烦！”

“也是。”王坦对抬高自己身价的说法，当然不会反对，他思忖道，“看来，得找个不怕言路的衙门出面。”

他无意中的一句话，提醒了尹旻。尹旻道：“彦平别说，不怕言路的衙门还真有一个。”

“是哪个衙门？”王坦问。

尹旻用手指在桌案上写了个西字，又写了个汪字。

“西厂？”王坦没想到，堂堂吏部尚书给他出的竟是这样一个主意。又一想，而今不把科、道当作一回事的，可不就是西厂！谋升迁，本来就不是件正大光明的事；找谁帮忙，又有什么区别！他应该担心的，倒是另一件事。他为难地说：“晚生与此公素无来往呀！”

“他那里，我替你说。”尹旻道。

“大恩不言报，同仁先生的好处，晚生没齿不忘。”王坦说着，深作一揖。然后问，“晚生该做些什么？”

“第一件事，彦平琢磨琢磨，左迁或罢免哪一都给谏为宜。”尹旻道。

“刑科。”王坦说。

“刑科都给谏是赵良吧？彦平为何看中他？”尹旻问。

“同仁先生看，今之六科都给谏、左右给谏，乃至给谏，有几个不是甲科出身？他却是由国子生直接选的官。甲科出身，有座主为后盾，有同年相帮扶，动一个，牵扯的面太大；而动一个国子生出身的都给谏，不会有那么大的动静。”王坦说。

“言之有理。”尹旻点头称是。

“这是第一件事，第二件呢？”王坦问。

“彦平得找找叔温先生。”尹旻说。

“此事与叔温先生并不相干，为何要找他？”王坦问。

“升迁罢黜，虽与叔温先生无关，但不是得请别个衙门出面吗？请别个衙门出面，我去说，是一份人情；叔温先生又是一份人情。两份人情总比一份人情保险吧？”尹旻道。

“同仁先生说的是，晚生去央告叔温先生。”王坦道，又问，“除此二事，同仁先生还有第三件事吩咐吗？”

“有。”尹旻道，“人家帮这么大个忙，登门拜谢，谁也不能代替。”

“那是应该的。”王坦应道。

刘珝不懂，汪直为什么要约他在朝房说话，待汪直把话挑明，他如梦初醒，心里好不感激。

“我不在司礼监办事，内阁我是不能去的。”汪直说。

“不在司礼监办事而到内阁的内使也是有的，公若驾临，自是我等内阁诸臣之幸。”刘珝尽量客气地回应。

“叔温先生嘴里这么说，心里却未必这么想。”汪直笑道。

刘珝难为情地干咳了两声，正是汪直想要的效果。

“西厂虽不甚远，可也不敢邀叔温先生前去。”汪直又说。

要不是才被嘲笑，刘珝可能会说：公若有命，自当前往。现在他肯定不会说这话。

“叔温先生可知为何？”汪直问。

“不知，乞公赐告。”刘珝揖道。

“不知缘于何故，公卿到西厂，竟不拜不肯开口。我想，内阁诸公，乃辅弼大臣。到了西厂，欲行此礼，我不能不拦；可坚决拦止，又怕叔温先生内心不安，又怕其他公卿心生妒忌。故不如换个地方。”汪直说。

这可真是顾及自己的体面！廷臣自吏部尚书尹旻而下，拜谒汪直，至长跽不起，刘珝有所耳闻。若把他邀去西厂，他该如何行礼？不行跪拜之礼，汪直会不会忌恨且不说，至少对汪直行过跪拜之礼的公卿大夫都会忌恨；行跪拜之礼，那可是内阁设立以来从未有过的耻辱。万安口碑再不好，他也没开过这一先例。

想到这里，他向汪直深作一揖，道：“多谢吾公体恤！”

“谢是不必谢，但有一事相询，还望叔温先生据实而言。”汪直说。

“请问。”刘珝道。

“刑科都给谏赵良，叔温先生熟不熟？”汪直问。

“不熟。”刘珝道。

“同仁先生熟不熟？”汪直问。

“在下与同仁先生常在一起，怎会不熟？”刘珝道。

“我是问同仁先生与赵良熟不熟？”汪直说。

“赵都谏若是吏科都给谏，同仁先生和他一定很熟；他是刑科都给谏，却难说。”刘珝道。

“那么，”汪直又问，“礼科给谏王坦，叔温先生熟不熟？”

“我和他同省，很熟。”刘珝道。

“同仁先生熟不熟？”汪直问。

“他二人同郡，应该更熟。”刘珝道。并说，“吾公恐怕不只想知道我等与王彦平熟不熟，还有更深一层的事欲问吧？”

“叔温先生料的是，我确有深一层的事欲问。”汪直直言道，“不过，叔温先生愿答，我问下去；不愿答，我不再问。”

“公不妨问到底，我愿答到底。”刘珝说。

“如此，多谢！”汪直说者，一揖。在他，现在难得有这个动作。他问：“同仁先生欲赵良左迁，叔温先生可知？”

“知之甚详。”刘珝道。

“同仁先生与你商议过？”汪直问。

“商议过。”刘珝道。

“叔温先生怎说的？”汪直问。

“我说，罢黜之事，掌于吏部，我不便参与。”刘珝道。

“叔温先生怎想的？”汪直问。

“赵都谏左迁，我甚是赞成。”刘珝道。

“叔温先生可以说说理由吗？”汪直问。

“一则，赵都谏不谙刑名之事，不宜掌刑科；二则，赵都谏出身非甲科，而刑科左右给谏及众给谏皆甲科出身，他难以掌控。”刘珝道。

一问一答，看似很顺畅，但听了这两个理由后，汪直需要停下来想一会儿，才继续问下去。

“同仁先生欲以王坦超擢刑科都给谏，叔温先生可知？”他问。

“知之甚详。”刘珝道。

“同仁先生与你商议过？”汪直问。

“商议过。”刘珝道。

“叔温先生怎说的？”汪直问。

“我说，升迁之事，掌于吏部，我不便参与。”刘珝道。

“叔温先生怎想的？”汪直问。

“王给谏掌刑科，我甚是赞成。”刘珝道。

“叔温先生可以说说理由吗？”汪直问。

“一则，王给谏虽在礼垣，但熟知我大明律、例；二则，不敢瞒公，王给谏与我同省，私交不错。”刘珝道。

他若一味说冠冕堂皇的话，汪直说不定还要问下去；但他坦然承认一半的目的在私交，汪直反而不想再问。

“同仁先生欲我在赵良左迁一事上帮他个忙，以便为王坦腾出位置。我本来想问问叔温先生，该不该帮这个忙。叔温先生既说得这般坦诚，这般透彻，我看，没必要再问。不过，我得对叔温先生说清楚，帮这个忙，我是看在叔温先生的面子上，而非看在同仁先生的面子上，更非看在王坦的面子上。”汪直说。

“承情之至！”刘珝揖道。

九月底，赵良谪芦山知县，王坦升刑科都给事中。

第一百二十三章

余子俊最早到的朝房。坐一会儿，他觉得一个人太寂寞，信步走到朝房外。不多时，陆续有人到，和他打着招呼。他随着复进朝房，依次和人寒暄。又觉得声音太嘈杂，他再次走出朝房，一个人在外面踱步。

见万安走过来，他迎上去。

“循吉先生，借一步说话。”他揖道。

“好，好！”万安应者，和他走到一旁。

走到进出朝房的人不易看到的地方，余子俊站下，万安也站下。

“循吉先生，你看今日廷议，能不能有个结果？”余子俊问。

“凡廷议，总会有个结果的。”万安道，怕被抓住把柄，他又补充一句，“争议不下，请上裁之，也是结果。”

“我想问的是，能不能有个满意的结果？”余子俊说。

“那要看士英先生是何意。”万安道。

“我之意愿，循吉先生是知道的。”余子俊说，“但凡能抚，以抚为上；实不能抚，以守为上。”

“负图先生已谪戍于外，士英先生仍未改初衷？”万安问。

“未改。”余子俊道。

“既如此，我看难如士英先生之意。”万安说。

“不可争之吗？”余子俊问。

“可以争呀，”万安道，“但士英先生先得想想清楚，以你一人之力，能否回天？”

“不能举朝争之吗？”余子俊问。

“可以举朝争之呀，”万安道，“但士英先生先得想想清楚，以你一人之力，能否号召朝廷上下？”

“不可寄望于循吉先生吗？”余子俊问。

“可以寄望于我呀，”万安道，“但士英先生先得想想清楚，抚为上，守为上，是你的如意算盘，是否也是别人的如意算盘？”

“难道循吉先生以为抚不如伐，守不如剿？”余子俊试图首先说服他，“循吉先生想过没有——”

“我想过。”万安不等他说，先表明自己的态度，“我不会力主出兵东征，可我也不会以为东征绝不可行。”

凡事两可之，很符合他的性情。余子俊知道，多说无益。他做个肃让的动作，道：“循吉先生，请！”

“士英先生不进去吗？”万安略带歉意地问。

“我还想在外面走动走动。”余子俊说。

余子俊本来没想和尹旻说什么，但尹旻主动和他打招呼，他不能不理。

“士英先生，今日廷议，能不能有个结果？”尹旻问。

“凡廷议，总会有个结果的。”余子俊说罢，自己先是一愣：怎么把万安的话原封不动地学了过来？他问，“不知同仁先生欲得怎样结果？”

“我欲得怎样结果，无关紧要；要在大司马欲得怎样结果。”尹旻说。

“我欲得怎样结果，说过多少次，同仁先生不会不知。”余子俊道。

“士英先生以前欲得怎样结果，我是知道的；要在士英先生欲得怎样结果，至今未改吗？”尹旻问。

“知错乃改，我不知错，为何要改！”余子俊道。

“我看，今日结果难如士英先生意。”尹旻说。

“这是为何？”余子俊问。

“东征为何人授意，何人奏请，士英先生难道不知？”尹旻反问。

“知又怎的，难道不可争之！”余子俊道。

“我看不可争。”尹旻除答案和万安不一样，后面的解释几乎完全一样，“士英先生以为，以你一人之力，可以回天吗？”

“不能举朝争之吗？”余子俊问。

“我看不能举朝争之。”尹旻道，“士英先生以为，以你一人之力，可以号召朝廷上下吗？”

“不能寄望于同仁先生吗？”余子俊问。

“士英先生千万别寄望于我。”尹旻道，“士英先生持议，朝廷上下都是知道的，士英先生坚持不改，朝廷上下不会有非议；我从未赞成过士英先生之意，今日若陡然赞成，岂不有阿谀大司马之嫌！用人之事，士英先生不会轻易附和我；用兵之事，我也不会轻易附和士英先生。”

和万安比起来，尹旻说得更直率，而且不怕得罪对方。

“同仁先生，请吧。”余子俊不想再说下去。

“士英先生不进去吗？”尹旻问。

“人才来一半，不急。”余子俊道。

怀恩远远看见，余子俊低着头，在朝房外踱步，一会儿见得到身影，一会儿身影又被房屋遮住。他心想：今日议事，会结结实实将大司马一军。离近后，他放慢脚步，看余子俊会不会向他走来。

余子俊果真向他走来，边走边打招呼。

“怀公公来得有点儿早。”余子俊说。

“那不正好和士英先生说几句话？”怀恩道。

两个人并排向稍远处走过去，边走边说着话。

“士英先生仍不赞成辽东用兵吧？”怀恩问。

“已有好几位问过我这话，没想到怀公公也问。”余子俊道。

“我问士英先生，是想告知：东征一事，今次难以挽回。”怀恩说。

“是因为力主安抚的负图先生被谪戍吗？”余子俊问。

“不相干。”怀恩毫不犹豫地说。

“是因为不可与力主东征者争之？”余子俊问。

怀恩稍稍犹豫，道：“亦不相干。”

“那么，难以挽回，究竟何故？”余子俊问。

“不管主安抚者如何被究治，安抚一事皆可议之；不管主东征者如何权重，东征一事皆可争之。今日所以不可挽回，不为别的，只为皇上已有定志。”怀恩说。

“你是说，圣意已决？”其实，余子俊自己早已料到；但现在由怀恩正式说出来，还是让他感到不知所措。

“是。”怀恩应道。

“怀公公，我记得，你也不赞成东征的。”余子俊说。

“不甚赞成。”怀恩加个字。

“在圣意已决之前，唯一可使皇上改变主意的，应是怀公公；怀公公为何不争之？”余子俊责备一句。

"朝廷大计，我在皇上面前争之，合适吗？"怀恩道。

这句话比余子俊责备怀恩的话温和得多，但余子俊还是面红耳赤，心怀羞愧。朝廷大计，不争于朝堂之上，而指望内臣争于宫中，不正好说明廷臣太无能！难道忘记太祖皇帝祖训：内臣不得预政？内臣之议与己不合，遂将祖训抬出；内臣之议与己相合，则视其为内援。这与另一类以内臣为奥援的廷臣，有多大差别！

由自责，而转变成失意。余子俊说："圣意已决，发兵就是，东征就是，何必廷议！"

"廷议还是不可或缺的。"怀恩比他冷静。

"走一个过场？"余子俊问。

"不仅是走个过场，"怀恩道，"一事经廷议而行之，与不经廷议而行之，士英先生想想，难道没有区别？"

"区别是有的，"余子俊说，"一事不经廷议而行之，又一事不经廷议而行之，久而久之成惯例，局面更不堪设想。"

"对，所以廷议还要举行。"怀恩道，"再者，东征之事虽然不可挽回，其规模却可大到荡平整个辽东，直至奴儿干都司；亦可小到两军对垒一战，旋即收手。"

"公公是说，尽量压制其规模？"余子俊想到尚有可为，不由一振。

"那是士英先生等须议的。"怀恩道，"再者，何人为帅，何人监军，皇上并没降旨呀！"

"此事也可议吗？"余子俊问。

"怎不可议？"怀恩反问。

"譬如，某公欲去，我可以不准他去吗？"余子俊的例子很尖锐。

"士英先生或许不可以不准他去；但应该让他知道，有你赞成，他才可以去的呀！"怀恩道。

"别说，公公还真让我开窍！"余子俊笑着说。

根据张辅、尹旻等提议，廷臣奏请，命重臣往辽东，随机战守。十月初五日，皇帝降旨，以汪直监督军务，以抚宁侯朱永为靖虏将军、总兵官，讨伐建州女直。

辽东事端由陈钺挑起。余子俊明知他这样做的用心，但在议复时故意不安排文臣参与其事。陈钺当然不会善罢甘休，上疏言称，本朝惯例，用兵不可无文臣总督。皇帝命兵部再议之。

"不学无术之辈，居然也以本朝惯例为言。"张鹏愤愤地说。

“腾霄先生先把他驳得体无完肤之际，再嘲笑他不迟。”新升兵部右侍郎的李敏说。

张鹏真想把陈钺驳得体无完肤，要张嘴却发现，别说驳得体无完肤，就是把陈钺驳倒，也不是件容易的事。因为用兵以文臣总督军务，至少是近几十年的惯例。而李敏居然比他早意识到这一点，也让他恼火。

“依着公勉先生，就让他如愿以偿？”他问。

李敏字公勉，河南襄城人，景泰五年进士。

“举文臣总督，也不一定让他如愿以偿。”李敏说。

“此话怎讲？”张鹏问。

“本朝用兵，以文臣总督，诚为惯例；然以巡抚都御史总督，并非惯例。腾霄先生想想，西北用兵也好，西南用兵也好，哪一次是以该地巡抚都御史总督的？”李敏道。

“你是说，另选他人？”张鹏问罢，出个难题，“用兵辽东，以兵部佐贰总督军务最合适，公勉先生，你去，还是我去？”

“右侍自是首选。”李敏说。

“那么，就这样议定？”张鹏问。

“这却不妥。”李敏摇头否认。

“你不是说，右侍首选吗？”张鹏问。

“我是说，朝廷若命我去，我责无旁贷；若让我向朝廷请缨，我却有所顾虑。”李敏道。

“公勉先生有何顾虑？”张鹏问。

“唯恐有负朝廷重托。”李敏道。

“哈！”张鹏冷笑一声，“右侍既然有所顾虑，自当轮到左侍！”

“公勉先生的顾虑不无道理呀！”余子俊插话，“腾霄先生，你敢不敢说，你就没顾虑？”

“我才不会说这等大话！”张鹏道，“我比公勉先生早任几年兵侍，就比公勉先生多几分顾虑。”又感叹，“真希望负图先生仍在朝，我看，不仅兵部，其他各部都算上，应付得了权宦的佐卿，只他一人！”

“即便负图先生仍在朝中，腾霄先生忍心再把他放在火上烤吗？”余子俊不同意他的说法，“还是听听公勉先生的高见吧。”

“士英先生，近日有没有人对你表示过，愿参赞辽东军务？”李敏问。

“有。”余子俊应道。

“为何不使他去？”李敏的方法说简单，再简单不过。

“这倒是个办法。”余子俊应过后，又有些疑惑，“使他去，比起使陈都堂与其事，又能好多少？”

“二位说的谁人？”张鹏听不懂，只有着急的份儿。

“掌院都御史。”余子俊说。

“世昌先生欲往辽东？此公着实热衷于功名！已在西北建立功业，又欲在东北建立功业。不过，我看使他总督辽东军务，至少能有一个好处。”张鹏说。

“是何好处？”余子俊问。

“他不会以为被放在火上烤。”张鹏说。

“陈都堂也不会以为被放在火上烤。”余子俊驳道。

“在士英先生看来，有没有不好处？”李敏问。

“有。”余子俊道。

“士英先生说给我等听听。”李敏揖道。

“前者朝廷以大司寇随汪太监、蒋爵爷往辽东勘查，还朝后颇遭非议，皆道尚书外勘，前所未有。二位还记得吗？”余子俊问。

“非议半数针对兵部，我等怎会不记得！”张鹏、李敏道。

“以掌院都御史参赞军务，和以刑部尚书外勘，有什么不同！”余子俊道。用兵与勘事到底不同，以掌院都御史或现职尚书总督军务，以前也曾有过。他知道这个理由不能服人，所以又说，“以文臣总督，为的是制约统兵武臣，及监军太监。我看，汪太监亲出，想制约他是没有可能的。既然都不能制约，与其让一名掌院都御史不能制约，不如让一巡抚都御史不能制约，害处还小些。”

张鹏、李敏以为这个想法不错，频频点头。

“士英先生之意，不如让陈都堂如愿以偿？”张鹏问。

“我看，也只得如此。”李敏道。三人终于形成一致意见。

第一百二十四章

皇帝看怀恩捧一摞奏疏过来，道："怀大伴且住！"

只几步就到该站的位置，但皇帝金口既开，怀恩不得不站在远处。

"有没有辽东的消息？"皇帝问。

"有。"怀恩应道。前两日，皇帝也问他有没有辽东的消息，他回奏没有，皇帝竟命他将所有的奏疏都抱回司礼监去。所幸，今日有辽东的消息；而且，不止一疏奏报辽东的消息。

"好，近前吧。"皇帝命道，等怀恩走近，他又命道，"读！"

"有两本奏章言及辽东事，奴才先读哪一本？"怀恩请示。

"随你，关乎辽东之事，朕都愿听。"皇帝说。

"那奴才就按照放的次序读吧。"怀恩捧起第一本奏疏，说，"这是朝鲜贡使所呈该国国王奏乞更改贡道的奏表。"

"老怀，你等等，这是关乎辽东之事吗？"皇帝道。

"朝鲜进贡，必自辽东入境。前者入境之处辖于辽东，欲改入境之处亦辖于辽东。"怀恩说。

"老怀呀，你知朕关切辽东何事，却拿这等事来搪塞！"皇帝微嗔。

"奴才不敢。"怀恩道。

"你说吧，朝鲜贡使前者从哪处入境，今请从哪处入境？"皇帝命道。

"前者从鸦鹘关，今者请从鸭绿江。"怀恩道。

"何故请改？"皇帝问。

"以近便。"怀恩道。

"小事一桩，老怀，你看可不可改？"皇帝问。

"奴才以为，宜命廷臣议之。"怀恩说。

"让哪个衙门议，抑或集廷臣议之？"皇帝问。

"集廷臣议之，似无必要；边关之事，掌于兵部，奴才以为，宜命兵部议之。"

怀恩说。

“那就命兵部议之。”皇帝指指其他奏疏，示意怀恩读第二本关乎辽东的奏疏，并问，“可是那本最厚的奏疏？”

“不是，那本是礼部右侍郎周洪谟所上，说的是西南夷事。”怀恩说着，拿起另一本很薄的奏疏。

“此疏若还是搪塞朕的，老怀，朕就打发你回司礼监！”皇帝警告。

“这一本是抚宁侯报捷的奏表。”怀恩说。

“这么快就报捷？你择其要说与朕听。”皇帝命道。

“朱永等奏，官军五路出抚顺关，半月抵其境。战毕清点，擒斩六百九十五级，俘获四百八十二人，破四百五十余寨。”怀恩一连说几个数字。

“功劳不小啊，首功推谁？”皇帝问。

“抚宁侯以首功推与汪太监。”怀恩道。

“前次兵部侍郎马文升行边，以首功推与汪直，今次朱永又以首功推与汪直，老怀，你说这个人朕有没有用错？”皇帝甚是得意。

“爷知人所长，故用之无不当。”怀恩说。

“等等，”皇帝想起一事，“你说此疏乃抚宁侯所上，有无人副署？”

“无。”怀恩答道。

“你知为何无人副署？”皇帝问。

“奴才不知。”怀恩应道。

“抚宁侯的奏表，陈钺若副署，汪直就不好意思不副署；汪直若副署，就不好意思推自家首功。”皇帝说。

“爷看得透彻。奴才想，就是这么一回事。”怀恩应道。

“抚宁侯还有没有为别人请功？”皇帝问。

“不同功次，各有若干。”怀恩道。

“可有特别者？”皇帝问。

“抚宁侯称，差遣报捷二人，乞与重赏。”怀恩说。

“二人是谁？”皇帝问。

“一是舍人李珍，一是监生陈澍。”怀恩道。

“何等之人，老朱要特别关照？”皇帝好奇地问。

“据奴才所知，李珍是太监李荣侄儿，被送去军前效力；陈澍则是陈钺之子，往辽东探父。”怀恩说。

“哈，”皇帝哂笑，“朕原以为，陈钺不副署，只是为了不让汪直为难；谁知，其中也夹带着他自个儿的私情！”

“爷说他夹带私情，是否驳回？”怀恩请旨。

“那倒不必，”皇帝道，“千里传送捷报，也是件辛苦事；况且抚宁侯还帮着说话。朕看，可授二人锦衣百户。”

“爷仁心宽厚，涓滴不遗。”怀恩称颂。

“老怀，你知道朕这两天一直在等辽东的消息。辽东有消息，朕的心里踏实，才愿意听听别处的事。”皇帝说着，问道，“你才说，周洪谟的奏疏是议西南夷事？”

“是。”怀恩应道。

“朕听人说，周洪谟不务正业。看来，此言不谬。”皇帝说。

“周洪谟为祭酒时，爱发议论，故被指责为不务正业；但他今次议西南夷事，奴才以为，并非不务正业。”怀恩说。

“说的也是。他今日不是国学祭酒，而是礼部佐卿，议一议西南夷事，不能算作不务正业。”皇帝道。

“奴才以为他今次并非不务正业，还有个缘故。”怀恩说。

“是何缘故？”皇帝问。

“周洪谟是叙州人。”怀恩告诉皇帝。

周洪谟是四川长宁人，长宁隶属叙州府。

“你是说，家乡人关注家乡事？”皇帝问。

“奴才就是此意。”怀恩说。

“朕记得，成化初年，四川都掌蛮作乱，他就发表过好大一篇议论。”皇帝记起一件旧事。

“确有其事。”怀恩应道。

“多事之地，偏有多事之人。”皇帝道。

“西南夷相互攻杀，并非特大之事；爷不想听，就不说吧。”怀恩对这句话的理解是，皇帝没兴趣听。

“不，朕听听这个家乡人今日是如何议家乡事的。”皇帝却说。

所谓家乡事，即不久前叙州府奏，境内白罗罗、弈子等部与都掌大坝夷相互攻杀，周洪谟奏议开篇即称：“臣叙人也，叙之夷情，臣固知之。”

只读这一句，怀恩发觉皇帝在皱眉头，马上停下来。

“为何不读？”皇帝问。

“爷若有所思，奴才怕打断爷的思绪。”怀恩说。

“朕只是想，他说固知夷情，可信否？”皇帝问。

“奴才不知夷情，其议是否可信，不敢妄加评论。不过，奴才以为有几件事，他倒是写得头头是道。”怀恩说。

“哪几件事？”皇帝问。。

“譬如，今次相互攻杀之西南夷，散布于戎、珙、筠连、高四县。周侍郎疏称，该等地区，宋、元时皆为土司土官。奴才查过，除珙县元时为长官司外，戎县元时为戎州，筠连县元时为筠连州，高县元时为高州，但确实为土官建制。”怀恩说。

“此为国情，不能算作夷情。”皇帝指出。

“爷说的是。”怀恩应道。

“还有呢？”皇帝问。

“该疏称，该等县份夷人随服随叛。洪武、永乐、宣德、正统年间，曾四次命将征伐；景泰初，其势益蔓，得汉人，缚而射之，曰：尔害我久矣；天顺、成化间，亦屡叛不禁。奴才查过，都是实情。”怀恩说。

“还有呢？”皇帝问。

“该疏称，所谓白罗罗者，相传为广西流夷，部众数千，互不统属，景泰初年，曾纠合戎、珙等县夷人，攻破长宁等九县；所谓弈子，辖于永宁宣抚司，该部并无设置。奴才查过，都是实情。”怀恩说。

“戎、珙、筠连、高等县夷人也罢，白罗罗、弈子等夷人也罢，攻城陷地，都是写在历年该地官员奏章上的。不必叙人，不必固知，也都是知道的。”皇帝又对周洪谟说的“固知”二字加以评论。

“爷说的是。”怀恩没想到皇帝今天会这么认真。

“以上皆述而非议，他就没有议论吗？”皇帝问。

“有。”怀恩应道，“他以为国朝以来，夷人屡叛，皆因改设流官，不谙夷情，以致苛刻激变，而朝廷剿之不能，抚之不从。如都御史汪浩心存侥幸，诬杀土官、寨主二百七十余人，而夷人愈加怨叛；尚书程信以大军临境，仅定一时。”

“他的意思，是不是复设土官？”皇帝问。

“爷圣明。”怀恩道，“该疏称，唯立土官为久治，诸夷欣服。即便不能如前代设总管府、长官司，亦宜设冠带把事，分抚各寨。”

“怎又出个冠带把事？”皇帝听到一个新颖的名词。

“奴才想，他或是指给以冠带、但无实职、不必记录在案的官职。”怀恩也不很明了，只能大而化之地解释。

“管他所指何人，果真从其议，朕让他去找几个冠带把事来！”皇帝道，又问，“这是指的已设流官之处，还有白罗罗、弈子等既不设流官统辖又不设土官统辖之部呢？”

“周侍郎以为，白罗罗宜设一长官司，隶于芒部，弈子宜设二长官司，隶于永宁宣抚司。”怀恩说。

“冠带把事，吏部是不会管的，想来应该由兵部管束；设长官司，更是兵部的职掌。此事交兵部议吧。”皇帝命道。

马上就要过年，各衙门都在急忙处理应在年前处置的事务。刘大夏不知道，余子俊把他找去，是为西南事，或是为辽东事。反正两地的事务他都有明确的想法，不管余子俊问哪处的事，他都对答得上来。

出乎他意料的是，余子俊把事权交给他。

“时雍，辽东有事，西南有事，年前若只能处置一方之事，你看该先处置哪一方？”余子俊问。

“下官不懂，为何不能兼顾？”刘大夏道。

“我打个比方，是想分出轻重缓急。”余子俊说。

“下官以为，对士英先生而言，并无轻重缓急之分。”刘大夏说。

“对时雍而言呢？”余子俊问。

“略有分别。”刘大夏道。

“有何分别，时雍说说！”余子俊饶有兴致。

“士英先生在哪件事上把握不定，哪件事对下官来说，就较重较急。”刘大夏说得坦然，丝毫不会让人感到他是在阿谀上官。

“这是为何？”余子俊问。

“兵部衙门之事，兵部人人有责。大司马、少司马把握不定，我等属僚自当分其忧。”刘大夏说。

“时雍说得好！”余子俊称赞一句，然后说，“实不相瞒，叙州事，我等已议定：从尧弼先生所请，增设长官司；我颇犹疑的是辽东之事。”

“眼下辽东亦有二事须处置。”刘大夏说。

“我也要问问时雍，年前若只能处置一事，该先处置哪一事？”余子俊问，并说，“我是想分出轻重缓急，时雍不会仍说无轻重缓急之分吧？”

“两件事的分别不在轻重缓急，而在常规与非常规。”刘大夏说。

“时雍说说看。”余子俊道。

“官军出征，以功请赏，此乃常规之事；贡国来往，请改贡道，此乃非常规之事。”刘大夏说。

“时雍说得不错。”余子俊点头称是，“既无轻重缓急之分，就不宜再问该先处置哪一个；我换个题目：时雍看，令我颇为犹疑的是常规之事，或非常规之事？”

“是非常规之事。”刘大夏说。

“时雍怎知？”余子俊问。

“常规之事，以常规处置，无须犹疑；非常规之事，欲使之成为常规，故易生犹疑。”刘大夏说。

“时雍既料到，请为我做一决断。”余子俊道。

“此事当与礼部议之。”刘大夏说。

“我也想与礼部议一议。但宗盛先生致仕已成定局，而接替者尚未确定。你说，此际去礼部，当与谁个议，谁个又会把心思放在此事上！”余子俊道。

“看来，只好在我兵部之内议。”刘大夏说。

“我与两位侍郎议过，他等不过就抚宁侯所请之事发几句牢骚；至于贡使改道，他等以为并非大事，可由我一言定之。”余子俊道。

“士英先生为何不一言定之？”刘大夏问。

“我差点儿一言定之，但忽想到，何不问问时雍的看法？”余子俊道。

“士英先生欲怎定之？”刘大夏问。

“我以为，朝鲜贡使既以为改道便，不如准之。”余子俊说。

“士英先生的想法是错的。”刘大夏不留情面。

“错在哪里？”余子俊问。

“经鸦鹘关入境，比之经鸭绿江入境，要多经几处大镇，多绕若干路程，朝鲜贡使知之，边臣知之，你我知之，难道祖宗朝就不知？祖宗朝知之，而不许改道，盖有深意，本朝亦不可许之。”刘大夏说。

“我心存疑虑，却不知为何事疑虑。时雍一说，我心里方有底了。好，就依你言，此事驳回！”余子俊道。

贡使改道一事，遂止。

第一百二十五章

在喜庆的日子里，万贵妃偏要说些让人心烦的事。

“前些年，皇上数年偶得一子，去年，皇上一年里得二子，是不是特别开心呀？”万贵妃问。

去年所诞二皇子，一为皇六子祐槟，一为皇七子祐樨，均为张氏所出，一诞于正月，一诞于十月，张氏因而封德妃。

“贞儿姐姐开心吗？”皇帝知道不能正面回答。

“子嗣众多，社稷永固，臣妾怎会不开心！”万贵妃说是开心，语调却是酸酸的。

“贞儿姐姐开心，朕也开心。”皇帝说。

“皇上学坏了。”这话只有万贵妃敢说。

“朕怎么学坏？”皇帝问。

“臣妾问皇上的事，皇上学会绕弯子。”万贵妃道。

“学会绕弯子，一定是学坏吗？”皇帝问。

“和臣妾绕弯子，就是不以真心待臣妾。”万贵妃说。

“万贵妃若这么说，朕不再绕弯子就是。”皇帝道。

“皇上这话当真？”万贵妃逼问。

“贵为天子，说出的话怎能不当真！”皇帝道。

“那皇上说说，近日是宸妃侍寝多，还是德妃侍寝多？”万贵妃问。

宸妃邵氏亦诞二子，为皇四子祐杬和皇五子祐棆。

“她二人谁多，也没贞儿姐姐多。”皇帝说。

“皇上还说当真呢，这不又绕上弯子！”万贵妃责备道。

“朕是据实而言呀！”皇帝道。

“臣妾只问宸妃和德妃，皇上提臣妾作甚！”万贵妃道。

“以她二人而言，近日宸妃侍寝较多。”皇帝说。

“皇上是不是想让她再生第三子呀？”万贵妃不由醋劲大发，“宸妃姿色出众，又识文断字，故皇上对她偏爱，是不是？”

“贞儿姐姐，今日不说此事，好不好？”皇帝不与她计较。

“是否偏爱，就那么难说出口吗？皇上不会偏爱她到都不愿对臣妾说吧？”万贵妃的话反而更尖刻。

“怎会！”皇帝道，“朕是怕坏了贞儿姐姐的心情。”

“皇上不说，或言而不实，才会坏臣妾的心情。”万贵妃说。

“既如此，朕就告诉贞儿姐姐吧。”皇帝说是准备说了，但仍在考虑，怎样说得委婉一些，怎样说才对万贵妃的刺激小一些。

万贵妃好像猜到他心思，说：“皇上只说是或不是，好不好？”

皇帝不能说不是。因为他对邵宸妃的宠爱确实比对别的妃嫔的宠爱要多，说不是的话，万贵妃不会相信，而且会引出她更多的质问。

他只能说是。但这个平时说惯的字，谁知竟如此难以说出口来！他的嘴一连张好几次，才勉强说个“是”，而且在这个“是”之后，又带出两三个“是”来。

万贵妃以为皇帝是由于羞愧或恼怒才这样。她说：“臣妾不过问一句，皇上犯不上为这么件小事而生气。”

皇帝往外走时，看到梁芳在忙着指挥宫女和小宦者更换损坏了过年的装饰。他招呼一声，自己仍往外走。

梁芳知道皇帝有事，忙跟上去。

出昭德宫后，皇帝只顾行走，而且一直在往人少的地方行走。梁芳猜不透皇帝的心思，忐忑不安。

“正月未过，你就开始折腾那些饰物，不早吗？”皇帝忽然开口。

“奴才也知早。”梁芳应道。

“侍长命你更换的？”皇帝问。

“娘娘没传命；奴才见有坏的地方，生怕娘娘看见不高兴，故而忙使人换掉。”梁芳说。

“你今日怎这等啰唆！”皇帝斥道。

梁芳心想，我今日和平日没什么不同呀，如果今日这么回话是啰唆，那我一直就是很啰唆的。倒是皇上，今日和平日有点儿不同。

这些话只能想，不能说；能说的是：“爷说的是。”

“还是啰唆！”皇帝道。

四个字嫌啰唆，梁芳知道该怎样应对。去掉一个字，能成为完整意思的，只有一种组合：说的是。但这是皇帝在听廷臣议事后才说的，你若对皇帝说“说的是”，岂不是在对皇帝的话加以评论，岂不是罪该万死！去掉两个字，很难成一句话。去掉三个字，“的”字本身没有任何意义，“爷”是简单的呼叫，“说”则显然是在发号施令。因此，不啰唆的回应其实只有一种。

“是。”梁芳应道。

皇帝点点头，又往前走一段，走到更见不到人的地方。

“梁芳，你问朕！”皇帝忽命道。

“奴才不敢。”梁芳更猜不透皇帝的心思，更加忐忑。

“朕命你问，你有什么不敢的！”皇帝道。

“是，是，爷要奴才问，奴才不问，才该死呢。”梁芳边说，边琢磨，问的第一句话竟是，“爷要奴才问何事？”

“朕只命你问朕，问何事，朕怎知！”皇帝道。

“是，是，爷命奴才问，问何事，奴才自当知道。”梁芳应后，问道，“爷，今日初几呀？”

“今日初几，你不知吗？”皇帝道。

“是，是，今日初几，奴才原本是记得的；一问爷，却不记得。”梁芳说。

“不记得？”皇帝问。

“是。”梁芳应道。

“站到一边去，好好想想！想起来，再对朕说。”皇帝道。

梁芳挪到离皇帝远一点儿的地方。皇帝走一步，他也走一步。他不是在想今日是初几，而是在盼望皇帝自个儿走一会儿，忘记让他提问；或者干脆把他这个人给忘了，他就可以溜之乎也。

但皇帝没有忘记他。皇帝一招手，他又赶过去。

“梁芳，还没记起来吗？”皇帝问。

“奴才勉强记起来。”梁芳说。

“今日初几呀？”皇帝问。

“回爷的话，今日正月初五。”梁芳说。

“你问朕！”皇帝命道。

“爷，奴才都记起来，还用问吗？”梁芳可怜巴巴地问道。

“你记起来，能确定吗？”皇帝道。

“奴才记得真真的，昨日正月初四，今日肯定正月初五。”梁芳说。

“你当真记得，昨日正月初四？”皇帝问。

“奴才——”梁芳本要说当真记得，但想到，皇帝这么问他，一定有别的用意，于是说，“奴才大约记得，不能肯定。”

“不能肯定昨日是正月初四，能肯定今日是正月初五吗？”皇帝问。

“也不能肯定。”梁芳说。

“所以，你才要问朕嘛！”皇帝道。

“是，是，所以，奴才才要问爷。”梁芳重复。

“你问呀！”皇帝命道。

“奴才方才问过。”梁芳说。

“朕要你再问！”皇帝道。

“爷，今日初几呀？”梁芳又问。

“蠢材！”皇帝斥道，“方才你不记得今日初几，故这么问；这会儿你记起今日初几，只是无法肯定，怎么还这么问！”

“爷要奴才换个问法？”梁芳有点儿明白过来。

“你是为确认，当然应该换个问法。”皇帝道。

“爷，今日是正月初五日吗？”梁芳换个问法。

皇帝终于等来要他问的问题，想痛痛快快地回答个“是”字，但嘴张了又张，也没把这个字说出口。

“如何是好，这个字在上朝时是经常要用的呀！”皇帝道。

廷臣面奏，皇帝答的最多的一个字就是“是”。现在好似舌头卷起来，放不下，这个字怎么也说不出来。皇帝由期望而失望，由失望而焦虑，由焦虑而失落，由失落而悲哀。

鸿胪寺是四品衙门，在朝廷中不算很高，但对鸿胪寺官有特别的要求：一是体格魁伟，相貌端正；一是声音洪亮，字正腔圆。因为在大的朝会时，或引见外使时，鸿胪寺官都要充当司仪的角色。

施纯是成化二年进士，选庶吉士，散馆后授官科垣。他后来改官鸿胪寺，升至少卿，署理寺事，就是因为符合这两个标准。

鸿胪寺官因其职事和内臣打交道的机会很多，施纯和各衙门的内臣及宫里的内臣，都很熟悉。

“施先生是东安人吧？”一内臣问他。

“是。”施纯应道。

该内臣瞥他一眼，又问：“东安属顺天府吧？”

“是。”施纯应道。

“直隶顺天府吗？”该内臣问。

“是。”施纯连着应三个“是”，一声比一声清脆。在别人，可能早不耐烦；可他好性子，你问的越琐碎，他回答的越耐心。

“施先生，我可不是拿你取乐，实在是你的那个‘是’字，说得太纯正，我想多听几遍。”该内臣说。

“我其他字也说得纯正，公公想听哪个字，我都可以说。”施纯道。

“我知施先生每个字都能说得纯正，但这个‘是’字说得纯正，却是贵重无比。”该内臣说。

“这话怎讲？”施纯不懂他的意思。

“我问你，上朝时，有大臣奏事，皇上有何口谕？”该内臣问。

“那要视皇上赞成不赞成大臣所奏，准不准所奏之事。”施纯说。

“难道没有用得最多的一个字？”该内臣问。

“用得最多的一个字，应该是‘是’。”施纯说。怕引起误会，他又说，“皇上一个‘是’字，可扭转乾坤，可气动山河，可谓贵重无比；和我随随便便应的这个‘是’字，不可等同。”

“唉，可惜呀！”该内臣叹道。

“何事可惜？”施纯问。

“可扭转乾坤、可气动山河、可谓贵重无比的这个‘是’字，施先生以后恐怕再也听不到。”该内臣说。

“公公，这是为何？”施纯惊慌地问。

“说来也怪，皇上这个字向来说得清脆，近来不知怎的，一到要说这个字时，便支吾起来，甚至发不出声。”该内臣说。

原来只是吐字出障碍，并非有别的变故，施纯松口气。他想到，这几日上朝，总觉得有点儿不正常，可又说不出有何不正常。看来，该内臣说的情况属实，在皇上该答“是”字时，却没听到皇帝的声音。

“公公当真不知因何缘故吗？”施纯问。

“别说当真不知，即便略有所知，宫闱之事，谁敢多嘴！”该内臣道。

“我问公公，并无他意。”施纯怕该内臣误会，解释说，“我只不过想，若是知道这一变化的缘故，或不难克之。”

“对了，施先生最善谈吐，若克此难，岂不成皇上的一字师！你说，这个字是不是贵重无比？”该内臣说罢，揖手而去。

他是说者无意，施纯却动起心思。

首先，他可以确定，这个字对皇帝特别重要。试想，当廷臣奏罢某事，皇上准奏时，该怎么说。他可以说好，但那就失去一分庄重，一分威仪；他可以说很好，但那就失去两分装庄重，两分威仪；他可以说好极了，但那就失去了三分庄重，三分威仪。能够表明态度而又不失庄重、不失威仪的，正是这个“是”字。

皇帝说了多少年这个字，现在忽然说不出来。如自己所料，一定是遇到和这个字有关的什么事情；同样如自己所料，了解该事，说不定很容易纠正皇帝的口舌之病。

不过，不能逢宫里人便打听，皇帝遇到什么事情。就算有人愿意告诉他，他也得考虑能不能听。非礼勿听，可是圣人的训示。

再说，即便知道了皇帝遇到过什么事情，你当真能让皇帝克服障碍，重新自如地说出这个字吗？你总不能一遍又一遍地对着皇帝发出这个音来，让皇帝跟你学吧？

看来，要想别的法子。“是”的确是天然生成的一个字，态度明确，不失庄重，不失威仪。但难道就真的没别的字可以替代吗？

施纯想到两个字：照例。他自己试几遍，觉得说这两个字，不会有任何障碍。他上一道密疏，请皇帝在朝会批答时改用“照例”二字。皇帝私下里试试，这两个字说起来很流畅，很神气。试于朝会时，效果很好。皇帝大喜，即擢升施纯吏部右侍郎兼鸿胪寺卿，不多日，又加以礼部尚书衔，仍署鸿胪寺事。

内情传出，人以“两字尚书”嘲之。

第一百二十六章

兵部尚书兼掌院都御史王越、保国公朱永齐往西厂衙门，和汪直议事。正月十五日，皇帝降旨，以汪直监督军务，以王越提督军务，以朱永为平虏将军、总兵官，率京军万人，往延绥御虏。筹备十天，大军即发，三个人总要聚议各项事宜。

“今次出征，想来想去，总觉得有点儿对不住爵爷。”汪直对朱永说。

“公公这是从何说起？”朱永惊问。

“武臣征战为的是建功，建功为的是封爵，爵爷爵已至公，建不建功的，根本不在乎。”汪直说。

“公公担心我不肯出力？”朱永极力表白，“本爵得以封公，全拜公公所赐。若不是随公公处置辽东事务，我就是再肯出力，再肯效命，今生今世，恐无晋升爵位之望。公公恩德，本爵没齿不忘。再说，爵位至公，亦有等次，本爵眼下不过是下等之公，我还指望跟随公公再建几功，由下等之公晋为上等之功。”

“爵爷有此豪情，真令人欣慰呀！”汪直说着，转问王越，“世昌先生，你呢？”

“吾公说得明白，武臣征战为的是建功，建功为的是封爵。”王越说。

“那是对爵爷说的话，对世昌先生，我想说的不是这话。”汪直道。

“吾公欲对在下说什么话？”王越问。

“本朝武臣封爵，以十数、百数计，文臣封爵，以数人计。能以文臣封爵，方显英雄本色；能使文臣封爵，方显英雄本色。”汪直说。

“吾公欲在下显出英雄本色？”王越问。

“我欲我二人皆显英雄本色。”汪直说。

“我得以封爵，可光宗耀祖；吾公助我封爵，则是眷顾，是莫大之恩。容在下先行拜谢！”王越说着，就要跪拜。

“世昌先生不忙，等有结果，再说谢字。”汪直说着，招呼道，“来，来，二位坐下说话。”等王越、朱永就座，他问，“这些日子，不知二位选中那几位将佐随征？”

“将佐最后是世昌先生与兵部定的，由他禀与公公吧。”朱永推让。

“世昌先生所定将佐，爵爷有没有看不上的？”汪直问。

“没有，世昌先生识人，远胜过我。”朱永说。

“那就有劳世昌先生。”汪直道。

“在下与兵部商定，以总兵官一人、副总兵官三人、参将二人、游击将军二人、都督同知一人、都指挥使一人从征。”王越概括地说。

“总兵官何人？”汪直问。

“宁夏总兵官神英。”王越道。

“名字不同凡响，世昌先生又不止一次地言及此人，可用。”汪直说着，问道，“副总兵官都是哪镇的？”

“计宣府副总兵官江山，甘肃副总兵官康永、李俊。”王越道。

汪直不再插话，让他一气说下去。

“参将二人，为大同参将周玺，固原参将田广；游击将军二人，为宣府游击将军阎斌，大同游击将军李镐；都督同知一人，为陕西都司署都督同知白玘；都指挥使一人，为镇守偏头关都指挥使支玉。”王越说。

他提到的这些人，有的汪直认识或听说过，有的不认识，有的甚至没听说过。但王越在西北经营多年，对这些武官显然是熟悉的；他以为可用，汪直没什么不放心的。他只问：“他等从征，各率若干人马？”

“人马征调，是爵爷和各都督府商定的。”王越说。

朱永不像王越那么上心，记不住各边镇征集若干人马，只能说个大概：“有的边镇稍多，有的边镇稍少，另外，从陕西都司征调一部分人马，合计之，共为三万。”

“十将从征，人马三万，每将约领兵三千，恰到好处。”汪直说着，问道，“二位之意呢？”

“公公说的是。”王越、朱永应道。

“我听说，世昌先生担心马匹不足？”王越问。

“是。”王越应道。

“兵部及各都督府拨与的马匹是多少？”汪直问。

“一万六千四百匹。”王越说。

“京军出动不是只有万人吗？一万六千余匹还不够？”汪直不解。

“西征马匹，不仅供给京军，大同、宣府及偏头关等处战马甚少，从征将士的马匹，也要随京军一同添补。”王越说。

“如此算下来，是不够。”汪直自语道，他问王越，“据世昌先生算计，此次西征，尚缺马匹若干？”

“两万。”王越说。

“两万？多不多？”汪直有点儿怀疑。

“征战在外，宁多勿少。”王越说。

“增加两万马匹，我去交涉。”汪直答应下来。

“兵部若言马匹不足，我倒有个想法。”王越说。

“世昌先生有什么好法子？”汪直问。

“可征于民间。”王越说。

“不错，征于民间，兵部、太仆寺等衙门都可以不叫苦。”汪直道。

晚上，汪直把吴绶、韦瑛唤到私宅，一方面陪他饮酒，另一方面，暂离京师，也要把西厂的事给二人交代交代。

汪直端起酒杯，示意吴绶、韦瑛也端起酒杯。他的劝酒辞很是推心置腹：“老吴你鼻子灵，老韦你手脚快，你二人在一起，可谓珠联璧合。西厂有你二人主持，我大可放心。”

他三人一起饮酒。韦瑛又给汪直斟满酒，道：“卑职有句话，不知公公值不值得为之饮一杯？”

“是一句什么话？”汪直问。

“公公不在之日，我等一定尽心竭力，如公公仍在衙门。”韦瑛说。

“这话不错！”汪直端起酒杯要喝，忽又放下，“老韦呀，这话是你一个人说的，还是替老吴一起说的？”

“吴哥让小人替，小人才替得；吴哥不让小人替，小人怎么好替他说！”韦瑛道。

“老吴呀，人家在问你呢。”汪直让吴绶表个态。

“公公先饮老韦敬的酒，卑职另有话说。”吴绶表示，韦瑛的话并不能代表他。

汪直喝了韦瑛敬的酒，又让吴绶给他斟酒，然后对吴绶说：“你是赞成老韦的话的，但想让我多饮一杯，对不对？”

“对是对，但不全对。”吴绶说。

“这话怎讲？”汪直问。

“公公巡边，把衙门的事交代给我二人，我二人敢不尽心吗？所以，老韦的话是对的。但卑职还有句话：公公早去早还，早日凯旋！”吴绶说。

“你话里有话呀！”汪直道。

“是。”吴绶应道，“衙门里的事，我二人可以处置；但震慑廷臣，我二人是做不到的。卑职担心，公公在外日久，有人将不利于公公。”

“老吴是泛泛而论，还是看出朝廷上出现苗头？”汪直问。

“不仅有苗头，公公人未离开，有人已上疏。”吴绶道。

“我这些日子只顾西征之事，朝廷上的事还真未留意。”汪直承认这一点，并问，“老吴说有人上疏，是怎么一回事？”

“兵科给事中孙博今日上疏，议有五件事或六件事。其中之一，是议论我西厂与东厂的。”吴绶禀道。

“究竟五件事，还是六件事，吴哥怎说得含糊不清？”韦瑛挑他的毛病，作为对他不附和自己的报复。

“孙博自称议六事，我只记住五事。”吴绶说。

韦瑛还想说几句讥讽的话，被汪直制止。

“孙博议的，是哪些事？”他问。

“第一事，集历代所纳谏章。”吴绶说。

“此事与我西厂无关。”韦瑛道。

“未必无关，只是不直接针对西厂。”吴绶说。

“且莫争执，老吴接着往下说。”汪直命道。

“第二事，刊累朝条例；第三事，铸钱以折俸；第四事，辟通州陆运。”吴绶说完四事，有意挑逗，“老韦，辟通州陆运，与我西厂有关无关？”

“虽不直接针对西厂，未必无关。”韦瑛借用他的说法。

“怎的有关？”吴绶问。

“我西厂散到通州的番子不少。”韦瑛说。

“错，此议恰与西厂无关。”吴绶说。

“有关也是含沙射影，无关更没必要知道，老吴只说他是如何直言西厂的？”汪直命道。

“该疏并无直言西厂的。”吴绶说。

“怪事，你不才说，其中之一是议西厂的吗？”汪直道。

“卑职说的是，其中之一，是议论西厂与东厂的。”吴绶纠正。

“这有何不同？”汪直问。

“就其所议而言，并无不同，公公的处置却可不同。”吴绶说。

“怎讲？”汪直问。

“公公愿亲自处置，可当他在议论西厂；公公不愿亲自处置，只当他在议论东厂。”吴绶说。

“哼！”汪直冷笑，“他分明在议论西厂与东厂，我怎能只当他在议论东厂！西厂的冤家，难道还要借东厂之手处置！”

“卑职言语有失，公公恕罪。”吴绶道，“其议西厂与东厂事曰：二厂缉事旗校，多如牛毛，每举细故以中伤大臣。旗校，故厮役之徒；大臣，则股肱之任。岂厮役可信，反过股肱？纵其皆为公也，已非美事；一或失实，所损实多。”

“就这些？”汪直问。

“卑职只记得这么多，公公欲知细则，卑职去弄本抄件来。”吴绶说。

“那倒不必，此等奏本，听个大略已足够。”汪直说着，问韦瑛，“老韦，你恼不恼？”

“卑职肚子都要气炸。”韦瑛说。

“你最恼哪一句？”汪直问。

“旗校，故厮役之徒。”韦瑛重复其中一句后，愤愤地说，“厮役就厮役吧，好似贬损得不够，还非要加上‘之徒’二字！”说罢，回问汪直，“公公最恼的是哪一句？”

“纵其皆为公也，已非美事。”汪直也重复一句，道，“为朝廷缉事，为皇上缉事，可不是为公！为朝廷缉事，为皇上缉事，怎不是美事！”

“公公所见，比卑职深刻得多。”韦瑛奉承了汪直一句，然后对吴绶说，“吴哥，你我今晚来陪公公饮酒，是为壮行。本该引公公开心，你却让公公和我气恼。我看，公公不该喝你的敬酒，倒是你该自罚三杯。”

“不可。”汪直朝他摆摆手，“老吴这杯酒，是要饮的。饮一杯不够，要饮两杯。我说他鼻子灵，我和你没嗅到的气味，他却嗅到，你说他鼻子是不是灵？”

“公公说该饮两杯，我陪公公饮。”韦瑛道。又对吴绶说，“吴哥，你也端起酒杯来吧。别以为公公说你的话值两杯酒，你就可以不饮。”

三个人每人喝两杯，每次还把酒杯倒过来，让别人看。

“我得说句话，让公公觉着连饮三杯酒都值。”韦瑛道。

“我给你这个机会。”汪直说着，给二人出个题目，“孙博公然指责西厂，你等看当如何处置？”

“杀无赦！”韦瑛道，“公公写纸手谕，我把他逮进诏狱，保证不出三天，让他一命呜呼。”说罢，问道，“凭卑职这个法子，可饮三杯否？”

“我一口也不饮。”汪直断然否定他的主意，并问吴绶，“老吴看呢？”

“公公在外，卑职想，多一事不如少一事。”吴绶说。

“吴哥，你也太怕事！公公不在，西厂的名声才更要维护，才更不能让人对西厂说三道四。”韦瑛立刻反对。

“我的意思，并不是容忍他对西厂说三道四；我是想，为何不能让别人出手，非得我西厂出手。”吴绶说。

“老吴这一层意思，方才已经说过。”汪直道。

“吴哥是说，让东厂出手？”韦瑛把话挑明，问汪直，“公公看，吴哥这个法子值得喝三杯吗？”

“你说呢？”汪直反问。

“卑职看不值得，”韦瑛道，“孙博指责西厂、东厂，惩处他的却是东厂，传出去，人皆畏东厂，不畏西厂。”

“这没关系。我给尚哥交待一声，他办孙博，人皆知是我授意。老韦想想，是畏东厂，还是畏西厂？”汪直道。

“公公是说，吴哥的法子值得连饮三杯？”韦瑛说。

“不，我还是不想饮。”汪直道。

“既然不会便宜东厂，公公为何不饮？”韦瑛问。

“我有更好的法子。”汪直道，顿了顿，他说，“我把这位孙给谏留在身边，让他随我西征，为我纪功，看看结果如何！”

“高明之至！”吴绶赞道，“公公的法子，好比猫逮住鼠儿，不急着吃它，却把它踩在脚下，其他鼠儿哪个还敢轻举妄动！”

“为公公高明的法子，我等当饮酒三杯！”韦瑛道。

第一百二十七章

按照王越的提议，京军分为两部，朱永率一部，取南路，汪直和他率一部，径出宣、大。汪直、王越一路西行，在宣府会合江山等率领的宣府边军，在大同会合周玺等率领的大同边军。

出大同后，官军夜行昼伏，六天后到达猫儿庄。猫儿庄是距威宁海子最近的一个官军据点，而威宁海子是塞北各部族屯聚、放牧之地，官军不露声息地进至威宁海子，一定要部署下一步的行动。

“据探马报，虏帐在威宁海子；并不如老张所言，在靖虏卫一带。世昌先生看如何应对？”汪直问。他提到的老张，是镇守延绥太监张选。

时江山、周玺、李镐、支玉等将领，以及纪功给事中孙博等，齐集军帐，但值得汪直问一问的，只有王越。

“今日军中。拿得大计的，只有汪公，在下襄赞而已。”王越谦道。

“世昌先生不必谦让。”汪直道，“你曾抚治大同多年，这一带最熟。今日不但诸将要听你分派，我也要听你分派。”

“吾公既出此命，在下有个计较，请公公定夺。”王越道，“今次西征，因虏部入驻靖虏卫而起。威宁海子无虏，我等当至榆林巡视边情，无虞，方可还朝；威宁海子既有虏部，我等当先灭此虏，再视情形而动。”

“世昌先生是说，若灭得威宁海子之虏，就可以得胜还朝？”汪直问。他想起吴绶说的“早去早还，早日凯旋”，如果在威宁海子打一胜仗，随即还朝，比起往榆林走一趟再还朝，可以早好些日子。

“在下正是此意。”王越说。

“我等奉旨往延绥御虏，连榆林都没到，会不会有人说我等违旨？”江山担心地问。

“不会。”王越自信地说，“一则，保国公率一军往榆林，并不违背朝廷往延绥御虏的旨意；二则，虏帐在威宁海子，或是边臣奏报有误，或是虏帐本在靖虏卫，今则移至威宁海子；三则，在威宁海子灭虏，与往延绥御虏，哪一件事更要紧，还用得着说吗？”

“有无违旨，你等不必顾虑，你等只遵照世昌先生分派，多杀敌、争立功便是。”汪直对诸将说。又问王越，“世昌先生究竟怎的定计？”

“灭威宁海子之虏，唯有一策，分兵而进。”王越说。

“为何要分兵而进？”汪直问。

“我分兵而进，敌不知我军实情，既难以招架，又难以逃窜。在下用于荒漠，屡试不爽。”王越说。

“屡试不爽，就再试一次。”汪直说着，又问，“世昌先生看，当如何分兵？”

“在下说与吾公，请吾公号令。”王越说。

“何必多此一举，世昌先生直接号令就是。”汪直道。

“是。”王越应一声，招呼道，“江帅！”

“末将在。”江山上前，躬身应道。

“着你率本部人马，再分与你京军若干助阵，为中军。”王越命道。

“末将谨领台命。”江山应罢，退回原处。

“周将军！”王越喝道。

“末将在。”周玺上前，躬身应道。

“着你率本部人马，再分与你京军若干助阵，为前军。”王越命道。

“末将谨领台命。”周玺应罢，退回原处。

“李将军！”王越喝道。

“末将在。”李镐上前，躬身应道。

“着你率本部人马，再分与你京军若干助阵，为左翼。”王越命道。

“末将谨领台命。”李镐应罢，退回原处。

“支将军！”王越喝道。

“末将在。”支玉上前，躬身应道。

“着你率本部人马，再分与你京军若干助阵，为右翼。”王越命道。

分派已毕，王越转向汪直，躬身道：“请吾公训示。”

见王越熟练地分派，各将领肃然有序，汪直心中大悦。他说：“世昌先生，你的分派有遗漏呀。”

“有何遗漏？”王越问。

“本监军你还不曾分派。”汪直说。

“吾公为主帅，当领京军若干，为后军，策应各路人马。”王越说。

“世昌先生本人呢？”汪直问。

“我愿与周将军一起统领前军。”王越说。

“同受朝廷差遣，为何你在前冲锋陷阵，我在后策应？”汪直不同意。

“我提督军务，可在前军，可在左翼，可在右翼，亦可在中军。此战吾公亲自督阵，为保必胜，我愿在前军；吾公监督军务，万金之躯，理当在后策应。”王越说。

“我看不好。”汪直道，“世昌先生既然分派了我，我也来分派世昌先生。你在前军，我则移至中军；若要我在后策应，你须得在中军。总之，你我一个提督，一个监督，不可相距太远。”

“我意，吾公仍以在后策应为好；我愿遵公命，与江帅同领中军。”王越让步。

“好，好！”汪直笑着应道，他忽然一指孙博，问，“世昌先生看，孙给谏纪功，当如何而动？”

作为文臣，纪功御史或给事中是用不着在阵前厮杀的。王越随口回答：“亦可随吾公在后军。”

“我奉世昌先生分派，策应而已，有何功要纪！他不亲眼见将士拼杀，所纪功劳有几分可信？”汪直道。

“吾公之意呢？”王越问。

“世昌先生与其问我之意，不如问他自个儿之意。”汪直道。

王越暗自后悔自己的随意。虽然没人告诉他，汪直为何指名要孙博随征纪功，但他应该想得出来呀。孙博的奏疏里涉及西厂，语句不恭，汪直除了要给他些颜色看，还会有别的缘故吗？不过，自己既已说孙博可在后军，现在不好再改口，把他分派到别军。王越想的是，如果孙博自己不开口，该如何把此事圆过去。

没想到，孙博跨前一步，躬身道：“下官愿随前军，望公公准允。”

王越一愣。汪直也一愣。

“孙给谏，上战场是舞刀弄枪，可不是舞文弄墨。”汪直道。

“下官舞文弄墨虽没多大的出息，舞刀弄枪却也不怕。”孙博道。

“你当真要随前军？”汪直问。

“除非公公不准。”孙博道。

“我向来与人为善，你立功心切，我为何不准！”汪直说着，问道，“孙给谏，自幼可习过武？”

“下官不曾习武。”孙博道。

“试没试过，哪种兵刃合手？”汪直问。

“下官带有佩剑。”孙博道。

“好。”汪直点点头，对周玺说，“孙将军，我把孙给谏交与你。”

“是。”周玺应罢，请示，“公公，要不要末将对他特别关照？”

“何谓特别关照？”汪直问。

“挑选几名身手好的官校护卫他。”周玺解说。

“我看不必。他是去纪功的，不是去给你添麻烦的。”汪直说着，扭过头去问孙博，“孙给谏，你说呢？”

“公公说的是。”孙博应道。

官军奔袭威宁海子之夜，狂风大作，雨雪交加。黎明时分，官军抵达敌营，敌军一无所察。

两天后，汪直赶到威宁海子时，战事已结束。敌部营帐已被摧毁，海子周边草场一片一片被踏平，未及融化的雪地上，随处可见血迹斑斑，敌我双方战死者的尸体还没有清理干净。一群一群被官军缴获的敌部马匹被圈起，马匹中间或可见双峰的骆驼；另外一群一群被圈起的是羊只，羊只中间或可见高出一头的黄牛。缴获的敌部战旗堆得如小山一般，弓箭、盔甲等不计其数。

王越率众将及孙博等成列，叩见汪直。

“提督军务都御史王越，叩见吾公。”王越道。

“末将等叩见公公。”江山以下众将道。

“纪功给事中孙博叩见公公。”孙博道。

汪直向王越抬抬手，请他起来。他顾不上理会跪拜在前的众将领，径直走到孙博的面前。孙博居然好好地活着，他深感意外。

“孙给谏无恙乎？”他问。

“托公公福，一息尚存。”孙博道。

“亲冒锋镝，可曾杀贼？”汪直问。

“不曾。”孙博道，“下官一柄剑，仅得自保，不足以杀贼。”

“可惜！”汪直为他惋惜，“孙给谏若杀得一贼，我必亲为请功。”

“公公厚爱，下官感铭。”孙博道，并说，“下官虽未亲诛一贼，但众将士破敌之功，却一一记录在案。”

“报与我听听。”汪直命道。

“此役，我军共计杀敌四百三十七人，俘获男妇一百七十一人。”孙博先报人员一项。

“世昌先生，比之当年红盐池之役如何？”汪直问王越。

“我记得，红盐池之役，擒斩两项合计三百五十人。”王越说。

“那么，今次之功有过之？”汪直问。

“确有过之。”王越说。

“功有过之，赏一定也有过之。”汪直对王越说句只有他二人才懂得其含义的话，然后命孙博，“孙给谏，再报！”

“此役，我军共获马七千又八十五匹，羊五千一百只，牛一百七十五头，驼二十一头。”孙博又报牲口一项。

“我看，兵部、太仆寺拨与的马，不如在这里见到的马。”汪直说着，问王越，“世昌先生，你说呢？”

“吾公最识马，还用问别人！”王越道。

“拉到市上交易，兵部、太仆寺的三匹马，才抵得上这里一匹马。回京后，我把七千余匹马交给兵部、太仆寺，他们大有赚头。”汪直说笑。

“他们的赚头就算吾公敬献与皇上的吧。”王越凑趣地说。

“使得。”汪直道。又命孙博，“再报！”

“此役，我军共缴敌旗纛十三万余，弓矢、甲盔等共计万余。”孙博最后报物品一项。

汪直目测一下营地的规模，道：“看来此处驻扎人员并不很多，怎有这多物件？”

“人员不多，而物件多，牲畜多，应是虏部仓储之营。”王越说。

“也可以说，是其根本之地。”汪直换种说法。

“公公说的是。”王越应道。

“孙给谏，你职在纪功，你看今次功绩如何？”汪直转问孙博。

“一役捣敌根本之营，可谓一件奇功。”孙博说。

“首功当推谁人？”汪直问。

“公公运筹帷幄，当推与公公。”孙博说。

“不，我要你把首功记在世昌先生身上。”汪直吩咐。

皇帝和怀恩议论威宁海子一役功绩，首先议及的却是孙博。

“吏部议，孙博量升何职？”皇帝问。

“就地迁山西按察司佥事。”怀恩回答。

“可算超擢？”皇帝问。

“孙博为成化十四年进士，因一差而为正五品佥事，可谓实实在在的超擢。”怀恩回答。

“朕实在不懂。”皇帝说着，发出一连串的质问，好像让他不懂的，是怀恩本人。“有人议道，以孙博纪功，是汪直授意，兵部定的，是吧？”

“是。”怀恩应道。

“又有人曾议，孙博奏疏劾及西厂，汪直记恨于他，是吧？”皇帝问。

“是。”怀恩应道。并说，“该疏奴才曾读与爷听。”

“又有人曾议，汪直使孙博随征，是别有用心，是吧？”皇帝问。

“是。”怀恩应道。

“有人甚而议道，汪直必将置孙博于死地，是吧？”皇帝问。

“是。”怀恩应道。

“可孙博并未身亡，是吧？”皇帝问。

“是。”怀恩应道。

“而汪直奏言，孙博纪功有劳，当予超擢，是吧？”皇帝问。

“是。”怀恩应道。

“汪直既记恨孙博，既欲置他于死地，怎会为他请赏请升？”皇帝问。

“这个，奴才也觉着难解。”怀恩道。

“你就没听到什么议论？”皇帝问。

“议论是有的。”怀恩道，“或议，孙博随征，战战兢兢，其纪功威宁海子一役，唯汪直之命是从。”

“怀大伴，你看呢？”皇帝问。

“奴才以为，威宁海子一役，是实在的；孙给谏纪功，是实在的。”怀恩道。

“也就是说，汪直以孙博纪功，并无差错。”皇帝换种说话。

“诚如圣谕。”怀恩应道。

“还有件事，朕不懂。”皇帝换个话题，“廷议，威宁海子一役，首功当推王都堂，宜封以爵位，是吧？”

“是。”怀恩应道。

“又有人议，威宁海子一役，王都堂功不抵过，是吧？”皇帝问。

“是。”怀恩应道。

“怀大伴，你说呢？”皇帝问。

“王都堂官至公卿，奴才不敢妄议。”怀恩推托。

“不碍，是朕命你议的。”皇帝道。

“是。”怀恩应了一声，说，“非王都堂之议，据奴才看来，有两层意思。其一，前者非陈尚书之议，今者非王都堂之议，皆谓：京营不可轻动，边衅不可轻启。”

陈钺以辽东功，先进右都御史，去年十二月升户部尚书。

“建州为羁縻之域，讨建州三卫，谓之启边衅，还说得过去；威宁海子近大同，而大同为京师门户，亦可谓之启边衅乎？再者，京营不可轻动，朝中持此议者甚众，如大司马余，曾多次议及。今次西征，他则不曾提出异议。这是为何？只可以说，京营并非轻动，边衅并非轻启。”皇帝力驳。

“爷说的是。”怀恩是奉旨谈论反对西征的议论，用不着和皇帝争辩。

“另一层意思呢？”皇帝问。

“其二，前者陈尚书，今者王都堂，皆阿附汪太监。汪太监欲立边功，二人皆为其寻找战机。”怀恩说。

“这更可笑！”皇帝又力辩，“谓陈尚书为汪直寻找战机，还说得过去；讨建州三卫，是他奏请的。今者西北虏情，是镇守延绥内臣奏报的；难道是汪直授意王都堂寻找战机，王都堂又授意镇守延绥内臣奏报虏情不成？即便有所授意，汪直直接授意即可，何必再通过王都堂？”

“有人议道，建州之役，王都堂便欲和汪直同行，未能如愿；而又羡艳陈都堂骤贵，故极力怂恿西征。”怀恩说。

“陈尚书掌户部，排位在王都堂之前，谓王都堂羡艳，倒也说得过去。”听皇帝的话，好像同意这一议论；但他口气一转，又说，“不过，王都堂有太子太保衔，陈尚书没有，何至于羡艳？今次西征，以他提督军务，是朕亲选。朕选他，是因他熟悉西北边情，又善于用兵，岂有他哉！朕不信，他等能选出比王都堂更适宜西征的大臣！”

“爷说的是。”怀恩应道。

“总而言之，陈尚书以辽东之功，宜进都御史，进尚书；王都堂以威宁海子之功，宜封爵。廷议是。”皇帝总结似的说。

皇帝得出结论，怀恩不会再多说。他问，“爷，是否着礼部拟定名爵？”

“何必着礼部拟定，他建功于威宁海子，可以威宁名其爵。”皇帝道。

至于汪直本人，因太祖高皇帝定制，内臣最高职位为太监，最高品秩为正四品，故而既不能升职，又不能加衔。给予他的赏赐只能是加俸：建州之役后，加岁禄三十六石；威宁海子之役后，加岁禄四十八石。

第一百二十八章

监察御史强珍奉差巡按辽东。离京前，他向王越辞行，不仅出于礼节，也是有些话要问个清楚。他是沧州人，和王越乡贯近；是成化二年进士，和右副都御史戴缙同科。按说，他的心里话对两位堂官都可以说，而且，对戴缙说似乎更合理一些，但他宁愿对王越说。

“世昌先生给我交个底，辽东之事该如何勘察？”他单刀直入地问。

“廷贵，”王越呼着他的字说，“御史出按，向来讲的是个实字。”

“按辽东，也可讲个实字吗？”强珍紧接着问。

“廷贵，我不明白你的意思。”王越说。

“那我问件容易明白的事。”强珍道，“王守节按辽东，讲的是个实字，还是讲的不是个实字？”

王守节名崇之，为前一任的辽东巡按。

“守节为人，恰如其字。”王越说。

“既如此，为何其疏一上，旋下诏狱，随即贬谪？”强珍问。

王崇之劾陈钺欺蔽朝廷之罪，陈钺恐慌，谋于汪直。王崇之被逮入诏狱，略加鞫讯，外调延安推官。

“外放府推官，算不得贬谪吧？”王越敷衍。

“算不算得贬谪，世昌先生最清楚。”强珍道。

王越当年由御史径授山东按察使，虽然是难得的机遇；但御史外放正七品的推官，绝不属于正常的调转升迁。

其实，从强珍开口说第一句话开始，甚至在强珍开口之前，王越已经知道他来的目的。按以实情这句话是必须要说的，至于其他什么话可以说，什么话不可以说，可以说的话应该说到什么程度，则要斟酌。

“廷贵问我，王守节按辽东，讲得实不实，我不好说；不过，我可以告诉廷贵，王守节行前辞别，我对他说的话，和对廷贵说的话，是完全一样的。”王越道。

“他可否遵从世昌先生的教诲？”强珍问。

“我看，他至少记住我的话。”王越道。

“他记住世昌先生的话，所以才遭贬谪！”强珍尖锐地说，又戏谑地更正，“不对，是被外放。”

“廷贵怕被外放，或怕遭贬谪，可以不记住我的话呀！”王越半是戏谑半是认真地说。

“哼！”强珍冷笑一声，道，“大名府出名御史，河间府就出不来名御史吗？世昌先生教诲，我会记得更牢！”

王崇之是滑县人，属大名府。沧州则属河间府。

“我还对守节说过一句话，他不曾记住，愿廷贵记得住！”王越又说。

“世昌先生还有什么教诲？”强珍问。

“适可而止。”王越说。。

“世昌先生可否说得再透彻些？”强珍揖道。

“可纠劾者纠劾之，不可纠劾者不纠劾。”王越说。

“世昌先生可是说，事有可纠劾者，有不可纠劾者？”强珍问。

“人尤有可纠劾者，有不可纠劾者。”王越道。

一个月后，强珍奏章到京，略曰：官军自建州班师，时隔不久，虏即四入叆阳、清河，杀掠男妇五百余人，头畜无算。此皆由前巡抚都御史陈钺启衅邀功，致其报复；诸守将不能御却之，又畏罪贪功，隐匿不闻。致朝廷论功升赏，陈钺回京后，方始入奏。请逮问欺罔，用正厥罪。

疏下兵部，尚书余子俊等覆奏称：按祖训，陈钺累犯死罪，不宜宽摄。请从强珍之言，下狱问罪。

这是六月十三日之事。十五日，六科给事中吴原等、十三道御史许进等，合疏参劾陈钺。略曰：辽东镇守太监韦朗、总兵官侯谦、巡抚右副都御史陈钺，俱以庸才，叨蒙任使，心不存于体国，志惟在于邀功。心骄志满，法弛备疏，遂至丑虏窥伺，纠众而来，房屋尽烧，家财罄空。此实边患之重情，宜朝闻而夕奏也。各官意在急于升赏，遂将前情隐覆，直至升赏事毕，然后朦胧奏报。伏乞圣明，特发乾断，将韦朗、侯谦、陈钺，及副总兵吴瓒、右参将崔胜等，俱拿送法司，明正其罪，以为边臣误事欺罔之戒。

早朝时，陈钺两眼一直盯着王越。散朝后，前后脚出奉天门，他往王越面前一站，揖揖手，道："世昌先生，调教的好御史呀！"

"廷威先生何出此言？"王越问。

"一个王守节不够，又出个强廷贵；一个王守节、一个强廷贵不够，又以十三道御史上疏。这是必欲置我于死地呀！"陈钺道。

"廷威先生被劾，怎可怪在我头上？"王越和他讲道理，"廷威先生是给谏起家，我是御史起家。你我都清楚，科、道之臣都是想言事便言事，几时会禀明掌科都给谏，或掌院都御史？"看走在前面的官员停住脚步，走在后面的官员在赶上来，他又说，"廷威先生，此事你我私下里再议，好不好？"

"为何要私下里议，世昌先生心里有鬼吧？"陈钺道。

王越知道他是个不可理喻的人，但没想到他不可理喻到这种程度，于是揖揖手，说："衙门里有事，恕不奉陪。"

"世昌先生别急，交代一句再走！"陈钺道。

"你要我交代何事？"王越无奈地问。

"世昌先生敢说，众御史上疏，不是由你唆使？"陈钺责问。

"这话我是敢说的。"王越道。

"世昌先生敢说，曾阻止众御史上疏？"陈钺又责问。

"这话我不敢说。"王越道。

"如何？世昌先生还敢说不曾唆使！"陈钺以为抓住了王越的把柄。

"唆使是唆使，未阻止是未阻止，怎可混为一谈？"王越道。

"在这件事上，不阻止，即是唆使。"陈钺说。

王越很善于言辞，但碰到陈钺这等持有自己独特逻辑的人，也语塞。

看热闹的官员们，纷纷议论起来。

"不阻止，即唆使，大司徒当真语惊四座。"有官员说。

"大人这个'惊'字，是褒是贬？"有官员问。

"无褒无贬。"前一官员说。

"在下却以为，宜褒之。"后一官员说。

"请兄台为我解说。"前一官员揖道。

"大人想啊，为何不阻止呢？"后一官员自问自答，"不阻止，是赞成；既赞成，怎能不唆使？大司徒不唯见其表，亦见其里；不唯听其言，而且观其心。故我以为，对大司徒此论，宜褒之。"

众官员哄然而笑，无不觉得，该官员形象地刻画出陈钺的蛮不讲理。

笑声中，有官员说：“此事唆使，并不丢人，掌院都堂为何不承认？”

“兄台以为，不丢人之事，便可承认？”有官员问。

“难道不是？”前一官员道。

“若是不会丢人，却会丢官呢？”后一官员问。

前一官员愣了愣神，反问：“大人以为，此事足以丢官？”

“怎会？”后一官员道，“我只是问，遇有此类事时，究竟不丢人要紧，还是不丢官要紧？”

“大人之意如何？”前一官员问。

“兄台总以大人呼之，令我汗颜。”后一官员道，“我虽在大衙门，但充其量是狐，而非虎。如各部尚书、掌院都堂等，才是名副其实的大人。”

“那么，是不丢人要紧，还是不丢官要紧？”前一官员逼问。

“兄台知我并非大人，我才就好说。”前一官员道，“不足为道如我者，有什么脸面要护着，当然以不丢官为要紧；大人们若没脸面，还成其为大人吗？故以不丢人为要紧。”

众官员知道他说的是反话，又一阵哄笑。

王越感到汗颜。他低声问道：“廷威先生还不准我走吗？”

陈钺脸上早已挂不住，他狠狠瞪王越一眼，拂袖而去。

通州距京城四十里。陈钺进通州西门，出通州东门，又往前驰驱十余里，才迎到办完公差赶回京师的汪直一行。

“是廷威先生呀，好，好！”高兴的不是汪直，而是和陈钺一样从京师赶来、比陈钺早一刻见到汪直的吴绶，“公公一问廷威先生便知，卑职所言是否属实。”

陈钺估计他也是禀报这两天发生在朝中的事情，感激地看了他一眼。

“老吴催我速行，急如星火。老陈，你也是来催我的吗？”汪直问。

“下官也是盼望公公早一刻还朝。”陈钺说。

“不就是有几名科、道仍在作建州之役的文章，值得你二人一个奔驰八十里，一个奔驰五十里，来告急吗？”汪直道。

“不是几个科、道，是群起而攻之。”陈钺道，并说，“下官是得知公公还朝的消息晚，不然，也会奔驰八十里，奔驰百里，迎候公公。”

“群起而攻之？攻击我吗？”汪直问。

“不是，”陈钺道，“他等谁敢直指公公！”

“那么，攻击的是大司徒？”汪直问。

“不止我一人，还有韦公公，还有侯镇帅。”陈钺说。

“他等是怎样群起而攻之的？”汪直问。

“巡按御史强某率先发难，兵部堂官起而附和，科、道再群起而攻之。”陈钺把朝廷的动向分成三个步骤。

“强御史如何发难，兵部如何附和，科、道如何群起而攻之，老吴已说给我听；老陈，你只说说皇上是如何批复的。”汪直命道。

“是。”陈钺应一声，分三个层次说，“强某上疏，皇上批复：下兵部查议。兵部奏入，皇上批复：达贼入境，抢杀人畜，他们既不领兵遏截策应，却又隐匿不报，本当拿问；但今累有边报，正当用人，姑从轻发落。吴瓒、崔胜住俸，戴罪杀贼；韦朗住禄米半年；侯谦、陈钺住俸一年。其余者，巡按御史各就彼提问。六科给事中、十三道御史疏议，皇上批复：恁说的是，他等有误事，本当重罪，但已发落，该衙门知道。”

“老陈是心疼一年的薪俸吧？不要紧，我才加了岁禄，我补给你。”汪直开玩笑地说。

“若止于住俸，即便十年，下官也不担心。”陈钺说。

“那你担心何事？”汪直问。

“下官担心的是，公公最亲信的人，叛离而去。”陈钺说。

“我最亲信的人？你不是？老吴不是？你等会叛离而去？”汪直问。

“我和老吴自然是公公最亲信的人，我二人绝不会叛离而去；但受公公好处最多的人，却难说。”陈钺道。

“受我好处最多的人，你不是，老吴不是？”汪直问。

“公公对下官恩重如山，下官永志不忘。但有人受公公好处更重于下官，下官不敢担保他不叛离而去。”陈钺道。

“受我好处，你指的何事？”汪直问。

“譬如，封爵。”陈钺道。

“那只有世昌先生一人。”汪直说。

“下官指的就是他！”陈钺道。

“世昌先生是我最亲近的人，可以这么说；世昌先生受我好处最多，也可以这么说。但何谓叛离而去呢？”汪直问。

“唆使科、道，论劾建州之役。”陈钺道，“第一步，把罪名加于我，加于韦公公，加于侯镇帅。谁都知道，建州之役是公公主持，第二步，便要将罪名加于公公。”

“有没有第二步，暂且不说；老陈，你说科、道论劾建州之役是世昌先生唆使，可有凭证？”汪直问。

“有。”陈钺应道，“按照本朝制度，封爵之后，应解部、院事务。但御史多人上疏，请留他仍掌院，仍督团营。”

“此事世昌先生和我商量过，是我认可的。”汪直说。

“公公可知，领衔的御史是谁？”陈钺问。

“这我不曾细问。”汪直说。

“是与强珍同年的御史许进。”陈钺说。

“是他，有何不妥？”汪直问。

“论劾建州之役，也是这个许进领衔。”陈钺说。

“老陈的意思是——”汪直好像觉察出两件事间的关联，但又说不清楚。

“建州之役，威宁海子之役，皆是公公主持。公公有此二功，犹如人有两条腿。取其一腿，人如何站得稳？论劾建州之役，由我等渐及公公，使公公的功变成过；公公在建州有过无功，怎会在威宁海子有功？威宁海子之功，将独归于他。”陈钺述罢，总结道，“其人险恶之处在此。”

吴绶见汪直在沉思，补充一句：“卑职不敢断言，科、道论劾建州之役，确为世昌先生唆使；但得知，世昌先生确曾说过一些耐人寻味的话。”

汪直一行进通州东门，出通州西门，又行十里，遇到赶来迎候的王越。汪直马鞭一挥，在随从簇拥下，呼啸而过，把王越一个人留在那里发呆。

汪直奏请，差其亲信、锦衣卫千户萧聚，往辽东重新核查。给他的旨意是：强珍所奏不实，即械回京师，下锦衣卫狱。

该案了结，强珍发戍辽东，所有与论劾建州之役有关的廷臣，包括科、道官，包括余子俊在内的兵部堂官，都受到罚俸三个月的处分，王越也以不谨被论，皇帝降旨：姑宥之。

第一百二十九章

王越称病，向朝廷告了假。他料到，有几个人一定会来看望他，其中包括汪直的亲信韦瑛。

韦瑛果然探视，带来了许多补品，捎来了许多慰问，使得王越要一个劲儿地向他道谢。但随即他说了句话，让王越吃惊不小。

“爵爷病的不是时候呀！”他说。

王越一愣，说：“老韦说笑，谁个生病，还会择日子！”

“卑职可不敢和爵爷说笑，这话不是卑职说的。”韦瑛道。

“不是你说的，却是谁说的？”王越问。

“公公。”韦瑛道。

“吾公也知我病？”这本来是用不着问的，但王越没想好往下该怎么说，所以用这句问话作个过渡。

“爵爷告假，举朝皆知，公公怎会不知！”韦瑛道。

“老韦，吾公为何说我病的不是时候？”王越选好下面的话题。

“这个，公公可没说。”韦瑛道。

“吾公还说什么？”王越问。

“公公还说，爵爷得的，怕是心病。”韦瑛道。

“老韦，吾公为何说我得的是心病？”王越问。

“这个，公公也没说。”韦瑛道。

“吾公还有别的话吗？”王越问。

“一天下来，公公的话不少，可关于爵爷，只有这两句。”韦瑛道。

“吾公不会以为，我是意气用事吧？”王越心事重重地问。

“说正经的，爵爷是不是意气用事呢？”韦瑛反问。

“老韦，你我故交，我不瞒你。今次告病，意气用事是有一点儿的；但是为的别人，不是为的吾公。”王越说。

“是为陈尚书？”韦瑛问。

王越没有答话，算是默认。

“或许，还为老吴吧？”韦瑛又问。

“我知他二人交厚。”王越说。

“我还有心维护爵爷呢。”韦瑛道，“爵爷，此事是你不对，你看不上陈尚书，离他远些就是，何必去惹他！你不会不知道，别的事还好说，建州之事，惹陈尚书，就是惹公公！”

“我已知错，方便的时候，还望老韦在吾公面前帮我说句话。”王越说着，抱拳一揖，道，“重托！”

“能帮爵爷说话时，我一定会帮爵爷说话。不过，”韦瑛说着，口气一转，“有句古话，爵爷应该记得。”

“哪句古话？”王越问。

“解铃还须系铃人。”韦瑛道，并举例，“譬如，爵爷不是想知道，公公为何说爵爷病的不是时候吗？”“

“是。”王越应道，“一日不知其意，我一日心里不安。”

“此事卑职去问，爵爷觉得好吗？”韦瑛解释道，“公公见爵爷不亲自去问，却让别人代问，本来没事的，也变得有事。”

“道理是不错。”王越说，“我也想自家去找吾公问个明白。我是担心吃闭门羹，该如何收场。”

“公公若避而不见，爵爷即便知道公公为何说爵爷病的不是时候，又有何用？”韦瑛一语点破。

汪直没有让王越吃闭门羹；而且，他的脸色很平和，命属下看座、奉茶，一如平日。这使得王越心宽不少。

“世昌先生病没好呢，怎的过来？”汪直问，不等王越回答，他又说，“我不呼爵爷，仍呼世昌先生，一则是因习惯，一则是觉着，旧称更亲切。世昌先生可不要见怪呀！”

“吾公言重，吾公仍用旧呼，是在下之幸。”王越回应过汪直的解释后，再回答他的问题，“老韦去看过我。”

“他没说，是我命他去的吗？”汪直问。

王越不知道，是汪直根本没让韦瑛去，还是韦瑛忘了告诉他，只好含糊应道：

“吾公惦念，在下感激不尽。”

“他有没告诉你，我还对他说，世昌先生精神好的话，我要亲自去府上探望？”汪直问。

“些许贱恙，怎敢劳吾公移驾！”王越又含糊地说。

“我原以为老韦只是手脚快，谁知他传话也快，反让世昌先生受累。我心里很不安呀！”汪直说。

“在下小病已愈，该当来听吾公教诲。”王越忙说。他很担心寒暄两句后，汪直起身送客。

还好，汪直没有送客之意。他问：“老韦还对世昌先生说些什么？”

“他告诉在下，吾公断言，在下患的心病。”王越道。

“世昌先生看，我不过揣测，到他嘴里就成断言。”汪直不知在责备韦瑛，还是在责备王越，他忽问，“世昌先生究竟是不是心病？”

“在下事事得吾公关照，不该有心病的。”王越含糊地说。

“世昌先生这话，我不能苟同。”汪直道，“何谓心病，事想不通，淤梗于心，遂成心病。世昌先生有些事，是该想不通的。”

“吾公是说，在下宜有心病？”王越怀疑自己听错。

“是啊！”汪直掰着手指，为他数道，“世昌先生欲建功关外，我也应允世昌先生，结果未能成行。此事放在谁身上，也会想不通的。这是世昌先生想不通的第一件事，要抱怨的第一件事。”

“但此事在下并未淤梗于心。”王越道。

汪直摆摆手，意思是不让他分辩。

“尚书、都御史虽为同官，但总有排位前后之分。世昌先生掌院多年，有意于大司马之位，我是知道的；即便大司马之位一时难求，也该改掌他部。但世昌先生未成实任的尚书，老陈却先掌部。这是世昌先生想不通的第二件事，要抱怨的第二件事。”汪直说。

“爵位之尊，与同官之改，孰轻孰重，在下分得清楚。”王越道。

汪直又朝他摆摆手，继续说：“日前在京师与通州间，世昌先生与我擦肩而过，未交一语。虽则在我是不知世昌先生专程相迎，但世昌先生难免会多想。这是世昌先生想不通的第三件事，要抱怨的第三件事。”说罢，问道，“世昌先生，我说得可对？”

“想不通是有的，但不曾淤梗于心，更不会抱怨。”王越说。

“今日既把话挑明，我要给世昌先生一个交代。”汪直道。

“不敢当，不敢当！”王越连连揖手，“吾公把话挑明，在下就再没有什么想不通的了。”

“不，交代是要的。”汪直道，“我从第三件事说起。擦肩而过，未交一语，我说是事出有因，你我都有责任。我唯愿，日后不再有这等事。”说罢，问，“我这么说，世昌先生不会以为我搪塞吧？”

“吾公以诚相待，在下怎会做别想！”王越说。

“我再说第二件事，”汪直道。“任到掌院都御史的，无不欲改官尚书。但我以为，除改任大司马，改掌他部，甚至改掌吏部，皆为世昌先生所不取；为世昌先生封爵前所不取，更为世昌先生封爵后所不取。”说罢，问，“我这般说，世昌先生以为然否？”

“诚然。”王越应道。并说，“吾公为在下计，真可谓无微不至。”

“第三件事，我本想和世昌先生多说几句，可惜世昌先生有病在身。”汪直说着，叹口气。

“辽东之事，在下想不通，或如吾公所言；不该淤梗于心，不该抱怨，吾公只管教训，不必管在下有病无病。”王越说。

“若不是教训呢？”汪直问。

“不是教训？”王越准备好被斥责几句，汪直说不是斥责，反而让他心里打鼓，让他不知所措。

“若是借重呢？”汪直问。

“借重？”王越心里更加没底。

“世昌先生有所不知，这两日，朝中出了点儿事。”汪直好像故意逗他，每次只说一句话。

“不知何事？”王越问。

“辽东又在报警。”汪直说。

“朝廷打算如何处置？”王越问。

“皇上决心已下，遣大臣巡边备虏。”汪直道。

“一定要吾公前往，皇上才放得下心吧。”王越说。

“皇上是这个意思，所以我才说，要借重世昌先生。”汪直道。

“在下虽不曾用兵辽东，但辽东之事，也曾留意。吾公有所咨询，在下知无不言。”王越说。

“世昌先生之言，让我失望呀！”汪直道。

“怎么？”王越忙问。

“我寄望于世昌先生者，不止于出谋划策。”汪直说。

“吾公尚有所命？”王越问。

“我本想请世昌先生督军的。”汪直说。

“辽东备虏，以在下督军？”这实在是王越没料到的。

“世昌先生不情愿吗？”汪直问。

“不，不！”王越连连摆手，“在下只是略感意外。”

“略感意外？借重世昌先生又不是第一次，不该呀！”汪直道。

“可辽东之事，吾公一向是和别人经略的。”王越说。

“世昌先生是说老陈？辽东是王土，并非某人禁脔。”汪直说得义正词严，“况且，前者以大司寇勘辽东事，已遭非议，今再以大司徒巡边备虏，朝中岂不要闹翻天！世昌先生不知，老陈为升户部正堂懊悔得要命；他想再和我一同出征，实难。”

“怪不得老韦对我说，吾公责我病的不是时候。”王越自语道。

“这话他也传给你？”汪直问。

“是啊！”王越应道。

“我也就这么一说，他难道不知，患病是无法择日的？”汪直道。

“在下也是这么对老韦说的；但现在想来，在下病的还真不是时候。”王越不知该后悔当初告病，还是该为告病后的变故而高兴。

“世昌先生不必勉强。”汪直道，“我虽愿有世昌先生陪伴，但世昌先生有病在身，我也只好满足于世昌先生出谋划策。”

“不碍事，不碍事！”王越连声道，“吾公召唤，在下浑身舒畅，兴奋不已，哪里还有一丝病态。”

“贵体当真无虞？”汪直问。

“当真无虞。”王越真想跑几步，跳几下，让汪直看看。但他知道，这些陈钺是做得出来的，他不能和陈钺的表现一样。

“既如此，我和世昌先生具体议议此事。”汪直道，他提及的第一件事，是挂帅的武臣，“前者备虏延绥，除世昌先生和我，朝廷还差遣了老朱。但你我都建了功，老朱走的南路，不仅无尺寸之功，反因马匹损失众多，被严谴，好不窝囊。今次往辽东，你我提携提携他，如何？”

“吾公提携则可，在下区区伯爵，哪儿有资格提携公爵！”王越道。

“我听出来，世昌先生在坐伯望侯。”汪直笑着说。

“公公莫拿在下开心，我可没有这等非分之想。”王越矢口否认。

“坐伯望侯，怎是非分之想！便如做到参将，谁不望总兵；做到布政使、按察使，谁不望封疆；做到佐贰，谁不望正卿？”汪直顿了顿，接着说，“不过，坐伯望侯有难处。世昌先生也知道，除国初李太师外，本朝文臣封爵，无过伯者。欲进侯爵，须另辟蹊径。”

“我知道，须弃文职而就武职。”王越说着，问，“吾公可是此意？”

汪直点点头，反问一句：“世昌先生可曾想过？”

“不曾想过。”王越说。

“不妨，待从辽东凯旋，再定不迟。”听汪直的口气，好像备虏归来，只要王越愿放弃文职，就可以晋为侯爵。

“又要让吾公费心。”王越揖道。

接下来，二人从在京的都督、都督同知、都督佥事中，选择将才，以都督白瑜、李俊充左、右参将，以都督同知庄鉴、都督佥事马俊充游击将军，将佐规格之高，在以往征伐中少有。

汪直又提出，从神机营中选善射军士若干，随大军出关，以太监傅恭领之。

王越又推举户部郎中马孝祖督办粮饷。

一切准备就绪，但在大军将出时，忽出意外。

大同报警。有虏骑入犯，获我边卒，放回传话：朵颜三卫与我盟，休得逼迫，不然，将年年入犯大同。

这样公然的威胁使朝廷震惊，使朝廷不能不慎重对待。大同防务重于辽东防务，本来准备对付辽东之虏的京营，转而应付大同之虏。

监督军务的仍是汪直，提督军务的仍是朱永、王越，克日东进改为克日西行。

本来以为得不到的机会，忽然到手；本来以为再也不会失去的机会，忽然失去。王越只能感叹造化弄人。

第一百三十章

雁门虽然仅是一关隘，但因山西巡抚驻扎于此，所以比一般边关的规模要大得多，来来往往的人员也多得多。尽管如此，一名太监率数名旗校的到来，还是很引人关注，雁门关的居民也好，边卒也好，过客也好，或驻足而观，或尾随在后。直到他们停在巡抚衙门外，与守卒交涉，然后山西巡抚秦纮匆匆而出，把他们迎进衙门，观者才逐渐散去。

通过门卫禀报，知道来的太监叫尚亨，是奉旨前来勘事的，秦纮说句客气话："尚公公驾至，未曾远迎，还望原宥。"

"好说。"尚亨应着，使个眼色。

秦纮懂得他的意思，在衙役奉上茶水后，一挥手，让衙门里自己的人全部退下。

"世樱先生，想到我会来吗？"尚亨问。

秦纮字世樱，山东单县人，景泰二年进士。

"想到有人会来，但没想到来的会是谁。"秦纮说。

"我问的就是，你有没有想到有人会来？"尚亨纠正自己前面的问题，再问，"世樱先生怎么想到有人会来？"

"得罪宗室，朝廷一定会差人勘查。"秦纮说。

"世樱先生既知宗室不可得罪，为何偏偏要得罪？他等可都是我太祖皇帝的子孙呀！"尚亨道。

"正因皆太祖皇帝子孙，出了几个不肖之徒，更令人扼腕。"秦纮说。

"世樱先生说的不肖之徒，即镇国将军奇涧等吧？"尚亨问。

"是。"秦纮应道。

"世樱先生不知，奇涧等皆出自晋府庆成王？"尚亨问。

"是第三代庆成王之后，我业已查实。"秦纮说。

"世樱先生不知，这位第三代庆成王最喜诉讼？"尚亨问。

"略有所知。"秦纮说。

“既然业已查实，既然略有所知，他等怎的冒犯世樱先生，世樱先生一定要和他等过意不去？”尚亨道。

“他若冒犯的是我，我怎的都能忍下去；但他残暴害民，我不能置之不理。”秦纮说。

“说他残暴害民，是你一面之词，你知人家怎样说你的吗？”尚亨问。

“大约说我迫害宗室吧。”秦纮猜测。

“说你迫害宗室，旁观者一听，也能猜出个一二，人家才不这么傻呢！”尚亨道，“他说你贪赃枉法，鱼肉人民！”

“贪赃枉法，鱼肉人民，这话他也敢写！”秦纮若不是怕被说成蔑视朝廷，蔑视宗室，一定会笑出声来。他问：“朝廷信吗？”

“不信，能差我来！”尚亨道。

“也是。”秦纮点点头，又问，“这么说，朝廷深信？”

“深信，又何必差我来！”尚亨道，“奉朝廷差遣，我就是来勘查此事的。对不住，世樱先生，我要在你这里搜上一搜。”

“公公奉旨行事，请吧！”秦纮道。

尚亨不用亲自动手。在他带来的旗校们翻箱倒柜、搜查赃物之时，他和秦纮面对面地坐着，东一句西一句地说着闲话。秦纮住所里的物品简单，不多时，旗校们抬来两个竹筐，置于堂上。一个筐里放的是书卷、纸笔，一个筐里放的是几件旧衣。

“就这些？”尚亨大为意外。

“还有些物件，不方便搬动。”旗校道。

“什么物件，也得看看呀！”尚亨道。

“一张床，一张桌子，两把椅子。”旗校报上。并说，“卑职等一一查验过，均无夹层。”

“官至封疆，何以潦倒至此！别是你等见到喜爱之物，装入私囊了吧！”尚亨道。

“卑职等不敢，请公公搜身。”旗校等说着，要解衣甲。

“用不着，用不着！”尚亨挥挥手，让他等也退下，“世樱先生，我想起你方才一句话，不由疑窦顿生呀！”

“我哪句话让公公起疑？”秦纮问。

“世樱先生说，想到有人会来。”尚亨道，“尚亨先生想到会有人来，会不会把细软贵重之物，先行搬运回老家？”

“早知公公多心，我就不自作聪明。”秦纮说句笑话，然后郑重地说，“我是单县人，属兖州府，拙荆领儿女住在家乡旧居。公公可去查访，若单县家里有一物取自山西，我甘愿领罪。”

皇帝弯下腰，从筐里拿起一本书，是《四书集注》，又拿起一本书，是《历代名臣奏议》。他拍拍手，从另一个筐里拿起一件旧袍，见上面有补丁，竟有兴致数起来。

他抬起头，对怀恩说：“缝补七处，怀大伴想得到吗？”

“奴才想不到。”怀恩应道。

“尚亨对朕说，单县秦纮家中，他也去过。除非其妻其子善于藏匿，在他家中的确没有查出山西物产。秦家的房屋旧得让人担心，遇到大雨会不会坍塌；秦家的一应用具，大到床柜，小到碗筷，无一不是旧物。”皇帝说着，提出疑问，“朕记得，秦纮巡抚山西前，是陕西右参政，为从三品；改巡抚时，又升一级，那是正三品。老怀你说，他真的会贫困如此？”

“奴才以为，掩饰财富，不难做到；伪装贫困，却不会不露出破绽。秦纮之贫困若完全是伪装出来，实在难为他。”怀恩说。

“朕不问你他是否伪装贫困，只问你他会不会贫困至此。”皇帝道。

“或是会的。”怀恩问。

“你说与朕听听。”皇帝命道。

“奴才曾听不少官员抱怨薪俸太低，不足以养家。既有人抱怨，奴才想，不会是毫无依据。若家中本就贫寒，加之为官清廉，会如秦纮般贫困。”怀恩说。

“庆成王劾秦纮贪赃枉法，鱼肉人民，你却说他为官清廉，这相去也太远了吧？”皇帝道。

“所以奴才说秦纮之贫困若完全是伪装出来，实在难为他。”怀恩很清楚，他不能替秦纮打保票。

“朕印象深的，却是你另一句话：掩饰财富，不难做到；伪装贫困，却不会不露出破绽。”皇帝道，又说，“庆成王肯定太不了解秦纮，不然，他要报复，也不会贸然使用‘贪赃枉法，鱼肉人民’这八个字。”

“爷说的是。”怀恩应道。

“庆成王劾论秦纮贪赃，不可信；但秦纮为官如何，也不能从这一件事看出。”皇帝说着，问道，“老怀，你说呢？”

“爷圣明！”怀恩颂道。

“一边是巡抚都御史，一边是宗室，各投一纸诉状。朕若就此了断此案，似乎有些草率。”皇帝略一思索，拿定主意，“好在汪直前往山西办差，等他回来，朕一问即知分晓。”

汪直在旗校百余人簇拥下，在一名布政司参议、一名按察司副使陪同下，从太原来到雁门关，巡视边情。

秦纮率守雁门关文武众臣迎候在关下。在看得到汪直一行的旌旗时，分守、分巡等文官、副总兵以下武官，依序分成两列，跪拜下去。秦纮站在最前面，听到后面的响动，知道他们在做什么。他不能阻止他们，因为他们不过是按照各边之例行事，甚至是按照朝中之例行事；但他决定，自己不在汪直面前拜倒。

汪直下马，秦纮深作一揖，道：“下官秦纮，参谒钦差汪公公。”

“跪拜！”汪直的随从里，有人轻声提醒他。

他躬下身去，只当没有听见。

汪直冷冷一笑，问：“世缨先生以何衔巡抚山西？”

“以右佥都御史。”秦纮答道。

“我还以为以三公之衔呢。”汪直说罢，他的随员皆哄笑，山西当地的官员都为秦纮捏一把汗。

“本朝制度，从不以三公巡抚。”秦纮一本正经地说。

“本朝有此制度吗？”汪直也一本正经地问，但众人都听得出，他在戏弄秦纮，“世缨先生既通晓本朝制度，我可否请教一事？”

“不敢，公公请问。”秦纮道。

“都察院里，是副都御史职位高，还是佥都御史职位高？”汪直问。

“二者皆为都察院佐卿，然副都御史职位高过佥都御史。”秦纮说着，补充一句，“以佥都御史巡抚某地，比实衔的佥都御史，又低一级。”

“没关系，只当二者相同吧。”汪直道，他问，“世缨先生可知，副都御史也罢，以副都御史巡抚某地也罢，见我皆行跪拜礼？”

“有所耳闻，但未亲见。”秦纮说。

“不错，耳闻之事，不可全信。”汪直竟一句也不和他争辩，还帮着他解释，又问，“都御史比佥都御史职位如何？”

“都御史为都察院正卿，称掌院都堂，副都、佥都皆为佐卿，自是都御史职位高过副都、佥都。”秦纮说。

“世樱先生可知，掌院都堂见我，也要行跪拜礼？”汪直问。

“有所耳闻，但未亲见。”秦纮又说。

“几时使世樱先生见识见识，倒也不难。”汪直一句话把这件事带过，又问起另一件事，“我与世樱先生初次见面，有无见面之礼？”

“还好，下官略备薄礼。”秦纮说。

“难得。我以为世樱先生会说，本朝制度，不得行贿钦差呢。”汪直讥讽一句，并命道，“是何礼物，拿来看看。”

秦纮呈上两柄折扇，一个小布袋，说：“两柄折扇，是下官所存的；两斤山西大枣，是下官所买来。请公公笑纳。”

汪直边接过去，边说：“听说山西的大枣很甜呀！”

“是。”秦纮应罢，兴致勃勃地说，“山西大枣，不但味道好，还能养身，下官很爱吃。只可惜官薪有限，每年吃的枣数也有限。”

“你送我两斤，今年岂不吃得更少？”汪直道。

“尊驾既至，这是应该的。”秦纮说。

在场的官员和随从，看汪直摇摇折扇，又掂掂小布袋，以为他会把两样东西一齐向秦纮扔过去。但他没有。说句“两斤似乎不足分量”后，他吩咐随员：“把世樱先生的礼物收好。”

汪直回到京师，径自入宫见驾。这在他离京前，皇帝就和他约好。

“汪直，你在山西转一圈，给朕说说，谁个是好官，谁个是坏官？”皇帝命道。

汪直不由一愣。不能说，他在山西转一圈，没有自己中意的官员或讨厌的官员。他的打算是，在适当的时机，在皇帝面前说几句他中意的官员的好话，让他等得到升迁；或在适当的时机，在皇帝面前说几句他讨厌的官员的坏话，将他等贬黜。皇帝直截了当地问他，他反而不知该怎么说。

“爷，奴才今往山西，为巡视边情，非为考察官员。”他说。

“考察官员朕有吏部，为何要用你？朕只想问你，转了一圈，对山西的吏治有何感触？”皇帝道。

汪直不敢再推三推四了。他试探地问：“奴才在山西见到过好官，也见到过坏官，爷要奴才先说哪一类？”

“不必先说哪一类，你拣极好的官给朕说一个，即可。”皇帝道。

“奴才以为，山西极好的官，首属巡抚山西都御史秦纮。”汪直说。

“你说谁？”皇帝很有些吃惊。他本来想在汪直说一个极好的官再说一个极坏的官后，才提出秦纮，让汪直评论评论的。

“巡抚山西都御史秦纮。”汪直又说一遍。

“朕说的是极好的官，你没听错吧？”皇帝问。

“奴才没听错。”汪直应道。

“也不改正？”皇帝又问。

汪直听得出来，皇帝话里有话；同样，他也听得出来，皇帝反复追问，不见得是否定自己的选择。况且，他既已选择，如果轻易改口，皇帝会对他的判断力产生怀疑。

“奴才的确以为，秦纮是名极好的官。”他说。

“朕真没想到，你会首推此人。”皇帝说着，从御案上拿起一本奏章，递给汪直，“好吧，朕给你看样东西。”

奏章是秦纮写的，内容是奏劾汪直出行，所带旗校过多，骚扰郡、县。汪直读罢，心想：一来，皇上关注的看来是秦纮；二来，多带旗校算不得大过失，应该不会对自己构成威胁。

“汪直，读该疏，有何想法？”皇帝问。

“奴才有失，乞爷治罪。”汪直说。

“多带旗校的事，朕才不管呢；朕在问你，仍以为秦纮是极好的官吗？”皇帝果然说。

“是，奴才的想法没变。”汪直说。

“难得！”皇帝不由称赞他一句，“他在论劾你，你反抬举他，此可谓以德报怨。”

皇帝将秦纮弹劾宗室的奏章下礼部，礼部议复：镇国将军奇涧等三人削爵，庆成王削减禄米三分之一。

皇帝亲写手谕，旌表秦纮，并从内府取钞一万贯赐之。

不久，秦纮改抚河南。

第一百三十一章

施纯升礼部尚书后，要做的第一件事，也是最要紧的事，是换个宅院。更换宅院，要位置合适，要大小合适，要价钱合适，还要凑集款项。这都得下不少功夫，花不少时间。故年初升的尚书，到岁尾，还没搬去新宅。

施家，相公主外，夫人主内，买房卖房、添置家具、布置新居等事，都要施夫人操办。当然，不用亲自出面。她在背后拿主意，出面交涉的是管家。施纯则成甩手掌柜，只在散衙回家后，问问情形，催催快办。但当新居可以交付时，他的心思已不在这上面。

"相公，新宅已打扫干净，明日去看看吧？"施夫人和他商量。

"明日不成。"施纯断然拒绝。

施夫人以为他明日有事，又问："再明日如何？"

"再明日更不成。"施纯道。

"相公没入阁吧？没掌部、院吧？还是管着鸿胪寺那点儿事，怎么加了个礼部尚书衔，就忙成这样！"施夫人嗔道。

"不是我忙，是你忙。"施纯说。

"我忙？"相公承认自己的辛苦，施夫人心里有几分得意，"相公总算看出我的辛苦！不过，明日我只看看木匠新打的家具，没别的事。"

"新打的家具，夫人明日看不成。"施纯说。

"为何看不成？"施夫人问。

"我不说你忙吗！"施纯道。

"我也说，明日只看新打的家具！"施夫人抬杠，或是觉得施纯在抬杠，"不看新打的家具，我还忙何事？"

"明日夫人须习礼。"施纯道。

"习礼？是因相公升礼部尚书吗？"施夫人问。

"可说是，也可说不是。"施纯道。

“怎的相公也说不准？”施夫人问。

“夫人须习礼，和我升礼部尚书有关；但并非我升礼部尚书，夫人则须习礼。夫人须习礼，另有缘故。”施纯说。

“什么又有关又无关，又是又不是的，我听不懂。”施夫人把听不懂的习礼这一节放过，抓住另一节问，“就算明日我忙于习礼，可再明日去看新宅，为何更不成？”

“再明日夫人更忙。”施纯说。

“再明日起，我打算带着使女们缝制新被褥。看来，我忙得连这些事也要放下吧？”施夫人道。

“夫人说得对，再明日任何事务都要丢开。”施纯说。

“那我又忙于何事呢？”施夫人问。

“再明日夫人更须行礼。”施纯说。

“习礼自为行礼，不行礼何须习礼？可相公总该告知，我要习的是何礼，要行的是何礼？”施夫人道。

“夫人早这么问，我不早告诉你！”施纯告以实情，“再明日冬至，三品以上官员家里的命妇们要进宫拜贺。我若不加礼部尚书，夫人不在进宫之列，无须习礼；但夫人须习礼，实非因我加礼部尚书，而因夫人要进宫行礼。你看，我先前的话不错吧？”

“相公只会饶舌，进宫行礼之事，为何不早些告与我知！”施夫人嗔道。这是第一次进宫，她自然比其他命妇紧张。

朝贺皇后，在坤宁宫。正殿置皇后宝座。殿外丹陛仪仗，由内臣执之；殿上仪仗，由女官执之。坤宁宫门外设乐工，由教坊司习乐的女子任之。

按照朝仪，宫门外东西各设一幄。东一幄稍北，是为贵妃准备的；西一幄稍南，是为公主准备的。今日，万贵妃以病告假。在王皇后，这是求之不得，故东面一幄撤去。

宫门外正南设大幄，命妇们集中在这里。

皇后从暖阁出来，仪仗随之而动，乐声随之而起。皇后登御座，乐声停止。引导女官先引命妇由东门入，进入内道，分东西两班侍立，然后引妃嫔由东门入，至陛上各就其位。

外赞礼女官喝妃嫔赞拜，乐声起，妃嫔四拜，乐止。

外接引女官引导妃嫔，由正殿东门入殿，乐声又起。内接引官将妃嫔引导至殿上，乐声止。本应由贵妃致贺词，因万贵妃不在，由封皇妃最早的柏贤妃代致。贺词是：妾某氏等，遇兹履长之节，恭诣皇后殿下称贺。致辞毕，妃嫔们俯伏。内赞礼官喝“兴”，妃嫔们起身，乐作。妃嫔们各就其位，乐止。随着乐声再起，妃嫔们再次四跪拜。乐声停止后，她们从东阶下，出殿。

接下来，接引官先引导公主，再引导命妇，行礼如妃嫔。

位于班首的命妇，一般是地位最高的国公的夫人，出致贺词。贺词是：某国夫人、妾某氏等称贺。命妇们出殿，各就其位，司言女官在殿上跪拜承旨，由殿中门出，立于露台之东，背北向南，喝称有旨。命妇们皆跪，司言女官宣旨：履长之庆，与夫人们共之。

内赞礼官喝道：皇后娘娘起驾。皇后起身，乐声起。皇后步入内门，乐声停止，命妇出宫。

出宫只是出坤宁宫。坤宁宫的典礼结束，皇后还要率众妃嫔、众公主与众命妇往仁寿宫，朝贺皇太后。

仁寿宫的布置，与坤宁宫基本相同。不同的是，在皇太后宝座稍侧，置皇后宝座。皇后向皇太后拜贺行礼后，要陪同皇太后，再次接受妃嫔、公主和命妇们的朝贺。

还有一点不同，皇后是皇帝之后，妃嫔是皇帝之妃嫔，而皇太后是皇帝之母，因而，皇后和妃嫔之间会比较拘谨，而皇太后和皇后之间、和妃嫔之间，反而会比较随便，这一随便，就惹出事来。

妃嫔们在行过礼之后，闲得无聊，开始观察起将要行礼的命妇们。命妇们入宫朝贺不是第一次，妃嫔们自以为，所有的命妇，她们都应该熟悉。但她们忽然发现了一个谁也不熟悉的命妇，步履轻盈，身材适中，相貌端丽。她虽然走在命妇排班的后列，但前面所有的命妇都被她比下去。

妃嫔们由翘首观望，进而评头品足。

过分的随便，引起了皇太后的注意，也引起了皇后的注意。如果是在坤宁宫，皇后一定要严厉制止。

但这是在仁寿宫，发号施令的是皇太后。

皇太后本想问问发生了什么事，当她发现妃嫔们并不是彼此争吵，所以没问。她发现妃嫔们都在注视着命妇们的行班，她们的目光都集中在一名命妇的身上。在妃嫔们目光的引领下，她也向该命妇看过去。看到该命妇的举止，她心中赞赏不已；看到该命妇的身材，她心中赞赏不已；看到该命妇的容颜，她心中更是赞赏不已。

行礼结束，赞礼官运足底气，准备喝声“起驾”。周太后用目光制止住她，并招招手。一名资深的贴身女官走近。

“那是谁家夫人？”周太后用手一指，问道。

“娘娘问的哪位命妇？”该女官看不真切，反问。

“班尾那妇人，我怎看着眼生？”周太后道。

“婢子不识，或是新增尚书、侍郎家夫人。”该女官说。

“皇后，”周太后又扭过脸问王皇后，“你可识她？”

王皇后听见她和女官的对话，已知她问的是谁，回答说：“臣媳看她也很眼生。”

“让她近前。”周皇后命道。

该女官在众妃嫔和众命妇的注目下，从两班命妇前穿过，走到排列在最后一名的命妇前，低声对她说句什么，然后转身往回走。

该命妇跟在她后面，走到周太后和皇后宝座前。

“跪拜！”该女官回过头，低声叮嘱一声，自己退回到宝座之侧。

该命妇跪倒在地。她所习礼仪，只是和众命妇在一起时，如何行礼，并不包括被皇太后或皇后唤到面前时如何行礼，如何致辞，因此，比站在行班里局促许多。

“起来回话。”周太后命道。

“是。”该命妇应了一声，起身。

“夫人谁氏？”周太后问。

“臣妾为礼部尚书施纯妻。”该命妇道。

“好个施尚书，好个施夫人！”周太后称赞一声，问王皇后，“我欲赐钞与她，皇后意下如何？”

“那是母后恩慈，虽不及臣媳，臣媳亦不妒忌。”王皇后说。

“我知你心宽，不会把这等事放在心上。我是问你，我欲赐钞与她，你又如何！”周太后道。

王皇后这才听明白，周太后不但要赏赐施夫人，还要替施夫人向自己讨赏，可见对这位施夫人另眼看待。

“照理说，母后赏赐，臣媳也不能落后。不过，”王皇后笑笑，说，“臣媳来给母后叩头，身上一无可赐之物，母后想我赏给多少，只好先从母后这里支取。”

“说好，是借的，不可赖账不还。”周太后也说句笑话。

周太后用过晚膳，仁寿宫主管太监上来回话。

“我让你打听的事，你打听到没有？”周太后问。

“奴才打听到。”主管太监应道。

“礼部几时又多个施尚书？”周太后问。

“回娘娘话，他是年初皇上赏升的。”主管太监说。

“赏升的？不是廷推的？”周太后问。

“施尚书不过是成化二年进士，娘娘想，若是廷推，怎轮得到他！”主管太监道。

“说的也是。”周太后点了点头，继续问，“他原任何官职？”

“奴才打听清楚，是署寺事鸿胪寺少卿。”主管太监说。

“我听说，鸿胪寺官须魁伟、端正，此人如何？”周太后问。

“奴才想再加二字，尤其魁伟、端正。”主管太监说。

周太后点点头，又问，“鸿胪寺少卿，即便署寺事，和礼部尚书也隔着千重山万重山，他怎么一下就翻越过去？”

“奴才听说，他帮着皇上解决一个难题。”主管太监说。

“是何难题？”周太后问。

“这个，奴才没问出来，娘娘恕罪。”主管太监道。他不知真没问出来，还是虽问出来，却有顾虑，不愿说。

“不管怎么说，既帮皇上解决一个难题，就是才智之士。”周太后结束这个话题，转而问道，“你知不知道，施尚书是何方人氏？”

“是京师人。”主管太监说。

“京城里的人吗？”周太后问。

“不，是顺天府东安县人。”主管太监说。

“我顺天府人，就是与众不同！”周太后是昌平人，所以听总管太监夸奖顺天府人，心里高兴，她又问，“你知不知道，施夫人是何方人氏？”

“也是京师人。”主管太监说。

“一直就是京师人？”周太后进一步问。

“是。”主管太监应道，“施夫人在京师出生、长大，其父、其母在京师出生、长大。不过，再往上，其祖父、祖母，外祖父、外祖母，奴才没深究。”

“不用究那么深，知她在京师出生、长大，就足够。”周太后说着，又问，“当年选后、妃之事，你有没有参与。”

“选后、妃，指派的是老牛，奴才不曾参与。”主管太监说。

“是我没说清楚，”周太后道，“我问的不是皇上登极之后的选后、妃，是皇上在东宫时，先帝为他选的妃子。”

“那一次，奴才参与，老牛也参与。”主管太监说。

“我记得，共选定十二人，对吧？”周太后问。

“娘娘记得真清楚，是十二人。”主管太监应道。

“我记得，前后吴氏、今后王氏，还有万贵妃，都是那时选定的，对吧？”周太后问。

“娘娘说的是。”主管太监应道。

“我记得，吴后是顺天人，王后是应天人，对吧？”周太后问。

“一点儿也不错，贵妃娘娘是山东人。”主管太监说。

“可见，你等当年选太子妃，并未落下京师呀！”周太后道。

“回娘娘话，自永乐爷迁都以来，选太子妃，都是从两京选起，尤其是从京师选起。”主管太监说。

“那为何不及施夫人？”周太后问，并说，“我想，选太子妃那年，她应该还没有出阁。”

“按施夫人年纪，及她被娶入施家的年头来说，那时她应该还没被聘。”主管太监先肯定这一点，然后说，“多年前的事，奴才记不大清楚。不知她那年未在被选的秀女里，还是虽列名，却不曾选中。”

“可惜！”周太后态度暧昧地说。

“都是奴才们有眼无珠！”主管太监自责道。

“过去的事，不提它。”周太后虽然说不再提，但看得出，她仍为此事而惋惜。默想片刻，她忽问主管太监，“你知该怎办吧？”

“娘娘眷顾她，奴才让她常进宫来，陪娘娘说说话。”主管太监道。

“本朝无此规矩，不可。”周太后摇着头说，“你去对她说，日后逢朝贺，她不必再进宫。”

“娘娘，这是为何？”主管太监不解地问。

“你没见，今日朝贺，险些被她搅和？她若来得多，还不知会出什么事呢！”周太后道。

第一百三十二章

王华出门前，夫人郑氏牵着长子王守仁送出门外。

王守仁年仅十岁，他看着父亲的眼神里，流露出依恋和向往。

王华伸出一只手，摸摸他的头，又拍拍他的肩，好像要对儿子说什么。但他只张了张嘴，一个字也没说出来。

“相公有话要嘱咐守仁吗？”郑氏问。

“别的话没有，只是我那首《屈屈歌》里有句话，你要记住，也让守仁记住。”王华说。

郑氏背诵过《屈屈歌》，问：“可是那句‘吩咐儿孙勿教书’？”

“正是。”王华点头。他曾经作过不止一家塾师，颇受那些有钱而势力的东家羞辱，因而特别写成歌，特别写上这句。

“相公有别的嘱咐，我不敢担保；但守仁哪年学会说话的，你又不是不知道，他哪能教书！”郑氏道。

郑氏怀胎十四个月王守仁才出生，出生之夜，祖母岑氏梦见一身穿绯衣、佩戴宝玉的神仙，立于云端吹箫，并将一小儿送与岑氏。岑氏梦醒，刚好听到隔壁房间里婴儿的啼声。她把自己的梦告诉丈夫王天叙，王天叙于是给这个孙儿取单名，为云。

王云直到五岁那一年还不会说话，王天叙、王华以及全家的人，几乎无不以为他天生是个哑儿。一日，一位大和尚从门前过，看了正和群儿游戏的王守仁一眼，道：“好个孩儿，可惜道破。”

这话恰好被王天叙听见。他悟性很高，立刻想到，孙儿不能言，可能是名字取坏。云端的云和开口说话的云，同音不同字，但你可以把它当作一个字。这孩儿应该是很能说的，取名曰云，这不就道破吗？名字得改，他给孙儿改名曰守仁。

王天叙和岑氏不曾料到，王华和郑氏也不曾料到，成人以后的王守仁会成为一代宗师。

成化十七年是辛丑年，又逢会试。

浙江余姚举子王华，虽祖先出过些高官，但到他父亲一辈，已沦落为寒士。他不能和富家子弟一样，为参加会试，提前几个月赴京师，在亲友家里，或租赁个院子，或在馆舍租个房间，住下来。为节省在京师的费用，他过正旦出门，计划在会试前一两天，至多三五天，赶到京师。日子有些紧，但不会来不及。日行百里，需要四十天左右；日行八十里，需要五十天左右。当然，官道宽阔易行，一天晓行夜宿，走上一百三五十里，也不是做不到的。

王华的原则是先松后紧，从余姚到杭州，一百五十里路程，一天走完，他的目的，是在杭州休息一天，游览湖光山色。

第二天一早，天色阴沉，他腋下夹着把雨伞，从借宿的小旅舍漫步到西湖边。也许正因为天气不好，杭州本城的人都不愿出门；而年节之际，外地的游人也少。所以，有天下第一美景之称的西湖边，竟显得有些冷清。

不知不觉，偏离西湖；又不知不觉，走到一个院落前。从外边看上去，院落不很大，也不太小，不像是民舍。院门紧闭，门外无人过，门内无声息，比方才在西湖边更感觉冷清。

他也只想从门前走过，并没打听此为何处的心思。但偏偏在他走过时，院门从里打开，一老丈端着脸盆，出来倒脏水。

王华不想问也要问。

“请问老人家，这是何处？”他问。

老丈看他一眼，显示出不愿搭理的神态。不过，王华那句客气的招呼，让他不好意思拒人千里。他反问：“你不是杭州人？”

“学生不是。”王华应道。

“你没修到这福分呀！”老丈显然把是杭州人看作了不起的事，他又说，“你自称学生，告诉你却不妨。这里是仁和县学，城里除府学之外，一边钱塘县学，一边仁和县学，都是你等学生该知道的地方。”

“老人家说的是，仁和县学，学生慕名已久。”王华说。

“你既慕名已久，生员今日正好放假，要不要进去看看？”老丈问。

王华在县学、府学都读过书，以为各地之学都差不多，没什么好看的。但老丈主动邀请，他又难以回绝。

“老人家肯给方便，再好不过。”他说。

老丈把他放进去，关好门，亲自带领他一间一间房屋看过，并告诉他，这叫什么堂，那叫什么堂，教谕在哪间屋里，训导在哪间屋里。

王华忽然想起一个人来，他问：“学生记得，有位聂先生曾为仁和教谕，就是在这间屋里吗？”

“哪个聂先生？”老丈问。

“其名讳上大下年、字寿卿者。”王华说。

“你说的是聂训导呀！”老丈知道是谁，反过来纠正他，“聂先生在此处先任的训导，然后调职，然后又回来才任的教谕。”

“多谢老人家指教。”王华说着，一揖。

“你没看出这几件屋子是新建的吗？聂先生任教谕时，在那边的旧屋里住，已经残破。”老丈说。

“学生可否去看看？”王华问。

老丈大概以主人自居，不好意思带人参观已经残破的屋子。他说：“那边偏僻，我要看门，不便去。你要看，自个儿去吧。”

聂大年任教谕时办公及居住两用的屋子在一个小院子里，的确残破不堪。人们常用物是人非来形容时光的流逝，而在这里，人固已非，物却也不是。王华一边感叹，一边走出一间屋，又走进另一间屋。

从残留下来的一些物件看，如果前一间屋是书房，这一间屋就是寝室，因为这间屋里的墙壁上写满字。教谕的书房也是办理公事、与生员谈话的地方，他不会在墙壁上涂写的。

开始以为是随意涂写的，但渐渐看出了眉目。墙壁上题写的，原来是两首古人作的词。

第一首《行香子》，其词曰：

清夜无尘，月色如银，酒斟时须满十分。浮名浮利，休苦劳神。叹隙中驹、石中火、梦中身。

虽抱文章，开口谁亲？且陶陶乐尽天真，不如归去，做个闲人。对一张琴、一壶酒、一溪云。

下面的题款是：临川聂大年，录东坡居士词以自省。

第二首《满庭芳》，其词曰：

雪清疏鬓，霜侵衰鬓，去年犹胜今年。一回老矣，堪叹又堪怜。思昔青春美景，除非是月下花前。谁知道金章紫绶，多少事忧煎？清晨骑马出，风初暴横，雨又凄然。想山翁野叟，正尔高眠。更有红尘赤日也，不到松下林边。如何好，吴松江上闲了打渔船。

下面的题款是：临川聂大年，录马孟昭先生词以自喻。

王华隐隐记得，马孟昭名晋，是国初词家。

聂大年死于景泰后期，算起来只有二十几年的时间。他一生不曾有过功名，似乎也不曾求过功名。但他诗文写得好，字更写得好，向他求字的人不少。听说，他经常写这两首词应命。“做个闲人”，做个“山翁野叟”，难道真是他的追求吗？他奉召入京，进了翰林院，但没过几天就去世。要是他遵循“做个闲人”的志愿，说不定还能活很多年呢。

王华浮想联翩，唏嘘不已，令今次赴京会试的热切心情减轻许多。

（聂大年事迹，参阅《两帝三朝全传》第二部）

绍兴城有个员外，饶有家财，多娶妻妾，女儿生有几个，就是没有男嗣。几乎每年的正月底或二月初，他都要请道士来家里修醮事，以求子。

道士在金纸上写两行红字，用剑挑起点燃，上下左右地舞动。忽然，他把剑弃掷一旁，拜伏于地，久久不起。

员外开始不知他是何意，后来想，可能是遇到送子观音。人家为自己的子嗣虔诚求拜，自己焉有不拜之理？于是，他也拜将下去。

道士看到，或者感觉到，回过头向他频使眼色。他以为是让他告求，遂叩头不止。

道士叹口气，爬起来，随手一拉员外，让他也起来。

“半仙，今年修醮见效吧？”员外问。

“员外莫忘，我姓多。”道士道。

“是，是，多半仙。”员外按照道士喜欢的叫法又叫一遍，“我修醮二十年，其中一多半请的是你老人家，看来，这次总算打动真仙。”

“真仙是被打动，可你一搅和，真仙又溜掉。”道士说。

“溜掉？没留下句话？”员外急问。并分辩说，“事关我高家烟火，我理当多叩几个头，怎能说是搅和！”

“事关你家烟火？谁说事关你家烟火？”道士问。

“你是我请来的，又是在我家中修醮，不是事关我高家烟火，又是为的何事！”员外道。

“怪就怪在这里，”道士说，“我是按照祈子的格式写的符籙，念的咒语，谁知真仙降临，竟不言传嗣事。”

“那真仙说的何事？”员外问。

“真仙说，今日天上在迎状元榜，符籙送不上去。”道士道。

“今年倒是会试之年，真仙可告诉你，今科状元是谁？”员外问。

“应是我郡人。”道士说。

“你怎知是我郡人？”员外问。

“真仙拿手指我，”道士道，“员外想啊，我是绝无可能去应试的，他可不指的是我郡之人！”

“他就没告以姓名？”员外问。

“一般都不会告以姓名的。”道士道，“真仙在指我之后，又手指一副对联让我看。”

“半仙可看清楚？”员外情急之下又忘把道士的姓带出来，不得不再问一遍，“多半仙可看清楚？”

“看清楚。”道士应道。

“多半仙可记得？”员外问。

“字数不多，故记得。”道士应道。

“该联怎写的？”员外问。

“上句是：欲借人间子。”道士说。

员外脸色骤变，红一阵，又青一阵。

“上句怎写的？”他问。

“欲借人间子。”道士重复这五个字。

“下句可是：恐惊天上人？”员外问。

这下轮到道士脸色骤变，红一阵；又青一阵。

“员外，莫非你通了仙气，居然也见得到真仙之物！”他说。

“我拿你作半仙供奉，你怎拿我作蠢物取笑！”员外恼道。

“我怎的拿员外取笑？”道士不明所以。

“你读该联，还不是取笑我！”员外道。

“这就怪了！我在读状元之联，怎成取笑员外？”道士问。

“状元之联？”员外哂道，“多半仙可知，该联是谁写的？”

“状元之联，自是状元写的。”道士说。

“好，好，好个状元写的！”员外指指道士，又指指自己，“你多半仙绝无可能赴试，你倒看看，我有无可能赴试？”

“员外若有此心，二十年前就赴试，哪儿用等到今日。”道士说。

“你不如干脆说，我也绝无可能赴试！”员外道。

“就依员外。”道士说。

“实话告诉你吧，该联的上半句，不是别个写的，正是我这个绝无可能赴试的人写的！”员外道。

“员外写的？”道士打心眼里不信，可不能明显地表露出来。又不是惊世绝句，凭什么说人家写不出来？他问：“下半句呢？”

“下半句是我当年请的一位西席写的。”员外说。

“员外既无子，怎的想起请先生？”道士问。

这句话问到员外痛处，他恼怒地说：“我想让小女学几个字，不可以吗？我想将族人子弟招来就读，做件好事，不可以吗？”

“可以，可以。”道士连声称道，又说，“员外眼界甚高，请的西席，一定是饱学之士。”

“饱学不假，可惜不识抬举。”员外说。

“他怎的不识抬举？”道士问。

“我说人间事，他对天上事，这是识抬举吗？”员外道。

“是啊，你二位怎对成这样一副对联，让人读不懂？”道士问。

“说出来羞死人，不说也罢。”员外道。

他不肯说，更激发道士的好奇心。道士多方打听，终于得知事情经过。

员外当年聘请的私塾先生叫王华，是本郡余姚人。请先生的初衷，或如员外所言，是想教他女儿识字，是想为族人子弟请一位饱学之士。但见过王华之后，在与王华相处过一段日子以后，他的想法改变。如此优秀的一个人，何不向他借种！

一夜，员外一妾到王华的住房，缠住王华，欲行苟且之事。王华不肯，该妾说，这是主人的意思，并拿出员外写的一句话给王华看。王华当即拿起笔来，在员外写的话的旁边又写一句话，让该妾带回给员外看。员外写的一句话是道士念的，王华写的一句话，则是员外念的。

今年的新科状元，果然是王华。

第一百三十三章

皇帝离开仁寿宫，回到文华殿，即着人把怀恩找来。

“母后千秋诞辰快到，怀大伴还记得吧？”皇帝问。

“奴才记得。”怀恩应道。

“今年是母后大寿，你也记得？”皇帝问。

“奴才也记得。”怀恩应道，“太后娘娘与先帝诞于同一年，今年应该是五十五岁大寿？”

“你既记得，有没有想过，该做点儿什么，让母后开心？”皇帝问。

“爷是说，奴才该做点儿什么？”话里有含糊的地方，怀恩不得不问。

“朕是说，朕该做点儿什么。”皇帝道。

“爷的意思是——”怀恩不敢贸然给皇帝出什么主意。

皇帝想了想，问：“宫里有个小宦者，朕叫他阿丑，众人也叫他阿丑，你可知其人？”

“奴才知道。”怀恩说。

“他并非长得丑，而是善以丑相模仿各等人物，常引得朕开怀大笑。”皇帝说着，问道，“老怀，你看母后会不会也喜欢？”

“或会。”怀恩道。

“那你去让他学几个母后喜爱的人物，演给母后看。”皇帝说。

“是。”怀恩应道。他把阿丑的表演视为杂耍，皇帝要是命他和自己一起去观看，他或许会说几句“玩物丧志”等规谏的话；但皇帝为皇太后诞辰筹备节目，乃是孝心，不能说三道四。

得知阿丑无事时在教坊司厮混，怀恩径去教坊司寻找。

教坊司可能是朝廷品级最低的衙门，掌司官称作奉銮，正九品，其他韶舞、司乐等，从九品。品级虽低，但朝廷庆典的舞、乐生，都集中在这里，所以它直隶礼部。而且，因人员众多，教坊司占用的场地很大。

怀恩进教坊司门，向人打听阿丑。他很少来教坊司，教坊司的人只知他是太监，不知他的身份，无不随便一指，又各忙各的。怀恩按照他们手指的方向，一会儿走到东院，一会儿走到西院，都没找到。不得已，他把奉銮找来。

奉銮见是怀恩，大惊，边跪拜行礼，边说："怀叔，你老人家怎么神不知鬼不觉地来了！"

其他人这才知道来的是贵人，争先恐后地跪倒一片。

"起来，起来。"怀恩招呼道，"阿丑才是神不知鬼不觉呢，我走一圈，也不见他。"

"其实，要找阿丑小公公，并不难。"奉銮说。

"怎么，找他还有什么窍门不成？"怀恩问。

"是，怀叔进教坊司，听到哪处笑声最响，就去哪处找，肯定不会错。"奉銮说着，指了指后院。"怀叔听，笑声是不是都来自那里？"

果然，后院传出一阵阵的哄笑声。

奉銮做个手势，请怀恩往后院走，他自己侧身陪着。

众人要跟在后面，怀恩说："让他等散去吧。我倒真是希望，不使他知不使他觉地找到他。"

在后院，教坊司的舞、乐生，以及杂役，围成个半圆，阿丑在空出的场地上表演。他的声调，他的动作，惟妙惟肖，不用装扮，怀恩就能辨别出他扮演的是个泼妇。

一眼看见怀恩，他直冲过来，顿足捶胸，大哭大叫地说："怀叔，你可得给奴家做主呀！"

怀恩产生一种冲动，想问有什么冤情；但马上意识到，阿丑这是在演戏。他问："那妇人，如何知道有个怀叔？"

"是奴家亲夫告诉奴家的。"阿丑说。

"你亲夫姓什么？"怀恩问。

"无姓。"阿丑道。

"叫什么名字？"怀恩问。

"无名。"阿丑道。

"无姓无名，你如何唤他？"怀恩问。

"奴家只唤他阿丑。"阿丑道。

众人一听，无不捧腹。怀恩也禁不住笑出声来。

"阿丑，你除装神弄鬼，家长里短，来取悦观者，也能装扮出个正经人物吗？"

怀恩问。

“怀叔，怎叫正经人物？”阿丑请教。

“凡史书上写的人物，都可以说是正经人物。”怀恩给出的范围很广。

“遭人唾骂者呢？”阿丑问。

“也包括在内。”怀恩道。并说，“我知道了，你善扮丑，让你扮个大英雄，着实为难你，你就扮个遭唾骂者吧。”

阿丑用手从额头抹到下巴，立刻换了副嘴脸。

“是奸臣。”奉銮悄声告诉怀恩。

怀恩微微点头。他自己也看出来。

阿丑两手在离腰间寸许的地方端着，好像握住什么。

“握的是玉带，应官至公卿。”奉銮悄声告诉怀恩。

阿丑往左边走几步，忽然转过身，向右走去。他的举止也完全改变：方才是趾高气扬，现在是驼背斜肩，方才是手握玉带，现在是倒背双手。

“方才是丑，这会儿是末。”奉銮悄声告诉怀恩。

阿丑走几步，转身，恢复大臣的形状。再后，他每说句话，便转身变形，一个人扮演两个人。

“让道，让道。”丑喝道。

“道在哪里？”末问。

“你脚下走的，便是道。”丑道。

“老爷一字之差，谬之千里。”末说。

“我怎差一字？”丑问。

“老爷说，小的脚下是道，实则小的脚下似道。似道非道，假似道也。”丑说。

众人轰然而笑，有人甚至大声叫好。

阿丑恢复常态，问怀恩：“怀叔，这个人物如何？”

“有点儿意思。”怀恩笑着说。

“这是小的自选的人物，怀叔再点个人物，小的演绎演绎。”阿丑说。

“曹操，你可扮得？”怀恩问。

“那是小的拿手的活计。”阿丑道。

阿丑作净上，念白：“某姓曹名操，字孟德，沛国谯人也。所幸生于乱世，人目为枭雄。今尚未发达，须得找人来，问问前程。”

“所幸生于乱世”一句，画龙点睛，令人叫绝。

净走一圈，下。阿丑复作末上，念白：“在下无名无姓，亦非阿丑。”

只这一句，便获得满堂彩。

末继续念白：“话说有个卧龙先生，未出茅庐，已知三分天下。在下更胜一筹：未离卦摊，已知运程如何。在下梦里已算定，今日有个了得的人物来求卦，我须让他乘兴而来，乘兴而归。”

然后，他仍左转右转，一面是净，一面是末。

“卦家何在？”净问。

“问卦者何在？”末问。

“为何只闻其声，未见其人？”净道。

“你老站错方向，转过身去，便见到我。”末说。

“果然，果然。”净道，“都说你最善料人运程，故今日我来算一卦。算得准，有赏钱，算不准嘛——”

“算不准便怎的？”末问。

“算不准嘛，自有怀公公来砸你的卦摊。”净道。

众人哄笑，都把目光投向怀恩。奉銮连连暗示，让他们看阿丑的表演。

“大爷是来问运程的吗？”末问。

“正是。”净应道。

“来，来，大爷上前。”末道。

“卦家可是要为我看相？”净问。

“在下不懂看相。”末说。

“可是要我写下生辰八字？”净问。

“在下算不通八字。”末说。

“既不懂看相，又算不通八字，却怎的看出运程！”净道。

“拆字。”末说。

“可是我说个字，或写个字，你来拆解？”净问。

“你说我拆，你写我拆，算得什么本事？我拆字之法，由我说，由我拆。”末道。

“你把个字摸透，再说，再拆，倒有本事？”净不屑地说。

“我说的字是哪个，我并不晓得，怎摸得透？”末道。

“你说的字，你却不晓得？”净惑道。

“是啊，大爷贵姓，我晓得吗？”末道。

“原来先生拆的是姓氏。”净说。

“是从姓氏拆起，一路拆下去。”末加以订正。

“我姓曹，请先生拆解。”净说。

“好姓！”末喝彩。

“怎见得好？”净问。

“先看上部，”末拆解道，“曲字上加一横，那是说，你可一手遮天，淆乱是非曲直。”

“下部呢？”净问。

“下部是个日字，拆开两个口。那是说，一手不够，还有两张嘴，可以变黑为白，变曲为直。”末说。

“先生好似断定曲必在我。”净道。

“拆字而已，并无此意。”末说。

“姓氏拆解完，接下来拆解哪个字？”净问。

“大爷报上名来。”末揖道。

“某单名一个操字。”净说。

“请大爷明白告之，是哪个字？”末道。

“操练的操。”净说。

“好名！”末又喝彩。

“名又怎好？”净问。

“大爷有手。”末说。

众人哄笑，三三两两评论起这句戏谑的话。

等安静下来，净问：“某好就好在手上吗？”

“大爷虽有手，却不是好在手上，而是好在不用动手上。”末说。

“为何不用动手？”净问。

“大爷尊名，有三个口呀！”末说，“大爷姓里有两张嘴，名里却有三张嘴，只需张张嘴，发号施令，事即可成。”

“早只如此，我不如姓田，拆为四口。”净说。

“姓氏岂可随意更改。”末道，“有个吕奉先，武功十分了得，你眼下虽不识他，日后总要打交道。他曾认两个义父，人称三姓家奴。莫不是你要和他争这个名号？”

“不争，不争！”净焦急的神态引得众人又是一阵欢笑，他等静下来，说，“俺曹孟德岂是乱认义父之人！”

“大爷别字怎说？”末问。

“孟德。”净道。

“好字！”末第三次喝彩。

“某别字好在哪里？”净问。

“蒙得，可谓画龙点睛。”末道。

“是孟德，不是蒙得。”净说。

“你尽管演变为孟德，其意则为蒙得，”末道，“大爷想想，你姓里两张嘴，名里三张嘴，若是说来说去，蒙不得人，又有何用？”

“先生解的是。”净应着，又问，“某乳名阿瞒，不知如何？”

“可是满足的满？”末问。

“非也，乃隐瞒的瞒。”净说。

“好乳名！”末不仅叫好，还拍起手。

“阿瞒也是好名？”净问。

“好得不能再好！”末道，“字蒙得，点一睛；乳名阿瞒，点另一睛。蒙得了，瞒得住，天下人无不可欺矣！”

“哎呀，事不宜迟，俺欺人去也！”净说罢，收场。

把孟德改为蒙得，听者应该笑，但没笑；对阿瞒加以诠释，听者应该笑，仍没笑。在阿丑做着怪样下场时，憋在众人肚子里的欢乐突然爆发，笑声，叫声，击掌声，经久不息。

阿丑在怀恩面前垂手而立，听他的评论。

“有趣！”怀恩说。

“怀叔再赏两个字。”阿丑似不满足。

“妙语连珠。”怀恩加了两个字。

“怀叔再赏两个字。”阿丑道。

“阿丑与我同去。”怀恩又加两个字。

众人知道好戏该结束，散去。

怀恩走在前面，阿丑紧跟在后面，怀恩的随员则牵马的牵马，抬轿的抬轿，远远地跟在后面。他们知道，怀恩有话要单独对阿丑说。

“阿丑，哪里学的这套本事？”怀恩问。

“小的一无所长，唯独善于模仿，在教坊司听他们说戏文，随即编了几段白话，让怀叔见笑。”阿丑说。

“笑是笑个够，却没有见笑的意思；此等雕虫末技，说不定能派上老大的用场。”怀恩说。

“派大用场？叔是说——”阿丑不懂他的心思。

怀恩不从正面回答。默默走一会儿，他忽问，“阿丑，前代人物你扮得，本朝人物你可扮得？”

“洪武朝人物，还是永乐朝人物？”阿丑问。

“都不是，是成化朝人物。”怀恩说。

“曹孟德被尊为天子，小的敢扮；当今圣上，小的不敢扮。”阿丑说。

“不要你扮当今圣上。”怀恩道，并说，“当今圣上，谅你不敢扮；列祖列宗，难道你就敢扮！”

“小的也不敢扮。”阿丑说，一个顾虑打消，他还有另一个顾虑，“读书人小的不是不能扮，若扮状元，恐怕不像。”

“不要你扮状元。”怀恩道，并说，“连个举人、秀才也不要你扮；凡读圣贤书者，都不要你扮。”

“除此之外，小的愿意一试。”阿丑说。

“你别说大话，我说一个人，你未必敢扮。”怀恩道。

“要小的扮他吗？”阿丑说着，身子动了动，身高变了，体态也变了，说了两句话，做了两个动作，活脱就是英国公张懋。

“不要。”怀恩问。

“要小的扮他吗？”阿丑说着，又变成内阁首辅万安。

“不要。”怀恩道。

“要小的扮他吗？”阿丑把自己变成吏部尚书尹旻。

“不要。”怀恩道。

阿丑无法一个一个扮下去，他问：“怀叔究竟要我扮谁人？”

怀恩在他手心写了个“西”字，问：“此人你敢扮吗？”

阿丑猜到了三分，却说：“当今朝中，并无此姓。”

“这个姓有吧？”怀恩又在他手心写了个“汪”字。

阿丑点头，表示明白。他没说能扮不能扮，敢扮不敢扮。

“如何？你不敢扮的，不仅是当今圣上；你不能扮的，不仅是状元吧？”怀恩以言语相激。

阿丑年少，经不起一激。他高声言道：“有什么不敢扮的，有什么不能扮的！我这就扮给怀叔看看！”

“不要在此处扮，要在适当的地方扮；不要在此时扮，要在适当的时机扮。更要紧的是，你扮他些什么，须好生琢磨。”怀恩告诉他。

第一百三十四章

新任兵部尚书陈钺领着本部左右侍郎张鹏、李敏，去吏部议事。他是在余子俊以母逝忧去后，改掌兵部的。

“廷威先生，以大同一役，而升赏万余人，是否过滥？”李敏问。

陈钺心想，就此事正好与两位佐卿沟通沟通。见张鹏不以为然的表情，他问：“腾霄先生之意如何？”

“公勉先生的话不准确。”张鹏说。

“准确的话呢？”陈钺问。

“是一万七千七百余人。”张鹏道。

陈钺本来也没指望张鹏和他的想法一样。他咳嗽一声，发一通议论：“我知二位以为升赏的人多，但到吏部，二位切不可声称升赏过滥。为什么呢？二位都曾巡抚过地方，应该知道，用兵贵在提升士气。该升不升，该赏不赏，如何提升将士士气，又如何体现朝廷赏罚分明？再者，民人视有司为父母，将士则视兵部为父母。为父母者，不能为将士们力争升赏，岂不令将士们心灰意冷！”

张鹏、李敏相互看一眼，心里都在想：是何言论！该升不升，该赏不赏，固令将士心灰意冷；不该升也升，不该赏也赏，难道就不令将士们心灰意冷？再说，你只顾提升将士士气，就不管朝廷名爵之滥？一旦朝廷名爵不被看重，还有什么士气可言！

不过，陈钺是正卿，不便公然批驳。所以，张鹏、李敏没再说什么。

吏部左侍郎耿裕却不顾忌陈钺的情面，两部堂官会合以后，他的第一句话就是：“大司马不会原封不动地将升赏名帖带过来吧？”

“既曰两部计议，我兵部怎好独自删减。”陈钺说。

“哎呀，看来还真是原封不动！”耿裕惊呼，“虽曰两部计议，吏部不过是备录而已，实则只有兵部议定。”

“同仁先生看，我重吏部，好问先生倒怪罪于我。”陈钺向尹旻诉苦。

耿裕字好问，河南卢氏人，景泰五年进士。

“廷威先生欲我抑制好问先生？”尹旻问。

“同仁先生言重，部堂之间，何为抑制？不过，总该告诉好问先生，我兵部此举为善意。”陈钺说。

“廷威先生称为善意，好问先生不能接受；我复言之，又有何益？除非抑制，别无他法。但廷威先生既命我抑制好问先生，一会儿腾霄先生、公勉先生怪罪起我来，你抑制不抑制？”尹旻问。

“我以同仁先生为表率，亦步亦趋。”陈钺说。

“既如此，不如我等皆退，由着大冢宰、大司马计议。”吏部右侍郎黎淳道。众人一笑，结束题外的话。

“好问兄怪罪兵部未曾删减，怪罪得好。想必好问兄以为升赏人员过滥，但不知吏部删减没有？”李敏问。

“我才说，吏部备录而已。”耿裕道。

“就算吏部备录而已，”李敏并不因此而放过他，“譬如好问兄非吏侍，而是户侍，连备录都不用备录，见升赏人员过滥，就可不闻不问？”

“我会上疏言之。”耿裕说。

“今好问兄只当是上疏言之，如何？”李敏道。

耿裕无法再回避，说：“公勉兄一定要我说，我只当是抛砖引玉吧。在我看来，大同之役虽报捷，逐虏的目的也达到，但斩获并不多，献俘仅十人。升赏之数，取其零头足矣。”

“好问先生的意思，所报升赏一万七千七百余人中，取七千七百余人就可以？”陈钺问。

“我看，好问先生的意思是，取七百余人足矣。”张鹏说。

“所报升赏实为一万七千七百五十一人。”耿裕把人数说得更具体，“我的意思，取五十一人足矣。”

不但陈钺始料不及，其他人无不瞠目。

“好问先生，我倒要请教，”陈钺决定予以反击，“年初因抄录道家图书，准儒生入中书科冠带办事，一次有多少人？”

“十余人。”耿裕说。

“一次以抄录图书升赏十余人，好问先生不觉得多吗？”陈钺问。

“多。”耿裕道。

“为何吏部升赏可以不计多寡，兵部升赏须计多寡？”陈钺质问。

“一则，冠带办事，虽曰升赏，其实仅可谓赏，不可谓升；二则，廷威先生亦知，该等儒生为传升，并非吏部议升；三则——”耿裕看尹旻一眼，没说下去。

尹旻知道他看这一眼的含义。按照耿裕的心意，应将这次传升驳回的；黎淳也是这个心思，但被他否决。也就是说，这次传升成为事实，责任在他，要怪的话，应该怪他。他可不愿意被人当作抨击的目标。

“廷威先生，今日只议大同之捷的升赏，不议他事，如何？”他说。

“议取五十一人？”陈钺讥道。

“不！”尹旻摇头，“报的是一万七千七百五十一人，我等便议一万七千七百五十一人升赏。有异议者，再提出议之。”

他的提议留有余地，不管持哪一种看法，都可以接受。

“同仁先生看，先议何人？”陈钺问。

“还是汪公吧。”尹旻说，“好比有个尺度，汪公的升赏定下来，其他人比量着，才好确定。”

除非不予汪直升赏，每次议边功，总得先议对汪直的升赏。

“益以禄米，似也不须议。”张鹏说。

“怎不须议？腾霄先生说个数目。”陈钺道。

“我记得，汪太监监军辽东，以功，岁禄加三十六石；监军威宁海子，以功，岁录加四十八石。少于这个数目，恐怕不行。”张鹏说。

“腾霄先生没听人说过吗，凡事可一可二不可三？”陈钺道。

“廷威先生是说，不可再过十数？”张鹏故意问。

“不是不可再过十数，是不可再以十数计之。”陈钺道，“诸位想啊，别人加衔的加衔，晋爵的晋爵，汪公能得到什么？不就是益以岁禄吗！第一次益岁禄，以十计；第二次益岁录，以十计。第三次益岁录，若仍以十计，我为汪公抱屈。”

“廷威先生才离开户部几天，就不把禄米当回事！”耿裕说。

“方才就在说，该升的一定要升，该赏的一定要赏，我等似乎并无歧见。而汪公是第一个该赏的。”陈钺毫不掩饰地说。

“我看，好问先生也不是说汪公公不该赏；问题是，大司马说不可以十数计之，让人一听，有些茫然。”黎淳说。

“太仆先生真不懂？不可以十数计之，又不是以十数以下计之，肯定是以百数计之。”李敏说。

“公勉兄此话也有语病，”耿裕道，“不可以十数计之，又不是以十数以下计之。就不能以千数计之、万数计之，为何肯定是以百数计之？”

“好问兄宁愿以千数计之，还是宁愿以万数计之？”李敏问。

“千数计之、万数计之，太仆先生岂不更要茫然？我只是宁愿不以百数计之。”耿裕说。

“好问先生别忘自家的话，吏部备录而已。”尹旻提醒他。

“那就请廷威先生说说，以百数计，当益米几多。”耿裕道。

陈钺把手掌摊平，伸出去。

“同仁先生，廷威先生说是五百。”耿裕逼着尹旻表态。

“五百，似乎有些多。”尹旻说。

“同仁先生说，几多适当？”陈钺也逼尹旻表态。

“三百如何？”尹旻道。

“同仁先生一句话，削减几乎一半，未免太大刀阔斧。”陈钺说。

“廷威先生以为不妥，可以再议。”尹旻道。

“三百，我可以不否之，但不可以再减。”陈钺说。

在他，狮子大开口般地说五百，就是准备让人削减一半的；在其他诸人，能够从五百减到三百，已是难得的结果。毕竟，这是酬劳汪直，而不是酬劳其他人。

“此事议定，再议保国公吧。”尹旻说。

“本朝勋爵升赏，无非四种方式：一是晋爵，一是加尊衔，一是加禄米，一是予世袭。”李敏说。

“保国公不是世袭吗？”黎淳不甚了然。

“不是，”李敏回答，“保国公原袭抚宁伯，亦非世袭，是他袭爵后，才予世袭。后晋侯、封公，又未予世袭。”

“公勉兄，四者有无排序？”耿裕问。

“哪四者？”问得突然，李敏没有理解。

“公勉兄不是说勋爵升赏有四种方式吗？”耿裕道。

“此事因时因人而异。”李敏说，“譬如已是世袭，升赏就只有加尊衔、加禄米两种方式；再譬如尊衔已加至太师、上柱国，难道还有尊衔可加？不过，笼统而言，一定要排序的话，我以为，晋爵在第一，予世袭在其次，加尊衔又在其次，最后是加禄米。”

“汪公公加岁禄三百石，应属上赏，不如保国公亦予上赏。”耿裕说。

“汪公亦是此意。”陈钺说罢，恨不得把嘴捂上。但众人的目光已集中在他身上，他只好把正要举起的手放下。汪公亦是此意，那就是说，汪直曾经和他打过招呼。他掩饰地说：“汪公出征前就明示在下，一旦建功，朝廷对他的赏赐，不得超过他人，至少不得超过文、武提督二臣。真乃公心也！”

这句话无疑是欲盖弥彰，好在众人习以为常，不加理会。

“好问先生所言上赏，是予世爵，对吧？”陈钺自己找台阶下，“诸位有无异议？若无异议，该议掌院都堂吧？对了好问先生，议掌院都堂升赏，在吏部可不仅是备录而已。”

“我看，议世昌先生升赏之前，先得议一议，他究竟从文臣例升赏，还是从勋臣例升赏。”耿裕说。

“世昌先生虽封爵，但仍掌院，在朝中并不列于西班，我看，还是应从文臣例。”黎淳说。上朝时，御座前方，文职排班在东，勋臣、武职排班在西，故以西班喻勋臣和武职。

“那可不一定，”耿裕道，“太仆先生倒说说看，从文臣例，世昌先生能得到什么升赏？”

“文臣升赏，不如勋臣升赏的选择多，无非是升职、加衔。”黎淳说。

“那就先说升职。”耿裕道，“掌院都堂，官已至极品。就算改尚书，名次能往前提一提，但改掌吏部，同仁先生答应吗？改掌兵部，廷威先生答应吗？改掌他部，世昌先生自家乐意吗？再说加衔，世昌先生今加太子太保衔，在文臣中除同仁先生，再无其匹。就算能改太子太傅、太子太师，甚而改少保、少傅、少师，其实和由掌院都御史改各部尚书一样，差别并不大。”

“好问先生是不是说，不宜从文臣例？”陈钺问。

“我是说，从文臣例，只能薄赏，与汪公公所命不符。”耿裕道。

“听好问先生一说，我倒也觉着，世昌先生升赏，不宜从文臣例。”陈钺说。大概是耿裕的话对他有所触动，或有所启发：王越在掌院的地位上，就有改掌兵部的可能，而且，王越也一直在觊觎兵书的位置；不如借此机会，把他挤到西班去。

“不从文臣例，则从勋臣例，如公勉先生所言，威宁伯升赏，也有四种方式；又如公勉先生所言，四种方式中，最上赏为晋爵。”黎淳说着，提问，“世昌先生晋侯，可否？”

“保国公成化三年晋侯，成化十五年晋公，其间间隔十二年；威宁伯成化十六年封爵，迄今仅两年，又无极显赫之功，骤然晋侯，是不是有点儿草率？”陈钺反对第一个方案。他虽然希望王越列入西班，但不愿意他的地位很快显赫起来。

“如公勉先生所言，第二等是予世袭。”黎淳说。

“本朝文臣封爵，得以传世的，仅二人，一为国初的诚意伯刘伯温，一为正统朝的靖远伯王尚德先生，我看，不如让世昌先生得点儿实惠吧。”张鹏反对第二个方案。

“如公勉先生所言，升赏的第三等是加尊衔。”黎淳说。

“好问先生亦言之，改太子太师、太子太傅、少保、少傅、少师，差别都不大，算不得实惠。”尹旻反对第三个方案。他和王越眼下的加衔都是太子太保，王越只要改太子太傅，就超过他。

“那么，岂不是只有加禄米一法？”黎淳道。

“汪太监加岁禄，世昌先生也加岁禄，正好呼应。”尹旻率先赞成。

“汪公加岁禄须以百计，世昌先生也须以百数计吗？”黎淳问陈钺。

陈钺才要回答，张鹏抢先说：“为何不以百数计，汪太监不是对廷威先生说过，一旦建功，朝廷对他的赏赐，不得超过文、武提督二臣吗？”

他不一定有心为王越争取更多的禄米，但王越到底是进士出身的文臣，他希望对王越的赏赐，不低于对汪直的赏赐。

“腾霄先生既以为可以百数计，就说个数目吧。”陈钺道。

“四百。”张鹏毫不犹豫地说。

“比汪公岁增还多，不合适吧？”陈钺道。

“我以为，并无不合适。”张鹏说，“汪公公说的是，对他的赏赐，不可超过对文、武提督二臣的赏赐；并没说，对文、武二提督的赏赐，也不可超过他。保国公予世袭，赏赐肯定超过汪公公；世昌先生的赏赐不超过汪公公，才有所不妥。”

陈钺辩不过张鹏，其他几人无可无不可，遂议定。

其他报功人员，一批一批拿出来计议，竟没能淘汰一人，一万七千七百五十一人，都得到程度不同的升赏。

第一百三十五章

韦瑛领着一名吏员模样的人去见汪直，道："公公，卑职把他找来。"说着，推那人一把，让他跪在汪直面前。

"老韦说，你叫王官儿？"汪直问。他有意带出儿化音，是表示看出，对方并非官身。

"王冠。"那人说着，指指自己头顶上的小帽。

"我看你似这个。"汪直手指自己的靴子说，"没想到你却把他戴到头顶上去。"

"公公说的是，小人这就把名字改过来。"王冠道。

"怎么改，改成王靴？"汪直问。

"取个谐音吧，改成王学吧。"王冠说。

"不用！"汪直原想取笑几句，就把他打发走；现在发觉他挺有趣的，遂改主意。他问："王冠，你在哪个衙门办事？"

"小的在好几个衙门办过事。"王冠说。

"一直未得升迁？"汪直问。

"一直是办事吏。"王冠说。办事吏像差役一样被人使唤，比一般正式的吏员还要低一等。

"老韦说，他从狱里把你领出来的？"汪直问。

"是。"王冠应道。

"哪家的狱？"汪直问。

"都察院狱。"王冠说。

"你的面子不小呀，都察院狱都肯收你。"汪直道。他的意思是，如王冠这等身份，应下宛平、大兴二县狱，至多下顺天府狱。

"不是小人有面子，是送小人下狱的人有面子。"王冠说。

"送你下狱的是谁？"汪直问。

"吏科都给事中董旻。"王冠告诉他。

"他为何将你下狱？"汪直问。

"小人不过抱怨几句。"王冠说。

"抱怨办事太多太杂？"汪直问。

"那倒没什么；小人抱怨的是，虽然已为朝廷办事，虽然已食皇粮，但如小人这等办事吏的月粮，还不如国学监生多。"王冠说。

"竟如此之少！"汪直想起自己为小宦者时的月粮，也是少得可怜，对王冠的同情油然而生。

"老王不过提出，办事吏的月粮应与监生同，就被吏科都给事中等参下都察院狱。"韦瑛插话。

"董大人指斥小人蓄意滋事。"王冠又说。

"不过想吃饱肚子，能滋什么事！"韦瑛又说。

"好了。"汪直听得不耐烦了，"王冠，既是老韦把你领出来，从此没人再敢找你的麻烦，你还有什么打算？"

"小人只是来叩谢公公，并无别的打算。"王冠说。

"老王，才说过的话，怎又吞进肚里！"韦瑛大为不满。

王冠窘迫地在脸上挤出一点儿笑容，算是回答。

"他说什么？"汪直问韦瑛。

"他说，此仇不报，誓不为人。"韦瑛道。

"这话你可说过？"汪直问王冠。

"话是小人说的；那是小人一时冲动，口无遮拦。小人心里有数，一个未入流的办事吏，要想施报复于董大人，乃痴心妄想。"王冠说。

"我不对你说过，公公会帮你吗！"韦瑛道。

"不就是收拾个都给谏吗，老韦就能帮你；不过，也要看你有心无心。"汪直说。

"小人是有心的。"王冠忙回应。

"既有心，为何言不由衷？"汪直责道。

王冠知道他指的是自己那句"并无别的打算"，沉静地回答说："小人担心公公心思不在这等小事上，没必要让公公分心。"

汪直心思真不在这件事上。他想了想，命道："你且去。此事如何处置，待我与老韦议议再定。"

王冠退下后，汪直开始盘问韦瑛。

"高邻吧？"他问。

“公公是问王靴子？”韦瑛反问。

汪直想不笑都不可能。他说：“不是他，又是谁个！”

“公公怎知？”韦瑛故作惊讶。

“不是邻居，你会下力帮他！”汪直道。

“公公所言差矣，我想的不是帮他，是用他。”韦瑛说。

“用他？怎的用他？”汪直问。

“他和董都谏结下深仇大恨，想解都解不开。”韦瑛说着，反问一句，“公公可知，董都谏素来不买我西厂的账？”

“有这等事？”汪直不知。

“公公只留意边事，朝中之事反而忽略。”韦瑛不无责备地说，“包括董都谏在内，六科议论西厂的人渐又多起来。”

“议论西厂，你怎不给他等点儿颜色看！”汪直道。

“卑职领出王冠，就是为的给他等点儿颜色看。”韦瑛说。

“说说看。”汪直命道。

“卑职去都察院狱看望王冠，问他许多六科的事。卑职终于发现，有一件事可以用来对付董都谏等。”韦瑛说。

“是何事？”汪直问。

“给事中许用吏员数目，朝廷有制度，但各科给事中、左右给事中、都给事中往往自行超额占用。卑职想，这个事由太小，由西厂直接奏闻，难免让人小觑我西厂。不如让王冠写道奏本，加以弹劾；公公在皇上面前再敲敲边鼓，不难把六科闹个底朝天。”韦瑛说。

“你有把握？”汪直问。

“卑职有把握；卑职连题目都替王冠想好。”韦瑛说。

“设计题目，非你长处，还是请老吴想吧。”汪直不看好他的头脑。

“公公听卑职说完题目，再做定夺。”韦瑛道，“卑职想好的题目是句现成的话：作奸犯科。不过，要改一个字，还要把顺序改改，就成坐科犯奸。”

汪直无法断定改后能不能说通。不过，所谓坐科，当然指在六科办事。一下就把要对付的人点明，他很满意。

“你既有把握，即去安排吧！”他说。对此事，他仍无太大的热情。

通政司参议刘英找到本司正使何琮，气冲冲地说：“办事吏也上疏言事，文璧先生看如何处置吧！”

“廷用又不是没处置过，今日怎的要问！”何琮道。

何琮字文璧，浙江仁和人，景泰五年进士。刘英字廷用，陕西盩厔人，锦衣卫籍，成化十一年进士。

“今日之疏，不同于前者之疏。”刘英说。

“有何不同？”何琮问。

“前者之疏，言事而已，偶尔或会涉及官员；今日之疏，毫不隐讳，是纠劾官员。”刘英说着，质问道，“办事吏纠劾朝廷官员，且是清要官员，合不合乎本朝制度？”

“听廷用口气，好像办事吏纠劾朝廷官员，是我在背后怂恿的？你先得告诉我，办事吏是谁人，被纠劾的是谁人，我才好说合乎不合乎本朝制度。”何琮道。

“文璧先生真的有心怂恿，未必怂恿得了。”刘英嘟囔一句，然后说，“办事吏是在吏科打杂的王冠，被纠劾的官员有吏科都给事中董子仁先生，及给谏王瑞、张雄、张晟等。”子仁是董旻的字。

“办事吏纠劾朝廷官员，本朝并未严厉禁止。若是别的办事吏纠劾别的官员，我也不好立刻置评；但王冠纠劾董旻等，我却可以给出四个字的评语。”何琮道。

“不知是哪四个字？”刘英问。

“挟私报复。”何琮道。

“文璧先生深知王冠其人？”刘英当然要问。

“一无所知。”何琮道。

“一无所知，怎料定他是挟私报复？”刘英问。

“我虽不知其人，却知近日一事：王冠曾奏乞量加月米，子仁先生恶之，将他送去都察院狱究问。”何琮说。

“办事吏有事，应说与本衙管事司务知道；至多告与本衙堂官。径自上疏奏乞，实过分。子仁先生因他径自上疏，而把他下狱，也有些过分。不过，”刘英各打五十大板，准确地说，是打王冠七十大板、打董旻三十大板。随即问道，“王冠既已下狱，怎得上疏？是掌院都堂觉着他不宜久押，把他放出；还是对他怜悯，代他呈进？”

“这是又一件事。”何琮道，“放出王冠，或带王冠进疏，都不能算错；实则，是西厂的人堂而皇之地进都察院狱，把人领走。”

“西厂的人是韦千户吧？”刘英问。

“廷用所料不差，果然是他。”何琮道。

“锦衣卫一千户，只因为西厂办事，出入都察院狱，如出入自家庭院，让人心寒呀！”刘英感慨。

“其实，廷用只要再想一想，也就不会奇怪了。”何琮道。

“文璧先生是说，今掌院者昔日曾进言，请复西厂，故甘为西厂属吏？”刘英道。他说的是成化十三年间御史戴缙的故事，那时他入仕仅一二年，但这件事的始末，知道得很清楚。他说：“子仁先生早知都察院狱关不住这个王冠，不如把他下刑部狱。”

“都察院狱关不住，刑部狱也未必关得住。”何琮却说。

刘英再一想，可不是！刑部尚书林聪虽不似戴缙卑劣，但和汪直一起勘查辽东时，没听说他曾有任何的抵制。所以，兵部侍郎马文升被贬谪于外，他的乌纱帽却保住。

想到这里，他问：“都察院、刑部关不住其人，文璧先生，我通政司可拦得住其疏？”

“生生要拦，怕是拦不住的。”何琮说。

“那就只好听任这只毒蝎噬咬我等同僚？”刘英问。

“除非一计，我等还真是无计可施。”何琮道。

“文璧先生说的是何计？”刘英问。

“缓兵之计。”何琮说。

“也就是说，且将王冠奏疏扣压在通政司，并告与子仁先生等，看看此事能否转圜。”刘英把这四个字具体化。

“做这件事，是有风险的。”何琮边点头，边说。

“风险我不怕，我只想知道，此疏能在通政司里扣押几日？”刘英道。

“三五日较为安全。”何琮说。

韦瑛、王冠等没给他们那么多日子。第二天，王冠又上疏纠劾何琮、刘英。朝廷处分，董旻以违例贬谪为石旧知县，刘英以泄事贬谪为钦州知州，其余各官停俸三月。

五月下月，边报日繁，皇帝降旨，以汪直监军，以王越为总兵官，挂平胡将军印，领京营三千人马，往宣府御虏。出征前，王越已改掌前军都督府，今次出征，他又挂平胡将军印。可见朝廷已经完全把他当作勋臣、当作武臣看待。

对汪直来说，巡边已成寻常之事，几乎是想什么时候出巡，就什么时候出巡；想什么时候回京，就什么时候回京。所以，他不是每次行前，都和吴绶、韦瑛话别；但这一次，他在离京前把二人找来。

“记得有一次，你二人轮番说话，问我值不值得饮酒；今次掉过来吧，我分别说与你二人，你二人看值不值得饮酒。”汪直的开场词很特别。

“公公一句话，至少也值得饮三杯。”韦瑛说。

“公公说我等，一句话值得饮十杯；一番话说下来，我二人不醉死才怪。”吴绶说。

“值得饮几杯，等我说完再定。”汪直说着，问韦瑛，“你用一无用之王冠，将我西厂之敌贬谪的贬谪，罚俸的罚俸，该不该饮酒？”

“该饮。”韦瑛说。

“你打算怎饮？”汪直问。

“卑职看，贬谪一官，宜饮两杯；罚俸一官，当饮一杯。”吴绶说。

“算起来，有七杯之多呢，我看有点儿多。”汪直道。

“我才不像吴哥那么小家子气，贬谪一官，我饮三杯；罚俸一官，我饮两杯。”韦瑛为显示豪爽，不顾自己的酒量。

“老吴算算，共计多少杯？”汪直命道。

“贬谪二人，计六杯，罚俸三人，亦计六杯，共计十二杯。”吴绶说。

“老韦，你慢慢喝着，今晚以十二杯为限，饮够十二杯，我放你走。”汪直道，又对吴绶说，“因违例治科垣罪，固为开怀之事；因言事治科垣罪，尤为开怀之事。你借科、道言事，激怒皇上，将礼科都给事中张铎贬谪汉阳府通判，将兵科给事中萧显贬谪镇宁州同知，该不该饮酒？”汉阳属湖广布政司，镇宁属贵州布政司。

“公公赏酒，卑职怎敢不饮！”吴绶说。

“你打算怎饮？”汪直问。

“公公说因言事治言官罪，尤当开怀。吴哥大气点，贬谪一官，饮六杯，和我扯平。”韦瑛说。方才吴绶挤兑他，这回他挤兑吴绶。

“我仍小家子气，干脆，公公饮几杯，我陪饮几杯。”吴绶道。

三人举杯共饮。

第一百三十六章

司设监太监王助带领两名长随，去西直门外验收他出资修建的寺庙。寺庙不大，但精巧、别致，他很满意。

“王叔看着高兴吧？”一长随问。

“这还用问，难道你不高兴？”王助道。

“我也高兴，可有人不高兴。”该长随说。

“谁不高兴？”王助问。

“王叔问他高兴不高兴？”该长随说着，手指另一长随。

“谁说我不高兴！我发愁而已。”后一长随说。

“本寺建成，了我一桩心愿，你却为何发愁？”王助问。

“寺是建成，家里多年的积蓄也已用罄。”后一长随说。

“胡说！”王助才不信呢，“建寺的砖石，我是向内官监的阿哥讨要的；木料，我是向工部的司官讨要的；夫役，我是向五府的都督讨要的。都是要的，怎会把家里的积蓄用罄！”

“叔以为向内官监讨要，向工部讨要，向五军都督府讨要，和乞儿向张家讨要，向李家讨要，向王家讨要一样呢？你不得给内官监的阿叔好处费呀，不得给工部的司官好处费呀，不得给五府的都督好处费呀！再说，每天下锅的米总是咱自家拿的吧？十口大锅不间断地煮几个月的饭，那得多少米呀！叔看咱积蓄会不会用罄！”后一长随道。

王助的确没想那么多，得知下锅的米是货真价实自己出的资，他颇感心疼。不过又一想，一来，家里的钱虽然用光，可寺也建起来；二来，这寺就和家庙差不多，以后寺庙里香火一定会盛，自己不可以分成吗？反正是聊以自慰，他说：“用罄就用罄吧。今日用罄，明日日进斗金，不就补回来？”

“叔，按寻常的法子，怕是补不回来；要想补回来，得用特别的法子。”前一长随说。

“你号称凤雏再世，你有什么特别的法子？”王助问。

“小的也没什么特别的法子，就是觉得，他方才那句话说得挺有意思。”前一长随说着，又手指后一长随。

“他每句话都让我心烦，不知哪句话却让你觉得有意思？”王助问。

“他说，乞儿向张家讨要，向李家讨要，向王家讨要。”前一长随道。

“对了，他拿我向内官监讨要、向工部讨要、向五府讨要，和乞儿向张家讨要、向李家讨要、向王家讨要相提并论，你居然还觉得挺有意思！”王助心中无名火起。

“王叔息怒！”前一长随忙安抚，“小的只是说向张家讨要，向李家讨要，向王家讨要，这话挺有意思；又没说，把向张家讨要，向李家讨要，向王家讨要，和向内官监讨要，向工部讨要，向五府讨要相提并论，挺有意思。”

“不相提并论，我也没觉着有意思。”王助说。

“怎没意思？叔想想，他又没乞讨过，怎知向张家讨要、向李家讨要、向王家讨要？”前一长随问。

“这有什么好想的，无非因为张、李、王皆大姓。”王助说。

“王叔说，这三姓中哪姓最大？”前一长随问。

“当然是王姓。”王助无疑要把自己的姓氏放在最前面。他责备后一长随，“你好大胆，把你那李姓放在本监王姓之前！”

“叔错怪小的。”后一长随叫屈，“小的倒想把李姓放在最后面，但斟酌再三，不敢。”

“照你这么说，放在后面反倒好？”王助不懂他的逻辑。

“诚然，”后一长随道，“叔想啊，这是上门讨要，叔难道愿意上门讨要的人络绎不绝？”说着，一指前一长随，“小的凡事不甘落后，但宁愿把张哥的姓氏放在最前，便是为此。”

前一长随不搭理他，又问：“那么，天下姓氏中哪姓最大？”

“当然是——”王助还想说王姓，但对前一长随说的“大”有点摸不准，于是问后一长随，“你不会以为李姓最大吧？”

“叔英明一世，怎的糊涂一时？”后一长随道，“国姓最大呀！唐朝可以说小的李姓最大；到我大明，无疑是朱姓最大。”

他一提醒，王助顿时醒悟。他问前一长随：“你是不是说，他既知向张家、李家、王家等大姓讨要，怎么偏偏忘向朱家讨要？”

“以叔之精明，一点即透。”前一长随说。

“向朱家讨要，又有什么特别之处？”王助问。

“叔欲得米，欲得钱，向张家讨要，向李家讨要，向王家讨要，都能得到一些；向朱家要，一则不好开口，一则即便开口，也可能一无所获。但有一件东西，叔向张家讨要，向李家讨要，向王家讨要，断然是讨要不来的；只有朱家，才给得了叔。”前一长随说。

“你说的是何物？”王助问。

“盐引呀！”前一长随道。盐引是支领食盐的凭证。历代都实行食盐专卖，称为煮海之利。本朝国初行开中法，招商输粮于边，而给以盐引；再凭盐引，到盐产地支盐。该长随说，“反正盐引是朝廷颁发的，又不用爷往外拿钱，叔要的容易，爷给的也容易。叔若要来一两万盐引，家里多少亏空都可以补上。”

陈钺改兵部尚书后，朝廷召总督仓场户部尚书翁世资回部主持；而潘荣也是成化十七年由南京太常寺少卿擢为户部左侍郎的。可以说，皇帝批给太监王助两万盐引，是他二人计议的第一件大事。

“此事可分两步来议：第一步，可不可与；第二步，不可与，如何议复。”潘荣说着，问道，“资甫先生以为如何？”

“尊用先生以为，可不可与，仍须议之？”翁世资反问。

翁世资字资甫，福建莆田人，正统七年进士。潘荣字尊用，福建龙溪人，正统十三年进士。

“资甫先生问得干脆。”潘荣笑道，他解释自己的意思，“资甫先生显然以为不可与，我也以为不可与；但为何不可与，须得说服皇上吧？”

“那不属于第二步吗？”翁世资道。

“如何议复，我有另一层意思。”潘荣说。

“既如此，且议第一步。”翁世资说着，率先议道，“本朝盐法，是和边计相辅而行的。盐法存，则边用足；盐法坏，则边用匮。何谓盐法存？开中之法存也；何谓盐法坏？开中之法坏也。尊用先生看，用这条理由，能不能说服皇上？”

“不管能不能说服，我等也只能围绕着本朝盐法、边计相辅而行加以阐述。我想，皇上圣明，定知其中利害。”潘荣除附会，还有补充，“此外，还应该说一说，成化初年，有富人家托请势要，奏讨两淮存积盐；盐法之坏，已见端倪。”

“对。”翁世资点点头，又补充，“富人家乞盐，还要转托势要；内臣乞盐，只要向皇上张张嘴、伸伸手。今日若准王太监所乞，明日准不准其他公公所乞？一路准下去，后果不堪设想。”

“资甫先生，我看这般拟疏即可。”潘荣说。

“当真即可吗？”翁世资却意味深长地问。

“资甫先生还有话说？”潘荣反问。

“我没话，但尊用先生有话呀。”翁世资道。

“想到的话，我已都说了。”潘荣说着，忽然明白翁世资的意思，他笑笑，又说，“资甫先生说的是第二步吧？第二步，我确有话说。”

“请吧，我洗耳恭听！”翁世资道。

“资甫先生接掌户部有几个月？”潘荣问。

“和你前后脚进的户部，大约三四个月吧。”翁世资说。

“今大司徒、前大司徒共议此事，是不是分量更重些？”潘荣问。

“尊用先生是说，请廷威先生共署此疏？”翁世资边思忖边说，“他若肯共议此事固妙；但尊用先生看，他会欣然同意吗？”

“欣然同意，怕没那么便宜。不过，盐法、边计，相辅而行；前大司徒即今大司马，事关边计，也是他应该关心的。”潘荣欲兵部与议此事，不是没有道理。

“我看，想和此公共议国家大计，徒劳而已。与其谋之于他，不如谋之于西厂；西厂那边发话，他想躲都躲不开。”翁世资说。

“这一节我也曾想过，但指使得动大司马的人不在，奈何？”潘荣道。

“那最好别打他的主意！该如何议复，你我如何议复。”翁世资说。

“户部有奏本吧？”皇帝问怀恩。

“是。”怀恩应道，“户部上两道奏本，一道是翁尚书和潘侍郎合上的，一本是潘侍郎单独上的。”

“翁世资、潘荣合上的，定是老王奏乞盐引之事。”皇帝说。

“爷说的是。”怀恩应道。

“潘荣单独上疏，为的何事？”皇帝问。

“是英国公等奏言之事。”怀恩说。

“是关乎各爵禄米骤减的奏议？”皇帝问。

“是。”怀恩应道。

“臣等先世以大功赐爵，子孙蒙受皇恩，得以承继。而所司不体列祖列宗爵禄以报有功之意，辄减岁禄。”皇帝背诵一段张懋等奏疏里的话，问，“是这一篇吧？”

“就是此疏。”怀恩应道。

“此疏朕只命礼部议之，并未命户部议之呀！”皇帝道。

“奴才想，事关会计，故潘荣议之。”怀恩说。

“朕亦知，一提禄米，户部就要叫苦。所以，朕想先让礼部议一议，该等爵位有无不当赐封者，有无不当承继者，然后再让户部去议禄米增减之事。谁知这个潘荣急不可耐。”皇帝道。

“爷思虑缜密，潘荣未能体察。”怀恩说。

“他先议也好，你说与朕听听。”皇帝命道，怀恩才把奏疏翻开，皇帝又交待，“别念，你拣要紧的说，能用一句话说清楚，最好。”

“奴才无能，至少也要用两三句话，或能说清楚。”怀恩半似认真、半似说笑地讲起数来。

“那就用三句话，不得再多。”皇帝说着，帮他数道，“第一句。”

“无事时妄请增禄，有功时何以劝赏？”怀恩述道。

“他在窜改英国公等的议题：人家是奏乞恢复原禄，不是奏乞增禄。不过也不能说改的全无道理。原禄既减至今禄，今禄即为原禄，乞复原禄即为增禄。譬如，我太祖高皇帝初定亲王禄米五万石，后减至万石，你说，再乞禄米增至五万石，是恢复原禄呢，还是增禄？”皇帝评论道。

“爷圣明！”怀恩称颂。

“第二句。”皇帝数道。

“频年水旱，国用未充。”怀恩述道。

“这是实情。”皇帝又做一番评论，“频年水旱，国用未充，身为勋贵，当体念国家艰难。你不主动减禄，我也不强求；却要求恢复原禄，即要求增禄，实负国恩。”

“爷圣明！”怀恩称颂。

“第三句。”皇帝数道。

“所请不可许。”怀恩述道。

“朕想到会是这句话的。”皇帝评论道，“合上此疏的勋臣，共计四十三人，潘荣不怕犯众怒，实属难能可贵。”

“爷圣明！”怀恩第三次称颂。

“怀大伴，朕想用他的第三句话拟旨，你看使得使不得？”皇帝问。

“奴才以为很恰当，不过，话里的‘可’字似宜省去。”怀恩说。

“那当然，所请不可许，不是圣旨的口气。”皇帝道。

怀恩把潘荣单独上的奏本放到一旁，又拿起他和翁世资一起上的奏本，道："此疏是念，是说，乞爷示下。"

"说的话，一句话也不够吧？"皇帝问。

"爷说的是，至少也得三句。"怀恩道。

"第一句。"皇帝数道。

"盐课祖宗有禁约。"怀恩述道。

"第二句。"皇帝数道。

"盐法、边计，相辅而行，一损俱损。"怀恩述道。

"第三句也是'所请不可许'吧？"皇帝问。

"爷的口气略轻。"怀恩道。

"是吗？朕命议复，口气也可加重？"皇帝问。

"爷说的是。"怀恩应道。

"朕倒要听听，重到什么程度。"皇帝道。

"二人写的是：王助违例奏乞，宜正其罪。"怀恩述道。

"他等口气加重，是件好事。"皇帝道。

"爷的意思是——"怀恩问。

"朕本来在想，他二人如果也以'所请不可许'结尾，也只好用这句话拟旨；当然，'可'字一样要省去。他二人却说'宜正其罪'，朕却不能拿来拟旨。"皇帝说着，问道，"老怀，你说对不对？"

"奴才想，他二人说'宜正其罪'，爷也可以'所请不许'拟旨。"怀恩答非所问地说。

"王顾左右而言他，也是应对之策，但朕宁愿正面回应户部。"皇帝诉说他的想法，"老王以一己之力，建起一座寺院，不易。而且，他修建寺院的事，也对朕说过，朕多少得给他些补偿，哪怕是象征性的也好。老怀，你这样拟旨：奏乞过多，暂与一千引，不为例。"

"奴才遵旨！"怀恩应道。

第一百三十七章

阿丑扮作末，在一群大小宦者的欢笑声中登场。

“阿丑，这回扮的是谁人？”下面有人问。

“吾张子房也。”末道。

“是兴汉的张子房吗？”下面有人问。

“正是。”末道。

“都道兴汉，你论功第一，你究竟有什么本事？”下面有人问。

“吾能一歌而散楚兵六千。”末道。

“原来这个张子房不识数！”下面有人嗤笑。

“吾怎不识数？”末问。

“都道张子房一歌而散八千楚兵，你怎只散六千？其余二千到哪里去了！”下面的人道。

“兄台不知吗？另二千给保国公修私宅去也。”末道。

观看的宦者才要开怀大笑，被阿丑一个禁止出声的手势堵回去。阿丑越过众人，抢先跪伏下去，口称：“奴才阿丑给爷叩头。”他的面前站着皇帝，皇帝的身后站着怀恩。原来阿丑早看见皇帝带领怀恩走过来，但还是坚持把这一小段表演完，才上前行礼。其他宦者也都忙着跪倒。

“给保国公修建私宅的，恐怕不是楚兵吧？”皇帝说。

“爷说的是，是京营。”阿丑应道。

“保国公役京营，建私宅，可是你亲眼所见？”皇帝问。

“奴才是听说，并未亲见。”阿丑道。

“朕帮你个忙吧。”皇帝说着，吩咐怀恩，“你去查查此事。保国公果私役京营，拟旨戒饬；若不实，让阿丑去保国公府服役。”

“是。”怀恩笑着应道。

“近日有没有好的段子，让朕一饱眼福，一饱耳福？”皇帝又问阿丑。

“奴才滴酒不沾，近日好不容易模仿到醉汉的神态。”阿丑说。

“滴酒不沾，却能模仿醉汉，着实难为你。”皇帝道，又对众宦者说，“朕知你等中不乏酒鬼，都起来吧，看看这个醉酒的汉子有几分形似，有几分神似。”

“奴才等遵旨，奴才等谢恩！”众宦者呼着，相互扶掖着起身，远远地站在皇帝后面观看。

阿丑知道，在皇帝面前没人敢给他搭腔，只能一人扮演几个角色。他先以丑扮醉汉，憨态可掬，一步三摇，从左走到右，从右走到左，引得皇帝和其他人无不捧腹。接着，他又以副末扮各色人等。

副末：知府老爷轿到，闲人避让！

丑两腿一盘，当道而坐，不予理会。

副末：那汉子，怎不避让？

丑：你叫嚷闲人避让，俺不是闲人，是醉人。

“插科打诨，此句最妙。”皇帝笑着称赏。

副末方才弓着身子，现在往上稍挺。

副末：天官大人轿到，闲人、醉人，一概避让！

丑盘腿而坐，不理不睬。

副末：那汉子听真，醉人也须避让。

丑：俺不是醉人，是大醉之人。

副末腰已挺直，做手举仪仗状。

副末：天子銮驾到，闲人、醉人、大醉之人，一概避让！

丑不敢盘腿而坐，磨磨蹭蹭地想站起来，却又站立不稳；想往一旁移动，又迈不动步子。

副末：那汉子，不避让圣驾，大醉之人也是要砍头的！

丑：俺不是大醉之人，是醉死之人。

副末换武夫模样，腰间挎着宝剑，手按剑柄。

副末：西厂汪太监到，闲人——

话没说完，丑的酒意全无，拔腿就跑。

副末：那汉子，这回怎知避让？

丑：今人不知他人，但知汪太监；不惧他人，但惧汪太监。

皇帝微笑不语，若有所思。

“阿丑大胆，竟敢编排圣上！”怀恩喝道。

“老怀，别责怪他，由朕来判定是非。”皇帝说着，问众宦者，“阿丑说‘今人’但知汪太监，但惧汪太监，你等皆是‘今人’惧不惧他？”

众宦者把头深埋，没一人敢出声。

“谁若不惧，定会出声；无人作声，则是惧他。老怀，我看不但他等惧之，你也惧之，阿丑说的是实情。”皇帝道。

“爷圣明！”怀恩称颂。

“爷圣明！”众宦者称颂。

“阿丑，”皇帝转向阿丑，“老怀说你编派朕，朕看你是编派汪太监。你既编派他，能不能让他上来与我等相见？”

“奴才领旨。”阿丑打躬作揖，朝着一个方向说，“不是小的敢劳累汪叔，爷降旨，只得辛苦汪叔一番。”

他的语调极其恳切，皇帝和众宦者发出笑声。

阿丑以净扮汪直，出人意表。楚霸王可以净扮之，猛张飞可以净扮之，尉迟恭可以净扮之，汪直是个阉人，怎么也以净扮之？

只见他高视阔步，旁若无人，不失净角本色；而一开口，声音极尖细，尖细中又夹带着严厉，很容易让人联想起汪直来。

净走一圈，阿丑转以末扮一文臣模样的人。

末：你是何人，敢如此放肆！

净：俺，提督西厂太监汪直也。你连俺也不识，怎在本朝为官！

末：原来是汪太监！为何不识你，便不能在本朝为官？

净：爷爷信我爱我，我要你死，你就得死；我要你活，你才能活。不识我，你糊里糊涂已做刀下鬼，还怎的为官！

末：当今皇上最圣明，信的是忠贞不贰之士，爱的是本领超群之人。看你模样，有什么本事，皇上怎会信你爱你？

净：我有计谋。

末：敢情你是张良再世？

净：不是，不是。

末：别摇头，说你的本事。

净：我会杀人。

末：敢情你是韩信脱胎？

净：不是，不是。

末：别摆手，说你的本事。

净：我能支应。

末：敢情你是萧何第二？

净：不是，不是。

末：你这也不是，那也不是，怎得皇上信你爱你？

净：你不知，我手持二月，可横行天下。

末：敢情你横行天下，靠的是两个女子。

净：怎的是靠两个女子？

末：月者，阴也，喻为女子。天上只有一月，你却说手持二月，可不就是两个女子！

净：手中的月，非天上的月。

末：那你说说，左手持的是何月？

净：王越。

末：右手呢？

净：陈钺。

末：原来是两柄斧子。

净：非也，一柄是斧子，另一柄我亦不知为何物。我今手持二月，又为爷爷办事去也！

皇帝一直忍着，等阿丑退场，才大笑出声。

“老怀，你道他哪句话最可笑？”皇帝问。

“奴才品不出来，只觉着都可笑。”怀恩说。

“另一柄我亦不知为何物，你看说的是谁？”皇帝说。

“应是王越。”怀恩说。

“对！”皇帝点头，“王越以文臣出身，至今已完完全全成为武臣。所谓不知为何物，不是指‘越’为何物，而是说不知他为文臣还是为武臣。”

“爷的评点，一针见血！”怀恩道。

皇帝率一干近侍。走在前边。阿丑恭送圣驾，趁人不注意时，悄声问怀恩：“怀叔，小的这下会不会闯大祸？”

“或闯大祸，或建大功。”怀恩说。

东、西二厂素不来往，吴绶忽找到灯市口附近的东外场，让东厂提督太监尚铭吃惊不小。

“虽则咫尺地，老吴是稀客。”尚铭说。

“一人绵薄力，不敢事二主。”吴绶说。

二人的话，都有含义。

吴绶的职衔是锦衣卫镇抚司镇抚，主理镇抚司狱，也就是诏狱。诏狱与东厂相距甚近；而且，锦衣卫官，特别是镇抚，向来听命于东厂。但因西厂势大，压过东厂，吴绶只听命于汪直，只往西厂禀事，视近在咫尺的东厂如无物。尚铭是在讥讽吴绶。

吴绶的回应明确表示，他不会把西、东二厂都当作主子。

“那么，老吴这次来，也是替西厂办事？”尚铭问。

“我家公公有话，命卑职代为转达。”吴绶说。

“一句话？”尚铭仍想使气氛缓和一些，所以开玩笑地问。

“一连串的话。”吴绶却一丝不苟。

“汪哥有什么话，老吴一一说来吧。”尚铭只得由他。

“我家公公首先命卑职，恭贺尚督得意。”吴绶说。

“得意？这从何说起？”尚铭问。

“前些日子，皇上不是厚赏尚督吗？”吴绶道。

“这事是有的。”尚铭说。

“皇上厚赏尚督，不是因为西内失窃一事告破吗？”吴绶道。

“果是为此事。”尚铭说。

“我家公公接下来让我问尚督，记得两家君子之约否？”吴绶道。

“汪家与尚家的君子之约？”尚铭问。

“东厂与西厂的君子之约。”吴绶道。

“汪哥于我有提携之恩，若不是他美言，轮不到我提督东厂。不过，说到西厂与东厂的君子之约，我当真不记得。”尚铭否认有此事。

“我家公公知道尚督贵人善忘，命我提醒尚督：某年、某月、某时，于某地，我家公公与尚督饮酒，曾有约定。”吴绶说着，问道，“尚督要我点明具体的日子和地方吗？”

“不用，老吴只要告诉我约定是何事即可。”尚铭道。

“皇城外不论，皇城之内，以宫城为限。宫城以东的案子，西厂不受理；宫城以西的案子，东厂不受理。”吴绶说。

“有这等约定？”尚铭只是过渡一下，并非真要否认，“不错，我记起来，确有此约定。可那是酒后之言，岂能作数！譬如，皇城之内，宫城以西，出了案子，爷命东厂受理，东厂能违旨吗？”

“今次西内失窃之案，可是皇上交待？”吴绶问。

“那却不是。”尚铭道。

“可见，尚督是自行越界，非奉旨越界。”吴绶说。

“老吴，你倒是说说看，遇到此事，我该怎办？”尚铭问。

“再简单不过：知会西厂。”吴绶说。

“可汪哥在宣府呢。待知会汪哥，汪哥再交代西厂办理，三五天已过，谁知会发生什么变故！”尚铭道。

“我家公公虽在宣府，西厂仍在京师，尚督交代我等去办理，也是一样的。”吴绶说。

“哼！”尚铭听他的话，不由来气，“老吴是想调度东厂吗？”

“卑职人微言轻，怎敢调度东厂，调度尚督！凡卑职所言，皆我家公公的话。”吴绶说。

“今事已至此，该办的案子已办，该抓的人已抓，爷也厚赏，汪哥还让老吴传什么话吗？”尚铭问。

“也没别的。”吴绶道，“我家公公只让卑职对尚督说：好自为之。等他回到京师，再向尚督请教。”

尚铭没觉察吴绶是几时走的，不记得自己有没有吩咐送客；他只觉得，一股寒气从脚底升起，直冲脑门。他相信，吴绶不敢打着汪直的旗号，自作主张，来东厂理论。一定是他差快骑把京师发生的点点滴滴的事情禀与汪直知道，汪直对东厂在西内办案且受厚赏一事大为恼火，命他前来问罪的。汪直那句等他回到京师再来请教的话，不是一般的警告，而是一定要付诸实行的。只要汪直回到京师，尚铭自忖斗不过他。

为自保，必须想法子阻止汪直回到京师。尚铭自提督东厂以来，一直在下功夫刺探西厂的秘事。西厂从提督太监到旗校，有什么不法之事，他打探到不少，掌握了不少，但他觉得，最有效的是两件事：一是西厂的人满不在乎地把许多宫闱秘事泄露出去；一是包括王越、陈钺在内的众多大臣，和汪直私下交结。

向皇帝密奏这两件事，能不用能起作用呢？尚铭相信，可以起作用。汪直、王越今年领兵御虏宣府，是五月出的京师，至今已四个月，皇帝丝毫没动让他返回京师的念头。这说明什么？说明皇帝再不像以前那样离不开他，甚至说明皇帝再不像以前那样宠信他。

第一百三十八章

接待外使馆驿的驿丞，一定要八面玲珑，善于交际。今之驿丞，不仅八面玲珑，善于交际，而且喜欢打听各国的风土人情、朝野典故。得闲时，他常常备一壶酒，与外使便喝边聊。

近日到京的占城使臣，并非今王提婆苔差使，而是前王斋亚麻弗菴之弟古来差使。他正顾虑自已名义不正，没想到驿丞居然请自己饮酒，他的话自然就多。

“天朝有位张大人，还在朝吗？”他问。

“朝中姓张的大人太多。譬如，位居勋臣班首的英国公，姓张；前礼部尚书，也姓张。”驿丞说。

“官位没那么高。”使臣说。

“官位没那么高的张大人更多。譬如，六部中，几乎每部都有姓张的官员；都察院十三道，有多名姓张的御史。”驿丞说。

“在下说的是曾出使我占城国的张大人。”使臣说。

“我记得，成化十四年朝廷遣使往占城，是那一次吗？”驿丞问。

“今年是成化十七年，三年前，正是成化十四年。”使臣说。

“那次出使占城的，有两位大人：一是给事中冯义冯大人，一是行人张瑾张大人。”驿丞说罢，问道，“贵使为何只问张大人，不问冯大人，是和张大人有过交情吗？”

“听说冯大人在返回时病逝于海上，所以只问张大人。”使臣说。

“原来如此。”驿丞点点头，告诉他，“冯大人命薄，确是逝于途中；张大人今已升行人司司副。”

“司副是重臣否？”使臣问。

“仅从七品，说不上重臣。”驿丞道。

“还好。”使臣流露出欣慰之情。

驿丞感到奇怪。张瑾以行人之职，不可能一下子升为重臣；但他没成为重臣，占城国使臣有什么可高兴的呢？

“贵使与张大人有私怨？”他问。

“并无私怨。”使臣说。

“既无私怨，为何幸其未至重臣？”驿丞问。

“在下今次赴天朝，为的是封王一事，与张大人颇有干系。张大人若把持天朝大政，在下主人的心愿定然无望。”使臣说。

“不错，我记得冯大人、张大人出使占城，也是为的封王一事。那时的王叫——”驿丞虽留意各国之事，但异邦的姓名太难记。

“斋亚麻弗菴殿下。”使臣说。

“这个名字我有印象；不过，我记得张大人回朝后复旨，受封的占城王并不是他。”驿丞说。

“在下要说的正是此事。”使臣道。话题一下子拉回到三年前，但要说明白这个话题，仅涉及三年前的事远远不够。所以，使臣问道：“大人可知，占城是哪年被安南侵占的。”

“肯定在成化十四年之前，再早个四五年吧？”驿丞估摸着。

“不止，要再早上七年。”使臣道，“成化七年，我占城国破。那时的占城王槃罗茶全殿下，被安南军劫持，王玺被夺去。只有槃罗茶全王之弟槃罗茶悦殿下逃往山中。”

“我想起来，朝廷曾打算封槃罗茶悦为王。”驿丞插话。

“是槃罗茶悦王先上表请封的。”使臣说，“天朝遣使，也是一给事中，一行人，往占城册封，为守者所拒。那时的占城国已完全被安南占据，并改置为交南州。上使无功而返。不久，槃罗茶悦殿下亦被安南人擒获。然后才有冯大人、张大人往安南封斋亚麻弗菴殿下。他是安南人选的。安南人把原占城南部土地归还，以复占城国。”

“斋亚麻弗菴是否王族？”驿丞问。

“是槃罗茶全殿下嫡孙。”使臣说。

“堪称正统，为何却未受封？”驿丞问。

“冯大人、张大人抵达占城，斋亚麻弗菴殿下已身亡。安南人放出风声，说杀斋亚麻弗菴的，是其弟古来殿下。于是，又另立提婆苔为王。”使臣这才把话题定格在三年之前。

“我想起来，张大人还朝，带回安南国的敕书，册立的是提婆苔。”驿丞说。

“天朝上下，皆以安南国敕书为敕书吗？”使臣问。

“非也，我朝上下只以大明朝敕书为敕书。”驿丞说。

“我占城国也有许多人只以大明朝敕书为敕书，而以安南国敕书为伪敕。”使臣说。

“难得，难得；可敬，可敬！”驿丞揖道，又问，“贵使来自占城，一定知晓，斋亚麻弗菴是否为其弟所杀吧？”

“听说中华之人常说一句话：为尊者讳。可是？”使臣问。

“是有这话。”驿丞应道。

“在下是奉古来殿下差使而来的。”使臣说。

驿丞懂得他的意思，举起酒盅敬酒，道：“打住，打住！来，今晚你我畅饮一回。”

占城古来奏表下礼部，几位堂官聚在一起议之。

周洪谟是二月接替张文智为礼部尚书的，两位佐卿，左侍郎是徐溥，右侍郎是谢一夔。谢一夔字大韶，江西新建人，天顺四年进士第一。其祖先为避仇家，曾改冒王姓，他在中状元后，奏请复原姓。

“该表二位虽然读过，还是请哪位再读一遍吧。”周洪谟说。

“我来读。”谢一夔说着，拿起古来的奏表。

奏表写道：安南破臣国时，故王弟槃罗茶悦逃居佛灵山。比天使赍封诰至，已为贼人执去，臣与兄斋亚麻弗菴潜窜山谷。后贼人畏惧天威，遣人访觅臣兄，还以故地。然自邦都郎至占腊止五处。臣兄权国未几，遽尔殒殁。臣当嗣立，不敢自专，仰望天恩，赐之册印。臣国所有土地本二十七处，四府、一州、二十二县。东至海，南至占腊，西至黎人山，北至阿本喇补，凡三千五百余里。乞特谕交人，尽还本国。

“二位意下如何？”周洪谟让两位侍郎先说。

“所请有二事，不知先议哪一件？”谢一夔却让他先定个框框。

“时用先生说呢？”周洪谟干脆指定徐溥先说。

“按照古来奏表，所请二事，请册封在前，谕交人在后。但我以为，今日议之，不如先议谕交人，再议册封。”徐溥提议。

“时用先生为何要调转顺序？”谢一夔问。

“时用先生欲调转顺序，是有道理的。”周洪谟替徐溥解释，“谕交人，议之易，故先议；请册封，议之难，故后议。”说罢，问道，“时用先生是此意吧？”

“是。”徐溥应道。

“为何谕交人议之易？我怎觉着，议之难过册封事？”谢一夔道。

“大韶先生且说，难在哪里？”徐溥问。

“朝廷谕交人，交人肯听吗？”谢一夔道。

“不肯听占九分。”徐溥说。

“既不肯听，怎能说议之易？”谢一夔问。

“肯不肯听，是交人的事；我等要议的，是颁不颁谕旨。”徐溥说。

“不管有无效果？”谢一夔问。

“不管有无效果。”徐溥断然地说。

“这是为何？”谢一夔仍未理解。

“大韶先生迟疑于是否颁谕旨，无非是担心交人不理睬，该怎么办，对吧？”徐溥问。

“是啊，那不有损天威吗？”谢一夔道。

“连谕旨都不肯颁，难道就无损天威？”徐溥针锋相对地说，他主张颁谕的理由还不只于此，“再者，大韶先生想想，立足于朝廷，是愿对交人加以限制，还是听任其坐大？”

“听任其坐大，当然于天朝不利。”谢一夔说。

“可不谕交人归还占城土地，交人怎知天朝不能容忍其坐大？占城怎知天朝不能容忍交人坐大？天下怎知天朝不能容忍交人坐大？说不定还会有人说，交人坐大，是我天朝纵容。”徐溥道。

“谕交人而无效果，是弊；不谕交人而听任交人坐大，也是弊。两弊权衡，前者似乎为轻。”谢一夔说。

“那么，大韶先生也以为宜谕交人？”周洪谟问。

“是。”谢一夔应道，又说，“既欲遣使谕交人，可择有威望之近臣前往，或能收意外之功。”

“还有个更便捷的法子。”周洪谟说。

“尧弼先生有何妙着？”谢一夔问。

“安南贡使正要回国，不如使其携敕书而还，只要在敕书中严厉诘责其王黎灏，效果是一样的。”周洪谟说。

反正是表明朝廷的态度，着伶牙俐齿的使臣当面诘责，或严词峻句地写进敕书里，当真没有多大区别。徐溥、谢一夔都不反对周洪谟之议。

“可议其难否？”谢一夔迫不及待地问，“古来当册立，则允之；不当册立，则拒之。时用先生，这又有何难？”

“大韶先生说，当允之，抑或当拒之？”徐溥反问。

谢一夔仔细一想，还真难决断。说不当册立吧，他是前占城王的后裔；朝廷前者要册封的是他兄长，兄终弟及，是说得过去的。说当册立吧，前者朝廷册立的敕书，落在今王提婆苔手里；而且提婆苔和安南人都说，古来是谋杀其兄斋亚麻弗菴的凶手。那么，他的行为是弑兄篡位，朝廷怎能册立此等凶徒！

“我还没想好。在时用先生看来，当允之，当拒之？”谢一夔问。

“欲定当允当拒，有件事先要辨明。”徐溥说。

“时用先生说的是哪件事？”谢一夔问。

“时用先生说的，或是当年给谏冯义、行人张瑾出使占城，怎把敕书交到今占城王提婆苔手里。”周洪谟插话。

“时用先生，可是此事？”谢一夔问。

“是。”徐溥应道。

“此二事可有关联？”谢一夔问。

“大有关联。”徐溥道，“一则，冯、张二人将朝廷册封敕书交到提婆苔手里，若是朝廷授意，则提婆苔为占城王，乃朝廷认可。朝廷既曾认可提婆苔，则绝无再册封古来的道理。”

“成化十三年事，我只有模糊印象，尧弼先生还记得吗？”谢一夔问。

“其时议遣使事，我正好升礼部贰卿。”周洪谟说。

“是否曾授意冯、张二人，可转而册立他人？”谢一夔问。

“此事不用去记，想也想得出来。”周洪谟道，“本朝册封番国，几时有过张冠而李戴的事例！”

“如此说来，二人是自作主张？”谢一夔问。

“毋庸置疑。”周洪谟道。

“礼部当时未加纠劾，朝廷当时未加处分？”谢一夔问。

“诚然，礼部未加纠劾，朝廷未加处分。”周洪谟道。

“这是为何？”谢一夔觉得很难理解。

“其一，张瑾带回安南国册立提婆苔的敕书，这虽不是充分的理由，但也是个理由；其二，据张瑾称，有理由相信，朝廷欲册立的占城王斋亚麻弗菴，为其弟古来杀害；其三，正使冯义，死于归国途中。”周洪谟说过三条理由后，总结成一句话，“总之，一言难尽。”

“一言难尽，只好不予穷究。”谢一夔并不反对这样的态度，他转对徐溥说，“时用先生说，若朝廷授意，则如何如何，这是一个关联。尧弼先生已证实，绝非朝廷授意。时用先生可以接着说第二个关联吧？”

“第二个关联，是尧弼先生和大韶先生都以为不可穷究者。”徐溥道。

“不可穷究，时用先生一定要穷究，那就不是追究冯义、张瑾；而是要追究当时的朝廷、当时的礼部。”谢一夔说。

“这却不然。”徐溥道，“穷究当时为何不纠劾、不处分，那是追究当时的朝廷，当时的礼部；穷究冯义、张瑾当时为何将朝廷敕书交到提婆苔手里，却有另一层含义。”

“是何含义？”谢一夔问。

“时用先生或是说，冯义、张瑾当时有正当理由，把朝廷敕书交与提婆苔；而朝廷后来又没有追究他二人，则张冠李戴虽非朝廷授意，但朝廷也是认可的。因而今时不宜再册立古来。”周洪谟插话。

“时用先生，可是此意？”谢一夔问。

“是。”徐溥应道。并补充，“换言之，冯义、张瑾若无正当理由，则朝廷当时即便不曾追究，今时也不宜认可。”

“他二人究竟有没有正当理由呢？”谢一夔问。

“那要询问过张瑾方知。”徐溥道。

“时用先生估计呢？”谢一夔一定要他表明态度。

“我看，有理由，恐怕也不正当。”徐溥道。

询问过张瑾，并且询问过二使的随行人员，证明果然没有正当理由。

其实，冯义、张瑾到达广东境内，就得到斋亚麻弗菴已死的消息，按照惯例，二人应逗留广东，静观其变，并奏明朝廷；待朝廷有进一步的旨意，再决定行止。但他二人携带许多私物，准备到占城后私相贸易以获利。他们担心滞留广东，贸易不成，所带物品成死货，所以匆匆忙忙出境，赶往占城。此后，听信提婆苔及安南人一面之词，把敕书交与提婆苔，也成必然。

礼部奏明该事原委，张瑾下狱。

礼部又奏称：古来实占城王弟，其王病死，非弑。提婆苔不知为何人。

朝廷命古来使臣暂归广东，待提婆苔使臣至，再辨真伪。但古来使臣在广东等候一年多，提婆苔使臣并未来朝。朝廷放古来使臣回国。

这是后话。

第一百三十九章

道录司右至灵，是正六品衙门的正八品官。江西临江人邓常恩，早就不安于其职，安于其秩。他因太监陈喜而进，但看出，要想高升，须巴结梁芳。不信你看，和他几乎同时从江西来京的李孜省，已升通政司右通政。右通政，正四品呀！

他精心配制一副补药，请陈喜陪着，到梁芳外宅拜望。

“呦，陈哥怎么来敝舍？”梁芳见了陈喜，颇感意外，看到邓常恩，又说，“呵，还把邓道兄带来。”

“不是我把他带来，是他把我带来。”陈喜说。

“此话怎讲？”梁芳问。

“老邓炼就几丸药，说是孝敬梁哥的。我说我不知梁哥外宅在哪里，他说他知；我说我不知梁哥出宫没有，他说他知。”陈喜说着，道，“梁哥看，是不是他带我来的？”

“有药丸给我？”梁芳狐疑地盯住邓常恩手里装潢得很漂亮的礼品匣，“老邓，你炼的药，皇上用过几次，觉得挺见效；可我就是把它当饭吃，也不会管用的。你还是拿回去自用吧。”

邓常恩所习，和李孜省不同，李孜省习五雷法，灭妖驱魔；邓常恩习房中术，烧炼丸药。梁芳是阉人，服食助阳药，有害无益。

“梁哥，此药不同彼药，是延年益寿的。”邓常恩说。

“延年益寿？”梁芳不信他炼得出来，问陈喜，“陈哥，试用过吗？”

“人家千锤百炼出来，肯让我试用！”陈喜道。

“看来，是要借我来扬名！”梁芳吩咐长随，“收下，收下。”

三人入座，又说一阵闲话。

“梁哥，老邓心里有你，你心里也得有他呀！”陈喜引入正题。

“我正等你这句话呢。”梁芳道，“老邓说他的药延年益寿，要换的是加官晋爵吧？老邓，没这副药，你加官的事，我也惦记着呢！”

他把话挑明，邓常恩除揖手致谢，不好再说什么。

这一来，就显出请陈喜同行的好处。

“说句公道话，难怪老邓发急，人家老李都是正儿八经的通政，他还在原地踏着步呢。”陈喜说。

“邓道兄不能和李道兄相比。”梁芳断然地说。

“梁哥的意思，老邓不如老李？”陈喜有点儿不高兴。

“当着老邓的面，说老邓不如老李，我不成傻子吗！”梁芳道，“我是说，他二人初时授官，有所不同：老李授上林苑官，是正儿八经的文职，升正儿八经的通政，顺理成章；老邓授道录司官，是正儿八经的道职，难改文职，只好在道录司里苦熬。”

“梁哥这话不对，工匠都能升七卿、佐贰，道录司官怎的就不能改文职？”陈喜道。

“那个尚书、侍郎，不过是个虚衔，邓道兄也有兴趣？”梁芳问。

“在下不过要个面子，还望梁哥成全。”邓常恩揖道。

“对，你让老邓在同侪面前有面子，连我都得念你的好。”陈喜在一旁帮腔。

“只要面子，这事好办！”梁芳念念有词地说，“老李此前为上林苑监副，正六品，升通政司通政，正四品，升秩四级。老邓升秩，难以逾越，且定升三级。道录司至灵，正八品，升三级，为从六品。朝廷各衙门里，从六品的职位最少，不是略高过它，就是略低于它。不过，我既答应你升三级，略低于从六品的官是不加考虑的。对，大理寺寺副是从六品，詹事府赞善是从六品，光禄寺寺丞是从六品，鸿胪寺寺丞也是从六品，还有，顺天府推官是从六品。老邓，要不你挑选一职，我尽力帮你取得。”

“老邓，哪个也别挑选！”陈喜横插一杠。

“陈哥，你还想到其他官职？”梁芳问。

“我才没心思想呢。”陈喜道，“梁哥，我问你，为何老李可径升四级，老邓却只能升三级？”

“这又是他二人一个不同之处。”梁芳说，“前些年宫中不靖，鬼蜮出没，陈哥，你我都经历过呀。老李做法事，一切皆被扫荡，也是有目共睹呀！故而他才得以先升正儿八经的苑副，再升正儿八经的通政。”

“老邓的功劳就小吗！”陈喜道，“这两年，宫中接连有喜事，难道不是老邓炼就的丹丸之功！”

“陈哥不提此事还好，一提此事，反而成障碍。”梁芳说。

“怎会成障碍？”陈喜不解。

“陈哥想啊，”梁芳道，“宫中连年有喜事，此妃诞子，彼妃诞女，可有一位出自昭德宫？在别人看来是喜事，在昭德宫看来也是喜事吗？在他人看来当赏，在昭德宫看来也当赏吗？恐怕不仅不欲赏之，还欲罪之。贵妃娘娘欲罪之人，谁还敢赏之！”

陈喜不在昭德宫当差，没想到这一层。他脸色一变，对邓常恩说：“老邓，怕要有麻烦。”

“不碍事。”邓常恩异常镇定，“梁哥说贵妃娘娘欲罪之人，无人敢赏，我看也不尽然。别人不敢赏之，皇上也不敢赏之吗？”

“爷不是不敢赏之，是不肯赏之。”梁芳说罢，又补充一句，“凡昭德宫不欲之事，爷都不肯做。”

“我倒要问梁哥，皇上幸其他宫人，可是昭德宫所欲？”邓常恩道。

“那是昭德宫最不欲之事。”梁芳说。

“皇上做没做？”邓常恩问。

“做了。”梁芳不能不承认。

“诞子、诞女宫人封为妃嫔，可是昭德宫所欲？”邓常恩问。

“非昭德宫所欲。”梁芳说。

“皇上封没封？”邓常恩问。

“有封了。”梁芳不能不承认，但又强辩，“皇上广布龙种，为的是广产子嗣；广封妃嫔，为的是她等有功于社稷。”

“可见，在皇上心目中，有功社稷是第一位的，从昭德宫所欲是第二位的。做一事，有功于社稷，虽昭德宫不欲，而不惜做之；封一人，有功于社稷，虽昭德宫不欲，而不惜封之。”邓常恩说到这里，顿了顿，郑重告诫，“从昭德宫之欲，从圣上之心，孰轻孰重，梁哥三思。”

其实，梁芳早已觉察到，皇帝对万贵妃的依恋一年一年在减少，对万贵妃的体贴一年一年在减少，和万贵妃相处一年少过一年，顾及万贵妃感受一年少过一年。应该更多地在皇帝面前尽心尽力，还是更多地在娘娘面前尽心尽力，他也不止一次地问过自己。而邓常恩的告诫，更像是从旁观者的立场，对他提出的忠告。

“老邓是说，虽昭德宫不欲做之事，也可以做？”他问。

“是。”邓常恩应道。

“虽昭德宫不欲赏之人，也可以赏？”梁芳问。

“是。”邓常恩应道。

“我不顾及昭德宫，帮个忙，让你也径升四级，如何？”梁芳问。

他以为邓常恩会感恩戴德地频频点头，不料，邓常恩却摇起头来。

“不好？”梁芳问。

“升秩尚在其次，要紧的是进个好衙门。”邓常恩说。

“道兄想进哪个衙门？”梁芳问。

“梁哥说，道录司是道官，改文官难。我想了想，不无道理。但有一文职衙门，和道录司所掌，却异曲同工。”邓常恩说。

“哪个衙门？”梁芳问。

“太常寺。”邓常恩道。

太常寺掌祭祀礼乐，道录司掌道教，在一般人看来，丝毫也不相干。邓常恩用“异曲同工”这个词，无非是说，道教讲究的也是个祀字，祀天地，祀大道，祀鬼神。

“老邓欲入太常寺？”梁芳问。

“在下痴愿，望梁哥成全！”邓常恩道。

“原在找个从六品官，太常寺没有，故没有往这个衙门里想；现在可以径升四级，太常寺丞恰是正六品，老邓以为如何？”梁芳问。

“非我所愿。”邓常恩摇头。

“难道欲升少卿？”梁芳惊问。

“亦非我所愿。”邓常恩又摇头。

“老邓欲径升寺卿？”梁芳咋舌。

“梁哥看有无可能？”邓常恩平静地问。

“且不说有无可能，那可是——”梁芳掰着手指数了数，“——径升十级！”

“梁哥看有无可能？”邓常恩仍平静地问。

“且不说有无可能，”梁芳道，“老李径升四级，老邓若升三级，都不乐意；老邓若径升十级，老李仅升四级，岂不更要埋怨我？”

“梁哥，正好用上你一句话。”陈喜插话。

“哪句话？”梁芳问。

“他二人有不同之处嘛！”陈喜道。

“其实，李道兄不仅不会埋怨，还会感谢。”邓常恩说。

“这是为何？”梁芳问。

“我等本是一体，一荣俱荣，此其一也；他官职原比我高，我今超过他，明日他一定比我还高，此其二也。”邓常恩说。

“容我想想。”梁芳想到邓常恩是用丹丸敲开自家门的，说道，“这样，我先试用你送来的仙物，有几分功效，我为你出几分力。”

十月底，传升一批官员，约五十人。其中包括，邓常恩升太常寺卿。

时辰一到，吏部衙门里忙碌一天的官员，或独自一人，或二三人相约，纷纷离去。尹旻要走时，却被耿裕拦在院中。

“同仁先生，有件事须得一议。”耿裕说。

“好问先生欲议何事？”尹旻尽管不乐意，也不能拔腿就走。

“邓至灵升太常寺卿，不妥呀！”耿裕说。

“好问先生，你少说一个字。”尹旻道。

“我少说了一个字？”耿裕边问，边琢磨。

“是啊。”尹旻道，“是传升，不是升。”

“对，对，是传升。”耿裕承认自己少说一个字，同时又问，“是传升，那又怎的？”

“传升并非第一次。”尹旻说。

“那又怎的？”耿裕问。

“哪次传升，无人议论！”尹旻道。

“那又怎的？”耿裕问。

“哪次议论，曾有过结果！”尹旻道。

“那又怎的？”耿裕大概觉得，光问“那又怎的”不会起作用，所以又说，“今次传升，太离谱！”

“怎的离谱，我倒想听好问先生说说。”尹旻道。

“太常寺卿，何等尊贵，何等清要！其与詹事府詹事、翰林院学士、国子监祭酒等并称小九卿，岂无缘故！僧道者流，怎得任之！”耿裕道。

“好问先生究竟是看重太常寺卿，还是蔑视僧、道？”尹旻问。

“兼而有之。”耿裕道。

“总有主有次吧？”尹旻逼问。

“同仁先生只当我蔑视僧、道。”耿裕说。

“那我就与好问先生说说僧、道者流能否蔑视。”尹旻道，“好问先生以为，以羽客径升列于小九卿的太常卿，是件了不得的大事；却忘永乐初年，我太宗文皇帝以僧录司右善世姚广孝径升太子少师。”

“此二事怎好相提并论！”耿裕反驳道，“一则，姚少师于再造大明，有不世之功，今日这位径升太常卿者，也有吗？二则，太子少师虽崇高，亦为虚衔，非实职，与太常卿不可等同而论。”

“好问先生一定要说太常卿，亦有一事例。”尹昊说者，问道，“永乐年间，有位邱元清邱先生，好问先生知否？”

“可是任过太常卿的邱先生？”耿裕反问。

“好问先生既知他任过太常卿，可知他由何官升至？”尹昊又问。

“我只记得，他是全真教道士。”耿裕说。

“永乐年间已有羽客升太常卿，今邓某以道录司至灵升太常卿，何足为怪！”尹昊道。

“同仁先生称不足为怪，我倒有二事请教。”耿裕说。

“请！”尹昊自以为他问不倒自己。

“永乐年间邱先生为太常寺卿，确有其事；然邱先生之后，有没有僧、道者流为太常寺卿？”耿裕问。

“这个——”尹昊不是回答不上来，而是难以说出口。在邱元清之后，还真没有从僧录司官、道录司官中超擢的太常寺卿。

“同仁先生可知，今之径升太常寺卿者，长于何事？”耿裕不等他回答，紧接着提出第二个问题。

“这个——”尹昊仍难以开口。

“房中术。”耿裕直言不讳，“一羽客，仅以擅长房中术，而升太常寺卿，载于史籍，传于后世，乃朝廷之辱，吏部之辱，亦同仁先生和在下之辱！”

尹昊无言以对。但他对自己说，此事不能管，也管不了。

第一百四十章

直隶于南京的徐、滁、和、广德四州中，徐州领四县，最大，且是两京来往的必经之路。沛县在徐州西北，从南京到北京，离开徐州后的第一个落脚的地方，就是沛县。

内使郭文，从京师到南京，又从南京回京师，所到之处被人奉承惯；到沛县，知县既不出迎，又不到馆驿拜谒，可把他气着。

去县衙通报的两名长随，灰溜溜地折回，对他来说更是火上浇油。

“县太爷怎说？”他脸色阴沉地问。

“他说，今日衙门里事繁，不能来，公公若在本县留住两日，他会过来叙话。”一长随虽在重复知县的原话，但只要把重音放在一两个词——如事繁，如叙话——之上，起的作用就很大。

“谁要他来叙话！他也配与我叙话！”郭文恼道，又说，“他事繁，能比徐州事繁，能比扬州、淮安事繁！太守、州守，谁不闻迅即至，就他一个小小的县令，忙得不可开交！”

“小的看他虚张声势地与各胥吏说话，真觉得好笑！不就是想躲着公公吗，不就是舍不得一份礼金吗，何苦呢！”另一长随则干脆说明，知县的目的就是回避。

“不用再说！”郭文怒喝，“狗官无礼，你等说，怎的治治他？”

“打上门去！”有人提议。

“打上门去不如骂上门去。”有人修正。

“‘骂’怎见得比‘打’好？”提议打上门去的随员问。

“不是‘骂’比‘打’好，是‘骂上门去’比‘打上门去’好。”主张骂上门去的随员说，“在沛县，他是主，咱是客，他衙门里人多，打上门去，未必占得便宜；他若受民爱戴，把县民都招来，咱肯定要吃亏。论骂，咱却谁也不怕。”

“骂上门去，他装聋作哑，你骂给谁听！”又有人说，“与其打上门去，骂上门去，不如把他诓到这里来，要打要骂，都由咱做主。”

“请都请不来，诓能诓得来？还是晓以利害，让他自个儿登门请罪的好。”又有人说。

“诸位怎么只会在县太爷身上打主意？”一个叫田福顺的随员道。

他是众随员中公认的最有手段的人，郭文问他：“老田，你不在县太爷身上打主意，却在谁身上打主意？”

“小的听说本县知县有个儿子，跟随父亲在此地读书，当知县的爹爹咱不好对付，跟随爹爹读书的儿子咱还对付不了吗？”田福顺道。

“你是说，杀鸡儆猴？”郭文觉得这个主意不错。

“儆猴不成，咱不还有鸡肉吃吗？”田福顺道。

“整治他儿子，我若出面，人家会说我以大欺小。此事你先去办吧。等县太爷出面，我再出面。”郭文交待。

打听到知县出城处置乡下的纠纷，田福顺率众随员敲开县衙的后门。他们知道，知县上任，不会另置屋舍，独身也好，居家也好，都住在衙门的后院。

应门的是个老仆，见门外十数人或举着刀枪，或拄着棍棒，以为县城闯进了强人，不禁浑身发抖。

“我们老爷是个清官，并无财物可掠。”他说。

“我等不要物，只要人。”田福顺道。

“人只老汉一个，好汉们有何吩咐？”老仆问。

“胡说，你家公子也不在吗？”田福顺喝道。

“我家公子从不出门的。”老仆说。

“那你怎说人只你一个！”田福顺斥道。

“我家公子一心读书，连油、盐、酱、醋放在哪里儿都不知，好汉们从他那里是问不出什么的。”老仆说。

“告诉你，我等不要物，你倒好，把油、盐、酱、醋都搬出来！”田福顺说着，一挥手，“来人呀，把县太爷的宝贝儿子带走！”

老仆眼见拦是拦不住的，忙绕到前衙，找人给知县报信。

知县的儿子被一干恶徒拉出来，在衙门前的街道上从这头走到那头，又从那头走回这头，好像游街示众一般。衙役们多是认得公子的，见他被拖来拖去，煞是可怜，有心救人。

“他是本县县太爷的公子。”一衙役上前说。

“那就好，我还怕拉错人呢。”田福顺道。

“你等将他推推攘攘，为的何事？”该衙役问。

“我等是将他推推攘攘吗？我等是将他拖拖拉拉；我等非得有事才可以将他推推攘攘吗？我等正因无事，才将他拖拖拉拉。”田福顺明显地在拿该衙役取笑。

该衙役心里有气，却不敢发作，只是说：“大爷这么说，不合适吧。”

“不合适？”田福顺阴笑一声，道，“你告诉我，怎样合适，是把你一起拖拖拉拉才合适，还是非得将他推推攘攘才合适？”

该衙役还想说什么，被同伴拉回去。有人认出，拖拉知县儿子的，是昨天才到的内臣的随员，谁不怕惹事！

看热闹的县民一批一批地聚来围观，不知到底发生什么事情。

田福顺见人聚得够多，让随员们把知县的儿子拖到城外，拖到一个池塘边。衙役和县民们也跟着出城，跟到池塘边。

“这棵树不错。”田福顺指着池塘边的一棵大树，吩咐，“绑上！”

众恶徒有的扒去知县儿子的外衣，有的把他双臂后扯，按在树上，有的拿绳子把他和大树捆绑在一起。

“田哥，打不打？”有人问。

“细皮嫩肉的，若打坏，人家不心疼吗？”田福顺说着，吩咐一人，“请咱家公公来发落吧。”又吩咐另一人，“去迎迎县太爷，见着他影子，立马来报个信。”

郭文和知县几乎是同时来到池塘边的。

知县在一两个衙役的陪同下，忧心忡忡，气急败坏；郭文在十数个随员的簇拥下，满面春风，趾高气昂。

知县疾行至大树前，喝道：“闪开！”

围拢在大树前的恶徒，没一人闪开。

郭文漫步至大树前，大喝一声：“闪开！”

恶徒们左闪右挪，让开一条路。

郭文做个手势，邀知县和他一起走到被捆绑的知县的儿子面前。知县的儿子眼巴巴地看着父亲，指望他把自己救出。

“松绑！”知县喝道。

扯着绳子的两个恶徒，动也不动一下。知县冲上前，想自己解开绳子，却被恶徒用肩膀一撞，一个趔趄退回去。

“松绑！”郭文大喝一声。

恶徒一拉一拽，捆绑的绳索立时松开。

因为捆绑良久，更因为惊吓，知县的儿子被松绑后，身子一晃，眼看要倒地。知县要上去抱起，被恶徒们拦住。

“抬！”郭文喝道。

恶徒们把知县的儿子抬起来。

“举！”郭文喝道。

恶徒们把知县的儿子举过头顶。

“行！”郭文喝道。

恶徒们举着知县的儿子走到池塘边。

“扔！”郭文喝道。

恶徒们齐用力，把知县的儿子扔进池塘。

知县只来得及喊出个“慢”字，没来得及说“小儿不识水”，听得“扑通”一声，他儿子已落入水中。池塘很深，知县的儿子挣扎几下，身子一点一点在往下沉。

“你！”知县手指郭文，说不出话来。

“你等！”他又手指众恶徒，仍说不出话来。

“县太爷看来发昏，须清醒清醒。”郭文冷冷地说。

知县顾不上许多，跳进池塘，游到儿子身边，把他托起。他一手托住儿子，一手划水，好不容易游到池塘边缘，好不容易把儿子推上岸去，好不容易自己也爬上岸，等待他的，是更大的不幸。

“可否清醒？”郭文问。

“已清醒。”知县道。

“待要怎说？”郭文问。

“朝廷命官，一县父母，受凌辱如此，只有向朝廷请罪。”知县说的是请罪于朝廷，实则是要控诉于朝廷。

郭文当然听得出来，他冷笑一声，喝道：“褫衣！”

恶徒们三下两下，扒去知县的上衣，让他裸露出脊背。

“捆上！”郭文喝道。

恶徒们拿方才捆绑知县儿子的粗绳，把他父子二人捆绑在一起。

“回衙！”郭文喝道。

知县父子被押解进城，押解到衙门前。郭文搬把椅子，跷起二郎腿坐在门外，恶徒们强按知县父子二人跪倒在他面前。

一路上，围观的县民越来越多，郭文及其随员越是猖狂，知县父子越是屈辱，县民们越被激怒。这时，不知谁喊一声：“我徐州民以仁义为本，英雄辈出，岂容阉宦肆虐！”如同干柴遇到烈火，县民们呼喊着上前，有的直奔被缚的知县父子，有的直奔郭文。

田富顺带领一伙恶徒，亮出兵刃，又砍又杀。

成化十八年二月初的一天，刑部尚书林聪从都察院出来，又进大理寺。

大理寺卿宋旻似乎料到他要来，除自己手上那杯茶，还额外准备一杯茶。

“季聪先生，饮口茶，去去火。”他说。

“弘泽先生所备，不是浇到火上的油吧？”林聪说句笑话。

宋旻字弘泽，浙江淳安人，景泰二年进士。他说：“须饮才知。”

林聪喝口茶，问：“弘泽先生怎知我要来？”

宋旻不答，反问：“与戴都堂议得如何？”

“弘泽先生知我去过他那里？”林聪又问。

“门役来报，说季聪先生进都察院；我想，此公不会就去都察院，一定还要来大理寺坐坐。于是我烧茶扫榻以候。”宋旻说。

“弘泽先生料之差矣！”林聪道。

“没有啊，季聪先生这不是来了？”宋旻不承认自己料错。

“我来是来，可不是来坐坐。”林聪说。

“这么说，和戴都堂未谈妥？”宋旻问。

“岂止未谈妥，简直谈不到一起去！”林聪说着，问道，“弘泽先生既料到我要和掌院都堂谈，一定也料到要谈何事吧？”

“可是沛县命案？”宋旻以问作答。

“可不是！”林聪应道，“弘泽先生既料到我二人未谈妥，一定也料到此公是如何应付我的吧？”

“此公出言，神鬼莫测，我可料不到。”宋旻说。

“他竟说‘还好’！”林聪道。

“还好？怎讲？”宋旻问。

“是啊，我也问他怎讲。他说，沛县令父子两条命都保住，难道不是还好？”林聪重复戴缙的话。

“命虽保住，颜面却丢尽！这也叫还好！”宋旻道。

“是啊，我也对他说，命虽保住，颜面却丢尽；且沛县闹得天翻地覆。这也叫还好？”林聪说着，问道，“弘泽先生，你猜他怎说？”

“他怎说？”宋旻知道他肯定会复述，根本不猜。

“他说，偌大一场乱子，死者仅二人，伤者十余人，还好。”林聪道。

“看来，偌大一场乱子，此公全然不放在心上；死者、伤者，此公全然不放在心上。”宋旻说。

“谁说不是！”林聪道。

“季聪先生又对他说什么？”宋旻问。

“弘泽先生看，我还有必要对他说什么吗？”林聪反问。

“既谈不妥，不说也罢。”宋旻道。

“所以，我过来问计于弘泽先生。”林聪说着，朝宋旻一揖。

“不可。”宋旻摆了摆手，说，“刑部、都察院断案，大理寺复谳，这个规矩坏不得。”

“我并非想坏规矩，我只想，此案法司应共议。既然和掌院都堂议不到一块儿去，我只得来和弘泽先生议。弘泽先生不愿与我一起断案，至少也告诉我：刑部把案子议成什么样子，才不会被弘泽先生驳回。”林聪说。

“这却不妨告诉季聪先生，在我看来，有两个结果，大理寺是一定要驳回的。”宋旻说。

“其一？”林聪伸出一指，问道。

“杀人者偿命，议不出这一条，要驳回。”宋旻说。

“弘泽先生放心，这个纰漏是不会有的。”林聪说着，又伸出一指，“其二呢？”

“若以郭太监为元凶，只怕不到大理寺，就被驳回。”宋旻说。

“弘泽先生是说，须避开郭太监？”林聪问。

“我是这么想的，但此事尚须季聪先生定夺。还有，”宋旻想了想，说，“沛县令斯文扫地，沛县出偌了大乱子，他那个官职恐怕不宜保住。”

法司议：沛县知县贬谪庆远卫经历，田富顺为死者抵命。

第一百四十一章

王越开始后悔。在朝中，身为伯爵，身为掌府事都督，能不能胜过掌院都御史，这且不说；在边镇，以伯为总兵官也好，挂将军印为总兵官也好，肯定是不如文职的督、抚的。文职的督、抚被视为封疆大吏，有谁把总兵官视为封疆大吏？

但在汪直面前，他不能流露出这种情绪。因为弃文班就武班，是汪直出的主意，而他欣然接受；因为现在正是他们同舟共济的关键时刻，而他进一步封侯乃至封公的希望，只能寄托在汪直身上。但汪直本人的情绪也开始低落，需要他来激励。当然，他也想到，不能仅是激励，该提醒时须得提醒。

“世昌先生，朝中不会有什么变故吧？”汪直突然问道。

王越知道这是精神紧张所致；他自己精神紧张时，也会这么想。

“吾公听到什么吗？”他反问道。

汪直摇摇头，忽然说一句：“钰儿已回来了。”

他的侄儿汪钰是二月初回京师报捷的，到二月底，怎么也该返回。

“辛苦他了，他还好吧？”王越问。其实，他关心的是朝廷有没有什么特别的消息；但如果直接问汪直，他一定会更加紧张。

“得意之极。”汪直说。

“又获升迁？”王越问。

“去时都指挥使，回时都督佥事。”汪直说。

“好啊！”王越道，“报一次捷，高升一阶，也是一种机遇。”

“我总觉着，他的升迁不实在。”汪直担心地说。

“吾公还要怎的实在！”王越道，“吾公仅此一个亲侄，难道真舍得让他一刀一枪，以命拼搏？”

“不是我舍不得，是真让他去拼搏，他没本钱。”汪直说句实话。

“守着吾公这样一课大树，还要什么别的本钱！”王越说笑着，不露痕迹地把话转到他关心的方面，他问，“钰公子听到什么吗？”

“都是些不值得一提的小事；不过，”汪直顿了顿，说回到他的顾虑上，“正因他回朝一次，居然没带回值得一提的消息，我才不得不担心。”

“所谓不值得一提的小事，有哪些？”王越一方面想宽慰汪直，一方面也担心汪直会忽略那些值得关心的消息。

“譬如，祐之先生丧父，回乡奔丧。”汪直说。

“皇上可命推补阁臣？”王越问。

“钰儿说，朝廷并无此意。”汪直道。

“看来，皇上不会准祐之先生终制。”王越说。所谓终制，就是按照规定的年限为父母守丧。

“果如世昌先生所料，圣旨是命他奔丧后即复任。”汪直说。

“此事是同仁先生告诉钰公子的吧？”王越问。

“世昌先生怎知？”汪直边问，边用异样的眼神看王越一眼。此人料事精准，他虽见识过不止一次，但有时仍然会感到惊奇。

“阁臣奔丧，最关心的有两个衙门，一是内阁，一是吏部。循吉先生那里，钰公子是不会去的；同仁先生那里，钰公子是一定要去的。同仁先生告知此事，比其他人告知此事，机会要大得多。”经王越一说，其实很简单。他又总结似的说一句，“准其守制也罢，命其奔丧复任也罢，诚不值得一提。”

“还有件事，世昌先生看值不值得一提？”汪直道，“钰儿说，老梁新年伊始，发笔横财。”

“可是御用监的梁芳梁公公？”王越问。

“是他，”汪直应道，并说，“他虽在御用监寄衔，但自我去御马监，他的主要差事是应付昭德宫。”

“可是得赐盐引？”王越问。

“世昌先生怎知？”汪直又用异样的眼神看王越一眼。

“钰公子见过大世面，他称之为横财，不会是小数目，此其一也；为宫里办事的公公得横财，主要靠采办。据我所知，梁公公虽多次为宫里采办珠宝，尤其是多次为昭德宫采办珠宝，获利却甚微，说不定还有亏空，此其二也；自去年司设监王公公奏讨盐引，皇上虽不曾如数赐给，却也没有不给。公公们都看出其中的好处，都盯上这一项横财。梁公公发的不是这笔横财，却是哪笔横财！”王越道。

“世昌先生所论，严谨之至。”汪直赞道。

“钰公子可知这笔横财的数目？”王越问。

"知之。"汪直说着，把手掌摊开。

"五千引？"王越已经很感意外，"到底是梁公公！皇上赐王公公，一千引而已，到他这里，就加到五倍。"

"谁个说是五倍？"汪直问。

"王公公一千引，梁公公五千引，不是五倍？"王越道。

"谁个说赐给老梁五千引？"汪直问。

"不是五千，还会是五百？"王越坚信，赐给梁芳的盐引，不会少于赐给王助的盐引。

"谁个说是五百引？"汪直问，并说，"世昌先生以为，为五百盐引，老梁会向皇上开口？"

"那么，这是——"王越也把手掌摊开，那个数目却无论如何说不出来。

"不错，就是五万。"汪直道。

"五万引！"王越啧啧不已，他问，"上月，朝廷发两淮河东盐引，以充宣府边储，吾公还记得是多少吗？"

"怎不记得，是一万五千引。"汪直说。

"而一次赐给梁公公，居然达五万引！"王越感慨地说，他带着疑惑问，"钰公子不会听错吧？"

"怎会听错？"汪直道，"总不至于把千，或者百，听成万吧；把一，或者二，听成五吧？钰儿也被这个数目吓一跳，再三追问。人家不无得意又不无遗憾地告诉他，这等横财，梁哥发过之后，别人休想再发。钰儿还得知，皇上赐给老梁的盐引，也是两淮存积盐。"

"是御用监的王敬王公公告诉钰公子的吧？"王越问。

"世昌先生怎知？"在这件事上，汪直第二次感到惊奇。

"知道梁公公得赐盐引者不少，得知赏赐盐引数目者却不会很多。一是梁公公本人，一是户部，一是与梁公公交好的公公。若梁公公本人告诉钰公子的，应是不无得意；若户部告诉钰公子的，应是不无遗憾；只有与梁公公交好的公公告诉钰公子，才会不无得意，又不无遗憾。而与梁公公交好到可以告知此事者，只有二三人。其中，韦眷韦公公在广东，钱能钱公公在南京，眼下尚在宫中候命的，仅王公公一人。而钰公子又会去看他。告知此事的，不是他，又是谁人！"王越说得头头是道。

"精到，精到！"汪直连声称赞。

"吾公可知，我为何特别要提到谁告知钰公子的？"王越问。

“我不知世昌先生为何特别要说，只知世昌先生并非炫耀。”汪直道。

“此雕虫小技，哪里值得炫耀！”王越说着，告诉汪直他的目的，“吾公称，钰公子在京师听到的，都是不值得一提的小事。譬如祐之先生奔丧，确是小事；譬如梁公公得赐盐引，且数目巨大，对朝廷来说，或非小事，而对吾公与在下来说，仍是小事。不过，告知祐之先生奔丧的，是同仁先生；同仁先生与钰公子叙话，说些不值得一提的小事，可以理解。告诉梁公公得赐盐引的，是王公公；王公公与钰公子叙话，说些不值得一提的小事，可以理解。但钰公子回京师一趟，不会只和同仁先生叙话呀，不会只和王公公叙话呀！换言之，钰公子吏部可以不去，御用监可以不去，有个地方却是一定要去的！再言之，同仁先生可以只说不值得一提的小事，王公公可以只说不值得一提的小事，钰公子一定要见的人，不会只说不值得一提的小事呀！”

“世昌先生说的是西厂？”汪直问。

“是。”王越应道。

“是老吴、老韦等？”汪直又问。

“是。”王越应道。

“我最担心的，正是西厂，正是老吴、老韦！”汪直说，他早听懂王越的意思，所以再说一遍，正因为有话要说，“世昌先生说，从西厂，钰儿不会只听到些不值得一提的小事；从老吴、老韦那里，钰儿不会只听到些不值得一提的小事；可恰恰从西厂，从老吴、老韦那里，钰儿连不值得一提的小事，也不曾听到。”

“怎会！”王越难以置信，“别的不说，西厂每日里做些什么，老吴、老韦每日里做些什么，应该告知钰公子呀。西厂每日里所做，老吴、老韦每日里所做，就不会是不值得一提的小事。”

“世昌先生可想知道，老吴、老韦每日里在做什么？”汪直问。

“昔日在京师，西厂的人每日在做什么，除非吾公言及，我从不欲过问；今日在外，我倒不由关心起西厂的事。”王越说。

“钰儿说，老韦每日里与那一两个鸡鸣狗盗之徒为戏，老吴每日里审一两个鸡鸣狗盗之徒解闷。”汪直告以大概。

“他二人跟随吾公办事不少日子，怎的如此不知轻重！我记得，吾公说过，出京之前，曾因侦伺官员有功，敬过他二人酒的。他二人应该把眼光盯住朝廷，盯住廷臣呀！”王越道。

“他二人也不是不想盯住朝廷，盯住廷臣，无奈力所不及。”汪直说。

“怎讲？”王越问。

“我在日，西厂逮一人下诏狱，无人敢释之。今日西厂逮一人，刑部、都察院曰宜释，则释之；东厂曰宜释，则释之；锦衣卫曰宜释，则释之。我在日，西厂纠劾一人，朝廷立罪之。今日西厂纠劾一人，科臣曰不宜罪，则不罪；御史曰不宜罪，则不罪；但有人曰不宜罪，则不罪。所逮之人，人人可释之；所劾之人，人人可宽之，在朝者谁还会惧西厂！逮人不得拘禁，劾人不得定罪，办事者谁还用力！”汪直道。

“怎会如此？”王越问。

“去年东厂在西内办案抓人，世昌先生还记得吧？”汪直反问。

“记得。”王越应道，“吾公当时怒火中烧，我还加以开解。”

“世昌先生大概不会想到，那件事是个信号；从那以后，人惧东厂，胜过惧西厂矣！”汪直说。

“吾公称该事为信号，所见甚是；不过，我要问一问：吾公为此事怒火中烧，是因为东厂在西内办案抓人，还是因皇上厚赏之？”王越想的，比汪直深一层。

汪直想了想，不得不承认，王越点出要害。

“两个原因都有，但更多是因为皇上厚赏之。”他说。

“皇上赏尚公公再厚，不会比赏梁公公更厚吧？”王越问。

“相差甚远。”汪直道。

“为何皇上厚赏梁公公，吾公未怒火中烧；赏尚公公之厚远不及梁公公，吾公反而怒火中烧？”王越问。

汪直想了想说，说：“有几分妒忌，更多的是担心。”

“吾公担心何事？”王越问。

“东厂、西厂，皇上同视为耳目。我在日，皇上主要靠西厂这半边耳目；今日厚赏老尚，日后或主要靠东厂那半边耳目。”汪直问。

“可是东厂新增能人？”王越问。

“钰儿问过，东厂仍是那些人。”汪直说。

“是尚公公能耐见长？”王越问。

“老尚庸徒，只有这么大能耐。”汪直说。

“东厂未增能力，尚公公未长能耐，皇上为何会有取舍？”王越问。

汪直的确有许多想法，但太凌乱，很难用一句话概括出来。

“世昌先生说呢？”他问。

“一远一近耳。”王越说。

“世昌先生是说，我远在边镇？”汪直问。

他素喜掌兵；近年来忽而挥兵而东，忽而挥兵而西，每次都有斩获，也让他感到极大的满足。这一次于宣、大备虏，日子有些久，他内心也略感不安；但还没有把近来的不如意事，和挥兵在外联系在一起。

“近则亲，远则疏，此为根本。”王越道。

“世昌先生是说，皇上已疏远我？”汪直问。他的担心正在于此，但又不甘心承认。

“皇上当然不会这么快就疏远吾公；但世事难料，不得不防。”王越半是宽慰半是警告地说，并问，“钰公子在京师，可曾去过兵部？”

“那是一定要去的。”汪直说。

“廷威先生有没有说，朝廷有召吾公还朝之意？”王越问。

“是召我二人还朝。”汪直更正，并说，“他未说到。”

“他未说到，可见朝廷并无此意。”王越道，“祐之先生奔丧，固为不值得一提的小事；梁公公得赐盐引，固为不值得一提的小事；我以为，连东厂于西内办案抓人，皇上厚赏尚公公，也是不值得一提的小事。祐之先生奔丧，固不值得担心；梁公公得赐盐引，固不值得担心；我以为连东厂于西内办案抓人，皇上厚赏尚公公，也不值得担心。”

“在世昌先生看来，何事为大事，何事值得担心？”汪直问。

“朝廷至今无召还吾公之意，此事实为大事，实令人担心。”王越说。

“我也开始以为此事为大事，也开始为此事担心；但朝廷无意召还，皇上无意召还，奈何？总不能不奉朝旨，自行还朝吧？”汪直问计。

“朝廷无旨，当促朝廷降旨。”王越说。

“怎么个促法？”汪直问。

“一则，吾公径自奏请；一则，着人回京师，授意廷威先生，以兵部代为奏请。”王越说。

“好，今日就请世昌先生为我拟疏。”汪直道。

第一百四十二章

詹事府詹事彭华，是万阁老府上的常客，每次他来，万安都会关起书房的门，和他密谈许久。

“李、邓二位道兄都说，那边气数已去，彦实老弟看呢？”万安问。

他说的李、邓，即通政司参政李孜省和才升太常寺卿不久的邓常恩。梁芳以为，二人升迁全是他的功劳。其实，他们和彭华的关系也极密切；通过彭华，和万安的关系也极密切。他们得以超擢，万安、彭华等起的作用更大。

“我看可信。”彭华说。

“何以见得？”万安问。

“兵部日前请召还厂督，循公可知？”彭华立即举例。

“知之。”万安应道。

“不错，那是明疏，人人皆知。”彭华道，并说，“循公不见，随征的京营参将、游击等员已陆续召回？”

“那又怎的？”万安问。

“兵部请召还厂督，皇上将随征的将士都召还，独不召还厂督，不正可见其气数已去？”彭华道。

“不见得。”万安没有马上被说服，“随征将士被召还，独不召还厂督，说不定是因为更重厂督，故予边阃之寄。”

“就算皇上不听从兵部之议，是因为看重厂督。”彭华不争辩，但还有进一步的证明，“厂督自家也曾上密疏，请朝廷将他召还，循公知否？”

“有所耳闻，但不知真伪。”万安说。

“我已多方求证，必有其事。”彭华说。

“那又怎的？”万安又问。

“厂督素喜行边，素喜用兵，为何忽然自请召还？可见他也感到局势不妙，气数将尽。”彭华道。

“不见得。”万安仍没有被说服，“厂督素喜行边，素喜用兵，果如彦实老弟所言。但他年少气盛，不知近忧，怎就会感觉得到局势不妙，怎就见识得到气数已尽？自请召还，说不定是他一时心血来潮。”

“好，就算他一时心血来潮。”彭华不再论证自己的看法；并且暗自决定，再不能说服万安，就放弃这个话题，“威宁伯也年轻气盛，不知近忧吗？或是循公以为，厂督自请召还，仅是心血来潮，并不会和威宁伯计议，并不是听从威宁伯的主张？”

“这却不会。”万安没有再唱反调。其实，他几次反驳彭华，也是希望更坐实李孜省、邓常恩等的判断：“厂督不会不和威宁伯计议，威宁伯也不会不给厂督献策。厂督自请召还，一定是威宁伯的主张；威宁伯有此主张，一定是感到局势不妙，气数将尽；威宁伯感到局势不妙，气数将近，一定是局势不妙，气数将尽。不然，近日科、道也不会纷纷进言，称西厂苛察纷扰，宜罢。”

“既如此，循公还等什么！”彭华道。

“皇上内批，朝廷自有处分，我还能做什么？”万安仍难下决心。

“朝廷自有处分，循公知何意也？”彭华问。

“愿闻彦实老弟高见。”万安道。

“皇上在等得力大臣言之。”彭华说。

“得力大臣为谁？”万安问。

“一则内阁首辅，一则吏部尚书。但同仁先生与厂督颇有涉，难以指望；我看，皇上等的是循公一言。”彭华说。

“你是说，只要我一开口，西厂立罢？”万安问。

“正是此意。”彭华道。

“彦实老弟有几成把握？”万安问。

“八成。”彭华边说，边用手比画。

“八成，很值得一试。”万安道，又说，“不瞒彦实老弟，议罢西厂，我早下决心；让我为难的，是另一件事。”

“何事？”彭华问。

“议罢西厂，要不要邀我那位同年兼为同僚。”万安说。

“叔温先生吗？”彭华问。

“是他。”万安应道。

“内阁虽以首辅为重，但二人分量，总是重过一人。”彭华主张他邀上刘珝，一同上疏。

“但我有顾虑呀！”万安说。

“可是叔温先生对循公颇有微词？”彭华问。

“若仅有微词，我不会放在心上的。”万安说着，问道，“他有两句话说我，令人忍无可忍，彦实老弟知道是哪两句吗？”

“不知。”彭华摇头。

“一句是有负国恩，一句是无耻之尤。”万安告诉他。

“确令人忍无可忍。”彭华回应一句后，劝道，“但我看，循公还是应该邀上叔温先生。一则，如我所言，两个人的分量总重过一人；二则，叔温先生欣然追随，首功仍在循公；三则，议罢西厂，人心所系，叔温先生拒绝循公之邀，泾渭分明，士大夫定然称循公而非叔温先生。”

“言之有理，我试着邀他。”万安道。

刘珝虽和万安同行，但在想自己的心思，根本没听进万安的话。因此当万安问他意下如何时，他一愣，然后反问：“循吉兄意下如何？”

“我是下定决心的。”万安说。

“下定怎样的决心？”刘珝又问。

“顺从人心，上疏请罢西厂。”万安说。

“这是好事呀，循吉兄写就是，为何要对我说！”刘珝道。

“欲邀叔温兄同上此疏。”万安说。一问一答，等于把才说过的话分成几句，又重复一遍。在别人或早就不耐烦，好在万安有耐性。

“我懂了。”刘珝道，“循吉兄拟好疏草，想让我也署个名，是吧？可循吉兄是知道的，我已好几年不在他人拟好的奏章上签署。”

“我知叔温兄秉性，所以，尚未拟疏。”万安说。

“循吉兄是想由我拟疏？”刘珝问。

“既然同署，叔温兄拟之，有何不可？”万安道。

“循吉兄有点儿勉强呀！”刘珝说。

“乐意之至，一点儿也不勉强。”万安否认。

“可循吉兄是知道的，我从不根据别人出的题目作文章。”刘珝说。

“叔温兄言之差矣，这怎是别人出的题目！”万安道。

“对，这不是别人出的题目，是循吉兄出的题目。”刘珝好似要回心转意，却忽然说，“循吉兄出的题目，我恐怕更作不出文章。”

“题目也不是我出的。”万安道，“叔温兄不会忘吧，弘载先生为首辅时，就作过这篇文章。那次议罢西厂的文章，是弘载先生拟的，叔温兄和我，还有祐之兄，都曾签署。”

“彼一时此一时也。”刘珝说。

“是因为当年的首辅是弘载先生，今时却由不才忝居首辅之位吗？”万安问。

“不相干。”刘珝摆手。

“是因为当年的西厂根扎得不深，今时西厂已盘根错节吗？”万安问。

“更不相干。”刘珝仍摆手。

“那是为的何事？”万安问。

“是我的秉性改变。”刘珝道，“当年我肯在别人拟好的奏章上签署，今时我不愿在别人拟好的奏章上签署；当年我肯根据别人出的题目作文章，今时我不愿根据别人出的题目作文章。”

“我拟好的奏章，叔温兄尤其不愿签署；我出的题目，叔温兄尤其不愿作文章。”万安补充。

“循吉兄要这么说，亦无不可。”刘珝道。

“苟利国家，也不愿吗？”万安最后一问。

“苟利国家，我不会自己出题目，自己作文章吗？”刘珝道，在分手时，他又含讥带刺地说了一句，“循吉兄出的题目如何苟利国家，作的文章如何苟利国家，我倒要拭目以待！”

万安被深深刺痛。在草拟请罢西厂的奏疏时，他想得最多的，不是西厂的劣迹，而是能不能借议罢西厂之机，把刘珝也捎带进去。

皇帝听怀恩读罢万安的奏疏，说：“老怀，朕甚诧异！”

“爷是没想到万阁老会上此疏吗？”怀恩问。

“万卿上此疏，也出乎朕所料；不过，他善于随波逐流，请罢西厂的议论多起来，他随之而议，亦在情理之中。最让朕诧异的是，此疏竟是他一人所上。”皇帝说。

“爷的意思，此疏该内阁诸臣共上？”怀恩问。

“是啊！”皇帝应答，“另一位刘先生奔丧未还，当然不可能签署；东刘先生还在朝，他为何也不签署？”

“奴才听说，东刘先生与万先生间芥蒂颇深，内阁议事，常常有一句没一句的。不肯同署，应属正常。”怀恩解释说。

“就算不肯同署，他自家也可进言呀！”皇帝说着，问道，“东刘先生本人可有奏章？”

“没有。”怀恩回答。

“此等大事，他却不议，也属正常吗？”皇帝不无失望地说。

“爷说的是。”怀恩应道。

“老怀，”皇帝摆脱因刘珝不曾与万安一同上疏又不曾独自上疏产生的困惑和不快，转问怀恩，“西厂是内臣衙门，你说当不当罢？”

“科、道奏请，罢不罢尚在两可；内阁万先生言当罢，奴才想，可能没有不罢的道理。”怀恩说，并引皇帝的话作为依据，“爷都说，万先生最善于随波逐流。”

“其实，罢不罢西厂，朕并不在乎；但朕的想法，和廷臣有同有不同。廷臣说西厂苛察纷扰；朕想的是，自汪直出京后，西厂几乎无所事事。这是不同者。廷臣说既有东厂，不必再设西厂；朕也想，西厂既然不起作用，不如但用东厂侦伺吧。这是同者。朕想得最多的却是，汪直到底为朕办过不少事，就这样罢西厂，他会不会伤心呀？”在皇帝看来，罢西厂既简单，又不那么简单。

“按爷的想法，不罢西厂，他或许更要伤心。”怀恩说。

“这话怎说？”皇帝问。

“爷的想法，西厂不起作用，不如罢之；不罢呢，就该让它起作用。汪直不在京中，西厂起作用，功劳是谁的？再有，要想西厂起作用，爷是不是得另找个得力之人去主持？所以，除非爷打算召回汪直，不罢西厂，他更伤心的日子还在后边呢。”

提及召回汪直，皇帝立刻想起阿丑和他演绎的醉汉的形象。目中只有汪直，没有皇帝，这是不能容忍的。不仅皇帝不能容忍，千古以来的帝王，没有一个是能够容忍的。

“朕并不打算召回汪直。”皇帝说。

“那就不如罢去西厂，对朝廷好，对他本人也好。”怀恩说。

“好，此议朕准，你传旨吧。”皇帝最后下定决心。

三月初四日，皇帝降旨，罢西厂。

陈澍见其父埋头书写，轻手轻脚走过去。探头一看，陈钺又在拟疏，内容仍是请召还汪直。他一把将疏草抽去，撕个粉碎。

“澍儿，你这是作甚！”陈钺责备道。

“老爹傻吧，西厂已罢，把他叫回来，又有何用！”陈澍道。

“正因汪公不在，皇上架不住科、道们的议论，才不得不罢设西厂；汪公还朝，我敢断定，不日会复设西厂，就如成化十三年罢而复设一般。”陈钺与儿子理论。

“天下之人都知道，何为本，何为末，何为源，何为流；唯独老爹，仍旧本末倒置，源流不分！”陈澍说。

“你想说，汪公失宠为本、为源，西厂被罢为末、为流吧？可成化十三年——”陈钺又要举成化十三年的事为例。

“老爹别再提成化十三年了！”陈澍打断他，“成化十三年汪公在朝中，今日汪公却是在边塞；成化十三年皇上不准汪公离京，离京则限时日，今日皇上却是不准汪公回京。老爹说，能一样吗！”

不准汪直回京，不仅是给汪直当头一棒，也是给陈钺当头一棒。今日和成化十三年不一样，他岂能不知！但他不愿在儿子的数落下放弃自己的想法、自己的做法。

“人要知恩图报，澍儿不可忘，汪公于我家有大恩。”他说。

“是于老爹有大恩。”陈澍道。

“胡说！”陈钺喝道，“没有汪公，便没有为父的今天；没有为父的今天，你怎得荫官？你常对人说，你的小妾为奇女子；没有汪公庇护，你能把她留在身边？你在温柔乡时，应该常想想汪公的好处。”

陈澍小妾，为建州被俘女子。陈钺也私留一被俘的建州女子为己妾。按照大明律，被俘女子不得私匿；但有汪直这个靠山，此事蒙混过去。

“汪公的好处，儿子要想；老爹的好处，儿子更要想。儿子可不想老爹为报汪公之恩，把自个儿也搭进去。”

陈钺叹口气，道：“澍儿说我分不出何为本，何为末，何为源，何为流；我看，你也分不出何为本，何为末，何为源，何为流。你倒是说说看，汪公之宠与我之职，何为本，何为末，何为源，何为流！”

他这话不错。是不是继续上疏，奏请召还汪直，实际上已经没有关系。三月十七日，陈钺被罢职为民。

第一百四十三章

俞进贩盐归来，先得去锦衣卫指挥使万通府上报到。他被万通收为舍人，这个名分有点儿不尴不尬。人家舍人，或是指军卫应袭子弟，但他出身于民籍；或是显贵之家的亲近侍从，但万通并不要他侍从，不但不要他侍从，而且恨不得把他打发到天边去。万通是看上俞进妻子美貌，才把他收为舍人的，让他留在身边当然有诸多不便。

把俞进打发去外地，万通有的是办法，他采取一个俞进最乐于接受、最无法拒绝的办法：以俞进的名义，奏中食盐。所谓中盐，旧例是户部出榜招商，不准私人奏得。但从成化初年以来，势要之家奏中两淮存积盐，已成新例，户部无法禁止。

一次贩盐，财源滚滚，对俞进来说，这是做梦也想不到的好处。即便有妻子被占夺之虞，也在所不惜。

一到万府门前，俞进发觉气氛不对。

先是一顶豪华的轿子，在众多女眷前呼后拥下停到门前。从轿里下来的女子，俞进认得，是内阁首辅万安的小夫人。她来，应该是探望万通的夫人；但因为万通和万安认了同宗，万安的妻室来时，万通不但不避，反而一定要见见。小而言之，两家间的信息，大而言之，宫闱与外间的信息，就是这样传递的。

因此，俞进这会儿不便进去打扰。

万安的小妾还没出来，宫里的太监梁芳，带着两名小宦者又来。梁芳进大门，两名小宦者似是无意，一左一右站立在大门两旁，这分明是告诉来客：他家公公在探访主人，其他人在外面候着吧。梁芳在昭德宫最有宠，和万氏兄弟的关系也最亲密。万贵妃有话传递给万氏兄弟，万氏兄弟有话传递进宫，多半都是通过他。

就是有人在门内呼唤俞进，他也不敢进去。

万安的小妾出来，一条手绢握在手里，不停地擦着眼睛，好像才哭过。她上轿之后，那些女眷又拥轿而去。

梁芳还没有出来，掌上林苑事的通政司通政李孜省又来，只见他径往门里走去。

俞进想看看小宦者怎么把他拦在外面，但是没有；小宦者不仅没拦他，反而向里让他，显然知道他要来。李孜省手执拂尘，道家装束，而不是文官装束，看来是要做法事。

俞进不知道人们为什么会一拨一拨地来到万府，但想得到，还会有一拨一拨的人要来。他想，与其等在外面，不如先回家歇着。

意想不到的是，妻子也在家里。

“娘子知道我今日回来？”他惊喜地问。

“鬼才知道你今日回来。”俞妻美貌是美貌，话却很粗俗。

“既然不知，为何不在府里服侍老家伙？”俞进问。

“老鬼生病好几日，你不知吗？”俞妻道。

“生病？”俞进想，怪不得！万通人要是好好的，不会轻易放他的妻子回家的。他问，“病重不重？”

“他是你亲爹呀？你还真惦记他！”俞妻讥道。

“他若是我亲爹，会把我变成乌龟、王八？我是想，老家伙这次一定病得不轻，怪不得今日我见那么多人去府里探望。”俞进说。

“今日已少得多，前两日，宫里的人，太医院的人，简直是络绎不绝，把一条街赌得死死的。”俞妻说。

“好，实在的好！是天助我也。”俞进没头没脑地说道。

“什么好呀？”俞妻问。

“老家伙病倒在床。”俞进说。

“什么实在的好呀？”俞妻问。

“老家伙病重。”俞进说。

“什么天助你呀？”俞妻问。

“老家伙一病不起。”俞进说。

“喂，相公，你打什么主意？不会是想席卷贩盐所得，逃之夭夭吧？”俞妻警觉而又满怀期待地问。

“那我是不敢的。”俞进道，“万府若和西厂打个招呼，好处来不及享，命怕先没。”

“西厂已罢，连老鬼都在叫好，你不知吗？”俞妻道。

“没西厂，还有东厂呢，还有锦衣卫呢。总之，舍命的买卖做不得。”俞进说。

“既如此，有什么好，有什么实在的好，有什么天助你也！”俞妻道。

“老家伙病倒在床，老家伙病重，老家伙一病不起，我才得以和娘子聚首，岂不是好，岂不是实在的好，岂不是天助我也！”俞进说着，向妻子扑过去。不管怎么说，美艳之妻，他还是难以割舍的。

“你等等。”俞妻支起胳膊肘，抵住俞进，“你才说，老鬼把你变成乌龟、王八。你愿做乌龟、王八，尽管去做，我不管；可我不愿跟着你做乌龟婆、王八婆！”

“我一时说漏嘴，娘子何必气恼！娘子服侍老家伙几日，得到偌大的好处，以后仍是我和娘子安安稳稳地过日子，有什么不好！”俞进道。

“相公不会嫌弃奴家？”俞妻问。

“我疼爱还疼爱不过来呢，怎会嫌弃！”俞进道。

“相公不会遗弃奴家？”俞妻问。

“这是上天第二次把娘子赐予我，我怎忍遗弃！”俞进道。

妇人再好哄不过，俞进两句话，在其妻听来，像吃进蜜糖一样。

“那好，我去烧锅水，与相公同浴同眠。”俞妻说。

万通躺在床榻之上，本来是七八分的病容，等见兄长万喜进来，陡增至十分。他又是轻哼，又是长吁，慌得万喜站也不是，坐也不是。

“正午时分，王太医还向我道喜，说二爷的病见轻；怎么两个时辰的工夫，反而加重？”万喜问。

“大哥，我怕是不行了。”万通喘着气说。

“怎的就不行了？”万喜问。

“我算是被人欺侮到家！”万通指着自己的心口说，“一口气憋在心里出不来，眼看要憋屈死。”

“老二，究竟出何事，有人敢让咱万家的人憋屈死？”万喜问。

“大哥，你说人这一辈子，最憋屈的是何事？”万通反问。

“祖坟被人挖掘。”万喜说。

“这事有大哥把持，不怕！”万通道。

“儿孙被人拐卖。”万喜说。

“他等已长大成人，不会！”万通道。

“妻女被人欺凌。”万喜说。

“万家有贵妃做主，谁敢！”万通道。

“老二，你说人这一辈子，最憋屈的是何事？”万喜连着三个答案都不对，只好让万通自己说。。

“自家的女子被人逼奸。”万喜说。

“老二说的自家女子，不是长辈？”万喜问。

“不是。”万通道。

“不是晚辈？”万喜问。

“不是。”万通道。

“不是妻妾？”万喜问。

“不是。”万通道。

“老二，你说的自家女子，究竟是何人？”万喜又是连着三个答案都不对，还得让万通自己说。

“自家喜爱的女子。”万通说。

“自家喜爱的女子，非母非女，非妻非妾，莫非是教坊司的乐妇，或青楼里的女妓？”万喜不能不做此联想。

“乐妇、女妓，人人得为其夫，怎说得上逼奸，有什么好憋屈的！”万通道。

“那老二喜爱的女子，究竟是何人？”万喜问。

“舍人之妻。”万通说。

“老二家的舍人之妻？”万喜问。

“不是我家的舍人之妻，难道还是你家的舍人之妻！”万通愤道。

万家三兄弟中，万通最喜欢与人怄气，万喜不和他计较。

“你家舍人之妻被人逼奸？”他又问。

“不是我家舍人之妻被逼奸，难道还是你家舍人之妻被逼奸！”万通继续怄气。

“被谁人逼奸？”万喜问。

“一个姓俞的舍人。”万通道。

“姓俞的舍人也是老二家的舍人？”万喜问。

“不是我家舍人，逼奸我家舍人之妻，他敢吗！”万通愤道。

这话不通，都是你家舍人，就能逼奸彼此之妻，就敢逼奸彼此之妻！别说舍人，就是你老二，敢随意逼奸舍人之妻吗？

“即便老二家舍人，逼奸老二家舍人之妻，也是可以杀头的大罪；更何况，他不知被他逼奸的舍人之妻，是你二爷喜爱的女子吗？”万喜问。

“他怎会不知！我为他谋得好处，不就为让他知道！”万通道。

“老二为谁谋得好处？”万喜问。

“不是逼奸舍人之妻者，还会是谁！”万通愤道。

这话又不通，他不为他喜爱其妻的舍人谋好处，却为企图逼奸他喜爱的舍人之妻的舍人谋好处，难道是为以德报怨？

“老二早看出来，他对你喜爱的舍人之妻居心不良？”万喜问。

“岂止看出来，他那点儿心思我早就揣摩透！”万通愤道。

“既揣摩透了，就该施以家法，或干脆把他送官，为何反而为他谋好处？”万喜问。

“要不是怕舍人之妻为此不悦，我早对他施以家法！”万通道。

万喜被他彻底说糊涂。人家分明对你不怀好意；你家主子严惩对你不怀好意之徒，分明是为你安全。你却为此而不悦，天下真有这等事理不明的女子！

果如老二所言，那就应该是通奸，而不是逼奸。

“老二，人家是不是本来就两相愉悦呀？”万喜问。

“他等以前是否两相愉悦，我不管；舍人之妻既为我所喜爱，就不能再两相愉悦，更不能逼奸！”万喜道。

“那倒也是。”万喜点点头，这个道理还是说得通的，他问，“老二，你而今想对逼奸者施以家法，抑或送官？”

“我精力不支，想大哥代我施以家法。”万通说。

“那不成我代你管家？”万喜不太愿意多事，“老二精力不支，不如把他送官。”

“不可送官！”万通断然拒绝。

“为何不可送官？”万喜想不通，明明是最简单的办法，同时又是最有效的办法，老二为什么不愿意？

“丢人！”万通的回答更简单。

的确，自家一舍人逼奸另一舍人之妻，或者是二人通奸，而主人又喜爱该舍人之妻。这些都是府上的隐私，说出去的确丢人。

“好，我就代老二管一次家事。”万喜说着，问道，“老二且告诉我，在哪里可以找到姓俞的舍人？”

“除在他家里，还会在哪里！”万通道。

“老二，你欲我当你面施以家法，还是背着你施以家法？”万喜问。

“那都不打紧，打紧的是，别让舍人之妻受到惊吓。”万通说。

“老二的意思，即便她与人家两相愉悦，乃至偷情通奸，施以家法时，也要背着她？”万喜问。

“大哥去拿姓俞的舍人时，尤其不可惊着她。”万通说。

“我拿姓俞的舍人，怎会惊着她？”万喜不解。

“她在那里，不就会惊着她！”万通道。

“老二是说，光天化日之下，她就敢钻进姓俞的舍人家里，和他厮混？”万喜更加相信，根本不是什么逼奸，而是通奸。当然，即便通奸，该舍人和主人争一女子，也不可宽恕。

“那是她家，她不去那里，却去哪里！”万通愤道。

万喜终于明白，姓俞的舍人逼奸的，其实就是自己的妻子。怪不得万通要为姓俞的舍人谋好处，怪不得万通不愿意送官，说送官丢人！喜爱舍人之妻倒没什么，把本来是夫妻者行夫妻之事，指为逼奸，并且为此而病情加重，说出去不笑死人才怪呢！

万喜若是把这件事揽过来，可笑的就不止是万通，丢人的就不只是万通，他自己也会成为笑柄。

“老二，我去也。”万喜道。

“我让人领大哥去姓俞的舍人家里。”万通说。

“不用，我要去衙门。”万喜道。

“大哥，我说过，不可送官。”万通欲阻止。

“衙门找我有事，我又不是拿姓俞的舍人去衙门。”万喜说。

“大哥一个寄俸官员，衙门里会有什么事找你？”万通不高兴了。

“衙门里的事谁说得清，去到才知。”万喜道。

“那大哥几时去拿姓俞的舍人，几时代我施以家法？”万通问。

“再说，再说。”万喜应付道，在走出屋门的一刻，他做出决定，回过头说，“老二安心休养，等你病好，再来处置此事吧。”

万通一则原本有病，二则气愤俞进所为，三则气愤兄长不肯为他出气，竟一命呜呼。皇帝看在万贵妃的面子上，赐葬赐祭之礼有加。

第一百四十四章

大同总兵府里，王越踱来踱去，不时停下来，伏身观看舆图。

余子俊当年所筑边墙，东端在清水营。鞑靼部攻占清水等营，不仅对榆林构成威胁，对大同也构成威胁。在前总兵官孙钺病故后正式接任的王越，对此有清醒的认识。

他在舆图前抬起头来，准备继续踱步时，发现身边多出一个人。

“吾公几时来的？”他惊问道。

“听说你一天都没走出这间屋子了，特来看看你。”汪直道。

“吾公坐不住，才来的吧？”王越问。

“是啊，我在屋里等你一天，你不去，只好我来。”汪直道。

说笑两句，总兵衙门的贴身侍从送上茶水，二人坐定，谈论起来。

“清水营是个紧要去处吧？”汪直问。

“西可护榆林，东可护大同；换言之，西可击榆林，东可击大同。诚是紧要去处。”王越说。

“既如此，一定要收复？”汪直问。

“一定要收复。”王越说。

“那么，收复之责，在延绥，在大同？”汪直问。

“此事须两说。”王越道。

“怎么个两说？”汪直问。

“朝廷专责延绥，则责在延绥；专责大同，则责在大同。”王越说。

“今者并未专责。”汪直道。

“则延绥、大同均有责。”王越说。

“世昌先生之意，大同须得出兵？”汪直问。

“非也。”王越摇头。

很顺理成章的结论，却被王越否定。汪直道：“大同不是有责吗？不出兵，如何尽责？”

“我是说，仅出大同之兵还不够。”王越说，为了更加强调，他又说，“我今日一天不曾出门，就是在思虑此事。”

“世昌先生思虑过度吧？鞑虏所占，不过二三营之地，我集两镇官军，还应付不了？”汪直道。

“两镇倾力，当然不在话下。不过，延绥镇须防鞑虏西击榆林，大同镇须防鞑虏东击大同，皆不可举镇而前。”王越说着，具体分析，“两镇若分兵为三，以其一守镇，其二出击，则守镇军力似有不足；以其一出击，其二守镇，则出击军力似有不足。”

“若分兵为二呢？”汪直问。

“则守镇、出击兵力，均有不足。”王越说。

在用兵之道上，汪直一直是很信服王越的。王越说不足，他就信以为不足。他问：“既有不足，当如何弥补？”

“以他镇之兵补之。”王越说，“譬如，延绥军分为三，其二守镇，其一出击；宁夏或甘肃镇兵亦分为三，其二守镇，其一协同延绥军出击。大同军分为三，其二守镇，其一出击；宣府军亦分为三，其二守镇，其一协同大同军出击。如此，守镇、出击之军皆为二，皆足以应付。”

“此计大妙，何不行之！”汪直道。

“妙是妙，只怕画饼难以充饥。”王越说。

“各镇无不实在，怎成画饼？”汪直道。

“如宁夏军、甘肃军，吾公传檄过去，能调动吗？”王越问。

汪直恍然大悟。他只顾论兵，却忘了自己眼下的处境。若是在一年前，他以此请于朝廷，朝廷绝不会不准；即使不请于朝廷，他传檄各镇巡抚都御史或总兵官，各镇人马都不难调动。而眼下，他只是镇守宣、大太监，能调动的，只有宣、大人马。传檄宁夏或甘肃，该镇巡抚都御史或总兵官，不必找什么借口，但拥兵不动，他也无计可施。

“世昌先生不会以为，延绥许总兵也不肯出兵吧？”汪直问。

“不会。”王越道，“收复清水等营，乃其职责所在。”

汪直在问延绥会不会出兵时，似乎颇为沮丧，但很快从沮丧的情绪中摆脱出来。他说：“宁夏、甘肃之兵一时难以调动，不是还有宣府兵吗？我奉旨镇守宣、大，难道也不能调度宣府兵？”

“宣府兵，吾公肯定是可以调度的。”王越说。

“那世昌先生为何以为画饼难以充饥？”汪直问。

“宣府兵虽可以调度，但恐吾公为难。”王越说。

“出兵击虏，有何为难？”汪直问。

“出宣府兵，朝廷无旨。”王越说。

“皇上命我出征之日，命我镇守宣、大之日，是准我便宜行事的；再说，我可以一边调度人马，一边请旨呀！”汪直说着，恢复以前敢作敢为的劲头，“我欲将宣府兵分为三，以其一守镇，以其二出击，世昌先生看，能不能弥补宁夏镇、甘肃镇无法出兵的不足？”

“宣府军以其二出击，与宣府军、宁夏或甘肃军各以其一出击，作用是一样的。”王越肯定他的想法，同时又指出这样做的危险，“不过，宣府军以其二出击，守镇略显薄弱。”

“风险大不大？”汪直问。

“应该说，不会很大。”王越说，“一则宣府并不面临鞑虏直接的威胁；二则，宣府、大同成犄角之势，可相互声援。”

“那就依此而行。”汪直道。

宣府出两军，以巡抚都御史何乔新、参将支玉领一军，游击将军刘宁领一军；大同出一军，由参将周里率领。延绥出击的官军，则由总兵官许宁亲自率领。

六月初，各路官军告捷。

陈钺罢后，兵部左侍郎张鹏推为尚书。追剿清水等营鞑虏的各路官军捷报到京，是他掌部后经历的第一件大喜事。他格外兴奋，也格外小心，唯恐核对功劳时出现差错。

“公勉先生，延绥许总兵报俘二人，不会错吧？”他拿着一堆数字，询问坐在对面的李敏。

“腾霄先生嫌多，还是嫌少？”李敏反问。

“似乎少些。”张鹏道。

“可延绥军所俘，的确只有二人。”李敏说。

过了一会儿，张鹏又问：“宣府游击刘宁，报斩六百，公勉先生，不会有误吧？”

“腾霄先生嫌多，还是嫌少？”李敏反问的仍是那句话。

“似乎多些。”张鹏道。

“可宣府军所斩，的确是六百级。”李敏说。

张鹏点点头。多少他并不在乎，他需要的是准确。

“腾霄先生若是放心不下，你我不如把各镇所报数目再核对一遍。”李敏善解人意地建议道。

“如此甚好！”张鹏欣然接受。

“上回是腾霄先生报数字，我对着看，这回我报数字，腾霄先生对着看吧。”李敏又提议。

“使得。”张鹏应道。

“宣府游击刘宁等，击斩六百级。”李敏从头读起。

“这才对过。”张鹏道。

“宣府参将支玉、巡抚何乔新等，斩九十二级。”李敏往下读。

“斩九十二级，从何得出？”张鹏问。

“捷报称，支玉、何乔新等斩七十七级，又十五级，难道不是九十二级？”李敏道。

“我正要请教，斩七十七级，又十五级，究竟是何意？”张鹏问。

“或是支参将率军，斩七十七级，何都堂率军，斩十五级；或是二人所部先统计斩七十七级，后又增补十五级，我也说不清楚。”李敏道。

“那不如按照奏表写的，就说支玉、何乔新等，斩七十七级，又十五级，如何？”张鹏和他商量。

“兵部议复，本就抄录自所上奏表。”李敏说。

“公勉先生再往下读吧。”张鹏道。

“延绥总兵官许宁等，俘二人，斩一百一十九级。”李敏读道。

“唯延绥官军报俘，其他各路官军一个生擒者都没有？”张鹏质疑。

“大概图省事，有生擒者，也杀掉了事。”李敏说。

“故朝廷宜重赏生擒。”张鹏道。

“怎么个重法？”李敏问。

“至少重过斩级。”张鹏道。

“那是另一个议题，不当议于今日。”李敏说。

“不错，今日是议功。”张鹏应着，问道，“还有一路吧？”

“大同参将周里等，斩三十级。”李敏道。

“总计斩八百四十一级，另俘二人，我算得对不对？”张鹏问。

“腾霄先生算得对！”李敏应道，并略带嘲笑地说，“我看，腾霄先生真让这些数字弄得不知所措。”

“不是不知所措，是谨防差错。”张鹏态度认真地更正，“我脑子里过了一下：去年，汪太监、保国公、威宁伯等师出大同，擒斩百二十余人；前年仍是他三位，在威宁海子破敌，斩首四百三十余级；再前，世昌先生于红盐池捣虏穴，擒斩三百五十人。今次斩首八百余级，远超过以往战绩，我可不想有什么差错。”

“腾霄先生做此想，很是。”李敏道。

张鹏听出来，也看出来，李敏嘴上说“很是”，心里未必以为“很是”；说不定还以为“很不是”。他问：“公勉先生不作此想吧？”

“此役战绩，远超过以往之役，我也想到；但毋庸讳言，我想得更多的，却是另外两件事。”李敏说。

“公勉先生先说其一。”张鹏道。

“此役战绩，为何远超出以往？”李敏提出一个问题。

“公勉先生以为呢？”张鹏问。

“有一人居功甚伟。”李敏道。

“公勉先生说的是士英先生吧？”张鹏问。

“这么说，腾霄先生也想到这件事？”李敏有些意外。

“是。”张鹏应道，并具体解释，“旧日清水营至定边营无边墙，鞑虏进出河套自如；今修边墙，鞑虏即便得隙入套，在我官军追剿之下，欲出套难矣。”说罢，感叹道，“可惜士英先生守制在家，不然，得知边墙派上大用，该何等欣慰！”

“腾霄先生为士英先生守制在家可惜，实则士英先生因母丧而归，是件幸事。”李敏说。

“公勉先生是说，若无此事，定为宵小中伤吧？”张鹏道。余子俊为兵部尚书时，张鹏和李敏均为侍郎。余子俊因反对用兵辽东及纠劾陈钺滥杀冒功，几乎酿祸，李敏想得到，他不会想不到，“今士英先生无恙，而宵小已去，士英先生理当还朝。”再次感叹之后，他问，“公勉先生想得多的第二件事，又怎说？”

“今役战绩，远超过以往，该如何议功？”李敏道。

这件事却是张鹏没想过的。他略一思忖，道：“从实而议，此事值得公勉先生多想吗？”

“腾霄先生没听懂我的意思。”李敏说着，举一例，“譬如，议各边臣功，要不要排序？”

“若排次序，只能依据斩级之数。”张鹏说着，又查看数字，“当以刘宁居首，次则许宁，又次则支玉、何乔新，又次则周里。”

“腾霄先生还是没听懂我的意思。”李敏道，“他等皆可依据斩级之数排，但他等皆非主帅。”

“主帅？公勉先生怎想到主帅？”张鹏这次是真的没听懂。

“既称之为今役，焉得无主帅？难道有过无主帅之役吗？”李敏道。

这话不错。我三五军士，与三五贼人偶遇，相互交手，当然不必有主帅；但也绝不能称为某役。正规之役，是一定要有主帅的。

“公勉先生是说，须议主帅之功？”张鹏问。

“先得断定谁为主帅。”李敏道。

这的确是个难题。多数情况下，主帅是由朝廷委任的；今次则不同，朝廷并未委任，而宣府、大同、延绥三镇人马同时出动。以文职而言，何乔新最尊，但他不能算做主帅，因为他不可能调动大同军和延绥军；以武职而言，许宁最尊，但他也不能算做主帅，因为他不可能调动宣府军和大同军。或许，把镇守宣、大太监汪直和大同总兵官、威宁伯王越算做主帅，还说得过去：以出动兵力而言，宣、大为三，延绥为一；以斩获而言，宣、大七百余级，延绥仅百余级。

张鹏相信，李敏想的也是这一点。

“公勉先生是问，汪太监和世昌先生该如何议功吧？”他问。

李敏点点头，道：“清水营之役，二人不可谓无功。但科、道纠劾西厂诸不法事，汪太监为提督，难辞其咎；而世昌先生谄附汪太监，亦令人齿冷。今不议二人之功，显得赏罚不分明；欲议二人之功，又总觉着有些荒唐。”

不说的话，不觉得这是回事；一说起来，竟不是件小事。张鹏知道，他既为大司马，此事须由他决断。他在堂上踱来踱去，一连走好几圈，才拿定主意。

“他将从实而议，他二人亦当从实而议。”他说。

朝廷议清水营之役，汪直增岁禄二十四石，王越增岁禄五十石，许宁进都督佥事，其他各将，升赏有差。

第一百四十五章

万安在诸子中，最看好万翼。万翼早中天顺元年进士，并按部就班地获得升迁，接下来就看几时可至公卿。在诸孙中，万安最看好万弘璧，把他留在身边读书。

“璧儿，又遇到难题？”万弘璧进书房后，万安和颜悦色地问。

“孙儿想问问，滇客已去否？”万弘璧道。

听他问起此事，万安脸色一变，问道：“你怎知有滇客？”

“无意中听到的。”万弘璧说。

“你还听到什么？”万安问。

“听说他送来几块宝玉，在我府上也是前所未见的。”万弘璧说。

“璧儿想看看吗？”万安又恢复往日的平和。

“若得一观，是孙儿的福分。”万弘璧说。

“你既想看，我先问你几件事。”万安说着，伸出一指，表示要提第一个问题，“璧儿提到云南，可知云南会城？”

“是昆明。”这个问题难不倒出生在四川的学子。

“璧儿可知，昆明距京师多远？”万安提出第二个问题。

“万里之遥吧。”万弘璧含糊地说。

“算你答出来。”万安肯定了他的回答，并告诉他较为准确的里程，“昆明距京师一万又六百余里。”又问，“璧儿可知云南布政司所辖，有个木邦军民宣慰使司？”

“这却不知。”万弘璧道。题目太偏，名称太难记，不在朝廷作几年官，而且是在相关的部、院等衙门作几年官，是不会知道的。

“璧儿可知，木邦军民宣慰使司距昆明多远？”万安又问。

“孙儿更说不上来。”万弘璧道。

“三十五程。”万安告诉他。

“亦即三十五日的路程？”万弘璧问。

“差不多是这个意思。”万安说着，又问，“木邦军民宣慰使司所辖一部，名曰孟密，璧儿可知？”

“不知木邦，又怎知孟密？”万弘璧道。

“璧儿可知，孟密距昆明多远？”万安问。

“大概比木邦更远吧？”万弘璧猜测。

“这却不然。”万安告诉他，“孟密距昆明三十三程，比木邦近二程。”

“原来如此。”万弘璧应道。

“这些路程你倒不必一一记住；我要告诉你的是，孟密有宝井，你说的几块宝石，即来自该井。你说，来得远不远？”万安问。

“弥远，弥足珍贵。”万弘璧道。

“璧儿既知其珍贵，就不要急于看到。你好生读书，待榜上题名之日，我不仅会让你观赏，还要送一块与你。”万安说。

“是，孙儿遵从祖父叮嘱，把精力都放在读书上。”万弘璧应道。

“孟密部变故，有人知之甚详，有人知之甚简，有人一无所知。腾霄先生，你还是给众人讲讲吧。”尹旻以主持廷议者的口吻说。

怀恩知道不该由他主持，遂问万安：“循吉先生，你说呢？”

“讲讲也好，我就属于知之甚简者，很愿听大司马讲讲。”万安道。如果说，他话里有讽刺的意味，那也是针对尹旻，而不是针对张鹏。

“正统以前，木邦宣慰使司不曾给朝廷出过难题，有时还能为朝廷所用。如正统年间征麓川，敕谕木邦以兵会剿，木邦是出过力的。”张鹏三言两语，简短回顾一下往事，然后他说，“木邦开始惹麻烦，在景泰年间。”

“应该是孟密惹麻烦吧？”刘珝听着别扭，想加以更正。

“叔温先生说孟密惹麻烦，固然更准确；但说木邦惹麻烦，也不算大错。”张鹏说。

“因为孟密部归属木邦宣慰使司吗？”刘吉问。

“此其一也。”张鹏道。

“我以为只有其一，难道还有其二？”刑部尚书林聪问。

“有哇。”礼部尚书周洪谟抢着应道。

“荒蛮之邦，尧弼先生也欲以礼教化之呀？”尹旻开始遭万安讽刺，现在趁机讽刺同是四川人的周洪谟一句。

“说到西南夷情，恐怕没人比尧弼先生知道得更多。”万安说。

他等一人一句，跟得很紧。张鹏想插话都插不进去。要是周洪谟本人回应，尹旻肯定还要多讽刺一句；回应的是万安，他不好再说。张鹏这才有机会开口。

“西南夷情，尧弼先生知之甚详，许多细节我都是向他请教的，不如请他接着讲讲。”他说。

“不可。”尹旻好像怕张鹏的主角被人抢去，“今日议的是用不用兵马，不是施不施礼教，还是该由腾霄先生主讲。”

“尧弼先生讲讲何为其二，总可以吧？”张鹏不领他的情。

“孟密部属木邦，孟密部惹的麻烦，即木邦部惹的麻烦，此其一也；孟密部惹的麻烦，缘于一名女子，该女子既为孟密部酋之妇，又为木邦前宣慰使之女，故孟密部惹的麻烦，即木邦部惹的麻烦。”周洪谟说罢，问张鹏，“腾霄先生，然否？”

“诚然。”张鹏道。第一个原因是刘吉替他说的，第二个原因是周洪谟替他说的，省却他不少口舌。

“一身而关系宣慰司及孟密部，该女子好似奇女子呀！”尹旻说。

“同仁先生若知其绰号，更要叫奇。”周洪谟道。

“她有何称号？”尹旻问。

“天娘子。”周洪谟道。

“叫不得，叫不得！”尹旻拼命摇头，就差把耳朵捂起来。

他的表情虽然有点儿夸张，但没听过这个绰号的大臣都会感到惊骇：皇上乃至尊，也不过称天子，她是什么身份，敢称天娘子！

“尧弼先生，还是告诉我等她的名字吧。”万安说。

“这我却说不出来。”周洪谟道。他记住称号，只因“天娘子”三个字太惊世骇俗，真正的名字他反而没记住。

“腾霄先生说得出吗？”刘珝问。

“此妇叫曩罕弄，其父叫罕揲法，其夫叫思外法。”张鹏一连说出三个人的名字。

“这等姓名，说不出也罢。”刘珝道。

“确实怪得很。”刘吉道，“其父姓罕，其女却不姓罕，而姓曩；说她不从父姓吧，第二个字又为罕；说她从夫姓吧，三个字又没一个和其夫挨得上边，只好说是随其所欲。”

“腾霄先生，今木邦宣慰使何名？”周洪谟问。

“罕落法，是罕揲法之孙。”张鹏道。

“蛮人姓氏，与我中华不同，譬如前宣慰使叫罕揲法，今宣慰使叫罕落法，或是第一个字与最后一个字合在一起，才是其姓氏，而当中那个字，却是其名。至于蛮妇，又或是另一种取名的法子。”周洪谟这么说，听起来是一知半解，也可能完全是推测。

对众人来说，这却是可以接受的。

“尧弼先生说的是。”张鹏代表众人表示认可。

“曩——”林聪最先产生一个想法，不过，却被蛮妇的名字难住。

“曩罕弄。”张鹏再对他说一遍。

“对。”林聪点点头，并不重复这个拗口的名字，“她惹事，是不是因为不服今宣慰使辖制？”

“这应是根本吧。”张鹏道，“罕落法是罕揲法之孙，即囊罕弄之侄。长辈不从晚辈辖制，在各蛮部中屡见不鲜。”

“据腾霄先生说，木邦惹麻烦，或孟密惹麻烦，在景泰年间。那么，岂不是闹腾二三十年？”刘吉问。

“可不是。”张鹏道，“景泰年间，囊罕弄不受节制，公然唆族人，叛木邦，驱逐罕落法，占据宣慰司公署，其子思柄自称宣慰使。且四处扰邻，兵力日盛，外结交阯，逼迫各部。成化十年，更犯陇川宣抚司。诸公想必知道，陇川距布政司六十六程，距孟密也在三十程以上，可谓名副其实的西南边陲。由此可见，孟密已为西南诸夷中的害群之马。我力主用兵，亦在于此。”

“这就该进入今日廷议的主题吧？”翁世资道。见众人都同意这个说法，他又问，“是兵部力主用兵，抑或腾霄先生力主用兵？”

“我力主用兵，公勉先生尚在迟疑之中。”张鹏说。

“迟疑得好，迟疑得好！”翁世资大赞，“公勉先生别在兵部迟疑，干脆来我户部理事吧。”

“资甫先生不赞成用兵，就说不赞成用兵，怎的却来兵部挖起墙角！”张鹏道。

邀请来户部，责备挖墙脚，都是说笑，翁世资的下一句话却是认真的。

“腾霄先生，我的确不赞成用兵。”翁世资说。无论谁掌户部，碰到大举用兵之类的事情，首先都会提出异议。

“愿闻其详。”张鹏揖道。

“腾霄先生力主用兵说在前，还是腾霄先生先说。”翁世资道。

“也好。”张鹏不便再推让，“我方才说孟密为西南诸夷的害群之马，其实，害群之马并不足忧；堪忧的是，孟密将为西南诸夷的领头之羊。”

“腾霄先生是说，西南诸夷纷纷效仿？”翁世资问。

“是，”张鹏应道，“蛮夷各部，是需要杀鸡儆猴的。”

“杀鸡儆猴，我并不反对。”翁世资说，“关键是，腾霄先生要杀此鸡，须耗费无算，军民皆敝。倘若鸡没杀到，反闹得鸡飞狗跳，让猴子们在一旁看笑话，就更不合算。”

“资甫先生仅以耗费无算而反对用兵，不但难以说服腾霄先生，连我都不心服。”尹旻说。

“若问我不赞成用兵的理由，尽在腾霄先生方才的一席话里，”翁世资说着，问张鹏，“腾霄先生说，陇川宣抚司距孟密三十程以上，是名副其实的西南边陲，是吧？”

“是。”张鹏应道。

“亦即，孟密在东北，陇川在西南，是吧？”翁世资问。

“那又何须问！”张鹏道，“孟密往东北三十程，就到昆明。”

“亦即，孟密由侵木邦，到侵陇川，皆夷部仇杀，并非犯我边境，是吧？”翁世资按照自己的思路问下去。

“也可以这么说。”张鹏勉强应道。翁世资这个问题提得很犀利。如果说，在武功鼎盛的永乐年间，用兵与否，还不全在有无犯我边境；那么，自宣德年间以来，已经在一点儿一点儿改变，从须用兵则用兵，改变为能不用兵则不用兵。张鹏料到，接下来，翁世资要说的是：既未侵犯边境，止宜抚谕。

“既未侵犯边境，止宜抚谕。”话不错，但说的人不是翁世资，而是万安。说罢，他问，“资甫先生是此意吧？”

“是。”翁世资应道。

“我赞成资甫先生之议。”万安表态。

“能不动干戈，谁不赞成！”尹旻也说。

两名主要大臣的态度明朗，众人相继附和，皆赞成抚谕，不赞成用兵。

“腾霄先生看呢？”万安不忘再问张鹏。处置西南夷事，兵部尚书的地位比较特殊；况且，他也是今日廷议中主要的反对派。

“诸公都担心耗费无算，我难道就不担心？诸公都以为抚谕即可，就择员前往吧。”张鹏说。

就在大家都以为廷议到此可以结束时，万安提出一个新的问题。

“尧弼先生，”他问周洪谟，“孟密奏乞开设治所，直隶于布政司，而不从属于木邦宣慰司，有这事没有？”

“有。”周洪谟应道。

“既有，为何不议一议？”万安道。

“私人至京，活动于大臣间，而非正式奏表，无从议起。”周洪谟说。

“我倒是想，如另设宣慰司或宣抚司，是否利于化解孟密与木邦两部的恩怨。”万安说着，举一实例，“譬如，陇川自设宣抚司后，不是安静许多吗？”

“是否另设宣慰司或宣抚司，不妨议之；但今欲设孟密宣慰司或宣抚司，与陇川宣抚司之设，不可相提并论。陇川宣抚司即原麓川军民宣慰使司，为复设，并非另设。”周洪谟说。

“差别是有，但于孟密能否开设治所，似乎影响不大。”万安说。

“怎会影响不大？”刘珝道，“陇川宣抚司和麓川宣慰司，其罢其设，同为一夷。孟密则为木邦属夷，今另设治所，则土官纷纷解体。原相互仇杀者，继续仇杀；原相互和睦者，亦彼此仇杀。谁能治之！”

“叔温兄说的是。”刘吉表示赞成，“旧有土司，罢而复设，利弊互参；分割夷属，另设土司，有弊无利。”

“二位都以为孟密不可另设土司？”万安问。

“不可另设。”刘珝、刘吉齐道。

“诸位之见如何？”万安转问部、院大臣。

“我看，循吉先生也该学学腾霄先生。”尹旻怪里怪气地说。

“同仁兄要我何事学腾霄先生？”万安问。

“从善如流呀！”尹旻道。

“好，好，我就学学腾霄先生，免得人家以为孟密私人活动到我头上。”万安无奈地说。

谁也没往这方面想，他这话说得像是此地无银三百两。

朝廷命陕西右布政使程宗，改都察院右副都御史，往云南抚谕。

第一百四十六章

潘荣回到户部衙门，带着一脸的冷笑。翁世资看到，问他：“尊用先生，又抓住谁的把柄？”

“户部不被人抓住把柄，已是万幸，还敢去抓别人的把柄！”潘荣道。

“那尊用先生哂笑，为的某人，抑或为的某事？”翁世资又问。

“既对某人，又对某事。”潘荣道。

“某人为谁？”翁世资问。

“羽流李文昌。”潘荣说。

“某人是他，某事不必再说，一定是他又没试成吧？”翁世资道。

“银子没炼出来，炭薪、铜锡之物，倒费不少。”潘荣说。

“尊用先生说到银，还真是别抓人家的把柄。先看看户部的把柄吧！”翁世资道。

“又出何事？”潘荣问。

“滇抚吴都堂上疏，言及楚雄等卫银课额度。”翁世资说。

“尚忠先生一定是叫苦吧？”潘荣问。

吴诚字尚忠，浙江钱塘人，景泰二年进士，在王恕调南京后巡抚云南。

“尊用先生还指望他自请增加云南银课额度吗？”翁世资说句笑话，然后复述吴诚奏疏里的一句话，“地瘠何堪，他只用这四个字！”

“云南地瘠，不用他说，我等皆知。”潘荣说着，问道，“尚忠先生的意思，是减其额度，抑或免其额度？”

“非减非免，他请复旧额。”翁世资说。

“以此立论，即不妥当。”潘荣评论。

“尊用先生是说，云南银课几经变动，何谓旧额吧？”翁世资揣测。

“可不是，”潘荣道，“云南银矿，闭而复开，开而复闭，但银课一直未免，变动的只是额度。永乐年间与宣德年间的额度不同，宣德年间与天顺年间的额度不同。天顺年间与成化以来的额度不同；且天顺年间先后额度不同，成化年间先后额度又不同。他请复的是哪个旧额？”

“地瘠何堪，自是复最少的那个旧额。”翁世资说。

“希望恢复最少的旧额，奏请时不会这么说吧？”潘荣问。

“当然不会这么说，”翁世资道，“云南楚雄等银矿，开于永乐三年，停于宣德十年，这之间的银课是多少，他略去不提。”

“为何略去不提？”潘荣设想一种可能，“是不是永乐三年至宣德十年间的银课额度，多于以后各次变更？”

“有此可能，”翁世资笑着应道，“但也可能是年已久远，难以稽查。果如尊用先生所言，就不应该笼统地请复旧额，而应该把请复旧额限定在某一次变更上。”

“他提到的第一次银课额度，是哪一年的？”潘荣问。

“天顺三年，银矿复开之日。”翁世资道。

“所定额度几许？”潘荣问。

“五万二千三百金。”翁世资道。

“比之今日额度，要低得多。”潘荣在心里比较一下才说，“尚忠先生请复的旧额，或是此数？”

“未必。”翁世资道。

他不说是，不说不是，而说未必。潘荣问：“我知天顺年间，云南银课年年在变，是不是还有更低的？”

“天顺年间没有。”翁世资道，“天顺四年，云南银课猛增至十一万二千三百八十金，三年始完课。天顺六年，又降至十万二千三百金。天顺七年，复闭楚雄等银矿。”

“十万二千三百，较之五万二千三百，几乎多出一倍。尚忠先生请复旧额，不会是复此数吧？”潘荣问。

“今之云南银课，恰是此数。”翁世资道。

“不是五万二千三百，更不是十万二千三百，难道还有别的额度？”潘荣在户部的日子比翁世资短得多，许多具体的课税心中无数。

“成化三年，复开楚雄等矿，因年久矿微，部议减之，遂定为二万六千一百金。”翁世资说。

“二万六千一百，可谓大减。”潘荣道。

“云南即便以此数完银课，已有难处；但近两年，朝廷忽又以天顺六年之额度征课。”翁世资说。

“亦即以十万二千三百金征课？”潘荣欲坐实。

“亦即以十万二千三百金征课。”翁世资证实。

“无疑，尚忠先生欲复旧额，即成化三年的二万六千一百。”潘荣道。

“我也以为他欲复成化三年之旧额，但他并没这么写。”翁世资说。

“难道是疏忽？他不该如此疏忽！”潘荣责备一句。

“这或正是他聪明之处。”翁世资却说。

“怎讲？”潘荣问。

“尚忠先生写两个旧额，一是天顺三年之五万二千三百金，一是成化三年之二万六千一百金。他之本意，欲复二万六千一百，但唯恐明确说出此数，朝廷视为锐减，难以核准，故含混而曰旧额。其用意是，朝廷只要准复旧额，即便不能减到二万六千一百金，减至五万二千三百金也是好的。”翁世资似乎洞悉吴诚的心思，说得很有把握。

“是他用心良苦？”潘荣问。

“确是用心良苦。”翁世资应道。

“那么，户部该不该议准？”潘荣问。

“尊用先生是怎想的？”翁世资反问。

“按说，地瘠何堪，是个很正当的理由；且楚雄等银矿旋开旋闭，可知矿微。因而，实应复银课旧额，甚或再减之。但不知为何，我却觉得这个决心很难下。”潘荣说着，问道，“资甫先生之意呢？”

“没见到尊用先生之前，我想的是准吴都堂所请；见到尊用先生之后，我改变主意。”翁世资说。

“资甫先生别自家做好人，让我做恶人呀！”潘荣道。

“准其所请，未必是好人；帮我改主意，未必是恶人。”翁世资道。

“资甫先生还有别的说法？”潘荣问。

“有，”翁世资应道，“尊用先生可知我见到你，为何改变主意吗？因你提到对某人不屑一顾，对某事不屑一顾。某人者，李文昌；某事者，黄白术。善黄白术原本无稽，何以李文昌言之，黄太监荐之，皇上信之？无非是国家缺银。今银课减一分，则皇上对所谓黄白术之迷恋就增一分，对异端邪教之信任就增一分。尊用先生想想，是不是这个道理？”

“我觉得决心难下，说不定也是为此。”潘荣说。

“这会儿呢，决心下否？”翁世资问。

“看来，只好两害相权取其轻。”潘荣道。

梁芳在上林苑没找到李孜省，又往通政司跑；在通政司没找到李孜省，又跑回上林苑。正好见李孜省从茅厕出来，他心里发火。但怪不得人家，谁让你不问一句的？他把李孜省拉到衙门后边没人的地方，说："道兄，看在我跑出一身汗找你的份儿上，你对我说句实话。"

"梁哥为何这么说？"李孜省从没听他说过这么重的话，不由发慌，"我几时对梁哥说的不是实话！"

"你告诉我，老李是你亲兄弟吗？"梁芳问。

"梁哥说的是哪个老李？"李孜省的亲戚、友人、弟子中，姓李的着实不少，怪不得他不知说的是谁。

"就是道兄以精黄白术荐于我的那个老李。"梁芳说。

"李文昌？"李孜省问。

"不错。"梁芳点头。

"我是南昌人，他是赣州人，老家相距一千多里，梁哥想，会不会是亲兄弟！"李孜省道。

"既非亲兄弟，你怎一口一个'我那兄弟'地叫着！"梁芳责道。

"不是叫惯了吗！"李孜省道，"对你我不也是一口一个'我那梁哥'地叫着？早知梁哥见怪，我连兄弟都不会叫他，更别说我那兄弟。"

同样怪不得人家。梁芳把气咽回肚里，说："道兄，你那兄弟惹下大祸，你我都得留神。"

"他惹下什么大祸？"李孜省忙问。

"还不是你替他吹嘘的那事！"梁芳道。

"我替他吹嘘的何事？"李孜省问。

梁芳瞪他一眼，道："看来，道兄替他吹嘘的不止一事！"

"不，不。"李孜省解释，"我是说，我从未替他吹嘘过。"

"你向我引见他时，难道没说，他精于黄白之术，欲金欲银，随手拈来？"梁芳道。

"那是我在重复他的话，并非替他吹嘘。"李孜省分辩。

"随手拈来，你亲见吗？"梁芳问。

"并未亲见。"李孜省说。

"并未亲见，而加以重复，还不是吹嘘！"梁芳道。

"梁哥，这话只好对我说说。在别人面前，千万说不得；在至尊面前，尤其说不得。”李孜省道。

“在爷面前，为何说不得？”梁芳不服气。

“梁哥说说看，在至尊面前是怎样引见文昌的？”李孜省问。

“还不是道兄怎么说，我也怎么说。”梁芳道。

“精于黄白，随手拈来？”李孜省问。

“我不这么说，爷怎会命他试之！”梁芳道。

“随手拈来，梁哥亲见吗？”李孜省问。

“老李说，其术只灵于人后，不灵于人前，我怎得亲见！”梁芳道。

“总之，并未亲见。”李孜省说。

“不错，并未亲见。”梁芳道。

“并未亲见，而加以重复，还不是吹嘘！”李孜省重复一遍梁芳的原话，道，“我在梁哥面前替文昌吹嘘，罪过还小；梁哥在至尊面前替他吹嘘，该是多大的罪过！”

梁芳听了，心里一惊，暗道：真是害人之心不可有啊！要是为推诿责任，先在皇帝面前说上李孜省几句坏话，追究来追究去，结果还是自己落个更大的不是。

趁他在琢磨，李孜省问：“梁哥找来问罪，究竟为的何事？”

“老李奉旨试之，至今未验。”梁芳说。

“一炉未出？”李孜省似乎觉得不该如此。

“一斤未出。”梁芳道。

“一两未出？”李孜省问。

“一钱未出。”梁芳道。再问下去，不知会问到多细微的重量。他说：“即便见到一两一钱，他好意思进献吗？”

“于是，梁哥心急？”李孜省问。

“不是我心急，是爷心急！”梁芳道。

“梁哥劝劝爷，此事心急不得。”李孜省说，“梁哥想啊，龙虎山精于黄白之术的人有多少，天下精于黄白之术的人有多少，若轻易炼出金来，炼出银来，还不到处都成金山银山？”

“晚矣！”梁芳叹道。

“怎么？”李孜省问。

“道兄想想，老李来京师多久？”梁芳反问。

“一年有余。”李孜省回答，并说，“他来京师一年有余，可并不是一来京师就蒙至尊信用呀。”

“那你想想，爷命试其术有多久？”梁芳又问。

“三个月吧？”李孜省想了想，仍不十分肯定。

“整整五个月！”梁芳道，“当初老李若不自我吹嘘、并向道兄吹嘘随手拈来，道兄若不向我吹嘘随手拈来，我若不向爷吹嘘随手拈来，三个月也好，五个月也好，都不是个事。”

“梁哥！”李孜省有话要说。

“我知道兄要说什么。”梁芳摆摆手，拦住他，“道兄要说，他若不自我吹嘘并向你吹嘘随手拈来，你会当一回事？你不向我吹嘘随手拈来，我会当一回事？我不向爷吹嘘随手拈来，爷会当一回事？是不是？这话用不着说，反正爷已不耐烦。今次再试，是他最后一个机会。”

“梁哥是说——”李孜省问。

“再不验之，严惩不贷。”梁芳道。

“皇上主意已定？”李孜省问。

“我看主意已定。”梁芳道。

“不会再改？”李孜省问。

“我看不会再改。”梁芳道。

“那却如何是好？”李孜省急得打转，“梁哥，得给文昌打个招呼呀！”

“为何要打招呼？”梁芳问。

“梁哥想啊，他今次试之再不验，皇上就要严惩他；他是你我引进的，皇上严惩他，不就是打你我的脸吗？怎么也得让他心里有数，不敢再敷衍了事。”李孜省道。

“爷打你我的脸，总比直接严惩你我强吧？”梁芳的想法显然不同。

“梁哥怎说这话？”李孜省不解。

“道兄别的事都想得透，此事怎么就想不透！”梁芳道，“他不知道爷会严惩，故而敷衍了事；知道爷要严惩，就不敷衍了事？敷衍了事，整不出黄白之物；不敷衍了事，就整得出黄白之物？告诉老李实情，唯一的结果就是，再试不验，他一跑了之。你说，爷找不着他，不得问我要人？我找不着他，不得问你要人？那时，你上林苑的差事也别办，通政司的差事也别办，满天下去找人吧！爷决心严惩他，他一跑，严惩不到他，爷岂不要严惩你我！”

“依着梁哥，怎好？”李孜省问。

“不管他是否整得出黄白之物，不管试之是否有验，这两日你我还得睁大眼睛盯住他，千万不能让他溜掉。试之有验，大家都好；仍试之无验，是打是骂，是砍是杀，由得爷去。”梁芳说。

再试无验，皇帝命杖李文昌五十，发配回籍。

第一百四十七章

深秋时节，山西巡抚何乔新趁在太原办事的机会，巡视按察司狱。他以为，该审理的案子都已审理，该处置的狱囚都已处置，狱室应该是空空荡荡的；没想到，狱中还是人满为患。

“朝廷都有秋审，按察司就没有吗？”他问诚惶诚恐跟在后面的狱吏。

“小的不知，小人只管守狱，不管审狱。”狱吏说。

“我知你不管审狱；我是问，管审狱的，有没有来审过？”何乔新道。

“往年都有人来审，今年还没人来审。”狱吏说。

“往年的事说它作甚！”何乔新话一说出，马上又收回来，“不，往年的事也不妨说说。往年这时候，该审狱的人来审过狱吗？”

“都堂大人，往年没有这时候。”狱吏小心地说。

“你是何意？”何乔新奇怪地问。

“今年是闰八月，小人不知多少年才有一次闰八月，反正打小人记事起，还没碰到过闰八月。”狱吏说。

“你不妨说没闰八月，怎叫没这时候！”何乔新道。又一想，也不能怪狱吏，自己问的是这时候，他可不只能拿这时候回话，“不说闰八月，也不说这时候，你只说说，往年八、九月深秋之日，该审狱的人有没来审过狱。”

“有的年头来过，有的年头没来过。”狱吏说。

“不来的年头，几时才来？”何乔新问。

“有的年头来得早些，有的年头来得迟些。”狱吏说。

“来得早是几月？”何乔新问。

“十月也有，十一月也有。”狱吏说。

“来得迟呢？”何乔新问。

“或要转过年去。”狱吏回答好多话之后，觉得该为本衙门的老爷说句好话，“也难怪老爷们来得迟，衙门里的事多，还常常要出外巡守。再说，谁不愿意高高兴兴地过个年，一沾上这些案子，还高兴得了！”

“照你这么说，来得迟有来得迟的道理？”何乔新问。

“小人胡乱想的。”狱吏说。

“老爷们也这么想吗？”何乔新问。

“小人不知。”狱吏说。

“你何不去问问老爷们？”何乔新道。

“只有老爷们问小人，小人可不敢问老爷们。”狱吏说。

“那只好我帮着你问。”何乔新道。

他先选择若干狱囚，简单讯问案情，然后把按察佥事尚敬、刘源找来。

“尚大人？”他问尚敬。

“下官尚敬。”尚敬应道。

“刘大人？”何乔新问刘源。

“下官刘源。”刘源应道。

二人都不知道巡抚大人为什么把自己找来，故而有点儿紧张；更不知道巡抚大人在狱里耽搁不少时辰，故而并不知道事态有多么严重。

“为人不可忘本。”何乔新似是漫无边际地说，“何为本呢？譬如我曾任刑部主事，又曾任按察副使，按察使，应以问狱为本分。这样解释本分，虽然显得俗气，但我以为，能把本职的事情做好，做人才说得上本分。二位说，是不是这个道理？”

“是，是。”尚、刘二人应道。

“我虽不是刑官，但每到一地，仍不忘问问狱案。今日请二位来，就是想一起问几桩案子；问错的话，请二位指点。”何乔新说。

“不敢，不敢。”尚、刘二人连声道。

何乔新使个眼色，狱卒带第一个狱囚上来。

“姓名？”何乔新问。

“乔大壬。”该狱囚口音重，说的壬和人难以分辨。

“在座的大人都不曾称大人，你倒先称起大人。”何乔新取笑道。

“小民是大壬，不是大人。”该狱囚自以为能说清楚。

“我知你不是大人。”何乔新道，“你且说，是任用的任，还是壬癸的壬？”

“不是人鬼的人。”该狱囚也分辨不清何乔新的话。

“那是任用的任了，不是大人，哪儿来的大任！”何乔新道。

“也不是任用的任，是壬癸的壬。”该狱囚说。

“你才说不是人鬼的人，怎么又是人鬼的人？”何乔新问。

“都堂，他说他不是人死以后的那个鬼，是天干里的那个癸。”尚敬实在听不下去，出面替他解释。

“咦，尚大人知道他呀？”何乔新问。

“他是下官收系的。”尚敬说。

“这就好办，”何乔新道，“我正担心听不懂他的话，尚大人既知其人，既知其案情，就请尚大人给我讲讲吧。”

“这个，”尚敬挠着额头说，“下官虽记得其人，却不记得其案情。”

“不记得？”何乔新故意做出很吃惊的样子。

尚敬苦想许久，确认：“是不记得了。”

“怎会不记得？”何乔新问。

“或是隔得太久。”尚敬说。

“隔得有多久？”何乔新问。

“这个，”尚敬又挠额头，“也不记得。”

“这也不记得？”何乔新再作出吃惊的样子。

尚敬又苦想许久，确认：“是也不记得。”

“难怪，”何乔新体谅地说，“你是审狱的人，隔得太久，怎会记得！他是被收系的人，一定记得。看来，还得问他。”说着，问狱囚，“乔大壬，你在狱里几日？”

“回大老爷话，这多日了。”该狱囚用手比画了个七字。

“七日？”何乔新问。

“大老爷拿我开心，还是拿那位老爷开心？”该狱囚显示出他的机灵。

“你的意思，我说得少？那是七十日？”何乔新问。

“七十日，不过两个多月。”该狱囚道。

“还要多？我实在猜不出。”何乔新直摇头。

“整整七个月！”该狱囚道。

“天哪，你犯何事，竟被囚七个月？”何乔新问。

“小民并未犯事。”该狱囚说。

“胡说！”何乔新叱道，“未犯事，这位老爷平白无故会收你下狱！”

“小民被邻人讦告，这位老爷才把小民下狱的，并非平白无故。”该狱囚知道尚敬是主管的大官，不能得罪。

“你邻人为何事告你？”何乔新问。

“他告小民打伤他家的狗。”该狱囚说。

“他告的是否属实？”何乔新问。

“属实是属实，但小民是误伤。”该狱囚讲述道，“那天小民回家晚，到村口时，天色已黑。他家的狗跟在小民后面，小民快走，它也快走；小民慢走，它也慢走；小民站住，它也站住。小民担心是狼，回手一扁担，把它的腿打断一条。它一哀号，小民才听出是狗。再一细看，认出是邻家的狗。小民邻人很难缠，小民怕被他缠上，不好脱身，所以没有声张。谁知他就告官，又谁知老爷查出是小民所伤，便差人把小民拿进城，投入大牢。”

“尚大人，好手段，这等案子也查得出！”何乔新竖起大拇指称赞。

“有人证，有物证，其实并不难查。”尚敬说。

“那么，他说的案情属实？”何乔新问。

“下官记起来，属实。”尚敬道。

何乔新使了个眼色，狱卒带下该狱囚，带上第二名狱囚。

“姓名？”何乔新同样的问法。

“卜唯安。”第二名狱囚回答。

“名副其实，”何乔新咬文嚼字地说，“卜之，未安也。”

“老辈给小民取名，可不是这个意思。”第二名狱囚说。

“不是此意，却是何意？”何乔新问。

“卜之，唯安也。”第二名狱囚也咬文嚼字。

“我没听出有什么不同的意思呀！”何乔新道。

“都堂，他名中用的唯，是唯一的唯，不是十二地支里的那个未。”刘源替该狱囚解释。

“尚大人说彼狱囚名字用的是天干里的字，我以为此狱囚名字就该用地支里的字，谁知却不是。看来不可妄言呀！”何乔新听似自嘲地说一句，然后问刘源，“不用说，此狱囚为刘大人收系。”

“是。”刘源应道。

“不用说，刘大人也不记得他的案情。”何乔新道才说不可妄言，却又在妄言。

“下官记得。”刘源道。

“当真？”何乔新也做出很吃惊的样子；不过，这次的吃惊和对尚敬忘了案情的吃惊，有不同的含义。

“下官记得，他因争地，被事主告官。”刘源说。

“不用说，争地的亩数，刘大人不记得吧？”何乔新问。

“下官记得，是三分地。”刘源说。

“三分地？”何乔新向第二名狱囚求证。

“回大老爷话，是三分地。”第二名狱囚证实。

“难得刘大人记得如此清晰。”何乔新称赏一句刘源，又妄言，“我敢说，这个卜唯安系狱几久，刘大人一定不记得。”

“下官记得。”刘源说。

“也记得？”何乔新再做出吃惊的样子。

“下官记得——”刘源正要回答第二名狱囚在狱里已关多少日子，忽然发觉，他记不记得，都不会有好处。不过，前半句话已出口，后半句话不能不接上。他说，“是十个月。”

“刘大人没记错吧？”何乔新看出他的迟疑。

“下官不会记错。”刘源说。

“争地三分，系狱十月？”何乔新似乎在这两个数字间寻找某种联系。

“都堂，争地的案情，总比打狗的案情难决。”刘源说。

“言之有理，”何乔新道，“打断一条狗腿，可系狱七月；争地三分，自然也可系狱十月！”

他的态度是如此明显，尚敬、刘源不能不有所表示。

“打断狗腿之案拖七个月，确实有些久。”尚敬说。

“争地三分之案拖十个月，也有点儿不该。”刘源说。

“是有些久吗？是有点儿不该吗？”何乔新问。

“确实太久。”尚敬改口。

“实在不该。”刘源改口。

“打断狗腿之案，争地三分之案，在我看来，当时就可以决断的；即使为慎重起见，须反复核实，押后再断，几日也足够。为何动辄拖上七月、十月？”何乔新责问，不等二人回答，他又说，“方才我问狱吏，按察司的老爷们为何迟迟不断狱，他说出两个理由：一是衙门事多，一是避沾晦气。除这两个理由，大人们还有没有别的理由？”

尚清、刘源说不出其他的理由。其实，就是狱吏说的两条理由，他们也很难说得出口。

“晋抚何乔新终于上疏？朕不知道，此卿会不会三年不鸣，一鸣惊人？”皇帝自言自语道。

“去年五月，他曾上过疏。”怀恩提醒道。

“朕记得，朕还让你查过该疏提到的两个人物呢。”皇帝道，“其中一人，你没查出多少故事；另一人，却很有故事。对吧？”

“爷真是好记性，奴才已忘，爷仍记得。”怀恩奉承地说。

“有故事的那个，叫张元，宋朝人；没故事的那个，汉朝人。”皇帝说到这里，好像有意探究一下怀恩是否真忘，问，“叫什么来着？”

“姓卫名律，先世为胡人。”怀恩说。

“你没忘嘛！”皇帝得意地说，“朕听何乔新的奏疏，还以为卫律是大将军卫青的族人，奇怪他怎么去做匈奴人的向导，等你查出他的出处，才知不是。你说，那个张元怎的把名字一拆，就得元昊信用！”

何乔新去年那篇奏疏写的是边人出塞樵、猎，猝遇虏被执，多被用为向导。其桀骜不逞者，如匈奴之于卫律，元昊之于张元，是为边患，可胜言哉！并请禁边民樵、猎。

怀恩其实和皇帝的想法一样，开始也在《汉书·卫青传》里查找卫律，就在他茫然不知所措，打算请教翰林们时，却意外地在临近的附在《李广传》的李陵传里，看到卫律其人。原来他是胡人，生长于汉，与李延年友善，曾使匈奴。回朝后，李延年家被抄，他担心被牵连，降于匈奴，成为匈奴入犯的帮凶。

故事很多的张元，应该说是故事很有趣。他原是宋朝读书人，因累举进士落榜，一怒之下，和另一个考不中进士的友人吴昊，一起投奔西夏。

当时的西夏主是元昊，处在开国初期，急需人才。张元对元昊说，他单名一个元字，吴昊单名一个昊字，是天与元昊之辅弼。元昊大喜，用他为国相、太师。在西夏与宋的战事中，他多从战有功。

何乔新用卫律、张元二人为例，说明汉人降异族后的危害。这引起皇帝的兴趣，朝廷因而颁诏，禁边人樵、猎。

“非三年不鸣，也一年多不鸣，他今次上疏，所言何事？”皇帝问。

“弹劾按察司二佥事。”怀恩说。

“所为何事？”皇帝问。

“旷职滞讼。”怀恩道。

“有无具体事例？”皇帝问。

“有，”怀恩应道，“佥事尚某，受理邻里为伤狗而起纠纷一案，佥事刘某，受理两家因争地而起纠纷一案，均将被告投入狱中，久不审之。”

“所谓久，有无具体期限？”皇帝问。

“前者七个月，后者十个月。”怀恩说。

“别说因伤狗而羁押七个月，就算致狗毙命而羁押七个月，也太久；但争地是件大事，十月未断，也要看具体情形。”皇帝做着评估。

“爷说的极是。”怀恩先附和一句，然后说，“可该案中，两家有争议的田亩微乎其微。”

“有几亩？”皇帝问。

“仅三分。”怀恩道。

“仅三分地的争执，就将人羁押十月？”皇帝呼道。

“这还是因何都堂过问该案，不然羁押之日更久。”怀恩说。

“二佥事均可恶至极！”皇帝愤然斥责，“过失甚微，而桎梏缧绁，久羁狱中，就不怕瘐死吗！”

“何都堂奏疏里写的，也是这一层意思。”怀恩说。

“他有无举古代断狱官典故？”皇帝想起他去年的奏疏，随口问道。

“今次未举。”怀恩应道。

“可惜了！”皇帝道。又问，“他有没有提出什么举措？”

“他请朝廷敕天下断狱官，淹滞半年以上者，悉议罪。”怀恩说。

“半年？”皇帝思忖着，“朕看，还是长。”

“奴才想，何都堂的意思是，再难断的狱案，也不得超过半年；至于普通的狱案，五六日乃至十日，就当断之。这在古典里是有记载的。”

“哪部古典？”皇帝问。

“《周书》里有段话，大意是：要囚服念五六日，至于旬时。”怀恩说。

“老怀，你把该段话查实，诏告天下刑官，令其谨慎刑狱，以副朕意。”皇帝命道。

“奴才遵旨！”怀恩应道。

第一百四十八章

成化十九年年节之际，沈政从东城到西城，从北城到南城，连着好几天，给上官拜年，送年礼；给有恩于自己的人拜年，送年礼。他原官湖广岳州通判，以善绘，召为太常寺少卿。善绘不假，但他也知道，光凭自己那点儿长处，若没人帮忙，是得不着这一升迁的。

第一个要去拜年的，要送与年礼的，当然非本寺寺卿邓常恩莫属。

“下官恭贺大人今年还会高升。”沈政拣好听的话说。

“我未卜出今年还会升秩，以政倒卜出来？”邓常恩笑呵呵地说。

沈政字以政，是福建闽县人。

“下官不懂枚卜，但看得出大势。”沈政说。

“大势二字，听起来挺吓人的，以政为我说说。”邓常恩道。

“听起来吓人，说起来简单：在大人，得皇上宠信，即为得大势；在下官，得大人眷顾，即为得大势。”沈政在场面上厮混，靠的是一技之长，而不是议论，说不出多少冠冕堂皇的话。

“有句话，叫作趋炎附势，怎么讲？”邓常恩问。

“大人明鉴，士人每以趋炎附势贬低他人；实则趋炎附势乃识时务也，无可厚非。”沈政说。

“承教，承教！”邓常恩揖道，并说，“以政懂大势，我不懂；以政不懂枚卜，我却略知一二。以政既为我说大势，我当投桃报李，为以政枚卜一回，如何？”

“幸甚，幸甚！”沈政连连揖手。

邓常恩所习，不以看卦为主项，但卦签是有的。他取出卦筒，摇了摇，让沈政抽出一支签来。沈政偷瞥一眼，签上只有一个大大的福字。他不由心中大喜，躬身把卦签呈与邓常恩。他以为，邓常恩一定会有许多中听的话说给他；谁知，邓常恩两眼盯着签上的福字，眉头越皱越深。

“大人，卦象不好？”沈政不安地问。

“在别人，此为上上签。”邓常恩说。

“在下官呢？”沈政问。

“恐有些窒碍。”邓常恩说。

“乞大人为下官解说。”沈政说着，深作一揖。

“以政是福建人，是吧？”邓常恩问。

“是。”沈政应道。

“人见福字，无不欢欣。然你方才一瞥，不是你见福，是福见你。福见者，福建也，以政怕离还乡不远。”邓常恩解释。

沈政心想：我拣好听的话说，换来的却是诅咒，你这哪里是投桃报李，你是以怨报德呀！沈政一半是惊慌，一半是不信地问：“下官不过是名带俸少卿，并无具体职事，怎会招致免官之灾？”

邓常恩不过开个玩笑，没想到沈政会认真。他安慰道：“枚卜之事，信则灵，不信则不灵，无须放在心上。”

可沈政心里如同压上一块大石头，想搬也搬不掉。

沈政去梁芳私宅好几次，每次都问，几时来才能见到梁公公？为梁芳料理家事的长随每次都说，你明日再来吧。可第二天去，梁芳仍在宫里忙着，未回私宅。等他见到梁芳时，已过正月十五。

他以善绘而传升授官，梁芳起的作用最大。他把梁芳视为第一位恩人，新年之际，无论如何也要见上一面。

“老沈，听说你来好几趟？”梁芳问。

“今日是第几次，在下已记不清。”沈政说。

“你送的茶我尝过，真是极品，多谢！”梁芳客气一句，然后说，“极品之茶家人已收下，心意已然尽到，老沈何苦一趟一趟地跑呢！”

“应该的。”沈政道，“新春伊始，不见恩公一面，心里总不踏实。”

“你要见我，去御用监衙门呀！”梁芳说。

“衙门里有些话不好说。”沈政道。

梁芳这才知道他是有事而来，遂问：“老沈有什么要紧的话对我说？”

“没什么要紧的话，只有一事求教。”沈政说。

“何事？”梁芳问。

“为官之道。”沈政说。

“这是老沈从娘胎里出来就懂的呀，怎问起我来？”说笑归说笑，有件事，梁芳觉得先要把沈政的嘴堵住，“不过，升官不可太性急，须待时机，老沈一定要记牢。”

“在下想的不是升官的事，是保官的事。”沈政说。

“保官？”梁芳没听明白。

“在下才以少卿见召，不懂朝廷的规矩，不知怎样才能保住官职，故乞恩公教我。”沈政说。

“这事我倒可以教教你。”梁芳道，“老沈想保官，有一条最要紧：皇上想你说的，你说；皇上想你做的，你做。只要投皇上所好，你的官职就可以保住。”

“便如恩公一般？”沈政问。

“那可不一样。”梁芳道，“皇上知道我呀，所以有什么想要我说的话，想要我做的事，直接吩咐我就可以。皇上知道你老沈吗？不知道。所以，你得竖起耳朵听，睁大眼睛看。皇上有什么想人说的，你得抢着说；皇上有什么想人做的，你得抢着做。有过几回以后，等皇上也知道你，你才能和我一样呢。”

“在下竖起耳朵也听不见呀，睁大眼睛也看不见呀！”沈政甚感悲哀。

“老沈，你别叫屈了！”梁芳道，“你听不见，我还听不见吗？你看不见，我还看不见吗？”

“乞恩公赐教！”沈政说着，深作一揖。

“皇上想人说什么，想人做什么，我可以告诉你；不过，老沈，你得量力而行，不可太莽撞。”梁芳叮嘱之后，才说，“爷近日想人说的，想人做的，是黄白之术。”

“黄白之术？”沈政以为这不可能，“在下听说，有个姓李的道长，才因言黄白之术，被皇上痛打一顿，发配还乡。”

“他被痛打，不是因为言黄白之术，而是因为大言黄白之术却试之无验。所以，我才对你说，要量力而行。”梁芳道。

“恩公怎知皇上想人说的、想人做的，是黄白之术？”沈政问。

“皇上想赐予昭德宫珍宝，让贵妃娘娘愉悦，有人说三道四；皇上想修缮西内建筑，以便太后娘娘游览，有人说三道四；皇上想建寺院，想封国师、佛子，有人说三道四。”梁芳一一数道，“你说，皇上心里烦不烦？”

“想做的事做不成，心里一定是烦的。”沈政应道。

“何为三，何为四？还不就是国用匮乏，朝廷无银！要是银子多了，还用得着听人聒噪！还能让人捆住手脚！”梁芳说。

“原来如此！恩公不说，谁能知晓，天子至尊，也会因手里没有银子而做难！”

沈政道。又说，“我若把皇上近日想人说的、想人做的，由黄白之术改为府藏充足，恩公以为可以吗？”

“老沈想怎么改，尽管去改。我还是那句话，要量力而行，别狐狸没得着，反惹一身骚。”梁芳说。

“恩公美意，在下不敢忘。”沈政应道。

沈政是福建人，翁世资也是福建人。凭着这一层关系，沈政去户部衙门拜谒翁世资。没想到，翁世资居然肯接待他。

“小老乡，不知有朝旨吗？”翁世资问。

“资甫先生说的是什么朝旨？”沈政反问。

“朝廷已准我致仕，我这是最后一次坐在衙门里，你小老乡也是我以户部尚书见的最后一人。”翁世资说。

“得罪，得罪，下官实不知有此事。”沈政打躬作揖地说。

“不知就不知吧，说不上得罪。”翁世资道。

“不，”沈政却一本正经地说，“下官若知朝廷准资甫先生致仕，一定要广邀同僚，上疏挽留。”

“你？”翁世资觉得好笑，但也有些感动，“以政，你才到朝中几天，怎知我当留不当留，又怎知我愿留不愿留！”

“大司徒掌天下之用，地位仅次于大冢宰，何其显赫，资甫先生会不愿留任？”沈政道。他连太常寺少卿这等可设可不设、可有可没有的官职，都留恋不已，不信有人会不把户部尚书放在心上。

“你只看到地位何其显赫，却没看到职事何其艰辛。”翁世资说。

“以天下之出，供天下之用，有什么难办的？”沈政道。

“以天下之出，供天下之用，以政，你虽不曾登大雅之堂，但这句话说得很好！”翁世资称赞一句，说，“户部的职掌若是以天下之出，供天下之用，自然简单，可惜不是。”

“户部的职掌不是以天下之出，供天下之用？”沈政问。

“不是。”翁世资的回答很肯定。

“那是何事？”沈政问。

“是以朝廷之入，敷朝廷之出。”翁世资说。

“二者有何不同？”沈政问。

“天下之出，如天下之田亩、天下之丁口、天下之物产等，户部是应该心里有数的；但并非天下之出，都归户部掌握。户部能掌握的，只有田赋、力役等，这就是朝廷之入。”翁世资说。

“看来，天下之出远多过朝廷之入。”沈政插话。

“这无须赘言。”翁世资道，又接着说，“如宗室之禄米，如百官之薪俸，如军士之粮饷，如赈灾之钱粮，如营造之费用，皆为朝廷之出；而天下之用，远不止这些。如天下之民，都需要吃饭，都需要穿衣，都需要住所，此皆属于天下之用，却并非朝廷之出。故而，天下之出远多过朝廷之入，而天下之用亦远多过朝廷之出。”说罢，问道，“以政，你听不听得懂？”

“在下听得懂。”沈政应道。

“那你就该知道，户部究竟难在哪里。”翁世资道，“譬如，朝廷所入为二，所出为一，户部的日子就过得很轻松；朝廷所入为一，所出也为一，户部的日子紧巴巴，但还过得下去；等到朝廷所入为一，而所出为二，为三，户部就无法筹措。”

“不能把天下之出更多地变成朝廷所入吗？”沈政问。

“以政千万莫作此想，那叫竭泽而渔。”翁世资说。

“在下听懂了，多谢指教！”沈政揖道。

他说听懂，其实只听进前半部分：天下之出远多过朝廷之入；他心里琢磨的，也只是前半部分：既然天下之出远多过朝廷之入，为什么不能把更多的天下之出变成朝廷之入？更确切地说，他想的也不是能不能把更多的天下之出变成朝廷之入，而是能不能把更多的天下之出变成皇帝的私人府藏？

在经过梁芳的点拨后，他把保住自己的官职归结为有没有办法使皇家的府藏充足。他不相信黄白之术，不相信凭空可以得到黄金、白银。在和翁世资谈论之后，他相信自己找到一条比黄白之术更可靠的路径。

皇帝在听怀恩读沈政的奏本时，微微而笑。他笑得很含蓄，很微妙，让人猜不出，他是嘲讽，还是欣赏。等怀恩读完沈政的奏本，他又沉默片刻，更让人猜不出，他是嘲讽，还是欣赏。

“他知不知何谓天下之财货？”皇帝忽然问。

怀恩先是一怔，随即喜悦。皇帝是质疑，而不是称赏，这就好。

“怀大伴，朕在问你呢。”皇帝催促道。

“回爷的话，”怀恩应道，“沈政并未写明何谓天下之财货；奴才想，他也写不明白。”

“他有没有写，如何将天下之财货来充府藏？”皇帝问。

“也没有写。”怀恩应道。

“那岂不是一句空话！”皇帝道。

“爷说的是，就是一句空话。”怀恩回应着，并补充，“奴才以为，是天下最要不得的一句空话。”

“岂止要不得，且是最荒唐的一句空话！”皇帝道。

其实，怀恩心里想的词句，比“要不得”严重得多，比“荒唐”也严重得多。但他有意挑选一个程度较轻的词句，为的是让皇帝有加重的余地。皇帝果然加重，他颂道：“爷圣明！”

皇帝似乎受到鼓舞，又问：“他知道不知道，聚天下之财货，以充府藏，天下万姓将无以为生？”

“奴才以为，他并非不知。”怀恩道。

“何以见得？”皇帝问。

“譬如，他家中所有，包括不包括在天下财货中？将他家财货充为府藏，他一家老小将何以为生？”怀恩道。

“他既懂得这个道理，为何还有此议？”皇帝问。

“自古以来，有此议者，皆奸佞小人。”怀恩说。

“而行此事者，皆独夫民贼！沈政不仅自己是个奸佞小人，且欲置朕于独夫民贼之列！朕守祖宗之业，遵圣贤之言，创开明之世，岂能上他的当！”皇帝越说，怒气越大。

“爷圣明！”怀恩又颂。

“老怀，降旨，将此奸佞小人下锦衣卫狱！”皇帝命道。

“是。”怀恩应道。

沈政下锦衣卫狱，法司议，谪云南镇安府通判。

第一百四十九章

王敬把梁芳请到外宅，说有神奇的事物给他看。

“咱都是见过世面的人，王哥不许拿小儿把戏哄人。”梁芳进门就说。

“是否小儿把戏，梁哥看过再说。”王敬道。

屋里站立十余名锦衣卫官校，躬身迎候。梁芳依次指着他们，谑道：“他等属神奇事物，还是属神奇人物呀？”

“他们都是配角，我这就着主角登场。”王敬说着，击掌。

从另一屋里走出又一名锦衣卫官校，看服饰，应是百户之类。他右手拿一块木头，左手拿一枚刻刀，走起路来一跛一跛，原来一条腿比另一条腿长一截。走到梁芳面前，他躬身行礼。

梁芳看他有点面熟，问王敬：“王哥，这位是——”

“锦衣卫百户王臣，梁哥应认得的。”王敬说。

梁芳想起，两三年前，不知为何事，这个王臣的确找过他；也不知为何事，他根本没听王臣说完找上门来的原因，就把他打发走。

他隐约记得，那时大家都叫他王瘸子，于是问：“造得出神奇事物的，原来是你呀！你既造得出神奇事物，何不把自家的腿治一治？”

“此腿得自造化，若治得不瘸，王瘸子也就成俗人。”王臣说。

“自鸣得意的人我见过很多，为腿瘸得意的人，我却是头一次见到。”梁芳嘲笑一句，然后问，“王瘸子，有什么神奇的东西给我看？”

王臣把右手伸出来，说：“梁叔，是它。”

“香木吗？”梁芳接过木头，闻了闻，并无异香，“王瘸子，它不就是块普通的木头吗？”

“梁叔给卑职一盏茶的工夫，它就不是块普通木头。”王臣说。

小厮适时地奉上茶水，梁芳和王敬边饮茶，边说闲话。王臣则转过身去，舞动刻刀，在木块上这里一刀、那里一刀地雕刻着。梁芳一盏茶喝完，他也转回身来。

他手里的木块已变成一个小人。

梁芳接过木雕小人赏玩。一块不大的木块，居然脉络清晰地分成六部分：有头，有躯干，还有四肢。小小的脑袋上，眼睛圆圆的，鼻子尖尖的，嘴唇厚厚的，很喜人的模样。

“可惜没长头发。”梁芳指出美中不足的一点。

“是个小和尚。”王臣说。

“小和尚会做什么？”梁芳问。

“会打少林拳。”王臣问。

“怎么个打法？”梁芳问。

“梁叔先让他做个蹲裆式。”王臣说。

梁芳扳动小人的两条腿，使之屈膝。原来他的双腿是可以活动的。

“梁叔再让他出拳。”王臣说。

梁芳扳动小人的两只胳膊，一臂后撤，一臂前伸。原来他的双臂也是可以活动的。梁芳玩得起劲，左手一拳，右手一拳，左腿一踢，右腿一踢，按照他想象的少林拳打下去。

“梁哥，如何？”王敬问。

梁芳把小人还给王臣。他不想让王敬太得意，又不能让王敬太难堪，说句模棱两可的话：“好是好，却要人帮忙。”

“他自行也可打拳。”王臣说。

“不要看打拳，看看别的。”梁芳说。

“请梁叔出个题目。”王臣道。。

“他会不会洗澡？”梁芳出个题目。

“会不会卑职不敢说，但他最爱洗澡。”王臣说着，吩咐，“来水！”

一锦衣卫官校捧来一个盛汤的大海碗，里面盛着大半碗水。在王臣的比画下，他把海碗放在桌案上。王臣随手把小人放在海碗旁边。

他对着小人拜拜，道：“请小师傅沐浴。”

小人居然转头，把一只耳朵对准王臣，好像没听清楚他的话。

“请小师傅沐浴。”王臣又说一遍。

小人这回听清楚。他点点头，动动胳膊，动动腿，然后纵身一跃，跳进海碗。碗里的水溅出些许。

“请小师傅洗脸。”王臣道。

小人两只手先后有序，一掬一掬，把水撩到脸上。

“请小师傅浴身。”王臣道。

小人用同样的动作，把水撩到前胸。

“请小师傅浴背。”王臣道。

小人没办法把水撩到背上，只见他一手举过头顶，一手扭到身后，同时上下移动着，好像在用浴巾搓背。

梁芳、王敬以及锦衣卫官校们，无不喝起彩来。

“梁哥，这不算小儿把戏吧？”王敬问。

梁芳才要称赞几句，王臣却抢先说道：“其实仍是小儿把戏。”

“王瘸子过谦！”梁芳道，“我见过的玩意儿无数，论精巧，没有超过你手里这件东西的。”

“虽精巧，无大用。”王臣说。

“你手里还有什么神奇的事物，堪作大用？”梁芳问。

“我才对王叔议及之事物，堪作大用。”王臣说。

“王哥，王瘸子与你议及何事？”梁芳问。

“点石成金。”王敬说。

“合成大丹。”王臣补充。

“罢了，罢了！”梁芳连连摆手，“担惊受怕一次就够，黄白之事，说得再玄妙，我也不要听！”

“梁叔不想听，想不想看？”王臣问。

“你王瘸子能当我的面点石成金？”梁芳不相信。

“我也不是当着所有人的面都可以点石成金，但当着梁叔的面，大约可以。”王臣说。

“这是为何？”梁芳问。

“梁叔乃有缘之人。”王臣说着，吩咐，“取块石头来。”

一名锦衣卫官校取块石头，交给王臣。王臣又交给梁芳，并说：“梁叔看好，是石头吧？”

外形不错，分量不错。梁芳点头认可。

王臣把石头放在桌案上，第一步，从怀里取出个小葫芦，揭开葫芦盖，往石头上洒了些药液；第二步，命人取来一块绸缎，把绸缎蒙在石头上；第三步，对蒙起的石头一拜再拜，嘴里念念有词；第四步，要揭开绸缎时，却卖个关子。

“请梁叔揭秘。”他退到一旁，让道。

梁芳揭开绸缎，桌案上的石头变成同样大小的金锭。

“请梁叔验之。”王臣道。

看上去金光闪闪，掂一掂重过石头。不是金子，却是什么！

“李道兄对我说，炼金炼银，不能当着人面。”梁芳喃喃自语。

“那是功夫不到。”王臣说。

“王瘸子，你能点出许多金子？”梁芳问。

“点得出一块，就点得出许多。”王臣道。

“那你先点出一车来，我送进宫去，让爷高兴高兴。”梁芳不等皇帝高兴，自己已然兴奋不已。

“眼下不成。”王臣说。

“眼下为何不成？”梁芳问。

王臣一摇手里的小葫芦，说：“仙药已尽。”

“仙药可求否？”梁芳问。

“可采药炼制。”王臣说。

“不错，你还说要合制大丹？”梁芳想起另一句话。

“是。”王臣应道。

“你的大丹有何妙用？”梁芳问。

“小则祛病消灾，大则益寿延年。”王臣说。

“王瘸子，是异想天开吧？”梁芳道。

“有一点儿。”王臣不仅承认，脸也居然有点儿红。

“还说什么堪做大用的神奇事物，原来是异想天开！”梁芳奚落道。

“卑职异想天开的只有一事，和梁叔有点儿关系。”王臣道。

“你说！”梁芳命道。

“合大丹，还有炼仙药，须采集天下之灵气，须行走许多地方。皇上点头，王叔才能率领卑职等去做此事；而非梁叔一言，皇上是不会点头的。卑职所谓异想天开者，梁叔在皇上面前进一言而已。”王臣说。

“王哥，你信吗？”梁芳问王敬。

“他说到的事情，都做得到，我为何不信！”王敬道。

“你既信，怎不自己去对爷说？”梁芳问。

“我是要对爷说的；但瘸子以为，不如梁哥对爷说。”王敬道。

“他这话是何意？”梁芳问。

“这还听不出来，他是说爷更信你梁哥呀！”王敬道。

梁芳也喜欢人家奉承。王臣对王敬说，皇帝更信他，并让王敬承认皇帝更信他，可不是件容易的事。他说：“爷是不是更信我，还得两说着。但王哥既然信我，王瘸子既然信我，我不能辜负。”

王臣的小人表演正好该谢幕。他对着大海碗拜拜，小人从大海碗里一跃而出，抖抖身子，好像把身上的水都抖掉；然后，面向梁芳，拜伏下去。王臣代他说道：“叩谢梁叔成全。”

梁芳很少直接找到文华殿，他一来，皇帝自然以为是昭德宫出事。

“万侍长出了何事？”皇帝忙问。

“爷放心，侍长娘娘好着呢！”梁芳忙说句宽慰的话。

皇帝松口气，问道：“不为侍长，你为何而来？”

“奴才是来为老王求件事的。”梁芳说。

“他又闲得难受吧？”皇帝道。

“爷圣明，料事无不中。”梁芳奉承道。

“他想出去走走，都是自个儿来对朕说的呀，朕也没怎么拦着他；今日怎要你来说？”皇帝奇怪地问。

“今次准备走的地方多，需要的日子久，他不敢说。”梁芳道。

“准备去多少地方呀？”皇帝问。

“三个地方，先去四川，再去广东，最后去江南。”梁芳说。

“说去三个地方，十三个地方也不止。”皇帝道，“你想啊，从京师出发，到四川，得经过多少地方？从四川到广东，再从广东到江南，又得经过多少地方？”

“奴才没想到，以为说三个地方，就三个地方。早知还要经过许多别的地方，奴才就不替他说。”梁芳见皇帝有不准之意，第一个念头是先把自己摘出来。

“就算别的地方路过，并不办事，半年未必下得来。”皇帝估摸着说。

“少则半年，多则十月，他等也是这么说的。”梁芳道。

“走这么多日子，去这么多地方，所为何事？”皇帝问。

梁芳心中转忧为喜。皇帝这么问，多半不会不准。

“访仙方，合大丹，一则为爷祛病消灾，一则为爷益寿延年。”梁芳想好，点石成金，一定要等堆积如山的金子放在皇帝面前才说。

即便如此，仍被皇帝嘲笑："老梁，朕看你旧病复发！"

"奴才怎的久病复发？"梁芳问。

"李文昌精于黄白术，是你在朕面前夸的海口。结果怎样？一派胡言！朕念你这多年勤勉，没处分你，也没严厉处分李文昌。访仙方、合大丹之事，你怎么又替老王夸起海口！"皇帝道。

"奴才本不敢再轻信的，但老王坚信不疑；又说为爷祛病消灾，为爷益寿延年，奴才不能不动心。"梁芳说。

"于是，你答应替他奏请？"皇帝问。

"奴才想，代他奏请也坏不了事；准与不准，爷自会把握。"梁芳说。

"但你既代他奏请，朕总得给你面子吧？"皇帝道。

"爷给奴才面子，是莫大之恩，奴才叩谢；奴才还要代老王叩谢皇恩。"梁芳说着，磕两个响头。

磕完头，皇帝以为他会欢天喜地而去，但他并没告退。

"你为何不退下？"皇帝问。

"爷，还有件常例。"梁芳说。

"什么常例，不就要从宫里支银吗！"皇帝一语点破。

"爷圣明！"梁芳颂道，"老王每次为昭德宫采买，总要从宫里支银，回来后再销账。"梁芳说。

"老梁，是你支给他的，不是朕支给他的。"皇帝道。

"爷看，这一次呢？"梁芳讪讪地问。

"你看着办吧。"皇帝不想具体说。

"是，奴才酌情办理。"梁芳应道。不等皇帝催促，他又主动说，"奴才还有一事，说完就去办事。"

"不会又是件常例吧？"皇帝问。

"不是常例，但也不是无例。"梁芳道。"内臣外差，多由锦衣卫派人随行，老王也想从锦衣卫选几名官校。"

"这不是常例吗？"皇帝问。

"老王选的几名官校，军阶太低，最高的才是百户，他觉着，和为爷办事的名分不相匹配。"梁芳提出的非常例的请求，其实已成为常例。

"原来是要先升赏，再办事。"皇帝道，"你告诉他，百户者，升一人千户；镇抚者，升一人百户。其余之人，待回京后酌情升迁。"

"奴才替他等叩谢皇恩！"梁芳又磕个响头，起身退下。

第一百五十章

汪直由总镇宣、大，改为只镇大同，不但权柄小许多，而且活动的范围也小许多。他心里本来就不痛快，待王越奉旨改为延绥总兵官，他心里更加窝火。无论巡抚大同都御史郭镗，还是新调任的大同总兵官许宁，来与他议事，他都摆出一副盛气凌人的样子。许宁开始还比较恭顺，被怠慢几次之后，他开始对汪直敬而远之，甚至郭镗约他去汪直那里议事，他也借故不去。

“据探马报，鞑虏欲大举入犯，汪公公看，当如何应对？”郭镗问。

“老许呢？”汪直先问。见许宁，他自然会想到王越，心里会不高兴；见不到许宁，他也会想到王越，心里更不高兴。

“告病。”郭镗说。

“告病？虏贼大犯，他却告病！”汪直冷笑道。

“人有旦夕祸福嘛！”郭镗息事宁人地说。

“老郭，你倒能体谅他！”汪直把气转到他身上。

“我也知，议敌情，镇帅不在不合适。要不，我陪汪公公去看望许镇帅，顺便议事？”郭镗提议。

“我从不去总兵府！”汪直断然拒绝。

“我听说，威宁伯为总兵日，公公是去过总兵府的。”郭镗尽量挤出点儿笑容，表示他是在说笑。

“哼，他能和世昌先生比吗！”汪直道。

“许帅有病不能来，公公又不愿去，只好我在你二位的衙门间代为转达。”郭镗说。

“你是都堂，并非他的亲随。”汪直不答应。

郭镗心说：我也不是你的亲随！嘴上却问：“依着公公，怎办？”

“你去问他，想怎办！”汪直道。

郭镗是问过许宁的，许宁不置可否。眼看二人的关系无法调和，郭镗道：“公公，我有句话，不知当说不当说。”

“只要不让我去他那里，什么话都当说。”汪直道。

“公公与许帅，水火不容，长此以往，不利于守边。不如奏请朝廷，于二位中调走一人。”郭镗说。

“你打算调走谁？”汪直问。

“不是我打算调走谁，看朝廷打算调走谁，就调走谁。”郭镗说。

“朝廷的打算，是朝廷的打算；你身为巡抚都御史，也得有自个儿的打算呀！”汪直道。

“公公若愿意留镇大同，自当调走许帅。”郭镗不愿当面得罪。

“别！”汪直却态度很坚决地说，“若我二人中调走一人，你还是奏请朝廷把我调走吧！”

郭镗不知他说的是真心话，还是气话，但向朝廷奏请二人中调走一人的决心已下；同时也决定，究竟调走谁，由朝廷做主，他不公开表态。

兵部会大臣集议御虏及相关事宜，待奉旨与议的怀恩来到朝房，张鹏问道：“怀公公，圣上可有旨？”

“不是有旨，命兵部会大臣集议吗？”怀恩道。

“我是问，汪太监乞调昔日所统达官都督等兼程赴援一事，及郭都堂奏言该镇总兵、内臣不和一事，圣上有无明旨？”张鹏把话说得更明确。

“有。”怀恩道，“不过，圣谕于诸公议罢方可宣之。”

“既如此，诸公请议吧。”张鹏道。

“既如此，腾霄先生先说说兵部的想法吧。”万安紧接着说一句，引起朝房里一片笑声。

“也好。”张鹏道。又问，“两件事，合在一起说，还是分开说？”

“这又何须问，腾霄先生觉着合在一起说方便，就合在一起说；觉着分开说方便，就分开说。”尹旻道。

“那还是分开说吧。”张鹏选择后，又问，“两件事，先说哪一件？先说汪太监的奏疏，还是先说郭都堂的奏疏？”

“腾霄先生今日有点儿怪。两件事都要说，自然是你想先说哪一件事，就先说哪一件事。”刘珝道。

“并非我想先说哪一件事，就先说哪一件事。”张鹏分辩，“我说后，诸位要议；

须知诸位想先议哪一件事，我才好先说哪一件事。”

“我等皆从腾霄先生，总可以吧？”刘珝道。

“汪太监的奏疏早一日到，依先后次序，先说它吧。”张鹏道。

众大臣也都希望先议这件事。两件事虽然都牵扯到汪直，但一件事是汪直议的，一件是议汪直的，比较起来，后者似乎好议一些。

“我等以为，汪太监若因为一二达官都督骁勇善战，又指挥得顺手，不妨调至他麾下；但他所请，多至一千一百余人，此非调将，而是调军，不宜准。”张鹏说。

“为何调军不宜准？”尹旻问。

“理由有四。”张鹏道，“其一，敌情尚未明，不宜调军赴援；其二，此正盛暑之际，赴援之军至大同，难以久驻；其三，大同及周边守军四万，足以备御；其四，京军困于差役，疲惫不堪，士气不高，宜加调养，不宜调外。”

“兵部的理由，很充分嘛！”万安定个调子。

“京营之出，向来慎重，腾霄先生说的是。”刘吉附和道。

尹旻知道，汪直失势，他的分量也减轻不少。去年底，三阁臣进职衔：万安太子太傅兼华盖殿大学士，刘珝太子太保兼谨身殿大学士，刘吉太子太保兼武英殿大学士，就是一个明显的标志。所以，再和万安做对，他采取迂回的策略，而不直接对抗。

“爵爷，”他问保国公朱永，“大司马言京营如何如何，你今掌京营，当真有这么严重吗？”

他觉得，点出朱永掌京营，很妙。朱永若承认张鹏的评估，无异于掌自己的嘴；只要他说得含糊一点儿，就等于在驳斥张鹏；而驳斥张鹏，无异于在掌万安的嘴。

他没想到，朱永不愿招惹是非，说得也很巧妙。

“我给同仁先生报个人数吧。”朱永说，“京军团营现有士卒九万三千四百余人，其中，各处更番赴工五万二千余人，值役二万四千六百余人，在场操练仅一万六千七百余人。”

“同仁先生仍不以为京营疲惫不堪，士气不高吗？”万安这么说，等于把尹旻对他间接的挑衅变成直接的挑衅。

“士气如何，并不全在数目。”尹旻说。

“好啊，那就让爵爷说说，京营究竟是不是疲惫不堪，是不是士气不高？”万安道。

朱永无法回避，不能不得罪一方。当然，他很清楚，眼下朝廷的格局，宁愿得罪尹旻，也别得罪万安。

“京营劳役频繁，不及蓄锐，这是实情。”他说。

“诸位看，是否赴援大同，还要不要议？”万安以得胜者的心情问。

“无须议。”众大臣都说。

“同仁先生看，还要不要议？”万安专门问尹旻。

“诸公皆不欲议，我与谁人议！”尹旻沮丧地说。

“既不再议，腾霄先生说第二事吧。”万安道。

“郭都堂奏言该镇总兵、内臣不和，尚在其次；重要的是，他请朝廷从二人中调走一人。”张鹏说。

“凡事有因有果。此事总兵、内臣不和为因，调走一人为果。腾霄先生还是先说说因吧。”掌院都御史李裕说。他是今年三月戴缙改南京工部尚书后，升为右都御史的。

“郭都堂枚举五事，证实该镇总兵、内臣不和，我等以为，皆可信也。”张鹏说。

“哪五事？”刑部尚书张蓥问。大概发觉问得太唐突，他解释说，“对郭都堂奏议不甚了然者，恐怕不止我一人。”

张鹏不理会他的解释，却问大理寺卿宋旻：“宋大理有何吩咐？”

“公卿满堂，大司马为何偏偏问我？”宋旻无法理解，其他大臣也都无法理解。

“兄台一开口，不就成三堂会审吗？”张鹏道。宋旻和他是同年进士，所以他话说得比较随便。

众大臣一听，都忍不住笑出声来。

“许总兵令士卒分槽饲马，汪太监以为拘留一处，下人不便。此郭都堂所言第一事也。”张鹏说。

“这也叫事？”尹旻不由冷笑。

“事虽小，总不能说二人欢洽。”万安道。

“许总兵、汪太监嫌于共事，将人马分为四营，一营两千人，人自为战。此郭都堂所言第二事也。”张鹏说。

“这无异于自行分裂官军，可不是件小事。”余子俊说。他终制还朝，恰逢翁世资致仕，由他接掌户部。

“许总兵欲将人马拨野口、宣宁、黑山、怀远四处，汪太监欲拨沙河、红寺二堡，往返数次，尚未定议。此郭都堂所言第三事也。右卫游兵调大同者止五百人，而把总官有四员，汪太监以官多军少，欲令二员回卫；许总兵以为业已调至，不必取回。下人惶恐，无从遵守。此郭都堂所言第四事也。游击将军董升近在天城附近截杀，汪太监以为该地无事，可以取回；许总兵以为调去未久，宜留勿取。争论数日，尚未能决。此郭都堂所言第五事也。”张鹏一口气把余下的三件事说完。

有的事体稍大，有的事体极小，但都表明，汪直、许宁二人，确实无法在一起共事。连尹旻都意识到这一点，他想，不如采取主动。

“调去一人不妨；我看，只可以许总兵他调。”他说。

“为何只可以许总兵他调？”张鹏不以为然。

“汪太监镇大同在先，许总兵调至在后，汪太监熟悉大同军情民情，宜仍镇大同。”尹旻说。

“若论先后，据我所知，许总兵早年亦为大同守将。”张鹏说。

就在尹旻无话可说时，万安插话：“守将与镇帅不可同日而语，我亦以为，二人中若留一人，宜留汪太监。”

众大臣无不觉得奇怪：尹旻一向和万安唱对台戏，万安怎么反倒替他帮腔？只有一直在静听大臣们议论的怀恩，分辨出二人的想法不同：尹旻曾受汪直之恩，而且希望以后汪直还能庇护自己，所以要帮一帮汪直；须知，汪直在大同虽不尽如人意，但总比改镇陕西的几个边镇要好。万安则担心他若不在大同，可能被召还；那时，皇帝会不会再次宠信他，会不会再复西厂，只有天知道！

想到这里，他咳嗽一声。

“怀公公有何赐教？”万安马上问。

“不是赐教，是请教！”怀恩道，“有件小事，想问一问。”

“问谁？”万安问。

“爵爷，腾霄先生，都行。”怀恩说。与议的还有别的勋臣，但众人好像有共识：今日提到爵爷，只指朱永。

“怀公公请问。”朱永、张鹏齐道。

“许总兵他调，会不会调京？”怀恩问。

“说不准。”朱永、张鹏齐道。

“在我看来，调京的机会不大。”张鹏又说。

“在我看来，多半是调其他边镇。”朱永又说。

“那么，汪太监若他调，就一定调京吗？”怀恩问。

朱永、张鹏你看我一眼，我看你一眼，均感莫名其妙。他们既没说汪直宜他调，更没说汪直他调一定调京。

“怀公公，并无人说，汪太监他调，就一定调京呀！”李裕说。

“并没人说吗？”怀恩问。

“并没人说。”朱永、张鹏证实。

“并没人说，我却以为有人说，是我糊涂。”怀恩说着，含义颇深地看万安一眼。

万安早知这话是专门对他说的。他问：“若汪太监他调，怀公公是愿意他调京，还是不欲他调京？”

“内臣调转，虽由司礼监；汪太监调转，则须皇上亲准。”怀恩说。

“怀公公看，若汪太监调转，皇上是愿意他调京，还是不欲他调京？”在万安看来，此事重大，一定要问清楚。

“皇上圣明，汪太监宜调京，或不宜调京，早有成算。”怀恩说。

“如此道来，汪太监不一定非留镇大同？”万安心领神会。

“如此道来，汪太监与许总兵，孰留孰取，也当请自圣裁？”尹旻从另一个角度说。

“廷议似乎还是应该有个结果。”张鹏说。

“那就写作：或将镇守太监汪直他调，或将镇守总兵官许宁他调。”余子俊提议。“顺序有先后，也可视为廷议的一个态度。”

众大臣都觉得，这倒是个可行的办法，纷纷点头。

“怀公公，可以传宣圣谕吧？”张鹏提醒怀恩。

“皇上谕曰：汪直、许宁不以边寄为重，互逞私忿，事多乖违。万一有警，何以御敌制胜？昔廉颇、蔺相如尚知先国计而后私仇，直等顾不此之思耶！今故宥其罪，降敕切责。直可调南京，太监蔡新调大同，简颙调宣府，务令协和行事。”怀恩宣道。

原来皇帝早已就此事做出决断，怪不得一向谨慎的怀恩会说，皇帝早有成算。众大臣所议和皇帝的决断一致，让他们欢欣鼓舞。

“皇上圣明！”众大臣称颂。

不日传旨，汪直调南京御马监。

第一百五十一章

太监钱能做梦也没想到，在南京闲住几年之后，会就任南京守备太监。这个职位可能略低于司礼太监和各其他各监掌印太监，有如南京的尚书不如在朝的尚书，南京的各府都督不如在朝的各府都督，但绝对是一个令人羡慕的职位。

因为自已有东山再起的经历，他自然要联想到汪直。

“老汪到南京有些日子，该不该去看看他，或请他来饮酒？”他和在云南认下的两个养子钱安、钱宁商量。他二人虽然只有十七八岁，却已成钱能的左膀右臂。

“阿爹想去看他就去看他，想请他来饮酒就请他来饮酒，不知阿爹一到南京，为何变得胆小！”钱宁说。

“你不知，我总觉得王三原在盯着我呢。”钱能说。

“他在南京，阿爹怕他，孩儿也不说什么；而今他已不在南京，阿爹何苦没来由地怕他！”钱宁说。

“苏州离南京有几步远？况且，苏、松巡抚亦即应天巡抚，他只要想来，随时可来。”钱能说。

他们说的王三原，即王恕。他自云南巡抚任上，升南京兵部尚书，没多久，以言事过直，改抚南畿。朝廷任命该巡抚，有时称巡抚应天等府，有时称巡抚苏、松等府，所以，钱宁说他不是南京官，钱能说他随时可回南京，都不算错。

被安置南京后，钱能一改在云南的做派，自已说话、做事都加小心，对属下，包括对钱安、钱宁的管束较前严格。任南京守备太监后，他说话、做事似乎愈发小心，对属下的管束似乎愈发严格。

“与其说阿爹怕王都堂，不如说阿爹敬重王都堂。”钱安从正面理解钱能对王恕的态度，并且说，“去不去看汪叔，请不请汪叔饮酒，其实和王都堂毫不相干。”

“与王都堂毫不相干，却与何事相干？”钱宁问。

“去不去看汪叔，或请不请汪叔饮酒，要看该不该看，该不该请，或值不值得看，值不值得请。”钱安说。

“安儿看该不该，值不值得？”钱能问。

“不该，不值得。”钱安说。

“说说理由。”钱能命道。

“首先请问阿爹：与汪叔有无交情？”钱安问。

“你或不知，我在宫里当差时，与我交好的有你梁叔，有你王叔，有你韦叔；和你汪叔，却是点头之交。他年轻气盛，我们几个，和他都不大合得来。”钱能说。

“其次请问阿爹：今次阿爹转危为安，转祸为福，得以坐镇南京，可曾得力于汪叔？”钱安问。

“梁哥帮我大忙，我心里有数；王哥、韦哥帮不上大忙，怎么也会帮个小忙。至于你汪叔，我原也没指望他帮忙。”钱能说。

“第三请问阿爹：汪叔今次被贬南京，有没有机会复起？”钱安问。

“这我说不好。”钱能道。

“我可以告诉阿爹，机会不大。”钱安说。

“我能复起，他机会为何不大？”钱能问。

“一则阿爹在同侪中不乏交好，他没有；二则皇上身边的近侍都得过阿爹好处，他没给过人好处；三则，他得罪的廷臣太多，阿爹没有；四则阿爹无论得宠，还是失宠，皇上都不曾猜忌，而皇上对汪叔已经猜忌。”钱安掰着手指说出四条理由，然后补充说，“四事中，皇上猜忌最要紧。皇上既已猜忌，他就再没机会翻身；阿爹这时去看他，或是请他饮酒，不是陪他一起跳火坑吗！”

他说得头头是道，钱能本想夸奖他几句，但想了想，却问钱宁：“宁儿，你哥说得好不好？”

“好。”钱宁应道。

“我该不该听他的？”钱能问。

“该听。”钱宁应道。

“你日后听不听他的？”钱能问。

“不听。”钱宁应道。

“你为何不听？”钱能问。

“我说得不如他好，做得却比他好。”钱宁说。

钱能放声大笑，道：“两个虎儿，一个说得好，一个做得好，真乃天赐我也！”

汪直调南京御马监两个月后，降奉御。

王越不是在得知汪直调南京御马监后才失望的。早在与汪直分手、一来榆林一留大同时，他就失望；甚至由出征而变为留镇宣大、随征将士皆调回而他二人不被召回时，他就失望。不过，在随征将士皆调回而他二人不被召回时，他的失望是来自感觉；在与汪直分手时，他的失望是来自判断；而得知汪直调南京御马监时，他的失望则是来自确定。

感觉汪直在失宠，他二人的前程堪虞，还是可以挽回的；后来朝廷把他二人分开，一定是有人担心他给汪直出谋划策。所以，那时的失望不至于自乱阵脚。

判断汪直在失宠，他二人的前程堪虞，这个判断也许不准确。尽管他很自信，不认为自己会做出错误的判断；但判断的结果是他不愿意接受的，他完全可以加以否定。所以，那时的失望不至于自乱心智。

等到可以确定时，就不应该说汪直在失宠，而应该说汪直已经失宠。在朝中有宠的内臣，被调外镇守，如果还不能确定是失宠的话；那么，在朝中有宠的内臣，或者在外镇守的内臣，被调南京，或被调凤阳，几乎可以百分之百地确定是失宠。所以，这时的失望是彻底的失望；不仅自乱阵脚，自乱心智，而且，几乎到心如死灰的程度。

到得知汪直降为奉御的那一天，同时也是他被罢官除爵的那一天，他反而平静下来。

在共事的这些日子里，对他颇为恭顺的巡抚延绥都御史吕雯，对被罢官除爵的他已置之不理；在共事的这些日子里，对他不仅颇为恭顺而且颇为巴结的镇守太监陈政，对被罢官除爵的他已置之不理；就连十年前他总督西北军务时为他部属，后来在延绥一步一步得以升迁的将领们，对被罢官除爵的他也已置之不理。

好在王越对官场上的人情淡薄早有体会，并不在意。他任家仆们收拾家当，自己关在一间小屋里，饶有兴致地读起书来。

他的贴身老仆耳朵有点儿聋，所以敲敲门，不等他开口，便推门而入，禀道：“老爷，来客。”

“不见！”他的回答很干脆。

“老爷吩咐，巡抚衙门来人，一概不见；小人问过，不是巡抚衙门的人。”老仆好像希望他见客，故而解释。

“不是巡抚衙门的人，也不见！”王越道。

“老爷还吩咐，镇守公公差来的人，一概不见；小人问过，不是镇守公公差来的。”老仆又说。

“不是镇守公公差来的，也不见！”王越道。

“老爷还吩咐，总兵府里的人，尤其不能见；总兵府的人，小人都认得，来人不是。”老仆说。

王越被纠缠不过，只得问：“来的究竟是何人？”

“是名老军。”老仆说。

“是个卒伍？”王越问。

“也可能是个军官，小人分辨不出。”老仆说。

他如果直接说军官，王越肯定不会见的。他先说是老军，又改口说可能是军官，王越有点儿犹豫。

“他为何事而来？”他问。

“小人见他年纪挺大的，没问。”老仆说。

“他叫什么名字，你多半也没问。”王越道。

“不然，小人问过。”老仆说。

“既然问过，你倒说呀！”王越道。

“小人才要说的，被老爷一打岔，忘了。”老仆说。

王越被他逗乐，挥了挥手，道：“好，你去吧。”

“老爷还没吩咐呢，”老仆说。

“你要我吩咐何事？”王越问。

“见不见来人，老爷得发话呀！”老仆说。

“我才要吩咐的，被你一打岔，忘了。”王越笑道，和老仆逗趣几句，心情转好，他命道，“让他进来吧。”

进来的是个果然分不清身份的老军，因为他穿的是近似于卒伍又近似于下层军官的衣着。他进屋后，迅速跪下去，给王越磕头，口称：“叩见爵爷。”

王越看他眼熟，但一时想不起来，在哪里见过他。

“此处没有爵爷。”王越说。

“叩见都堂。”老军改口说。

“此处也没有都堂。”王越说。

“叩见大人。”老军又改口。

“没有都堂，哪里来的大人！”王越道。

“叩见先生。”老军又改口。

“先生见就可以，不必叩见，老人家起来吧！”王越说。等老军起身后，王越仔细打量，还是想不起在哪里见过。他问，“你是——”

“先生不认得小老儿？”老军说着，把头往前探探，好像只要离近一点儿，王越一定能认出他。

王越敲着脑门苦想，最后仍是摇头。

“红盐池，大风沙，人皆叫苦，唯我道喜。”老军提示道。

“哎呀，是你！”王越一下离开座位，拉起老军的手，边摇边说，“红盐池之役，你老人家一言定乾坤呀！”

“大人言重。”老军想起，王越不让他用这个称呼，解释说，“那时我唤你大人，骤改唤先生，不习惯。”

“随你怎叫，都成。”王越道，“我记得，那时我在军前即升你为千户，这会儿该我唤你大人才是。”

“此处没有千户。”老军学着他的口吻说。

“怎么，老人家又升迁？”王越问。

“大人看小老儿像升迁的样子吗？”老军手指自己的胸口道。

“确是不像，却出了何事？”王越问。

“大人回朝后，管着小老儿的指挥使看小老儿不顺眼，早把小老儿降了一阶。”老军说。

“副千户担的责任轻，更好。”王越安慰他。

“此处也没有副千户。”老军说。

“又被谁降级？”王越问。

“顶替小老儿任千户的那厮看小老儿不顺眼，把小老儿降一阶。”老军没有就此停止，而是一口气说下去，“顶替小老儿任副千户的那厮看小老儿不顺眼，又把小老儿降一阶；顶替小老儿任百户的那厮看小老儿不顺眼，又把小老儿降一阶。降到后来，小老儿连自个儿还有没有官阶，也说不清楚。”

“你没听说我又回延绥做总兵官吗？”王越问。

“小老儿不仅听说过，还见过大人。”老军说。

“既知我在延绥还能管事，为何不来找我？”王越问。

“小老儿来找大人，又能怎的？小老儿尝过每日等着降阶的滋味，难道再让别人去尝这滋味！”老军道。

“老人家心眼倒好，”王越叹道，“这等军官，不做也罢！”

“小老儿和大人的想法一样，这等军官，不做也罢！”老军应道。

“老人家，军阶当真没全无？”王越忽问，显然是有个想法。

“或还有个一官半阶。”老军说。

“那就让儿子承袭吧。说不定，他比你会做官。”王越道。

“这想法曾一闪而过，亦已弃之。”老军说。

“这是为何？”王越问。

“小老儿两个儿子，开始不知让哪个承袭好；后来一个儿子死掉，才想让另一个儿子承袭，他也死掉。”老军说。

“儿子没了，尚可由孙儿承袭。”王越道。

“这想法曾一闪而过，最近也不存。”老军说。

“不会是——”王越觉得说出口太残酷。

“小老儿三个孙儿，开始不知让哪个承袭好；等决心随便找一人承袭时，两个孙儿被虏贼所杀，一个孙儿被虏贼所掳。”老军说。

“再无子侄辈？”王越问。

“连外甥、外孙也没有。”老军说。

“看来，老人家想不做这官，也难。”王越道。

“说难，也不难。”老军说。

“老人家可有算计？”王越问。

“有算计。”老军点头。

“说来听听。”王越道。

“弃官而去。”老军说。

“欲去何处？”王越问。

“听说大人被朝廷流放安陆，小老儿也去安陆。”老军说，“小老儿的一官半职是大人所赐，今日小老儿交还到大人手里，从此心安理得。”

第一百五十二章

吏部尚书光临国子监，是件稀罕事。丘濬以礼部右侍郎掌国学，虽然比一般的祭酒身份更尊贵，也不能不当一回事。

“大冢宰是来考察祭酒胜任不胜任吧？”丘濬问。

“祭酒朝廷所推，天子亲择，况仲深先生学问博洽，融贯古今，岂是我一人想要考察就能考察的！”尹旻道。

“那么，是来考察司业以下、助教以上合格不合格的？”丘濬问。

“那是仲深先生的差事，休想推给我。”尹旻笑着说。

“那么，是礼贤下士，来国学听听授课？”丘濬问。

“想倒是想，可惜眼下顾不上。”尹旻道。

丘濬不耐烦再问下去。他说：“同仁先生若只是随便看看，请自便，恕不奉陪。”

“仲深先生休走，我找的是你。”尹旻说。

“找我？有事？”丘濬问。

尹旻点点头，说：“有件事，请仲深先生帮忙。”

“找我帮忙？何事？”丘濬问。

“凡属征辟之士，皆须就试于吏部，然后授官。此项制度，仲深先生是知道的。”尹旻说。

“知道是知道，似与我无关。”丘濬道。

“这话也对，也不对。”看似毫无疑义，尹旻却不完全赞成。

“与我也有关？”丘濬说话向来尖刻，被人反驳后，更是张嘴就说，“同仁先生难道以为，我也要就试于吏部？”

“仲深先生会试三场，一场一场考下来，又在殿试中名列前茅，区区吏部之试，哪里会放在心上。”尹旻说。

他不太会说话，本来没有的意思，让他一说，却好似有。

“同仁先生真要我就试于吏部呀！”丘濬怒道。

“误会，误会！”尹旻揖道，又解释，“我是说，仲深先生甲科出身，当然用不着再就试于吏部；但就算要仲深先生就试于吏部，仲深先生也不会当作一件了不得的大事。”

“不一定吧？我若须就试于吏部，其结果将决定我命运，怎不是件了不得的大事！”丘濬道。

“但总不至于因胆怯而不敢往吧？”尹旻问。

这句话一出，丘濬大致知道指的是什么事。他说：“同仁先生所谓因胆怯而不敢往，指的是我那位同乡？”

“可不是，他可让我大伤脑筋呀！”尹旻拍着额头说。

“我不是庇护同乡，但同仁先生说他胆怯，我不能苟同。同仁先生难道不知，他以授徒为业？”丘濬问。

“以授徒为业，就不会胆怯？”尹旻反问。

“同仁先生难道不知，陈白沙的名声响遍天下？”丘濬问。

“名声响遍天下，就不会胆怯？”尹旻道。

“同仁先生难道不知，他有‘活孟子’之称？”丘濬问。

“‘活孟子’到底不是真孟子，‘活孟子’就不会胆怯！”尹旻道。

丘濬再想不出什么可以用来申辩的；况且，他也不是真心想为那个被他称作同乡的人申辩。

“仲深先生再没什么要问的吧？仲深先生没要问的，是不是该轮到我问？”尹旻道。

“请！”丘濬完全是无所谓的态度。

“仲深先生可知，举荐他的是谁人？”尹旻问。

“时杰先生和凤仪先生。”丘濬说的时杰先生，是广东巡抚朱英；说的凤仪先生，是广东左布政使彭韶。

“仲深先生可知，他是几时到京的？”尹旻问。

“三月吧。”丘濬说个大概的时间。

“三月三十日。”尹旻准确地说，又问，“仲深先生可知，他到京后，迄今为止，推掉几次赴部应试？”

“这却不知。”丘濬道。

“共是三次。”尹旻告诉他，“到京朝见毕，就该赴部的；他称久劳道路，旧疾复作，请延期。这是第一次。一延期就是一个多月，五月二十五日，奉圣旨：吏部还考试，量拟职事；他命随行之侄某，赴通政司禀奏，病在床褥，请延期考试。这是第二次。一延期又是一个多月，吏部为他排期，定于七月十六日部试。那一日，他倒是准时赴部；按他自己的说法，是扶病去的。可仅到部门，报以病发，多一步都不肯再走，又返回馆驿。这是第三次。临回前他留下话，请再延旬日。可仲深先生算算，这已过多少天？”

“整整一月。”丘濬说。

“到第一个旬日，他不曾赴部，也没再请延期；到第二个旬日，他仍不曾赴部，也没再请延期；到第三个旬日，他还是不曾赴部，也没再请延期。”尹旻一点儿也不觉得他的话啰唆，反倒以为，不这么说，就无法准确地叙述事体和表达心情。说罢，他问，“仲深先生说，你这位贵同乡，是不是胆怯？”

“同仁先生说是胆怯，就算是胆怯吧。不过，是他胆怯，同仁先生为何来找我？”丘濬问。

“欲仲深先生传个话给他。”尹旻说。

“让他不要胆怯？”丘濬故意问。

“胆怯乃人之生性，不是别人说不胆怯，就可以不胆怯的。我想请仲深先生对他说：赴部应试是制度，让他好歹也来吏部走个过场；他年纪也大，名气也有点儿，吏部不会为难他的。”尹旻说。

“这些话，同仁先生可以亲口对他说呀！”丘濬道。

“他不来见我，我怎对他说？难道他不赴部试，还要我去看他？”尹旻发句牢骚，然后说，“不过，我若对他说，结果会如何，我也曾预料。”

“结果会如何呢？”丘濬问。

“听时唯唯诺诺，听后置之不理。”尹旻道。

“故而同仁先生想我再对他说？”丘濬问。

“是。”尹旻应道。

“同仁先生要不要听听我的预料？”丘濬问。

“仲深先生请。”尹旻揖道。

“我若去对他说，他不会听时唯唯诺诺，听后置之不理，这是可以料定的。”丘濬道。

“我也料到，”尹旻说，“廷臣中，他不会听时唯唯诺诺、听后置之不理者，唯有仲深先生。”

“我是说，他不会听时唯唯诺诺，听后置之不理；他一定是在听时、听后，都置之不理！”丘濬道。

“仲深先生是说，他对你的话，听都不听？”尹旻很难相信这个预料。

“我要说的话，他听是不能不听的，但一定是哂笑而听。”丘濬说。

“怎会如此？仲深先生是国子祭酒呀！”尹旻更难以相信。

“我预料他置之不理，正要从国子祭酒说起。”丘濬道。

“愿闻其详。”尹旻说着，揖了揖。

“此人曾游学于京师，同仁先生当时也在吧？”丘濬问。

“也在。”尹旻应道。

“所谓游学京师，实则游学太学，我说得不错吧？”丘濬问。

“不错。”尹旻应道。

“他与彼时祭酒，不止一次长谈，有时甚至是彻夜长谈。”丘濬说。

“逊之兄敬重他，我是知道的。”尹旻道。

“然今次到京，他连国子监的门槛都不曾迈进。”丘濬说。

“或因前次是游学，今次是征辟？”尹旻提出一个假设。

“国子监是探究学问的地方，游学者宜入，征辟者不宜入，同仁先生是这个意思吗？”丘濬问。

“是这个意思。”尹旻应道。

“然则，他不是以学问征辟的吗？”丘濬驳道。

“以学问征辟和探究学问，是两回事。”尹旻说。

“在我看来，是一回事。”丘濬道，“他今次不来国子监，不是因为他以征辟到京，而是因为他看朝中没有可以和他探究学问的人；我这个国学的掌门人，尤其不配和他探究学问。”

“仲深先生怕是多心，朝野谁不盛赞仲深先生学识渊博？”尹旻道。

“我不是多心。”丘濬摇着头说，“即便如同仁先生所言，我略有学识，任祭酒还说得过去，学问和学问却是不一样的。他的学问，以静为主，但端坐静养，不事著述；我探究学问，专以济世为务，在他眼里，一钱不值。有学问与无学问的人，彼此不一定有成见；有一种学问与有另一种与之对立的学问的人，才根本谈不到一起去。同仁先生让我去劝他，真是找错人。”

坐在案前写字的陈献章打了个喷嚏，他搁下笔，拭去流到胡须上的鼻涕，对侄儿陈景星说：“有人在议论我。”

“亏得有人议论，不然，谁知伯父要写到什么时候。”陈景星说。

“那你来看看，我几时会写完？”陈献章道。

陈景星伏身去看，原来伯父在抄录一首旧诗，刚好写完最后一字。

“伯父抄录它，打算送谁？”陈景星问。

“你怎知我要送人？”陈献章反问。

“不送人，伯父才懒得动笔。”陈景星说。

陈献章笑笑，说：“景星真是摸透我的脾气。御用监的梁公公多次差人来讨诗，连馆驿的驿丞见我都问，给梁公公的诗有没有写？实在没办法，只好抄录下这首旧诗来应付。”

“这首《龙山吟》，侄儿读不大懂，曾请伯父讲解，伯父又不肯讲解。侄儿读不懂，梁公公就能读懂？”陈景星问。

“内使中懂诗者不少，读得懂我诗的也有那么几位；不过，梁公公肯定读不懂。”陈献章说。

“他既不懂，伯父为何还要为他抄录？”陈景星问。

“我说过，他缠着我讨诗。”陈献章道。

“缠着伯父讨诗讨文讨字的人不少，伯父未必都答应。”陈景星道。

“当然还有个原因，不足为人道：他是我广东同乡。”陈献章说。

“广东同乡，向伯父讨诗讨文讨字，伯父未必都会答应；譬如，丘仲深先生向伯父讨诗讨文讨字，伯父会答应吗？”陈景星问。

“一则，他不会向我讨诗讨文讨字；二则，他向我讨诗讨文讨字，我的确不能答应。”陈献章说。

“这又是为何？”陈景星问。

“我的诗，他也未必读得懂。”陈献章说。

“这可真怪，”陈景星道，“同乡的内使，读不懂伯父的诗，伯父可以送他；同乡的祭酒，读不懂伯父的诗，伯父反而不肯送。伯父究竟与内使亲近些，还是与祭酒亲近些？”

“这与亲近无关。”陈献章说。

“那与何事有关？”陈景星问。

“附庸风雅。”陈献章说句成语。

“与附庸风雅有关？侄儿愈发不懂。”陈景星说。

“梁公公向我讨诗，我写诗送他，是他附庸风雅；丘祭酒向我讨诗，我写诗送他，是我附庸风雅，或他要我附庸风雅。景星看，你伯父是个附庸风雅之人吗？”陈献章道。

“所以，伯父宁愿送诗与内使，不愿送诗与祭酒？”这是个不需要再回答的问题。陈景星问罢，又问个需要回答的问题：“伯父易懂的诗句也很多，既要送他，为何偏选读不懂的？”

“你方才就说此诗读不大懂，这会儿又问我为何选读不懂的，看来，我真得给你讲讲。”陈献章说着，问道，“始知佛是西方我，景星，这一句你懂不懂？”

“这一句通俗，侄儿读得懂。”陈景星道。

“这一句好比一把钥匙，读得懂它，全诗都可以读得懂；你读得懂它，梁公公等也当读得懂它。”陈献章说。

“但此句怎为全诗的钥匙，侄儿却不懂；别说不懂它怎为全诗的钥匙，就连它怎与下一句连接，侄儿也不懂。”陈景星道。

“你为何不懂？只因你以为诗里有什么玄机。实则，既吟山，不能不言及山人；既言及山人，不能不推及僧、道。我以吾学观之，佛乃西方儒者。吾辈做人，以孝为本。有人以为，今僧人只知供佛，不知孝父母，错了；佛也是教导人报父母恩的。”陈献章说。

“伯父欲以此教化梁公公等？”陈景星摇着头说，“恐怕也错了。此辈天良多泯灭，伯父对他等讲说圣人之学，无异于对牛弹琴。”

“未必对牛弹琴，”陈献章道，“梁公公不近儒者，专与僧、道结交。我直接以圣人的语录来教诲他，以贤哲的事迹来感悟他，不会有什么效果；但黄云道人、卢行者，都是僧、道中的贤哲，他等所言，他等所行，不会不打动他。”说到这里，顿了顿，又说另一层意思，“当然，我为他抄录此诗，应付而已，并不在乎他有无感悟。景星，你再读一遍此诗，说不定倒会有些感悟。”黄云道人、卢行者，都是和龙山有关的人物。

陈景星读出声来。诗曰：

龙山气魄小终南，行者何年住此庵？
黄云道人飞两脚，也到白云天际岩。

何处龙山吊古坟？忽传佳句到黄云。
始知佛是西方我，报答人间父母恩。

老柱高擎何处天？滴醢洗葬认当年。
山僧犹话飞来日，撞破龙山一道烟。

第一山人俗姓卢，脚踭涂字也碑趺。
寺旁老塔依然是，却是乾坤种种无。

浮生日月易消磨，回首龙山月一阿。
想得当时卢行者，笑人叉手缚诸魔。

风雨江门罢晚墟，隔船灯火夜呼卢。
惊回忆觉龙山梦，闲对云僧讲地图。

不知是因为伯父的几句话，还是因为多读一遍，他真觉得有所感悟。

第一百五十三章

苏州府的一间库房，换由王敬随行的锦衣卫官校把守，开库房的钥匙别在王敬的腰里。他每次开锁的时候，都会问："有人来过吗？"

"公公放心，无人来过。"把守的官校回答。

王敬不放心，继续问："分巡、分守等衙门，没人来过吗？"

"两处衙门，从没有人来过。"把守的官校回答。

"苏州府，没人来过吗？"王敬问。

"苏州府通判来过，问要不要差人协守；卑职说不要，把他打发走。"把守的官校回答。

"哼，不怀好意！"王敬骂一句，又问，"吴县、长洲二县，没人来过吗？"

"没人来过。"把守的官校回答后，还加上一句，"这里是府库，卑职想，县衙里的人无权过问。"

"无权过问，也无权好奇？没听人说小心无大错吗？"王敬听出把守的官校嫌他问得太多，沉下脸训斥。

"叔，有话咱进去说。"王臣出面打圆场。

王敬这才开锁，跟在他后边的锦衣卫百户王完推开大门，让王敬第一个进去，王臣第二个进去，然后自己再进去，并将大门关闭。

库房里摆放两排木箱，清一色是由上等的松木打造。王完随便打开一个木箱，里面整齐摆放着大小一致的银锭。王敬拿起一个银锭掂了掂，问王完："五十两？"

"按照瘸哥的吩咐，每锭都是五十两。"王完说。

王敬一五一十地数着。横四竖五，一层是二十枚。每层之间，隔着一块缎子。王敬往下看看，估计是五层。他问王完："一百个？"

"按照瘸哥的吩咐，每箱都是一百个。"王完说。

王敬数木箱，每排十个，一共是二十个。他问王臣："都在这里？"

"是，"王臣点头应道，"原来不知这一路共到手多少银子，在苏州这几天，开炉熔为大锭，才知一共是两千锭，十万两。”

“有这么多？我还以为那些都是空箱子呢。”王敬说，他拍着王臣的肩膀，赞道，“老二，你功劳不小。”

三人都姓王，同行同宿，朝夕相处，形同家人。王敬自称老大，叫王臣老二，王完老三。当然，王臣、王完不敢忘尊卑之分，仍唤王敬叔。

“自开炉以来，老三一直守在炉边，他最辛苦。”王臣说。

“不，不！”王完可不敢把功劳揽到自己身上，“要不是叔和瘸哥一路张罗，哪儿得大块儿小块儿的银子入账？没有大块儿小块儿的银子，我巧妇也难为无米之炊。”

“你是巧妇吗？我看你是恶汉！”王敬取笑。

“须为巧妇，卑职是巧妇；须为恶汉，卑职是恶汉。”王完说。

“老三为巧妇时，我为恶汉，老三为恶汉时，我为巧妇。总之，叔的身边，巧妇、恶汉都不缺。”王臣说。

三人说笑一阵。王完请示：“叔，哪日离开苏州？早定下来，我好让府衙备好车辆。”

“在苏州停留几日，开炉熔银，是你瘸哥拿的主意；哪日离开，你去问他。”王敬说。

“我想，还要停留几日。”王臣说。

“老二，你在苏州还有何事？”王敬问。

“我在苏州遍访道观，借得一书，名曰《子平遗集》，我欲使人抄录一遍，带回京去。”王臣说。

“瘸哥，你真有趣。”王完道。

“我怎有趣？”王臣问。

“这一路上，你我看上哪样东西，不是以借为名，据为己有？怎么到苏州，瘸哥看上一部书，却当真去借！”王完道。

“老三有所不知，拥有该书的道观观主，是我师叔，纵有咱叔撑腰，我也不能做欺师灭祖的事。”王臣说。

“但那本什么遗集，当真值得抄录吗？”王敬问。

“书中所记，奇妙无比。”王臣说。

“有何妙处？”王敬问。

“参透此书，点石成金说不定不再是句空话。”王臣说。

“当真？”王敬见王臣郑重地点头，不再多问。王臣幻术甚多，让他看得眼花缭乱，虽然他知道当着梁芳的面点石成金，是做过手脚的，但相信真正做到点石成金是迟早的事：“既然老二觉着值得抄录，又不便把原书带走，那就抄录吧。”

“叔说着轻巧，却找谁人抄录！”王完道，“叔带出来的虽有二十来人，但人人和我一样是恶汉，谁拿得起笔来？”

“老二，你如何计较？”王敬问王臣。

“这事好办，苏州不是有府学吗！”王臣道。

“瘸哥想让生员抄录，他等肯听你的吗？”王完问。

“他等不听我的，难道也不听学官的？”王臣道。

“若是学官也不听瘸哥的呢？”王完问。

“不是还有太守吗？”王臣道，他对王敬说，“这等小事，我和老三去安排也可以，但总不如叔亲自出面的好。我还有个计较：叔命太守，太守不敢不从；太守命学官，学官不敢不从；学官命生员，生员不敢不从。等生员都老老实实坐下，抄录奇书，叔还可以说他抄录不如式，要打就打，要罚就罚。”

“罚以何物？”王敬问。

“钱、钞都不要，只要纹银。”王臣说。

“我去，我去！”王敬一听说又可以进银，情绪高涨。

来自太仓的生员赵汴从馆驿出来，和家在本城的生员王颐相遇。二人心情都不好，本来都想相互一揖，各走各的，但王颐多看赵汴一眼，不由得要多问一句。

“赵兄已交差？”王颐问。

“兄台已交差，会一脸的丧气！”赵汴没好气地说。

“怎的不会！”王颐道，“赵兄不是问过学官，读圣贤之书，抄录此等妖书，取谁舍谁，孰轻孰重？无奈学官被上官逼迫，又来逼迫我等。无论交得差，还是交不得差，一样的丧气。”

“照你这么说，二者并无区别？”赵汴问。

“区别自然有。”王颐说，重新端详过赵汴，他估摸着说，“赵兄看似没能交差。”

“兄台怎看出来的？”赵汴问。

“赵兄不是一脸的丧气，是一脸的杀气。”王颐说。

“兄台说得对，我真是杀人的心都有！”赵汴道。

“赵兄消消气，且说是怎么一回事。”王颐安抚他。

“兄台，赵某人的字写得如何？”赵汴问。

“赵兄一手小楷，府学里再找不出第二人。”王颐说。

“他等却说我的字写得横不平竖不直。”赵汴道，又问，“兄台，赵某人做事的态度如何？”

“赵兄做事严谨认真，无懈可击。”王颐道。

“他等却说我敷衍了事，不曾用心。”赵汴道。

他还要再问，被王颐制止：“赵兄只说结果吧。”

“不曾用心，字不工整，兄台想是什么结果！”赵汴道。

“被退回重抄？”王颐问。

“不仅退回重抄，作废的纸张还要作价赔偿。”赵汴说。

“怎么个赔偿法？”王颐问。

“每纸作价，纹银一两。”赵汴说。

“每纸一两！我苏州哪里有这么贵的纸张！”王颐怒道，又问，“他等判定兄台赔偿多少？”

“共抄录四十页，小半合格，大半不合格，重抄二十五页，罚银二十五两。”赵汴说。

“反了，反了！”王颐跺着脚道，“我倒要看看，我这远不如赵兄的字，有几多合格，几多不合格！”

“也好，弟在外恭候。”赵汴说着，往馆驿里相让。

馆驿的一间屋里，坐着两个人，一是师爷模样，一是官校模样。官校模样的人接过王颐的抄稿，问：“多少页？”

“三十七页。”王颐说。

“交代的是每人抄录四十页，你怎只抄录三十七页？”官校责问。

“学生的字小。”王颐说。

“交代的是字要一般大小，你怎比别人字小？”官校责问。

“学生想和别人写的字一样大小，无奈写出来仍小。”王颐说。

“那就不必看，拿回去重抄吧。”官校说。

“老兄，人家学生抄录得辛苦，还是看看吧。”师爷在一旁做好人。

“要看你看，我是不看的。”官校说着，把头扭向一边。

“王生，”师爷对王颐说，“字稍小，我不挑剔；若有别的毛病，我却是不能收下的。”

“先生看过再说。”王颐道。

师爷看看抄录的第一页纸，啧啧赞叹："好字，好字，比方才那位赵姓生员的字，好上十倍。王生，我拿它作范本，如何？"

王颐既不应声，也不点头，心想：好坏颠倒，你也识字！他却不知道，这位师爷方才看赵汴抄录的书稿时，开始也是这样说的。

师爷拿起第二页纸，和第一页纸仔细比对，王颐看不出他在比对什么。

"这一页不合格。"师爷说。

"怎的不合格？"王颐问。

"上端留空，比下端留空，多出一指。"师爷说。

"让我等抄录时，这可不曾交代。"王颐分辩。

"这是常识，也要交代？便如你等课前，先要吃饭，有人交代过吗？"师爷说着，把第二页纸放到一边，拿起第三张纸，又比量起来。

"这一页要好得多，上端、下端甚是匀称。"师爷边说边比量，叹道，"可惜，上下虽是匀称，左右却不匀称。"把第三页压在第二页上面，又拿起第四页。这次，连比量都不比量，就说："王生啊，你也恁不小心，好不容易上端、下端都匀称，左端、右端都匀称，上下端与左右端却又不匀称。"

他好像确定一个原则，对每个人只挑一个毛病。对赵汴，只说他字不工整，对王颐，只说他空处不匀称。每每是三四页不合格后，才有一页合格。王颐估计，挑到最后，被确定合格的，不会超过十页。

"学生斗胆问一句：不合格的，要重新抄写吗？"他问。

"抄录不合格，如同考试不合格，一定要重新抄写的。"师爷说。

"仅重新抄写吗？"王颐问。

"那岂不太便宜！"官校插话，"这些纸张，都是用朝廷的银子购置的，你抄录不合格，等于白白耗费朝廷的银子，一定要赔偿。"

"每页是赔偿纹银一两吗？"王颐问。

"你知道就好！"官校绷着脸说。

"大人们估计，学生须赔偿几多银两？"王颐问。

"后面几页放宽一点，应在二十五两之上，三十两之下。"师爷说。

"学生斗胆再问一句：不就抄录本杂书，为何要这般齐整？"王颐问。

"生员不知深浅，这是杂书吗？这书抄录好，是要进献给皇上的，不齐整能行！"师爷道。

"你说，这书要进献给皇上？"王颐问的时候，把手伸过去。

“怎么，你自个儿也觉着抄录得草率吧？”师爷没想到自己一句话产生这样的效果，把几十页书稿交还给他，“你要全部重新抄录，正可见你对朝廷的恭敬；罚是罚，但我等一定会禀明朝廷。”

王颐把抄录的书稿拾掇整齐，比量一下，觉得太厚，遂分成两半。他拿起一半，两手用力，从中间撕开。然后，拿起另一半，也从中间撕开。然后，他把撕成两半的纸全部夹在腋下，一张一张取出，一张一张撕成粉碎。不多时，纸屑铺满一地。

“你这是何意？”师爷问。

“你不说进献给皇上，我还无所谓，我只说它是本杂书；你既说要进献给皇上，我不能再说它是本杂书，我要说它是本妖书。我若为你等抄录此书，岂不成助纣为虐！”王颐道。

“大胆狂生，敢到这里来撒野！”官校一拍桌案，喝道，“来人，拖下去，狠狠地打！”

王颐是被两名官校架出馆驿的。外面已聚集府学生员数十人，还有吴县、长洲二县学生员，及未曾入学的儒生，合计不下百人。赵汴正给他们讲述自己在馆驿里的经历，以及对王颐的担心。见王颐被架出扔地，他忙迎上，把王颐抱起。

听王颐断断续续讲述着事情的经过，生员们无不义愤填膺。不等他讲完，赵汴振臂一呼，众人群起响应。他们知道，和馆驿里的那些人没道理可讲，于是，在街上寻找砖石，随拣随扔，先把守在馆驿外的夫役打跑，再把出来看视的王敬的随行官校打跑。正好有樵夫挑着柴担进城来卖，他们长木取一根，短木取两根，挥舞着，呼啸着，冲将进去。

“有没死人？”王恕闻得馆驿的变故，急切地问道。

“至小人离开时，未闻死人。”巡抚衙门的旗校禀道。

“没死人就好。”王恕说。所谓死人，一是死了王敬及其随行人员，二是死了生员。从情感上讲，他不愿听到有生员被害；但实际上，不管哪一方面死人，案情都会变得复杂。没死人最好，可以从容处置。他命旗校：“你接着说。”

“馆驿当差的那些人早已一哄而散。京里来的官校们有的打着京腔，吆喝一两句，想制止生员们，却哪里阻止得了！他等见势不好，也纷纷抱头鼠窜，把刀啊剑啊的丢一地。”旗校绘声绘色地讲述。

“长柴短禾的就很好，生员们千万别去拣剑啊刀啊的。”王恕说。

“他们只顾找人，有的要找打过他的官校，有的要找骗过他的泼皮，有的干脆直接要找王公公，谁也没工夫弯腰拾捡兵器。”旗校说。

“对了，那位王公公呢？还沉得住气吗？”王恕问。

“他翻墙而去，动作最麻利，跑得最快。连架他的两个官校，也被他远远甩在后边。”旗校说。

“听说他的随行人员里，有个瘸子最坏，他也跑得动？”王恕问。

“小人没见到瘸腿的官校，估计是躲起来。”旗校说。

“你估计估计，这个王公公会不会就此离开苏州？”王恕问。

“他等即便出城，小人估计还要回来，王公公向府衙要的十数辆马车，还没筹集齐呢，他等要运的货物极多，如何上路？”旗校道。

“你再估计估计，他等回城，将怎样报复生员？”王恕问。

“他等为客，让官府办个杂事，还行得通；要想调动官军，他等也知无望。小人估计，他等多半是回京去告御状。”旗校说。

“他等携带驾帖而来，在苏州不能出个好歹。若是有人要取他等性命，我得护着他等；若是他等要取生员性命，我也得护着生员们。至于告御状——”王恕冷笑一声，说，“他会写疏，别人就不会写疏吗？你将他等来江南后的作为查访清楚，我先要告他等的状！”

“小人领命！”旗校应道。

第一百五十四章

六科值房在午门外，散朝后，给事中们三三两两，径往南走即可。御史中，有派具体差事者，如巡城御史，往各城去；有未派具体差事者，多是回都察院，径往西走即可。但四川道御史张稷没往西走，而是往南快走几步，把吏科都给事中王瑞拦住。

“良璧先生，说句话。”他说。

“是世用先生啊，来，来！”王瑞把他请到一旁去，免得挡住别人的路，“小乡党，何事？”

王瑞字良璧，南直隶望江人，成化五年进士。张稷字世用，南直隶宝应人，成化八年进士。望江隶安庆府，宝应隶扬州府，王瑞称张稷小乡党，既表明自己比对方年纪大，中第早，也表明他说的乡党，并非真正意义上的乡党。

“请教一事。”张稷说。

“你说。”王瑞道。

“成化十七年距今较远，我不问；成化十九年虽近年尾，但还没有过完，我也不问。”张稷做着铺垫。

“究竟何事，把年份说得如此清楚？”王瑞问。

“成化十八年，传升的情形，良璧先生还记得否？”张稷问。

“大致记得，世用先生欲问哪一次？”王瑞反问。

“各次。”张稷说。

“各次？”王瑞觉得这个题目太大。

“对，从正月的第一次，到腊月的最后一次，我都想知道。”张稷说。

“那可有十数次呢。”王瑞道。

“良璧先生请赐告吧。”张稷揖道。

王瑞猜不透他为什么要把自己拦在半路上，问起这样一件事。但二人平时关系不错，人家又是请教，又是赐告的，不说是肯定不成的。他静下心，把他记得的一一数出。

“正月，传升一人。”他说。

“二十九日，顺天府通判沈政，传升太常寺少卿。”张稷道。

王瑞瞥他一眼，没说什么，又接着往下数：“四月，传升五人。”

“初五日，锦衣卫带俸都指挥同知万喜，传升都指挥使；指挥佥事万达，传升指挥使；舍人万祥，传升锦衣卫百户；带俸百户徐达，传升正千户；校尉刘忠，传升百户。”张稷道，并说，“其时，万通病卒方数日，不然，传升的就是六人。”

“五月，传升三次，共计三十二人。”王瑞边说，心里边想，三五人你记得，超过十人，你也能记得吗？

“初二日四人，冠带舍人王臣，传升锦衣卫副千户；舍人王完、王钊，文思院副使姚敬，传升锦衣卫百户；二十四日四人，锦衣卫镇抚梁德、梁顺，传升百户，舍人梁敬、梁海，传升锦衣卫镇抚；二十六日二十四人——”张稷没有迂到把二十四人的姓名都报出来，在说罢“鸿胪寺主簿陈敔，传升中书舍人”后，他问，“其他二十三人，不必一一报名吧？”

“世用先生记得该次传升二十四人。已经很令我折服。”王瑞道，又说，“六月，传升一十一人。”等一会儿，不见张稷接过话茬，他问，“世用先生，怎不具体说说？”

“六月以后，我被派外差，知之不详。”张稷说。

“世用先生所知者为何？”王瑞问。

“六月传升一十一人，我是知道的。”张稷说。

“再者？”王瑞问。

“七月，传升六十人。”张稷说。

“世用先生所知者，一口气说出来吧。”王瑞道。

“八月，传升十八人；闰八月，传升十四人；九月，传升二十四人；十月，传升二十五人；十一月，传升五十七人。”张稷说罢，问道，“这些数目，也不知我记得对不对？”

“无不吻合。”王瑞道，并问，“十一月传升者中，很有几位大臣，世用先生可知？”

“是不是署太常寺事礼部左侍郎刘岌，传升尚书，仍署寺事；太常寺少卿丁永中，传升寺卿；寺丞蒙以聪、崔志端，传升少卿；礼科给事中张以弘，传升都给事中？”张稷随随便便就举出数人。

“世中先生，该着我请教你了吧？”王瑞边点头，边说。

“不敢，请讲！”张稷道。

“去年传升，世用先生一一记得，反来问我，究竟何意？”王瑞问。

“唯恐记得不实，来与良璧先生核对核对。”张稷说。

“然后呢？”王瑞问。

“然后，回衙去也。”张稷谑道，并做出转身要走的样子。

“世用先生，且慢。”王瑞留他。

“良璧先生有何见教？”张稷问。

“实不相瞒，我约本垣二三给谏，今日准备拟一疏，世用先生既来，不如去助助兴。”王瑞道。

“良璧先生是邀我一起拟疏？”张稷问。

“世用先生若肯，再好不过。”王瑞道。

“我先得问问清楚，”张稷说，“良璧先生约同僚拟疏，不会是因为我问起去年一年传升之事吧？”

“我吏垣天天面对吏部各类文牍，一直关注传升之事，难道非得世用先生提起，才会动心！”王瑞道，并告诉张稷，“此疏我等已酝酿好多日子，你一来，正好是股东风。”

“良璧先生等酝酿许多日子，我倒不便与其事。”张稷说。

“这是为何？”王瑞问。

“实不相瞒，我于十三道中约三五御史，今日准备拟一疏；我核对去年传升数目回去，便可动笔。”张稷说。

王瑞进吏科值房，不和别人打招呼，也不理会别人的招呼，在自己的座位上坐下，提笔写两句话：爵赏，天下公器，帝王所以驱策群臣，制驭四海者也。祖宗列圣，法古为治，设官分职，各有定员，自非功德才能，难以幸取。

写完，他才招呼众给事中：“各位，请往我这里靠靠。”

左、右给事中及给事中不知他有何事，都聚过来。

他把自己写的两句话读一遍，问：“以此起篇，各位以为如何？”

“良璧先生，起什么篇呀？”有给事中问。

“咦，大家这两日不都在议论传升之事吗？自然是奏议此事的开篇。”王瑞说。

“不过左一句，右一句，尚未议决呢，良璧先生怎就拟起疏来？”有给事中道。

“再不拟疏，被别人就抢在前面，我辈脸上无光。”王瑞说。

有给事中见到方才王瑞和张稷在路旁谈论，问一句：是四川道吗；有给事中没想好，借口有别的事，离开衙门；有给事中觉得确实到该拟疏的时候，搬把椅子，坐到近旁。果如王瑞所料，准备和他一同拟疏的，是二三给事中：两位给事中稳稳当当地坐在那里，一名给事中进出几次，才最后坐下。

“良璧先生这两句话，作为起篇足够。我想，传升和纳粟冠带，虽不是一回事，然传升实由纳粟冠带演化而来，是不是可以把纳粟冠带作为一个过渡？”有给事中提出。

纳粟冠带，即缴纳官府谷米，奏闻于朝，给以冠带，即给以官身。这和他们谈论的传升，的确不能相提并论。纳粟，不管怎么说，是对朝廷有贡献的。传升呢？纯粹因宠幸而奏请升赏他人，那个“他人”，能对朝廷有什么贡献，能对国家有什么贡献！

“若以过渡，我看一句话即可。”另一给事中说。

“我知兄台善写长句，一句话，可别太长。”提出过渡的给事中说。

“不会太长，”断言一句话可以把这层意思写明白的给事中说着，字斟句酌起来，“纳粟冠带，起自近年，然亦荣身而止。”说罢，问前一给事中，“这十余字不算太长吧？”

不等该给事中回答，王瑞说：“恰到好处，我已写下来。”

“纳粟冠带对传升而言，不过是个过渡，那传升始于何时呢？”不参与前两名给事中斗嘴的给事中问道。

“无疑是始于京师为新建寺院绘图、写字之辈。”王瑞说。

“幸窦如逵，鬻荣若市，恩典内降，始第京师艺术之人。”提出问题的给事中撰出两句，问，“良璧先生看，可用否？”

“九达曰逵，这个字用得妙！”一给事中称赞。

“视荣耀可交易，这个词用得好！”另一给事中称赞。

“两位都有文学功底，无不喝彩，我还有什么好说的！不过，该句虽好，意思却不完整。”王瑞说话间，照原话书录，但笔并没有放下。

“那就请良璧先生补充完整。”一给事中说。

“好！”王瑞应一声，先重复提出问题的给事中撰的最后一句，再加上一句，“始第京师艺术之人，今则渐及无用胥吏矣。”

“良璧先生这样一转折，则幸窦如逵、鬻荣若市、恩典内降三句，不只是说传升之始。”另一给事中道。

“我就是这个意思。”王瑞道，“不仅其始，而且整个传升始末，都可以概括在这三句话之下。”

“既如此，恩典内降，就不该和前面两句并述，而应该和后面一句联系在一起。”一给事中说。

“按兄台的意思，应读作：幸窦如逵，鹜荣若市。恩典内降，始第京师艺术之人，今则渐及无用胥吏矣。”另一给事中重新组合文字。

“这样一改，后面的文章才好作。”前一给事中说。

“武阶荫叙，始第内使有功之家，今则溢于外方白丁矣。”后一给事中按照前面的句式，拟出排比句。

“恩典内降，武阶荫叙，所谓传升者，不外乎这两句吧？”王瑞问。

“有初始情形，有今时情形，传升演化，似也说尽。”一给事中说。

“不然，”另一给事中不同意，“有些事情，似乎更应写得具体些。”

“兄台举例来说。”前一给事中道。

“传升者不仅有胥吏，有白丁，还有官员。我以为，官员一类，尤不宜漏掉。”后一给事中说。

“有道理。”王瑞边思忖，边说，“再加上如下两句：列文阶者，或待选未到，便得授官；或外任杂流，骤迁京秩，除授有司。戴武弁者，世袭锦衣，虚担伯爵；厮养贱夫，市井童稚，并得夤缘。诸位看如何？”

“不是说官员吗，怎又有杂流、贱夫？”一给事中质疑。

“我说还有官员，是觉着意犹未尽。杂流骤迁京秩、贱夫夤缘锦衣，前面不曾提到，不妨加在此处。”提出官员不该遗漏的给事中说。

他都同意，其他人当然更不会反对。

“是不是该说说传升的危害？”一给事中提议。

“说传升的危害，宜与起篇相呼应。”另一给事中说。

“也是一句话就足够。”第三名给事中说着，顿了顿，拟了句书面的语言，“盖名器之滥，至此极矣！”

王瑞埋头书写。给事中们以为他在记录第三名给事中的那句话。但那句话寥寥数字，早该写完，而王瑞还在写着。

“良璧先生，还没写好？”一给事中问。

“就好，就好。”王瑞说是“就好”，可还是写了好一会儿，前一张纸写满，又换一张纸。放下笔时，他活动活动手腕。看来一大段文字一气呵成，手腕有些酸。他读道，“盖名器之滥，至此极矣。臣等伏睹英庙复辟之初，惩景泰间幸用者多，率皆黜罢。皇上初御，察天顺初冒功者众，一切省除。史册书之，天下颂之。乞吏部榜示，凡揭帖失实者，连坐之。”读罢，问，“诸位看，还有没有须添加者？”

张稷回到衙门，和几名御史拟疏，略曰：比年以来，身起布韦，骤登金紫；资浅岁月，累进秩阶。或有父子同堂而坐，亦有兄弟分署而居。甚而逃军逃囚，易姓名而冒进；赃官赃吏，隐罪过以求荣。一日而有数十人传官，一署而有数十员带俸。幸窦大开，奸计转炽，至有现任视事、外补亲民者。

二疏先后呈进，廷臣不抱希望：论劾传升的奏章，以前有过，皇帝概不理会，这次恐怕也不会理会。但他们错了。皇帝对二疏不仅以“可”“然”予以肯定，而且在张稷等的奏疏上批复：今后奏扰希进者，罪之。

第一百五十五章

“爷，江南巡抚王恕有疏。”怀恩禀道。

“他的奏章，一字一句，都和石头一般硬，朕最不喜欢读。该送哪个衙门，送哪个衙门吧。”皇帝说罢，忽然心动，“老怀，这个王倔头写的不会是苏州生员作乱的事吧？”

“回爷的话，他写的不是苏州生员作乱的事。”怀恩虽然希望皇帝读读王恕的这本奏疏，也不敢无中生有。

“那就不读。”皇帝挥挥手，好像下定决心，但又不甘心地说，“出这么大的事，身为巡抚，他怎能不禀明朝廷！”

“他没具体写苏州生员的事，但所论劾，似与苏州生员作乱的事，大有干系。”怀恩道。

“他论劾的，是何事？”皇帝问。

“王敬等于江南所作所为。”怀恩道。

“他等在江南，所作所为何事？”皇帝问。

“以敛银为主。”怀恩道。

“一则苏州生员作乱，一则敛银，这两件事看不出有什么联系呀！”皇帝说着，问道，“他是不是以为，因老王等在苏州敛银，才招致生员作乱的？”

“爷圣明！”怀恩称颂。

“你读吧。朕也听听，二者有何联系。”皇帝命道。

“是。”怀恩应一声，读王恕参劾王敬等的奏疏，“近见内官监太监王敬，赍来驾帖，止开前往苏、常采取药饵，收买书籍，别无行拘大户、索要银两缘由。”

“对呀，老王向朕讨旨，也只说采药饵，合大丹。”皇帝插话。

怀恩不知皇帝还有没有话要说，等着示下。

“老怀，读啊，看他等究竟做些什么。”皇帝命道。

“何期王敬动以朝廷为名，”怀恩接着读道，“需索银两，无有纪极。东南骚然，民不堪命。苏、松、常三府，已办与价银六千两；镇江、太平、池州、宁国、安庆、徽州、广德七府、州与银一千五百两；又发钞四百块，于松江索银二千两。王敬发盐一万五千五百引与宁国等府，逼银三万二千五百两；又有盐数百船发去江北庐州等府、卫，及江西南昌等处逼卖，不知又得银几千几万两。至苏、常等府，刑驱势逼，索取官民银三万六千余两。其在江、浙二布政司并南京，沿途索要官民金银，不知又有几千几万两。”

“这里几万，那里几万，此处数千，彼处数千，合起来得有十万吧？”皇帝道。

“奴才算过，王都堂所列数字，加在一起不足十万；但王都堂又说两次不知几千几万，合而计之，恐怕不止十万之数。”怀恩说。

“既称采药合丹，他敛这多银子作甚？”皇帝不理解地问。

“奴才想，王都堂奏疏里有句话，很要紧。”怀恩说。

“是哪句话？”皇帝问。

“何期王敬动以朝廷为名。”怀恩重复奏疏开始的一句话。

“你是说，他对朕说采药合丹，也是‘为名’；他此次离京，一开始便是为敛银？”相处既久，怀恩话外之音，皇帝不难品出来。

“爷圣明！”怀恩称颂。

“以朝廷为名，以朕为名，银子入他等私囊，却让朕替他等背这个骂名！”皇帝道。

“爷圣明！”怀恩又称颂。

皇帝脸色阴沉，显然是动怒。沉思一会儿，他又问：“老倔头还有没有写别的？”

“后面还有一段。”怀恩说。

“既读，就读完吧。”皇帝命道。

“是。”怀恩应一声，读最后一段，“千户王臣，专弄左道邪术，而王敬听伊拨置。舳舻相衔，满载而归，亏损国体，大失人心。谨将臣该管地方索取金银，开数具题，伏望留意于难保之天命，割恩于坏事之小人，明正法典。”

“那个王臣，他怎说？”皇帝问。

“专弄左道邪术。”怀恩重复。

“下一句。”皇帝指着他手里的奏本说。

“而王敬听伊拨置。”怀恩重复。

“老倔头奏言，多不中听，这句却还合理。”皇帝点着头说，“老王服侍朕多年，虽有些毛病，朕并不觉着不可救药。朕看，这次在江南闯下大祸，主要应归咎于专弄左道邪术的王臣！”

“爷圣明！”怀恩尽管不以为然，也得称颂。他问，“爷的意思，是不是只办王臣？”

“不是只办王臣，是只杀王臣！”皇帝道，“要下狱，老王得一起下狱，谁让他听伊拨置呢。”

“爷圣明。”怀恩称颂。

锦衣卫差一名指挥，一名千户，率领校尉若干，去捉拿王臣。

“大人，有件事，须得计较。”千户说。

“老王，”千户姓王，指挥叫他一声，道，“你向来是为自个儿计较，这次也不会例外吧？”

“下官冤枉！”千户叫屈，“下官向来看似为自个儿计较，其实都是为大人计较。”

“这次呢？”指挥问。

“更是为大人计较。”千户道。

“说说看。”指挥命道。

“下官的意思，不可径往瘸哥的住处。”千户道。

“你断定，他不在自个儿的住处？”指挥问。

“不，下官估计，他多半在自个儿的住处。”千户说。

“哈，还说不为自个儿计较呢！我知你真的也好，假的也好，和王瘸子认的同宗。所以，不想我等一下就抓住他；所以，想找个机会给他传递消息；所以，不让我等径往他的住处。”指挥把他数落个够，还逼他承认，“老王，你是不是这等心思？”

“大人这可是误会下官。”千户道，“下官说，不可径往瘸哥住处，不是想给他传递消息。咱们这样好不好：下官打这会儿起，和大人寸步不离，总没法给他传递消息吧？下官不是不想一下就抓住他，是担心径往他住处，一下反而抓不住他。”

“他既在住处，为何一下抓不住他？”指挥质问。

“瘸哥法术了得。”千户说。

“什么法术，那是他编造出来吓人的。”指挥道，“我等与他同衙，他重几斤几两，谁还不知道吗？”

“大人，瘸哥的法术，不全是编造出来的。”千户道。

“你亲眼见过？”指挥问。

“下官亲历二事。”千户道，“一事，下官在自家小院里饮酒，佐酒之肴唯一个煮熟的蹄髈。我吃一口蹄髈，准备吃第二口时，拿在手上的蹄髈忽然消失。抬头一看，瘸哥不知几时进来的，正将蹄髈扔进水井，并说：这等粗食，也下得酒！下官听得扑通一声，不由闭上双眼，心想糟糕，不但今天没有下酒的菜，井里的水也得有几天不干净。忽然，听他嘻嘻一笑，说：主人舍不得，我把它取回。下官睁眼一看，他自个儿正抱着蹄髈要啃。见我睁眼，他把蹄髈扔还给我。”

“也许他根本没把蹄髈扔进井里？”指挥推测。

“有响声为证。”千户说。

“他不会是将别物扔进井里吗？”指挥推测。

“下官后来从井里打水，上面漂一层浮油。”千户说。

“也许他自个儿也带一个煮熟的蹄髈去。”指挥推测。

“下官曾吃一口，牙印仍在。”千户说。

“也许——”指挥不想再推测，他命道，“你还是说说第二事吧。”

“下官家里有个琉璃瓶，大人是见过的。”千户先说一件实实在在的东西，好引起指挥注意，“大人见时，爱不释手，向下官讨要。下官说，此物为祖先传下来的，大人也就作罢。瘸哥见时，也爱不释手，向下官讨要。下官以同样的理由回绝；瘸哥却说：它不再姓你那个王，改姓我这个王，今晚它自个儿会飞去我家。”

“原来他还是个梁上君子。”指挥嘲笑道。

“有人证实，他一夜都在酣睡。”千户说。

“你呢？”指挥问。

“我一夜都在坐等，两眼几乎没有离开琉璃瓶。”千户说。

“你亲见它飞走了？”指挥问。

“能亲眼见到，我不也成神仙？可拂晓时，琉璃瓶不见了。第二天我去看瘸哥，摆在他桌上的，正是我家的琉璃瓶。”千户说。

“你是说，你一夜没阖眼？”指挥问。

“眨都没眨一下。”千户说。

“足不出户？”指挥问。

“屋门紧闭，我碰都没碰一下。”千户说。

“我不信你一夜没解过手。”指挥道。

“解过小手，就在屋里。”千户说。

“解大手，不能也在屋里吧？”指挥道。

“怕解大手，晚饭我都没吃饱。”千户说。

“然后琉璃瓶就不见，就到王瘸子的桌上？”指挥问。

“是。”千户应道。

“老王，你给我讲这两件事，是何用意？”指挥不再问具体琐事，一下问起他的动机。

“他善隔手夺物，隔屋夺物。下官想，径往他家，拿锁链去锁他，说不定反让他锁；拿刀去砍他，说不定反而砍上自个儿。”千户说。

“不径去他家，绕个圈子再去他家，就不会锁起自个儿？就不会砍上自个儿？”指挥哂道。

“绕个圈子，寻得一物，再去他家，或许真的管用。”千户认真地说。

“寻得何物？”指挥问。

“下官听说，法术再高，遇狗血则不灵。”千户说。

“你是说，先去杀条狗？”指挥问。

“是。”千户应道。

“这好办，把弟兄们散下去，见到野狗，抓一条来。”指挥说。

“不可，”千户道，“一来费工夫，街巷之中几时才能遇到条野狗？二来有危险，若是被疯狗咬一口，岂不晦气？三来惹麻烦，若是条从高宅大院里跑出来的狗，如何交代？”

“怎样才可以省事又省时？”指挥问。

“把弟兄们散下去，只入平民百姓家，见到狗，捆起就走。”千户说。

指挥依言，命众校尉散下去抓狗来用。搜索民居，是锦衣卫校尉们最擅长也最乐意的差事，上官一声令下，立刻两人为伴、三人一伙地闯进各小门小院，不多时，捆三四条狗来复命。当然，也少不了有些值钱的不值钱的东西进入他们私囊。

“都杀吗？”指挥问。

“拣只肥的杀即可。”千户说。

“肥的未必血多。”指挥好意提醒他。

“血未必多，肉还不多吗？”千户道。

“老王，你究竟用狗血，还是用狗肉？”指挥问。

“抓人用狗血，抓完人吃狗肉。”千户说。

“好主意，好主意！”指挥连声叫好。校尉们也跟着叫好，烧一锅狗肉，再不济，他们也分得到一块骨头。

“大人，让他等先扒皮。”千户说。

“放心，狗血用罢，狗肉吃罢，剩下狗皮，自然是你的。”指挥道。

“不是我要狗皮，是抓人时要用狗皮。”千户说。

指挥不知狗皮究竟有什么妙用，但还是命属下把狗皮扒下来。

于是，指挥和千户走在最前边，随后二人，抬着一桶狗血，再后一人，拎着一张狗皮，其他校尉刀剑出鞘。众人蜂拥着往王臣家去。

敲开院门，王臣迎出，他和指挥、千户都熟，见他们带人来了，以为办差经过，没多想，还要往院子里让。

“瘸哥，院子不进吧，就在门口说两句话吧。”千户道。

“也好，”王臣点点头，问，“弟兄们有什么事用得着我？”

“我等给瘸哥拿来点礼物，”千户说着，对指挥使个眼色，二人一人向左、一人向右闪开。千户喝道，“扒！”

后面的校尉冲上前，扒衣的扒衣，扒裤的扒裤，扒得王臣赤身裸体。

“兄弟，这是作甚！”王臣边挣扎，边叫。

“浇！”千户喝道。

拎桶的二校尉上前两步，把桶高高举过王臣头顶，把桶里的狗血劈头盖脸地浇他一身。

“兄弟，开什么玩笑！”王臣边抹去迷住眼睛的狗血，边叫。

“裹！”千户喝道。

拎着狗皮的校尉上前，把狗皮裹在王臣身上，另有校尉用绳子捆住。

“兄弟！”王臣还要叫，一名校尉捧起一掬土塞进他嘴里，其他校尉给他戴上镣铐。

王臣在锦衣卫狱关押三日，斩于西市，函首苏州、常州等遭他祸害之处示众。王敬黜孝陵卫，充净军。

第一百五十六章

成化二十年正月初二日，京师地震，宫中殿宇晃动。当天及其后两三天内，接各地奏报，知昌平的天寿山、居庸关，密云的古北口等地皆震，各处地裂水涌，城、堡、墩、台坍裂，压死多人；再过两三日，知地震之区，往东延至辽东辽阳，往西延至宣府、大同。

动静如此之大，特别是宫里有明显的震感，天寿山有明显的震感，不用内外臣工提醒，皇帝主动敕谕群臣修省，敕书曰：朕夙夜政理，治效未著。地震京师，天戒至矣。斋心涤虑，省愆修德。尔文武群臣，宜各痛加省改，懋称厥职，以毗朕心。

没散朝时，王瑞就感觉，今日有人会找他。果然，散朝后，御史徐镛把他拉到一边说话。徐镛字用和，湖广兴国人，和他是同科进士。

兴国有二，在湖广者为州，在江西者为县。

“前者，吾道世用先生激良璧兄上疏，成兄之名；今我再约良璧兄上一疏，如何？”徐镛开门见山地说。

“今日不必用和兄相约或相激，我等既居言路，恐怕没一人可以不进言的。”王瑞说。

“进言在选择题目，我的题目与别人不同。”徐镛说。

“用和兄选的哪个题目？”王瑞问。

“乞罢大礼庆成之宴。”徐镛说。

“对不起，请用和兄再说一遍。”王瑞揖道。

“乞罢赐宴大礼。”徐镛换了一种说法。

“这两种说法，意思大相径庭。”王瑞道，“按照前一种说法，是罢宴；按照后一种说法，是罢礼。用和兄究竟请罢宴，抑或请罢礼？”

“主旨是罢宴；若宴不可罢，则罢礼。”徐镛说，“大礼庆成，故事有宴，乞赐礼部暂免，以比古先王遇灾减膳撤乐之意。减膳，即罢宴；撤乐，即罢礼。”

“用和兄的这个题目，恐有不宜。”王瑞道。

“有何不宜？”徐镛不服气地问。

“一则，我听用和兄的话，会产生疑问；其他人听用和兄的话，会不会产生疑问？皇上读疏，会不会产生疑问？”王瑞道。

“其二呢？”徐镛问。

“何事大宴，大宴何礼，祖宗有定制。虽曰暂免，也会触及祖制，朝廷恐怕很难接受。”王瑞说。

“我这个题目不好，良璧兄想到什么好的题目？”徐镛问。

“署东厂事司礼太监尚铭，用和兄以为其人如何？”王瑞以含蓄的方式说出他的题目。

“须得两说。”徐镛说着，伸出二指。

“请用和兄先说其一。”王瑞道。

“功不可没。”徐镛按下其中一指。

“用和兄褒之颇不寻常。”王瑞说。

“良璧兄听听，我的评价是否无据。”徐镛道，“汪直在宣、大，廷臣仍不敢发其不法事。发其泄禁中秘语者，尚铭也。皇上疏远汪直，由此而始。这算不算一功？”

“算。”王瑞回答得很爽快。

“王敬率诸凶，祸害江南，发其事固赖王都堂，然无尚铭佐证，皇上未必会轻易相信。这算不算一功？”徐镛问。

“算。”王瑞应了一声，揖道，“请用和兄再说其二。”

“罪不可逭。”徐镛又说四个字。

“用和兄诋之亦不寻常。”王瑞说。

“我同样可举二事。”徐镛道，“汪直首罪，在以西厂侦缉臣民，罗织冤狱。汪直败，尚铭复以东厂侦缉臣民，罗织冤狱。这算不算一罪？”

“算。”王瑞回答得仍很爽快。。

“王敬首罪，在四处敛财，八方受贿。王敬败，尚铭鱼肉军民，敛财于京师，这算不算一罪？”徐镛问。

“算。”王瑞应一声，揖道，“请用和兄权衡二者。”

“所谓两说，即不分上下。”徐镛道。见王瑞摇头，他问，“怎么，良璧兄不以为然？”

“不是不以为然，是甚不以为然。”王瑞加重语气说。

“愿闻其详。”徐镛揖道。

“汪直之败，尚铭不可谓无功。然汪直之败，如乾坤扭转，尚铭无此力量；汪直之败，在皇上圣明。王敬之败，尚铭不可谓无功。然王敬之败，如风扫落叶；此风并非刮自朝廷，而是刮自南京。此言其功也。汪直罪在以西厂侦缉臣民，罗织冤狱，然西厂可废；尚铭罪在以东厂侦缉臣民，罗织冤狱，然东厂不可废。王敬以外出敛财、受贿，朝廷易治其罪；尚铭敛财、受贿于天子脚下，朝廷不易治其罪。此言其罪也。”王瑞把徐镛所言功、过重新梳理一遍，然后问，“用和兄看，其功罪是否不相上下？”

“所以，良璧兄欲以纠劾尚某为题目？”徐镛反问。

“是。”王瑞应道。

“良璧兄选的题目听来不错；不过，我以为遇灾罢宴撤乐的题目也得有人写，不如各自拟疏吧。”徐镛不轻言放弃。

二人各自约人，拟疏呈进，结局大不相同：徐镛以不谙大体，下锦衣卫狱，谪镇原知县；尚铭被劾，追赃，贬南京孝陵卫种菜。

灯市口附近的外东厂衙门，本来就是各色人等进进出出的地方，陈准身着太监的官服，身后又跟着几长随，守门的宦者和差役虽然不认得他，也不加阻拦。

“陈叔，这算件事吧？”一长随悄声问道。

“算何事？”陈准问。

“叔不是嘱咐我等看看，衙门有无不合章程的事吗？门禁不严，就不合章程呀！”该长随说。

“若无其他事，这也可以算件事。”陈准含糊地说。

得不到陈准的充分肯定，该长随有点儿不开心。

另一名长随对他做个怪样，意思是：你不成，看我的。

“叔，你看，咱在司礼监，几时脏成这样。”第二个长随说。

“是啊！”陈准指着一撮残渣说，“那是鸡骨吧？一晚上不知吃多少只鸡，竟有这多鸡骨！”

“叔，此事不小吧？”该长随说。

“说大不大，说小不小，”陈准说着，忽然有个主意，“此事就由你来张罗吧。日后我再见到院子里龌龊不堪，拿你是问。”

后一长随好不懊恼：本想讨好，却惹上烦恼。前一长随则喜笑颜开。

他等在院子里走来走去，竟没被人认出。他等又转到后院。

后院比前院清静得多。陈准才要琢磨去那间屋，西边的一间厢房里，传出一声刺耳的尖叫，接着，是一阵呻吟。

“叔，鞫讯呢！”一长随指着那间屋子说。

“听听去。”陈准说着，带头走过去。

到门口，见门半掩着，一长随打算推门而入。陈准朝他摆摆手，又指指脚下，示意他就在外边听。

方才显然用过刑。停刑后，主持讯问的太监声音变得平和，不再刺耳。

“人证、物证都有，你还不招吗？”他问。

“小人愿招。”被讯者说。

“那就说吧。”审讯者道。

“张员外家几次入室盗窃，是小民犯的。”被讯者说。

“几次呀？”审讯者问。

“一次踩点，三次下手，一共四次。”被讯者说。

“都拿些什么呀？”审讯者问。

“小人只拿银子，珠宝饰物，一概不拿。”被讯者说。

“这是为何？”审讯者问。

“珠宝饰物，交易后才有用，小人怕露出马脚。”被讯者说。

“三次下手，拿去多少银子呀？”审讯者问。

“小人运气不济，总共没找出十两银子。”被讯者说。

听到这里，陈准倒退两步，转身就走。长随们见他走得小心，也尽量不弄出声响。

一间北屋有说话的声音，陈准走过去。该屋门窗都关着，他得把耳朵贴近门缝，才听得清里面也在问案。

“这么说，你承认打过万府的人？”审讯者问。

“小人打他，他也打小人；小人打他两拳，他打小人五拳，外带踢一脚。”被讯者说。

“你二人哪个先动的手？”审讯者问。

“他先打小人一拳，小人回他一拳。他见小人敢还手，又打小人两拳。小人既然已经还手，不能不再回一拳。他又打小人两拳，并踢小人一脚。”被讯者叙述过程。

“然后呢？”审讯者问。

“然后小人被公差们解来。”被讯者说。

“我东厂的人若不到，你还得回一拳吧？”审讯者问。

“或许。”被讯者道。

“可见我东厂的人去得很及时呀！”审讯者说。

“他等拉偏手。分明两个人争斗，他等只把小人一人带来讯问，小人不服。”被讯者道。

“你还不服？”审讯者冷笑，“你回一拳，他加一拳；你又回一拳，他加一拳一脚。再打下去，你要多挨几拳几脚！”

陈准挥挥手，带随员们离开。

东厂掌班、领班、司房、贴刑等太监、少监都聚集在内厂衙门，是件很难得的事。除资格最老的太监因为没能提升为提督太监，心里有点儿不自在，其他太监都准备好几句向新提督太监道贺的话。但他们道贺的话还没来得及说，就被陈准堵回去。

“今日客套的话都不必说，如何？”陈准道。

“是。”众人应道。

“入张员外室四次，一次踩点，三次盗窃，此案哪位审的？”陈准问。

“陈叔，是卑职。”一名贴刑少监站起身说。

“动刑没有？”陈准问。

“刁顽之徒，不用刑，不会老实招供。”该少监说。

“该不该动刑且不说，你方才说人证、物证都在，是真的？”陈准问。

“问案的人都知道，真假虚实都得有。”该少监说。

“这一次呢？”陈准问。

“这一次很实在，该犯是当场被擒的。”该少监说。

“既很实在，拿出人证、物证就是，何必动刑！”陈准道，又问，“该犯现在何处？”

“关押在本厂牢室。”该少监说。

“盗窃不足十两银子，不宜长久关押。”陈准提出一个解决方案，“看看他能赔偿几多银两，和事主合计合计，把他放回去，如何？”

“是，卑职照陈叔吩咐的做。”该少监应道。

“和万府争斗一案，是哪位审的？”陈准又问。

“陈哥，是我。”一名资深的领班太监应道。

“该犯说，二人争斗，只讯一人，不公平；我也觉着不公平。你老哥在东厂的年头不短，怎能这般审理？”陈准问。

“我也是没法子。”该太监说。

“怎叫没法子？”陈准问。

“万府的人被三国舅领回，芝麻大点儿的事，我不好意思驳国舅爷的面子，更不好意思再去他府上拿人。”该太监说。

“该犯呢，老哥打算怎样处置？”陈准问。

“关押一两个月再说。”该太监道。

“人家说，东厂拉偏手，真没说错！”陈准听罢，连连摇头，“先动手的是万府的人，下手狠的是万府的人，占便宜的是万府的人，怎能把被迫还手的、吃了大亏的关着不放？我看，他一天也不能关！”

“就依陈哥。”该太监应道。

“西厂罢，东厂乱，提督东厂、西厂太监都被贬，爷命怀叔择东厂提督太监。你等可知，怀叔为何推举我？”陈准问。

“司礼监中，怀叔最器重陈哥，我等都知道的。”一太监说。

“岂止怀叔器重陈叔，爷也是器重陈叔的。”一少监说。

“爷器重陈叔，怀叔器重陈叔，陈叔自个儿还能心中无数吗？陈叔这么问，一定是别有缘故。”另一太监说。

“是啊，还是请陈叔自个儿说吧。”另一少监说。

“怀叔推举我，其实只为我一句话。”陈准道。

太监、少监们“陈哥”“陈叔”地乱叫，然后问他说句什么话？

“怀叔问我若掌东厂，当如何行事？我说：除非大逆，他事勿预。”陈准道。

“陈叔这话，别人是说不出来的。”一少监讨好地说。

“这话说着容易，却有谁能做得到？”一太监却说。

“我一定要做到，也望诸位都做到。”陈准说着，向在场者环作一揖，“我今日要对诸位说的是：有大逆，告我；非是，尔等勿预。”

“谨遵厂督之命！”太监、少监们躬身应道。

第一百五十七章

惊惧不安的年节期间过后，去年土鲁番国速檀阿黑麻差使进贡的两头狮子，给宫里带来无穷的欢乐。

小宦者们只有在去西苑办事时，才有机会远远地看一眼狮子；或者在巨大的铁栏附近没有大太监时，才有机会走近去逗一下狮子。当有大太监在铁栏附近时，他们是不敢过去凑热闹的。

大太监们也不是想什么时候站在铁栏旁边，就可以什么时候站在铁栏边。当皇后、皇太后、妃嫔们来时，特别是在皇帝驾临时，他们也得远远退去，能陪同皇帝观赏者，只有那么三五个人。

狮奴是随狮子一起到来的西域人，许多汉话仍然听不懂；但“皇上驾到”这句话，是内臣首先教给他，他一定要听懂的。这句话他每天都要自己对自己说几遍，还没听别人说过。这天猛然听到，狮奴愣了愣神，才反应过来。他忙把调教狮子的钢鞭放到一旁，跪下迎接，同时向铁栏里喝叫一声。

两只狮子懂得他的语言，随他一起卧下。

“阿黑麻称，贡狮子牝、牡各一，可是？”皇帝问。

除狮子二字，其他的话狮奴都没听懂。

好在专门为狮笼配备通事，因皇帝驾到才避开。梁芳一招手，他跑步过来。梁芳把皇帝刚才问的话告诉通事，由他译成西番语。

狮奴连连点头，手指身壮头大、尾端茸毛蓬松如斗的那一头，用生硬的汉话说：“公的。”又手指另一头相对较小的狮子说，“母的。”

“老怀，你能不能用两个字来形容这头公狮？”皇帝给怀恩出题。

“奴才不长于文学，想不出来。”怀恩道。他看出，皇帝已有两个现成的字，他不能扫皇帝的兴。

“朕看，雄姿二字，甚是恰当。”皇帝说。

怀恩、梁芳以及皇帝身后的其他侍从，都叹服、叫好。

“老梁，你来形容这头母狮。”皇帝招呼梁芳。

“也用两个字？”梁芳问。

“朕未限制，你用多少字都行。”皇帝道。

“可奴才一个字也想不出来。”梁芳说。

“朕还以为你要作篇《牝狮赋》呢！”皇帝取笑他一句，然后问，“诡状二字，你等以为如何？”

众人又是一阵叹服、叫好，梁芳的表情尤其夸张。

“除雄姿、诡状，可有值得一观之事？”皇帝问，并示意通事翻译。

狮奴说句短话，并做个饿虎扑食的动作。

“他是说扑食吗？”皇帝问。

“皇上圣明，他说的就是这两个字。”通事道。

“让它扑给朕看看。”皇帝命道。

狮奴不等通事翻译，已领会皇帝的旨意。他从放在不远处的鸡笼里取出一只鸡，让它扑腾扑腾翅膀，表明是活的，然后扔进狮笼里。

鸡正好扔在两只狮子之间。它似乎知道随时有被吃掉的危险，扑腾着翅膀，在两只狮子间跃来跃去，

两只狮子懒洋洋地卧在那里，看它一眼，谁也不动。

“怪事，它等不知鸡可以果腹吗？”皇帝道。

“奴才想，它等不饿。”梁芳自作聪明。

通事询问狮奴，狮奴比画一下，说了句话。通事翻译：“他说，狮子嫌鸡小，没兴致扑。”

“那就换个大的活物呀！”皇帝道。

第二次扔只鹅进去。鹅似乎理解不到处境险恶，仍然高视阔步，在两只狮子间走来走去。

狮子干脆把头扭到一边，不去看它。

第三次扔进一只羔羊。羔羊无助地、哀怜地“咩咩”叫了两声，身子缓慢地向后移动，似乎准备攒足气力，夺路而逃。

被它的叫声刺激，两只狮子同时起身，对准它。它仍在缓慢地退缩，就在屁股要抵住后面的墙时，它猛地向前面的铁栏窜去。铁栏间的缝隙既可以把它扔进去，它也一定可以奔跑出来；只要它奔跑出来，就可以逃脱被吞食的厄运。

两只狮子懒洋洋地挪动着，似乎约定好，让羔羊求生的欲望维持得更长一些。

等它的头已伸出铁栏，公的那头狮子才扑将过来，前爪把它拉扯回来，硕大的脑袋一甩，大嘴一张，咬住它的喉咙。母狮跃上，欲从公狮嘴里夺食。公狮不松口，母狮用力，把羔羊撕裂，二狮共进美餐，不多时，地上只留下斑斑血迹和羔羊的残骸。

并没有惊心动魄的生死大战，只是在公狮扑向羔羊的一瞬间，还能看出在狮子身上保存不多的野性。

“以羔羊为食饵，似乎也小些。”皇帝说。

通事把皇帝的话翻译给狮奴，又把狮奴的话翻译给皇帝：“他说，若是正餐，须得放进一头黄牛。”

“朕说小，不仅说它个头小，还说它绝无还手之力。”皇帝说。

通事知道，这话不用让狮奴知道，所以未做翻译。

“西域贡狮子，难道我中原就不产狮子？”皇帝问身后。

怀恩、梁芳离皇帝最近，但二人都没开口。

倒是在稍远处，一太监回话：“回爷话，我中华亦产狮子。”

“你是萧——”皇帝只记得他的姓氏，没记住他的名字。

“奴才萧敬。”该太监回奏。

“对，萧敬。”皇帝点点头，问，“在司礼监办事吧？”

“是。”萧敬应道。

“你说中华亦产狮子，可有凭据？”皇帝问。

“《西汉书》言，狮子似虎，正黄，有髯，尾端茸毛大如斗，与今所见狮子相类。”萧敬说。

“《西汉书》所言狮子，或亦贡自西域。”皇帝道。

“爷圣明。西汉既通西域，狮子或贡自西域。不过，奴才曾见几本史籍，提及狻猊、白泽等，皆产自中土，非贡自西域。后人注曰：狻猊、白泽，即狮子耳。”萧敬说。

“可否举数例？”皇帝问。

“譬如，《轩辕记》曰：帝登黄山，于海得白泽神兽，能言语，达于万物之情。再如，《穆天子传》曰：狻猊，日行五百里。再如，《尔雅》曰：狻猊类猫，虥食虎豹，世谓白泽、狻猊。”萧敬一口气举出三种书。

“已够，已够。”皇帝止住他，转对怀恩说，“怀大伴，老萧博学，不在你之下呀！”

“萧公公学识，远在奴才之上。奴才读疏时，有不解的前朝典故，及本朝典故，经常要请教于他。”怀恩说。

“你司礼监有这等人才，难得！”皇帝称赞一句，吩咐道，“朕要回宫，你等各忙各的吧，老梁，叫上韦兴，随朕去。”

“奴才等遵旨！”怀恩、梁芳、萧敬等应道。

皇帝銮舆在前，从西华门进宫，绕来绕去地走了许久。梁芳、韦兴紧随在后，越走，心里越打鼓：一来，他二人侍驾的时间未必最长，但只要在一起，皇帝和他二人的话却是最多的，不会走这么久，却不出一言；二来，越走，离一个地方越近，那个地方他们再熟悉不过，他们无论如何也不愿和皇帝一起去那里。

二人不时相互看一眼，不时把紧张的心情传递给对方。

皇帝的銮舆终于停下来。梁芳、韦兴抢上前去，准备侍奉皇帝登下銮舆。皇帝却把手搭在一员近侍的肩上，并对二人说：“你二人养精蓄锐，等着回朕的话吧。”

二人出一身冷汗，被初春的寒风一吹，冷到心里。

皇帝带他们去的，是内帑存放之所。

“你二人谁记得，祖宗积蓄的内帑有几窖？”皇帝问。

作为御用监太监，绝不能说不记得，或不知道。梁芳硬着头皮说：“奴才记得，共七窖。”

“有那么多吗？”皇帝显然不是不相信，而是有意让梁芳难堪。

“或许没那么多。”梁芳很想把皇帝的怀疑当作台阶，但他心里有数，皇帝不是在给他台阶。

“少多少？”皇帝问。

“当初爷亲眼所见，六窖是满的，一窖并未封顶。”梁芳说。

“那朕就说六窖多吧。”皇帝变得很好说话。

“别，爷就说七窖吧。”梁芳似乎有点儿不好意思和皇帝讨价还价。

“朕说七窖，你别怪朕不讲理，”皇帝道，“朕想问你二人，初时内帑七窖，而今所剩有几？”

“尚存两窖。”梁芳说。

“梁哥，不止两窖。”韦兴想说多点儿。

“老韦说几窖？”皇帝又问韦兴。

“奴才记得，尚存三窖。”韦兴说。

“韦哥，你说的三窖，其中一窖所剩无几，咱不能哄爷。”梁芳道。

“老梁倒是实诚，”皇帝冷笑，“你说尚存两窖，就不是哄朕吗？”

“奴才不敢哄爷！”梁芳心想：要坏，爷一定是查看过，瞒是瞒不住的。他喃喃地说，“动用内帑，不是一窖用罄，才动下一窖。尚存两窖，难免也动过少许。”

“动过少许？”皇帝问。

“一窖动得多一些，一窖动得少一些。”梁芳说。

“动得少一些的那窖，动用多少？”皇帝追根问底。

“三分中，动用一分吧。”梁芳说。

“动得多一些的那窖，动用多少？”皇帝问。

“一半左右。”梁芳说。

“加上所剩无几的那窖，至多尚存一窖半吧？你自个儿说，以尚存两窖奏言，是不是哄朕？”皇帝道。

“爷恕罪，奴才没仔细算过。”梁芳惶惶不安。

“朕也没仔细查过，前两日一查，心跳不已。”皇帝说。

“爷，内帑之出，奴才一笔一笔，都记着呢。如建显灵宫及各庙宇，是为爷祈福，用的是正道；如孝敬各宫娘娘的，特别是孝敬昭德宫最多，这也用的是正道。”梁芳不是简单地解释，而是在解释中摆功。摆功之后，他还表示不怕人查，“要不，奴才把账簿拿给爷看看？”

“你的账簿，朕不看，但内帑靡费，皆出自你手——”皇帝看韦兴一眼，说，“对，还出自你手。朕不看你等账簿，不与你等计较，日后只怕有人会与你等计较！”

说罢，率众近侍而去，梁芳、韦兴要跟上，皇帝对他们摆手。

梁芳、韦兴坐也坐不住，站也站不住，你从我身前踱过，我从你身前踱过，每次交错而过，心里都会更觉烦闷。

“梁哥，能不能别在我眼前晃荡！”韦兴埋怨道。

“你不在我面前晃荡，我自不会在你面前晃荡。”梁芳说。

“好，我不在你面前晃荡！”韦兴赌气地说，并离开梁芳而去。但没走多远，又回到梁芳面前。他问，“梁哥，你说，爷不与我等计较，还有哪个敢与我等计较？”

“你没听清吗，爷说的是日后只怕有人与我等计较！”梁芳道。

“我听得真真的，”韦兴说，“今日肯定不会有人与我等计较；但明日、后日，或者再后日，只怕有人要与我等计较。”

“老韦，你听不懂爷的话呀？”梁芳摇着头说。

“爷的话再直白不过，怎会听不懂！”韦兴不承认。

“爷说的日后，并非指明日、后日，或再后日。”梁芳说。

“那是哪一日？”韦兴问。

“是爷千秋万岁之后。”梁芳道。

“你是说，爷宾——”韦兴话没说完，忙把嘴捂上。这话绝不是他该说的，也不是他敢想的。

梁芳只点头。不该说的，不敢想的，他才不会重复。

“梁哥，爷说日后只怕有人会与我等计较，你估摸估摸，爷说的‘有人’，会是谁？”韦兴问。

“你估摸不出来？”梁芳反问。

“我估摸得出来，何必问你！”韦兴道。

“内臣二十四衙门中，妒忌我等的不少，你估摸着，会不会是他等？”梁芳采用排除的方法。

“多数不敢，少数几个敢的，与我等并未结怨，为何计较？”韦兴道。

“各宫的娘娘，妒忌昭德宫的不少，会不会是她等？”梁芳问。

“有昭德宫照应，她等敢吗？”韦兴道。

“万一昭德宫也‘日后’了呢？”梁芳问。

“这得想一想，”韦兴认真地想想，说，“那也不会。我等虽然为昭德宫出力最多，但对其他宫里的娘娘也是尽量逢迎，她等对昭德宫的怨气，不该都撒到我等身上吧？”

“户部主会计，会不会是大司徒、少司徒等？”梁芳问。

“内帑不归户部管，他等想计较也无从计较。”韦兴说。

“科、道以纠劾为事，会不会是他等？”梁芳问。

“宫闱之秘，又是内帑，科、道想多事，也无从得知。”韦兴说。

“此人也不是，彼人也不是，那只有一人。”梁芳道。

“梁哥说的是谁？”韦兴问。

“伸手过来。”梁芳道。他一手把韦兴伸过来的手扳平，另一手的手指在韦兴的手掌上比画一个大字。

“这用你告诉我，不是大人，会是小人！”韦兴道。

“还差一点呢。”梁芳说着，在大字当中点一点。

“太——”韦兴第二个字没说出来，嘴被梁芳捂住。

“韦哥，你看是不是他？”梁芳问。

“看来是他。”韦兴不住点头，“梁哥，你得想个法子呀，日后他若与你我等计较，我等死定！”

“我不正在想吗！”梁芳道。

他又开始踱来踱去，带动得韦兴也踱来踱去。在交错而过时，韦兴可怜兮兮地说：“梁哥，我不晃荡，你也别晃荡吧。”

“好。”梁芳和他面对面地站定，合计起来，“老韦，你说，日后太子登极，会不会不和我等计较？”

“知子莫若父，爷都说他会计较。”韦兴道。

“宫里会不会有人出面阻止？”梁芳问。

“至少，贵妃娘娘会吧。”韦兴道。

“她能否阻止？”梁芳问。

“难说。”韦兴道。

“内外臣僚会不会有人出面阻止？”梁芳问。

“谁还没几个仗义的朋友？或许有人会吧。”韦兴道。

“他等能否阻止，也难说吗？”梁芳问。

“这却不难说。”韦兴道，“除非阁老或吏部天官肯出面，其他官员出面，我看不起多大作用。”

“此法也不成，彼法也不成，我看，只有一个法子。”梁芳说。

“梁哥，是什么法子？”韦兴问。

“反正不用韦哥做什么，韦哥还是不知道的好。”梁芳不肯说。

“不用我做什么，梁哥一人做得成？”韦兴问。

“也不用我做什么。”梁芳说。

“你也不做什么，我也不做什么，难道坐以待毙不成？”韦兴道。

“事情自有人来做，咱得去搬救兵。”梁芳说。

“谁是救兵，我也是不知道的好吗？”韦兴问。

“这却可以让韦哥知道，”梁芳说着，问道，“韦哥，你说说看，最怕太子，又最恨太子的，是谁？”

“他要与我等计较，自是我等。”韦兴说。

“不对，”梁芳摇头否定，“最怕的或是我等，最恨的却不是我等。”

“那是——”韦兴脑筋一转，得出结论，“是贵妃娘娘。”

“故而，救得我等的，只有昭德宫；她救我等，亦是自救。”梁芳说。

第一百五十八章

陈献章始终不赴吏部试，并不断地疏乞终养，直到朝廷上下对他都没兴趣，皇帝也对他没兴趣，才授他翰林院检讨，放他南归。

他是在朱英、彭韶等地方大员的敦促下离乡赴京的，沿途驿递备车备马，走得很急。而回归途中，他一身轻松。有可访之人，停留一两日；有可观之景，停留一两日。所以，去年秋、冬之际离京，今年深秋才走到邻近广东的江西南安府。

住进馆驿，他差人送一张名刺去府衙。名刺如何书写，例如要不要写新除翰林院检讨，他踌躇良久。最后写成两行：第一行小体字，写的是“白沙陈献章”；第二行大体字，写的是“求谒太守”。不多时，去者带来了回笺。回笺模仿他名刺的写法：第一行小体字，写的是“东海张汝弼”；第二行大体字，写的是“恭迎大驾”。

张弼字汝弼，自号东海，松江华亭人，成化二年进士。

即便接到回笺，要不要去府衙和知府张弼相见，陈献章仍在犹豫。一来，他和张弼并无特别的交情，当年游学京师时，张弼在朝中为官，他没特别拜访过；二来，他二人的名气都很大，但他以道学名，张弼以文学名，是否应该“道不同不相为谋”？

陈献章最终还是去到府衙。投刺是出于礼节：途径南安，不能不和南安守打个招呼。招呼打过，按说，张弼应该来馆驿拜访。他没提，是他礼节有亏；但他请你去相见，你不去，前者投刺岂不显得虚伪？

等和张弼相见，通过几句简单的对话，陈献章才明白，张弼应拜访他，而没有拜访，是事出有因。

“晚生闻得，白沙先生曾从赣省一代宗师康斋先生游学，不知实否？”张弼问。康斋是江西大儒吴与弼的别号。

“确有其事。”陈献章应道。

“有一事，白沙先生可谓秉承令师志。”张弼说。

“汝弼先生所言何事？”陈献章问。

“皆以朝廷征辟，不得不赴；然授官之后，皆坚请辞官。我记得，康斋先生任职仅二月，白沙先生任职恐怕连两个月也不到。”张弼说。

“不到两月，也差不了两天。”陈献章道。

“然有一事，白沙先生与令师又有不同。”张弼说。

“却是何事？”陈献章问。

“康斋先生授的是宫僚，侍太子读书，是个虚职；白沙先生授的是翰林院检讨，是个实职。”张弼说。

“吴先生授左谕德，不能说是虚职；谕德与检讨，均为文学之臣，也不能说有多少不同。”陈献章说。

“晚生的意思是，康斋先生征辟到京，赋诗明志，故仅授宫僚，不得授翰林官；而白沙先生赋诗，似有求官之意。”张弼率直地说。

同样是坚请辞官，不但不盛赞其气节，不盛赞其清高，反而说其求官，陈献章煞是气恼。但他沉住气，问道：“何以见得？”

“白沙先生为权宦赋十绝句，不为求官，难道还为别的？”张弼道。

“首先，汝弼先生说我为权宦赋诗，错！”陈献章指出，“其人讨诗，回绝不得，我录首旧诗与他，并非为他而赋。”

“此事可以说是误传，还有其次吗？”张弼问。

“该诗为长篇，非绝句；一定要断成绝句，也是六绝句，而非十绝句。”陈献章说。

“然赠诗之举总是有的吧？”张弼说。

“这我不想否认；但要说赠诗为的求官，我也不能苟同。”陈献章道，“我想说的是，我与吴先生确有所不同。吴先生以布衣为石亨所荐，不受职而求观秘书，意在开悟主上。无奈执政者不悟，必令先生受职而后观书。此殊非先生本意，故先生决意辞去。我乃听选国子生，不敢伪辞以钓虚誉。我请辞官，一为身体有病，二为供养慈母，不敢与吴先生的高风亮节并论。”

张弼是率性之人，对人不满，非说出来不可；既知说错，不会文过饰非。陈献章说得坦率，倒让他有些难为情。

“是我错怪白沙先生，我认罪，请白沙先生饮酒。”他说。

“言重，言重，汝弼先生直言指斥，正可见没把我当外人，何罪之有！不过，汝弼先生一壶酒是不可少的，你是主人嘛。”陈献章道。

酒、菜在后衙摆好，二人分宾主就座。

“饮酒不可无名目，今日之酒，晚生欲名之曰‘迎归’，白沙先生看使得使不得？”张弼问。

“好名目。”陈献章道。

“归于何处呢？归于阳春台。白沙先生不妨把鄙室当成阳春台，把当年在阳春台闭门思读的心得略述一二，晚生听得兴高采烈，自当向先生敬酒。白沙先生看，这个酒令使得使不得？”张弼想个饮酒的章程。

“不可。”陈献章不同意。

“那请白沙先生出个酒令。”张弼道。

“客随主便，不如吟诗。”陈献章说。

“吟诗？”张弼再也想不到，他会提出这个倡议。

“是啊！”陈献章点点头，问，“汝弼先生在朝时，与翰苑李宾之先生交情颇深吧？”

“交情颇深四字，不足以言之，请易四字。”张弼说。

“哪四字？”陈献章问。

“惺惺相惜。”张弼道。

“既如此，他为何说汝弼先生欺人？”陈献章问。

“他说我欺人？不会吧！”张弼不信有这话。

“那么，是谬传？以这话传我者，可是言之凿凿呀！”陈献章道。

“他究竟怎说的？”张弼问。

“他说，英雄欺人每如此，不足信也。”陈献章道。

“白沙先生原来指此。”张弼不由失笑，笑声中包含着自信自得，也包含着对友人的怀念。

“看来是有这话？”陈献章问。

“有。”张弼应道，“我曾自我评价，说：吾平生，书不如诗，诗不如文。不知宾之先生怎听到，对我说：英雄欺人每如此，不足信也。此乃戏言，他并非真以为我欺人。”

“哎呀，幸亏我说的以诗为酒令，我若提出以文为酒令，汝弼先生更要以为我不自量力。”陈献章道。

张弼听出他在开玩笑，报以一笑。

“白沙先生欲以诗为酒令，可有限制？”他问。

“是诗即可，何必许多限制。”陈献章说。

“好，晚生奉陪，请白沙先生出题。”张弼道。

“既不要许多限制，何必出题。”陈献章说。

“白沙先生是说，可随意吟之？”张弼问。

“酒席之上，怎可随意吟之。”陈献章又说。

“既无题目，又非随意，这诗我可真的不知该怎吟！”张弼道。

“我行的吟诗的酒令，不同于其他。”陈献章说，“我吟汝弼先生的诗。吟对，汝弼先生饮；吟错，我饮。汝弼先生吟我的诗。吟对，我饮；吟错，汝弼先生饮。”

这么一位以道学闻名的老先生，会想出这么一个说俏皮不俏皮、说刁钻不刁钻的行酒法子，让张弼大感意外。他问：“晚生的诗，白沙先生也曾读过？”

“只怕老朽的诗，汝弼先生不曾读过。”陈献章道。

“读过，读过，我这就为白沙先生吟之。”张弼说着，忽然又想到个问题，“白沙先生，是吟一诗饮一盅，还是吟一字饮一盅？”

“一诗过宽，一字过苛，一句饮一盅吧。”陈献章说。

“好，白沙先生听。”张弼吟道，“仲尼不做周公梦。”等陈献章饮酒一盅，他再吟后面一句，“天下共嗟吾道衰。”

这是陈献章的七绝诗《枕上》，后两句是：总为乾坤元气薄，圣人诚处众人知。

“与弼先生担心我一次饮多？”张弼不吟后两句，所以陈献章要问。

“是。”张弼应道。

“我也使汝弼先生先浅尝。”陈献章说着，吟两句，“东家女儿发委地，日日高楼理高髻。”

这是张弼广为传吟的一首诗，名曰《假髻篇》。全诗如下：

东家女儿发委地，日日高楼理高髻。西家女儿发垂肩，买妆假髻亦峩然。金钗宝钿围珠翠，眼底谁能辨真伪。夭桃高下来春风，假髻美人先入宫。

此篇以假髻讽当朝大臣无德无才，再明显不过。张弼也因此而遭忌恨，以兵部员外郎外放南安知府。

陈献章的四句诗，张弼吟两句，张弼的八句诗，陈献章也只吟两句，这使得张弼略感怅然。他说：“白沙先生不借此篇使我多饮几种，恐怕会后悔。”

“不会，使汝弼先生多饮几盅，不乏佳句。”陈献章说。

言外之意，张弼的诗还有许多让他欣赏的。张弼转为欢欣。

“白沙先生有《示儿》三绝句吧，我吟其一。”他说着，吟道，“门前宾客偶相投，忽忽浮生五十优。君贵我贫俱是分，敢将丘壑傲王侯。”

这是三首绝句的第二首。前一首是：

张公九世尚同居，忍字专书一百余。
受唾由来称长者，而今市辈却嗤予。

后一首是：

圣心太极一明蟾，影落千江个个圆。
五十年来如梦觉，临歧更出示儿篇。

陈献章连饮四盅，吟道：“过岭囊箱下濑船，丁夫昼夜少安眠。薄田荡尽犹输税，恶客时来横索钱。”

王敬偕王臣等外出采药合丹，曾途经南安往广东，张弼赋七律一首纪其事。后四句是：

穷发东南皆赤子，举头西北是青天。
不才无计甦民困，食禄乘轩自赧然。

陈献章的十二句诗，张弼吟四句，张弼的八句诗，陈献章也吟四句，当然没什么可挑剔的。

“此诗没写多久，白沙先生也读过？”张弼问。

“途中听人吟之，道是张东海新作，遂勉力记住。”陈献章说。

“惭愧，即兴之作，有渎清听。”张弼道。

“不然，汝弼先生心系赤子，寄望青天；青天果然被汝弼先生一片赤诚所感动。”陈献章说。

“多谢白沙先生称许、激励。”张弼一揖，准备让陈献章痛饮一回，“两盅、四盅，不过小试牛刀，白沙先生可耐得长饮？”

“既出酒令，必当遵行。”陈献章道。

“无我无人无古今。”张弼吟一句，睃陈献章一眼，看他反应如何。见陈献章沉稳地饮一盅，他便一句一句把两首《示诸生》吟下去，每两句之间留下的空隙，刚好让陈献章饮酒。

诗曰：

无我无人无古今，天机何处不堪寻。风霆示教皆吾性，汗马收功正此心。水火鼎中非玉液，鸳鸯谱里失金针。道人欲向诸君说，只恐诸君信未深。浮生扰扰白头新，又见人间一度春。尔辈何时宜发愤，若闻夜雨欲伤神。此身天地逢人少，落日江门叫鹤频。为报杨朱莫相笑，孟轲不是偏心人。

陈献章一连饮十六盅酒，不觉飘飘然。他说："若不使与弼先生饮个等量，算我对主人不敬。"

"言重，白沙先生无论吟几多句，我都饮十六盅。"张弼说。

"恐怕还不止十六盅呢。"陈献章说着，吟道，"东海先生归也，南安太守新除。"

张弼有话要说，但忍住，且饮两盅。陈献章背诵的，是他才到南安时，有感而发，写的一首长短句。

陈献章接着吟下去。全篇曰：

东海先生归也，南安太守新除。一挑行李两船书，被人笑道痴愚。书也书，寒不堪衣，饥不堪煮，收拾许多何用处？况而今白发苍天，坐黄堂之署，乘及马之车。那得士夫再看渠，又将载到南安去！古人糟粕，谁味真腴。妄说道黄卷中时，与圣贤相对语。

吟到"书也书"时，张弼说："白沙先生吟前两句时，我就要理论：前者皆七字饮一盅，此回却让我六字饮一盅，有欠公允。"

"为何不理论？"陈献章问。

"我想看看，吟到此处，白沙先生有什么说法，难道三字也让我饮一盅，四字也让我饮一盅？"张弼道。

"定的是一句一饮，又不是七字一饮。"陈献章说。

张弼没理由驳他，只得三字饮一盅，四字饮一盅，后面还有五字饮一盅，最后计数时，共是十七盅，比陈献章还多饮一盅。

这次饮罢，二人都已尽兴。

第一百五十九章

河间府献县距京城四百多里，说它是天子脚下，似乎稍远，但它确实是锦衣卫官校经常出入的地方。加之盛夏季节，城里的居民无心看热闹，所以，一名锦衣卫指挥率数名校尉进城，没引起多少关注。

锦衣卫指挥不得不让校尉们找个居民来问路。

“城里是不是有个陈府？”锦衣卫指挥问。

“城里有好几个陈府，不知将爷要找哪一个？”献县居民说。

“就是在朝廷汝过大官的陈老爷的府第。”锦衣卫指挥道。

“几个陈府的主人，都是在朝廷汝过大官的。”献县居民说。

“我说的大官，并非一般的大官。”锦衣卫指挥道。

“我说的大官，也不是一般的大官，将爷听听他府第的名称便知。”献县居民说。

“是些什么名称？”锦衣卫指挥问。

“譬如廷尉第。”献县居民说。

“廷尉？朝廷哪有这等官职！”锦衣卫指挥道。

“可不是，朝廷哪有这等官职！”校尉们跟着起哄。

“大人，廷尉是古称，相当于今日都御史。”一名较有见识的校尉说。

锦衣卫指挥瞪他一眼，没说话。他等着献县居民接着再说，可献县居民也不说话。他又瞪献县居民一眼。

“不是有好几个陈府吗，你怎的不再说！”他斥道。

“将爷说朝廷没有这等官职，军爷也说朝廷没有这等官职，让我还说什么！”献县居民道。

“他说相当于今日某职，你就没听见？”锦衣卫指挥手指较有见识的校尉说，他把马鞭一扬，命道，“接着说！”

献县居民怕挨打，接着说：“还有个司马第。”

“司马？”锦衣卫指挥琢磨着。

较有见识的校尉生怕他又出丑，抢着说：“司马即今日兵部尚书。”

“胡说！”锦衣卫指挥斥道，“你以为我不知，司马为姓氏，大司马才相当于今日兵部尚书。”

“将爷说的是，有个大字，被我省去。”献县居民说。

“你看！”锦衣卫指挥的话被验证，大为高兴，掰着手指说，“有个廷尉第，是汝过都御史的大官的府第；有个大司马第，是汝过兵部尚书的大官的府第。”再问，“此外还有没有？”

“还有个司徒第。”献县居民说。

“大司徒第！”锦衣卫指挥纠正他。

“本城人习惯，都不加那个大字；但大家心里都明白，是大司徒第，即户部尚书第，不是姓司徒的人家。”献县县居民说。

“三个陈府，够得上好几个。”锦衣卫指挥认可献县居民的说法，同时又产生疑惑，“朝廷上会有那么多姓陈的公卿？”

“大人，有几位爵爷姓陈。”一名校尉提醒他。

“咱说科第出身的公卿，又不说军功出身的公卿！”锦衣卫指挥道。

“卑职敢说，内阁老先生，六部尚书，掌院都御史，除咱要找的那人，再没有一个姓陈的。”一校尉说。

“大人，南京的尚书算不算？”另一校尉问。

“你不妨算上，有吗？”锦衣卫指挥问。

“也没有。”该校尉好像是开个玩笑。

“不对，南京兵部尚书姓陈。”另一校尉反驳道。

“你怎知南京兵部尚书姓陈？”前一校尉不肯承认自己出错。

“那年京师大饥，朝廷发太仓粮，每石以六钱平粜，有钱人家趁机大量购入。这位陈大人时任户部侍郎，奏请朝廷，仅以斗、升售之，过石者不予，饥民因而获济。我家时亦断炊，若非陈大人举措，难以支撑过来，所以全家人都关注陈大人进退。他由户部侍郎而改吏部侍郎，又吏部侍郎升南京户部尚书，今则改南京兵部尚书。”后一校尉道。

他说得头头是道，锦衣卫指挥和校尉们都不再怀疑。

“这位陈大人籍贯可是献县？”锦衣卫指挥问。

“这个，卑职说不好。”后一校尉说。

“据卑职所知，他是福建人。”较有见识的校尉又表现出他比别人有见识。他们说的陈大人，名俊，是福建莆田人。

“那么，此间大司马第应该不是他的府第。”锦衣卫指挥使道。

“肯定不是。”较有见识的校尉说。

“你等想想，朝廷还有没有其他姓陈的公卿？”锦衣卫指挥吩咐。

“大人，朝廷或南京的侍郎算不算？”一校尉问。

“你不妨算上，有吗？”锦衣卫指挥问。

“也没有。”该校为挠着后脑勺说。

“不对，刑部侍郎有位陈俨陈大人。”另一校尉反驳。

“你才不对得厉害呢！”前一校尉又反驳，“两年前，朝廷是要起用这位陈大人为刑侍，但他没等到任就病故。”

“就算他没死，他的府第既不能称司马第，也不能称司徒第，而应称司寇第。”第三个校尉说。

“而且，少司寇第的少，是不能省去的。”第四个校尉说。

他们说得热热闹闹，锦衣卫指挥并不打断；等他们停下来，他才问：“他是哪里人？”并指定要较有见识的校尉回答，“你说！”

“卑职不知。”较有见识的校尉道。

“这位陈大人可是你县人？”锦衣卫指挥把较有见识的校尉问倒，心里高兴，又转过去问献县居民。

“本县并无此人。”献县居民说。

“你告诉我，你县廷尉第归于何人？”锦衣卫指挥问。

“我才不说，是陈府。”献县居民说。

“我问的是他的名字。”锦衣卫指挥道。

“本县无人敢直呼其名。”献县居民说。

“哼，京城无人敢不听从我吩咐！”锦衣卫指挥道。

“京城无人敢不听将爷吩咐，献县更无人敢不听将爷吩咐。”献县居民说。

“你知道就好！”锦衣卫指挥道。

“可献县人的确无人敢直呼其名，这可真让人为难。”献县居民叫苦。

“我教你个法子。”较有见识的校尉招招手，让献县居民把耳朵贴过来，“你悄声告诉我，便不是直呼。”

献县居民想不出别的法子，只有点头同意。

“廷尉第主人是谁？”较有见识的校尉问。

献县居民悄悄对他说个名字。

“大人，是咱要找的人。”较有见识的人禀报之后，问，“司马第呢？”

献县居民又悄悄对他说个名字。

“也是咱要找的人。”较有见识的人已猜到另一个陈府的主人，他问，“司徒第也是他的吧？”

献县居民对他点点头，他对锦衣卫指挥点点头。

锦衣卫指挥心里有气，喝道：“你不是说有好几个陈府吗？”

“我只说有好几个陈府，又没说有好几个陈老爷。”献县居民道。

锦衣卫指挥一想，的确是他自己失算。他要是问城里是不是有个陈老爷，不，最好直接问有没有个陈钺，不，最好问陈钺家在何处，哪至于耽搁这么多工夫，说上这么多废话！

他当然不会承认这一点，只见他脸一沉，对献县居民喝道：“休得啰唆，前边带路，去陈府！”

“哪个陈府，乞将爷明示。”献县居民道。

“陈老爷在哪个陈府，就去哪个陈府！”锦衣卫指挥道。

“我怎知他在哪个陈府！”献县居民道。

“那就一个陈府一个陈府去找！”锦衣卫指挥说。

他等一行，把陈钺的几处宅院闹得鸡飞狗跳，然后捆起陈钺和他的几个儿子，回京复命。

指挥同知王某，一名职位虽不是最高，但资历很深、很受信用的锦衣卫官员，受掌卫都督的委托，邀东厂一名和他的情况差不多并与他交好的姓张的太监饮酒。厂、卫常被人们合在一起称呼，可见职事上有许多交叉的地方，这样的交往不会太引人注意。

酒过三巡，王同知说：“有件功劳，想送给张哥，张哥要不要？”

“你又请我喝酒，又送功劳与我，好处不让我一人占尽？”张太监道。

“你我兄弟之间，不分彼此。”王同知说。

“不对，”张太监仍觉得有问题，“酒你可以平白无故地找我来喝，功劳你不会平白无故地送与我。”

“张哥既然看得透彻，我就直说，”王同知道，“我手里有桩案子，棘手得很，想请张哥代我审理。”

“老王，你先说明白，是你的案子，还是镇抚司的案子？”张太监问。

“是镇抚司的案子。”王同知说。

“我审就行，还是得东厂来审？”张太监又问。

“恐怕得东厂来审。”王同知说。

“好，你说！”张太监道。

“前都堂现在锦衣卫狱中，张哥知道吧？”王同知问。

“招摇过市，有谁不知！”张太监道。

“前大司马现在锦衣卫狱中，张哥知道吧？”王同知问，见张太监发愣，他又问，“前大司徒现在锦衣卫狱，张哥知道吧？”

“不都是一人，何须问三次？”张太监好不奇怪。

“锦衣卫差人去献县逮拿时，献县人都这么说；把人拿回来，我锦衣卫也都学着这么说。”王同知道。

“锦衣卫不是奉旨拿人的吗，有什么棘手？”张太监问。

“拿人并不棘手。”王同知说。

“那是鞫讯棘手？”张太监又问。

“鞫讯也不棘手，这位陈都堂、陈尚书事做得痛快，话也说得痛快，大有一副好汉做事好汉当的架势。”王同知说。

“老王，你等以何事问他？”张太监问。

“皇上命锦衣卫逮拿他，有两件事：一是侵盗边库银两达数十万，一是私匿俘虏女子多人。我等问他，也是这两件事。”王同知说。

“侵盗边库银两，他可承认？”张太监问。

“承认。”王同知应道。

“有数十万两之多，他也承认？”张太监问。

“也承认。”王同知应道。

“私匿俘虏女子，他可承认？”张太监问。

“承认。”王同知应道。

“私匿多人，他也承认？”张太监问。

“也承认。”王同知应道。

“逮拿也不棘手，鞫讯也不棘手，你为何要把功劳送与我？或者，我应该问，锦衣卫为何要把功劳送与东厂？”张太监问。

“陈都堂、陈尚书还有话呢。”王同知说。

“他还有什么话？”张太监问。

“他说，侵盗边库银两数十万，不假，可入他私囊的，不过数万；私匿俘虏女子多人，不假，可入他私房的，不过二人。”王同知说。

“数十万银两，他仅得数万，其他银两呢？”张太监问。

“分送于各家。”王同知道。

“所谓各家，都是谁人？”张太监问。

“他说，眼下他不想说出来。但他有一本账，到不得不说时，他才会说。”王同知道。

“俘虏女子多人，他仅纳二人，其他女子呢？”张太监问。

“分纳于各家。”王同知道。

“受其赃银之家，大概也是纳其女子之家吧？”张太监不难猜出。

“诚如张哥所料。”王同知道，“他说，各家有仅受赃银者，有仅纳女子者，也有既受赃银、又纳女子者。”

“不用说，仅受赃银者，是一等人家；仅纳女子者，是一等人家；既受赃银、又纳女子者，是一等人家。”张太监又猜出。

“诚如张哥所料，”王同知道，“既受赃银、又纳女子者，是最上等的人家。”

“是不是这些人家没有愿意陈都堂、陈尚书把他们的名字说出来的，因此都要来为他讲情？这哪里是把功劳送给我，分明是把麻烦送给我！”张太监说罢，又问一句，“老王，是不是？”

“哪桩功劳不是由麻烦而来？”王同知不正面回答。

“这话也对！”张太监认同，“把麻烦和功劳一起送给我，正可见老王对我的厚爱。”

“张哥答应接手？”王同知又惊又喜。

“要在往日，我一定慨然允诺，今日却不敢轻允。”张太监说。

“这是为何？”王同知问。

“我来问你，”张太监反过来问他，“侵盗边库银两，可算大逆？”

“似乎还算不上。”王同知说。

“私匿俘虏女子，可算大逆？”张太监问。

“更算不上。”王同知说。

“我家厂督传话：非大逆勿预。我欲接陈都堂、陈尚书之狱，一定会被厂督驳回。”张太监道，他给王同知出主意，“不如你等简单讯问讯问，把麻烦和功劳一起转送法司。”

“多谢张哥指点！”王同知揖道。

过问和干预陈钺一案的大臣果然不少，此案最终不了了之。陈钺仍为民，放归。

第一百六十章

出安陆城西门，走不多远，就到汉水之滨。王越找个河汊，在水边扔个蒲团，支上鱼竿到水里，钓起鱼来。他发觉身后有人，而且不是寻常之人，因为身后这人的后面跟着好几个人，显然是听此人的号令，驻足于较远的地方。王越沉得住气，并不回过头看。

“世昌先生欲效姜子牙乎？”身后的人道。

“德良先生欲将汉水作渭水乎？”王越道。

身后之人不觉一呆，问：“世昌先生怎知是我？”

“不主政一方，怎问得出这等话！”王越缓缓说罢，才站起来，回过身去，与身后之人相见。

他身后站立之人，正是马德良！马德良名驯，福建长汀人，正统十年进士，以右副都御史巡抚湖广。

“德良先生巡视至此，与戴罪之臣不期而遇；戴罪之臣不曾恭迎，应罪加一等。”王越说。

“言重，”马驯道，“我并非巡视至此，是微服私访至此。”

“德良先生私访何事？”王越问。

“非为一事，乃为一人。”马驯说。

“德良先生私访何人？”王越问。

“正要私访于汉水之滨垂钓之人。”马驯说。

“访戴罪之臣，不知有何见教？”王越问。

“有一事相告。”马驯说着，问道，“世昌先生可知，去冬今春，大同官军败于虏贼？”

王越堵住耳朵，问：“此朝中大事，可是圣上使德良先生告与我知？”

马驯张嘴说话，但王越听不见；于是，他又摇头。

“此军中大事，可是兵部使德良先生告与我知？”王越问。

马驯仍然摇头。

“既如此，戴罪之臣不敢闻也。”王越把意思表达清楚，才把手放下，他问，“不知传述之人为谁？”

“是世昌先生的熟人，前大同巡抚郭子声先生。”马驯道。

郭镗字子声，山东恩县人，成化二年进士。

“前巡抚？他已被免职？”王越问。

“岂止免职，险些连命都丢掉。”马驯说。

“这么说，命已保住？”王越问。

“是。”马驯应道，“郭都堂降射洪知县，许总兵降带俸指挥。”

“若仅是兵败，都堂降知县，总兵降指挥，尚属正常。德良先生既说险些把命丢掉，恐怕不只是兵败吧？”王越分析。

“真是什么都瞒不过世昌先生。”马驯道，“不仅兵败，还隐瞒不报，故二人俱下锦衣卫狱。”顿了顿，又说，“不过，子声先生是代人受过。”

“或者说受人牵累更恰当。”王越已听明白。

“世昌先生说的是。”马驯应道，“牵累他的，正是许总兵。大同兵败，许总兵不仅瞒朝廷，连他也一起瞒。”

“罪有应得也罢，受人牵累也罢，事已至此，子声先生为何要告与我知？”王越问。

“他只一句话：悔不以世昌先生之言为意。”马驯说罢，问道，“世昌先生当初对他说过什么话，让他懊悔不已？”

“我对他说过什么？”王越不知是记不起来，还是不愿说。

“不到一年工夫，世昌先生不至于忘得干干净净吧？”马驯将他的军。

“你知道，我为大同总兵时，汪公总督宣、大。边镇有事，都是汪公拿主意。汪公遇事，多与我议，很少找子声先生。我当然没事后向子声先生转达的道理，因此，我与子声先生议事的机会也很少。”王越说。

“那么，定是世昌先生改镇延绥时，对子声先生说过什么。”马驯道。

他定要问出个所以，想一想，也不难理解。不是被吸引，他没必要把郭镗的托付当回事，来私访一名戴罪之臣。而这件事唯一可以吸引他的，正是王越预见到大同今日的局面。

“朝廷命我改镇延绥，而以许宁调任大同，子声先生设宴为我饯行，我感其盛意，似乎对他品评过许宁的长处和短处。”王越道。

“世昌先生如何品评的？”马驯问。

“我说，许宁有两个长处：其一，久经沙场，其二，善于抚下；有一个短处：缺乏统驭之才。为将，则长处重于短处；为帅，则短处重于长处。朝廷用之为帅，必偾事。”王越简述道。

“子声先生悔之不已，是为不曾留意许总兵缺乏统驭之才？”马驯问。

“想必是的。”王越应道。

“多谢相告。”马驯边说，边揖了揖。但一惑已解，又生一惑，他说，“此事可见世昌先生鉴人之精，在他人，或津津乐道，世昌先生却似乎难于启齿。”

“不是似乎难于启齿，是确实难于启齿。”王越说。

“是何缘故？”马驯问。

“德良先生称我鉴人之精，然许宁实我在多年前拔于众将之中。他偾朝廷之事，我不能不愧疚。”王越道。

郭镗以敬佩的口吻发的感慨，马驯以敬佩的口吻传的口信，并没带给王越满足和欢悦。甚至在地方官员的帮助下，他度地而建的小亭落成，也没带给他多少满足和欢悦。

一年前，由他而得官、为他而弃官的老军，伴随他流放到安陆，现在已病重不治。老军的情义让他感动，在将近一年的日子里，老军以精心的照顾、质朴的语言，带给他许多的安慰。

老军临终前，王越询问他，要不要归葬西北。对一个戴罪之臣来说，运送尸骨到数千里之外，绝对不是件容易的事。但王越下定决心，只要老军点头，无论多难，他都要办好这件事。

老军善解人意，对他说，死后之身，不愿再长途跋涉，就地埋葬即可。

王越略懂风水，在小亭旁择地安葬老军。尽管他知道，老军已无后人，风水再好，也没什么实际意义。

他动过为老军写一篇传记或者写一篇墓志铭的念头。但真的开始打腹稿时，却发现对老军了解得太少。

在大军奔袭红盐池的那个夜晚，他兴之所至，授以老军官职。从那以后，他再也没关心，再也没过问，渐渐淡忘有这样一个激励过他又受惠于他的人。

在老军随他流放以来，有很多时间，很多机会，询问老军本人和他家人的情况。而王越沉浸于自己的不幸遭遇，一句话也不曾问过。

现在要为老军写篇文字，却怎么去写！

好在王越豁达，做不到的事情，就不多想。

不想，却不是不写。

不能写老军的传记，不能写老军的墓志铭，还不能写点儿其他的东西？不能直接表达对老军的悼念，还不能表达表达自己的心情？把一年来沉浸于自己的不幸遭遇的心情写出来，或许也能表达出对老军的悼念。

他说不清楚自己现在是什么样的心情。

是悲，是哀？

是怨，是恨？

是忧，是愁？

是思，是念？

似乎都有一点儿，似乎又都不明显。

如果把这些复杂的心情集中在一个字上，这个字应该是什么呢？他忽然想到一个字：爱。

爱能否涵括各种各样的心情？不能。

但爱能生悲哀，能生怨恨，能生忧愁，也能生思念，既如此，何不用这个字把各种各样的心情引发出来呢？

拿爱字和什么搭配起来，最易于表达自己的心情呢？

他在读过的诗词歌赋里搜索着。他记起，西杨先生杨士奇曾赋词，以四季表达自己思乡的心情，题目是《归田趣四时满江红词四首》，小题目分别是《春牧》《夏耘》《秋渔》《冬樵》。

这不是一个可以借用的格式吗？他不必把题目定为《归田趣四时词》，而可以简单地名之曰《四时吟》；他不必写成《满江红》的格律，而可以写成轻巧、容易上口的长短句。

现在正好是秋季，秋季最容易生出怨恨的心情；而王越内心的怨恨呼之即出。他写道：

我爱秋，秋思苦。黄菊忆陶潜，征鸿怨苏武。黄叶落将来，无风花自舞。匆匆社燕报归期，旧巢留着明年补。

忆陶潜，是个铺垫；怨苏武，才是这一段的主题。征鸿怎么会怨苏武呢，应该是苏武自艾自怨。苏武是被异族流放的，王越是被朝廷流放的，景况不同，心情却是相通的。

冬季不一定生出悲哀；而王越在安陆度过的第一个冬季，也是他作为戴罪之臣所经历的第一个冬季，所以他饱含着悲哀。他写道：

我爱冬，冬日闲。烹茶融雪水，倚杖探冰山。莫唱《塞上曲》，将军夜度关。若个渔翁堪入画，一蓑披得冬云还。

在疆场拼杀多年，“将军夜度关”的豪情还是有的。正因为残留着“将军夜入关”的豪情，而现在已成身披蓑衣的老翁，管他是渔翁，是樵翁，是农夫，是老兵，所以尤感悲哀。

春季本来应该带来希望的；而今年的春季并没带给他任何的希望。朝廷没有再加重汪直的罪罚，也没有再起用汪直之意；同样，朝廷没有再加重他的罪罚，也没有再起用他之意。在应该充满希望的季节却没有希望，不知会平添多少忧愁！他写道：

我爱春，春意好。山水吐晴烟，墙头戴芳草。黄鹂骂杏花，惹得游蜂恼。海棠零落牡丹愁，只是韶光容易老。

他用“春意好”表达他曾有过的希望。黄鹂骂，游蜂恼，他是以局外人的身份描述朝中的争斗，还是描述人事的纠纷？或者都不是。他能感到的，只是自家的零落和忧愁。在这一段，他用词似乎最不经意，最口语化；但他觉得，这也最能表达他心情的复杂和曲折。

大江以南，夏日苦长。在经历希望和失望之后，他的心情应该平静一些。以平静的心情度日，会有许多在其他心情下不会有的回忆和思念、总结和感悟。他思念的是什么呢，感悟的是什么呢？许多的思念和感悟能不能用短短的几句话表达出来？他写道：

我爱夏，夏日长。玉战棋声碎，罗翻扇清凉。南薰买奇货，添得芰荷香。蝉在绿槐深处闹，也须回首顾螳螂。

玉战棋声碎，应该是他对征战生涯的回忆和思念；罗翻扇影凉，应该是他对在朝为官的回忆和思念。他不用“玉棋战声碎”，而用“玉战棋声碎”，不用“罗扇翻影凉”，而用“罗翻扇影凉”，都是为了增加一些动感。他的得意之笔，不在于这些小小的变动，而是结尾的一句：蝉在绿槐深处闹，也须回首顾螳螂。他在警告那些加害于他的大臣们，不要以为绿槐深处安全，还有人在准备对他们下手呢。

在四段长短句都打好腹稿后，他按照通常的习惯，以春、夏、秋、冬的顺序录下。

在写完“一蓑披得冻云还”的“还”字后，他觉得意犹未尽，又写下几乎和前面四段词同样篇幅的后赋。其辞曰：

美哉四时之景也，吾何可以不了乎！朝五斗，暮百壶，醉而醒，醒又沽。旁人道我好饮酒，若我岂是真酒徒！我也不荷刘伶锸，我也不挑黄公垆。我也不是奇男子，我也不是贱丈夫。用则兼善于天下，舍则困守于穷庐。圣贤之训乃如此，不义富贵安足图。偶然吟罢发长叹，明月满堂清兴孤。

他让人把诗大字书写在亭中，自己又去汉水之滨的河汉里钓鱼。

第一百六十一章

余子俊还朝后，掌户部不过半载，又加副都御史衔，出督宣、大军务。他巡抚延绥时，请到的几位得力幕僚，离任时留给后任巡抚。在京中任职，衙门里各类师爷都有，是不用私人招请幕僚的，所以，他没怎么想过这几位幕僚。这次出督宣、大军务，巡视数月之后，他觉着，姓孙的、姓吴的两位幕僚可能会有大用，便盛情相邀。对两位幕僚来说，他是故主，而且相处得也不错，当然欣然从命。

相见时，姓孙的幕僚一揖到底，道："与大司徒睽违多年，晚生好不怀念！"

"孙先生，还是用旧日称呼吧。"余子俊说。

姓孙的幕僚以为，余子俊让他仍称都堂，辩道："一则户部尚书衔，一则副都御史衔，自当从其尊；况且，户部尚书一职，尚未委以新人。"

余子俊笑笑，没说什么。

"孙兄，士英先生是让我等仍称士英先生。"姓吴的幕僚说。

这样的称呼不仅适合于文人间，而且显示出亲近。

"谨遵台命！"姓孙的幕僚应道，并问，"士英先生有没发觉，几年不见，吴兄愈发聪明？"

"我倒觉得孙先生更加憨厚。"余子俊说着，问姓吴的幕僚，"吴先生愈发聪明，一定能料到我请二位来的用意吧？"

姓孙的幕僚说姓吴的幕僚愈发聪明时，余子俊不置可否，一言带过；接着，又出个题目。这分明在考较姓吴的幕僚是不是愈发聪明。姓吴的幕僚平常不在乎会不会被考倒，这次却不能不认真应对。

"晚生想，是为战车吧。"姓吴的幕僚说。

余子俊不由多看他两眼，看得他既有几分惶惑，又有几分得意。

"真不枉朝夕相处，孙先生对吴先生知之深也。"余子俊先称赞姓孙的幕僚，又问姓吴的幕僚，"吴先生怎料到的？"

"当年士英先生在延绥时，与我二人议战车之用最多，称我二人颇有心得；今次又单命我二人前来，故晚生想，必是此事。”姓吴的幕僚说。

“不错，”余子俊连连点头，“我遍阅宣、大一线，平整空旷，最宜用车战，故请二位来，帮我筹措此事。”

“愿听士英先生差遣。”二幕僚应道。

“孙先生，你善绘制，我想请你留在此处绘图。”余子俊说。

“战车图式吗？这不在话下。”姓孙的幕僚道，“当年所议，已在我脑际生根，随时可以绘出。”

“不仅是战车。”余子俊说。

“还要绘何物？”姓孙的幕僚问。

“孙先生还记得，我等议战车之用时，还议过鹿角？”余子俊问。

“鹿角为砦，填战车之空，晚生记得。”姓孙的幕僚说。

“孙先生绘得出鹿角图式否？”余子俊问。

“绘鹿角图式，不比绘战车图式难。”姓孙的幕僚说。

“我等又议过桩绳之用。”余子俊道。

“桩绳联络，浑然一体，晚生记得。”姓孙的幕僚说。

“孙先生绘得出桩绳图式否？”余子俊问。

“绘是绘得出，恐怕不中看。”姓孙的幕僚说。

“不求好看，但尺寸一定要准确。”余子俊道。

“这不成问题。”姓孙的幕僚应道。

“我也以为，你绘这些图式不会有问题；但我还要请你绘几幅图本，却不知有没有问题？”余子俊说。

“士英先生还要晚生绘何图本？”姓孙的幕僚问。

“和三种图式对应，战车图式要配战车营图，鹿角图式要配鹿角营图，桩绳图式要配桩绳营图。”余子俊说。

“亦即，图式是供制作用的，营图是供布阵用的。”姓孙的幕僚把两种图的用处说得更清楚。

“正是此意。”余子俊道。

“若只绘得出图式，绘不出营图，乃匠人所为，士英先生何必差专人把晚生找来！”姓孙的幕僚自负地说。

“孙先生，我要得可急。”余子俊说。

“士英先生给我几日？”姓孙的幕僚问。

“十日如何？”余子俊把两手张开比画着。

“确有些急，不过，”姓孙的幕僚看姓吴的幕僚一眼，说，“吴兄若能给我当个助手，或许可以完成。”

“孙先生别指望他，他有别的事做。”余子俊道。

“士英先生分派他什么差事？”姓孙的幕僚问。

“我欲请他与我再次巡视宣、大战场，我给你十日工夫，是因为我估算，我等巡视归来，大约需要十日。”余子俊说。

“我须埋头苦干，他倒悠闲自在。”姓孙的幕僚口出怨言。

“他未必悠闲自在；总之，各尽其才。”余子俊道。

余子俊和姓吴的幕僚，在一队亲兵的护卫下，先考察大同地势，再回过头考察宣府的地势。在宣府城外绕一圈之后，恰是正午时分，他们在一棵大树下摆上干粮、菜肴和清水，边吃边说话。

“吴先生看，宣府城外可布置几多战车？”余子俊问。

“三百。”姓吴的幕僚随口说。

余子俊点点头，看似赞许，却说：“上次观察宣府地势，我也以为布置三百战车为宜。”

姓吴的幕僚不会听不出话里的意思。他问：“今日士英先生再观察地势，觉着三百战车是多，抑或少？”

“少。”余子俊说。

“士英先生以为可布置几多？”姓吴的幕僚问。

“五百。”余子俊说。

“战车多，会否局促？”姓吴的幕僚提出疑问。

“与其说局促，不如说紧凑。”余子俊道，“车战可攻可守，布置于边镇，则以守为主。既以守为主，宁取其紧凑，不失于松散。”

“士英先生言之有理。”姓吴的幕僚听似同意，但显然还有其他想法，他说，“我原想，宣府布置战车可以三百计，大同布置战车可以五百计。今宣府布置战车多达五百，大同则须布置八百或一千。”

“我意，以一千为准。”余子俊说。

“宣府五百，大同一千，可不是个小数目。”姓吴的幕僚道。

“吴先生可是担心造之不易？”余子俊问。

“一千五百战车，造之固然不易；但这还在其次。晚生想提醒士英先生的是：战车总不能空置吧？”姓吴的幕僚道。

“这是自然，车上须置炮。”余子俊说。

“记得延绥使用战车，每车配置四台小炮。”姓吴的幕僚道。

“宣、大布置战车，可依此例。”余子俊说。

“那我要和士英先生算一笔账。”姓吴的幕僚道，“小炮虽小巧轻便，每台亦须生铜或生铁二十斤，四台即八十斤。此外，车头、车身都有要用熟铁的地方，加之铁桩、铁箍等，每辆车约须熟铁百斤。”说罢，问道，“士英先生，晚生如此算法，不为过吧？”

“不为过。”余子俊道。

“一千五百辆车，”姓吴的幕僚继续算下去，“共需生铜或生铁一十二万斤，共须熟铁一十五万斤。”算罢，问道，“偌多的铜、铁，士英先生打算如何筹措？”

“我吃的是皇粮，只能向朝廷筹措。”余子俊道，“我不妨也问一句：依吴先生，宣府布置战车不以五百计，而以三百计，大同布置战车不以一千计，而以五百计，则须生铜或生铁六万多斤，熟铁八万斤，还不是要向朝廷筹措？”

“十万之上与十万之下，难易是有区别的。”姓吴的幕僚说。

“难易之别，不仅在数多数少，更在有心无心。若是无心，让朝廷拨给一斤铜、铁也难；若是有心，举天下之力，筹措十数万斤铜、铁，未必不可为。”余子俊说。

“士英先生看，朝廷有心无心？”姓吴的幕僚问。

“那是我等无法左右的，我等只需用心把其事议透。”余子俊说。

姓孙的幕僚被安置在阳和卫的一间空屋里绘图。十天后，余子俊偕姓吴的幕僚回来和他会合时，屋里乱成一团。桌上是图，床上是图，地上也是图；有草图，有修改过的图，也有成图。

姓孙的幕僚仍拿着笔，坐在桌前。

“孙兄落后一步，士英先生回来，仍未绘制完毕。”姓吴的幕僚说。

“非也，”姓孙的幕僚否认，“我只有最后一笔，不等士英先生和吴兄回来，这一笔是不会落下的。”

说着，他在图上点一下，然后把笔放下。

“这是为何？要让士英先生看到你的辛劳吗？”姓吴的幕僚问。

“非也，要请吴兄帮我收拾收拾房间。”姓孙的幕僚说。

余子俊和姓吴的幕僚不由都笑。姓吴的幕僚问："散布狼藉，从何入手？"

"容易，"姓孙的幕僚道，"你把地上的图纸归在一起，床上的图纸归在一起，即可；桌上的图纸，我自家收拾。"

"要不要整理出顺序来？"姓吴的幕僚问。

"不必，"姓孙的幕僚道，"地上的是草图，可看可不看；床上的是改图，可看可不看；桌上的是定稿，才是要看的。"

"孙兄欺人太甚，竟让我收拾废弃之物！"姓吴的幕僚说。

"吴兄不愿收拾废弃之物，还想和士英先生坐而论道不成？"姓孙的幕僚笑道。他三下两下就把桌面收拾清爽，请余子俊坐下看图；自己在一旁坐下，准备讲解。

姓吴的幕僚很想凑过去看，但不把地上的图纸归到一起，连落脚的地方也没有，只得先去收拾。

"士英先生请看，这是战车图式。"姓孙的幕僚指着第一张图说。

"一目了然，孙先生只告诉我，辕长几丈几尺？"余子俊问。

"一丈二尺。"姓孙的幕僚说。

"很好，这般长短正合用。"余子俊道。

第二张图是鹿角图式，上面画了三个鹿角模样的图形，一个两叉，一个三叉，一个叉上有叉。

"选取木叉，难以划一，适用即可。"姓孙的幕僚说。

"正当如此。"余子俊道。

"桩绳图式，以桩十二根、绳十条为一副。"姓孙的幕僚讲解第三张图。图中桩一般大小，绳则有长有短。

"长短绳如何配备？"余子俊问。

"长绳四条，各长七尺；短绳六条，各长三尺。"姓孙的幕僚说。

为制造而用的图式，余子俊没怎么上心，只草草看两眼；等看到营图，他的态度明显要认真得多。

"看孙先生绘的车营图，似以战车分布一周？"他问。

"是。"姓孙的幕僚应道。并反问一句，"士英先生的意思，战车应一列一列分布？"

"不，我也会把战车分布在周围。"余子俊应罢，问道，"不知孙先生布置一座车阵，须用多少战车？"

"那要视握有多少战车而定。"姓孙的幕僚说。

"按照孙先生所绘图则呢？"余子俊追问。

“以五百辆为宜。”姓孙的幕僚说。

“吴先生。”余子俊招呼姓吴的幕僚。他已收拾好地上的图纸，站在余子俊身后听他们谈论，“孙先生的意思，一座车阵也是以五百为宜。”

“却不知他把数目定在五百，有没有依据？”姓吴的幕僚说。

“怎的没有！”姓孙的幕僚道，“周围用车五百辆，每辆用十人拽车，战车间空隙，以鹿角填充，每鹿角以十人搬动，二者皆用步军，共用五千五百人；战车之外布以壕堑，深、阔各丈余；营内可容骑师一万五千。合而计之，此一营可御虏万余。”

“我初时欲布置三百车于宣府，以为可御虏四五千人，吴先生，你呢？”余子俊问姓吴的幕僚。

“晚生估算的，亦是此数。”姓吴的幕僚说。

“看来，还是每营布置五百车，更为合算。”余子俊道。

“士英先生说的是。”姓吴的幕僚应道。

“孙先生，再为我等说说另两幅营图吧。”余子俊道。

“是，”姓孙的幕僚应一声，讲解道，“鹿角营图，周围用鹿角五百副，每副用马军一人，共用五百人；营内骑师以四五千人计，可御虏千余人。桩绳营图，周围用桩绳五十副，每副桩、绳合长五丈，以步军十二人持之，共用六百人；营内骑师以二三千人计，可御虏二三百余。”

“虏贼大犯宣府，不过万骑，我以一车营，大犯大同，不过二万骑，我以二车营，皆足以与之对垒；虏贼小犯，或数百骑，或数千骑，我则以鹿角营、桩绳营迎敌，亦足以败之。我已写好议造战车的奏章，再配以孙先生这些图则，料朝廷不会不留意。”余子俊说。

余子俊的奏疏称，自古出师，见可而进，知难而退，进退之间，非车不可。旧年在宁夏造兵车，用无不利。今门庭寇至，亦以车战为宜。此系亿万年简易守边一策。

皇帝从之，命酌拨铜、铁，制造战车。

第一百六十二章

都察院经历是个令人尴尬的官职。论品秩，正六品，高过御史；论职事，则在衙门内掌管文案，既没有被差出的机会，又没有被重用的机会。如果说，其他衙门的经历还比较容易安于本分，那么，都察院的经历，每日里见到各道御史，因进言，因弹劾，而扬名，而迁转，甚而贬谪，就很难安心于本职事务。

李晟正是怀着这样的心情，谒见朱英的。朱英在李裕改任南京都御史后，被召回朝中掌院。

"孟昭，有事吗？"朱英问他。

李晟字孟昭，山东濮州人，成化二年进士。他行过礼后，说："有件事曾请教过戴都堂，曾请教过李都堂；今时杰先生掌院，下官仍欲请教。"

朱英是湖广桂阳人，正统十年进士。他笑着说："我怎么听着，孟昭不像是请教，而像是考较？"见李晟窘住，他忙说，"孟昭有事，但问不妨。凡能答的，我无不答之。"

"时杰先生可是御史起家？"李晟问。

朱英听罢，用异样的眼神看他，好像在看一个怪人。

李晟反倒坦然。他问："此事不能答吗？"

"不，不，我只是没想到你会问这样一个问题。"朱英道。

"时杰先生可是御史起家？"李晟又问一遍，似乎这个问题对他极其重要。

"是。"朱英应道。

"我问李都堂，李都堂是御史起家；问戴都堂，戴都堂是御史起家。我还知道，在戴都堂之前掌院的王都堂，在王都堂之前掌院的李都堂，也都是御史起家。"李晟说。

朱英估计，他说的王都堂、李都堂，指王越、李宾。如果是的话，他的话是不错的。

"孟昭于此可有疑虑？"他问。

"并无疑虑。"李晟说。

“既无疑虑，为何对各掌院之人都要提这样一个问题？”朱英问。

“因为下官不是御史起家。”李晟说。

在说过许多都御史是御史起家之后，又说自己不是御史起家，其用意不言而喻。朱英对他毫无顾忌的表白，既感觉好笑，又感觉吃惊；此外，还有一些厌恶。他希望打消李晟不切实际的想法，于是说:“孟昭应知，御史、经历，在都察院皆不可或缺。”

“可据下官所知，没有一位掌院都御史曾任过经历。”李晟固执地说。

“孟昭一定要这么说，我也有个说法，”朱英道，“再远时勿论，我正统十年试御史，次年正式授御史，孟昭算算，迄今多少年？”

“近四十年。”李晟道。

“经会试多少科？”朱英问。

“十三科。”李晟道。

“正统十年及成化二十年两科都算上的话，应是十四科。”朱英说，并问，“每科以选御史八人计，不算多吧？”

“以十人计，似有些多；以五人计，似有些少。以八人计，较为适中。”李晟说。

“以八人计，十四科共得御史一百一十二人，而升为掌院都御史者，区区三人而已。”朱英算罢，问，“孟昭看，机会有多大？”

“不管机会大小，总是有机会。”李晟说。

“这个说法，孟昭不信服，我还有个说法。”朱英说着，问道，“我是正统十年进士，孟昭已知，却知不知李都堂和戴都堂哪科出身？”

“李都堂是景泰五年进士，戴都堂是成化二年进士。”李晟说。

“你看啊，戴都堂是成化二年进士，却在成化十七年掌院；李都堂是景泰五年进士，比戴都堂早四科，却在成化十九年掌院，反比戴都堂晚两年；我是正统十年进士，又比李都堂早两科，却在今年才掌院，又比李都堂晚一年。”朱英不厌其烦地比较一番，然后问，“孟昭，你没有从中悟出些什么吗？”

“下官愚钝，没悟出来。”李晟说。

“由此可见，能否掌院，在机遇，而不在何官起家呀！机遇，御史起家者有之，其他各官起家者，包括今官经历者，亦当有之。”朱英道。

“时杰先生的话听起来不错，可事实是，迄今为止，并无曾官经历者升掌院事。”李晟更加固执地重复他的想法。

“这个说法，孟昭不信服，我还有个说法。”朱英说着，问道，“孟昭为本院经历，应知本院额定员数吧？”

“时杰先生问何官？”李晟反问。

“先说御史吧。”朱英道。

“云南道十一人；浙江、江西、河南、山东四道，各十人；陕西、湖广、山西三道，各八人；福建、广东、广西、四川、贵州五道，各七人；共计一百一十人。”李晟准确地说。

“经历呢？”朱英问。

“经历司仅设经历一人。”李晟说。

“你看啊，”朱英道，“都察院额定御史一百一十人，额定经历一人。以此为率，超过一百名以御史起家者升为掌院都御史，才应有一名以经历起家者升为掌院都御史。你不过问三名以御史起家的掌院都御史，就已按捺不住？”

“哪怕二百名御史升掌院都御史，却只有一名经历升掌院都御史，也让人欣慰，但现在曾官经历而升掌院都御史的，是零数。”李晟说。

朱英再没别的说法，同时也失去耐心。他说：“我不知前者李都堂、戴都堂对孟昭说过些什么，但孟昭显然不信服；不然，今日就不会来问我。既然我的话也不能使孟昭信服，孟昭只好再问下一任都堂。”

“时杰先生，下官还有一事请教。”李晟揖道。

“你说。”朱英恨不得马上摆脱他，但又不能撵他走。

“经历可上疏否？”李晟问。

“为何不可？我大明朝，上至公卿，下至民人，皆可上疏，怎会唯独经历不可！”朱英道。

“下官是问，经历亦可如御史般上疏否？”李晟又问。

“恐怕不可。”朱英道，“言路以科、道称，而非以科、院称。故御史准风闻奏事，其他官员则不宜。”

“承教，告退！”李晟一揖而去。

他忽来忽去，不成礼数，朱英并不十分计较；倒是他躁进的情绪和负气的神色，让朱英感到担忧。

怀恩为皇帝读过几篇奏疏后，翻开新的一篇，道：“此疏乃都察院经历李晟所上，议的是攘夷事。”

“经历所上？”皇帝问。

“是。”怀恩应道。

“议攘夷？”皇帝问。

“是。”怀恩应道。

“他口气似乎太大。攘夷之事，当由大宗伯、大司马等议之，岂容一经历置喙！”皇帝道。

“爷不愿听，奴才就不读吧。”怀恩说。

“不，”皇帝反而要听，“朕听听他的攘夷之策有无独到之处。”

“他反复强调两个词，一个是‘大势’，一个是‘先务’，不知算不算是独到之处。”怀恩道。

“那要看他如何反复强调。”皇帝说。

“他先称今大势有未便，先务有未得，再议如何审大势，如何急先务。”怀恩为李晟的奏疏勾画出一个轮廓。

“何谓大势有未便？”皇帝问。

“奴才读他的疏文吧？”见皇帝不反对，怀恩读道，“国初都燕京——”

才读半句，就被皇帝打断：“是永乐年间，国都北迁，怎是国初都燕京？他连国史都不了然，却要妄议攘夷！”

“爷说的是，此言有错。”怀恩应道。

“再读，看看还有多少错处！”皇帝命道。

“国初都燕京，”怀恩必须重复一遍这句有错的话，才好往下读，“山后控三边，得御夷形胜。其时北边地荒人稀，且我方强盛，虏势衰弱，乃不敢来；即来，亦无所得。今承平既久，士马多耗，人畜颇丰。虏又适炽，小入小利，大入大利，出入无常，仓促难备。待其至而后应之，势每不及。此大势有未便矣。”

“至而后应，所谓后发而治于人，有些道理。”皇帝出其不意地称赞一句，又问，“何谓先务有未得？”

“加以将怯兵弱，来既不敢迎击，去又不能邀击。此先务有未得矣！”怀恩读道。

他停在这里，是等皇帝挑出错处，或加以评论。但这一段太短，议得也太肤浅，皇帝没有挑其错处或加以评论的兴趣。

“何谓审大势，急先务？”皇帝问。

“臣谓审大势在固外藩，急先务在用旧臣。”怀恩读道。

“是番人的番吗？”皇帝问。

“不，是藩篱的藩。”怀恩说。

“朕说呢！”皇帝道，“说为我中华天朝谋划，怎的去固外番！”

“所谓固外藩者，李晟议四策。”怀恩说。

“好，你说，朕来数着。”皇帝道。

“臣闻威宁海子可耕可牧，去大同仅二百里，在元为要地，今弃为虏冲也。请城其中，以二万人守之。翼以墩堡，令官军无事屯牧其间。苟谓人力不及，兵势难分，亦当城大同近处北城，量戍以兵，使虏一触藩，可从犄角。”怀恩读疏。

“处置威宁海子，此一策也。”皇帝数道。

“朵颜三卫，当系之以卫，俾藩于东，不宜徒然以空言相谕。”怀恩读疏。

“处置朵颜三卫，此二策也。”皇帝数道。

“哈密都督，当封以王，俾藩于西，不宜徒以金印未得，久失事机。”怀恩读疏。

“处置哈密，此三策也。”皇帝数道。

“至于河套，广袤千里，土厚物蕃，若使边臣按视其便，守其要害，据其水草，且烧其余，使虏不敢入。乃大招流民，俾耕牧以资粮马；尽阅丁壮，俾射猎以习战斗，既免荆、襄之啸聚，又夺虏寇之巢穴。自河以东，至山之后，屯堠相望，首尾相应，岂不强中国之势哉！”怀恩读疏。

“处置河套，此四策也。”皇帝数道。并问，“所谓用旧臣，不过是举荐，没有这多策可献吧？”

“爷说的是。”怀恩应道。

“他举荐几人？”皇帝问。

“李秉、王竑、高明、王越，共计四人。”怀恩说。

“固外藩，议四策；用旧臣，举四人。看来他特别中意四这个数字呀！”皇帝本来只想嘲笑一句，但忽然有所觉察“你说，他举荐王越？”

“是，”怀恩应道，“不仅举荐王越，而且举荐四人，以王越为主。”

“举荐大臣乃老生常谈，朕本不想听；但他以举荐王越为主，朕倒不能不听一听。”皇帝道。

“所谓用旧臣者，边事非老成之人莫可仗。臣闻前吏部尚书李秉、兵部尚书王竑、右佥都御史高明、威宁伯王越，材力可用，威名素著。李秉、王竑，尝有荐之，以老而寝；高明曾起用，以疾而还。然昔者赵充国、韩弘，皆成功于老病之日。”

“朕知赵充国是汉朝大将，韩弘却是哪朝将领？”皇帝插问。

“是唐朝将领，曾为节度使，以战功封许国公。”怀恩说。

皇帝点点头，道：“下面该举荐王越吧？快读！”

“王越坐开边被劾，乃后来劾其可罪之人，即前日议其可封之人。同事异词，至今未定。臣谓即令王越有罪，功亦可赎。”怀恩读疏。虽然后面只有一句话，但皇帝要听的是对王越的举荐，他觉得还是在这里断开为好。

“何谓坐开边被劾？”皇帝问。

“奴才想，他或是指开府于边。”怀恩说。

“这话不通，古今之边臣，哪有仅以开府于边而被劾的？”皇帝道。

“要不，就是指坐开边衅而被劾。”怀恩说。

“他是坐开边衅而被劾吗？”皇帝问。

“奴才记得不是，他是以党附汪直而获罪的。”怀恩说。

“总之，‘坐开边被劾’这句话，不伦不类。”皇帝说着，问道，“该疏就这么结尾吗？”

“后面还有一句，”怀恩读道，“今若起数人，使与马文升、余子俊各当一面，则三边之势壮，而中国之威强矣。”

“小臣举荐大臣，向来不值得一议。”皇帝不仅对“坐开边被劾”这句话得出结论，也对李晟举荐王越得出结论，也对所谓的“用旧臣”得出结论。又说，“至于固外藩，虽有一两句话可取，但即欲固之，则不为外藩，这个题目大错而特错。此疏朕只给他四个字：泛言烦扰。”

李晟下锦衣卫狱，略加讯问，调汉阳府通判。

第一百六十三章

刑部主事林俊发现衙门里的章程忽变，本来应该随便取用的奏本纸，被锁在柜子里，由一名老成的吏员看管。

“好，好，奏本纸价值不菲，是不该随便取用。”他说。

“仍可随便取用，不过，得告诉在下，写的什么奏本。”吏员说。

“刑部属官写奏本，大司寇都不问，你却要问！”林俊道。

“大司寇不便问，故命在下问。”吏员说。

“这是几时定的规矩？”林俊问。

“一个时辰之前。”吏员说。

“一个时辰之前，我才从大司寇处出来，他没对我说呀！”林俊道。

“没对林大人说，不等于没对在下说。”吏员顿了顿，又说，“大司寇还叮嘱在下，林大人索取奏本纸，更要仔细问之。”

“莫非大司寇这个规矩是为我定的？”林俊不得不猜疑。

“在下看也是。”吏员道，“大司寇对在下说，林大人欲进之疏，必触怒圣上，于其不利。我不使其进疏，是为他好。”

猜疑被证实，林俊本可以去与大司寇理论的。但大司寇肯定还是那句为他好的话，他总不能与本部堂官撕破脸皮吧？常言道：县官不如现管，与其去与大司寇理论，不如打打这个吏员的主意。

想到这里，他说：“大司寇不放心我，你老兄呢？”

“林大人慷慨正直，在下敬佩。”吏员说。

“抬举，抬举，老兄抬举都抬举，为何不行个方便？”林俊道。

“敬佩归敬佩，规矩归规矩；况且，慷慨之人，陈言无忌，大司寇不放心，在下也不放心。大司寇为林大人好，在下不敢说为林大人好，但也总望林大人远离灾祸。”吏员说。

他的话如此恳切，更没办法和他撕破脸皮。林俊边听他说，边点头，等他说完，已想好对付的办法。

“我若写篇不得罪人的奏疏，大司寇可以放心，你老兄也可以放心，是不是？”林俊问。

“做臣子的，哪有不写疏的？只要不得罪人，尽管去写。”吏员说。

“你老兄看，谏建寺观的奏疏，写得写不得？”林俊问。

“不涉及权贵，在下看写得。”吏员说。

“好，拿纸来！”林俊伸手问。

吏员欲开柜锁，又不放心。他问：“林大人真要写谏建寺观的奏疏？”

“绝非戏言。”林俊道。

“真的不会得罪权贵？”吏员问。

“你老兄一手漂亮的小楷，我说，你写，总可以放心吧？”林俊道。

吏员觉得，这样最保险。担心林俊有别的想法，他说：“林大人抬举在下，在下若推辞，是不识抬举。不过，在下得把话说在前边：我代林大人写疏，绝不是以为林大人的字不好。”

“理会得。”林俊笑着说。他做个手势，示意可以开始。

吏员打开柜子，小心地从里面取出一本奏本纸，翻开后放在桌上。

“你老兄拿笔，我来研墨。”林俊说着，动手研起墨来。

“林大人，你先说一句，我试试笔。”吏员道。

“寺观之建，于国无益。”林俊说两句，并问，“你老兄看，此等句子，写得写不得？”

“泛泛之议，写得。”吏员道。

“今西北大欠，民力不堪，不可重费，以益民困。”林俊说四句，又问，“你老兄看，此等句子，写得写不得？”

“这话已被说滥，写得。”吏员道。

“若——”林俊说一个字，嘱咐道，“老兄切记，在此字之后，一定要留下四字空格。”

“这是为何？”吏员问。

“写奏本的规矩。”林俊道，“日后你老兄本人写疏时，如果用‘若’字，也要留下四字空格。不然，即便不被治罪，也要被人耻笑。”

吏员半信半疑，在“若”字之后，隔开四个字的空当，问：“这个字的后面，林大人准备写句什么话？”

“若——”林俊用手比画着，表示后面的句子和这个字是不可分开的，“招权黩货，贡献淫巧，引用——”说到这里，探过头去看吏员笔录，并连声称赞，“好字，好字，引用二字写得尤好！”

“林大人，把这句话写完，再来品字吧。”吏员说。

“引用左道，惑上建寺。”林俊接着口述。吏员要接着写，他忙拦住：“老兄且慢，引用之后，要留四字空格，惑上之后，又要留二字空格。”

“林大人，你这规矩在下闻所未闻呀！”吏员说。

“老兄以前自家写过疏吗？”林俊问。

“没写过。”吏员说。

“为本衙官员代写过疏吗？”林俊问。

“没代写过。”吏员说。

“所以，不会有人告诉你老兄这些规矩嘛。”林俊道。

吏员抱怨自己懂得太少，只能听人摆布。他按照林俊的吩咐写好这句话，等着他往下口述。

“倾竭府库，贻毒生灵，请诛之以谢天下。”林俊述道。

“林大人一个人也不曾提及，却请诛谁？”吏员问。

“谁个办的此等事，便请诛谁个！”林俊道。

吏员把这段阅读一遍：寺观之建，于国无益。今西北大欠，民力不堪，不可重费，以益民困。若招权黩货，贡献淫巧，引用左道，惑上建寺，倾竭府库，贻毒生灵，请诛之以谢天下。

虽写得有些别扭，甚至有些怪异，总还读得通。

接下来的内容，林俊不是让在此处留两字空格，就是让在彼处留四字空格。全篇奏疏写完，空处有十几二十个。

“林大人要不要检查一遍？”吏员问。

“看是要看一遍的，不是怕你老兄写错字，是怕我遣词造句有不妥之处。”林俊说着，把奏本纸拿过去看，一边看，一边仍对吏员的字赞不绝口。忽然，他伸出手，道：“拿笔来！”

吏员以为自己写错字，忙把笔递给他。

“我想了想，你老兄说得对，此处不该留空，此处没必要留空。”林俊手指各个空处说。

“已留空，如何是好？”吏员叫苦。

“不妨，把空填上就是。”林俊说着，填写空当。

第一段文字于是变成：寺观之建，于国无益。今西北大欠，民力不堪，不可重费，以益民困。若太监梁芳，招权黩货，贡献淫巧；引用妖僧继晓，左道惑上；建永昌寺，倾竭府库，贻毒生灵。请诛之以谢天下。

吏员拉住他胳臂，不让他再往下填写。

“林大人，这等奏本写不得！”吏员说。

“不就加几个字吗，怎就写不得！”林俊道。

“此疏一入，你我必死无疑。林大人激于忠义，或死得其所，何苦把无名之吏牵连进去！”吏员说罢，跪在林俊面前，叩头不已。

林俊把他拉起来，道：“皇上若降死罪，我自承之，绝不会累及你老兄。”吏员还要劝阻，他说，“我志已定，你怕受牵累，我便烧毁疏稿，自取奏本纸，自书之！”

皇帝盛怒而待，怀恩一进来，他就喝道：“老怀，传旨！”

“是。”怀恩应道。

“刑部主事林俊恶言讪上，大逆不道，依律当诛。”皇帝说。

怀恩趋前一步，跪倒在地，道：“爷，不可！”

“臣不忠君，君则诛臣，有何不可？”皇帝责问。

“自古明君，不杀谏臣。”怀恩道。

“他是部属，并非谏臣。”皇帝反驳。

“进谏之臣，即为谏臣，不在身居何职。”怀恩不管有什么想法，从来是委婉进言；今日不知从哪里来的勇气，竟公然犯颜。

“老怀，你存心要和朕做对吗！”皇帝厉声斥道。

“奴才不敢和爷做对，但更不敢和祖宗做对。”怀恩说。

“朕杀个讪君的臣子，便是和祖宗做对？”皇帝问。

“我太祖、太宗时，大开言路，遂成盛世。今杀谏臣，将失百官心，将失天下心，怎不是和祖宗做对！”怀恩道。

“老怀，你不让朕杀林俊，便是和林俊合谋讪朕！”皇帝换个罪名。

“奴才在阅该疏之前，从不知朝中有个林俊。”怀恩说。

“不是你与他合谋，宫闱之事，秘不外闻，他怎会得知！”皇帝道。

“他所言之事，有许多奴才亦不知，或知之不详，又怎能泄之于外？然奴才以为，他如何得知宫闱之事并不要紧，要紧的是有无其事。若无，爷可治他以讪君之罪；若有，爷当从其请。”怀恩说。

皇帝第一次以“和朕做对”来恫吓，没见效；第二次以“与林俊合谋”来恫吓，又没见效。不承认与林俊合谋的怀恩反而公然支持林俊，要皇帝从其请。何谓从其请？不就是诛梁芳、继晓等以谢天下吗！

皇帝大为恼怒，从御案上操起一方石砚，向怀恩掷去，嘴里还叫着：“你不让朕杀林俊，朕先杀你！”

怀恩是不能躲的。君要臣死，臣不得不死，何况皇帝只是要用砚台砸他！他伏地不动，准备拿头去迎飞过来的石砚。

不知是皇帝愤怒之下，投掷不准，还是有意掷偏，石砚没击中他的头部，而是落在他身边的地面上，碎成数片。

怀恩摘帽卸带，叩头如捣蒜，泣道：“奴才该死，不能复事爷矣！”

皇帝在掷出石砚的一瞬间，火气已发泄出一大半。他不会屈从于怀恩，但也不再强求怀恩屈从于他。他挥挥手，几名近侍把怀恩架下殿去。

怀恩称病，半个月没在皇帝面前出现，皇帝又开始想他。

“怀大伴今日仍未进宫？”他问侍驾的太监覃吉。

“是。”覃吉应道。

“老覃，你有没去看他？”皇帝问。

“奴才去看过他。”覃吉应道。

“他怎说，是不是要和朕恩断义绝？”皇帝问。

“他说，他很后悔。”覃吉道。

“本来嘛，相处二十余载，他何必为一无礼小臣顶撞朕。”皇帝说。

“他不是为顶撞爷而后悔。”覃吉道。

“那是为何事后悔？”皇帝问。

“他说，爷给过他机会，但他没能从容辨析。”覃吉道。

“原来他是嫌话说得少，他还有何话说？”皇帝问。

“他说，林俊上疏的经过，应该说与爷听听。”覃吉道。

“上疏的经过？不就是把奏疏写下来，送去通政司吗？”皇帝问。

“他说，林俊此次上疏，至少三次被阻拦，经过颇为曲折。”覃吉道。

“有哪三次？”皇帝问。

“第一次，刑部堂官阻拦，甚而禁其取用奏本纸。”覃吉说。

“朕敢说，他即便取不到奏本纸，也会随便用一张纸写成奏疏，送到通政司去。”皇帝说。

“如果那样的话，通政司便可以扣住他的奏疏不呈进。”覃吉道。

皇帝点点头，问：“那么，他是盗用奏本纸？”

“和盗用相差不多，他拟疏时，把纠劾之人的名字空出，这才骗到奏本纸。”覃吉说。为不使有关的吏员受牵连，林俊隐瞒吏员为他写疏而被他瞒骗的事实。

“第二次阻拦他的是谁？”皇帝问。

“翰林院侍讲吴希贤。”覃吉说。

“他为何要阻拦？”皇帝问。

“怀公公说，林俊是福建莆田人，吴希贤也是莆田人，二人交厚。林俊妻子知林俊欲上疏，担心得罪圣上，又不敢自个儿对林俊说，故请吴希贤出面阻拦。”覃吉说。

“吴希贤阻拦，林俊怎么说？”皇帝问。

“怀公公告诉奴才，林俊对吴希贤说，心不可回，意不可转，唯望事定之后，君为写传。”覃吉道。

“他是在交代后事？”皇帝问。

“他交代的后事不止这一件。”覃吉道，“怀公公听说，他把自己所乘的马匹都变卖，其他家事也都做处置。”

皇帝沉默一会儿，说：“第三个阻拦的，一定是通政司。”

“爷说的是，”覃吉应道，“通政使张大人读过他的奏疏后，对他说：雷霆之下，恐难得全，望再思之。”

“他又怎样？”皇帝问。

“怀公公说，他应句‘思之已三’，把奏疏置于案上而去。”覃吉道。

“都说朝中有匹福建倔驴，朕算是见识！”皇帝道。

林俊百折不回，皇帝不可能没有感触；怀恩冒死保护林俊，皇帝不可能没有感触。他吩咐道：“老覃，你再去看望怀大伴。”

“是。”覃吉应道。他知道皇帝还有话，不用他问，也会说。

“你别一个人去，从太医院里选两个高明的太医同去。”皇帝吩咐。

“是。”覃吉应道。

“怀大伴得的是心病，太医医术再高，未必治得好。朕再开个方子，你带给他，没准能治好他的心病。”皇帝吩咐。

“是。”覃古应道。并问，“爷，要备纸、笔吗？”

“不用，只五个字，你记住就成。”皇帝顿了顿，说出他五个字的方子：朕不杀林俊。

次日降旨，林俊被谪姚州判官。

第一百六十四章

成化二十一年正月初一日，梁芳一步一停、两步一停地踱进昭德宫。他并非病于腿，而是病于心。近一年以来，皇帝带他和韦兴去看内帑的情形，皇帝的每一句话，他没有一日忘得掉，没有一时忘得掉；他和韦兴惶惶不安的情形，他和韦兴说的每一句话，他没有一日忘得掉，没有一时忘得掉。进入昭德宫前，他不知多少次地默默地演习要对万贵妃说的那些话，因而经常是走走停停，像遇到魔障。但躬身站立在万贵妃面前时，一次也没把那些话说出口。

今天他停的次数更多。他很清楚，他一年前设计的那些话，再不对贵妃娘娘说，可能就永远不会说了。同样，他也很清楚，他一年前设计的那些话，今天对贵妃娘娘说，效果可能会最好。至少，贵妃娘娘不会责怪他；皇帝知道，也不会责怪他。

有如天助，他走进昭德宫的时候，适逢皇四子祐杬在宸妃邵氏宫里太监护送下来给万贵妃叩头贺岁，适逢祐杬行过礼后在往外走，适逢万贵妃在祐杬走后，由衷地称赞：好个皇儿！

“娘娘喜欢，何不认作己子！”梁芳道。

万贵妃瞪他一眼，哼一声，没有回应。

“奴才说的是心里话。”梁芳又说一句。

“认作己子，有何好处？”万贵妃问。

“娘娘从此可以安枕呀！”梁芳不是说高兴，不是说开心，而是让人意想不到地说了安枕二字。

“你是说，我现在不能安枕？”万贵妃不高兴地问。

“不，不是娘娘不能安枕，是奴才不能安枕。”梁芳说。

“你尽心竭力地给皇上办事，抽空也给昭德宫办点儿事，有什么不能安枕的？”万贵妃问。

“娘娘说这话，让奴才好不伤心，好不寒心！”梁芳道。

“我这话有错吗？”万贵妃问。

“奴才是尽心竭力地给昭德宫办事，偶尔才给爷办点儿事。”梁芳说。

“好吧，就算你尽心竭力地给昭德宫办事，偶尔才给皇上办点儿事，又有什么不能安枕的？难道后悔不该尽心竭力给我办事，还是担心尽心竭力给我办事，皇上会不高兴？”万贵妃问。

“奴才既不后悔，也不担心，而是一想到太子爷第一次从仁寿宫来昭德宫时说的那句‘疑有毒’，一想到太子爷每次来昭德宫时冷漠的话语、警觉的眼神，就几天也睡不着觉。”梁芳说。

这话是不能随便说的，因为一传出去，就有离间皇太子和皇贵妃之嫌，就是该死的罪过。梁芳每次要说这话时都咽回去，正是为此。而今天在宫外一步一停、两步一停地踱步，给他不少勇气，使他坦然平和、如诉家常一样地把这话说出来。

万贵妃被击中要害。太子祐樘那句“疑有毒”，以及从那以后每次见面时的话语和眼神，对她的刺激，比对梁芳的刺激，要严重得多。不过，她并不觉得，这件事和认祐杬为己子，有什么必然的关联。所以，她问：“认祐杬为己子，就可以安枕？”

“认四皇子为己子，还不可以安枕，不过，却找到一个睡上去可以很舒服的枕头。”梁芳说。

“你这话什么意思？”万贵妃没听懂。

“娘娘想啊，为何一想到太子爷，就不能安枕？”娘娘只要肯问，梁芳心里就有底，他一层意思一层意思地启迪着。

“谁不能安枕？”万贵妃嫌他的话不明确。

“是奴才不能安枕；不过，奴才不能安枕，娘娘看在眼里，不也着急吗？”梁芳乖巧地说。

“那你说说，为何一想到太子，就不能安枕？”万贵妃正好反问他。

“就因他是太子爷呀！”梁芳说，“他若不是太子爷，别说疑有毒，就是信有毒，又能怎的！”

这话无疑是对的。如果祐樘不是太子，只是普通的皇子，他怎么说的，怎么想的，万贵妃何必放在心上！不高兴的话，甚至他来叩见，也完全可以把他拒之于宫门之外。

不过，他已是太子，想这些又有何用！难道认祐杬为己子，祐樘就不是太子？想到这里，万贵妃不由心动，但没有表现出来。

“你不能安枕，是因为枕上有刺。认祐杬为己子，难道枕上的刺会少，会没？”她问。

“娘娘换个枕头，枕上的刺不就可少，可没！”梁芳道。

“你是说——”万贵妃拖个长音，见梁芳点头，她又问，“梁芳，你觉得这件事办得成吗？”

“他宫办不成，甚至坤宁宫也办不成，昭德宫却办得成。”梁芳说。

“你别宽慰我，皇上待我，和初时大不相同；要不，也不会年年都有皇子诞出！”万贵妃道。

“还不是因为娘娘胸襟开阔，爷才能广播龙种！”梁芳说，“娘娘的这个好处，爷常在嘴边念叨，思予回报。”

“照你这么说，我只要把个皇子认为己子，再请皇上改立他为太子，皇上一定会答应？”万贵妃在不经意中，把易立太子的主题说出口。

“若是其他皇子，不一定办得成；是皇四子，一定办得成！”梁芳说。

“这是为何？”万贵妃问。

“奴才看得出来，爷最疼爱皇四子，用在他身上的心思，远超过用在太子爷身上的心思。眼下只是没一个合适的人提出，娘娘若是提出，爷一定欣然准允。”梁芳说。

“你且去，让我再想想。”万贵妃虽动心，但还没下决心。

万通妻王氏，是万安府上的常客。万通在时，她多受万通指使而来；万通死后，她或是受大伯万喜托付而来，或是干脆受命于昭德宫而来。但由她把万喜引来，万安感到，事不寻常。

“哎呀，大——”因接触少，万安不知该如何称呼。他对人说过，照万氏族谱，他应是万贵妃侄儿辈，那么，对万喜就应该以叔称，哪怕年龄相仿，哪怕万通年纪比他还小，也要称一声小叔；但他和万通相交，是以兄弟相称的，这会儿要称万喜叔，不好向死者交待。

万喜理解他的难处，问：“循吉先生是怎样叫通弟的？”

“我叫他二哥。”万安说。

“那就该叫我大哥呀！”万喜道。

“是。”万安应一声，心里踏实下来，“年节里，应该我去向大哥问安的。反让大哥先来舍下，不该，实在不该！”

“没什么不该的，我过来坐坐，随便说说话。”万喜道。

万安知道，他的话绝不是随便说说，他的话是要避人的，于是让家眷陪着王氏，自己把万喜领到另一间屋里。

“循吉。”万喜者摆出大哥的派头，直呼其字，“弟媳来府上走亲戚，却拉上我来，循吉一定很奇怪吧？”

“说怪也不怪，我和二哥是亲戚，和大哥也是亲戚。”万安说。

“但我这个亲戚是很少走动的呀！”万喜说。

“二哥也说过，自国丈仙逝后，府内府外全靠大哥主持，所以在亲戚间走动得少。听二哥这话，我也不敢随便去搅扰。”万安说。

“在亲戚间很少走动，今日却来走动，循吉仍不奇怪？”万喜问。

万安听出来，万喜一定要他承认奇怪，才会罢休。尽管他不会说话，给人的印象是，他来万安家走动是天大的面子，万安也得满足他。

“不仅奇怪，且甚怪！”万安说。

“循吉，要不要我给你解开这个谜？”万喜问。

“我当然要听，却不知它是否可以随便说说。”万安戏谑地说。

“循吉真乃机敏。”万喜竖起大拇指，道，“此事真不是可以随便说说的；但此事不说，可以随便说说的话，也不好说。故而，我一定得对循吉说说。”

“大哥请说！”万安让道。

“今日弟媳进宫，给娘娘送点儿年货。”万喜开始叙述，就扯上宫里，“其实，正旦前，她才给宫里送去娘娘想吃的家乡特产，怎么今日又送去呢？循吉，奇怪吧？不仅你觉得甚怪，我也觉得甚怪。娘娘留弟媳坐一会儿，说一会儿话。弟媳出宫后，没回自个儿的家，却直接去找我。循吉，又奇怪吧？不仅你觉得甚怪，我也觉得甚怪。弟媳在我家里坐一会儿，说一会儿话，就带着我直接来这里。循吉，这次我一点儿也不觉得奇怪，只有你，恐怕仍甚怪。”

“大哥说的是，我仍甚怪。”万安应道。

“她为何出宫后径去我家？肯定是娘娘与她说的话，与我有关，其实也与你有关；她为何离开我家后，拉我径来这里？肯定是她与我说的话，与你有关。”万喜道。

“二嫂说的何事，与我有关？”万安问。

“她说，此事须与阁老兄弟议。”万喜道。

没头没脑的一句话，令得万安不得不问：“何事须与我议？”

“当然是娘娘与她说的话。”万喜道。

“娘娘与二嫂说的话，不便对我说吧？”万安问。

“谁说的！”万喜道，“我说过，娘娘对弟媳说的话，也与你有关。”

“娘娘有何慈训？”万安问。

“娘娘说，她要将皇四子认作己子。”万喜道。

“原来是这事！”万安不用多想，坦率地说，“大哥，此事与我无关呀！其实，与大哥也无关。”

“娘娘的事，怎和你我无关？”万喜有点儿不高兴。

“大哥见谅，我说错。”万安虽认错，但并没改变自己的想法，“我的意思是，此事娘娘无须与大哥议，大哥和二嫂也无须与我议。”

“怎讲？”万喜问。

“娘娘只要和皇上议即可。”万安道，“娘娘喜爱皇四子，向皇上陈请，皇上想必不会不准；皇上既准，无论宸妃乐意不乐意，皇四子已然嗣于娘娘名下。”

“娘娘与皇上议过。”万喜说。

“皇上怎说？”万安问。

“如你所说，皇上不会不准。”万喜道。

“大哥看，”万安正要问，是不是无须他等议；忽然感觉到，这里有问题。他改问，“娘娘还有别的话吧？”

“没别的话，我等有什么可议的！”万喜道。

“怪我性急。”万安表示歉意，并问，“娘娘还有什么话？”

“娘娘说，她欲奏请皇上，改立皇四子为太子。”万喜道。

万安倒吸口凉气。这件事太重大！如果说，万贵妃欲认皇四子，或已认皇四子为己子，皇上将准，或已准，宫闱之外没有一个人会在意；但改立皇四子为太子，天下没一个人会漠不关心。作为首辅，万安当然更不能不关心。

“循吉不会再说，此事无须议吧？”万喜问。

“那要看怎说。”万安分明是想稍事拖延，好想得更周全。

“循吉不会以为，这并非大事吧？”万喜问。

“不会。”万安毫不犹豫地回答。

“不会以为，这并非好事吧？”万喜问。

“不会。”万安稍稍犹豫，仍这样回答。

“没理由不用心议吧？”万喜问。

“没理由。”万安回答。

“那么，循吉还能怎说？”万喜话里已有责备的意味。

“我的意思是，此事娘娘也当与皇上议之；只要皇上恩准，颁一道旨意，便无人能阻挡皇四子成为太子。”万安说。

“娘娘已与皇上议过。”万喜道。

“皇上怎说？”万安问。

“这回不如你所说。”万喜道。

“皇上不准？”万安问。

“也没明确不准，只说句‘让朕再想想’。”万喜道。

“那就是说，还有希望。”万安说。

“当然还有希望，”万喜道，“要是根本没希望，娘娘还让弟媳找我做什么，我还来找你做什么！”

“娘娘怎说？”万安又问。

“娘娘说，皇上显见动心，但没下决心，如果外廷再有倡言者，皇上就不会下不了决心。”万喜复述过万贵妃的话，再发表自己的见解，“我想，娘娘说的外廷，不是指小臣，而是指公卿；不是指部、院，而是指内阁，亦即，是指循吉。你说呢？”

既不能拒绝，也不能应承，一时还真不好表态。万安陷入沉思。

“娘娘还说，此事关乎万氏盛衰荣辱。”万喜道。

“娘娘虑之深远。”万安应道。

“徇吉，你不会以为，万氏盛衰荣辱，与你无关吧？”万喜道。

“万氏之盛衰荣辱，即我之盛衰荣辱。”万安说。

“循吉既看得清楚，为何还犹豫！”万喜责备道。

“我在想，内阁三人，我若倡言其事，另二人都反对的话，不但不能让皇上下决心，反而适得其反。”万安说。

“循吉的意思是——”万喜问。

“我探探另二位阁臣的口风，并尽力说服他二人。他等亦表赞成，大事成矣！”万安说。

“那好，我静候佳音！”万喜觉得不妥，又改言，“是娘娘静候佳音！”

第一百六十五章

自万安奏罢西厂而广获声誉之后，刘珝和他的关系日趋紧张。开始，他还做出些友好的姿态，主动与刘珝招呼，主动与刘珝说话，主动与刘珝计议。而刘珝从不给他好脸色看，不是装聋作哑，就是词严色厉。时间一长，他也不耐烦：上该疏时，不是我不邀你，是你不肯签署，理亏的是你，你怎还如此盛气凌人！因此，他也开始不给刘珝好脸色看。到正旦前夕，二人之间的关系已到迎面相遇低头而过、对面而坐不交一言的地步。

打探口风，他不得不又主动和刘珝招呼。他很清楚，要想内阁在改立太子一事上有所作为，态度一致是基础；而要想内阁在此事上态度一致，关键在刘珝，而不在刘吉。

他特意找个刘吉不在的时候，走到刘珝的桌案边，在他对面坐下。刘珝照样不给他好脸色，他只当没看见。

"叔温兄。"他招呼道。

刘珝头也不抬，只从嗓子眼里挤出一点细微的声响，算是回应。

但这一点细微的声响，已使得万安可以开口。他说："宫里传言甚多，不知是空穴来风，还是确有其事。"

"你在问我？"刘珝问。

"我想问，叔温兄有无耳闻？"万安说。

"你要问我，先得告诉我宫里有何传言吧？"刘珝道。

"叔温兄责备的是。"万安笑着说。刘珝肯责备，在他看来，谈话可继续下去："皆因事关重大，我才急不择言。"

"事关重大？"刘珝这才抬起头来，看他一眼，"你和祐之兄议过？"

"正因事关重大，才要先和叔温兄议。"万安说。

刘珝对这句话的理解是：他是次辅，刘吉是三辅，在万安的心目中，他的分量重于刘吉。他既然认定万安和自己不是一类人，万安从其他任何角度敬重他、赞美他，都是难以接受的；只有从这个角度表示对他的敬重，也许他才可以勉强接受。

“你说。”刘珝道。

“宫里盛传，皇上有易储之意。”万安不动声色地说。

“你要与我议这件事？”刘珝问。

“首先，叔温兄若无所闻，我要告诉叔温兄这件事。”万安道。

“那好，现在我已知道。”刘珝说。看来，他并非一无所闻。

“叔温兄以为，此事可议乎？”万安问。

“不可。”刘珝果断地说。

一点儿回旋余地都没有，万安说不出自己是大失所望，还是心安理得。

他揖了揖，道：“愿闻其详。”

“我先请教，所谓盛传，有无圣旨，或圣谕？”刘珝问。

“无有。”万安道。

“既然无有，等有圣旨，或圣谕，再议不迟。”刘珝说着，伸出一指，“此其一也。”

“其二呢？”万安问。

“太宗皇帝曾有易储之意，解大绅先生力挽狂澜，舍生取义；西杨先生婉转进谏，甘入牢狱。内阁前辈气节，我等纵不能发扬光大，也决不可反其道而行之。”刘珝道。

“叔温兄说的不是不可议之，是不可从之。”万安想指出他文不对题。

“是不可苟同。”刘珝并不否认，而且改用一个更尖锐的词。

“对，对，是不可苟同。”万安应道。

他知道，此事不能再议下去。

恰好，刘吉进入阁中。

不多时，怀恩来内阁。两名随他而来的宦者，各捧了一摞奏本。

有旨须司礼监传与内阁，或有事须司礼监与内阁议，怀恩总是亲身前往，因此，他和内阁最熟悉。告病以来，他有两个月不曾来内阁；今天前来，又和阁臣们坐在一起议事，显得比往日兴奋。而阁臣们对他，也显得比往日殷勤。

“怀公公看上去精神焕发，定已痊愈。”万安对皇帝和他的冲突不会一无所知，但只把他的病当作身体上的病。

“病入膏肓，谁知还有没有可能痊愈！”怀恩却一语双关。

“从没见皇上对谁的病如此关切，三两日便命太医去看视。”刘珝说。

“皇上不是离不开怀公公嘛！这不，怀公公好个大概，就被皇上差来内阁议事。”刘吉这么说，是因为看到怀恩身后的宦者手捧奏本。

他以为怀恩听他这话一定受用，殊不知他正说到怀恩的痛处。

今年正旦当夜，有火光自中天偏西方下坠，化为白气，复曲折腾升。大约半个时辰之后，有赤色流星，如碗般大，自中天偏西方向飞近，尾部又化为白气，如蛇形。正西方向，轰鸣之声，如雷震地。

初三日，敕廷臣直言。初七日，又敕廷臣备陈时政得失。一个月来，各衙门先后进言。怀恩今日带来内阁的，就是这些奏本。以往，收进比较重要的奏本，皇帝都会先和怀恩议一议，有时三言两语，有时长议。而今天，皇帝一句话也不和他说，也不听他说。想来，皇帝虽然对他表示出关切，但和他一样，心里的疙瘩仍未解开。

“皇上不是差遣我来和阁老们议事的，是差遣我送该等奏本来请阁老们拟复的。各位请抓紧吧！”他说。

二宦者把两摞奏本放在桌案上，退出阁外。

怀恩已明确表示不会参与计议，也不用想从他那里探得皇帝对这些奏本的态度，阁臣们只能是自行处置。

“先复哪一本？”万安征询另外两位阁臣的意见。

刘珝照样不搭理。刘吉说：“哪本在上面，就先复哪本。”

最上面一本是掌院都御史朱英等所上，言八事。

读完该疏，刘珝说：“进献土产，确须限制。”

“进土产，止镇守太监一人进之，余不许。”万安批一句话，近乎讨好地问刘珝，“叔温兄看，可乎？”

“写得很明白，有何不可！”刘珝道。

“进土产限制，还有一事与之相近：年节进马，也该限制。”刘吉说。

万安批一句：总兵官遇节进马，副总兵官、参将等官不许。他念一遍，刘珝、刘吉都没补充。

“本疏关乎内府者，似不少。”刘珝说。

“叔温兄说的是委官监收白粮一事吧？”刘吉问。

“还有投献地土及仓场等处监管。”刘珝说。

“朱都堂请委户部官或御史监收白粮，二位看，有无必要？”万安问。

“白粮有专员收纳，且有制度：一斛冒尖，一斛平过。似无必要再委官监收。”刘吉说。

万安等刘珝补充，刘珝没什么要说的。

“投献地土及仓场，管理之人过多过杂，如何处置？”万安问。

“不可不处置，不可彻底处置，只有量留。”刘珝说。

万安批道：内府白粮，不必委官监收，止依例斛一尖一平收纳。投献地土及仓场等处，量留内臣管事。

写罢，问道：“二兄之意，是否如此？”

拟旨多年，把皇帝的意思形成文字，把同僚的意思形成文字，万安的本事是一流的，刘珝、刘吉都挑不出毛病。

刘吉边点头，边说：“其余各事，似无可议。”

“祐之先生这话我最爱听。”万安说。

“我懂。”刘吉道，“我等不议，循吉兄就好随意拟复。”

“不然，兄等不议，我就可以‘余如议’一笔带过。”万安说。

说笑中，换了第二本奏疏，是户部尚书余子俊等所上，也是言八事。

“士英先生也议及仓场内官。”刘吉说。

“他说的不是仓场内官多且杂，而是更进一步，指其贪渎。”刘珝说。

“我记得，仓场内官贪渎者，已着司礼监查处。”万安说着，问坐得较远处闭目养神的怀恩，“怀公公，有这事吧？”

“有这事。”怀恩应罢，又闭上眼睛。

“那我就如实写吧。”万安道。

“节财用，怎议的都是朝廷耗费？”刘吉道。

“祐之兄此言甚怪。财用，皆朝廷所出；节财用，不议朝廷，却去议谁？”刘珝道。

“财用既朝廷所出，节财用，朝廷自有处置。”刘吉说。

“以祐之兄这句话批复，再恰当不过。”万安迫不及待地写道：节财用，朝廷自有处置。然后，他就余子俊等的奏议提个问题，“漕粮不足，户部的意思，继续发银籴入，二位意下如何？”

“已籴入百万石之多，似应停止。”刘珝说。

“哪怕暂时停止也好。”刘吉附和道。

万安写道：漕粮已籴百万石，故已之。又问：“其余可不可‘如议’？”

“我看你把三个字都写上，还用得着问！”刘珝道。

兵部尚书张鹏等上疏，议五事。万安拿起该疏才读第一句，怀恩睁开眼睛，说：

“此疏稍后再批复吧。”

万安想问原因，怀恩已经把眼睛又闭上。他把张鹏等的奏疏放在另一边，拿起下面的一本，是礼部尚书周洪谟等所上，言九事。

“禁奢侈，与前疏所言节财用，正相呼应。”万安说。

“节财用，以‘朝廷自有处置’，此处若多加批复，难免会有人以为厚此薄彼。”刘吉说。

“祐之兄的意思，仍以‘朝廷自有处置’应付？”刘珝问。

“不妨改个说法，”万安道，“前者以‘节财用，朝廷自有处置’拟复；此处可以‘禁奢侈，已行之’拟复。”

刘珝、刘吉都觉得，这个批复比照抄前一批复为好。不同的是，刘吉把好字叫了出来，刘珝却把它咽在肚子里。

“本疏请减法王等供给，写得畅快！”刘吉说。

“可惜没说出具体的数目。”刘珝道。

“对，二位看减几成为宜？”万安问。

“其供给胜于公侯，十成里减九成都不为过。”刘珝道。

“恐怕送与皇上裁定，皇上不会准的。”万安道。

“还是守中庸之道吧。”刘吉道，“裁其半，如何？”

万安写道：节省法王、佛子、国师、禅师、番僧供给，俱裁其半。

“尧弼先生等请禁方士，此事颇为敏感。”刘吉说。

“说难，其实也不难。”刘珝道。

“怎么？”刘吉问。

“昔处分李文昌、沈政等，皇上命都察院查办二事：一则，汉人冒入番僧，必罪之；二则，禁以方士之名行骗。”刘珝道。

“禁方士，和禁以方士之名行骗，是两回事。”刘吉说。

“若以为方士多不行骗，则是两回事；若以为方士多行骗，甚而无不行骗，则是一回事。”刘珝说。

“此处确不妨含糊些。”万安竟然支持刘珝。他接着方才那句写道：今后汉人冒入者，必罪。方士已令都察院禁之。私奄发回原籍、原卫。最后一句，批复的是礼部奏疏议的另一件事。

没人再提出新的问题，可以“余如议”。

工部尚书刘昭等上疏，所言三事，都是具体事务。

“此疏径批‘如议’即可，不必加那个‘余’字。”刘吉说。

万安、刘珝不约而同地笑笑，万安再换一疏。

“还没到吏部的奏疏吗？”怀恩忽问。

万安打开手里的奏本，是刑部的；再打开随后该读的奏本，是吏部的。

“要不要先批复吏部的奏本？”他问。

“不必，依次批吧。”怀恩道。

刑部尚书张蓥等的奏疏，言六事。

“刑部所议，最紧要的，是镇守内臣预词讼事。”刘珝说着，已想好批复，“镇守内官，其奉敕预词讼者，今不许。”

万安才要把这句话写下来，怀恩插话：“兵部亦议及镇守内臣事。”

“不会也是预词讼事吧？”刘吉说。

“不是，兵部议的是镇守内臣当具名以闻。”怀恩说。

刘珝、刘吉都被怀恩的插话弄得莫名其妙，万安却理解他的用意。

“此处批复，宜加上‘镇守内官，已令兵部查夺’，然后再以‘不许’云云批复。”他说着，问道，“怀公公，是否妥当。”

“循吉先生等觉着这么写好，就这么写，无须问我。”怀恩道。

万安写罢，问：“余如议吗？”

“惜薪司柴夫、光禄寺买办二事曾议处过，不妨批曰‘已行矣’。”刘吉重复在前面已经用过的三个字。

批复完这一奏本，万安提醒怀恩：“下面该批复吏部的奏本。”

“还有兵部的奏。”刘吉又提醒他。

“我请诸公把吏部、兵部二疏合在一起议之，是因为已奉圣谕：传奉文官、军职，除勋戚功荫外，余如所奏。”怀恩说。

“皇上圣明。”三阁臣称颂。

“吏部请裁传奉官二千余名，好比割去赘于朝廷一大瘤。”刘吉又说。

“祐之兄别高兴太早，勋戚功荫者，不在其列。”刘珝说。

“叔温兄估摸着，勋戚功荫者与非勋戚功荫者，各占几成？”刘吉问。

“三与七之比。”刘珝道。

“那不也要裁革一千四百余人。”刘吉说。

“我是说，非勋戚功荫者仅占三成。”刘珝道。

“三成亦六百余人，哪怕裁革一人，也是好的。”刘吉说。

为平息二人的争辩，万安说："吏部奏言简略，以‘传奉文官，除勋戚外，余如所奏’批复即可；兵部奏言广泛，批复亦须面面俱到，我拟曰：传奉军职，自勋戚功荫外，余令冠带致仕；有为事妄冒，并乞恩升授者，查夺；匠官艺精者留之，支半俸。二兄看要不要补充？"

刘珝、刘吉都以为，对这件事的批复很全面，不需要再做什么补充。他们要补充的是二部议的其他事。

"内地镇守、监枪、守备等官，具名以闻，这一条方才已经提及。至于其他各事，可如议。"刘吉说。内地不当设镇守、监枪、守备等内臣，因此，"具名以闻"和批复刑部奏疏用的"查夺"，意思是一样的。

"吏部又议，放回进士二百九十七人，依亲省支俸，宜准。"刘珝说。尹旻等上疏，言二事：一是裁革传奉官，二是放回进士。

"六科奏言，和传奉一事亦有关联。"怀恩告诉他们。

"那就接着议六科奏疏，也好一气呵成。"万安说着，找出六科奏本。

吏科都给事中李俊等奏疏，言六事：一曰近幸干纪，二曰大臣不职，三曰爵赏太滥，四曰工役过烦，五曰进献无厌，六曰流亡未复。怀恩说该疏与传奉一事有关联，指的主要是第三事。

"科臣将李孜省、邓常恩等纳入传奉，不知是否恰当？"万安说。

"二人晋升，确缘传奉，我看没什么不恰当。"刘珝说。

"二人都不属于勋戚功荫，应在裁革之列。"刘吉说。

"若将二人列在裁革之列，皇上一定会施恩。与其皇上施恩延及其他被裁革者，不如对二人的处置与其他被裁革者不同。"万安说。

"不裁革的话，只有降官。"刘吉说，"李孜省降回原官，仍上林苑左监丞，邓常恩降本寺寺丞，二位看如何？"

对二人开恩，刘珝并不完全接受；但他不得不承认，万安所虑有道理。

"爵赏太滥，还提到继晓。"他说。

"继晓以乞归养母，朝廷已准，但令其母终，供职如故。我看，应阻断他重还朝廷之径。"刘吉说。

"那就将其革国师为民，追回敕旨。"万安说。

议罢第三事，三人又回过头议第一事。

"此事有点难以落笔呀！"万安说。

"不就是涉及梁、韦二内臣吗，怎就不好落笔！"刘珝道。

“叔温兄说得太轻松！”刘吉道，“如果列举十数人，或数十人，其中有梁、韦二人，还好说；一共列举三人，其中有梁、韦二人，分明是冲着他二人来的。”

“照这么说，只得不准。”刘珝道。

“径批不准，难免招致廷臣不满。”万安有顾虑。

“不如请怀公公指点一二。”刘吉故意大声，好让怀恩睁眼。等怀恩睁开眼，刘吉朝他一揖，问，“皇上若命司礼监批复，怀公公会怎拟？”

他以为问得很巧妙，怀恩却说：“我已多日未执司礼监那支笔。”为不使刘吉太难堪，他又说，“公等批复，我知有两句话是经常使用的：一曰‘已行矣’，一曰‘故已之’。我怎么觉着，今日‘故已之’用的似不如‘已行矣’多？”

万安等一听，齐声喝彩。故已之，暂不处分之意也，既不会一下子被皇帝驳回，又留有日后处分的余地，再恰当不过。

“承教，承教！”万安顾不上行揖礼致意，边在口头道谢，边拟批复：梁芳、韦兴、陈善，故已之。

“客气，客气！”怀恩回应着，又闭上眼睛。

“大臣不职，被列名的可不少呀！”刘吉一一数道，“尚书有兵书、刑书等，侍郎有南京礼侍、刑侍、南京吏侍等，寺卿有大理寺卿、光禄寺卿等，共计十一人，不能都使之去官吧？”

“若论二三人，批复起来有难处，既超过十人，倒好办。”刘珝说。

“叔温兄之意，俱留？”刘吉问。

“俱留，令各修省。”刘珝说。

万安按照他们的意思拟写，又问：“已处分三事，另外三事呢？”

“已议三事，还不能余如议吗？”刘吉道。

“不可。”刘珝道，“部疏不妨余如议，科、道之疏，则须交代清楚。”

“叔温兄打算怎样交代？”刘吉问。

“其余已处分矣！”刘珝说的六个字，也是在拟旨时经常使用的。

随后又批复署通政司事尚书张文质等所言四事、大理寺卿田景阳等所言四事、十三道御史汪奎等所上十事。把所有的奏疏批复完，早已过正午。万安等欲留怀恩在阁中就餐，怀恩婉拒。

怀恩指使两名随他来的宦者，把各衙门的奏疏，和阁臣们拟的批复，一一对应整理好，并向阁臣们告辞。阁臣们照例要送他出阁。

往常，怀恩让阁臣们送一两步，就把他们挡回去。今天，阁臣们送他拐出影壁，他也没有阻止的意思。这让阁臣们感到奇怪。

“宫中谣言四起，诸公可有所闻？”怀恩忽问。

“是易储的传言吗？”刘珝抢着反问。

“看来叔温先生有所闻？”怀恩道。

“有人曾以此事问我，”刘珝说着，扫万安一眼，“我的态度很明确，其一，既无圣旨，亦无圣谕，不可议；其二，当以内阁前贤为表率。”

“公等能持正，社稷安矣！”怀恩道。

万安没说什么，但暗下决心：此事绝不可涉入太深。

第一百六十六章

覃吉一直把和怀恩的交情看作君子之交，淡而愈醇。因此，怀恩郑重地邀他饮酒，在他看来是件不寻常的事；而且，似乎包含着不祥的征兆。怀恩神情不定，更加深他的这个印象。

“爷明日召怀公觐见，可喜可贺！”他想让怀恩高兴起来。

“我要和覃兄说的，正是此事。”怀恩道。

“怀公难道有别的想法不成？”覃吉问。

“有。”怀恩点头应道。

“怀公难道以为这不是件好事？”覃吉又问。

“此事或不能以好坏论定。”怀恩说。

“这我就不懂。”覃吉困惑地说，“若是爷打内心和怀公疏远，猛然间想起你，把你召入，可能说不上好坏；但自去冬以来的这些日子，怀公虽未入宫，爷无时不念叨怀公，现今终于耐不住，传谕怀公觐见，怎会不是好事？”

“那你倒说说看，爷是平白无故地想起我，还是遇到难断之事想起我？”怀恩问。

“兼而有之吧。”覃吉说。

“我看是遇到难断之事，想和我说说。”怀恩道。

“怀公看，爷有何难断之事？”覃吉问。

“覃兄，你有何忐忑之事？”怀恩反问。

“忐忑之事确有，说不定是杞人之忧。”覃吉说。

“是杞人之忧吗？”怀恩马上问。

“恐怕不是。”覃吉承认。

“我说嘛，覃兄乃极恬淡之人，怎会有杞人之忧。”怀恩道。

“怀公料想，爷要和你说说此事？”覃吉问。

“不仅是料想，几乎可以断定。”怀恩道。

“怀公，我有好几处想不通。”覃吉正好请教。

“你说。”怀恩也正好要和他谈论。
“太子、皇四子，均非昭德宫所出，对贵妃而言有差别吗？”覃吉问。
“说有则有，说无则无。”怀恩道。
“差别大到非要废一立一吗？”覃吉问。
“太子在昭德宫所言，覃兄不是亲耳听到的吗！”怀恩道。
“若非要认作己子，淑妃已薨，认太子为己子，岂不更好？”覃吉问。
“若非仁寿宫干预，她恐怕会这样做的。”怀恩道。
“爷对昭德宫用情独深，昭德宫既有所请，爷为何未准？”覃吉问。
“她若单请将皇四子认作己子，爷不会不准。”怀恩道。
“怀公是说，爷不会答应易储？”覃吉问。
怀恩摇摇头，道：“若不是天有异象，难说。”
“天既有异象，爷肯定不会准吗？”覃吉追问。
怀恩又摇摇头，道：“今次异象，尚不足以使爷心定。”
“所以，要和怀公说一说？”覃吉问。
“我想是。”怀恩应道。
“怀公做何打算？”覃吉问。
“爷不问我意则罢；若问我意，定拚死相争。”怀恩道。
“怀公有没有把握？”覃吉问。
“天有异象，尚不能使爷心定，遑论人言！”怀恩道。
“事关社稷，在下愿与怀公共挑这副重担。”覃吉表明态度。
“覃兄，千万不可造次。”怀恩道。
“怀公请在下饮酒，不是让在下进谏？”覃吉问。
“不是。”怀恩道，“太子大难之后，命系于天，非人力所能争。我请覃兄饮这杯酒，是请覃兄服侍好太子，呵护好太子。”
二人这一晚，说的话比喝的酒多。

怀恩走进文华殿时，睹物思情，想起和皇帝多少次在这里共度的时光，想起自己对这次见驾的猜想，想起自己对前景的预测，不由感慨万千。
皇帝许多日子没和他说话，一时不知该如何开口。
“罪奴叩见天颜！”怀恩说罢，跪伏不起。
“起来吧！”皇帝命近侍把他搀扶起来，君臣四目相接，一股温情涌入皇帝心中。他说，“怀大伴，你知不知道，你不来侍驾，朕连个可以说心里话的人都没有！”

“奴才惹爷生气，罪该万——”怀恩哽咽，难以毕其言。

“过去的事情不提。”皇帝摆着手说。

“是，奴才叩谢天恩！”怀恩应道。

“朕前几日使怀大伴持各衙门奏章往内阁所拟批复，甚合朕意，朕未更一字，悉数照颁。由此可见，司礼监官办事，让朕放心的，只有你。”皇帝似乎在寻找合适的话题。

“阁臣们拟得好，非奴才之功。”怀恩说。

“不是你和他等一起议的吗？”皇帝问。

“只在议吏部、兵部疏时，奴才向他等传宣圣谕；此外，他等问过奴才一两句，奴才回答，总共不超过十个字。”怀恩说。

“你用不着说什么，你坐在那里，和别人坐在那里，拟出的批复就是不一样。”皇帝道。

“或是因为奴才在时话少，有人在时话多。”怀恩说。

“或许吧。”皇帝道。

怀恩真希望，皇帝和他的谈话，就在这样轻松的气氛下进行下去。但他心里很清楚，这不过是个引子，皇帝这时的话题越随意，接下来的话题就会越沉重。他既惧怕皇帝转换话题，又在期盼皇帝转换话题。

“老怀，近前。”皇帝忽然招呼。

怀恩精神一振，惧怕和企盼全无。他暗自运口气，跨前一步。

“朕有话问你，你不得不答。”皇帝说。

“是。”怀恩道。

“不得闪烁其词。”皇帝说。

“是。”怀恩应道。

“你说说，皇三子、皇四子孰佳？”皇帝开始问。

是个简单直白而又难以回答的问题。都是皇子，你总不能在称赞一人的同时，却贬抑另一人吧？

“奴才无法说。”怀恩道。

“朕与你有约，不得不答。”皇帝不准他回避。

“无法说，也是回奏。”怀恩辩道。

“那你说说，为何无法说。”皇帝命道。

“奴才只知有皇太子，不知有皇三子。”怀恩说。

“倒是朕问的有毛病，朕改个问法。”皇帝说着，问道，“祐樘、祐杬孰佳？”

怀恩稍一迟疑，道：“奴才还是无法说。”

“怎的又无法说？”皇帝问。

“爷可直呼皇子们的名讳，奴才不敢。”怀恩说。

“朕叫他等名字，你觉着该怎叫，便怎叫，总可以吧？”皇帝对他真的够迁就，够有耐心。

“是。”怀恩应一声，又运口气。皇帝以为他会有一番议论，他却只说出两个字来，“俱佳。”

“朕说与你有约，不得闪烁其词。”皇帝道。

“俱佳，和俱不佳、某佳某不佳一样，都不是闪烁其词。”怀恩辩道。

“朕问的是，为储君，孰佳。”皇帝加上一个限定。

“爷恕罪，这一问，奴才只能不答，或闪烁其词。”怀恩道。

“你要朕在二者中择一？朕宁愿听听你的闪烁其词。”皇帝说。

“成化十一年已立储君，甚佳！”怀恩道。

“你的意思，祐杬若为储君，则不佳？”皇帝问。

“奴才绝无此意，”怀恩否认，“奴才是说，储君已立，储君甚佳。”

“可朕要问的是，祐杬为储君，会不会更佳？”皇帝固执地问。

“爷恕罪，奴才又得闪烁其词。”怀恩回答之前先请罪。

“你说！”皇帝已习惯于他的闪烁其词。

“储君之立，祖宗有制度。”怀恩道。

“你说的是有嫡立嫡，无嫡立长吧？”皇帝问。

“是。”怀恩应道。

“祖宗制度，朕怎会不知！朕问的是有无变通？”皇帝道。

“既曰制度，怎的变通？除非——”怀恩的回答很干脆，而对后面的转折，就有点儿犹豫，不知道该不该说。

“你说！”皇帝催促。

“除非储君有大的过失。”怀恩说。

“得罪至尊，算不算大的过失？”皇帝问。既然易储是有条件的，并非不可能，他就要想方设法找出符合易储的条件来。

“子得罪父，臣得罪君，自是大的过失。不过，爷仁慈，皇太子孝顺，不会有此情形。”怀恩回答得很得体。

“得罪母后，算不算大的过失？”皇帝又问。

“储君得罪母后，比之得罪至尊，降一等，但也算大的过失。不过，皇后娘娘慈爱，皇太子孝顺，不会有此情形。”怀恩说。

皇帝说的母后，不一定指皇后，甚至不可能指皇后。而怀恩把她限定在皇后，是有用意的：得罪母后，罪过已经比得罪父皇降一等；得罪贵妃，当然更不必说。

皇帝听出他的用意，不高兴地说：“你的意思，得罪庶母，又要降一等？但你还能说没有得罪的情形吗？”

“皇太子得罪哪一位庶母，请爷明示。”怀恩故作糊涂。

“自是侍长，还用朕说吗！”皇帝道。

“奴才敢说，皇太子对贵妃娘娘也是孝顺的，绝无心得罪。”怀恩道。

“你这话耐人寻味呀！老怀，你是说祐樘无心之中得罪侍长，还是说他并未想过要得罪侍长？”皇帝问。

“都不是。”怀恩道。

“都不是？那是何意？”皇帝问。

“奴才是说，皇太子并未得罪过贵妃娘娘。”怀恩道。

“并未得罪？”皇帝冷笑，“疑侍长下毒，难道不是得罪？老怀，你能说不曾有过此事？”

此事宫里知道的人不少，但没人敢对皇帝说，因为既怕皇帝闻知不快，又怕得罪万贵妃。万贵妃本人也不曾对皇帝说，因为这是件让她很难堪的事。直到最近为配合易储之议，她才把这事作为皇太子不能容她的证据说出来。皇帝果然有些恼怒。

“奴才知道有此事。”怀恩道。

“你如何为他开脱？”皇帝问。

“童言无忌！”怀恩道，“皇太子说这句话时，在童稚之龄，难以理解这句话的深浅。奴才相信，事隔十几年，皇太子不会再说这种话；贵妃娘娘也不会把皇太子当年的话放在心上。”

从法理上说不通，皇帝又动之以情。

“但朕对祐杬的喜爱，甚于对祐樘的喜爱，奈何？”皇帝说。

“舐犊之情，人皆有之，然不可溺于小爱。”怀恩说。

“何谓小爱？”皇帝问。

“奴才记得，史籍载：郑武公娶于申，曰武姜，生庄公及共叔段。武姜爱共叔段，欲立之，武公不许。庄公即位，武姜为共叔段请封邑，庄公与之，共叔段遂生异志，卒至灭亡。”怀恩讲述一段《左传》里的故事，总结道，“此即小爱，小爱适足以害之。”

“朕非武姜，祐杬也没有觊觎之心。”皇帝说。

“是，奴才只是以古说古，不敢以古喻今。”怀恩道。

“你说的故事出自《左传》，朕岂不知！然侍长对祐杬的喜爱也超过祐樘，奈何？”皇帝问。

“储君之位，尚不能以至尊喜爱而更改，遑论贵妃娘娘！”怀恩道。

“老怀，你不是不知道，朕不能如愿，尚能不计较；侍长一不如意，却要犯病。侍长犯病，朕寝食不安。”皇帝继续动之以情。

“侍长想不开时，全靠爷开解；若是骂奴才一顿，打奴才一顿，能让贵妃娘娘开怀，奴才愿往昭德宫领罪。”怀恩说。

“你去让她骂一顿，打一顿，不如为朕拟道旨意，更让她开怀，于你也有好处。”皇帝说。

“此旨一拟，奴才则成千古罪人，则成祖宗罪人。奴才宁冒万死，也不敢去做。”怀恩说罢，重新跪伏于地，叩头不止。

皇帝不再多说，挥挥手，让他退下。

此后，皇帝又找来怀恩几次，谈论易储一事。越说，怀恩态度越明确，当然，话也越难听。皇帝一怒之下，将他贬去凤阳。

覃吉心情焦虑，是一路跑回来的。皇帝比他还焦虑，不容他有喘息的机会，急切地问：“占卜师傅怎说？”

自二月二十日，山东泰安州发生地震以来，该地连震不断。据说，三月初一日震时，声如巨雷，泰山摇动。宫内外人情紧张，惊动皇帝，他命覃吉去钦天监找人占卜。

覃吉气喘不匀，只能伸出二指，禀奏占卜的结果。

“这是何意？”皇帝当然不懂。

“大师摇卦，摇出两个字来。”覃吉道。

“哪两个字？”皇帝问。

“先摇出的是个春字。”覃吉道。

“春？若言震在春日，何须他卜！”皇帝说。

“大师也称，卦不明朗，还须再摇。”覃吉道。

“第二次摇出哪个字？”皇帝问。

“是个东字。”覃吉道。

“东？若言震在东岳，也不必他卜。”皇帝说。

“大师有一番解说，”覃吉道，“原本即春日，故这个春字，并非应在春日上；原本即东岳，故这个东字，并非应在东岳上。春日连震，东岳摇动，此二字定然应在大事，而非小事。如春字，不会应在春耕不顺；东字，不会应在东虏有异。”

“他有没说，应在何事上？”皇帝问。

覃吉点点头，道：“他说，与春有关联而大者，无过于春宫；与东有关联而大者，无过于东宫。”

春宫、东宫，都是指的太子。如果只摇出一个春字，解释成春宫，或只摇出一个东字，解释成东宫，还难以取信；而摇出来的两个字都指向皇太子，皇帝不能不信。

“他的意思，泰山震，与易储之议有关？”皇帝问。

“大师并不知有易储之议；他只说，与太子有关。”覃吉道。

“老覃啊，这是天在助朕！”皇帝叹道，“祐樘是朕的储君，一旦废而另立，史笔不记朕坏祖制，也要记朕朝令夕改。老天不想让朕背上这个坏名声呀！再者，易储更是侍长心愿，朕不忍违背。朕拿别的理由劝她，她未必回心转意；但以天意劝她，想必她也会警觉。”

“爷圣明！”覃吉心情激荡，几乎难以自持。

“你去传旨：再有妄言易储者，杀无赦！”皇帝命道。

“是！”覃吉应一声，却不挪动。

“为何不去？”皇帝奇怪地问。

“爷，怀太监离京才数日，还追得回来。”覃吉道。

“谁说要追他回来？”皇帝似乎必须问一句之后，才能理解覃吉的话，“你是说，老怀前者不同意易储，故而贬逐；今者朕也不准易储，故而应当将他召回？”

“奴才没想那么多，只是想，爷说不定想把他留在身边。”覃吉说。

“朕才不想呢！”皇帝道，“他一味惹朕生气，自个儿也不好意思留在朕身边。他离开大内，离开京师，对大家都好。”

“是！”覃吉不敢再多说。

（祐杬封兴王。约四十年后，其子厚熜登极，是为世宗——作者注）

第一百六十七章

倪进贤外放宣府巡按，用在当地事务上的心思不到两分，八分多的心思都在京师，在朝廷。他自鸣得意地对人说，这叫“处江湖之远，则忧其君”。实则，当今天子轮不到他操心，让他操心的是首辅万安。当然，万安本人也没什么可让他担心的：皇帝的子嗣渐多，但看来贵妃的地位还没动摇；万安与刘珝争持不下，但看来刘珝占不到上风。让他操心的是，他远离万安，万安会不会渐渐把他忘怀？会不会在他希望调回朝廷时、希望获得升迁时，根本不予理会。

除“处江湖之远，则忧其君”，他还有句口头禅也被衙门上下牢牢记住，那就是每按一事，他最先问的总是：回馈丰厚否？人为财死，要不是求丰厚回馈，他干吗要接受到宣府这个贫瘠之地的差事？要知道，宣府地区，民少军多，文官少武官多。秀才遇见兵，有理说不清；进士遇见兵，就能占到便宜吗？一名指挥对巡按御史的敬畏，远赶不上一名知州、知县对巡按御史的敬畏。

属下知其所好，禀事时，不是先说一两句朝廷的传闻，就是直接以回馈丰厚与否开始。

“老爷，送上门来。”门役说。

“说清楚，何物送上门来？”倪进贤问。

“钱。”门役道。

“好啊，照单收下。”倪进贤说。

“老爷，不太好照收。”门役道。

“送上门的，怎的不好照收？”倪进贤问。

“不是真钱，是姓钱。”门役道。

“来个姓钱的，是不是？他送上门何物？”倪进贤又问。

“金。”门役道。

“哈，姓钱的送金，再合适不过！”倪进贤说。并吩咐，“不论多寡，且收下再说。”

“老爷，也不好收下再说。”门役道。

“又有什么岔子？难道也不是真金？”倪进贤问。

“老爷明察，不是真金，是名金。”门役道。

“真是人心不足，姓钱不算，还要名金！”倪进贤嘟囔着，脸色忽然大变，“等等，你说来的是钱金？”

“是，”门役应道，“他先不肯报上姓名，小的说，你不报姓名，我不会禀报进去，他才不得不报。小的听得真切，他姓钱名金。”

“让他回去，不准他进来，就说本老爷外出按事！”倪进贤吩咐。

门役还没来得及应声，外面有人冷笑着说：“送钱不收，送金不收，你可真是为官清廉呀！”

随着话音，那个叫钱金的男子推门而入。

倪进贤狠狠瞪门役一眼，似在责备他没看好门户。

“你别怪他。”钱金道，“我只想听听，妹夫大人得知我来，会说些什么。不然，凭他一个贱役，能把我挡在门外？让他回去，不准他进来，妹夫大人说得好呀！”

倪进贤原配夫人已亡，继室姓钱，钱金正是她兄长。

“大舅哥误会！”倪进贤很快想出一个托词，“我不让你进来，并非不想见你；我是怕让你进来，你要怪罪我。”

“你让我进来，我反而怪罪你，世上有这等道理！”钱金道。

“怎的没有！”倪进贤一点儿也不像在开玩笑，“我说，让他进来吧；这个不懂事的蠢材，”他一指门役，“就会说，老爷让你进去呢。大舅哥，你能不生气，不怪罪？”

“你难道不能说个‘请’字？”钱金道。

“那也不成。”倪进贤说，“我说，请他进来吧；这个不懂事的蠢材就会说，老爷请你进去呢。大舅哥一听，这哪儿是请我进去呀，分明在命我进去！你能不生气，不怪罪？”

“你出来迎一迎，不就诚心在请！”钱金道。

“不准大舅哥进来，我就是准备出迎。”倪进贤说。

“准备出迎，让我在门外稍候就是，用得着让我回去吗！”钱金道。

倪进贤顾头不顾腚，光为“不准他进来”这句遮掩，却忘还说过“让他回去”。好在他有应变的急才。稍一迟疑，他说：“大舅哥若和我同城而居，大舅哥来看我，我迎到门外，礼数也算说得过去；但大舅哥大老远地来看我，我只迎到门外，岂不太失礼？我的意思，请大舅哥且回，我再去你的住处，把你接来。”

“我若是回到老家，等你去接，是不是才算得上礼数悉备？”钱金与其说在讲礼数，不如说在赌气。

“要不是怕累着大舅哥，我真想这么做。”倪进贤说。

“那好。”钱金做出欲离去状，说，“我这就回到住处，等上一天，看你会不会去迎；要不，干脆回到老家，等上一年，看你会不会去迎！”

倪进贤明知他不会这样就走，也不能不顾及彼此的脸面。

“大舅哥既然自家到衙门，自家进来，只得敬请原宥小弟礼数不周。”倪进贤说着，朝衙门里的差役喝道，“别的礼数不讲，本老爷的大舅哥来，连看座的礼数都可以免吗！”

差役忙搬来椅子，请钱金就座。

“连奉茶的礼数都可以不讲吗！”倪进贤喝道。

差役忙把煮好的茶送上来一杯。

“不知道该为本老爷的大舅哥备酒馔吗！”倪进贤喝道。差役要去厨房时，他又吩咐：“别忘给都堂大人和总兵老爷那里送帖子，请他等过来陪大舅哥饮酒！”

有一差役善解人意，知道老爷的用意在抬高自己，并不是真想把宣府这两位大人物请来；况且，真心想请，也未必请得来。他说：“倒是老爷忘记都堂大人进京述职，才走两天。”

“总兵老爷呢，不会也不在吧？”倪进贤问。

“巧得很，总兵老爷也不在。怀来卫出事，他赶去处置。”差役说。

“那是不巧啊，你怎说巧得很！”倪进贤斥道。

“是，小的不会说话。”差役认错。

“妹夫大人，他的话不错，是巧得很！”钱金怪声怪气地说。

“怎讲？”倪进贤问。

“你把他两位大老爷都请来，我二人怎好说话？”钱金道。

“也是，也是。”倪进贤应着，对差役一挥手，“你等都下去吧。”

差役们如释重负，互相推攘着退下。

钱金起身，跟在差役们后面。差役们出门，他往外探探头，见没人留在门外偷听，才把门关上，回到座位上。

这一切都表明，他要和倪进贤说的话，属于机密。

“妹夫大人知我为何而来？”钱金问。

“有日不见，想我这个妹夫呗！”倪进贤道。

“这是其一。”钱金说。

“还有其二？”倪进贤问。

“不仅有其二，还有其三、其四，”钱金说。

“那得一项一项地说，大舅哥请。”倪进贤道。

“其二，打算请妹夫大人帮我谋个差事。”钱金说。

倪进贤应声“好说”，但知道这事并不好办。钱金把门役唤作贱役，可见给他安排这一类的差事，他肯定不会接受。而巡按御史不同于督、抚，可以安置几个幕僚；再者，宣府没有府、州、县衙门，也没办法给他谋个师爷、胥吏等可获取实惠的差事。

“不过，大舅哥也见到，宣府是个穷地方，当差也是苦差事。大舅哥跟着我，可吃得苦？”倪进贤问。

“我没想跟着妹夫大人。”钱金道。

“据我所知，巡抚衙门已然人满为患。把大舅哥安插去那里，我没十分的把握。”倪进贤说。

“我也没想去巡抚衙门。”钱金道。

连巡抚衙门的差事都看不上，是倪进贤没想到的。

“大舅哥不会想从军吧？”他问。

“在军中能谋个千户、百户之类吗？”钱金反问。

“别说千户、百户，总旗、小旗也难谋到。”倪进贤说。

“总旗、小旗都谋不到，我为何要留在这里受罪？”钱金道。

“宣府只这几个衙门，大舅哥都不中意，却想谋何差事？”倪进贤问。

“并无奢求，只想在都察院里谋个差事。”钱金平静地说。

“都察院？那可是在京师呀！”钱金越平静，倪进贤越动气，“我本人还在宣府呢，大舅哥却要我为你在京师谋差事！”

“在宣府怕什么？妹夫大人不是资历最深的御史吗！”钱金道。

“资历再深，也是御史，上面还有佥都御史、副都御史、都御史呢！衙门里的事，他等才做得主！”倪进贤说。

钱金显然把他的话当作推托之词，顿了顿，忽问：“宣府巡抚何衔？”

“右副都御史。”倪进贤告诉他。

“副都御史，妹夫大人可以随随便便请他来陪我喝酒；佥都御史、副都御史、都御史，妹夫大人就不可以随随便便请他等安置我个差事？”钱金的反驳很有力。

“大舅哥不可把请人饮酒与请人安置差事看作一回事，更不可把掌院都御史、副都御史等与督、抚等看作一回事！”倪进贤说。

“不看作一回事怕什么？妹夫大人不是有强有力的靠山吗！”钱金道。

“靠山再强，也得所求合乎情理。”倪进贤说。

“一考而中进士，一中进士而授御史，就合乎情理？”钱金道。在他听来，“合乎情理”四字更像是推托之辞。

“既敢赴会试，既考中进士，人家才帮得上忙；在都察院谋个不正经的差事，大舅哥让人家怎的开口！”倪进贤道。

“原来谋上也是个不正经的差事，我还不去呢！”钱金告求的，不止谋差事一事，所以不再强求，“其二被妹夫大人驳回，我再说其三。我听说御史是个肥差，巡按御史更是肥得流油，想分一杯羹。”

在倪进贤印象里，钱金是个极粗俗的人，万万没想到，分一杯羹这样有内涵的话，他也说得出来。

“大舅哥放心，在宣府吃住，不会收你一文钱。”倪进贤说。

“那不是分一杯羹，是打秋风。”钱金道。

“大舅哥打算怎么个分法？”倪进贤问。

“既然谋不上差事，就请妹夫大人送我三两千金程仪，我回去也好做个小买卖。”钱金又文绉绉地使用“程仪”二字。

若是要三二十两银子，甚至要三二百两银子，倪进贤都会盘算盘算，再还个数目。如此狮子大开口，倒省他的事。他正话反说：“大舅哥何不向我伸手讨要万金！”

“不是怕你没有，是怕你舍不得。”钱金一本正经地说。

“大舅哥知不知道，御史正七品，月俸有几？”倪进贤问。

“我又没做过御史，怎知！”钱金道。

“御史月俸七石五斗，年俸九十石。便以每石米一金而计，也不过九十两银子。你开口三两千金，我得支三十年官俸，还得不吃不喝，才凑得够！”倪进贤给他算一笔账。

“妹夫大人不会总任御史吧？以妹夫大人这等资历，若是外放，不是知府，就是佥事、参议；若是留朝，大寺则少卿，小寺则正卿，甚或本院佥都。低则五品，高则四品，月俸几多，年俸几多？不过，”钱金口风一转，说，“那是你的辛苦钱，我不要分，我要分的是你的油水。妹夫大人，别以为你在京城里做御史，一年有几多油水，派个外差，一年有几多油水，人家不知道。”

“你倒是说说，在京城里做御史，一年几多油水？派个外差，一年又有几多油水？”倪进贤道。

“别个御史我说不准，妹夫大人在京城里做御史，一年的油水在八百至一千之间；派个外差，一年的油水在一千五至两千之间。妹夫做十八九年的御史，我只分你两三年的油水，多吗？”钱金算另一笔账。

倪进贤心想，还真是八九不离十。他若矢口否认，反而显得心虚，不如改从另一个角度，把钱金挡回去。

“大舅哥讲良心，就好办。”他说。

“怎叫讲良心？”钱金问。

“大舅哥不是说，辛苦钱不分吗？”倪进贤道，“大舅哥以为薪俸是辛苦钱，其实只要当官，什么事情都不做，那份薪俸也是有的。倒是大舅哥说的油水，得用心思，得费气力，才是真正的辛苦钱呢。所以我说，大舅哥讲良心，就好办；不分辛苦钱，就好办。”

钱金原以为，倪进贤会讳言油水，会如他所愿地拿出遮口费，却没想到，倪进贤不但不讳言，还大加美化。他心一横，使出杀手锏。

“薪俸是辛苦钱也罢，油水是辛苦钱也罢，都得做官才有。妹夫大人，我的话不错吧？”他问。

“不错呀！”倪进贤坦然应道。

“妹夫大人这个官是怎么得来的？”钱金问。

“经科举呀！”倪进贤道。

“妹夫大人靠什么中的科举呢？”钱金问。

“学富五车呀！”倪进贤道。

“学富五车？妹夫大人哄别个去吧！”钱金哂笑。

“不靠学富五车，却靠的什么？”倪进贤问。

“一盆洗鸟水。”钱金道。

倪进贤不再那么坦然。虽然讲求房中术，以房中术求媚于大臣，算不得大罪恶，和贪赃枉法不可同日而语；但这等事情传出去，会让一名官员立即声名狼藉，不齿于同侪。

“大舅哥，京城里怎样的谣传都有，不可信之！”他说。

“可信，不是京城里的谣传，是妹夫大人故里的谣传。洗鸟水的方子如何骗取到的，人家都说得鼻子是鼻子，眼睛是眼睛。”钱金自信占据上风，悠然自得地问，“要不要我把人家找来，当面对质？”

“自家的事好说，大舅哥犯不上牵扯上外人。”倪进贤道。

“就是嘛！”钱金以为他是服软，自己也不再盛气凌人，“我说分一杯羹，妹夫大人心里一定在骂我贪得无厌。其实，还不因为是自家人，我想帮妹夫大人的忙。分来的一杯羹，大半是要用来封人家口的。”

“封人家的口，我亲自来办，好不好？”倪进贤不会轻易答应。

“妹夫大人不用我帮忙？”钱金问。

“请大舅哥帮忙的事，是有的。”倪进贤道。

“那是何事？”钱金问。

“封口。”倪进贤道。

“妹夫大人不是说——”钱金被他说糊涂。

“我是请大舅哥封自个儿的口！”倪进贤道。

“我的口早封晚封，还不是妹夫大人说了算！只不过——”钱金说到关键的地方，戛然而止。

“我知，也是要封口费的。”倪进贤说。

“惭愧，惭愧！”钱金打躬作揖。

“不过，一杯羹未免太多。”倪进贤说。

“一杯羹里包括封别人口的，封我一人之口，半杯羹足矣！”钱金说。

“仍多。”倪进贤说。

“妹夫大人嫌多，可说个数。”钱金道。见倪进贤不慌不忙，伸出一指。他边问“一千”，边连连点头，恨不得立即成交。

“非也。”倪进贤则连连摇头。

“一百？”钱金得问一句了，“黄物，白物？”

“一口价，十两，白物！”倪进贤道。

“再无余地？”钱金问。

“再无余地。”倪进贤回答得斩钉截铁。

“十两纹银也是肉，干脆这块肉也弃之。妹夫大人，你我握手告别吧！”钱金大感失望之下，反而平静异常。他亲切地握住倪进贤的手，摇了几摇，忽然低下头去，狠狠地咬住倪进贤的一根手指。

倪进贤疼痛难忍，一边大叫，一边拼命地甩手，把衙役们都招进来。

“此其四也。”钱金说。

“这是个疯子，把他送去大牢！”倪进贤命道。

第一百六十八章

平日难得出城的浙江温州府学训导郑璟，假日里带生员二人郊游。两个生员，一姓罗，一姓闵，平日就饶舌，在先生面前更是自作聪明。

“先生，今日游江耶，抑或游山耶？”姓闵的生员问。

“闵兄径请先生游山不好，何须再问！”姓罗的生员道。

好似被他说中，姓闵的生员脸一红，不再问。

郑璟感到奇怪，问他：“你怎知闵君意在游山？”

“先生和我等相处已有些日子，难道竟不知？”姓罗的生员看上去也感到奇怪，“城西不是有座岷冈山吗？岷、闵不过同音而已，却好像归于闵家所有，每议郊游，闵兄必倡游山。”

“如此说来，闵君倡议游山，罗君必附和之。”郑璟道。

“这却是为何？”姓罗的生员说。

“温州不但有岷冈山，还有大罗山。”郑璟道。

“大罗山姓大，不姓罗。”姓罗的生员说。

“看来，闵君倡议游山，罗君必不附和？”郑璟问。

“绝不附和。”姓罗的生员说。

“但姓罗的山也有啊，瓯江之畔，不有罗浮山吗？”郑璟道。

“在罗兄眼里，游罗浮，游江也，非游山也。”姓闵的生员插话。

“罗浮分明是山，怎成游江？”郑璟不懂。

“先生想，瓯江在城哪一方？”姓闵的生员问。

“以北。”郑璟道。

“罗浮呢？”姓闵的生员问。

“又在江之北。”郑璟道。

“故而欲游罗浮，必先游瓯江；每议郊游，罗兄必倡游江，便是为此。”姓闵的生员说。

“那么，罗君倡议游江，闵君也不会附和吧？”郑璟问。

“除非到瓯江之畔，不向对岸张望。”姓闵的生员说。

“我为二位说和说和吧。”郑璟道。他先对姓闵的生员说，“罗君倡议游江，非因江对岸是罗姓的山，而因古圣贤有言：智者爱水。闵君，你看如何？”

“但他爱水，确因江对岸是姓罗的山呀！”姓闵的生员说。

郑璟大摇其头，又对姓罗的生员说：“闵君倡议游山，非因该山姓闵，而因古圣贤有言：仁者爱山。罗君，你看如何？”

“先生听到，他方才还在说，到瓯江之畔，不向对岸张望。这能叫爱山？”姓罗的生员道。

郑璟接着大摇其头，并说：“我看出来，罗君难称智者，闵君难称仁者。换言之，罗君不欲闵君称仁者，闵君不欲罗君称智者。携二君出游，当真给我出道难题。”

“但望先生不偏不倚。”二生员齐声说。

“游江，则闵君不悦；游山，则罗君不悦。不偏不倚，则既不可游江，也不可游山。我倒有个主意：我等游湖去吧。”郑璟道。

“游湖，没离开水，先生仍有偏倚。”姓闵的生员说。

“闵冈山在城西，会昌湖亦在城西，才是有偏倚呢。”姓罗的生员说。

“游湖同于游江，游湖与游山同出城西，一人偏倚一点，不正好不偏不倚？”郑璟道。

二生员觉得先生言之有理，不再拌嘴。

会昌湖并不在温州城正西方向，而在西南方向。师生三人出西门，往西走一段，然后往西南方向插去，不多久，看到一洼湖水。

郑璟注意到，从湖边走过的路人，走到某一固定的地方，都会站定，朝湖里看看，然后继续前行。看到第一、第二个人如此，他没放在心上；等到第三、第四个人站定，他忍不住要问。

“他等在看何物？”他问两个弟子。

“当是漂浮之物。”姓闵的弟子说。

“这不等于没说！”姓罗的弟子讥道，“不看漂浮之物，难道还看沉于湖底之物？”

“湖底之物，他是看不见的，我也是看不见的，只有罗兄才看得见。不过，那没什么稀奇的；如先生所言，罗兄爱水嘛。若从这里看得见湖里漂浮何物，才令人拍手叫绝！”姓闵的生员反唇相讥。

“那有何难？”姓罗的生员掰着手指说，“漂浮者，多半是鱼，非鱼即蟹，非蟹即虾。”

“罗兄该说，沉于湖底者，多半是鱼，非鱼即蟹，非蟹即虾，方保万无一失。”姓闵的生员继续取笑。

“活鱼活蟹活虾，或沉于湖底，或游于湖中，待其毙命，无不漂浮于水面。”姓罗的生员说。

“死鱼死蟹死虾，捞将上来，煎炸烹饪，也是一餐美食，他等怎不屑一顾而去？”郑璟还有疑问。

“先生是腹里之人，有所不知。”姓罗的生员解释道，“本地水乡，又滨海，其人非鲜活鱼虾，是不会食用的。”

“罗兄‘其人’二字用得甚是不妥！”姓闵的生员说。

“怎的不妥？”姓罗的生员问。

“罗兄家富甲一方，自然不食腥臭；而贫苦农家，臭鱼烂虾，一年里也吃不上几回。”姓闵的生员说。

“闵君以为，漂浮于湖面的，并非水族？”郑璟趁机问。

“罗兄说多半是鱼，晚生斗胆说一句，多半非鱼。”姓闵的生员道。

“不是水族，却是何物？”郑璟问。

“先生莫再问。”姓罗的生员被姓闵的生员批驳，大为不满，反诘道，“除漂浮之物，闵兄不会再有别的说法。”

“罗兄怎知我不会再有别的说法？”姓闵的生员不服气。

“你既有别的说法，为何不说！”姓罗的生员道。

“我方才只说半句话，你容我说下半句吗？”姓闵的生员先把责任推到姓罗的生员的头上，然后说，“过往之人观望的，当是漂浮之物；非漂浮之物，则是漂浮之人。”

“何谓漂浮之人？”郑璟问。

“晚生的意思，是湖里有人戏水，引人驻足观望。”姓闵的生员说。

“听说滨海之人水里功夫了得，正好见识。”郑璟说着，加快脚步。

湖面上漂浮的，既不是腐败的死鱼，也不是戏水的活人，而是一具婴孩。婴孩被土布包裹得很严实，只露出一张小脸，看上去，比其他婴孩的脸要大一些。他的两只眼睛，一只闭上，另一只似乎微微睁着。除包扎婴孩的绳子，土布上还搭着一截草绳。

郑璟见状，觉得肠胃里有无数东西在蠕动，直要呕吐。漂浮于湖面的婴孩已经够让他震惊，而过往路人看到婴孩时望一眼便离去的无动于衷，更让他感到震惊。

“先生，不打紧吧？”二生员问。

“别管我，快去救那婴儿！”郑璟道。

“已来不及救。”姓罗的生员说。

“救之无益。即便救活，终难逃厄运。”姓闵的生员说。

他的话不近人情，郑璟瞪他一眼。

“闵兄的话不错，先生休要怪罪！”姓罗的生员说。二人一直争论不休，这会儿他却为姓闵的生员申解。

让郑璟不怪罪，是不可能的；但他可以暂不怪罪。

“罗君怎知来不及？”他问。

“先生看见搭在襁褓外的那段草绳没有？”姓罗的生员手指湖中，道，“该婴是系着砖石等重物沉于湖中的，草绳沤烂，该婴脱离砖石，才浮出水面。先生想想，已过去几多天？”

郑璟仔细观察一会儿，做出自己的判断：这个婴孩的确已死。他转过去教诲姓闵的生员：“闵君，即便救之不及，你也不该见死不救。夫子曰：仁者爱人。你难道是这般爱人的？”又教诲姓罗的生员，“罗君，你与闵君交好，也不该明知其错，而力图遮掩。”

“晚生并非见死不救。”姓闵的生员说。

“晚生并非力图遮掩。”姓罗的生员说。

“如此说来，倒是我错怪你等？”郑璟不高兴地问。

“先生不会错怪，但不知本地风俗耳。”二生员说。

“本地有何风俗？”郑璟问。

“民家生女，多溺之。”姓闵的生员说，“晚生称救之无益，一则因为，即便获救，难以寻找生身父母，而其他人家见是女婴，皆不肯收养；二则因为，即便寻找到生身父母，将其送还，不一二日，重又溺之。”

“温州亦王土，竟有这等陋俗？”郑璟好似在问姓闵的生员，两眼却向姓罗的生员望去。

“晚生最恼火之事，是附和闵兄；但沉溺女婴之俗，我温州确有之。”姓罗的生员道。又补充，“该等陋俗，不仅温州有之，台州、处州等邻郡，亦多有之。”

意外地遇到这样一桩悲惨的事，郑璟无心再游于郊外。回到府城后，经多方打听，证实二生员所言不差。他毅然上疏，请朝廷严禁浙东各府溺女婴之习俗。

散朝后，掌院都御史朱英拉一把礼部尚书周洪谟，往道旁一指，自己率先走过去。周洪谟知道他有话要说，跟随他过去。他二人是同科进士，相处随意；别人看在眼里，也不为意。

“尧弼兄，此事我怎么也想不通！”朱英道。

说得没头没脑，周洪谟当然要问：“此事为何事？”

“还不是朝廷下礼部议复之事。”朱英道。

“原来为的是温州郑训导上言之事。”周洪谟不仅知道他说的是什么事，也明白他为什么要和自己说这件事。他故意问：“时杰兄是不是以为，训导人微言轻，不该径自上疏朝廷？”

“尧弼兄这么说，未免把我想得太肤浅。”朱英道，“天下之事，天下人皆得以议之，况且他是食俸禄的学官！”

“时杰兄不是为此想不通，却是为何？”周洪谟问。

“我想不通者，朝廷怎会将该疏下礼部议复。”朱英道。

朝廷将章奏下各衙门议复，从来是因事不因人的。譬如，学校掌于礼部。而学官议官吏，当下吏部；议财富，当下户部；议军事，当下兵部；议刑律，当下刑部。郑璟奏言之事，应该说和刑律的联系更密切一些。如果说本朝尚无相关律令，那么，应该颁之。如果说本朝已有相关律令，那么，你可以说，溺毙女婴触犯刑律；却不可以说，溺毙女婴触犯礼教呀！此事下刑部议之，或下都察院议之，或下廷议，都说得过去，但朝廷偏偏下礼部议之，难怪朱英不解。

“或因天下学校皆掌于礼部。”周洪谟勉强找条理由。

“尧弼兄自家想想，所言有理无理！”朱英道。

“无理。”周洪谟的回答很干脆，但随即又解释，“我是说自家所言无理，并非说朝廷的处置无理。其实，郑训导奏章，下哪个衙门议复，都不能说没有道理。”

一句话提醒朱英。他不过对郑璟的奏言有感，想发发议论而已，何必对朝廷的处置妄加评论呢。

“我也不以为朝廷的处置无理。”朱英道，“我是说，此事由礼部议复，或由都察院议复，并无不同；但由尧弼兄议复，或由我议复，可能会有所不同。”

“有何不同？”周洪谟问，“难道独时杰兄重一训导之议，我反而轻视一训导之议？难道独时杰兄惜人性命，我反而不惜人性命？”

“不同不在此，在彼。”朱英说着，拿手随便一指。

周洪谟随着手指的方向看过去，什么也没看到。他说：“时杰兄别动手，还是动口吧。”

“溺女婴之事，尧弼兄不如我了然。”朱英说。

“郑训导奏章的原本已交与我，我怎不如时杰兄了然？”周洪谟问。

“溺女婴之事，尧弼兄不如我有切肤之感。”朱英又说。

“人命关天的事，我怎不如时杰兄有切肤之感？”周洪谟问。

“尧弼兄说说，据郑训导所议，几处有此陋俗？”朱英道。

“温州、台州、处州三府。”周洪谟说。

“尧弼兄记不记得，我曾守过处州？”朱英问。

那是他中进士后不久，浙、闽盗起，朝廷差遣御史多名，分守各府御之。他守的是处州。在近四十年的宦海生涯中，朱英有三十年任外官，正是从那时开始的。

“郑训导言及处州，而时杰兄守过处州，故时杰兄以为，自家对其事比我了然，比我有切肤之感。”周洪谟听懂朱英话里的含义，他问，“但不知时杰兄守处州时，该地有无溺女婴之俗？”

“已有之。”朱英说。

“既有之，时杰兄为何不早言之？”周洪谟问。

“一则，彼时我奉旨御贼，而非治民；二则，彼时之俗，似不如今时之烈。”朱英说。

“彼时之俗，既不如今时之烈，时杰兄就说不上比我了然，比我有切肤之感。”周洪谟道。

“我说比尧弼兄了然，比尧弼兄有切肤之感，不只于此。”朱英道，“我守处州时，曾询问过里长、老人等，知溺女婴之俗，不仅处州、温州、台州等府有之，宁波、绍兴、金华等府亦有之。”

“三府有之，与六府有之，差别只在数量。”周洪谟说。

“若一布政司有之，与二三布政司有之呢？”朱英问。

“时杰兄此言何意？”周洪谟反问。

“尧弼兄记不记得，我曾官福建布政使？”朱英问。

“那应在成化十年前吧。”周洪谟应着，问道，“时杰兄是不是说，福建也有溺女婴之俗？”

“是。”朱英应道。

“福建是‘二’，还有‘三’？”周洪谟问。

“我是由广东布政司参议升任福建布政使，又由福建布政使改任陕西布政使的。赴任福建，及由福建赴任陕西，皆途经江西。我询问过江西驿丞及里老等，知江西亦有溺女婴之俗。”朱英说。

“由温州、台州、处州而宁波、绍兴、金华，由浙江布政司而福建布政司、江西布政司，皆非郑训导所知，亦非我所知。看来，时杰兄说对此事比我了然，比我有切肤之感，并非没有根据呀！”周洪谟道。听他的话，似乎认可朱英的说法，但他口气一转，忽问，“时杰兄知不知道，我曾在南京任官？”

“是以侍读学士掌南京国学吧？”朱英当然知道。

周洪谟点点头，又问：“时杰兄知不知道，南畿郡县亦有此俗？”

朱英一愣神，随即说：“我不曾在南京及南畿任官，不知。”

“那好，时杰兄今日知之，除二三布政司外，有此陋俗者又多一个地方。”周洪谟道。

朱英觉着他话里有话，问：“尧弼兄是不是以为，自家对此事与我一般了然，与我一般有切肤之感，我不必关切此事？”

周洪谟摇着头说：“对此事了然，我自忖未必逊于时杰兄；对此事有切肤之感，我自忖未必逊于时杰兄。但朝廷将该疏下礼部议复，并不意味着其他人就不该关切此事，其他衙门就不该关切此事。时杰兄若有奏言此事之意，在我是求之不得；若不以个人而以都察院奏言其事，在我更是求之不得。”

“尧弼兄不会怪罪我多事？”朱英问。

“时杰兄说得好，天下之事，天下人皆得以议之。我怎会怪罪，怎敢怪罪！”周洪谟道。

“南畿之俗，我亦可言及？”朱英问。

“多一地有此俗，申明禁令，便多一分紧迫。我告诉时杰兄南畿的事，不过希望时杰兄言及此事时，多一分力度！”周洪谟说。

都察院几乎在同时奏言二事：一是浙江、福建、江西、南畿等地溺女之俗，宜禁；一是宣府巡按倪进贤贪淫不检，宜罢。皇帝批复，命申溺女婴之禁，并勒倪进贤致仕。

第一百六十九章

很多年里，皇帝找梁芳来询问的，让梁芳去操办的，都是宫里的事。朝中的事，他更愿与怀恩谈论；本人的心思，他更愿向怀恩倾诉。自从怀恩被贬至凤阳，皇帝在司礼监找不出一个可以说说心里话的人。萧敬有学问，但过于圆滑；覃吉有学问，但过于迂腐。所以，皇帝有心思，更多的是向梁芳倾诉。

“老梁，朕这几日颇为郁闷。”皇帝说。

“是谁人惹爷不痛快？”梁芳忙问。

“朕也理不出个头绪来。”皇帝道，“反正朕闲来无事时，总会想起年初使得泰山摇动的地震。”

“爷降旨以安东宫之后，不没再震吗？”梁芳宽慰道。

“你不知道，让朕郁闷的，并非山东的地震，而是山东地震后廷臣蜂拥而至的奏章。其时，朕心惕悚，凡有陈言，无不嘉纳。今时想想，他等许多陈言，并不合朕心愿。”皇帝说。

说到不合心愿，改立太子之事被阻止，肯定也不合皇帝心愿。梁芳万万没想到，还有机会重拾这个话题。他立即接上皇帝的话：“改立皇四子为储君一事，也是因山东地震及廷臣之议而停的。”

“停议此事，朕并不后悔。”皇帝说。

“是。”皇帝的态度如此坚定，也是梁芳没想到的。

“大臣们奉旨直陈，分派朕几句不是，朕不说什么；最可气的是，有些科道官、部属官，借机泄愤，把多少年来的陈年老账都搬出来。那时，朕是硬着头皮读他等奏章的。”皇帝说。

“不知爷最恼火的是谁人？”梁芳问。

“工部有个主事，叫张吉。他的奏章尖酸刻薄，直言不讳，就差指着朕的鼻子斥骂。”皇帝道。

“再有呢？”梁芳问。

“十三道御史的奏章也过分之极，难听之极。朕听说，是浙江道御史汪奎草拟的。”皇帝道。

“御史们放肆谩骂，给谏们好不到哪儿去吧？”梁芳问。

“到底是侍从之臣，写得客气一些。但也有几人，合署上疏不算，还单独上疏，把朕数落一通。”皇帝道。

“爷还记得是哪几个吗？”梁芳问。

“朕记不清。”皇帝道。

“不妨，此事易查。”梁芳说。

“老梁，你问来问去，是何用心？”皇帝问。

“奴才在想，事情过去好几个月，爷何不也泄一泄愤？”梁芳道。

“朕如何泄愤？”皇帝问。

“交代东厂，多方侦缉。奴才不信他等不说一句错话，不做一件错事。设若说错话，做错事，即可下狱。”梁芳出个主意。

“要是你提督东厂，朕交代与你，你一定比朕交代的还要严厉；交代与老陈，你想他会吗？”皇帝道。

“老陈提督东厂，是老怀做的手脚。”梁芳真对提督东厂有兴趣，想借皇帝对怀恩的余怒，撤换陈准。

“但自打老陈提督以来，廷臣对东厂的议论确实少许多，朕的耳根也清静许多。这是你做不到的。”皇帝却说。

“爷说的是，奴才还是不提督东厂为好。”梁芳自我解嘲，他对自己出的主意略做修改，“爷不想和老陈怄气，可交代与锦衣卫。”

“下狱未必高明，”皇帝道，“一来，将一人下狱，会招致议论；将多人下狱，还不得人声鼎沸？二来，下狱之后，不要多少日子，还得释出，还得复官。朕岂不是给自家找麻烦？”

“爷若不忍心他等受牢狱之苦，用得着另一句话。”梁芳说。

“哪一句话？”皇帝问。

“眼不见，心不烦。”梁芳道。

“你是说，将他等外放？”皇帝边问，边琢磨。

“说得好听，是外放，廷臣说不出什么；说得不好听，是贬谪，爷也泄少许愤。”梁芳说。

其实，将得罪官员贬谪于外，是再通常不过的做法；其目的，正在于眼不见，心不烦。但除梁芳，这些话别人是不会公然说出来的。

“这个主意可取，老梁，你可能办？”皇帝问。

“爷写一道密旨，奴才就能办。”梁芳说。

接旨的是吏部尚书尹旻。接旨后，他和梁芳商量：“徐时用、黎太仆二位都在，梁公公看，要不要请来一起议议？”

“这事同仁先生别问我，该问自个儿。”梁芳说。

“怎该问自个儿？”尹旻问。

“皇上交代的事，总是要办的。”梁芳说，“同仁先生自忖他二位不会给同仁先生找什么麻烦，或者说，同仁先生自忖压得住他二位，就把他二位请来；同仁先生自忖压不住他二位，或者说，他二位一来，麻烦也来，却请他二位来作甚！”

“言之有理。”尹旻附和，“太仆先生还好说话，时用先生却是有板有眼，一丝不苟。把他请来，徒添烦恼。不如我二人议定，也好让梁公公早些回宫复旨。不过，”他把密旨重新看一遍，说，“皇上命将工部主事张吉等外调，这个‘等’字可不好把握呀！”

“同仁先生放心，其他人都在这里。”梁芳指着自己的脑袋说。

“那就好！”尹旻点点头，征求梁芳的意见，“皇上既点张吉的名字，你我从他议起，如何？”

“皇上第一个恼的是他，自当先将他外调。”梁芳说。

“梁公公看，将他外调何职，可称皇上的心？”尹旻问。

“别让他拣着便宜，也别让人看出在惩治他。”梁芳提出的标准有二。

“据梁公公所言，平调即可。”尹旻先确定一个标准，然后说，“我看，有三个职位，一为知州，一为府通判，一为州同知，较适宜。”

“我记得，主事正六品吧？”梁芳问。

“是。”尹旻应道。

“知州呢？”梁芳问。

“从五品。”尹旻说。

“升一秩，不是让他捡便宜！”梁芳道，又问，“府通判呢？”

“正六品。”尹旻说。

“州同知呢？”

“从六品。”尹旻说。

“我看，通判有缺，且授通判；通判员满，则授州同知。”尹旻说。

“梁公公划出框框，就在这个框框里议吧！”尹旻说。

“张吉外调通判，不可安置在京畿。”梁芳补充。

“也不可安置在南直隶吧？”尹旻问。

“苏、松最称富庶，调去那里，岂不让他拣个大便宜！”梁芳说。

“河南八府，三府通判缺员，陕西八府，四府通判缺员，均是缺员较多的布政司，梁公公看，安置在哪里好？”尹旻问。

“不妥，不妥！太近，太近！”梁芳连声道。

“河南、陕西嫌近，不用说，山东、山西更近。”尹旻道。

“莫提，莫提！绕过，绕过！”梁芳又连声道。

“四川如何？我记得，四川夔州府通判缺员。”尹旻说。

“四川距京城有万里？”梁芳问。

“成都在万里之外，夔州稍近，也在万里左右。”尹旻说。

“可作为选地，但不是首选。”梁芳道。

“梁公公之意，还要再远？”尹旻问。

“是。”梁芳应道。并问，“同仁先生可知，须外调之人中，皇上为何单单点出张吉的名字？”

“不知，请梁公公赐教。”尹旻揖道。

“他是部属，而非言官；写起奏章来，他却比言官还恶毒。故而，科、道官贬至四川就可以，他还得往远处贬。”梁芳说。

“承教！”尹旻又是一揖，然后说，“若论极边远之地，非云南莫属。”

“光远不算，还得贫苦。”梁芳又加上一条。

“云南也称得上极贫苦。”尹旻说。

“那好，就把他往云南调。请同仁先生远里再求远，贫里再求贫，给他选上一个去处。”梁芳道。

“梁公公原宥，我一时还选不出来。”尹旻说。

“同仁先生好怪！提及河南、陕西布政司通判缺员，同仁先生信口说出；提及四川布政司通判缺员，同仁先生只记得某一府通判缺员；提及云南布政司，同仁先生怎么一个都说不出来？”梁芳问。

“我才说了，河南、陕西布政司，各有八府。”尹旻道。

“四川布政司呢？”梁芳问。

“合军民府计之，有十三。”尹旻道。

“云南布政司呢？”梁芳又问。

“合土府计之，不下二十。”尹旻道。

“难怪同仁先生一时说不出来！但无论如何，张吉调云南通判，不再更改；若无现成的通判可任，同仁先生不妨为他腾出一个位置来。”梁芳敲定这一条。

“好说！”尹旻应承下来。

“除张吉，另有刑部主事李旦须外调。”梁芳往下说。

“也是最偏远、最贫苦之地吗？”尹旻问要求。

“皆为主事，皇上只点张吉的名，没点李旦的名。可见，轻重有所区别。我看，二者择一即可。”梁芳说。

“梁公公看，择极边远，或择极贫苦？”尹旻问。

“极边远，多半还在云南，择极贫苦吧！”梁芳说。

“论极贫苦之地，非贵州布政司莫属。”尹旻道。

“贵州布政司距京师几远？”梁芳问。

“七千六百余里。”尹旻告诉他。

“非极边远，也算得上次边远。”梁芳同意这一选择。又问，“贵州布政司有没有现成的通判缺员？”

“我记得，镇远府通判缺员。”尹旻说。

“云南同仁先生说不出，贵州怎又能信口说出？”梁芳感到好奇，故而多问一句。

“合土府计之，贵州只有十府。”尹旻说。

梁芳点点头，道：“四川有十三府，难得同仁先生还记得夔州通判缺员。这等好记性不可辜负，监察御史汪奎是一定要外放的，就让他出任夔州府通判。如何？”

“梁公公的话，还能白说吗？”尹旻应承道。少一个需要绞尽脑汁去找的地方，在他求之不得。

“还有几个给谏外调，同仁先生再费费心。”梁芳说。等尹旻点头之后，他数道，“第一个是工科都给事中卢瑀。”

“御史外放四川通判，给谏是否外放个远近相当的府份？”尹旻提议。

“好啊，有没有合适之处？”梁芳问。

“长沙府通判恰好缺员。”尹旻说。

“我虽不熟悉地理，却知湖广近过贵州。贵州距京师尚无万里，湖广更没有。同仁先生怎说，长沙与夔州远近相当？”梁芳质疑。

“四川布政司距京师万里，是以成都计，夔州距京师比成都大约近两千里；湖广布政司距京师却是以武昌计，约五千二百里，长沙距京师比武昌远九百里。一增一减，远近相差没那么多。”尹旻说。

仔细计算一下，相差仍有两千里。但尹旻没仔细计算，梁芳也不会仔细计算。卢瑀外放长沙府通判。

“第二个给谏是谁？”尹旻问。

“同仁先生先说，还有没有现成的通判职位。”梁芳道。

“若是山东、山西、河南、陕西仍排除在外，只得待定。”尹旻说。

“有一个张吉待定，就别有人再待定。既无现成的通判可授，只好让给谏们吃些亏，外放州同知吧。”梁芳道。

“州同知倒有现成的，如广安州、兴国州皆缺贰守。”尹旻信口举出。

“广安州属哪一布政司？”梁芳问。

“四川，隶顺庆府，在川北。”尹旻说。

“兴国州呢？”梁芳问。

“湖广，隶武昌府。”尹旻说。

“既非极边远，又非极贫苦，也不算吃很大的亏。”梁芳说着，分派，“刑科给事中秦升外放广安州同知，工科给事中童柷外放兴国州同知。”大概觉着自己有点儿喧宾夺主，他又说一句，“同仁先生若以为秦升宜兴国，童柷宜广安，亦无不可。”

“我与二人皆无私情，犯不上为谁挑肥拣瘦。”尹旻说。

“同仁先生，已外放几人？”梁芳忽问，看来要收场。

“二主事，一御史，三给谏，共六人。”尹旻说。

“奉圣谕，外放之人，在四五人以上，七八人以下。同仁先生做主，外放六人，再合适不过。”尹旻道。

“梁公公说好，便好！”尹旻道。

“同仁先生，吏部再拟升一官吧。”梁芳忽又提议。

“皇上的意思？”尹旻问。密旨上没这一项，他必须要问。

“皇上没直接说。”梁芳虽不敢假传圣旨，却可以随意揣摩皇帝的心思，“但同仁先生不妨想一想，皇上为何将外放人数限在四五人与七八人之间？还不是不愿朝廷被视为寡恩。今次外放，别人说不出什么，但都看得出是罚治。仅罚治，不升迁，难免被视为寡恩。外放同时，升迁一二人，也让人看看皇恩浩荡，也让皇上舒一口气。”

“言之有理！”尹旻附和一声，问，“梁公公有无人选？”

“前些日子，我去山东办差，同仁先生知道吧？”梁芳不答反问，不过，他的问题里已包含着答案。

“听说去的是兖州府？”尹旻知道。

“去的是沂州。”梁芳说。沂州是兖州府的属州。

“听说梁公公在那里挖出个金矿？”尹旻还知道。

“这事说来晦气！”说起这件事，梁芳颇为懊恼，“我是冲着金矿去的，爷也是冲着金矿准我去的。谁知挖一个月，连金渣也没挖出来。”

“梁公公上当了？”尹旻问。

“谁说不是！”梁芳道，“都说山东人直爽，有一说一，有二说二，所以山东人报矿，我眉头没皱一下，就向皇上奏请，前往沂州开矿。去后我才知道，山东人的话信不得！”想起尹旻也是山东人，话已收不回来。他挥挥手，说：“扯太远，扯太远。去一次山东，虽未挖出金矿，却见到几个好官，也算不虚此行。”

“好官在布、按二司，还是在兖州府？”尹旻问。

“在沂州。”梁芳说着，问道，“知州朱义，同仁先生听说过吗？”

“不曾听说。”尹旻道。

“他把沂州治理得路不拾遗，夜不闭户，真可谓一方乐土。”梁芳说。

尹旻明知，他所谓业绩，肯定是夸大其词。再深说一层，他所谓好官，无非是对他逢迎有加，馈赠丰厚。但该迎合时，还得迎合：“百官楷模，吏部不曾发掘，却被梁公公发掘出来，多谢！”

梁芳觉得他话里有刺，道：“同仁先生不信，可下访单与布、按二司。”

“不必，不必！梁公公称好，定然不差。今次升迁，就定他吧。”尹旻说着，又问，“梁公公有无官选？”

“我不懂规矩，同仁先生说了算。”梁芳道。

“梁公公对他称许不已，一定想升他来京吧？”尹旻问。

“若能来京，再好不过。”梁芳道。

“南京呢？”尹旻又问。

“亦无不可。”梁芳应道，又反问一句，“但不知可升何官？”

“外官升京官，不像京官升外官，连升几级都可以。”尹旻说着，为他举一例，“知州从五品，各部司官正五品，相差虽仅一秩，然知州升为郎中，可以说是一步登天。”尹旻告诉他。

“好，就定为郎中，烦同仁先生为他安排。”梁芳道。

尹旻唤来部属查问，得知云南景东府通判缺员，外放张吉任之；朱义则升南京工部郎中。

第一百七十章

刘翊绕过内阁前的小石坊进入院内，正好有两个人从石坊的另一边绕出去。从背影看，是万安、刘吉。他相信，他二人也看见他，至少看见他的背影。他二人不与他打招呼，他也不与他二人打招呼。但这个时辰，二人会去哪里，会去做什么，刘翊又极想知道。于是，他在院里踱来踱去，直到一名中书从阁中出来。

“人呢？”他问。

“晚生不是在吗？”该中书道。

“我问的是你吗！”刘翊没好气地说。

“众中书各忙各的，我怎知！”该中书也没好气。

“我也不问他等。”刘翊说。

“叔温先生究竟问谁，说出来，晚生才好答话。”该中书说。他在中书科出了名的机灵，不会猜不出刘翊在问谁，但今日故意显得呆头呆脑。

“我问祐之先生。”刘翊说。

“只问祐之先生一人？”该中书问。

“你知一人，说一人；知二人，说二人。怎这般啰唆！”刘翊道。

“不是我啰唆。本该叔温先生问一人，我说一人，问二人，我说二人；绝不可我说一人，叔温先生听一人，我说二人，叔温先生听二人。想叔温先生所想，是不是这个道理？”该中书分辩。

“但我要先问清，你是不是知道祐之先生去哪里，才好决定问一人，还是问二人。”刘翊和他扯皮。

“我若不知祐之先生去哪里，为何问叔温先生是不是只问一人？”该中书告诉他，自己知道刘吉去哪里。

“他去哪里？”刘翊问。

“叔温先生不是说，问清我知不知道祐之先生去哪里，再决定是问一人，还是问二人吗？”该中书才不会就此罢休。

“好，你快说他二人去哪里！”刘珝道。

“他二人，一人是祐之先生，另一人却不知是谁？”该中书问。

“首辅。”刘珝不得不说，但声音极低。

“歉甚，晚生没听清。”该中书道。

“首辅！”刘珝几乎是吼出来的。

“原来另一人是循吉先生。”该中书偏不称呼首辅，他告诉刘珝，“循吉先生和祐之先生一起出去。”

“我还不知他二人出去，我是问他二人去哪里！”刘珝道。

“他二位被召进宫。”该中书说。

“进宫？”刘珝一愣。

“是啊，来位公公，请他二位进宫。”该中书更具体地说。

“是去的文华殿？”刘珝问。

“不，去的西角门。”该中书说。

刘珝暗自叫苦：只顾和这个喜欢调侃的中书舍人耍嘴皮子，却误大事。内阁三臣，皇上只召入首辅的情形是有的；但同时召入首辅、三辅，而撇下次辅，这种情形却是没有的，至少基本上是没有的。况且，万安、刘吉不是去在正式场合召见大臣的文华殿，而是去在非正式场合召见大臣的西角门，他更不该缺席。

他推该中书一把，匆匆绕出石坊。

等他赶到西角门，万安、刘吉早已不见踪影。他向守门的太监点点头，打算跨进门内，却被守门太监拦截在外。

“公公，是我。”刘珝说。

“认得是东刘先生。”守门太监道。

“既认得，为何拦我？”刘珝问。

“东刘先生难道不知，外臣非奉旨不得入内，怎的反而问我！”守门太监道。

“我——”刘珝本想说是奉旨而来，又一想，并无人向他宣过皇帝的旨意，于是改口说，“内阁奉旨。”

“东刘先生，对不住，皇上未曾降旨，宣入阁臣。”守门太监说。

刘珝又暗自叫苦：难道在内阁遇到的中书编套谎话戏弄他？不会呀，万安、刘吉是否进宫，是否到西角门，一问就问出来，该中书再不懂事，也不敢拿这样的事开玩笑。

“循吉先生、祐之先生莫非没来？”他问。

“他二位倒是来了。”守门太监说。

“他二人莫非没进去？”刘珝又问。

“他二位倒是进去了。”守门太监说。

“既如此，公公为何说皇上未曾降旨，宣入阁臣！”刘珝道。

“东刘先生别向我兴师问罪，皇上传宣循吉先生、祐之先生的旨意是有的，但无传宣阁臣的旨意。”守门太监说。

“那有何——”刘珝本想说那有何不同；又一想，不同是有的：传宣阁臣，包括他在内；传宣万安、刘吉，他不包括在内。想到这一层，他一下变得十分沮丧，问，“公公是说，皇上不曾传宣我？”

“这话我说不出口，怕的是东刘先生有失脸面；东刘先生既然自个儿说出口，就请回吧。”守门太监道。

刘珝很想问问，皇帝把万安、刘吉找来，为的何事；更想问问，皇帝为什么只宣召万安、刘吉，而把他隔在门外。但他清楚得很，守门太监未必知道其中内情；即便知道，他多半也不会说。他倒退两步，一狠心，转身离去。他的步子迈得既大且急，好像快一点儿离开，离开得远一点儿，才能安下心来。但走没多远，他的步子又放慢，又变小；并且，转过身去，盯着西角门方向看上好一会儿。他不知在看万安、刘吉二人有没有出来，还是在等着内臣传旨宣他。

在西角门的内侧，万安、刘吉等来的不是圣驾，而是差不多取代怀恩的太监覃吉。覃吉与两位阁臣见过礼，道：“有件事，皇上本来要亲自对二位说，但于心不忍，故差我来代言。”

听起来像麻烦出在自己身上，万安问：“覃公公，我二人出何岔子？”

“不关二位的事。”覃吉摇头。

“那是叔温兄出的岔子？”刘吉问。这是不难料到的：内阁三人，今日只召入二人，不可能是遗漏。

覃吉不摇头，也不点头，他从袖口里抽出一卷纸，交给万安，道：“循吉先生，祐之先生，读过这篇文字再说。”

万安将纸卷放平，捧在手上看。看完，交给刘吉看。看的过程中，二人的脸上都露出惊愕的表情。这是一篇暴露刘珝阴私的文字，列举他嗜酒、贪财、好色、纵子等劣迹。文字的上端不写题目，尾端不署姓名，使用的不是宫中用纸，也不是奏章用纸。

“这好似一篇匿名揭帖呀！”万安道。

“循吉先生无须含糊，这就是一篇匿名揭帖。”覃吉说。

“我是说，匿名揭帖攻讦大臣阴私，朝廷焚之可矣，何必拿给臣等来看！”万安道。

“循吉先生的意思，我就拿这话回复皇上？”覃吉问。

“循吉兄，还是先听覃公公说说圣意吧。”刘吉道。

万安点点头，问：“覃公公，圣意如何？”

“命我携该匿名揭帖来与二公计议，还不能表明圣意吗？”覃吉道。

“如此说来，皇上对所举各事深信不疑？”万安问。

“循吉先生、祐之先生能否举出反证？”覃吉反问。

“这个嘛——”万安稍一思忖，说，“叔温兄与我不和，有好几年不相往来。他的事，我不敢说必有，也不敢说必无；不能说必有，也不能说必无。祐之兄所知，或要多些。”

“他与循吉兄不相往来，与我难道就有往来？不过，”刘吉语气一转，说，“此上所列叔温兄种种劣迹，我也辨不出真假；而所列其子刘鎡种种劣迹，肯定是有的。”

“祐之先生怎能断定？”覃吉问。

“我这位世侄嗜饮，不逊于叔温先生；而每饮则招妓，连叔温先生都是直言不讳的。其同里文士赵宾曾戏为《刘公子曲》，不但在济南盛传，也在京城传开。”刘吉说。

“祐之先生记得其词否？”覃吉问。

“无非是酥胸佐酒、丰臀助兴之类，污浊龌龊，不堪入耳。”刘吉道。

“阁老之子，被人编入这等俚曲里，不仅刘公子丢人，刘阁老丢人，连朝廷都跟着丢人。皇上要处置他，实是圣明！”覃吉说。

“叔温兄在阁十载，纵无大功，亦无大过。还望覃公公在皇上左右，为之美言，为之保全。”万安说罢，深作一揖。

“循吉先生大礼，我可担待不起。”覃吉还一揖。

“我看出来了。”刘吉点着头说。

“祐之兄看出什么？”万安问。

“祐之先生看出什么？”覃吉也问。

“循吉兄行礼，不是客套，是真心想帮叔温兄；覃公公还礼，不是客套，是帮不上这个忙。”刘吉说。

“叔温兄可无情，我不可无义。”万安回应他的前半句话。

“我即便有保全之心，也无保全之力；况且，叔温先生实在是不检点，以致皇上动怒。”覃吉回应他的后半句话。

“覃公公，当真不能挽回？”万安问。

“循吉兄没看出覃公公在为难吗？我看，与其考虑如何保全叔温兄的职位，不如考虑考虑如何保全他的体面。”刘吉抢着说。

“祐之先生说得不错，这是二公唯一可为他做的。”覃吉附和。

“只得如此。”万安一脸的惆怅。

三个人有一阵子都不出声，似乎在考虑如何保全刘珝的体面。

“覃公公看，能不能宽限几日？”万安忽问。

“循吉先生何意？”覃吉反问。

“覃公公看啊，叔温兄才过六十大寿。”万安说。

“循吉兄不会是想等他六十五岁或七十岁，到致仕的年龄，再让他退吧？那可不是宽限几日，而是宽限几年，乃至宽限十年。”覃吉道。

“并非此意，”万安解释，“叔温先生之父八旬开外，体格尚健，未患重疾。但我想，他体格不可能总健，总有病重不治的一天。那时朝廷使其守制，岂不保全体面？”

“循吉先生担保其父几日内定患重疾？”覃吉问。

“我愿的是叔温兄保全体面，却不愿为保全叔温兄体面而诅咒老世伯。”万安说。

“八旬开外并无重疾，就有可能九十开外仍无重疾，百岁开外仍无重疾。这一样是遥遥无期。”覃吉道。

“八旬开外无重疾，一旦患之，或无力苦熬。”万安分辩。

“循吉兄说不愿为保全叔温兄而诅咒老世伯；无力苦熬，还不是诅咒！”刘吉在一旁插话。

“谁说不是。”覃吉附和一声，又问，“再者，循吉先生担保叔温先生得其父病重不治家书，一定心甘情愿守制？”

“读圣贤书，做朝廷官，这是起码的。”万安道。

“我看，循吉兄千万别贸然为叔温兄担保。此兄诡异，所行每在常情常理之外。”刘吉说。

“祐之兄说的是，担保我是不敢的。”万安应道。

“总之，等是等不得的。二公还是想想即刻去官，怎保得住叔温先生的体面吧。”覃吉说。

“祐之兄也别只管说我的法子不行，你有什么高明的法子？”万安问。

“法子倒有一个，却未必高明。”刘吉说。

“祐之先生说说看。”覃吉道。

“叔温兄若能以亲老奏请归养，既说得过去，也不用再等。”刘吉说。

“祐之兄这不是痴人说梦吗！”万安哂道。

“我人确痴，梦却不知从何说起？”刘吉问。

“得老世伯病重不治家书，叔温兄会不会心甘情愿守制，祐之兄道不可贸然担保；以老世伯年高奏请归养，祐之兄敢担保，他会心甘情愿？这不是说梦，又当谓何！”万安道。

“我不是说他会心甘情愿，而是说对他晓以利害。”刘吉分辩。

“谁去对他晓以利害？”万安问。

“责在你我，或轮番上阵，或合力劝说。”刘吉道。

“要去，祐之兄去，我看不得他的脸色。”万安说。

“循吉兄方才怎说的？叔温兄无情，兄不可无义。”刘吉先劝起他来。

“唉，”万安叹口气，道，“真正是难煞人！”

“以亲老归养，不如以父终守制，或以年至乞退，来得自然，亦可保全叔温先生体面。此事烦劳二位。”覃吉说着，朝二人一揖。

“覃公公予以方便，也算是保全叔温兄。”万安、刘吉道。

不知是万安、刘吉的轮番上阵或合力劝说起的作用，还是自打被阻拦在西角门外之后，已看出君心难回，因而心灰意冷，刘珝很痛快地答应上疏乞休。

覃吉和万安、刘吉商定后复旨，说的是以亲老奏请归养；而刘珝的奏疏里，并未涉及亲老归养等字句。皇帝不悦，责问覃吉是怎么回事？覃吉找到万安，转达皇帝的责问。万安曲为解释：刘珝久萌退意，奏疏是早就写好的，听他二人劝说后，来不及重拟，匆匆上之，所以没有加上亲老归养的意思。皇上这才作罢。

九月十六日，刘珝致仕。

十二月二十七日，彭华晋吏部左侍郎，兼翰林院学士，入阁。

第一百七十一章

成化二十二年初春，工部侍郎杜谦和给事中吴道宁，乘马并行在榆林通往京城的官道上。二人去冬奉旨，往延绥勘事，一路上急如星火，返程则走走停停，不那么急于赶路。这是因为，勘查之事尽管明了，但有许多问题需要思考，需要谈论。

"益之先生，在打腹稿呢？"吴道宁问。

"你不也在打腹稿？"杜谦道。

"两篇腹稿，不如凑成一篇文字。"吴道宁说。

"好是好，只是不知道，世昌的腹稿和我的腹稿，能不能凑在一起？"杜谦道。

杜谦字益之，北直隶昌黎人，景泰五年进士。吴道宁字世昌，河南河内人，成化十四年进士。

"查勘的是同一事，怎会凑不在一起？"吴道宁问。

"我在打腹稿时，不由想起一句流传颇广的话来。"杜谦说。

"不知是哪句话？"吴道宁问。

"两京十二部，独有一王恕。"杜谦道。

王恕任兵部尚书，以敢于犯颜直陈见称，朝野敬佩。这句话在称赞王恕的同时，也鞭挞了包括各部尚书在内的其他大臣。

"查勘士英先生，益之先生怎的却常想起宗贯先生？"吴道宁问。

"我想此言，非为宗贯先生，乃为士英先生。"杜谦说。

"怎讲？"吴道宁不解。

"我问你，朝廷为何命你我查勘士英先生？"杜谦道。

"因宁夏镇守太监韦敬参奏。"吴道宁说。

"韦太监参奏何事？"杜谦问。

"参奏二事，其一，士英先生假修边而多侵耗。其二，士英先生以私怨而易将帅。"吴道宁说。

"士英先生假修边而多侵耗，是何时之事？"杜谦问。

“应是他巡抚延绥时事。”吴道宁说。

“以私怨而易将帅呢？”杜谦问。

“应是他掌兵部时事。”吴道宁说。

“你看，士英先生或不如宗贯先生耿直，但也多进言，也有直声，指责其他尚书，为何把他也囊括进去？”杜谦道。

“原来益之先生在想这事。”吴道宁点点头，表示理解，“我想，益之先生误会了这句话。”

“怎讲？”杜谦问。

“宗贯先生是成化十四五年间任南京兵部尚书的，旋即改抚应天，至成化二十年，复掌南京兵部。士英先生是十九年任兵部尚书的，次年初即出督宣、大军务。他二位任尚书绝无重合之时，所谓‘两京十二部，独有一王恕’，无论指的是前一次任南京兵部尚书的宗贯先生，或指后一次任南京兵部尚书的宗贯先生，都没囊括士英先生。”吴道宁说。

“有道理。”杜谦称是。

“益之先生为何疑虑，两篇腹稿能否凑在一起，我也懂得；恰巧，这些日子，我也想起一句话。”吴道宁说。

“世昌想起哪句话？”杜谦问。

“纸糊三阁老，泥塑六尚书。”吴道宁道。

阁臣万安、刘吉、刘珝名声都不好，各部尚书也都让人失望，所以有人造此语，讥刺这些年来朝廷的无所作为。

“这句话，世昌不会是为士英先生而想吧？”杜谦问。

“恰是为士英先生而想。”吴道宁说。

“怎讲？”杜谦问。

“士英先生若留朝中，或不至于是泥塑六尚书的局面。”吴道宁说。

“负图先生去冬召回，掌兵部，此位尚书应不是泥塑。”杜谦道。

“但负图先生掌部短暂，我敢说，假以时日，不是他亦变为泥塑，即是他难以留朝。”吴道宁说。

这不是谈论今次查勘的差事，而是批评整个的朝政，二人都知道，不能再继续谈论下去。

住宿馆驿，晚饭之后，杜谦、吴道宁重拾路上的话题。

“益之先生似惜士英先生未留朝中。”吴道宁说。

“世昌难道不惜？”杜谦道。

“既皆惜之，两篇腹稿可凑成一篇。”吴道宁说。

“此言差矣！”杜谦道。

吴道宁一愣，问：“怎么？”

“查勘之事奏闻于朝，只可就事论事，不可蕴含怜惜之情。”杜谦说。

“诚然，诚然！”吴道宁连声称是，“益之先生惜士英先生未留朝中，我惜士英先生未留朝中，都是题外的话。不过，有这个‘惜’字，就事论事，或才做得到公正不偏。”

“那就请世昌先说。”杜谦道。

“好！”吴道宁应一声，说，“韦敬参奏二事，先言士英先生假修边而多侵耗，次言士英先生以私怨而易将帅；益之先生与我奏闻，须得先言士英先生以私怨而益将帅，次言士英先生假修边而多侵耗。”

“这是为何？”杜谦问。

“前者不实，兵部已言之，我等只要简单证实即可，后者实与不实，则须从容理论。”吴道宁说。

“有道理。”杜谦点头称是。

“我意，假修边而多侵耗一事，由益之先生言之；以私怨而易将帅一事，由在下言之。如何？”吴道宁又说。

“弃难就易，这可不是世昌的性情啊！”杜谦开句玩笑。

“谁说以私怨而易将帅一事易言？”吴道宁问。

“世昌不是说，该事简单，证实即可？”杜谦道。

“简单证实，未必易言。”吴道宁说。

“怪哉，事简者不易言，难道事繁者反而易言？”杜谦不解。

“事体繁杂者易言不易言，是另一回事；我说的是，事体简单者未必易言。”吴道宁说着，问道，“益之先生，韦敬参奏士英先生以私怨而易将帅，举的是哪几位武臣？”

“所调总兵官周玉、副总兵周玺，为其所怨；所荐总兵官岳嵩，为其所私。”杜谦说。

“兵部又是如何议复的？”吴道宁问。

“兵部阮侍郎等称，周玉、周玺之调度，岳嵩之升迁，皆于士英先生掌兵部之前，不干士英先生事。”杜谦说。

“皇上怎批复？”吴道宁问。

“责阮侍郎庇护，责兵部有所隐蔽。”杜谦说。

“阮侍郎有无庇护，兵部有无隐蔽？”吴道宁问。

“初接旨时，心里没底；查勘之后，可以断定：阮侍郎并未庇护，兵部并未隐蔽。”杜谦说。

“那皇上为何作此批复？”吴道宁问。

“或是因韦敬参奏二事，兵部却只议复一事。”杜谦揣测。

“恐怕不是吧。”吴道宁驳道，“易将帅，是兵部该议的事；多侵耗，或是吏部该议的事，或是户部改议的事，或是工部该议的事，或是都察院该议的事。故兵部只议复一事，并非过错。”

“不为此故，却为何故？”杜谦问。

“或是因为，阮侍郎等仅就各总兵、副总兵或调或升，不在士英先生掌兵部期限之内议之，尚有纰漏。”吴道宁说。

“咦！”杜谦更加奇怪，“世昌不是也以为，各总兵、副总兵或调或升，若与士英先生有关，应在他掌兵部时吗？”

“我是说过这话，不过，那是指把持总兵、副总兵的升调。巡抚都御史虽不能把持总兵、副总兵升调，却可以为总兵、副总兵的升调疏通。”吴道宁解释。

“你是说，皇上责阮侍郎庇护，责兵部隐蔽，是问士英先生有没有为周玉、周玺之调，为岳嵩之升，而疏通？”杜谦听出名堂。

“正是。”吴东宁应道，“若不为此，阮侍郎言之凿凿，皇上为何责他庇护；兵部言之凿凿，皇上为何责它隐蔽？”

“若是为此，世昌所谓简单证实，可大不简单。”杜谦道。

“大不简单者，大不易也，益之先生知道就好。”吴道宁戏谑一句，又说，“好在西北之行，益之先生和我已查勘清楚，不但可证实士英先生不曾把持总兵、副总兵或调或升，亦不曾为总兵、副总兵或调或升疏通。谓之简单证实，可也。”

“简单二字，可进可退，世昌用得绝妙。”杜谦笑着说，并问，“世昌是不是说，须简单证实的，已简单证实，该轮到从容理论？”

“从容二字，一样用得绝妙。”吴道宁说。

“怕是未必。”杜谦道，“世昌说，假修边而多侵耗，兵部不议，亦有道理。依我看，兵部确是刻意回避。”

"怎讲？"吴道宁问。

"会计之事，户部掌之，修建之事，工部掌之；然修筑边墙，户部可推与工部，工部可推与户部，户部、工部又可推与兵部，推来推去，岂不是谁都可以不管？故而，韦太监参奏二事，兵部议复一事，不是可以不议，而是刻意回避。"杜谦道。

"就算兵部刻意回避，怎就不能从容理论？"吴道宁并不争辩。

"那要看兵部为何刻意回避。"杜谦道。

"在益之先生看来，兵部为何刻意回避？"吴道宁问。

"世昌先说说，士英先生修边，用银若干？"杜谦道。

"一百五十万两。"吴道宁说。

"用粮若干？"杜谦问。

"二百三十万石。"吴道宁说。

"一百五十万两银，有多少入士英先生私囊？"杜谦问。

"一两也没有。"吴道宁说。

"二百三十万石粮，有多少入士英先生家囤？"杜谦问。

"一粒也没有。"吴道宁说。

"兵部可知，士英先生未以一金入私囊，未以粒米入家囤？"杜谦问。

"论士英先生人品，应知之；论实情，应知之不详。"吴道宁说。

"既信士英先生人品，为何不为之力辩？"杜谦问。

"兵部议复，只可论实情，不可论人品。"吴道宁说。

"既不知实情，为何不请朝廷查勘？"杜谦问。

"请朝廷查勘，不就表明对士英先生存疑？"吴道宁道。

"为何是对士英先生存疑，难道不是表明对韦太监存疑？"杜谦问。

一连串的发问，逼得吴道宁喘不过气来。他两手举在胸前，做告饶状，同时自我解嘲："从容二字用得确有毛病，我已难以从容。"说罢，他问，"兵部刻意回避，益之先生是如何解释的？"

"是因韦太监有两个字用得绝妙。"杜谦道。

"哪两个字？"吴道宁问。

"侵耗。"杜谦道。

"此二字在参奏时常用啊，不知妙在哪里？"吴道宁问。

"常用，是分而言之。"杜谦道，"侵者，侵盗也；耗者，损耗也。侵者，未必耗；耗者，未必侵。兵部只能指出，士英先生修边，绝不会侵盗；却不知，士英先生修边，有无过度损耗。无奈，只得刻意回避。皇上责兵部隐蔽，并非毫无道理。”

“益之先生的意思，在下似乎有点儿明白。”吴道宁边琢磨，边说，“兵部没有将侵、耗二字分开，只得对假修边而侵耗一事刻意回避；益之先生和我奉旨查勘，是绝不能刻意回避的，只得将侵、耗二字分开。”说罢，问道，“益之先生，是这个意思吧？”

“正是。”杜谦应道，“我想，皇上也是这个意思。不然，韦太监既参奏，皇上何不据而处置？阮侍郎及兵部既辩白，皇上何不据而结案？”

“益之先生倒是说说，如何将二字分开？”吴道宁问。

“侵耗者，侵在前，你我当先言侵。一百五十万两银，士英先生未曾入一金于私囊；二百三十万石粮，士英先生未曾入粒米于家囤。这是查勘坐实的，自当理直气壮，力辩其无。”杜谦道。

“我想，兵部可以回避，不是为侵字，而是为耗字。”吴道宁说。

“我说，从容二字未必用得绝妙，也是为这个字。”杜谦道。

“在益之先生看来，议耗，难在哪里？”吴道宁问。

“世昌先说说，修边用银一百五十万两，有没有几两几十两用得不当，用得不是地方？”杜谦道。

“别说几两几十两，几百几千两，甚至上万两上十万两，用得不当，用得不是地方，也在所难免。”吴道宁说。

“修边用粮二百三十万石，有没有几石几十石用的不当，用得不是地方？”杜谦又问。

“别说几石几十石，几百几千石，甚至上万石上十万石，用得不当，用得不是地方，也在所难免。”吴道宁说。

“所以，言侵，可理直气壮，力辩其无；言耗，却无法理直气壮，力辩其无。”杜谦把他的整个想法归纳到这一点。

“益之先生以为，当如何奏闻于朝？”吴道宁问。

“我想到四个字，世昌看可用否？”杜谦一字一顿地说，“虽公实糜。”

吴道宁料到，以这四个字奏上，对余子俊会很不利，但他也想不出什么更好的办法。二人一问一答，把一篇奏章凑出来。

二月十八日，余子俊罢免，夺太子太保衔。

第一百七十二章

文华殿偏殿里，皇帝立于案前，萧敬跪于侧面，君臣二人共同欣赏一幅绘画。画面上，一人坐于磐石之上。只见他冠以唐帽，着以绿袍，束以玉带，履以乌靴，手持玉如意，神仪淡雅出尘。看色彩，不是新近才绘的；但画面四周皆空，无题目，无题识，无签署。

“老萧，此肖像尚能入你法眼否？”皇帝问。

“真天人也！”萧敬赞道。

皇帝哈哈大笑，提笔在画面下方写五个字：文昌帝君像。并说：“被老萧说中，人家本来就是天人。”

萧敬心想：果然是爷御笔亲绘。

“此像是朕成化十九年绘制的。”皇帝说，“像成，不知形似否，神似否，唯恐冠以文昌帝君名号，被人嘲笑。今得老萧‘天人’二字评语，朕方得坦然题之。”

“奴才想，亦可用宝。”萧敬道。

“好，取宝来！”皇帝吩咐。

一名近侍呈上印鉴，皇帝在肖像上方端端正正地加印。印鉴四字为：广运之宝。

“老萧起来说话。”皇帝命道。

萧敬爬起来，垂手肃立。他以为，皇帝把他唤来，就是为品这幅画；却不知，品画只是个楔子。

“老萧，你和老怀怎论？”皇帝问。

“论辈分，奴才该称他叔，他却命奴才平辈相交。”萧敬说。

“那是他敬重你。”皇帝道，“他不止一次在朕面前夸赞你，说司礼监中，乃至内臣二十四衙门中，你的学问最好。”

“学问说不上，奴才不过闲时喜欢读书，凡宫里找得到的，正经书也读，闲书也读。”萧敬说。

“好啊，好啊！”皇帝连说两句。

萧敬不知皇帝对他的谦辞是赞许，还是否定，没敢应声。

“老萧啊，你读闲书，没人说什么；朕要是读一本闲书，不，也许只要读一页闲书，闲话会随之而来。”皇帝很是羡慕。顿了顿，又说，“可有些事，须得读闲书，方知出处。”

“爷说的是。”萧敬应道。

“朕哪句话说的是？”皇帝问。

“有些事须读闲书方知出处，说的是；爷身为九五之尊，不宜读闲书，说的也是。”萧敬道。

“所以，有些事朕只好问你。”皇帝归到正题。

“奴才读闲书，亦有限，爷所问之事，奴才未必读过。”萧敬说。

“你且说，真君事迹，你读过没有？”皇帝问。

萧敬回话之前，又看一眼御案上的肖像。

“朕问的是真君，不是帝君。”皇帝提醒他。

“不知爷问的哪位真君？”萧敬问。

“金阙、玉阙二真君。”皇帝道。

萧敬恰好知道得很详细。他说：“二真君事迹，奴才略知一二。”

“说与朕听听。”皇帝命道。

“是。”萧敬应一声，开始讲述，“二真君供奉于京师灵济宫——”

“老萧，从头讲述。”皇帝打断他。

萧敬没从头讲述，是因为他以为，二真君的来龙去脉，皇帝都是知道的。皇帝让他从头讲述，他却不知该从哪里讲起。

“譬如，二真君总有姓氏。”皇帝给他一个提示。

“有，有！”萧敬连声应道，“二真君徐氏，为兄弟二人，其长名知证，其幼名知谔。其父徐温，为五代时人，号义祖。”

如果没有最后一句话，皇帝会让他越过徐温，只讲知证、知谔二人；而听到义祖二字，皇帝放不下。

“可是义气之义？”皇帝问。

“奴才想，应是恩义之义。”萧敬说。

两个义是同一个字，但和不同的字组合，含义也有区别。

“恩义，不会是针对知证、知谔而言吧？”皇帝问。

“爷说的是，”萧敬应道，“义祖乃针对义子、义孙而言，不会针对亲子而言。况且，须国君尊为‘义祖’，才足以传世。”

“其义子，或义孙，却是谁个？”皇帝问。

“徐知诰，即李昪。”萧敬说。

“哪个字？”皇帝问。

“诰者，言字偏旁，右为告诉的告。”萧敬以为两个字都需要说明。

“朕问的不是这个字。”皇帝道。

“昪者，上日。下弁，武弁的弁。”萧敬说。

“李昪？”皇帝觉得这个名字颇熟，但又说不出在哪里看到过。因为萧敬说徐温是五代时人，他问：“是唐宗室？”

“其贵后，自称唐宗室，实则身世卑微。”萧敬问。

“你不是说，徐温是被国君尊为‘义祖’的吗？李昪怎的又身世卑微？”皇帝问。

“五代时南方先后建十国，南唐确是李昪所建。不过，他得以建国，靠的是自身，而非身世。”萧敬说。

“还有徐温的恩义。”皇帝想起他说的这两个字。

“爷说的是，”萧敬应道，“李昪本徐州人，少年丧父，适逢唐末大乱，他流落至濠、泗之间，为杨行密收为养子。”

“不是被徐温收为养子？”皇帝很奇怪。

“他先被杨行密收为养子，因受杨行密诸子欺凌，不能容身。杨行密央告于徐温，他这才成徐温养子。”萧敬说。

“可惜！”皇帝道。

“爷为李昪可惜？”萧敬问。

“不，朕为杨行密可惜。”皇帝说，“他若不使李昪改投徐温，日后的‘义祖’岂不是他！”

“杨行密倒无须这个名号。”萧敬道。

“这是为何？”皇帝问。

“杨行密自家就是国君，他所建吴国正是被李昪所灭。”萧敬说。

“那就该为杨行密诸子可惜，他等当日若容得下李昪，怎至于日后灭国！”皇帝道。

“此正所谓世事难料。”萧敬说。

“老萧，还是说回徐温吧。”皇帝命道。

“徐温，海州人。”萧敬说。

“是辽东的海州吗？”皇帝记得，辽东有个海州卫。

“不是，”萧敬道，“海州属淮安府，元朝时为海宁州。”

皇帝点点头，命道：“你再讲。”

“徐温年轻时以贩盐为业，行劫江淮，《五代史》为他作传，以‘盗亦有道’品评之。”萧敬说。

“原来盗亦有道出在他身上。”皇帝插话。

“是。”萧敬应一声，继续讲述，“杨行密起兵合肥，徐温附于帐下，官右衙指挥使。”

“右衙指挥使执掌何事？”皇帝问。

“典禁军。”萧敬答道，见皇帝没什么要问的，他讲下去，“杨行密死，长子杨渥立，君臣不和。徐温和左衙指挥使张颢使盗者入寝宫，弑杨渥，而立杨行密次子杨隆演。不久，又使人杀张颢，徐温遂揽吴国大政，死时，追封齐王。”

徐温主政吴国，及李昪篡国，还有许多故事可以讲，但萧敬估计皇帝不会有太大的兴趣，所以，只简单讲几句。

“老萧所引，是谁撰的《五代史》？”皇帝忽问。

“宋欧阳修。”萧敬说。

“那是《新五代史》吧？”皇帝问。

“是。”萧敬应道。

“欧阳修号称大儒，朕看，‘盗亦有道’四字加在徐温身上，有些勉强。”皇帝评论说。

“诚如圣谕，行弑、擅权，都不能称有道。”萧敬附和道。他想说，徐温处于乱世，和盛世人物无法相提并论。但他心里很明白，这些话最好别在皇帝面前说，以免误导。

“不过，”皇帝接着说，“‘盗亦有道’四个字即便用得勉强，也不能说《新五代史》是本闲书。”

“爷说的是。”萧敬应道，“徐温事迹，载于正史，二真君事迹，则是从闲书上看到的。”

“你是说，《新五代史》不载二真君名？”皇帝问。

“二真君名是有的。”萧敬道，“《南唐世家》卷载，李昪建国后，封徐氏子知证江王，知谔饶王。至于其事迹，则不详。”

“好，你就为朕说说闲书上看到的二真君事迹。”皇帝说着，问道，“知证可是徐温长子？”

“不是，知证是徐温第五子。”萧敬说。

“知谔呢？”皇帝问。

“知谔是徐温第六子。”萧敬说。

“二真君有何事迹？”皇帝问。

“知证初封江王，后改魏王；知谔初封饶王，后改梁王。二人曾提兵平福州，民德之，图其像以祀。”萧敬说。

“南唐平闽，史有其事？”皇帝问。

“有。”萧敬先应一句，然后说，“不过，据正史，闽国王延政乱国，南唐军讨之，将领为查文徽、边镐等，既未提及知证、知谔随征，更未提及二人平福州。”

“老萧说不得于信史而得于闲书者，是此事吧？”皇帝问。

“爷说的是。”萧敬应道。

“其实，即便二人随征福建，甚或为征闽主帅，民亦未必德之。查文徽、边镐征闽，正史不有记载吗？也未见民德之。”皇帝说。

“爷圣明，一语道破天机。”萧敬称颂。

“这么说，民德二真君，还有别的缘故？”皇帝问。

“据实而言，二人为何得民拥戴，奴才也没读到过像样的说法；不过，有一件事，或能说明二人确实有些道行。”萧敬道。

“何事？”皇帝问。

“知谔曾对人说：人年七十，数世修来。我生王家，穷极欢乐，一日可抵世人二日，年三十五其死乎？至三十五岁，他果然无疾而卒。后人曾论其事，以为其殁也，确有神明。”萧敬说。

“这个故事，朕听说过。”皇帝道。

“爷听说过？”萧敬问。他讲述那么多，都围绕着徐温。好不容易转到二真君身上，而最值得讲述的一件事，又是皇帝听过的。他不能不感到懊丧。

“朕听说过。”皇帝重复一遍，“李爱卿、邓爱卿说到二真君别有玄机，都是举的这个例子。”

如果单说李爱卿，或者单说邓爱卿，萧敬猜不出皇帝说的是谁，即便有后面这句话，也不一定能猜出。正所谓上有所好，下必甚焉，皇帝兼信道、释二教，在这方面下功夫的臣僚不会少。但同时说李爱卿、邓爱卿，无疑是指李孜省、邓常恩。由羽士而授官，这两个人的职位是最高的；虽然在廷臣的弹击下，他们的官职忽升忽降，皇帝对他们的宠信却始终未变。

萧敬不仅猜出皇帝说的是谁，而且猜得出他们为什么要给皇帝讲二真君的故事：二真君是神仙，李、邓等要做的，就是不断地为皇帝挖掘出各路神仙，提升其地位。神仙们的地位被提升，他们的地位也会提升。

至于皇帝的心思，他还没摸透。

“老萧说，二人受到拥戴，是得福州民拥戴吧？”虽然萧敬讲得很清楚，皇帝还要问一句，可见对此很看重。

“是。”萧敬应道。

“那么，其初是祀于福州。”皇帝道。

“是。”萧敬应道。

“祀所有名号否？”皇帝问。

“五代时有无名号，闲书所记亦不详。洪恩灵济宫，似宋时朝廷所赐。”萧敬说。

“你是说，京师灵济宫的名号，是沿引自宋？”皇帝问。

“是。”萧敬应道。

“灵济宫的名号得自宋朝，宫建于汴京，还是杭州？”皇帝问。

“闲书不曾记载，奴才不敢妄言。”萧敬说。

“或者即于福州？”皇帝自己猜测。

“奴才想，应是如此。”萧敬附和道。

“那么，立灵济宫于京师，是始于本朝？”皇帝问。

“是。”萧敬应道。

“老萧说，二真君始祀于五代时；又说，祀所的名号得自于宋时。那么，玉阙、金阙的名号得自于五代时，还是得自于宋时？”皇帝问。

“都不是，金阙、玉阙之封，在本朝永乐年间。”萧敬说。

“我太宗皇帝为何要加封二真君？”皇帝问。

“永乐十五年，太宗皇帝圣躬不豫，有言二真君灵验者，祷之。入夜，我太宗皇帝梦二真君授药，服之而愈，遂降敕，于皇城建灵济宫以祀。并封知证金阙真人，知谔玉阙真人，封其母仙妃。第二年，又加封二真人为真君。”萧敬对本朝典故同样很熟悉。

“此事老萧不会是从闲书里读到的吧？”皇帝开个玩笑。

“宫中口耳相传，且有实录在，应是信史。”萧敬说。

“你说，我太宗皇帝为何要先封金阙真人、玉阙真人，又封金阙真君、玉阙真君？”皇帝问。

“或是不封以真人，不足以表二真君授药之功，不足以尽太宗皇帝感激之情。”萧敬说。

“你说，加封真君，就足以表二人授药之功，就足以尽我太宗皇帝感激之情吗？”皇帝问。

萧敬终于了解皇帝的心思。他一方面颇觉为难，因为对此附和、支持，等于和李孜省、邓常恩辈同流合污，那是一定要背负骂名的；另一方面颇为感动，皇帝有自己的想法，不是简单地降旨办理，而是不厌其烦地提出问题，不厌其烦地听他讲述。

“爷是要再加封二真君？”他问。

“你说，使得使不得？”皇帝反问。

“了列祖列宗未了心愿，则可。”萧敬说。

“你是说，除我太宗皇帝外，还有其他祖宗心愿？”皇帝问。

“英庙登极之初，加封金阙真君为崇福真君，加封玉阙真君为隆福真君，应该也是以为，太宗文皇帝所封，或不足以表二真君授药之功，不足以尽太宗皇帝感恩之情。”萧敬说。

“封金阙、玉阙，不足以表二真君授药之功，尽我太宗皇帝感恩之情，那么，封崇福、隆福，就足以表二真君授药之功，尽我太宗皇帝感恩之情？皇考是把了却皇祖心愿的事，交与我来完成呀！”皇帝说着，问道，“老萧，有没有比真君更高的神仙？”

“人以帝为尊，神仙亦以帝为尊。”萧敬说。

“人间至尊称帝，神仙至尊怎称？”皇帝问。

“称上帝为宜。”萧敬说。

“甚合朕意，朕就封二真君为上帝。”皇帝高兴地说。想了想，又说，“本朝自太宗皇帝之后，天子加十六字尊谥，老萧，你也为二帝君拟十六字谥文吧。”

“爷，拟徽号是礼部的事。”萧敬说。

“那你去礼部，和堂官们一起拟。”皇帝命道，“不过，你告诉他等，既封上帝，天字是少不得的。对，二上帝仍供奉于灵济宫，灵济二字也是少不得的。”

四月初七日，金阙真君加徽号为：九天金阙总督魁神洪恩灵济慈惠高明上帝；玉阙真君加徽号为：九天玉阙总督罡神洪恩灵济仁惠宏净上帝。除京师灵济宫祭祀之礼加隆，复遣官往福州灵济宫祭祀。

第一百七十三章

尹旻做好去许多衙门的准备，首先要去的衙门是东厂。

“同仁先生？”提督东厂太监陈准甚感意外。他不大和外廷大臣来往，外廷大臣知道他行事谨慎，也不大和他来往。自视甚高、以外廷领袖自居的尹旻，怎么会来？他问，“同仁先生不是顺路来的吧？”

“说顺路，陈公公怕也不信：衙门未搬，居家未搬，道路更不会搬。日日都是顺路，为何今日才来？”尹旻绕着弯子说。

“那么，是有事？”陈准问。

“如果说有事，陈公公会不会把我撵出门去？”尹旻半开玩笑半担心地问。

“哪里的话！大冢宰有事驾临，岂敢不恭聆！”陈准道。

“有厂督这句话，我可真的要说了。”尹旻再试探。

“请！”陈准做个让他尽管说的手势。

“东厂官校昨发翰林官纳贿事，厂督知否？”尹旻问。

“知有此事。”陈准道。

“哪位翰林，厂督知否？”尹旻问。

“似乎是一侍讲。”陈准道。

“侍讲姓名，厂督知否？”尹旻问。

“似乎单名一个龙字，至于姓嘛——”陈准一击掌，吓尹旻一跳，“对，和同仁先生同姓，却不知同宗否。”

“他是犬子。”尹旻承认时，露出一丝难为情的神色。

“尹龙是同仁先生公子？”陈准问。看不出他是当真不知，还是做作。

“是。”尹旻应道，“犬子无知，犯到厂督手里。”

“同仁先生是来责怪的吗？”陈准问。

“怎敢！维护官纪正是东厂职守。”尹旻说。

“那么，同仁先生是来——”陈准要他自己说。

“有件事，欲请教厂督。”尹旻说。

“请。”陈准仍是让他尽管说的手势。

“尹龙犯事，是厂督命属下查访的？”尹旻问。

“不然，官校禀报上来，我才知此事。”陈准说。

“会不会是皇上交代的？”尹旻问。

“应该不会，若皇上交代，他等用不着禀与我。”陈准说。

“既非奉旨，又非奉命，这就好办。”尹旻大松一口气，搓着手说。

“同仁先生的意思是——”陈准即便懂得，也要装作不懂。

“听说，厂督对属下三令五申，非关大逆之罪，东厂概不过问。不知有没有这回事？”尹旻问。

“有。”陈准并不避讳，“这层意思，我确实对属下说过。原话是：有大逆，告我；非是，尔等勿预。”

“纳贿即便属实，是否大逆？”尹旻问。

“不是。”陈准应道。

“东厂官校查访龙儿纳贿事，岂不有违厂督切嘱！”尹旻道。

“我想，同仁先生理解我的叮嘱，有所偏差。”陈准说。

“怎的有所偏差？”尹旻问。

“我嘱咐他等勿预，却非勿听。”陈准说。

“二者有何不同？”尹旻问。

“勿预者，有这一类案子不要过问，不要插手；勿听者，有投告者，一律拒之门外。”陈准解释之后，又补充一句，“朝廷各衙门，若对纳贿之事连听也不肯听，同仁先生也不会答应吧？”

“但既听取投告，又怎能不过问，不插手呢？”尹旻问。

“同仁先生不是戏弄我吧？”陈准反问。

“怎是戏弄厂督？”尹旻道，“纳贿一事将犬子牵扯在内，厂督以为我还有心戏弄他人？”

“那我告诉同仁先生：既听取投告；非大逆，又不过问，不插手，简单之极。把案子转去有关的衙门就是。”陈准说。

“厂督已将此案转去其他衙门？”尹旻忙问。

“是。”陈准应道。

“不知是哪个衙门？”尹旻问。

“公子是翰林官，我已知会掌院学士；纠劾是都察院所掌，我已知会掌院都御史。”陈准说。

“多谢厂督相告，辞过。”尹旻揖了揖，匆匆离去。

翰林院学士眼下有二人兼着：一是彭华，一是徐溥。虽然都是吏部左侍郎衔，情形却大为不同。彭华已入阁，不再来吏部衙门办事；更重要的是，他和万安宛如一家人，尹旻和万安的关系不协洽，即和彭华的关系不协洽，求到他头上，无疑是自取其辱。而徐溥性情中和，不偏不党，应该比较容易说话。尹旻想都不想，就去央告徐溥。

“我心乱如麻，望时用先生助我。”他说着，连连作揖。

“同仁先生是说公子事吧？”徐溥是实在人，既知之，不会佯装不知，“唉，我也没想到，他会卷到这等事中。同仁先生，我既掌院，翰林们出事，我有责任。我先向同仁先生请罪，然后再向朝廷请罪。”

几句话真诚无比，痛心疾首，一下把尹旻准备说的话堵回去。

“惭愧，是我教子不严。”他喃喃言道。

“我深知同仁先生对公子期盼甚殷。若是发现苗头，当立即和同仁先生通气，想必同仁先生是不会听之任之的。”徐溥说。

“时用先生，你我都不必自责，且看有无善后之法。”尹旻想尽快切入正题。

“善后？善什么后？”徐溥不理解。

“犬子之事已出，难道不该设法善后？”尹旻道。

“该设法，该设法。”徐溥应是应，但显然和尹旻想的不是一回事，“同仁先生这会儿就做善后之想，是否过早？”

“依时用先生，该到几时再想？”尹旻问。

“至少要到都察院议处之后，再去想。”徐溥说。

“那时做善后之想，是否过晚？”尹旻学着他的语气问。

“怎么会晚！”徐溥道，“这时无论怎样对公子说，他都是听不进去的；须得都察院议处之后，他晓得厉害，无论怎样说，他不会不动心。”

尹旻哭笑不得。他运运气，问：“时用先生想对他说什么？”

“譬如，交友不慎。”徐溥说。

“时用先生为何要和他说交友不慎？”尹旻问。

“所谓物以类聚，人以群分呀！”徐溥道，“向他行贿之人，如通判王范、经历张燧辈，皆劣迹斑斑。尹公子若不与他等交结，怎会落下个纳贿的名声？这个教训颇深呀！”

“时用先生说的善后，是要他汲取教训？”尹旻问。

“是啊，善后者，善于事后也。”徐溥说罢自己的理解，问道，“同仁先生说的善后，难道不是此意？”

“也是，也不是。”尹旻说。

“这我听不大懂。”徐溥道。

“我说的善后，是实实在在的事后：事既已出，要后果尽量地好，处分尽量地轻；时用先生说的善后，则是处置之后，该说的话都在处置之后再说，该做的事都在处置之后再做。”尹旻在比较之后，说，“教子不严，我已承认，我很后悔；今后如何教子，不劳时用先生费心，还是请时用先生现时拯我龙儿于水火吧！”

“原来同仁先生是要我设法回护尹侍讲呀！”徐溥恍然大悟。

尹旻不语，心里想：你既听懂，我也不催你，看你怎说。

“同仁先生，不妥吧！”徐溥没有借故推托，而是直言不讳。

“怎的不妥？”尹旻问。

“纳贿之事，该由都察院议处，不该由翰林院议处。”徐溥说。

“难道掌院学士对翰林无施教之责？”尹旻问。

“我并不想放弃施教之责呀！”徐溥说着，用尹旻自己的话来反驳他，“但同仁先生不是才说，如何教子，不劳我费心？”

“掌院学士对纳贿之事难道不置一词？”尹旻又问。

“不会不置一词。”徐溥道，“掌院学士若知翰林有纳贿之事，当奏闻朝廷，送法司处置；不过，若是纳贿之事已移法司议处，掌院学士也罢，其他学士也罢，确不该再多过问。”

“尹龙纳贿一事，已移法司？”尹旻问。

“已移都察院。”徐溥道。

“故而时用先生不宜过问？”尹旻问。

“不仅我不宜过问，同仁先生也不宜过问。同仁先生愿意的话，我愿再说说处置之后如何善后。”徐溥道。

“多谢，告辞！”尹旻揖别。

尹旻赶到都察院时，掌院右都御史屠滽和右副都御史冯贯正在说事。屠滽字朝宗，浙江鄞县人，成化二年进士。冯贯字大用，北直隶蠡吾人，天顺八年进士。对尹旻的不期而至，二人既感意外，又不那么意外。

“大用先生可否暂且回避？”尹旻不客气地说。

屠滽不好直接打发冯贯出去，而且，打心眼里不愿冯贯这时出去，但尹旻又不给任何回旋余地，他把难题推给冯贯：“大用先生看——”

“二位谈，我按方才议的去处置。”冯贯说。

“也好。”屠滽点头应道。等冯贯走出去，他回过神来招呼尹旻，“同仁先生有何贵干，请坐下说。”

“问桩案子。”尹旻道。

“哪一类案子？”屠滽问。

“纳贿之案。”尹旻道。

“是通判王范、经历张燧那一桩吗？”屠滽不提纳贿人的名字，只提行贿人的名字，以免刺激尹旻。

“王范、张燧与我何干，我为何要问？”尹旻道。

听起来否定问的是该案，实际上肯定问的是该案：其他纳贿的案子更不干他事，他更没必要问。

“此案我正要和同仁先生通通气。”屠滽说着，问道，“朝廷有旨，命法司于午门外拷讯三人。此事同仁先生可知？”

“拷讯？”尹旻两腿不由发软，拷讯，是要打着问呀！“朝宗先生，此事不可挽回吗？”

“同仁先生是问拷讯？朝廷降旨，还怎的挽回？”屠滽见尹旻脸色大变，安慰道，“同仁先生放心，该打的是王通判、张经历。”

“承爱，承爱！”尹旻连声揖道。

“接旨之前，我和大用先生曾询问过王通判、张经历，他等又供出几个和此案有牵连的人，不知这几个人和——”屠滽可以避免提及尹龙，但到非提不可时，发现话说不下去。

“朝宗先生是问，这几个人和尹龙关系如何吧？”尹旻问。

“是。”屠滽应道，并问一句，“同仁先生想必知情？”

这话听起来很别扭，尹旻道：“他等所为，我怎知情！”

“同仁先生请勿听岔。”屠滽说，“我是问，公子素日所交，同仁先生是不是略知一二。”

“我心急，果然听岔。”尹旻表示歉意，并问，“不知王通判、张经历都供出哪些人？”

“第一个是礼部郎中刘绅。”屠滽说。

“是大司空克明先生的公子吧？朝宗先生想也想得出来，我掌六部之首，他掌六部之尾，他二人不可能不来往。”尹旻道。

“想得出来，想得出来。”屠滽应过，接着说，“第二个是礼部员外郎董宁，第三个是府同知朱绅。”

“我知成化五年那一科，有二朱绅，不知这个府同知是哪个？”尹旻问。尹龙也是成化五年的进士。

“是锦衣卫籍的那个。”屠滽说。

“他在京任官时，和龙儿常来往，外放以后的事，我不清楚。至于董宁，我一无所知，他是礼部官，和龙儿有所来往，应该也是刘绅从中穿针引线。”尹旻说。

“同仁先生所言不差，刘绅、董宁，不仅都是礼部官，还都是成化八年的进士。”屠滽补充一点。

“你看！”尹旻一声感慨，好像在替尹龙抱屈。

“同仁先生，还有几个人呢。”屠滽说。

“你说。”尹旻道。

“还有三人，皆按察副使。”屠滽一一数道，“其一，何显也；其二，王锦也；其三，冯兰也。”

说到何显，尹旻很镇定。说到王锦，他的脸色开始出现变化。说到冯兰，他的心完全沉下去。王锦、冯兰都是成化五年进士。如果说，尹龙和何显的交往，是出于其他原因，比较容易遮掩，那么，尹龙、王锦、冯兰三人出身同科，只要有人指证他们勾结谋利，再怎么辩解也没用。

“拷讯时，可否绕过这一节？”尹旻问。

“晚了。”屠滽道。

“怎么？”尹旻问。

“大用先生已去和各道掌道御史，计议弹劾以上各官。”屠滽说。

真是忙中出错，早知冯贯是去办这件事，不如把他留下，说不定案情还能缓一缓。

五月中旬有旨：尹龙罢官除名。尹旻夺太子太傅衔，致仕。刘绅、何显等各降官不等。

第一百七十四章

潞安府隶属山西布政司，在山西东南。彰德府隶属河南布政司，在河南北部。两府邻近。彰德府有盗，大部分是潞安府潞城县人，潞安府衙不用通过山西布政司知会河南布政司，再由河南布政司传檄彰德府衙，而是两个府衙之间互通文札之后，便可会办。

盗贼多是潞城人，潞安府当然交与潞城县主办。

“你等看率多少人马去方可？”潞城知县王浚和师爷们商量。

“听说贼人颇具声势，没有三五百人，怕是不成。”一师爷说。

“三五百人？你问问咱潞安太守，能否召集三五百人！”另一师爷道。

王浚知道这两个人最喜欢争论，不拦一拦的话，他们会从一名知县能召集多少人马，争到一名知府能召集多少人马，再争到布政司能召集多少人马，最后，说不定还得争到朝廷能召集多少人马。

“你嫌三五百人多，你说多少为宜？”他问后一个师爷。

“多多益善，这个道理谁不懂！在下不是嫌三五百人多，是怕本县张罗不到三五百人。”后一个师爷说。

“未必。”前一个师爷道。

“是动用卫、所的兵吗？老兄也不想一想，布、按二司都无法调动卫、所官军，咱一小小县衙，调动得了吗！”后一师爷道。

“谁说非得调动卫、所的兵？调动巡检司的兵，就凑不出三五百人！”前一师爷道。

“巡检司守土有责，都调走，谁来维系地方安定！”后一师爷道。

“兄台这话有语病。”前一师爷指出。

“你说，我辩！”后一师爷道。

“巡检司守土有责，卫、所官军就不是守土有责？”前一师爷道。

“卫、所官军守土、征战并重，巡检司以守土为主，自然不能等同而论。”后一师爷辩道。

“有为主，也还有其次吧？”前一师爷道。

后一师爷欲再辩，被王浚拦住。不是你说，我听，而是你说，我辩，可见不会轻易服输的。怕的是二人争论起来，不知怎的，还是让他们争论起来。

“二位，听听别个的说法。”王浚道。

“我看太爷往彰德剿贼，无须带太多的人。”第三个师爷说。

“是何道理？”王浚问。

“到彰德，太爷是客，带去的是客兵，哪儿有客兵多过主兵的道理？”第三个师爷说。

“不错，我也是这般想法。”前面第二个师爷说。

“你和他一般想法，便是和他一般的错。”前面第一个师爷说。

“怎错？”第二个师爷问。

“不设卫、所之处闹起盗贼，官军要不要剿？去剿盗贼的官军算不算客兵？客兵肯定要超过主兵。”第一个师爷说。

“不设卫、所处，哪来主兵？没有主兵，何谓客兵？”第二个师爷道。

王浚这次把第一个师爷拦住，一人拦一次，也算公正。

“你三位的见解我有数，还一位未陈所见。”王浚道。

“大老爷让他等说够，我再说。”第四个师爷性子不急。

“他大概已说够。”王浚说着，指指第三个师爷。然后指指前两个师爷，“他二位有说够的时候吗？总之，我已听够，轮也该轮到你说。”

“大老爷真准备兵发河南吗？”第四个师爷问。

“这话问的没道理，太守传檄，还能抗命不成？”王浚道。

“没道理的，还不只于此呢。”第一个师爷说，“太爷率多少人马没定下来，怎说得上兵发？难道出一兵一卒，也是兵发？”

“一兵一卒也是兵，为何说不上兵发？”第二个师爷驳道。

“有兵无将，再多也说不上兵发；自古以来，岂有兵卒自去出战的！”第一个师爷又驳。

“有兵无将是你说的，又不是我说的。你知有兵无将，说不上兵发，为何偏以一兵一卒说事？”第二个师爷又驳。

王浚不拦他们，但也不理他们。他对第四个师爷说：“你话里还有话呢，不妨说出来听听。”

“我看大老爷剿贼，用不着兵发河南。”第四个师爷说。

“这话说得没——”王浚话说到一半，忽然停止。他要说第四个师爷的话没道理，但这么说的话，第一、第二个师爷一定又要借题发挥，还不如直接问呢，“贼在河南，不兵发河南，如何剿之？”

“太爷，他这话说得没道理。”第二个师爷想挑起事端。

“有道理没道理，且听他说。”王浚不给他机会。

“大老爷想啊，盗贼都是哪里人？”第四个师爷问。

“不对，并非都是，是多是。”第一个师爷纠正道。

“我看他这句话没说错。”第二个师爷道。

“怎的没错？譬如盗贼多是潞城人，其中有一人家在外地，你也不能说都是潞城人吧？”第一个师爷道。

“他问多是哪里人，你怎么答？当然答多是潞城人；他问都是哪里人，你怎么答？还不是答都是潞城人。可见是一个意思。”第二个师爷道。

“都是潞城人，多是潞城人，二位是不是都很得意？”第三个师爷问。

一句话说得众人都笑起来，他二人才不争。

“盗贼是哪里人，他二位已说，你接着说。”王浚吩咐第四个师爷。

“盗贼是潞城人，他等可是拖家带口去彰德为寇？”第四个师爷问。

“怎可能？挈老携幼，走也走不得，打也打不得，还怎做寇！”第一个师爷道。

“怎不可能？你没听人叫过老贼、小贼吗？”第二个师爷辩道。

“那是骂人。”第一个师爷又辩。

“骂人，也有所据吧？”第二个师爷又辩。

“如此说来，你真以为潞城人是拖家带口出去做寇？”第一个师爷问。

“我只是驳你，并不以为会如此。”第二个师爷道。

“盗贼家眷并未随去为寇，他二位已说，你接着说。”王浚吩咐第四个师爷。

“盗贼家眷并未随去为寇，则仍在潞城。把他等下狱，便如张开罗网，待盗贼来投，岂不比越境征讨省事得多？”第四个师爷道。

“老兄怎断定盗贼家眷仍在潞城？他等即便未随去为寇，就不会投亲靠友，远走他乡？”第一个师爷诘问。

“不投亲靠友，远走他乡，就能找到？”第二个师爷诘问。

王浚没心思再听二人争辩，离座而去。跑得和尚，不去追和尚，而是守住庙门。这真是个绝妙的主意！他无须再听师爷们饶舌。查访及拘捕盗贼家人，不能靠师爷们，而要靠捕头。

一个姓徐的乡人在城里卖完柴火，把捆柴的绳子系在扁担上，把扁担搭在肩上，哼着小曲，出城，回家。

哼着，走着，忽然被什么东西绊到脚，一个趔趄，险些跌倒。

“狗日的！”他骂一句，继续走。

“骂的谁人？”身后有人问。

“土坷垃绊我，便骂狗日的土坷垃；人绊我，便骂狗日的人。”乡人说惯粗话，也不管身后是什么人。

“你不知踢到爷爷的腿上！”身后的人比他更蛮横。

“那就骂狗日的——”乡人亏得回头看一眼，没把话说完。路旁草地上一男子半卧半坐，把腿伸出老远，瞪起一双大眼睛看他。他的个子得比乡人高出一头，胳臂、腰、腿都比乡人粗一圈，颇具威风。他伸腿绊人，显然是故意引乡人说话。乡人既说话，他慢悠悠地站起来。

“狗日的谁呀？”颇具威风的男子问。

“狗日的——”乡人估摸着骂完就跑，他未必追得上，但眼睛滴溜溜一转，发现前后左右不知何时拥出一伙人，把他围在当中。于是，他胡乱指着一个地方，说，“狗日的他。”

“不是这个他？”颇具威风的男子指着自己问。

“断然不是。”乡人否认。

“不是那个他？”颇具威风的男子指着另一人问。

“断然也不是。”乡人还是否认。

“既不是，放狗日的他一条路。”颇具威风的男子对围拢过来的人说。

围拢过来的人闪开一条小路，仅容身过，不过，不是朝着乡人回乡的方向，而是朝着进城的方向。

乡人想，这难不住我，只要出人群，我一转身，不照样回家？谁知，他走出人群，才要转身，那群人又把他围住。颇具威风的男子一挥手，他们闪开一条小路，仍是朝着进城的方向。

“大哥！”乡人为难地招呼颇具威风的男子。

“换个叫法！”人群里有人喝道。

“大叔！”乡人顺从地换个叫法。

“再换个叫法！”那人又喝道。

“大爷！”乡人再换个叫法。

“再换个说法！”那人喝道。

乡人不知还能换什么叫法。当然，他可以叫祖宗，但人家再让他换的话，难道还有比祖宗更高的辈分？

“你老赐教！”他抱着拳，对不知为何人的人央告。

“大王！”那人教给他。

乡人顿时呆若木鸡。原来这一伙穿戴和他差不多的人，却是强人。他不但改称大王，而且扑通一声跪倒在地。

“放狗日的他一条路。”颇具威风的男子又命。

乡人重试一次，那伙人依旧。

“大王，狗日的小人要回家。”乡人向颇具威风的男子哀告。

颇具威风的男子被逗乐；但很快又板起脸，说：“不对，你要进城！”

“小人已进过城，进城要办的事已办完。”乡人说。

“谁说你进城要办的事已办完，有件事还没办。”颇具威风的男子道。

“哪件事小人没办？”乡人问。

“见县令。”颇具威风的男子道。

“这件事呀，小的不能办。”乡人说。

“怎么，你不想办？”颇具威风的男子问。

“小人说的不能办，不是不想办，是办不了。小人要见他，他不要见小人，小人无可奈何。”乡人道。

“你去传话，他不敢不见。”颇具威风的男子说。

“小人去传话？传谁个的话？”乡人问。

“你傻呀！当然是传大王的话。”人群中有人说。

“是，传大王的话。”乡人愁眉苦脸地应着，又问颇具威风的男子，“大王要小人传什么话？”

“你就说——”颇具威风的男子才要口述，忽然想到什么，他问，“你狗日的记性好不好？”

“还算好吧，小时念过几日私塾，课文今日还背得出。”乡人说。

“那你把这几句话记好。”颇具威风的男子述道，“你狗日的县令，敢关押我女人。”述罢，命道，“来，你重复一遍。”

“青天大老爷，你——”乡人把他的话窜改。

“我说的是你狗日的县令！”颇具威风的男子道。

“小人说的青天大老爷，就是大王说的你狗日的县令。”乡人分辩。

“下半句，你怎说？”颇具威风的男子问。

“你宽大为怀。”乡人说。

“把人都关押，还说什么宽大为怀！”颇具威风的男子道。

“小人说的宽大为怀，就是大王说的敢关押我女人。”乡人分辩。

“这是怎么个说法？”颇具威风的男子问。

“若不宽大为怀，还不早把人斩首。”乡人说。

“休得胡言！”人群里不止一人喝道。

“我看，先把他狗日的砍头！”有人说。

颇具威风的男子伸手一压，杂声顿止。

“你就照我的话传，一个字也不许改！”他命道。

“别的不改还好说，青天大老爷说顺口，想不说都难。”乡人道。

“大王，我看不能用这个人传话。”人群中有一人说，“即便他在大王面前不叫青天大老爷，到狗日的知县面前，还是要叫青天大老爷，岂不毁大王的威名！”

“不妨，我有主意。”颇具威风的男子说。

“大王想怎样？”那人问。

“借他一条胳臂用。”颇具威风的男子说。

乡人魂飞魄散，跪伏在地，抱着颇具威风的人一条腿，哀告：“大王饶命！小人生计，全在两臂两腿上，缺一不可呀！”

“起来，起来！”颇具威风的人喝道，“你不必怕，我又不是要把你胳臂砍下来，只是把要你传给狗日的县令的话，写在你胳臂上，让你带去见狗日的县令。”

有人上前，拉直乡人一只胳臂，把衣袖褪到肩头。

颇为奇怪的是，这伙强人随身携带笔墨。有人上前执笔，有人上前捧墨，执笔的人在乡人胳臂上拍拍，等着颇具威风的人口述。

颇具威风的人咳嗽一声，述道：“你狗日的县令，敢关押我女人！限三日内放归，不然，取你狗头！”

执笔的人写完，说：“兄弟再加四个字吧。”

“哪四个字？”颇具威风的人问。

“切切此令。”执笔的人说。

“好极，看他狗日的可敢不遵行！”颇具威风的人道。

王浚没敢不遵行。他把被关押的盗贼家眷三十六人悉数释出。

第一百七十五章

两广总督常驻广西梧州，间或巡行至广州。刑部员外郎李行奉旨往广州勘事，恰好两广总督宋旻巡行至广州。李行约会同勘事的广东巡按御史徐同爱，一同前往拜谒。说是拜谒，其实也是勘事的一部分。不过，宋旻不是被勘者，而总督都御史的身份高出员外郎、巡按御史不是一级两级，故而选择好听一点儿的词汇。

宋旻岂能不知！寒暄几句后，他说："二位是钦差，若关系到我，还须查问于我，我知无不言。"

"查勘之事，与弘泽先生无关。"李行忙说。

宋旻字弘泽，浙江淳安人，景泰二年进士。

"问两句闲话，算不得查问。"徐同爱又说。

"事关韦公公？"宋旻问。韦在广西是大姓，两广之人常有来往，广东姓韦的也渐多。不过，宋旻提到的韦公公，只能是一个人，即广州市泊司提举太监韦眷。

李行点头，表示是；徐同爱摇头，表示不是。宋旻不知该听哪个的。李行本人接的旨，按说不会理会错朝廷的意思；但徐同爱对广东的事了解得更多，即便是间接领旨，也不应该理会错。

李、徐都是成化十一年进士，李行是江西人，徐同爱是浙江人。宋旻向徐同爱质疑，更自然一些。

"当真与韦公公无关？"他问。

"弘泽先生怎会想到和韦公公有关？"徐同爱正好借他的问题询问。

"陈方伯参奏其克扣供办在前，高令参奏他罚没通番巨资在后，故而我以为二位查勘的是此事。"宋旻说。陈方伯是广东左布政使陈选，高令是番禺知县高瑶。

"此事该不该查勘且不说；我等奉旨查勘的是陈方伯矫旨发粟，坏制度，而非供办、通番等事。"徐爱同说。

"既如此，李员外为何以为事关韦公公？"宋旻询问过徐同爱，才好询问李行。

"是韦公公参奏陈方伯矫旨发粟的呀！"李行说着，趁机把谈话深入下去，"在弘泽先生看来，究竟有没有矫旨发粟之事？”

“岭南饥荒是有的，发粟赈济也是有的。”宋旻说。

“矫旨呢？”李行强调地问。

“那要看怎说。”宋旻道。

“同一事，还有不同说法？”李行问。

“凡事，都有不同说法。”宋旻说着，举例，“譬如，我坐于中，在李员外看来，我在左，在徐巡按看来，我在右。”

“但在弘泽先生看来，我在右，徐兄在左，不会变吧？”李行道。

“我转过身去，二位的左右不又变？”宋旻说。

这话虽有些牵强，但也不能说全无道理。李行问：“陈方伯矫旨发粟一事，又有何不同说法？”

“陈方伯发粟之际，未曾奉旨，以此而言，以为矫旨可也；然陈方伯发粟之后，旋有赈济之旨，且发粟之际，陈方伯料定，朝廷不会不发粟赈济，以此而言，以为非矫旨可也。”宋旻说。

“终归是奉旨之前发粟，对吧？”李行只强调一点。

“据我所知，是如此。”宋旻承认。

“多谢以实相告！”李行揖了揖，道，“弘泽先生事务繁巨，我等不敢多扰，告辞。”

前布政司吏员张聚，是韦眷提出的最重要的证人，李行、徐同爱也把对他的讯问看得最重。

“你当过布政司吏员？”李行问。

“是。”张聚应道。

“为何离开布政司？”李行问。

“被主官罢黜。”张聚道。

“主官是谁？”李行问。

“方伯某。”张聚道。

“说出其姓名。”李行命道。

“左布政使陈选。”张聚道。

“他为何罢黜你？”李行问。

“方伯罢黜一吏，还要什么理由！”张聚道。

“陈方伯常随意罢黜属员吗？”李行问。

“小人不知。”张聚道。

“你怨恨陈方伯否？”李行问。

“布政司吏虽不值得大人们一哂，但丢掉这个差事，小人再找不到其他差事，大人想怨恨不怨恨！”张聚道。

“既如此，你可愿指证其罪？”李行问。

“大人不是说笑吧？”张聚道，“方伯罢黜一吏，不需要几多理由，可也难成罪状；况且，我只说不需要理由，并未说没有理由。”

“要你指证的，不是这事。”徐同爱插话。

“不是这事，却是何事？”张聚问。

“是他发粟赈荒一事。”徐同爱说。

“还不是和小人被罢黜一事有关？”张聚道。

“发粟是他的事，怎和你有关？”李行问。

“小的被罢黜，正是因发粟。”张聚说。

“你曾阻止他发粟？”徐同爱问。

“方伯要做的事，小人哪儿有胆量阻止！”张聚道。

“你看出他发粟有诈？”李行问。

“方伯行事好坏，小人哪儿有眼光看出！”张聚道。

“既如此，他发他的粟，为何要罢黜你？”李行、徐同爱齐问。

“小人耽误发粟的时辰。”张聚说。

“你是说——”李行、徐同爱都有问题要问，又互相谦让。

“李兄奉旨，李兄请！”李行道。

“徐兄同勘，徐兄请！”李行道。

“你耽误发粟的时辰，换言之，即阻止他发粟。”徐同爱对张聚说。

“你耽误发粟的时辰，换言之，即阻止他胡为。”李行对张聚说。

“你耽误发粟的时辰，并无过错。”徐同爱对张聚说。

“你耽误发粟的时辰，不仅无过，而且有功于朝廷。”李行对张聚说。

张聚实在无法把他们说的话和自己做的事联系在一起。他问：“小人耽误发粟的时辰，即阻止陈方伯发粟？”

“是。”李行、徐同爱应道。

“小人耽误发粟，即阻止了陈方伯胡为？”张聚问。

“是。”李行、徐同爱应道。

“小人耽误发粟时辰，并无过错？”张褧问。

“是。”李行、徐同爱应道。

“小人耽误发粟的时辰，不仅无过，而且有功于朝廷？”张褧问。

“是。”李行、徐同爱应后，李行说，“不过，得证实陈方伯发粟是矫旨，是胡为，你才有功于朝廷。”

“还得证实陈方伯发粟是矫旨，是胡为？”张褧问。

“是。”李行、徐同爱应道。

“但二位大人可知，陈方伯不待旨而发粟，救活多少人？”张褧问。

“你若只想他救活多少人，则无功于朝廷。”徐同爱说。

“不仅无功于朝廷，而且你也确该罢黜。”李行说。

“陈方伯罢黜小人，小人不服；但他发粟赈灾，全活甚众，小人心服口服，绝不会指证他矫旨，指证他胡为！”张褧道。

他的立场很坚定，李行、徐同爱的立场更坚定。他们按照他们的推定，证实韦眷对陈选的讦奏。朝廷命将陈选、高瑶解京治罪。张褧随后亦被解往京师。

一名锦衣卫千户率官校数人，解陈选往京师，李行同行。一行人在南昌郊外石亭寺留宿的第二天，天还没亮，急切的敲门声把李行从睡梦中惊醒。他边咒骂，边起身开门。站在门外的是和陈选一起睡在隔壁房间的锦衣卫千户，只见他捶胸跺脚，嘴里念念有词。李行用询问的目光盯着他看。

“钦犯出事了！”千户说。

“可是逃逸？”李行问。

“不是，是患病了。”千户说。

“患病了？谁人不曾患病，何至于大惊小怪。”李行道。

“大人，他病得不轻。”千户说。

“将爷，你懂医？”李行问。

“末将不懂。”千户道。

“不懂，怎知轻重？”李行问。

千户心想：我虽不懂医，也不痴呆，难道连病轻病重还看不出来？想是想，却不敢说。他说的是：“要不，大人先去看看他是否病重？”

“不看！”李行道，“我也不懂医，看有何用？不如你我安睡到天亮，再去为他寻医诊治。”

天亮后，千户差人去城里寻医，闻声而来的，还有南昌籍翰林官张元祯。张元祯字廷祥，天顺四年进士，成化初即以病告假，家居几二十年。李行与他无缘相识，但张元祯一到，便用纯正的南昌口音呼叫：“士贤兄何在？”李行于是不难猜测到他是谁人。因为陈选是天顺四年的会元。

“廷祥先生吗？”李行问。

“原来你还知我！”张元祯道。

“前辈大名远播，凡我赣省士子，谁不景仰？”李行说。

“你也是江西人？”张元祯问。

“晚生乡贯，临江新喻。”李行道。

“既同饮一江水，求你件事，可否？”张元祯问。他说的同饮一江水，指赣江流经南昌城西，及临江城南。

“求字不敢当，廷祥先生有事，但请吩咐！”李行道。

“士贤先生是我年兄，请钦差多加关照。”张元祯说。

“他是钦犯，晚生不敢有丝毫懈怠。这不，他患病，我刻不容缓，差人进城寻医。”李行表白。

“我的意思是，他有病时，要诊治；无病时，要照料。”张元祯说。

“好说！”李行无可无不可地应道。

二人说几句话的工夫，医者已从陈选睡的房间出来。

“先生，士贤兄病情如何？”张元祯迎上去问。

医者摇摇头，一言不发，从张元祯身边走过。

锦衣卫千户在后面走出，说：“先生已宣告，钦犯不治。”

张元祯奔进屋中查看，千户要跟进去，李行摆摆手，把他拦住。不一会儿，从屋里传出张元祯的恸哭声。李行和锦衣卫千户在外面等他哭够，一步三摇地走出来。

“廷祥先生节哀！”李行态度漠然地劝道。

“我为士贤兄治丧，可否？”张元祯问。

“钦犯亡于途中，丧事如何办理，并无明确制度。廷祥先生出于同年之谊，愿为他治丧，我看没什么不可。”李行说。

张元祯为陈选购置棺具、服饰等，找人找车，送回浙江临海。他撰文祭奠，饱含情谊，其中有两句，高度评价陈选的人品：公有天下不可夺之大节，有足以济天下之大才，有不可遏于天下之大勇。

两个狱卒走过一间牢室，张褧隔着木栅呼叫："两位老哥，且留步！"

狱卒知道他来自广东，不是大官，身上没有几文钱，想来家里也不会有多少财物。一狱卒对另一狱卒说："他唤你呢。"

"他唤的是两位老哥，难道我姓两位，名老哥？"另一狱卒说。

"他唤的两位老哥？我没听清。你说，咱留不留步？"前一狱卒问。

"咱的衣食父母不就这些罪囚吗，为何不留步！"后一狱卒道。

二狱卒转过方向，朝牢室走过去。

"他把你当成衣食父母，你是不是呀？"前一狱卒问张褧。

"大爷说是便是，说不是便不是。"张褧道。

"咱权当是，你今日叫住他，是给他衣，还是给他食？"前一狱卒问。

"衣食是官家给的，我给不了。"张褧说。

"既给不了，怎称衣食父母？"前一狱卒问。

"若是没有我等罪囚，朝廷不设牢狱，大爷们的衣食从何而来？故言我等为大爷们衣食父母，不算错。"张褧说。

"嘿，衣食父母原来还可如此解说。"前一狱卒对后一狱卒说，"你衣食父母说，给不了你衣食；你还不问问，他唤你何事！"

"我既认衣食父母，不便问，还是你问吧。"后一狱卒说。

"我请二位留步，是问件事。"张褧不等有人问，主动说道。

"何事？"前一狱卒问。

"我方伯关押在何处？"张褧问。

"你听，他在问他伯呢。"前一狱卒对后一狱卒说。

"他问的不是他伯，是方伯。"后一狱卒说。

"或是其族姓方，或是其伯名方，方伯不即他伯？"前一狱卒道。

张褧听二人纠缠不清，说："方伯即布政使，我问的是我广东布政使。他不姓方，姓陈；也不名方，名选。他因得罪朝廷，被解来京师问治。"

"你说的是广东布政使呀，他若解来京师，倒是该关押在本狱。"后一狱卒说罢，问前一狱卒，"哥哥听说咱这儿关押一布政使吗？"

"好啊，认下衣食父母，连话都帮着问。"前一狱卒取笑道，然后说，"前些日子，倒是听说有个布政使要解来京师。你记得吧，有几个兄弟还商量过怎样从他身上榨出点儿油水来呢。"

“后来呢？”张裴急切地问。

“后来不曾来。”前一狱卒说。

“不会吧？钦差押解陈方伯，早我北上，应该比我先到呀！”张裴自语，并问，“朝廷会不会把他关押在别狱？”

“你在问谁？”前一狱卒问。

“哪位大爷告我都可。”张裴道。

“还是我告诉你吧。”前一狱卒说，“要不，他认下你衣食父母，你又唤他大爷，岂不乱套！”

“你愿说，不必找理由，谁会拦你？不过，你得仔细想想，你来说，究竟说得清楚说不清楚？”后一狱卒道。

“我说不清楚，你难道说得清楚？”前一狱卒问。

“你不提醒，我说不清楚；你提醒一句，我怎会说不清楚！”后一狱卒道，“你但知几个兄弟商量过怎样从某方伯身上榨出点儿油水，却不知他等后来叹息该方伯死于途中，油水榨不成。”

“你说，陈方伯死于途中？”张裴惊问。

“不知该方伯是否姓陈，但确从广东来。”后一狱卒证实一半。

“不知该方伯是否从广东来，但确姓陈。”前一狱卒证实另一半。

“陈公！”张裴凄凉地呼唤一声，泪流如注。

两个狱卒开始觉得有趣，看他哭得过久，不觉心里也有些凄凉。他们你看我一眼，我捅你一下，打算离去。

“二位大爷且留步。”张裴忽道。

二狱卒站立不动，看他有什么话说。

“二位大爷可否做件好事，帮我拿纸笔来？”张裴问。

“你要纸笔何用？”二狱卒齐问。

“我虽怨恨陈方伯，但我要上疏，为他洗冤！”张裴道。

第一百七十六章

都督同知万喜过生日，宾朋如云。

万安贵为首辅，又认同宗，是需要特别关照的。李孜省称得上是时下第一山人，与万家有深交，是需要特别关照的。他二人被请到一间布置典雅的小室休息，等候开席。室内再无第三人，二人可以畅所欲言。

“一直瞎忙，没来得及给循公道喜。”李孜省说。

“我喜从何来？”万安问。

“吏部易主，对循公而言，不是大喜之事吗？”李孜省道。

其实，自吏部尚书尹旻劾罢，由本部左侍郎耿裕接掌后，朝廷发生一系列的人事变动：六月，户部尚书殷谦致仕，工部尚书刘昭改任；八月，任兵部尚书不到一年的马文升改南京尚书；同月，刘昭改户部后，先任都察院掌院都御史、后改南京的李裕接掌工部；九月，掌院都御史屠滽改南京，召前巡抚湖广副都御史刘敷掌院；十月，刑部尚书张蓥忧去，本部左侍郎杜铭升任。

所以，万安对此事反应淡漠是很自然的事：“即便大喜，已是半年前的事；况且，换大冢宰，为何单对我而言是大喜之事？”

“同仁先生不听命于循公，故他之去官，对循公自是大喜之事；同仁先生不听命于循公，因而丢官，谅好问先生不会再重蹈覆辙，故虽过去半载，依然当贺。”李孜省说。

“道兄但知其一，不知其二。”万安道，“同仁先生虽不听命于内阁，但也不至于抗命；再者，道兄心里也有数，同仁先生那等名声，与内阁抗命，我也不必顾忌。好问先生却不同，他颇得士大夫之心，不但不听命于内阁，且敢于抗命。此公让我更为头疼！”

“他既抗命，何不再易一人？”李孜省道。

“谈何容易！”万安嫌他说得太轻松，连连摇头。

“此事是不容易，但也不见得那么难。”李孜省道。

“这话怎讲？”万安问。

“朝廷不是才处分过他吗？”李孜省道。

“那是他确有过失。”万安说。

“循公，不知他有何过失？”李孜省问。

“你当真不知？”这没有什么不可以讲的，万安说，“成化甲辰科的进士中，有陆瓛者，授镇江推官。陆瓛自称乡贯吴县，与镇江同属南直隶，请改任。吏部压下，不为覆奏。事发，皇上命处分之。”

“我听说，这个陆瓛并非吴县人，而是顺天府大兴人。”李孜省说。

“他原籍在吴县，后落籍在大兴。”万安说，“江南人才众多，或担心在原籍学校及乡试中不能名列前茅，在会试中各地比例又有定额，故而移籍北方，在北方入学及应乡试，并以北士应会试。此即所谓冒籍，由此而得逞者，不在少数。陆瓛试后自认冒籍，算是诚实的。”

“不知陆瓛是哪一科进士？”李孜省问。

“成化甲辰科。”万安说。成化甲辰年，即成化二十年。

“那不过去快三年？”李孜省道。

“可不是。”万安应道。

“怎今时才处分？”李孜省问。

“或是陆瓛今时才承认自家是南直隶籍，或是皇上今时才得知——”万安还没解释完，已觉得不对头，“道兄，你先欲言陆瓛并非冒籍，后欲言此事过去多年，是不是觉着朝廷处分有误？”

“循公误会！”李孜省道，“我想说的是，陆瓛一事，朝廷可处分，也可不处分；结果处分。可见皇上不喜欢的不只是同仁先生，也包括好问先生。皇上不喜欢他，换个人代他，有何难哉！”

道理很浅显，不过，由于大臣被处分是常事，万安没往这方面想。听李孜省一分析，他不由心动。随之又一想，罢去耿裕或许不难，但耿裕罢去后，接任的是谁呢？耿裕接替尹旻，他有时会想到尹旻的一些好处；如果接替耿裕者更为倔强，更不买内阁的账，他说不定又会想起耿裕的一些好处。

“我等凡夫俗子，只好走一步看一步；道兄仙人也，是否看得出吏部尚书易人后结果如何？”他问。

“一则皇上喜欢，一则循公称心如意。”李孜省说。

“不会再如前次易人？”万安追问。

“断然不会。”李孜省道。

“道兄心目中是否已有其人？”万安又问。

“具体之人尚无，只有几个框框。”李孜省说。

“请道其详。”万安说着，揖了揖。

“此人宜在高位。”李孜省说出第一个条件。

“怎样的高位？”万安问。

“那得我请教循公，廷推大冢宰，有何规则？”李孜省反问。

“并无具体的规则，但多以他部尚书或吏部侍郎推之，如姚大章先生，以礼部尚书推，尹同仁、耿好问两位先生均以吏部侍郎推。”万安说。

“两位以侍郎而推者均不如意，不如以他部尚书推。”李孜省提议。

“那么，可推者有十一二人。”万安说。

“在南京者比在朝廷者差一点儿。”李孜省又提议。

“那么，只有五六人。”万安说。

“可推者愈少，推之愈易。”李孜省说着，问道，“循公以为这个框框划得可否？”

“有何不可！”万安道。

“再者，此人不宜为北人。”李孜省说出第二个条件。

“鲁、晋、豫、陕之人皆不宜？”万安问。

“连北直隶之人也不宜。”李孜省说。

“这是为何？”万安问。

“循公不易与北人相处，尤其不易与山东人相处。”李孜省说着，加一注解，“我说的易，是难易之易。”并举例，“好问先生，河南人也，循公与他相处如何？同仁先生，山东人也，与循公且有同年之谊，相处若何？叔温先生，山东人也，与循公且有同年之谊，且与循公同在翰苑，同入内阁，相处又若何？为免日后纠葛，不如不以北人代之。”

不是北人，同时又掌部掌院者，数得出来：一是礼部尚书周洪谟，一是刑部尚书杜铭，一是工部尚书李裕。

“那只有二三人。”万安道。

“可推者又少，推之又易。”李孜省说着，又问，“循公以为这个框框划得可否？”

“有何不可！”万安道。并问，“道兄还有别的框框没有？”

“没有。”李孜省说。

“既如此，不妨按照顺序议一议道兄框出的几个人。”万安说的顺序，即尚书排列的顺序。他问，“尧弼先生如何？”

“我记得循公说过，尧弼先生太爱嚼舌。”李孜省道。

“太爱嚼舌，不宜掌铨政。”万安说。又问，“敬修先生呢？”

“循公说过，敬修先生但谙刑名。”李孜省道。

“那么，可推者唯有资德先生。”万安说。

李裕字资德，江西丰城人，景泰五年进士。

“循公之意如此，实情亦如此。”李孜省道。

万安才要否认，猛然醒悟：推李裕，哪里是自己的意思，分明是李孜省的意思；他哪里是尚无具体之人，分明是早已成竹在胸；把可推者从十余人减至五六人，再减至二三人，哪里是以易代难，分明是处心积虑！

早知如此，真不该认可他划出的那两个框框！

万安料到，李孜省接下来一定要逼他认可李裕，他必须设法应对。

果然，李孜省见他沉吟不语，问：“资德先生不能使循公称心如意？”

“我当然愿意换个称心如意的天官；但首当其冲的是，新天官应该让皇上喜欢。”万安说。

“循公担心皇上不喜欢资德先生？”李孜省问。

“若是喜欢，怎会改官南京？”万安道。

“若不喜欢，怎又将他召还？”李孜省针锋相对地说。

各有各的道理，就此争执下去，不会有结果。万安只能说：“道兄，我不是断定皇上不喜欢资德先生；我想对道兄说的是：我没有法子让皇上喜欢资德先生。”

“我有法子。”李孜省说得很果断，很有把握，他又补充一句，“让循公称心如意，我也有法子。”

“既然道兄有法子，要我做什么呢？”万安问。

“让皇上更不喜欢好问先生，循公有法子吧？”李孜省道。

万安无法拒绝这样的分工，也不想拒绝。不管吏部尚书换成李裕后局面如何，哪怕比现在阁、部的关系更紧张，他也愿意除去耿裕。

皇帝在宫里见到李孜省，和往常一样，心情甚感愉悦。他问：“李爱卿近时又请来上仙否？”

“昨日才请来一位上仙。”李孜省回奏。

“是哪家上仙？”皇帝问。

“匆匆而过，不曾留下仙号。”李孜省说。

“也不曾留下神谕？”皇帝揣测。

“神谕有一道，微臣乞陛下准微臣不说。”李孜省道。

“爱卿为何不欲言之？”皇帝问。

“羞于启齿。”李孜省道。

“羞于启齿，不说也罢，爱卿何不书之？”皇帝说着，命近侍笔墨伺候。李孜省越是做难言状，皇帝越想知道。

“有字句在此，请陛下御览。”李孜省从袖里抽出张纸，呈上。

皇帝在阅读内容之前，先看字迹。

“不似爱卿所书。”皇帝道。

“爷高明，一眼就看出来。”李孜省说。

“谁替你写的？”皇帝问。

“上仙过时，微臣乞留神谕，他一言不发，写下这句话。微臣想，这句话不是给微臣写的。”李孜省说。

“你不是说，他匆匆而过吗？”皇帝指出他话里一个漏洞。

“他匆匆而过，微臣恳乞，只见他一挥手，微臣桌上的笔跃起，在纸上留下这几个字。”李孜省解释一番，然后指着皇帝拿在手里的纸说，“爷看，上仙来去匆匆，好几个字都少笔画。”

第一个字肯定是江，只不过三点水成了两点水。第二个字就难猜。乍看像个丙字，但一撇一捺分得有点儿远，捺的上端又冒出了头，下端拐了个不小的弯。好在第三个字是完整无缺的人，因此不难把这三个字连起来，读作某地之人。

“爱卿琢磨过这个丙字吗？”皇帝问。

“琢磨过是琢磨过，但琢磨不出所以。微臣不敢对陛下言及，也是为此。”李孜省说。

“天下不会真有江丙其地吧？”皇帝问。

“若有江甲或江乙，说不定会有江丙。可微臣从未听说，天下有江甲或江乙。”李孜省道。

“会不会是江左或江右之误？”皇帝问。

“相差似乎大些。”李孜省道。

“那朕想起一个字。”皇帝说着，拿手指划一笔，把第二个字的下端封住，“爱卿看，会不会是个西字？”

“这就说得通，但微臣不解，上仙为何要少写一笔。”李孜省说。

“江字可少一点，西字怎就不能少一横。”皇帝道。他再看下边的字，呵呵一笑，道，“朕看，你没琢磨出所以，是在糊弄朕；羞于启齿，才是实情。”

下面还有四个字，写的是：赤心报国。一句话读完整，是：江西人赤心报国。

“微臣是怕陛下以为微臣以赤心报国自诩。”李孜省承认。

“既有此怕，为何又将神谕拿给朕看？”皇帝问。

“一则陛下追问，二则微臣也想通。”李孜省说。

“爱卿何事想通？”皇帝好奇地问。

“上仙降下神谕，不是指的微臣。”李孜省说。

“你怎知不是指的你？”皇帝愈发好奇。

“因为微臣赤心报国，陛下一清二楚。”李孜省说。

皇帝听出他话里的意思，道：“你是不是说，有的江西人赤心报国，朕或不知？”

“微臣不敢这么说；但微臣想，上仙之意在此。”李孜省道。

“江西人赤心报国，朕并非不知呀！”皇帝说着，举例，“如泰和尹先生是江西人，在今年入阁。难道朕还不厚待江西人？”

“微臣想，上仙不是指陛下已厚待的大臣。”李孜省道。

“那是指朕尚未厚待的大臣？”皇帝想不出是指谁，命道，“爱卿帮朕想想，上仙指的是你哪位同乡。”

“微臣姑妄言之，丰城李尚书，陛下是否待他已厚？”李孜省问。

“朕记得他曾掌院，今以大司空将他召还，还不是厚待？”皇帝问。

“微臣想，上仙留下神谕，不在于陛下是否已厚待他，而在陛下对他厚待得够不够。”李孜省把简单的问题说得很复杂。

皇帝微微点头。刘昭改掌户部，廷推李裕接任工部尚书，皇帝未反对。但仅此而已。上仙如果以为皇帝厚待他不够，说得过去。

十月，耿裕改南京礼部尚书，李裕改吏部尚书。

第一百七十七章

覃吉上殿，准备给皇帝读疏。

“有无特别的奏章？”皇帝问。

“广东布政司吏张褧的奏章，奴才以为较为特别。”覃吉说。

“吏员妄言朝政，朕经历过好多次，也处置过好多次。这个张褧的奏章，又有哪些不同？”皇帝问。

“张褧所言，并非朝政。”覃吉道。

“不是朝政，却是何事？”皇帝问。

“他为陈选辩诬。”覃吉说。

“陈选？就是被解来京师、死于途中的广东布政使？”皇帝问。

“爷说的是。”覃吉应道。

“他被解来京师，是朝廷定其有罪；张褧为其辩诬，是以为朝廷不该定其罪。这不仍是非议朝政！”皇帝道。

“这一层奴才不曾想到。”覃吉说。

“不过，下吏非议朝政，也算不得特别。”皇帝又道。

“张褧的奏章，是在狱里写的。”覃吉说。

“他为何下狱？”皇帝问。

“和陈选同案。”覃吉说。

“和陈选同案，而为陈选辩诬，更不足为奇。”皇帝道。

“奴才听说，张褧虽与陈选同案，但并非因为陈选于他有恩，而是陈选于他有怨。”覃吉说。

“陈选于他有怨，他却为陈选辩诬？”皇帝问。

“是。”覃吉应道。

“那倒有些特别，读来听听。”皇帝命道。

“是。”覃吉应一声，读道，“臣闻周公四国之谤，上疑于君；曾参三至之言，内摇其母。”

“老覃，给朕讲讲四国之谤。”皇帝命道。

“四国之谤，说的是周武王病卒，成王年幼，政出自周公。武王诸弟管叔、蔡叔、霍叔等嫉之，造谣言以诽谤，致令成王不安。”覃吉解说。

“这不只有三国？”皇帝问。

“管、蔡、霍等叛时，勾结殷商之后武庚。奴才想，称四国，他或许也该算一国。”覃吉说。见皇帝再没问题，而曾子的典故通俗易懂，不需要解释。他接着往下读：“太监韦眷，通番败露；知县高瑶，按法持之。陈选移文奖励，诚贤监司激儒惩贪之善举也。臣本小吏，诖误触法，被陈选斥罢。陈选无他心，臣甘没齿。韦眷意憾陈选，厚赂啗臣，臣虽胥役，宁敢欺丧！韦眷知臣不可摇，逮臣鞫讯，拷掠弥日。臣忍死，绝无异词。李行等乃依傍韦眷语，文致其词，必如所云。是毁共、姜为征、夏，诟伯夷为庄蹻也。”

读到此处，被皇帝打断：“老覃，给朕讲讲这两个典故。”

“奴才可否掉过来，先讲伯夷、庄蹻，再讲共、姜、征、夏？”覃吉请旨。

“人家先写的共、姜，征、夏，后写的伯夷、庄蹻，你讲时为何偏要调转过来？”皇帝问。

“后者只牵扯两个人，讲起来较易；前者却牵扯两对母子，讲起来较难。”覃吉说。

“先易后难，好，你就先给朕讲后两个人。”皇帝应允。

“伯夷为商臣，商入周后，他不食周粟，饿死。庄蹻，或以为是楚民，或以为是楚将，楚怀王时叛楚。观其表，伯夷不臣于周，庄蹻不臣于楚，有相似之处；实则，伯夷不臣于周，乃忠于前朝前君，庄蹻却是乱臣贼子。张褧用这个典故的意思，是说不能把食君之禄忠君之事和乱臣贼子混为一谈。”覃吉讲解道。

“那么，共、姜与征、夏两对母子也是观其表有相似之处，实则完全不相同的人物？”皇帝推论。

“爷说的是。”覃吉应道。

“老覃，你先给朕把这四个人分开。”皇帝命道。

“是。”覃吉应道，“共即共叔段，郑庄公弟。姜即武姜，共叔段母，亦郑庄公母。征即陈国大夫御叔之子征舒，夏即御叔妻、征舒母夏姬。”

“朕记得，怀大伴曾给朕讲过武姜、共叔段的故事，老覃，你给朕讲讲夏姬、征舒的故事吧。”皇帝又命。

“是。”覃吉应一声，琢磨从哪里讲起。

皇帝好像看出他的难处，问道："夏姬是怎样一个人？"

"以淫秽称。"覃吉从皇帝的问题讲起，"夏姬是郑穆公之女，嫁陈国大夫御叔为妻，御叔死，她和陈灵公及大臣多人私通。后征舒射杀陈灵公，陈国大夫孔宁奔楚，搬来楚师，夏姬被楚庄王所获，赐予襄老为妻，夏姬托辞归郑，随申公巫臣奔晋，为申公巫臣妻。"

"武姜、共叔段，夏姬、征舒，两件事放在一起，当如何观其表？"皇帝问。

"都是母子联手，乱人国家。"覃吉道。

"实则呢？"皇帝问。

"实则武姜仅爱其幼子，除为幼子求利，再没做什么过分的事；她和淫乱如夏姬者，不可同日而语。"覃吉说。

"这个典故举得不好。"皇帝评论，"无论如何，伯夷的气节是值得称赞的。然夏姬应被鞭挞，武姜又有什么值得称赞？征舒应被鞭挞，共叔段又有什么值得称赞？"

"张褧或是想说，陈选即便是武姜、共叔段，也不应被毁为夏姬、征舒；他是伯夷，更不应被垢为庄蹻。"覃吉说。

"朕倒忘记，你是将此二典调转说的。"皇帝道，又问，"在张褧眼里，陈选是武姜、共叔段，或是伯夷？"

"是伯夷。"覃吉应道。

"他怎说的？"皇帝问。

覃吉把张褧奏疏的最后一段读完："陈选故刚正，屈辱不堪，愤懑旬日，婴疾而毙。臣摈斥罪余，秉耒田野，百无所图；诚痛忠良衔屈，而虑圣明蒙奸。冒命披陈，尚冀天日。"

"多是空泛之言，要不是陈选于他有怨，他反为陈选辩白，朕非重罪他不可！"皇帝道。

言外之意，对张褧不另治罪；对陈选是否蒙冤，韦眷、李行等是否加害，也不追究。

覃吉懂得分寸，圣意已定之事，绝不能妄置可否。他把张褧的奏疏放到一旁，准备拿另一本奏疏来读。

"言及陈选枉死，让朕想起另一个人，不知是否枉死？"皇帝忽道。

"爷说的是——"覃吉一时蒙住。

"你前些日子给朕读过刑科的奏本，怎自家却忘！"皇帝说着，命道，"老覃，你让刑部重勘此事。"

“奴才领旨！”覃吉应道。

云南巡抚程宗被召还朝，任刑部右侍郎，就任之初，即碰到为难的事。

“敬修先生怎的把复核诛杀王浚一案整个退给我，我对该案一无所知呀！”他向何乔新诉苦。

“原伊先生知是为何？”何乔新问。

程宗字原伊，南直隶常熟人，景泰二年进士。

“不知。”他说。

“此案与我有牵连，故不能命我复核；与他本人也有牵连，故不能由他复核。”何乔新说。

“与敬修先生有牵连，不难想到，他掌部嘛；与廷秀先生有牵连，让人想不通呀！”程宗道。

何乔新比程宗何乔早一年任刑部右侍郎，但一直派外差，所以，程宗觉得此案不该与他有牵连。

“事有巧合。”何乔新讲给他听，“我任少司寇一年，几乎没处置过刑部的事，但自山西赈灾返朝，正好王浚事发，该案是我处置的。”

“此案是廷秀先生处置的？”程宗注视何乔新的目光中，既包含着同情怜悯，又包含着为难情绪。

“原伊先生是不是因为该案是我处置的，就担心我会有所隐瞒？”何乔新笑着问。

继续谈论下去，还是就此打住，程宗正拿不定主意。听何乔新这话，他却不能不问。

“廷秀先生所谓处置，是亲自审理吗？”他问。

“县令的案子，侍郎一般是不会亲自审理的。”何乔新说。

“不是廷秀先生亲自审理，却是谁人主审？”程宗问。

“山西司员外某。”何乔新故意不说涉案员外郎的姓名。一方面，他仍表示负主要责任的是自己；一方面，程宗一定要知道这个人，不难从别人那里打听出来。

“该案是怎么送呈刑部的？”程宗理解他的心情，又问起别的。

“由东厂引发，下刑部按问。”何乔新说。

“可是东厂差官校往山西查勘？”程宗不解。

“不是，是山西潞城民赴京，举告于东厂的。”何乔新说。

“我知此案涉命案多人，可是死者家眷来京举告？”程宗问。

“这却不是。”何乔新道，“死者多为盗贼家眷，原伊先生想，他等怎有胆量赴京一诉冤情？”

“那是何人，愿为盗贼家眷诉冤？”程宗问。

“是潞城冶工。”何乔新说。

“冶工？风马牛不相及呀！莫非他等与盗贼也有牵连？”程宗问。

“主审的员外问过，我也问过，并无牵连。”何乔新道。

“既无牵连，为何远走京师鸣冤？”程宗弄不懂。

“这又牵扯另一桩公案。”何乔新道，“潞城输赋于巡抚衙门，多是赝金，巡抚都御史责于方伯，方伯责于郡守，郡守责于县令，县令责于冶工，并欲治罪。冶工惧，奔走出县，逃亡京师。谁知误撞入东厂，他便以县令草菅人命举告。”

除没说出人名，寥寥几句话把事情的缘由讲述得很清晰。

“原来冶工是想以前者人命之案摆脱窘境。”程宗说。

“原伊先生说的是。”何乔新应道，“县令追究冶工，未必有错；可惜，人命之案县令却无法摆脱。”

“廷秀先生，这我实在不懂：一个小小的县衙，怎会闹腾出这么多的人命来？”程宗又提出新的问题。

“你怀疑冶工诬告？”何乔新问。

“不，我相信该案下于刑部后，员外，还有廷秀先生，一定认真查勘过；我只是不懂，数十人怎会同时毙命？”程宗道。

“毙命者共计三十六人。”何乔新告诉他准确的数字。

“是。”程宗应一声，复问，“我不懂，三十六人怎会同时毙命？”

“原伊先生可知，在三十六人之前，还有十六人毙命？”何乔新问。

“廷秀先生说的是死于盗贼手下的吧？”程宗反问。

“是。”何乔新猜想，他即便有所闻，也不会详知；于是追述先前的命案，“潞城盗贼在河南彰德作乱，动静很大，人人皆知。在这之前，该等盗贼曾在本县作乱，却鲜有人知。那时，潞城盗贼群居一村，为防消息走漏，将村民一十六人逐入土窖，以烟熏死。官府闻讯，出兵捕之。该等盗贼齐遁，竟无一人落到官府手里。”

“县令或可谓旷职，这一命案却不能算在他头上。”程宗说。

“并没人要把该案算在他头上。问题是下一桩命案，与此命案很可能是有关联的。”何乔新道。

“有何关联？”程宗问。

“县令捕得在彰德作乱的潞城盗贼家眷三十六人下狱，这事原伊先生应该知道吧？”何乔新反问。

“我读过卷宗，是知道的。”程宗说。

“在彰德作乱的潞城盗贼因而返回本县，威胁县令放人，不然便要索取他性命，这事原伊先生也是知道的吧？”何乔新问。

“亦知。”程宗应道。

“县令畏惧，遂将三十六人悉数放归，并安排三十六人分食于村中各民家，结果酿成三十六人复被熏死于土窖的结局，这事原伊先生也是知道的吧？”何乔新问。

“亦知。”程宗应道。并说，“我亦知，刑部按问此事，以为县令明知村民皆前番被熏死村民亲属，却命三十六人分食于他等之家，是存心使他等送死。依律，故意杀人者偿命，县令因而被处极刑。”

“唉！”何乔新叹口气。

“廷秀先生这一声叹，是悲悯在前被熏死者，还是悲悯在后被熏死者？”程宗问。

“死于非命者，皆应悲悯，但我最要为县令叹息。”何乔新说。

“廷秀先生以为县令蒙冤而死？”程宗问。

“是否蒙冤，尚不能断定。”何乔新说着，反问一句，“原伊先生可知，皇上为何命刑部复核该案？”

“听说是刑科奏言，该案或有隐情。”程宗道。

“原伊先生可知，刑科为何有此奏言？”何乔新又问。

“据说，有人为县令喊冤叫屈。”程宗道。

“原伊先生可知，是谁人为县令喊冤叫屈？”何乔新问。

“这却不知。”程宗摇头。

“是和县令同时就戮的父子二人。”何乔新告诉他。

“同时就戮，这父子二人也来自潞城？”程宗问。

“是。”何乔新应道。

“父子二人来自潞城，又为县令喊冤叫屈，应知情吧？”程宗问。

“是。”何乔新应道。

“他父子二人如何知情？”程宗问。

“该父一弟一子，该子一叔一兄，皆在前者被熏死的十六人之中。”何乔新说。

“廷秀先生是说，后来将三十六名盗贼家眷驱入土窖熏死的村民中，有这父子二人？”程宗不难得出这个结论。

“是。”何乔新应道，“不仅村民中有这父子二人；为死难亲人报仇雪恨，这父子二人且是首倡。”

“这父子二人论死，因其首倡？”程宗问。

“是。”何乔新应道。

“刑科奏言县令冤情，因他父子喊冤叫屈？”程宗问。

“与其说喊冤叫屈，不如说是父子二人就戮之前相顾而言的一句话。”何乔新道。

“父子二人怎说？”程宗问。

“我等该死，王令不亦冤乎！”何乔新道。

“这话很耐人寻味呀，何不问个明白？”程宗问。

“刽子手夺命刀同时举起，哪里还拦得住！”何乔新道。顿了顿，又说，“况且，监斩官未必听得到他父子二人的话；即便听得到，也未必会放在心上。谁知这话偏偏传到刑垣，给谏们偏偏上心！”

“廷秀先生不会以为，给谏们无中生有吧？”程宗问。

“不会。”何乔新应道。

“此事若实，对廷秀先生及该员外都很不利呀！”程宗说。

“我亦知之。”何乔新应道。

“朝廷命刑部复核，大司寇又命我复核，我只能从实奏复。”程宗说。

“理当如此。”何乔新应道。

刑科据已死之人的一句话奏言，复核其实是不会有确切结论的，但何乔新等刑部官，以及山西布政司等衙门与此案有牵连各官都受降职、罚俸等不同程度的处分。

第一百七十八章

十月，特恩内阁诸臣晋秩：万安晋少傅兼太子太师，刘吉晋少保兼太子太傅，彭华晋礼部尚书、太子少保，就连上个月才入阁的尹直也晋兵部尚书、太子少保。

自内阁设立以来，除杨士奇、杨荣两位前辈曾进少师，徐有贞以勋爵入阁是个异数，即便最称得君宠眷的李贤，也只晋少保，所以，万安得晋少傅兼太子太师，实在值得庆贺。

散朝后，周洪谟迎着万安，揖了揖，道："为循吉先生贺！"

"承贺，承贺！"万安也向他揖了揖。

周洪谟指指内臣和官员们来往都不会经过的地方，邀道："循吉先生，去那边说几句话，如何？"

"尧弼先生有事啊？"万安边问，边跟着他走过去。

周洪谟四下里扫一眼，确定附近再无别人，才说："今日要向循吉先生讨个说法。"

用的是寻衅的词句，虽然不是寻衅的语气，也把万安吓一跳。此公性情古怪，把他的火惹出来，他才不管你是首辅不是首辅呢！

"我有得罪尧弼先生之处吗？"万安问。

"循吉先生何言得罪？"周洪谟一脸的茫然。

"既无得罪，尧弼先生为何把我拉到无人之处，还要向我讨个说法？"万安的理由的确很充分。

"君子会动手吗？我可没拉循吉先生。请循吉先生到这里说话，是因为要说的事不宜入第三人之耳；讨个说法，是因为此事全赖循吉先生主持。"周洪谟解释。他虽是榜眼出身，今虽掌礼部，但话的轻重，有时真区别不出来。

万安确定担心是多余的。他问："尧弼先生欲言何事？"

"我等父母官所言之事。"周洪谟说。

他若说他的父母官，可能是指长宁县令，或叙州知府，或四川布、按二司官；若说万安的父母官，可能是指眉州知州，或四川布、按二司官。眉州直隶四川布政司。但他说的是他们共同的父母官，一定是指四川布、按二司官；而近日四川布、按二司官上疏言事的，只有布政使潘稹。

“景征先生所言之事，不是下礼部议复吗？尧弼先生怎说此事赖我主持？”万安问。

潘稹字景征，南直隶六安州人，天顺四年进士。

“事虽下礼部，但循吉先生不给个说法，很难议出结果。”周洪谟说。

“尧弼先生要我给个什么说法？”万安问。

“一则，方伯议此事，是否受命于循吉先生？”周洪谟问罢，觉得有些唐突，“循吉先生难以启齿的话，不说也罢。”

“尧弼先生问都问得出口，我有何说不出口！”万安道。周洪谟提的问题不仅唐突，而且容易引起麻烦。地方官员的奏议，受命于朝廷大臣也好，阿顺于朝廷大臣也好，传将出去，都是科、道官做文章的好题材：“我不曾写一个字，说一个字，达于景征先生。说实话，我还在想，是不是尧弼先生授意于他。”

“我不曾授意他，循吉先生也不曾授意他，才好议之。”周洪谟解释他提这个问题的目的之后，又问，“二则，循吉先生以为，方伯所言之事。利耶，弊耶？”

“于谁而言？”万安反问。

“于我川人而言。”周洪谟道。

“我看，为此事，我川人应给他建生祠。”万安说。

“循吉先生以为利于乡梓，更好议之。”周洪谟道。

“尧弼先生还有三则否？”万安问。

“有。”周洪谟应道，“三则，循吉先生欲方伯所言之事成真否？”

“既利于乡梓，为何不欲其成真？”万安觉得他问得太怪。

“循吉先生既欲其事成真，何不出一把力！”周洪谟道。

“尧弼先生要我怎生出力？”万安问。

“主持之。”周洪谟道。

“尧弼先生，不是我不愿出力，可朝廷是命礼部议之，并未命内阁议之，或命廷议呀！”万安为难地说。

“我所谓主持，并非请循吉先生主持廷议，主持内阁之议，或主持礼部之议，而是请循吉先生扫却障碍。”周洪谟说。

“原来尧弼先生意在于此。”万安点头称道，“礼部议之，礼部却有人阻挠其事成真，故尧弼先生让我帮着说服。”

“非也。”周洪谟摇头，“礼部之事，我尚能把持。”

“那尧弼先生要我扫却何处的障碍？”万安问。

“各处的阻碍都可能有。”周洪谟说，“利于我川民，或有损于他处。北籍士大夫觉着有损于北人，或阻挠之；南籍士大夫觉着有损于南人，或阻挠之。不过，朝廷各衙门的阻碍，各地督、抚及布、按等衙门的阻碍，我亦不很担心。”

“尧弼先生唯独没提及内阁。”万安说。

“不错。”周洪谟应道，“内阁有北人，有南人。南籍的阁老觉着有损于南人，出面阻挠；北籍的阁老觉着有损于北人，出面阻挠。他等皆一言九鼎，我无计可施。”

“尧弼先生是要我为你扫却内阁中的障碍？”万安问。

“其他阁老是在别处一言九鼎，循吉先生是在内阁一言九鼎，此事非得循吉先生出面不可。”周洪谟道。

“我试于内阁诸公前言之。”万安答应下来。

内阁长期三臣，忽然增至四臣，虽然只多一人，却热闹许多。趁众人都在，万安出个题目。

“明年又是会试之年，景征先生所议略损南卷、北卷取士额数，以益中卷，不知是自明年会试行之，还是自下一科方行之？”他说。

刘吉等听了他的话，无不惊诧，闹不清他是无心说错话，还是在他心里认定自己的错话不错。

刘吉咳嗽一声，想把彭华、尹直的目光吸引过去，再示意他们提问。

最适合提问的是彭华。按说，万安、刘吉同年，他二人的关系应该更为密切；彭华、尹直同年，他二人的关系应该更为密切。而实际上，万安一直把彭华视为心腹，和他的关系更为密切。但彭华今日懂得刘吉的心思，偏偏不把目光转过去；尹直的目光倒是转向刘吉，却目光呆滞，好像没理会他的用意。

刘吉不得不自己开口。他说：“循吉兄，景征先生之议，尚未成定论，今日即言明年会试是否行之，早点儿吧？”

“祐之兄说未成定论？”万安问。

“是。”刘吉应道，“事下礼部，礼部尚未议复。”

“祐之兄不会是对景征先生之议不以为然吧？”万安问。

“仅以为议之尚早；至于是否对景征先生之议不以为然，言之亦早。”刘吉说。

“彦实先生、正言先生二位之意呢？”万安转问彭华、尹直。

“祐之先生说的是，不如等礼部议罢，我等再议。”尹直说。

“循公以为，内阁当先于礼部而议？”彭华却问。

“不是当先于礼部而议，是不妨先于礼部而议，或与礼部同时而议。”万安道，“所谓言之过早，我难以苟同者有二：其一，待礼部议罢我等再议，议的并非景征先生之议，而是礼部之议。内阁议部议，难免要遭非议。其二，礼部议罢，皇上若命内阁拟复，我等尚可议之；若是皇上径自拟复，或径命司礼监拟复，则议的并非景征先生之议，亦非礼部之议，而是皇上旨意。若皇上以为是，而在座某公以为非，或皇上以为非，而在座某公以为是，难道抗旨不成？故我以为，并非先于礼部而议，或与礼部同时议，为时尚早；而是待礼部议罢再议，已迟。”

“循公所论甚是，宁早勿迟。”彭华首先附和。

“彦实兄不会不知所议何事吧？”尹直略带责备地问。

“不是四川潘方伯所议之事吗？”彭华道。

“彦实兄不会不知潘方伯所议何事吧？”尹直问。

“不是损南卷、北卷额数以益中卷吗？”彭华道。

“彦实兄既以为宜早不宜迟，那么，是已有主张？”尹直问。

彭华眨眨眼，反问：“正言兄指的什么主张？”

“对景征先生之议是赞成还是反对呀？”尹直道。

彭华又眨眨眼，道：“我方才说的是循公所论甚是；我还要说，祐之先生所论甚是。”

这话当然荒谬，尹直问：“一则以为议之不可过早，一则以为议之不可过迟，彦实兄以为不可过早甚是，抑或不可过迟甚是？”

“宜早不宜迟，循公所论甚是；是否对景征先生之议不以为然，言之亦早，祐之先生所论甚是。”彭华道。

“彦实兄，我还是不得其解呀！”尹直说。

“这难解吗？”彭华问，“是否对景征之议不以为然，言之过早；是否对景征之议以为然，言之就不早？”

听这话，众人忍不住都笑起来，一方欲议、一方不欲议而造成的紧张气氛顿时化解。欲议的一方，肯定是赞成；不欲议的一方，肯定是心中反对，而又不愿意公然反对。经彭华一调理，成为：欲议的一方尽管去议，不欲议的一方可以只听不说，也可以在适当的时候反对。反对并非议其事，只是不赞成你所议而已。

更妙的是，彭华本人肯定也不会赞成损南卷取士额数以益中卷，但与刘吉、尹直相比，更不愿公然反对，这样一调理，他首先用不着为难。

“彦实先生是要我一人唱独角戏呀！”万安笑着说，他稍加改变，道，“公等不议不妨，但我有所问，公等有所答，可否？”

“循吉兄问吧。”刘吉同意。

“循公问吧。”彭华、尹直也同意。

“分南卷、北卷取士，始于洪熙元年。仁宗皇帝命西杨先生等议定，南卷十之六，北卷十之四，是否？”万安问。

“是。”刘吉等应道。

“分南卷、北卷、中卷取士，始于宣德、正统之际。以百人为率，南卷五十五名，北卷三十五名，中卷十名，是否？”万安问。

“是。”刘吉等应道。

前面的两个问题，实际上是万安在叙述过程中，为引起刘吉等关注而提出的，并非真正提问。下面，他才正式提问。

“请教公等，分南、北卷时，以六、四为率，分南、北、中卷时，以五十五、三十五、十为率，有何依据？”万安问。

刘吉等面面相觑，答不出来。如同各种制度既已成为制度，谁也不会多想一样，对这个极普通的问题，他们谁也没认真考虑过。

“会不会根据布政司数而定？”万安假设。

“不是不可能。”彭华与其说赞成这个假设，不如说在给万安帮腔。

“彦实先生，你精于计算，你来算一算。”万安道，“天下十三布政司，另有南、北二直隶，共计十五处。北直隶及山东、山西、河南、陕西等布政司，五处；南直隶及浙江、江西、湖广、福建、广东、四川、广西、云南、贵州等布政司，十处，是否合六与四之比。”

“相去不远。”彭华道，“一处五,一处十，应是一与二之比。即一在三与四之间，一在六与七之间。”

“若按南、北、中卷来计呢？”万安问。

“那可要麻烦些。”彭华道，“北卷五处没有改变；南卷原十处，以四川、广西、云南、贵州等四布政司及南直隶凤阳、庐州二府，滁、徐、和三州，或曰四处略多，为中卷；所余南直隶大部及五布政司，或曰六处略不足，为南卷。这与取士额数，以百名为率，南卷五十五，北卷三十五，中卷十，完全合不上。”

“不知彦实先生算出来没有，哪一卷最得利？”万安问。

“不用他算，想都想得出来。”刘吉插话。

“祐之兄想的是哪一卷？”万安问。

“中卷由南卷分出，而取士额数却分摊到南卷、北卷，当然是南卷最得利。”刘吉说。

“祐之先生，不是这么个算法。”尹直不同意，“彦实兄说，分南、北卷时，北卷应在三与四之间，却定为四，南卷应在六与七之间，却定为六，北卷已先得利。”

“总之，不管北卷先得利，或南卷后得利，南、北、中卷的额数都不合比率。”彭华弥合二人的分歧。

“我也想过，取士额数不会是按照布政司数目分配的。”万安说着，又做一假设，“公等看，会不会是按照各布政司乡试取士的额数而定？”

“甚是可能。”彭华又率先附和，好像忘记万安的第一个假设被否定。

“彦实先生，还是你来算算。”万安道。

“南、北卷就不计吧？”彭华提出。

“好。”万安点头。

“正统初定，各处乡试取士额数，南卷为：南直隶，百名；江西，六十五名；浙江、福建，各六十名；湖广，五十五名；广东，五十名，共计三百九十名。北卷为：北直隶，百名；河南，五十名；山东，四十五名；山西、陕西，各四十名，共计二百七十五名。中卷为：四川，四十五名；广西，三十名，云南二十名，共计九十五名，贵州取于广西、云南，不另定额数。”彭华记得很清楚，算得也很准确。

“按照南、北、中卷乡试取士额数，会试各该取若干人？”万安问。

“仍以百名为率吗？”彭华反问。

“对，仍以百名为率。”万安道。

彭华心头默算，很快算出：“南卷五十一名稍多，稍多可忽略不计，北卷三十六名至三十七名之间，中卷十二名至十三名之间。”

“彦实先生计算虽精，但有小疵。”万安说。

“循公指教。”彭华揖道。

“凤阳、庐州二府，滁、徐、和三州举子，乡试在应天，而会试在中卷，因此，南直隶乡试取士百名，其中有若干人日后要入中卷。”万安说罢，问，“彦实先生看，此数该不该计？”

“该计，该计！”彭华应道。

“怎么个计法？”万安问。

“二府三州的乡试额数应酌量加于中卷，亦即：会试额数，南卷略减，中卷略增。”彭华说。

“怎么个增加？”万安问。

“譬如，南卷减为五十名，中卷增为十三名至十四名之间。”彭华说。

“南卷骤减五名，彦实兄就不怕失南士之心？”尹直责怪。

“就事论事；循公未必认为，会试南、北、中卷取士额数，应依乡试额数而定。”彭华辩道。

依乡试额数重定会试南、北、中卷取士额数，可以说达到目的；但这样说的话，会让彭华很为难。所以，万安只是笑笑。

倒是刘吉，不但可以隔岸观火，而且，此议若是成立，北士也是受益者。他说：“减南卷额数而益中卷，我赞成。”

“祐之兄当真赞成益中卷？”万安问时，省略他说的前提。

“我为何不赞成？”刘吉含混地说。他不能说不赞成，那会得罪万安；他也不便再强调万安忽略的前提，那会导致尹直的反击，或许也会引起彭华的警觉。

“正言先生呢？”万安只问尹直，似乎彭华已经赞成。

“我为何不赞成？”尹直同样说，但他也有前提，“不过，仅以南卷益中卷，甚或以南卷益中卷外，还要以南卷益北卷，不妥。一则，景征先生所议，是酌减南卷、北卷，以益中卷，若仅以南卷益中卷，就不是对其议以为然，或不以为然，而是另倡一议；其二，初以六、四分南、北卷，后以五十五、三十五、十分南、北、中卷，不会是随意定下的吧？”

“正言先生究是何意？”万安问。

“益中卷，我赞成；但须南卷、北卷同减。”尹直说。

刘吉要再辩，还没开口，被万安拦住。

“公等既都赞成益中卷，先把这个宗旨定下来。”万安道，“至于但减南卷以益中卷，或南卷、北卷同减以益中卷，可再议。”

刘吉一张嘴难敌彭华、尹直两口；再说，万安在骨子里也以南士自居，只会偏袒彭华、尹直，不会偏袒刘吉。计议的结果，南卷、北卷各减二人，以益中卷。

第一百七十九章

皇帝定于成化二十三年正月初十日祭天于南郊。根据惯例，前一日，皇帝一行来到大祀殿，当晚宿于斋宫。次日一早行礼，然后銮驾返回。

初九日，大雾至午未散。銮驾将发时，皇帝忽向后招手，把一名近侍叫到面前，命道："你去昭德宫，对侍长说：今日雾大，她须待雾散后，再出来走动。切记，切记！"

近侍遵旨而去，皇帝才命启程。

銮驾出正阳门，过猪市口，雾渐散。皇帝向后招手，把另一名近侍唤到銮驾之侧问话。銮驾未停，该近侍小步跑着才能跟上。

"去昭德宫的人追上来没有？"皇帝问。

"爷只命他去昭德宫传旨，没命他传旨后追上来。"该近侍说。

"你的意思，他传旨后会径自留在宫里？"皇帝问。

"他或不会紧赶慢赶，但径自留在宫里，他也不敢。奴才估摸着，圣驾到大祀殿，他才追赶得上来。"该近侍说。

"不会办事！他只知朕命他传旨，就不知朕等他复旨吗！"皇帝斥詈，命道，"你往回迎一迎，遇到他，命他速来复旨！"

第二名近侍离开队伍，掉头策马驰去。他估计，圣驾到大祀殿，前面返回的近侍会赶上；实际上，有他返回催促，该近侍也等皇帝一行到达大祀殿时，才赶上来。

"怎磨磨蹭蹭的才来？"皇帝责怪第二名近侍。

"奴才没敢磨蹭。"第二名近侍说。

"你说他不紧赶慢赶，这时能追赶上来；朕命你去催促，并没早到片刻。这不是磨蹭，又是什么！"皇帝道。

"奴才以为他不紧不慢，这时能追赶上来，是他赶到昭德宫，立即传旨，立即返回；谁知他在昭德宫耽搁一会儿，若不紧赶慢赶，他这时也追赶不上。"第二名近侍说。

“如此说来，你去催促，还有功？”皇帝讥道。

“是爷圣明，命奴才去催促。”第二名近侍说。

“你为何在昭德宫耽搁？”皇帝又问第一名近侍。

“回爷的话，奴才到昭德宫，没马上见到娘娘。”第一名近侍说。

“没马上见到娘娘？这是何意？”皇帝问。

“奴才到得昭德宫时，娘娘正午膳后小憩。”第一名近侍说。

“你唤醒她？”皇帝问。

“没唤。”第一名近侍道，“奴才想，爷命奴才去传旨，是担心娘娘雾天在外走动，于凤体不利；娘娘既在小憩，奴才还是别惊动她为好。”

“理当如此。”皇帝称赞，又问，“于是，你在昭德宫等待长醒来？”

“奴才本来想在昭德宫等娘娘醒来，但又怕爷挂念，所以，并没等到娘娘醒来。”第一名近侍说。

“那么，你就这么离开昭德宫？”皇帝问。

“奴才就这么离开昭德宫；不过，在离开昭德宫之前，奴才向管事的叔交代，待娘娘醒过来，一定要对她复述爷的旨意。”第一名近侍说。

听前半句话，皇帝想痛斥；听后半句话，改为称赏：“你会办事，比他强。”“他”是指第二名近侍。

皇帝一夜睡得不安稳，总是梦见万贵妃在大雾中行走。走几步，人不见；雾稍散，又现出形来。第二天一早，他迷迷糊糊被唤醒，迷迷糊糊更衣，迷迷糊糊行礼，然后，銮驾回城。

段英没进宫，已听见里面乱得像一锅粥才煮开。

“怎了？”他往宫里努努嘴，问守宫门的小宦者。

“娘娘在发怒。”小宦者像说娘娘睡个囫囵好觉一样轻松。

“你别以为事不关己！”段英警告他，“殿里飞进个蚊子，娘娘一高兴，说不定就追查到你头上。”

“大冷的天，哪儿来的蚊子？”小宦者说笑归说笑，但知道段英是为自己好，“叔放心，小的不敢大意。”

殿外，宦者、女官、宫女们三三两两，又想观看殿内事态的进展，又怕离得太近，被万贵妃高亢而又近乎嘶哑的叫喊吓破胆。见到段英，他们一起聚过来。

“怎了？”段英往殿内努努嘴，问道。

“娘娘在发怒。”众人七嘴八舌地说。同样的话，从在宫里当差的人嘴里说出来，就没那么轻松。

“嘘！”段英警告众人不可高声。其实，众人皆知不可高声；只不过大家一起张口，声音仍显得高，“我还不知娘娘在发怒，我是问娘娘为何事发怒？”

“还不是为更衣。”一名在宫里当杂役，好不容易抽空从殿内退出来的宦者，惊魂未定地说。

“你说具体些。”段英命道。

“一早起来，娘娘咳嗽几声，听起来痰较多。”该宦者说。

“你怎说起一早的事！”段英打断他的叙述。

“不是段叔让小的说具体些吗？”该宦者有点儿委屈。

“我只问更衣的事，别的事不必啰唆。”段英说。

“更衣的事，得从娘娘用过早膳后说起。”该宦者道，“用过早膳后，娘娘忽要更换戎装。只因有些日子未着戎装，侍奉娘娘更衣的二宫女手忙脚乱，取出一样，落下一样；找得着一样，找不着一样。这才惹得娘娘大发雷霆之怒。”

段英听罢他的叙述，稍稍镇定，不像开始那么惊慌。

“娘娘动手没有？”他问。

“不曾动手。”离他较近的宦者说。

“去拿鞭子来。”他吩咐，“娘娘是手痒，不挥动挥动鞭子，让二三人皮开肉绽，心是静不下来的。”

该宦者拔腿就跑，段英在他后面，指着另一个方向，喊道：“在那里！”

该宦者取来皮鞭，才交到段英手里，一宦者从殿里跑出来。

“怎了？”段英问。

“娘娘在——”从殿里跑出来的宦者肯定也要说“娘娘在发怒”，但说三个字后，一眼看见段英手里的鞭子，便指着它说，“叔有先见之明，娘娘正要呢。叔交给我吧。”

“我去！”段英说。万贵妃发怒，作为昭德宫的总管，他比别人的责任都要多；想避开，也万万不敢。

万贵妃盛怒而立，手向外伸出，看来是在等人把鞭子送到她手里。两名宫女，跪在她面前，战栗不已。

段英当然不敢直接把鞭子递到万贵妃手里，抢前一步，跪在一侧，把鞭子高举过头，口称：“娘娘，来了。”

万贵妃瞥一眼鞭子，问：“你拿的是何物？”

“家法。”段英说。

“本宫仅能以家法责打下人吗？”万贵妃对他也没好气。

“也是国法。”段英说。

“呈上来！”万贵妃命道。

段英双膝往前挪移，双臂往上伸出，估计万贵妃一动身子，便可拿到鞭子。但万贵妃身子没动。

“怎不呈上！”万贵妃怒喝。

段英双膝又往前挪挪，双臂又往上伸伸，估计万贵妃一伸手，便可拿到鞭子，但万贵妃的手没伸。

“段英，你敢戏弄本宫！”万贵妃怒喝。

“奴才该死，奴才不敢！”段英叩道。

他双膝挪着，双臂伸着，让鞭子稍触万贵妃手指，等于是把鞭子送到万贵妃的手里。万贵妃手指合拢，把鞭子握牢。

段英以为她会举起来，胡乱抽打一段。但是，她的胳臂迟迟没举起。

“她二人跪在远处，欲逃避本宫责罚吗！”万贵妃忽道。

“该死，该死，奴才昏了头，没看出来。”段英边应着，边示意两名跪伏在地的宫女往前挪挪。

两名宫女先把双臂前移，然后双膝前移，一点一点接近万贵妃，直到万贵妃鞭子举起，就可以抽打到她们身上，再往前挪动的话，就有冒犯万贵妃之嫌，才停下来。

万贵妃举起握着鞭子的胳臂，只举到一半的地方，又落下。段英断定，她不是不想责罚两名宫女，而是没有气力，或是因为其他原因，举不起皮鞭。联系到万贵妃身子一点也不肯往前挪动，看来，不仅举不起皮鞭，腿可能也迈不动。

“奴才代娘娘责罚吧。”他尽量说得平和，以免惊着万贵妃。

“你替本宫责罚？”万贵妃道，“鞭儿高举轻落，你怎么责罚，本宫还不知道吗！自打皇上怠慢本宫，他等就一个一个怠慢本宫，连你也开始怠慢本宫，以为本宫看不出来吗！我正想连你一起责罚呢！我倒要看看，我死了，于你等有没有好处！”

“奴才等对娘娘忠心耿耿，不敢有贰心！”段英叩着头说。

万贵妃从鼻孔里哼出一声。她不知从哪里来的气力，把鞭子高高举起，但落下时浑然无力，不知落到哪个宫女身上，两个宫女都没叫出声来。倒好像“鞭儿高举轻落”，她说的是自己。

第二次又把鞭子高高举起，不等落下，万贵妃口吐涎水，向后倒去。

随皇帝祭于南郊的大臣们，在承天门外、金水桥畔，跪倒一片，恭送皇帝回宫。

进承天门，一眼扫去，承天门与端门之间的空旷场地尽览无余。皇帝没看到自己想看到的、原以为能看到的场面，感到颇为惆怅。但接着还要进端门。进端门，也许能看到他想看到的、原以为能看到的场面，他又充满希望。

进端门，一眼扫去，端门与午门之间的空旷场地尽览无余。皇帝没有看到自己想看到的、原以为能看到的场面，感到更加惆怅。但接着要进午门。进午门，也许能看到他想看到的、原以为能看到的场面，这使得他仍充满希望。

进午门，午门与奉天门之间的空旷场地，被一条御水河隔成两部分，所以，皇帝要多看两眼。他虽然还是没有看到自己想看到的、原以为能看到的场面，却不再惆怅，也不再怀有希望。虽然再往宫里走，也许在某个地方能看到他想看到的、原以为能看到的场面。

回头见身后一名近侍牵匹御马，皇帝问："牵它来作甚？"

"爷命牵来备用的。"该近侍说。

"不用了，把它牵走！"皇帝命道。等该近侍牵着马，离开队伍，皇帝又问，"老覃呢？"

"奴才在。"覃吉往前快走两步。

"再离朕近点儿。"皇帝命道。

"是。"覃吉应着，又往前快走两步，离皇帝只有一个身位。

"贞儿姐姐说，朕祭天回宫，她要一身戎装相迎。她答应朕却没有践诺，不会是忘记吧？"皇帝问。

"贵妃娘娘答应爷的事，一定不会忘记。"覃吉说。

"那是她惮于众人之口？"皇帝问。

"贵妃娘娘敢作敢为，从不忌惮人言。"覃吉说。他心里倒是希望万贵妃是惮于人口，因为他本人就从心眼里反对女人男装，宫中戎装。

"朕知你对贞儿姐姐身着戎装不以为然，朕也不是一定要她身着戎装相迎，甚至也不一定要她相迎；但她既答应朕，朕进宫后没见她面，心中甚是忐忑。"皇帝稍顿，又说，"昨日，朕就一阵一阵感到不安。"

"爷对贵妃娘娘用心之专，用情之深，自古帝王难得一见。正旦前后，贵妃娘娘数染小恙，爷难免会惦念，会多想。"覃吉以宽慰为主。

"贞儿姐姐提过几次，想伴随朕同往南郊。朕因不合祖制，从无先例，没答应她。今儿个想想，她真的不能陪同吗？”皇帝道。

既言不合祖制，又有打破祖制之意，可不是一件小事。但覃吉心知，他只是说说而已，因而规劝的话也不必说得太重。

“诚如圣谕，此事不合祖制。”覃吉道。

“朕不是说让她与朕同祭，只要她与朕同行，也不成吗？”皇帝问。

“既不得同祭，亦不得同行。”覃吉说。

“她一身女装，自是不宜，但若一身戎装，朕权将她当作护驾之人，上下权将她当作护驾之人，有何不可！”皇帝道。

“敬天须诚。”覃吉尽量把话说得简单。

正在说着，内臣数人，从对面飞奔而来。宫里当差，讲究静，讲究稳，似这等奔跑，难得见到。

“老覃，看出是谁人吗？”皇帝问。

“奴才老眼昏花，看不真切。”覃吉说。

“朕看，似是段英。”皇帝道。段英的名字一说出口，马上就会想到昭德宫。皇帝说，“他等莫非是代贞儿姐姐前来迎驾？”

覃吉估计，不会是简单地迎驾，段英在昭德宫管事的年头已久，有时虽会仗势欺人，但并不是不懂宫里的规矩。

“爷，怕是昭德宫真的出事！”他觉得有必要让皇帝有思想准备。

“你是说——”皇帝并非想不到这一层，但不忍说出来。

段英领头的数名内臣已奔至皇帝面前。段英一头扑倒，呼声“爷”，便号啕大哭。其他内臣也随之大哭。同时，皇帝听到从其他地方传过来的哭声。可以判断出，哭声来自昭德宫方向。

皇帝腿一软，几乎要跌倒。两名内侍忙上前搀扶住。

“贞儿姐姐！”皇帝一声呼叫，一声叹息，“贞儿姐姐是上苍赐予朕的，今贞儿姐姐被上苍召回，朕亦且休矣！”

三月，万贵妃葬于天寿山，谥曰：恭肃端慎荣靖皇贵妃。

第一百八十章

三名年轻的官员聚在一起，饮酒、闲谈。他们都是山西人，都是成化二十年进士，都官主事，故有河东三凤之誉。其中，最年长的是王琼，字德华，太原人，官工部；次长者乔宇，字希大，乐平人，官礼部；最幼者王云凤，字应韶，和顺人，亦官礼部。

说好是闲谈，几盅酒下肚，谈着谈着，谈到朝政。

“新科进士陆君好生厉害，才授以试御史，就弹劾尚书、都御史等十数人。”王云凤说。

“应韶兄说的陆君，可是单名一个完、字全卿的姑苏举子？”乔宇问。

“礼部官，怎可出言即有瑕疵！”王琼和他开玩笑。

“是我出言即有瑕疵，还是礼部官出言即有瑕疵，德华兄，你可要编派清楚！”乔宇说第一个瑕疵时，指指自己；说第二个瑕疵时，指指自己，又指指王云凤。

“二位的话里，都有些毛病。”王琼道。

“我看，德华兄的话里也有瑕疵。”王云凤说。

“那就请应韶兄先指出我话里的瑕疵。”王琼揖道。

“不，不，德华兄言之在前，还是德华兄先指出我等话里的瑕疵。”王云凤回揖。

“也好，”王琼不再争，“我先说说应韶兄话里的毛病——”

“但德华兄是在我出言之后，指话里有瑕疵的。”乔宇又开始争。

“应韶兄听出我话里的瑕疵，我先指出他话里的瑕疵，然后可知我话里的瑕疵。”王琼说出一条先说王云凤话里瑕疵的理由。

“德华兄闻过则喜，谁又不是闻过则喜？”乔宇不接受。

“希大兄说，应先说较小的瑕疵，还是应先说较大的瑕疵？”王琼问。

“一般而言，应先说较小的瑕疵。”乔宇回答之后，发觉自己有可能中他圈套，“德华兄是说，应韶兄话里的瑕疵较小，我话里瑕疵较大？”

“到希大兄这里，先说较大的瑕疵亦可。”王琼不从正面回答。

乔宇再辩，就有闻过不喜、闻过而忿之嫌。他无可奈何地摇着头，道：“德华兄深谙谋略，知道如何使自身处于不败之地，朝廷把你安置在工部，真是可惜！”

“希大兄看，德华兄该用在哪部？”王云凤问。

“兵部。”乔宇道。

“希大兄知人善用，朝廷安置在礼部，也可惜！”王琼反讥。

“德华兄看，希大兄该用在哪部？”王云凤问。

“自是吏部。”王琼道。

“恭喜二兄，各得其所。”王云凤向二人揖道。

王琼、乔宇相视一怔，随后三人都忍不住笑起来。

（乔宇日后果升至吏部尚书，王琼历任户部、吏部、兵部尚书，而以在兵部尚书任上最久、最知名——作者注）

“德华兄，还是先说眼下吧。”乔宇道。

“对，对，先说眼下。”王琼连连点头，对王云凤说，“陆君已授官，而且授官月余，不宜再以新科进士视之。”

“便请德华兄为弟修改此句。”王云凤揖道。

“应韶兄不妨说：陆君，新锐御史，好生了得。”王琼道。

“改得好，承教！”王云凤又是一揖。

“我看，应韶兄的原话并无瑕疵，被德华兄一改，反倒有瑕疵。”乔宇说。

“有何瑕疵，你说！”王琼道。

“德华兄莫急，应韶兄说你的话里有瑕疵在前，须得他说过，我才好说。”乔宇不慌不忙地说。

“应韶兄，我洗耳恭听。”王琼揖还王云凤。

“德华兄莫急，”王云凤也说，“有件事，还请德华兄先问明白。”

“向谁问明白？”王琼问。

“希大兄呀！”王云凤道，“他说我说过他才好说，是我说过他就说呢，还是我和德华兄都说过，他才肯说。”

“这有何区别？”王琼问。

“若是须得我和德华兄都说过，他才肯说，不如德华兄先说说他那个较大的瑕疵，我等再说你的瑕疵。”王云凤道。

“此论甚是。”乔宇附和，“我话里的瑕疵和应韶兄话里的瑕疵不一起说，如何分辨得出大小？”

“希大兄话里的瑕疵虽大，但我不说，你心里也该有数。”王琼道。

“是不是和应韶兄的瑕疵一样，也在称谓上？”乔宇问。

“希大兄果然是心知肚明。”王琼道。

“我若错在不该仍称陆君新科进士，希大兄就错在不该仍称他举子？”王云凤也听懂一半，还有一半的疑惑，“都错在称谓上，希大兄话里的瑕疵怎就比我话里的瑕疵大？”

“称他新科进士，不知他是否已授官；称他举子，连他是否中第亦不知。”王琼说。

“承教，承教！”乔宇、王云凤一齐揖道。

“二兄再无可推托之辞吧？”王琼道。

“希大兄，恕我僭越。”王云凤对乔宇说。

“应韶兄快说吧，不然，又要被德华兄找出瑕疵。”乔宇道。

“一句客气话，会有什么瑕疵？”王云凤问。

“先后次序已定：一则，以指出话里有瑕疵的次序，一则，以瑕疵大小。应韶兄指出在前，又是小瑕疵，自当先说，何言僭越！”乔宇道。

“指出在前，确有其事；希大兄又怎知我说的是小瑕疵？”王云凤问。

“应韶兄指出德华兄话里有瑕疵时，德华兄只说两句话：一句，礼部官，怎可出言便有瑕疵；一句，二位的话里，都有些毛病。他的第二句话，我看找不出瑕疵，应韶兄能找出来吗？那么，瑕疵肯定在第一句话；而第一句话有瑕疵，也不会很大。”乔宇说。

“解得好，承教！”王云凤揖道，他又问王琼，“希大兄指出瑕疵在第一句话，德华兄当知何为瑕疵吧？”

“别部官，也不可出言便有瑕疵。”王琼道。

“德华兄心知肚明，倒省得我说。”王云凤自己应付过去，便急于听乔宇挑出的毛病，“弟指出德华兄话里的瑕疵是小瑕疵，希大兄指出德华兄话里的瑕疵，一定是大瑕疵吗？”

“我话里的瑕疵有多大，德华兄话里的瑕疵就有多大。”乔宇说。

“希大兄这么说，好似在报复。”王云凤道。

“不是报复。”乔宇说。

“不是报复。”王琼也说。

“德华兄也以为不是报复？”王云凤大感意外。

“是。”王琼应道，“希大兄的意思是，我话里的瑕疵，和他话里的瑕疵，属于同一类。”

“亦在称谓？”王云凤问。

“亦在称谓，不在使用的称谓，而在省略的称谓。”王琼说。

王云凤看看王琼，看看乔宇，道：“二位兄长，我仍不懂。”

“依应韶兄的话，可知陆君是进士出身，授官御史；依我的话，或要问：陆君是何出身？”王琼说。

“德华兄心知肚明，倒省得我说。”乔宇重复王云凤说过的话。

瑕疵二字，翻过来调过去地说，说到最后，三个人都觉得索然无味，都希望有人出头，把话题转到正题上去。

在这种情形下，出头的一般都是王琼。

“应韶兄称赏陆君好生了得，可曾造访？”他问。

“不曾。”王云凤道。反过来又问，“德华兄不也称赏新锐御史好生了得，德华兄可曾造访？”

“不曾。”王琼道。

二人各问答一次后，一齐朝乔宇看去。

“二位的意思，称赏好生了得者不必造访，倒是不曾称赏好生了得者，该去造访？”乔宇问。

“非也，”王琼道，“我等称赏陆君弹劾尚书、都御史十数人好生了得，却不知希大兄意下如何？”

“勇气可嘉！”乔宇很悭吝地使用四个字，并且在这四个字上再做文章，“听说，陆君在府学时，即以勇气称。内臣王某，还有号称王瘸子的王某，横行苏州之际，他振臂而呼，奋力殴击，吓得二王落荒而去。”

“希大兄是听故事听来的吧？”王云凤问。

“我等身不在姑苏，不得目睹，可不得听故事。”乔宇说着，反问，“应韶兄听到的故事是不是不同？”

“是。”王云凤应道，“我听到的是，内臣王某回朝告状，列有陆君的姓名，可陆君实不曾预其事。”

“难道故事不可信？”乔宇问罢，解释道，“我不是说我听的故事不可信，也不是说应韶兄听的故事不可信，是说不知谁听的故事不可信。”

王云凤才要举证，见王琼在一旁冷笑，遂问：“德华兄为何哂笑？”

“我笑应韶兄上当。”王琼说。

“我怎的上当？”王云凤问。

“我问希大兄意下如何；希大兄只说‘勇气可嘉’四个字，便被岔开。应韶兄知道他意下如何吗？”王琼反问。

“勇气可嘉，似亦称赏。”王云凤说。

“勇气可嘉，然所奏荒唐，可算称赏？”王琼问。

“当然不算。”王云凤说。

“勇气可嘉，然言之无物，可算称赏？”王琼又问。

“也算不得。”王云凤说着，问乔宇，“希大兄勇气可嘉后面，打算说所奏荒唐，还是打算说言之无物？”

“我打算说，陆君勇气可嘉，不过，是否好生了得，要看他的弹章是否公允。”乔宇道。

“这话对呀！”王云凤点头。并问王琼，“德华兄说呢？”

“他对，我也对，”王琼道。

“德华兄哪句话对？”王云凤问。

“希大兄宜在吏部为官呀！”王琼说。

“德华兄又扯远。”王云凤道，“希大兄既以为，当看陆君弹章是否公允，我等就来看看其弹章是否公允，如何？”

“好。”王琼应道，“第一个被劾的，是礼部张尚书，就请二位先说，陆君对他的品评是否公允？”

时下掌部的礼部尚书姓周，不姓张。陆完言及的张文质，以礼部尚书衔掌通政司事，并非真正的礼部尚书。

“德华兄，我不是讳言本部尚书，但张公一日也不曾在礼部衙门办事，你让我从何而言？”王云凤道。

“应韶兄这话不该对我说。”王琼冲他摆手。

“那该对谁人说？”王云凤问。

“对希大兄说呀！”王琼道，“希大兄道，陆君勇气可嘉，但是否好生了得，要看他的弹章是否公允；应韶兄却说，不是本部尚书，不知从何说起。张尚书且不知从何说起，其他大臣又从何说起？”

“至少有一人，我知从何说起。”王云凤道。

“应韶兄指的是哪位尚书？”王琼问。

“不是尚书，是工部杜侍郎。”王云凤说。

“我的本意，说过尚书，再说侍郎；不过，先说侍郎，亦无不可。”王琼说着，让道，“应韶兄请。”

“杜侍郎以顺天府尹召拜工部右侍郎，已过五年。据我所知，无论在顺天府，还是在工部，口碑都不错。”王云凤说。

“咦！”王琼颇为诧异，“本部的尚书，应韶兄不知从何说起，说起别部侍郎，应韶兄却头头是道。”

他们说的杜侍郎，即杜谦。陆完的奏疏斥他“奔兢”。

“我才说，张尚书算不得本部尚书。”王云凤分辩。

“此事我不与应韶兄争。”王琼说。

“德华兄欲争何事？”王云凤问。

“应韶兄举个陆君不公允的例子，我要举个陆君公允的例子，”王琼说着，问道，“巡抚两广宋都堂，应韶兄记得陆君以何事纠劾？”

“和张尚书同一事：衰懦。”王云凤道。

“以衰懦劾张尚书是否公允，我难以断言；但以衰懦劾宋都堂，我以为再公允不过。”王琼说。

“请德华兄试言之。”王云凤揖道。

“广东陈方伯获罪解京一事，应韶兄还记得吗？”王琼问。

“记得。”王云凤应道，“陈方伯病卒于途中，我也记得。不过，陈方伯含冤而卒，一当归罪于内臣韦某，一当归罪于员外李某，宋都堂并非罪魁祸首。”

“他若是罪魁祸首，我就要说，把他归于衰懦，太失公允；陈方伯一案，他应该了如指掌，但他一句公道话也不敢说。陆君将他归于衰懦在此，我以为陆君公允在此。”王琼说。

“德华兄论其公允，比我论其不公允，更为平实，更为有力。”王云凤对他的论证心服口服。

“过奖！”王琼揖道。

“陆君列为衰懦者六人，其中张尚书，我以为不知从何而言，德华兄没提出异议；宋都堂，德华兄以为公允，我亦赞同。另四人为南京工部尚书胡公，户部左侍郎孙公，巡抚贵州右副都御史谢公，巡抚湖广右副都御史马公，陆君所劾是否公允，德华兄可否一一言之？”王云凤想让他接着评论。

“列为奔兢者四人，除杜侍郎外，还有巡抚宣府右副都御史李公、管理河道右通政杨公、南京右通政徐公，应韶兄何不一一言之？”王琼道。

“我不是不欲言之，是不能言之。德华兄不会也不能言之吧？”王云凤采取激将法。

“我能一一言之，但不欲一一言之。”王琼说。

“这是为何？”王云凤问。

“应韶兄又犯糊涂吧？”王琼道，“看陆君的弹章是否公允，是谁人提出的呀？”

“我没忘，是希大兄提出的。”王云凤说。

“他提出的，为何我二人喋喋不休！”王琼道。

“也是。”王云凤很容易受两位年兄影响，马上问乔宇，“希大兄，为何一言不发？”

“二兄所言，我无不赞成。”乔宇道。

“不是要希大兄说，赞成不赞成德华兄和我说的；而是要希大兄说，陆君的弹章，究竟公允不公允？”王云凤把他的意思，还有王琼的意思，表达得更明确。

“应韶兄举例，意谓陆君弹章，有不公允者；德华兄举例，意谓陆君弹章，有公允者。我无不赞成，即谓有公允者，有不公允者。”乔宇说。

王云凤无话可说，看着王琼，等他发难。

“希大兄对我等所言无不赞成，是否怕我等不赞成你所言？”王琼问。

“仁者见仁，智者见智，有何可怕！”乔宇道。

“既如此，为何不举例言之？”王琼问。

“我正在发愁。”乔宇道。

“希大兄能言则言，不能言则不言；欲言则言，不欲言则不言。却发的哪一家的愁呀？”王云凤问。

“陆君论劾五类人：衰懦，奔兢，乏清誉，褊酷，不惬舆论。衰懦与否，是有标准的，被德华兄抢先说；奔兢与否，是有标准的，被应韶兄抢先说，乏清誉与否及不惬意与否，标准该如何定？”乔宇道。

“不还有褊酷吗？总可以定个标准吧。”王云凤说。

“列为褊酷者，仅一人。”乔宇道。

“这样岂不正好。”王琼在一旁敲边鼓，“我列举一人，应韶兄又要我说其他四人；应韶兄列举一人，我又要他说其他三人。希大兄可以专心评论一人，不用说三道四。”

“二兄逼迫，我试言之，”乔宇笑道，“列为褊酷者，户部尚书李公也。他督四川粮饷，诛扰边部酋，筑要害亭障，开垦荒田千余顷；以侍郎署户部事，请以太仓米赈河北饥荒；总督关、陕，引渭水灌溉民田。虽其性情较为偏颇，处事严厉，或失之酷，然不能掩其德政。”乔宇说。

“也就是说，应韶兄举例，意谓不公允；我举例，意谓公允；希大兄举例，则意谓公允、不公允兼有。”王琼总结道。

“诚如德华兄所言。”乔宇道。

“不公允者有之，公允者有之，两兼者有之，其他各人，还需一一言之否？”王琼问。

“不需！”乔宇、王云凤齐应道。

陆完奏疏列为乏清誉者，有五人：南京刑部尚书张瑄、工部右侍郎刘俊、管粮右副都御史袁恺、巡抚河南右副都御史赵文博、巡抚甘肃右副都御史唐瑜；列为不惬舆论者一人：太仆寺少卿王禄。陆完指出，以上五类大臣，皆宜罢免。

朝廷处分：张文质、孙仁、胡拱臣、谢昶、马训、杜谦、李岳、李衍，致仕；杨恭、徐九思、张瑄、刘俊、袁恺、赵文博、唐瑜，冠带闲住；宋旻、王禄，仍留任。

一试御史一疏，让这么多大臣丢官，对科、道官来说，真是件鼓舞人心的喜事。

第一百八十一章

刑部郎中袁清勘事于浙江，风光些日子，得意些日子，可一回到京师即傻了眼，吏部把他外放绍兴知府。

对有些部郎来说，外放知府不能算是很差的迁转；但对袁清来说，这绝不是他期待的。

对有些部郎来说，外放知府虽然不称心如意，也只能忍受；但袁清绝不能咽下这口气。

他最先找到在东厂办事的太监郭闰，见面就说：“郭叔做主！”

“像是来东厂一诉冤情的。”郭闰笑着说。见袁清不像往常一样凑趣，和自己一起笑，他问：“怎么，当真被人欺辱不成？”

“郭叔做主！”袁清又说一遍。

“说说看，谁欺辱的你？”郭闰问。

“吏部。”袁清说。

“不会一个衙门欺辱你吧？你指出其人，我看看如何处置？”郭闰道。

“我指不出其人。”袁清说。

“那你说说，究竟何事？”郭闰道。

“吏部把我外放。”袁清说。

“外放哪一处？”郭闰问。

“浙江绍兴。”袁清道。

“外放何官职？”郭闰问。

“知府。”袁清道。

“闻得浙江也是鱼米之乡，绍兴也是富庶之地，知府也是一郡父母，老弟为何不满？”郭闰问。

“我。”袁清可以想出几十种理由，他当然会选择最容易使郭闰动情的理由，“我不欲远离郭叔。”

“若为别的理由，我得劝劝你；为的这个理由，我不好说你。”郭闰做沉思状，好像在思索对策。他问，“吏部为何要将老弟外放？”

“有人告诉我，大冢宰嫌我在浙江勘事，太过张扬。”袁清说。

“这不是有其人吗？你怎说不知？”郭闰道。

“大冢宰位高权重呀！”袁清似自语般地说。

“你这话何意？他位高权重，难道就不能与之理论？”郭闰斥道。

“我担心郭叔因其位高权重，不肯帮我。”袁清说。

“他位高权重，我怕他不成！实话告诉你，若是换个小角色，我还不想出手呢！”郭闰愤愤地说，他才要拍胸脯保证，猛然惊醒：这小子在激我呢，险些被他诳进去，“老弟，我不是不帮你，也不是怕大冢宰；不过，外放知府是大冢宰定的，我出面理论，大闹吏部大堂，于老弟未必有一丝好处。”

“郭叔的意思——”袁清问。

“资德先生掌吏部，多得万阁老援手，老弟请得动万阁老出面，定然马到成功。”郭闰说。

倪进贤之后，袁清是万安最亲信的御史，郭闰不提醒，他接下来也是要去找万安的。

他进万府，是不用通报的。见过礼后，他说：“带回些杭州、绍兴的土物，已交给管家。”

他特别提一提绍兴，是想看万安有什么反应。

“我待子介如家人，怎的客气起来。”万安没任何反应。

袁清字子介，江西乐安人，成化十四年进士。

他重复在郭闰面前那句话：“循公做主！”

“子介受什么委屈？”万安问。

“有人不容晚生在循公面前受教。”袁清说。

“你是说，你常来我家中走动，有人说闲话？”万安问。

“闲话早有人说，晚生从不当一回事。”袁清道。

“你照来就是，仍不必当一回事。”万安说。

“可循公，日后我当真来不成！”袁清道。

“难道不只有人说闲话？”万安问。

“难道循公不知，吏部将我外放？”袁清反问。

“子介外放？放于何处？”万安看来是真的不知。

“浙江绍兴。”袁清道。

“外放知府？”万安问。部郎外放何官，他心里大致有数。

“是。”袁清应道。

“这虽非极优迁转，亦是次优迁转呀！”万安说。

袁清大失所望。他愣了愣神，道：“循公不肯为晚生做主？”

万安也愣了愣神，他想起，袁清一开始就饱含委屈地要他做主，显然是对这次的外放大为不满。那么，自己对此也不该无动于衷。

“子介外放，我一无所知。”他先辩白一句，然后问，“子介才出外差，一回来就放外任，究竟是怎么一回事？”

“应是勘事浙江，晚生秉公办事，不徇私情，得罪不少人。”袁清说。

“就因为秉公办事，不徇私情？”万安问。

“言辞犀利，盛气凌人，或许也是有的。”袁清又说。

“对府、州、县官吗？”万安问。

“对布、按二司官，晚生也不曾假以颜色。”袁清说。

“这也不要紧！”万安推测，“或是布、按二司官在吏部有私人，相互一通气，遂有子介外放。我和资德先生合计合计，追回前旨。”

“循公若是与吏部合计，前旨怕是追不回来。”袁清说。

“为何追不回来？”万安问。

“晚生听说，极力主张外放晚生的，正是大冢宰。”袁清道。

“若是此公，倒是有些难办。”万安沉吟道。

“循公也奈何不得他？”袁清问。

“不是奈何得他奈何不得他。”万安道，“别的事，我和他合计，他多半会买我的账；吏部已定的事，我和他合计，他未必买我的账。吏部其他人定的事，我和他合计，他多半会买我的账；他自家定的事，我和他合计，他未必买我的账。你想，自家定的事，自家改之，不等于打自家耳光？别说他贵为大冢宰，即便普通下吏，有谁愿意打自家的耳光！”

“照循公的说法，此事不可更改？”袁清不仅更加失望，且转为激愤。

“也不是没转圜的余地。”万安一定要给他些安慰。

“请循公点拨。”袁清说着，深作一揖。

“解铃还须系铃人。”万安言简意赅。

“须与资德先生交涉？”袁清心领神会。

“是。”万安应道。

“循公可否代我向资德先生说几句软话？”袁清忙问。

“说软话恐怕不管用。”万安道。

“那当如何交涉？”袁清问。

“面质。”万安言辞更吝。

“循公可否代我面质资德先生？”袁清忙又问。

“阁、部面质，岂不酿成一场大风波，于子介有何益处！我去见资德先生，只可合计，或如子介所言，只可说几句软话；面质，须得子介本人亲去，才起作用。”万安说。

“晚生亲去？”袁清心想：靠一己之力，若能把这件事摆平，他早打到吏部去，何必先在郭公公那里，又在你万阁老这里，费那么多唇舌！但万安已明确表示不宜出面，多说无益，现在只有退而求其次。他问：“晚生一定要去向资德先生讨个公道，循公，能不能借你一言？”

“子介要借何言？”万安反问。

“循公亦不欲晚生外放。”袁清说。

“此言不妥，改个字吧！”万安道，“说不妥，一来显见是我与子介有私情，二来我有干预吏部事务之嫌。”

“改个何字？”袁清问。

“改不欲为不解。”万安说。

“是，晚生理会得。”袁清应道。

袁清找到吏部衙门，指明要见尚书李裕。要说不见，他人已经闯进去；要命逐客，估计他决不会离去。李裕只得和他周旋。

“子介来辞行，来的有点儿早。”他说。

“若来交差，是不是有点儿迟？”袁清问。

“子介在刑部交差即可，不必来吏部。”李裕道。

“今次例外，须来吏部交差。”袁清说。

“是何道理？”李裕问。

“吏部有考评，下官须来领受。”袁清说。

“各官外差，向来由本部堂官考评，吏部怎会有考评！”李裕道。

“吏部既无考评，为何将我外放？”袁清问。

“原来为的此事！”李裕道。其实，从袁清闯进来的第一刻，李裕便知他是为这件事而来：“外差是外差，外放是外放，子介不可混为一谈。”

“下官今次外放，资德先生敢说不是为的今次外差？”袁清逼问。

李裕不善说谎，承认道：“子介说二事有关联，着实是有关联。”

“既有关联，资德先生总该给我个交待吧！”袁清道。

“子介欲要怎样的交待？”李裕问。

“或是资德先生听信谗言，将下官外放；或是下官今次办外差不合资德先生心意，资德先生将下官以劣等外放。”袁清说。

“他者暂且不论，子介，你说以劣等外放，不合实情。”李裕说。

“怎的不合实情？”袁清问。

“部郎正五品，知府正四品，对吧？”李裕反驳。

“可一是在朝的品，一是在外的品。”袁清反驳。

“子介，你听我说，”李裕道，并问，“子介，你出于成化戊戌科吧？”

“那又怎的？”袁清反问。

“子介可知，二直隶，十三布政司，天下之府有几？”李裕换个听起来完全不相干的问题。

“上百吧。”袁清估计个大概的数。

“天下之府一百四十，羁縻之府尚未计在内。”李裕告诉他。

“那又怎的？”袁清问。

“一百四十府，每府一知府，则一百四十知府。”李裕说。

“那又怎的？”袁清问。

“子介可知，一百四十知府，成化十四年或成化十四年以后的进士有几人？”李裕问。

“不知。”袁清道。

“不足十人。”李裕告诉他。

“那又怎的？”袁清问。

“子介还能说，外放知府，是劣等外放吗？”李裕反问。

“原来资德先生在安抚我！”袁清道，“好啊，是否劣等外放，我也正想问问资德先生呢。”

“你问。”李裕很坦然，不怕他问。

“天下知府一百四十人，是吧？”袁清问。

“是。”李裕应道。

“天下知府一百四十人，资德先生可知，几人是部郎外放？”袁清问。

“这个——”李裕被问住，“具体几人我说不上来，但我知不多。”

“不多，是因部郎外放知府，升得高，还是升得低？”袁清问。

“兼而有之，要看资历。”李裕忽然找到很好的解说之词，“譬如子介这样中第不足十年、任部郎不足两年者，是升得高。”

“我换个问法，”袁清绕开，“部郎外放布政司参政、参议，按察司副使，与外放知府，孰优孰劣？”

“外放布、按二司官较优。”李裕说。

“径升朝廷正四品、副四品正卿、少卿或寺丞，与外放知府，孰优孰劣？”袁清问。

“在朝径升各衙门堂官较优。”李裕说。

“资德先生还能说，外放知府，不是劣等外放吗？”袁清道。

“子介以为部郎外放知府是劣等外放，却不知部郎还有外放通判、知州者呢。”李裕说。

“那是外放吗？那是贬谪！”袁清道。

李裕语塞。憋一会儿，他憋出一句话来：“子介定要以为今次外放是劣等外放，我无话可说。”

“既如此，资德先生不该给下官一个说法吗？”袁清道。

“说法早有。如子介自家所言，今次外差，让我极为不满，让吏部极为不满，让朝廷极为不满！”李裕说。

“究竟资德先生不满，或吏部不满，或朝廷不满？”袁清道。

“首先是我闻之不满；言于吏部同僚，吏部同僚皆不满；言于朝廷，朝廷亦不满。”李裕说。

“资德先生的不满，没有什么不可告人的吧？”袁清用不仅和李裕平等甚至还要高出李裕一头的语气问。也许因为他想到万安的话：说软话没用，须得面质。

“不可告人，也不可不告子介呀！”李裕忿道。他本来不想当面指责袁清，以免引起争执，但现在全然不顾。他问：“子介，你说你今次派的是什么外差？”

“勘浙江刑狱。”袁清说。

“吏治、财赋等，也在你勘察之内吗？”李裕问。

“可我是朝廷钦差呀，见有不法之事，不能说上几句？”袁清反问。

“其他不必多言，你只说在不在你勘察之内？”李裕道。

“不在。”袁清应道。

“勘浙江刑狱，却勘到浙江吏治、财赋等，子介怎说？”李裕问，

“算我擅权吧！”袁清说。

“子介敢做敢当，很好！”李裕称赞一句，又问，“子介勘的是刑狱，三司正职、副职，都在勘察之内吗？”

“朝廷钦差，见有不法之人，也不能说上几句？”袁清不等李裕开口，立刻又说，“对，资德先生只要我说在不在勘察之内，其他不必多言。”

“在不在呢？”李裕问。

“不在。”袁清应道。

“勘浙江刑狱，却勘到一省大员，子介怎说？”李裕问。

“也算擅权吧！”袁清说。

“多余的话，还用我说吗？”李裕道。

“资德先生有何多余的话，还是说的好。”袁清不肯就此罢休。

“也罢！”李裕顿了顿，道，“以中第不足十年之资历，以任部郎不足两载之资历，此其一也；以擅勘他事之错，擅勘他人之错，此其二也。子介，恕我直言，你得外放知府，应该感激涕零才是！”

“多谢资德先生直言，可否容我也提几个问题？”袁清问。

“你问。”李裕道。

“在勘问事务上擅权，在勘问官员上擅权，我认错；可在勘问浙江刑狱上如何，资德先生问过没有？”袁清问。

“勘问刑狱，事责在刑部，吏部不必过问。”李裕说。

“资德先生不问刑部委我的正差办得如何，便将我外放，不担心得罪刑部诸公？”袁清问。

“刑部诸公自有公论，我不担心。”李裕道。

“资德先生不问朝廷委我的正差办得如何，便将我外放，不担心得罪内阁诸公？”袁清问。

“内阁诸公自有公论，我不担心。”李裕道。

“资德先生也不担心得罪循公？”袁清又问。

“循公自有公论，我不担心。”李裕道。

“资德先生只言公论，难道就不知人间还有私情？”袁清问。

“怎会不知！我亦有私情，但不知子介是指刑部诸公对你有私情，是指内阁诸公对你有私情，还是单指循公对你有私情？”李裕反问。

“多余的话，不必我说吧？”袁清道。

“子介有何多余的话，还是说的好。”李裕也不肯罢休。

“也罢！”袁清道，“资德先生或许不知，外放的事，我与循公谈过。”

“循公不欲子介外放？”李裕问。

“循公是否愿我外放，我不便说，资德先生不妨亲去问他。我可以告诉资德先生的是：于我之外放，循公甚是不解。”袁清道。

“循公不解，我可对他解说，子介不必劳神。”李裕冷冷地说。

李裕不仅再次奏议袁清勘浙江刑狱时的恶劣行为，而且把袁清纠缠于吏部，胁迫大臣等情节奏闻于朝。

袁清下锦衣卫狱。后在万安、尹直等斡旋下释出，外放郧阳知府。

第一百八十二章

皇帝以前精神不好时，喜欢去昭德宫。开始，是万贵妃独特的摩挲，让他感到愉悦，感到兴奋，产生难以抑制的交合的欲望；随着万贵妃年纪一年大过一年，她的身体对皇帝的吸引一年逊过一年，但在精神上，皇帝仍无法摆脱对万贵妃的眷恋。现在，万贵妃已去，皇帝绝不再走近昭德宫，近侍之臣也绝口不提昭德宫。

这天，皇帝忽然对覃吉说："老覃，陪朕去昭德宫走走。"

"爷！"覃吉惊呼。

"不进去，只在外面走走。"皇帝说。

"是。"覃吉恢复平静。

二三近侍随行，远远地跟在后面，皇帝和覃吉边走边说话。

"老覃，朕知你对贞儿姐姐有看法。"皇帝说。

"奴才不敢，奴才当初只是担心贵妃娘娘或会不利于太子爷。"覃吉道。他得感激皇帝今日才对他说起这话，要是几年前，几个月前，皇帝和他说起这话，他相信自己的回答会是一样的。那真不知道结果会怎样！

"朕知有此担心的不止你一人，但太子不是好好的吗？可见你等的担心是多余的。"皇帝说。

"是。"覃吉应道。已成往事，还有什么必要分辩！

默默地走一会儿，皇帝忽问："老覃，你知朕怎么想的？"

"奴才不知。"覃吉道。

"朕想，贞儿姐姐当真是善解人意。"皇帝说。

覃吉没回应，因为不知道该怎样回应。没发问，因为皇帝想解释的话，你不听都不行；不想解释的话，你绝不该问。

"你大概奇怪，朕怎会有这个想法吧？"皇帝问。

"是。"覃吉知道，皇帝想解释。

"太子已届当婚之龄，一定有人在想，朕一直没降旨，是贞儿姐姐从中作梗；贞儿姐姐一定也在想，一方面太子当婚，一方面她这一两年恶病缠身，朕无心议太子婚事。为不让朕为难，她不如先走一步。”皇帝不管是否合乎情理，把他的想法归纳为一句话，“你说，这不是善解人意，还有何事可称为善解人意！”

“爷不议太子婚事，确因贵妃娘娘抱恙？”覃吉问。

“至少有一大半原因在此。”皇帝说。

“听爷这么一说，贵妃娘娘深知爷心意，爷深知贵妃娘娘心意，古来少有其匹！”覃吉说句让皇帝高兴的话。

“朕还要告诉你件极机密的事，”皇帝一高兴，话更多，他问，“老覃，你见过所选太子妃吧？”

“奴才见过。”覃吉应道。

“你看她如何？”皇帝问。

“其相富贵。”覃吉说。

“你可知，朕并非因其相富贵而圈定的她？”皇帝问。

覃吉不会不知。皇帝根本不会和待选太子妃的秀女们见面，又怎会知其相如何？皇帝圈定某人，多半是听信执掌其事的司礼太监、宫中太监之言，或者皇帝有自己的某个想法。

皇帝问覃吉，显然是有自己的某个想法。

“奴才不知。”覃吉道。

“你猜猜看。”皇帝命道。

“不为其相富贵，或因其貌端庄？”覃吉道。

“其貌端庄，不过是内使们一说。”皇帝否定。

“那是因其品贤淑？”覃吉道。

“朕亦不知其贤淑与否。”皇帝说。

“圣意深邃，非奴才所能料。”覃吉道。

“朕告诉你，朕圈定该氏，也是因为贞儿姐姐。”皇帝说。

“为贵妃娘娘？”覃吉一脸的惊奇绝不是做给皇帝看的。以姓氏而言，贵妃姓万，太子妃姓张；以籍贯而言，贵妃是山东诸城，太子妃是北直隶兴济；以年纪而言，贵妃大过皇帝太多，太子妃和太子相当；以体态而言，贵妃偏于肥胖，太子妃适中。无论从哪一方面来说，太子妃和贵妃都没有可比之处。

“正是。”皇帝点点头，问，“老覃，你告诉朕，太子妃之父，为何许人？”

“诸生。”覃吉道。

“朕看中的，就是他这个诸生。”皇帝说。

“奴才还是不懂。”覃吉道。

“贞儿姐姐和内阁万先生认同宗，这事你知否？”皇帝问。

“奴才知道。”覃吉应道。

“当时朕就和老怀说笑：一东一西，一北一南，两个万家若是同宗，可谓咄咄怪事。老怀的意思，朕应降旨，了结此事。朕没降旨，因为朕理解贞儿姐姐的苦衷。她是希望同宗里有读书人，出息的读书人。朕何必扫她的兴呢？”皇帝讲罢这段往事，说，“为太子选妃，朕想：太子妃日后即皇后，不如找个读书人家，免得她以后也去认什么同宗。”

“爷这是为太子爷虑。”覃吉说

“你这么说，亦无不可。”皇帝道。

说话间，皇帝一行到昭德宫外。

昭德宫早失去以往的热闹。宫门虚掩，守宫的内臣听到外面有人走动，探出头观看。见是皇帝，他手忙脚乱，欲将宫门大开。皇帝朝他摆摆手，从宫门前走过。

“还有件事，也可见贞儿姐姐善解人意。”皇帝说。

覃吉不吭声，等皇帝讲下去。

“祐樘已届成婚之龄，祐杬、祐棆等亦至封藩之龄，贞儿姐姐在世，朕办这件事也是有顾虑的。”皇帝道。

“贵妃娘娘喜爱四皇子，欲养育于昭德宫；四皇子封藩，奴才想，贵妃娘娘是不会不高兴的。”覃吉说。

“还有皇五子、皇六子呢？”皇帝道，“其实，你等以为贞儿姐姐喜爱祐杬，欲收养之，甚至欲改立太子，是只见其表。贞儿姐姐欲收养皇四子，是因为她知道，朕对皇四子格外喜爱；她有易储的念头，也是因为她知道，朕对皇四子格外喜爱。”

“爷格外喜爱皇四子，奴才等也看得出来。”覃吉附和一句后，说，“不过，易储是天大的事，或非贵妃娘娘始料所及。”

“朕知宫内外对此事有微言，她是代朕受过。”皇帝道。

“是爷圣明，此事才得以妥善处置。”覃吉说。

皇帝觉得如此替万贵妃辩护，分量已够重，可以换个话题。

“老覃，你知朕为何替皇四子选了个兴字？”皇帝问。

“爷是祝望皇四子这一支亲藩兴旺。”覃吉说。

“我也是盼着祐杬能给我大明朝带来兴旺。”皇帝道。

“爷殚精竭虑，为国家社稷，诚为明君！”覃吉称颂。

“祐杬的藩国在何处，议定没有？”皇帝问。

“宗人府和礼部议定，在德安。”覃吉道。

“德安？”皇帝对这个地名似乎有印象。

“天下有两个德安，一为府，属湖广，一为县，属江西九江府。兴王藩国在德安府。”覃吉说。

“湖广处天下之中，兴藩在德安，朕心甚慰。”皇帝道。

“是。”覃吉应道。

“另外几藩呢？”皇帝又问。

“据奴才所知，尚在斟酌之中。”覃吉说。

“传谕礼部、宗人府速定。”皇帝嘱咐。

“奴才领旨。”覃吉应道。

皇帝话说够，路也走够。他说：“老覃，陪朕往回走吧。”

“是。”覃吉应道。

顺着原路往回走，不多时，回到昭德宫外。这次虚掩的宫门里，没人探头往外看，皇帝却在宫门外站住。

覃吉以为，皇帝还是想进去看一眼，要上前推门。

皇帝也朝他摆摆手，示意并不要进去。站立片刻，皇帝忽然对着宫里喃喃自语：“贞儿姐姐，朕就要去寻你去！”

和祐杬同日封王的有：皇五子祐棆，封岐王；皇六子祐槟，封益王；皇七子祐榑，封衡王；皇八子祐樗，封雍王。

八月十三日，皇帝病倒。其实，几天之前，或者应该说几个月之前，或者应该说自年初万贵妃猝死之后，皇帝一直感觉身体不适。他没太当一回事，虽然他不止一次地说过，贞儿姐姐死了，他也不会活得太久，但到底才四十岁出头，并不真以为命在旦夕。太医们也没太当一回事，他们使用名贵药材，只是因为收进宫里的都是名贵药材，而不是以为皇帝已经需要用名贵药材来保命。

这次皇帝病倒，太医不得不当一回事。他们在处方时，一定要交头接耳，议之再三；落笔时，手都在颤抖。皇帝的病情急剧恶化，汤药、药丸都难以吞咽，使得他们束手无策；在为皇帝诊治时，为皇帝用药时，他们都不能不更多地为自己的命运担忧。

“爷，找李侍郎来吧！”梁芳说。

“找他来作甚？”皇帝问。

“作醮事，乞仙药。”梁芳说。

“生死有命，找他来有何用！”皇帝道。

“爷不能往这上面想啊！”梁芳带着哭腔说。

“不是朕愿意往这上面想，是朕在这上面已想透。”皇帝道，“真有仙药的话，皇考为何不用？皇祖为何不用？”

“爷，心诚则灵。”梁芳仍不肯放弃。

“朕倒是够心诚，也未见其灵。”皇帝却说，“灵济宫里二真君，是去年加封上帝的。朕为何加封，还不是因为李道长说，向二真君乞药最灵验！朕想，贞儿姐姐这些年大病小病不断，说不定只有二真君一剂药治得好。可你看，二真君是去年四月加封上帝的，而贞儿姐姐今年初却不治。这叫心诚则灵？”

“可是，爷待他恩重如山，他——”梁芳还想劝说。

皇帝微微摇头，让他不要再说。

“李道长能求到仙药，不早为朕去求，还用得着朕颁旨才去？再者，朕不用他乞取仙药，是为他好，也是为你好。他大张旗鼓地在宫里做醮事，乞仙药，若无所获，科、道放不过他，百官放不过他；有所获，而医朕无效，科、道同样放不过他，百官同样放不过他。你提议做醮事，乞仙药，科、道也放不过你，百官也放不过你。你等不如安分一些，可少一桩罪名，朕也可少一分惦记。”皇帝说。

梁芳又是惶然，又是感激，平常说惯的那些奉承的话、宽慰的话，现在连半句也说不出来。

“老梁，你怕吧？”皇帝问。

“是。”梁芳应道。他的确是怕。

“朕当初就警示过你，你还记得吧？”皇帝问。

“奴才记得。”梁芳应道，“爷是怜惜奴才，才警示奴才的。奴才也知道，为昭德宫办事，奴才动用不少内库的窖藏，无论谁追究起来，都是死罪。这两年，奴才也在想方设法，寻求黄白之物，以补足耗费，但实在是心有余而力不足，动用者十，填充者一。”

“朕知你是为贞儿姐姐动用内藏的，不然，还能容你活到今日？你放心，朕交代几位管事的大伴，日后即便有人治你的罪，也不会要你命的。”皇帝反而安慰他。

梁芳拜伏，道：“爷待奴才恩重如山，奴才——”

“好了，你去吧，朕想歇歇！”皇帝道。

十七日颁旨，命皇太子摄朝于文华殿。

二十一日，召皇太子至寝殿，以敬天、法祖、勤政、爱民四事谕之。

二十二日，皇帝崩于宫中。

皇帝讳见深，谥继天凝道诚明仁政崇文肃武宏德圣孝纯皇帝，庙号宪宗，葬茂陵。

成化凡二十三年，以公元纪年，为1465～1487。

人名索引[1]

1　人名后页码为该人物首次出现时所在的页码；书中有的人名用字保留繁体。